Auf Napoleons Spuren

LUDWIG RELLSTAB

Auf Napoleons Spuren

HISTORISCHER ROMAN

area

Der vorliegende Roman erschien erstmals 1934
unter dem Titel »1812«.

Ludwig Rellstab: Auf Napoleons Spuren

Einbandgestaltung: agilmedien, Köln
Einbandabbildungen: Bridgeman, London
Satz & Layout: Bernhard Heun, Rüssingen
Druck & Bindung: Grafica Veneta, Trebaseleghe

Printed in Italy 2004
ISBN 3-89996-090-4

ERSTER TEIL

Erstes Buch

Erstes Kapitel

An einem lauen Aprilabend des Jahres 1812 traf Ludwig Rosen, ein junger Deutscher, eben mit der sinkenden Sonne vor dem Städtchen Duomo d'Ossola am Abhang des Simplon ein. Er war zu Fuß von Baveno am Lago Maggiore ausgegangen und daher ziemlich ermüdet, wiewohl seine Wanderung durch dieses reizende Gartengelände, das die hohe Mauer der Alpen stets vor dem rauhen Nordwind schützt, nichts weniger als beschwerlich gewesen war, sondern ihn auf jedem Schritt mit neuen Freuden und Genüssen überrascht hatte. Er hätte dieses noch lebhafter empfunden, wenn er nicht aus dem südlichen Italien gekommen wäre, nachdem er den Winter teils in Sizilien und Neapel, teils in Rom zugebracht hatte. Gern hätte er länger in diesem schönen Land der Freude geweilt, das selbst, während das ganze Festland von furchtbaren Stürmen des Krieges erschüttert wurde, seinen Charakter einer durch den nächsten Schutz der Götter behüteten, heiteren Zufluchtsstätte der Künste wenigstens für den Fremden zu bewahren gewußt hatte. Allein eben jene gewaltigen Begebenheiten, die die beiden Hälften des übrigen Europa gegeneinander in Waffen riefen, forderten auch ihn zu einer beschleunigten Rückkehr auf. Seine Mutter und Schwester lebten in Dresden in weiblicher Stille und Zurückgezogenheit, mehr aus Neigung als durch die Umstände dazu gezwungen, da das Vermögen der Mutter ihr eine unabhängige, wenngleich nicht glänzende Lage gewährte. Den Vater hatte Ludwig schon in seiner Kindheit verloren. Wie, wußte er selbst nicht, denn die Mutter hatte zwar bisweilen einige Andeutungen von dem unglücklichen Schicksal desselben gegeben, sich aber niemals näher darüber erklärt. – Die vier letzten Jahre waren, wiewohl traurig genug, doch wenigstens so ruhig für Norddeutschland gewesen, daß zwei einzelne Frauen sich auch ohne besonderen männlichen Schutz den Ereignissen des Lebens gewachsen fühlen konnten. Jetzt aber rückten die Kolonnen der französischen Heere wieder auf allen Landstraßen vor. Deutschland war mit dem beginnenden Frühling aufs neue in ein Feldlager verwandelt. Deshalb kehrte Ludwig zurück, denn sein Herz trieb ihn an, in so bedenklicher Zeit der Mutter, die überdies, wie ihm die Schwester schrieb, an einem besorgniserregenden Brustübel kränkelte, ratend und schützend zur Seite zu stehen. Er gehorchte dieser Stimme der Pflicht, obgleich mit schwerem Herzen. Nicht daß Italien ihn so unwiderstehlich gefesselt hätte, sondern weil ihm bangte, sein unglückliches, entwürdigtes Vaterland zu betreten, in dem er tiefere und schwerer zu heilende Wunden entdeckte, als das Schwert der Franken demselben geschlagen hatte. Ludwig befand sich in dem für Glück und Schmerzen empfänglichen Alter, er war dreiundzwanzig Jahre alt. Seine Seele neigte sich früh zum Ernst, denn sie reifte unter ernsten Geschicken. Die Jahre der Studien, die andere in sorglosester Heiterkeit zuzubringen, sich höchstens bei den Büchern einigermaßen zu sammeln pflegen, waren für ihn eine Zeit strenger Schule gewesen. Denn kaum an dem Trost der Wissenschaften vermochten damals deutsche Jünglinge von ernstem Gemüt sich einigermaßen freudig aufzurichten, so niederschlagend war der Blick auf die Gegenwart, war die Aussicht auf die Zukunft. Ein Jahr lang hatte er nun sein Vaterland nicht betreten, seit zwei Jahren Mutter und Schwester nicht gesehen, denn von Heidelberg aus, wo er das letzte Jahr seiner Studien zubrachte, hatte er seine Reise angetreten. Jetzt stand er wieder vor der schneebedeckten, riesigen Grenzmauer, die die ernste deutsche Erde von den Fluren des heiteren Italien scheidet. Ach, wie schlug ihm das Herz nach allem, was er jenseits der Alpen liebte und verehrte, wie drängte es ihn nach den lieben Armen der Seinigen, nach den Heiligtümern des vaterländischen Herdes! Aber was er liebte, war in Trauer eingehüllt, was er verehrte, schmachvoll entweiht! Darum scheute sich sein Fuß vor der Heimat, zu der doch das ganze Herz ihn sehnend hinzog.

Mit diesen Gefühlen in der Brust näherte er sich dem freundlichen Städtchen, dem letzten Ort Italiens, der ihm ein Obdach gewähren sollte. Ein Hügel zur Seite des Weges lockte ihn, denselben zu besteigen, um noch einmal, bevor die letzte italienische Sonne ihm unterginge, einen Scheideblick auf das schöne Land zu werfen, das ihm oft so schmeichelnden, süßen Trost für die Schmerzen seiner Seele geboten hatte. Er schritt durch das duftende, frisch aufgeschossene, hohe Gras hindurch, geradewegs dem Gipfel zu. Von oben sah er mitten in das Städtchen hinein, das, wie stets im Süden, mit der Abendstunde erst recht belebt wurde. Auf den Feldern grünte alles im reichsten, nicht einmal mehr im ersten Schmuck des Lenzes, während jenseits jener hohen Bergkolosse, die hinter der Stadt aufstiegen, vielleicht die Blüten noch im dumpfen Winterschlaf lagen. Hier aber prangten die Ulmen, die Kastanien in der Fülle des Laubes, ein würzig duftender Teppich, mit Tausenden von wilden Nelken und Aurikeln besät, dehnte sich über die Wiesen hin, das Getreide war bereits hoch aufgeschossen, ja, selbst die Rebe hatte sich schon mit dem vollen Schmuck ihres breiten Laubes bekleidet und zierte die Giebelseiten der reinlichen Häuser. – Ludwig konnte zur Rechten weithin die Landstraße übersehen, zur Linken lagen Markt und Gassen von Duomo d'Ossola fast zu seinen Füßen. Er sah die fröhlichen, zwanglosen italienischen Mädchen mit ihren breiten Strohhüten auf dem Markt lustwandeln, deutlich konnte er den Kram einer Fruchthändlerin, die ihre Körbe mit Orangen und Feigen vor sich aufgestellt hatte, erkennen, Knaben schlugen den Ball gewandt in die Lüfte, französische Dragoner, von denen ein Pikett in der Stadt stand, saßen auf einer Bank vor dem Wachthaus und schwatzten. Er hörte das fern brausende Getöse der durcheinanderschwirrenden Stimmen jubelnder Knaben, lachender Mädchen, ausrufender Verkäufer, ja, sogar einzelne Töne von den Gesängen eines Zitherspielers, der einen großen Kreis von Hörern um sich versammelt hatte, drangen durch die Stille des Abends zu ihm herüber. Dieses kleine, bunte, verworrene Treiben menschlicher Lust und Betriebsamkeit stach wunderbar gegen den majestätischen Ernst, die feierliche Stille des Hochgebirges ab, das sich steil, mächtig, den Fuß und Gürtel in bläuliche Nebel gehüllt, dicht hinter dem Städtchen auftürmte und die Schneehäupter in den Wolken verbarg.

Ludwig stand in Gedanken verloren. Plötzlich weckte ihn der Schall eines Posthorns, und munterer Peitschenknall schlug an sein Ohr. Ein mit vier Pferden bespannter offener Reisewagen kam die Landstraße von Baveno daher und rollte dem Städtchen zu. Es saßen zwei Frauen darin. Die eine, ältere, war offenbar eine Dienerin. Die jüngere, deren dunkles Gewand durch ein weißes, leichtes Spitzentuch gehoben wurde, trug über dem Strohhut einen grünen Reiseschleier, den sie eben zurückschlug, so daß er im Luftzug rückwärts flatterte. Dieser Anblick weckte eine lebhafte Erinnerung in Ludwig auf. Gerade bei seinem Eintritt in Italien, als er über den Großen St. Bernhard in das Tal von Aosta hinabstieg, hatte er ein weibliches Wesen getroffen, dessen Bild ihm nicht verlorengegangen war und für das er ein ähnliches Zeichen des äußeren Erkennens in der Vorstellung trug. Damals nämlich sah er beim Besteigen des Berges, kurz vor dem Hospiz, vor sich eine Karawane, wie es schien, von reisenden Engländern, unter denen ihm eine auf dem Maultier sitzende schlanke weibliche Gestalt auffiel, die sich das Antlitz, um gegen den blendenden Glanz des Schnees geschützt zu sein, durch einen grünen Schleier verhüllt hatte. Obwohl die Reisenden sich nur wenige Schritte vor ihm befanden und er, von einem seltsam lebhaften Gefühl getrieben, sich bestrebte, sie einzuholen, so gelang es ihm dennoch nicht, da sie zwar nur durch einen kurzen Raum, aber durch einen mühsam zurückzulegenden Weg von ihm getrennt waren. So blieb der grüne Schleier ihm ein leuchtender Zielpunkt auf den weißen Schneefeldern, bis er in der Pforte des Hospiz verschwand. Er hoffte, abends an der Tafel den Gegenstand seiner ahnungsvollen Teilnahme kennenzulernen, doch vergeblich. Nach dem, was er hörte, vermutete er, daß die Unpäßlichkeit einer älteren Dame, wahrscheinlich der Mutter des jungen Mädchens, die Ursache sei, weshalb beide in ihrem Gemach blieben. Am anderen Morgen hatten die Reisenden ungewöhnlich frühzeitig ihren Weg fortgesetzt. Ludwig erfuhr es kaum, als ihn ein Gefühl der Sehnsucht nach der Fremden ergriff, das er selbst belächeln mußte, was ihn aber dennoch mit einem unwiderstehlichen Reiz antrieb, ihr so rasch wie möglich zu folgen, obgleich es anfangs seine Absicht gewesen war, einen Tag im Hospiz zu verweilen. Ein junger, rüstiger Wanderer, wie er war, mußte er, zumal abwärts, eine Karawane englischer, mit viel Gepäck belasteter Reisenden bald einholen. In der Tat entdeckte er auch schon nach wenigen Stunden bei einer Wendung des Tales, die einen weiten Blick abwärts gestattete, den grünen Schleier, dieses magisch lockende Zeichen, nach dem sein Auge spähte, tief unter sich, wie er im Sonnenschein aus der Ferne her schimmerte und leuchtete. Nunmehr blieb derselbe das Banner der Hoffnung, unter dem er seinen Einzug in Italiens Fluren hielt. Er folgte ihm mit unablässiger Anstrengung, allein der vielfach gewundene Weg rückte ihm das Ziel seines Strebens bei jeder neuen Windung wieder aus dem Auge. Wie glücklich aber war er, wenn er nun die nächste Biegung erreicht hatte und es dann näher vor sich erblickte! So dauerte das neckende Spiel fort, bis er in die tieferen Regionen des Berges gelangte, wo der Pfad ebener und zuletzt für die schmalen Gebirgswagen fahrbar wird.

Jetzt war er den Wandernden so nahe, daß er sie hätte anrufen können. Der Weg schlug sich noch einmal um eine scharf vorspringende Felsecke. Er eilte, sie zu erreichen, und hoffte von nun an der Wandergenosse der Reisenden zu werden. Doch als er umbog, sah er kaum hundert Schritte vor sich ein mit Reben dicht umsponnenes Häuschen, vor dessen Tür zwei Sesselwagen hielten, wie man sich deren hier im Gebirge zu bedienen pflegte. Der Führer, der das Maultier der holden Unbekannten geleitet hatte, half derselben soeben absteigen, und ein ältlicher Herr bot ihr sofort den Arm, um sie an den *char à banc* zu führen. So sollte sie in demselben Augenblick, wo Ludwig sie zu erreichen hoffte, ihm ganz entrissen werden? Zu lange hatte seine Phantasie sich mit dem reizenden Abenteuer beschäftigt und sich romantische Zauberschlösser gebaut, als daß er diesen Raub an seinem eingebildeten Glück so leicht hätte ertragen können. Fast bestürzt, eilte er hastig vorwärts, nur einmal wollte er das Antlitz des lieblichen Genius sehen, der ihn an wunderbaren Zauberfäden in das Land der Künste und der Schönheit eingeführt hatte. Dennoch wäre sein Bestreben vergeblich gewesen, hätte nicht ein Zufall, in dem er einen neuen Wink des Schicksals erkennen wollte, ihm Beistand geleistet. Plötzlich sah er nämlich, trotz seiner Eile, etwas Glänzendes im Weg liegen. Es war ein Armband mit einem goldenen Schloß. Entzückt hob er es auf, weil dieser Fund ihm die Veranlassung bot, dem Wagen, der schon davonzurollen drohte, ein lautes Halt nachzurufen. Zugleich winkte er mit der Hand zum Zeichen, daß er etwas wolle. Die Führer, die die Reisenden begleitet hatten, wandten sich um und kamen ihm entgegen. Er eilte aber hastig an ihnen vorüber und an den Wagen, wo die verschleierte Dame saß. »Sollte ich so glücklich sein«, redete er sie in der Gewohnheit, seine Muttersprache zu gebrauchen, deutsch an, obgleich er sie fortdauernd für eine Engländerin gehalten hatte. »Sollte ich so glücklich sein, Ihnen ein verlorenes Gut zurückstellen zu können?« Dabei reichte er ihr das Armband dar. Die junge Dame warf einen überraschten Blick auf den Finder und dann auf die eigene Hand, wo sie erst jetzt die leere Stelle entdeckte. »Es ist in der Tat das meinige«, erwiderte sie, »ich danke Ihnen sehr.« Der Klang dieser Worte überraschte Ludwig auf ganz eigene Weise, denn sie wurden zwar geläufig und mit ungemeinem Wohllaut, aber doch mit Beimischung eines fremdartigen Akzents, der sogleich die Ausländerin verriet, gesprochen. Er fühlte, daß er errötete, und hob daher das Auge nur scheu zu der Sprechenden empor, die eben, was sie schon früher, als Ludwig herantrat, tun wollte, den Schleier unbefangen zurückschlug. Als er das holde Antlitz so plötzlich unverhüllt erblickte, brachte der milde Glanz ihrer Schönheit ihn in die äußerste Verwirrung. Es war ihm, als sei plötzlich eine Heilige vor ihn getreten, so durchdrang ein Gefühl süßer Beklemmung und Ehrfurcht seine Brust. Ihr blaues Augenpaar, von langen Wimpern beschattet, weilte mit dem Ausdruck der Unschuld und Güte auf ihm. Ein freundliches Lächeln schwebte um ihre Lippen, und ein sanfter, edler Reiz waltete in ihren Zügen, daß Ludwig von überwältigender Rührung unwiderstehlich ergriffen wurde. Vergeblich suchte er ein Wort der Erwiderung. Zu dem Erröten der Überraschung gesellte sich noch das der Verlegenheit. Als berühre der Widerschein seiner Glut das Antlitz der Unbekannten, überflog auch ihre Wangen jetzt ein flüchtiger Rosenschimmer. Sie verbeugte sich, freundlich, aber befangen grüßend. Der Herr neben ihr zog seinen Hut ab, und der Wagen rasselte davon. Bestürzt folgte ihm Ludwig mit unverwandten Blicken und bemerkte es kaum, daß noch eine zweite, ältere Dame, ebenfalls in männlicher Begleitung, den anderen Wagen bestieg und an ihm vorüberfuhr. Sein Auge heftete sich an den grünen Schleier, den er jetzt im Wind flattern und ferner und ferner verschwinden sah. Lange stand er so, bis die letzte Spur der Wagen verschwunden, bis die Staubwolke, die sich hinter ihnen erhob, wieder gefallen war. Es war ihm, als habe er geträumt! – Das holde Bild verließ ihn nicht mehr. In ganz Italien suchte er es auf, doch umsonst. Trat es auch vor der Fülle der reizenden Gegenstände, die sein begeisterter Sinn mit allem Feuer der Jugend in sich aufnahm, in den Hintergrund, immer leuchtete es doch wieder von Zeit zu

Zeit hell auf, und die leisesten Anklänge ähnlicher Erscheinungen riefen es mit ganzer Lebhaftigkeit in seine Seele zurück.

Und jetzt, als er auf der Ausgangsschwelle des romantischen Landes stand wie damals an dessen Eingang, jetzt erblickte er plötzlich, unvermutet, dieses Wahrzeichen seines Glücks, seiner Hoffnungen aufs neue! Kaum war er daher jener Reisenden ansichtig geworden, als er mit hochklopfendem Herzen den Hügel hinabeilte, um die flüchtige Erscheinung rasch zu ergreifen, ehe sie ihm wieder entschwinden möchte. Doch der Wagen, der wie ein Pfeil dahinrollte, war vorüber, bevor er die Chaussee gewonnen hatte. Ludwigs Spannung wuchs mit der Gefahr, seinen Wunsch (es war wohl mehr als ein Wunsch) nicht erreicht zu sehen. Im Städtchen mußten die Pferde gewechselt werden. Dieser Umstand gab ihm Hoffnung, daß er den Wagen noch einholen werde, bevor er wieder abführe. Denn das Glück, mit dem holden Wesen (und wußte er es denn auch, ob sie es war?) unter einem Dach übernachten zu können, wagte er sich kaum vorzuspiegeln. Er beschleunigte seine Schritte mehr und mehr. Jetzt hatte er den freien Platz dem Wachthaus gegenüber, wo der Gasthof lag, erreicht. Er sah den Wagen vor der Tür stehen, aber schon führte man neue Pferde herbei, um sie vorzulegen. Ein großer Kreis von Neugierigen hatte sich um die Reisenden versammelt. Ein Offizier, der von der Wache herkam, teilte die Menge und ging, ein Papier in der Hand haltend, auf den Wagen zu: Die junge Dame mit dem grünen Schleier stieg bei seiner Annäherung aus und trat ihm einige Schritte entgegen. Der Offizier verneigte sich und sprach mit ihr, zwar sehr höflich, doch schien sein Achselzucken anzudeuten, daß er ihren Wünschen nicht willfahren könne. Ludwig näherte sich jetzt den Umstehenden. Da jedoch die junge Dame, die dem Bild seiner Erinnerung immer ähnlicher erschien, sich der entgegengesetzten Seite zugekehrt hatte, er aber um alles einen Augenblick erhaschen wollte, wo er ihr ins Angesicht sehen könnte, so umging er den Kreis der Versammelten und teilte ihn, von derjenigen Seite nach dem Wagen zutretend, wohin sie gewendet stand. Himmel, sie war es selbst! Nur bleich und ängstlich schienen ihre Züge, und sogar eine Träne war in dem schönen blauen Auge sichtbar. Von einem unbezwinglichen Gefühl getrieben, schritt Ludwig auf sie zu. So auffallend es sein mochte, er wollte die holde Gestalt, die ihn eingeführt hatte in Italiens schöne Wunder, beim Ausgang wieder begrüßen, wollte sie an den rasch vorübergeflogenen Augenblick jenes ersten Begegnens erinnern. Sein Mut dazu wuchs, da er sie unbegleitet sah, denn außer einem alten Diener, der vorn auf dem Bock saß, und jener ältlichen Frau im Wagen, die ebenfalls allem Anschein nach nur in einem dienenden Verhältnis zur Reisenden stand, war niemand zu sehen. Hastig trat er daher aus dem etwas zurückgezogenen Kreis der Menge hervor. Ihr Blick fiel auf ihn. Da überflog ein schneller freudiger Schreck ihre Züge, daß

Ludwig keinen Augenblick zweifeln konnte, sie erkenne ihn wieder. Eben wollte er grüßen, die Lippen zur Anrede öffnen, als sie mit auffallender Hast die französischen Worte ausrief: »*Voilà mon frère!*« und ihm entgegeneilte. Ludwig, höchst bestürzt, ahnte ein Mißverständnis. Doch bevor er sich faßte, ihr nur ein Wort entgegnen konnte, rief sie ihm italienisch, so daß alle Umstehenden es hörten, zu: »Gott sei Dank, Bruder, daß du kommst«, und sie setzte leise, aber hastig auf Deutsch hinzu: »Ich bin verloren, wenn Sie mich verleugnen.« Ebenso schnell wandte sie sich zu dem Offizier zurück, nahm ihm das Papier aus der Hand und reichte es Ludwig, indem sie auf Französisch sagte: »Dieser Herr will unseren Paß nicht gelten lassen, weil du nicht bei uns warst. Das kommt von deinen romantischen Seitenwegen, lieber Bruder! Sie sind Graf Wallersheim«, setzte sie leise auf Deutsch hinzu.

Wie überrascht und bestürzt Ludwig durch das seltsame Abenteuer war, so begriff er doch schnell genug so viel davon, daß er es hier in der Gewalt habe, dem reizenden Wesen, das ängstlich, mit Tränen in den Augen vor ihm stand, einen wichtigen Dienst zu leisten. Er ging daher, ohne sich zu bedenken, auf die List ein und entgegnete: »Beruhige dich, liebe Schwester, ich werde schon mit dem Herrn sprechen.« Hier wandte er sich zu dem Offizier, und um Zeit zu gewinnen und einigermaßen das Verhältnis kennenzulernen, sagte er ihm: »Ich muß Sie schon bitten, mein Herr, mir Ihre Bedenklichkeiten gegen unseren Paß zu wiederholen. Sie wissen wohl, daß Damen in solchen Angelegenheiten zu unerfahren sind.« – »Von diesem Augenblick an«, entgegnete der Offizier, »habe ich nicht die mindesten Bedenklichkeiten mehr. Sie waren aber im Paß als der Begleiter Ihrer Gräfin Schwester genannt, jedoch nicht zugegen. Er mußte mir daher unrichtig scheinen. Zwar sagte mir die Gräfin sogleich, daß Sie sich nur auf kurze Zeit entfernt hätten, um einen romantischen Seitenweg zu Fuß zu machen und daß Sie den Wagen jenseits der Stadt wieder treffen würden, allein unsere Befehle sind für die Grenzorte, wie Duomo d'Ossola, so streng, daß ich gezwungen gewesen wäre, die junge Dame zu bitten, so lange hier zu verweilen, bis Sie, Herr Graf, als der eigentliche Inhaber des Passes sich eingestellt hätten. Seien Sie aber versichert, daß ich es für meine Pflicht gehalten hätte, einen meiner Leute auf die Straße nach Sempione zu senden, um Sie von dem Hindernis zu benachrichtigen. Indessen muß ich Sie doch warnen, sich nicht wieder von der Seite der Komtesse zu entfernen, da die Befehle, soweit unsere Bezirke reichen, überall von der Art sind, daß Sie leicht eine neue, ähnliche Unannehmlichkeit erfahren würden. Sind Sie erst über die schweizerische Grenze, so hört unsere Autorität freilich auf, und Sie werden mit freier Bequemlichkeit reisen können.«

Ludwig stand stumm vor Erstaunen, zumal da der alte Diener vom Bock abgestiegen war, ihm ohne Umstände die leichte Reisetasche, die ihm über die Schulter hing, abnahm, sie in den Wagen legte und ihn fragte, ob es ihm gefällig sei, einzusteigen. Verwirrt sagte er dem Offizier einige höfliche Worte und reichte ihm die Hand zum Abschied. Der Diener schlug den Tritt des Wagens vollends herunter, der höfliche Franzose war der jungen Dame, die sich jetzt dicht in ihren grünen Schleier gehüllt hatte, beim Einsteigen behilflich, der Diener half Ludwig hinein, der Offizier verneigte sich tief, wiederholte sein *bon voyage*, Ludwig nahm, fast ohne zu wissen, was er tat, an der Seite seiner rätselhaften Unbekannten Platz – denn die Duenna hatte bescheiden den Rücksitz eingenommen –, und der Wagen rasselte dahin.

Zweites Kapitel

Solange man durch die Gassen des Städtchens fuhr und belebte Häuser am Weg standen, beobachtete die schöne Verschleierte das tiefste Schweigen, und den Versuch Ludwigs, sich durch eine Frage den Zusammenhang des höchst seltsamen Abenteuers erklären zu lassen, lehnte sie durch einen stummen, ängstlichen Wink ab. Er blieb daher einige Minuten lang ganz seinen eigenen Vermutungen überlassen. In dieser Zeit fand er eine mögliche Auflösung des Rätsels, wenn auch nicht die wahre. Aller Wahrscheinlichkeit nach war seine Begleiterin eine Engländerin, vielleicht die Tochter eines Mannes von Bedeutung. Der neu ausbrechende Krieg hatte Haß und Wachsamkeit der Franzosen gegen die Einwohner dieses Landes verdoppelt. Sie war daher mutmaßlich aus politischen Gründen genötigt, sich der List zu bedienen, um ein Land zu verlassen, das im Besitz der Feinde ihres Vaterlandes war, in dem man sie selbst vielleicht als Geisel betrachten und verhaften konnte. Ludwigs Herz schlug daher heftig vor Freude, daß die wunderbarsten Fügungen des Zufalls gerade ihn ersehen hatten, um einem Wesen, dessen süßer Reiz ihn so mächtig gerührt, ihn so lange in zarten, aber unzerreißbaren Fesseln gehalten hatte, diesen rettenden Dienst zu erweisen. Er richtete seinen Blick auf sie. Sie saß, sichtlich zitternd, beklemmt atmend, neben ihm. Endlich verschwanden die letzten Häuser an der Seite des Weges, die Umgegend wurde einsam. Eine steil aufsteigende Strecke des Weges nötigte den Postillon, der aus dem Sattel fuhr, seinen raschen Trott in Schritt zu verwandeln, so daß das betäubende Rasseln des Weges aufhörte. Da ergriff die schöne Verschleierte mit rascher Heftigkeit Ludwigs Hand, drückte sie warm und innig mit ihren beiden Händen und sprach flüsternd aus beklommener Brust: »Sie sind mein Retter! Der Retter des Teuersten, was ich auf dieser Erde besitze!« Und wie erschöpft von der tödlichen Angst, von dem langen Zurückpressen der heftigsten Empfindungen in ihrer Brust, stieß sie, schwer aufatmend, ein gepreßtes Ach aus, sank der ihr gegenübersitzenden Begleiterin an die Brust, umfaßte sie mit beiden Armen, verbarg das Haupt an ihrer Schulter und brach in einen unaufhaltsamen Strom von Tränen aus.

Die ältere Begleiterin, obgleich sie in ihrer ganzen Haltung etwas Kaltes, Gemessenes hatte, schien jetzt doch auch bewegt. Sie suchte indessen die Weinende zu beruhigen, bediente sich aber dabei einer fremden Sprache, die Ludwig nicht verstand und sie auch nicht für undeutlich ausgesprochenes Englisch halten konnte. Die Unbekannte richtete sich wieder auf, schlug den Schleier zurück, um freier Luft zu schöpfen, richtete ihr blaues Auge gen Himmel und faltete die Hände über der Brust zu einem stummen Dankgebet. Ludwig, der sich gleichfalls im Innersten bewegt fühlte, wollte ihre heilige Rührung nicht unterbrechen und sah sie lange und erstaunt an. Sie erwiderte den Blick mit offener, reiner Gesinnung: »Wie soll ich Ihnen je vergelten!« sprach sie. »Vergelten?« entgegnete Ludwig lebhaft, aber mit inniger Betonung. »Das Schicksal bereitet mir auf die wunderbarste Weise ein Glück, das ich niemals zu träumen gewagt hätte, und Sie sprechen von Vergeltung? Etwa weil ich von Ihren Lippen den süßen Namen Bruder hörte? Was habe ich denn für Sie getan? Ich weiß nur, daß Sie einem Fremden, Unbekannten plötzlich, wie eine Göttin aus himmlischer Höhe, das überschwenglichste Glück bereitet haben!« – »Oh, Sie wissen nicht«, entgegnete sie, »was Sie für mich getan haben durch Ihr schnelles und gewagtes Verstehen!« – Sie wollte fortfahren, doch wurde sie durch den alten Diener unterbrochen, der sich umsah und einige fremdartige Worte zu ihr sprach, die sie ebenfalls in einer Ludwig völlig unbekannten Sprache erwiderte und über die er auch, da nur so wenige, noch dazu fast unverständlich leise Worte gewechselt wurden, gar keine Mutmaßung gewinnen konnte. Einige Male glaubte er spanische, dann wieder polnische Wortformen zu hören. Der Wagen rollte jetzt wieder rascher dahin, und das Gespräch war abermals unterbrochen. Indes mußte bald das fortwährende Ansteigen der auf der italienischen Seite ungleich steileren Simplonstraße beginnen. Ludwig setzte daher seine Wünsche um Enträtselung dieser Geheimnisse bis dahin aus.

Man erreichte eine freie Höhe, wo der Weg sich so bog, daß man noch einmal den Blick auf Italien zurückwerfen konnte. Das romantische Land lag in der Purpurglut der Abendröte da. Die dunklen, waldigen Vorgebirge der Alpen streckten sich weit in die blühenden Ebenen hinein. Schäumende Bäche zogen silberne und goldene Straßen durch die Täler. Das weiße, glänzende Städtchen am Fuß des Gebirges leuchtete hell auf in dunklem Grund. Die Ferne verschwand in purpurner Dämmerung und ließ keine deutlichen Umrisse mehr erkennen. »Leb wohl!« sprach Ludwig bewegt. Auch seine Gefährtin wandte das schöne Antlitz noch einmal dem Eden zu, das sie verlassen mußte, eine sanfte Rührung verklärte ihre Züge. Die Lippen schienen über eine Träne zu lächeln, die den blauen Kristall des Auges plötzlich mit feuchtem Schimmer überglänzte. »Leb wohl«, wiederholte sie mit süßem Wohllaut und winkte leicht mit der Hand hinüber. Es war ein bewegter, aber kein tiefschmerzender, kein zerreißender Abschiedsgruß. – Da die Straße nunmehr ganz steil anstieg, so daß der Wagen sich nur langsam fortbewegte, trat endlich der Augenblick ein, wo sich Ruhe genug zu einem Gespräch fand. Ludwig wollte nun seine Frage über das seltsame Ereignis wiederholen, als seine Gefährtin schon unaufgefordert begann:

»Sie müssen ganz erstaunt sein über das, was Ihnen begegnet ist. Doch die jetzt alle Länder und Völker erschütternden Verhältnisse führen auch den einzelnen oft in verhängnisvolle, seltsame Lagen. Eine solche ist die meinige. Schon gab ich mich verloren, ach, und ich zitterte für ein teureres Gut als mein Leben, als der Himmel Sie zu meinem Retter sandte. Werden Sie mir aber Ihren Beistand auch ferner leisten wollen?«

»Bis zu meinem letzten Atemzug!« rief Ludwig fast heftig.

»Versprechen Sie nichts«, entgegnete die Unbekannte unterbrechend, »bis Sie wissen, was ich von Ihrer großmütigen Gesinnung erbitten muß. Sie würden noch länger für meinen Bruder gelten, mich bis nach Deutschland als solcher in unaufhaltsamer Reise begleiten müssen! Und – es ist nicht ohne Gefahr für Sie!«

Ludwig wies mit einem fast unwilligen Stolz den Gedanken zurück, als könne irgendeine Gefahr ihn zurückschrecken. »Das wußte ich wohl und mußte es Ihnen zutrauen«, entgegnete die Unbekannte. »Aber noch ein schwereres Geständnis habe ich Ihnen zu tun. Ich werde undankbar, ich werde niedrig argwöhnend vor Ihnen erscheinen müssen. Denn ich muß Ihre Hilfe angehen, ohne Ihnen mein Geheimnis vertrauen zu dürfen, weil es nicht das meinige ist. Andere haben heiligere Rechte daran, und mich binden die strengsten, unerläßlichsten Pflichten. Kaum mehr, als Sie schon erraten haben müssen, darf ich Ihnen enthüllen, denn daß ich nicht die Gräfin Wallersheim, daß ich nicht einmal eine Deutsche bin, kann Ihnen nicht verborgen geblieben sein.«

»Aber mit welchem Namen darf ich Sie nennen? Wird Ihr Geschick Sie mir auf ewig verhüllen?« fragte Ludwig nicht ohne schmerzliche Betonung. – »Nein, ich hoffe es nicht«, entgegnete seine Begleiterin sanft. »Und bis dahin nennen sie mich Schwester, Bianka, wenn Sie wollen. Dieser Name muß Ihnen schon genügen.« – »Schwester! Bianka!« sprach Ludwig nach, und ein bebender Schauer des Entzückens durchdrang sein Herz. »Schwester! Schwester!« – die Stimme versagte ihm. Der heilige Name legte ihm das reizende Wesen so nahe an das Herz, raubte es ihm aber zugleich so unwiederbringlich, daß er bei dem Klang desselben das vollste Maß der Seligkeit und den tiefsten, bittersten Kelch der

Schmerzen zugleich leerte. Und so war sein ganzes Finden der Geliebten. Die vertraulichste Nähe war ihm gestattet, doch zugleich hatte das Schicksal, dies ahnte er schon jetzt, eine furchtbare Kluft zwischen beiden aufgerissen, die sie um so weiter trennte, je inniger vereint sie schienen.

Er blickte sie an. Es deuchte ihm, sie sei eine holde Traumgestalt, die ihm entschweben werde, wenn er erwache. Sein Herz schlug heftig, doch er bezwang sich, und stumm verschloß er den ahnungsvollen Schmerz in seiner Brust. Doch Bianka brach das Schweigen. »Sie *dürfen* mich nicht nur Schwester nennen«, sprach sie ein wenig errötend, »sondern Sie *müssen* es auch, wenn Sie mich nicht verraten wollen. Sie werden sich gewiß bald daran gewöhnen, auch an das vertraute Du, das ich öffentlich von Ihnen zu fordern gezwungen bin, wenn Sie Deutsch sprechen.«

Die Prüfung für Ludwig wurde immer schwerer. – »Wenn ich mich nur nicht vergesse«, sprach er verlegen. – »Sie werden es gewiß nicht«, entgegnete Bianka. »Der Gedanke, daß ein leichtes Versehen für Sie und mich höchst gefährlich werden könnte, wird Sie gewiß immer warnen, und überdies sollen Sie es stets in meinen Zügen lesen, daß ich Sie an Ihre brüderlichen Pflichten erinnere. Doch ich muß Ihnen noch einiges über meine Lage entdecken. Sie sehen mich hier von meiner Jugendpflegerin und einem alten getreuen Diener unseres Hauses begleitet, den einzigen, die mein Geheimnis zum Teil kennen. Wir würden ohne alle Gefahr reisen, wenn nur diese die Mitwisser wären, doch zu unserem Unglück ist es leider schon verraten. Wissen Sie denn, daß bis Mailand ein anderer Ihre Stelle einnahm!« Hier stockte die Erzählerin. »Ein empörender Mißbrauch, den er von meiner Lage machen wollte«, fuhr sie hocherrötend fort, »zwang mich, den günstigen Augenblick zu nutzen, der sich mir zur Flucht auftat. Ich darf nicht zweifeln, daß er jetzt aus Rache zum Verräter geworden ist. Darum meine Eile, meine Todesangst unten im Städtchen, denn jeden Augenblick kann die Botschaft eintreffen, die unsere Verhaftung befiehlt. Zwar habe ich eine andere Straße eingeschlagen, als ich anfangs wollte, was die Unbestimmtheit des Passes, der nur von Rom über Florenz und Mailand nach Deutschland lautet, möglich machte, denn eigentlich hätte ich den Weg nach Verona nehmen sollen. Allein wie schnell ist das ermittelt! Wie leicht kann der Verräter selbst diese Mutmaßung hegen und uns daher auf zwei Straßen verfolgen lassen! Denn welche dritte wäre mir übriggeblieben? – Sie wissen nun, was Sie wagen! Und ich muß Ihnen auch das sagen: Man würde das Vergehen, dessen Sie sich schuldig machen, sehr streng bestrafen.«

»Das größte aller Vergehen wäre das, hier feige zurückzutreten«, sprach Ludwig fest. »Ich weiß nicht«, setzte er bewegter hinzu, »ob es mich nicht noch glücklicher machen würde, für Sie zu leiden, als für Sie zu wagen.« – Bianka schwieg. Die Nacht senkte sich tiefer herab und umhüllte die Gegenstände mit einem grauen dämmernden Schleier. Die

Straße wurde steiler. Schon stiegen die grotesken, zackigen Felsen von beiden Seiten auf, während in der Tiefe die Veriola schäumend und donnernd dahinschoß. Das großartige Schauspiel hätte einen mächtigen Eindruck auf die Reisenden gemacht, wenn die Stimme ihrer Gemüter eine ruhigere, dem Genuß empfänglichere gewesen wäre. Bianka schien überdies durch die Reise und durch die Angst, die sie erduldet hatte, erschöpft. Sie lehnte sich in die Ecke des Wagens zurück und sank in leisen Schlummer. Ludwigs aufgestürmte Seele ließ keinen Schlaf in sein Auge dringen, wiewohl auch er durch die lange Wanderung zu Fuß körperlich ermattet war. Die schauerlichen Wunder der Straße, die er zurücklegte, steigerten zwar das unruhige Wogen in seiner Brust, doch spiegelten sich Felsen, Abgrund und Wassersturz in seinem Auge nur wie in einem bewegten See ab: unbestimmt, verwischt, schwankend. Oft nahm er auch fast so wenig von diesen Bildern in sein Bewußtsein auf wie ein abspiegelndes Gewässer. Meist staunte er sie träumerisch an, und erst wenn sie längst vorüber waren, tauchten sie ihm als dunkle unbestimmte Erinnerungen auf, worüber er wieder die Eindrücke der nächsten Gegenwart verlor. Seine Seele sah ja nur Biankas Bild. Er stand entzückt vor der hehren, sanften Gestalt einer Madonna. Wie mochte er seine Augen fesselnd auf die Landschaft im Hintergrund des Heiligenbildes heften, so wunderreich sie sich auch ausbreitete!

Es war dunkel, als sie über die erste schaurige, auf turmhohe Pfeiler gestützte Brücke rollten, unter der der Strom im tiefen Abgrund wie eine weiße Schlange dahinzischte. Bald danach erreichten sie eines der Posthäuser, wo die Pferde rasch gewechselt wurden. Bianka war in so festen Schlummer gesunken, daß sie auch dort nicht erwachte. Es war, als ob ihre Seele dem neuen rettenden Freund so fest vertraue, daß keine Unruhe, keine Sorge mehr sie quälte. Die Straße wurde immer wilder und schauerlicher, die Veriola schoß tosend im Abgrund dahin, himmelhohe Felsmauern starrten schroff empor. Nur wenige Sterne blinkten durch die schmale Spalte der tiefgeklüfteten Schlucht. Plötzlich bog sich der Weg scharf um, und Ludwigs erstauntes Auge sah ein weißes riesiges Gespenst vor sich, das furchtbar aufgerichtet an der schwarzen Felswand stand. Zugleich schlug ein dumpfer Donner an sein Ohr. Bianka erwachte von dem Getöse und rief erschreckt: »Gott, was ist das? Wo sind wir?« – »Es ist der Wasserfall am Eingang der großen Galerie«, sprach der alte Diener, sich umwendend. In dem Moment hielt der Wagen, und ein heller Lichtstrahl aus erleuchteten Fenstern fiel hinein. Der Postillon knallte mit der Peitsche. »Was bedeutet das?« fragte Bianka ängstlich. »Sollten wir hier angehalten werden?« – »Hier ist, soviel ich weiß, die Grenze der Lombardei. Jenseits der kleinen Brücke vor uns befinden wir uns schon in der Schweiz«, entgegnete Ludwig. – »Gott sei gedankt!« rief Bianka und schöpfte tief Atem. »Nur noch bis dorthin verlaß mich nicht, gütiger

Himmel!« setzte sie leise hinzu und erhob das schöne Auge gegen die Sternennacht über ihr.

Indes traten zwei in graue Mäntel gehüllte Gestalten an den Wagen, von denen einer eine Laterne in der Hand trug. Die hohen Helme mit Roßschweife ließen französische Dragoner erkennen. »*Votre passeport, Monsieur*«, lautete die höfliche, aber kurze und entscheidende Frage. – »Den Paß, lieber Bruder«, sprach Bianka und drückte ihre Hand leise gegen seinen Arm, um ihm ein Zeichen zu geben, daß er sich nicht vergessen möge. Ludwig zog das Papier aus der Tasche und reichte es hin. So wenig hier eine Entdeckung zu fürchten war, so bewirkte das Bewußtsein seiner Lage doch, daß ihm der Puls rascher ging. Bei Tag würde ein aufmerksamer Beobachter die Unruhe in seinen Zügen bemerkt haben. Er war an Abenteuer dieser Art nicht gewöhnt. Der Offizier ging mit dem Paß ins Haus. Nach fünf Minuten kehrte er zurück und übergab ihn Ludwig mit den Worten: »*Votre serviteur, Monsieur le comte!*« – »Vorwärts!« rief der alte Diener, und der Wagen rollte fort über die Brücke auf den Wassersturz zu. Das Donnern desselben betäubte das Ohr, die weißen stäubenden Wolken umhüllten den Wagen wie mit dichtem Nebel. Plötzlich waren sie verschwunden, und dichte Finsternis bedeckte die Reisenden. Das Getöse des Wasserfalls und des Stromes vernahm man nur noch ganz dumpf. »Wo sind wir?« fragte Bianka. – »Ich glaube, im Gewölbe einer der Galerien, durch die die Straße führt.« – »Das ist die Galerie von Frissinone«, ließ sich die Stimme des Postillons vernehmen, der sich nicht wenig darauf einbildete, die Schrecken und Wunder dieser Straße genau zu kennen und sie französisch namhaft zu machen.

Weder Bianka noch Ludwig hatten, da ihr Blick an dem Wassersturz hing, bemerkt, daß man in ein Felsentor eingefahren sei. Der Wagen rückte langsam in dem Gewölbe vor, das auch nicht durch den leisesten Schimmer des Lichtes erhellt wurde. Plötzlich aber fiel ein dämmernder Schein von oben herab. Erstaunt sahen die Reisenden aufwärts und erblickten einige schimmernde Sterne, die aber ebenso rasch wieder verschwanden. Man hatte sich unter einer Öffnung der Schlucht befunden, die am Tag einiges dämmernde Licht in diese düstere Felsengruft wirft. Nach zehn Minuten erreichte man das Freie wieder.

Bianka atmete aus tiefer Brust. »Gott sei Dank!« sprach sie. »Mir wurde doch ein wenig bange in der Schlucht. Aber wozu dient diese finstere Wölbung?« – »Hauptsächlich zum Schutz gegen die Lawinen, denn man hat sie meist an den Stellen angelegt, wo das Hinabstürzen derselben am häufigsten stattfindet. Mehrfällig aber hat man auch durch dieses kühne Durchbrechen des Felsens einen bedeutenden Umweg erspart. Die ganze Straße ist ein Riesenwerk, wie alle, die der kolossale Mann unternimmt, der mit so scharfem Blick die Wichtigkeit dieses Baues zur Verknüpfung seiner Völker erkannte. Was seit einem Jahrtausend dringender Wunsch gewesen war und wovor zwanzig Geschlechter zurückbebten, weil die Aufgabe menschliche Kräfte zu übersteigen schien, das richtete dieser kühne, schöpferische Geist durch einen Wink ins Werk, nur weil sein mächtiger Wille es gebot.« – »Ich staune ihn an! Aber ich glaube doch, daß dieser düstere Genius furchtbarer im Verheeren als mächtig im Erschaffen ist«, entgegnete Bianka mit weiblichem Zurückbeben vor den kriegerischen Ereignissen, die sie bei ihren Worten im Sinn zu haben schien. – »Er zerstörte nur, um zu schaffen«, erwiderte Ludwig mit Feuer. »Auf der Lava, die der Vulkan auswirft, blüht die reichste Flur empor!« – »Und gedenken Sie nicht derer, die unter dem Aschenstaub verschüttet liegen?« fragte Bianka. – Ludwig seufzte. Seine Seele war hier im Tiefsten getroffen. Wohl gedachte er der Verschütteten, gedachte er seines Vaterlandes, aber dennoch vermochte er nicht seiner Bewunderung des Mannes, vor dem Europa bebte, zu entsagen. Dieser Streit in seiner Brust hatte ihn schon oft schmerzlich zerrissen, und jetzt ging er, durch die Rückkehr in seine Heimat, durch die Nähe des ungeheueren Krieges, dessen schwarze Wolken sich mit jedem Tag düsterer zusammenzogen, neuen furchtbaren Kämpfen dieser Art entgegen. – »Wir sind geboren«, sprach er nach einer Pause mit leiser Stimme, »um die Schuld unserer Väter zu sühnen. Das eiserne Rad des Schicksals zermalmt uns, ach, ich weiß es nur zu wohl! Aber nicht auf die wälze ich die Schuld, die den Richterspruch der unvermeidlichen Nemesis vollstrecken. Die Geschichte hält ein strenges, schweres Strafgericht. Sie richtet nur Taten, nicht Täter. Darum büßen wir die Schuld der Vorfahren. Aber auch die eigene, denn dürfen wir uns vor feiger Versunkenheit und Entartung freisprechen? Deutschland … Oh, lassen Sie mich schweigen, denn mein Herz blutet, wenn ich daran denke!«

Beide schwiegen. Da bog sich der Weg ein wenig nach Osten, und plötzlich glänzte ihnen der sanfte Mond, der im reinsten Äther zwischen zwei zackigen Berggipfeln schwebte, entgegen, gleichsam als ein freundliches Pfand der Gottheit, daß nach dem Sturm die Ruhe wiederkehren werde. Zugleich stiegen über der schwarzen, aus dem Schatten der Nacht aufwachsenden Felswand vor ihnen zwei silberweiße Schneehörner empor, die das Mondlicht glänzend zurückwarfen.

»O Gott!« hauchte Bianka aus tiefgerührter Brust, ergriff die Hand ihrer Pflegerin und deutete auf die Schneegipfel. Ludwig fühlte, daß warme, milde Tränen über seine Wangen rollten. Er drückte sich das Tuch vor die Augen und ließ nun dem süßen Strom, der ihm die beklemmte Brust erleichterte, freien Lauf. – »Der Gipfel links, das ist der Sempione«, erklärte der Postillon, indem er sich zu Biankas altem Diener wandte. – »Im Dorf sind wir bald, dann haben wir noch zwei Stunden bis zum höchsten Gipfel, wo das Hospiz gebaut wird. Allein der Bau liegt schon seit einem Jahr still, denn es fehlt am Besten, am Geld. Aber vorwärts!«

Damit schwang er die Peitsche, und in kurzer Zeit hatte man das Dorf Sempione, das dicht unter dem Schneegipfel des Berges zu liegen scheint, erreicht.

Es war hier schon empfindlich kalt. Nur wenige Augenblicke verweilten die Reisenden, um sich durch eine flüchtig genossene Mahlzeit und ein Glas warmen Weines zu stärken, denn Bianka trieb fortwährend zur Eile an. Mit dem Frühling war es nun bald vorüber, denn nach kurzer Zeit befand man sich mitten im Schnee, der von beiden Seiten hoch aufgeschüttet war. Da die Straße nicht gar steil anstieg, so ging die Reise rasch vonstatten. Bald erreichte man den höchsten Gipfel, und nun rollte der Wagen mit Blitzesschnelle abwärts. Nach einigen Minuten hielt der Postillon an. »Was gibt's?« fragte Ludwig. – »Hm, Signore«, lautete die Antwort, »die Jahreszeit ist nicht die beste. Man muß vorsichtig sein. Wir haben warme Tage gehabt, und da stürzen die Lawinen herunter wie der Sperber auf die Lerche. Ich muß einen Schuß tun.« Er holte eine alte, rostige Muskete hervor und schoß in die Luft. Der Schall dröhnte weit durch die öden Berge und donnerte ein tausendfaches Echo nach, doch alsdann blieb alles still. – »Es wird gehen«, sprach der Postillon und trieb seine Pferde an. Man war in ängstlicher Spannung, denn jeder malte sich im stillen die schauerlichen Schrecken eines Begräbnisses unter stürzenden Lawinen aus. In wenigen Augenblicken gingen alle die Erzählungen in der Erinnerung durch, welche die jugendliche Phantasie schon in den frühesten Jahren durch Berichte von diesen furchtbaren Naturereignissen in der Schweiz süßschauerlich aufgeregt hatten. Plötzlich donnerte und krachte es dumpf in der Höhe. *»Dio santo!«* rief der Postillon und sah empor. Zugleich aber setzte er dem Pferd, auf dem er ritt, die Sporen ein, schwang die Peitsche, und in betäubender Schnelligkeit rasselte der Wagen dahin. Bianka ergriff ängstlich die Hand der Pflegerin ihr gegenüber. Ludwig suchte Ruhe zu gewinnen und sprach: »Es wird keine Gefahr geben. Diese Leute wissen sehr genau Bescheid und sind ungemein vorsichtig.«

Doch kaum hatte er diese Worte gesprochen, als ein furchtbares Krachen dicht über ihren Häuptern erscholl. Es war, als stürze der Berg mit ihnen zusammen. Die Pferde bäumten sich und prallten scheu auf die Seite, so daß der Wagen hart an den Rand des Abgrundes geschleudert wurde. Doch der mutige Reiter verlor die Fassung nicht, sondern trieb sie mit Sporen und Peitsche vorwärts. Die Gefahr, hinabzustürzen, dauerte nur eine Sekunde, doch der größeren war man noch nicht entronnen, denn jetzt krachte es fürchterlich rings um die Reisenden her, und sie sahen sich plötzlich in eine weiße Wolke gehüllt. Der Boden bebte, ein gewaltiger Druck der Luft schleuderte Ludwig von dem Sitz herab, Bianka hing in bewußtloser Angst am Hals ihrer Pflegerin. Die weiße Wolke verdunkelte sich schnell wie zu dichten schwarzen Rauchwirbeln. Einen

Augenblick danach hielt der Wagen mit einem heftigen Stoß an, als ob ein Schiff auf ein Felsenriff geriete. Die Achsen knarrten, beide Frauen schrien laut auf, selbst Ludwig vermochte einen Ausruf des Schreckens nicht zu unterdrücken. Undurchdringliche Finsternis verhüllte jetzt alles ringsumher. Noch einige Augenblicke vernahm man das Getöse des rollenden Donners, dann verlor es sich dumpf, und plötzlich war alles still und finster wie die Gruft.

Drittes Kapitel

»Das war Rettung aus dem Rachen des Löwen!« rief jetzt der Postillon. »Wir haben noch glücklich die Galerie erreicht.« Diese Worte erfüllten die von Entsetzen Erstarrten mit neuem Leben. »Wir sind nicht verschüttet?« rief Ludwig freudig. – »Die Lawine muß dicht hinter uns heruntergeschossen sein«, antwortete der Postillon, »denn die Eissplitter und der Schneestaub haben uns ja fast blind gemacht. Aber eine Achse oder gar alle zwei wird es gekostet haben, denn ich spüre wohl, daß wir etwas hart an die Feldwand geraten sind. Es war aber auch kein Spaß, im vollen Galopp in das enge Loch einzufahren, und noch dazu im Finsteren!«

Ludwig hörte die letzten Worte des Postillons nicht mehr, weil er fühlte, daß Bianka an ihm niedersank und er die Ohnmächtige in seinen Armen auffing. »Um des Himmels willen, Schwester«, rief er, indem er sie mit beklommener Seligkeit sanft an sich drückte. »Schwester, was ist dir?« – Sie antwortete nicht, überhaupt ließ sich kein Laut vernehmen. Ludwig bebte schaudernd zusammen. Hatte der entsetzliche Augenblick allen zugleich das Leben geraubt? Inzwischen erhellten Funken das Dunkel. Es war der Postillon, der Feuer aufschlug. Bei dem zuckenden Lichtschimmer sah Ludwig, daß Bianka bleich, mit geschlossenen Augen und Lippen in seinen Armen lag und auch die Pflegerin, wie es schien, bewußtlos auf den Sitz des Wagens zurückgeworfen war. »Licht, Licht!« rief er hastig. – »Gleich, Signore!« Die Laterne war angezündet und erhellte das düstere Felsgewölbe der Galerie mit einem trüben Schimmer. Der Postillon hob sie in die Höhe und fragte: »Es hat doch niemand Schaden genommen? Aber zum Teufel, wo ist denn der Bediente?« Erst jetzt bemerkte Ludwig, daß dieser fehle. Er mußte gestürzt sein. »Wir müssen ihn aufsuchen«, rief er und ließ die teure Last, die er in seinen Armen hielt, sanft auf den Sitz des Wagens nieder. Dann sprang er hinaus, um mit dem Postillon gemeinschaftlich den Verunglückten aufzusuchen. Dies war schnell geschehen, denn sie fanden ihn dicht am Eingang der Galerie besinnungslos auf dem felsigen Boden liegen. An der Stirn blutete er zwar ein wenig, doch war die Verletzung nicht bedeutend, auch schien er sonst nicht verwundet zu sein. Der Postillon wusch ihm mit einer Handvoll Schnee, den der Wind an den Seitenwänden der Galerie angetrieben hatte, die blutende Stirn, während Ludwig ihn aufzurichten und zu erwecken bemüht war. Der Alte fand die Besinnung schnell wieder. »Wo bin ich?« fragte er, mehr erstaunt als erschöpft. Ludwig nahm sich nicht die Zeit, ihm zu antworten, sondern eilte, die Laterne in der Hand, zu Bianka zurück. Sie schien, sanft in den Wagen zurückgelehnt, nur leicht zu schlummern, so still und lieblich waren ihre Züge. Als ihr die Schimmer des Lichts, das Ludwig auf den Rücksitz des Wagens gestellt hatte, ins Auge fiel, öffnete sie es, schloß es aber, geblendet, ebenso rasch wieder und atmete tief auf. Ludwig ergriff ihre Hand und nannte leise, aber mit Innigkeit ihren Namen. Sie schlug das Auge groß auf. Dann fragte sie fremd, noch halb in ihre Träume versunken: »Wer ruft mich denn?«

»Dein Bruder, Bianka«, sprach Ludwig tiefgerührt. – »Bruder! Bruder!« rief sie noch bewußtlos ängstlich aus, neigte sich bebend vorwärts und lehnte sich sanft gegen Ludwigs Brust, der sie in seliger Überwältigung an sein Herz und einen leisen Kuß auf ihre Stirn drückte. Da fuhr sie, plötzlich erwachend, auf, sah ihn mit scheu staunenden Blicken an, und indem sie sich, jungfräulich beschämt, seinen Armen entwand, sprach sie: »Mein Gott! Die Betäubung – ich weiß nicht, was ich getan habe!« Indem fiel ihr Blick auf die Pflegerin, die noch besinnungslos, mit zurückgesunkenem Haupt, in der Ecke des Wagens saß. Ein Ausdruck des Schreckens überflog bei diesem Anblick ihre Züge. Sie öffnete die Lippen zu einem Ausruf, aber er erstarb in einem gepreßten Seufzer. Da bewegte sich die Ohnmächtige und sprach einige fremdartige Worte aus. »Sie lebt! Sie lebt!« rief Bianka freudig und umschlang den Nacken der Zurückgesunkenen, indem sie diese liebend emporrichtete. »O meine Margarete, erkennst du mich?« Ihre Umarmung war so innig, daß Ludwig ahnen mußte, es finde hier ein näheres Verhältnis als das zwischen Herrin und Dienerin statt. Doch bevor er sich einer bestimmten Mutmaßung bewußt wurde, richtete Bianka die ängstliche Frage an ihn: »Aber wo ist – um des Himmels willen ...« Ludwig erriet, was sie wollte, und unterbrach sie durch die Nachricht, daß der Diener keinen Schaden genommen habe. Indessen kam dieser mit dem Postillon heran. Bianka machte eine rasche Bewegung ihm entgegen. Der Diener verbeugte sich mit Ehrfurcht und sprach ernst: »Ich freue mich, daß die gnädige Herrschaft keinen Schaden genommen hat, auch ich bin der Gefahr noch glücklich genug entgangen.«

Man sah in Biankas Zügen, daß eine seltsame Bewegung in ihrem Inneren vorging. Sie schien auf das heftigste mit einem Wunsch zu kämpfen, den sie schwer bezwang. Der alte Diener war jedoch nicht sonderlich aufmerksam zu ihr und meinte, kurz abbrechend: »Jetzt müssen wir vor allen Dingen sehen, was der Wagen für Schaden genommen hat.« Dabei ergriff er die Laterne und leuchtete damit gegen die Achsen. Bianka sprach matt: »Ich kann mich noch gar nicht fassen, ich weiß ja auch noch nicht, was uns begegnet ist und wo wir jetzt sind.« Dabei neigte sie sich zärtlicher gegen die Brust ihrer Begleiterin, die jedoch ungleich kälter und gemessener zu ihr war, als ob sie sehr auf ihrer Hut sei, die Schranken des Standesverhältnisses vorwitzig zu überschreiten.

Ludwig erklärte in wenigen Worten, was vorgegangen war und wo man sich befinde. »Der Wagen ist nicht viel besser als in tausend Stücke zerschellt«, berichtete jetzt der Postillon, der gemeinschaftlich mit Paul, dem Diener, die Räder und Achsen untersuchte. »Die Herrschaft wird wohl ein wenig aussteigen müssen.« – Ludwig half den Frauen aus dem Wagen. »Wird uns der Unfall lange aufhalten?« fragte Bianka besorgt, indem sie zu den beiden Männern trat, die eben die Hinterachsen besahen. – »Je nun, Signora«, antwortete der Postillon, indem er die rote Mütze ehrerbietig abzog, »bis zum nächsten Posthaus, vielleicht auch bis Brieg schleppen wir uns jedenfalls hinunter, aber dort wird der Stellmacher wohl einen oder anderthalb Tage zu tun haben. Die rechte Vorderachse ist mitten auseinander geborsten, und das Rad hält mit Not und Mühe noch die Speichen in der Nabe. Die Deichsel hat der Henker auch geholt, daß der Kasten schmählich zerfahren ist, will ich nicht einmal rechnen. Hinten geht's noch so leidlich, aber das rechte Rad hat auch gelitten.«

Bianka warf während dieses Berichts unruhige Blicke auf ihre Begleiterin und auf Paul. Der letztere fing endlich an: »Es wird sich schon noch machen lassen, gnädigste Gräfin. Ich denke, wenn man Schmied und Radmacher gut bezahlt, so kommen wir mit einigen Stunden Aufenthalt davon. Freilich aber wäre jetzt keine Zeit zu verlieren.« – »Ja, mein Freund«, fing der Postillon an, »so können wir nicht vorwärts. Ein paar Bäume müssen wir erst abschlagen: einen, um ihn unter die Achse, den anderen, um ihn gegen die Deichsel zu binden. Es ist nur verwünscht, daß wir hier schwerlich passendes Holz finden, denn wenn ich mich jemals gut hier oben umgesehen habe, so wächst auf dieser Höhe noch kein Stamm, wie wir ihn brauchen. Es ist nichts als krummes, verkrüppeltes Knieholz. Eine halbe Stunde weiter unten möchte es eher angehen.« – »So laß uns dahin«, erwiderte Paul, »denn vorwärts müssen wir, die Herrschaft hat große Eile.« Der Postillon stand unschlüssig. Ludwig glaubte, er wolle nach Art der Italiener erst sehen, wie hoch man ihm den außerordentlichen Dienst bezahlen werde, und versprach ihm daher eine ansehnliche Belohnung, wenn er den Wagen bald wieder instand setze. Doch der kleine Schwarzkopf mit dem Zigeunergesicht zog eine bedenkliche Miene und sprach: »Das ist freilich leicht gesagt, Monsignore, aber nicht leicht ausgeführt. Wenn um die jetzige Zeit erst die Lawinen zu stürzen anfangen, so ist man keine Viertelstunde sicher. Eine nach der anderen setzt sich in Bewegung. Ja, wenn wir harten Frost hätten! Aber ich spüre Tauwetter, und da mag der Teufel trauen. Es könnte leicht sein, daß ihr hier lange vergeblich auf unsere Rückkehr wartetet. Bei Tag kann man sich eher vorsehen, auch hört gegen Morgen die Gefahr auf, denn was die Sonne am Tag locker geschmolzen hat, ist bis dahin heruntergestürzt, und sie muß dann erst neue Massen lostauen. Aber jetzt, bei Nacht, da ist das Ding nicht zu wagen!«

Ludwig ahnte, wie peinlich die Verzögerung der Reise für Bianka sein müsse, obwohl sie der dringendsten Gefahr bereits entronnen war. Er sprach daher entschlossen: »Ich begleite euch, wir wollen die Gefahr teilen.« – »Das wäre ganz gut, Monsignore«, antwortete der Postillon, ohne seine bedenkliche Miene zu ändern, »wenn wir's mit ein paar Galgenvögeln zu tun hätten, die am Weg hinterm Busch lauern. Aber die Lawine fragt nicht danach, ob wir zwei oder drei oder zwanzig sind. Sie macht reinen Tisch mit allen, die ihr in den Weg kommen!« – »So laßt es uns doch wenigstens versuchen, Freund«, sprach Ludwig, indem er die Laterne ergriff. »Ich will voran.« Bianka sah ihn mit einem dankbaren Blick an, der ihn noch mehr in seinem Entschluß bestärkte. »Habt Ihr ein Beil?« fragte er. – »Beil und Stricke liegen im Kasten unterm Bock«, erwiderte Paul, öffnete denselben und nahm das Beil heraus. »So komm, mein Freund«, sprach Ludwig fest zu dem Postillon, »der Bediente mag bei den Damen bleiben.« – »Nun, so möge Sankt Borromäus uns beistehen«, rief der Postillon, halb seufzend, halb verdrießlich.

Paul trat vor: »Wenn jemand gehen soll, Herr Graf, so bin ich es. Sie selbst bleiben dann zum Schutz der Damen zurück.« Bianka war unschlüssig, ob sie Ludwig bitten sollte, das Wagestück zu unterlassen. Doppelte, gleichmächtige, aber einander widerstreitende Pflichten und Gefühle kämpften in ihrer Seele. Seine Entschiedenheit ließ ihr keine Wahl. »Ich gehe selbst«, rief er mit freudigem Ton, »es bleibt, wie ich gesagt habe.« Mit diesen Worten ergriff er die Laterne und schritt vorwärts. Der Postillon folgte ihm. »Gott möge dich beschützen, mein Bruder«, rief ihm Bianka nach.

Der Postillon nahm ihm jetzt, als des Weges kundig, die Laterne aus der Hand. Kaum waren sie fünfzig Schritte gegangen, als er rief: »Santo Borromeo! Ich glaube, die Galerie ist gesperrt! Seht nur, Signore, der Ausgang ist ja ganz mit Schnee verrammelt. Die Lawine muß sich geteilt haben und von beiden Seiten der Galerie herabgestürzt sein. So sitzen wir wie die Maus in der Falle. Denn daß die Tür hinter uns zuschlug, haben wir, Gott sei's geklagt, nur zu deutlich gemerkt!« Es war, wie der Postillon es sagte. Wenige Schritte vorwärts reichten hin, um Ludwig zu überzeugen, daß der Ausgang völlig verschüttet war. »Was fangen wir jetzt an?« fragte er, erschrocken, sich in der Höhle als Gefangener zu wissen. – »Was wir anfangen? Wir gehen zurück zu den Damen, denn hier können wir nicht heraus, bis wir herausgeholt werden«, erwiderte der Postillon. – »Aber wird man uns befreien?« – »Pah! Davor ist mir nicht bange. Sie müßten taub sein in Sempione und im nächsten Posthaus, wenn sie diese Lawine nicht gehört hätten. Und wenn ich morgen früh nicht mit meinen Pferden zurück bin, so suchen sie schon nach, wo ich stecke.«

Etwas beruhigt durch diese Antwort, trat Ludwig den Rückweg zu den Damen an und berichtete ihnen, in welcher Lage man sich befinde. Bianka hörte ihn mit banger Seele an, doch mit ergebenem Gemüt richtete sie das Auge empor und sprach: »Wir müssen dulden, was Gott uns sendet, er selbst will jetzt unser Geschick entscheiden. Es sei denn … Ich bin auf alles gefaßt!«

Der Postillon, der nichts Außerordentliches in dem Fall sah, wollte sie beruhigen. »Es hat keine Not, Signora, man wird uns schon herausholen, morgen mittag sind Sie frisch und gesund in Brieg, darauf verlassen Sie sich. Indessen wollen wir doch suchen, ein Zeichen zu geben. Soviel Luft werden wir uns wohl durch den Schnee machen können, daß der Knall einer Muskete ins Freie fahren kann. Wenn sie uns im Posthaus hören, das keine halbe Stunde mehr von hier entfernt ist, so läuten sie die Notglocken, und mit Tagesanbruch werden Leute genug hier sein, um uns herauszugraben. Denn höher als fünfzehn bis zwanzig Fuß bleibt der Schnee auf der schmalen Straße nicht liegen.« Nach diesen Worten machte der muntere, gewandte Italiener sich gleich daran, um die Deichsel auszuheben, mit der er sich ein Luftloch durch den Schnee bohren wollte. Indem er aber damit beschäftigt war, hörte man einen fernen dumpfen Knall. Bianka fuhr zusammen. »Was bedeutet das?« fragte sie. – »Ihr werdet es gleich hören«, rief der Postillon und nahm die Stellung eines Aufhorchenden an. »Da habt ihr's! Sagt' ich's nicht? Es ist eine zweite Lawine.« Der Knall ließ sich verstärkt zwei-, dreimal rasch hintereinander hören, dann folgte ein langanhaltendes grollendes Getöse, wie wenn eine große Last von Steinen in den Abgrund rollte. Es kam immer näher, jetzt rasselte es dicht über den Häuptern der Lauschenden, als sollte die Decke der Galerie eingeschmettert werden. Bianka schmiegte sich ängstlich an Margarete an. Auch die Männer verrieten Schrecken durch ihre erblassenden Wangen. Der Postillon aber lachte und rief: »Hier regnet es nicht durch!« – Das Getöse nahm nach und nach ab und verlor sich dann in ein dumpfes Sausen in der Tiefe, als ob ein ferner Strom wild über Felsentrümmer dahinbrause.

»Hab' ich nicht recht gehabt?« fragte der Postillon. »Wenn uns nicht zum Glück der Ausweg versperrt gewesen wäre, so möchten wir jetzt schwerlich den Eingang wiederfinden.« Bianka dankte Gott durch ein stummes Gebet, daß Ludwigs großmütiges Wagestück vereitelt worden war. Indessen hatte der Postillon die Deichsel ausgehoben und band mit Pauls Hilfe ein Ortscheit gegen den Bruch derselben. Als sie auf diese Art hinlänglich instand gesetzt war, um damit den lockeren Schnee zu durchbohren, machten sich beide auf, um an dem talwärts gerichteten Ende der Galerie eine Öffnung, ungefähr wie einen Schornstein, durchzuarbeiten. Ludwig und die Damen folgten ihnen, denn der Erfolg war zu wichtig für sie, als daß sie nicht die Arbeit fortwährend hätten beobachten sollen. Das Öffnen eines Luftloches geschah mittels einer trichterförmigen Bohrung, indem Paul und der Postillon die Deichsel fortwährend in kurzen Bogen umdrehten. Nach wenigen Minuten stürzte aus der erweiterten Öffnung eine große Last Schnee herab. »Aha!« rief der Postillon. »Wir haben genug gegraben, die Decke ist eingestürzt.« Zugleich beugte er sich unter das Loch und rief: »Wahrlich, der Mond scheint gerade zu dem Fenster herein. Wenn ich jetzt schießen will, muß ich ihn ordentlich aufs Korn nehmen.« Ludwig hatte die Büchse gleich mitgenommen und einstweilen geladen.

»Wir wollen noch ein paar starke Pfropfen aufsetzen«, meinte der Postillon, »damit es besser knallt«, und er holte einige Stücke altes Papier aus der Tasche, die er fest zusammenkaute und mit dem Ladestock einstampfte. »So, jetzt aber«, sprach er, »muß ich ein wenig emporgehoben werden, damit ich mit der Mündung möglichst ins Freie lange, sonst hört man den Schuß nicht weit genug.« Ohne Umstände ließ er sich auf Pauls und Ludwigs Schultern heben und schoß nun sein Feuergewehr ab. Es gab einen im Gewölbe stark widerhallenden Knall, und deutlich hörte man, wie die Berge ihn fortpflanzten. »Bravo, Bravissimo!« rief der Postillon, sich selbst lobend. »Aber jetzt heißt's *da capo*, sonst versteht man's nicht.« Er lud und schoß aufs neue und zum drittenmal. »So«, rief er, »nun hat's gute Wege, jetzt werden wir nicht vergessen werden. Damit aber die Luft hier etwas besser werde, wollen wir an der anderen Seite auch ein wenig nachhelfen.«

Er ging mit seiner Deichselstange zu dem anderen Ende der Galerie und bohrte ein ähnliches Loch in den Schnee. Indessen nahmen die Frauen und Ludwig wieder im Wagen Platz, um in Geduld den Anbruch des Tages zu erwarten. Schon nach wenigen Minuten hörten sie den fernen Schall eines Glöckleins. Es war die Glocke, mit der von Posthaus zu Posthaus das Zeichen gegeben wird, daß jemand auf der Straße in Not ist. So war denn ihre Rettung gesichert, und sie hätten ruhig die Stunde derselben erwarten dürfen, wenn nicht durch die Verzögerung die Gefahren, die den Reisenden drohten, gleich der steigenden Flut des Meeres immer mächtiger angewachsen wären. Noch zweimal ließ sich der Donner stürzender Lawinen, doch in größerer Ferne, vernehmen und mischte so die Schauer zerstörender Naturereignisse in die bangen Empfindungen, die Biankas Brust erfüllten. Für Ludwig war jede Minute des längeren Verweilens an der Seite der Geliebten in diesem vertraulich dunklen Zufluchtsort ein köstlicher Gewinn. So ungleich wägt das Schicksal seine Gaben in derselben Schale zu.

Viertes Kapitel

Gegen Morgen hatte die überwältigende Müdigkeit jedes Auge geschlossen, wie wach auch die Sorgen es lange erhalten haben mochten. Ein Schuß, dessen donnernder Hall die öde Stille unterbrach, erweckte die Reisenden plötzlich. »Das ist das Zeichen der Hilfe«, rief der Postillon, der seinen Platz neben Paul auf dem breiten Bock eingenommen hatte, und verwandelte durch dieses Wort Biankas Erschrecken in lebhafte Freude. »Wir müssen nun gleich Antwort geben«, setzte er hinzu und ergriff die Muskete, um sie zu laden. Er begab sich hierauf, von allen begleitet, an den nach Brieg zu gelegenen Ausgang der Galerie und schoß durch die Öffnung. Gleich darauf ertönte ein lautes Geschrei vieler Männerstimmen ganz nahe an der Höhle. »Die Schneelage kann nicht breit sein«, rief der Postillon munter aus. »In kurzer Zeit sind wir vielleicht schon losgearbeitet.«

Es dauerte nicht zehn Minuten, so erschienen bereits einige Männer auf der Höhe des Schnees vor dem Ausgang der Galerie, so daß man mit ihnen sprechen konnte. Sie schaufelten bald eine Öffnung, durch die man zu Fuß auf die Straße gelangen konnte, wenngleich der Wagen noch nicht hätte hindurchkommen können. So war denn die Pforte des düsteren Gefängnisses geöffnet. Ludwig führte die Geliebte über den Schneehügel hinaus ins Freie. Mit stillem Entzücken begrüßten beide das holde Licht des Tages wieder. Aus der finsteren Gruft traten sie in eine romantische Gegend, die man hätte reizend nennen können, wenn der Winter nicht noch hier oben Herr gewesen wäre. Vor ihnen öffnete sich zwar ein tiefes, stilles Tal, aber die Umgegend war mit schlanken Fichten grün bewachsen, und unten, ganz in der Ferne und Tiefe, sah man das freundliche Städtchen Brieg, von dem silbernen Band der Rhone umschlungen, und dort grünte die Flur schon im reizenden Schmuck des Frühlings. Die Luft war nicht warm, aber doch milde, und die Sonne glänzte hell an einigen Schneegipfeln. Freilich, das laue, duftige Wehen der italienischen Frühlingsluft, von der man gestern geschieden war, traf man nicht mehr an, sondern nur ein tauender Februartag herrschte auf dieser Höhe. Daher sprach Bianka lächelnd: »Wir sind seit gestern um einige Monate jünger geworden, unten atmeten wir Mailuft, hier begrüßen uns höchstens die ersten Tage des März.« – Sie waren mir von jeher die liebsten«, antwortete Ludwig lebhaft, »stets hat mich der Frühling am tiefsten bewegt, wenn sein Hauch nur eben die ersten Eisspitzen des Winters schmilzt, wenn wir ihn mehr ahnen als wirklich empfinden. Die Sonne, die uns die ersten tropfenden Bäume im Garten bringt, die ersten Halme, die aus dem Schnee emporsprießen, galten mir als Knabe schon mehr als eine ganze Maienflur.« Von Biankas Lippen ertönte, indem sie das schöne Haupt freundlich zuwinkend neigte, ein leiser Ton, wie das Summen der Bienen. »Es ist wahr«, sprach sie sinnend, »es sind die ersten Tage der Genesung nach langer, düsterer Krankheit. Die Frische der Gesundheit ist noch nicht zurückgekehrt, aber man empfindet die Wohltat der geringen Gabe stärker!« – »Gewiß«, erwiderte Ludwig, »sie erfreuen uns, wie den Dürftigen das kleinste Geschenk, mehr als in der Fülle des Glücks ein großer Gewinn.«

Paul unterbrach das Gespräch, indem er den Vorschlag machte, daß die Herrschaft zu Fuß voran bis zu dem nächsten, nur eine halbe Stunde entfernten Posthaus gehen und dort warten möchte, bis der Wagen nachkomme. Ludwig fand dies sehr zweckmäßig, weil die Frauen der Erfrischung bedurften. Er reichte Bianka den Arm und machte sich mit ihr und Margarete auf den Weg. Paul und der Postillon wollten, während die Landleute den Schnee vollends weggrüben, den Wagen, so gut wie es einstweilen möglich war, herstellen.

Das Posthaus war nach einer kleinen halben Stunde erreicht. Es lag schon soviel tiefer, daß man dort keinen Schnee mehr fand. Auch war der Waldwuchs schon hoch, wiewohl bis jetzt nichts daselbst grünte als Moos und Tannen. Das wohlgebaute, reinlich geordnete Haus, eben hinreichend, um die Wohnung einer Familie zu bilden und ein oder zwei Zimmer für Reisende zu enthalten, gewährte ein eigenes Bild der Befriedigung und Ruhe. Mitten in die Wildnis hingestellt, einsam, hoch über andere Menschenwohnungen erhaben, in der Nachbarschaft einer oft furchtbaren Natur, war es doch so sichtlich ein heimischer, trauter Zufluchtsort für das harmlose Glück geringer Bedürfnisse, daß man die Bewohner desselben beneiden konnte. Welche Sorgen sollten sie hier treffen? Welche quälende Begierde ihr Glück untergraben? Ein geordneter Hausstand, ein bestimmtes Geschäft, kein Nebenbuhler, kein Feind, kein den Frieden störender Nachbar, genug Verkehr mit Menschen, um nicht abzusterben, nicht so viel, um von dem Wechsel der Schicksale in der bewegten Welt mitgetroffen zu werden – gewiß, dies sind die natürlichen, gesunden Verhältnisse eines wahrhaften Glücks, und nur ein selbstfeindlicher Sinn vermag sie zu stören. Aber leider ist der Trieb, der sich blind und wahnsinnig gegen das eigene Wohl richtet, nur zu häufig und zu mächtig in der Brust der Menschen. Daher wird keiner seinem Unstern entfliehen, der ihn auf diese Weise selbst mit sich trägt. Aber auch keinen wird ein feindliches Geschick finden, der in ruhiger, zufriedener Brust sich selbst das Glück gründet.

»Mamma, Mamma«, rief, als Ludwig und Bianka sich näherten, ein kleines Mädchen, das vor der Tür des Hauses saß, und klatschte vergnügt in die Händchen. *»Mamma, mia! Un signore, una signora!«* Die Mutter, eine schwarzlockige Italienerin, eilte herbei, nahm das Kind auf den Arm und ging den Fremden entgegen. »Die Herrschaften haben ein Unglück gehabt?« fragte sie teilnehmend mit dem reizenden Wohllaut italienischer Sprache und Stimme. »Es ist doch niemand zu Schaden gekommen?« – »Zum Glück nein«, erwiderte Ludwig italienisch. »Können wir ein Frühstück haben?« – Gewiß, Signore. Ist es gefällig, einzutreten?« Dabei trat sie auf die Seite und wollte den Fremden den Vortritt lassen. Bianka neigte sich im Vorübergehen zu dem kleinen Mädchen, das sich anfangs ein wenig blöde zurückzog, als aber Bianka es liebkosend anredete, mit unschuldiger Freude zur Mutter sprach: *»Una bellisima signora!«* – »Jawohl, Giannettina«, erwiderte diese, »eine schöne, vornehme, liebe Dame! Gib ihr doch ein Händchen.« Die Kleine reichte die Hand dar, Bianka neigte sich dem holden, lächelnden Rosenmund des Kindes entgegen, das schnell vertraut beide Ärmchen um ihren Hals schlang und sie von Herzen küßte. »Giannettina!« rief die Mutter. »Wer wird so unartig sein!« – »Oh, laßt sie doch«, antwortete Bianka, indem sie das Kind zu sich nahm und es liebkosend hineintrug, »ich spiele so gern mit Kindern.«

Sie traten in das für die Fremden bestimmte Gemach, das mit angenehmen Blumendüften erfüllt war, indem die schönsten Töpfe von Hyazinthen, Rosen, Reseda und anderen duftenden Gewächsen auf den Fenstern und auf einer Blumenterrasse in der Ecke standen. »Ei, wie schöne Blumen gibt's hier oben«, sprach Bianka erfreut. – »Hier wächst so wenig«, antwortete die Wirtin, »daß man wohl etwas aus dem Tal heraufschaffen muß. Die Postillone und Fuhrleute bringen sie uns aus Duomo d'Ossola mit. – Ist's der Signora gefällig, sich niederzulassen, ich werde sogleich das Frühstück bringen.«

Sie ging. Bianka setzte sich auf das Sofa und behielt die kleine Giannettina auf dem Schoß. Margarete nahm einen Stuhl, Ludwig stellte sich an das Fenster und blickte in die romantische Landschaft hinaus. Er überdachte seine seltsamen Schicksale seit gestern abend. Sie erschienen ihm noch wie im Traum, aus dem er zu erwachen fürchtete. Er sah oft zu Bianka hinüber, um sich in dem Gefühl der Wirklichkeit zu stärken. Und diese Wirklichkeit, konnte sie selbst sich nicht in eine noch viel herbere Wahrheit auflösen, als wenn alles nur ein Scheinbild der Phantasie gewesen wäre? Nein! Nein! Und sollte er auch alles wieder verlieren, was er jetzt besaß, diese Augenblicke, wie flüchtig sie verschwinden mochten, waren doch ein Glück. Er hatte die Geliebte wirklich am Herzen gehalten, hatte seine Lippen auf ihre reine Stirn gedrückt. Sie wußte es und zürnte ihm nicht. Ihre Seele neigte sich in liebendem Dankgefühl ihm entgegen, und er empfand es in heiliger, süßer Ahnung, daß eine Stimme in ihrer Brust der seinen antworte. Wie auch weibliche Scheu sie jetzt fern von ihm hielt, in einem selig überwältigenden Augenblick hat sie ihm ihr Herz hingegeben, und furchtbarer war ihm nichts als der Gedanke, daß dies eine Täuschung gewesen sein könnte. Verlieren konnte er sie, darauf war er gefaßt, aber in das Gefühl, sie nie besessen zu haben, in diese öde Leere des Nichts zurückgeschleudert zu werden, das wäre ihm tausendfach schrecklicher gewesen. Mit gerührtem Dank der Seele betrachtete er daher die Wendung seines Geschicks. Er fühlte es tief, daß ein veredelnder Schmerz uns teuer werden kann, daß man den flüchtigsten, aber wahrhaften Besitz selbst durch den herbsten Verlust nicht zu hoch erkauft.

Die Wirtin erschien mit einem echt schweizerischen Frühstück. Auf dem Tassenbrett, das sie trug, stand ein großes Gefäß mit Kaffee, ein anderes mit Schokolade. Frische Butter, Honig, eingemachte Früchte und Gebäck trug eine Magd ihr nach. Man setzte sich. Bianka nahm die kleine Giannettina auf den Schoß und lud sie ein, mitzufrühstücken. Es schien, als sei ihr die tändelnde Unterhaltung mit dem Kind lieb, um eine ängstlich gespannte, die sie unter den vertrautesten Formen mit Ludwig hätte führen müssen, abzuwenden.

Man hatte noch nicht lange verweilt, als schon der Wagen herankam, der mit Hilfe der Landleute, die den Weg geräumt hatten, leidlich genug hergestellt war. Bianka hielt dringende Eile noch immer für notwendig. Sie nahm daher einen schnellen, freundlichen Abschied von der Kleinen, die zu weinen anfing, als die schöne Signora fort wollte. »Ich komme bald wieder, liebe Kleine«, sprach sie freudig kosend, doch das Kind weinte fort und war nicht zu beruhigen. Bianka küßte es, gab es der Mutter und eilte hinaus. »Wie alles sie liebt und lieben muß!« rief es in Ludwigs innerster Seele, als er sie jetzt an den Wagen begleitete und die sanfte Rührung ihres schönen Antlitzes wahrnahm.

In raschem Trab rollte man die fast ebene Straße dahin, denn der neue Postillon, der Zeuge gewesen war, wie reichlich Paul den Alten und die helfenden Landleute im Namen seiner Herrschaft beschenkt hatte, machte sich gleichfalls Hoffnung auf ein gutes Trinkgeld. So erreichte man denn Brieg, im Kanton Wallis, in wenigen Stunden, aber doch nur mit genauer Not, denn der Wagen wollte kaum bis dahin aushalten, so daß man zuletzt schon aus Furcht vor einem neuen Unglück langsam fahren mußte.

Im Wirtshaus angelangt, war es Ludwigs erste Sorge, die Herstellung des Wagens zu betreiben. Ein Schmied und Radmacher wurden gerufen. Sie erklärten, daß mindestens vier Stunden darüber vergehen müßten. Bianka hätte gern den Wagen mit einem anderen vertauscht, allein in dem ganzen kleinen Städtchen war kein Reisewagen zu haben, und der Eintausch eines anderen gegen den trefflich eingerichteten, dessen man sich bediente, würde Argwohn erregt haben, der gefährlicher werden konnte als selbst eine Verzögerung. Man mußte sich daher begnügen, durch Versprechen einer reichlichen Zahlung die Tätigkeit der Handwerker zu beleben.

Bianka bezog mit Margarete gemeinschaftlich ein Zimmer, Ludwig das daneben. Paul blieb unten in der Gaststube, wo er sich müde auf einem Lehnsessel niederließ. Er hatte einen Arzt holen lassen, der ihm die blutende, schmerzende Stirn verband. Seine Kräfte schienen sehr erschöpft. In dieser Beziehung waren daher einige Stunden Ruhe vielleicht notwendig, wenn man das Leben des schon ziemlich bejahrten Dieners nicht gefährden wollte.

Ludwig, der, so sehr auch sein Hang ihn dazu trieb, es für unschicklich und zudringlich hielt, zu den Frauen hinüberzugehen, die gewiß der Ruhe bedurften, wollte die Stunde der Muße benutzen, um die Erlebnisse dieser letzten Stunden in sein Tagebuch einzutragen. Da bemerkte er mit Schrecken, daß er seine Brieftasche, deren Blätter er auf diese Weise zu füllen pflegte, verloren habe. Er entsann sich ganz deutlich, noch kurz vor Brieg im Besitz derselben gewesen zu sein, und konnte sie nur im Haus oder auf dem kurzen Weg bis dahin verloren haben. Da alles Nachsuchen in seinem Zimmer und Nachfragen bei dem Wirt vergeblich war, beschloß er, den freilich nicht sehr hoffnungsvollen Versuch zu machen, sie auf der Landstraße aufzusuchen, indem für ihn wichtige Papiere darin enthalten waren. Er erreichte den Ausgang des Städtchens, ohne sie zu finden, und ging nun auf der Chaussee fort. Jetzt bemerkte er erst, daß die Stelle, die ihm beim Hereinfahren so nahe an der Stadt zu liegen schien, doch eine ganze Strecke entfernt war. Er ging eine volle Stunde im raschesten Schritt vorwärts, ohne etwas zu finden. Schon gab er die Hoffnung auf, als ihm in der Ferne etwas Rotes auf dem Rasen entgegenglänzte. Er eilte darauf zu und fand in der Tat das verlorene Gut wieder. Freudig eilte er nun zu der Stadt zurück. Etwa eine Viertelstunde mochte er noch von derselben entfernt sein, als er hinter sich den Hufschlag eines Pferdes hörte. Er wandte sich um und sah einen Reiter, der in vollem Galopp heransprengte. Kaum einige hundert Schritte dahinter erblickte er einen von einem anderen Reiter begleiteten Wagen, der eben um die Ecke bog, die durch die Windung der Chaussee entstand, und hierauf mit ungewöhnlicher Schnelligkeit die Straße herabkam. Dies fiel ihm auf. Er hatte aber noch nicht soviel Zeit gehabt, um seine Vermutungen sich selbst klarzumachen, als schon der erste Reiter dicht an ihm war und ihm französisch zurief: »Sind Sie aus Brieg, mein Herr?« – »Das nicht«, erwiderte Ludwig, »ich bin ein Reisender und habe nur soeben einen Spaziergang vor die Stadt gemacht.« – »Können Sie uns nicht sagen, ob ein Wagen, mit vier Pferden bespannt, in dem zwei Damen und ein Herr, auf dem Bock aber ein Bedienter saß, dort angelangt ist?«

Ludwig wollte eben mit nein antworten, als der Reisewagen heranrollte und anhielt. Ein Mensch, der in Begleitung eines französischen Offiziers in demselben saß, beugte sich heraus und wiederholte dieselbe Frage. Dies verschaffte Ludwig, der sogleich den Zusammenhang dieser Nachforschungen mit dem Schicksal Biankas ahnte, Zeit, sich auf eine die Gefahr ableitende Antwort zu besinnen. Er erinnerte sich, daß das Posthaus ganz vorn im Ort lag und man also die Pferde wechseln konnte, ohne bis an das Wirtshaus zu fahren. Rasch erwiderte er daher: »Allerdings ist ein solcher Reisewagen hier eingetroffen, aber schon vor mehreren Stunden. Es war, glaube ich, eine Achse gebrochen, die hier erst gemacht worden ist. Doch vor einer guten Viertelstunde, gerade als ich die Stadt verließ, fuhren auch diese Fremden wieder ab!« – »Teufel!« rief der Mensch im Wagen. »Welche Straße nahmen sie?« – »Die einzige, die sie nehmen konnten, über Sion nach Genf«, erwiderte Ludwig, »ihr seht sie dort unten an der Rhone hinlaufen.«

»Kann man nicht hier quer darüber fahren?« fragte der Reisende hastig. – »O ja«, nahm der Postillon das Wort für Ludwig, »dort unten kann man gleich links abbiegen, und wenn Euer Gnaden mir diesen Weg erlauben wollen, so getraue ich mich, die Reisenden noch einzuholen, denn sie müssen jetzt gerade in dem Gebüsch dort unten sein, weil man sonst hier den Wagen auf der Landstraße sehen müßte.« – »Ist der Seitenweg gefährlich?« – »Ei, behüte, nur ein wenig holperig. In einer Stunde spätestens haben wir die Reisenden eingeholt, wenn Euer Gnaden es nur verantworten wollen, daß ich die Station überfahre.« – »Ich stehe für alles«, rief der Offizier im Wagen, »und überdies bleiben die zwanzig Napoleondors, die ich dir versprach, wenn wir die Flüchtigen vor Brieg einholen würden, dein. Nur rasch vorwärts!« Der Wagen jagte davon, die Reiter sprengten nebenher.

Ludwig war fast erstarrt vor Schrecken, doch es blieb keine Wahl, was er zu tun hatte. Mit größter Hast eilte er zurück, um die Frauen zu benachrichtigen. Schnelleren Laufs als selbst der Wagen erreichte er das Gasthaus wieder und stand, kaum seiner bewußt, in Biankas Zimmer. »Mein Himmel, was ist Ihnen?« fragte sie, als sie seine Bewegung und Erhitzung sah. Atemlos begann er zu erzählen, was ihm begegnet war. »Barmherziger Himmel«, rief sie, ihn unterbrechend, »so sind wir verloren! Wie sah der Reisende aus? Hatte er nicht schwarzes Haar und Augen, ein bleiches Gesicht, sehr weiße Zähne?« – Es schien mir so«, antwortete Ludwig, »doch war er so eingehüllt, daß ich sein Gesicht nicht deutlich erkennen konnte, auch gestehe ich, darauf nicht sonderlich geachtet zu haben, da die Sache selbst mich so in Bewegung brachte, aber hören Sie weiter!« Er berichtete jetzt, durch welche seltsame Verkettung der Umstände die Verfolger von der Straße abgeleitet wurden. »Gott sei gedankt!« rief Bianka aus und schloß ihre Begleiterin bewegt ans Herz.

»Oh, Sie sind unser Schutzengel!« sprach sie wild, indem sie sich zu Ludwig wandte und ihm die Hand reichte. »Doch wir haben keinen Augenblick zu verlieren!« Hiermit stand sie auf und schellte eilig nach Paul. – »Zwei Stunden bleiben uns wenigstens«, rief Ludwig, »bis sie ihren Irrtum bemerken, denn in einer Stunde gedachte der Postillon erst das Ziel seines Strebens zu erreichen. Er wird sich von einer Minute zur anderen weiter locken und täuschen lassen und vielleicht gar auf die nächste Station fahren. Alsdann können sie vor der einbrechenden Nacht nicht zurück sein, und bis dahin schaffe ich mit Gottes Hilfe Rat.«

Bianka zitterte heftig. Sie wies Ludwigs unterstützenden Arm, der sie zu einem Sessel geleitete, nicht zurück. »Gott hat uns so wunderbar beschirmt«, sprach sie, als sie sich erholt hatte, beruhigter, »daß ich auch jetzt fest auf ihn vertraue. Sie wurden zum zweitenmal unser Retter. Ohne den Zufall, der Sie wieder auf die Landstraße führte – etwas, das sonst die größte Gefahr für uns haben konnte –, waren wir unrettbar verloren. Aber der Allgütige ist sichtbar mit uns!« Dabei richtete sie einen unbeschreiblichen Blick, in dem die Träne des gerührten Dankes mit der Angst zusammenschmolz, gen Himmel.

Paul war heraufgekommen. Margarete zog ihn sogleich auf die Seite und sprach einige Worte leise mit ihm, worauf der alte Diener erschreckt und erblassend zurücktrat. »Wir müssen auf der Stelle fort«, rief er aus, »hier gibt es kein anderes Mittel. Die Herstellung des Wagens können wir nicht abwarten, auch würde sie uns nichts nützen, da wir keine andere Straße einschlagen könnten als die, auf der wir unserem Verfolger gerade entgegenfahren. Es bleibt uns nichts übrig, als unbemerkt, einzeln, zu Fuß die Stadt zu verlassen und unseren Weg gerade ins Gebirge zu richten. Nehmen Sie also das Unentbehrlichste an sich, Frau Gräfin, und verlassen Sie sofort mit Frau Margarete die Stadt. Sie nehmen Ihren Weg dem Tal entlang, die Rhone aufwärts, am linken Ufer derselben. Im Hereinfahren habe ich gesehen, daß ein sehr betretener Pfad sich am Fluß entlang zieht, der ihn ohne Zweifel das Tal hinaufbegleitet. Etwa eine halbe Stunde von hier erwarten Sie mich an irgendeiner buschigen, bedeckten Stelle des Ufers, von wo Sie jedoch den Weg zu der Stadt übersehen können, damit wir uns nicht verfehlen. Ich werde das Haus gerade nach einer entgegengesetzten Seite verlassen. Der Herr Graf muß scheinbar einen dritten Weg einschlagen, damit es möglichst verborgen bleibt, wohin wir uns gewendet haben. Wenn wir erst wieder beisammen sind, werden wir wohl Führer finden, die uns über das Gebirge leiten, und vielleicht lassen sich zur Erleichterung der Reise auch Maultiere anschaffen.« Paul sprach diese Worte so entscheidend, daß sie fast Befehlen gleich klangen. Indessen war sein Rat so gut, daß man ihm schon um seiner Zweckmäßigkeit willen unbedingt hätte gehorchen müssen. Ludwig verwunderte sich über die kalte, gewandte Entschlossenheit des alten

Mannes und seinen klaren, scharfen Ausdruck. Er schien diese Entschiedenheit des Geistes auch auf seine Umgebung zu übertragen, denn selbst Bianka zeigte bei aller ihrer Ängstlichkeit eine Entschlossenheit und Bestimmtheit, die in Erstaunen setzen mußte. Sie nahm ihre Papiere, ihre Brieftasche und einige andere Kleinigkeiten zusammen, während Margarete die unentbehrlichsten Kleidungsstücke hervorsuchte und einiges in einen leichten Arbeitsbeutel, anderes in ein Körbchen tat und endlich noch manches in ihrem und der Gräfin hohen Hut verbarg. In weniger als fünf Minuten verließen beide Frauen reisefertig das Zimmer. Das Stubenmädchen begegnete ihnen auf dem Gang. Bianka führt es an ein Fenster, das zu der Gegend von Sion, gerade der entgegengesetzten Richtung, in der sie flüchten wollten, hinaussah, und fragte, indem sie auf einen nahen Hügel deutete: »Wie weit ist es bis auf die Spitze jenes Hügels? Können wir wohl vor Abend noch einen Spaziergang machen?« – »Wenn die gnädigen Damen gut zu Fuß sind, geht es noch an, aber es ist eine gute Stunde«, erwiderte das Mädchen. – »Werden Ihre Gnaden auf dem Zimmer speisen?« fragte das Mädchen. – »Jawohl, drei Kuverts, aber erst um neun Uhr«, lautete Biankas Antwort, und hierauf schwebte sie an der Seite der Begleiterin die Treppe hinab. Ludwig rief ihnen absichtlich laut nach: »Viel Vergnügen, liebe Schwester, aber ich teile deine Neigung nicht. Wenn ich nicht lieber ganz zu Hause bleibe, werde ich mich doch wenigstens mit einem näheren Spaziergang begnügen.«

Hierauf lehnte er sich ins Fenster und sah, welche Richtung sie einschlugen. Noch fünf Minuten wartete er, dann nahm auch er zusammen, was er für das Unentbehrlichste hielt, und verließ nun, ein Liedchen pfeifend, das Haus zu der anderen Seite, als wollte er nur eben müßig einen Weg durch die Gassen schlendern. Zwar sah er sich im Hinuntergehen nach Paul um, wurde desselben jedoch nicht gewahr. Wenige Schritte vom Haus begegnete ihm der Hausknecht. Diesem trug er auf, die Bestellung an Paul zu machen, daß er noch einmal zum Schmied und Radmacher gehen sollte, damit der Wagen noch vor Abend fertig werde, denn er wolle jedenfalls nach dem Nachtessen abreisen. Der Hausknecht antwortete: »Der Kammerdiener läßt nur hier unten in der Gasse das Uhrglas für den Herrn Grafen einsetzen. Wenn er von dort zurückkommt, will ich's ihm sogleich bestellen.« Ludwig wußte nun wenigstens, daß Paul auch unter einem geschickten Vorwand bereits das Haus verlassen habe.

Fünftes Kapitel

Mit schlagendem Herzen gelangte er ins Freie und sah sich nun um, wie er am besten und unbemerkt den bezeichneten Weg erreichen könnte. Es war nicht ganz leicht, denn eine Wendung der kleinen Gasse, der er gefolgt war, hatte ihn an eine ganz entgegengesetzte Seite des Örtchens geführt. Der Querweg, den er einschlug, war von Gärten rings umgeben. Er konnte nicht einmal die Rhone sehen. Eine ziemliche Strecke verfolgte er den Pfad, ungeduldig, sich immer von Hecken oder Zäunen begleitet zu sehen. Jetzt endlich erreichte er das Freie, befand sich aber so tief in der Ebene, auf Wiesengrund, daß er sich durchaus nicht zu orientieren vermochte. Auf gutes Glück ging er quer über die Weiden hin, zu der Richtung, die er nehmen mußte. Es war nun bereits eine halbe Stunde verflossen, seit Bianka das Haus verlassen hatte, deshalb wurde ihm jede Minute kostbar, weil er die Teure nicht der ängstlichen Erwartung überlassen und durch langes Ausbleiben einer drohenden Gefahr preisgeben wollte. Er beschleunigte daher seine Schritte und erreichte endlich fast atemlos einen Pfad, der auf eine kleine Anhöhe zuleitete, von der aus er die Rhone sehen mußte. Endlich hatte er die Höhe erreicht. Zu seinem Schrecken aber sah er sich viel weiter von dem Fluß entfernt, als er beim Ausgehen gewesen war, ja, es schien ihm, als tue er jetzt fast am besten, den Weg gerade wieder zurückzumachen. Denn die Rhone schlug gleich oberhalb Brieg einen so starken, fast rückwärts gekrümmten Bogen, daß Ludwig, der hier seiner Richtung den ursprünglichen Lauf des Flusses und Tales zugrunde gelegt hatte, jetzt die Stelle des Ufers, die etwa eine halbe Stunde von der Stadt entfernt liegen konnte und wo Bianka wie verabredet warten sollte, weiter hinter sich sah. Nahm er also den Weg in nächster Richtung zu dem Fluß zu, so traf er weit über den Ort der Zusammenkunft hinaus. Wählte er die Richtung so, daß er vor dem Punkt ans Ufer gelangte, wo Bianka mutmaßlich wartete, so mußte er fast eine ebenso weite Strecke wieder rückwärts machen, als er schon von der Stadt entfernt war, und eine volle Stunde Zeit war rein verloren. Es schien ihm daher endlich am geratensten, gerade auf den Strom zuzugehen und dem Lauf desselben abwärts zu folgen, wo er dann von der entgegengesetzten Seite auf die Wartenden stoßen mußte. Er eilte, was seine Kräfte vermochten. Doch verging, da häufig Erdspalten, kleine Vertiefungen, auch sumpfige Stellen ihn zu Umwegen nötigten, eine volle halbe Stunde, und er hatte das Ufer noch immer nicht erreicht. Schon war die Sonne hinter die hohe Wand der Alpenkette hinabgesunken, und das tiefe Tal von Brieg lag bereits in bläulichem Abendschatten. Jetzt hörte er die Rhone rauschen, doch eine felsige, mit Brombeersträuchern überwachsene, ziemlich steile Anhöhe, die den Fluß gleich einem Damm zu begleiten schien, mußte er überklimmen, dann hoffte er den Uferpfad erreicht zu haben. Er stieg angestrengt aufwärts. Die Höhe war steiler und bedeutender, als er sie anfangs geschätzt hatte. Die langverschlungenen Rankenzweige der Brombeerbüsche legten sich wie Schlingen über den Boden und zerritzten ihm durch den Stiefel hindurch den Fuß mit ihren scharfen Dornen. Endlich hatte er das Hindernis mit blutenden Händen und Füßen überwunden und sah sich auf der Höhe. Er schritt rasch über den Kamm derselben hin, um jenseits hinabzusteigen. Plötzlich aber mußte er innehalten, denn er stand an einem Absturz, und unter sich hörte er die Rhone dahinbrausen, doch so, daß er sie nicht einmal sah, weil der Felsen weit über die Strömung hinüberhing. Es blieb ihm daher nichts übrig, als umzuwenden und die Richtung der Höhe stromabwärts zu verfolgen. Zu seiner großen Beunruhigung entdeckte er keinen betretenen Pfad, befand sich also nicht auf der Bahn, wo er der Geliebten begegnen mußte. Indes blieb ihm nichts anderes übrig, als auf dem Kamm des steilen Ufers entlangzugehen. Es bedeckte sich jetzt mit dichtem Kieferngebüsch. Dies beunruhigte ihn zu Anfang ebenfalls, weil ihm der Blick in die Ferne geraubt wurde. Doch zu seinem Trost bemerkte er, daß nach und nach der Boden betretener wurde und unerwartet in einen viel benutzten Pfad überging. Dies mußte durchaus der Weg sein, den Paul bezeichnet hatte. Ludwig verfolgte ihn deshalb mit angestrengtester Eile. Darüber vergaß er, auf das Brausen des Stromes zu achten, und erst nachdem er eine starke Viertelstunde vorwärts gegangen war, bemerkte er die tiefe Stille ringsumher, die ihn fürchten ließ, daß er sich wiederum weiter von dem Ufer entfernt haben müsse. Zum Glück lichtete sich jedoch das Gebüsch, deshalb eilte er nur um so hastiger vorwärts, weil er, sobald er nur das Freie erreicht hätte, gewiß zu sein glaubte, Bianka sehr bald aufzufinden. Kaum aber gestatteten die niedrigen Büsche einen Blick in die Ferne, als er zu seinem größten Schrecken sich wieder weitab von der Rhone sah und zwischen seinem Weg und dem Strom eine breite Strecke ebenen Landes entdeckte. Der täuschende Fluß wich hier abermals durch eine weite Krümmung von der Bahn ab. Ohne Bedenken schlug sich daher Ludwig, fast außer sich vor innerem Unmut und Sorge, zur Rechten und eilte querfeldein dem Rhoneufer zu. Atemlos erreichte er es nach zehn Minuten und stieß auch sogleich auf einen betretenen Pfad, der der Krümmung des Flusses von der Stadt her zu folgen und auch weiter hinauf am Rand desselben hinzuleiten schien. Er sah auf die Uhr. Volle zwei Stunden war er jetzt auf dem Weg und doch nicht weiter als eine gute halbe Stunde von der Stadt entfernt. Einzelne Gruppen von Brombeer- und Holundergebüschen fanden sich von Zeit zu Zeit am Ufer. Sie waren zweifelsohne bequeme Punkte für die Frauen gewesen, um die nachfol genden Männer zu erwarten. Aber ob sie jetzt, da schon die Dämmerung hereinbrach, noch harren würden? Ob sie den Punkt, um Ludwig zu erwarten, an dem Ort, wo er sich jetzt befand, oder vielleicht dicht hinter ihm gewählt hatten? Das waren zwei Fragen, die ihn mit banger Ungewißheit quälten. Indes zauderte er nicht, sich zu entscheiden. Er wollte wieder so weit zurückeilen, bis er gewiß sein durfte, daß der Punkt des Zusammentreffens nicht mehr zwischen ihm und der Stadt liege. Dann konnte er wenigstens mit Sicherheit seinen Weg vorwärts richten. So schnell es ihm daher irgend möglich war, ging er der Stadt zu. In jedem nächsten Busch hoffte er die Teure zu entdecken, immer täuschte er sich. Jetzt sah er etwas Weißes schimmern, sie mußte es sein! Vergebene Hoffnung, es war ein Stück Linnen, das zum Bleichen am Abhang eines Rasenhügels ausgespannt zwischen den kaum belaubten Büschen hindurchschimmerte. Nunmehr war er der Stadt so nahe, daß Bianka unmöglich schon hier angehalten haben konnte. Da bewegten sich, wie er in der grauenden Dämmerung unterschied, zwei Gestalten im nächsten, etwa hundert Schritte entfernten Gebüsch. Sein Herz schlug freudig empor, er eilte näher. Es waren zwei Frauen, sie trugen hohe Reisehüte, er sah ein weißes Tuch schimmern. O Himmel, sie ist es, jauchzte sein Herz auf tiefster Hoffnungslosigkeit wieder in seliger Freude auf. Als er ihnen nähergekommen war, sah er, daß sie, im Gespräch vertieft, den Blick aufwärts zu den mit Schnee bedeckten Bergspitzen gerichtet hatten, die, da die Sonne schon gesunken war, kalt, leichenähnlich, gleich blassen Gespenstern, in den dunkelnden Horizont emporragten. Paul war nicht bei den Frauen, überdies ihre Haltung durchaus gleichgültig und ruhig, das machte Ludwig sehr zweifelhaft. Jetzt wandten sie sich, durch sein hastiges Heranschreiten aufmerksam gemacht, um. O Himmel, er sah, daß er sich völlig getäuscht hatte!

Wie niedergeschmettert stand er da, kaum vermochte er sich so weit zu fassen, daß er sie anredete und fragte, ob sie nicht zwei Damen in Begleitung eines Dieners gesehen hätten. Die eine verneinte es, die andere erinnerte jedoch daran, daß sie vor einer Stunde bei ihrem Spaziergang im Tal weiter aufwärts in der Ferne zwei Damen in Begleitung eines Mannes gesehen hätten, die ihren Weg der Rhone entgegen nahmen. Ludwig dankte hastig für die Nachricht, und glücklich, nun wenigstens ein Zeichen gefunden zu haben und zu wissen, wohin er sich wenden müsse, stürzte er wieder zurück, dem Lauf des schäumenden Stromes entgegen. Die Angst der Eile gab ihm Flügel. Bald hatte er die Stelle wieder erreicht, von wo er ausgegangen war, er verfolgte jetzt den Uferpfad rastlos weiter. Doch nun war es in diesem tiefen, von beiden Seiten durch die hohe Alpenmauer eingeschlossenen Tal bereits völlig dunkel und unter einer Stunde keine Hoffnung da, daß das Mondlicht dem Wanderer zu Hilfe kommen werde. Schauerliche Einsamkeit umgab ihn, die Gegend wurde bald rauh und wild. Die Bergmassen türmten sich immer schroffer und kolossaler empor, die Zinnen der Schneehörner glänzten hoch über den dunklen Felsmauern. Reißend schoß die Rhone neben ihm dahin und krönte ihre schwarzen Wellen mit zischendem Schaum. Jetzt wurde das Ufer durchaus steil, und bald darauf hing der Fels sogar drohend weit herüber. Ludwig erkannte, daß er hier an der Stelle sei, wo er vor länger als einer Stunde auf der Höhe stand, der Pfad schmiegte sich unter dem gewölbten Felsen hindurch. Vielleicht war Bianka eben in dem Augenblick mit bangem, trauerndem Herzen unten vorübergeschritten, während er droben in tödlicher Angst stand und nichts hörte als den tobenden Strom, der hier wild durch das steile Geklüft brach. Der Weg wurde sehr beschwerlich, ja, bei der immer tiefer dunkelnden Nacht gefahrvoll. Denn er klimmte bald steil an den Felswänden hinauf, bald senkte er sich jäh wieder abwärts. Ludwig freute sich fast dieser Gefahren und Mühseligkeiten, weil er hoffte, Bianka werde dadurch so aufgehalten worden sein, daß er sie bald erreichen müsse. Mit rüstiger Kraft drang er vorwärts, obwohl seine Hände bluteten und auch die von dem hastigen Lauf glühend brennenden Füße ihn bei jedem Schritt heftig schmerzten. Eine volle Stunde dauerte dieser beschwerliche Weg, dann zog er sich entschieden die Höhe hinan, und bald sah sich Ludwig auf dem Rücken eines Hügels, wo jedoch die Spur des Pfades ihm teils auf felsigem Geröll, teils in niedrigem Buschwerk verschwand. Jetzt faßte ihn die Angst der Ungewißheit aufs neue, denn wie leicht konnte er hier vollends die Richtung verfehlen und bei der Wildheit des Tales in ganz unwegsame Gegenden geraten! Zwar tröstete ihn der Gedanke, daß die Hauptrichtung des Weges keine andere sein konnte und er daher vielleicht am nächsten Morgen einzubringen imstande war, was er heute versäumte. Doch welche Pein der Besorgnis mußte er bis dahin erdulden! Etwas war jedenfalls gewonnen, wenn er soviel wie möglich vorwärts eilte. Er behielt daher im allgemeinen, so gut es sich tun ließ, die Richtung bei und gönnte sich nicht Rast noch Ruhe. Abermals verging eine Stunde. Dann schimmerte ihm ein Licht entgegen. Er war einer Hütte nahe, der ersten menschlichen Wohnung, die er bis jetzt auf seinem Pfad angetroffen hatte. Ein süßes Gefühl der Ahnung sagte ihm, dort werde er die Geliebte treffen, denn weiter konnte ihr schwacher Fuß sie unmöglich geführt haben. Hastig ging er dem freundlichen Glanz des Lichtes entgegen. In wenigen Minuten hatte er das Haus erreicht. Er pochte. »Wer ist da?« ließ sich eine rauhe männliche Stimme vernehmen, und zwei schwere Holzschuhe klappten im langsamen Takt auf dem Boden heran. – »Ein verirrter Wanderer«, entgegnete Ludwig. – »Schon gut, Freund, ich werde gleich öffnen«, antwortete es drinnen.

Sein Herz schlug heftig in der atemlosen Brust, jede Sekunde, die bis zum Öffnen der Tür verging, spannte ihn auf eine unbeschreibliche Folter der Angst. Der Riegel wurde endlich zurückgeschoben, und ein Greis mit silberweißem Haar und Bart stand, von einem flammenden Holzspan, den er in der Hand hielt, seltsam beleuchtet, vor ihm und hieß ihn freundlich willkommen. – »Habt Ihr keine anderen Gäste bei Euch, guter

Vater?« fragte Ludwig. »Keine Seele«, erwiderte der Greis, »wer sollte auch hierher in die Wildnis zu mir armem, altem Mann kommen! Ich fürchte nicht einmal böse Gäste, denn bei mir ist nichts zu finden, was einen habsüchtigen Sinn reizen könnte. Aber wer seid Ihr, lieber Herr, und wie kommt Ihr so spät in der Nacht noch hierher?«

Es dauerte einige Augenblicke, bevor Ludwig, von seiner nun völlig fehlgeschlagenen Hoffnung fast betäubt, zu antworten vermochte. »Ich bin im Gebirge verirrt, ich bin von den Meinigen, um die ich noch in der größten Sorge schwebe, abgekommen. Sie wollten von Brieg aus das Tal an der Rhone hinauf, ich folgte ihnen nach und bin, ohne eine Spur von ihnen zu treffen, hier endlich auf die erste menschliche Wohnung gestoßen, wo ich sie durchaus vermuten mußte, da meines Wissens nirgends ein Weg zur Seite möglich war!« – »Doch, doch«, erwiderte der Greis, »der Hauptweg im Tal führt am anderen Ufer der Rhone entlang, aber Ihr habt vermutlich in der Dunkelheit den Steg, der über das Wasser leitet, nicht bemerkt. Dieser Pfad verliert sich hier in unserer Wildnis.« – »Könnt Ihr mich auf den rechten Weg führen, guter Vater?« rief Ludwig lebhaft. »Ich will's Euch reichlich belohnen.« – »Morgen früh recht gern, mein lieber Herr«, entgegnete der Alte, »aber heute vermögen es meine schwachen Glieder nicht mehr, denn der Weg ist im Finsteren äußerst gefährlich, selbst für die besten Bergsteiger, die ihn genau kennen. Hinauf geht es noch, aber hinunter, wo wir steil bergab müssen, ist es gar nicht zu wagen.«

Ludwig wäre, so erschöpft er sich fühlte, mit Freuden die ganze Nacht hindurchgewandert, doch ein Blick auf den schwachen, zitternden Greis überzeugte ihn, daß er das Unmögliche von ihm verlangen würde, wenn er ihn beredet hätte, ihn gleich zu geleiten. Er nahm daher die gastliche Einladung, die Nacht in der Hütte zuzubringen, an und folgte dem gutmütigen Wirt in die kleine, enge, von dem brennenden Holzspan düster erleuchtete Stube. »Es tut mir nur leid, daß mein Sohn nicht daheim ist«, sprach der Alte, »der würde besser für Euch sorgen können. Aber er kommt erst morgen abend aus Sion zurück, wo er zur Hochzeit seiner Cousine eingeladen ist. So müssen wir uns denn schon allein behelfen.« – »Lieber Vater«, sprach Ludwig, »ich bedarf nur der Ruhe, und die würde mich doch fliehen, selbst wenn ich hier das üppigste Lager fände. Das einzige, was ich Euch bitten will, ist, daß wir morgen rechtzeitig aufbrechen.« – »Das wollen wir«, sprach der Greis, »denn von drei Uhr an leuchtet uns der Mond schon, aber nehmt jetzt mit einem Stück Schwarzbrot und Alpenkäse fürlieb, auch einen Trunk Milch kann ich Euch geben. Heute früh hatte ich noch einen Rest Wein, den habe ich aber wahrlich schon selbst getrunken.«

Ludwig genoß das ländliche Mahl mit dem Alten. Es hätte ihm herrlich gemundet, wenn nicht Schmerz und bange Sorgen sein Herz erfüllt hätten. Indessen wider Willen gaben ihm Ruhe und Speise frische Kräfte und damit zugleich heitere Hoffnungen zurück. Er empfand bald die große körperliche Ermüdung, die sein angestrengtes rastloses Eilen auf beschwerlichen Pfaden, das über fünf Stunden gedauert hatte, nach einer fast schlaflosen Nacht und der gestrigen Tageswanderung wohl erzeugen mußte. So erschien das Lager von duftendem Alpenheu, das der freundliche Alte bereitet hatte, ihm sehr willkommen, und er sank bald in tiefen Schlaf, der, wie unruhige Träume auch durch seine Seele zogen, ihn doch zu der neuen mühseligen Wanderung stärkte.

Sechstes Kapitel

An Biankas Seite hatte ihn der täuschende Traumgott geführt, und er wähnte, sich mit ihr in lieblichen Auen zu ergehen, als die Stimme seines Wirtes ihn weckte. »Es wird Zeit, lieber Herr, eben ist der Mond über die Simplonhörner heraufgekommen und leuchtet ins Tal. Wenn Ihr Eile habt, so wollen wir jetzt den Weg antreten.«

Ludwig hörte die Worte des Alten noch halb in seine Träume hinein. Er konnte sich nicht besinnen, wo er war, denn aus den blühenden Fluren Italiens, aus dem heitersten Sonnenglanz, der sein schlummerndes Auge umgeben hatte, sah er sich jetzt, da er es aufschlug, in einen düsteren engen Raum versetzt, wo das Mondlicht seltsam mit dem Schimmer des dunkel glimmenden Holzbrandes kämpfte. Erst als ihm der Greis die Hand reichte, um ihn aufzurichten, und ihm jetzt die volle Mondscheibe durch das kleine Fenster der Hütte gerade entgegenglänzte, gewann er seine völlige Besinnung wieder und antwortete auf die freundliche Ermunterung: »Gleich, guter Vater, ich war noch halb im Traum, gleich.« Mit diesen Worten sprang er auf und war in wenigen Augenblicken zur Reise gerüstet.

»Wollt Ihr nicht ein wenig frühstücken, lieber Herr?« fragte der Alte. »Ich habe etwas Milch gewärmt. Der Morgen ist kühl, es könnte Euch leicht übel zumute werden, wenn Ihr nüchtern ins Freie wollt. Ein warmes Getränk ist immer wohltätig, wenn es auch noch so gering sein mag.« Ludwig fand sich durch die treuherzige Fürsorge des Alten fast gerührt. Er nahm gern von dem dargebotenen Frühstück an, gönnte sich jedoch nur wenige Augenblicke dazu, indem die gestrige Unruhe sich schon wieder seiner ganzen Seele bemächtigt hatte.

Der Alte schloß die Hütte nicht ab, als sie hinausgingen. »Hier nimmt uns niemand etwas«, sprach er, »wir schieben nur nachts, wenn wir daheim sind, den Riegel vor, damit nicht etwa ein wildes Tier eindringt, denn es gibt gar böse Wölfe hier in den Bergen.«

Der Mond leuchtete ihrem Pfad hell genug. Bald fing auch der Tag schon an zu grauen. Ludwig mußte gestehen, daß der Weg abwärts allerdings sehr gefährlich war, denn selbst jetzt, wo man doch wenigstens sehen konnte, wohin man den Fuß setzte, war Vorsicht nötig. Doch schien ihm sein Führer zu behutsam, zu bedenklich, zumal aber an ebenen Stellen des Weges machte ihn der altersmüde, langsame Schritt desselben ungeduldig. Indessen sah er wohl ein, daß er sich ihm schon bequemen müsse. Nachdem man fast zwei Stunden gewandert war, sprach der Greis: »Seht Ihr, mein Herr? Das dort ist der Steg über die Rhone.« Ludwig sah in einiger Entfernung zwei starke, sehr lange Baumstämme, ohne Geländer, quer über den Strom gelegt. Er erkannte jetzt die Stelle an einigen seltsam gebildeten Felsblöcken, die ihm gestern aufgefallen waren, wieder, hatte aber in der Dunkelheit den Steg nicht bemerkt, sondern ihn nur für eine halbe aus der Wurzel gelöste Fichte, die stark zu dem Wasser überhänge, gehalten, wie sich deren mehrere auf dem Weg befanden. Daß der Pfad sich hier scheide, war gar nicht zu bemerken gewesen, denn beim Näherkommen sah Ludwig, daß man, um zu dem Steg zu gelangen, rechtwinklig abbiegen und alsdann einige steile Felsstufen abwärts steigen mußte, die in der Dunkelheit gar nicht als ein sich abzweigender Weg zu erkennen waren.

Ludwig wollte seinen Begleiter eben fragen, ob er sich auch mit Gewißheit zu behaupten getraue, daß der Weg jenseits der Rhone der einzige sei, den die Reisenden, die er aufsuche, einschlagen konnten, als ein Gegenstand, auf den sein Auge fiel, ihn mit einem freudigen Erstaunen erfüllte. Er gewahrte nämlich an einem Baumzweig, gerade an der Ecke, wo die Felsstufen abwärts zur Rhone führten, ein rosafarbenes Band, das im Morgenwind hin und her flatterte. Eine selige Ahnung durchbohrte seine Brust, er eilte auf das Gebüsch zu und erkannte mit Entzücken, daß eine Schleife von Biankas Gewand daran geknüpft war.

»Oh, daß die Nacht mir gestern das holde Zeichen verbarg!« rief er aus, und eine Träne drang ihm ins Auge. »Ja, sie trennte sich ungern von mir, sie wollte meine Schritte leiten, damit ich sie nicht verfehlen sollte.« Er knüpfte das Band von dem Baum los und legte es in seine Brieftasche. Freudigen Mutes schritt er nun weiter. Doch jenseits des Steges, der über die schäumenden Wellen der Rhone leitete, fragte ihn der Greis: »Wohin soll ich Euch aber jetzt führen, lieber Herr?« – »Je nun, das Tal entlang, ich meinte, es gebe nur einen einzigen Weg«, antwortete Ludwig. – »Das wohl!« entgegnete der Greis. »Allein Ihr sagtet mir gestern, Euer Freund hätte über das Gebirge tiefer in die Schweiz hineingewollt. Da haben wir nun freilich eine große Wahl, denn es führen hier viele Steige über die Alpenkette ins Berner Oberland hinein. Es ist die Frage, welchen Ihr wählen wollt.«

Ludwig stand unentschlossen still. Plötzlich dachte er, sie wird mich nicht ohne ein ferneres Leitungszeichen lassen. »Nur vorwärts«, sprach er, »macht mich nur aufmerksam, sobald ein Pfad sich abzweigt, ich werde mich dann schon entschließen.« – Sie gingen. Bald befanden sie sich auf einer Straße, die sich für Gebirgswagen und Maultiere sehr wohl benutzen ließ. Ludwig war es hauptsächlich um schnelles Vorwärtskommen zu tun, der Greis aber vermochte nur im langsamen gewohnten Schritt zu gehen. Nach einiger Zeit, da man schon mehreren jungen Landleuten begegnet war, die rüstigere Führer hätten abgeben können, fing daher der Alte selbst an: »Lieber Herr, ich sehe wohl, Ihr möchtet gern rascher fort, als ich vermag. Wollt Ihr Euch nicht lieber einen jüngeren Führer nehmen? Wir werden hier gleich an einen Meierhof kommen, wo ich bekannt bin und Euch leicht einen Boten verschaffen kann, der von hier bis Bern oder Zürich genau Bescheid weiß.« – Ludwig, der nur aus Gutmütigkeit gegenüber seinem redlichen Begleiter den Vorschlag noch nicht selbst gemacht hatte, nahm das Anerbieten freudig an und sprach: »Es soll drum Euer Schaden nicht sein, guter Vater, aber die Eile ist mir so wichtig, daß ich im Notfall allein weitergegangen wäre, um nur schneller fortzukommen, denn ich muß meine Freunde durchaus noch heute einholen.« – »Da kommt der Josef wahrhaftig selbst«, unterbrach der Greis ihn durch einen frohen Ausruf und deutete auf einen jungen Mann, der, einen Korb auf der Schulter tragend, eben des Weges daherkam. »Ei, Seppi«, rief er ihn von weitem an, »willst du den Herrn geleiten? Er will über das Gebirge.« – »Gar gern«, erwiderte mit kräftiger Stimme der junge Bursche, »wenn ich nur meine Last hier los wäre, aber ich muß damit nach Brieg hinein!« – »Ei was«, rief der Alte, »her damit, ich trage sie in die Stadt, und du führst den Herrn weiter.«

Josef lud dem Alten den Korb auf, den dieser auf gewohnten Schultern ohne Mühe trug. Ludwig nahm herzlichen Abschied von dem biederen Greis und beschenkte ihn so reichlich, daß derselbe in die freudigsten Danksagungen ausbrach, die er gewiß nicht so bald beendet hätte, wenn Ludwig nicht in seiner Eile dieselben durch die Fortsetzung seines Weges unterbrochen hätte. Sein erstes war jetzt, den neuen Begleiter auszufragen, ob er nicht Spuren von denen bemerkt habe, die er aufsuche. Josef verneinte es.

Ludwig hatte jetzt die Aufgabe, seinen Begleiter darüber auszuforschen, welche Straße wohl Reisende, die ihren Weg eilig fortsetzen und wenig bemerkt zu sein wünschten, genommen haben könnten, um am leichtesten über das Gebirge und die befahrene Landstraße, die nach Deutschland führte, zu gelangen. Es war schwer, ohne den Zusammenhang der Verhältnisse zu verraten. Endlich ersann er sich, um jeden Verdacht von Bianka und den sie Begleitenden fernzuhalten, folgende Fabel. Er äußerte vertraulich zu Josef: »Ich will dir nur geradeheraus gestehen, guter Freund, daß eine heftige Neigung zu einer jungen Dame, wahrscheinlich einer Engländerin, mit der ich von Italien aus zu gleicher Zeit über den Simplon reiste, mich zu solcher Eile antreibt. Ich erfuhr in Brieg, daß sie trotz der frühen Jahreszeit den Entschluß gefaßt habe, mitten durch das Gebirge zu reisen und dessen wilde Schönheiten kennenzulernen. Da jedoch ihre Reise anderweitig große Eile erfordert, so wollte sie denjenigen Weg einschlagen, wo sie ihren Zweck mit möglichster Zeitersparnis ausführen und nachher Deutschland auf dem nächsten Weg erreichen könnte. Ich wagte es nicht, mich ihr als Begleiter anzutragen, da sie nur eine ältere Dienerin und einen Diener bei sich hatte, übrigens aber von keinem Verwandten begleitet wurde, sondern, wie die Engländerinnen einmal sind, abenteuerlich als ihre eigene Führerin und Gebieterin umherstreift. Indessen war mein Wunsch, ihr Gefährte auf der Reise zu sein, so groß, daß ich fest beschlossen hatte, ihr unbemerkt zu folgen und mich dann im Gebirge, wenn die Wege sich nicht mehr so leicht scheiden, wie zufällig zu ihr zu gesellen. Ob sie meine Absicht erraten hatte und sie vereiteln wollte oder ob es sonst in ihrer abenteuerlichen Weise lag, weiß ich nicht, aber sie verließ Brieg gestern nachmittag, während ich einen kleinen Spaziergang machte, obwohl sie zu mir geäußert hatte, sie werde erst am anderen Morgen aufbrechen. Ich weiß nun weiter nichts, als daß sie diesen Weg an der Rhone eingeschlagen hat, davon aber habe ich zuverlässige Spuren. Nun rate mir, Freund, was soll ich beginnen, um sie aufzufinden? Wenn es mir gelänge, würde ich dich reichlich für deinen Dienst beschenken.«

»Ei, mein lieber Herr, das ist freilich eine schwere Sache, jemanden aufzusuchen, von dem man nicht weiß, welchen Weg er genommen hat, denn wir können hier gar mancherlei Pfade einschlagen. Wenn wir bei Naters, das dort unten vor uns liegt, über die Berge gehen, so können wir an der Jungfrau vorbei ins Oberland kommen. Das wäre der nächste Weg nach Bern, aber er ist jetzt gar gefahrvoll und beschwerlich, und ich glaube nicht, daß irgendein Gemsjäger ihn leicht wagen würde. Drei Stunden weiter aufwärts, von Wesch aus, führt ein ähnlicher Pfad über den Kamm. Da würden wir die Jungfrau zur Linken lassen und könnten, wenn Gott uns behütet, nach Grindelwald gelangen. Aber es ist auch ein Weg, den man wohl im hohen Sommer macht, zur halben Winterszeit, wie jetzt, aber nicht. Diese Straße also, glaube ich, wird die Dame nicht eingeschlagen haben, denn dazu findet sie schwerlich einen Führer. Nun gibt's noch einen Weg, die Maienwand herauf nach der Grimsel, oder wenn wir ganz im Rhonetal bleiben wollten, so müßten wir über die Furka nach Realp, Hospital und dann die Gotthardstraße hinunter. Das sind die vier Hauptwege, wer aber klettern will und umherstreichen und einen Umweg nicht scheut, der kann noch gar manchen anderen einschlagen. Auf diesen Schleifwegen wissen wir Landleute aber nicht Bescheid, sondern dazu gehört ein guter Gebirgsjäger, der sich Tag und Nacht in den Bergen umhertreibt. Jetzt im Frühjahr aber, lieber Herr, wo der Schnee noch gar hoch liegt und überdies viele Lawinen stürzen, jetzt ist's wahrlich nicht zu wagen. Ich glaube daher immer, die Engländerin wird entweder über die Grimsel oder die Furka ihren Weg genommen haben, und falls sie Eile hat, ist der letzte noch der beste, denn er führt sie zunächst auf die große Straße nach Altorf und sodann über Brunnen und Zug nach Zürich. Einen näheren Weg, um nach Deutschland zu kommen, gibt es kaum. Die anderen nehmen zwar eine gerade Richtung, aber sie sind darum doch nicht die nächsten, weil sie so gar mühselig und gefahrvoll sind. Und wenn uns vollends ein böses Wetter überraschte, so dürften wir leicht acht Tage im Gebirge liegen, ehe wir einen Fuß weitersetzen könnten.«

Ludwig hörte diesen nicht sehr tröstlichen Bericht im Gehen an. Er beschloß bis zur Maienwand im Tal aufwärts zu wandern, sich aber auf jeden Seitenpfad aufmerksam machen zu lassen, um zu sehen, ob ihm Bianka nicht irgendein neues Zeichen gegeben haben möchte. – In kurzer Zeit erreichte man das Örtchen Naters, wo Bianka wahrscheinlich übernachtet haben mußte. Ludwig zog genaue Erkundigungen ein, doch niemand wußte ihm Bescheid zu geben. Als sie vor den Ort hinaus an die Stelle kamen, wo der Pfad ins Gebirge links abführte, blickte er vergeblich nach einem flatternden Band umher – es war keine Spur der Geliebten zu entdecken. So romantisch das Tal war, in dem er wanderte, er erblickte die Schönheiten desselben nicht. Seine ganze Seele war mit Bianka beschäftigt, die er, so schien es jetzt fast, ebenso schnell und unvermutet wieder verlieren sollte, wie er sie gefunden hatte. Jeden Wanderer, der ihm begegnete, befragte er, in vielen einzelnen Häusern, die am Weg lagen, erkundigte er sich – vergeblich. Noch bei guter Vormittagszeit gelangte er über Morill nach Wesch, aber umsonst forschte er überall nach einer Spur von denen, die er suchte, umsonst hoffte er ein Zeichen von Bianka aufzufinden. Er gönnte sich kaum so viel Rast, als ihm und seinem Führer zur Erquickung notwendig war. Mit steigender Angst und Trauer setzte er den Weg fort. Der letzte bewohnte Ort, den er traf, war Urlichen. Es war nachmittags um drei Uhr, als er dort anlangte. Zwölf volle Stunden dauerte jetzt seine Wanderung, und der Weg war oft sehr beschwerlich. Unbegreiflich schien es ihm, daß er auch nicht eine Spur der Geliebten fand. Weiter konnte sie, selbst bei großer Eile, kaum gelangt sein, ja, wenn sie auch die ganze Nacht hindurch ihre Flucht fortgesetzt hätte, so mußte sie doch den letzten Teil der Straße bei hellem Tag zurückgelegt haben und konnte, da bei so früher Jahreszeit reisende Damen eine auffallende Erscheinung sein mußten, gar nicht unbemerkt geblieben sein. Fast fing Ludwig daher an zu fürchten, daß sie, um der Spur des Verfolgers so schnell wie möglich zu entgehen, es gewagt haben möge, einen der gefährlichen Pfade über das Gebirge einzuschlagen. Und nun hatte er nicht nur den Schmerz der Trennung von ihr zu ertragen, sondern auch für ihr Leben mußte er fürchten. Seine einzige, letzte Hoffnung war noch die, daß er an der Maienwand, wo der steile Pfad zu dem Hospiz auf die Grimsel emporsteigt, ein Zeichen vorfinden werde, das ihn einlade, diesen Weg zu verfolgen oder den auf den Gotthard fortzusetzen. Seine erschöpften Kräfte erlaubten ihm jedoch nicht, weiter zu Fuß zu wandern. Er beauftragte daher Josef, zwei Maultiere zu mieten, da dieser ihm schon früher gesagt hatte, daß dergleichen in diesem Ort zu haben wären, wo die Reisenden sich derselben häufig bedienen, um sich das Ersteigen der schroffen Maienwand zu ersparen. Nach Verlauf einer halben Stunde, während der Ludwig rasch das Mittagsmahl einnahm, erschien Josef mit zwei wohlgesattelten Maultieren und einem Führer für dieselben, denn Ludwig wollte, um sich nicht abermals einem anderen verraten zu müssen, seinen munteren Begleiter nicht entlassen. Sie setzten sich auf und traten ihre Reise an. Bald erreichten sie die Maienwand. Ludwig spähte nach einem rosafarbenen Band wie nach dem köstlichsten Kleinod. Jeden Strauch, jedes Bäumchen betrachtete er mit ängstlicher Aufmerksamkeit, doch kein rosiger Schimmer wollte sich zwischen den fast überall noch geschlossenen Knospen des Grüns zeigen!

Nun blieb ihm keine Wahl mehr. Die Teure hatte ihm auch hier keinen Wink gegeben, die Straße zu verlassen, war sie daher noch vor ihm, so mußte sie den Weg über den Gotthard gewählt haben. Von jetzt an begann die einsame Wildnis, nur wenige, jetzt verlassene Sennhütten entdeckte man in dem noch fast ganz mit Schnee bedeckten Tal. Zur Linken der Wanderer türmte sich der Eispalast des Rhonegletschers, im Sonnenstrahl tausendfarbig funkelnd, empor. Zur Rechten stiegen ungeheuere Felswände auf, und vor ihnen ragten die beiden Schneepyramiden der Furka, mächtig aufsteigend, hoch in den reinen, blauen Äther hinein. Das Tal war dem prachtvollen Eingangstor in das ewig starre, funkelnde Reich des Winters zu vergleichen, auf dessen diamantenem Boden kein grüner Halm sprießt und der warme Sonnenstrahl in seine sieben kalten Farben zersplittert.

Ludwig entdeckte noch ein grünes Reisig, das an einer sonnigen Stelle des Felsabhanges zwischen den Steinspalten wuchs und schon die zarten Blätter dem Licht entgegengearbeitet hatte. Er pflückte es, um noch ein Erinnerungszeichen von den letzten Grenzen des Frühlings mit hineinzunehmen in die winterliche Wüste. Das kaum entfaltete Grün war das Bild seiner bangen Hoffnung, deren Knospe sich vor den steten, rauhen Berührungen des Fehlschlagens auch schon fast wieder geschlossen hatte. Wer weiß, dachte er, fallen die Blüten meiner Hoffnung nicht noch früher völlig ab, als diese kaum geöffneten Knospen welk an dem nahrungslosen Reisig herabhingen. Er steckte den Zweig an seinen Hut und, schweigend dem Führer folgend, ritt vorwärts. Als sie den hohen Schneepaß, über den der Weg durch aufgesteckte Signalstangen bezeichnet war, erreicht hatten und sich nun mitten in der winterlichen Kälte am Fuß der beiden starren Felskegel befanden, zwischen denen die berühmte Straße hindurchführt, da wandte sich Ludwig noch einmal zurück. Die Sonne neigte sich schon tief zu den Bergen und schoß ihre Strahlen nur noch eben über die blauen nebeligen Höhen hinweg. So weit sein Auge reichte, sah er nur Schneefelder und Granitmassen. Sein Schmerz überfiel ihn mit gewaltsamer Heftigkeit auf diesem Friedhof der Natur. O gütiger Gott, flehte sein Herz, laß sie mich wiederfinden, sie, die einzige, die den reinen Hoffnungsstrahl des Glücks in meine trauernde, tiefverwundete Brust geworfen hat. Du hast sie mir gesendet, ungeahnt, ungehofft, gleich einer himmlischen Erscheinung aus deinem seligen Reich, o laß sie mir nicht wie ein Traumbild spurlos wieder verschwinden, nimm sie mir nicht, wie du sie mir gegeben!

Der rauhe Sturm, der sich wild auf der nackten Höhe erhob und den Schnee in Wirbeln hoch aufjagte, war die einzige Antwort, die er auf die stumme Klage seiner Brust erhielt, denn hier drückt die Natur niemanden an die warme, liebevolle Brust, nur gegen kalte Leichensteine lehnt sich der ermüdete Wanderer. Eben verschwand auch die Sonne hinter einem Felsgipfel, und ein langer, kalt anhauchender Schatten fiel über das Schneefeld. – »Weiter«, sprach Ludwig zu dem Führer und wandte das Maultier um, »weiter!« – »Wir haben auch Eile nötig«, antwortete dieser, »wenn wir Andermatt vor Nacht erreichen wollen. Es könnte leicht sein, daß wir, wenn der Sturm anhält, beim Kapuziner in Realp übernachten müßten.«

Sie setzten den Weg fort, Ludwig in stummes Brüten versunken, die Führer, indem sie ein Gespräch in ihrem schweizerischen Dialekt führten, von dem ein Fremder wenig zu verstehen vermochte, selbst wenn er darauf gehört hätte.

Der Sturm legte sich, als man die Höhe erst im Rücken hatte. Man war bei guter Zeit in Realp, wo man einige Augenblicke bei dem Kapuziner, der dort, in kleiner Hütte wohnend, die Fremden gastlich mit Brot, Honig, Milch, Käse und Wein bewirtet, anhielt. Die Spende wird unentgeltlich gereicht. Was der Reisende dafür zahlen will, ist ein freies Geschenk, und der würdige Vater, der in dieser steten Einsamkeit seine Tage zubringt, empfängt es im Namen des Klosters in einer Armenbüchse. Auf Ludwigs Nachforschung nach Bianka erhielt er den Bescheid, daß am 17. Oktober der letzte Reisende die Straße entlanggezogen sei, und zur Bestätigung legte der Mönch ihm das Buch der Fremden des vorigen Jahres vor. Damit war seine letzte Hoffnung verschwunden. Er seufzte tief, bekämpfte mühsam seine Tränen und stand auf, um zu gehen. »Der himmlische Vater gebe Euch Trost und Segen«, sprach der Mönch. »Ihr scheint nicht froh!« Dabei reichte er ihm die Hand wohlwollend dar. Ludwig drückte sie stumm und verließ die kleine Zelle hastig.

Als er wieder ins Freie trat und der rauhe Wind den Schnee ringsum aufwirbelte, kam es ihm einen Augenblick vor, als würde er beruhigenden Frieden in der tiefen Einsamkeit dieses traulichen Wohnorts finden, wo er Zeit hätte, nur seinen Träumen nachzuhängen, nur in der Welt des Gedankens und des Gefühls zu leben, unbekümmert um das Schicksal der Erdenbewohner, die draußen in stetem Sturm der Ereignisse unstet auf- und niederschwanken. Doch wie, dachte er, könntest du denn hier dem Sturm entfliehen, der sich in deiner eigenen Brust erhebt? Wohnen nicht in der Seele auch des Einsamsten alle die gefährlichen Keime, die plötzlich zu Giftpflanzen aufschießen, wenn der Feind sie tückisch heraustreibt? Und wer ist der Feind des Menschen als er selbst? – Nein, auch das wäre eine Täuschung! – Gedankenvoll ritt er vor sich hin. Man befand sich jetzt in dem einsamen Urserental auf der Höhe des Gotthards, das im Sommer einem grünen Wiesenstrom zwischen hügeligen Schneeufern gleicht, jetzt aber ganz in das Leichentuch des Winters gehüllt war. Allmählich fing es an zu dunkeln. Wiederum erhob sich ein rauher Sturmwind und kräuselte die Schneeflocken hoch auf. Es wurde kalt. Jetzt begann Ludwig endlich seine große Erschöpfung zu empfinden, und der Körper machte das Bedürfnis nach Ruhe geltend. Mit einer Art von Verdruß über sich selbst empfand er, daß das Erreichen einer Herberge, daß ein behagliches Nachtlager unbemerkt zu einem dringenden Wunsch in ihm geworden war, der neben der tiefen Sehnsucht seines Gemüts Raum fand. Die Anstrengungen der letzten Tage waren aber auch fast unglaublich gewesen, und schwerlich möchte sonst jemals ein Reisender die Wegstrecke in einem Tag zurückgelegt haben, die sich zwischen Ludwigs letztem Nachtlager und Andermatt, dem Ziel seiner heutigen Wanderung, ausdehnte.

Durch den kalten Nebel, der sich auf das Tal herabsenkte, und durch die dichten Schleier, mit denen die Nacht es umgab, schimmerte von Zeit zu Zeit, wie der Sturm das Gewölk zerriß, ein Lichtschimmer von erleuchteten Fenstern hindurch, die dem Wandernden als Leitstern dienten. Endlich erreichte er Häuser, und nach wenigen Minuten hielt er vor einem ansehnlichen Gebäude, dessen unteres Geschoß von hellen Lichtern glänzte.

Siebtes Kapitel

»Gott sei Dank«, rief Josef, »daß wir angelangt sind! Es war kein kleines Tagewerk. Ich bin sonst auch nicht der Schwächste, aber wir haben heute ein gutes Stück Weg zurückgelegt!« Der Maultierführer half Ludwig vom Sattel herab, ein dienstfertiger Kellner war schon zu derselben Hilfeleistung bereit und lud ihn ein, in das wohlgeheizte, erwärmte Gemach zu treten, wo schon einige andere, soeben erst eingetroffene Gäste beim Nachtessen versammelt seien.

Es machte einen eigentümlichen Eindruck auf Ludwig, aus der tiefen Öde und schauervollen Wildnis, in der er den ganzen Tag zugebracht hatte, sich plötzlich in die bequemen Gleise des geselligen Lebens, des munteren Verkehrs, zurückgeführt zu sehen. Denn er trat in einen gastlichen, geräumigen Saal, in dem er eine gedeckte Tafel fand, auf der eine Anzahl von Kerzen hell und einladend schimmerte. Am oberen Ende, dem Ofen zunächst, saßen drei Reisende, denen man soeben das Abendessen aufgetragen hatte. »Die Herren haben sich bereits zu Tisch gesetzt«, sprach der Kellner, »ist Ihnen gefällig, mein Herr, sogleich an der Mahlzeit teilzunehmen, oder wünschen Sie zuerst auf ein Zimmer geführt zu werden, um sich's bequem zu machen?«

Ludwig, der keine Reisebequemlichkeiten weiter bei sich trug, sondern so, wie er ging und stand, fertig war, hätte auf diese Behaglichkeit verzichten müssen, wenn es ihm auch nicht angenehm gewesen wäre, sogleich zu Nacht zu essen, um nachher schnell zur Ruhe gehen zu können. Er näherte sich daher den Fremden und begrüßte sie, indem er Platz nehmen wollte, jedoch ohne sie anzureden. Sie erwiderten seinen Gruß mit einer so zuvorkommenden Gefälligkeit, daß er sich schon dadurch wohltuend berührt fühlte. Er faßte die Gäste näher ins Auge. Es schienen ihrer Tracht und ihrem gebräunten Antlitz nach Offiziere zu sein. Zwar hatten sie ihn französisch angeredet, doch zeigten sie etwas in ihrem Wesen, das einer anderen Nation ähnlich sah. Zwei, von denen der ältere etwa sechsunddreißig, der jüngere einige zwanzig Jahre zählen mochte, hatten schwarzes Haar und kurze, schwarze Knebelbärte, der dritte war blondlockig und frisch von Farbe. Ludwig setzte sich und suchte, seiner Stimmung Gewalt antuend, die heitere Höflichkeit der Fremden zu erwidern. »Kommen die Herren aus Italien, oder wollen Sie dahin?« fragte er.

»Unser Weg«, erwiderte der ältere, dessen hoher Wuchs und, man hätte sagen mögen, königliches Ansehen ihm etwa Gebietendes gaben, »unser Weg führt uns hoffentlich weit nach Norden. Vorläufig wollen wir jedoch nach Deutschland, und zwar nach Dresden, wohin der französische Kaiser sich in diesen Tagen begeben wird.« – »Der Krieg scheint also gewiß?« fragte Ludwig. – »Wir hoffen es«, sprach der Fremde, mit einem Ton der Stimme, der mehr ausdrückte, als die gewöhnliche Freude eines

Soldaten, der beim Beginn eines Feldzuges eine Reihe glänzender Taten und Hoffnungen unbestimmt in der Zukunft schimmern sieht.

Ludwig schwieg. Sein deutsches Herz sah mit unwilliger Wehmut die Scharen fremder Krieger aufs neue sein Vaterland überschwemmen, doch sagte ihm die unabweisbare Richterstimme der Wahrheit, daß Deutschlands Schmach nicht unverdient sei und daß, wie schwer das fremde Joch sein mochte, wie hart es war, sich ohne Wahl und unbedingt dem Sieger anschließen zu müssen und seinen kolossalen Zwecken zu dienen, es, wenngleich demütigender für die Fürsten, doch für die Völker immer noch ehrenvoller blieb, als der feigen, elenden, schmachvollen, eigennützigen Politik preisgegeben zu sein, wodurch seit einem Jahrhundert, vorzüglich aber seit dem Tod des großen Friedrich, die deutsche Nation von ihren eigenen Fürsten so tief herabgewürdigt worden war. Die drei Worte des Fremden: »Wir hoffen es«, weckten daher den ganzen inneren Zwist seiner Brust so lebhaft wieder in ihm auf, daß sogar die schmerzliche Besorgnis, die ihn seit gestern erfüllte, einen Augenblick dadurch verdrängt wurde.

Der Fremde schien die Bewegung, die in Ludwigs Seele vorging, zu durchschauen. Nach einigen Augenblicken allgemeiner Stille erwiderte er mit ruhiger Würde, und zwar in deutscher Sprache: »Es befremdet Sie, mein Herr, daß ich von einem aller Wahrscheinlichkeit nach furchtbaren Krieg sagte: ›wir hoffen ihn‹, es befremdet Sie um so mehr, da Sie, wie ich höre, ein Deutscher sind. Wir sind es durch langen Aufenthalt halb und halb: Erlauben Sie daher, daß wir uns in der Sprache Ihres Landes unterhalten. Es muß Ihnen vielleicht frevelhaft leichtsinnig scheinen, daß wir auf eine Wendung der Weltbegebenheiten hoffen, der halb Europa mit Zittern, mit düsterer Trauer entgegensieht. Es ist freilich ein hartes Los, sich in einer Lage zu befinden, wo man nur aus einem großen, allgemeinen Unheil Hoffnungen für die eigenen teuersten Güter schöpfen kann; allein wir sind in diesem Fall.« Hier hielt er einen Augenblick inne, als hindere ihn die Bewegung seines Gemüts weiterzusprechen. Die edlen Züge seines Angesichts erhielten durch den Ausdruck eines erhabenen Schmerzes eine Art von Weihe. Auf der hohen Stirn lagerte sich eine dunkle Wolke der Schwermut, das Auge starrte träumerisch vor sich hin, ohne daß der Wille den Blick bestimmte, denn die ernsten, schweren Gedanken, die in seiner Brust auf- und niederwogten, waren fern von der Außenwelt.

Ludwig fühlte sich wunderbar ergriffen, er wagte es nicht, die tiefe Stille zu unterbrechen. Auch die beiden jüngeren Begleiter des Fremden schwiegen und hingen mit wehmütigen Blicken an seinem Angesicht. »Wir sind Polen, mein Herr«, sprach dieser nach einer Pause, mit männlich gefaßtem Ton. »Wir erwarten von dem bevorstehenden Kampf ein Vaterland, während wir jetzt heimatlos in der Verbannung umherschweifen müssen. Sie begreifen nun wohl, daß ich sagen durfte: ›wir hoffen den Krieg!‹«

Ludwig war so überrascht, daß er nicht gleich etwas zu erwidern wußte, allein der Fremde enthob ihn der Mühe, indem er das mit Wein gefüllte Glas vor seinem Teller ergriff und sprach: »Dem Vaterland! Diesen Toast muß jeder Wackere mittrinken, er sei welches Volkes er wolle.« Ludwig stieß an, auch die übrigen näherten die Gläser zu dem feierlichen Toast, der unter den obwaltenden Verhältnissen der Zeit in jedem einen so ernsten Anklang finden mußte.

Es war, als hätte der Fremde mit dem Glas Wein seine düstere Stimmung wie durch ein Zaubermittel verbannt. »Wir sind Reisende«, begann er, »die zu einer ungewöhnlichen Zeit auf einer ungewöhnlichen Stelle zusammentreffen. Von den Gebirgen des Gotthard, auf denen wir uns befinden, sprudeln die Quellen in alle vier Gegenden der Welt und gießen ihre Ströme nach Deutschland, Frankreich und Italien aus. Dagegen führen die Straßen dieser Länder an diesem Punkt zusammen und verschlingen sich in einem begrüßenden Knoten. Man trifft sich hier gewissermaßen an einem Kreuzweg der Welt. Morgen folgt der dem Rhein oder der Reuß, jener dem Tessino, der dritte der Rhone. Den Augenblick des Beisammenseins soll man genießen, ihn als eine frohe und teuere Erinnerung bewahren, denn wer weiß, ob man sich je noch auf den Straßen dieser Erde wiederbegegnet? Wir drei«, fuhr er, gegen Ludwig gewendet, fort, »kennen uns, sind Landsleute, Kriegskameraden. Sie müssen fremd zu uns sein, wir zu Ihnen. Wenn wir hier nicht eine vertrauliche Offenheit walten lassen, so könnte uns eine glückliche Stunde, der wir vielleicht alle gern künftig einmal gedenken, kalt, ungenossen vorübergehen. Ich denke daher, wir tauschen Namen um Namen. Der meinige ist Stefan Rasinski, ich bin Oberst in des Kaisers Heer, diese, meine jungen Freunde und Kameraden, sind Offiziere desselben Regiments, Graf Boleslaw und Graf Jaromir, und Sie, mein Herr?« – »Mein Name ist Ludwig Rosen, ich bin ein Deutscher«, entgegnete Ludwig. – »Willkommen denn! Rosen ist ein schöner Name. Wohl dem, dem noch Rosen blühen, und wären es auch nur Alpenrosen. Diese Zeit ist für mich dahin, denn wer bald sein vierzigstes Jahr erreicht hat, darf nicht mehr an Blüten denken und kann höchstens noch auf einige späte Früchte hoffen. Nun, auch ich sah Blüten – und sah sie auch fallen! Auf die Entfaltung jeder schönen Blüte, der Jugend, der Hoffnung, der Liebe! Stoßt an, junge Freunde, dieser Wunsch geht euch mehr an als mich!«

Ludwig entsprach der Aufforderung in einer seltsamen Bewegung. Der Trinkspruch Rasinskis traf sein Herz schmerzlich, aber er erfüllte es auch wieder mit leisem Schimmer der Hoffnung, denn wie es in solchen Stimmungen zu sein pflegt, er fand eine Art glücklicher Vorbedeutung in dessen Trinkgruß. Noch eine zweite Empfindung stieg lebhaft und Reue erweckend in ihm auf. Wie glücklich war die Offenheit des Grafen, die vier Fremde wie durch das einzige gewissermaßen zauberisch wirkende Mittel des Austausches der Namen und nächsten Verhältnisse so rasch zusammenführte! Wenn ich nicht, dachte er, in scheuer Zurückhaltung es versäumt hätte, dem holden unbekannten Wesen, das mir seine näheren Verhältnisse verhüllen mußte, wenigstens sie meinen zu entdecken, ihr meinen Namen zu nennen, so wäre das Band zwischen uns doch nicht völlig abgerissen, wenn ich sie auch jetzt nicht wiederfände. Nein, wie zart auch weibliches Handeln sein muß, gewiß ließe Bianka mir ein Zeichen zukommen, an dem ich sie dereinst wieder auffinden könnte. So hat diese ängstliche Versäumnis mich vielleicht unwiederbringlich um das Glück meines Lebens gebracht!

Diese Gedanken erfüllten Ludwigs Seele, während das Gespräch sich über andere Dinge rasch fortbewegte. Graf Rasinski schien absichtlich die Rückkehr zu dem ersten Anfangspunkt, den er genommen hatte, zu vermeiden. Die jungen Offiziere ehrten darin bescheiden seinen Wunsch. Man sprach von Italien, von Paris, von den Eigenschaften des Kaisers als Feldherr und Staatsmann, von seinem Zug über den Großen St. Bernhard, dem man so nahe war, von den furchtbaren Rüstungen zu dem bevorstehenden Krieg, von den verwegenen Entwürfen seines Geistes überhaupt, der die Fahnen Frankreichs rastlos von den Pyramiden bis zum Tajo, vom Tajo bis in die Schneegefilde Rußlands führe – kurz, man sprach über alles, was damals den Geist jedes Denkenden mächtig aufregte, was alle Zungen Europas in Bewegung setzte.

So verschwand unvermerkt eine Stunde. Das Mahl war vorüber, man begab sich zur Ruhe. Von mannigfaltigen Gedanken und Gefühlen so aufgeregt, daß er selbst nach den großen Anstrengungen des Tages nicht gleich einschlafen konnte, überdachte Ludwig auf seinem Lager, was er für den nächsten Morgen zu tun habe. Sollte er vorwärts, sollte er zurück? Machte er den Versuch, Bianka auf einer anderen Straße aufzusuchen, oder sollte er nur die nächste, die ihn nach Deutschland führte, unablässig verfolgen? Es war ihm nicht entgangen, daß die Polen mit ihm ein und dasselbe Ziel der Reise hatten, und im ersten Augenblick hätte er sich fast freudig verraten, allein es war ihm doch lieb, zur rechten Zeit geschwiegen und sich beherrscht zu haben, denn er hätte sich durch eine solche Begleitung der Möglichkeit beraubt, seine Nachforschungen fortzusetzen. Er beschloß daher endlich, wenn es angehe, ohne von seinem hauptsächlichen Zweck zuviel aufzugeben, sich sobald wie möglich wieder von den neuen Bekannten zu trennen. Unter diesen Gedanken schlief er endlich ein, von der großen Müdigkeit übermannt.

Achtes Kapitel

Es war schon heller Tag, als er durch ein leises Klopfen an seiner Tür erwachte. Auf sein »Herein!« trat der jüngste der drei Offiziere, der blondlockige, blühende Graf Jaromir ein. »Verzeihen Sie«, sprach er, »daß ich Sie so früh störe. Allein es wäre uns ein sehr großes Vergnügen, die Reise mit Ihnen gemeinschaftlich fortzusetzen, daß ich von meinen Kameraden beauftragt bin, Sie darüber zu befragen, ein Auftrag, den ich sehr gern vollziehe, selbst auf die Gefahr, Sie erzürnt zu haben.«

Ludwig entschuldigte sein langes Schlafen und versprach, sogleich aufzustehen und in den Frühstückssaal hinunterzukommen. In wenigen Minuten fand er sich daselbst ein. Die Offiziere grüßten mit Herzlichkeit. Rasinski, der alle Beziehungen so weit wie möglich auszudehnen schien, erklärte, daß er die Veranlassung gewesen sei, auf Ludwig zu warten, weil man sich unmöglich habe entschließen können, vor ihm abzureisen und ihn die berühmte Gotthardstraße allein passieren zu lassen. »Zwei Menschen«, meinte er, »die zusammen über die Teufelsbrücke gegangen sind, bleiben durch diese Erinnerung für das Leben so verbunden wie die beiden Ufer der Reuß eben durch diese Brücke. Selbst der wildeste Strudel des Lebens wird nicht alle Fäden zwischen ihnen zerreißen, so unzerstörbar sind gemeinsame, anziehende Erlebnisse und Erinnerungen.« Ludwig empfand diese Wahrheit und dankte dem Grafen mit warmer Aufwallung für sein freundschaftliches Benehmen. Überdies der frische, winterliche Morgen, das kräftige Körpergefühl, die wohltuende Zuvorkommenheit der Gefährten, alles zusammen wirkte so glücklich auf ihn, daß er sogar eine Art von Heiterkeit wiedergewann, obgleich Biankas Bild nicht aus seiner Seele wich und als eine stumme, trauernde Gestalt mitten in den schönen frischen Gemälden der Gegenwart stand, die ihn umgaben. Der Schmerz um sie drang durch die munteren und rauschenden Lebensmelodien, die er um sich her vernahm, wie ein langgehaltener Klageton mit unablässiger Beharrlichkeit hindurch.

Die Maultiere waren gezäumt, die Führer standen bereit. Man verließ das stattliche Gasthaus der »Drei Könige an der Matt« und ritt nun das Tal abwärts, dem schwarzen Eingangstor desselben entgegen. Wie mußte die Ähnlichkeit der Umgebungen Ludwigs Erinnerungen mächtig erwecken. Wie auf dem Simplon öffnete sich jetzt die düstere Höhle, das Urner Loch genannt, wie dort brauste daneben der Strom, wie dort fiel in der Mitte durch ein großes vergittertes Oval augenblicklicher Lichtschimmer hinein, und man sah die Reuß, einem weißen Gespenst ähnlich, schäumend vorüberschießen. Jetzt betäubte der furchtbare Donner des Stromes das Ohr. Die Kluft öffnete sich, und man stand in dem von turmhohen Felsen umstarrten Engpaß, wo die tobende Reuß sich tief in den Abgrund hinunterstürzt und in ihrer Wildheit alle Schranken der Ufer zu durchbrechen und zu zertrümmern droht. Über diesen wogenden, zischenden Kessel ist die schmale Brücke mit so verwegener Hand geworfen, daß die Sage fast recht zu haben scheint, wenn sie behauptet:

»Sie ist nicht erbaut von Menschenhand, es hätte sich's keiner verwogen.«

Als die Wanderer über den Steg ritten, zitterte er unter ihnen. Graf Rasinski hielt einen Augenblick an und starrte in die Felskluft über sich hinauf und in den schäumenden Abgrund unter sich hinab. Er wollte etwas sagen, allein das Getöse des Wassersturzes übertönte jede menschliche Stimme. Und dennoch herrschte hier das schauerliche Gefühl einer ewigen Stille und Öde, denn kein Vogel regt sich, kein Insekt summt, kein Halm, kein armes Moosfädchen grünt, sondern nur die starren, unbeweglichen Granitmassen ragen zackig in den blauen Äther empor. Man fühlt gewissermaßen mitten in dem tobenden Donner der Reuß, daß, sowie der Strom versiegte, auch jeder Laut erstorben wäre und man wie in einer steinernen Grabeshöhle der Natur stehen würde.

Eine Zeitlang verweilten die Reisenden und ließen den mächtigen Eindruck dieses wilden Gemäldes still auf sich einwirken. Ludwig beobachtete mit einer eigenen Bewegung des Gemüts einige silberweiße, leichte Wölkchen, die in dem schmalen blauen Raum des Äthers, den man zwischen den Felsenmauern erblickte, über das Tal hinwegzogen. Sie schienen wie selige lächelnde Geister in jenen glücklichen Räumen des Lichts hoch über dem schauerlichen Abgrund der Verdammnis dahinzuschweben. Ludwig verlor sich, den Blick nach oben gerichtet, in träumenden Sinnen. Rasinski weckte ihn daraus, indem er an ihm vorüberritt, ihn leicht auf die Achsel schlug, dann seine Hand ergriff, sie herzlich drückte und ihm durch ein ernst-freudiges Zuwinken (denn der Donner des Wassersturzes versagte die Mitteilung durch Worte) zu sagen schien: Nicht wahr, ein prachtvolles Schauspiel? Die es gemeinsam genossen haben, verbindet die Erinnerung auf lange Zeit!

Rasinski war durch Alter, Entschiedenheit, Übergewicht an Einsicht und Erfahrung der stillschweigend anerkannte Gebieter seiner Umgebung, so gehorchte man ihm auch ohne weiteres bei den Anordnungen der Reise, denn er wußte überall das rechte Maß und das, was sich für den Augenblick am besten schickte, glücklich zu treffen. Er war es, der den Weg fortsetzte, die anderen folgten ohne Zwang, aber doch unwillkürlich. Über eine Stunde lang ritt man in den sogenannten Schüllenen auf breiten, nackten Granitplatten hin, von beiden Seiten stiegen die nackten Felswände auf, doch zur Rechten drängte sich die Reuß, in einer ununterbrochenen Kette von Wasserfällen in das Tal hinabbrausend, zwischen dem schmalen Pfad und der felsigen Mauer des jenseitigen Ufers ein. Über die nächsten Felsabstürze ragten hohe, zackige, ganz mit Schnee bedeckte Gipfel der Alpen herein, die bald, in graue Wolkenschleier gehüllt, das glänzende Haupt verbargen, bald, blitzend in dem kalt abprallenden Sonnenstrahl, sich mit kühnen Umrissen auf dem tiefblauen Grund des Himmels abzeichneten. Wäre es nicht zu früh in der Jahreszeit gewesen, so wäre das Tal von nun an bewachsener und freundlicher geworden. Indessen herrschte hier noch viel mehr als auf der freieren Simplonstraße der Winter, und der Schnee deckte noch die meisten Felskuppen, ja oft auch noch die Wipfel der Schwarztannen, die nach und nach häufiger zu werden anfingen. Allmählich wurden die Höhen jedoch waldig und buschig, und von Zeit zu Zeit sah man schon einen grünen, hellen Grasstreifen unter der dünnen Schneedecke hervorschimmern.

Die Reise wäre trotz der zu frühen Jahreszeit noch überreich an schönen Eindrücken gewesen und wäre für Ludwig durch das Interesse, das ihm seine Begleiter einflößten, gewiß zu einem der erfreulichsten Erlebnisse geworden, wenn nicht der Schmerz sich mit steigender Kraft seiner Seele bemächtigt hätte. Eine Zeitlang mochten die neuen Umgebungen, der Anteil an den Begleitern, die wunderbare Natur, ja selbst Sonnenlicht und heiterer Himmel mit ihren vereinten Kräften dem tiefen Gram seiner Seele einigermaßen das Gleichgewicht halten. Jetzt aber, da diese frischen Reizmittel sich abgestumpft hatten, da die Hoffnung, doch noch das Ziel seines Strebens zu erreichen, mehr und mehr schwand, die Angst, es auf immer zu verlieren, höher und höher stieg, jetzt wurde seine ganze Seele wieder der ungestillten Sehnsucht zum Raub, die unsere Brust vielleicht noch heftiger und schmerzlicher erregt als ein entschiedener Verlust. Denn bei diesem wirkt jede dahineilende Minute beruhigend, heilend, bei jener aber spannt die langsam verrinnende Zeit das Herz auf eine gesteigerte Folter, wenigstens so lange, bis die völlige Betäubung und Ermattung durch den Schmerz und die dumpfe, abgestumpfte Ruhe eintritt, die dem halben Tod gleicht.

Schon bei guter Zeit erreichte man das Dorf Amsteg, wo das Schächental sich in wilder Zerklüftung von dem der Reuß abzweigt. Hier frühstückten die Reisenden und setzten dann den Weg nach Altorf fort, der im breiteren, grünen Tal an frischen Wiesen entlang führt und nicht mehr von dem donnernden Getöse der Reuß, sondern nur von einem munteren, jugendlichen Brausen und Rauschen derselben begleitet wird. Die Reisegefährten Ludwigs wollten den Vierwaldstädter See befahren und eilten deshalb, Flüelen zu erreichen, um womöglich am Abend noch Luzern zu erreichen. Ludwig aber hatte jetzt nur noch die einzige Hoffnung, den Gegenstand seines Suchens auf der nächsten großen Straße nach Deutschland zu treffen, und war daher entschlossen, zumal er den See und seine Merkwürdigkeiten bereits kannte, seine Reise so rasch wie möglich über Zürich nach Schaffhausen fortzusetzen. Er beschloß daher, sich von seinen Begleitern zu trennen. Rasinski, dessen aufmerksamem Blick selten etwas entging, fragte ihn nach seinem Gepäck. Ludwig hatte sich schon darauf gefaßt gemacht und eine Ausflucht vorbereitet. Er erwiderte, daß er, und dies war richtig, sein größeres Gepäck nach Heidelberg vorausgeschickt, das geringere aber, und hier berichtete er unwahr, durch die Nachlässigkeit oder Untreue eines Vetturino auf dem Weg von Mailand nach Duomo d'Ossola eingebüßt habe.

Mit freundschaftlicher Bereitwilligkeit, aus dem Feld der daran gewöhnt, das Letzte gern und freudig zu teilen, boten ihm seine Begleiter einiges Notwendige aus ihrem Vorrat an. Dies war ihm in der Tat willkommen, denn er wäre sonst genötigt gewesen, in Zürich einige Einkäufe zu machen, die er scheuen mußte, weil seine Reisekasse in der Tat nicht mehr die stärkste war und er wenigstens alle seine Mittel darauf verwenden wollte, Bianka einzuholen oder aufzufinden. Man nahm also herzlichen Abschied voneinander und versprach sich in Dresden ein frohes Wiedersehen, wenn es das Glück nicht fügen sollte, daß man sich schon früher wieder auf der Landstraße begegnete. Nicht ohne Wehmut sah Ludwig seine rasch gewonnenen Freunde scheiden, denn ob er sie wiederfinden würde, blieb ungewiß, da ihr Aufenthalt in Dresden vielleicht nur kurze Zeit dauerte und nicht mit Ludwigs Eintreffen daselbst zusammenfiel, weil dieses wegen der Nachforschungen, die er anzustellen gedachte, unbestimmt war. Der Krieg aber trieb alles in rascher Bewegung vorwärts.

Im Wirtshaus zu Altorf befand sich zufällig ein Hauderer, der mit einem leeren Wagen nach Zürich wollte. Ludwig bedingte sich für ein Billiges einen Platz und setzte, nachdem er seinen freundlichen Führer Josef und den Maultiertreiber aus Urlichen entlassen hatte, seine Reise unverzüglich fort. Ohne weitere Erlebnisse erreichte er am späten Abend Zug, und am anderen Mittag, über den Albis, wo er den letzten reichen Blick über die Berge und Seen der Schweiz und auf die Alpenkette genoß, Zürich. Dies war ein Punkt, den Bianka, wenn sie einen jener Alpenpässe im Kanton Wallis überschritten hatte, fast notwendig berühren mußte. Mit größter Sorgfalt erkundigte sich Ludwig daher in allen Gasthäusern, ob Fremde, denen ähnlich, die er beschrieb, eingetroffen wären. Er hatte seinen Weg so schnell und glücklich zurückgelegt, daß er fast nicht zweifeln konnte, er müsse früher in Zürich eingetroffen sein. Daher beschloß er, diesen und den nächsten Tag zu warten und seine Nachforschungen fortzusetzen. Er tat es, aber vergeblich. Auch den dritten Tag gab sein sehnendes Herz noch zu, wiewohl er in der tödlichen Angst schwebte, daß er vielleicht eben dadurch die Möglichkeit verliere, die Geliebte auf einer der Straßen Deutschlands einzuholen. Als auch die letzte Bemühung ihm keine Spur entdeckte, mußte er sich endlich mit zerrissenem Herzen entschließen, den Weg in die Heimat fortzusetzen. Über Schaffhausen nach Freiburg traf er nach einigen Tagen in Heidelberg ein. Es war in den ersten schönsten Tagen des Mai, als er in den reizenden Ort, wo er so manche frohe Stunde zugebracht hatte, einfuhr. Er betrat ihn mit

Wehmut. Seine Universitätsfreunde hatten mit ihm zugleich die Stadt verlassen. Nur ein Jahr war vergangen, und schon hätte er, einige entferntere Bekannte abgerechnet, sich ganz fremd unter den Jünglingen, die hier studierten, gefunden. Worauf er sich anfangs mit treu anhänglichem Sinn gefreut hatte, seinen alten redlichen Wirt, einige Familien der Stadt, mit denen er Umgang gehabt hatte, endlich seine Lieblingsspaziergänge wieder zu besuchen, die jetzt im frischen Grün prangten und von lauen Blütendüften umhaucht wurden, alles dies erregte in ihm nur eine ernste, ja düstere Schwermut. Unmutig beschloß er endlich, seine Reise nach Hause zu beschleunigen, um in den Armen der geliebten Mutter und Schwester Trost für sein von allen Seiten schmerzlich verwundetes Herz zu suchen. Er bestellte für den nächsten Morgen einen Platz auf der Post.

Als er am Abend zuvor seine Sachen gepackt und alles geordnet hatte, ging er, um an der Wirtstafel das Abendessen einzunehmen, in den Saal hinab. Die Gäste, einige Fremde und einige unverheiratete Professoren aus Heidelberg, saßen schon bei Tisch. Einer derselben hielt ein Zeitungsblatt in der Hand, aus dem er der Gesellschaft die wichtigsten Nachrichten über den bevorstehenden Krieg mitgeteilt zu haben schien.

»Was gibt's Neues?« fragte Ludwig, ohne Bedeutung in die Frage zu legen. – »Was den Krieg anlangt, noch nichts Entschiedenes«, erwiderte sein Nachbar, »Truppenmärsche, Nachrichten vom Ankommen und Abreisen der Generale, lange Berichte über die furchtbaren Zurüstungen des französischen Kaisers, kurz alles das, was wir schon seit Wochen täglich wiederholt finden. Aber mitunter werden die Zeitungen auch in anderer Beziehung interessant. Sie gestalten sich in unserer romantischen Zeit selbst zu kleinen Romanen, und wir finden sogar Briefe darin, die Liebesbriefen nicht unähnlich sind. Lesen Sie einmal hier diese Anzeige, die soeben den Gegenstand unseres Gesprächs bildet.« Ludwig warf einen gleichgültigen Blick in das Blatt. Doch kaum hatte er die ersten Zeilen gelesen, als er der Herrschaft über sich selbst fast nicht mehr mächtig war. Die Worte, die das neugierige Erstaunen der Gesellschaft erregt hatten und in ihm einen wahrhaften Sturm wechselnder Empfindungen aufjagten, lauteten folgendermaßen:

»An den unbekannten Freund!
Dem Retter in der höchsten Not, der die Fremde als Schwester begrüßte, sie treu wie ein Bruder geleitete und beschirmte, heißen, unvergeßlichen Dank. Zerriß er selbst die Bande ebenso schnell, wie eine höhere Hand sie wunderbar knüpfte, so erfahre er, daß sein Wille geehrt wird, daß nur gerührte Dankbarkeit die Scheidende erfüllt. Doch trennte unbegreiflicher Zufall die Schwester von dem Bruder, oh, so glaube er ihr, daß die tiefste Wehmut und Trauer sie in die weiteste Ferne begleiten wird.

Führen die verschlungensten Pfade menschlicher Geschicke ihn jemals wieder mit der jetzt weit von ihm Getrennten zusammen, oh, so soll er eine treue Schwester wiederfinden, die ihm jedes Opfer freudig bringen wird, weil sie ihm alles, alles dankt.

Die gerettete B.«

»Nun, was sagen Sie dazu?« fragte der Nachbar Ludwig, der den Blick nicht von den teuren Zeilen wegwenden konnte und dem verdunkelnde Tränen ins Auge gedrungen waren. – »Seltsam, in der Tat seltsam!« erwiderte er hastig und suchte seine Bewegung hinter dem rasch hervorgezogenen Tuch zu verbergen. »Ich finde den Brief so rührend«, fuhr er mit einem erzwungenen Lächeln fort, »er erregt so tausend Ahnungen und Vermutungen, daß er mich fast mehr bewegt hat, als er sollte. Ich bin aber einmal ein romantischer Träumer!« – »Es ist uns allen nicht anders ergangen«, entgegnete der Nachbar, »denn gerade das Geheimnisvolle dieser Worte erregt so romantische Ahnungen, daß man nie jung gewesen sein, nie dichterisch gefühlt haben müßte, wenn man nicht in der Phantasie das reizendste weibliche Wesen erblicken, die süßesten Tränen, die je ein holdes Auge getrübt haben, fließen sehen sollte. Ja, ich möchte beinahe behaupten, daß jedermann in seinem Leben irgendein Verhältnis gehabt hat, an das hier mit wunderbarer Macht erinnernder Bewegungen gestreift wird.« – »Und gerade in dieser jetzigen so ereignisvollen Zeit«, bemerkte ein dritter, »wo die friedlichsten, die sichersten Lebensverhältnisse häufig durch Geschicke betroffen worden sind, die den wunderbarsten Abenteuern nichts nachgeben, gerade jetzt knüpfen sich die vielfachsten Vorstellungen an diese Zeilen.«

Das Gespräch über diesen Gegenstand wurde aufs neue sehr lebhaft und gab Ludwig Zeit, sich zu fassen. Doch stand er Qualen des Todes aus während der Stunde der Mahlzeit. Endlich war sie vorüber, hastig aber unvermerkt steckte er das teure Blatt in den Busen, verließ den Saal und eilte fast betäubt auf sein Zimmer. Hier stürzte ein Strom lange zurückgehaltener, heißer Tränen über seine Wangen. Von sehnsüchtigem Schmerz überwältigt, flehte er aus der tiefsten Tiefe seiner Seele: »Oh, gütiger Gott, trenne mich nicht auf ewig von ihr, laß das holde Gestirn noch einmal auf meinem dunklen Pfad leuchten! Zu grausam wärest du, hättest du mir des Himmels Seligkeit nur darum gezeigt, um mich auf ewig in die Finsternis der Ausgeschlossenen zurückzustoßen!«

Zweites Buch

Erstes Kapitel

Nun, liebe Mutter, ist alles in Ordnung«, sprach Marie mit freudeglänzenden Augen und einem stillen Lächeln in dem sanften Angesicht, indem sie ins Zimmer trat und auf den Tisch, an dem die Mutter saß und nähte, einen Schlüssel legte. »Jetzt mag er in jeder Minute kommen, er findet uns bereit.« – »Du hast doch auch die Bücher in den Schrank eingeräumt?« fragte die Mutter. – »Ich denke, nicht das kleinste habe ich vergessen,« entgegnete Marie, »und wenn er noch der alte Bruder ist, wenn seine Neigungen sich nicht ganz geändert haben, so wird sein Zimmer ihm gewiß gefallen. Es hat sich alles gar zu glücklich getroffen. Daß wir gleich eine Wohnung fanden, die für uns alle Raum hat und unserer gemeinsamen Neigung so sehr entspricht! Nun aber kann ich auch die Stunde seiner Ankunft kaum noch erwarten, so sehnt sich mein Herz, wieder an seiner treuen redlichen Brust zu schlagen! Doch du, liebe Mutter, bist mir nicht freudig genug! Hast du eine Sorge? Ein Bedenken?«

Mit diesen Worten beugte sich Marie teilnehmend zu der Mutter hinab und legte den Arm schmeichelnd um ihren Nacken. Diese sah der Tochter gerührt in das holde, von der frohen Hoffnung verschönte Antlitz und drückte sie dann bewegt ans Herz. »Keine, Marie, keine als die, die das Mutterherz immer hat. Wir haben Ludwig nun zwei Jahre nicht gesehen. Er ist weit in der Welt umhergewesen, hat ihre glänzendsten Seiten kennengelernt. Wird seinem schon damals so stolzen, feurigen Herzen unsere häusliche Beschränkung genügen? Wird er zufrieden auf die Lebensbahn hinblicken, die vor ihm liegt? Wenn du mich nicht so rein freudig siehst, als du selbst dich fühlst, so suche dies nicht in geringerer Liebe, sondern eben in der größeren und darum sorglicheren. Weil dein junges, unerfahrenes Herz keine andere Welt kennt als unsere häuslich engbegrenzte und die wenigen näheren Freunde unseres Umgangs, weil der ganze Kreis deiner Wünsche sich im nächsten Ring leicht erreichbarer Gegenstände bewegt, ohne eine Hemmung zu empfinden, glaubst du, daß Ludwig sich hier ebenso befriedigt fühlen werde. Es wird vielleicht mit allen Dingen des Lebens so gehen wie mit seinem Zimmer, weil seine Fenster nach der Elbe hinausliegen und sein Schlafzimmer in das kleine Gärtchen unseres Hauses blickt, so meinst du es reizend gelegen. Vergiß aber nicht, daß er in Heidelberg den Neckar unter seinem Fenster vorbeiströmen und das stolze Schloß gegenüber sich darin spiegeln sah, und erinnere dich, daß er aus der Schweiz, aus Italien zurückkehrt. Wie unsere Gegend ihm dürftig, wie die Lage seiner Wohnung ihm leicht beengt erscheinen mag, so dürften noch viel mehr unsere bürgerlichen, häuslichen, ja fast nur weiblichen Lebensbedürfnisse und Beziehungen ihm nicht genügen. Und wie vollends, wenn nun ein Blick auf seine künftige wahrscheinliche Laufbahn ihm zeigt, daß er sich stets in diesen Schranken wird bewegen müssen! Glaubst du, daß er dann glücklich sein wird?«

»Oh, gewiß, beste Mutter«, erwiderte Marie, »er hatte von jeher ein so leicht befriedigtes, wohlwollendes Herz, so viel Ähnlichkeit an die stillen Freuden unseres kleinen Kreises, daß er sich auch jetzt gewiß glücklich und heimisch bei uns fühlen wird. Ich denke, gleich der erste Anblick seines Zimmers soll ihm die alte Behaglichkeit wiedergeben. O käme er nur jetzt gleich zurück und sähe, wie die breite, prächtige Elbe zwischen den Rosenstöcken vor dem Fenster hindurchschimmert, wie die Abendsonne über den blauen Höhen am anderen Ufer steht und ihr freundliches Gold durch das Blumenlaub in das Gemach wirft! Wenn er seine Bücher schön geordnet im neuen Schrank, über dem Sofa das Bild des Vaters erblickt und gegenüber das ihm so liebe kleine Fortepiano mit den alten wohlbekannten Notenheften darauf wiederfindet, die so oft den Kreis unserer heitersten Stunden ausfüllen halfen, o gewiß, gute Mutter, dann wird er sich gleich heimisch und wohl bei uns fühlen!«

»Du liebe Törin«, sprach die Mutter lächelnd, »du meinst, weil du deine ganze mädchenhafte Freude an dem zierlich und ordentlich eingerichteten Zimmer hast, die Wünsche eines Mannes wären damit auch befriedigt? – Du kennst Männer und Welt noch zu wenig, Marie!« – »Aber ich kenne meinen Bruder, ich kenne Ludwig«, entgegnete sie, und eine Träne der schwesterlichen Rührung perlte in ihrem blauen Auge, »ich denke nicht, daß er sich glücklich fühlen wird, weil sein Zimmer freundlich und wohnlich ist, sondern weil er gleich erkennen wird, daß ihn hier die alte Liebe, die alte Herzlichkeit der Mutter und Schwester erwartet.«

Ein Posthorn ließ sich hören. »Er ist es«, rief Marie und eilte ans Fenster. Auch die Mutter schreckte freudig zusammen, doch plötzlich besann sie sich und sprach: »Wie du dich verleiten läßt, Marie! Meinst du denn, er werde wie ein vornehmer Mann mit Extrapostpferden hier eintreffen? Bedenke doch, daß er nur mit den Mitteln eines Studierenden gereist ist. Vielleicht, so pflegt es bisweilen zu gehen«, setzte sie lächelnd hinzu, »kommt er, weil die Barschaft ihm ausgegangen ist, ganz demütig zu Fuß in seiner Vaterstadt wieder an.«

Marie, die indessen ihre Täuschung wahrgenommen hatte, sprach, sich zur Mutter zuwendend: »Ich denke mir jede Art seiner Ankunft als möglich. Wenn er ganz schüchtern und leise an die Tür pochte, so würde ich glauben, er verstelle sich, um uns desto mehr zu überraschen. Wenn eine stattliche Karosse vorführe – je nun, warum sollte er nicht drinnen sitzen, warum nicht in Begleitung eines reichen Freundes oder Reisegefährten eintreffen? Wenn die Haustür in ihren Angeln kreischt, wenn ein männlicher Fuß sich auf der Treppe hören läßt – ich denke immer an Ludwig, hoffe immer, die Tür sich öffnen und ihn eintreten zu sehen. Gott im Himmel, er ist es«, rief sie plötzlich aus, da in der Tat die Tür des Gemachs sich öffnete, und mit dem Ruf: »Bruder, liebster Bruder!« flog sie dem Eintretenden entgegen und hing in der herzlichsten Umarmung an seinem Hals. Sie küßte, weinte, lachte und ließ sich halb zur Mutter hintragen, die zitternd vom Sofa aufzustehen versuchte, aber, von der heftigen Wallung der Freude überwältigt, wieder zurücksank, bis Ludwig ihre beiden Hände ergriff, sie mit heißen Freudentränen küßte und dann in tiefster Bewegung sein Antlitz an der mütterlichen Brust barg.

Diese legte die Hände segnend auf sein Haupt, und den Blick gen Himmel gewendet, dankte sie in sprachloser Freude dem Allmächtigen für das Wiedersehen des teuren, einzigen Sohns. Marie hatte wenigstens die Hand des Bruders nicht losgelassen, sie hielt diese mit sanftem Druck in ihrer Rechten, während sie den linken Arm um die Mutter legte und ihre Wange leise gegen die Schulter derselben neigte, als wolle sie sich doch einen kleinen Teil von dem Strom der mütterlichen Liebe, die sich in diesem Augenblick ganz auf den Bruder ergoß, zusichern. Es war aber nur, um den Bruder, als er das Antlitz endlich wieder erhob, gleich von neuem zu herzen und zu küssen und ihm durch tausend schwesterliche Liebkosungen ihre Freude auszudrücken.

Nachdem die ersten Augenblicke, die in der Freude wie im Schmerz etwas Betäubendes, Überwältigendes haben, vorüber waren, kehrte der unbeschreiblich liebe Zustand in die drei Herzen ein, wo man Ruhe genug hat, sein Glück zu fassen und zu überschauen, und doch noch die ganze Frische des ersten Eindrucks empfindet. Dann erst erfreut man sich des Besitzes, genießt die Gaben, mit denen eine gütige Gottheit uns plötzlich reich überschüttet hat. Nun begannen auch jene heiteren Spiele unbefangener Herzlichkeit, jene tausend Fragen nach Kleinigkeiten, Erinnerungen, dieses süße erste Ergießen der vollen Herzen, dieses Mitteilen der neuesten liebsten Eindrücke der Seele, durch deren Austausch man sich gewissermaßen erst wieder einlebt und einweiht und die kleinen Entfremdungen, die Zeit und Ferne in den vertrautesten Gemütern erzeugen, ausgleicht.

Marie strich ihrem Bruder das Haar aus der Stirn und sprach lächelnd, indem sie ihn liebevoll anblickte: »Du bist ganz unverändert, wenn auch deine Stirn etwas männlich gebräunt ist, sie ist doch noch frei und schön wie ehemals. Und wenn ich nichts von dir gesehen hätte, als diese etwa über eine Hecke hervorragen, hinter der du lachtest, ich hätte dich doch augenblicklich erkannt!«

Ludwig sah ihr in das treue freundliche Auge, das ihn mit unaussprechlicher Liebe anblickte. Er erwiderte ihr kindliches Spiel, indem er ihr die eine Hand auf die Stirn legte, mit der anderen leicht das Gesicht bedeckte, so daß nur die Augen zwischen beiden hindurchblickten. »Und dich«, sprach er jetzt, »hätte ich in dem entferntesten Sizilien erkannt, wenn du so, wie jetzt zwischen meinen beiden Händen, durch die Spalten grüner Jalousien gesehen hättest. Deine lieben blauen Augen hätten dich verraten. Und doch kommen sie mir noch reiner vor als sonst, ja, du bist überhaupt viel schöner geworden!« – »Geh doch«, sprach Marie, indem sie sich seinen Händen sanft entzog, worauf man erst sah, daß ein leichtes Erröten ihre Wangen stärker gefärbt hatte, »geh doch! Wir wollen uns lieber ganz frei und heiter anblicken. Und du mußt mir tausend Dinge erzählen. Doch halt, zuvor sage mir, bist du denn in dem Wagen gekommen, der mit vier Postpferden bespannt soeben hier vorbeifuhr?«

»Jawohl, Marie«, antwortete Ludwig, »aber ich wollte euch überraschen, darum bin ich schon an der Ecke ausgestiegen und schlich, während der Wagen vorüberrasselte, ins Haus, so daß ihr auch nicht einmal die Tür gehen hörtet.«

»Das war herrlich von dir, und wie ist dir's gelungen!« rief Marie. »Aber wie kommst du nur in den schönen Wagen mit vier Pferden?« Die Mutter schien eine ähnliche Frage auf der Zunge gehabt zu haben. Ludwig erwiderte rasch: »Seltsam genug, liebe Mutter, aber recht angenehm. Ich machte schon in der Schweiz die Bekanntschaft einiger polnischer Offiziere. In Leipzig trafen wir uns wieder. Sie drangen darauf, daß ich mit ihnen fahren sollte, und ich nahm das herzliche Anerbieten gern an, doch von deiner Güte, liebe Mutter, werde ich die Erwiderung dieser Höflichkeit erbitten müssen, denn es möchte sich fast nicht vermeiden lassen, daß ich sie einlade, unser Haus zu besuchen.«

»Wenn sie sich in der beschränkten Häuslichkeit zweier Frauen nicht unangenehm fühlen«, erwiderte die Mutter, »so weißt du, daß deine Freunde mir immer willkommen sind.« – »Aber du kennst ja dein Zimmer noch nicht einmal,« rief Marie lebhaft dazwischen, »oh, das muß ich dir gleich zeigen! Und wo ist denn dein Gepäck?« – »Das können wir nachher aus dem Hotel de Pologne holen lassen, liebe Schwester. Es war mit dem meiner Freunde so verpackt, daß ich es hier nicht so rasch hätte bekommen können, doch jetzt eilt es ja nicht. Zeige mir nun, wie ich wohne.« – »Oh, gewiß recht traulich, und ich denke, ich habe alles so eingerichtet, daß es dir gefallen kann«, sprach Marie, indem sie mit dem Schlüssel in der Hand fröhlich voranhüpfte.

Als Ludwig in das stille, freundliche Gemach eintrat, überkam ihn ein unwiderstehliches Gefühl der tiefsten Wehmut. Es liegt im Menschen, seinen Schmerz tiefer zu empfinden, wenn er einen Schein des Glücks um sich her erblickt. Die Liebe der Mutter und der Schwester hatte ihn so herzlich empfangen, und das Gemach, in das er trat, wo er alles beisammen sah, worauf er jemals seine Neigung geworfen, was ihm glückliche Stunden verschafft hatte, war ein neuer Beweis für diese Liebe. Er hätte sich noch vor wenigen Wochen so glücklich in diesem Bewußtsein, so heimisch in dieser traulichen Umgebung gefühlt – und jetzt empfand er es so schwer und so unleugbar, daß das alles nur den Schein des Glücks bilde. Was ihm bisher genügte, ihn erfreute, sein Herz ganz erfüllte, hatte plötzlich alle Kraft verloren und blickte ihn nur um so trüber an, je teuerer es ihm zuvor gewesen war.

Marie bemerkte in ihrer arglosen Freude nicht, welch einen Kampf er mit sich bestand, sie behielt die Träne, die in seinem Auge glänzte, für eine der freundlichen Rührung, aber glaubte sie lieben alten Erinnerungen gewidmet, die sie selbst jetzt mit erneuter Kraft ergriffen hatte und auch Tränen ins Auge trieben, aber selige, unbeschreiblich beglückende. »Nicht wahr, Ludwig, wir verstehen uns wohl?« fragte sie und blickte ihn lächelnd an. In seinem Inneren rief es laut: Nein, nein! Wir verstehen uns nicht! Doch er öffnete die Lippen nicht, sondern zwang sie nur zu einem schmerzlichen Lächeln und ließ der Schwester die Hand, die sie freundlich ergriffen hatte. »Die schönen Rosenstöcke!« sprach er nach einer Pause. »Und voller Knospen!« – »Es waren immer deine liebsten Blumen«, entgegnete Marie erfreut, daß er den Blick zum Fenster wandte, »aber hier sind auch Nelken dazwischen. Und bilden sie nicht einen schönen Vordergrund zu der Landschaft dahinter? Schimmert die Elbe nicht silbern zwischen den Blättern hindurch und die Abendsonne golden und der Himmel blau oder gar purpurn, wenn ihn die untergehende Sonne rötet? – »Purpur, Silber und Gold und Azurblau und Smaragdgrün der Blätter – es klingt fast zauberhaft, wenigstens recht südlich italienisch. Aber du hast doch recht, Schwester, es ist gar schön hier«, entgegnete Ludwig in gesuchter Wendung, weil ihm die natürliche Erwiderung versagte.

Marie öffnete noch zwei Fensterflügel, um die mildkühle Mailuft das Zimmer recht durchströmen zu lassen. Ludwig trat, indem er den Arm um die Schwester schlang, mit ihr ans Fenster und blickte über den breiten glänzenden Strom dahin. Er blieb still, Marie gleichfalls, doch war *ihr* Schweigen das selige des vollen Genügens, der schönsten inneren Befriedigung, *seines* aber das der verstummenden Qual. Hätte sie jetzt das Auge zu ihm erhoben, so hätte sie es in seinen bleichen Zügen, in seinen düsteren Blicken gelesen, daß seine Seele in schweren Kämpfen verschlossen ringe und dulde.

»Sprich mir von der Mutter, Marie«, begann er nach einigen stummen Minuten, »sie sieht ein wenig bleich aus, kränkelt sie bedenklich? Leidet sie wirklich an der Brust?« – »Der Arzt gibt uns ja die beste Hoffnung«, entgegnete Marie zutrauensvoll. – »Und wie lebt ihr sonst in dieser unruhigen Zeit? Ist die Mutter besorgt, bist du es?« – »Nun du hier bist, fühle ich mich auch wieder ganz ruhig und geborgen«, erwiderte Marie und schmiegte sich sanft an den Bruder. »Bisher hat das rauhe Kriegsgetümmel, hat sogar die glanzvolle Pracht, die sich jetzt hier entfaltet, mich fast beängstigt. Morgen, sagt man, kommt der Kaiser Napoleon. Viele Fürsten sind schon versammelt, um ihn zu erwarten. Was muß dieser Mann doch für eine Gewalt über die Menschen üben! Wie vermag er es nur, sie zu den furchtbarsten Opfern und Anstrengungen zu bewegen, da fast alle sie doch gewiß mit den widerstrebendsten Herzen bringen. Nur unser König nicht, der ihm in unseliger Verblendung anhängt, der ...«

»Sprich nicht weiter, Marie«, unterbrach Ludwig die Schwester ernst. »Verurteile nicht, wo es dem Besonnensten schwerfällt zu urteilen. Weißt du, was ein Fürst abzuwägen hat? Und begreifst du die unwiderstehliche Kraft, die eine überwiegende Geistesgröße ausübt? Hier verwickeln sich Pflichten und Empfindungen oft so, daß es dem schärfsten Verstand nicht gelingt, sie klar zu scheiden.« – »Wie«, sprach Marie betroffen, »wärest auch du ein Anhänger des Mannes, der unser Vaterland in ein so namenloses Elend gestürzt hat und noch täglich tiefer darein versenkt?«

»Liebe Schwester«, antwortete Ludwig, »du sprichst wie ein Mädchen, aber freilich auch wie viele Männer, die nur das Nächste sehen, nicht die Ketten der Ursachen und Folgen überschauen, die Deutschlands unseligen Zustand herbeigeführt haben, die nicht mehr urteilen können, weil sie Partei in dem Streit genommen haben. Hältst du mich für einen Feind des Vaterlandes? Wie aber, wenn ein echtes, aufrichtiges, nicht aber ein geheucheltes Anschließen an Frankreich allein das Vaterland retten könnte? Doch laß das, das sind düstere Fragen, die uns ja jetzt eben nicht kümmern, die der weiblichen Brust fernliegen, die uns die ersten Stunden des Wiedersehens nicht verkümmern sollen.«

»Sieh mir ins Angesicht«, fuhr Ludwig fort, »ich bin redlich und treu wie immer, bin dein Bruder wie sonst, du darfst mich von Herzen lieben, denn ich habe nichts getan, was meiner unwürdig wäre. Und ob ich das Beste meines Vaterlandes will? Marie, dürftest du daran zweifeln, selbst wenn ich es auf anderem Weg wollte als du, als so viele, die gleich dir denken?« – »Oh, du bist gewiß gut von ganzem Herzen!« rief Marie, »aber darum würde es mich eben tief bekümmern, wenn wir hier verschieden fühlten und dächten.« – »Wir werden uns schon verstehen und einigen«, erwiderte Ludwig, »laß uns aber jetzt zur Mutter hinüber.« – Sie gingen.

Da Ludwig mit männlicher Gewalt seiner Stimmung Herr wurde und in dem Faden seiner Erzählungen, die er absichtlich ausführlich und systematisch einrichtete, einen Halt fand, der ihn hinderte, sich seinen trüben, geheimen Empfindungen zu überlassen, so verfloß der Abend unter traulichen Gesprächen, verschönt durch die liebevollen häuslichen und schwesterlichen Aufmerksamkeiten Maries, die alles aufbot, damit es dem Bruder recht wohl im mütterlichen Haus sei, damit er nichts vermissen und, so dachte sie nach dem Gespräch in seinem Zimmer ganz heimlich, ohne sich es selbst zu gestehen, damit er ganz der Ihrige werden sollte. Denn ohne es zu berechnen, fühlte sie doch, wie unzerreißbar der Mensch von den kleinen, feinen Fäden des täglichen Lebens und der nächsten Verhältnisse umsponnen wird und wie er, durch diese gehalten, oft einer einzelnen mächtigen Gewalt widersteht oder leichter eine starke Fessel sprengt, als sich jenen tausend fast unsichtbaren Geweben entwindet.

Zweites Kapitel

Am folgenden Abend bot Dresden das großartige Schauspiel des Zusammenströmens einer unübersehbaren Volksmenge und die geordnete Aufstellung furchtbarer kriegerischer Massen dar. Der Einzug des Kaisers war die Veranlassung zu diesem gewaltigen Wogen und Treiben in der Stadt. Man erwartete denselben in einer feierlichen Spannung, die fast an ein gewisses unheimliches Grauen grenzte. Denn seine Erscheinung sollte das Signal zu einem Unternehmen sein, dessen riesenhafte Kühnheit auch die verwegensten Gemüter mit schwindelndem Erstaunen erfüllte. Dieses Gefühl knüpfte sich an die Empfindung des Schreckens, des Hasses oder der Bewunderung, die der außerordentliche Mann seinem ganzen Zeitalter einflößte. Empfindungen, die bei dem einen oder dem anderen einzeln walteten, vielleicht aber bei den meisten zu gleichen Teilen gemischt waren.

Es war der 15. Mai. Ludwig hatte Schwester und Mutter bis zu dem Haus einer Freundin geleitet, aus dessen Fenstern die Frauen den Einzug des Kaisers gemächlich mit ansehen konnten. Er selbst zog es vor, auf den Gassen unter den treibenden und wogenden Massen des Volkes zu bleiben, die sich in erwartungsvoller Unruhe auf und ab bewegten. Plötzlich rief ihn eine Stimme unvermutet an. Es war Rasinski, der auf einem prächtigen polnischen Schimmel an langen Reihen von Soldaten hinabsprengte. Er hielt das edle Tier, auf dem er ritt, ganz leicht im Zügel, denn mehr bedurfte es nicht, da das Roß, so feurig es schien, von dem gewandten, sicheren Reiter spielend gebändigt wurde und ihm nach dem Wink und Druck des Fingers gehorchte.

»Guten Abend, lieber Freund vom Sankt Gotthard«, rief er Ludwig an. »Daß wir uns heute schon wiedersehen würden, hätte ich nicht geglaubt, denn es ist ein gar beschäftigter Tag für uns. Ich habe mich schon beritten gemacht, wie Sie sehen. Boleslaw und Jaromir laufen noch nach Pferden umher. In einer Stunde wird der Kaiser hier sein, und ich weiß, sie zahlen gern den doppelten Preis, um nur noch in seinem Gefolge sein zu können, wenn er hereinreitet.«

Da Ludwig mit einem Offizier sprach, ließen die bärtigen Krieger, von denen dieser umgeben war, ihm unbedenklich eine Lücke zum Eintreten. Er reichte Rasinski die Hand. Als er den schönen Mann in der glänzenden Uniform so stolz und leicht zu Roß erblickte und aus dem schwarzen Auge die kriegerische Freude lachen sah, die ihn selbst über den tiefen Schmerz um sein Vaterland erhob, regte sich in seiner Brust fast ein Gefühl des Neides auf den Stand, der das Leben so frisch, so brausend und schäumend genießt, weil er nur der nächsten Gegenwart gewiß ist. Es war ihm, als werde sich jede trübe Zukunft vergessen, jeder Schlag leicht vermeiden lassen, ja, als müsse das Geschick da alle Macht auf das menschliche Herz verlieren, wo es uns nicht mit kommenden Trübsalen bedrohen, nicht durch ferne Hoffnungen reizen kann, sondern die Schere der Parze den Faden jeden Augenblick abzuschneiden bereit ist und der Mensch daher nur um Stunden, nicht um Jahre des Glücks buhlt und wirbt.

»Sie betrachten mich ja so aufmerksam«, fragte Rasinski, »fällt Ihnen etwas an mir auf?« Ludwig wollte entgegnen, als plötzlich der wirbelnde Schall der Trommeln ertönte und die Krieger ihre Reihen schlossen und ordneten, so daß er eiligst zurücktreten mußte. Ein General kam mit vielem Gefolge vom Schloß herangesprengt, es war der König von Neapel in seiner von Gold strotzenden, phantastischen Uniform (sie glich am meisten der der Husaren), der auf einem andalusischen Goldfuchs mit wahrhaft königlicher Haltung durch die Gassen ritt, um sich zum Empfang des Kaisers vor den Freiberger Schlag zu begeben. Sein funkelndes Auge flog rasch über die Scharen dahin, er schien zufrieden. Rasinski hatte sein Roß seitwärts etwas zurückgezogen und begrüßte den General mit Ehrfurcht, dieser hielt an, sprach einige Worte mit ihm und drückte ihm sogar die Hand. Man sah, daß diese auszeichnende Behandlung dem ganzen Gefolge eine gewisse Achtung vor dem polnischen Offizier einflößte, denn selbst die Generale boten ihm, als derselbe sich jetzt in ihre Reihen setzte, um sich dem Gefolge anzuschließen, einen ehrenvollen Gruß.

Die prächtige Schar der Reiter, unter denen sich Marschälle, Generale, die angesehensten Stabsoffiziere und auch viele deutsche Fürsten befanden, sprengte rasch dahin, die Schloßgasse hinunter, dem Wilsdruffer Tor zu, durch das der Kaiser einreiten sollte. Eine freudige Keckheit, man möchte sagen, ein kühner Übermut, war fast in aller Zügen sichtbar. Ludwig stand noch in Gedanken verloren und überließ sich dem Gang seiner Gedanken, als der rasselnde Galopp einiger Pferde bewirkte, daß er sich umwandte. Es waren die beiden jüngeren Polen Boleslaw und Jaromir, die auf das eilfertigste heransprengten, um dem Zug nachzukommen. Auch sie bemerkten Ludwig und warfen ihm im Vorüberfliegen einen freundlichen Wink und Gruß mit der Hand zu.

»Ihr Glücklichen!« dachte er. »Was vermöchte wohl euren freudigen Mut zu trüben, die ihr der Zukunft mit keinem anderen Begehren entgegengeht, als in jedem Augenblick euer Leben an eure teuersten Wünsche zu setzen! Ihr gewinnt, wenn ihr siegt und euer Ziel erreicht, ihr verliert nicht, wenn ihr ehrenvoll fallt, ehe die Früchte zu brechen sind! Glücklich jeder Krieger, doppelt aber ihr, die ihr mit dem ganzen vollen Herzen der Sache, für die ihr fechtet, angehören könnt und zugleich die heiligste und süßeste Pflicht erfüllt, indem ihr der Stimme der Ehre und des Ruhmes folgt! Mit diesen Gedanken beschäftigt, ließ er sich in dem wogenden Gedränge der Menschen forttreiben, ohne sonderlich viel von dem wahrzunehmen oder vollends zu beachten, was um ihn her vorging.

Plötzlich rief jemand ihn von hinten her laut beim Namen, und indem er sich umwandte, fühlte er sich schon von männlichen Armen umfaßt, und ein froher Kuß brüderlicher Freundschaft brannte auf seinen Lippen, noch bevor er Zeit gehabt hatte zu erkennen, welcher seiner Jugendfreunde ihn so herzlich begrüßte. »Ludwig! Erkennst du mich denn nicht?« rief der Freund voller Erstaunen, weil er die Überraschung und Verwunderung, die sich in Ludwigs Zügen malte, unverkennbar wahrnahm. »Hättest du mich so ganz vergessen, oder habe ich mich verändert?« – »Bernhard, mein teuerer, lieber Bernhard!« rief Ludwig jetzt. »Wie sollte ich dich nicht erkennen? Aber wie konnte ich dich hier vermuten?« – »Nun, beim Henker! Wenigstens doch so gut als ich dich«, rief Bernhard, indem er ihm fröhlich ins Gesicht blickte und die Hand, die er nicht losgelassen hat, mit Freundeswärme drückte.

»Meine Schwester sagte mir gestern«, sprach Ludwig, »du seiest seit zwei Jahren auf Reisen in Norwegen und Schottland.« – »Und von dir wußte ich, der ich gestern hier angekommen bin, nichts anderes, als daß du auf dem Ätna oder Vesuv herumkletterst. Aber sollte ich dich deshalb nicht erkennen? Und wärest du mir meinethalben auf dem Hekla begegnet – um doch gleich den dritten Zyklopenrachen in Europa zu nennen –, glaubst du, ich hätte dich für einen Eisbären angesehen?« – »Aber mein Himmel, du packtest mich gleich so und ersticktest mich fast in deiner Umarmung, ich hatte ja kaum eine Sekunde ...«

»Ich kaum eine halbe, denn ich schwöre dir, daß ich nichts von dir gesehen habe als höchstens ein Achtel deines Profil, indem ich eben aus der Wilsdruffer Gasse kam, während du vorbeiliefst. Aber wenn ich auch nur dieses Lockenzöpfchen deines Seitenhaares im Wind hätte flattern sehen, so hätte ich dir über den ganzen Markt hinweg einen Gruß zugerufen, weil ich alte Freunde im Gedächtnis behalte, du aber nicht, du Verräter!«

»Weil du ein Maler bist«, sprach Ludwig lächeln und froh, den Freund in seiner alten Weise wiederzufinden, »ein Maler, der sich von seinen Freunden nur die Umrisse einprägt, während wir genauer auf ihr Inneres merken und sie darum desto lieber haben!« – »Auch gut, aber ich tue beides und werde ein buntes Schlangenfell nicht sonderlich ins Herz schließen. Wer aber wie du seine passable Seele in eine erträgliche Haut eingenäht hat, der kann auf mein Gedächtnis rechnen. Wäre es aber nicht gescheiter, daß wir hier zu dem Italiener Longo hineingingen und uns setzten, eins tränken und einander die Sünden der vergangenen Jahre beichteten? Ich bin's überdrüssig, mich hier von jedem Packknecht, Schneidergesellen oder Juden angaffen und anrennen zu lassen. Zudem ist man das Getümmel nicht gewohnt, wenn man so lange in den schottischen Bergen zugebracht hat wie ich. Komm, ein Glas italienischen Weins schmeckt dem, der aus Neapel kommt, in der Erinnerung, dem, der von den Hebriden heransegelt, in der Sehnsucht köstlich. Komm, komm, denn ich brauche eigentlich eine dunkle Ecke, um dir meinen Reisebericht abzustatten, und werde bisweilen einen tüchtigen Schluck trinken, damit ich's auf den Wein schieben kann, falls mich irgendeine Röte anfliegen sollte, die der Pöbel Schamröte nennt. Komm!«

Bernhard war ein Schulgenosse und Jugendfreund Ludwigs. Von jeher hatte er seine tieferen Empfindungen, wie es willenskräftigen Menschen bisweilen eigen zu sein pflegt, unter dem Schleier des Scherzes, der Satire und des Spottes auf sich selbst gewissermaßen zu verstecken gesucht, seine näheren Freunde kannten aber das edle Antlitz, das sich hinter den verzerrten Zügen verbarg. Ludwig wußte daher wohl, daß Bernhards Freude und Rührung über das unvermutete Wiedersehen nicht geringer war als seine eigene. Gern folgte er der Einladung zum Frühstück, weil Bernhard es sehr liebte, mit der entzündenden Kraft des Weines die dunkle Glut seiner zu hochlodernden Flammen aufzujagen.

»Gebt uns eine Flasche Syrakuser, Signor Longo, oder *Lacrimae Christi*«, rief er im Eintreten, »aber sorgt, daß sie feurig, aromatisch, lieblich und mächtig, kurz, daß sie echt sei. Komm hier ans Fenster, Ludwig, daß wir den Pöbel vorbeitreiben sehen und an seiner Bewegung wie an einem Barometer abmessen, wenn es Zeit ist, uns unter ihn zu mischen, damit wir den Kaiser nicht versäumen.«

Der Wein kam, die Jugendfreunde stießen an, Bernhard leerte das Glas, Ludwig hatte nur leicht gekostet. »Ich muß dir nur«, begann Bernhard, »vorweg eine Rede halten, damit ich nicht in falschen Verdacht komme. Du könntest glauben, ich sei ein Säufer geworden, weil ich das Glas mit diesem edlen Blut so hinunterstürze wie ein Vampir das Herzblut. Nein, Bruder! Nur an einem hohen Festtag zünde ich solche Freudenfeuer an, dann will ich aber, daß sie ein wenig rasch auflodern. Monatelang leb' ich streng wie ein Kartäuser oder Spartaner. Aber von Zeit zu Zeit muß man den Lebensbodensatz, den der beste Kerl so gut abscheidet wie das edelste Metall, in solchem Feuer verflüchtigen. Im Grunde genommen ist es der erdige Leib des Philistertums, den man auf diesem reinflammenden Scheiterhaufen verbrennt, damit die Seele sich reinige wie Asbest und wieder frei werde von ihren Banden und jauchzend auffliege wie der Phönix aus der Asche. Ich habe jetzt etliche Monate stark angesetzt, so daß Herz und Seele in dem erdigen Gehäuse, das sich um sie herumgelegt hat wie die Schale um die Perle, beinahe ersticken mußten und die armen Dinger sich die Flügel lahm schlugen in dem verfluchten Käfig, denn ich begleitete einen englischen Lord auf seiner Reise nach Deutschland – warum, sage ich dir ein andermal. Deshalb ist's Zeit, daß ich die Lunte ins Pulverfaß werfe und den Plunder aufsprenge. Stoß an! Was wir lieben! Es ist und bleibt meine alte Gesundheit.«

Ludwig hob das Glas, stieß an und leerte es mit tiefer Bewegung. Er machte jetzt die Erfahrung, daß, wenn unsere Seele von irgend etwas erfüllt ist, sie auch durch alle zufälligen äußeren Ereignisse und Beziehungen darauf zurückgeführt wird und nichts so fremd ist, das nicht in irgendeine Bedeutung dazu trete. Freilich, die Erinnerung durch Bernhards Trinkspruch lag nahe genug, allein auch jedes andere Verhältnis, jede andere Begebenheit fand stets in ihm einen Verknüpfungspunkt mit dem Gegenstand seiner Liebe. In der Einsamkeit beschäftigte er sich mit ihr, im tobenden Gewühl bildete sie den Gegensatz zu dem, was ihn umgab, wie der Schiffer mitten im stürmenden Meer allein den stillen Glanzpunkt des fernen Leuchtturms im Auge behält.

Auch Bernhard wurde, nachdem er getrunken hatte, einen Augenblick still und blickte nachdenklich vor sich hin. Irgendeine milde, aber wehmütige Erinnerung, das bemerkte selbst Ludwig in seiner eigenen Bewegung, glitt über die kühne, trotzige Stirn hin, wie wenn zerrissenes, unruhig treibendes Gewölk sich einen Augenblick öffnete und uns den stillen Mond, in sanfter Himmelsbläue schwimmend, wahrnehmen läßt. Aber er verscheuchte den Eindruck schnell wieder, indem er einige übermütige kecke Blitze durch den gewitterschwülen Horizont kreuzen ließ, als sei er besorgt, sich verraten zu haben. – »Was wir lieben«, rief er, »feurige Küsse oder feurigen Wein! Eine keusche Muse oder eine lockende Aspasia! Mein Toast legt wenigstens niemand Ketten oder Hemmschuhe an. Wer im Morast damit steckenbleiben will, mag es haben, wer die Fittiche spreizt, um zu den Sternen zu fliegen, Glück auf,wer im stillen sein eigenes Wohl trinkt – in Teufels Namen, ich will's ihm auch nicht verbieten, ja, ich tu es sogar selber. Denn zuletzt kommt es ja doch nimmer nur darauf an, worein wir unser Wohl setzen. Der letzte Reflex bleibt doch das Ich. Aber trink aus, Ludwig, und sei vernünftig und erzähle, wo hast du gesteckt die vier Jahre, die wir uns nicht gesehen haben?«

Ludwig berichtete in wenigen Worten von seinen Studien und seiner Reise, doch er schwieg von Bianka.

»Und ich«, nahm Bernhard das Wort, »kann ebenso kurz sein. Ein Jahr, nachdem du fort warst, kopierte ich immer drei Narren- oder Affengesichter zwischen einem Raffael, ungefähr wie die Soldaten nach drei Tagen strengem Arrest einen milderen haben, mit besserer Kost als Wasser und Brot. Dann warf ich mich auf die Genremalerei und wußte nicht ungeschickt Stallbuben, Viehmägde, alte Vetteln beim Spinnrad, Zahnbrecher, besoffene Bauern, Betteljungen, ja sogar Schweinekoben und deren nächste Grenzdepartements idealisiert auf die Leinwand zu zaubern, was etwas Geld abwarf. Denn die Menschen lieben die Kunstwerke am meisten, wo sie ihre Natur am getreuesten wiederfinden. Was ich in der gebildeten Welt erworben hatte, beschloß ich in der Wildnis zu vertun, nämlich in Norwegen und Schottland, weil es mir schon lange in den Gliedern lag, an kalten nordischen Landschaften mein Herz zu wärmen. Ich kann dir sagen, Ludwig, ich habe etliche Seestürme, ein paar Felsen und Wasserfälle gemalt, die ihren Preis haben und vielleicht dreißig Silberlinge wert sind und darüber. Doch das beiläufig. Kaum war ich in London angekommen, als mir ein Brief von meinem Oheim nachkam, der mir allerlei wunderliches Zeug über meine Geburt, meine Eltern und dergleichen erzählte, das mich einen Augenblick in Harnisch brachte. Bald aber warf ich den Plunder, der eigentlich auf nichts hinauslief, als daß mein Vater ein Schelm war, der sich sein Lebtag nicht um mich gekümmert hat, aus allen Fenstern meines Herzens hinaus. Denn ich hatte damals andere wichtigere Dinge zu denken als diese Gevattergeschichten. Ich war froh, daß ich meine Existenz eigentlich niemandem zu danken hatte, und beschloß mehr als jemals, mir frei von der Welt zu ertrotzen und zu erobern, was ich haben wollte. Das war damals nicht wenig, Lieber, denn …« Hier stockte er. Ludwig wiederholte: »Denn?«

»Teufel, hörst du den Kanonenschuß? Der Kaiser kommt! Sieh, wie der Pöbel in Bewegung gerät! Wir gehören auch dazu, laß uns hinaus!« Mit diesen Worten sprang er auf und zog Ludwig nach, auf die Gasse hinaus.

Die Menge, die bisher ohne bestimmtes Ziel auf und nieder wogte und sich auch hier und da mehr in die Ferne verloren hatte, strömte jetzt von allen Seiten zusammen zum Wilsdruffer Tor hin. Es war schon fast ganz dunkel geworden, man zündete bereits die Laternen an, und auch die Feuerkörbe, die zur Erhellung der Straße besonders aufgestellt waren, wurden in Brand gesetzt. »Wir werden ein Nachtstück zu sehen bekommen«, sprach Bernhard, »das liebe ich. Da der Kaiser bis jetzt nicht gekommen ist, wünschte ich aber auch, daß er noch eine Zeitlang ausbliebe, sonst leuchten weder Tag noch Feuerbecken hinlänglich, um sein Angesicht zu sehen.« Es war in der Tat blinder Lärm gewesen, man hatte einen anderen Wagen für den des Erwarteten gehalten. Die Massen zerstreuten sich daher wieder. »Ins dumpfe Mauerloch mag ich nicht zurück«, fuhr Bernhard fort, »laß uns nun auf den Gassen wandelnd zubringen.« Sie gingen in dem treibenden, wogenden Volksgedränge auf und nieder, das, von der rötlichen Feuerbeleuchtung halb bestrahlt, halb in das Dunkel der Nacht gehüllt, einen eigentümlichen Eindruck machte. »Ich freue mich nur«, sprach Bernhard, »wie ruhig der Maihimmel mit seinen Sternchen sich über die unruhige Erde spannt, deren Getöse nicht bis zu ihm hinaufdringt. Aber horch! Das Stimmengebrause wälzt sich näher und näher! Jetzt muß etwas vor sich gehen.« Er sprang auf den unbeachtet gebliebenen Steinvorsprung eines Hauses, der für zwei Raum hatte. »Dort kommt er«, rief Bernhard und deutete auf einen Wagen, hinter dem man viele Reiter erblickte, deren Säbel und Lanzenfähnlein im Feuerschein glänzten. Es war die polnische Nobelgarde, die den Wagen begleitete. Der Kaiser hatte sich in die Ecke gedrückt und schien sich nicht zeigen zu wollen. Doch dicht vor dem Standpunkt Ludwigs und Bernhards beugte er sich, da der Zug durch einen Zufall aufgehalten wurde, vor, und man konnte sein von dem Flammenschein hell beleuchtetes Antlitz wahrnehmen. »Das ist er«, rief Bernhard leise. Ringsumher wurde alles still, als habe das Auge des Mächtigen, der die Welt mit seinem Ruhm und Schrecken erfüllte, dieses ehrfurchtsvolle Schweigen geboten. Bernhard und Ludwig hielten die Blicke unbeweglich auf das Haupt des Kaisers gerichtet. Erst als derselbe verschwand und der Zug sich wieder vorwärtsbewegte, erwachte Ludwig wie aus einer Betäubung und wandte sich zu Bernhard um. Noch mehr als über sich selbst, erstaunte er über diesen, denn der seltsame Mensch, der fast niemals den Ernst Herr über sich werden ließ, wenigstens ihn niemals zur Schau trug, stand jetzt, einem Versteinerten ähnlich, die feurigen, düsteren Blicke unbeweglich auf die Gegend gerichtet, wo der Kaiser verschwunden war. Ludwig ergriff ihn bei der Hand und rief ihn an: »Bernhard!«

Jetzt erwachte er und erschrak fast. »Ja so!« erwiderte er. »Hm! Er sah gut aus! Nicht wahr? Ein Maler darf wohl aufmerksam sein auf dergleichen. Hm! Ich hätte es nicht gedacht. Kein schöner Zug an dem ganzen Gesicht, und doch so etwas! Zum Teufel, ich weiß noch gar nicht, mit welcher Gattung von Linien und Strichen man das ausdrückt, was auf der Stirn stand, was ich in dem Auge gelesen habe! Aber ich bitte dich, sieh nur alle die vertrackten, kahlen, fahlen, nüchternen, verfluchten Physiognomien hier um uns her. Hab' ich denn noch niemals ein Gesicht gesehen? Sind denn das Gesichter? Ich weiß gar nicht, was ich davon denken soll, in meinem Leben habe ich nicht so viel schäbige, abgenutzte, verbrauchte Philisterköpfe beisammen getroffen. Mir wird zumute, als müsse ich einen Schluck Seifenwasser saufen hinter einem Becher Johannisberger, wenn ich die Augen im Kreis herumspazieren lasse.«

Ludwig suchte vergeblich nach einem Bild oder nach Worten, um den ähnlichen Eindruck, den er empfand, zu schildern. »Mir war es«, fing er an, »als zöge ein mächtiger Adler mit ausgebreiteten Schwingen vorüber, mitten durch eine Schar niederen Gevögels hindurch.« – »Ja, ja, du hast recht«, antwortete Bernhard, »lauter Enten, Gänse, Starmatze und Spatzen. Zuverlässig ein Löwe, der mitten in einer Herde Esel vorbeitrottete. Und zum Teufel, traben wir beide nicht etwa auch hinterdrein? Oder glaubst du, daß unsere zwei Gesichter geleuchtet hätten wie seine Nebensonnen an dem grauen fahlen Firmament, das ihn umgab?«

Unter diesen Worten hatte er Ludwig in den Arm gefaßt und zog ihn aus dem Strom des Gedränges in eine Seitengasse fort. Ernst, schweigend, gingen sie nebeneinander hin. Plötzlich sprach Bernhard kurz: »Gute Nacht, Bruder! Auf Wiedersehen bis morgen!« Damit riß er sich in seiner seltsamen Weise los und verschwand im Dunkel. Ludwig ging nachdenklich nach Hause, selbst das freundliche »Gute Nacht!«, das ihm Marie noch sagte, konnte seine ernsten, ja finsteren Gedanken nicht verscheuchen.

Drittes Kapitel

Am anderen Vormittag machte Ludwig einen Spaziergang auf der Brühlschen Terrasse. Plötzlich stand Bernhard vor ihm. »*Salve!*« rief ihm dieser zu. »Eben habe ich unseren Zeus oder Pluto, wie du willst, reiten sehen.« – »Den Kaiser?« rief Ludwig lebhaft, indem er den Gruß durch die dargereichte Hand erwiderte. »Nun, wie sieht er bei Tag aus?«

»Ich weiß wahrhaftig nicht, wie ich dir es beschreiben soll«, begann Bernhard, »es war viel Lärmen umher, Glockenläuten, Kanonenschüsse, Volksgetümmel, Truppen, die zur Parade wollten, kurz aller Teufel, aber ich hörte nichts. Wenn ich mich aber jetzt so recht als Zeichner auf den Kaiser besinnen soll, so war es, deucht mir, ein fahlgelbes Gesicht, eckig, zackig im Profil, wie es ein Hund besser in ein Stück Papier fressen kann. Ein Paar grauschwarze Augen, ein kurzer, untersetzter Kerl – weiß der Teufel, was für ein lumpiger Kobold. Aber sieh, das ist's eben, worüber ich sogleich, wenn ich nicht etwas anderes nötig zu tun hätte, verrückt werden und einigermaßen überschnappen könnte, weil ich gar nicht begreife, was eigentlich für ein Spuk mich betört hat. Bald war es mir, als zöge eine schwere Gewitterwolke durch einen blaßblauen nüchternen Himmel und werfe Blitze aus, daß die Sonne wie ein krankes Mädchen dagegen aussah, dann kam es mir wieder vor, als ziehe ein düsterrot funkelndes Gestirn zwischen grauen Nebelwolken hindurch, so daß alles blutig erhellt war ringsumher, endlich, und das hielt am längsten an – du wirst mich aber auslachen – erschien es mir, als werde der Rheinfall plötzlich stille oder als bedecke die feierliche Stille sein Getöse, was freilich sehr unvernünftig klingt.«

»Wahrlich nicht so unvernünftig, als du glaubst«, rief Ludwig. »Denn was ist Stille? Es gibt eine feierliche, erhabene Stille der Seele, die mitten in dem unruhigsten äußeren Treiben stattfinden kann. Als der Kaiser gestern vorüberfuhr, war es mir, als müsse jeder, der ihn anblicke, in dieser schweigenden, gespannten Ehrfurcht des Gemütes sich ihm innerlich neigen, und so hätte mich auch jetzt das Gefühl tiefer Stille durchdrungen, trotz des Glockenläutens, des Kanonendonners und des Jubelrufes der rohen Massen. Und da du den Rheinfall nanntest, muß ich dir sagen, daß ich dort wie an dem tobenden Sturz der Reuß auf dem Sankt Gotthard noch ganz kürzlich eine ähnliche Empfindung gehabt habe. Denn die Erhabenheit in der Umgebung dieser Naturschauspiele bewegte die Seele auf ähnliche Art und wirkt noch überdies durch den Gegensatz der starren, einsamen Felskegel, der Abgeschiedenheit des ruhigen Himmels, so daß das Getöse des Wasserfalls selbst den Eindruck der Stille, den wir nur in der Ahnung empfinden, erhöhen kann.«

»Du sprichst wie ein Buch«, antwortete Bernhard, »wie Thales, ja wie Solom selbst, den ich höher stelle, weil er gute Gesetze für widerspenstige Menschen zu geben wußte, während jener nur die Gesetze der Natur mit einigem Glück studierte. Indessen du hast recht. Ich habe dergleichen in Schottland auch erlebt, zum Beispiel in der Fingalshöhle, wo ich stets dachte: Würde man nun wohl das hohle Brausen der See und des Windes hier hören, wenn es nicht so stille wäre wie in einer Herrnhuterkirche? Auch vor einem Wasserfall, in einer tiefen engen Felsschlucht, vor dessen Getöse man kein Wort verstehen konnte, mußte ich denken: Hier ist es still wie im Grab, nur daß der Strudel tobt und zischt. Und dieses Gefühl ergriff mich besonders, da ich ein wildes Rosengebüsch auf dem Vorsprung eines Felsens entdeckte, denn es hing die zarten Zweige und Knöspchen über den brausenden Abgrund hinaus, ohne nur im mindesten zu schwanken oder durch ein Lüftchen gewiegt zu werden, so ruhig war alles umher. Dieser Gegensatz des Zartesten gegen die ungeheueren Naturkräfte erhöhte meine Empfindungen ungemein. Etwas Ähnliches, zugleich aber auch etwas völlig anderes fühlte ich bei einer Feuersbrunst in Edinburg, wo ich in einem oberen Stockwerk, das die sausende Flamme ganz erfüllte und hoch daraus emporschlug, einen vergessenen Kanarienvogel in seinem Gitterkäfig in der Fensterhöhle hängen sah. Er glich einer Forelle im stürmenden Weltmeer! Aber, *goddam*, da kommt ein schöner Kerl heran! Der sieht auch aus, als könne er Kaiser sein!« unterbrach er sich plötzlich und stieß Ludwig an, der kaum das Auge zu der Gegend richtete, als ihm Rasinski auch schon seinen Gruß entgegenrief und winkte.

»Sieh da, Freund!« redete er ihn mit einem freudig strahlenden Gesicht an. »Nun kann man sich doch endlich einmal vernünftig begrüßen. Fünf bis sechs Tage sind nunmehr mein, und einige davon, hoffe ich, werden wir wenigstens zusammen verleben. Indessen dürfen Sie mir Glück wünschen. Der Kaiser hat mir die Bildung eines leichten Regiments aufgetragen, das als Freikorps agieren soll und wobei mir die unbeschränkte Vollmacht in der Wahl meiner Leute und Offiziere gelassen ist. Eine herrlichere Stellung in der Armee konnte ich mir nicht träumen. Drei Tage bedarf es etwa noch, damit ich alle die nötigen Ausfertigungen, Vollmachten und Anweisungen schriftlich erhalte, dann ordne ich das Nötige an und reise hierauf sofort nach Warschau ab, wo ich mir unter meinen polnischen Landsleuten meine Kameraden zu wählen gedenke.«

Bernhard hatte den schönen Polen unverwandt ins Auge gefaßt und sah ihn mit Blicken an, als wolle er ihn sogleich für ewig im Gedächtnis behalten. Rasinski schien dieses seltsame Anstarren fast beleidigend zu finden, Ludwig suchte daher einer Reibung zu begegnen, indem er sie einander vorstellte. »Mein bester Jugendfreund, Bernhard, ein Maler, Graf Rasinski, den ich auf der Reise über den Sankt Gotthard kennengelernt habe.«

»Ich hoffe, die Freunde eines dritten werden auch einander befreundet werden«, sprach Bernhard lebhaft, »schon nach mathematischen Grundsätzen ist dies notwendig.« – »Freilich, freilich«, erwiderte Rasinski lächelnd und ergriff Bernhards halb dargebotene Hand, »zwei Größen, die einer dritten gleich sind, sind einander gleich, indessen …«

»Hat der Satz für meinen Fall freilich ebensoviel gegen als für sich«, fiel Bernhard rasch ein, »das gestehe ich Ihnen vorweg zu, aber ich hoffe, das Recht zu behalten.« – »Nichts soll mich mehr freuen«, erwiderte Rasinski. – »Wollen Sie«, sprach Ludwig, »um die Wahrheit Ihres Satzes näher zu prüfen, heute beide meine Gäste sein? Ich habe«, fuhr er zum Grafen gewendet fort, »meiner Mutter bereits versprochen, Sie und unsere beiden jüngeren Freunde in unser Haus einzuführen, wenn Sie meine Einladung in den ganz beschränkten Kreis einer bürgerlichen Häuslichkeit nicht verschmähen.« – »Was für seltsame Worte, junger Freund«, sprach Rasinski freundlich, indem er den Finger zu einer scherzhaften Drohung erhob. Und kann dem Soldaten, dessen Leben ein stetes wüstes, herz- und heimatloses Umhertreiben auf der großen Landstraße öffentlicher Ereignisse ist, irgend etwas einladender und reizender sein als ein vertrauter, herzlicher Familienkreis?«

»Ich hatte geglaubt«, bemerkte Ludwig, »nur die drückende Enge solcher Verhältnisse könne der Krieger empfinden.« – »O lieber Freund, Sie glauben nicht, wie hoch man das Glück eines häuslichen Herdes schätzen lernt, wenn man fühlt, daß man überall ein Fremdling ist. Ein Tag auf diese menschlich schöne Weise zugebracht, nachdem man monatelang in der Öde umherstreifte wie ein aufgescheuchtes Wild ohne Lager, wird ein unschätzbares Glück. Freilich werden auch wehmütige Empfindungen dadurch geweckt, denn man sieht goldene Früchte, die man nicht brechen darf, aber es tut doch so wohl, einmal auch durch unsere Umgebungen und Verhältnisse daran erinnert zu werden, daß es eine Zeit gab, wo man ebenfalls Sohn, Bruder, vielleicht Gatte und Vater sein durfte!«

»Hm«, sprach Bernhard, »es ist etwas Wahres daran. Halb und halb habe ich selbst seit langer Zeit die Rolle des Ewigen Juden gespielt und darum gelüstet es mich zuzeiten nach Ruhe, aber auf die Dauer möchte' ich sie doch nicht mit einer anderen vertauschen. Ich habe einen unüberwindlichen Abscheu, eine wahre Angst vor der Schlafmütze und den Pantoffeln. Keine Festungsmauer, kein Kerkergitter, keine Galeerenketten würden mich so beengen.«

»Wer daran gewöhnt ist«, meinte Rasinski, »den Himmel des Lebens täglich zwischen Sturm und Sonnenschein wechseln zu sehen, der fühlt sich allerdings auch durch das Ermüdende einer steten Heiterkeit beengt. Wer sich aber stetig und treu einer Weise gewidmet hat, der sieht in der eintönigen Farbe tausend leise Schattierungen, die dem zarter gewöhnten Sinn ebenso genügen, ihm dasselbe Wechselspiel des Lebens vorzaubern, natürlich muß er alle scharfen Trennungen, alles Gewaltsame, alle Risse, Spalten, Klüfte und Abgründe, welche die schöne Ebene seiner Tage unterbrechen könnten, scheuen. Gewinnt man aber wohl, wenn man sich an die stärksten Reizmittel gewöhnt? Werden wir nicht bald so abgestumpft, daß wir den Wechsel zwischen Eis und Glut kaum noch beobachten? So führen unsere stumpf gewordenen Sinne zuletzt eine ähnliche Monotonie herbei, nur mit dem Unterschied, daß in unserer Lebensweise stets ein rauher, wilder Ton der vorherrschende ist, dort eine süßere Melodie die Seele erfüllt und sanft erfreut.«

»Der Fluß ist gut für den Nachen, der Ozean für das Kriegsschiff«, warf Bernhard leicht hin. »Jener wird von den Wellen des Stroms verschlungen, dieses bleibt auf den Sandbänken des seichten Fahrwassers hängen. Was mich anlangt, ich halte es mit dem hohen Meer, bisweilen muß ich darauf hinaus, und etwas Sturm und Schiffbruch würzt mir die Fahrt. Lege ich auch einmal an einem grünen, stillen Eiland an, so treibt mich doch der nächste günstige Wind schon wieder hinaus in See. Doch um auf etwas anderes zu kommen. Deine Einladung, Ludwig, gefällt mir nicht. Haben wir nicht einen Maitag mit Sonnenschein und blauem Himmel? Soll man sich da zwischen vier Wände einpferchen? Ich denke, wir machen zusammen eine Fahrt ins Freie.«

»Gern«, antwortete Ludwig, »so schlage ich eine Elbfahrt vor.« – »Herrlich!« rief Rasinski. »Ein Tag im Freien, unmittelbar unter dem Angesicht des Himmels zugebracht, verknüpft die Menschen schneller und wahrhafter als ein Jahr des Umgangs im Gesellschaftssaal.« – »Gewiß«, sprach Ludwig bewegt, denn er gedachte dessen, was ein Tag ihm gebracht und geraubt hatte.

»Wann denn also?« fragte Bernhard. »Ich denke, drei Uhr ist die günstigste Stunde.« – »Wohl«, entgegnete Ludwig. Ich eile, den Nachen zu bestellen. Doch bitte ich jedenfalls, daß wir uns in der Wohnung meiner Mutter zusammenfinden, denn falls irgendein Hindernis eintreten sollte, würde wenigstens mein erster Vorschlag ausgeführt.«

Nach diesen Worten trennten sich die Freunde, jeder, um seinen besonderen Wegen nachzugehen. Ludwig blieb einen Augenblick am Rand der Terrasse stehen, blickte den Strom hinauf und überlegte bei sich selbst, wohin man wohl die Wasserfahrt am besten richten möchte. Der Vorschlag dazu war ihm eigentlich durch Überraschung entlockt worden, indem Bernhard mit seinem rauh heftigen Wesen und Rasinski durch die Freude, mit der er den Gedanken auffaßte, den Tag im Freien zuzubringen, ihm keine Wahl gelassen hatten. Doch empfand er wohl, daß es nicht ganz schicklich sei, wenn seine Schwester in der Begleitung so vieler fremder Offiziere eine Lustfahrt dieser Art unternähme, zumal, falls sie das einzige junge Mädchen dabei wäre. Ein großer Teil der Bewohner Dresdens war überdies deutsch gesinnt und haßte die Fremden als die Feinde und Unterdrücker des Vaterlandes, wenngleich Sachsen sich seit langem ihnen angeschlossen hatte und dem Kaiser sogar den Schein einer bedeutenden Erhöhung und Vergrößerung dankte. Marie teilte diese Gesinnung auf das lebhafteste, doch wäre dies auch nicht der Fall gewesen, so gab es doch zu viel Geachtete in der Gegenpartei, bei denen ein junges Mädchen durch den öffentlichen Umgang mit den im allgemeinen nicht im besten Ruf stehenden Offizieren der Armee in ein zweideutiges Licht gestellt wurde. Die ganze Sache war ihm daher sehr unangenehm, und er überlegte noch, in welcher Weise er seiner Mutter den Vorschlag tun sollte, als er diese mit Marie und mehreren anderen Damen die Terrasse herabkommen sah.

Noch ehe er sich entschlossen hatte, ob er ihnen entgegengehen sollte oder nicht, hüpfte Marie, die ihn bereits von weitem erkannt hatte, mit leichten Schritten aus der Reihe der übrigen hervor, auf ihn zu und rief ihn an: »Da bist du ja, Bruder! Sei herzlich gegrüßt.« Bei diesen Worten lächelte sie ihn überaus freundlich an und bot ihm die Hand. »Du bist mir noch so neu«, fuhr sie fort, »daß, wenn ich dich eine Stunde nicht gesehen habe und dich dann wieder treffe, es mir scheint, als kommst du eben erst an und ich müsse dich neu begrüßen.« – »Du Gute«, sprach Ludwig und liebkoste ihre Hand, »glaubst du aber, daß es mir anders geht?«

Marie lächelte, ohne zu antworten. Dann sprach sie: »Nun komm einmal rasch mit mir, du sollst alte Bekannte wiedersehen, ich bin neugierig, ob du sie erkennen wirst.« Mit diesen Worten zog sie ihn auf die

Damen zu, die in einiger Entfernung, auf einem Platz, den eine Bank verzierte, wie es schien, absichtlich stehengeblieben waren, um Ludwig zu erwarten.

Er trat, von Marie geleitet, etwas verlegen näher. Eine ältere und zwei jüngere Damen befanden sich in Gesellschaft seiner Mutter. Die jungen Mädchen lächelten angenehm, als sein Blick zweifelnd auf ihnen weilte, die ältere Dame hatte das mit einem großen Hut bedeckte Haupt ein wenig geneigt, so daß man ihr Gesicht nicht sehen konnte. Es schien, daß sie nicht erkannt werden wollte, um die Töchter nicht zu verraten, in denen Ludwig mit Recht zwei Kinder vermutete, die während seiner Abwesenheit zu Jungfrauen herangeblüht waren. Seine Mutter lächelte ihn seltsam an. »Er hat ein treuloses Herz«, sprach sie endlich, »er vergißt seine Schwüre wie die Männer alle.« Eines der beiden jungen Mädchen erglühte bei diesen Worten wie die lieblichste Rose, die andere verzog den frischen Mund zu einem anmutigen Lächeln. Jetzt hob auch die ältere Dame den Kopf in die Höhe und blickte Ludwig an. »Beste Tante!« rief dieser plötzlich. »Wäre es möglich! Emma und Julie?« – »Freilich«, sprach die ältere Dame, »aber ist es erlaubt, seine nächsten Verwandten zu vergessen?«

Ludwig küßte der Tante die Hand, wie er die Töchter begrüßen sollte, wußte er nicht, denn obgleich er seine ganze Jugendzeit mit ihnen verlebt hatte, so tritt doch zwischen dem gereiften Jüngling und der herangewachsenen Jungfrau, zumal wenn in der Zeit der Entwicklung eine lange Trennung stattgefunden hat, eine natürliche Entfremdung ein, die sich den vertrautesten früheren Verhältnissen entgegenstellt. Er blieb also bei einem Begrüßen mit freundlichen Worten und einem wiewohl etwas wärmeren Kuß und Druck der Hand als bei der Mutter.

Emma und Julie waren Ludwig nahe verwandt, denn ihre Mutter Elisabeth war die Schwester der seinigen, Witwe wie sie, und lebte mit ihren Töchtern auf einem kleinen Landgut einige Meilen von Dresden. In den Knabenjahren hatte er oft Wochen und Monate daselbst zugebracht, so daß zwischen ihm und den blühenden Mädchen die kindlichsten, offensten Verhältnisse bestanden. Sie waren mit ihrer Mutter unvermutet in die Stadt gekommen, um den Kaiser zu sehen und dem, was sich sonst von öffentlichen Festlichkeiten an seine Gegenwart knüpfte, beizuwohnen. Es fand die freudigste Überraschung von allen Seiten statt, und das Wiedersehen wäre gewiß noch herzlicher gewesen, hätte der Ort nicht einige Zurückhaltung geboten. Daher trieb Marie zum schnellen Nachhausegehen an, damit man sich in der freundlichen Wohnung so recht in ungestörter Vertraulichkeit zusammenfinden möge.

Es war nahe an Mittag, und es begann sehr warm, fast schwül zu werden, am fernen Horizont stiegen Dünste auf, die sich zu Gewölk zu sammeln drohten. Ludwig sah es nicht ungern, daß das Wetter sich zu ändern schien, denn es gab ihm einen schicklichen Vorwand, die übereilt angeordnete Wasserfahrt rückgängig zu machen. Indessen war er zu offen, um der Mutter zu verschweigen, was geschehen war, er zog sie einen Augenblick beiseite, sagte ihr geradeheraus, welche Unbesonnenheit er begangen hatte, und fragte sie um Rat, wie man am schicklichsten ausweichen könne, ohne zu verletzen. Wider sein Vermuten entgegnete die Mutter freundlich: »Es ist mir gerade nicht angenehm, so öffentlich mit fremden Offizieren zu erscheinen, indessen liegt, zumal da es Polen sind, die wir ja als halbe Landsleute betrachten müssen, da ihr Herzog unser König ist, nach meinem Gefühl durchaus nichts entschieden Unschickliches darin. Und nun vollends die Schwester und die Nichten hereingekommen sind, so darfst du ganz ruhig sein und die Entscheidung nur der Gunst oder Ungunst des Wetters überlassen.«

Seltsamerweise kann uns eine augenblickliche Sorge oder Widerwärtigkeit oft mehr in Anspruch nehmen als ein durchgehender tiefer, schon lange getragener Schmerz. Dies war mit Ludwig der Fall gewesen, und darum fühlte er sich nach dieser Erklärung sehr wohl, ja, er wurde fast heiter. Inmitten seiner beiden hold aufgeblühten Jugendgespielinnen, die sich, schnell wieder vertraut, an seinen Arm gehängt hatten und mit mädchenhafter Neugier von den Wunderdingen, die er auf seiner Reise gesehen haben mußte, unterhalten sein wollten, gewann er eine angenehme Gesprächigkeit. Seine Seele öffnete sich den zauberischen Erinnerungen an die harmlosen Tage der Jugend. Es war ihm, als schaue er von dem Gipfel eines durch dunkle, die Aussicht verschließende Waldschluchten mühsam erklommenen Berges in ein stilles Tal zurück, das er mit lieben Nachbarn lange gemeinschaftlich bewohnt habe. Freilich lag es schon in verdämmernder Tiefe und Ferne hinter ihm, aber das Auge konnte ja alle die gewohnten Pfade und heimischen Plätzchen durchspähen, auf denen es dem Fuß nicht mehr vergönnt war zu wandeln. Fragten daher Julie und Emma nach dem Ätna und Vesuv, so gab er ihnen einen kurzen, munteren Bescheid, erkundigte sich aber gleich nach den beiden Weinhügeln, die auf dem Gütchen der Tante lagen und wo er so manchen frohen Tag zugebracht hatte. Forschten die aufhorchenden Cousinen nach dem Kolosseum, so wollte er dagegen wissen, ob das Gartenhäuschen noch stehe, das er selbst mit bauen geholfen hatte, und tausend ähnliche kleine Beziehungen mehr. Marie, die nur ungern den Platz am Arm des Bruders abgetreten hatte, ging bald neben ihnen, bald voran und sah sich bei jeder Frage und Antwort mit stillvergnügten Blicken um, weil sie sehen mußte, welchen Eindruck sie hervorbrachten. Denn es tat ihr ebenso wohl, wenn sie sich mit dem weitgereisten Bruder stolz fühlen konnte, als wenn sie ihn lieben mußte, weil er so treu noch die kleinsten, unscheinbarsten Freuden seiner Jugend in Erinnerung behalten hatte. So erreichte man die Wohnung. Hier machte die Mutter den Plan mit der

Wasserfahrt bekannt, der von den unbefangenen Mädchen mit großer Fröhlichkeit aufgenommen wurde. Damit man schnell bereit sein möchte, traf Marie sogleich die Anstalten zu dem Mittagessen und ließ Ludwig mit den beiden Mädchen und den Müttern allein, wobei sie jedoch die Bedingung machte, daß er nichts erzählen dürfe, als was er schon früher gesagt hatte. »Denn«, sprach sie, »die Mutter hört es gern zweimal, und ich darf nichts verlieren.«

Kaum hatte man sich gesetzt, als es an die Tür pochte. Auf Ludwigs »Herein!« trat Bernhard ins Zimmer. Er wurde als vertrautester Jugendfreund Ludwigs mit großer Freundlichkeit von dessen Mutter empfangen, auch Julie und Emma erinnerten sich seiner noch sehr wohl, da er ihnen vielfach kleine Zeichnungen geschenkt oder auf ihre kindischen Bestellungen sogar besonders angefertigt hatte.

»Du wirst erstaunen, lieber Freund!« begann Bernhard. »Mich so vorzeitig hier zu sehen. Allein es sind wichtige Dinge am Werk, die ich dir mitteilen mußte. Der ganze Hof will nämlich heute hinaus nach Pillnitz, um den Porsberg zu besteigen und nachher mit Fackeln herunterzufahren. Da glaubte ich denn, daß es den Damen vielleicht angenehm wäre, diesem Schauspiel beizuwohnen, was jedoch wohl ein früheres Aufbrechen nötig machen dürfte, zumal wenn es bei einer Wasserfahrt bliebe, wo wir stromaufwärts etwas lange Zeit zubringen würden. Noch weiß außer mir, dem es eben der Hofmarschall gesagt hat, kein Mensch in Dresden von der ganzen Sache, wodurch wir bedeutend in der Konkurrenz um Wagen oder Gondeln wie auch um Platz in Pillnitz selbst gewinnen.«

Bernhards Nachricht wurde, von den beiden Landmädchen besonders, mit großer Freude gehört. Ludwigs Neigung wäre zwar die gewesen, in einer einsameren Gegend die Natur und das herrliche Wetter zu genießen, indessen war er auch zu Bernhards Vorschlag freudig bereit. Man beschloß, die Abfahrt zu beschleunigen, aber nicht mehr eine Gondel, sondern zwei Wagen zu wählen, deren Besorgung Bernhard mit Gefälligkeit übernahm, indem er sich zugleich bereit erklärte, den Grafen Rasinski und dessen jüngere Begleiter aufzusuchen und sie von dem geänderten Plan zu benachrichtigen. Er entfernte sich daher sehr bald wieder. Währenddessen war Marie mit den Vorbereitungen zu dem einfachen, häuslichen Mittagsmahl fertig geworden, man setzte sich und brachte eine sehr heitere Stunde miteinander zu, wobei sogar Ludwig fast vergaß, wie tiefe Wunden in seinem Inneren bluteten.

Es hatte kaum zwei Uhr geschlagen, als einer der beiden von Bernhard bestellten Wagen schon vor die Tür des Hauses rollte, wenige Minuten später folgte der zweite, in dem die drei Offiziere und Bernhard saßen. Ludwig eilte hinab, um sie zu empfangen und heraufzuführen. Als sich jetzt die Tür des Gemachs öffnete und der hohe, männlich schöne Rasinski mit dem edelsten Anstand eintrat, war ein freudiges Erstaunen in den Zügen der versammelten Frauen nicht zu verkennen. Die drei Mädchen erröteten gleich darauf in dem allerdings richtigen, wiewohl nur dunklen Gefühl, daß der Eindruck, den die Erscheinung des Polen auf sie machte, sich durch ihre Züge verraten habe. Überdies kontrastierte der natürlich vornehme Anstand Rasinskis, der durch den Glanz seiner reichen Uniform noch erhöht wurde, auffallend mit der Einfachheit des bürgerlich schlichten Raums und der häuslichen Tracht der Frauen. Sogar Ludwigs Mutter, der die Gewandtheit im Verkehr mit höheren Personen durchaus nicht fehlte, war einen Augenblick überrascht, ja fast verlegen, doch die wohlwollende, freundliche Weise Rasinskis und seine große Leichtigkeit in geselligen Formen ließen diesen Zustand nur einen Augenblick dauern. Da Ludwig ihn der Mutter mit der Bezeichnung vorgestellt hatte: »Der Graf Rasinski«, sprach er angenehm: »Meine Anrechte an das Herz Ihres Herrn Sohnes sind noch zu jung, um mich darüber beschweren zu dürfen, daß er mich nicht als seinen Freund vorstellt, sonst würden die ersten Worte, die ich mit Ihnen wechsele, in einer Anklage bestehen müssen.«

»Doch muß mein Sohn«, entgegnete die Mutter, »sehr auf seine Freundesrechte zählen, weil er Sie allein im Vertrauen auf diese in einen Kreis einführen durfte, der Ihnen nichts bieten kann als Gaben, die nur in innig befreundeten Beziehungen Wert gewinnen.« – »Es sind die einzigen, die ich schätze, die mir aber auch über alles teuer sind«, entgegnete Rasinski lebhaft.

Ludwig machte nun auch die übrigen Personen miteinander bekannt, ein Geschäft, das ihm durch die angenehmen gesellschaftlichen Formen, in denen sich seine Freunde mit der größten Natürlichkeit bewegten, und durch Maries Benehmen, das durch Unbefangenheit nichts an Feinheit verlor, sehr erleichtert wurde. Nur Julie und Emma, des städtischen Verkehrs ungewohnter, waren in den ersten Augenblicken ein wenig befangen.

Da die Männer eine angebotene Erfrischung ablehnten, stand der Abfahrt nichts im Weg. Rasinski führte Ludwigs Mutter, dieser seine Tante hinab. Unten ordnete man sich anders. Den ersten Wagen nahmen die Tante, Marie, Bernhard und die beiden jüngeren Offiziere ein. Im zweiten folgte die Mutter, Rasinski, Julie, Emma und Ludwig, der trotz der Einwendungen des Grafen zwischen seinen beiden Cousinen den Rücksitz einnahm.

Viertes Kapitel

Der Entschluß zu der Fahrt auf den Porsberg war am Hof so plötzlich gefaßt worden, daß wenig davon in der Stadt bekannt wurde und man daher Pillnitz noch fast ganz leer antraf. Ludwig benutzte dies, um ein eigenes Zimmer im Wirtshaus in Beschlag zu nehmen, weil späterhin doch der Zudrang leicht so groß sein durfte, daß es an Platz gemangelt haben würde. Nachdem die Damen dort ihren Anzug ein wenig in Ordnung gebracht hatten, schritt man zu einem Spaziergang in den Garten, dessen schattige Gänge bei der noch ziemlich drückenden Hitze den angenehmsten Aufenthalt boten. Erst späterhin bei der eintretenden Kühle wollte man den Berg besteigen, da man um diese Zeit doch noch nicht von den vielen Wagen belästigt werden konnte, indem der Hof erst etwa eine halbe Stunde vor Sonnenuntergang oben eintreffen wollte.

Die Zeit verging den Spazierengehenden sehr angenehm. Reisende, zumal Soldaten, die ein langes Wanderleben führen, werden weit schneller bekannt in den Kreisen, die sie flüchtig berühren, als es Einheimischen zu gelingen pflegt. Die rasch bevorstehende Trennung lehrt dabei den Wert des Augenblicks höher schätzen, man beachtet jeden, den man nur auf kurze Zeit sehen soll, um dann vielleicht auf immer von ihm Abschied zu nehmen, viel aufmerksamer als den, dessen Lebensweg den unserigen länger zu begleiten verspricht. Auch findet unter solchen Verhältnissen ein eigentümlicher, gegenseitiger Reiz statt. Der Heimische betrachtet den Fremden, der weite Länderstrecken durchmessen hat und in noch entferntere Gegenden eilt, vielleicht um die seltsamsten Schicksale zu erleben, mit erhöhter Teilnahme, der unstete Fremde dagegen wird durch den Anblick des gleichmäßigen, sorglosen Glücks einer trauten Häuslichkeit zu einer wehmütigen Sehnsucht gestimmt, die ihm gleichfalls alle Gegenstände in einem reizenderen Licht zeigt. Beide Teile gewinnen durch den schroffen Gegensatz des Lebens. So können Persönlichkeiten, die uns im gewöhnlichen Verkehr vielleicht gleichgültig gelassen hätten, ungemein anziehend werden, vollends aber, wo sich ein in der Tat seltener Verein fesselnder Eigenschaften findet, da schlingt sich, wenn der Kontrast der Lebensverhältnisse die gegenseitigen Anregungen mächtig verstärkt, schnell ein inniges Band von Herzen zu Herzen, das sich, und wäre es auch noch so vorübergehend geknüpft, oft nicht mehr zerreißen läßt, ohne tiefschmerzende Wunden zurückzulassen.

Dieser Fall trat bei den jugendlichen Gemütern ein, die sich jetzt eben in argloser Offenheit voreinander frei entfalteten. Es konnte nicht fehlen, daß zwei in der Stille des Landlebens erzogene Mädchen von glücklichen Anlagen, deren Ausbildung jedoch durch die Verhältnisse oft mangelhaft geblieben war, von der Unterhaltung zweier feurigen Jünglinge mächtig angezogen wurden, in denen eine edle Flamme kriegerischer und vaterländischer Begeisterung loderte und deren Leben schon in frühen Jahren so reich an denkwürdigen Ereignissen, an ehrenwerten Taten war. Jaromir besaß dazu jene volkstümliche, fast naive Lebhaftigkeit der Polen, die durch die fremdartige Behandlung der deutschen Sprache und daher häufig durch eigene Weise der Darstellung bei ihm noch einen besonderen Reiz gewann, Boleslaw dagegen war ernst in seinem Wesen, aber der Adel seiner Züge, seine hohe Marmorstirn, von dunkellockigem Haar umschattet, sein feuriges Auge sicherten ihm sogleich einen warmen Anteil. Dagegen mußten zwei junge Helden, die kaum auf Tage das rauhe Feldlager verlassen hatten und denen ein vertraulicher Verkehr mit edlen, gebildeten weiblichen Wesen fast nur als eine Erinnerung aus dem Familienleben während ihrer Knabenzeit bekannt war, vielleicht noch schneller durch die Bande gefesselt werden, die sich so leicht zwischen natürlichen, jugendlichen Herzen knüpfen. Es pflegt unter solchen Verhältnissen zwar nicht so leicht eine tief eindringende Leidenschaft zu entstehen, weil man das Flüchtige, Vorübergehende, Zukunftslose sich unabweisbar empfindet, doch der Augenblick macht dafür seine Rechte um so lebhafter geltend.

Diese beiden Paare genossen daher ein schuldloses Glück, ohne sich Rechenschaft über dessen Ursache zu geben. Es erfüllte und bewegte ihnen die Brust gleich einem milden Frühlingstag, dessen beseligende Huld uns gleichfalls aus verborgenen Quellen in die Seele dringt und nur eine allgemeine Sehnsucht anregt, ohne unseren Blick auf bestimmte Hoffnungen zu leiten.

Bewußter in seinen Empfindungen war Bernhard, der durch gewaltige Flammen der Seele, gleich den Pflanzen des glühenden Südens, früher zu einem ungleich höheren Wuchs, zu reiferer Entfaltung aller seiner Kräfte gereift war. In seiner Brust war es selten heiterer, lichter Tag, er kannte fast nur Nacht und Flammen, und diese brannten niemals rein, sondern warfen, gleich dem Feuerkrater der Sonne, fortwährend riesenhafte Schlackenmassen, die sich zu schwarzen Flecken auf der leuchtenden Scheibe gestalteten, aus. Inzwischen wurde ihm auch die düstere Nacht erleuchtet, entweder durch Blitze oder durch fernfunkelnde Gestirne, an denen sein sehnsüchtiges Auge hing, die sein Herz bebend verehrte. Diese bildliche Anschauung seines Inneren legte er selbst zugrunde, als er einen Augenblick mit Ludwig zurückgeblieben war und beide, stillstehend, sinnend, ihre Blicke den Wellen des Stromes folgen ließen. »Es ist mir bisweilen«, begann er, »als dämmere es purpurn am äußersten Norden des Nachthimmels meiner Seele, und dann kommt es über mich, als wolle mir der Mond sanft leuchtend aufgehen. Aber er steigt blutig herauf, darauf will ich wetten, und die ganze Mondaurora war nur der Widerschein einer Feuersbrunst, die mir, der Teufel weiß was, niederbrennt.«

»Und mir ist's«, antwortete Ludwig, den der Vergleich in seiner jetzigen Stimmung tief ergriff, »mir ist's, als deute die dämmernde Röte nur den Untergang eines schönen Gestirns an und bald werde alles graue Nacht sein.« – »Du kannst auch recht haben«, entgegnete Bernhard kurz und rauh, wie er zu tun pflegte, »aber laß uns zur Gesellschaft.« – »Ich tröste mich damit«, sprach Ludwig im Gehen, »daß jedes sinkende Gestirn in einer anderen Welt aufsteigt.«

»Ja, ja, recht hübsch«, warf Bernhard hin, »das Rad, was mir die Rippen und meinethalben das Herz dazwischen zerquetscht, dreht sich an der Achse eines Triumphwagens für einen anderen, der vielleicht ein Esel ist, oder mindestens fährt doch eine Gans mit einem Affen gemächlich in der Chaise spazieren oder in der Hochzeitskutsche zur Kirche, deren Rad mich in den Kot drückt und schindet. Das tröstet ungemein.« – »Ich meinte es nicht so, Bernhard«, sprach Ludwig ein wenig empfindlich, »auch hast du mich wohl absichtlich mißverstanden. Nicht eine Welt anderer, sondern nur die uns selbst eine andere, bessere sein wird, hatte ich im Sinn.«

»Guter Ludwig«, antwortete Bernhard, indem er aus dem bitteren Ton in den seines gewöhnlichen Humors fiel, »es ist freilich eine sehr angenehme Beruhigung, wenn wir im Ariost lesen, daß sich die Dinge, die uns hier verlorengehen, im Mond wiederfinden, ich meinesteils behielte aber doch gern, was ich habe, man spart Mühe dabei. Hätte die Sache indessen ihre Richtigkeit, so kann ich dir beteuern, daß die meisten meiner Güter im Mond liegen und ich im dortigen Hypothekenbuch, falls nur einige Ordnung herrscht, mit namhaften, sicheren Forderungen eingetragen sein muß. Aber wenn wir so fortschwatzen und die Augen nicht auftun, so werden wir unsere Gesellschaft auch bald zu den Dingen zählen können, die wir leichter auf dem Mond wiederfinden als hier, denn hätte ich nicht noch soeben die beiden Mütter dort hinter den Fliederbüschen verschwinden sehen, so wüßte ich wahrlich nicht, ob ich die Töchter rechts oder links suchen sollte, zumal da sich an der Ecke dort so viele Wege kreuzen, daß man glauben möchte, es wäre in ganz Deutschland kein besserer Platz zu einer Teufelsbeschwörung zu finden.«

Indem die Freunde den Ihrigen rasch nacheilten und eben in einen dunkleren Gang einbogen, den dieselben eingeschlagen hatten, stießen sie auf zwei fremde Herren, deren einer sehr sorgfältig gekleidet war und das rote Band der Ehrenlegion im Knopfloch trug. Der andere hielt sich ein wenig hinter ihm zurück, so daß er etwa das Ansehen eines Kammerdieners, höchstens eines Sekretärs hatte. Noch weiter zurück folgten zwei Livreebediente. Mit Höflichkeit grüßend streifte der Herr mit dem Orden rasch an ihnen vorüber, der andere sah sich nach den Dienern um und stand dabei einen Augenblick still. Als er sich darauf umwandte, waren Ludwig und Bernhard eben dicht an ihm. Beide schienen ihm aufzufallen, flüchtig grüßend, doch sie scharf ins Auge fassend, ging er vorüber. Als Bernhard, dem die Physiognomie des Fremden noch mehr aufzufallen schien als jenem die seinige, sich zurückwandte, um ihm nachzusehen, bemerkte er, daß derselbe eben ein gleiches tat. Darüber waren sie achtlos an den Bedienten vorübergegangen.

»Ich sollte das Gesicht kennen«, sprach Bernhard, »mir ist ganz so zumute, als hätte ich es schon irgendwo gesehen, doch lügen müßte ich, wenn ich behauptete, es gefiele mir. Verwünscht, daß ich als Maler die Linien und Winkel der vertracktesten Physiognomien genau behalte, aber die Pässe, auf denen sie durch die Welt reisen, nebst allen übrigen Accessoires immer vollständig vergesse, ich meine die Namen und sonstigen Umstände. Meine Gesichtserkenntnis ist groß, aber sie hilft mir nicht mehr als eine Sprache, von der ich alle Worte weiß, aber nicht die Dinge kenne, die sie bezeichnen.« – »Er fiel auch mir auf«, antwortete Ludwig, »doch habe ich für Physiognomien, die mich nicht an sich oder durch die Umstände interessieren, fast gar kein Gedächtnis.«

»Wenn er uns nicht gestern oder heute schon aufgestoßen ist«, sprach Bernhard leichthin, »so magst du ihn am Südpol, ich am Nordpol gesehen haben, da ich gestern von Schottland kam, du von Neapel her in Dresden einrücktest. Mich quälen dergleichen verlorene Gesichter, zu denen ich schlechterdings keine Unterschrift finden kann, oft, aber so hat mich lange keines geplagt.« – »Es schien, als kenne er dich oder mich«, entgegnete Ludwig, »wenigstens sah er uns aufmerksam an.«

»Mag sein, daß er sich unser beider erinnert und verwundert ist, was er diesseits und jenseits des Äquators gesehen hat, hier im Garten zu Pillnitz auf einem Breitengrad und unter demselben Meridian anzutreffen. Verdrießlich! Ich weiß, der Kerl verdirbt mir die Laune für den ganzen Nachmittag, denn ich bin überzeugt, daß ich fortwährend an ihn denken muß, weil ich eben bemüht bin, ihn mir aus dem Sinn zu schlagen.«

»Laß es gut sein, Lieber«, meinte Ludwig. »Was ist es am Ende mehr als ein Reisender, mit dem wir in einem Postwagen oder an einer Wirtstafel gesessen haben. Verderbe dir darum deine gute Stimmung nicht, bis auf die wenigen, scharf mißtönenden Akkorde, die du zuvor anschlugst, schien deine Seele ja so angenehm harmonisch und melodisch gestimmt, daß ich dich darum beneidete. In mir kann und will sich der blaue Frühlingshimmel über uns nicht so hell abspiegeln.«

Unter diesen Worten hatten die Freunde die Ihren eingeholt, worauf sich Bernhard an Marie anschloß, der Rasinski bisher viel Aufmerksamkeit gewidmet hatte. Indessen wurde es allmählich Zeit, den Berg zu besteigen. Da dies fast eine Stunde erfordert, so hielt Ludwig es für gut, wenn die Frauen zuvor ein wenig ausruhten und eine Erfrischung einnähmen. Dies geschah im Wirtshaus. Hierauf trat man die Wanderung an. Schon waren die verschiedenen Wege, die hinaufführen, sehr belebt, man sah Frauen und Männer aus allen Ständen in bunter Mischung durcheinander der Höhe entgegenklimmen. Als Ludwig mit den Seinigen die Ruine erreicht hatte, erklärte die Mutter, daß ihr das Steigen ihrer Brust halber zu beschwerlich falle, sie daher auf den Genuß der Aussicht vom Gipfel her verzichten und hier verweilen wolle, indem sie bekannte Familien aus Dresden genug erblicke, denen sie sich anschließen könne. Ihre Schwester hatte denselben Wunsch. Die jungen Leute setzten also ihren Weg allein fort, während die Mütter vor einem in den Gebüschen, nahe bei der Ruine aufgeschlagenen Zelt Platz nahmen, in dem Erfrischungen feilgeboten wurden.

Ludwig und Bernhard, des Weges kundig, machten die Führer. Sie suchten, wo es irgend möglich war, von der großen Straße abzuweichen und stillere Pfade zu wählen, die sich durch das Gehölz schlängelten. Hier umgab sie grüne, wohltuende Dämmerung. Der mit Blumen bedeckte frische Rasen hauchte liebliche Düfte aus. Der Himmel leuchtete blau zwischen dem Laubgitter hindurch, Quellen rieselten und hüpften in leichten Wasserfällen über den Pfad hin und spannen ihr schimmerndes Silberband den Abhang hinunter, die Vögel sangen mit hellem Laut, tausend Insekten summten. Der Frühling lebte und webte in Büschen und Blumen, in Wassern und Lüften und wiegte die Seele in träumerische Wonne. Von Zeit zu Zeit öffnete sich die Waldung und gestattete einen Blick in die Tiefe und Weite. Jetzt sah man Pillnitz, wie es sich in dem breiten Elbstrom spiegelte. Jetzt schweifte das Auge über weite blaue Höhen hinaus, der böhmischen Grenze zu. Und hielt man an, wo sich rückwärts ein offener Blick bot, so gewahrte man den ganzen grünen Bergabhang, wie er sich in das Tal hinuntersenkte, erblickte die Straße von tausend bunten Gestalten bedeckt und belebt und im Hintergrund die Ruine, die sich gegen einen düsteren Waldabhang lehnte. So wurde die Wanderung durch den reizenden Wechsel der Erscheinungen verkürzt, und man hatte den Gipfel erreicht, ohne eine Anstrengung oder Ermüdung zu empfinden.

Hier waren und wurden noch festliche Anstalten getroffen, um die hohen Besucher zu empfangen. Eine große Zahl von Arbeitern und Gärtnermädchen wurde unter der Anleitung des Hofgärtners beschäftigt, den Platz mit Blumengewinden und Kränzen, die von Baum zu Baum geknüpft wurden, zu umziehen. Ein prachtvolles Zelt war auf dem Rasen aufgeschlagen, und selbst der Wartturm, von dessen Zinnen man nun über die nächsten Waldgipfel hinwegblicken konnte, wurde mit blumigem Schmuck geziert, der wundersam genug mit dem alten verwitterten Gestein kontrastierte. Bernhard warf einen raschen Blick über das Ganze und sprach dann: »Recht artig, nicht eben künstlerisch, doch festlich, heiter, ungefähr wie Volkstrachten, so unschön sie auch häufig sind, doch eine nicht abzuleugnende warme Lebendigkeit haben und so der Kunst oft förderlicher werden als edle antike Gewänder. Nur den Turm hättet ihr im Stich lassen sollen, ihr Leute! Es sieht aus, als ob ihr einen achtzigjährigen Kahlkopf bekränzen wolltet. Blumen gehören der Jugend, Kränze ins frische lockige Haar.« Bei diesen Worten nahm er einer der Kranzwinderinnen ohne Umstände einen eben fertig gewordenen Kranz aus Frühorosen, Veilchen und Reseda aus der Hand und drückte ihn mit einer zierlich gewandten Bewegung in Maries hellbraune Locken, so daß diese ganz erschrocken hochsah, dann aber mit einem lieblichen Erröten lächelte und ihn unschuldig fragte: »Steht er mir gut?«

»Eine Frühlingsgöttin!« rief Bernhard. »Allerliebst!« sprachen Julie und Emma, indem sie Marie betrachteten. Bernhards Gedanke hatte so viel Beifall gefunden, daß Rasinski der Kranzwinderin einige Geldstücke in die Hand gleiten ließ und dafür noch zwei ähnliche Kränze erstand, die er Emma und Julie überreichte und darauf drang, sie müßten sich ebenfalls damit schmücken. Zwar weigerten sie sich errötend und mit mädchenhafter Scheu vor dem Auffallenden, doch Marie half, sie zu überreden, und so gaben sie endlich nach. Vor allem stimmte sie der Umstand, den alle erst jetzt mit einigem Erstaunen wahrnahmen, dazu, daß sie sich ganz allein unter den arbeitenden Leuten befanden, indem von den vielen Zuschauern sich noch niemand hier oben eingefunden hatte. Ohne es zu wissen, verdankten sie dies den Offizieren und namentlich Rasinski, denn es war Befehl gegeben worden, alle diejenigen Personen, die nicht zum Hof gehörten, nur bis zu einer gewissen Höhe des Berges zuzulassen, und daher hatte man auf dem großen Weg Posten aufgestellt. Der kleinere Pfad war unbesetzt geblieben. Auf dem Gipfel befanden sich nun zwar auch Wachtposten, da jedoch Rasinski die reiche Uniform trug und von zwei jüngeren Offizieren begleitet war, so glaubten die Wachen, denen eine Uniform überhaupt für einen Freipaß zu gelten pflegt, darin die vollste Berechtigung für ihn zu sehen, mit seiner Gesellschaft auf dem Berg zu verweilen, zumal da sie annahmen, man habe ihn bereits unten deshalb durchgelassen. Überdies hatte sein Wesen stets etwas so Gebietendes, Vornehmes, daß selten untergeordnete Leute ihn dem allgemeinen Gesetz unterworfen glaubten, sondern gewöhnlich, mit unverkennbarer Ehrfurcht vor ihm, meinten, er sei eine vollgültige Ausnahme.

Fünftes Kapitel

Man bestieg jetzt den Turm. Rasinski bot Marie den Arm, um sie die kleine Treppe hinaufzugeleiten. Sie genoß des reichen Blicks von oben nicht zum ersten Mal, doch immer neu überraschte er sie durch seine Schönheit. Von der Turmzinne über die grünen Waldgehege, die bisher ringsum die Aussicht vergitterten, sah man im Luftzug anmutig wehender Wipfel hinaus in eine fast unbegrenzte Ferne. Der größte Teil des Landes zieht sich in wellenähnlichen Korn- und Waldhügeln dahin, zwischen denen sich Dörfer und Städte in unabsehbarer Zahl eingestreut finden. Höhere Gebirgsrücken steigen ringsum, wie die Ufer dieses in leicht geschwungenen Linien wallenden Meeres, auf. Die silberne breite Bahn des Elbstroms teilt die Landschaft in zwei übersichtliche Hälften. Gern verfolgt das Auge die anmutigen Bilder, die der Strom widerspiegelt, von den blauen dämmernden Türmen Dresdens an, den Rebenhügeln von Loschwitz vorüber, bis zu den schroffen Felskegeln des Königsteins und Liliensteins, die, gleich halb eingestürzten ägyptischen Pyramiden, kolossal über ihre Umgebung emporragen. Mitten in diesem Teppich, der von tausend bunten, aber durch die Ferne matter schimmernden Farben gewebt wird, steht der frische grüne Berg selbst, mit seinen bald sanfteren, bald schrofferen Waldhängen, als das Herz des weiten Panoramas. Er fügt zur wunderbar erregenden Aussicht romantische, wahrhaft malerische Ansichten, während die Ferne weniger der Malerei als der Poesie angehört und fast nur durch den bewußten Gedanken ihre Reize erhält, weil sie dem Menschen das Gefühl der Erweiterung und Beschränkung seiner Kräfte zugleich gewährt. Denn indem sein Auge mit unbegreiflicher Schnelligkeit die fernsten Punkte verknüpft, weite Räume durchfliegt, meilenlange Strombahnen oder Landstraßen in einem Blick verfolgt und übersieht, fühlt sich der Fuß desto enger gefesselt, aber gerade dieser Gegensatz ist es vielleicht, der weiten Aussichten einen so wunderbaren, geheimnisvollen Reiz gibt, da wir jede Größe und Kraft ja nur durch ein vergleichendes Maß empfinden.

Während die Männer fast gleichgültig über die naheliegenden Schönheiten hinausblickten und die ihrem rastlos vorwärtsstrebenden Geist verwandten Fernen durchflogen, wandte sich der Blick der Frauen aus gleichen Ursachen auf die vertrautere Nähe. Sie betrachteten die Räume, die sie eben durchwandelt hatten, ja Marie sah mit einem besonderen Wohlgefallen auf den grünen, mit Blumenkränzen geschmückten Rasenplatz hinunter, auf dem sie soeben noch geweilt hatte und wo sich die kränzewindenden Mädchen und Burschen in der Tat sehr zierlich ausnahmen.

Bernhards Blick schweifte über die Erde hinweg in die seltsamen Wolkengestalten am Horizont hinein, wo er für seinen phantastischen Sinn mehr Nahrung fand, zumal da die heimischen Gegenden ihm gegen die grotesken nordischen Landschaften, in denen er zuletzt geweilt und die er vielfach gezeichnet hatte, ein wenig nüchtern erschienen. Diesmal aber wurde aus dem Träumer, der in Nebelgebilde und flüchtiges Gewölk hineinschaute, ein sehr praktischer Mensch. »Es gibt noch ein Gewitter«, sprach er, »seit Mittag hat es gebraut, jetzt aber haben wir die zweite Wetterwendezeit, nämlich sechs Uhr, das Zünglein der Wetterwaage steht zwischen Mittag und Mitternacht gerade ein. Nun muß sich's schnell entscheiden, ob es sich der Finsternis oder dem Licht zuneigt, das heißt, ob wir ein Donnerwetter bekommen oder heiteren Himmel behalten, ihr müßt wissen, ich bin als Seereisender ein starker Wetterkundiger geworden, daher prophezeie ich nichts Gutes, denn der Wind setzt wahrlich um und fängt an auf mächtigen Flügeln zu rauschen.«

Wirklich trieb von dem Gebirge her schwarzgraues Gewölk herauf, das nur deshalb die Luft noch nicht verdunkelt hatte, weil die Sonne gerade an der entgegengesetzten Seite des Horizonts stand, wo der Himmel noch im reinsten Blau glänzte. Zugleich erhob sich ein hohles Brausen, und man sah an dem Wogen der niedergebeugten Baumgipfel schon von weitem her den Strom der Lüfte über den dunklen Waldhöhen heranziehen. Es schien, als habe Bernhards prophezeiendes Wort die Entscheidung gegeben, so plötzlich brach das Ungewitter herein. Ein starker Windstoß umsauste den Turm und hätte in unvermutetem Überfall fast die Tücher und Hüte der Frauen entführt. Einzelne schwarze, weit vorgetriebene Wolken zogen jetzt vor die Sonne, so daß riesenhafte Schatten über die Landschaft fielen und die Luft sich mit jedem Augenblick mehr und mehr verfinsterte.

Die Mädchen sahen einander ängstlich verlegen an, das Gewitter schien allem Anschein nach sehr heftig werden zu wollen und war schon so nahe herangerückt, daß man ihm nicht mehr entfliehen konnte. Ihre Lage wurde daher in der Tat bedenklich. Indessen gestaltete sich das Schauspiel so großartig, daß der Anblick desselben einigermaßen die Besorgnisse in den Hintergrund treten ließ. In schweren Massen zog das wettergraue, schwefelige Gewölk von dem östlichen Horizont herauf und hüllte allmählich das Gebirge in seine düsteren Schleier ein. Mit ihm senkte sich Nacht auf die ganze Landschaft, nur einige zum Teil mit hellen Gebäuden gekrönte Höhen, auf die der zwischen den Wolkenrissen durchblitzende Sonnenstrahl fiel, leuchteten auf dem dunklen Grund in desto klareren Umrissen und Farben. Der Strom wand sich finster gekräuselt unter dem Bogen des Gewitterhimmels dahin und spiegelte ihn aus verdunkelnder Tiefe zurück. Im Westen blickte das klare Auge des reinsten Blaus unter den düsteren Brauen der Gewölke hervor, die, schwarz vor die Sonnenscheibe gelagert, mit feurigen, gezackten Goldrändern von ihr umsäumt wurden. Mehrere Male setzte der Sturm in wirbelnden Stößen an, schüttelte die Wipfel der Bäume und kräuselte den Staub zu hohen Säulen empor, in den Pausen trat daher eine desto tiefere Stille ein, und ein schwüler Druck beklemmte die Brust. Kein Vogel ließ sich hören, nur hier und da flatterte noch einer ängstlich dem Nest zu. Jetzt flammte es rotleuchtend durch den ganzen westlichen Himmel, und der zackige Blitzstrahl schoß in den Strom hinunter. Das

Gewitter stand indes noch ziemlich ferne, denn es verfloß wohl eine halbe Minute, bevor das dumpfe Rollen des Donners sich vernehmen ließ, das an den Häuptern der Berge murmelnd hinlief.

»Prächtig!« rief Bernhard. »Ich gebe ein Dutzend schöner Tage mit Freuden für ein Gewitter wie dieses hin. Was für Lichter auf die Landschaft fallen! Nacht und Tag in scharfen Streifen nebeneinander gelagert! Seht nur, wie der Sonnenstein drüben bei Pirna noch leuchtet und glänzt gegen die blauschwarze Wolke, die sich hinter ihm auftürmt. Und die weißen Segel dort auf der Elbe, die wie Möwen über die graue Flut hinschießen, die Schiffe ziehen ordentlich eine Schaumfurche durch die Wellen!«

Die Mädchen empfanden die wunderbare Schönheit des Schauspiels so lebhaft, daß sie sich scheuten, ihre kleinen Besorgnisse um Kleider und Hüte laut werden zu lassen. Doch zog das Gewitter mit so furchtbarer Majestät näher, daß es ein weibliches Herz doch wohl mit einiger Furcht erfüllen konnte.

»Dorthin regnet es schon stark«, bemerkte Ludwig, indem er mit dem Finger zu der Gegend deutete. – »Wo?« fragte Marie. – »Dort, rechts vom Königstein, wo die dichten, grauen und violetten Streifen sich aus dem Schoß der Wolke gegen die Erde ziehen, man bemerkt deutlich, wie der Regen mehr und mehr nach Westen vorrückt.« – »Sollte es wohl möglich sein«, fragte Marie, »daß wir Pillnitz erreichten, ehe das Wetter vollends ausbricht?« – »Kaum«, entgegnete Ludwig, »und ich möchte nicht anraten, den Versuch zu machen, da wir hier oben in dem kleinen Gewölbe des Turmes Schutz finden können, das man uns gewiß gern öffnen wird. Vielleicht aber zieht das Wetter ganz vorüber, denn der Sturm scheint so stark werden zu wollen, daß er es leicht über uns dahintreiben kann.«

In der Tat zog das Gewölk jetzt so zerrissen über den Berggipfel hinweg und verdichtete sich dagegen auf der anderen Seite des Stromes, daß Ludwigs Vermutung Wahrscheinlichkeit gewann. Während man noch darüber sprach, kam ein Reiter in vollem Galopp den Berg heraufgesprengt. Er brachte dem Hofgärtner die Nachricht, daß die Fahrt mit Fackeln plötzlich abgesagt sei, er daher schleunigst alle Vorbereitungen zum Empfang der hohen Herrschaften einstellen, aber dieselben auf morgen in Bereitschaft halten solle. Die Arbeiter, die, rings von Wald umgeben, die Annäherung des Gewitters erst seit den wenigen Minuten bemerkt hatten, wo die Sonne durch das Gewölk verdeckt wurde und der erste Donner sich vernehmen ließ, beeilten sich auf diese Nachricht, ihre abgelegten Kleidungsstücke anzulegen und so schnell wie möglich ein Obdach zu gewinnen. Die Mädchen warfen ihre Tücher über den Kopf und flüchteten hastig den Berg hinab. Von den Männern blieben jedoch einige auf Befehl des Hofgärtners, um das Zelt abzubrechen, das schwerlich dem Wetter getrotzt hätte.

Diese Anstalten, besonders die Flucht der Arbeiterinnen, brachten natürlich in den jungen Mädchen, die noch auf der Höhe des Turmes standen und mühsam die im Wind flatternden Gewänder zusammenzuhalten suchten, eine erhöhte Besorgnis hervor. Marie meinte, so gut wie jene könne man wohl auch noch ein Obdach gewinnen und vielleicht sei ein Gebäude in der Nähe, das sie aufnehmen könne. Ludwig sprang rasch die Treppe hinunter, um sich bei dem Hofgärtner zu erkundigen. Dieser ließ eben die zum Aufschlagen des Zeltes verwendeten Gerätschaften sowie dieses selbst in den engen Raum, den der Turm gewährte, bringen. Auf Ludwigs Frage entgegnete er, man werde gewiß Pillnitz noch glücklich erreichen, da man abwärts den Weg sehr schnell zurücklegen könne und die Wetter hier oben auf der Höhe, wo man dem Sturm völlig preisgegeben sei und den ganzen Horizont überblicke, immer näher und drohender aussähen, als sie in der Tat seien. Es dauere vielleicht noch eine Stunde, bis es zu regnen anfange. Ziehe es die Gesellschaft indessen vor, hier oben zu verweilen, so wolle er ihnen gern den Schlüssel zu dem kleinen, engen Raum im Turm lassen, der jedoch, nachdem er jetzt mit Gerätschaften, Stühlen und Tischen angefüllt sei, kaum einige Personen fassen könne.

Ludwig nahm das Anerbieten mit Dank an und versprach, die Tür sorgfältig zu schließen und den Schlüssel zuverlässig in Pillnitz abzugeben. Obwohl der Gärtner die Erfahrung für sich hatte, so schien es doch, als täusche er sich diesmal über die Nähe des Gewitters sehr. Wenigstens wollte Ludwig vorher den Frauen die Wahl lassen, ob sie den Rückweg dem freilich nicht sehr angenehmen Aufenthalt vorzögen. Er nahm daher den Schlüssel an sich und stieg dann eiligst die Stufen wieder hinan, um Bericht zu erstatten. Die Stimmen waren geteilt. Die Männer, zumal Bernhard, entschieden sich unbedingt für das Bleiben, da man augenscheinlich kein Obdach mehr gewinnen können, bevor das Ungewitter in seiner ganzen Gewalt losbräche. Die Frauen waren, besonders mit Rücksicht auf die Besorgnis, in der die Mütter schweben würden, wenn man ausblieb, für das gewagte Unternehmen, sofort aufzubrechen. Da ihr Wunsch am meisten in Betracht kam, indem eigentlich Gefahr nicht zu fürchten war, beschloß man denn zu gehen. Aber indem Marie, von Rasinski geleitet, den Fuß auf die erste Stufe der schmalen, steilen Treppe setzte, blitzte es, daß der ganze Himmel in Flammen stand und man das Auge geblendet schließen mußte. Zugleich ertönte ein furchtbarer Donnerschlag, von dem der Berg in seinen Grundfesten zu erschüttern schien. Geblendet und erschreckt bebte Marie zurück und drängte sich schüchtern gegen ihren Begleiter, dabei glitt sie mit dem Fuß aus, und hätte Rasinski sie nicht rasch umfaßt, so hätte sie vielleicht einen gefährlichen Sturz hinab getan. Wenigstens schien die Gefahr so nahe, daß Emma und Julie, die sie fallen sahen, einen lauten Schrei ausstießen und eilig hinzusprangen. Doch hatte Marie sich schnell wieder aufgerichtet und erwiderte auf die von allen Seiten zugleich an sie gerichtete ängstliche Frage, ob sie Schaden genommen habe, mit einem holden Lächeln auf dem erblaßten Gesicht: »O nein, nur ein wenig erschreckt bin ich.«

Rasinski unterstützte sie sorgfältig und geleitete sie mit Vorsicht hinab. Erst als sie den ebenen Boden erreicht hatten, bemerkte er, daß ihr das Gehen schwer wurde. »Der Fuß schmerzt mich ein wenig«, erwiderte sie auf seine Frage. »Aber es wird sich wohl bald geben.« Zugleich bemühte sie sich, ihren Schmerz zu überwinden und fest aufzutreten. Doch sie vermochte es nicht, der Fuß brach unter ihr ein, und sie mußte sich an Rasinski halten, um nicht niederzusinken. »Jetzt werde ich doch wohl hier oben das Gewitter abwarten müssen«, sprach sie, »denn schnell hinabzugehen ist mir nun unmöglich.« – »Auch nicht, wenn ich dich von der anderen Seite unterstütze, liebe Marie?« fragte Ludwig und ergriff ihren rechten Arm. Marie versuchte einige Schritte, dann antwortete sie mit einem sichtlich bekämpften Schmerz in den Zügen: »Ich glaube auch so nicht.« – »Wir tragen Sie hinab«, rief Bernhard rasch. – »Nein, nein«, entgegnete Marie mit einem freundlichen Lächeln, das sie durch eine abwehrende Bewegung der Hand begleitete, »ich kann ja nun hier oben verweilen, Ludwig bleibt wohl bei mir.«

»Nun bleiben wir alle«, rief Julie entschieden, und Emma stimmte sogleich ein. »Es ist auch wahrlich das beste«, sprach Ludwig, »denn es fallen ja schon Tropfen, und das übermäßige Eilen beim Hinabgehen könnte, wenn wir durch den Regen überrascht würden, die gefährlichsten Folgen haben. Hoffentlich wird ja das Wetter wohl bald genug vorüber sein, da es so heftig zu werden scheint.«

Sechstes Kapitel

Die letzten Arbeiter, die noch einige Gerätschaften in einen großen Korb zusammengepackt hatten, verließen eben den Platz, der Hofgärtner war schon hinunter. Es behielt also Ludwig, der die Schlüssel besaß, völlig freie Hand, sich in dem Turm einzurichten. Er öffnete das kleine Gemach, das, mit übereinandergebauten Tischen, Stühlen, Zeltstangen und vielem anderen Gerät unordentlich angefüllt, kaum den Eintritt so vieler Personen, viel weniger irgendeine Bequemlichkeit gestattet. Die Männer griffen indessen rüstig zu, um durch ein sorgfältigeres Ineinanderschichten und Übereinanderpacken einigen Raum zu gewinnen. Dies gelang endlich so weit, daß man für die acht Anwesenden, gerade acht Stühle setzen konnte, die Tür mußte natürlich, um Licht und Luft zu erhalten, offen bleiben, denn an ein Öffnen der Laden war, da die Fenster hoch versetzt waren, nicht zu denken. Gerade zur rechten Zeit wurde man mit der Einrichtung fertig. Schon fielen die großen Tropfen häufiger, und der Sturm ließ nach. Ein heftiger Donnerschlag dicht über den Häuptern der Versammelten schien die Wolken plötzlich zu zerreißen und den Strömen des Himmels die Bahn zu öffnen. Prasselnder, grobkörniger Hagel, mit starken Schloßen untermischt, stürzte zugleich mit dem heftigsten Platzregen herab. Das junge Laub der Bäume wurde mit einer wahrhaft verheerenden Gewalt und Schnelligkeit niedergeschlagen. Die Geborgenen mußten sich in der Tat glücklich preisen, daß sie den Weg nicht anzutreten gewagt hatten, denn ein Gewitter in dieser Stärke war allerdings mit großen Gefahren verknüpft, und es hätte sie mitten auf dem Weg überrascht, wo nach keiner Seite mehr schnell genug ein Obdach zu erreichen gewesen wäre. Eine der tiefsten Dämmerung ähnliche Finsternis umgab die Berggipfel. Die Wetterwolken lagerten sich immer dichter und dichter darauf, und Blitz folgte auf Blitz, so daß oft die ganze Atmosphäre flammend erfüllt war, während das Rollen des Donners nicht mehr aufhörte, sondern nur einzelne, betäubend krachende Schläge die Gleichförmigkeit desselben unterbrachen.

Der Anblick dieses großartigen Naturschauspiels ließ die männliche, der Gefahr vertraute Brust nicht ganz unerschüttert, wieviel mehr mußte die weibliche dadurch von einer stummen Ängstlichkeit erfüllt werden. Still und bleich saßen die drei Mädchen nebeneinander auf derjenigen Seite, wo sie vor dem einschlagenden Regen am meisten geborgen waren. Marie litt noch überdies heftige Schmerzen, zwischen Julie und Emma sitzend, hatte sie sich sanft gegen diese angelehnt, während jene teilnehmend eine Hand der Freundin hielt. Die Männer suchten durch eine anscheinende Ruhe, die Rasinski sogar durch Scherze auszudrücken suchte, den Mut der Frauen aufrechtzuerhalten. Indessen verriet sich die Absicht dabei zu leicht, um nicht eben dadurch eine fast entgegengesetzte Wirkung hervorzubringen. Denn in der Tat wurde diejenige Besorgnis, die sich bei den Frauen durch die scheinbaren Gefahren erzeugte, bei den Männern reichlich durch eine größere Kenntnis der wirklichen aufgewogen. Keiner derselben konnte es sich verhehlen, daß das Gewitter zu den stärksten gehörte, die überhaupt vorzukommen pflegten, und daß der einsame Höhenpunkt, um den sich die elektrischen Dünste wie um einen Leiter sammelten, der gefährlichste war, den man zum Aufenthalt wählen konnte. Namentlich sorgte sich Ludwig, daß der Blitz in den Turm einschlagen könne, da der Wetterleiter ihm durchaus nicht hinlänglich Schutz zu gewähren schien. Ein Glück war es übrigens, daß niemand die Spitze desselben sehen konnte, sonst hätten der Anblick des Feuerbüschels, der an demselben flammte, und der fortwährend an der Stange heruntergleitende elektrische Strahl die Besorgnisse noch bedeutend erhöht.

Etwa eine halbe Stunde währte das heftige Toben des Gewitters, dann ließ es nach, es donnerte und blitzte seltener, und der Regen strömte, wiewohl immer noch reichlich genug, doch gemäßigter herab. Die Mädchen atmeten wieder leichter und genossen das freudige Gefühl einer überstandenen Gefahr, wodurch in der edleren Brust nur eine sanfte, dankbare Rührung geweckt wird. Marie sah ihren Bruder mit einem unbeschreiblich liebevollen Blick an, Ludwig verstand ihn. Er reichte ihr die Hand und sprach: »Marie, du Gute, leidest du noch Schmerz?« – »Nein«, erwiderte sie nicht aufrichtig, »doch gehen könnte ich nicht.«

Bernhard rief: »Mir wird's zu eng hier in dem schwülen Käfig, ich muß mich etwas erfrischen!« Mit diesen Worten sprang er ins Freie, wo der frische, duftige, jetzt nur noch wie Silberstaub herabfallende Regen ihm die glühenden Wangen kühlte. Ludwig trat ebenfalls hinaus. Beide gingen auf die andere Seite des Turmes, wo man den Himmel etwas weiter übersehen konnte. »Das regnet noch vierundzwanzig Stunden so fort«, sprach Bernhard. »Aber höre, was ich sagen wollte, du hast eine Schwester, die, weiß Gott, mehr taugt als du und ich zusammengenommen. Gewiß, sie ist nicht ganz schlecht für ein Frauenzimmer, und ich glaube, sie hat dich lieber als du verdienst. Mir sind nur Tränen von jeher unausstehlich gewesen, das heißt in meinen eigenen Augenhöhlen, sonst wollte ich nicht dafür stehen, daß ich, als sie dich so freundlich anblickte ...«

»Du hast eine Träne im Auge«, sprach Ludwig und sah ihn freundlich ernst an, »du brauchst dich ihrer nicht zu schämen.« – »Hol dich der Henker!« rief Bernhard unwillig. »Es ist ein Regentropfen, der mir auf die Wange gespritzt ist. Ich sage dir, Tränen in Männeraugen sind mir so widerwärtig wie ein Fluch oder ein Schnurrbart auf Mädchenlippen. Selbst Frauen sehe ich nicht gern weinen, weil es ansteckt. In der Wirklichkeit nämlich, denn daß ich gern trauernde weibliche Köpfe male, will ich nicht leugnen und kann's gleich beweisen.« Dabei zog er ein Skizzenbuch von Pergamentblättern hervor, das er stets bei sich führte. »In diesem Büchlein«, sprach er, »steht manches Gesicht, das des Ansehens wert ist, obwohl nicht immer ein blauer Himmel aus den blauen Augen lacht. Wahrlich, deine Schwester käme jetzt auch hinein, wenn es nicht so verflucht regnete, daß man nichts machen kann. Überhaupt wollte ich die ganze Gruppe zeichnen, sogar den Mars Rasinski, der die Tauben wie ein Adler unter seine Flügel nimmt, wiewohl ich anfange, dem Kerl das Donnerwetter auf den Kopf zu wünschen.«

»Es ist mir lieb«, antwortete Ludwig, »daß du die Zeichnungen bei dir hast, denn ich fürchte, der Regen hält noch lange an, und in der steten Erwartung scheint die Zeit sich zu verdoppeln. Wenn wir daher die Frauen über eine Stunde täuschen können, so geschieht mir wahrlich ein großer Dienst damit. Laß uns hinein, und zeige den Mädchen dein Buch.« – »Ich bin's zufrieden«, antwortete Bernhard, »obwohl es eigentlich eine

Schmach ist, daß uns die Kunst nicht bei heiterer, freier Muße als göttliche Gefährtin begleiten, sondern nur als Vogelscheuche gegen ein paar umherflatternde Besorgnisse oder geradeheraus, als der Silberschaum auf der Pille, die uns das Schicksal eingibt, dienen soll.« Sie gingen hinein.

»Wir haben das Wetter auf allen Seiten beobachtet«, sprach Ludwig, »es wird sich, denken wir, allmählich abregnen. Indessen will unser Freund Bernhard uns mit seinem Skizzenbuch unterhalten, und so haben wir am Ende von unseren Unfällen noch den besten Gewinn.« – »Und sind dies nicht immer die Wege Gottes?« sprach Marie lächelnd. – »Freilich«, antwortete Bernhard, »und ich will sie mir besonders zunutze machen. Denn wenn ich hier mein Zeichentaschenbuch zeigen soll, so kann es unmöglich bei jedem Umwenden des Blattes von Hand zu Hand gehen, sondern ich muß als Erklärer und obhutübender Besitzer immer selbst dabei sein. Also muß ich bitten, mir jetzt einige Augenblicke zu gehorchen, indem ich Anstalten treffen will, die mir den beneidenswertesten Platz sichern sollen.«

Man war sehr gern bereit, Folge zu leisten. Bernhard setzte demnach vier Stühle in eine Reihe, so daß der rechte Flügel derselben sich gegen die Tür lehnte. Auf diesem mußte Marie Platz nehmen, er selbst setzte sich neben sie und nahm dann Emma und Julie zur Linken. Die übrigen vier Männer mußten sich hinter die Stühle stellen, Rasinski trat hinter Marie, Ludwig hinter Bernhard, die beiden jungen Offiziere hinter Julie und Emma.

»So«, begann Bernhard, »nun werde ich mit unparteiischer Gerechtigkeit bald rechts, bald links bei den Damen beginnen und stets den Erklärer machen, denn das Beste dabei muß freilich, da es oft kaum angedeutet ist, gesagt werden. Doch um eins bitte ich, fragen Sie mich bei Landschaften, bei Männern, kurz bei allen nach Paß, Stand und Namen, aber die weiblichen Köpfe bleiben inkognito, denn in das Geheimbuch meines Herzens kann ich wahrlich nicht jedermann blicken lassen.«

Man fügte sich gern diesem harten Gesetz und ging mit wahrer Frische und Lust an das Betrachten der Handzeichnungen. Die meisten waren, wie Bernhards Charakter, keck, lebendig, mit wenigen dreisten Strichen, mehr scharf angedeutet als ausgeführt, seltener zierlich, sauber. Doch mitunter hatte er auch die feine Grazie seines Griffels gezeigt. Der Inhalt des Buches waren Landschaftsstücke, wie romantische Felspartien, Baumgruppen, bisweilen eine ganze Landschaft, daneben und dazwischen nationale Köpfe, norwegische Fischer, ein Eiderfänger, eine Rentiermelkerei und ähnliches. Alles aber war eigentümlich und auch durch die Fremdartigkeit der Gegenstände fesselnd.

»Sie werden bemerken«, sprach Bernhard dazwischen, »daß das Buch zugleich einen geographischen Zusammenhang hat, da Sie daraus meine Reiseroute verfolgen und sehen können, wo ich mich mehr den Städten und Menschen genähert habe, wo ich in der Einsamkeit verweilte. Denn ich hatte es mir gleich anfangs zum Gesetz gemacht, nicht bald hier, bald dort aufzuschlagen und zu zeichnen, sondern ein Blatt nach dem anderen zu benutzen und dabei womöglich auch Raum zu sparen, weil ich das Umherschleppen so vieler Dinge hasse und gern alles beisammen habe. Daher sind mit auch noch, obgleich ich dieses Skizzenbuch mit dem ersten Tag meiner Reise begann, einige große Blätter übriggeblieben, worauf ich diesen Turm und uns alle darin zeichnen kann, wenn das Wetter uns nur eine halbe Stunde gönnt. Aber sehen Sie hier diesen Bergschotten mit seiner Tochter, hinten die Partie gehört zum Kathrinsee. Wir werden nun mit jedem Blatt zivilisierter, denn es dauert nun nicht lange, so befinden wir uns in der besten Londoner Gesellschaft. Wahrhaftig, da ist schon eine Lady, der ich, ohne daß sie's wußte, ihr Porträt entwendete, da ich sie vor ihrem Landhaus auf der Terrasse sitzen sah, während ich in einem Fliedergebüsch steckte.«

»Wie lieb und unschuldig sich das Kind an ihre Knie lehnt«, sprach Marie. »Der Blumenstrauß, den es der Mutter bringt, ist aber wohl Ihre eigene Erfindung?« – »Keineswegs«, erwiderte Bernhard, »das vierjährige Lockenköpfchen hatte eine ganze Handvoll Federnelken, Aurikel und andere kleine Blumen abgerupft und hielt sie der Mutter dar, die es meines Erachtens dafür hätte abstrafen sollen, da schwerlich in einer Woche so viel nachwuchs, als der kleine holde Unhold in einer Minute abriß. Auch dazu habe ich nicht für einen Heller erfunden. Überhaupt das ganze Buch ist nur gewissermaßen ein Taschenspiegel, in dem ich die Bilder der Wirklichkeit auffing.«

Man blätterte weiter. Es folgten einige karikierte Figuren, der englischen Post entlehnt, wie Bernhard erklärte, dann einige hübsche Landmädchen, Pächterstöchter, eine Milchverkäuferin. Endlich war man in London. Wie er zuvor gesagt hatte, ließ er die Zeichnungen weiblicher Gestalten und Köpfe ohne Kommentar, was Ludwig sehr lieb war. Er erkannte nämlich, daß Bernhard diese Klausel gemacht hatte, um den Frauen eine Verlegenheit zu ersparen, denn unter den Londoner Erinnerungen fanden sich einige, die dem Männerblick unzweideutig als solche erscheinen mußten, über welche eine nähere Auskunft sich nicht ziemte. Daß ein Maler sie als psychologische Studien behandelt hatte, konnte man ihm nicht verargen. Zwischen den mutwilligen, lüsternen Gesichtern war wohl hier und da eine sanfte, gesittete Engländerin anzutreffen. – »O wie schön!« rief Marie, als Bernhard eben wieder ein neues Blatt umwandte. »Wie außerordentlich schön!« Rasinski beugte sich, über diesen Ausruf gespannt, näher über Maries Schulter. Fast betroffen rief auch er: »Beim Himmel, dieser Kopf ist reizend!« – »Unbeschreiblich!« stimmte Marie ein. »Aber wer ist sie? Diese eine müssen Sie uns nennen«, setzte sie bittend hinzu.

»Wenn ich nun«, begann Bernhard, »gerade dieses Kopfes wegen meine Bedingungen gemacht hätte? Aber es ist nicht so, nur bin ich hier gezwungen, sie zu halten. Ich stahl dieses Gesicht wie Prometheus den göttlichen Funken aus dem Himmel, nämlich im Kings-Theater zu London, als ›Romeo und Julia‹ gegeben wurde, ich aber die Julia nur in einer Loge entdecken konnte, wegen der ich die Bühne übersah und überhörte. Da raubte ich diesen Kopf mit seinem sanft schwärmerischen Ausdruck.« – »Oh, die rührenden Tränen!« sprach Marie.

Ludwig, der sich bis jetzt, um Rasinski nicht zu hindern, zurückgehalten hatte, beugte sich nunmehr nieder, um die Zeichnung zu sehen. Unbefangen hielt ihm Marie das Buch ganz nahe entgegen. Doch er, als rede ihn plötzlich die Stimme eines seligen, verklärten Geistes an, bebte im Tiefsten wunderbar erschüttert zusammen, da er Biankas Bildnis erkannte. Ein rascher Ausruf entfloh seinen Lippen, mehr durch Hilfe einer unbekannten unwillkürlichen Gewalt als durch eigene Fassung und Überlegung wurde er jedoch noch schnell genug seiner Herr, um dem »O Himmel!«, das ihm entflohen war, die kälteren Worte: »Welch ein reizendes Wesen!« anzuhängen. Mehr aber vermochte er nicht. Sein Auge verdunkelte sich. Obwohl das holde Antlitz seine Blicke mit unbeschreiblicher Macht anzog, riß er sich doch gewaltsam zurück, um seine Bewegung nicht zu verraten. Mit angstvoller Spannung harrte er darauf, ob sich ihm jetzt durch den wunderbarsten Zufall das Geheimnis, an welchem das Glück seines Lebens hing, lösen werde, denn Marie, die sich gar nicht überreden, noch darüber beruhigen konnte, daß Bernhard nicht wissen sollte, wer dieses rührend holde Wesen sei, fragte ihn noch einmal: »Und Sie vermochten wirklich gar nichts zu erfahren? Ein so reizendes Wesen kann ja doch selbst in dem unermeßlichen London niemand unbekannt sein.«

»Wirklich, ich weiß nichts«, erwiderte Bernhard. »Zwar bemühe ich mich, etwas zu erfahren, doch es ging mir unglücklich genug damit, wie, will ich Ihnen sogleich erzählen. Die sanfte Hoheit dieses Antlitzes, der unbeschreiblich rührende Schmerz darin – denn ich habe, aufrichtig gesagt, nur eine Karikatur davon geliefert –, machte mich, warum sollte ich's nicht gestehen, ein wenig verrückt auf meinem Platz im Parterre. Ich wollte das Gesicht haben, das schwur ich mir innerlich, aber wie sollte ich es zeichnen, ohne aufzufallen? Neben mir saß ein Kaufmann, der lange in Konstantinopel gewesen war und sich dort ein wenig den orientalischen Ausdruck angewöhnt hatte. Ich kannte ihn so halb und halb. Dieser bemerkte es, daß ich nur zu der Loge, nicht zu dem Theater sah, obwohl soeben Julia von Romeo Abschied nahm. Er sagte zu mir: ›Nicht wahr, Sir, ein Gesicht, das sich malen ließe, wenngleich aus dem blauen Himmel der Augen feuchter Tau auf die Rosen der Wangen perlt.‹ Sie weinte nämlich die schönsten Tränen, die ich jemals gesehen habe.

›Freilich, bei Gott!‹ antwortete ich. ›Aber wo und wie?‹ – ›Dort oben ist die Loge leer‹, flüsterte er mir zu, ›die den besten Auffassungspunkt darbietet, wenn Sie dort hineingehen und die Tür zu dem Korridor ein wenig offenlassen, fällt von diesem her gerade so viel Licht auf Ihr Blatt, als Sie brauchen, und Sie selbst bleiben im Dunkel sitzen.‹ Ich eilte, sofort diesen Rat zu befolgen. Mein Standpunkt war vollkommen günstig. Ich saß im Hintergrund der Loge ganz unbemerkt und blickte dem himmlischen Wesen gerade ins Gesicht, während sie das feuchte Auge unverwandt auf die Bühne richtete. Der teuere Raub gelang mir so vollkommen, als es überhaupt möglich war. In meine Arbeit vertieft, hatte ich jedoch nicht bemerkt, daß jemand in die Loge getreten war. Plötzlich redete mich eine unangenehme, rauhe Stimme leise an: ›Sir!‹ Ich fuhr auf. ›Ein Wort, Sir‹, sagte die Stimme, die einem Mann von etwa dreißig Jahren gehörte, der mir zur Loge hinaus auf den Korridor winkte. Ich merkte, was die Sache bedeuten wollte, und folgte natürlich. Der mürrische Unbekannte tritt mit mir hinaus auf die Gasse. Hier fängt er an, mich zu fragen, mit welchem Recht ich mir erlaubte, eine Dame ohne ihren Willen zu zeichnen. Ich antwortete kurz, wir gerieten etwas heftig aneinander. Das Ende war die Verabredung zu einer Zusammenkunft am anderen Morgen um acht Uhr im Hyde Park. Der Fremde verließ mich darauf, ohne ins Theater zurückzugehen, ich nahm dagegen den Weg zu meiner Loge, um noch ein wenig zu retuschieren. Aber noch heute möchte ich rasend werden vor Grimm: Als ich eintrat, war die andere Loge völlig leer und das reizende Wesen samt ihrer Gesellschaft verschwunden. Ich fragte den Türsteher, sie sind soeben weggefahren, lautete die Antwort, aber er kannte sie nicht. Ich eile hinab ins Parterre zu meinem Kaufmann. Er ist nicht mehr dort. Mein einziger Trost war jetzt die Bestellung im Hyde Park, wo ich wenigstens zu erfahren hoffte, wer mein Gegner sei. Um halb acht Uhr fand ich mich pünktlich ein, aber ich glaube, wenn ich noch dort stände, so wäre bis zu dieser Stunde niemand gekommen. Kurz, ich hatte jede Spur verloren, denn sogar der Kaufmann war an dem Tag plötzlich wieder zu Schiff zu der Levante gegangen, ohne daß ich ihn gesprochen hatte. Vertrauten Freunden habe ich nochmals wohl das Bildnis gezeigt, aber niemand kannte es, vergeblich bin ich ein Vierteljahr lang jeden Abend in alle Theater Londons gelaufen, und zumal versäumte ich keine Vorstellung von ›Romeo und Julia‹, doch niemals ist es mir gelungen, auch nur die geringste Spur meiner Unbekannten wieder zu entdecken.«

Siebtes Kapitel

Bernhards Erzählung hatte die Aufmerksamkeit aller so gefesselt, daß man nicht bemerkte, wie inzwischen der Regen wieder ungleich heftiger geworden war und die Dunkelheit nach und nach hereinzubrechen begann. Erst jetzt wurde Marie darauf aufmerksam und nicht wenig mit Sorgen deshalb erfüllt, denn in der Tat war die Lage für die jungen Mädchen bedenklich zu nennen. Sie versuchte, ob sie zu gehen imstande sein würde, und wollte dann entschlossen dem Wetter trotzen, allein es war ihr nicht möglich. Der Fuß war stark angeschwollen, sie litt empfindliche Schmerzen. Ludwig hatte bei der heftigen Aufregung seines Inneren die nächsten Verhältnisse ganz vergessen und war in tiefe Gedanken versunken. Marie faßte seine Hand und fragte ihn leise: »Was sollen wir jetzt anfangen, Bruder? Wir sind wirklich recht übel daran, ich fühle, daß ich nicht hinunter kann, wenn ich auch das Wetter nicht scheuen wollte.«

Ludwig sann einen Augenblick nach, dann erwiderte er: »Jetzt, da das üble Wetter anhält, ist die Sache ganz leicht entschieden. Ich gehe allein hinab und sende euch die Wagen herauf.« – »Du Guter! Wolltest dich dem heftigen Wetter aussetzen?« rief Marie. – »Es wird mir wohltun«, entgegnete Ludwig, »mir ist so schwül, daß ich mich nach der Abkühlung sehne. Aber es ist die höchste Zeit, denn sonst bricht die Nacht an, ehe die Wagen heraufkommen.«

Es entstand jetzt ein Wetteifer unter den Männern, wer Ludwig begleiten sollte. Gern wäre er mit Bernhard gegangen, um von diesem noch womöglich etwas zu erforschen, aber es schien ihm schicklicher, daß derselbe als ein älterer Freund des Hauses oben verweile, damit die drei Mädchen nicht allein mit den drei Offizieren zurückbleiben möchten. Er lehnte daher die Begleitung ab, obwohl auch Rasinski und die jüngeren Offiziere darauf bestanden, die Unannehmlichkeit mit ihm zu teilen. »Es ist völlig unnötig«, erwiderte Ludwig, da sie freundschaftlich in ihn drangen. »Einer reicht ja vollkommen zur Verrichtung des Auftrags hin. Warum sollten also zwei damit beschwert werden?« Ohne sich daher weiter zu besinnen, trat er seinen Weg rasch an und versprach, längstens in einer Stunde sollten die Wagen zur Abholung dort sein.

Diese Zeit verfloß ein wenig ängstlich, da die Mädchen, nachdem ihr natürlicher Beschützer und Verwandter sich entfernt hatte, die Verlegenheit ihrer Lage erst recht deutlich empfanden. Der Regen rauschte schauerlich herab. Grauer Nebel wälzte sich über den Berg hin. Es wurde allmählich dunkel. Jetzt war eine Stunde verstrichen. Von Minute zu Minute hoffte Marie, daß die Wagen eintreffen würden. Gespannt lauschte sie auf jedes Geräusch, in der Hoffnung, endlich den Schall einer Peitsche zu vernehmen. Nachgerade fing sie an, sich zu beunruhigen, denn es verging eine halbe Stunde über die festgesetzte Zeit, ohne daß sich die sehnlich erwartete Hilfe blicken ließ.

Es war völlig Nacht geworden. Durfte man gleich etwas auf den Regen und den düster bewölkten Himmel rechnen, so mußte es dennoch schon sehr spät sein. Marie fragte Bernhard einige Male leise nach der Zeit. Dieser gab ihr anfangs täuschende Antworten, dann erklärte er ihr, er könne es nicht mehr sehen. Es war nun nicht mehr die Seltsamkeit des Verhältnisses allein, was Marie quälte, sondern sie fing auch an, Besorgnisse anderer Art zu hegen. Sollte Ludwig verunglückt, sollte der Mutter etwas zugestoßen sein? Dazu gesellte sich der körperliche Schmerz, der nachgerade so heftig geworden war, daß sie sich in einem fast fieberhaften Zustand befand.

Weder Bernhard noch die übrigen Männer konnten sich's jetzt mehr verbergen, daß ein außerordentlicher Vorfall eingetreten sein müßte, denn es waren weit über zwei Stunden verflossen, seit Ludwig sie verlassen hatte. Sie fingen daher an zu beratschlagen, was man tun solle, ob es nicht die Pflicht gegen den Freund erfordere, mit Ernst nachzuforschen, was geschehen sei, denn es konnte ihm ja doch ein Unfall zugestoßen sein. Bernhard hielt es nunmehr für das beste, mit der Sprache herauszurücken, um die ängstlichen, eingeschüchterten Mädchen nicht noch mehr durch ein dunkles Verhüllen und Verbergen, das zuletzt doch nicht durchzuführen wäre, zu beunruhigen. Man stimmte ihm bei. Er erklärte daher Marie offen, daß er selbst anfange, besorgt zu sein, und es daher für seine Pflicht halte, sich um Ludwig zu kümmern.

Marie erwiderte diese Eröffnung durch einen Händedruck, denn schon längst hatte es auf ihrem gepreßten Herzen gelegen, die Männer um das zu bitten, wozu sie sich jetzt erboten. Nur wagte sie es nicht, teils weil sie besorgte, daß man ihre Angst für unbegründet halten möchte, teils weil ihr das Ansinnen zuviel zu fordern schien.

Bernhard, als des Weges am kundigsten, und Jaromir übernahmen es, hinunterzugehen. Rasinski, als der Älteste, blieb zum Schutz der Frauen zurück und behielt auch Boleslaw bei sich, weil man nicht wissen konnte, ob Maries Zustand nicht vielleicht die Hilfe zweier Männer notwendig machte, und weil es überhaupt gut schien, daß auf jeder Seite zwei blieben, um einander zu unterstützen.

Bernhard und Jaromir machten sich auf den Weg. Sie versprachen, es möge vorgefallen sein, was da wolle, wenigstens Botschaft zu bringen oder zu senden. Obgleich der Regen heftig herabströmte und man kaum die Hand vor den Augen zu sehen vermochte, war es den beiden Wanderern doch anfangs nicht schwer, den richtigen Weg zu finden. Sie erreichten ohne Schwierigkeit die Ruine und glaubten schon ihrem Ziel ganz nahe zu sein, als sie, minder achtsam, plötzlich vom Weg abgewichen waren und sich in hohem Gras befanden. Sie versuchten, die Straße wiederzugewinnen, aber vergeblich. Um nicht wieder Zeit zu verlieren, beschlossen sie daher, auf dem ungebahnten Weg fort durch Gesträuch und hohes Gras oder Getreide nur gerade abwärts zu gehen, da sie die Hauptrichtung nicht verfehlen konnten. Indessen war dies nicht so leicht, denn sie wurden anfangs durch einen ziemlich tiefen und breiten, mit Regenwasser angefüllten Graben aufgehalten, und als sie über diesen endlich einen Übergang gefunden hatte, gerieten sie an eine undurchdringliche dichte Hecke. Sie mußten an derselben hintappen, um ihr Ende oder eine Öffnung zu suchen, doch plötzlich hemmte sie ein Zaun, der sie nötigte, wieder bergauf zu klimmen. Zum Glück entdeckte Bernhard eine Stelle, wo man leicht übersteigen konnte. Sie taten es und sahen nun in einiger Entfernung ein Licht schimmern, das in einem der Hofgebäude, die zu dem Schloß gehören, zu brennen schien. Hatten sie dieses erst erreicht, so war es ein leichtes, nach dem Wirtshaus zu gelangen. Bald bemerkten sie jedoch, daß das Licht wandle und näher komme. Es waren Leute mit zwei Laternen. Erfreut, auf Menschen zu stoßen, die ihnen Auskunft geben konnten, gingen sie denselben entgegen und trafen auch bald den gebahnten Pfad, auf dem dieselben herankamen. Da Bernhard und Jaromir durch die völligste Dunkelheit verborgen, jene aber hell beleuchtet wurden, war es nicht schwer, schon in ziemlich bedeutender Entfernung zu erkennen, daß es zwei französische Gendarmen waren, die mutmaßlich einen Gefangenen transportierten. Bernhard war durch seine mannigfaltigen Reiseerfahrungen vorsichtig geworden, und Jaromir war es als leichtem Kavallerieoffizier zur anderen Natur geworden, im Dunkeln immer die Taktik der Schleichpatrouillen zu beobachten. Es bedurfte also für beide nur eines gegenseitigen Winks, um die Leute mit den Laternen erst näher herankommen zu lassen und sie vorläufig von einer dunklen Stelle am Weg zu beobachten. Mit Erstaunen sahen sie, als die Gendarmen sich näherten, daß Ludwig in ihrer Mitte ging, und mit noch größerem Erstaunen erkannte Bernhard in einem vierten, zur Seite gehenden, tief in einen weiten Regenmantel eingehüllten Mann, der gleichfalls eine Laterne trug, jenen Menschen, der ihm am Nachmittag im Garten als so bekannt aufgefallen war. Ein Druck mit der Hand reichte als Zeichen, daß man sich vorläufig durchaus still und nur beobachtend zu verhalten habe. Hinter einen Baumstamm gedrückt, den Atem anhaltend, ließen sie daher den Zug vorbei, und als er etwa fünfzig Schritte vorüber war, folgten sie ihm mit möglichster Behutsamkeit, wobei ihnen der matte Lichtschein, den die Laternen zurückwarfen, ungemein zustatten kam. Bernhard hatte zuviel Vertrauen zu Ludwig, kannte ihn zu genau, um nicht zu ahnen, daß hier entweder ein arges Mißverständnis oder, wie es in diesen Zeiten leider nur zu gewöhnlich war, ein patriotischer Anlaß oder endlich, was ihm besonders durch die Mitwirkung des widerwärtigen Fremden wahrscheinlich wurde, ein

Bubenstück zugrunde liegen mußte. Dieser Gedanke setzte sich so fest in ihm, daß er beschloß, Ludwig, es koste was es wolle, aus der augenblicklichen Gefangenschaft, in der er sich befand, zu befreien. Denn oftmals kam es ja in jener Zeit nur darauf an, jemanden seinen heimlichen Richtern oder Gewalthabern im ersten Augenblick zu entreißen, um ihn nachher durchaus zu retten und zu sichern. Er sprach daher leise zu Jaromir: »Ich fürchte, hier ist ein Bubenstück im Spiel, und ich habe meine ganz besonderen Gründe zu diesem Argwohn. Gelänge es uns, unseren Freund nur aus der Gewalt dieser drei Leute zu befreien, ihm einen einzigen Wink zu geben, so wollen wir schon Mittel finden, ihn anderweitig zu retten. Wollen Sie mir in meinem Wagestück beistehen?«

Jaromir, der wußte, was er wage, wenn er als Soldat eine Wache, insbesondere aber die fast geheiligten Personen zweier französischen Gendarmen verletze, fand das Unternehmen sehr bedenklich. Indes fühlte er auf der anderen Seite so viel Freundschaft für Ludwig, daß er es nicht zurückweisen zu dürfen glaubte. Auch besaß er jenen Jünglingsleichtsinn, der die Folgen einer Tat nur obenhin bedenkt, oder vielleicht war es ein tieferer Zug des polnischen Nationalcharakters, der das Verwegene keck beginnt und den Ausgang nicht berechnen will noch kann. Kurz, er sagte zu.

»Gut denn«, sprach Bernhard, »und für uns soll gar keine Gefahr dabei sein, wenn wir geschickt verfahren. Der Weg, auf dem wir gehen, ist erhöht. Hier rechter Hand an der Hügelwand läuft ein schmaler Graben zur Ableitung des Wassers hin, der aber tief genug ist, daß jemand, der hineinfällt, einige Minuten Zeit braucht, um wieder herauszukommen. Links senkt sich der Weg nur drei bis vier Fuß steil ab. Wenn wir jetzt den Gendarmen leise nacheilen, uns dann plötzlich auf sie stürzen, den einen rechts in den Graben, den anderen links die kleine Anhöhe hinunterstoßen und dann beide vereint den Mann im Regenmantel niederrennen, so haben wir Zeit genug, mit Ludwig zu fliehen.«

Es galt kein längeres Verabreden. Leise, auf den Zehen, aber doch mit größter Schnelligkeit folgten die gewandten Jüngling dem Zug, der den gefangenen Freund geleitete. Unbemerkt waren sie bis auf zehn Schritte nahegekommen. Ludwig befand sich noch wie zuvor in der Mitte zwischen beiden Gendarmen, deren einer links nahe am Rand des Weges, der andere rechts neben dem Graben hinschritt. Einige Schritte voran ging der Fremde im Mantel mit der Laterne. »Ich nehme den rechts«, flüstere Bernhard, »jetzt!«

Wie zwei ansprengende Wettrenner stürzten die beiden kecken Angreifer vorwärts, indem sie zugleich ein lautes Geschrei erhoben. Noch ehe sich die Gendarmen umwenden konnten, rannten beide Läufer schon so fest und gewaltsam gegen sie an, daß der eine links, der andere rechts hinuntergeschleudert wurde, ohne einmal recht zu wissen, was und wie ihnen geschah. Wie verabredet wollten beide jetzt auf den Fremden los, doch dieser ersparte ihnen die Mühe. Denn sowie der erste Ruf der Angreifenden erschallte, hatte er schon, da er nicht das beste Gewissen haben mochte, seine Laterne weit von sich geschleudert, so daß sie verlöschte, und lief, was er vermochte, den Weg weiter hinunter. Bernhard fand nicht für gut, ihm nachzusetzen, sondern raunte dem höchst betroffenen, unbeweglich dastehenden Ludwig zu: »Wir sind gute Freunde, flüchte mit uns!« Zugleich ergriff er ihn beim Arm und rief: »Mir nach!« Ludwig erkannte ihn sofort und säumte nicht, ihm zu folgen. Da dem Gendarmen im Fallen gleichfalls die Laterne verlöscht war, so begünstigte die tiefste Finsternis diese seltsame Flucht. Alle drei jungen Leute schossen in der Dunkelheit pfeilschnell dahin, den Weg, den sie gekommen waren, zurück. Bernhard rief im Laufen den anderen leise zu: »Immer mir gefolgt! Wir müssen beieinander bleiben, so behalten wir im Notfall noch die Übermacht.«

Schon ein gutes Stück mochten sie gelaufen sein, als sie hinter sich zwei Schüsse hörten. Es waren die Gendarmen, die ihre Karabiner in die Richtung abfeuerten, in der die Freunde entflohen. – »Schießt nur!« rief Bernhard. »Wir hören nicht einmal eure Kugeln pfeifen, geschweige daß sie uns träfen.«

An der Entfernung des Knalles sowie an dem Zeitraum, der verflossen war, bis die Schüsse fielen, konnten die Läufer hinlänglich erkennen, daß sie sich in vollkommenster Sicherheit befanden. Doch setzten sie ihren Weg noch so eilig als möglich fort. Jetzt bog sich ein Seitenweg links den Berg hinauf. Bernhard schlug ihn ein. Als man etwa hundert Schritte aufwärts gelangt war, sprach er: »Nun langsam, sonst verlieren wir Kraft und Atem! Vorläufig sind wir in Sicherheit. Nur kein Wort gesprochen!«

Schweigend klimmten sie aufwärts. Von Zeit zu Zeit lauschte Bernhard, ob ihnen jemand folge. Es blieb alles still. Nach einer Viertelstunde, wo man eine dichte Stelle des Gebüsches erreicht hatte, konnte man endlich annehmen, daß man sich in völliger Sicherheit befand.

»Was nun beginnen?« fragte er, indem er stillstand. – »Vor allem«, sprach Ludwig und ergriff die Hände seiner Begleiter lebhaft, »vor allem euch, ihr treuen Freunde, meinen heißesten Dank. Aber erklärt mir nur, wie ihr von meine Verhaftung erfahren habt und durch welch ein Wunder ihr meine Rettung bewirken konntet.«

Bernhard berichtete über die Zufälligkeit der Entdeckung und über die dunkle Triebfeder seines Entschlusses. »Dich hat eine Stimme Gottes geleitet«, entgegnete Ludwig bewegt, »denn ich glaube, ich war dem Verderben nahe. Was habt ihr aber gewagt!« rief er plötzlich tief gerührt und umarmte beide mit brüderlicher Wärme.

»Gewagt!« entgegnete Bernhard. »Nichts, das ich wüßte! Aufs höchste war das Ganze ein Studentenstreich, für den man uns nicht hängen könnte, wenn man uns auch erwischte. Aber wie soll das geschehen? Wer kennt, wer vermutet uns? Wir könnten jetzt dreist den beiden Gendarmen in die Arme rennen, es würde keiner von ihnen ahnen, daß er uns sein Schlammbad zu verdanken hat. Aber weshalb hatten sie dich denn eigentlich beim Schopf genommen? Doch bin ich vielleicht neugieriger als erlaubt.«

»Die Geschichte ist wunderbar genug und mir selbst noch ein tief verborgenes Rätsel«, begann Ludwig. »Doch ist sie so verwickelt, daß ich sie dir lieber ein andermal in Muße erzählen möchte.« – »Schon recht«, antwortete Bernhard, »allein die Hauptsache müssen wir doch jetzt wissen, um danach handeln zu können und namentlich zu bestimmen, wo die beste Sicherheit für dich ist. Könntest du z.B. nach Dresden zurückkehren?« – »Ich glaube nicht«, erwiderte Ludwig. »Doch ich will in der Kürze erzählen. Du entsinnst dich des Menschen, der uns zuvor im Garten als bekannt auffiel?« – »Freilich, nur weiter.«

»Als ich vom Berg herabkam und die Ruine erreicht hatte, fand ich dort noch sehr viele Menschen versammelt, die sich vor dem Regen geflüchtet hatten. Natürlich war es, daß ich mich umsah, ob vielleicht meine Mutter und Tante darunter seien. Ich fand sie nicht. Es waren meistens Leute, die zur Dienerschaft des Hofes gehörten. Als ich darauf meinen Weg fortgesetzt hatte und kaum hundert Schritte von der Ruine entfernt war, kam mir ein französischer Gendarm nach, der mir ein ziemlich rauhes ›*Bon soir, Monsieur*‹ zurief. Ich grüßte wieder und wollte meinen Weg eilig fortsetzen, doch er erklärte mir, daß ich ihm folgen müsse. Ich fragte, weshalb und wohin? Dies zu beantworten, sei nicht in seinem Auftrag, entgegnete er mir. Mir bewußt, nichts verschuldet zu haben, beschloß ich, wiewohl höchst ungern, zu gehorchen, denn ich hatte die Hoffnung, daß die ganze Sache sich als ein Mißverständnis im Augenblick lösen müsse. Indem ich mich jetzt jedoch umsah, bemerkte ich einen Mann im Regenmantel und einen zweiten Gendarmen, die uns beide eiligst nachfolgten. Als sie näherkamen, erkannte ich jenen Fremden. Er trat zu mir heran und sprach mit einem unangenehmen Lächeln: ›Sie werden uns zu einem kleinen Verhör folgen müssen, mein Herr!‹ – ›Das habe ich mit Erstaunen hören müssen‹, antwortete ich, ›und es wäre mir sehr erwünscht zu wissen, weshalb.‹ Da er schwieg, fuhr ich fort: ›Ich kann nur ein Mißverständnis voraussetzen und hoffe daher auf Genugtuung wegen dieser kränkenden Verhaftung.‹

›Das wird sich finden‹, sprach er kalt, und wir gingen weiter abwärts zu dem Schloß zu. Es war mir sehr erwünscht, daß wir, da der Regen noch immer heftig strömte, niemandem begegneten, denn ich fühlte mich in der Tat beschämt, so als Verbrecher zwischen zwei Schergen gehen zu müssen. Im Hoftor des Schlosses angelangt, wurde ich in das kleine Portierzimmer auf die Seite geführt, wo ich, von beiden Gendarmen bewacht, eine gute Stunde warten mußte, während der Fremde sich entfernte. Die Zeit benutzte ich, um einen Entschluß über mein Betragen zu fassen. Ich beschloß bei mir selbst, mich auf nichts einzulassen, sondern gegen die Gewaltsamkeit meiner Verhaftung zu protestieren. Natürlich dachte ich besonders daran, wie ich meiner Mutter den Schreck, der sie auf jede Weise treffen mußte, ersparen könnte. Indessen wurde alles, was ich in dieser Hinsicht zu tun vermochte, wie du gleich hören wirst, vereitelt. Nach einer guten Stunde erschien der Fremde wieder. Es war schon ganz finster, so daß ich nicht recht weiß, wohin ich geführt wurde. Ich glaube jedoch, es war eines der Nebengebäude des Schlosses. Nachdem ich eine schmale Treppe hinaufgestiegen, einen ziemlich langen Korridor hinuntergegangen war, wurde ich in ein Zimmer geführt, wo ich denselben Mann mit dem Orden der Ehrenlegion antraf, der uns diesen Nachmittag im Garten begegnete. Er sprach nur Französisch. Ich beschwerte mich über meine Verhaftung. Er lächelte, zuckte die Achseln und meinte, ich werde den Grund derselben wohl kennen. Hierauf schritt er zu einem förmlichen Verhör und verlangte zuerst meinen Namen zu wissen. Ich erklärte ihm, ich würde ihn nicht eher nennen, bis ich den Grund meiner Verhaftung wüßte. ›Sie sind des Hochverrats angeklagt‹, rief er heftig.

›Und durch wen?‹ fragte ich kalt. – ›Durch diesen Herrn‹, erwiderte er und zeigte auf den Fremden. – ›Ich kenne diesen Herrn nicht‹, erwiderte ich unwillig. – ›Er aber Sie desto besser‹, antwortete mein Untersuchungsführer in heftigem Ton. – ›Nun denn‹, sprach ich ebenfalls gereizt, ›wenn dieser Herr mich des Hochverrats anklagt, so wird er auch imstande sein, Ihnen meinen Namen zu sagen, den ich verweigere, weil ich das Gericht, vor dem ich stehe, nicht anerkenne‹. Der Fremde wußte auf diese Worte nichts zu antworten, sondern stand mit tückischer und verlegener Miene da. Endlich flüsterte er dem, der sich zu meinem Richter aufgeworfen hatte, einige Worte ins Ohr. Hierauf sprach dieser: ›Es versteht sich ganz von selbst, daß wir Ihren Namen kennen, mein Herr, aber die Form des Verhörs verlangt, daß Sie selbst sich nennen‹. – ›Ja, die Form des gesetzlichen Verhörs‹, erwiderte ich. Mein Untersuchungsführer wurde rot vor Verdruß über diesen Einwurf. Er ging einige Male auf und ab, dann zog er sich mit meinem Ankläger in ein anstoßendes Gemach zurück. Nach einer guten Viertelstunde erschienen beide wieder. Der Untersuchungsführer ging stolz auf mich zu und sprach: ›Man wird Sie jetzt an einen Ort bringen, der vielleicht einigen Einfluß auf Ihre Hartnäckigkeit hat. Sie werden diesem Herrn folgen‹. Jetzt fielen mir Mutter und Schwester, ihre Sorge, ihre Angst ein. – ›Sie werden mir doch erlauben, daß ich einige Freunde, mit denen ich hier im Ort bin, von meinem Schicksal benachrichtige‹, sprach ich heftig. – ›Ich kann Ihnen das nicht gestatten‹, entgegnete mein Untersuchungsführer. – ›Wie!‹ rief ich. ›Scheut Ihre Gerechtigkeitspflege so das Tageslicht? Dies ist das Verfahren eines Inquisitionsgerichts!‹ – ›Ein Verhafteter, der sich nicht nennen will, kann unmöglich auf Vergünstigungen dieser Art Anspruch machen.‹

›Nun wohl denn‹, rief ich, ›ich werde mich nennen, sobald ich die Meinigen benachrichtig habe und somit jemand frei weiß, der gegen die willkürliche Gewaltsamkeit meiner Haft protestieren kann. Ich schreibe zwei Zeilen. In zehn Minuten kann ich sie unterschrieben zurückerhalten. Sobald dieser Beweis, daß die Meinigen unterrichtet sind, in meinen Händen ist, werde ich jede billige Frage Ihres Verhörs beantworten‹. Mein Untersuchungsführer schien unschlüssig. Nach einer kleinen Pause erwiderte er jedoch: ›Ihr Verlangen ist durchaus unzulässig. Ich kann Ihnen gar keine Kommunikation mit den Ihrigen gestatten. Übrigens werden wir wohl Mittel finden, dasjenige von Ihnen zu erfahren, was wir wissen müssen. Auf Wiedersehen‹. Mit diesen Worten empfahl er sich. Ich war in heftiger Wallung. Die Vorstellung, die ich mir von der Angst meiner Mutter machte, wenn ich verschwunden sein würde, ohne daß sie auch nur die leiseste Spur von mir haben sollte, bewog mich, meinen Widerwillen gegen den Fremden so weit zu überwinden, daß ich den Trotz gegen ihn aufgab und mich ihm in milderen Formen näherte. ›Ich hoffe es von Ihrer Menschlichkeit, mein Herr‹, sprach ich, ›daß Sie mir gestatten werden, meine Freunde wenigstens durch eine mündliche Botschaft zu benachrichtigen, damit sie nicht vergebliche Sorge um mich tragen.‹ – ›Ich kann nur meinen Auftrag vollziehen‹, antwortete er mit schneidender Kälte. – ›Und worin besteht derselbe? Hoffentlich werde ich doch erfahren dürfen, wohin man mich bringt.‹ – ›Der Augenschein wird es Sie zeitig genug lehren‹, lautete seine Antwort.

Ich will gestehen, ich hatte vor Zorn über diesen Elenden und aus Besorgnis um die Meinigen Tränen in den Augen. Mit Mühe bezwang ich meinen Unwillen so weit, daß ich mich nicht zu Dingen vergaß, die meine Lage nur verschlimmern konnten. In diesem Augenblick trat einer der beiden Gendarmen ein und meldete halblaut, jedoch so, daß ich's hörte: ›Der Wagen ist schon auf der Fähre und wird jenseits der Elbe halten. Auch der Nachen ist bereit.‹ Auf diese Meldung gingen wir. Von jetzt an kennst du mein Schicksal, denn auf dem Weg, den wir einschlugen, wurdet ihr getreuen Freunde meine Retter.«

»Die wenigen Minuten, die wir auf deine Erzählung gewartet haben, sind nicht unnütz verflossen«, entgegnete Bernhard, »denn erst jetzt können wir einen Operationsplan entwerfen. Das größte Glück ist es, daß du dich nicht genannt hast. So soll ihnen das Nachforschen wohl vergehen, wiewohl es immer bedenklich bleiben wird, dich nach Dresden zu schaffen. Was in aller Welt aber können sie wollen?«

»Im ersten Augenblick war ich durch die Verhaftung selbst zu aufgeregt, um ruhig nach den Gründen derselben zu forschen. Jetzt aber hege ich allerdings eine Vermutung, doch kann ich dir darüber in diesem Augenblick keine Auskunft geben . Vielleicht führt das Ganze aber nur zu meinem Glück, auf die ungehoffteste Weise.«

»Nichts soll mir lieber sein als das«, entgegnete Bernhard, »einstweilen müssen wir aber auch an andere denken. Deine Schwester ist oben in einer sehr üblen Lage und deine Mutter drunten vielleicht in keiner besseren. Wir gingen hinab, um Nachricht zu bringen und die Wagen hinaufzusenden. Dies müssen wir zuerst tun. Was dich angeht, so glaube ich, ist es am besten, du gehst von hier gerade hinauf und wartest ab, bis wir kommen. Droben magst du als Entschuldigung deines Ausbleibens angeben, es sei etwas an dem Wagen zerbrochen gewesen, dessen Ausbesserung sich von Minute zu Minute verzögert habe. Sprich auch, du seiest uns begegnet und wir hätten den Überrest der Besorgung übernommen, während du dich beeilt hast, die Nachricht davon heraufzubringen. Ich werde indessen unten alles einleiten und schlichten. Auf keinen Fall aber erzähle ein Wort von deinem wirklichen Abenteuer. Und nun geleite dich Gott, denn wir haben keine Zeit zu verlieren.«

»Oh, meine Freunde!« rief Ludwig. »Wie soll ich euch danken? Wer kann ermessen, welchem Unheil ihr mich entrissen habt.« – »Ei was«, rief Bernhard, »danke dem Zufall, aber nicht uns. Mir schießt bisweilen so ein Ding, was man im gemeinen Leben Ahnung nennt, durch die Seele, und das hat mich heute zu meinem eigentlich verrückten Handeln angetrieben. Schelten solltest du uns, wenn du nach der innersten Bedeutung der Handlung, nicht nach ihrem Erfolg richten wolltest. Denn falls man nicht wirklich so schurkisch schlecht mit dir umging, falls deine Verhaftung nur, wie es uns doch am wahrscheinlichsten sein mußte, aus einem Mißverständnis oder doch aus einen ganz geringen Anlaß entstanden war, so konnte uns allen der unnötige Angriff auf die Gendarmen und die gewaltsame Rettung und Befreiung verteufelt schlecht bekommen und dich zehnmal tiefer in den Morast führen. Aber hinterdrein ist man klug. Schwerlich hätte ich mein tolles Projekt ausgeführt, wenn ich nicht mit meinem Malerblick in deiner Physiognomie einige Linien erkannt hätte, die uns nicht von einer bloßen Verdrießlichkeit oder vom Unmut in die Stirn geschnitten werden. Trotz des unbestimmten Laternenschimmers aber hätte ich die Hostie darauf genommen, daß dir die Horizontal- und Vertikalstriche an dem Zentralpunkt der ganzen Physiognomie, nämlich an der Grenze zwischen Stirn und Nasenbein, von der Hand eines ernstlichen Unfalls eingezeichnet waren. Einen tüchtigen Meister kennt unsereiner sogleich an zwei, drei Schwungstrichen. Dem hast du's zu danken. Also: Es lebe die Kunst! Und nun fliege frei wie ein Adler zu dem Gipfel dort oben hinauf, wo die Jungen ängstlich in dem Horst lauern. Glückliche Reise!«

Mit diesen Worten eilte er, Jaromir am Arm ergreifend, abwärts, ohne Ludwigs neu ausbrechenden Dank abzuwarten. »Meine beste Handzeichnung gäbe ich drum«, sprach er im Gehen zu Jaromir, »wenn uns die beiden Gendarmen begegneten und uns nach der Spur der zwei verteufelten Spitzbuben, von denen sie so völlig turnierwidrig aus dem Sattel gehoben worden sind, und nach ihrem entwischten Fang fragten. Ich wollte sie eher auf den Berg Sinai als auf den Gipfel des Porsbergs schaffen.«

Ludwig ging indessen aufwärts. Als er in die Nähe des Turmes kam, tönte ihm plötzlich ein »Wer da?« entgegen. Doch er erkannte schnell Rasinskis Stimme, der, abwechselnd mit Boleslaw, einen förmlichen Patrouillendienst versah. »Gut Freund«, rief Ludwig froh. »Endlich!« schallte es ihm entgegen, und Rasinski reichte ihm froh die Hand. »Wie wird Ihre Schwester sich freuen, die sich schon so um Sie geängstigt hat!« Gewissermaßen triumphierend führte er den Wiedergekehrten zu dem Turm, wo die Mädchen in banger Schweigsamkeit saßen, Marie jedoch halb lag, da der schmerzende Fuß ihr diese Stellung gebot. »Ludwig, bist du's endlich«, rief sie ihm entgegen, als sie seine Stimme hörte, und streckte die Hand nach ihm aus. »Wie konntest du uns nur so lange in der bangen Sorge lassen!«

Ludwig entschuldigte sein Ausbleiben, der Verabredung mit Bernhard gemäß, so gut er konnte und verhieß den Mädchen eine nahe Erlösung aus dem seltsamen Gefängnis. »Oh, da du nun bei uns bist und die Mutter von uns weiß, nun wollen wir gern ausharren«, antwortete Marie. Sie wollte ihn bitten, sich zu ihr zu setzen, doch er schlug es aus unter dem Vorwand, daß er ganz durchnäßt sei und daher lieber in Bewegung bleiben als sich setzen wolle. Die Hauptursache war aber die innere Unruhe, ob Bernhard eintreffen werde oder nicht. Diese hoffte er besser zu verbergen, indem er mit den Männern draußen umherwandelte, denn der Regen hatte längst aufgehört.

Endlich, nach einer bangen halben Stunde hörte man Peitschenknall aus dem Wald, und bald unterschied man auch das Geräusch der langsam heraufkommenden Wagen. Jetzt blinkte Laternenschimmer durchs Gebüsch, und nach wenigen Minuten konnte man sich durch das Auge überzeugen, daß man sich nicht täusche. Jaromir kam zu Fuß voran und brachte die Nachricht, daß beide Mütter mit heraufkämen, damit man nachher einen bedeutenden Umweg ersparen könne. Gleich darauf rollte einer der Wagen heran. Der Kutscher sprang gewandt ab, es war Bernhard. »Da sind wir«, rief er, »und zwar ich aus guten Gründen als Kutscher. Denn der eine der beiden Automedons hat sich so betrunken, daß er zu nichts zu gebrauchen ist. Wir haben ihn daher auf Streu liegen lassen, und ich war so frei, mich für den Erben seines Mantels zu erklären, da mein Wams bis auf den letzten Faden so naß ist, als wäre ich mit Odysseus um die Wette nach der Phäakeninsel geschwommen. Jetzt bin ich fast wieder trocken, und nun magst du auch trocknen, Ludwig.« Damit nahm er den Mantel ab und hing ihn dem Freund um, indem er ihm zugleich ins Ohr raunte. »Das ist deine Verkleidung, man kann nicht wissen, was vorfällt. Du mußt uns auf dem Rückweg fahren. Die Kutscher sind schon bestochen und wissen, was sie zu tun haben.«

Ludwig dankte durch einen unbemerkten Händedruck für die gewandten vorsorglichen Bemühungen des Freundes. Dieser war jedoch nicht dabei stehengeblieben, sondern darauf bedacht gewesen, in seinem Wagen einige Flaschen guten Weins und einen gehörigen Vorrat kalter Küche zu verpacken und mit hinaufzunehmen, damit man sich droben vor der Abfahrt ein wenig stärken könne und nicht nötig habe, in später Nacht wieder zu dem Wirtshaus zurückzukehren, was wegen Ludwig gefährlich war. Als nach allen diesen guten Nachrichten und Anstalten nun endlich noch beide Mütter auf dem Berg eintrafen, die Bernhard durch den eigentlich falschen Vorwand, daß man dadurch einen sehr bedeutenden Umweg ersparen könne, zu der nächtlichen Fahrt, die ihnen freilich ein wenig ängstlich erschien, beredet hatte, da war die letzte Sorge aus dem Herzen der drei Mädchen verschwunden, und sie überließen sich nunmehr der heitersten Freude. Ja, sie wurden sogar ein wenig stolz auf die romantischen Abenteuer des Tages und waren auch nicht die letzten, sich an den von Bernhard mitgebrachten guten Gaben zu erquicken.

Endlich schickte man sich zur Rückfahrt an. Sowohl Maries Zustand, die ihren Fuß ausstrecken mußte, als auch die späte Stunde ließen es schicklich erscheinen, daß die Frauen und die Männer gesondert fuhren. Überdies hatte Bernhard sehr gute Gründe, dies zu wünschen, denn im äußersten Fall war es immer besser, wenn alle Männer in einem Wagen zusammensaßen, zumal da auf diese Weise der Wagen der Frauen schwerlich irgendeinen Aufenthalt erfuhr. Dieser war der erste bei der Abfahrt und wurde von dem wirklichen Kutscher geführt, weil er des Weges und des Fahrens am kundigsten war. Als nunmehr die Männer unter sich waren, berichtete Bernhard in möglichster Kürze das ganze Abenteuer, wenigstens insoweit, um die seltsame Verkleidung Ludwigs als Kutscher zu erklären. Man gab sich das Wort, in der vollsten Übereinstimmung zu handeln, und Rasinski versicherte überdies, seine Uniform werde hinreichen, um für den Augenblick jede Gefahr abzuwenden. Ludwig drückte sich eine von Bernhard mitgebrachte Kutschermütze tief in die Stirn, hüllte sich dicht in den Mantel und schwang sich hinauf auf den Bock. Während des Fahrens setzte Bernhard die Verhältnisse vollends auseinander, so daß durch Mißverständnisse oder Unkunde auch nicht das mindeste mehr verdorben werden konnte.

Die Fahrt ging glücklich vonstatten. Man kam an die Fähre und setzte über die Elbe ohne Hindernis. Etwa die Hälfte des Weges mochte man zurückgelegt haben, als Bernhard zum Wagen hinaus Ludwig anrief und ihn anzuhalten bat. »Es ist zwar ziemlich wahrscheinlich«, sprach er,

»daß man dich gar nicht kennt, aber es ist doch nicht so ganz gewiß. Wie, wenn man dich im Haus deiner Mutter aufsuchte? Vorsichtiger wenigstens ist es, wenn du diese Nacht nicht dort zubringst und dich morgen noch versteckt hältst, bis wir das Terrain sondiert haben. Einen Vorwand dazu will ich schon finden. Für den Augenblick rufe nur deinem Kollegen, dem ersten Kutscher, zu, daß er anhalte, dann wird sich das übrige leicht machen lassen.«

Ludwig tat, was Bernhard wollte. Jetzt stieg dieser aus dem Wagen, ging zu den Frauen und bat sie, es nicht übelzunehmen, wenn man sie allein fahren lasse. Aber die Pferde des zweiten Wagens seien so ermüdet, daß sie nicht mehr von der Stelle wollten und man daher notwendig eine Stunde anhalten und füttern müsse. Den Kutscher zog er beiseite, gab ihm ein Trinkgeld und sprach: »Sei unbesorgt, wir fahren in kurzer Entfernung nach, aber wir haben unsere Gründe, weshalb wir nicht mit den Frauen zugleich eintreffen wollen.« Der Kutscher murmelte ein »Schon gut«, setzte sich wieder auf den Bock und fuhr weiter.

Gleichsam als falle es ihm jetzt erst ein, lief Bernhard dem Wagen nach und rief in den Schlag hinein: »Noch eins! Da wir mutmaßlich viel später kommen als Sie, so wird Ludwig Sie nicht erst stören, sondern den Überrest der Nacht bei mir zubringen.« Ohne eine Antwort abzuwarten, eilte er zu den Freunden zurück. »Nun ist alles in Ordnung«, rief er fröhlich, »jetzt haben wir uns vermummt und verkleidet, geharnischt und verbarrikadiert dazu. Nun soll einer die Festung stürmen, belagern oder aushungern, ich denke, er wird mit seinem Volk an unseren Mauern verderben.«

Fünf Minuten später als die Frauen setzten auch die Männer ihren Weg fort, so daß sie sich immer in einiger Entfernung von jenen hielten, die indessen doch nicht groß genug war, als daß sie nicht im Notfall zu einem schleunigen Beistand hätten hinzueilen können.

Auf dem ganzen Weg begegnete ihnen nichts Verdächtiges. Ungehindert erreichten sie das Tor von Dresden. Als sie hier einfuhren (die Frauen waren schon einige Minuten früher passiert), wurden sie jedoch angehalten. Ein Polizeioffizier und ein Gendarm traten an den Wagen und fragten, woher man komme, wer man sei. Wie verabredet übernahm es Rasinski, die Antwort auf diese von Bernhard schon erwarteten Fragen zu erteilen. Die Uniform, der Stand des Grafen schienen den Fragern zu imponieren, sie traten einige Schritte zurück und sprachen leise miteinander. Bernhard, der sie nicht außer acht ließ, sah, wie ein dritter, der tief in einen Mantel gehüllt war, zu ihnen trat. Sein malerisch geübtes Auge für Faltenwurf wie für Trachten überhaupt erkannte mit ziemlicher Gewißheit Ludwigs Hauptfeind in dem Vermummten. Man befand sich also in der Tat in einer sehr gefährlichen Lage. Rasinski beugte sich endlich ungeduldig zum Wagen heraus und rief: »Worauf haben wir noch zu warten? Es ist spät, man fertige uns rasch ab.«

Man zögerte noch einige Augenblicke, dann trat der Gendarm mit einer Laterne näher, leuchtete in den Wagen und sprach höflich: »Verzeihen Sie, mein Herr Oberst, aber wir sind beauftragt, einer Person, die von Pillnitz kommen muß, wegen einer höchst wichtigen Angelegenheit gleich hier am Tor eine Nachricht zu geben. Ich habe also nur den Auftrag, zu sehen, ob sie sich unter den Herren hier befindet.« – »Mag der Teufel!« rief der Oberst. »Diese Herren sind meine Regimentskameraden, und jener dort ist mein Freund, und keiner von uns hat spät in der Nacht hier am Tor Nachricht zu erwarten. Lassen Sie uns in Ruhe! Vorwärts, Kutscher!«

Ludwig fuhr rasch davon, und man gelangte nun ohne weitere Gefahr bis an das Hotel de Pologne, wo Rasinski mit seinen beiden Offizieren wohnte. Dort sollte Ludwig die Nacht bleiben, während Bernhard es übernahm, den Wagen an Ort und Stelle zurückzubringen. Mit dem frühesten wollte man dann fernere Verabredungen treffen.

Achtes Kapitel

Am anderen Morgen machte sich Bernhard zeitig auf, um Ludwig aufzusuchen. Er nahm seinen Weg die Schloßgasse hinunter und überlegte im Gehen bei sich selbst, was bei dieser ernstlich unangenehmen Sache wohl das Gescheiteste sei und ob Ludwig nicht wohl daran täte, sich wenigstens auf einige Zeit von Dresden zu entfernen. Da stieß er, weil er, in Gedanken versunken, nicht auf die Gegenstände um sich her merkte, ziemlich unsanft an den Ellbogen eines eilig Vorübergehenden. Mechanisch griffen beide nach ihren Hüten und wollten sich eben höflichst entschuldigen, als Bernhard sah, daß er den Fremden vor sich habe, von dem alles Unheil ausging. Nur ein so gewandter, nie die Geistesgegenwart verlierender Abenteurer wie Bernhard vermochte dabei die Fassung zu behalten. Mit großer Höflichkeit entschuldigte er seine große Unhöflichkeit. Der flüchtige Zug der Überraschung in seinen Mienen konnte allerdings der Betroffenheit über das heftige Zusammenstoßen ebensogut gelten als der Empfindung, die der Anblick der Person ihm einflößte.

Der Fremde antwortete ebenso höflich. Bernhard spähte mit Falkenblicken in seinen Zügen umher, um zu entdecken, ob er erkannt werde oder nicht. Es schien ihm, als sei der Fremde ungewiß. Da schoß ihm plötzlich der Gedanke durch den Kopf: Wie, wenn es dir gelänge, diesen Schuft vertraulich zu machen und dich seiner selbst gegen ihn zu bedienen? Kolumbus konnte über den plötzlichen Gedanken, der ihm eine neue Welt hinter unbekannten Meeren zeigte, nicht erfreuter sein als Bernhard über diesen Einfall. »Sie scheinen zwar fremd, mein Herr«, erwiderte er, »allein ich dächte, wir sollten uns doch schon irgendwo anders begegnet sein als hier, wo uns der Zufall ein wenig hart aneinander geführt hat.« – »Es will mir gleichfalls scheinen«, entgegnete der Fremde mit derjenigen sichtlichen Unruhe in den Mienen, die es uns verursacht, wenn wir einer unabweislichen Personalerinnerung keinen rechten Namen oder Platz in unserem Gedächtnis zu geben wissen. – »Mein Gott, jetzt fällt es mir ein«, rief Bernhard, »waren Sie nicht gestern im Garten zu Pillnitz? Begegneten wir einander nicht bei den schönen Fliederbüschen?« – »Ganz recht«, rief der Fremde mit einem von boshafter Freude leuchtenden Gesicht, »ganz recht, aber Sie waren nicht allein.« – »Ich ging mit einem Reisebekannten, den ich im Wirtshaus getroffen hatte«, warf Bernhard leicht hin. »Nachher bestiegen wir den Porsberg, aber das Gewitter brachte uns auseinander. Sind Sie vielleicht auch davon überrascht worden?« – »Ein wenig, indessen ...«

»Ich ganz ordentlich«, unterbrach Bernhard mit Absicht, »ich wurde naß bis auf die Haut. Und dazu hatte ich keine Gelegenheit, zurückzukommen, da der Schuft von Kutscher, den ich bestellt hatte, zum Teufel gefahren war, vermutlich, weil man ihm mehr geboten hatte, denn die Preise stiegen gewaltig. Indessen geriet ich an einige französische Offiziere, prächtige, wohlwollende Leute, die nahmen mich noch ganz spät mit nach Dresden herein, sonst säße ich vielleicht noch dort. Eben will ich zu ihnen gehen und meinen Dank abstatten, da diese Herren aber früh auszugehen pflegen, so entschuldigen Sie wohl, wenn ich ein wenig eile.« Mit diesen Worten machte er den Scheinversuch zu gehen, doch der Fremde ergriff ihn bei der Hand. »Ein Wort, ich bitte. Wer war, wenn ich fragen darf, Ihr Begleiter im Garten?«

»In der Tat«, entgegnete Bernhard, »das kann ich Ihnen ebensogut sagen als nicht sagen. Ich reise viel hin und her. Schon vor längerer Zeit traf ich ihn einmal in Mannheim, und vor einigen Tagen fand ich ihn an der Table d'hote in Leipzig wieder. Wir tranken zusammen Kaffee im Rosental, gingen ins Theater und speisten abends in einem Austernkeller. Gestern gerieten wir zufällig im Garten von Pillnitz zusammen, und ebenso zufällig brachte uns das Gewitter wieder auseinander. Das ist meine ganze Wissenschaft. Von Stand und Namen weiß ich nicht Bescheid zu geben, denn welcher Reisende kümmert sich in dieser Beziehung um den anderen? Wenn Ihnen aber daran liegt, so kann ich Ihnen leicht Bescheid geben, denn wir haben uns auf heute nachmittag ein Rendezvous beim Hegereuter im Paulischen Grund gegeben.« – »Wann, wenn ich fragen darf?« – »Um vier Uhr. Wollen Sie vielleicht mit von der Partie sein, so hole ich Sie ab und führe Sie, denn ich weiß vollkommen Bescheid.« – »Sie würden mich unendlich verpflichten, doch erlauben Sie mir, Ihnen diese Mühe zu ersparen, mein Herr, und vielmehr Sie abzuholen. Darf ich um Ihre Wohnung bitten?« – »Das würde ich um keinen

Preis zugeben! Um aber den Streit zu schlichten, wollen wir uns um drei Uhr bei dem Italiener Longo hier gleich auf der Schloßgasse treffen. Für jetzt muß ich mich beurlauben. Auf das Vergnügen, Sie wiederzusehen.«

Ohne eine Antwort abzuwarten, empfahl sich Bernhard mit dem Anstand eines Erzsausewinds und eilte die Gasse hinunter, aber nur, um unvermerkt in eines der nächsten Häuser zu schlüpfen und von dort aus dem verdächtigen Fremden mit Adlerblicken zu folgen. Als er sich sicher glaubte, ging er ihm nach, entschlossen, die Spur desselben nicht zu verlassen. Der Beobachtete trat in ein ansehnliches Haus der Schloßgasse ein. Bernhard wußte, daß dasselbe einen Portier habe, den er sogar kannte, und beschloß, diesen auszuforschen. Er folgte dem Fremden daher in das Haus und befragte den Portier, ob er ihn kenne. »Nicht von Namen«, erwiderte dieser, »aber er wohnt hier im Haus und gehört zu den Leuten des Barons St.-Luces, ich glaube, er ist der Sekretär desselben.«

Bernhard wußte genug. Wie ein Pfeil eilte er jetzt zu Rasinski. Er fand ihn mit Ludwig und den jungen Offizieren beim Frühstück. Seine Nachricht wurde mit Begierde gehört. Bei dem Namen St.-Luces zog Rasinski die Stirn in Falten. »Das ist kein guter Name für Sie, lieber Freund! Der Mann ist halb Legationsrat, halb Polizeibeamter, halb Spion, sehr gewandt, aber ränkevoll und habsüchtig, unentbehrlich, aber verächtlich. Eigentlich heißt er Rumigny, ist aber wegen seiner schurkischen Dienste vielfach empfohlen und auf diese Weise in den sogenannten Adelstand erhoben worden, der seit dem Kaisertum in Frankreich so reichlich aufsprießt. Ich kenne ihn nur zu gut. Was in der Welt aber kann er von Ihnen wollen?«

Ludwig hatte sein italienisches Abenteuer, dem er allerdings den Grund seiner Verhaftung zuschrieb, noch niemandem offenbart. Jetzt erzählte er es in seiner ganzen Ausführlichkeit, verschwieg jedoch alles, was sein Herz dabei berührte. Bernhard hörte mit gefesseltem Erstaunen zu. Also auch Ludwig kannte das geheimnisvolle Wesen? Er war zu demselben in so nahe Beziehungen geraten. Oh, wie tief, dachte Bernhard ahnungsvoll, muß sich unter so wunderbaren Verhältnissen das süße Bild in das Herz des Freundes geprägt haben! Ihm war diese holde Gestalt wie ein Traumbild erschienen und verschwunden. Jetzt aber, da er den Freund in so innigen Verbindungen der Wirklichkeit zu dem Ideal erblickte, das ihm bisher nur gleich einem Raffaelschen Bild vor der Seele schwebte, jetzt wurde sein Herz auf das tiefste bewegt, und er fühlte, wie alte, nur leicht bedeckte Wunden wieder bluteten. In seiner gewöhnlichen Weise setzte er aber dem Ernst, den er nicht mehr frei beherrschte, die Schellenkappe auf. »Ein unvergleichliches Abenteuer! Beim Himmel!« rief er. »Sollte man sich aber jetzt noch deinetwegen kümmern? Für eine Spazierfahrt über den Simplon, in lauer italienischer Nachtluft an der Seite eines so holden Wesens, das mich als Bruder adoptierte, ließe ich mich zehnmal aufhängen. Sollte man also viel daraus machen, wenn's dir geschähe?«

»Scherz beiseite«, entgegnete Rasinski und wandte sich zu Ludwig: »ich fürchte aber, die Sache nimmt eine sehr schlimme Wendung, denn ich glaube, Sie haben, ohne es zu ahnen, eine Tat begangen, die man Ihnen schwerlich verzeiht. Auf jeden Fall müssen Sie sich jetzt noch verborgen halten, bis wir genauer unterrichtet sind. Hier sieht Sie niemand. Auch Ihrem Freund möchte ich raten, sich einstweilen nicht zu dem Rendezvous einzufinden, bis ich nähere Erkundigungen eingezogen habe. Dies will ich sogleich tun.« – »Für mich fürchte ich nichts«, erwiderte Ludwig ernst, »allein, was soll ich meiner Mutter, meiner Schwester sagen?« – »Die volle Wahrheit, lieber Freund«, entgegnete Rasinski, »denn sind die Ihrigen gar nicht oder falsch unterrichtet, so können sie leicht wider Willen Ihre Verräter werden. Zwar scheint man bis jetzt nur Ihre Person, nicht Ihren Namen zu kennen, allein wie leicht kann dieser entdeckt werden! Ich selbst will es übernehmen, Ihre würdige Mutter auf das schonendste von allem in Kenntnis zu setzen, und dann den Stand Ihrer Angelegenheiten untersuchen, wozu ich die besten Mittel in Händen habe.«

Ludwig reichte dem entschlossenen, vorsichtigen Freund dankend, aber schweigend die Hand. Bernhard stampfte unwillig mit dem Fuß, Jaromir und Boleslaw zeigten brüderliche Teilnahme. »Wir dürfen keine Zeit verlieren«, sprach Rasinski und stand auf. »Ich will sogleich fort. Sie tun indessen wohl am besten, hier ins Nebengemach zu treten und sich von niemandem erblicken zu lassen. Zuerst, lieber Freund, gehe ich zu Ihrer Mutter. Die Umstände werden meinen frühen Besuch entschuldigen. Dann beginne ich meine Nachforschungen. Sie sollen baldigst von mir hören.« Er wollte gehen, doch blieb er an der Tür stehen, als habe er einen plötzlichen Einfall gehabt. »Ja, so geht es am besten«, sprach er. »Ich muß Sie um etwas bitten«, wandte er sich zu Ludwig, »ohne das ich nichts vermag, nämlich um zwei Zeilen von Ihrer Hand, die meine Vollmacht bei Ihrer Mutter bilden sollen.« – »Sie wird Ihnen unbedingtes Vertrauen schenken«, entgegnete Ludwig. – »Schenken Sie es mir zuerst«, sprach Rasinski, »die Zeilen, die ich verlange, sind mir für einen gewissen Fall notwendig.« – »Gern«, antwortete Ludwig.

»Nun wohl, so setzen Sie sich und schreiben: Teuere Mutter! *Dringend* bitte ich dich, schenke dem Überbringer dieser Zeilen unbedingtes Vertrauen und folge seinen Anordnungen.« Ludwig stutzte, aber schrieb, was Rasinski verlangte. Dieser ging. Bald nach ihm gingen auch Jaromir und Boleslaw, die in Dienstangelegenheiten Geschäfte hatten, da sie Rasinski behilflich sein mußten, die nötigen Besorgungen für sein neu zu errichtendes Freibataillon zu machen.

Bernhard blieb bei Ludwig zurück. Beide gingen eine Zeitlang schweigend im Zimmer auf und ab, Ludwig mit seiner Lage sorglich beschäftigt, Bernhard, weil die ganze Macht jenes in der Tiefe seines Herzens schlummernden Gefühls in ihm erwacht war. Fast eine Stunde berührten sie nur ganz unbedeutende Zufälligkeiten in dem stets wieder abreißenden Gespräch. Endlich begann Bernhard: »Deine Lage ist eine sehr verwünschte, für dich nämlich, denn mir wäre sie vollkommen gleichgültig, da ich auf einem Isolierstuhl in der Welt stehe und die Leitkette, die mich mit den Menschen zusammenhält, jeden Augenblick wegwerfen kann. Du aber sitzt nicht auf einem solchen glasfüßigen Schemel, sondern hast Wurzeln in die heimatliche Erde getrieben, die sich nicht so leicht ausreißen lassen, ohne ein Stückchen Land umher zu verwüsten, wo manche liebe Blume zu blühen dachte, und zuletzt vertrocknet man selbst. Mein Nachen hat keine andere Fracht als mich selbst. Ich knüpfe ihn an jeder Reede an und gehe mit jedem frischen Wind unter Segel. Schlägt das gebrechliche Ding einmal um, so rufen im äußersten Fall ein paar mitleidige Seelen: »O weh!«, aber niemand macht sich die Finger naß, um mich zu retten. Und mit dem Schrei ist das Gefühl aus der Brust heraus und verhallt fast so schnell wie er. Tauche ich nicht wieder empor, so ist mein Gedächtnis so rasch verwischt wie eine Grabschrift, die mir jemand mit einem Stab auf die Wellen gezeichnet hätte. Du hast aber einige Güter, nicht ganz ohne Wert, geladen und steuerst einem erwünschten Ziel entgegen. Du siehst mit Freuden den günstigen Wind der Hoffnung deine Segel schwellen, du – nun zum Henker, was schwatze ich, du mußt freilich einige Scheu vor Wetterwolken, Felsenriffen, Sandbänken und dergleichen haben. Aber dennoch – ich glaube, Ludwig, die Tat, die dich und die Deinigen jetzt etwas auf ein Sept-le-va setzt, gereut dich doch nicht. Sieh mir ins Gesicht! Ich glaube, solltest du heute dafür an den Galgen und würdest nur begnadigt, weil der Strick risse, du führtest sie morgen zum zweitenmal aus, und wollte man dich wie den Simson in sieben neuen Bastseilen aufhängen, die schwerlich reißen. Nun rede doch, Galgenvogel!« – »Die Pflicht der Ehre ...« entgegnete Ludwig.

»Hol der Teufel die Pflicht! Wenn es ein dicker, englischer Pair gewesen wäre, den du hättest über die Grenze schmuggeln sollen, du hättest gesagt: Belieben Eure Herrlichkeit Ihren Hals nur allein zu wagen, ich bin nicht Ihr Whist bei dieser Partie, wir könnten flam werden und jedenfalls eher einen Strick als einen Trick dabei erschnappen. Und du hättest vielleicht recht. Aber der Bruder einer so schönen Schwester zu sein – geradeheraus, Ludwig, du zögest nicht zurück!« – »Ich glaube nicht!« – »Und wenn du den Hellespont unter dem Kreuzfeuer der Dardanellenschlösser passieren müßtest, wenn die Fahrt zwischen Szylla und Charybdis hindurch, wenn sie über den Acheron, den Phlegeton und Styx ginge, wenn zehn Vierwaldstädter Seen die Wellenrachen nach ihrem Johannisopfer aufsperrten und der Föhn vom Gotthard wie rasend herunterbrauste, du sprängest doch in den Kahn und sagtest: Ich bin dein Tell, Bianka, ich steuere hinüber – du tätest es, wenngleich deine Mutter und Marie händeringend am Ufer ständen – sag an, du tätest es?«

Ludwig erstaunte über die seltsame Wendung und das Feuer in Bernhards Worten. »Sag mir, tätest du es?« wiederholte dieser. – »Ich glaube, ich müßte es tun«, antwortete Ludwig. – »Das glaub' ich auch, *upon honour!*« warf Bernhard plötzlich im Ton des trockensten Scherzes hin, obwohl er vorher die Klimax seiner Wenns im heftigsten *crescendo* hinaufgetrieben hatte. Dann drehte er sich gegen das Fenster, trommelte mit den Fingern an die Scheiben und sah zu den Dächern der gegenüberstehenden hohen Häuser hinauf. Eine einzige Träne drang ihm ins Auge. Er wischte sie unwillig weg und murmelte, wie er in Momenten heftiger Leidenschaft pflegte, halb vor sich hin, halb dachte er nur: »Er liebt sie! Das weiß ich, und sie ihn, das weiß ich auch, denn mir sagt es eine Stimme in der Brust, der ich mehr traue als meinen eigenen Augen. Törichter Träumer du! Wie, und solltest du nicht einmal die Kraft haben, deine Luftschlösser einzureißen? Lumperei!«

Ludwig hatte indessen seine Brieftasche geöffnet, zog ein Blatt hervor, berührte Bernhard leise an der Schulter und gab es ihm, als er sich umdrehte, mit den Worten: »Lies das, Lieber!« Es war das Zeitungsblatt, in dem Bianka Abschied von Ludwig nahm. Bernhard las. Das Blatt machte ihm seine Ahnung zur Gewißheit. Sein festes starkes Herz wollte in heißen, glühenden Tränen schmelzen, doch er bezwang sich mit eherner Kraft. »Schön, innig und rührend«, sprach er kurz, das Blatt zurückgebend. Doch mußte er sich wieder zum Fenster umwenden. »Sagte ich's nicht«, dachte und murmelte er wie zuvor, »oh, diese Stimme hat nie gelogen! Wohlan denn! Ich will die Keime mit allen Wurzeln aus meiner Brust reißen, und bliebe mein Herz daran hängen!« Er zog schnell sein Zeichenbuch hervor, griff nach einer Schere, die auf dem Tisch lag, und schnitt das Blatt mit Biankas Bildnis heraus. »Da«, rief er und legte es vor Ludwig hin. »Du hattest bisher nur die Noten, dies ist der Text, du mußt mich aber philologisch verstehen, sonst gilt es umgekehrt, du hattest den Text, die dürren Worte, hier aber sind die Noten, d.h. die Melodie, die Himmelsmusik dazu. Denn wer versteht den gedruckten Quark dort, wenn er nicht weiß, aus welcher Brust solche Worte tönten, welchen Lippen sie entflohen, in welchem Auge die Abschiedsträne zitterte! Da, ich schenke dir das Porträt!«

»Bernhard!« rief Ludwig gerührt und betroffen. »Teuerer Freund! Welches Kleinod schenkst du mir …«

»Kleinod? Ich wüßte nicht. Wenn ich's recht von oben betrachte, denke ich ganz anders und muß dir sagen, daß du ein Philister bist. Glaubst du, ich gebe das Bild weg? Kein Zug wird mir davon entschwinden, denn

Maler haben ein gutes Physiognomiengedächtnis, obwohl ich glauben sollte, andere könnten solche Gesichter auch behalten. Man sieht sie nicht täglich. Ich kann es mir den Tag zwanzigmal zeichnen, wenn ich will. Du bekommst also nur etwa 21 Quadratzoll verarbeiteter Lumpen, oder Eselshaut, denn es ist Pergament, auch ein wenig Abschwärzung von Silberstift. Ich gebe nicht mehr weg, als ob ich dir die aufgeschriebenen Noten einer Melodie schenkte, die ich in Himmelstönen singen gehört und die mir nie aus Ohr und Brust entschwinden kann – nun, du hörtest sie ja selbst. Aber freilich, du verstehst das alles nicht, denn ich rede hier natürlich nur als Maler. Indessen darin bist du ein Lump, daß du das schmutzige Zeitungsblatt aufhebst, als würdest du sonst die Worte vergessen, die dort so schön mit Kienruß und Öl auf Lumpen gedruckt sind. Hast du keinen Platz, wo sie ewiger eingegraben sind als auf dem Wisch, den du nicht dreimal mehr auseinanderfalten kannst, ohne daß er zerreißt wie ein alter Guldenschein? Nicht ansehen könnte ich das Blatt ohne Wut, wenn ich bedenke, wo die ganze übrige Auflage ein Ende genommen hat, in welchen Krämerbuden oder Viktualienkellern Pfeffer, englische Gewürze oder gar alte Heringe hineingewickelt werden! Ich rate dir, den Wisch zu verbrennen und dir die Asche auf die Herzgrube zu reiben, Ludwig – im Grunde aber plappere ich viel abgeschmacktes Zeug, und wir haben ernstere Dinge zu tun. Das Bildnis ist dein, versteht sich, und ich zeichne es mir wohl gelegentlich einmal ab. Was ich sagen wollte – mir scheint, der Graf bleibt lange aus?«

Ludwig hatte Bernhards unaufhaltsam fließendem, betäubendem Redestrom mit Bewunderung zugehört. Das Wesen des Freundes war ihm noch zu fremd, als daß er in die innersten Geheimnisse der Brust desselben hätte blicken können. Nur seltsam, unheimlich war ihm dabei zumute. Es war ihm daher lieb, daß Bernhard selbst dem Gespräch wieder eine andere Wendung gab. »Er ist längst über anderthalb Stunden fort«, entgegnete er auf dessen letzte Frage. »Ich weiß nicht, soll ich mir das zum Guten oder zum Schlimmen deuten?«

»Wahrlich, ich auch nicht!« rief Bernhard. »Aber die Ungeduld sitzt mir schon in Händen und Füßen. Ich bin hier gewissermaßen mit dir eingesperrt, da unsere Nachbarschaft im Pillnitzer Garten mich zum Verräter an dir macht. Vielleicht heißt es: mitgefangen, mitgehangen. Nun, du sollst einen getreuen Pylades an mir haben, wiewohl ich mir sonst wenig von diesem Charakter zusprechen darf. Aber ich höre Schritte auf der Treppe, die mir fast wie die des Grafen klingen. Wahrhaftig, er ist es!«

Neuntes Kapitel

Rasinski trat ein. Sein Auge war düster, seine Stirn gefurcht. »Freunde, ich denke, ihr seid Männer«, fing er an, »und werdet eine Widerwärtigkeit des Geschicks zu ertragen wissen. Aber euere Sache steht schlimm, und zwar durch Sie selbst, liebster Freund«, hierbei wandte er sich zu Bernhard, »denn der Portier des Hauses, wo St.-Luces einquartiert ist, hat Sie verraten!« – »Teufel! Und wie wäre das möglich!« rief Bernhard. – »Auf die leichteste Weise von der Welt. Denn nachdem Sie sich nach dem Fremden, den ich Ihnen als St.-Luces´ Sekretär, Beaucaire, bezeichnen kann, erkundigt hatten und das Haus wieder verließen, stand er oben im Erker. Natürlich mußte es ihm auffallen, daß Sie ihm nachgegangen waren. Er erkundigte sich daher seinerseits ebenfalls nach Ihnen und erfuhr, da der Portier Sie kennt, was er nur wünschte. Der unglaublichste Zufall von der Welt hat es überdies gefügt, daß derselbe Portier gestern mit in Pillnitz gewesen ist und Sie dort mit unserem Freund Ludwig, den er leider so gut kennt wie Sie, Arm in Arm gesehen hatte, als Sie daselbst St.-Luces und Beaucaire begegneten. Jener ist der gewandteste Spitzbube von der Welt und dieser scheint es zu sein. Es konnte also nicht fehlen, daß ihnen bald nichts mehr zu entdecken blieb als das ausgedehnte Komplott, das sie ahnten, weil Ludwig auf so kühne Weise befreit worden ist.« – »Eine Kugel möchte ich mir durch den Kopf jagen!« rief Bernhard. – »Und meine Mutter?« fragte Ludwig. – »Ist bereits von allem unterrichtet.« – Hat man sie schon beunruhigt?«

»Noch nicht, denn glücklicherweise kennt der Portier nur Ihren Namen, aber weiß nicht, wo Sie wohnen. Das ist man soeben auszuforschen bemüht. Darüber werden indessen einige Stunden vergehen, und diese müssen wir benutzen. Ich habe bereits einen Plan gemacht und werde meine Anstalten noch zeitig genug vollendet haben. Für jetzt nur diese Benachrichtigung, denn ich muß augenblicklich wieder fort.«

»Nur eine Minute!« rief Ludwig. »Wenn ich mich nun, um alle, die in meine Sache verwickelt sind, mit einem Schlag von jeder Verantwortung zu befreien, freiwillig zur Untersuchung stellte? – »So könnte ich nicht für Ihr Leben bürgen, junger Freund«, erwiderte Rasinski ernst, »denn Sie haben, wie man mir gesagt hat, einem der gefährlichsten geheimen Agenten unserer Feinde in Italien, dem man jedoch schon auf der Spur war und bei dem man die wichtigsten Papiere zu entdecken gewiß sein durfte, zur Flucht verholfen.« – »Nannte man Ihnen denselben?« fiel Ludwig lebhaft ein, denn er hoffte, so eine Spur von der Verschwundenen, der er sein Herz geweiht hatte, zu erhalten.

»Nein«, erwiderte Rasinski, »ich fragte selbst danach, doch die Antwort war, dies sei ein diplomatisches Geheimnis, das vermutlich nur St.-Luces kenne und das, weil die Verhältnisse noch nicht gelöst seien, wohl noch lange ein Geheimnis bleiben werde. Wissen Sie wirklich gar nichts darüber? – »Nicht das mindeste«, erwiderte Ludwig, »in diesem Punkt bin ich also wenigstens völlig ohne Schuld!« – »Ihr Wissen oder Nichtwissen, wenn man Ihnen auch glauben wollte«, antwortete Rasinski, »kommt dabei leider durchaus nicht in Betracht. Unser Kriegsgesetz bestimmt Ihnen den Tod. Fassen Sie indessen Mut! Sie werden vielleicht ein Opfer bringen müssen, aber ich denke, es wird mir gelingen, Sie zu retten. Für jetzt leben Sie wohl, Sie sollen bald von mir hören. Noch eins, meinen beiden jungen Kameraden dürfen Sie in allem blind vertrauen, sie sind mir treu wie Söhne ergeben.« Er ging.

Ludwig und Bernhard blieben in sorgenvoller Unruhe zurück. Beide jedoch am wenigsten um ihrer selbst willen. Bernhard machte sich die bittersten Vorwürfe. »Daß ich alles so leichtsinnig nehme!« rief er aus. »Meine Torheit stürzt dich ins Verderben und mich dazu, denn ich kann alles ertragen, nur nicht ein mit Vorwürfen belastetes Herz und Gewissen.« – »Deine Absicht war die beste, lieber Bernhard«, entgegnete Ludwig sanft, »und kannst du es vergessen, daß ich die Hoffnung, die mir noch bleibt, allein dir verdanke? Wäre ich nicht vielleicht schon jetzt verurteilt, wenn du mich nicht aus den Händen meiner Feinde befreit hättest?« – »Gäbe mir das etwa ein Recht«, fiel Bernhard heftig ein, »dich jetzt ans Messer zu liefern? Und bei Licht besehen, war meine Handlungsweise in Pillnitz auch eine verrückte! Standen die Sachen nicht schlimm, so hätte ich sie schlimm gemacht!«

»Es war doch gut«, antwortete Ludwig, indem er sich bemühte zu lächeln, »daß du dort nicht so vernünftig warst wie jetzt. Ich säße sonst vielleicht auf dem Königstein oder hier in irgendeinem Gefängnis und wartete auf den Geistlichen, der mich bis an den Sandhügel begleiten sollte.«

Bernhard sah ihm mit seinem dunklen wilden Auge treu und wehmütig ins Gesicht. Plötzlich breitete er die Arme aus, drückte den Freund heftig ans Herz, küßte ihn und rief: »Bruder! Mich absolviert niemand, wenn ich's nicht selbst kann! Und glaube mir, ich bin ein strenger Beichtvater gegen mich! Hier hilft nichts als gutmachen. Ich habe den Karren in den Morast geschoben, so will ich wenigstens treu daran helfen, ihn herauszuziehen. Und geht's nicht, so sollen mich alte Weiber verspotten, wenn ich nicht alles mit dir ausharre und dulde, was dir die Haut naß macht. Ja, ich schwöre es dir, hängen sie dich auf und lassen mich frei, so hänge ich mich selbst daneben.« – »Guter! Lieber!« sprach Ludwig bewegt und hielt ihn fest umschlossen. »Du rauher Diamant! Aber dein Inneres ist lauterer als Kristall.«

Die Freunde wurden durch ein Geräusch an der Tür unterbrochen. Es war der rückkehrende Rasinski. Ludwig und Bernhard blickten ihm gespannt ins Gesicht. »Ich will euch«, begann er ohne Umschweife, »mit einem Wort euer Schicksal verkünden, Freunde, denn ihr seid Männer. Ich kann euch retten, wenn ihr in mein Freibataillon treten wollt. Die Uniform bahnt euch den Weg aus Dresden, sonst weiß ich keinen, den die Ränke eurer Feinde euch nicht verlegt hätten. Überdies seid ihr alsdann vor jeder ferneren Nachforschung sicher, denn einmal bei der Armee angekommen, steht ihr unter meinem Schutz, unter meiner Aufsicht. Ich weiß, die Wahl, die ihr zu treffen habt, ist hart, allein sie ist die einzige.« – »Und könnten wir nicht unter dem Schutz der Uniform die Stadt verlassen und nachher einen anderen Weg einschlagen?« fragte Bernhard, in dessen Seele ein mißtrauischer Gedanke gegen Rasinski aufstieg.

»Ich kann euch nur Pässe nach Warschau ausfertigen, dazu habe ich Erlaubnis und die nötigen Mittel. Dort müßt ihr euch bei dem Divisionskommando, dem ich angehörte, melden. Nähmet ihr einen anderen Weg als den, welchen meine Pässe euch vorschreiben, so würdet ihr als Deserteure behandelt werden, und ich selbst vermöchte nicht mehr euch zu schützen. Und auf welche andere Weise wolltet ihr aus Dresden entkommen? Wohin wolltet ihr euch wenden? Bei der Polizei seid ihr bereits gemeldet und als Flüchtige oder irgendwo Verborgene angegeben. Alle Behörden erhalten die Weisung, euch aufzugreifen. Auf dem ganzen Kontinent befindet sich kein einziger Punkt, wohin die Macht der französischen Polizei – denn diese ist es, die euch verfolgt – nicht reichte, ausgenommen die Armee, wo man euch erstens nicht sucht und wo sich zweitens durch die unmittelbare Einwirkung des Chefs alle Nachforschungen der Art vereiteln lassen, wenn er sie vereiteln will.«

»Ich werde mich in das, was unvermeidlich ist, zu fügen wissen«, sprach Ludwig mit Fassung. »Doch – meine Mutter, meine Schwester werden untröstlich sein! In ihrer Seele leide ich unaussprechlich! Und in deiner, mein Bernhard, daß ich dich in diesen Abgrund ziehe …« Hier wandte er den Kopf und legte die Hand schwermütig an die Stirn. – Bernhard hielt das Auge finster schweigend auf den Boden geheftet. Nach einigen Augenblicken begann er: »Soldat oder Galeerensklave zu sein, ist nach meinem Gefühl dasselbe. Ich meinesteils ließe mich mit Vergnügen statt dessen hängen. Doch wenn mich auch das Schicksal nicht jetzt mit dir zusammenkuppelte, wenn ich frei wie ein Vogel von hier nach England zurückfliegen könnte – hier meine Hand darauf, ich zöge doch die Uniform an und würde dein Kamerad. Ich verlange nichts weiter, als daß du mir dies glaubst.« Ludwig reichte ihm stumm die Hand, blieb aber abgewendet in tiefster Erschütterung stehen.

»Ihr werdet euer Los liebgewinnen lernen, meine Freunde«, sprach Rasinski, »denn ich hoffe, ihr sollte nur die schöne, die rühmliche Seite unseres Standes kennenlernen. Ihr tretet als Volontäre ein. Ich werde euch durch irgendein Dienstverhältnis zunächst an meine Person knüpfen. Wir wollen dann als Freunde und Zeltkameraden leben. Es stände in meiner Gewalt, euch sogleich zu Offizieren zu ernennen, aber es wäre gegen mein Gewissen und gegen euer eigenes Wohl. Denn als Befehlshaber, wenngleich einer geringen Mannschaft, hättet ihr eine Verantwortlichkeit, von der euch selbst der Kaiser nicht entbinden könnte. Um aber dabei nicht Gefahr zu laufen, müßtet ihr den Dienst verstehen, den Krieg kennen. Der Ehrgeiz des Soldaten kann euch nicht treiben. Daher ist das Verhältnis, das ich euch bestimme, ein ungleich besseres für euch. Euere Bildung sichert euch die Gemeinschaft mit den Offizieren, meine Freundschaft für euch wird euch die anderen Vorteile schaffen, die dem Gebildeten wert scheinen. Wenn nur wenige Monate vergangen sind, so läßt sich indessen vielleicht ein Ausweg finden, der alles ins gleiche bringt. Betrachtet euren neuen Stand als eine Verkleidung, die ihr einstweilen gewählt habt. In irgendeiner Verkappung müßtet ihr dennoch das spähende Auge eurer Feinde zu täuschen suchen. Diejenige, die ich euch vorschlage, scheint mir wenigstens die ehrenvollste, die am leichtesten zu ertragende und, was am meisten in Betracht kommt, die einzig sichere.« Rasinskis vernünftige, wohlwollende Rede flößte selbst dem starrsinnigen Bernhard Vertrauen ein und brach seinen heftigen Widerwillen in etwas. Ludwig erkannte, daß ihm keine Wahl blieb. Mit geläuterter Kraft seines Willens wußte er das Notwendige frei zu tragen. Doch Freund, Schwester und Mutter in dieses Unglück zu verflechten, das schmerzte ihn in tiefster Brust.

»Weiß meine Mutter schon«, fragte er mit zitternder Stimme, »um das Geschehene?« – »Sie ist hinlänglich vorbereitet«, antwortete Rasinski, »und hat sich mit einer Festigkeit dem Notwendigen unterworfen, die ich bewundern muß. Ihre Schwester ist ungleich tiefer erschüttert.« »Marie!« rief Ludwig schmerzvoll aus. »Oh, ich weiß auch, was sie dabei am bittersten kränkt! Das *deutsche* treue Herz!« Über Bernhards Stirn flogen finstere Wolkenschatten.

»Wird man aber«, fragte Ludwig, »meine Flucht nicht meiner Mutter als Schuld anrechnen? Wird sie nicht die Rache der Gewalthaber zu fürchten haben? Erfahre ich, daß man ihr nur die leiseste Kränkung zufügt, so kehre ich zurück!« – »Beruhigen Sie sich«, antwortete Rasinski, »bereits habe ich alles so eingeleitet, daß die Ihrigen nichts zu fürchten haben. Sie sind in diesem Augenblick schon nicht mehr in Dresden, sondern auf dem Gut Ihrer Tante.« – »Wie?« rief Ludwig. »So sollte ich sie vielleicht nicht wiedersehen?« – »Ich denke doch«, antwortete Rasinski, »obwohl ich's Ihnen nicht gewiß versprechen kann.« – »Das wäre das Härteste von allem«, seufzte Ludwig. »Sollte aber der Aufenthalt auf dem Gut hinreichend sicher sein?« – »Er ist es vorläufig für einige Tage, alsdann wird sich manches anders gestalten, denn aus sicherer Quelle weiß ich, daß St.-Luces nicht länger als höchstens noch zwei Tage hierbleiben kann. Ist er, den ich allein für fähig halte, ränkesüchtig zu verfahren, erst fort, so geht die Sache ihren gewöhnlichen Gang, und alsdann wird, nach den Einleitungen, die ich getroffen habe, nichts mehr zu besorgen sein. Nur müssen Sie beide mir Ihr festes Versprechen geben, ganz nach meiner Vorschrift zu handeln, sonst kann ich für nichts bürgen.« – »Unbedingt«, rief Ludwig.

Bernhard schwieg. In seiner alle Verhältnisse spähend überschauenden Seele keimte der furchtbare Argwohn auf, daß Rasinski es nicht redlich meine. Fast war er entschlossen, sich mit einem kühnen Schritt Gewißheit zu verschaffen und zu erklären, er werde *nicht* gehorchen, werde *nicht* Soldat werden, sondern allein für seine Rettung sorgen. Nur der festgefaßte Vorsatz, daß er Ludwigs Schicksale teilen wolle, mochten sie sich auch noch so rauh gestalten, hielt ihn von der Unbesonnenheit, die er zu begehen im Begriff war, zurück. »Ich teile in allem, was da kommen mag, Schicksal und Entschluß meines Freundes, mehr kann ich nicht versprechen«, sprach er nach einigen Sekunden und reichte dem Grafen die Hand dar. Rasinski ahnte etwas von dem, was in seiner Seele vorgegangen sein mochte. Es machte ihn einen Augenblick unwillig, doch sein großmütiger Sinn verzieh das Unrecht, das ihm durch den Verdacht angetan wurde, fast so schnell, als er es entdeckt hatte.

»Nun denn«, antwortete Rasinski, »so hören Sie, was geschehen ist und was noch geschehen soll. Ich kenne die Frauen. Ihre Gewissenhaftigkeit ist oft so groß, daß sie sich selbst gegen die teuflischste Arglist nicht durch irgendeine Unwahrheit zu waffnen vermögen. Mein ganzer Versuch, Sie zu retten, konnte an dem Unvermögen Ihrer Mutter oder Schwester scheitern, bei einer richterlichen Frage irgendeinen Umstand nur zu verschweigen, vollends aber ihn anders anzugeben. Diese schöne Reinheit weiblicher Gesinnungen, die sie in der Zurückgezogenheit von dem uns Männern so vielfach befleckenden Verkehr des Lebens bewahren, konnte hier unser aller Verderben werden. Darum wählte ich den sichersten Weg, nämlich den, die Ihrigen nur so weit zu unterrichten, wie sie aussagen dürfen, ohne uns schaden zu können. Mit dem Zettel von Ihrer Hand, der mir als Vollmacht dienen sollte, sandte ich einen mir durchaus ergebenen Kriegsgefährten, den ich gestern vormittag hier traf und auf dessen Treue ich Felsen bauen kann, zu Ihrer Mutter. Er mußte darauf dringen, daß sie sofort mit Ihrer Tante nach dem Gut abreisen solle, da Sie gestern in Pillnitz in einen Ehrenhandel mit einem französischen Offizier geraten seien, der heute in aller Frühe entschieden würde und Sie nebst Ihrem Freund und Sekundanten Bernhard vielleicht zwänge, Dresden auf das schleunigste zu verlassen. Alsdann bliebe Ihnen kein anderes Mittel, sie noch zu sprechen, als auf dem Gut der Tante. Diese Nachrichten, beglaubigt durch die Zeilen Ihrer Hand, reichten hin, die Ihrigen zu bestimmen. Und wenn man sie jetzt auf der Folter befragte, so würden sie nichts anderes auszusagen wissen, als was ich Ihnen soeben erzählt habe. Sie selbst werden nun dafür zu sorgen haben, Ihre Mutter zu einem Aufenthalt von einigen Tagen auf dem Gut zu bestimmen, unter dem Vorwand, daß alsdann die ersten unangenehmen Folgen, denen sie mit ausgesetzt wäre, vorüber sein würden.«

Bernhard erkannte jetzt seinen Irrtum mit froher Reue. »Vortrefflich, schlauer Odysseus«, rief er aus, »Ihr schafft uns wirklich aus der Höhle des Zyklopen heraus. Nehmt dafür hier meine Hand zum Pfand, daß Euch mein Kopf jederzeit zu Diensten stehen soll.«

»Ihr seht wohl ein, liebe Freunde«, begann Rasinski freudig, »daß ich euerer beiderseitigen Zustimmung gewiß sein mußte, denn wolltet ihr nicht durchaus nach meiner Vorschrift handeln, so könnte unser ganzes Spiel aus Mangel an Übereinstimmung der Maßregeln verlorengehen. Falls das Gut nicht so weit von der Straße nach Posen, die ihr noch heute einschlagen müßt, entfernt liegt, so ist bei dem Abschied nichts zu sorgen. Einen großen Umweg aber dürfen wir wegen des Zeitverlustes nicht wagen.« – »Gott sei Dank«, rief Ludwig und drückte dem Grafen frohbewegt die Hand, »das Gut liegt nicht eine Viertelstunde abseits der Straße.«

»Jaromir und Boleslaw«, fuhr Rasinski fort, »sind schon von allem unterrichtet. Für Jaromir habe ich einen Kurierpaß ausgewirkt unter dem Vorwand, daß ich ihn der Organisation meines Regiments wegen aufs schleunigste voraussenden müsse. Ihr beide erhaltet Pässe von mir als eurem Chef und begleitet ihn. Diese Legitimationen genügen vollkommen. Boleslaw hat auf seine Figur, die der eurigen gleicht, bei einem französischen Regimentsschneider schon zwei Uniformen anmessen lassen, die noch diesen Nachmittag abgeliefert werden, so daß ihr am hellen Tag unerkannt zur Stadt hinausfahren könnt. Für Geld und sonstige Bedürfnisse werde ich schon sorgen, wenn ihr nur erst in Sicherheit seid, und vorläufig ist Jaromir mit allem versehen.«

Dieser trat eben ein. Er war nach Jugendart voller Freude, daß ihm der abenteuerliche Auftrag zuteil geworden war. Aufs herzlichste begrüßte er die beiden Kameraden und versprach ihnen die fröhlichsten Tage. »Ihr wißt noch nicht, wie prächtig der Krieg ist«, rief er aus. »Es ist ganz gut hier in Dresden, es ist sogar wunderschön.« Dabei errötete er ein wenig, weil er vermutlich an eines der schönen Mädchen dachte, die er gestern kennengelernt hatte. »Aber doch möchte ich den sorglosesten Aufenthalt hier nicht mit Pferd und Säbel vertauschen. Das reizende Glück würde mich unglücklich machen, wenn ich niemals wieder zur Roß steigen und mitfechten sollte! Und dann sollt ihr Warschau sehen, meine Vaterstadt! Oh, sie wird euch gefallen!« Die Liebenswürdigkeit des offenen Jünglings verfehlte selbst in diesen ernsten Minuten ihren Eindruck nicht. Bald kehrte auch Boleslaw zurück, der die Nachricht mitbrachte, daß die Uniformen auf den Schlag sechs Uhr eintreffen würden. Dieser ernste Jüngling empfand, so sehr er dem Kriegsstand anhing, doch die Lage Bernhards und Ludwigs in ihrer Wahrheit und schenkte ihnen die herzlichste Teilnahme.

So verstrich die Zeit in kameradschaftlich herzlicher Vertraulichkeit. Endlich schlug die Stunde des Aufbruchs. Die Uniformen waren gekommen. Bernhard und Ludwig wurden eingekleidet. Jaromir machte sich reisefertig. Der Postillon stieß ins Horn. Sie stiegen ein und rollten in der glänzenden Verkleidung mitten durch die Stadt und durch die zahlreiche Menge der Spaziergänger vor dem Tor dahin, ohne daß einer derselben ahnte, ein wie ernstes, seltsames Geschick unter dieser heiteren Äußerlichkeit verborgen sei.

Bald hinter der ersten Station, die sie gegen Abend erreichten, lag das Haus, wo Ludwig die Seinigen zum letzten Mal umarmen sollte. Rasinski hatte ihnen wohl eingeschärft, sich daselbst nicht in der Uniform blicken zu lassen, auch war es Jaromir zur besonderen Bedingung gemacht worden, die Freunde *nicht* zu begleiten, so gern dieser auch noch von Marie, Emma und Julie Abschied genommen hätte. Gleichsam als rüsteten sie sich auf die Nacht, legten daher Ludwig und Bernhard die Uniformen ab, zogen ihre Überröcke an und entfernten sich. Während Jaromir zum Schein beim Abendessen verweilte, gingen sie unbemerkt aus dem Posthaus, um das schmerzlich süße Lebewohl zu sagen.

Ludwig, dem alle Pfade der Gegend wohl in Erinnerung waren, führte Bernhard so, daß man an die Hintertür des Gartens gelangte, die für einen Kundigen leicht zu öffnen war. So erreichten die Freunde in tiefer Dämmerung das Haus. Vorsichtig blickten sie erst zwischen die Spalten der Fensterladen in das Wohnzimmer, in dem schon Licht brannte, hinein, ob nicht ein Fremder anwesend sei. Nur die Frauen saßen, mit weiblichen Arbeiten beschäftigt, beisammen. Zitternd pochte Ludwig an die Tür. Als er sie öffnete, flog ihm zuerst Marie entgegen und hing weinend an seinem Hals. Die Mutter versuchte aufzustehen, doch sie vermochte es nicht. Ludwig hatte sich tausendmal die männliche Fassung vorgenommen, aber jetzt fühlte er, wie seine Kraft dem Schmerz zu erliegen drohte. Er ging auf die Mutter zu, beugte sich über ihre Hand und küßte sie mit ehrfurchtsvoller Innigkeit. Tief erschüttert legte sie die Rechte auf den Kopf des Sohnes und sprach: »O Ludwig, wüßtest du, wieviel Jammer schon ein Zweikampf über mein Leben gebracht hat, du hättest mir diese Sorge vielleicht erspart. Doch vielleicht *mußte* es sein! Ich will nicht richten, aber darf ich dieses Haupt auch segnen? Gehört es nicht einem unglücklichen Schuldigen?« – »Wahrlich, du darfst es«, sprach Ludwig fast mit dem Ausdruck der Freude. »Es haftet keine Schuld an mir!« – »So wäre«, rief die Mutter freudig, »alles glücklich beendet, und du dürftest nicht flüchtig werden?«

Ludwig erschrak über den eitlen Wahn der Freude, den seine unvorsichtig rasch ausgesprochenen Worte bei der Mutter erzeugt hatten. Er geriet in Verwirrung, denn er wußte nicht, wie er sich helfen und der Flucht jetzt noch einen geschickten Vorwand leihen sollte. Bernhard, der indessen gleichfalls nähergetreten war, rettete ihn durch seine Geistesgegenwart. »Ludwig ist völlig schuldlos«, sprach er, »er dürfte den heiligsten Eid der Reinigung schwören. Aber nicht jeder, den der unparteiische göttliche Richter freisprechen muß, wird von dem weltlichen für unschuldig erklärt, zumal wenn derselbe, wie es hier der Fall sein würde, sein Richteramt in eines der Rache verwandeln will. Unsere Flucht ist für jetzt unvermeidlich, es sind uns nur wenige Augenblicke des Abschieds gestattet. Mehr darf ich Ihnen nicht sagen, denn nur das möglichste *Nichtwissen* bewirkt es, daß Sie und vielleicht alle, die hier versammelt sind, möglichst gering in unser Verhältnis verwickelt werden.«

Marie, in deren Auge bei Ludwigs Worten selige Strahlen der Hoffnung geglänzt hatten, wurde jetzt wieder bleich und neigte sich weinend und bebend gegen die Schulter des Bruders. »Wir haben dich jahrelang entbehrt«, rief sie, von ihren Tränen unterbrochen, mit schmerzlicher Heftigkeit aus. »Endlich umarmen wir dich wieder, und schon nach wenigen Stunden wirst du uns aufs neue entrissen, und wer weiß, für wie lange Zeit! Oh, das ist grausam!«

»Fasse dich, liebe Schwester«, sprach Ludwig, der in dem Schmerz Maries die verdoppelte Aufforderung fand, sich männlich zusammenzuraffen. »Du bist so sanft, so gut, du kannst niemand zürnen, der dich gekränkt hat. Trage auch diesen Schmerz sanft, den der Geber alles Guten uns sendet. Seine dunklen Wege werden endlich doch zum Heil führen!«

»Ach Ludwig!« Mehr vermochte die ganz Überwältigte nicht hervorbringen. Der Bruder hielt sie in sanfter, liebender Umarmung, bis er fühlte, daß ihre bebende Brust sich erleichterte. Dann sprach er: »Lebe nun wohl! Meine Mutter, lebe wohl, ihr alle, alle ihr Lieben – ihr sollt von mir hören!« Jetzt wollte er, weil er fühlte, daß er seinem Schmerz nicht mehr gebieten könne, sich losreißen und schnell hinaus. Doch Marie ließ ihn noch nicht. Sie umschlang ihn noch einmal und bedeckte ihm das Antlitz mit Küssen und Tränen. Plötzlich faßte sie sich. Sie trocknet das Auge und sprach: »Nun geh, Lieber! Du wirst uns alle in treuem Angedenken behalten, das weiß ich! Doch, wohin flüchtest du?«

Jetzt hatte Ludwig die Kraft verloren. Bernhard, der bisher ein stummer, aber im Innersten bewegter Zeuge von der rührenden Liebe Maries zu ihrem Bruder gewesen war, antwortete statt seiner: »Noch muß auch das ein Geheimnis bleiben! Aber sorgen Sie sich nicht, Sie werden bald Nachricht erhalten.« Marie sah Bernhard mit sanften, tränenfeuchten Blicken an: »Sie sind sein Freund, Sie sind so gut, oh, verlassen Sie ihn nicht, bleiben Sie sein treuer Begleiter, sein Bruder, denn die Schwester muß er ja entbehren. Ich will dann auch Ihre Schwester sein, und er selbst soll meiner Sorge künftig nicht näher stehen als Sie.« Dabei reichte sie ihm die Hand dar, um sein Versprechen zu empfangen.

Als Bernhard ihr in das holde, traurig bittende Auge sah, aus dem die treueste Seele so rein glänzte, verlor er selbst fast die entschlossene Haltung. Ihre Blicke fielen wie Mondlicht in die dunklen, unruhigen Wogen seiner Brust. Es war ihm plötzlich, als könnten alle Stürme des Geschicks durch ein so sanftes Wort beschwichtigt werden, als müsse selbst sein brausender Lebensstrom plötzlich mild und klar zwischen heiteren Ufern dahinwallen, wenn sie es geböte. Eine Wehmut überkam ihn, die sein trotziges, ehernes Herz weich auflösen wollte. Schien es ihm doch, als tönten süße, längst verhallte Klänge aus der Kindheit herüber, als sähe er weitverwehte Traumbilder alter schöner Zeiten wieder aufsteigen – sein dunkel brennendes Auge wurde durch eine Träne feucht verschleiert. »Das Schwesterherz darf ruhig sein«, sprach er bewegt, »ein Bruderherz soll es vertreten. Aber jetzt müssen wir fort!« Er faßte Ludwigs Arm und riß ihn eilig mit sich weg.

Als sie einige Minuten stumm durch die Nacht gegangen waren, begann Bernhard: »Es gäbe gar kein Unglück ohne die Weiber, freilich auch kein sonderliches Glück, aber ihre Tränen versalzen und verbittern alles, was sonst im schlimmsten Fall nach nichts schmeckt. Keine Prise Schnupftabak fragte ich danach, ob wir beide in Rußland von den Wölfen gefressen würden oder nicht, wenn du nicht Mutter und Schwester hättest. Aber deine Schwester ist brav geworden. Sie war schon immer ein gutes Kind, und ich entsinne mich jetzt, daß sie mich einmal recht sanft und liebreich verbunden hat, als ich mir hier auf dem Gut die Stirn blutig gefallen hatte von dem großen Birnbaum herunter. Sie hat dich lieber, als du es verdienst, denn wir Männer taugen insgesamt nicht genug, um recht geliebt zu werden. Es muß aber wohltun. Ich hab's noch nicht erfahren, am wenigsten von Eltern oder Geschwistern. Mich hat das Schicksal spartanisch behandelt, denn – zwar weiß ich nicht, ob ich bei der Geburt kränklich war, aber es setzte mich gleich danach einigermaßen aus in die Wildnis. Nun, dem König Agesilaos ging's auch nicht besser! Wer weiß, für welchen Thron ich bestimmt bin. In unseren Tagen fällt so etwas ja kaum auf. Nun, du bist ja so still? Schäme dich! Der Abschied ändert doch nichts in der Sache? Warum sollten wir jetzt bewegter sein als vor einer Minute?«

»Und du bist es selbst, Bernhard«, entgegnete Ludwig sanft. »Schäme dich nicht deiner Rührung, sie zeugt von deiner Menschlichkeit! Weil wir menschlich fühlen, gehorchen wir den Sinnen und der Macht der Gegenwart!« – »Amen, du hast recht, Bruder«, rief Bernhard und reichte dem Freund die Hand. Beide standen still. Feierliches Dunkel umhüllte sie. Das Gebirge lagerte sich schwarz am klaren Horizont, die Sterne leuchteten sanft. Ein heiliges Schweigen, wie im Tempel des Gottes, herrschte ringsum. Da sanken die Freunde einander in die Arme, hielten sich fest umschlungen und taten ein stummes Gelübde unverbrüchlicher Treue.

»Das soll die letzte weichherzige Minute sein«, sprach Bernhard, nachdem er einen sanften Bruderkuß auf Ludwigs Lippen gedrückt hatte. »Von nun an laß uns wie alte Steuermänner kalt und besonnen im Sturm des Schicksals bleiben. Wir sind Soldaten geworden und müssen wenigstens für die deutsche Männerehre fechten, da es keinen Kampf fürs deutsche Vaterland gilt. Wenn mir die rote Morgensonne in die Augen scheint, soll sie zittern und erblassen vor dem Eisenfressergesicht, das ich mir diese Nacht anlegen will. Nun vorwärts, Kamerad, wir kommen sonst zu spät zum Dienst!« Sie beschleunigten ihre Schritte und erreichten nach wenigen Minuten die Station, von der sie rasch weiter ihrer abenteuerlichen Zukunft entgegeneilten.

Zehntes Kapitel

Rasinski war nicht ohne Grund besorgt gewesen, daß die Nachforschungen nach Ludwig und Bernhard sich auf die Familie des ersteren erstrecken würden. Wenige Stunden, nachdem diese auf das Land hinausgefahren war, fanden sich auch schon zwei französische Gendarmen ein, um in der Wohnung nach Ludwig zu forschen. Sie fanden niemanden in derselben, denn Rasinski hatte durch seinen vertrauten Abgeordneten weislich darauf dringen lassen, daß man die Magd mit auf das Gut hinausnehme, damit niemand zurückbleibe, dessen Aussagen seine Pläne etwa kreuzen könnten. Kraft ihrer Willkür geboten daher die Gendarmen dem Hauswirt, die Zimmer zu öffnen, durchsuchten sie auf das genaueste, und da sie nichts vorfanden, versiegelten sie nicht nur die Schränke, sondern auch die Außentüren und statteten nunmehr Bericht ab. Rasinski wurde durch seinen Reitknecht namens Andreas, einen höchst gewandten und treuen Menschen, von allem unterrichtet, was äußerlich beobachtet werden konnte. Sein Unterhändler, der mit St.-Luces' Büro in Verbindung stand, hielt ihn in Kenntnis über alles, was dort geschah. So erfuhr er, daß dieser durchaus nicht wußte, wo er Ludwigs Familie aufsuchen sollte, da niemand ihm Bescheid zu geben vermochte, wohin die Frauen gefahren waren. Denn zufällig hatte die Tante ihrer Schwester, seit diese sich in der neuen Wohnung befand, die sie für ihren durch Ludwigs Ankunft vergrößerten Hausstand gemietet hatte, noch keinen Besuch gemacht, so daß niemand im Haus diese Verwandten kannte. So leicht konnten daher die Späher den Aufenthalt derselben nicht erforschen, und es war alles darauf zu wetten, daß St.-Luces abreisen müsse, bevor er sie entdeckte. So geschah es wirklich, denn am dritten Tag frühmorgens, sah Rasinski ihn selbst mit seinem Sekretär zum Tor hinaus nach Wien fahren, wo ihm ein dauernder Aufenthalt mit wichtigen Geschäften angewiesen war.

Am Abend darauf kehrte Marie mit der Mutter zurück. Mit Erstaunen fanden sie ihre Wohnung versiegelt und erfuhren durch den Wirt, was geschehen war. Das mütterliche Herz begann etwas Schlimmes zu ahnen, was noch in dunkler Verborgenheit ruhe. Die Frauen bedurften des Rates, der Unterstützung. Aber an wen sollten sie sich sofort wenden? Da trat, wie zufällig, Rasinski, der ihre Ankunft schon durch Andreas wußte, der mit unermüdlicher Wachsamkeit alles beobachtet hatte, ins Haus. Er war nicht nur durch seine Verhältnisse, sondern auch durch seine männliche Festigkeit und Bestimmtheit der geeignetste Helfer in dieser Not, und durch sein freundliches, teilnehmendes Wesen erschien er den Frauen als ein Engel der Rettung und des Trostes. Obgleich er sich, um seiner Rolle getreu zu bleiben, völlig unwissend stellte und dem mütterlichen Herzen die Qual einer Erzählung der Begebenheiten auflegen mußte, so verstand er es doch, sogar diese peinlichen Augenblicke zu erleichternden des mitteilenden Vertrauens zu machen, versprach seine volle Mitwirkung, um die ganze Angelegenheit beizulegen, und erbot sich, sogleich zum Kommandanten zu gehen.

Er tat es. Die Frauen traten indes bei dem Wirt ein, wo sie eine ängstliche Viertelstunde zubrachten. Besonders war Marie voller Schmerz und Sorge. Auch, wie war so alles, was sie von glücklichen Tagen gehofft hatte, plötzlich vereitelt! Die Zeit, auf die sie sich jahrelang gefreut hatte, war nun gekommen. Doch wie bitter wurde das schwesterliche Herz aus seinen schönen Träumen geweckt! Wie manches hatte sie freudig entbehrt, um die Zukunft des Bruders fester gründen und bauen zu helfen! Wie gern hatte sie mit der Mutter in der engsten häuslichen Beschränkung gelebt, damit er, den sie so über alles liebte, seinen reichen edlen Geist in freieren Verhältnissen ausbilden, alles Gute und Schöne kennenlernen und genießen sollte. Ihr bescheidenes Herz wollte nichts als sich dereinst an dem Glück des Bruders freuen. Es wollte auf sein edles Wissen, seine mannigfaltigen Erfahrungen ein wenig stolz sein und begnügte sich gern damit, einen freundlichen Widerschein des Glanzes zu gewinnen, der sein Leben reich umstrahlen sollte. Die sorglich gepflegten Keime waren zur schön entfalteten Krone gediehen. Schon öffneten sich die vollen Knospen und verhießen den endlichen Lohn aller Mühen, allen Entbehrens – da schüttelt ein rauher Sturm den jungen Wipfel, und plötzlich steht er entblättert, herbstlich wieder da, ein Anblick stummer Trauer!

Aus diesen wehmütigen Betrachtungen weckte Rasinskis Rückkunft Maries Herz. Ihn begleiteten zwei Gendarmen, die die Siegel abnahmen und den Frauen die Wohnung öffneten. Rasinski hatte dies erlangt, indem er Bürge geworden war, daß beide Frauen sich einer gewöhnlichen Vernehmung nicht entziehen würden. Auch mußten die Schränke und sonstigen Behältnisse einstweilen versiegelt bleiben. Einige Zeit darauf erschien ein höherer Beamter der französischen Polizei, der, vermutlich durch Rasinskis Gegenwart bestimmt, höflich, aber entschieden die Auslieferung aller Papiere forderte. Diese wurden ihm mit dem ruhigsten Gewissen ausgehändigt, worauf er alle Siegel abnahm und sich mit einer Entschuldigung über die Belästigungen, die seine Amtspflicht ihm gebiete, empfahl.

Jetzt machte die geängstigte Mutter ihrem Herzen endlich Luft: »Um Gottes willen, was bedeutet das?« fragte sie Rasinsi. »So verfährt man nicht infolge eines Duells! Ich beschwöre Sie, eröffnen Sie mir, was ist vorgefallen? Was hat Ludwig getan?« – »Darüber bin ich«, entgegnete Rasinski, »fast so in Ungewißheit wie Sie selbst, gnädige Frau. Das Duell aber, soviel weiß ich jetzt, war nur Vorwand seiner Flucht, er ist irgendeiner Handlung angeklagt, die gefährliche Folgen haben kann. Vermutlich hat er sich in eine Verbindung eingelassen, die …«

»Oh«, rief Marie nicht ohne ein Gefühl des Stolzes auf den Bruder aus, »gewiß hat sein edles, vaterländisches Herz …« Hier brach sie ab, hielt einige Augenblicke inne, seufzte aus tiefer Brust und sprach dann fest, aber mit dem Ausdruck des bittersten Schmerzes: »Wir leben in einer Zeit, wo oft die edelste Gesinnung für verbrecherisch gilt!«

Rasinski war erschüttert. Er, dessen ganze Seele für das eigene Vaterland glühte, mußte Maries Schmerz in seiner vollen Größe empfinden. In ihren sonst so holden, nur sanfte Weiblichkeit atmenden Zügen wurde ein edles Zürnen sichtbar, das eine fliegende Glut auf die bleiche, mit Tränen benetzte Wange trieb und ihrem Schmerz den Adel einer stolzen Aufrichtung innerer Würde gegen die Ungerechtigkeit des äußerlichen Geschicks verlieh.

»Mäßige die Heftigkeit deines Gefühls, liebe Marie«, sprach die Mutter sanft, da sie sah, wie aufgeregt die Tochter war. »Bedenke, daß du deines Bruders Los verschlimmern könntest.« – »Nicht, wenn ich der Zeuge dieser Aufwallung bin, wahrlich nicht!« rief Rasinski mit Feuer. »Was ist heiliger als das vaterländische Gefühl? Ich selbst glühe für mein Volk, für das Land meiner Geburt. Wie sollte ich dasselbe edle Gefühl in einer anderen Brust verdammen? Nein, Ihr Zürnen im Schmerz ist schön, es ist edel!«

Mit diesen Worten reichte er Marie die Hand gleichsam zu einem Bund mit ihren Gesinnungen dar. Ein sanfteres Erröten verschönte jetzt ihre Wange, und eine holde Verwirrung mischte sich mit dem schmerzlichen Ausdruck ihrer Züge. Doch legte sie nach leisem Zögern ihre Hand in die dargebotene Rasinskis und sprach dann: »Oh, Sie werden uns helfen, zu

Ihnen habe ich Vertrauen!« Gern hätte er jetzt den Schleier von allen Verhältnissen und Begebenheiten dieser letzten Tage gerissen, wenn er nicht als erfahrener Kenner der edleren weiblichen Herzen eine zu begründete Besorgnis vor der unbesiegbaren Aufrichtigkeit gehabt hätte, mit der sie dann ihre ganze Blöße den Feinden preisgegeben haben würden. Er wußte gewiß, daß sie weder den Bruder noch ihn selbst verraten würden, aber alsdann waren sie auch die Opfer, denn ihr Bekenntnis hätte gelautet: Ich weiß, aber ich schweige. Zu ihrer eigenen Rettung ließ er sie also in dieser wohltätigen Unkunde.

Die Frauen baten ihn, sie diesen Abend nicht mehr zu verlassen. Er versprach es und brachte die wenigen Stunden bis zum Einbruch der Nacht bei ihnen zu. Der Schmerz öffnete ihm das ganze schöne Herz Maries, denn nichts bewegt die weibliche Seele zu größerem Vertrauen als ein Ereignis tiefer Trauer, bei dem ein Mann ihr mit Festigkeit zur Seite tritt, nichts aber zieht auch das männliche Herz mit stärkeren Banden zu dem weiblichen hinüber als das Dulden eines zarten, holden Wesens. So hätte Rasinski diesen Abend für den glücklichsten seines Lebens gehalten, wenn nicht ein so trauriges Ereignis ihn herbeigeführt hätte. Von frühester Jugend an war er durch Begebenheiten, die nicht nur sein Vaterland, sondern ganz Europa erschüttert hatten, auf das offene Meer des Lebens getrieben worden. Selten hatte das Schicksal ihm vergönnt, in einem ruhigen Hafen Anker zu werfen, um so tiefer mußte es ihn daher ergreifen, wenn diese Augenblicke einer heiteren Windstille des Lebens eintraten, wo es auch ihm einmal vergönnt war, von den Früchten zu genießen, die er sonst nur von fern an den Küsten gedeihen sah, vor denen er vorübersegelte. Er hatte jetzt das Mannesalter erreicht, wo das Herz aufhört, stürmisch in die Weite zu treiben. In Augenblicken, wo ihm das unruhige Wogen seiner Tage Muße ließ, war die Sehnsucht, endlich einmal zu rasten, oft mächtig in seiner Brust erwacht. Sollte es uns verwundern, daß jetzt, wo eine so holde Gestalt ihm zu winken schien, dieser Stimme in seiner Brust Gehör zu geben, der Wunsch fast zum Entschluß reifte? Ein kühner Sinn faßt das Ziel scharf ins Auge, auch wenn er es jenseits tiefer Klüfte und Abgründe schimmern sieht. Es kann daher nicht befremden, daß Rasinski in einem Zeitpunkt, wo ein ganzer Weltteil in Waffen stand, wo der Boden noch unter ganzen Nationen bebte und niemand wußte, ob der nächste Tag ihm Heil oder Vernichtung bringen werde, dennoch dem Gedanken Raum gab, den Grundstein einer friedlichen Zukunft zu legen. Ein kühner Entschluß war jedoch bei ihm kein unbesonnener, er hatte männliche Festigkeit genug, ihn in sich reifen zu lassen und nicht eher ein fremdes Schicksal mit seinen Hoffnungen zu verflechten, bevor er die Wege übersah, auf denen er ihre Erfüllung zu erreichen vermochte. Deshalb verbarg er jetzt die in ihm erwachte tiefere Liebe zu Marie und widmete ihr dafür eine desto wärmere Freundesteilnahme, doch mit dem festen Vorsatz, sich ihr zu entdecken, noch bevor er scheiden würde.

Der Abend verstrich in jener wehmütigen Innigkeit, die vertrautes Beisammensein in Zeiten der Trübsal erzeugt. Rasinski ging später, als er fast gesollt hätte. Am anderen Morgen begab er sich früh auf die Kommandantur, um sich nach dem Stand der Angelegenheiten bei einem ihm bekannten Offizier des Büros zu erkundigen. Zu seiner Freude erfuhr er, daß der Kommandant sich mit wohlwollender Schonung über die Lage, in der sich Ludwigs Mutter und Schwester befanden, geäußert und die Entscheidung ausgesprochen habe, daß, wenn nicht die dringendsten Verdachtsgründe gegen die beiden Frauen vorhanden seien, man von weiterem Verfolgen der Untersuchung gegen dieselben, die einen so ungroßmütigen Charakter an sich trage, abstehen solle. Mit dieser frohen Nachricht eilte er, die besorgten Frauen zu überraschen. Als er ins Haus trat, begegnete ihm bereits ein Beamter, der von ihnen kam. Er hatte auf Befehl des Kommandanten schon in aller Frühe sowohl Marie als ihre Mutter verhört. Beide konnten natürlich nichts aussagen, als was sie wußten, und dies war so wenig, daß unmöglich ein weiteres Verfahren deshalb gegen sie eingeleitet werde konnte. Glücklicherweise befanden sich unter den in Beschlag genommenen Papiere auch Briefe Ludwigs aus Italien und der Schweiz, kurz vor und bald nach seinem Abenteuer in Duomo d'Ossola geschrieben, die es nicht im mindesten erwähnten. Dieser Umstand mußte dazu beitragen, es aufs höchste wahrscheinlich zu machen, daß beide Frauen nicht den geringsten Anteil noch Kunde von dem hatten, dessen Ludwig angeklagt war. Nach einigen Stunden wurden ihnen daher sämtliche Papiere auch wirklich mit der Erklärung zurückgegeben, daß sie auf keine Weise ferner beunruhigt werden sollten. Diese Bedrängnis war also vorüber. Indessen hatte Rasinski jetzt freilich die schwere Aufgabe zu lösen, die besorgte Mutter und Schwester mit Ludwigs und Bernhards Schicksal bekannt zu machen. Er schob dies absichtlich noch hinaus. Inzwischen konnte er den Frauen einen Zettel von Ludwig, der ihm in einem Brief Jaromirs geschickt war, auf einem Umweg zukommen lassen. Derselbe enthielt nur einige Zeilen, absichtlich ohne Ortsangabe, wodurch Ludwig der Mutter das glückliche Gelingen seiner Flucht und sein und Bernhards Wohlsein meldete. Rasinski wollte nicht eher von den Frauen als Mitwisser gekannt sein, bis er Dresden verlassen konnte. Dies war die Ursache, weshalb er alle näheren Erklärungen bis wenige Stunden vor seiner Abreise ersparte.

Elftes Kapitel

Mit schwerem Herzen ging er, nachdem er alles geordnet hatte, gegen Abend, als die Dämmerung einbrach, zu ihnen, um Abschied zu nehmen. Daß er kommen werde, hatte er schon zuvor gemeldet. Marie öffnete ihm. Sie befand sich allein. Die Mutter war einer häuslichen Angelegenheit wegen auf einige Minuten zu dem Wirt hinuntergegangen. »So kommt wirklich der letzte Freund, um Abschied von uns zu nehmen?« sprach Marie bewegt, als sie Rasinski im Reiseüberrock vor sich sah. – »In wenigen Stunden habe ich diese Mauern hinter mir«, antwortete er. Beide schwiegen jetzt einige Augenblicke, teils aus Bewegung, teils aus Verlegenheit. »Werde ich den Trost mitnehmen«, fragte der Graf mit dem Ton sanfter Bitte, »daß Sie mich nicht so rasch vergessen wollen, da die Zeit unserer Bekanntschaft kurz war?« – »Dürfen Sie fragen?« entgegnete Marie gerührt. »Sie, der Sie uns in den schreckenvollsten Tagen unseres Lebens alles waren und von dem wir noch jetzt alles hoffen, was unseren Schmerz lindern kann!« »Oh, wenn ich das könnte, wenn ich ihn nicht sogar vermehren müßte!« – »Wie?« fragte Marie erwartungsvoll und blickte ihn betroffen an. – »Lassen wir das«, erwiderte Rasinski, »bis Ihre Mutter kommt, jetzt …«

»Ich eile, sie zu rufen«, rief sie ängstlich und wollte gehen. – »Nein, nein, bleiben Sie«, bat Rasinski und nahm ihre Hand, »in dieser Minute habe ich ein Wort zu *Ihnen allein* zu sprechen.« Der Ton, mit dem er diese Worte sprach, sein heftiger, warmer Händedruck, mehr aber noch ihr eigenes geheim wünschendes Herz hatte Marie alles enthüllt, was er ihr bekennen wollte, noch bevor ein Wort seinen Lippen entflohen war. Es fiel wie ein Blitzstrahl leuchtend in ihre Seele, daß sie liebe und geliebt werde. Von einem süßen Erschrecken wie betäubt, stand sie zitternd, unvermögend ein Wort zu erwidern, mit gesenktem Auge da.

»Könnten Sie das Schicksal Ihres Lebens mit mir teilen, Marie«, sprach Rasinski, dem die Sekunden kostbar wurden, mit ernster, sanft bewegter Stimme. »Ich dringe Ihnen kein entscheidendes Ja ab, nur ob Sie ein entscheidendes Nein sprechen müssen, nur das beantworten Sie mir. Wir stehen vor einer Zukunft, wo keiner sein nächstes Schicksal ahnen oder weissagen kann. Fern sei es von mir, Sie jetzt in den Strudel zu reißen, dessen Wirbel mich bald ergreifen werden. Nichts soll Sie binden, ja ich würde das unwiderrufliche Ja zurückweisen, weil mein Gewissen mir verbietet, es hinzunehmen. Das aber dürfen Sie mir sagen und das durfte ich Sie fragen, ob ich, wenn der Sturm ausgetobt und die Welle mich nicht begraben hat, einen Blick wieder auf dieses holde, wirkliche Ufer richten darf?«

Maries Seele wurde während dieser Worte von einem unnennbaren Schmerz zerrissen. Die erste Betäubung war vorüber, sie hatte das Auge geöffnet und sah, vor welchem Abgrund des Jammers sie stand. Die Schuld der Dankbarkeit, die sie für Rasinski fühlte, seine höhere Lebensstellung, sein mehr Ehrfurcht als vertraute Neigung erweckendes Wesen, ja sogar seine nahe Abreise hatten ihr bisher das wahre Gefühl ihres Herzens für den edlen Mann verschleiert und ihr in ähnlichen der Liebe verschwisterten Gestalten vorgespiegelt. Plötzlich war sie aus dem Traum zum vollsten Bewußtsein erwacht und sah nun auch, durch welch eine Kluft das Geschick sie von dem trennte, der ihr Herz gewonnen hatte und begehrte. Er war im Bündnis mit denen, die sie nur als die Feinde ihres Vaterlandes betrachtete. Sie konnte ihn als einen edlen Mann ehren, als einen großmütigen Freund lieben, niemals aber ihm angehören, ihr ganzes Wesen mit dem seinigen verschmelzen, ohne Pflichten zu verletzen, von deren Heiligkeit ihre Seele aufs tiefste durchdrungen war. Darum stand sie sprachlos, vor dem Medusenhaupt ihres Schicksals erstarrend, da und vermochte nicht den unnennbaren Schmerz durch ein sanftes Wort, durch eine milde Träne zu lösen. Rasinski fühlte ihre zitternde Hand in der seinigen. Eine ahnende Stimme verriet ihm, was in Maries Brust vorging. Er deutete ihr Schweigen richtig. Doch fragte er noch einmal: »Marie, soll ich keine Antwort haben?« – »O Gott!« rief sie mit einem Ton des Schmerzes, der ihr das Herz zu zerreißen schien. »Nie, nie!« Sie riß sich gewaltsam los, schwankte einige Schritte und sank dann ermattet auf einen Sessel nieder.

»Ich verstehe Sie«, sprach Rasinski mit leiser Stimme. »Ich verstehe Sie und achte Ihre Gesinnung. Wir können darum aber doch …« Hier versagte ihm die Stimme, er mußte innehalten. »Das Los der Völker«, fuhr er nach einigen Augenblicken fester fort, »geht dem Los der einzelnen vor. Ich beklage mich nicht. Von Jugend auf war ich's gewohnt, mein eigenes Geschick durch das der Welt zertrümmert zu sehen. Dieser harten Notwendigkeit können wir nicht entweichen. Es ist der Beruf des Mannes, sich darüber zu erheben. Ich glaube, ich weiß, ihn zu erfüllen! Aber nicht immer widerstreben die Weltgeschicke denen der einzelnen, oft gehen sie Hand in Hand. Der Irrtum fordert so viele Opfer wie die Wahrheit. Ist es nicht genug an denen, die wir dieser bringen?« Diese letzten Worte sprach er sanfter, indem er sich Marie wieder näherte.

Sie sah ihn wehmütig an und erwiderte: »Oh, ich weiß, was Sie sagen wollen! Sie geben mir unrecht. Vielleicht irrt mein Verstand, vielleicht täuscht sich mein Urteil. Welche die *rechte* Wahrheit ist, weiß ich nicht, die *heilige* aber ist die, die unser Herz uns vorschreibt – ach, zu seiner eigenen Qual!«

Man hörte die Mutter heraufkommen. »Lassen wir das Geschehene verschwiegen bleiben«, sprach Marie, »es würde meine Mutter vielleicht noch tiefer betrüben – und bleiben Sie mein Freund.« Rasinski drückte die dargereichte Hand heftig, aber stumm gegen seine Lippen. Nicht nur der Schmerz zerriß seine Brust, sondern auch die Sorge belastete sie schwer. Denn mit welchen Gefühlen mußte Marie jetzt das Schicksal Ludwigs, das er ihr enthüllen sollte, vernehmen? Wie sollte sie es ertragen, daß der eigene Bruder der Sache diente, für die sie ihre Liebe aufzuopfern den Mut und die Pflicht fühlte? Der gefährlichsten Schlacht war er mit leichterem Herzen entgegengegangen als dieser schweren Stunde.

Die Mutter trat ein. Marie ging ihr entgegen. »Unser Freund kommt schon, um Abschied zu nehmen, liebe Mutter«, sprach sie mit kaum vernehmbarer Stimme. – »Ja«, fiel Rasinski ein, indem er der Mutter entgegenging, »in wenigen Stunden werden wir uns vielleicht für immer trennen müssen.« – »Das wolle Gott nicht«, antwortete die Mutter, »seine Ratschlüsse sind oft milder, als unsere Besorgnis sie scheinen läßt, darauf wollen wir auch diesmal hoffen.«

Rasinski erwiderte auf diese letzten Worte nichts. Er bot der Mutter den Arm, um sie in das Nebenzimmer zu führen, wo man abends gewöhnlich versammelt war. Marie ging hinaus, um ihre Bewegung zu verbergen, um Licht und den Tee zu besorgen, den Rasinski diese letzten Abende hier stets mit ihnen eingenommen hatte. Diese häuslichen Geschäfte nahmen einige Minuten weg. Erst nachdem alles geordnet war und Marie bereits mit stiller Freundlichkeit die Pflichten der Wirtin ausgeübt hatte, begann Rasinski, da jetzt keine Störung mehr zu befürchten war, folgendermaßen: »Ich muß diese letzte Stunde zu Mitteilungen benutzen, die ich Ihnen, so traurig sie auch sein mögen, nicht ersparen kann. Ludwig hat sich bei seiner Rückkehr aus Italien einer Handlung schuldig gemacht, die unser strenges Kriegsgesetz, das ich durch nichts entschuldigen will als durch seine Notwendigkeit, unwiderruflich mit dem Tod bestraft. Er ist einer Person, die ich selbst nicht näher kenne, an deren Gefangennahme aber dem Kaiser alles gelegen war, weil sich höchst wichtige Dokumente in ihrer Hand befanden, zur Flucht behilflich gewesen, und zwar in einem Augenblick, wo man sie schon zu erreichen hoffte. Deshalb wurde er, da man ihn zufällig in Pillnitz entdeckte und als Täter erkannte, verhaftet. Mit Bernhards Hilfe gelang es ihm, sich der Haft wieder zu entziehen, worauf so strenge Befehle zur Verfolgung beider gegeben wurden, daß sie schleunigst fliehen mußten. Dazu gab es nur *ein* Mittel, es gab nur *eines*, ihr Leben zu retten. Das stand glücklicherweise in meiner Gewalt. Der Ausweg war rauh, aber unvermeidlich.« Hier zögerte er einen Augenblick. Die Frauen sahen ihn ängstlich gespannt an. »Unsere Freunde«, fuhr er mit einem weichen Ausdruck der Stimme fort, welche die Härte der Mitteilung zu mildern versuchen sollte, »unsere Freunde konnten sich vor ihren Feinden am sichersten nur dadurch retten, daß sie sich ihnen am nächsten anschlossen und sich dahin begaben, wo man sie am wenigsten vermuten kann – sie tragen jetzt die Kleidung, die ich selbst trage.«

»Allmächtiger Gott!« rief Marie aus. »Sie dienen in dem französischen Heer?« – »Ich weiß, was Sie sagen wollen«, entgegnete Rasinski. »Sie führen die Waffen gegen ihr Vaterland!«

Die Mutter hatte diese Nachricht mit einem sprachlosen Schrecken vernommen. Sie schien Rasinskis Worte noch nicht ganz gefaßt zu haben, so ängstlich fragend hefteten sich ihre Blicke an dessen Lippen. Marie vermochte ihrem Schmerz nicht zu gebieten. Sie warf sich weinend an die Brust der Mutter und rief aus: »O Mutter, Mutter! Nun sind wir ganz unglücklich! Was kann nun noch geschehen?« Die Mutter war unfähig, ihr zu antworten. Sie preßte die Tochter in ihre Arme, ein heftiges, fast krampfhaftes Schluchzen drohte ihrer kranken Brust den Atem zu rauben. Rasinski wurde durch diesen Anblick mehr als schmerzlich verwundet. Er wurde auf das tiefste gekränkt, ja fast beleidigt. Denn nach dem, was zwischen ihm und Marien vorgefallen war, mußte er sich und die Sache, der er mit ganzer Seele diente und anhing, für wahrhaft verabscheut halten. Sein männlicher Stolz lehnte sich unwillig gegen diese Ansicht auf. Aber er bedachte den Schmerz der Mutter, er sah Maries Tränen, und seine Seele war versöhnt. »Weinen Sie Ihren Schmerz aus«, sprach er teilnehmend. »Ich begreife, daß er groß ist. Versagen Sie aber darum dem Freund, der es wohlwollend und redlich meinte, nicht Gehör. Was er zu seiner Rechtfertigung zu sagen hat, wird auch zu Ihrem Trost dienen.« Die Mutter suchte sich zu fassen. Sie winkte ihm mit dem Haupt zu, daß er sprechen möge. Sie selbst war noch unfähig dazu. Auch Marie, die es bereute, in ihrer Heftigkeit dem edlen Mann so weh getan zu haben, suchte ihn freundlich anzublicken und wiederholte den Wink der Mutter.

»Sie betrachten gewiß«, begann Rasinski, »die Verhältnisse zu schroff. Ich will es glauben, daß der Deutsche Ursache hat, den Franzosen zu hassen. Ich finde es natürlich, daß er ihn haßt. Aber ist darum alles, was Frankreich tut, gegen Deutschlands Wohl gerichtet? Teilen nicht viele der geachtetsten Männer die Ansicht, daß ein freies, aufrichtiges Bündnis beider Völker beiden zum Heil gereichen würde? Und ist nicht in diesem Augenblick ein solcher Bund geschlossen? Fechten nicht die Heere des Rheinbundes, Österreichs, Preußens, ja selbst Sachsens, das Ihr nächstes Vaterland ist, für die Sache des französischen Kaisers? Dürfen Sie nun wohl mit Recht behaupten, daß der einzelne, der dem Völkerstrom des ganzen Vaterlandes folgt, als Verräter an demselben handle? Sie werden mir vielleicht erwidern wollen, daß die Völker durch eine politische oder geschichtliche Notwendigkeit getrieben werden, die einzelnen aber Herren ihres Schicksals sind. Sie sind es jedoch nicht mehr als jene. Ein Volk, ein Staat will sein Dasein durch Gehorsam gegen eine Übermacht der Umstände retten. Und was will der einzelne anderes? Warum sollte diesem als Verbrechen angerechnet werden, was jenem gestattet ist? Und bestehen Preußens, bestehen Österreichs Heere nicht aus einzelnen? Hätten alle diese nicht, ein jeder für sich, die Verpflichtung, der allgemeinen Notwendigkeit zu widerstreben? Und gäbe es alsdann noch eine allgemeine? Nun, meine Freundinnen, ein Unglück haben Sie vielleicht zu beweinen, aber kein Verbrechen der Ihrigen zu betrauern oder zu vergeben. Ich fordere denjenigen auf, der zu behaupten wagt, daß er an der Stelle dieser beiden Jünglinge anders gehandelt hätte. Weshalb sollten sie als nutzlose Opfer fallen, wenn es noch Mittel gab, Leben und Kräfte für eine bessere Zeit zu sparen? Wenn dereinst Deutschland so ganz und tief von dem Gefühl der Entwürdigung seiner heiligsten Rechte durchdrungen ist, daß es sich mächtig aufrafft und in voller, einiger Masse gegen Frankreich andringt, dann mag es auch für jeden einzelnen Pflicht sein, zu den Fahnen des Vaterlandes zu eilen und jede Gemeinschaft mit dem alten Feind desselben aufzuheben. Alsdann werden aber auch unsere Freunde nicht fehlen. Und wahrlich, nicht ich will derjenige sein, der sie verurteilt, wenn sie dann einen Bund brechen, den nur die eiserne Hand der Notwendigkeit zusammenschmiedete, so wenig wie ich sie jetzt deshalb verurteilen kann, daß sie sich unter diese schwere Hand beugen.«

Marie saß, ein stummes Bild des Schmerzes, da. Ihr Ohr vernahm zwar Rasinskis Worte, doch von ihrem Herzen glitten sie wie matte Pfeile ab. Allein sie schwieg, teils weil sie wenig zu entgegnen wußte und sich gegen Rasinskis Verstandesgründe nur durch widerstrebende Gefühle gewaffnet fand, teils weil sie ihn zu kränken fürchtete, endlich aus Erschöpfung. Denn zu deutlich fühlte sie, daß hier kein Widerstreben fruchten könne und nichts übrigbleibe, als das zermalmende Rad des Schicksals über sich weggehen zu lassen. Die Mutter, nicht so heftig in ihren Gefühlen, nicht so entschieden einer entgegengesetzten Ansicht, war für Rasinskis Trost zugänglicher. »Es ist schön von Ihnen«, sprach sie, »daß Sie uns durch Hoffnungen aufrichten wollen, wenngleich dieselben noch fern in verhüllter Zukunft schlummern. Aber mein großmütiger Freund, bedenken Sie, wie schwer es ist, ein Mutterherz zu beruhigen, und vergeben Sie mir also, wenn Ihr mildes Bestreben durch die Gefühle meiner Brust vereitelt wird. Welche Sorgen umschweben das Haupt einer Mutter schon, wenn sie den Sohn hinsendet in einen Kampf, den sie selbst für einen heiligen hält, für den jeder Sohn des Vaterlandes freudig Blut und Leben opfern muß! Wie ängstlich wägt sie die Gefahren, die ihn bedrohen, wie zählt sie die Minuten, in denen sie keine Kunde von ihm erhält! Und nun vollends, wenn sie weiß, daß sein Herz nicht für die Sache schlägt, der er zu dienen gezwungen ist, daß er die Waffen trägt wie eine Kette, das Lager ihm ein Gefängnis, der Tag der Schlacht ein Tag des Blutgerichts ist! O gütiger Himmel, wie soll da Trost und Hoffnung Eingang in das gequälte Herz einer Mutter finden?«

Nach diesen Worten, mit äußerster Anstrengung gesprochen, lehnte sie das Haupt müde gegen die Wange der Tochter und vergoß bittere Tränen. Rasinski, so fest er allen Stürmen des Lebens von jeher zu trotzen gewußt hatte, fühlte sich doch durch solche Angriffe auf sein Herz fast bezwungen. Sanft ergriff er die Hand der Mutter und sprach: »Wer wollte Ihnen die Gerechtigkeit Ihrer Schmerzen streitig machen? Sie sind das einzige Heiligtum des Duldenden, und glauben Sie mir, auch ich fühle dies in diesem Augenblick tiefer, als Sie vermuten.« Dabei warf er einen schwermütigen Blick auf Marie, die, gleich einem weinenden Heiligenbild, blaß, schweigend ihm gegenübersaß. Ein leiser Seufzer entstieg ihrer Brust, als Rasinskis Auge dem ihrigen begegnete. Doch wandte sie es nicht ab, sondern blickte ihn sanft und wehmütig an. »Es gibt indessen etwas in der Seele des Mannes«, fuhr er fort, »wodurch ihm das Schicksal, von dem unsere Freunde getroffen sind, erleichtert wird, was eine Frau jedoch nicht in Anschlag zu bringen weiß. Ich meine jenes, allen Männern eigene Ehrgefühl des Mutes, der in der Gefahr schon einen Adel der Tat erblickt, der sich für jedes kühne Unternehmen, eben weil es kühn ist, begeistern kann, ohne sich um den Zweck desselben zu kümmern. Nicht allein dem Stand des Soldaten gehört diese Gesinnung an, sondern sie ist ein Eigentum des Mannes überhaupt. Und wäre dies auch nicht, so gesellt sich doch selbst der notgedrungenen Wahl eines Standes sogleich das Pflichtgefühl des Berufs zu. Die Würfel des Schicksals, die unser Los zu entscheiden hatten, sind einmal gefallen. Ereignisse kennen sowenig ein Umwenden auf der Bahn des Vorwärts als der fliegende Pfeil der Zeit selbst. Und haben uns Wahl, Zufall, Glück oder Notwendigkeit einmal auf einen Standpunkt gestellt, so wollen wir ihn auch würdig in freier Kraft des Willens behaupten. Die Vergangenheit ist abgeschlossen, ihre Tore schlagen hinter uns zu, nur *vorwärts* steht die Bahn noch offen. Wie unfreiwillig wir auch hineingeschleudert wurden, jetzt ist unsere Aufgabe die, uns würdig zu behaupten. Darin finden wir Trost, Stärkung, ja Erhebung, und nimmermehr wird uns die Kraft versiegen, das Notwendige mit Freiheit zu erfüllen.« Rasinski hatte, indem er auf diese Weise seine Gesinnungen in einer festen Form aussprach, sich dieselben klarer zum eigenen Bewußtsein gebracht und so in diesem Augenblick, wo er ihrer bedurfte, die Kraft selbst gefunden, von der er sprach. Wie vergeblich alle Scheingründe des Trostes sein mögen, die wahrhaften richten auch das gebeugteste Herz auf. So auch hier. Was Rasinski aus tiefstem Bewußtsein seiner männlichen Seele gesprochen hatte, war auch in die weibliche eingedrungen. Er hatte den einzigen festen Boden, auf dem Trost und Hoffnung sichere Anker werfen konnten, aufgefunden. Der Nachen schwankte nicht mehr so unstet auf den sturmbewegten Wellen. Doch in Maries Herz drückte sich ein neuer verwundender Stachel, denn wieviel schwerer mußte es ihr jetzt werden, einem Mann zu entsagen, bei dem die zarte, schwankende Blüte der Liebe sich an eine so feste Stütze der Achtung hochranken konnte.

Die düstere Beklemmung, die bisher so schwer auf allen gelastet hatte, war verschwunden. Die Betäubung des Schmerzes hatte aufgehört. Das Herz begann auch seine Segnungen und Heilungen, die er stets mit sich führt, zu empfinden. »Sie sind ein treuer, redlicher Freund«, sprach die Mutter und drückte Rasinski die Hand. »Wie erkenne ich es als eine unaussprechliche Wohltat Gottes, daß gerade Sie in diesen verhängnisvollen Tagen der Führer und Beschützer meines Sohnes sein werden! Ich sehe darin ein Pfand seiner Huld, das uns eine glückliche Lösung dieser verworrenen Fäden des Schicksals verspricht. In diesem Vertrauen unterwerfe ich mich beruhigt seinen Fügungen.« – »So werden wir denn nicht in Zwiespalt, sondern als liebende Freunde scheiden«, antwortete Rasinski.

»Und Sie können fragen?« rief die Mutter lebhaft. »Welchen Grund könnten wir wohl zu einer mißwollenden Empfindung auffinden gegen den, der uns das Liebste gerettet hat und es noch jetzt in seine treue Obhut nehmen will?« Rasinski küßte die mütterliche Hand mit Ehrfurcht und Innigkeit. Er war sehr bewegt. Es war ihm zumute, als kehrten Tage seiner Jugend zurück, aus denen das Bild seiner eigenen ehrwürdigen Mutter, die freilich schon längst dahingegangen war, ihm mit treuer Lebendigkeit der Erinnerung vor die Seele trat. Das Gefühl, Sohn zu sein, das die Jahre schon längst aus seinem Herzen verwischt hatten, durchdrang ihn plötzlich mit der alten Wärme und Ehrfurcht. O wie gern hätte er die, für die sein Herz die *Gefühle* des *Sohnes* empfand, auch mit dem *Namen* der *Mutter* gegrüßt! Eine heilige Stille des Schmerzes herrschte in dem Gemach. Eine späte Nachtigall, deren Töne man durch das offene Fenster in der lauen Mainacht vernahm, warf auch die süß beklemmenden Anregungen der Frühlingswehmut in die Brust. Marie stand auf, trat ans Fenster und neigte ihr von Tränen überströmtes Antlitz in die kühlenden Blätter und Blüten eines reichbelaubten Rosenstocks. Das Mondlicht berührte sie mit seinem milden Strahl. Sie hob das schöne Haupt aus der Blumenhülle empor und blickte fromm zum Himmel auf, als wolle sie sagen: »Dir, alliebender Vater, vertraue ich die Heilung dieses blutenden Herzens, dem du in derselben Stunde den Bruder und den Geliebten zugleich raubst.« Rasinski betrachtete sie, seitwärts stehend, unbemerkt. Er fühlte, daß ihn dieses Bild für ewig durchs Leben begleiten werde.

Ein Posthorn ließ sich auf der Straße hören. Marie wandte sich erschrocken um: »Müssen Sie fort?« fragte sie ängstlich leise. »Es gilt nicht mir«, antwortete Rasinski. Dieser Zufall bildete den Übergang aus jenem Augenblick der Stille zu einem neuen Gespräch. Denn wie vieles war noch zu verabreden, welche Grüße hatten Mutter und Schwester an

Ludwig zu senden! So verfloß eine Stunde, da war der Augenblick der Trennung gekommen.

»Doch die Mutter muß mir erst etwas dazugeben«, setzte sie errötend hinzu und näherte sich derselben. »Eine Locke«, sprach sie und schickte sich mit einer anmutigen Bewegung an, sie der Mutter abzuschneiden, die es willig geschehen ließ. Marie band das Haar mit einer seidenen Schleife, die sie schon in der Hand hielt, dann legte sie der Mutter ein Blatt hin, indem sie sagte: »Ein Wort, liebe Mutter, ich will die Locke darin einschlagen.«

Die Mutter nahm die eingetauchte Feder, die Marie ihr brachte, und schrieb mit den von Tränen verdunkelten Augen: »Die Hand Gottes walte über dir! Deine Mutter!«

»Mehr vermag ich jetzt nicht«, sprach sie erschöpft. Marie legte die Locke in das sorgsam gefaltete Papier, nahm die Brieftasche noch einmal aus Rasinskis Hand, öffnete sie und legte das Haar ein. Indem sie diese zurückgab, sprach sie leise: »Öffnen Sie, wenn Sie allein sind.«

Es mußte geschieden werden. Rasinski drückte noch einen ehrfurchtsvollen Kuß auf die Hand der Mutter, einen heißen auf Maries zitternd dargebotene Rechte und ging dann stumm und schnell hinaus, denn er fühlte, daß seine männliche Kraft den Schmerz nicht länger zu beherrschen vermochte.

Auf seinem Zimmer erwartete ihn nur sein Reitknecht Andreas. Boleslaw war noch mit Einpacken beschäftigt. Eben kündigte der blasende Postillon den vorfahrenden Reisewagen an. Andreas eilte hinunter. Rasinski benutzte hastig den Augenblick, wo er allein war, und öffnete Maries Geschenk. Er fand ein Blatt, überschrieben: »Dem Freund.« Er entfaltete es. Es lag eine zarte Locke von Maries Haar darin. Sie hatte die Worte daruntergeschrieben: »Dem unvergeßlichen Freund die treue, liebende, doch auf ewig von ihm getrennte Freundin. Marie.« Rasinski betrachtete das Geschenk lange mit stummem Schmerz. Er drückte es an die Lippen, an die Brust. Andreas trat ein: »Es ist alles zur Abreise fertig, Herr Graf!«

Er schauerte wie vom Fieber geschüttelt zusammen. »So gib mir den Mantel«, rief er rasch und kurz, hüllte sich ein, drückte sich die Reisemütze tief in die Stirn, ging hinab, stieg mit Boleslaw in den Wagen und rollte in die Nacht hinaus, die sich, ein Bild seiner Zukunft, düster, ohne freundliche Sterne über die Erde lagerte.

Drittes Buch

Erstes Kapitel

Es war an einem Sonntag in den späteren Nachmittagsstunden, als Jaromir, Ludwig und Bernhard zuerst von einer Anhöhe die Türme von Warschau erblickten. Der Weg hatte sich lange in einem dunklen Fichtenwald, der keine Aussicht gestattete, hingezogen. Jetzt schlug er eine Ecke und klimmte einen mit Heidekraut und Brombeergebüsch überwachsenen Hügel hinan. Von dem Gipfel desselben übersah man die Ebene weithin. An ihren fernen Grenzen stiegen Warschaus stolze Paläste und Türme empor. Der feurige Jaromir rief dem Postillon ein »Halt« zu und sprang mit freudig glänzenden Augen aus dem Wagen. »Das ist meine Vaterstadt!«, rief er aus. »Acht Jahre habe ich sie nicht gesehen, aber ich kenne noch jedes Haus, jeden Giebel, jede Turmspitze hier im ganzen Umkreis. Kommt, meine Freunde, steigt ein wenig aus und laßt uns zu Fuß den Hügel hinabgehen. Hier durch das Brombeergebüsch zieht sich ein Pfad, der nachher über die Wiesen wieder auf die große Straße führt. Im Gehen zeige ich euch die merkwürdigen Orte hier ringsumher, denn so weit euer Auge reicht, entdeckt ihr keinen Kirchturm, an dem nicht polnische Helden begraben lägen, die für das Vaterland gefochten haben. Ach, wann wird diese Erde endlich die Saat der Freiheit blühen sehen, die unsere Väter hier mit ihrem Blut düngten! Seht ihr das Dorf hier gerade vor uns? Das ist Wielka Wola, wo Kosciuszko im Jahr 1794 focht. Hier links hinüber, hinter dem Fichtenwald, seht ihr den spitzen Turm von Opalin und weiter unten den von Wawryscew. An beiden Orten floß polnisches Blut in demselben Jahr, und bei Opalin fiel mein Oheim, Kasimir Graf Brescinski! O Freunde, hier liegt mancher begraben, der blutige Tränen wert ist! Ich wollte aber, wir wären mit Sonnenaufgang hierher gekommen, denn es will mir nichts Gutes bedeuten, daß ich die Türme meiner Vaterstadt im Gold der Abendsonne leuchten sehe!« Hier schüttelte er schwermütig das Haupt, und ein Zug edlen Grams umwölkte seine so offene heitere Stirn.

»Du bist ein schlechter Wahrsager«, rief Bernhard frisch aus. »Ich will dir unsere Ankunft anders deuten. Siehst du nicht dein Vaterland im Frühling wieder, wo alles keimt und sproßt und blüht? Dringen nicht selbst aus den Gräben Blumen herauf, und wogten nicht alle Fruchtgärten, an denen wir heute vorüberfuhren, wie ein Meer von Blüten, wenn der leise Frühlingswind durch die Wipfel wehte? Wahrlich, sie standen geschmückt wie Bräute, mit zartem, grünem Blätterkranz unter leichtem Blütenschleier verhüllt. Für den Herbst weissage ich euch reife Früchte. Dann werdet ihr eine Ernte halten und ein Erntefest begehen, daß Freude und Jubel durch das ganze Land erschallen sollen!«

»Du bist ein Prophet!« rief Jaromir feurig aus und schloß Bernhard mit einem brennenden Kuß auf seine Stirn heftig in die Arme. »Wenn dein Wort in Erfüllung geht, so mag immerhin die fröhliche Lust über meinem Grab erschallen, wenn ich nur weiß, daß ich in freier, glücklicher, polnischer Erde ruhe!«

Unter diesem Gespräch waren die Jünglinge den Hügel hinabgegangen und schritten jetzt auf einem anmutigen Pfad zwischen reichen Wiesen dahin, während Jaromir fortfuhr, auf geschichtlich merkwürdige Orte in der nächsten Umgebung aufmerksam zu machen und zugleich die Ereignisse zu berichten, durch die der polnische Name sich dort verewigt hatte. Ludwig hörte diesem Gespräch nur zu, nahm aber den wärmsten Anteil daran, während er im stillen dieselben Wünsche für sein deutsches Vaterland hegte, die Jaromir so laut und feurig für Polen ausgesprochen hatte. Nach einer guten halben Stunde erreichten sie die große Straße wieder, stiegen ein und fuhren nunmehr rasch auf die Tore der Hauptstadt zu.

Hinter Wielka Wola wurde die Landschaft durch Spaziergänger, Reiter und Wagen aus der Stadt lebendig. Jaromir sah mit seinen blitzenden schwarzen Augen scharf umher, ob er nicht Bekannte oder Freunde entdecken könne. Indessen schien ihm das Glück in dieser Hinsicht nicht wohlzuwollen. Etwas verdrießlich rief er aus: »Es ist wahr, in acht Jahren wird man fremd in seinem eigenen Vaterland. Es scheint, ich kenne hier niemanden mehr und werde noch weniger gekannt!« Kaum hatte er diese Worte gesprochen, als eine weibliche Stimme aus einem ihnen nach- und dicht vorbeifahrenden Wagen die Worte rief: »Graf Jaromir! Ist's möglich? Sind Sie es, oder täusche ich mich?« Jaromir hatte sich schon auf den Klang der Stimme lebhaft umgewendet und rief jetzt, fast vergessend, daß er sich auf öffentlicher Landstraße und in fremder Begleitung befand, feurig aus: »Gräfin Micielska! O Gott im Himmel, Sie erkennen mich noch?«

Die Kutscher hielten beide ohne weiteren Befehl an, da sie sahen, daß ein Gespräch zwischen Jaromir und der Dame angeknüpft wurde. Die Gräfin war eine Frau von hohem, majestätischem Wuchs. Sie mochte über dreißig Jahre alt sein, aber ihr schwarzes Auge glänzte noch jugendlich unter der blendend weißen hohen Stirn, die von reichem, dunklem Haar umwallt wurde. In ihrer Jugend mußte sie hinreißend schön gewesen sein. Bernhard mit seinem geübten Malerauge hatte sie sogleich als die Schwester Rasinskis erkannt, noch bevor Jaromir sie als solche mit seinen Begleitern bekannt gemacht hatte. Er übergab ihr einen offenen Brief Rasinskis, der in wenigen Worten sein Verhältnis zu den Freunden angab und sie der Schwester zur gastlichen Aufnahme empfahl. »Wie erfreut bin ich«, sprach die Gräfin, als sie hastig gelesen hatte, mit Wärme, »daß ich Sie hier gleich bei Ihrer Ankunft treffe! Es versteht sich, daß Sie bei mir wohnen. Ihre Zeit wird, fürchte ich, nur zu gemessen sein. Sie können mir es daher nicht verargen, wenn ich jeden Augenblick der Muße benutzen will, um Nachricht von meinem Bruder und Erzählungen von den Erlebnissen und Schicksalen so vieler teuerer Landsleute zu vernehmen. Deshalb müssen Sie mir den Eigennutz verzeihen, mit dem ich Sie zu meinen Hausgenossen oder, wenn Sie wollen, zu Gefangenen in meinem Haus mache.« Sie sprach diese verbindlichen Worte, durch die sie ihrer Gastfreiheit eine so bescheidene Einkleidung gab, fast noch mit mehr Innigkeit als Freundlichkeit, so daß man fühlte, es sei ihr ein wahrhaft freudiges Ereignis, den jungen Landsmann wiederzusehen und ihn und seine Begleiter in ihrem Haus aufzunehmen. Jaromirs lebhaften Dank erwiderte sie mit der Bemerkung, sie wolle rasch vorausfahren, um Anstalt zum Empfang ihrer Gäste zu treffen, da man ja überdies von einem Wagen in den anderen das Gespräch nicht frei führen könne. Ihr Kutscher trieb die raschen Schimmel an, sie verneigte sich freundlich grüßend und rollte vorüber.

»Ein herrliches Omen«, rief Bernhard aus, »das mir mehr gilt als die zwölf Geier, die Romulus auf dem Aventinus sah, wiewohl schwerlich jemals ein Vogelflug größere Dinge geweissagt hat. In einer Stadt, wo eine so majestätische Juno uns willkommen heißt, muß uns der Olymp geöffnet werden.« Jaromir lächelte und wiegte sein schönes jugendliches Haupt.

Unsere Freunde erreichten das Tor, wo sie als Fremde einigen Aufenthalt erfuhren. So kamen sie erst mit einbrechender Nacht vor dem Palast der Gräfin an. Es war ein großes Gebäude in edlem, doch etwas altertümlichem Stil. Zwei Bediente sprangen, sobald der Wagen hielt, an den Schlag, ein dritter empfing die Aussteigenden und führte sie, den silbernen Armleuchter vortragend, in die zu ihrer Aufnahme bereits angewiesenen Zimmer. »Die Gräfin«, begann der Kammerdiener, »läßt die Herren ersuchen, sich zuvörderst ganz bequem einzurichten und dann, sobald es ihnen möglich und gefällig ist, herüber in den Gesellschaftssaal zu kommen, wo sie dieselben auf ein Glas Tee erwartet.« Die Reisenden waren schnell eingerichtet und umgekleidet, das heißt, sie hatten die Uniform des neu zu errichtenden Regiments angelegt. Es war schon zwischen ihnen verabredet, daß Ludwig und Bernhard ihre wahren Namen ablegen und fremde annehmen sollten. Der erstere hatte sich durch eine leichte Umstellung der Buchstaben seines wahren Namens Soren genannt. Bernhard gab sich, in Erinnerung an ein schottisches

Abenteuer am Loch Lomond, weil er das Seltsame liebte, für einen Grafen Lomond aus.

Sie gingen jetzt hinüber in den Gesellschaftssaal der Gräfin. In der Tür trat sie ihnen schon entgegen und hieß sie nochmals willkommen. Jetzt sah man erst, wie hoch und edel ihr Wuchs war und wie sie auch in dieser Beziehung ganz ihrem Bruder glich. »Lassen Sie uns sitzen«, sprach sie zu allen gewandt. »Zuerst muß ich, Sie verzeihen dies schon der weiblichen Neugier, ein wenig wissen, wen ich als Gast beherberge, denn mein Bruder hat mir nur geschrieben, daß Graf Jaromir von zwei Freunden begleitet sein werde. Nachher werde ich Sie ausforschen und ausfragen, selbst über die kleinsten Umstände, denn nichts ist mir gleichgültig, was meinen Bruder und diesen Krieg betrifft.« Sie hatte sich bei diesen Worten auf das Sofa gesetzt. Die Herren nahmen ihr halb zur Seite und gegenüber auf Sesseln Platz.

»Nun sagen Sie mir, Jaromir«, begann die Gräfin, »wer sind Ihre lieben Begleiter, und was bewegt sie als Fremde, die polnische Uniform anzulegen?«

»Wir geben wohl am besten selbst Auskunft über uns«, antwortete Bernhard. »In mir sehen Sie einen halbschottischen Grafen, jedoch in Deutschland geboren. Aber ich glaube in der Tat, mein Grafentitel ist nicht mehr wert als meine Grafschaft, die ich gewiß nicht zu wohlfeil für das Spiegelbild eines Schattens verkaufte. Doch wem ein berühmter Name etwas gilt, der darf mit dem eines Grafen Lomond wohl zufrieden sein. Ich meinesteils gestehe, daß ich auf meinen Stand stolzer bin als auf meinen Rang und daher meinen Pinsel höher schätze als mein Wappen. Sie sehen hieraus, gnädigste Frau, daß Sie einen Maler vor sich haben, der, solange er lebt, die Pflicht gehabt hat, einen Grafen zu ernähren, wofür dieser, und das ist vielleicht sein einziges Gut, ihm herzlich dankbar ist.«

»So könnte also«, erwiderte die Gräfin lächelnd, »Ihr Pinsel Ihr Wappen auffrischen.« – »Vielleicht«, entgegnete Bernhard. »Es wird aber zuverlässig die *letzte* Arbeit sein, die er unternimmt.«

Ohne eine Frage weiter abzuwarten, nannte sich Ludwig und gab als Ursache seines Kriegsstandes die Neigung für denselben überhaupt an, die sein Freund mit ihm teile. Als Grund, weshalb er gerade die polnische Uniform trag, nannte er seine Bekanntschaft mit Rasinski.

»Wie dankbar bin ich Ihnen«, sprach die Gräfin, »daß die Freundschaft für meinen Bruder Sie zum Freund der Sache unseres Vaterlandes gemacht hat. Ja, wir erwarten und hoffen viel von dem Krieg, der sich jetzt entspinnt. Er wird für uns ein heiliger sein.« – »Es ist dies eine Ursache mit«, entgegnete Ludwig, »weshalb ich in einer polnischen Heeresabteilung zu dienen wünschte, obwohl ich ein Deutscher bin, denn die Sache Polens in diesem Kampf ist eine unbestreitbar gerechte und schöne. Als

Deutscher habe ich nicht den Beruf, für den Ruhm des französischen Kaisers zu fechten. In der Lage, in dem mein Vaterland, daß fast ebenso unglücklich ist wie Polen, sich befindet, kann ich den Kampf nicht für dasselbe führen. Den deutschen Heeren wird nur die halb ehrenvolle Aufgabe dabei zuteil, den Ruf deutscher Tapferkeit zu erhalten. Ein größeres Ziel, für welches das Blut unserer Landsleute fließen könnte, gibt es dabei nicht.« – »Gewiß«, entgegnete Ludwig, »indessen würde ich mich zu diesen nicht unbedingt zählen. Deutschland bedarf einer anderen Freundschaft als derjenigen, die Rußland uns bieten würde. Die rohe Gewalt dieses Kolosses mag meinem Vaterland ebenfalls frommen, um es den fremden Einflüssen, unter denen es jetzt seufzt, zu entreißen. Aber ich fürchte fast, dieser Dienst würde uns teuer zu stehen kommen, und vielleicht hätten wir am Ende nur den Herrn gewechselt. Soll ich mich aber einem von beiden unterwerfen, so wird es mir niemand verargen, daß ich lieber einer mächtigen Geisteskraft als einer rohen äußerlichen Gewalt gehorchen will.«

»Keine Frage«, rief Bernhard lebhaft dazwischen, »ein Mann von Ehre, der die Wahl hat zwischen dem Schwert und der Knute, wählt das erste. Wir können keine bessere Stätte finden, um uns vor Rußland warnen zu lassen, als Polens Hauptstadt, wo der Wind noch die Asche von den Feuerbränden aufstäuben kann, die der barbarische Feind in diese Mauern schleuderte.«

»Oh«, rief die Gräfin schmerzlich bewegt aus, »wir können noch die Brandwunden aufzeigen, und der Ruf des Jammers, der damals erscholl, ist noch nicht verklungen. Ich war eine junge Zeugin jenes schaudervollen Ereignisses. Aber diese Bilder des Schreckens haben sich für ewig in meine Seele geprägt. Leichter wollte ich meinen Namen vergessen als jenes Gefühl ohnmächtiger Verzweiflung, das damals mein und jedes Herz zerriß!« Nach diesen Worten stand sie in lebhafter Bewegung auf und ging rasch einige Male im Saal auf und ab. Die Männer schwiegen. Endlich begann Jaromir: »Es wird nun anders werden. Die Buße, die durch die Hand der rächenden Geschichte unserem Vaterland auferlegt ist, geht zu Ende. Ich glaube, Gräfin, die Zeit ist nahe, wo wir aus unserer babylonischen Verbannung wieder an den Herd unserer Väter zurückkehren.«

Die Gräfin, die noch immer auf und nieder ging, schien nur die ersten Worte Jaromirs gehört zu haben. »Es *wird* anders werden?« fragte sie, indem sie in edler Haltung vor Jaromir hintrat. »Es *muß* anders werden. Und wenn es noch tausend Jahre so fortdauerte, so würde es doch laut in meiner Brust rufen: Es *muß* anders werden. Oder wähnt ihr, daß die Mutter, die gebunden am Boden liegt, während Räuber ihren Säugling ermorden, an einen vergeltenden Gott nur *glaubt*? Sie *sieht* ihn. Die ungeheuere Tat *muß* sein rächender Arm bestrafen. Er *muß*, oder das Gewölbe des

Himmels ist taub und leer, und niemand waltet in dem öden Nichts.« Bei diesen letzten Worten hatte sie die Hand halb drohend, halb beteuernd erhoben. Ihr Auge rollte, ein edler Unwille rötete ihre Wange. Nur an dem feuchten Glanz einer Träne, die noch in ihren Wimpern hing, bemerkte man eine Spur der weicheren Stimmung, aus der sie in diese heftige Leidenschaft geraten war. – »So oft ich's mir vorgenommen hatte«, sprach sie nach einer Pause, indem sie das Haupt schmerzlich mißbilligend bewegte und die gehobene Hand wieder herabsinken ließ, »meiner Gefühle Herrin zu werden – es überwältigt mich doch immer wieder! Ach, dieser Schmerz wird nicht alt und stumpf in unserer Brust! Mit jeder Sonne geht er neu auf, und mit keiner geht er unter.«

In diesem Augenblick tönte durch die offenen Fenster des Saales, von der lauen Luft der Mainacht getragen, der Wohllaut einer Silberstimme, zwar aus einiger Entfernung, aber doch ganz vernehmlich herüber. Harfenklang mischte sich in die süße Melodie. Alle lauschten gespannt.

»Die liebliche Sirene, Francoise Alisette«, sprach die Gräfin lächelnd. »Oh, diese Zauberin hat schon manches Mal die düsteren Träume, die sich mir so schwer um Brust und Haupt lagerten, verscheucht. Es ist eine junge Sängerin, eine Französin, die zu dem Theater hier in Warschau gehört.« Man horchte aufmerksam dem lieblichen Gesang. Als er verstummt war, zog die Gräfin eine Klingelschnur und sagte dem eintretenden Kammerdiener einige Worte. Dieser ging. »Ich erwarte den Besuch einiger Freundinnen für diesen Abend«, wandte sie sich zu den Gästen. »Es wird Ihnen doch nicht unangenehm sein?« Sie wurde unterbrochen, indem die Tür eines anstoßenden Gemachs sich öffnete und eine junge Dame in leichter weißer Frühlingskleidung eintrat. Die Männer sprangen mit eiliger Höflichkeit von ihren Sitzen auf, die Gräfin aber ging der Ankommenden entgegen, nahm sie bei der Hand und stellte sie mit den Worten vor: »Meine Hausgenossin, den Namen verschweige ich, weil Graf Jaromir zeigen soll, ob er ein treues Gedächtnis hat.« Jaromir betrachtete die schöne Gestalt mit dem Ausdruck verwirrten Befremdens, das eine solche Aufgabe des Wiedererkennens stets hervorbringt, wenn man seiner Erinnerungen nicht ganz sicher ist. Die edlen Züge der Unbekannten wurden durch ein angenehmes Erröten verschönert. Sie gewährte in ihrer jungfräulichen Schüchternheit fast einen klösterlichen Anblick, den zum Teil auch ein faltiger, weißer Schleier, den sie trug, hervorbrachte. Er war mit goldenen Nadeln in dem dunklen Haar befestigt und wallte, leicht hinter die Locken zurückgeschlagen, an der Wange hernieder über die Schulter bis fast auf das Knie hinab. Auf der anderen Seite verhüllte er eine frische Rose im Haar, so daß dieselbe nur mit matteren Farben durch das Gewebe schimmerte. Der zarte Wuchs, den die Sommerkleidung mehr wahrnehmen ließ, als verbarg, das Schüchterne, Ungewisse in der Haltung der Gestalt, das verschämte Lächeln, der scheue und doch zutrauliche Blick des Auges vollendete die zauberische Anmut, die in der ganzen Erscheinung lag. »Wahrlich«, rief endlich Jaromir, »ich stehe ganz beschämt. Wenn Sie Töchter hätten, Gräfin …«

»So würden Sie dennoch falsch raten«, unterbrach ihn diese.

»Ich war wohl zu sehr Kind«, begann die Eingetretene mit wohllautender Stimme, »als daß ich Ansprüche darauf machen sollte, selbst einem so nahen Verwandten im Gedächtnis geblieben zu sein.«

Nach diesem Wink heftete Jaromir schärfer forschende Blicke auf das reizende Wesen. Sie lächelte mit holder Anmut, als wolle sie sagen: »Nun, erkennst du mich noch nicht?« Da rief er plötzlich aus: »Lodoiska, wärst du es?«

»Endlich gefunden«, sprach die Gräfin. Doch Jaromir hatte Lodoiskas Hand ergriffen, küßte sie feurig, zog dann das schöne errötende Mädchen sanft an sich, umarmte sie und drückte ihr den nach polnischer Sitte gestatteten Kuß auf die Stirn. Sie erwiderte diese Vertraulichkeiten zwar ein wenig befangen, doch mit Herzlichkeit.

»Die seit lange gestorbenen Väter dieser beiden waren Brüder«, begann die Gräfin erklärend zu Ludwig und Bernhard. »Die sterbende Mutter hat mir dieses holde Vermächtnis hinterlassen. Sie war meine innigste Freundin«, setzte sie nach einigen Augenblicken mit Wehmut hinzu, während sie die Blicke wohlwollend auf Lodoiska geheftet hielt. »Meine Pflegetochter und ihr Vetter Jaromir sind zusammen erzogen und haben sich ihre ganze Jugend hindurch als Geschwister betrachtet.«

In der Tat hatte sich die Vertraulichkeit zwischen beiden sehr rasch hergestellt. Jaromir setzte sich zu Lodoiska, ließ ihre Hand nicht mehr los und stellte ihr tausend Fragen, die sie teils erwiderte, teils mit dem innigsten Anteil beantwortete. Indessen verstanden Bernhard und Ludwig von den Einzelheiten des Gesprächs nichts, weil jene beiden sich ihren Jugenderinnerungen wie natürlich in ihrer Muttersprache überließen. Es dauerte nicht lange, so hörte man das Rollen eines Wagens, und bald darauf traten zwei ältere Damen ein, welche die Gräfin als Freundinnen vorstellte. Die Unterhaltung wurde nun allgemein: Man führte sie fast ausschließlich Französisch, doch wandte sich die Gräfin, die geläufig Deutsch sprach, auch oft in dieser Sprache zu Ludwig und Bernhard, weil sie dieselbe liebte, und die edle Weise, in der besonders Ludwig sich darin auszudrücken wußte, ihr ungemein wohlgefiel.

Zweites Kapitel

Man war auf diese Art in ein sehr lebhaftes Gespräch geraten, dem es keine Einbuße tat, daß es sich oft in drei verschiedenen Zungen kreuzte. »Es sollte mich wundern«, sprach die Gräfin, als eine augenblickliche Pause eingetreten war, »wenn der Oberst ausbliebe, da er sonst nicht leicht einen Abend bei mir zu versäumen pflegt. Zwar weiß ich sehr wohl, daß hier im Haus ihn niemand fesselt, allein er trifft nicht selten einen Liebling hier, und auch heute wird es der Fall sein, wiewohl ihm anfangs diese Überraschung nicht zugedacht war.« – »Und wen meinen Sie?« fragte Bernhard mit einer gewandten Wendung. »Wen könnten Sie noch erwarten, der geeigneter wäre, einen Mann an dieses Haus zu fesseln als diese bereits versammelten Damen?« – »Das bleibt, hoffentlich aber nur noch ganz kurze Zeit, mein Geheimnis, bis ich durch die Tat antworten kann. Aber wahrlich, ich kann es schon«, rief die Gräfin, zu der Tür blickend, und eilte der jungen Dame, die eben eintrat, entgegen. »O wie gütig«, redete sie die Kommende an, »daß Sie meiner späten Einladung ein so freundliches Ja gesagt haben. Aber Ihre Töne lockten mich so süß, unwiderstehlich, daß ich nicht umhin konnte, die unbescheidene Bitte zu wagen.« – »Müssen Sie mich denn immer beschämen?« entgegnete Francoise Alisette, denn sie war die eben Eingetretene, mit dem anmutigsten Klang der Stimme, indem sie sich neigte, um wie mit kindlicher Aufmerksamkeit, zugleich aber auch mit Ehrfurcht vor dem hohen Rang der reichen Gräfin, die Hand derselben zu küssen. Die Gräfin hinderte es jedoch und küßte das anmutige Mädchen recht herzlich auf die frischen Lippen. »Sie wissen es nur gar zu gut«, sprach diese, »daß es mich über alles glücklich macht, wenn ich einen Abend bei Ihnen verbringen kann.«

In dem Wesen dieses Mädchens lag eine ganz eigene Mischung von Zärtlichkeit und Schalkhaftigkeit. Man wußte kaum, ob sie es ernstlich meinte oder ob sie Spott mit der Gräfin trieb. Doch mochte auch das letztere der Fall sein, man hätte es ihr doch vergeben müssen, weil es mit einer so liebenswürdigen Anmut geschah, daß an ein Erzürnen gar nicht zu denken war. An der Hand der Gräfin näherte sich Francoise jetzt der Gesellschaft, grüßte mit Freundlichkeit, als ob sie mit allen bekannt wäre, rings im Kreis herum und nahm dann zwischen Jaromir und Bernhard Platz. Sie begann sogleich ein munteres Gespräch, auf das Bernhard mit Leichtigkeit einging. Jaromir schien sich weniger um die anmutige Nachbarin zu kümmern, sondern setzte seine vertraute Unterhaltung mit Lodoiska fort. Alisette war bald munter, bald weich. Mit einer unglaublichen Schnelligkeit ging sie aus einer Stimmung in die entfernteste, entgegengesetzte über, ohne daß dabei irgendeine Absichtlichkeit oder Gewaltsamkeit zu bemerken gewesen wäre. Ihre Züge bildeten, sei es nun aus Gewohnheit der Schauspielkunst oder aus natürlicher Anlage, stets den getreuesten Spiegel ihrer Empfindungen oder vielmehr ihrer Äußerungen. Dadurch gewann sie einen ganz eigenen, schwer zu beschreibenden Reiz. Ihr Gesicht glich in gewisser Hinsicht dem eines Kindes im zartesten Alter, wo sich auch die leisesten Regungen der Freude und der Schmerzen sogleich auf das bestimmteste ausprägen. Nichts aber kam ihrem Entzücken gleich, als sie hörte, daß Bernhard in England und Schottland gewesen sei. »Ach«, rief sie aus, »so finde ich doch endlich jemanden, mit dem ich von dem Land reden kann, wo ich meine schönsten Tage verlebte, freilich aber auch die traurigsten«, setzte sie plötzlich betrübt hinzu. Bei den ersten Worten glänzte ihr Angesicht so heiter wie der Frühlingshimmel, und ihre lächelnden Lippen zeigten die blendendste Perlenschnur kleiner Zähne, mit dem Zusatz aber schien es, als falle ein Wolkenschatten auf die freie, heitere Stirn, und fast glaubte man den Blick durch eine Träne getrübt zu sehen.

»Ihre freudigsten und Ihre betrübtesten Tage zugleich verlebten Sie dort?« fragte Bernhard. »Ich könnte von mir fast dasselbe sagen. Aber darf ich Sie um das fragen, was Ihr Glück störte?« setzte er hinzu. »Denn nach dem, was es begründete, zu forschen, wäre etwas verwegen.«

»Wie mutwillig und eitel zugleich zeigen Sie sich«, rief Alisette mit komischem Zorn aus, und sogleich legte sich ihre Stirn in krause Falten. »Recht wie ein Mann, denn wahrlich, ihr alle bildet euch ein, man könne nur durch euch glücklich werden.« – »Und ist es nicht schon bescheiden genug«, entgegnete Bernhard auf den Scherz eingehend, »daß ich wenigsten auch andere Ursachen zum Unglück annehme?« – »Nein, darüber müssen Sie nicht scherzen«, sprach Francoise wehmütig, aber leise, so daß sie ihre Worte nur an Bernhard richtete. »Ich verlor meine einzige, über alles geliebte Schwester dort, die kurz zuvor Witwe geworden war und mir kein anderes Andenken hinterließ als ihr verwaistes kleines Töchterlein Nadine, die mir dereinst die Mutter ersetzen soll. Ach, mein Herr, Sie glauben nicht, wieviel Jammer sich im Leben zusammenhäufen kann! Ihr Reichen und Vornehmen wißt nicht, in wie viele Bedrängnisse der Arme und besonders ein hilfloses Mädchen nur zu leicht kommt! Wir müssen davon abbrechen, es taugt nicht für so viele. Erzählen Sie mir lieber, wie es Ihnen in England gefallen hat.« – »Nicht so gut wie in Schottland«, antwortete Bernhard, »denn dort zog mich die wunderbare Natur des Landes und der Menschen an, während mich in London die wunderliche Unnatur der letzteren zurückstieß. In Schottland fand ich auch tausendmal mehr Gegenstände für meinen Pinsel – denn ich bin Maler – als in England.«

»Sie sind Maler!« rief Alisette freudig aus. »O das ist herrlich! Da haben Sie gewiß viele Zeichnungen mitgebracht, die Sie mir zeigen müssen, denn auch ich bin das Land vielfältig durchreist.« – »Sehr gern«, entgegnete Bernhard, »doch für jedes Blatt, das ich Ihnen zeige, müssen Sie mir ein Lied singen!« – Tausend, mit Freuden«, sprach Alisette munter, und jede Spur des Ernstes oder Schmerzes war aus ihren Zügen verschwunden. »Oder glauben Sie wohl, ich sänge ungern? Ach, meine ganze Seele ist glücklich, wenn ich nur singen kann.« Bernhard wollte ihr eben sagen: »Nun, so machen Sie doch sich und uns zugleich glücklich«, als ihr Gespräch durch das Eintreten eines Fremden, des obersten Regnard, unterbrochen wurde. Dieser war ein stattlicher Mann, vielleicht vierzig Jahre alt, doch schienen seine Züge anzudeuten, daß er das Leben rascher genossen habe, als heilsam zu sein pflegt. Seine Stirn wurde durch eine breite Narbe, die sich am Auge nahe den Schläfen herunterzog, nicht entstellt. Der Blick hatte nur noch ein abnehmendes Feuer, seine Züge waren bestimmt, bedeutend, Geist verratend, doch ohne Lebendigkeit. Im übrigen besaß er eine große Gewandtheit des Benehmens und jene besonnene Haltung, die der Franzose selten eher als in den Jahren des Obersten erwirbt. Der Deutsche erlangt sie zehn Jahre früher.

Regnard ging auf die Wirtin zu und begrüßte sie mit dem feinen Anstand des Weltmannes. Gegen die übrigen Personen verbeugte er sich im allgemeinen, ohne irgend jemanden besonders auszuzeichnen. Nur Alisette warf er einen bekannten, freundlichen Blick zu. »Ich sehe hier«, begann er nach einigen Augenblicken, »etwas doppelt Auffallendes für mich, drei mir ganz fremde Herren in einer mir ebenso unbekannten Uniform. Darf ich Sie bitten«, wandte er sich zur Gräfin, »mich mit meinen Kameraden bekannt zu machen?« Sie stellte ihm die neuen Ankömmlinge vor.

»Also Graf Rasinski wird bald hier eintreffen?« fragte der Oberst, als ihm das Verhältnis der jungen Männer zu diesem bekannt gemacht wurde. »Dies freut mich ungemein, denn wir haben in Spanien und Italien manchen heißen Tag miteinander zugebracht. Ein trefflicher Soldat«, setzte er hinzu, indem er sich halb zur Gräfin, halb zu den jungen Männern wandte. »Der Kaiser konnte den Führer eines Freikorps nicht besser wählen. Der Graf hat militärischen Blick, er übersieht den Zusammenhang großer Operationen und beurteilt mit Scharfblick, an welchem Punkt die scheinbar kleine Hilfe zu einer unberechenbar großen wird. Die meisten Führer solcher Korps versehen es darin, daß sie ihre Unternehmungen nur für sich betrachten und ausführen. Es ist ganz gut, wenn man dem Feind einen Transport Lebensmittel abnehmen kann, wenn man ein Detachement abschneidet oder aufhebt, ihn auch allenfalls einmal nur beunruhigt und dadurch ermüdet. Im großen aber wird damit wenig gefördert. Der wahre Parteigänger muß entweder die Rolle der Biene spielen, die den Jäger in die Hand sticht in dem Augenblick, wo er abdrücken will. Oder er muß im anderen Fall die der Maus übernehmen, die das Netz zernagt, in dem sich der Löwe verfangen hat.«

Der Oberst sprach über militärische Gegenstände mit einer großen Klarheit und sehr entschieden, ohne jedoch in jenen unangenehmen Ton zu verfallen, der stets vorauszusetzen scheint, daß man völlig Unkundige zu unterrichten und ihnen ganz besondere Schätze des Wissens mitzuteilen habe. Er warf seine einsichtigen Bemerkungen wie beiläufig, als Dinge, die sich eigentlich von selbst verstehen, hin, und in seiner sich überhaupt wenig ändernden Miene zeigte sich nichts, was eine prunkende Anerkennung des Werts einer ausgesprochenen Meinung zu erwarten schien. So auch jetzt, wo alles, was er sagte, eigentlich nur den Charakter eines Lobspruchs für Rasinski trug. Jaromir beantwortete die Bemerkungen des Obersten beistimmend, wodurch sich ein Gespräch über militärische Gegenstände entspann, dem Bernhard und Ludwig mit Anteil folgten. Dies zog sie ein wenig von der Unterhaltung mit den Damen ab, und sie wurden daher um so angenehmer überrascht, als plötzlich einige Akkorde auf dem geöffneten Flügel ertönten. Es war Francoise Alisette, die, zum Singen aufgefordert, sich mit heiterer Anmut an das Instrument gesetzt hatte und, indem sie wie unwillkürlich einige Griffe tat, sinnend aufwärts blickte, als suche sie etwas, das sie vortragen möchte. »St!« sprach der Oberst. »Nun laßt uns zuhören, meine Freunde! Ewig schade ist es um jeden Laut dieser Silberstimme, der ungehört verlorengeht.«

Alle wandten die Blicke auf Alisette, die jetzt mit leichtem Wiegen des holden Köpfchens eine französische Romanze sang, deren sanfte, wellenförmig auf- und niederschwebende Melodie von ihr mit zartester Innigkeit vorgetragen wurde. Es war ein in der Tat reizendes Schauspiel, sie dabei anzusehen, denn ohne irgendeine Absichtlichkeit, ohne irgend gemachtes Mienenspiel anzuwenden, folgte doch der Ausdruck ihrer Züge dem der Worte und Töne bis in die feinsten Beziehungen nach. Die schönen Wellenlinien ihres Antlitzes schienen durch den zartesten Hauch der Klänge bewegt zu werden, wie der klare Spiegel eines Weihers sich leise wehenden Lüften mit sanftem Wiegen anschmiegt. Und welch ein namenloser Reiz lag in diesen silberhellen Tönen, die sich so schmeichelnd an das Ohr legten, mit so rührender Bitte an das Herz zu dringen schienen! Alles lauschte mit zurückgehaltenem Atemzug. Bernhard ließ seine forschenden Blicke ringsumher schweifen. Er hätte gern alles porträtiert, was im Zimmer Auge und Ohr hatte, denn der Anteil, der sich auf jedem Angesicht ausdrückte, verlieh auch jedem einen besonderen malerischen Charakter. Von jeher gewohnt, den Ausdruck der Züge aus den verborgenen Tiefen der Seele zu erklären, weil er überzeugt war, daß alle Formen einem geistigen Gesetz gehorchten, das uns nur nicht immer gleich verständlich ist, beschäftigte er sich noch jetzt damit, diese schönste Hieroglyphenschrift zu enträtseln, wobei man freilich oft noch in viel dunklere Irrwege gerät, als wenn man die Geheimnisse ägyptischer Katakomben aus der magischen Schrift der Priester zu enthüllen sucht. Lodoiska schien weniger durch den Gesang ergriffen zu werden, als mit gespannter, fast unruhiger Aufmerksamkeit die Wirkung desselben auf Jaromir zu beobachten. Dieser dagegen war so versunken in den Anblick der Sängerin, daß er es nicht bemerkte, wie dieselbe in fast auffallender Weise Blicke und Worte nur an ihn richtete. Noch ein drittes entdeckte Bernhard kurz vor dem Schluß des Liedes, nämlich daß der Oberst den letzten Teil seiner Wahrnehmung ebenfalls gemacht zu haben schien und darüber die Stirn in finstere Falten zog. Bernhard war zu geübt in der Schule der Erfahrungen, um aus dem, was er sah, nicht mancherlei Mutmaßungen zu schöpfen. Einige Äußerungen der Gräfin hatten es deutlich zu verstehen gegeben, daß der Oberst sich sehr angelegentlich um die Gunst der reizenden Alisette bewerbe. Wenn diese daher dem schönen, jugendlichen Jaromir den Vorzug gab, so konnte dies zu verwickelten Unannehmlichkeiten führen, da der Oberst nicht aussah wie ein Mann, der einen Nebenbuhler geduldet hätte. Bei allem Schein jungfräulicher Schuldlosigkeit in Francoisens Benehmen und Wesen wollte es Bernhard aber doch so vorkommen, als könne dieser Schein täuschen. Zu häufig hatte er im Leben schon Gelegenheiten gehabt, die Erfahrung zu machen, in welchem Grad die Frauen durch ihr äußeres Wesen ihr Inneres zu verhüllen wissen und wie schwer es fällt zu unterscheiden, ob ein unschuldiger Blick aus einer unschuldigen Seele kommt. Er hatte wenig Grund zum Verdacht gegen Alisette, und was er soeben bemerkte, konnte ebensogut Zufall als Absicht sein, da Jaromir ihr gerade gegenüberstand. Indessen war es ihm, als rufe eine innere Stimme ihm zu: Der blaue, klare Spiegel dieses Gewässers, das Sonnenlicht und Himmel in so schöner Verklärung zurückwirft, bedeckt eine gefährliche Tiefe! Dagegen sprachen Lodoiskas edle, sanfte Züge unfehlbar das tiefste Innere ihrer Seele aus, und ohne durch den Reiz dieser Gestalt mehr als ganz allgemein angeregt zu werden, schien ihr Bild ihm doch unabweislich zuzurufen: Dieser darfst du trauen, ihr Auge ist auch ihr Herz. Aber schien nicht ebendieses Auge, wie es sich unruhig auf Jaromir heftete, zu sagen: Du trauter Jugendfreund, dich liebe ich aus tiefster treuester Brust! Muß ich sehen, daß diese lockende Stimme dich mit den silbernen Zauberfäden ihrer Töne umspinnt, um dich mir zu entführen?

Drittes Kapitel

Der Gesang war zu Ende. Die Gräfin trat auf Alisette, die unbefangen stehengeblieben war, zu, ergriff ihre Hand, streichelte ihr freundlich das Kinn und sprach: »Wie rührend, wie sanft bewegend. Oh, ich glaube, diese milden Töne müßten den heftigsten Sturm in der Brust zum Schweigen bringen. Sie sind das lindernde Öl, das der Schiffer in die Brandung gießt, um das empörte Meer zu besänftigen. Welch ein Glück, wenn man einen solchen Trost des Himmels bei sich führt!« – »Ach«, antwortete Alisette mit einem leichten Seufzer, »wenn sie auch vielleicht eine fremde Wunde kühlen, den brennenden Schmerz der eigenen lindern sie nicht!« – »Wie?« sprach Ludwig, »sollte eine solche Göttergabe den umgekehrten Fluch der Kassandra mit sich führen?« – »Wieso?« fragte die Gräfin.

»Jene«, erwiderte Ludwig, »verkündete die Wahrheit, und niemand glaubte ihr. Dieser schönen Prophetin glauben alle. Nur ihr selbst sollte die süße Wahrheit ewig unverstanden bleiben?« Alisette schien betroffen über Ludwigs Bemerkung. Bernhard, der sie gehört hatte, trat näher und fiel ein: »Unsere Kassandra hat recht. In vielen Fällen gleicht die Kunst der Sonne, die alles wärmt und belebt, aber selbst entweder ein kalter Körper ist oder ein Feuerkoloß, der in sich zu Asche brennt. Das letztere ist häufiger. Die Welt nennt die Künstler glücklich, weil sie Glück verbreiten. Wenige aber wissen, wie teuer oft das Kunstwerk von dem Künstler erkauft wird. Wenn ich sanfter vergleichen will, so möchte ich sagen, die Gaben der Kunst gleichen einer tauenden Wolke, die, indem sie die Flur mit erquickenden Perlen überschüttet, sich selbst verzehrt und dahinschwindet.« – »Oh, das ist wahr«, rief Alisette mit wehmütigem Blick. »Wie oft war es mir, als solle ich an meinen Tönen sterben, und welch einen bittersüßen Tod!«

»Ich kann mir nicht denken«, entgegnete Ludwig, »daß die wahre Kunst nicht eine tröstende, erhebende Gefährtin durch das Leben sein sollte, deren Fittich uns trüge und kühlend bedeckte, wo der Pfad durch brennende Wüsten führt.

»Das tut er freilich«, rief Bernhard, »wenn du dich erst in einer solchen Wüste befindest. Dafür aber treibt dieser scheinbar so sanft leitende und tröstende Genius dich auch mit dämonischer Gewalt aus allen ebenen und betretenen Bahnen des Lebens heraus in die Wildnis hinein. Er reißt dich an Abgründen dahin, stürmt dich jähe Felshöhen hinauf, schleudert dich in schäumende Wirbel eines empörten Ozeans, um dich von der kalten Woge an irgendein ödes Eiland werfen zu lassen.«

Ludwig schüttelte ernst das Haupt. »Einiges ist wahr von dem, was du sagst«, erwiderte er, »doch du schilderst nur die Hälfte, sprichst nur von den rauhen Nächten des künstlerischen Lebens, von den Ungewittern seines milden Frühlings, aber nicht von dem göttlichen Tag, den es euch leuchten, nicht von den tausend Blüten, die es auf euren Pfaden sprießen, nicht von dem sanften Mondglanz, den es in die dunklen Tiefen einer trauernden Brust so tröstend hinabschimmern läßt.« – »Tiefere Wunden, süßerer Trost. Das ist alles mit einem Wort gesagt«, antwortete Bernhard kurz, bestimmt, aber nicht ohne eine leise Schattierung wehmütigen Ausdrucks.

Die Gräfin und Francoise hatten mit Anteil zugehört. »Wie seltsam ist es doch«, sprach die letztere, »daß man oft etwas ganz genau gekannt und empfunden hat, ohne es eigentlich zu wissen. Wie oft habe ich das alles gefühlt, und doch wird es mir erst jetzt so klar! Wie beneide ich die Männer, die ihre Gedanken und Gefühle so auszusprechen wissen! Und Sie haben beide recht«, wandte sie sich zu Bernhard und Ludwig, obgleich Sie verschiedener Meinung zu sein scheinen.«

Das ernste Gespräch hätte sich wohl noch eine Zeitlang fortgesetzt, wenn nicht der Oberst dazwischengetreten wäre, um sich mit Artigkeit zu Alisette zu wenden und ihr nach geselligem Gebrauch einiges Verbindliche über ihren Gesang zu sagen. »Sie haben uns gerührt, ich möchte fast behaupten, zu sehr erweicht«, sprach er. »Allein ich weiß, daß Sie innerlich über uns lächeln, weil Sie sich der Zaubermacht wohl bewußt sind, mit der Sie ebenso leicht die Heiterkeit zurückführen und aufs neue flattern lassen, als Sie ihr jetzt die mutwilligen Flügel gebunden haben. Wir wissen alle, daß Sie nicht nur ein Proteus sind, der sich selbst, sondern auch eine Circe, die andere nach Belieben verwandelt. Allein was hälfe es, gegen die Macht der holden Zauberin unwillig zu murren? Sie würde nur desto loser ihre Willkür üben. Es bleibt uns daher nichts übrig, als daß wir uns aufs Bitten legen. Das tue ich denn, schöne übermütige Gebieterin! Wie wäre es, wenn Sie die dunkelfarbigen Nachtvögel, die Ihr Klagelied herbeigelockt hat, verscheuchten und einige bunte Tagschmetterlinge flattern ließen, die sich mit ihren farbigen Flügeln so reizend im Sonnenstrahl wiegen?«

Alisette sah ihn mit einem anmutigen, fast schalkhaften Lächeln an und sprach ein ungemein wohllautendes »Gern, sehr gern!« Fast in demselben Augenblick begann sie auch schon das Vorspiel zu einem fröhlichen Liedchen, das sie mit so hellen frischen Tönen anstimmte, daß man eine wirbelnde Lerche zu hören glaubte, die sich am schönsten Frühlingsmorgen über die betaute Saat in den blauen Äther aufschwingt. Und diese Morgenfrische verbreitete sich in jeder Brust, selbst die ernste Lodoiska ließ ein Lächeln um ihre Lippen spielen.

Sowie Francoise geschlossen hatte, sprang sie munter auf und eilte auf Lodoiska zu, die in der Ecke des Sofas saß. »Nun, liebe Gräfin«, bat sie, »müssen Sie uns ein Lied singen. Ihre kleinen polnischen Nationallieder sind gar zu reizend, sowenig ich auch von den Worten verstehe.« –

»O nein, nein«, entgegnete Lodoiska sanft abwehrend, »wie sollte ich meine traurigen Gesänge, meine bebende Stimme nach diesen lieblichen Tönen vernehmen lassen.« – »Oh, sie lautet so süß, so rührend! Oder glauben Sie, ich hätte Sie nicht belauscht, wenn Sie bisweilen spät in der Nacht in Ihrem Zimmer diese eigentümlichen Lieder unbefangen für sich gesungen haben?« Lodoiska errötete mit Lieblichkeit. »Ja«, fuhr Alisette fort, indem sie Lodoiskas Hand mit einer bittenden Bewegung ergriff, »die Nacht und offene Fenster sind oft Verräterinnen der süßesten Geheimnisse. Das kleine Lied«, hier summte sie die Melodie, die den Anfang desselben bildete, »möchte ich Sie auch einmal singen sehen, da ich es nun schon zwei Nächte hintereinander gehört habe.«

Lodoiska glühte wie eine dunkle Rose, denn, ohne es zu wissen, hatte Francoise sie sehr in Verlegenheit gesetzt, da die Worte des Liedes denjenigen, die des Polnischen kundig waren, in der Tat Herzensgeheimnisse zu verraten scheinen mußten. »Das Lied«, sprach sie, »ist eine Erinnerung aus früher Kindheit, wo ich es oft von meiner Mutter hörte. Ganz zufällig habe ich es zwei Abende hintereinander, wo mich die Nachtigall hier gegenüber wach erhielt, gesungen.«

»So singen Sie es auch den dritten«, erwiderte Francoise, »bitte, bitte!« Dabei schmeichelte sie so anmutig, daß Lodoiska sehr dringende Gründe hätte haben müssen, um ihr eine abschlägige Antwort zu erteilen. Sie hätte dieselbe freilich gern gegeben, doch fühlte sie jetzt, daß es besser sei, sich willig zu zeigen, als den Worten des Liedes durch Weigern statt der zufälligen Beziehung eine wirkliche zu geben, zumal da sie annehmen durfte, daß Jaromir und die Gräfin es wahrscheinlich schon an der Melodie erkannt hatten. Sie gab daher den Bitten Alisettes nach, ließ sich von dieser, wiewohl ein wenig befangen, an das Instrument führen, setzte sich und begann:

»Einsam wandle ich so gerne,
Suche mir den stillsten Weg,
Von den Frohen bleib' ich ferne,
Liebe Waldes dunklen Steg.
An der Felsenwand,
An des Bächleins Rand,
Setze ich mich sinnend nieder: –
Wann, ach wann kehrst du mir wieder!

Auf der Lüfte linden Schwingen
Kehrt der holde Lenze zurück,
Alles wird er wiederbringen,
Alle Lust und alles Glück.
In dem dunklen Hain,

Selig, traut allein,
Tönen neu die alten Lieder –
Wann, ach wann kehrst du mir wieder!

Wenn die kleinen Schwalben fliehen
Unser traulich stilles Dach,
Möchte ich beflügelt ziehen
In die fernsten Lande nach.
Ob die Lippe bleicht,
Bis ich dich erreicht,
Senk' ich nimmer mein Gefieder –
Wann, o wann kehrst du mir wieder!

Wie des Bächleins Wellen fließen,
Fort und fort bis an das Meer,
Werde Tränen ich vergießen,
Und sie trocknen nimmermehr.
Säumest du noch lang,
Bricht mein Herze bang,
Legt das müde Haupt sich nieder –
Wann, ach wann kehrst du mir wieder!«

Lodoiska hatte eine sanfte, ungemein rührende Stimme, der sie aus Schüchternheit nur ganz leise Töne entlockte, die aber in ihrem reinen Ansprechen den bebenden, verwehenden Klängen der Äolsharfe glichen. Verbunden mit dem leichten Erröten des edlen Angesichts, weil die Worte geheime Regungen ihres Herzens auszusprechen schienen, brachte ihr Gesang eine ganz eigentümliche Wirkung hervor. Es war die Jungfräulichkeit selbst, die sich hier gewissermaßen in Tönen darstellte. Nicht ein Kunstwerk, sondern ein holdes Bild der Natur, das diese in heiligen Momenten schuf und mit allen rührenden Reizen des Lebens ausstattete. Es ließ sich leicht erklären, weshalb Lodoiska das Lied, das sie gestern noch ganz unbefangen gesungen hätte, heute mit einiger Schüchternheit vortrug. Denn da seit wenigen Stunden in ihrem Herzen die ersten Keime zu einer besonderen Beziehung der Worte auf ihr eigenes Leben zu sprossen begannen, so brachte dieses dunkle Ahnen jene Scheu hervor, die sie sonst nicht gekannt hätte. Der Mann ist leichter geneigt als die Jungfrau, in Zufälligkeiten Absichten zu suchen, wenn diese seinen Wünschen entsprechen. Deshalb wagte Jaromir, und sein Herz schlug dabei in überschwenglicher Freude, diese Worte für sich zu deuten. Er bedachte, daß sie, wie Francoise erwähnt hatte, dieses Lied in einsamen Stunden der Nacht gesungen hat. Hatte sie dabei an ihn gedacht? Ja, ja, sagte er sich und glaubte, was seine heißesten Wünsche waren. Dieses vermeintliche

Entgegenkommen ihrer Liebe entflammte die seinige daher schnell zur mächtigen Glut. Ihm war das seltene Gefühl, nicht zu zweifeln, ob die Geliebte auch ihm hold gesinnt sei, sondern er glaubte ihr Herz schon enthüllt zu sehen. Freilich nicht durch die Tat, denn sie trug es wie die Rose in der innersten Blüte verborgen, sondern die Hand eines lenkenden Geschicks streifte die zarten Blätter des Kelches auseinander und zeigte das Kleinod, das er verschloß. Dem diamantenen Tautropfen gleich glänzte es im tiefen Blütenschoß und strahlte alle schönsten Farben des Weltalls verklärt wider. Und mitten in ihrer schimmernden Hülle glaubte Jaromir sein Bild schweben zu sehen.

Es war nicht gedankenlose, gemütsarme Eitelkeit, die ihn zu diesem Erraten führte, sondern der starke Glaube des liebenden Herzens, die kühne Hoffnung der Jugend, die heiße Wünsche und süße Erfüllungen in glücklicher Täuschung zu verwechseln vermag. Hier aber täuschte er sich nicht, wenn er auch vielleicht mehr erraten hatte, als verraten wurde, ja als Lodoiska zu verraten vermochte, da für sie selbst ihr Herz noch klösterlich verschleiert war.

Der Wunsch des Obersten, den die Musik mehr unterhielt als bewegte, trug auf ein Duett an. Doch Lodoiska sprach ein sanftes, aber entschiedenes Nein. Es blieb dem Obersten, der sich nicht sogleich ergeben wollte, keine Zeit zu einer Bestürmung, nachdem sein erster Versuch zurückgeschlagen war. Denn die Gräfin unterbrach ihn mit der Aufforderung, sie zu Tisch zu führen. Er reichte ihr höflich den Arm, Jaromir bot den seinigen Lodoiska dar, Ludwig, der einer der älteren Damen nahe stand, führte diese, und Bernhard nahm Alisette an den linken, die andere, noch allein übrige Freundin der Gräfin an den rechten Arm. »*Sie* führe ich auf der Seite, wo mein Herz schlägt«, sprach er halblaut zu Alisette, die ihm durch einen munter zutraulichen Blick antwortete. Die Türen des glänzend erleuchteten Speisesaals öffneten sich, man ging hinein.

Viertes Kapitel

Gegen Mitternacht zogen sich die jugendlichen Kriegsgenossen erst auf die ihnen angewiesenen Zimmer zurück. Es waren deren drei, die auf einem Korridor lagen. Die Fenster gingen zu dem Garten hinaus. Bei dieser Anordnung waren die Freunde beisammen und getrennt, je nachdem, wie es ihnen behagte. Jeder bewohnte ein eigenes Gemach, doch ein Schritt führte ihn in das des Nachbars. Jaromir wünschte den anderen beiden eine gute Nacht. Er schien müde zu sein. Bernhard und Ludwig blieben im Zimmer des ersteren, wo sie durch das Ludwigs von dem, in dem Jaromir schlief, getrennt waren, noch eine Zeitlang beisammen und sprachen über die wunderbare Gestaltung ihrer Lebensverhältnisse, die plötzlich eine so völlig andere Wendung genommen hatten. Es war dies eigentlich die erste vertraute Stunde, die sie seit ihrer Abreise von Dresden miteinander zubrachten. Denn sie hatten den Weg aus vielen Gründen so eilig zurücklegen müssen, daß, zumal in der Gegenwart des noch weniger von ihnen gekannten Jaromir, zu einem ruhigen, Mitteilung gestattenden Verweilen keine Zeit geblieben war.

»Es soll mich wundern«, sprach Bernhard, »was Fortuna uns noch für Glückszüge mit ihrem Netz tun lassen wird. Ich meinesteils habe ihr als stattlicher Graf Lomond die Tür möglichst weit aufgesperrt, während du als Ludwig Soren nur auf ein paar Angelfischchen an deinem kläglichen Namen zu hoffen hast. Ich dagegen fische mit dem breiten Netz der Grafenkrone und darf erwarten, daß an ihren neun Spitzen etwas von Belang hängenbleiben werde. Ja, hier in Polen fange ich schon an, es zu bereuen, daß ich mir nicht einen Fürstenhut aufgestülpt habe, denn in der langen echten Perlenschnur polnischer Magnaten hätte sich eine unechte, schottische Perle wohl verloren. Nun, wer weiß, was geschieht!«

»Ich beneide dich um deine glückliche Laune«, erwiderte Ludwig. »Allein soviel Mühe ich mir gebe, mein Schicksal von einer guten Seite zu betrachten, es will mir nicht gelingen. Ich denke, ich werde demselben mit Ernst und mit Fassung entgegentreten. Aber es liegt vor mir wie ein dürrer, schroffer Fels, auf dem ich nicht Raum zu so viel fruchtbarer Erde erblicke, um eine einzige arme Blüte darauf zu ziehen.«

»Es wird eine Hand kommen«, antwortete Bernhard, »die wie Moses gegen den Stein schlägt, daß ein reicher, frischer Quell daraus hervorsprudelt. Bisweilen habe ich meine Stunden, wo mir ein unsichtbarer Dreifuß der Pythia untergeschoben wird und die Weisheit des delphischen Gottes aus mir redet. Jetzt eben glaube ich auf dem begeisternden Sessel recht behaglich zu sitzen, und es zieht eine ganze *Laterna magica* der rosafarbensten Bilder unserer Zukunft vor mir vorüber. Ich sehe gar nicht ein, weshalb wir nicht im ersten Gefecht den Offiziershut verdienen, im zweiten uns auf den Rittmeistersattel schwingen, im dritten ein Paar Majorsepauletten erbeuten sollten. Hat der russische Kaiser nur zwei oder drei tapfere Generale, so weiß ich nicht, weshalb der Krieg nicht mindestens sieben Jahre dauern sollte, und das ist eine hinlängliche Zeit, um einen Marschallstab, mit einer Fürstenkrone darauf, reif werden zu lassen, gegen die ich meinen unechten schottischen Adelsbrief nicht unvorteilhaft austauschen würde. Und sollte der Name Fürst von Petersburg oder Herzog von Archangel oder gar, falls ich den rechten Flügel der Armee kommandierte, Prinz von Astrachan nicht so gut klingen wie Prinz von Pontecorvo, Herzog von Albufera oder Dalmatien? Mir scheint, stattlich genug würde es lauten, wenn ich mich nur Herzog von Kamtschatko, oder Fürst von der Lena titulierte und einen Mammutsknochen in mein Wappen aufnähme.«

»Du willst den Feldzug etwas weit ausdehnen«, erwiderte Ludwig lächelnd, »indessen bleibe ich dabei, du bist zu beneiden, daß dir auf einem so schwarzen Hintergrund der Zukunft so heitere Bilder erscheinen.« – »Das ist ein Malertalent«, rief Bernhard, »und ich habe es viel geübt. Stelle ich mich vor einen recht schwarzen Gewitterhimmel, so sehe ich in den drohend getürmten Wolken, in ihren kühnen Bogen und schwefeligen Auszackungen die wunderbarsten Zauberpaläste und Gebirge. Aber du scheinst mir müde, laß uns daher versuchen, ob das Lager bei der Juno, die uns aufgenommen hat, ihrem übrigen, wahrhaft olympischen Empfang entspricht.«

Ludwig nahm Bernhards Hand, wünschte ihm eine gute Nacht und ging in sein Zimmer. Bernhard fühlte den Geist des edlen Tokaier, den er nicht sparsam getrunken hatte, noch zu feurig in seinen Adern, um sich dem trägen Schlaf überlassen zu können. Er trat ans Fenster, öffnete es und blickte zu dem Garten hinaus, an dem der eine Seitenflügel des Palastes sich hinunterzog. Ein kühler Abendwind rauschte in den Bäumen und wiegte die Büsche leicht hin und her. Der Mond stand tief und warf daher den finsteren Schatten des Gebäudes weit über den grünen Gartenteppich hin. Da aber, wo sein Strahl durch nichts verhüllt wurde, beleuchtete er die Wege und Rasenplätze fast mit Tageshelle. Bernhard erinnerte sich, daß Alisette ihm bei Tisch gesagt hatte. »Hier sitzen wir gerade meinen Fenstern gegenüber, in welche die ganze Nacht der Mond freundlich hineinscheint.« Es fiel ihm ein, ob er wohl den Versuch machen sollte, sich in den Speisesaal, der auf dem entgegengesetzten Flügel des Palastes lag, zu schleichen und die Fenster des schönen Mädchens ein wenig zu belauschen. Von seinen Entschlüssen bis zur Ausführung pflegte es nicht weit zu sein. Er warf sich daher in den Überrock und verließ leise das Gemach. Nur eine einzige matte Lampe flimmerte am Ende des Korridors. Er horchte vorsichtig, ob auch alles still sei. Es ließ sich in dem ganzen weiten Gebäude kein Laut vernehmen. Mit leisen Schritten ging er auf die Lampe zu, die im Haupttreppengewölbe brannte und auf diese Weise ihr Licht in beide Flügel warf. Ohne irgend jemandem zu begegnen, gelangte er an der ganzen Hauptfront hinunter bis zu dem anderen Seitenflügel. An der Stelle, wo der Korridor um die Ecke ging, brannte eine zweite, dem Verlöschen jedoch nahe Lampe. Sie leuchtete indessen noch so viel, um die einzelnen Türen, die aus dem Gang in die Gemächer führten, zu erkennen. Die dritte war die des Speisesaals. Dies hatte sich Bernhard, der sehr viel Aufmerksamkeit und Gedächtnis, besonders für architektonische Ortsverhältnisse besaß, genau gemerkt. Leise drückte er die Klinke, um zu versuchen, ob die Tür verschlossen sei. Sie war es nicht. Er trat ein und stand nun in dem großen dunklen Saal, dessen weiße, zugezogene Fenstervorhänge bleichen Gespenstern glichen, ganz allein. So leise er ging, verursachte sein Schritt in dem weiten Raum doch einen flüsternden, schauerlichen Widerhall. Behutsam näherte er sich einem Fenster, teilte die Vorhänge ein wenig und blickte hinüber. Gerade vor ihm lag in der nicht breiten Straße, deren gegenüberstehende Häuserreihe vom Mond beleuchtet wurde, ein kleines Haus, in dem die Fenster des zweiten Stockwerks durch Jalousien verschlossen waren. Der Schatten des Palastes fiel so weit hinüber, daß der untere Teil des Hauses noch ganz damit bedeckt wurde. So wenig man daher jemanden im Erdgeschoß oder in der Haustür erkennen konnte, um so deutlicher unterschied man die Gegenstände da, wo das helle Mondlicht sie bestrahlte. Der Beschreibung nach war Alisettes Wohnung in diesem Haus, und ihre Fenster waren die des mittleren Stockwerks. Bernhards scharfes Auge sah zwischen den Jalousien Licht hindurchschimmern, und ein sich bewegender Schatten gab ihm die Gewißheit, daß noch jemand auf sein müsse.

Plötzlich hörte er das Geräusch eines, obwohl mit Vorsicht, im Schloß umgedrehten Schlüssels. Die Haustür gegenüber öffnete sich leise, und eine lange Gestalt, die sich dicht in den Mantel verhüllt hatte, trat eilig heraus und verschwand sogleich in dem Schatten des Palastes. Sie schritt quer über die Gasse und schlich sich hierauf unter den Fenstern des Saales fort, so daß Bernhard die Richtung, die sie nahm, nicht mit dem Auge verfolgen und auch nicht einmal aus dem Schall der Schritte erraten konnte, indem der Unbekannte mit äußerster Behutsamkeit so leise auftrat, daß man trotz der Stille der Nacht ihn nicht gehen hörte. Bernhard war fast betroffen über seine Entdeckung, die, in Verbindung mit manchen anderen Bemerkungen und Vermutungen, zu denen Francoise ihm Gelegenheit gegeben hatte, ihm den Gedanken aufdrang, jener Unbekannte sei niemand anderes als der Oberst, der einen späten Besuch bei der leichtfertigen Schönen gemacht hatte. Mit Adlerblicken hielt er jetzt die Fenster Alisettes bewacht, ob sie sich vielleicht noch zeigen und dadurch seinen Verdacht bestärken sollte. Indessen blieb alles still. Der trübe Lichtglanz schimmerte noch immer zwischen den Jalousien hindurch und wurde von Zeit zu Zeit durch einen vorüberschwebenden Schatten bedeckt. Weiter aber ließ sich nichts hören noch sehen. Wohl eine halbe Stunde mochte Bernhard in ausharrender Spannung am Fenster zugebracht haben. Da sich aber auch nicht das geringste entdecken ließ, beschloß er, jetzt in sein Zimmer zurückzukehren. Er wandte sich um und wollte auf die Tür zuschreiten. Da blieb er plötzlich, von Erstaunen gefesselt, stehen, denn sie öffnete sich, und eine weiße, in einen Schleier gehüllte, geisterartige Gestalt, die der durch das Fenster des Korridors einfallende Mondstrahl hell beleuchtete, schwebte herein. Bernhard schrak zusammen. So ungewöhnlich die Erscheinung war, so waren es doch nicht die Schauer der Geisterfurcht, die ihn ergriffen, sondern vielmehr die Besorgnis, auf seiner sehr seltsamen, ja fast unerklärlichen

Nachtwanderung betroffen zu werden. Mit angehaltenem Atem lehnte er sich, froh, nicht mehr die weißen, durchschimmernden Vorhänge zum Hintergrund zu haben, gegen einen Pfeiler. Die Tür schloß sich hinter der eintretenden Gestalt, die mit kaum hörbaren Schritten ihren Weg die ganze Länge des Saales hinunter nahm. In dem tiefen Dunkel, das den großen Raum erfüllte, wurde sie dem Auge nur wie ein vorüberziehendes Nebelbild, das mehr und mehr in Nacht und Ferne zerfloß, sichtbar. So scharf Bernhards Auge die Erscheinung verfolgte, so konnte er doch nicht entdecken, wohin sie ihren Weg nahm. Sie verlor sich an dem entfernten Ende des Saales. Man hörte nicht, daß eine Tür geöffnet oder geschlossen wurde, doch kehrte niemand zurück, und auch nicht der leiseste Laut ließ sich vernehmen. Bernhard war anfangs ungewiß, ob die Gestalt nicht noch im Saal verweile. Er blieb daher, um sich nicht selbst zu verraten, noch eine gute Weile regungslos stehen, dann näherte er sich behutsam der Tür, erreichte den Korridor und, obwohl alle Lampen erloschen waren, auch ohne weiteren Unfall die Tür seines Gemachs. Auffallend war es ihm, als er an Jaromirs Tür vorüberging, daß dieser noch wachte. Er hörte ihn im Zimmer auf und ab gehen. Um so leiser schlich er daher, damit er sich nicht noch im letzten Augenblick verraten möchte, vorüber. Unbemerkt hatte er glücklich sein Zimmer gewonnen. Zwar begab er sich jetzt zur Ruhe, doch dauerte es lange, bis die vielfachen Empfindungen und Mutmaßungen, welche die abenteuerlichen Erlebnisse in ihm aufgeregt hatten, ihn einschlummern ließen.

Fünftes Kapitel

Am anderen Morgen war Jaromir zuerst wach, sprang schnell von dem Lager auf und weckte die Freunde. Denn jetzt sollten die ernsten Stunden der dienstlichen Tätigkeit beginnen. Bernhard und Ludwig waren rasch in Uniform. Man schickte sich an auszugehen. Im Palast war noch alles still. Auch auf den Straßen regte sich kein Laut. Der Weg führte die drei Freunde durch die Seitenstraße, in der Alisette wohnte. Bernhard warf in der Erinnerung an den gestrigen Abend spähende Blicke hinauf. Die Fenster waren noch durch die Jalousien geschlossen. Jaromir blickte dagegen zu den Fenstern des Palastes gegenüber, die durch weiße Vorhänge verhüllt waren.

»Was sucht denn dein Auge dort oben?« fragte Bernhard ahnend. »Hier hinüber wende es, denn in einem dieser Häuser muß, wie sie mir gestern sagte, die liebliche Francoise Alisette wohnen.« – »Und hier wohnt ...«, rief Jaromir lebhaft, stockte aber plötzlich, denn einer der Fenstervorhänge, zu denen er eben blickte, fing an sich zu bewegen, rollte auf, das Fenster öffnete sich, und Lodoiska beugte sich heraus. – Sie errötete im dunkelsten Purpur, als sie die drei jungen Männer erblickte. Aber auch Jaromirs Wangen wurden von einer dunklen Glut überflogen, und er geriet in eine solche Verwirrung, daß er fast zu grüßen versäumte, als Bernhard und Ludwig sich schon hinaufblickend verbeugt hatten.

»Ei, Gräfin«, sprach Bernhard mit Freiheit, »fürchten Sie die Morgenluft nicht? Kenner behaupten, sie sei der Schönheit nicht günstig!« – »Ich bin fast immer so früh im Garten«, sprach Lodoiska etwas befangen. – »So müssen die Kenner im größten Irrtum sein«, fiel Bernhard mit rascher Galanterie ein. Lodoiska senkte das schöne Auge mit Anmut und lächelte, aber erwiderte nichts.

Die Freunde grüßten nochmals hinauf und erhielten einen freundlichen Dank. Dann verschwand Lodoiska vom Fenster, und sie setzten ihren Weg fort. Ein Blick in Jaromirs Auge mußte einem so scharfen Kenner menschlicher Züge wie Bernhard sein ganzes Herz verraten. Er liebte, er wurde geliebt, das las sich in seiner und ihrer holden Freude, obwohl beide jetzt eben kein Wort miteinander gewechselt hatten. Aus der Lage der Gemächer erriet Bernhard auch sogleich, daß es niemand anderes als Lodoiska gewesen sein konnte, die er gestern abend im Speisesaal gesehen hatte. »Hm!« sprach er und blickte Jaromir im Scherz, aber prüfend an. »Die junge Gräfin scheint am spätesten und am frühesten hier zu wachen im Haus. Wenn mich nicht alles täuscht, so habe ich sie gestern als eine Geistergestalt gesehen.« – »Was sahst du?« fiel Jaromir rasch ein. »Was, ich bitte dich?« – Wie, hättest du Gespensterfurcht?« fragte Bernhard ein wenig spöttisch. – »O laß den Scherz«, unterbrach ihn Jaromir halb unwillig, halb bittend. »Sage mir, was du gesehen hast, es liegt mir etwas daran!«

»Ich sah lange nach Mitternacht«, sprach Bernhard bedeutsam betonend, »die Zimmertür eines jungen Offiziers offenstehen, und er selbst, so müde er von der Reise sein konnte, wachte noch.« – »Hast du gelauscht, Bernhard, ich bitte dich«, rief Jaromir. – »Ei, was ein böses Gewissen nicht tut!« lautete die scherzende Antwort. »Gelauscht? Nein! Aber ich sah Gespenster, weiße Frauen, verschleierte, geheimnisvolle Gestalten.«

»Ich werde ganz neugierig«, sprach Ludwig. »Gespenster? Abenteuer? Laß doch hören!« – »Liebe Freunde!« rief Jaromir, ohne Bernhards Antwort abzuwarten, und faßte beider Hände. »Ich will ganz aufrichtig zu euch sein, denn ich sehe, ich bin halb verraten. Aber schwört mir Stillschweigen, wenn euch mein Glück lieb ist.« – »Herzlich gern«, antwortete Ludwig und gab ihm die Hand. – »Beim Styx«, schwur Bernhard und tat desgleichen, »obwohl ich's kaum nötig hätte, da ich schon alles zuvor weiß und errate. Aber erzähle!«

Jaromir begann: »Lodoiska war die Gespielin meiner Jugend. Sie ist meine nächste Verwandte. Wir haben unendlich glückliche Tage auf dem

Landsitz ihres Vaters am Narew zugebracht. Soll ich es euch zugestehen, daß ich, fast noch ein Knabe, die Holde schon liebte? Sie war erst dreizehn Jahre alt, als ich siebzehn zählte, aber sie blühte wie die lieblichste Rosenknospe und war schon damals so gut, so verständig, ach, tausendmal besser als ich! In dieser Zeit mußte ich mich von ihr trennen, ich wurde Soldat. Das sind nun sechs Jahre her! Ich bin seitdem durch die halbe Welt verschlagen worden und habe nur im wilden Getümmel und Gebrause des Krieges gelebt. Aber glaubt ihr wohl, liebe Freunde, daß das Bild dieses zarten Kindes mich überallhin begleitet hat, daß, so mancher schönen Spanierin und reizenden Französin ich begegnete, doch keine einen tieferen Eindruck auf mein Herz machte als sie? Doch die Jahre und der Krieg verwehen viel! Wenn ich an die Heimat dachte, freilich, dann stand auch Lodoiska vor mir. Aber seltener und seltener kam mir dieser Gedanke, und nachgerade verlor ich in dem ewigen Wechsel das Gefühl des Heimwehs. Wer nirgends zu Hause ist, wird gar bald überall zu Hause! Erst als wir die Türme von Warschau wiedersahen, erwachte die ganze alte Sehnsucht in mir, und auch Lodoiskas Bild schwebte lieblich und sanft wieder an meiner Seele vorüber. Aber ich konnte sie mir nur als das Kind von damals denken. Zwar sagte ich mir selbst tausendmal, daß sie eine Jungfrau geworden sein müsse, doch mein Herz sah sie nur wie sonst.«

»Und mir scheint, es sah sie richtig«, unterbrach Bernhard, »denn ihre Seele ist noch die eines Kindes und leuchtet durch ihre Schönheit hindurch wie durch eine durchsichtige Hülle. So lag das unschuldige Herz nie hinter dem klaren Kristall des Auges wie bei ihr. Ich verstehe das, Bester, denn ich porträtiere manchen Engel, aber leider auch manchen Satan!«

»Du sprichst, als nähmest du die Worte aus meiner Seele«, rief Jaromir mit lebhaftem Ausdruck der Freude und hörte nicht auf den Zusatz, womit Bernhard die muntere Karikaturlarve auf die entgegengesetzte Seite des ernsten Profils zeichnete. »Deshalb waren wir auch gleich wieder so vertraut wie an dem Tag, wo wir uns trennten. Als wir gestern auseinandergingen, war ich daher ganz mißmutig, es quälten mich beunruhigende Gedanken, ich wußte nicht, was mir fehlte. Der Mond schien hell, die Nacht war so lau, ich lehnte mich ins Fenster. Da sah ich eine weiße Gestalt durch die dunklen Gebüsche des Gartens schweben. Wenn sie es wäre, dachte ich, und du könntest sie noch ein wenig sprechen! Ich flog hinab, suchte sie in allen schattigen Wegen, doch vergeblich. Da hörte ich plötzlich ganz leise in der Ferne die Töne des Liedchens, das sie uns abends gesungen hatte. Ich ging den Klängen nach und entdeckte das holde Wesen in einer Laube bei dem Springbrunnen. Anfangs wollte ich lauschen. Doch schnell wurde ich unwillig auf mich selbst, ging näher, trat plötzlich vor sie hin und redete sie an.«

»Du warst sehr kühn, lieber Freund«, unterbrach Ludwig mit dem sanften Ton teilnehmender Bedenklichkeit. »Du hättest damit viel verscherzen können.« – »Jetzt weiß ich's auch, wahrlich. Aber gestern mußte ich, ich konnte nicht anders, wahrhaftig nicht!« erwiderte Jaromir und sah überaus redlich und glücklich aus.

»*Habeas absolutionem, sed confiteri pergas*«, sprach Bernhard gravitätisch. »Ich glaube, ich hätte es ebenso gemacht. Aber die Gräfin, was tat sie?« – »Sie war erschrocken, sie zürnte, bat ...«

»Aber sie reichte mir die Hand und war so himmelgütig – und ...« Das jugendliche Herz Jaromirs wallte über, die vollste Seligkeit leuchtete ihm aus den Augen, zu sprechen vermochte er nicht weiter, aber er fiel Bernhard, er fiel Ludwig um den Hals und drückte heiße Küsse auf ihre Lippen. »Ludwig«, rief er aus, »sie will die Meine sein. Süß widerstrebend gab sie mir das holde Wort, aber vertrieb mich gleich danach mit ängstlicher Hast. Jetzt vielleicht schon öffnet sie ihr reines Herz der Mutter. O Freunde, kann man denn glücklicher sein?«

Jaromir, der sich ganz den brausenden Wellen der Jugend und Liebe hingab, bemerkte nicht, wie ernst und tief bewegt Ludwig war, ja, wie selbst über Bernhards Stirn sich dunkle Falten zogen. Jener dachte an seine Liebe, die wie ein zerrinnendes Traumbild aus der Wirklichkeit seines Daseins verschwunden war. Er hielt die Schattengestalt seines schmerzlichen Glücks gegen die lebendige, blütengekränzte, die dem Jüngling an seiner Seite entgegentrat. Bernhard empfand vielleicht noch einen herberen Schmerz, weil die Liebe in seiner Brust dunkler und tiefer vergraben war. Für Ludwig glich sie einer unter dem Horizont versenkten Sonne, deren Abendröte die ganze Nacht hindurch nachschimmert, bis ein heller Morgen anbricht und das liebliche Gestirn wieder heraufführt. Für Bernhard war sie nur ein schöner, unerreichbarer Stern, der die Strahlen in den tiefsten Schacht der einsamen Brust hinabsendet, ohne sie zu erleuchten. Hätte Jaromir ihn besser gekannt, ihn überhaupt in seiner tiefsten Tiefe zu verstehen vermocht, so hätte er aus seiner Antwort sein Inneres begriffen.

»Glück zu!« sprach er und schüttelte ihm die Hand. »Du darfst selig sein, wenigstens glücklich oder vergnügt, oder doch leidlich gelaunt. Weiche Arme sind eine sanfte Fessel, aber sie bleiben eine. Ein Käfig ist ein Käfig, sei er so eng wie der Vogelbauer, in dem Johann von Leyden am Turm zu Münster hing, oder so finster wie die schwarze Höhle in Indien oder beides zugleich, wie das Loch, in dem wir alle stecken. Ich meine die Erde, nämlich die, auf der wir scheinlebendig umherwandeln, nicht das unermeßlich weite Grab – kurz, wie gesagt, Fesseln sind Fesseln, und man sollte froher sein, daß man noch ein Paar ungelähmte Flügel hat zum Ausflattern. Was wollt' ich aber sagen? Ja, nun verstehe ich auch meine Geistererscheinung, die ich hatte, als ich selbst umging und im Ahnensaal spukte.« Jaromir horchte gespannt auf. Bernhard erzählte sein Abenteuer im Saal, stellte sich aber dabei nur als einen Sonderling dar, der gern nachts in fremden Gebäuden umherschleiche, und tat weder der Ursache, die ihn trieb, Erwähnung, noch des Verdachts, den er über Alisette gefaßt hatte.

Unter diesen Gesprächen hatten die Freunde das Ziel ihres Weges erreicht, nämlich den Exerzierplatz, wo Bernhard und Ludwig für jetzt den wirklichen Dienst beginnen, ihn in seinen kleinsten Anfängen erlernen sollten. Man fand bereits Reiter und Unteroffiziere zweier unvollständiger Schwadronen polnischer Lanciers, die den Stamm des neuen Regiments zu bilden bestimmt waren, versammelt. Jaromirs vorläufige Aufgabe bestand darin, aus diesen Trümmern ein Ganzes zu bilden. Währenddessen übergab er seine Freunde einem alten tüchtigen Graubart, damit er sie in den ersten Waffenübungen unterrichte. Johann Petrowski, ein Unteroffizier, der noch unter Kosciuszko gefochten hatte, wurde ihr Lehrmeister. Er begann das Geschäft mit einer Art von Ehrfurcht, die ihm jedoch nicht der vornehme Stand seiner Rekruten, sondern nur der Ernst der Sache selbst einflößte. Denn es galt ja die Ausbildung zweier Krieger, die für das Vaterland fechten sollten. Für das teuere, heilige Vaterland, dem Johann Petrowski in rüstigen Mannesjahren, als sein alter Feldherr Kosciuszko die Söhne Polens zu den Waffen rief, so freudig Blut und Leben zum Opfer dargebracht hatte. Jetzt war er der Schwelle des Greisenalters nahe, denn mit dem nächsten Frühling mußte er sich zu den Sechzigern zählen. Aber sein grauer Kopf, den mancher Säbelhieb getroffen hatte, bot sich noch mit Freuden dem Dienst des Vaterlandes dar, und in dem alten Herzen glühte noch, wie Wein, durch das Alter nur veredelt, die alte heilige Flamme der Vaterlandsliebe, des Heldenmuts. Unter der halb kahlen, halb mit grauen Locken umkränzten Stirn leuchteten, von buschigen Brauen überschattet, zwei feurige Augen. Die Adlernase bog sich würdig zu den ernsten Lippen herab, die sich unter einem grauen Knebelbart, auf den Johann Petrowski ein wenig stolz war, fast verbargen. Er stand vor den beiden frischen Jünglingen wie ein alter, halbgehöhlter Eichenstamm vor zwei jungen kräftigen Bäumen einer neuen Pflanzung. Sein Antlitz schien zu sagen: Blickt mich nur an, so morsch und verwittert ich aussehe, vielleicht trotze ich, obwohl der Frühling mir keinen anderen Schmuck mehr leiht als das kärgliche Moos, das meine rauhe Rinde ein wenig sanfter macht, doch den Ungewittern und Stürmen noch rüstiger als eure jugendliche Kraft. Denn ich habe weithin Wurzeln durch felsigen Boden getrieben, und wer mich stürzen will, muß den halben Hügel mit hinabreißen. Ihr aber scheint mir nur in lockere Erde gepflanzt, und eure Krone ist größer als eure Wurzel. Seine Kommandoworte: Gewehr auf, Gewehr ab, rechts herum, marsch und halt sprach er mit einem so feierlichen Ernst wie der Priester in der Messe das *Dominus vobiscum*. Seine Lehrlinge gehorchten ihm mit ebensoviel Liebe wie Eifer. Daher schritten sie rasch vorwärts, und Meister wie Zöglinge erfreuten sich aneinander. So verstrich den drei Freunden der ganze Tag in Dienstgeschäften, und erst abends gewannen sie Muße, ihre liebenswürdigen Hausgenossinnen zu sehen.

Aus Lodoiskas Augen glänzte das reinste Glück. Die Gräfin hieß Jaromir so freundlich willkommen, daß dieser über ihre Gesinnung keinen Zweifel hegen durfte. Bernhard und Ludwig fühlten, daß einige ungestörte Augenblicke für Jaromir von höchstem Wert sein mußten. Sie bereiteten sie ihm daher, indem sie sich auf ihr Zimmer zurückzogen, noch ehe er sie darum gebeten hatte. Fast zur Tafelzeit rief Jaromir selbst sie wieder hinunter und erzählte ihnen voller Freude: »Auch die Gräfin ist mir günstig, ist so mütterlich gütig. Aber sie ist auch streng, denn sie hat mir geboten, bis Rasinski kommt, meinem Herzen zu gebieten, weil sie ihm die Entscheidung übergeben will. Darum jetzt kein Wort, keinen Blick, liebe Freunde, wodurch unsere Liebe verraten würde. Ich habe es Lodoiska versprochen, sorgsam zu sein, und will es männlich halten.« – »Brav, wacker!« sprach Bernhard kurz und rauh wie er pflegte. »Und wir wollen deinem Beispiel folgen. Bist du fest, so will ich dir dafür auch zur Belohnung deine Braut malen, oder wenigsten zeichnen, wenn wir nicht mehr Zeit haben.«

So traten sie in den Gesellschaftssaal. Kein Wort verriet das Glück, aber es weilte in stiller, segnender Gegenwart und lächelte aus aller Blicken. Denn auch die Freunde teilten, was den Freund beseligte.

Sechstes Kapitel

So verstrichen mehrere Tage ziemlich gleichförmig hintereinander. Alisette und Regnard, selten andere, waren die Gäste, die den Kreis der Familie, zu der sich Ludwig und Bernhard jetzt ganz mitzuzählen gewöhnten, vergrößerten. Regnard brachte stets Nachrichten über die Kriegsereignisse, die Truppenmärsche und ähnliche Dinge mit und führte überhaupt die Welt und ihren Verkehr in den traulichen Zirkel ein, der sich sonst dem äußeren Treiben ziemlich entfremdete. Mit scharfem Beobachterblick bemerkte er, wie sehr Jaromir sich auch zu beherrschen suchte, dessen Neigung zu Lodoiska und ihre Erwiderung derselben. Daher verschwand der Anflug von Eifersucht wieder, den er in Beziehung auf Alisette gehabt hatte, und nichts trübte die heitere Geselligkeit mehr. Alisette war seit zwei Tagen ausgeblieben, weil die Proben zu einer Oper, die man am folgenden Abend geben sollte, sie beschäftigten. Der Oberst, der eine halbe Probe davon angehört hatte, erzählte viel Gutes, hatte aber den Titel vergessen. »Es verdroß mich sehr«, sprach er, »daß ich nicht bis zu Ende bleiben konnte, aber ich wurde durch einen verdrießlichen Vorfall gestört. Mein Adjutant meldete mir, daß man in Erfahrung gebracht habe, ein russischer General, der mit geheimen diplomatischen Aufträgen in Frankreich gewesen sei und von dort hat flüchten müssen, halte sich in der Stadt verborgen und gedenke, in dieser Nacht zu fliehen. Da mein Regiment gerade die Torwache hat, so mußte ich fort, um für die Verdoppelung der Postenkette zu sorgen.«

»Und wer sollte der Flüchtling sein?« fragte die Gräfin aufmerksam.

»Das wissen wir nicht«, erwiderte Regnard. »Einige behaupten, der General Cz., der allerdings in Paris gewesen ist, eine Menge Einverständnisse und Verbindungen gehabe hat und auf Napoleons Befehl verhaftet werden sollte. Er war aber zeitig gewarnt worden und schon über Straßburg hinaus, bevor der Haftbefehl nachgebracht werden konnte. Es ist unmöglich, daß er sich so lange in feindlichen Ländern verborgen aufgehalten hätte. Andere wollen wissen, es sei der Graf Winzingerode, ein Deutscher in russischen Diensten. Dies hat etwas für sich. Doch nennt man noch andere Namen, und das Resultat ist, daß niemand etwas Gewisses weiß. Herr von Pradt hat nur eine ganz bestimmte Nachricht erhalten.«

Der Oberst sprach noch, als eine Ordonnanz militärisch unangemeldet eintrat und Jaromir ein versiegeltes Schreiben überbrachte. »Wahrhaftig, in derselben Sache«, rief dieser, als er gelesen hatte. »Ich erhalte Befehl, mit meinen Leuten das Viertel, in dem unsere Ställe liegen, und besonders alle Ausgänge nach der Weichsel hinab wohl zu besetzen.« – »Ja, ja, die Sache scheint ernstlich betrieben zu werden«, bemerkte der Oberst. »Ich kam um den Gesang der liebenswürdigen Françoise, Sie werden um das Abendessen mit uns gebracht! Das sind Soldatenschicksale!« – »Sie lassen sich noch ertragen«, antwortete Jaromir lächelnd. »Es ist mir nur verdrießlich, daß ich auch unsere Freunde hier um den Abend und vielleicht die Nacht bringen muß, denn es fehlt mir noch gar zu sehr an gewandten Leuten, und ich muß doch, da die Anstrengungen am Tag groß sind, auf drei Ablösungen rechnen. So kann ich euch nicht helfen, Freunde, ihr werdet heute euren ersten Wachtdienst als Posten tun müssen!«

»Auf den Anstand kommandiert?« sprach Bernhard heiter. »In Gottes Namen. Wenn das Wild nur bei mir wechseln will, es soll nicht ohne Schuß wegkommen.«

Es war Eile nötig. Man empfahl sich daher bei den Damen, schnallte den Säbel um, warf den Mantel über und ging. Regnard blieb zum Schutz und zur Unterhaltung bei den Frauen zurück.

Jaromir ließ durch Trompetensignale die Mannschaften zusammenrufen, bestimmte die zu besetzenden Posten, teilte die Leute ab, unterrichtete sie wohl und befahl abzumarschieren. Bernhard erhielt seinen

Posten am entlegensten Ende des Quartiers. Der Weg dahin führte durch eine einsame Gasse zwischen zwei hohen Mauern entlang, deren eine den Garten eines Klosters begrenzte. Ein Quergäßchen schnitt hindurch. Es führte zu der Weichsel hinab. Zweihundert Schritte von diesem Punkt stand die nächste Schildwache, weiter hinaus keine mehr, weil sich dort keine Ausgänge weiter zu dem Strom befanden. Jaromir selbst hatte die Posten aufgeführt.

»Du stehst hier ziemlich entlegen«, sprach er, als Bernhard den Säbel gezogen und die Haltung einer Schildwache angenommen hatte. »Ich würde den Posten verdoppeln, wenn ich mehr Leute hätte. Aber gerade deshalb wählte ich dich dafür, weil es der Umsicht bedarf. Auch ist es gut, daß du Französisch sprichst, weil so viele französische Soldaten hier sind, mit denen sich der Pole schwer verständigt. Gehab dich wohl. Binnen zwei Stunden wird dich Ludwig ablösen.« – »Meinethalben laß mich die ganze Nacht hier«, erwiderte Bernhard. »Sie ist lau und mild, es freut mich sogar, daß wir vermutlich etwas Regen bekommen. Und was die Einsamkeit anlangt, so sei ohne Sorgen. Ich weiß mir die Zeit zu vertreiben und brauche niemanden, der mich wach hält.« – »Wenn etwas vorfallen sollte, so schieße deine Pistole ab. Für diesen Fall wird dir sogleich Hilfe von dem nächsten Posten zuteil.« – »Sei unbesorgt, die Schildwache braucht keine zweite für sich selber, ich stehe für mich.«

Jaromir ging, Bernhard blieb allein. Der Himmel bezog sich mit Gewölk. Mitternacht war nicht mehr fern, es war sehr finster, zumal da ein feiner warmer Staubregen begann. Die Giebelspitzen und Türmchen des alten Klosters gegenüber, dessen Umrisse Bernhard bisher sich als schwarze Schattenbilder auf dem Nachthimmel abzeichnen sah, verwischten sich jetzt in unbestimmte Formen. Nur ein mattes Lampenlicht schimmerte aus einigen kleinen Fenstern. Es war totenstill. Man hörte nur hier und da eine Nachtigall in der Ferne schlagen und das leise Rauschen des vorüberziehenden Stromes. »Es ist gut, daß ich ein paar scharfe Augen habe«, murmelte Bernhard vor sich hin, »denn hier muß man sie wahrhaftig auftun, wenn man einen sehen will, der sich vorüberschleicht. Ich tue wohl gut, meinen Säbel von Zeit zu Zeit wie ein Fühlhorn auszustrecken und wie beim Blindekuhspiel mit ausgebreiteten Armen ein wenig umherzugreifen. Aha, jetzt wird's ein wenig hell. Sie hängen ja eine Lampe aus dort oben im Kloster. Die kommt mir gut zustatten.«

In der Tat wurde in einem der oberen Giebelfenster eine Lampe sichtbar, mit der jemand hinauszuleuchten schien. Das Licht bewegte sich einige Male rasch hin und her, dann verschwand es wieder. »Nun ist's erst recht dunkel geworden. Es kann in dem untersten Loch der Baumannshöhle nicht finsterer sein. Das verdammte Licht hat mich ganz geblendet. Wollte einer hier entwischen, er könnte nichts Klügeres tun, als eine Londoner Straßenlaterne mitzunehmen, der Wache erst damit in die Augen zu leuchten, sie ihr hernach an den Kopf zu werfen und dann zum Teufel zu laufen! Aber halt! Was war das? Hat es geblitzt? Schon wieder!«

Ein ganz matter, flackernder Schein wie von einem entfernten Blitz erhellte von dem Strom her das dichte Dunkel. Die kleine Gasse gestattete keinen freien Überblick desselben. Doch plötzlich sah Bernhard deutlich Funken fliegen und entdeckte, daß jemand auf dem Strom, wie es schien, nahe am Ufer Feuer schlug. Sein rasch kombinierender Verstand brachte diese Erscheinung mit dem auffallenden Lichtschimmer im Kloster zusammen. Sollte man sich hier Zeichen geben? dachte er. Hallo, Freund! Aufgeschaut! Es wäre nicht übel, wenn dir das Wild ins Netz liefe. Hm, dachte er weiter, ich will's nicht wünschen. Meine Pflicht erfordert, daß ich den Fliehenden anhalte. Und ich liefere vielleicht den Franzosen einen ebenso schuldlosen Mann aus wie Ludwig und ich es sind. Ich wollte doch, er suchte sich einen anderen Ausweg aus dem Fuchsbau!

Plötzlich stand er still und lauschte. Er hörte leise Schritte. Es war keine Täuschung. Scharf aufhorchend, das Haupt vorwärts gebeugt, stand er und gab keinen Laut von sich. Man kam rasch, aber behutsam näher. Es ließen sich flüsternde und murmelnde Laute unterscheiden. Jetzt waren die Kommenden heran, Bernhard streckte das Gewehr vor und rief in polnischer Sprache: »Wer da?«

Einen Augenblick blieb es still. Dann trat eine dunkle Gestalt mit festem Schritt näher und erwiderte mit tiefer männlicher Stimme einige Worte, die Bernhard jedoch nicht verstand. Sie klangen fast wie ein frommer Gruß.

»Ich spreche nicht Polnisch«, sagte er in dieser Sprache, deutete jedoch durch den vorgehaltenen Säbel an, daß er niemanden durchlassen dürfe. – »Also Französisch?« fragte jetzt eine weibliche Stimme von ungemeinem Wohllaut. – »Allenfalls, doch am liebsten Deutsch«, erwiderte Bernhard auf Französisch. – »Ein deutscher Soldat«, rief dieselbe Stimme fast unwillkürlich aus, doch hörte man dem Klang die freudige Überraschung an.

»Ja, ein Deutscher«, entgegnete Bernhard. »Und da Ihr diese Sprache versteht, so sage ich Euch hiermit, daß ich niemanden durchlassen darf, der nicht einen Schein führt, daß er sich auf der Hauptwache gemeldet hat und dort als unverdächtig befunden ist.« – »O mein Gott«, erwiderte das weibliche Wesen mit schüchterner, bebender Stimme. »Wir haben Eile. Dieser fromme Mann soll einer Sterbenden den letzten Trost bringen, die drüben jenseits des Stromes liegt. Deshalb haben wir ihn aus dem Kloster hier herbeigeholt. Ihr werdet das heilige Werk doch nicht hindern?« Erst jetzt sah Bernhard, daß der Fremde in Mönchstracht gehüllt zu sein schien. Hinter ihm stand noch eine andere, aber weibliche Gestalt. Deutlich ließ sich in dem tiefen Dunkel nichts erkennen.

»Ich darf nicht von meinen Befehlen abweichen. Doch ist dem so, wie Ihr sagt, so geht hier zwischen den Mauern hinunter. Nach zweihundert Schritten trefft ihr den nächsten Posten, diesen fragt nach dem Offizier. Er ist im Wachthaus unfern von dort und wird Euch gewiß durch einige Mann, die sich von der Wahrheit überzeugen können, geleiten lassen, damit euer frommes Werk weniger Aufschub erleide.« – »Zweihundert Schritte von hier steht der nächste Posten?« fragte der verhüllte Mann jetzt mit einer Stimme, die nicht mehr den frommen Klang von zuvor hatte.

»Zweihundert.« – »Das ist ziemlich weit.« – »Ich kann's nicht ändern.«

Der Fremde schien unschlüssig. Es herrschte ein gespanntes Schweigen. In diesem Augenblick glänzte wieder jener helle Flackerschein vom Fluß her, diesmal aber ganz nahe, und zugleich hörte man deutlich das Rauschen eines Ruderschlages. Bernhard stutzte und wandte sich zu dem Strom um. Eine Ahnung, als sei diese Erscheinung mit der vor ihm nicht ohne Zusammenhang, blitzte in ihm auf. Doch der Gedanke war nicht so schnell in seiner Seele aufgestiegen, als er sich plötzlich von starker Faust im Nacken gepackt fühlte und eine Dolchspitze gegen seine Brust blitzen sah. Der Stoß traf, glitt aber an dem breiten Riemen seines Wehrgehenks ab und streifte nur die Haut. Durch einen gewandten Schwung riß er sich los, packte die Hand, in welcher der Angreifer den Dolch hielt, kräftig mit der Linken im Gelenk an und führte mit der Rechten einen Säbelhieb gegen das Haupt des unbekannten Feindes. Dieser beugte sich zurück, entging so dem Schlag, glitt aber aus und lag am Boden. Jetzt riß Bernhard die Pistole heraus, hielt sie dem Liegenden auf die Brust und rief: »Du bist des Todes, wenn du dich regst«. Doch in demselben Augenblick warf sich die weibliche Gestalt zu seinen Füßen nieder, hob die abwehrenden Arme flehend zu ihm empor und rief mit dem Ausdruck der höchsten Angst: »Erbarmen! Erbarmen! Tötet ihn nicht!«

Bernhard stand erstaunt. Die Stimme drang in das Innerste seines Herzens ein. Er war im Begriff gewesen, laut um Hilfe zu rufen, doch der Anblick der Flehenden, die seine Knie umfaßte, zeigte ihm, daß er Gefahr hier nicht zu fürchten habe. »Ich will keine Rache nehmen«, sprach er entschieden, »aber meine Pflicht fordert Strenge. Ich muß Verdacht schöpfen. Ihr seid mein Gefangener.« – »Schießt mir nur durch die Brust, junger Mensch«, sprach der noch am Boden liegende finster. »Denn Euer Gefangener zu sein, ist mir verabscheuungswerter als der Tod!« – »O mein Vater«, rief jetzt das Mädchen außer sich und ergriff seine Hand. »Nein, nein, nicht so. Er wird mitleidig sein! Ach, ich will für Sie flehen!« Sie sprang auf und wandte sich zu Bernhard. »Oh, Ihre Sprache verriet, daß Sie den Gebildeten angehören! Ihr Herz wird den Schmerz einer Tochter begreifen. Wir sind verloren, wenn Sie uns nicht die Flucht gestatten. Seien Sie großmütig. Lassen Sie uns entfliehen. Ich wollte Ihnen Gold bieten, aber ich wage es nicht, einen Mann zu beleidigen, von dem ich eine edle Tat fordere!«

Bernhard stand im Kampf mit sich selbst. »Ich darf nicht – hören Sie auf! Jedes Ihrer Worte erhöht die Strenge meiner Pflicht. Ich glaube, ich weiß, wen ich vor mir sehe!« Der Unbekannte hatte sich indessen aufgerichtet. »Sie sind ein Deutscher, was Sie auch hierher führen mag, Ihre ersten Pflichten sind vaterländische. Ich beteuere Ihnen, Sie verletzen diese nicht, wenn Sie meine Flucht gestatten!«

»Nein, beim ewigen Himmel, das tun Sie nicht«, rief das junge Mädchen und erhob die Hand zum Schwur. »Es ist kein Verbrechen, zu dem mein Flehen Sie verleiten soll. Nie, nie wird Ihr Herz einen Vorwurf zu tragen haben.« In der Ferne ließ sich Waffengeklirr hören. Man schien zu kommen. Bernhard horchte erschreckt auf. »Himmel«, rief die Bittende, »wenn Sie noch eine Minute zaudern, ist es zu spät! Hören Sie das Flehen der Bedrängten!«

Bernhard stand im heftigen Kampf mit sich selbst. Sollte er die erste Pflicht der Ehre, die sein Stand ihm auferlegte, brechen? Sollte er vielleicht den Freund, der ihn retten half, ins Verderben stürzen? Und doch, sein eigenes Schicksal, mehr als alles aber die mit unbeschreiblicher Gewalt rührend in sein Herz dringende Stimme der Flehenden bezwang ihn. »Flüchtet denn«, sprach er hastig und ließ die bewaffnete Hand sinken. »Doch ich darf, ich will nicht sehen wohin! Fort! Fort!« – »Dank, Dank«, hauchte die schöne Gestalt ihm mit in Tränen und Freude brechender Stimme zu und ergriff seine Hand und wollte ihr weinendes Antlitz dankbar darauf drücken. Bernhard hinderte es sanft abwehrend und flüsterte hastig: »Eilen Sie, um Gottes willen, man kommt näher!«

Wie er den warmen Händedruck der Dankbarkeit empfing, stürmte ein schmerzlich seliges Gefühl durch seine Brust, daß das Herz glühend und ungestüm schlug. Finden und Scheiden fiel in einem Augenblick zusammen. Sollte diese wunderbare, große Minute, die zwei Seelen mit heiligster Empfindung vereinigte, spurlos verrinnen wie ein Tropfen, der in das ewige Meer fällt? Nimmermehr! Ein Angedenken wollte Bernhard wenigstens behalten, ein Zeichen für künftige Tage. Darum streifte er rasch den losen Handschuh von der Hand des holden Wesens, um diesen zu behalten. Doch indem er über ihre zarte, zitternde Hand glitt, fühlte er einen Ring an ihrem Finger. Es zuckte kalt durch seine Brust, als ihm der Gedanke kam, es könne dies ein Zeichen sein, wodurch sie sich einen anderen ewig verknüpft habe. Als vermöchte er sie diesem zu entreißen, wenn er das Pfand der Treue raubte, griff er mit Hast nach dem Ring und forderte ihn. »Ich weiß nicht, wem ich hier begegnete, ich *darf* es nicht wissen«, rief er heftig, indem er die Zitternde, die sich eben loslassen wollte, um dem schon zum Rand hinabeilenden Vater zu folgen, halb hielt, halb sie begleitete. »Darum lassen Sie mir dieses Angedenken, diesen Ring, an dem wir uns in glücklicheren Zeiten wiederfinden wollen!«

Indem er sprach, suchte er ihn schon von ihrem Finger zu ziehen. Sie widerstrebte einen Augenblick. »Gerade dieser Ring, o ebendieser«, begann sie. Doch Bernhard, der fürchtete, sie werde aussprechen, was ihn mit dunkler Ahnung ängstigte, unterbrach sie fast wild: »Gerade diesen will ich. Vollenden Sie nicht, gerade diesen oder nichts!« Aber er hatte ihn schon abgestreift und zugleich den seinigen, den er ihr ungestüm auf den Finger drückte. »Der Ihrige kann Ihnen nicht teurer sein als mir der meinige«, fuhr er fort. »Ich gebe Ihnen viel, vielleicht alles damit, was ich zu hoffen habe. Aber es ist mein fester Glaube, daß ich ihn einlösen werde.«

Seinem Ungestüm wäre nicht zu widerstehen gewesen, selbst wenn die Pflicht der Dankbarkeit es der Unbekannten nicht unmöglich gemacht hätte, ihrem Retter jetzt irgendeine Bitte, und wäre sie um ihr Liebstes gewesen, zu verweigern. »So nehmen Sie ihn denn hin«, sprach sie leise im eiligen Geben. »Aber ich muß ihn zurückhaben, wenn der Krieg nicht mehr jede sanftere Verbindung der Menschen wild zerreißt. Leben Sie denn wohl, und der Allgütige sei stets mit meinem Retter!« Bei den letzten Worten brach ihre Stimme. Sie wollte ihre Hand sanft aus der seinigen lösen, doch er hielt sie fest und drückte einen glühenden Kuß darauf. Dann riß er sich stumm los und eilte zurück.

Kaum hatte er den Posten wieder erreicht, als er hörte, wie ein Nachen vom Ufer stieß und mit raschen Ruderschlägen die Wellen teilte. Er atmete leicht auf. »Jetzt sind sie gerettet, es war die höchste Zeit!« Denn schon nahten die Schritte der ablösenden Kameraden. Er konnte noch das Rauschen der Ruder vernehmen, als sie schon vor ihn traten, und der kriegerische Gebrauch begann.

»Nichts Neues auf dem Posten?« fragte der Unteroffizier. Es war Petrowski. – »Nichts«, sprach Bernhard fest. – »Abgelöst!«

Ludwig nahm jetzt die Stelle des Freundes ein. Für Bernhard war der Dienst dieser Nacht vorüber. Rasch eilte er nach Hause. Auf dem Weg befestigte er sich in dem Entschluß, den ganzen Vorfall stumm in seiner Brust zu bewahren und selbst Ludwig und Jaromir nichts davon mitzuteilen, damit im äußersten Fall auch das Vergehen allein das seinige bliebe.

Er erreichte sein Zimmer. Mit größter Eile zündete er Licht an, um den Ring näher zu beleuchten. »Teufel!« fuhr er auf, als er ihn jetzt gegen die Kerze hielt. »Teufel! Ist das ein Blendwerk des Satans, oder bin ich verrückt geworden?« Er hatte seinen eigenen Ring in der Hand! »O ich Tor«, rief er aus und drückte sich die Faust ingrimmig gegen die Stirn. »Diese plumpen, ungeschickten Finger haben die Ringe verwechselt! Den Schädel möchte ich mir einschlagen und wie Franz Moor rufen: ›Das war dumm! Dumm!‹« Er ging wild auf und nieder. »Ha, ha, ha! Nun muß ich wahrhaftig der ganzen Welt die Geschichte erzählen. Denn sie ist zu lächerlich schön, wenn sie nicht zu boshaft giftig wäre! Und wenn *sie* den Irrtum bemerkt! In wie herrlichem Glanz alberner Lächerlichkeit muß der Retter vor ihr stehen! Bernhard! Bernhard! Das war ein Meisterstreich! Wie der Tor von Zauberlehrling stehst du jetzt vor der verschlossenen Pforte und hast das Wort vergessen, worauf sie sich öffnet.«

Er wurde weich. Tränen traten in seine Augen. Nieder setzte er sich und stützte den Kopf in der Hand. »Ja, ja, ich kenne das«, sprach er vor sich hin, »ich kenne ja das alles schon! Ich habe es ja oft erfahren. Es ist die Nemesis des Schicksals, das mir, weil ich ihm im Grimm stets eine verzerrt lachende Larve zeige, statt einer weibisch greinenden, stets mit gleicher Münze vergilt. Ich sollte seine Tücken endlich auslernen! Wie oft, wenn ich einen Freund, eine Geliebte ans Herz zu drücken dachte, schob es mir eine Strohpuppe zur lächerlichen Umarmung hin! Es tut aber doch weh! Ein Angedenken der seltensten schönen Minute hätte ich doch gern gehabt. Es ist mir nicht um das Wiederfinden, denn am besten ist's gewiß, ich finde sie nicht wieder. Was die Nacht in ihrer Verhüllung so zauberisch reizend scheinen ließ, ist vielleicht alltäglich, wenn die Sonne ihre gemeinen Strahlen draufwirft! Und will ich sie finden, so finde ich sie doch, ohne Ring oder andere Lumpereien ... Aber – ein Andenken hätte ich doch gern behalten!«

Halb trauernd, halb unmutig warf er sich aufs Lager. Allein es dauerte lange, bis der Schlaf ihn fand.

Siebtes Kapitel

Die Oper, von der Regnard gesprochen hatte, sollte den Abend gegeben werden. Weder aus dem Titel des Stücks noch aus den Personen, die der Zettel benannte, vermochte Ludwig zu erkennen, von wem es sei, und den Komponisten hatte man gar nicht genannt. Er war daher sehr begierig, die Musik zu hören, um so mehr, als Francoise der Gräfin erzählt hatte, sie sei unbeschreiblich reizend und fast noch nie habe eine Rolle ihr so zugesagt. Um sieben Uhr fuhr man ins Theater. Die Gräfin, Lodoiska, Regnard und unsere drei jungen Freunde befanden sich in *einer* Loge. Mit Wohlbehagen ließ Bernhard seine Blicke über die Reihe der schönen Frauen und Mädchen hinschweifen, die den ersten Rang der Loge zierten. »Wahrlich«, rief er und stieß Ludwig an. »Niemals sah ich ein Theater mit einer so reizenden Blumengirlande verziert wie dieses. In Drurylane, im Kings-Theater, im Vauxhall fand ich die Logen anmutig genug besetzt. Die Engländerinnen sind unwiderstehlich in ihrer feinen Haltung, in der Eleganz ihrer geschmackvollen Kleidung, in dem sanften jungfräulichen Ausdruck des blauen Auges. Aber bei St. Lukas, dem Schutzpatron aller Maler, ich beteuere dir, sie sind nur unechte böhmische Steine gegen die Diamanten vom reinsten Wasser, die man hier glänzen sieht.« – »Lodoiska ist dennoch bei weitem die schönste«, antwortete Ludwig leise, »obwohl ich dir recht geben muß, daß ich niemals einen so reichen Kreis schöner weiblicher Gestalten sah.«

»Die schönste ist sie nicht, das darfst du einem Professionisten, wie ich bin, schon glauben«, bemerkte Bernhard, »aber sie ist die reizendste, die holdeste, die lieblichste von allen. Wenn sich alle die schönen Büsten, die hier über den Logenrand sehen, in marmorne verwandelten, so würde manche edler in den Formen erscheinen, ja ich stehe nicht dafür ein, daß die Gräfin selbst sie nicht verdunkelte. Ein anderes wäre es freilich, wenn wir diese sämtlichen Bildnisse auf der Leinwand hätten, wo das zauberische Spiel der Farben und des Blicks eine Art Regenbogenschimmer über den reinen Himmel des Angesichts wirft. Dann gäbe ich es dir zu, daß Lodoiska die Frühlingsrose, die schlanke, zarte Lilie, das bescheidene Veilchen, kurz jedes Reizende zugleich und die lieblichste Blüte auf diesem ganzen Blumenbeet sei.«

Die beginnende Ouvertüre unterbrach das Gespräch. Ludwig erkannte am ersten Ton, daß es keine andere Oper als die »Schweizerfamilie« sei, die man hören werde. Er lächelte ein wenig über den großen Enthusiasmus, mit dem der Oberst von dem Werk gesprochen hatte. Doch begriff er, daß Alisette als Emeline, die auf dem Zettel den Schäfernamen Dorina bekommen hatte, eine sehr liebliche Erscheinung sein müsse. Und so war es auch. Die einleitenden Szenen gingen, noch dazu mittelmäßig dargestellt, ohne besonderen Eindruck vorüber. Allein schon das erste Auftreten Alisettes nahm das Interesse im höchsten Grad in Anspruch. Sie hatte den Charakter ganz eigentümlich aufgefaßt, nämlich ihn aus den bestimmten Formen und Farben schweizerischer Volkstümlichkeit in ein halb ideales Gebiet übertragen, ohne jedoch die charakteristische Besonderheit ganz daraus zu verbannen. In ihrer Kleidung hatte sie zwar einige Andeutungen der Schweizertracht beibehalten, allein dieselbe auf eigentümliche Weise hier und da geändert. Das Haar trug sie in freien Locken, nur mit wenigen Bändern lose geknüpft, deren eines, von dunkler Farbe, die freie weiße Stirn begrenzt. Hals, Brust und Nacken waren nicht so tief verhüllt wie in der wirklichen Volkstracht, obwohl sie das zierliche schwarze Mieder beibehalten hatte. Das Gewand dagegen fiel ihr, sittsamer als gewöhnlich, bis tief auf die Knöchel herunter, auch war es nicht so gebauscht, sondern zeigte die Gestalt ungleich vorteilhafter. Mit großem Geschick wußte sie dennoch den zierlichen Fuß, den sie in saubere Zwickelstrümpfe gekleidet und in einen enganschließenden Schuh gelegt hatte, immer aufs vorteilhafteste zu zeigen, wodurch ihr Gang, ihr Stehen und Bewegen etwas sehr Anmutiges erhielt. Sie glich halb einer Schweizerin, halb einer Schäferin, wie die Idylle sie uns zeigt, und hatte auf diese Weise sehr glücklich die Forderungen volkstümlicher Charakteristik mit denen der idealisierenden Kunst ausgeglichen. Als sie die ersten Klänge ihrer lieblichen Stimme vernehmen ließ, erstaunte Ludwig, wie dieses scheinbar so zarte Organ die Räume des ganzen, nicht kleinen Hauses so mit Wohllaut zu erfüllen vermochte. Von dem leisesten Anhauchen der Töne bis zum süßen, vollen Anschwellen derselben war der Klang in seiner silbernen Klarheit überall zu vernehmen. Man fühlte niemals einen Mangel, sondern für das Zarteste wie für den lebhaftesten Ausdruck der Leidenschaft fand die bezaubernde Darstellerin immer das richtige Maß. Und da sie überdies den ganzen Körper in allen Bewegungen, bis zu dem leisesten Spiel der Mienen und Blicke, ganz mit der Seele des Tones erfüllte, so mußte das holdselige Bild, das sie hinstellte, jedes Herz mächtig fesseln. Lodoiska zerfloß schon im ersten Akt fast in Tränen. Bei den Worten: »Wer hörte wohl jemals mich klagen!«, in denen Alisette gewissermaßen die Todesangst gewaltsamer Freude ausdrückte, während ihr Auge doch einen so unnennbar schmerzlichen Blick gen Himmel warf, daß man fühlte, wie ihr Herz brechen wolle in der Qual dieser Lust – bei diesen Worten, wo der Widerspruch des Wortsinnes mit der Empfindung einen so zerreißenden Eindruck hervorbringt, griff das erschütterte Mädchen unwillkürlich mit der Hand zu dem Herzen, als wolle sie dessen Beklemmungen lindern. Während zwei große Tränen wie Sterne an dem dunklen Himmel ihres Auge aufgingen, zitterte ihre Brust unter einem leisen, verhaltenen Seufzer. Sie war so von Mitgefühl bewegt, daß sie den Schmerz, den Alisette so täuschend darstellte, fast selbst empfand. Oder war es eine weissagende Stimme, die sich dunkel in ihrer Brust vernehmen ließ? War es eine wunderbare Ahnung, durch die Nähe derjenigen hervorgerufen, die einen feindseligen Einfluß auf die Gestirne ihres Lebens zu üben drohte? Sah sie schon das schwarze Haupt der Natter, die sich noch unter duftenden Rosen verbarg?

Jaromir, dessen frisch lebendiges Gemüt durch jeden Eindruck rasch gefesselt wurde, war ganz Auge und Ohr. Gleich einer bezaubernden Armide wußte Alisette sein Herz zu leiten. Bernhard glaubte in der Tat zu bemerken, daß sie Spiel und Blicke häufig, wie schon am ersten Abend, zu dem schönen Jüngling richte. Doch war er selbst durch die holde Kunst des Mädchens so süß umsponnen, daß sogar er, dessen freier Blick selten beschränkt wurde, nicht Ruhe genug zur scharfen kalten Beobachtung behielt. Ging es doch allen versammelten Hörern und Zuschauern nicht besser. Alisette schien durch den Wink ihres Auges jede Brust zu beherrschen. Unwiderstehlich hob sie das Herz aus der Tiefe der Schmerzen auf den Wellengipfel der Freude und ließ es ebenso schnell sinken wie steigen.

Nach dem Schluß des Akts verließ Regnard die Loge. Bernhard, der ihn mit Argusaugen verfolgte, sah, daß er auf die Bühne ging. Es wurde ihm immer unzweifelhafter, daß zwischen Alisette und dem Obersten eine sehr nahe Verbindung bestand, doch war es ihm fast gewiß, daß Alisettes Herz wenig Anteil daran hatte.

Jaromir wandte sich zu Lodoiska und fragte sie: »Ist das nicht unbeschreiblich schön?« – »Aber auch unbeschreiblich beängstigend«, antwortete diese und schöpfte tief Atem.

Ludwig, der einzige, der die Oper kannte und Kunstbildung genug besaß, um die hinreißende Darstellung nicht mit dem Wert des Werkes zu verwechseln, sprach sich mehr beurteilend als bewundernd gegen die Gräfin aus. Diese, durch ihre Jahre schon über die Macht unmittelbarer Gefühlseindrücke hinaus, hörte ihm gern zu, wie sie denn überhaupt seinem verständigen ernsten Wesen einen großen Anteil schenkte. Auch Lodoiska ließ sich gern aus ihrer gereizten, fast beklemmenden Stimmung in die des ruhigeren Genießens hinüberleiten und war nicht erzürnt, als Ludwig ihr durch sein besonnenes Urteil manche Täuschung über die Schönheit des Kunstwerks nahm. Nur Jaromir zeigte sich fast unwillig, daß an dem, was seine junge Brust so mächtig ergriffen hatte, irgend etwas Mangelhaftes oder gar Unschönes haften sollte. Er hatte bis jetzt der Kunst so entfernt gestanden, sich so vielfach mit den rauhen Stoffen des äußerlichen Lebens umhergeschlagen, daß diese ersten Strahlen und Klänge aus einer ihm noch unbekannten schöneren Welt ihm natürlich als etwas erscheinen mußten, das durch nichts übertroffen werden könne.

Der zweite Akt begann, und schon dieser zeigte dem Unerfahrenen, daß er noch lange nicht an der Grenze des Erreichbaren gestanden hatte, denn der Anteil steigerte sich bedeutend. Vollends aber der Schluß des Werkes, mit seiner tiefen Wehmut der Freude, seinem weinenden Jubel, drohte die jungen liebenden Herzen fast zu überfluten durch die wogende Aufregung aller Gefühle. Alisette war aber auch so schön, so rührend, so verklärt in der Freude, daß sie selbst für den bewußt genießenden Ludwig das Kunstwerk aus den niederen Regionen, in denen es mit seinen weichlich matten Flügeln schwebt, in eine reine Höhe frischer, göttlich matter Flügeln schwebt, in eine reine Höhe frischer, göttlich erquickender Lüfte hob, wo es freie Fittiche im Sonnenglanz entfaltete.

Lodoiska war bis in die tiefste Seele bewegt, aber nicht beseligt. Unklar, aber ebendeshalb durch unheimliche, gestaltlose Gegenwart ängstigend, regte sich das bange Gefühl in ihr, als vermöge sie nicht mit dieser mächtigen Zauberin, die sie selbst so wider Willen hinriß, in den Kampf zu treten. Wie sollte sie den Geliebten fesseln, wenn jene ihre lockenden Netze ausbreitete, ihre süß verführende Stimme ertönen ließ, die weichen, zarten Arme öffnete? Sie dachte dies zwar nicht bestimmt, allein das demütigende Gefühl der Armut und Schwäche, das edlere Seelen so leicht bei großen Bewegungen des Lebens oder der Kunst ergreift, weil sie ihren eigenen hohen Wert verkennen, drang in ihre Brust. Wer bin ich, dachte sie, um mit meiner Liebe das Dasein des Freundes zu erfüllen in einer Welt, die so unendlich Schöneres bietet? O du Holde, verkanntest du es denn, daß ein lauteres Herz der reinste Diamant ist, um das eigene und das fremde Leben zu schmücken? Nur der Verblendete geht achtlos an diesem Kleinod vorüber, nur der Betörte wirft es von sich. Doch wie vielen legt ein zürnender Gott die düstere Binde über das Auge, daß sie im ewigen Dunkel durch das Leben irren und das Heil nicht finden, wenn es die offenen Arme vor ihnen ausbreitet!

Achtes Kapitel

Die Gräfin und Lodoiska fuhren, von Regnard begleitet, nach Hause, die drei jungen Männer gingen und trafen demnach etwas später ein. Als sie die große Treppe hinaufstiegen, kam ihnen die Gräfin mit einem seltsamen, aber sehr freudigen Lächeln entgegen. »Nicht in den Speisesaal«, sprach sie, »folgen Sie mir zuvor ins Gesellschaftszimmer, denn die Tafel ist noch nicht vollständig gedeckt.« Unbefangen gehorchten die Freunde dem Gebot der Gräfin. Es war niemand im Zimmer als der Oberst. »Lodoiska«, sprach die Gräfin, »kleidet sich um, und wir werden auch noch etwas warten müssen, weil die liebenswürdige Alisette versprochen hat, mit uns zu speisen.« Die Freunde saßen in unbefangenem Gespräch mit dem Rücken zur Tür, als plötzlich Jaromir zwei Hände fühlte, die sich von hinten über seine Augen legten, um ihn raten zu lassen, wer der Unbekannte sei. Allein es blieb ihm nicht Zeit dazu, denn schon waren Bernhard und Ludwig mit dem lauten Ruf der Freude aufgesprungen: »Graf Rasinski!« Boleslaw aber war es, der Jaromirs Augen bedeckt hielt. Er umarmte den Freund und Kriegskameraden mit stürmischer Herzlichkeit, und ebenso feurig begrüßte er auch Rasinski. »Wie ist's euch gegangen? Wie habt ihr gelebt?« schallten die Fragen durcheinander, ohne daß die Antwort abgewartet wurde, weil jeder sie ja lebendig vor sich sah. »Tausend herzliche Grüße von den Ihrigen«, das waren die ersten Worte, die Rasinski, nachdem die stürmisch freudige Begrüßung vorüber war, an Ludwigs richtete. »Zwar kam meine Abreise zu überraschend, daß nicht Zeit vorhanden war, mir ausführliche Briefe mitzugeben, indessen erhalten Sie doch einige Zeilen und mit dem nächsten Posttag mehr.«

Der Gruß von den Seinigen, dieser erste Anknüpfungspunkt an eine glücklichere Vergangenheit, mußte eine wehmütige Stimmung in Ludwig erzeugen. Aber mit der Wehmut zugleich erfüllte ihn ein sanftes Gefühl der Freude, daß es noch in einem fernen Hintergrund liebe Wesen gab, die den dunklen Pfad seines Lebens mit sorgender Teilnahme verfolgten, deren treue Wünsche und Gebete ihn als Schutzengel umschwebten. Er dankte daher dem Überbringer so lieber Botschaft auf das innigste und bat um die Aushändigung dessen, was ihm bestimmt war.

Bernhard, der stets der Umsichtigste war und sich nicht leicht von einem Gefühl so hinreißen ließ, daß er die scharf umblickende Besonnenheit außer acht gelassen hätte, wurde plötzlich durch den Gedanken beunruhigt, daß Rasinski ihren angenommenen Namen noch nicht kenne und daher leicht eine verratende Unvorsichtigkeit begehen könne. Schnell besonnen ging er daher voraus und sandte einen Bedienten hinein, durch den er Rasinski ins Vorzimmer rufen ließ. Dieser war erstaunt, denn er wußte nicht, wer ihn an einem Ort, wo er erst seit einer Viertelstunde angekommen war, in dienstlichen Angelegenheiten zu sprechen verlangen könne. Er sandte daher Boleslaw, diesem sagte Bernhard, um was es sich handle. Als wäre die Sache dringend dienstlich, berichtete Boleslaw an Rasinski, beide gingen miteinander hinaus, und Bernhard setzte ihnen nun das ganze Verhältnis deutlicher auseinander.

»Vortrefflich, mein junger Freund«, sprach Rasinski, »ihr habt Anlage zum Parteigänger, denn ihr haltet Auge und Ohr offen. Das soll mir ein gutes Zeichen sein, Graf Lomond, ihr könnt auf Beförderung Anspruch machen. Überdies lobe ich's, daß Ihr Euch den Grafentitel beigelegt habt, denn wie sehr auch das rauhe Würfelspiel der Zeit Altes und Neues im Becher durcheinander geschüttelt hat, Blei senkt sich doch immer in die Tiefe und Öl schwimmt obenauf. So werden Rang und Reichtum selbst dann noch gelten, wenn auch das Russische Reich zu einer athenischen Republik und Madrid oder Neapel zu einem zweiten Sparta geworden sind. Aus Euch, Freund, kann etwas werden, und Ludwig mag wollen oder nicht, er muß einem Soren einen Grafen oder Freiherrn vorhängen, wenn es auch nur der bequemeren Anrede wegen geschähe.« Sie gingen hierauf wieder hinein .

»Nun, das muß wahr sein«, redete die Gräfin die Eintretenden an. »Euere Dienstgeschäfte scheinen dringend, da ihr sie gleich im ersten Augenblick der Ankunft vornehmt.«

»Du weißt«, antwortete Rasinski, »der Soldat ist nur ein Rad in der Maschine, das sich nach dem Gesetz des Ganzen drehen muß, wenn dieses nicht steckenbleiben oder der widerspenstige Teil zerschmettert werden soll. Indessen ist nun hoffentlich für heute alles abgetan, und wir gehören ganz dir an.« Er setzte sich mit diesen Worten zwanglos zu der Schwester nieder und nahm freundlich kosend ihre Hand. Sie betrachtete ihn mit einer gewissen liebenden Sorge, als wolle sie untersuchen, ob es auch noch der alte geliebte Bruder sei. »Ich weiß nicht«, sprach sie nach einigen Augenblicken, »aber du scheinst mir ein wenig verändert, Stephan. Hier auf der Stirn nehme ich einen Zug wahr, der fast wie eine düstere

Falte des Trübsinns aussieht. Wahrlich, Bruder, deine Stirn ist nicht mehr der freie, heitere Himmel, dessen Anblick sonst so stärkend war.«

»Das Alter, Johanna, übt seine Rechte an mir«, erwiderte er lächelnd. Doch ließ sich der tiefe Ernst seiner Züge durch eine so leichte Hülle der Heiterkeit nicht verschleiern.

»Es ist kein Zug des Alters, es ist einer der Sorge oder des Kummers. Teile der Schwester die Hälfte deiner Bürde mit, sonst trägt sie die doppelte, ohne daß du es zu hindern vermagst, denn du weißt, jede Ungewißheit vergrößert Gefahren und Sorgen.«

Das Gespräch wurde zwischen beiden geführt, ohne daß die Gesellschaft darauf aufmerksam war. Deshalb wiederholte die Gräfin ihre Bitte um Mitteilung dringender, da der Bruder auf die erste nur durch ein ernstes Schweigen, wobei er sinnend vor sich hinblickte und langsam das Haupt schüttelte, geantwortet hatte. »Das Vaterland«, erwiderte er jetzt, »fordert außer der ganzen Kraft unseres Lebens auch manche anderen Opfer desselben. Wir bringen sie willig, allein verargen wird man es uns doch nicht, wenn wir nicht unempfindlich gegen den Schmerz sind, den uns der Verlust oder das Aufgeben solcher Güter verursacht, die von den meisten als die höchsten geschätzt werden, ja nicht selten für das Ziel des Daseins selber gelten.«

Die Schwester sah ihn mitleidig an und reichte ihm die Hand. Er drückte sie stumm und blickte ihr wohlwollend dankbar in das treue Auge.

Die Aufmerksamkeit der übrigen wurde jetzt durch einen anderen Gegenstand in Anspruch genommen. Alisette trat ein. Gleich einer Frühlingsgöttin schwebte sie über die Schwelle des Gemachs, denn sie trug einen ganzen Busch junger Rosen in der Hand, deren sie eine vorgesteckt hatte. Freundlich grüßend streifte sie an den Männern vorüber und ging mit leichten Schritten auf die Gräfin zu, die, ernst sinnend in Gedanken verloren, die Annäherung dieser lieblichen Flora nicht bemerkt hatte. Auch Rasinski erblicke sie erst, als sie dicht vor ihm stand, und sprang höflich und ein wenig betroffen auf, um sie als eine Fremde zu begrüßen. »Da bin ich«, sprach sie wohllautend und verneigte sich mit Grazie. »Darf aber das Schweizermädchen auch in so vornehmem Kreis erscheinen?«

»Willkommen, willkommen«, erwiderte die überraschte Frau des Hauses, »und welch eine Fülle der Gaben bringt meine holde Sirene mit!« rief sie, als sie den vollen Strauß duftender Rosen erblickte. »Mein Garten hat noch keine Knospe aufzuweisen, aber in Ihrer Hand blüht schon der ganze Rosenmonat!«

»Es ist eine Galanterie, die ich, ich weiß nicht wem, zu danken habe«, entgegnete Alisette. »Ich befand mich noch in der Garderobe und war eben mit dem Umkleiden beschäftigt, als es anpochte. Konstanze, meine

Jungfer, öffnete die Tür zu einer kleinen Spalte und fragte, wer da sei. Statt der Antwort reichte eine unbekannte Hand mir diesen herrlichen Strauß hinein. Es ist eigentlich grausam, nicht wahr, so viele Rosen einem so schnellen Tod zu weihen? Alle Blumenstöcke in Warschau muß der unbekannte, freigebige Freund geplündert haben, denn sie sind noch selten, und im Freien blüht gewiß noch keine einzige.«

»Glücklich diejenigen, denen eine so holde Bestimmung war«, sprach Rasinski artig. Erst jetzt blickte Francoise ihn an und war überrascht, einen Fremden zu sehen. »Mein Bruder«, stellte die Gräfin ihn vor und machte ihn mit ihr dadurch bekannt, daß sie gleich von dem unbeschreiblichen Genuß erzählte, den Alisettes Kunst diesen Abend allen bereitet habe. Diese schien sehr glücklich zu sein, daß sie eine solche Anerkennung fand, wehrte aber mit bescheidenen Worten und Mienen alle Lobsprüche ab. Dann nahm sie mutwillig die Rosen und rief: »Ich muß dankbar sein für soviel Güte. Soviel Huldigungen, so viele Rosen! Hier, hier.« Und damit überreichte sie jedem mit scherzender Freundlichkeit eine Rose. Regnard aber erhielt keine. »Sie haben mich nicht gelobt, Ihnen gebe ich auch keine Blume. Dafür sollen Sie zwei haben«, wandte sie sich zu Jaromir und gab ihm die beiden schönsten des ganzen Straußes. Ohne seinen betroffenen Dank abzuwarten, kehrte sie mit leeren Händen zur Gräfin zurück, die sie scherzhaft drohend mit den Worten empfing: »Verschwenderin! So gehen Sie mit den Gaben Ihres Verehrers um? Wenn er nun hier wäre?« Dabei warf sie einen Blick auf Regnard.

»Möchte er doch, so würde er sehen, daß sein Geschenk mir die größte Freude gemacht hat. Tausendmal mehr, als wenn ich es in einem Glas auf meiner Toilette traurig verwelken sähe. Und um mir eine Freude zu machen, hat er es mir doch hoffentlich geschenkt.«

Lodoiska war still, gleich einer Erscheinung, in den Saal getreten und stand unvermutet neben der Gräfin. »Ach, da sind Sie ja«, rief Alisette aus und näherte sich ihr begrüßend. »Wie, und Sie sollten keine Rose haben und haben mich doch am allerschönsten gelobt? Oder glauben Sie, ich hätte Ihre Tränen nicht gesehen? Wenn ich Sie anblickte, war es mir, als sähe ich in einen Spiegel, dessen reiner Kristall mir die unverhüllte Wahrheit zeigte. Wenn meine Töne Sie zu Tränen oder zum Lächeln bewegten, dann wußte ich, daß sie wahrhaft zum Herzen drangen. Und Ihnen sollte ich nicht einmal eine Rose zum Dank geben können! Aber hier ist ja noch eine«, sprach sie freudig und blickte auf die herab, die in dem Gürtel ihres Kleides, an ihrer Brust blühte. Sie nahm sie und wollte sie an Lodoiskas Busen befestigen. Doch diese widerstrebte, freundlich, aber dringend ablehnend.

Es war in der Tat ein anmutiges Schauspiel, diesen kleinen Kampf der beiden schönen Mädchen zu sehen. Alisette, in ihrem weißen, schleierhaften Gewand ein Bild des Frühlings, der jugendlichen Herbe, Lodoiska, im dunklen seidenen Kleid ernst und doch freundlich. Auf Alisettes Wangen und Lippen das blühendste Rot, in dem blauen Auge die Freude selbst. Flatterndes, leicht gelocktes braunes Haar. Jene der Lilie gleich, nur einen zarten rosigen Hauch auf der Wange, das Auge ernst, sanft, groß, die Marmorstirn und der edle, blendendweiße Nacken von reicher Fülle des schwarzen Haares umschattet, weiblich, edel in der Haltung, lieblich, schüchtern in den zurückweisenden Bewegungen. Alisette stets in reizender Beweglichkeit, sie leicht umschwebend, schmeichelnd, anschmiegend, bittend.

Endlich gelang es ihr, die Rose in dem goldenen Gürtelband zu befestigen, welches das Kleid umschloß, und die zarte Blüte schimmerte reizend auf dem dunkelgrauen Grund des Gewandes. »Nun bin ich zufrieden, nun bin ich glücklich«, rief Francoise aus, als sie gesiegt hatte. »Nun erst scheint mir die Rose schön. Ich verdiene sie gar nicht.« Bei diesen letzten Worten bemerkte Bernhard einen Anflug von Schwermut in den heiteren Zügen des Mädchens. Es schien, als fühle sie reuig, daß in ihren letzten Worten eine bittere Wahrheit für sie enthalten sei.

Sollte sie wirklich eine schöne Magdalena sein, für welche die Zeit der Buße noch nicht gekommen ist, dachte er bei sich und beschloß, seine prüfenden Beobachtungen fortzusetzen. Als daher jetzt die Flügeltüren des Speisesaals geöffnet wurden, trat er zu ihr heran und bot ihr wie vor drei Tagen den Arm. Sie nahm ihn mit einem freundlichen Blick an und sprach: »Sie haben nicht Wort gehalten, in vielen Dingen nicht. Sie wollten mir für jedes Lied eine Zeichnung schenken, mich Ihr Reisezeichenbuch sehen lassen, mich sogar selbst malen! Aber alles das haben Sie vergessen, ja mich nicht einmal besucht, da wir doch Nachbarn sind. Nun, es ist wenigstens etwas, daß Sie doch jetzt an mich denken und bei Tisch neben mir sitzen wollen.«

Bernhard erwiderte diese scherzhaften Vorwürfe durch eine Erneuerung seiner Versprechungen. Man ging zu Tisch, und er nahm mit Vergnügen an der Seite der liebenswürdigen Nachbarin Platz. Boleslaw saß auf der einen Seite neben Lodoiska, Jaromir auf der anderen. Teils aus wohlwollender Höflichkeit, aber auch weil die Gräfin ihr einen Wink gegeben hatte, sich nicht zu verraten und dem spähenden Auge Regnards oder der feinen Beobachtungsgabe Alisettes eine Blöße zu bieten, wandte sich Lodoiska viel zu Boleslaw, mit dem sie als ihrem Landsmann und, wenngleich entfernten, Jugendbekannten gleichfalls viele Berührungspunkte hatte.

Ludwig bemerkte, wie warm der ernste Jüngling wurde, welch ein mildes Feuer in seinem Auge glühte. Sollte ihm, dachte er, die schöne Nachbarin gefährlich werden? Er sah es mit Besorgnis, denn sein richtiges Urteil sagte ihm, daß eine Flamme in Boleslaws Brust nicht flüchtig auflodern und erlöschen könne. Zündete der Funke, so brannte die Glut im tiefsten Inneren und dauernd fort. Gern hätte er ihn gewarnt. Allein es war nicht möglich, und er hatte überdies Jaromir sein Versprechen des Schweigens gegeben. Und hätte es gefruchtet? Wenn Boleslaw in diesem schönen Wesen das fand, was seine ernste Seele ganz erfüllen konnte, wenn die Macht der Liebe sich schnell und göttlich in ihm entzünden sollte, hätte es das Wissen von den sanften Fesseln, die schon den Freund umfangen hielten, geändert? Nein, nur mit tieferen Schmerzen wäre der glühende Pfeil in die Seele des Unglücklichen gedrungen. So blieb ihm mindestens die flüchtig verrauschende Minute eines schönen Traums, das Glück einer süßen Ahnung. Was hier nach ewigen, geheimen Gesetzen erfolgt, hindert niemanden. Drum bleibe es dem Allmächtigen und Allgütigen anheimgestellt.

Neuntes Kapitel

Den Tagen der Freude und des geselligen Verkehrs folgten jetzt Tage des Ernstes, der strengen Dienstbeschäftigung. Denn Rasinski wurde durch höhere Befehle gedrängt, die Bildung seines Korps zu beschleunigen. Täglich fanden daher anstrengende Dienstübungen statt. Man exerzierte zu Fuß und zu Pferd. Es gab Wachtdienste auszuführen, der Felddienst mußte geübt werden, kurz, weder Offizier noch Soldaten behielten Zeit übrig, sich den Zerstreuungen des Lebens zu widmen. Der Kaiser wurde von einem Tag zum anderen erwartet, und Rasinski wollte demselben wenigstens ein einigermaßen organisiertes Korps vorführen können. Die mancherlei zarten und anziehenden Verhältnisse wurden daher durch die strenge Hand des Lebens fast zerrissen. Betreffs der heißen Wünsche Jaromirs hatte Rasinski diesem zwar sein vorläufiges Versprechen gegeben, und die Liebenden waren überglücklich, doch hielt er es für unumgänglich, zuvor einem älteren Oheim Lodoiskas zu schreiben und dessen Einwilligung nachzusuchen. So lange mußten die Liebenden ihr Glück wiederum als ein Geheimnis bewahren und sich so entfernt voneinander halten, wie die Sitte es gebot. Bernhard und Ludwig waren fast stets im Dienst, kaum daß dieser Zeit genug übrigbehielt, in einigen einsam gewonnenen Viertelstunden einen Brief an die Seinigen zu schreiben, wodurch er auf die mündliche Mitteilung und die Gabe, die ihm Rasinski mitgebracht hatte, antwortete. Daß unter diesen Umständen auch für Bernhard nicht daran zu denken war, seine Beobachtungen der verführerischen Alisette fortzusetzen oder Lodoiskas Bild zu malen, ist von selbst einleuchtend.

Eines Abends kam Rasinski ungewöhnlich aufgeregt nach Hause und trat mit den Worten in den Saal, wo Jaromir, die Gräfin und Lodoiska zusammensaßen: »Unser Schicksal ist entschieden. Der Kaiser ist am 29. Mai von Dresden abgereist, wird sich einige Tage in Posen aufhalten und geht dann mutmaßlich, ohne Warschau zu berühren, nach Thorn. Wir haben Befehl erhalten, morgen auszurücken und die Straße nach Kowno einzuschlagen. Ein Tag ist also nur noch der unsrige, den wollen wir hier im häuslichen Kreis zubringen. Heute kann ich noch Bruder und Freund sein, morgen bin ich nichts mehr als Soldat.« Sein Auge leuchtete feurig bei diesen Worten und erhöhte den Adel des milden Ernstes in seinen Zügen. Doch auf die Frauen machte die Botschaft, die das Herz der Männer, die der Unentschiedenheit bereits müde zu werden anfingen, mit Freude erfüllt, einen betrübenden Eindruck. Lodoiska erbleichte und zitterte wie ein gescheuchtes Reh. In den Zügen der Gräfin drückte sich wenigstens eine sorgende Bewegung aus. »Also wirklich schon so bald?« fragte sie, indem sie aufstand und dem Bruder entgegentrat.

»Der Krieg«, fuhr Rasinski fort, »scheint nunmehr unwiderruflich erklärt. Alle Unterhandlungen, die zuletzt von Narbonne gepflogen wurden, sind gescheitert. Man sagt, es sei insbesondere das Schicksal unseres Vaterlandes, das den hartnäckigen Apfel des Zwistes zwischen die beiden Weltherrscher wirft. Napoleon will uns als freie, selbständige Nation anerkannt wissen. Doch Rußland ist nicht gewohnt, den Raub, den es in den blutigen Tatzen hält, loszulassen. Es zeigt die grimmigen Zähne. Laßt sehen, ob der Herkules, vor dessen gehobener Keule Europa bebt, den Kampf mit diesem Ungeheuer siegreich beenden wird!«

Eine edle Röte des Unwillens färbte seine Wange, indem er diese Worte sprach. Die Schwester stand mit traurigen Blicken vor ihm, strich ihm sanft das Haar aus der Stirn und sprach, indem sie die Hand auf seinen Arm legte: »Du hattest sonst ein freudiges Vertrauen, als weniger Sterne der Hoffnung am Horizont glänzten. Fasse Mut, Stephan! Wenn wir uns nicht an deiner freudigen Kraft aufrichten können, was soll uns halten und stützen?«

Rasinski lächelte. »Ich habe jetzt bisweilen Stunden, wo ich alles trüb sehe, Schwester. Es hält aber nicht lange an, und wo ich der Kraft, der Frische zum Handeln bedarf, fehlt sie mir nicht. Doch laß das jetzt. Heute und morgen gehöre ich dir, gehöre ich der lieben Beschränkung des häuslichen Kreises an und will mich wohl darin fühlen. Selbst meine Blicke sollen über die heilige Grenze nicht hinausschweifen, welche die finsteren Geister des Lebens wie eine geweihte Zauberlinie von uns zurückscheucht. Denn trete ich heraus aus dem Zauberkreis, so empfängt mich das offene Meer, und die losgelassenen Stürme mögen mit meinem Nachen nach Willkür spielen. Und wir haben auch noch häusliche Geschäfte abzutun«, fuhr er fort und warf einen Blick auf Lodoiska. »Wir wollen deinen holden Pflegling nicht versäumen.« Lodoiska senkte das schöne Auge zur Erde nieder, und ein leises Rot hauchte die zarten Wangen an. »Ja, meine Kinder«, fuhr Rasinski fort, »habt ihr auch bedacht, was ihr tun wollt? Wer möchte euere Liebe nicht gerne sehen? Ihr seid einander wert. Jaromir ist wacker, er wird ein Herz wie deines, Lodoiska, als das köstlichste Kleinod zu schätzen und zu schirmen wissen. Aber sind das die Zeiten, um den Bund der Liebe zu knüpfen? Darf man auf eine Saat hoffen, die man im Sturmwind streut? Wer schifft sich ein, wenn die See tobt und brandet? Wer mag ein Freudenfest begehen in einem Haus, das auf schwankendem Boden über dem Abgrund hängt? Habt ihr ein Maß, die Erfüllung eurer Hoffnung zu messen? Ihr werft euch in den reißenden Strom, ohne zu wissen, ob die nächste Welle euch trennen oder an ein glücklicheres Ufer werfen wird.«

Lodoiska blickte sanft zu Rasinski hinauf und sprach: »Sind es denn nicht eben die Zeiten der Gefahr und der Sorge, die man gemeinsam leichter trägt? Das Glück, den Sonnenschein des Lebens genießt auch der einzelne für sich.«

»Aber der Mann soll kein Wesen an sein Geschick knüpfen, wenn dieses selbst unsicherer ist als die schwankende Welle.« – »Wahrlich!« rief Jaromir lebhaft, »ich darf jetzt nicht um dich werben, denn alles steht auf zu unsicherem Wurf! Und doch ein Band der Hoffnung möchte ich knüpfen!«

Er sprach diese letzten Worte mit so unschuldig bittendem Ausdruck des Gesichts, daß Rasinski sich eines gerührten Lächelns nicht erwehren konnte. Er erwiderte, indem er beide an der Hand faßte: »Wenn ihr ernst bedacht und erwogen habt, was ihr tun wollt, wenn es nicht bloß der Rausch eines flüchtigen Augenblicks ist, wenn du, Jaromir, deinen leichten jugendlichen Sinn so weit beherrschen kannst, um die Prüfung langer ernster Jahre zu bestehen, dann mögt ihr recht haben, den Bund der Treue zu schließen, und nicht die Gefahr, die ihm von außen her droht, darf euch zurückschrecken. Denn auch ich weiß die würdige Gesinnung im Menschen zu schätzen, die in ernster Stunde des Lebens, mehr für die Mühen als für die Freuden desselben, liebende Herzen verbindet. Dein Onkel, Lodoiska, hat mir väterliche Vollmacht gesandt, dich Jaromir zu verloben. Wenn du nicht selbst zögerst, den Schritt in das ernste Reich der Pflichten zu wagen, so darf ich eure Hände ineinander legen und die Ringe euers Gelübdes wechseln.«

Die schöne Gestalt stand süß bebend und mit dunkler Rosenglut auf den Wangen vor dem ernsten, väterlichen Freund. Dieser hob ihr das schamhaft gesenkte Antlitz sanft empor und fragte: »Du willst?« Sie sank statt der Antwort stumm an die Brust der Gräfin, die neben sie getreten war, doch ließ sie die Rechte in Rasinskis Hand, der sie in die dargebotene des von Entzücken trunkenen Jaromir legte. »O wie unaussprechlich glücklich bin ich!« rief er aus, indem er die Hand des bebenden Mädchens an seine Lippen preßte.

»Sie ist nun deine Braut«, sprach Rasinski, »und jede heiligste Pflicht bindet dich an sie. Wirst du den Mut haben, sie zu erfüllen?« – »Bis an meinen Tod!« rief Jaromir heftig und zog das reizende Wesen, das sich ihm mit der ganzen Hingebung des weiblichen Herzens weihte, an seine Brust. In diesem Augenblick trat Boleslaw ein, der bleich wie der Tod wurde, als er die Umarmung der Glücklichen sah, denn sein Herz hatte eine tiefe, ernste Liebe zu der schönen Lodoiska gefaßt, und er ahnte nicht, daß sie die Braut des Freundes sei. Doch mit der Fassung, die seinem strengen, zwar leidenschaftlichen, aber doch festen Charakter allein möglich war, bezwang er Schreck und Schmerz zugleich und zeigte ein ruhiges Antlitz, während der Todesstoß ihm die Brust zerriß. Festen Schrittes ging er auf die Anwesenden zu, deren keiner ihn beim Eintreten bemerkt hatte. »Ich darf dir Glück wünschen?« fragte er und trat zu Jaromir. »Nein«, rief dieser lebhaft, »denn ich *bin im Besitz* des seligsten Glücks, das diese Erde uns bietet!«

Die Freunde umarmten einander herzlich, vor Lodoiska verbeugte sich Boleslaw ernst, ergriff ihre Hand und sprach: »Seien Sie glücklich, ganz glücklich.« Da zitterte und erblaßte er doch, es wurde selbst seiner jugendlichen Heldenkraft zuviel. »Weißt du schon, Rasinski, daß wir übermorgen ausrücken?« wandte er sich zu diesem, um dem Gespräch schnell eine andere Wendung zu geben. – »Allerdings«, erwiderte dieser. – »Auch daß Oberst Regnard mit seinem Regiment marschiert, und die Dragoner und die drei Kompanien reitender Artillerie gleichfalls?« – »Mir war nur«, erwiderte Rasinski, »der Befehl bekannt, soweit er mich selbst betrifft. Übrigens muß ich sagen, daß mich diese Begleitung nicht sonderlich erfreut, denn wir werden, je mehr wir sind, nur um so schlechtere Nachtquartiere haben. Ich liebe unser Vaterland, allein was seine gastlichen Städte und Dörfer anlangt, so taugen sie besser, ein feindliches Heer verhungern zu lassen; als ein befreundetes zu ernähren.«

Bernhard und Ludwig, die mit Boleslaw zugleich nach Hause gekommen, aber erst auf ihr Zimmer gegangen waren, traten jetzt ein und vervollständigten den häuslichen Kreis. Auch ihnen wurde das Brautpaar vorgestellt, auch sie widmeten ihm die aufrichtigen Segenswünsche.

Rasinski zeigte im Laufe des Tages eine sanfte Heiterkeit, die ihn ungemein liebenswert machte. »Wie schade«, rief er im Verlauf des Gesprächs aus, »daß unser Freund Bernhard den Säbel und die Lanze so viel zu führen hat! Es ist ihm wahrlich keine Zeit geblieben, Pinsel und Griffel zu handhaben, sonst hätte er mir ein Bildnis unserer lieben Braut zeichnen müssen.

Jaromir rief aus: »Und er hatte es mir sogar versprochen! Ihr ganzes Bild wollte er malen.« – »Wenn ich auch nicht die Zeit zu einem Gemälde behalten habe, warum sollte ich nicht wenigstens noch eine Zeichnung versuchen?« fiel Bernhard ein. »Der Abend ist unser. Eine, wenngleich flüchtige Skizze ist doch mehr als nichts, und einige Stunden reichen noch vollkommen dazu aus. Es ist eine angenehme Eigenschaft unserer Tätigkeit, daß sie in solchen Fällen nur einen Teil unserer Kräfte in Anspruch nimmt und so wenig uns als andere in der geselligen Unterhaltung stört. Wenigstens verlangen wir nur sehr geringe Opfer. Hand und Auge arbeiten, aber das Ohr behält Muße, dem Gang der Unterhaltung zu folgen, und die Seele teilt sich mit Leichtigkeit in beide Beschäftigungen. Erlauben Sie mir daher, hier ein kleines flüchtiges Atelier aufzuschlagen, die Lichter nach meinem Bedürfnis zu stellen. Gönnen Sie meinen Augen die sonst nicht ganz artige Freiheit, sich scharf auf den Gegenstand meiner Tätigkeit zu richten, und ich hoffe, noch etwas zustande zu bringen, das wenigstens einen kleinen Ersatz für die größere Ausführung, zu der uns keine Zeit bleibt, gewähren mag. Überlassen Sie sich alle frei dem geselligen Verkehr. Oft hat ein Bildnis viel mehr Wahrheit und Lebendigkeit, wenn wir es einem unbefangenen Augenblick ablauschen, als wenn der Gegenstand sich gewissermaßen feierlich dazu anschickt, auf die Leinwand übertragen zu werden. Und am unglücklichsten pflegt es herauszukommen, wenn gar jemand mit der ängstlichen Mühe versucht, alle Falten und Fältchen seines Gesichts mühselig zurechtzulegen, um den Ausdruck der Unbefangenheit recht methodisch hineinzuarbeiten, und zur Zugabe noch gar ein unbewußtes Lächeln um die Lippen herummeißelt, etwa wie man ein Kleid mit Blumen garniert.«

Freudig stimmten die Anwesenden in Bernhards Vorschlag ein, und es wurde ihm völlig freie Hand gelassen, alle Anordnungen nach seinem Wunsch zu treffen. Er machte nur noch die Bedingung, daß ihm niemand vorzeitig ins Blatt sehen dürfe, weil kein Künstler sich gern bei der Operation des Schaffens belauschen lasse, indem dabei seine Irrtümer und Fehler am deutlichsten ans Licht träten. Hierauf holte er sein Zeichengerät, setzte sich die Lichter in Ordnung, änderte noch einiges in der Art und Weise, wie er zu den übrigen saß, und ging sodann frisch ans Werk.

Die Unterhaltung der übrigen ging ungestört fort. Bernhard nahm sogar den ungezwungensten Anteil daran, wiewohl er im ganzen mehr hörte und nur einzelne Worte dazwischenwarf, um dieser oder jener Ansicht beizupflichten, sie durch eine Bemerkung zu unterstützen oder einen scharfen Pfeil des Widerspruchs darauf abzuschnellen. Indessen drehte sich das Gespräch nur um allgemeinere Gegenstände, die zwar eine gewisse Lebhaftigkeit der Teilnahme erweckten, aber doch keine leidenschaftliche Aufregung der Seele verursachten. Darum hatte Bernhard gleich anfangs gebeten, weil er bei eintretenden heftigen Bewegungen des Gemüts unmöglich in der ruhig begonnenen Weise hätte fortzeichnen können. Mit großer Geschicklichkeit wußte er diesen Zustand zu erhalten und immer zur rechten Zeit dem Gespräch Zügel anzulegen oder den Sporn zu geben, je nachdem es zu stocken oder in zu lebhaften Fluß zu kommen drohte.

»Ich bin fertig«, rief er, nachdem etwa zwei Stunden vergangen waren, und sprang mit dem Blatt in der Hand auf. Neugierig drängten sich alle hinzu, um seine Arbeit zu betrachten. Er trat einige Schritte zurück und hielt das Blatt, neckend, mit der Rückseite der Gesellschaft entgegen. »Nur keine Spannung, nur keine Erwartung«, rief er. »Es ist ein halb mißlungener Scherz, nichts weiter. Hätte ich Zeit, ihn morgen zu wiederholen, so würde ich das Blatt verbrennen, bevor irgend jemand es gesehen hätte. Das beteuere ich hier bei meiner Künstlerehre, die ich soeben ein wenig an den Pranger zu stellen im Begriff bin.«

Jetzt drehte er das Blatt um. Man sah zwei Zeichnungen darauf. Die erste stellte Lodoiska dar, die zweite Jaromir, beide im Brustbild, nur leicht, aber geistvoll ausgeführt und sprechend ähnlich. Alles erfreute sich des gelungenen Werks und bewunderte die geniale Ausführung. Insbesondere war Jaromir vor Freude außer sich und rief beglückt aus: »Welch ein herrliches Geschenk, welche doppelte Überraschung! Wie soll ich dir diese Freude jemals danken! Nun kann ich das Bildnis der Geliebten mit mir nehmen und ihr das meinige lassen.«

Ludwig war der einzige, der die Zeichnungen mit sorgfältiger Aufmerksamkeit betrachtete. Nach einigen Augenblicken sprach er lächelnd: »Ich wußte in der Tat anfangs nicht, weshalb du die gotischen Rahmen um die Köpfe gezogen hattest. Da ich dich aber kenne, so vermutete ich gleich eine Ursache und glaube, sie nunmehr gefunden zu haben. Der Einfall ist sehr gut, und ich glaube noch besser ausgeführt.«

»Ja, ja, du kennst meine Schliche«, entgegnete Bernhard, »und weißt, daß ich selten hundert Schritte geradeaus gehe. Irgendein Quer- oder Bockssprung aus dem geraden Weg ist mir einmal zum Bedürfnis geworden, denn der Eulenspiegel sitzt mir unabänderlich, seit meiner Geburt, im Nacken.«

Nach diesem Gespräch wurden die übrigen ungemein begierig, das Geheimnis zu entdecken. Sobald man einmal darauf aufmerksam wurde, war es sehr leicht. Bernhard hatte nämlich um jeden Kopf einen viereckigen, scheinbar altmodisch geschnörkelten Rahmen gezeichnet. Jede Ecke desselben zeigte ein Gesicht, und zwar die äußerst wohlgetroffenen Bildnisse der Anwesenden. An den beiden oberen Seiten waren Rasinski und seine Schwester, unten Ludwig und Boleslaw abgebildet. Überdies hatte er jedem Rahmen einen Kopf gegeben, in dem sein eigenes Gesicht mit satirischem Ausdruck hineingezeichnet war, als ob es spöttisch auf sein Werk drunten herabsähe. Diese scherzhafte, aber doch sehr angenehme Zugabe zu dem Geschenk wurde mit dem lebhaftesten Beifall aufgenommen. Bernhard erhielt Lobsprüche von allen Seiten, und namentlich Jaromir äußerte seine Freude mit liebender Zugabe. »Ein solches Bild«, rief er aus, »macht mich wahrhaft glücklich, ja es macht mir jetzt mehr Freude, als ob ich das schönste Gemälde von meiner Lodoiska besäße. Denn dieses kann ich ja immer bei mir tragen und mich an seinem Anblick erquicken. So treu ihr liebes Bild mich überall begleiten wird, es ist doch etwas anderes, wenn man es so wirklich mit den Augen sehen kann.«

»Ebenso gewiß«, erwiderte Bernhard, »als es noch etwas anderes und tausendmal Schöneres ist, wenn man die Geliebte selbst vor sich sieht. Nicht wahr?« Lodoiska senkte das schöne Auge ein wenig, da Bernhard sie bei diesen Worten anblickte. Doch sie erhob es alsbald wieder und sah mit einem unbeschreiblichen Ausdruck der Liebe zu Jaromir hinauf, als wollte sie damit Bernhards Worte bestätigen.

Soviel Grund jeder einzelne in der Gesellschaft zur ernsten Stimmung hatte, so war doch durch dieses kleine Ereignis ein so angenehmes, heiteres Licht in die dunklere Färbung der Gemüter gefallen, daß man, wenn nicht fröhlich, doch sehr traulich und sanft-heiter gestimmt war.

So bewährte die Kunst also auch hier ihren schönen Beruf, in den rauhen Ernst des Lebens vermittelnd einzuschreiten und seine dunklen, mühsamen Pfade zu erhellen und zu ebnen. Oh, nicht genug können wir es der Milde des Schöpfers danken, daß er eine schöne Gestalt aus seinem Himmel herabsendete, deren Beruf es ist, die scharfen Umrisse der Wirklichkeit durch eine sanftere Farbgebung zu verschmelzen und über den tobend herabstürzenden Gießbach der Leidenschaften den schimmernden Staubregenbogen zu breiten, der uns beweist, daß die Strahlen der göttlichen Sonne rein bis in die tiefste, schauerlichste Kluft der Erde hinabdringen.

Zehntes Kapitel

Schon mit dem frühesten Morgen dröhnte das Wirbeln der Trommeln und das Schmettern der Trompeten durch die Straßen Warschaus und rief die Truppen zum Abmarsch zusammen. Mit banger Seele vernahm es Lodoiska, die den Geliebten ihrer Seele jetzt tausend drohenden Gefahren entgegensenden sollte. Nicht in so ängstlicher Besorgnis, sondern die Brust mit vaterländischen Hoffnungen erfüllt, sah die Gräfin das Ereignis an. Sie fühlte zu sehr als Polin, um nicht mit einer Einmischung freudigen Stolzes jedes kriegerische Bild, deren die bewegten Tage dieser Zeit so viele aufstellten, zu betrachten. Auch ihren Bruder, der ihr das liebste auf der Erde, ja, der ihr alles war, da sie sonst ganz allein stand, sah sie mit Hochgefühl an der Spitze seiner Schar ausrücken.

Ein Klirren von Säbeln auf dem Korridor kündigte das Herannahen Rasinskis und seiner Kameraden an, die in das Gemach der Frauen traten, um Abschied zu nehmen. Sie waren in voller Uniform. Die Schärpe, der Säbel schmückte sie, und von der Tschapka wehten leuchtende Federbüsche. Der kriegerische Anzug verleiht kriegerische Haltung des Körpers und der Seele. Es ist, als ob der Beruf des Standes mit den äußerlichen Zeichen desselben bestimmter zum Bewußtsein käme. Daher waren die Männer weniger bewegt in der Minute des wirklichen Abschieds, als ihre frühere weiche Stimmung vermuten lassen durfte. Rasinski drückte die Schwester mit brüderlicher Wärme an die Brust und sprach männlich fest: »Wir ziehen aus zu einem freudigen Beruf, kein Schmerz komme in unsere Seele. Nur heilige Begeisterung für das Vaterland durchglühe sie mit mächtigen Flammen. Wir werden unsere entweihten Altäre reinigen, den vertriebenen vaterländischen Göttern einen neuen Herd gründen, an unseren alten Grenzen das Wappen der Jagellonen wieder aufpflanzen, ihr heiliges Banner wieder leuchten lassen zum Ruhm unseres Volkes! Lebe wohl, Schwester, nicht mich, nicht uns, nur unsere Waffen begleite dein Segen, nur für den Sieg sende dein Gebet zu dem Allmächtigen! Ob wir fallen, ob wir wiederkehren, das ist eins. Wenn nur Polens weißer Aar sich mit stolzen Schwingen aus der Donnerwolke der Schlachten in den reinen Himmel der Freiheit erhebt. Leb wohl! Gott erhalte dich zu freudigen Tagen.«

Er ließ den Arm, den er prophetisch erhoben hatte, sinken, küßte die Schwester noch einmal, drückte auch auf Lodoiskas bleiche Wange einen Kuß und verließ dann mit raschen Schritten das Gemach und eilte hinab, um sich auf das Pferd zu schwingen.

Jaromir schloß seine Braut mit heißen Jünglingstränen an die Brust. Jubelnd schlug sein Herz dem Kampf fürs Vaterland entgegen, doch blutete es, indem er sich von der Geliebten trennte. Sie weinte kaum, denn ein kaltes Grauen, furchtbarer als der tiefste Schmerz, ließ ihre Tränen erstarren. Nur an ihren bleichen Lippen und Wangen, an ihrem fieberhaften Beben ließ sich die Qual ermessen, die sie in diesem Augenblick erduldete.

Jaromir legte das zitternde Marmorbild an die Brust ihrer mütterlichen Pflegerin. Diese weinte ihre heiße Angst in Tränen, denen sie bis jetzt noch mächtig geboten hatte, über das geliebte Wesen aus. Für den Abschied der drei Jünglinge, die ihrem Herzen nicht so nahe standen, wiewohl es, zumal in der Stunde des Scheidens, mit warmer Freundschaft für sie schlug, für dieses Lebewohl blieben ihr nur verschleierte Blicke und eine stumm dargereichte Hand.

Boleslaw war der letzte im Zimmer. In seiner ernsten düsteren Brust brauste der Sturm der Leidenschaft mit furchtbarer Macht auf. Er sah die, die ewig die Seine und ewig ihm entrissen war, als ein Bild des Todes vor sich, wie sie mit matt geschlossenen Augen in den Armen der Mutter hing. Er bebte, er vermochte sich kaum auf den Füßen zu halten, so krampfhaft zerriß ihn der Schmerz, der vergeblich nach dem wilden Tau einer Träne rang. Der Sturm seiner Leidenschaft drohte ihn zu überwältigen. Es war ihm einen Augenblick, als dürfe, als müsse er die Geliebte ans Herz reißen und ihre Liebe fordern, weil diese seine größer, wahrer, heiliger sei als Jaromirs. Es rief dumpf in ihm: Trinke einmal wenigstens den Becher der Seligkeit von ihren Lippen, und wenn er dir zu glühendem Gift würde. Der innere Kampf schüttelte ihn wie im Fieberfrost. Doch sein besserer Genius siegte. »Nein«, rief er schaudernd, »es wäre mehr als Brudermord! Fort, fort!« Und mit diesen Worten stürzte er hinaus.

Eigener Schmerz und Betäubung hatten den Blick der Frauen so verschleiert, daß sie seinen Kampf nicht sahen. Lodoiska hing noch immer bewußtlos in den Armen der Mutter. Endlich schlug sie das Auge auf, und jetzt brach ein Strom von Tränen hervor. Doch mit ihm zugleich schwanden ihr die Kräfte, und sie sank ermattet, sanft von den Armen der Gräfin gehalten, auf ein Ruhebett nieder.

Draußen schmetterte ein lauter Trompetenstoß. Man hörte vielfachen Hufschlag heransprengender Reiter. Die Gräfin eilte ans Fenster. Es war Rasinskis neues Regiment, das vor den Palast rückte, um dort seinen Führer zu empfangen. Kriegerische Musik bildete die Spitze des Zuges. Einige Offiziere, die vorangeritten waren, kamen im kurzen Galopp heran, um Rasinski zu begrüßen. Dieser sprengte auf seinem arabischen Schimmel, männlich schön, mit dem Anstand eines Helden aus dem Schloßtor. Jaromir folgte ihm auf einem schlanken Goldfuchs, der mit der Zierlichkeit eines Rehs über den Boden dahinflog. Einige Augenblicke später stürmte Boleslaw auf einem Rappen, dem die Mähnen wild um den stolzen Nacken flatterten, mit einigen verwegenen Bogensätzen aus dem Tor. Er sah bleich aus wie der Tod, und sein Auge rollte düster unter den finsteren Brauen, als er sich halb zurückwandte und zur Gräfin hinaufblickte, die arglos, mit einem wohlwollenden Lächeln grüßte, denn sie hatte sich gefaßt und den weiblichen Schmerz besiegt.

Jetzt erscholl der laute Ruf der Krieger, die ihren Führer begrüßten. Der Klang der Feldmusik ertönte, die Banner wehten in den Morgenlüften, die Waffen glänzten im Sonnenstrahl, Rosse stampften und schnaubten, Federbüsche wogten, immer bewegter wurde das bunte Getümmel. Die Erhebung, welche die Brust der Gräfin beim Anblick dieser mutigen Schar durchdrang, gab ihr die Überzeugung, daß auch Lodoiskas Schmerz dadurch besänftigt und sie zu einer edleren Kraft begeistert werden müsse. Sie ging daher zu der kraftlos Hingesunkenen und forderte sie liebreich auf, mit ihr auf den Balkon hinauszutreten und den Abmarsch der Krieger zu sehen. »Ermutige dich, gewinne Fassung«, sprach sie sanft, aber eindringend. »Jedes strenge Wollen und Müssen wird dem Schmerz, unter dem wir zu erliegen drohen, eine aufrechthaltende Stütze. Es wird dich trösten und stärkend erfreuen, den Geliebten als Mann und Held zu sehen, wie er, von kriegerischem Glanz umgeben, mutig auszieht, um für das Vaterland zu fechten. Aus der Achtung wächst unsere Liebe und mit ihr die Kraft, zu tragen und zu dulden. Komm, richte dich auf, zeige dem scheidenden Freund eine ermutigte Seele. Er geht ernsten Prüfungen und Gefahren entgegen, die er leichter überwinden wird, wenn ihn das Bild einer starken, gläubig hoffenden Geliebten begleitet, als wenn er sie, in Gram und Hoffnungslosigkeit erliegend, einsam zurückgeblieben weiß.«

Lodoiska fühlte sich durch diesen sanften, festen Zuspruch wunderbar gestärkt. Ihr liebendes Herz empfand es sogleich als eine Pflicht, dem Freund die Stunde des Abschieds zu erleichtern. Sie raffte daher ihre Kraft entschlossen zusammen und folgte der Gräfin, die sie in den anstoßenden Saal und auf den Balkon hinausführte. Schon der Anblick der bewegten, leuchtenden Masse der Krieger erfrischte die tiefverwundete Brust, denn an der Kraft entzündet sich die Kraft. Eben fingen die Glocken der Kathedrale an, die Frühmesse einzuläuten, so daß sich dieser ernste feierliche Klang in das brausende Kriegsgetöse mischte. Der Himmel wölbte sich lichtblau, die Vögel zwitscherten munter im flüsternden Laub, der schönste, sonnenhellste Morgen wehte die Brust mit erquickenden Lüften an. Es schien, als ob die Gnade Gotte sich recht lebendig vergegenwärtigen und durch tausend Zeichen den Menschen verkündigen wolle: Ich bin euch ewig nahe mit meiner unerschöpflichen Güte und Milde. Welche Schmerzen und Schrecken das Tun eures Wahns euch auch auf Erden bereite, ich bin immer gegenwärtig, um mit versöhnender Hand die Wunden zu heilen, die ihr selbst euch in eurer Verblendung schlagt.

Rasinski erblickte die Frauen auf dem Balkon. Er grüßte freundlich nickend hinauf. Sein Antlitz zeigte eine edle Begeisterung, alle Spuren des Schmerzes waren verschwunden, denn mit männlicher Selbstbeherrschung gebot dieser feste Geist seinen tiefsten Gefühlen und fand stets die Kraft zur freudigen Pflichterfüllung in seiner Brust. Mit freier Stirn wollte er vor seinen Kriegern erscheinen, damit die heitere Zuversicht des Führers auch in ihnen Mut und Vertrauen erwecken möge. Er wollte es, wollte es fest, und deshalb war es ihm möglich. Das Erscheinen der Frauen störte ihn daher nicht im mindesten in seinen kriegerischen Anordnungen. Ohne einen Blick von seinen Leuten zu verwenden, ohne die mindeste Kleinigkeit außer acht zu lassen, wußte er doch der Schwester wiederholt bemerkbar zu machen, daß ihre Anwesenheit und ihre ermutigende Teilnahme ihn erfreue. Anders war es mit Jaromir. Dieser ließ sich durch den Anblick der Geliebten zerstreuen und gab darüber seinen Kameraden einen Anlaß zum mutwilligen Spott und Lachen. Denn indem er die Augen zu dem Balkon richtete, ritt er unachtsam mitten in seine eigenen Leute hinein und brachte diese und die Pferde völlig in Verwirrung. Boleslaw dagegen raffte sich mit Gewalt zusammen und heftete die gespannteste Aufmerksamkeit auf seinen Dienst. Mit scharfem Auge musterte er Leute, Pferde, Zäumung, Gepäck. Nur einmal warf er, gleichsam wie zu einem flüchtigen, verstohlenen Raub, einen Blick nach den weiblichen Gestalten droben hinauf.

Das Regiment stand jetzt dem Palast gegenüber in dem ansehnlich breiten Raum der Straße in Front aufmarschiert. Alle Fenster der gegenüberstehenden Häuser waren mit Zuschauern und Zuschauerinnen erfüllt. Manche Träne glänzte in schönem Auge oder barg sich hinter dem Schleier, der nach alter Sitte die polnischen Mädchen beim öffentlichen Erscheinen von den verheirateten Frauen unterscheidet.

»Richtet euch!« erscholl Rasinskis Kommandowort, und wie ein Pfeil sprengte er auf den rechten Flügel hinab, um mit seinem Falkenblick die Linie einzurichten. Jetzt herrschte die lautlose Stille des Dienstes. Jedes Auge war auf den Führer gespannt, jedes Ohr lauschte auf seine Worte. »Gewehr auf!« Die Säbel blinkten. »Erster Zug, geradeaus! In Zügen rechts schwenkt! Marsch!« Die Front brach sich. Der fröhliche Kriegsmarsch der Trompeten erschallte, Rasinski sprengte an die Spitze des Regiments und führte dasselbe im feierlichen Zug unter den Fenstern des Palastes vorüber. Als er an den Balkon kam, salutierte er auf militärische Weise und grüßte zugleich mit leuchtenden Augen hinauf. Die Gräfin schwang zur Erinnerung ein weißes seidenes Tuch, das sie leicht um den Hals geknüpft hatte. Nach der schönen, altpolnischen Sitte, die den Frauen gestattete, ausziehenden Kriegern öffentlich ein Andenken von ihrer Hand mitzugeben und so durch den zarten, aber mächtigen Anhauch aus weiblicher Brust den Mut höher zu entflammen, nach dieser Sitte, der in älteren Zeiten die Fürstinnen besonders huldigten, ließ sie das Tuch hinabflattern. Rasinski fing es mit der Säbelspitze auf und schlang es um den Arm. Ein lauter, jubelnder Beifallsruf der ganzen Schar ertönte bei diesem Anblick. Sogleich flatterten aus allen Fenstern Tücher, Bänder, Schleier herab. Nicht die Schwester schenkte dem Bruder, nicht die Braut dem Verlobten, nicht die Gattin dem Gatten ein Andenken. Nein, die Polin gab es dem Polen. Mit den Lanzen, mit den Säbeln fingen es die Krieger auf. Eine schöne Frau, mit reichem, dunklem Lockenhaar, die dem Palast gegenüber an einem Fenster stand, zerriß ihren Schleier und ließ beide Hälften nach unten wehen. Zufällig waren es gerade Ludwig und Bernhard, die sie mit den Lanzenspitzen auffingen. Der feurige Bernhard warf flammende, begeisterte Blicke und in übermütiger Keckheit sogar einen Kuß hinauf. Die Schöne lächelte holdselig. Ludwig grüßte in ernster Bewegung. Er dachte an eine andere Gestalt, die für ihn in dem weiten öden Reich alles Verlorenen schwebte. Doch trafen auch ihn die Strahlen der freundlichen Blicke mit sanfter

Wärme. Bernhard rief französisch hinauf: »Ich bin kein Pole, aber ich fechte freudig für Polen.« Sein Lohn war eine Rose, die die Schöne von einem neben ihr im Fenster stehenden Stock brach und hinabwarf. Er ergriff sie im Fallen mit Gewandtheit, steckte sie an die Brust, grüßte dankend noch einmal zu der Geberin hinauf und sprengte dann wieder in die Reihen.

Lodoiska war unschlüssig, was sie tun sollte. Den Schleier mochte sie nicht hinabwerfen, weil er ihre tiefe Trauer vor den Augen der Welt verhüllte. Doch löste sie rasch eine Busenschleife und ließ sie zu Jaromir herunter flattern. Allein der neidische Wind entführte sie, und Boleslaw war der Glückliche, in dessen Hand sie geriet. Er drückte sie gegen die Lippen und warf einen flammenden Blick zu Lodoiska hinauf. Jaromir bemerkte es und faßte den Verdacht, das Band sei ihm nicht zugedacht gewesen, obgleich Lodoiska eben ein zweites herabflattern ließ, das sich, von gütigen Lüften getragen, von selbst auf Jaromirs Schulter senkte. Rasch auflodernd in Zorn wie in Liebe, hatte er so schnell vergeben wie gezürnt, nahm das Band, blickte mit liebendem Auge zu der Teuren hinauf und befestigte es dann, stolz auf die Zierde, an der Brust.

Der Zug wandte sich in die schmalere Straße hinein, wo Alisette wohnte. Sie stand am Fenster und sah die Reiter vorüberziehen. Alle Offiziere, die sie kannte, grüßte sie. Sie selbst wurde aber, als die liebreizende Sängerin, fast von allen gekannte und begrüßt. Mit französischer Leichtigkeit und Lebhaftigkeit winkte sie bald heiter, bald wehmütig lächelnd und blickend, den einzelnen ihren Abschiedsgruß zu, und wo ihr jemand nahe unter dem nicht hohen Fenster vorbeiritt, rief sie ihm auch ein süß lautendes Lebewohl zu. Besonders erhielt Bernhard einen ungemein freundlichen Gruß dieser Art, den er ebenso erwiderte, wiewohl nicht ohne ein leises Gefühl der Wehmut, daß er von diesem reizenden, verführerischen Wesen jetzt vielleicht für immer scheiden mußte. Sein alter Argwohn gegen sie wäre jetzt fast geschwunden, wenn er nicht, indem er noch einmal nach ihr hinübersah, bemerkt hätte, wie sich der Ausdruck ihrer Züge veränderte, als Jaromir, der um einen Zug hinter Bernhard ritt, sich dem Fenster näherte. Sie zog einen Strauß von Rosen und Vergißmeinnicht, den sie bisher verborgen gehalten hatte, hervor, warf ihn dem jugendlich schönen Reiter zu und sagte ihm mit Worten und Blicken das bewegteste Lebewohl. Jaromir, dem halb Beschämung, halb Freude die Wangen rötete, hielt an, sprach einige Augenblicke mit dem reizenden Mädchen und dankte ihr mit fast zärtlichen Worten.

Hm, dachte Bernhard und schüttelte das Haupt, zumal da er bemerkte, daß Lodoiska, um den Truppen noch weiter nachblicken zu können, in ein Fenster des Saales im Palast getreten war und den Vorfall mit ansah, ohne daß Jaromir sie bemerkte. Bald danach suchte er einen Augenblick zu erhaschen, wo er, da das Gedränge in den schmalen Gassen, in denen man sich eben befand, die Ordnung des Zuges gestört hatte, an Jaromir heranritt und ihm halb scherzend drohend sagte: »Treuloser! Was hast du begangen? Also jener schönen verführerischen Phryne hast du den letzten Abschiedsgruß gesandt? Sie ist die letzte, an die du hier zurückdenkst!« – »Nein, wahrlich nicht«, rief Jaromir. »Nach wie vor gehört mein Herz nur Lodoiska allein. Doch Alisette war immer so freundlich zu mir!« – »Fast zu freundlich! Nimm dich in acht!« entgegnete Bernhard. – Jaromir lächelte: »Es gibt keine Gefahr! Doch reite jetzt zu deinem Zug, denn wir kommen gleich an die Brücke von Praga, über die wir mit Ordnung defilieren müssen.«

Der Zug stockte jetzt, weil an den zusammenstoßenden Straßen mehrere Truppenabteilungen aufeinandertrafen. Auch Oberst Regnard war an der Spitze seines ausmarschierenden Regiments zu sehen. Die Marschordnung wurde indes rasch bestimmt. Rasinski mit seiner leichten Kavallerie rückte voran, eine Abteilung Dragoner folgte ihm, dann schloß Regnard sich mit der Infanterie an, und zuletzt rückte die Artillerie nach.

Es war ein großartiger Anblick, als der Zug jetzt die Brücke bedeckte und der prächtige Strom der Weichsel die glänzenden Gestalten spiegelnd zurückwarf, die sich in wechselnden Bildern über ihm dahinbewegten. Beide Ufer kränzten sich mit zahllosem Volk. Weithin erschallte das stürmische Jubeln und Jauchzen. Die wehenden Tücher leuchteten im Sonnenstrahl. Das Klirren der Waffen, der Hufschlag der Rosse, das tobende Rasseln der Kanonen vollendeten das kriegerisch glänzende Bild. In der großartigen Bedeutung dieser Massen wuchs auch der einzelne stolzer, kühner empor. Selbst den Schmerz, der ihm hier nur allein gehörte, versenkte er in die brausende Welle, die das Ganze hob und trug, und, nur von mutigem Kampfgefühl beseelt, schlug die Männerbrust freudig der Zukunft entgegen.

Viertes Buch

Erstes Kapitel

Auf den Gütern des Grafen Dolgorow, die unweit Smolensk am Dnjepr lagen, war alles in der größten Bewegung. Zwei Nachrichten, welche die Bewohner des Schlosses sowie der zu Herrschaft gehörenden Dörfer vor einigen Stunden erhalten hatten, brachten eine allgemeine, obwohl sehr entgegengesetzte Aufregung hervor. Die eine war erfreulich, denn ein vorausgesandter Jäger meldete die Ankunft des Grafen aus Petersburg. Er hatte sich nebst seiner Familie zwei Jahre im Ausland aufgehalten. Währenddessen hatten seine Leibeigenen die zwar strenge, aber, nach den Begriffen dieser Leute, gerechte Verwaltung oft vermißt. Eine allgemeine Freude herrschte daher über seine nahe Rückkehr. Indessen sie wurde sehr gestört durch eine andere Nachricht, die der Gutsverwalter, der auf dem Markt in Smolensk gewesen war, von dort mitgebracht hatte. Der Feind, hieß es, war wirklich in das Reich eingefallen, der Krieg hatte begonnen, und schon zogen sich die russischen Heere vor der unwiderstehlichen Siegesgewalt des französischen Kaisers auf allen Punkten zurück. Wie gewöhnlich waren die Gerüchte weit übertrieben worden. Man wollte schon wissen, daß der Fürst Bagration völlig aufs Haupt geschlagen sei. Anderen Gerüchten zufolge sollte der General Barclay de Tolly mit dem Marschall Davoust bei Grodno zusammengetroffen sein und nach einer blutigen Schlacht den Rückzug angetreten haben. Die größte Bestürzung hatte sich aber der Einwohner bemächtigt, denn, der Entfernung unkundig, glaubten sie das Verderben schon ganz nahe. Die Landleute versammelten sich vor den Toren des Schlosses und verlangten Rat und Auskunft. Der Verwalter hatte Mühe, sie zu beruhigen. Es gelang ihm nur dadurch, daß er ihnen vorstellte, die Ankunft des Herrn habe gewiß keinen anderen Zweck als den, unter diesen gefährlichen Umständen für die Seinigen zu sorgen. Indessen herrschte doch ein banger Schrecken unter den Gemütern, und der hochbetagte Geistliche des Dorfes, Gregorius, mußte die ganze Würde seines Amtes aufbieten, um die Mutlosen aufzurichten. »Fürchtet euch nicht, meine Freunde«, sprach dieser würdige Priester und trat mitten unter sie. »Das Volk Ruriks steht unter dem Schutz des himmlischen Vaters, der Mutter Maria und aller Heiligen. Denkt ihr, sie würden uns verlassen? Denkt ihr, sie würden die heiligen Altäre einem ruchlosen Feind preisgeben? Nimmermehr, sage ich euch, werden diese Fremden den alten Stamm der Russen unterjochen! Der heilige Iwan, dessen goldenes Kreuz zu Moskau auf der Kuppel der Kathedrale leuchtet, ist mächtiger als alle die Tausende, die der fremde Eroberer heranführt. Ich sage euch, der Stern des Verderbens ist es, dem sie folgen. Er flammt blutig vor ihnen her und lockt sie zum sicheren Untergang! Wie die Scharen des Pharaos in den Wellen des Meeres umkamen, so werden diese Frevler verschmachten in unseren tausendjährigen heiligen Wäldern, an die noch keine Axt gerührt hat. Der heulende Wolf wird an ihren Gebeinen nagen, der krächzende Rabe sich an ihren Leichnamen sättigen, denn mit uns sind die Scharen der Engel, und uns schirmt die heilige Mutter Gottes. Darum dürft ihr nicht verzagen, sondern sollt euch bewaffnen als die Streiter des heiligen Iwan. Von dem Niemen, der das Reich Ruriks im Westen begrenzt, bis zu der prächtig strömenden Wolga, bis zu dem Uralgebirge, das am äußersten Rand Europas aufsteigt, soll der Feind keine sichere Ruhestätte finden. Gastlich ist die Hütte der Russen, aber anzünden soll er sie mit der Flamme des eigenen Herdes, ehe sie dem Feind ein Obdach bietet, der gekommen ist, die Gräber unserer Zaren in der heiligen Stadt aufzuwühlen und die Altäre unseres Gottes zu stürzen. Darum sollt ihr nicht flüchten, meine Freunde, sondern kämpfen. Wen die Axt des Mannes nicht niederschlägt, dem möge die vergiftete Mahlzeit, welche die Hausfrau ihm aufträgt, den Tod bringen. Zittert nicht, wehklagt nicht, rauft nicht das greise Haar und den Bart. Ihr werdet leben, um glückliche Tage zu sehen!«

So sprach der begeisterte Priester zu der versammelten Schar der Muschiks, die ihn mit Staunen und Ehrfurcht anhörten. Denn schon fünfzig Jahre weilte er unter ihnen als Sorger ihrer Seele, und bereits vierundsiebzigmal hatte er die Frühlingssonne das Eis der Ströme auftauen sehen.

Das Schloß lag auf einer Anhöhe, von der man die Krümmungen des Dnjepr weithin übersehen konnte. Er schlang sich zwischen grünen, steilen Hügeln hindurch, an denen die Landstraße nach Smolensk hinablief. Am Horizont stiegen die Türme dieser Stadt, von der Abendsonne gerötet, empor. Einer der Landleute, der sein scharfes Auge zu der Gegend gerichtet hielt, rief plötzlich: »Dort kommt der Herr!«

Alle wandten die Blicke dahin und brachen in einen lauten Freudenruf aus, als sie drei Wagen auf der Landstraße herankommen sahen. Mit lautem Jubel eilten sie den Hügel hinab, um die Ankommenden zu begrüßen. Es war in der Tat der Graf Dolgorow mit seiner Gattin und seiner Tochter Feodorowna. Die beiden Frauen saßen im ersten Wagen. Im zweiten befand sich der Graf und neben ihm ein Fremder von kriegerischem Ansehen. Im dritten einige Diener. Als die Ankommenden die versammelten Landleute sahen, ließ der Graf die Wagen halten und stieg aus. Mit Demut, die Hände über die Brust gekreuzt, grüßten die Vasallen ihren Gebieter und bemühten sich, den Saum seines Kleides zu küssen. Die Frauen drängten sich mit gleicher Demut und Unterwürfigkeit um die Gräfin her. Feodorowna, eine hohe Gestalt, war die einzige, die die knechtischen Ehrfurchtsbezeigungen nicht duldete, sondern den Frauen und Mädchen, die sich ihr näherten, freundlich die Hand bot. Der Graf wies nach einigen Minuten die liebende Zudringlichkeit seiner Vasallen nur insofern vornehm zurück, als sie ihm lästig wurde. Indessen sprachen er und seine Gemahlin wohlwollend mit den Leuten und gingen inmitten derselben den Hügel hinan. Auch der Geistliche, dessen Alter seine Schritte verzögerte, hatte sich jetzt genähert, drängte sich durch die Menge und begrüßte den Grafen mit Ehrfurcht, jedoch ohne Unterwürfigkeit.

»Siehe da, Vater Gregor, seid mir willkommen«, sprach Dolgorow. »Um Euch war mir zumeist bange, daß ich Euch nicht wiedersehen würde, denn Ihr standet bei meiner letzten Anwesenheit schon nahe an der Grenze des Lebens. Ich freue mich, daß die Sonne dieses Frühjahrs Euch noch geleuchtet hat.« – »Meine Kraft ist nicht ungeschwächt«, entgegnete der Geistliche. »Zwar denke ich jeden Tag an den Ruf, der mich vor den Thron des Allmächtigen fordert. Doch Dank sei es seiner Gnade, noch vermag ich auf Erden die Pflichten zu erfüllen, die der Herr auf meine Schultern gelegt hat.«

Indem trat Feodorowna heran: »Heil und Segen auf Euer Haupt, mein Vater! Welch eine Freude für mich, daß ich Euch in so heiterer Kraft wiedersehe!«

»Die Mutter Gottes sei mit dir und nehme dich in ihren heiligen Schutz!« sprach der Geistliche und ergriff mit der Linken Feodorownas Hand, während er die Rechte segnend auf ihr sanft gebeugtes Haupt legte. »Du bist wohlbehütet gewesen von den Engeln des Herrn, meine Tochter, und schöner erblüht heimgekehrt, als du, noch eine zarte Knospe, von uns schiedest. Die Heiligen haben mein Gebet gesegnet, denn täglich flehte ich sie an, dir ihren Beistand zu leihen.« So sprach der Greis und blickte die schöne Jungfrau, deren Jugend er gleitet hatte, mit milden freundlichen Augen an.

»Oh, gewiß hat er uns schützend begleitet«, erwiderte Feodorowna mit dem Ausdruck frommer Rührung. »Denn Gott war uns stets nahe in Drangsal und Gefahr.« Sie schien mehr sagen zu wollen, doch ein ernster Blick des Vaters, dem die nahe Vertraulichkeit der Tochter zu dem Geistlichen überhaupt unangenehm war, bewirkte, daß sie abbrach und schwieg. Gleich darauf trat der Fremde, ein großer, schön gewachsener Mann in seinen besten Jahren, zu ihr und bot ihr den Arm, um sie den etwas steiler werdenden Weg vollends hinaufzuführen. Der Graf ging inmitten seiner Vasallen und sprach mit den einzelnen, indem er sich nach den häuslichen Umständen derselben sowie nach den Ereignissen erkundigte, die sich während seiner Abwesenheit zugetragen haben mochten. »Du hast dein Weib verloren, Isaak«, redete er einen schon bejahrten Landmann an.

»Ja, gnädiger Herr«, erwiderte der Alte, »sie starb im vergangenen Herbst, und mir fehlt seitdem eine Wirtin im Haus.« – »Dein ältester Sohn soll heiraten«, erwiderte der Graf. »Wasiliews Tochter ist ein Weib für ihn. Ich werde ihnen in diesen Tagen die Hochzeit ausrichten.« Der Alte dankte mit unterwürfiger Freude für diesen Befehl, denn ein solcher war das ausgesprochene Wort des Grafen.

Der Verwalter fragte behutsam nach den Kriegsbegebenheiten. »Der Feind rückt gegen unsere Grenze heran«, entgegnete der Graf. »Er dringt mit großer Heeresmacht vor. Ich bin hauptsächlich deshalb hierhergekommen, um die Anordnungen zu treffen, die der Krieg nötig macht.« – »Ich hörte heut' in Smolensk ...«, fing der Verwalter mit wichtiger, besorgter Miene an, »... vermutlich dieselben albernen Gerüchte, die auch mich verfolgt haben«, unterbrach der Graf ihn streng, ohne jedoch sich näher auszulassen. Der neugierige Verwalter versuchte sein Heil noch einmal und bemerkte mit ängstlichem Ausdruck: »Man war hier bereits sehr bestürzt ...«

Doch der Graf, der es nicht liebte, mit seinen Dienern zu schwatzen, wandte sich ohne Antwort ab und zu dem Geistlichen: »Ich werde Euren Beistand brauchen, Gregor, um meine Untertanen mutig und vertrauensvoll zu erhalten, zumal wenn man ihnen durch die Verbreitung törichter Gerüchte unnütze Besorgnisse einflößt.« Der Verwalter zog sich scheu auf die Seite, froh, seinen Vorwitz nicht strenger bestraft zu sehen.

Gregor erwiderte auf die Worte des Grafen: »Ich werde die Herzen des Volks entflammen für den Glauben ihrer Väter, für den alten Thron ihrer Zaren, für das Heiligtum des Vaterlandes.« – »Ihr werdet wohltun«, erwidert der Graf. »Doch mehr als die Liebe vermag der Haß, darum sähe ich es lieber, wenn ihr ihre Seele mit unversöhnlichem Grimm gegen die Feinde erfüllen wolltet. Schildert sie ihnen als Räuber, die nur heranziehen, um unsere Felder zu zerstören, unsere Dörfer und Städte mit Feuer zu verwüsten, die Herden wegzuführen, Weiber und Töchter zu mißhandeln und die Männer zu ermorden.«

»Möchten sie dies alles, möchten sie noch gräßlichere Verbrechen verüben wollen«, erwiderte Gregor. »Es wäre darum doch meine Priesterpflicht, ihnen Versöhnung und Milde zu lehren. Aber sie kommen als Feinde Gottes, als Zerstörer unserer Tempel, und diesen Frevel müssen wir rächen. Die anderen Güter, diese vergänglichen Zierden des Lebens, dürfen wir nur verteidigen.«

Eine Falte auf des Grafen Stirn zeigte, daß er mit der Antwort des Geistlichen unzufrieden war. Doch er schwieg, denn er wußte, daß er leichter einen Felsen als Gregors gläubige Festigkeit und Strenge erschüttert hätte.

Indessen hatte man das Schloßtor erreicht, und der Graf trat in seine Besitzung ein, während die Landleute draußen zurückblieben. Nur Gregor begleitete ihn auf einen Wink die Stiege hinauf. »Erwartet uns im Speisesaal, frommer Vater«, sprach er zu ihm. »Sobald wir die Reisekleider abgelegt haben, werden wir Euch dort aufsuchen. Ich selbst werde in wenigen Minuten wieder bei Euch sein, um eine Angelegenheit, die mir wichtig ist, mit Euch zu besprechen.« Mit diesen Worten verschwand er in der Tür, die zu seinem Wohnzimmer führte. Die Frauen begaben sich gleichfalls auf ihre Gemächer, um sich umzukleiden. Der Fremde wurde in die zur Aufnahme der Gäste bestimmten Zimmer geführt.

Gregor trat in den Saal ein, wo der Graf ihn geheißen hatte auf ihn zu warten. Länger als zwei Jahre war es her, daß er diese Räume des Schlosses nicht betreten hatte. Der Saal, in dem er sich befand, war in einem altertümlichen, seltsam gemischten Stil erbaut. Vier hohe gotische Bogenfenster sahen auf die Landschaft zu dem Strom hinaus, so daß der glühend gefärbte Abendhimmel seinen goldenen Widerschein in die gewölbte Halle warf. Die Wände waren mit Säulen von schwarzem Marmor geziert. Zwischen diesen hingen lebensgroße, in altertümliche Rahmen gefaßte Bilder der Vorfahren der gräflichen Familie. Die Täfelung des Fußbodens war aus Holz, ebenso die Paneelwerke, nach dem Geschmack aus den Zeiten Ludwigs XIV., mit goldenen Leisten geziert. Zwei altertümliche Kronleuchter hingen von der Wölbung der Decke herab. Rings an den Wänden standen große, doppelarmige Kandelaber. Das Ganze zeugte von Pracht und Reichtum, hatte aber doch einen düsteren, fast schauerlichen Anstrich, der es bewirkte, daß sogar die Landschaft und der Himmel, wie beide in den gotischen Rahmen der Bogenfenster sich darstellten, einen herbstlich traurigen Charakter gewannen, obwohl man sich im Juni, dem eigentlichen Frühlingsmonat dieser Gegend, befand.

Gregor nahm auf einem der altertümlichen Lehnsessel, die im Saal standen, Platz. Er überließ sich seinen ernsten, trüben Gedanken. »Vierundsiebzig Jahre habe ich gelebt«, dachte er, »und mein Wirken war fromm und friedlich, denn keine bösartige Gewalt bedrohte die Heiligtümer, die meiner Obhut anvertraut waren. Und jetzt, in den späten Herbsttagen des Lebens, wo mein Pfad schon dicht am Rand der Gruft hinführt, jetzt muß ich noch die Palme des Friedens, die der Hand des greisen Mannes so viel schöner steht, mit dem Schwert der Rache vertauschen! Allein wie der Allmächtige will. Sein ist der segnende Tau, der milde Regen, der goldene Strahl der Sonne, sein sind die Blitze und Donner des verfinsterten Himmels. Er sende seinen Diener aus, zu segnen oder zu rächen, die Frommen zu belehren und sanft zu ihm zu führen oder die Frevler in den finsteren Abgrund der Hölle, aus dem sie aufgestiegen sind, zurückzuschleudern: Gregor wird sein greises Haupt gehorsam dem Willen des Vaters beugen.«

Während er in diese Betrachtung versenkt war, das Antlitz der sinkenden Sonne, diesem schönen Bild seines Lebens, zuwandte, hatten sich die Flügeltüren des Saales geöffnet, und Graf Dolgorow war eingetreten. Trotz seines stolzen Ganges, trotz des Herrscherblicks, der unter seiner hohen Stirn flammte, erschien er doch in seinem ganzen Wesen wie von Gram und Unmut gebeugt. »Ich habe wichtige Dinge mit Euch zu besprechen, Vater Gregor«, begann er, indem er rasch auf den Greis zuschritt und diesen hinderte, von dem Sessel aufzustehen, »wir müssen die Augenblicke ergreifen, in denen wir allein sind.« Mit diesen Worten zog er einen Sessel heran und nahm dem Geistlichen gegenüber Platz. – »Es ist eine ernste Zeit«, erwiderte Gregor und schüttelte langsam das ehrwürdige Haupt.

»Bevor wir von den Dingen reden, die das Land und uns alle betreffen, habe ich von etwas zu sprechen, was mich allein angeht. Der fremde Herr, der mich begleitet, ist der Fürst Ochalskoi, Oberst im Heer des Kaisers. Ich will meine Tochter Feodorowna mit ihm vermählen, allein sie widerstrebt mir und sucht sich durch den törichten Entschluß, das Kloster zu wählen, meinem väterlichen Befehl zu entziehen. Ihr, Gregor, habt den meisten Einfluß auf ihr Herz. Von Euch erwarte ich es, daß Ihr sie zum Gehorsam zurückführt.«

Der Priester wollte antworten, doch Dolgorow unterbrach ihn: »Laßt mich endigen, Vater. Ihr wißt vielleicht nicht, was ich in diesen verhängnisvollen Zeiten dem Dienst des Vaterlandes geopfert habe. Der dringende Trieb, an wichtigen Standpunkten zu stehen, Ehrenstellen und Ämter zu erlangen, durch die ich teilhatte an der Leitung der Weltgeschicke, ließ mich alles daransetzen. Mein ansehnliches Vermögen ist zerrüttet, und noch bin ich nicht an dem Ziel, wo sich diese Aufopferungen vergelten. Die Vermählung meiner Tochter mit dem Fürsten würde mich dahin führen. Nicht nur sein unermeßlicher Reichtum, sondern auch seine mächtigen Verbindungen gewähren mir die Mittel dazu. Ja, ich bin ihm schon so verpflichtet, daß ich mich nur durch ihn in der Stellung halten kann, die ich jetzt behaupte. Es gilt das Glück, die Ehre ihres Vaters, Ihr werdet Feodorownas Pflichten jetzt richtig erkennen wissen. Euch vertraut sie. Von Euch, frommer Vater, erwarte ich Hilfe. Ich könnte sie zwingen, doch ich möchte gern das Äußerste vermeiden. Auch fürchte ich, der Stolz des Fürsten würde sich weigern, eine Gattin aufzunehmen, die nicht Bitte, sondern Befehl in seine Arme führt. Denn er liebt Feodorowna!«

Gregor schwieg einige Augenblicke, dann antwortete er sanft, doch fest: »Es tut mir weh, wenn Vater und Tochter in Zwiespalt leben. Allein ich kenne das Herz Feodorownas, es ist edel, groß, sanft und gut. Hat sie es heiligen Dingen zugewendet, will sie wirklich abscheiden aus dieser glänzenden Welt, um sich der klösterlichen Stille zu widmen, so darf der Diener des Herrn sie von diesem nächsten und reinsten Weg zur ewigen Glückseligkeit nicht abwendig machen.«

Der Graf stand heftig auf und blickte den Priester mit rollenden Augen an: »Wie, auch von Euch erfahre ich Widerstand? Ist etwa das der fromme Beruf des Geistlichen, ungehorsame Kinder in Schutz zu nehmen wider ihre Väter? Aber wißt, wollt Ihr es aufs Äußerste treiben, so tue ich es auch, und der Erfolg wird lehren, ob der Eigensinn eines Mädchens, beschützt von einem Priester, den eisernen Willen eines Vaters zu brechen vermag.«

Gregor blickte den Grafen ernst, aber ohne zu zürnen an. »Ihr mißversteht mich sehr, Herr Graf«, antwortete er, »wenn Ihr glaubt, daß ich den Ungehorsam einer Tochter gegen ihren Vater in Schutz nehmen wolle, vielmehr das Gegenteil. Denn ich will sie prüfen, ob sie wirklich einem Gebot ihres Vaters im Himmel gehorcht. Und das werdet Ihr doch nicht leugnen, daß seine Rechte den Eurigen vorangehen.« Der Graf drückte vor Zorn die Lippen zusammen und schwieg. Heftig ging er einige Male in dem Saal auf und nieder, während Gregor ruhig auf seinem Sessel blieb und in seiner ernsten, frommen Haltung, wie der Schimmer des Abendrots seine silbernen Locken umfloß, einem Heiligen ähnlich sah. Dolgorow trat vor ihn hin und sprach mit erzwungener Ruhe: »Seid vernünftig, Gregor, fügt Euch meinen Wünschen. Erinnert Euch, daß Ihr noch manches von mir zu bitten habt. Euer Wunsch, die Kirche neu auszuschmücken, soll nicht nur gewährt, er soll weit übertroffen werden. Ich will sie von Grund auf prächtig neu aufbauen, das Muttergottesbild ...«

»Wollt Ihr den Herrn des Himmels bestechen?« entgegnete Gregor lächelnd. »O Herr Graf, schon dreißig Jahre wohne ich unter Eurer Herrschaft auf diesem Gut, und noch kennt Ihr mich so wenig. Euer Vater ...«

»Es ist genug«, unterbrach ihn Dolgorow finster. »Ich hoffte mit Güte zum Ziel zu kommen, Euer Eigensinn treibt mich zur Gewalt. Wohl denn, Ihr mögt Euren Willen haben, und Feodorowna mag versuchen, ob sie die Macht hat, dem Vater zu widerstreben, der ihre Vermählung unwiderruflich beschlossen hat.

»Die *Wahl* ihres Gatten hängt von Euch ab«, erwiderte Gregor. »Doch frei ist ihr Wille, wenn sie Jungfrau bleiben und den klösterlichen Schleier nehmen will, denn sie ist eine Freigeborene, nicht Eure Leibeigene.«

»Sie ist ...« fuhr der Graf, durch Gregors unerschütterliche Ruhe noch mehr erbittert, wild auf, hielt aber plötzlich wieder inne, da eben die Tür sich öffnete und die Gräfin eintrat. »Wir reden morgen weiter davon«, sprach er schnell, doch leise, und ging seiner Gemahlin entgegen. Mit der Gewandtheit des Hofmanns wußte er jede Leidenschaft seiner Brust durch eine heiteres, wohlwollendes Angesicht zu verhüllen. Auf die ungezwungenste Weise redete er die Gräfin an: »Nun, Liebe, seien Sie willkommen in diesen wohlbekannten Hallen. Ich denke, die Sorgen, die uns auch jetzt bewegen, sollen es doch nicht hindern, daß wir auf einige Tage recht heimisch hier werden, denn länger wird mich und unseren Gast die Pflicht hier nicht verweilen lassen.« – »Ich hoffe es gleichfalls«, entgegnete die Gräfin, »obwohl mein Herz der Zukunft nicht fröhlich entgegenschlägt. Denn was werden die nächsten Monate, die sonst nur das Schöne bringen, Furchtbares für unser Vaterland gebären!«

»Dafür, hoffe ich, wird der Winter, der sonst so rauh und streng in diesem Land erscheint, diesmal ein gütiger Beschirmer desselben werden. Die Schrecken, die über Rußland hereinzubrechen drohen, sehen furchtbarer aus, als sie sind. Der Feind weiß nicht, hinter welchen Wällen und Mauern dieses Reich sieben Monate lang jedem Angriff zu trotzen vermag. Wir werden vielleicht die Ernte eines Jahres und einen zehnjährigen Nachwuchs unserer unermeßlichen Wälder aufzuopfern haben, mehr befürchte ich nicht. Lassen wir dem Feind diesen Boden auf einen Sommer, er wird ihn uns dafür im nächsten, mit seinem Blut gedüngt, desto fruchtbarer zurückgeben. In Schlachten mag der große Welteroberer unbesiegbar sein. Laßt sehen, ob er auch auf Feldern von Sand und Asche Ernten halten, ob er seine Krieger unter freiem Himmel gegen den nordischen Herbst, an den Winter gar nicht zu denken, beschützen kann. Er muß, während wir sprechen, über den Riemen gegangen sein. Es ist sein Rubikon. Cäsars Scheinglück nahm ein trauriges Ende. Nicht wahr, würdiger Vater«, wandte er sich zu Gregor, »auch Ihr habt Hoffnung, daß Rußland siegreich aus diesem Kampf hervorgehen wird?«

»Die Kraft seines Volkes und die Gnade seines Gottes werden es erhalten«, erwiderte der Geistliche. »Wenn alle Gemeinden so handeln gegen diese blutigen Zerstörer unserer Heiligtümer, wie ich es von der mir anvertrauten Schar erwarten darf, so würden die Heerscharen des Xerxes nicht hinreichen, unser Vaterland zu unterjochen.«

Fürst Ochalskoi trat, in die Uniform seines Regiments gekleidet, in den Saal. Dolgorow begrüßte ihn, ging ihm entgegen und zog ihn sogleich ins Gespräch. »Es ist mir lieb«, fuhr er dann fort, »daß Ihr schon selbsttätig zu wirken gesucht habt, Vater Gregor, denn eine Hauptursache, weshalb ich auf die Güter komme, ist die, deshalb Rücksprache mit Euch zu nehmen und Euch den Willen des Kaisers in dieser Beziehung zu verkünden. Es ist zu Petersburg im großen Kriegsrat beschlossen worden, daß wir dem Feind den *Schein* des Sieges lange lassen werden, um die *Gewißheit* desselben um so zuverlässiger für uns zu gewinnen. Unsere Heere werden ihm nur da Widerstand leisten, wo er jeden Vorteil mit ungeheuren Aufopferungen erkaufen muß. Vergeblich wird er auf eine Schlacht hoffen, vergeblich in rastlosen Märschen Tag und Nacht die Kräfte seines

Heeres erschöpfen, um das ewig vor ihm schwebende Scheinbild eines Sieges zu erhaschen. Nirgends soll er eine Ruhestätte für die Ermatteten finden, überall muß ihn die öde, schauerliche Wüste empfangen, so daß Mutlosigkeit und endlich Empörung die Bande zwischen Heer und Feldherrn lösen.«

»Gebe der Himmel«, sprach die Gräfin halb seufzend, »daß der Plan gelinge, daß so viele Opfer nicht vergebens sein mögen!«

»Was wird geopfert werden«, entgegnete Ochalskoi, »als einige wenige Dörfer und Städte, die gegen den ungeheuren Raum unseres Reiches verschwinden! Und denen, die verlieren müssen, wird es die Gnade des Kaisers reichlich ersetzen.«

»Doch wo bleibt Feodorowna?« fragte Dolgorow, der schon mehrere Male unruhig zu der Tür geblickt hatte. »Geht hinüber«, gebot er einem Diener, der an der Tür stand, um auf jeden Wink zu achten, »und meldet der Gräfin Feodorowna, daß uns ihre Gegenwart im Saal sehr erwünscht sein werde.« Der Diener ging, kam jedoch nach einigen Minuten zurück und berichtete, es seien Mädchen aus dem Dorf auf dem Zimmer der Gräfin.

»Gewiß ihre Jugendgespielinnen«, bemerkte die Mutter, »die sie gleich hat zu sich laden lassen.«

»So werden wir wohl noch eine Stunde warten müssen«, sprach Dolgorow verdrießlich. »Jedenfalls sagt der Gräfin, daß wir sie zum Abendessen erwarten, und tragt Sorge, daß bald angerichtet werde. Denn ich denke«, wandte er sich zu den übrigen, »Sie werden alle so hungrig und müde sein wie ich, der ich mich in der Tat durch die Reise etwas angestrengt fühle.«

Zweites Kapitel

Feodorowna war kaum in ihrem Zimmer angelangt, als sie ihr Kammermädchen hinabschickte, um einige junge Mädchen zu rufen, die mit ihr im Schloß als Gespielinnen erzogen worden waren. Das Los dieser Armen erschien ihr äußerst traurig, denn nachdem sie das Glück besserer Verhältnisse und höherer Ausbildung kaum gekostet hatten, mußten sie in den nun erst drückenden Stand dienstbarer Leibeigenschaft zurückkehren und die düsteren Wohnungen und Beschäftigungen ihrer Eltern teilen. Darum gedachte sie dieser Genossinnen ihrer Kindheit, mit denen sie so manche Stunde der unbefangensten Freude durchlebt hatte, stets mit ganz besonderer Liebe. Es waren drei Töchter der Landleute, mit denen sie aufgewachsen war: Kathinka, Olga und Axinia. Alle drei waren in Feodorownas Alter. Kathinka und Olga gute Geschöpfe, doch in jener beschränkten, demütigen Ansicht, die dem Leibeigenen durch alle Verhältnisse des Lebens aufgedrungen wird, fast untergegangen. Sie empfingen daher die Zeichen der Liebe und die Geschenke, die Feodorowna ihnen mitgebracht hatte, nur mit einer unterwürfigen Dankbarkeit, ohne den Mut zur Äußerung der Freude zu haben. Axinia dagegen zeigte eine tiefe, zitternde Rührung. Sie war dankbarer für die Liebe als für die Gaben derselben. Doch sagten die Tränen, die ihre Wangen benetzten, noch etwas anderes. Es schien ein geheimer Kummer auf ihrer Seele zu lasten. Feodorowna, die teilnehmend nach allem fragte, was die Lebensumstände ihrer Jugendgespielinnen anging, suchte auch Axinias Kummer zu erforschen. Doch das schüchterne Mädchen blickte scheu zur Erde. Ihre Tränen flossen reichlicher, aber sie schwieg und seufzte nur aus tiefer Brust.

In diesem Augenblick trat gerade der Diener ein, der ihr die Aufforderung des Vaters, beim Abendessen zu erscheinen, überbrachte. »Man erwartet mich wohl schon?« fragte Feodorowna. »Seine Exzellenz«, erwiderte der Diener, sich tief verneigend, »haben wenigstens befohlen, daß schleunigst aufgetragen werde.« – »Meldet meinem Vater, ich würde sogleich kommen«, erwiderte Feodorowna und winkte dem Diener, sich zu entfernen. »Ich muß euch jetzt entlassen«, sprach sie zu den Mädchen, »allein morgen in der Frühe besucht mich wieder. Und so hoffe ich, euch die Zeit hindurch, die ich hier verweilen kann, wenigstens jeden Tag zu sehen.« Die Mädchen gingen, nur Axinia zögerte, als habe sie noch etwas auf dem Herzen. »Wünschest du noch etwas, Liebe?« fragte Feodorowna, als sie das Zögern des Mädchens bemerkte, und nahm sie freundlich bei der Hand.

Axinia, in Tränen, vermochte nicht zu antworten. »Willst du es mir allein anvertrauen?« »Ja, ja!« rief die Weinende heftig. – »Nun, so komm morgen ganz früh, oder, wenn du willst, erwarte mich hier auf meinem Zimmer bis nach dem Abendessen. Es bleibt ja so jetzt die ganze Nacht hindurch hell, und Kathinka bestellt wohl bei deinem Vater, daß du später kommst.«

Dankbar ergriff Axinia die Hand ihrer milden Wohltäterin, küßte sie mit innigster Liebe und bat mit kaum hörbaren Worten, bleiben zu dürfen. Feodorowna eilte indessen hinab, um den Vater nicht warten zu lassen. Sie trat in den Saal, wo schon die Abendtafel gedeckt wurde. Der Vater hörte ihre Entschuldigung wegen des längeren Verweilens finster, aber schweigend an. Ochalskoi sagte ihr einige höfliche Worte, jedoch in jenem kalten Ton, der stets einen richtigeren Maßstab für das Gesagte ergibt als die Worte selbst. Man ging zur Tafel. Die Unterhaltung war einsilbig und frostig. Das unbehagliche Gefühl des inneren Zwiespalts unter den Anwesenden lähmte jede freiere und wärmere Ergießung der Brust. Selbst Gregor vermochte nicht, das liebevolle Entgegenkommen seiner

Schülerin so herzlich zu erwidern, als nach langer Abwesenheit zu geschehen pflegte. Denn auch ihn drückte der niederschlagende Gedanke an die Mitteilung, die der Vater ihm gemacht hatte. So wurde die Tafel bald aufgehoben, und man begrüßte sich so kalt, wie man zusammengesessen hatte. Gregor ging. Der Greis nahm einen herzlich wehmütigen Abschied von Feodorowna. Seine mitleidigen Blicke bewegten sie, denn sie verstand sie richtig. O Gott, alle Qualen ihrer Seele stammten von den Eltern, denen sie ihr ganzes Leben hindurch nur die heißeste Liebe gezeigt, ihnen tausend Opfer gebracht hatte! Um ihre Tränen zu verbergen, trat sie in eines der Fenster und blickte auf die Landschaft hinaus, die noch immer in dem rötlichen Dämmerschein des Abendhimmels glühte, da die Sonne in diesen nördlichen Gegenden kaum ein wenig unter dem Horizont taucht, so daß Abend- und Morgenröte ineinander schmelzen und mit ihrem Rosenschimmer die ganze laue Juninacht erhellen. Der Strom zog in golden flutender Bahn zwischen seinen Hügelufern dahin. Zwei Fischernachen wiegten sich leicht auf der Welle. Ein Geier mit breiten ausgespannten Flügeln schwebte majestätisch, hoch über den Waldgipfeln des jenseitigen Ufers. Die Türme der Festung Smolensk ragten wie schwarze Basaltfelsen aus dem goldenen See des Abendhimmels empor. Eine feierliche Stille waltete über der ganzen Landschaft. Feodorowna blickte wehmütig über die Fluren hin, wo sie die Tage der Kindheit verlebt hatte. »Ach«, seufzte sie still, »ist denn mein Herz eine fremde Pflanze auf diesem Boden? Hat er es nicht genährt? Oder haben mich sanftere Sitten und ein milderer Himmel so entartet, daß ich nicht mehr tauge für den rauhen Norden? Die Wiege meiner Tage sieht mich nicht lächelnd an wie sonst, sondern düster, als sollte sie zu meinem Grab werden. Ist denn nichts wahr und ewig in der Natur? Trügen selbst die heiligsten Bande? Gütiger Gott, vergib mir, aber wie der Boden der Heimat mir fremd geworden ist, so scheint es mir auch, als ob der heilige Quell meines Lebens sich trübe, als ob das Herz des Kindes den Eltern nicht mehr warm und frei entgegenzuschlagen vermöge! Kalt wie eine Schlange umschlingt dieses Gefühl meine Brust! Wäre es denn wahr, daß es nur noch eine *Pflicht* der Liebe für mich gäbe, aber daß ihre lebendigen Wurzeln selbst erstorben sind? Nein, nein! Es kann, es darf nicht sein, es ist nur der ewige Feind, der mich täuschen will. Die Natur ist heilig, wahr, redlich. Nur unser Herz entartet. Himmlische Mutter Gottes, läutere das meine, flöße ihm die alte heilige Liebe wieder ein, in der das schuldlose Kind so glücklich war.«

Ein großer, liebender Entschluß war in diesem Augenblick in ihrer Seele gereift. Sie wollte sich bittend, reuig, weinend zu den Füßen des Vaters und der Mutter werfen und von ihrer Liebe erflehen, was sie bereits durch Festigkeit zu erringen sich vorgenommen hatte. Schnell wandte sie sich um. Da sah sie den Saal leer, nur die Diener waren noch beschäftigt, die Tafel abzuräumen. Ihre Eltern und Fürst Ochalskoi hatten sich bereits gleichgültig, ohne Nachtgruß entfernt, der letztere wohl nur, weil Dolgorow ihn zu einem vertraulichen Gespräch an den Arm genommen und mit sich in sein Gemach geführt hatte. Von dem Schauer des Unbehagens berührt, den plötzlichen, vollen Erguß ihrer Seele so störend gehemmt zu sehen, kostete es Feodorowna Mühe, die äußere Fassung zu behalten. Da drang plötzlich der Gedanke sanft tröstend in ihr Herz: Es wartet ja selbst eine Unglückliche auf Milderung ihrer Leiden durch mich. Ich will sie freundlich an dieses Herz nehmen. Was sie auch quäle und bedränge, von mir soll sie die Liebe erfahren, nach der ich mich so vergeblich sehne. Mit diesem Gedanken ging sie hinüber in ihr Zimmer, um Axinias Klagen zu hören.

Als sie, denn ihr schwebender Schritt war kaum zu hören, unvermutet die Tür ihres Zimmers öffnete, sah sie das Mädchen im inbrünstigen Gebet vor einem Marienbild knien, das in einer Nische an der gegenüberstehenden Wand aufgestellt war. Um sie nicht zu stören, blieb Feodorowna an der Schwelle stehen. Axinia kniete so, daß nur ihr Halbprofil zu sehen war. Dieses wurde aber durch das Rosenlicht, das durch die Fenster zur Seite fiel, zauberisch beleuchtet. Sie hatte die weißen Arme sanft gehoben und hielt die Hände gefaltet. Das Haupt war zu der himmlischen Helferin gewandt. In zwei zierlich geflochtenen Zöpfen hing das reiche braune Haar ihr über den Nacken herunter. Leise zog Feodorowna die Tür nach sich und schwebte einige Schritte vorwärts, so daß sie nun das Gesicht des Mädchens fast ganz von der Seite sehen konnte. Da erst bemerkte sie die kalten, starren Tränen, die der Armen auf der bleichen Wange hingen, die selbst das rosige Licht des Abends, das sie umfloß, nicht fröhlich röten wollte. Ihr Busen hob sich von leisen, tiefen Seufzern, die Lippen bewegten sich wie flüsternd im Gebet, das Auge hing so unverwandt an dem Antlitz der himmlischen Mutter, ihre Seele war so ganz in dem heißen Flehen aufgegangen, daß sie die Kommende noch nicht bemerkte, als diese schon ganz nahe stand. Erst als sie sanft zu ihr sprach: »Axinia, du betest?« fuhr sie erschreckt empor, stand zitternd vor der gütigen Gebieterin und wollte sich demütig niederbeugen, um ihre Hand zu küssen. »Nein, nein, nicht so«, sprach Feodorowna, nahm sie liebevoll in die Arme und blickte sie mit unbeschreiblicher Güte an. »Sei wieder die alte, vertraute Gespielin. Schütte mir dein ganzes Herz aus, du Arme, denn ich sehe, du hast tiefen Kummer!«

»Ach, Ihr werdet mich verstoßen, werdet mich verachten«, rief das Mädchen, wand sich los und rang verzweifelnd die Hände.

»Axinia, was ist dir, sprich, öffne dich«, fragte Feodorowna ahnungsvoll schauernd. – »Nein, nein, ich vermag es nicht«, rief die Unglückliche und bedeckte ihr Antlitz mit beiden Händen. Die Beklemmung drohte ihr den Atem zu rauben. Was bedurfte es noch der Worte! Jeder Zug des in

Angst, Scham und Jammer vergehenden Mädchens sprach zu deutlich. »Axinia, du bist gefallen? Du?« sprach Feodorowna mit tiefstem Ausdruck des Schmerzes, aber ohne Vorwurf. Das Mädchen sank, wie zusammenbrechend, ihr zu Füßen nieder. »Tretet die Verworfene in den Staub«, rief sie wild, »ach, seid barmherzig und laßt mich nicht länger bitten!«

Feodorowna beugte sich mitleidsvoll zu ihr nieder und versuchte sie emporzuziehen. »Oh, du Unglückliche! Richte dich auf, fasse dich, du hast Trost bei mir gesucht, ich werde dich nicht von mir stoßen.« – »Nein! Laßt mich zu Euren Füßen liegen«, rief Axinia und drückte das Haupt verbergend in Feodorownas Gewänder, indem sie ihre Knie fest umschlang. Feodorowna legte ihr beide Hände wie segnend auf den Kopf und sprach erschüttert: »Deine Schuld richtet Gott! Mein Herz, das selber menschlich fehlt, soll dich nicht verdammen. Ich will mit dir weinen, will deine Qualen lindern, wenn ich's vermag. O du warst gut, Axinia, du warst gut auch gegen mich. Du hattest ein weiches, liebendes Herz. Es kann kein böses geworden sein. Ich will dich nicht von mir stoßen, da ich weiß, was das Herz der Unglücklichen sucht. Vertraue mir, richte dich auf, sei ganz offen gegen mich. Dies ist der erste Schritt der Rückkehr von der Verirrung!«

Axinia hob das Antlitz langsam empor und blickte zu Feodorowna auf. »Oh, Ihr seid mild wie eine Heilige«, rief sie, und sanfte Tränen entströmten ihren Augen. Sie bedeckte die hilfreich dargebotene Hand mit Küssen und ließ sich von der gütigen Gebieterin emporheben, denn ihre bebenden Knie versagten ihr fast den Dienst. Feodorowna leitete sie an ihr Ruhebett und setzte sich zu ihr nieder.

Lange dauerte es, bis die Wallung in Axinias Brust es ihr gestattete, das Bekenntnis ihrer Verirrung abzulegen. Der Graf hatte einen jungen Deutschen namens Paul als Gärtner in seinen Diensten, den er sehr begünstigte. Dieser hegte schon längst eine Neigung zu der anmutigen Axinia, der sich jedoch ihr Vater Wasiliew widersetzte, weil der Graf abwesend und dessen Erlaubnis unumgänglich notwendig war. Sein Aufenthalt war aber damals den Bewohnern seiner Güter unbekannt, indem er schon seit Jahren durch die entferntesten Länder Europas reiste. Zugleich trug der Alte Bedenken, weil Paul sich zur protestantischen Religion bekannte. Indessen hatte Axinia ihm ihre innigste Liebe zugewendet, und beide unterhielten lange ein geheimes, süßes Verhältnis. Als nun der keimende Frühling alle Triebe mit süßen Kräften schwellte, wurde auch in den jugendlichen Herzen die Leidenschaft mächtiger als das strenge Gebot der Pflicht. Paul, der seinem deutschen Herzen die knechtischen Gesinnungen der Leibeigenen nicht einzupflanzen vermochte, glaubte überdies ein Recht des freien Menschen üben zu dürfen und glaubte, wenn Axinia erst durch die Bande der Liebe seine Frau sei, so müsse sich auch das Gesetz seinem Willen fügen. Mit kühnem Ungestüm bedrängte er das weiche, hingebende Mädchen. Ihre widerstehender Wille ermattete und löste sich kraftlos auf in dem süßen Rausch des Herzens. Sein glühendes Bitten, seine brennenden Küsse siegten über ihre Tränen, über ihre bangen Seufzer. Zu spät erwachte sie aus der qualvoll seligen Betäubung, und mit Entsetzen sah sie nun das wahre Antlitz der Tat, erkannte die Natter, die sich unter den Rosen ringelte, auf denen sie entschlummert war.

Die stumme Todesangst in der Brust, barg sie sich scheu im Haus des Vaters und sah selbst den Geliebten nicht mehr. Angstvolle Nächte folgten den Tagen der Qual. So verstrich ein voller Monat. Paul ging indessen stumm, verstört umher. Die Nachricht, daß der Graf komme, gab ihm das Leben wieder. Dem Herrn, der ihn liebte, wollte er alles gestehen, von seiner Gunst die Geliebte erbitten. Unter die Landleute gemischt, eilte er ihm voll banger Hoffnung entgegen. Da war das erste Wort, das er hörte, das Versprechen Dolgorows, seine Geliebte, Wasiliews Tochter, mit dem Sohn des alten Iwan zu vermählen. Er wußte, daß der Graf solche Entschlüsse, solche Versprechungen nicht zurücknahm. In Todesangst eilte er zu Axinia, die still und traurig daheimgeblieben war, während die übrigen die ankommende Herrschaft begrüßten, denn sie wagte es nicht, ihrer sonst so geliebten Gebieterin vor die Augen zu treten. Während Paul in stummer Verzweiflung noch bei Axinia verweilte und beide in ihrem Jammer keinen Rat wußten, traf schon Feodorownas Botschaft ein, die die Gespielin aufs Schloß berief. Von der Kraft der Liebe ermutigt, von dem immer näher herandringenden Unglück zur Notwendigkeit des Handelns getrieben, beschloß Axinia, der Gebieterin alles zu enthüllen, und durch den schwachen Schimmer der Hoffnung, der sich an diesen Entschluß knüpfte, aufgerichtet, ging sie aufs Schloß. Sie hatte ihn nun vollführt, und für ihr Unglück eine tröstende Teilnahme, für ihren Fehltritt eine milde Vergebung gefunden.

Nachdem Feodorowna die Bekenntnisse Axinias angehört hatte, richtete sie die Verzagende durch sanften Zuspruch auf. »Es kann noch alles gut werden, Axinia. Ich werde meinen Vater morgen mit in der Frühe bitten, daß er seine Einwilligung zu deiner Verbindung mit Paul gebe. Für das Versprechen, das er dem alten Iwan gegeben hat, wird sich wohl eine Entschädigung finden lassen. Denkt mein Vater wie ich, so wird er deine Verbindung mit Paul für eine Pflicht halten, von der er selbst sich nicht loszusagen vermag. Du, gehe nun nach Hause, und lege dich getröstet zur Ruhe. Für heute ist es zu spät, doch morgen mit in der Frühe will ich Paul zu mir rufen lassen und selbst mit ihm sprechen. Nun gute Nacht, stille deine Tränen, Axinia, Gott hat deine Reue, deinen Schmerz gesehen. Er wird dir vergeben. Und hast du bittere Tag, trostlose Nächte erdulden müssen, so glaube nur, du bist nicht die einzige Unglückliche auf dieser

Erde.« Schnell wandte sich Feodorowna nach diesen Worten ab, verhüllte das schöne Antlitz in ihr Tuch, sank müde in die Kissen ihres Lagers und stützte das gramgebeugte Haupt trauernd in die Hand. Axinia ergriff in gerührter Dankbarkeit die matt herabgesunkene Rechte ihrer Gebieterin, bedeckte sie stumm mit Küssen und Tränen und verließ dann leise das Gemach. Es war schon alles still im Haus, das Kammermädchen Jeanette, eine deutsch- und französischsprechende Elsässerin, die Feodorowna erst vor wenigen Wochen in Petersburg in ihre Dienste genommen hatte, harrte noch im Vorsaal auf die Befehle ihrer Gebieterin. Sie geleitete Axinia bis an die Pforte hinab, die der alte Schließer mürrisch öffnete. Der Ordnung des Hauses gemäß, die um so strenger beobachtet wurde, da der Herr eben wiedergekehrt war, befanden sich alle Diener und Beamte schon in ihren Wohnungen. So gern daher Axinia ihren Freund von der glücklichen Wendung ihres Geschicks unterrichtet hätte, so bestimmt sie wußte, daß er bange darauf geharrt hatte, so war es doch heute nicht mehr möglich für sie. Durch die späte Stunde ein wenig ängstlich, schlüpfte sie daher der Hütte ihres Vaters zu, in der sie seit einem Monat die erste Nacht zubrachte, ohne wachend in hoffnungslosem Jammer auf ihrem Lager zu sitzen.

Drittes Kapitel

Feodorowna war spät entschlummert. Sie erwachte daher erst, als die Sonne hoch am Himmel stand. Da sie ihrem Mädchen klingelte, trat diese ängstlich mit Tränen in den Augen ein. »Was hast du, Jeanette?« fragte sie erstaunt.

»Ach, gnädigste Gräfin, wie schrecklich wird man in diesem Land mißhandelt! Der unglückliche Mensch wird diese Strafe nicht überleben!«

»Wer?« fragte Feodorowna erstaunt. »Was ist geschehen? Wer wird mißhandelt?« Unter Zittern und Schluchzen stotterte Jeanette die Worte heraus: »Der Graf ist gar zu aufgebracht! O Himmel, wenn es mir einmal so ergehen sollte! Das junge Blut – und vierzig Knutenhiebe! Er stürzte ja schon leichenblaß zu Boden, als der Graf den Befehl gab.«

Feodorowna war mehr tot als lebendig. »Wer? wer?« rief sie außer sich und trat erblassend zurück, als Jeanette den Namen des Gärtners Paul nannte. Das Mädchen sprang der Gebieterin, die in Ohnmacht zu sinken drohte, zu Hilfe. Doch nur wenige Augenblicke dauerte Feodorownas halbe Betäubung. Dann ermannte sie sich mit gewaltsamer Anstrengung und rief: »Gib sogleich Befehl, die Leute sollen einhalten, ich verantworte es! Eile, eile hinab, ehe es zu spät wird.« Jeanette flog wie ein Reh durch den Vorsaal, die Stufen hinunter, in den Hof, wo drei Knechte eben beschäftigt waren, den Unglücklichen an den Marterpfahl zu binden. Indes kleidete sich Feodorowna in der höchsten Eile an, warf einen Schal über und eilte mit schwankenden Schritten, denn sie ahnte die Veranlassung dieses Unfalls nur zu richtig, zu dem Vater hinüber. Sie fand ihn in der heftigsten Aufregung in seinem Zimmer auf- und niedergehend. Er empfing die Eintretende mit finsteren Blicken und den rauhen Worten: »Was willst du?«

»Gnade für einen Unglücklichen, mein Vater! Oh, nehmen Sie Ihr rasches Wort zurück. Es war nicht Ihr menschliches Herz, das dieses grauenvolle Urteil aussprach.«

»Kennst du sein Verbrechen?« rief der Graf und rollte zornig die Augen. »Alle diese Fremden sind Heuchler und Verräter. Die Stunde ist gekommen, wo die Rache sie ereilt. Sie trotzen darauf, daß unser Gesetz sie nicht trifft. Sie sollen wenigstens erfahren, daß unsere Macht sie strafen kann und daß diejenigen, die keinem Gesetz gehorchen wollen, auch von keinem beschützt werden. Ließe ich einen solchen Frevel an der geheiligten Person des Herrn unbestraft, ich wäre wert, daß meine Vasallen mich verachteten. Die Hand gegen seinen Gebieter aufzuheben! Es fehlte nur, daß eine Tochter, die den kindlichen Gehorsam verleugnet, sich noch verbrecherischer und aufrührerischer Knechte annähme!«

Feodorowna, so sehr sie durch diese rauhe Entgegnung zurückgeschreckt war, verlor doch den Mut nicht, sondern nahte sich dem Vater noch einmal mit rührender Bitte: »Ich kenne das Vergehen des Unglücklichen nicht, ich weiß nur, daß seine Strafe grauenvoll, daß sie entsetzlich ist. Haben die sanften Sitten fremder Länder Sie nicht entwöhnt, mein Vater, von dem blutig strengen Gesetz, das über den Bewohnern dieses Landes waltet? Ich hatte es ohnehin heute im Sinn, Ihr Herz zu einer milden Handlung der Gnade für diesen Unglücklichen zu bewegen. Sein Los knüpft sich an das …«

»Ich glaube, du bist im Einverständnis mit meinen zuchtlosen Dienern«, rief der Graf entrüstet. »Also kennst du schon früher als ich die Verbrechen, die hier verübt wurden? Wer hat es gewagt, meine Tochter zur Vertrauten von Verbrechern zu machen, die das jungfräuliche Ohr nicht nennen hören sollte?«

Feodorowna errötete vor Unwillen und Beschämung zugleich. Sie wollte im Gefühl ihrer Würde erwidern, doch bezwang sie die Aufwallung und sprach mit sanftem Ton: »Meine Jugendgespielin, teuerster Vater, die unglückliche Axinia, vertraute mir unter Tränen der Angst und Verzweiflung gestern am späten Abend ihr Vergehen. War es nicht natürlich, daß sie ihr Herz einer schwesterlich empfindenden Brust öffnete? Nein, mein Vater, so werden Sie Ihre Tochter nicht verkennen, daß Sie einen kränkenden Verdacht auf sie werfen sollten!« Feodorowna blickte den Vater bei diesen Worten so schmerzlich mit ihren feucht glänzenden blauen Augen an, daß selbst seine zürnende Strenge sich einer milderen Regung nicht erwehren konnte. Ernst nahm er das Wort: »Ich hätte dem Unbesonnenen, der, ein Fremder, die Ehre einer Tochter Rußlands so gering schätzte, daß er sie mit Füßen trat, vielleicht vergeben, wenn er in Demut und zur rechten Zeit sein Verbrechen gestanden hätte. Warum ließ er mich gestern mein Wort geben? Habe ich es jemals meinem geringsten Vasallen gebrochen? Darf ich es jemals, ohne vor mir selbst zu erröten? Der Bursche aber, im feigen Bewußtsein seiner Schuld, wagte nicht den Mund zu öffnen, wagte nicht, was er doch konnte, mir schriftlich schon nach Petersburg sein Vergehen zu melden! Und heute in aller Frühe kommt er zu mir wie ein Rasender, begehrt ungestüm, was er in tiefster Demut erflehen sollte, und da ich es ihm streng verweigerte, stürzte er wütend auf mich ein und bedroht mein Leben mit jenem Messer dort!« Dolgorow deutete hier auf den Tisch, wo ein Gartenmesser lag. – »Oh, vergeben Sie dem Wahnsinn eines Verzweifelnden«, bat Feodorowna, »und krönen Sie das Werk Ihrer Gnade durch eine noch schönere Handlung menschlichen Mitgefühls!« – »Genug«, entgegnete der Graf streng, »das Geschehene habe seinen Lauf! In der Tat eine liebevolle Tochter, die den Mörder ihres Vaters belohnt wissen will!«

»Oh, allmächtiger Gott der Gnade!« rief Feodorowna aus und rang verzweiflungsvoll die Hände. »So soll denn das gräßlich Unmenschliche geschehen, und mein Flehen kann den Unglücklichen nicht retten! Vater! Vater! Es gibt einen Gott im Himmel, er wird Euch richten, wie Ihr gerichtet habt! Auf welche Gnade habt Ihr zu hoffen, wenn Euer Herz sich dem Mitleid ehern verschließt? Oh, Land des Entsetzens, wo die Willkür ohne Schranken gebietet! Vater, hören Sie die Bitte Ihrer Tochter, üben Sie das göttliche Recht der Gnade!« Feodorowna stand bleich und zitternd mit flehend emporgehobenen Armen vor dem Vater und war im Begriff, zu seinen Füßen niederzusinken, als der angstvolle Ruf einer weiblichen Stimme draußen erschallte und gleich darauf Axinia mit fliegendem Haar hereinstürzte. »Laßt mich, laßt mich! Ich muß!« So rief sie wild, entrang sich den Dienern, die sie zurückhalten wollten, und warf sich außer sich vor Dolgorow nieder, indem sie mit beiden Armen seine Knie umklammerte. »Gnade! Gnade!« wimmerte sie. Ihre Stimme erstickte in atemloser Angst. Heftig preßte sie das Antlitz gegen die Füße des Gebieters, der sie, im Gefühl seines Unrechts, aber zu stolz, um der Stimme der Menschlichkeit Gehör zu geben, nur desto ergrimmter anblickte. »Laß mich, schamlose Dirne!« rief er. »Danke es meiner Gnade, daß ich deine Schande durch eine ehrenvolle Ehe verbergen will!« Axinia ließ die Arme ermattet sinken und richtete ihr bleiches, verzweifeltes Angesicht empor. Jetzt erst gewahrte sie Feodorowna. »Oh, bittet, bittet für mich«, sprach sie matt und versuchte, sich auf den Knien zu ihr hinzuschleifen, sank aber kraftlos mit dem Antlitz gegen den Boden.

Feodorowna kämpfte mit einem furchtbaren Entschluß. Ihr Busen flog, sie zitterte heftig. Endlich schwankte sie mit bebenden Schritten auf den Vater zu: »Vater!« rief sie. »Gnade, Gnade! – Ich will, ich muß – oh, auf dieser Folterbank wird mir das Ja erpreßt! – Nun wohl denn, es sei! Es gilt die Rettung zweier unschuldiger Opfer! Ich kann sie nicht bluten lassen – ich darf es nicht. Gnade für sie – und ich bin Ochalskois Gattin!« Mehr vermochte sie in dieser gewaltsamen Anstrengung ihrer Kräfte nicht. Ein Marmorbild, sank sie bewußtlos in Dolgorows Arme. Dieser ließ sie auf einen Sessel gleiten und zog dann die Schelle: »Geht in den Hof hinunter und laßt den Gärtner Paul losbinden, seine Strafe ist vorläufig aufgeschoben«, rief er dem Diener zu. »Ruft auch das Kammermädchen der Gräfin, ihr ist unwohl geworden!«

Feodorowna saß bleich, mit zurückgelehntem Haupt in dem Sessel. Die weißen Arme waren matt herabgesunken, der tiefblaue Himmel ihres Auges durch das geschlossene Augenlid bedeckt. Axinia lag noch immer betäubt am Boden. Einen Tiger hätte dieser Anblick des zerreißendsten Jammers, dieses rührende Bild der aufopfernden Duldung gerührt. An der kalten, durch das Verderben der Lieblosigkeit, das in den höheren Ständen herrschte, von Jugend auf verhärteten und vergifteten Brust Dolgorows glitt der Pfeil ab, als ob ein eherner Harnisch sie bedeckte. Es wird vorübergehen, dachte er kalt. Denn der Schmerz Feodorownas erschien ihm nur wie die Torheit einer Schwärmerin, und Axinias Jammer berührte ihn gar nicht, da sie zu einer Gattung Wesen gehörte, die er von Jugend auf nur als *Dinge* betrachtet hatte. Er war nur voller Freude, daß dieses zufällige Ereignis die Hindernisse aus dem Weg räumte, die sich noch gestern seinen Plänen unbesiegbar entgegenzustellen schienen. Schnell eilte er daher zu Ochalskoi hinüber, um diesen von dem Vorgefallenen zu unterrichten, und überließ es der eintretenden Jeanette, für ihre Gebieterin zu sorgen. Diese schlug bald das Auge wieder auf und war nun der Dienerin behilflich, Axinia ins Leben zurückzurufen. Als auch sie endlich aus ihrer Betäubung erwachte, blickte sie irr umher und schien mit den Augen einen Gegenstand zu suchen, den sie nicht zu nennen vermochte. Anfangs traf der tröstende Zuspruch Feodorownas nur ein taubes Ohr, sie wußte nicht, was der leere Schall der Worte bedeutete, die sie vernahm. Endlich faßte sie es, als Feodorowna zu ihr sprach: »Beruhige dich, Axinia, der schreckliche Traum ist vorüber. Du wirst glücklich sein!« Da sank die Gequälte, wie im Rausch des Entzückens, mit heißen Freudentränen an die Brust der Wohltäterin, die ihr beide Arme öffnete und sie liebend ans Herz drückte: »Du wirst glücklich sein, Axinia«, rief sie noch einmal mit unaussprechlichem Schmerz. »Aber du weißt nicht, um welchen Preis!« tönte es heimlich in ihrer Brust nach. Lange hielten sich beide umfaßt. Die mächtigen, betäubenden Wellen der Schmerzen und der Wonne, auf denen ihr Herz gehoben wurde, hatte jeden Damm, der sonst das Bett ihres Lebens schied, überflutet, und wie gerettete Schiffbrüchige umarmten sie sich an dem Strand, wohin die Lebenswelle sie geworfen hatte, kaum wissend, ob in Jammer oder Seligkeit. Endlich verließen Feodorowna die Kräfte, und sie bat: »O leitet mich auf mein Zimmer! Ich bin sehr erschöpft!« Gütiger Himmel, dachte sie, habe ich denn nicht auf der Folterbank gelegen, bis die Qual mir mein eigenes Todesurteil auspreßte? Aber sie schwieg, und kein Laut verriet das unermeßliche Opfer, das sie der Menschlichkeit gebracht hatte. Langsam geleiteten Jeanette und Axinia sie auf ihr Gemach. Hier fand sie Einsamkeit und Ruhe, um einen klaren Blick auf die Lösung der verworrenen Fäden ihres Geschicks zu werfen.

Viertes Kapitel

Die feierliche Verlobung sollte sogleich vollzogen werden. Die Vermählung selbst forderte der unerläßlichen Zeremonien wegen einen längeren Aufschub, und man mußte es einstweilen der Wendung der Zeitereignisse überlassen, wann dieses Fest am schicklichsten anzusetzen sei. Daß Feodorowna zurücktreten werde, befürchtete der Vater nicht, denn er wußte, daß sie bei der Strenge ihrer Grundsätze ein gegebenes Versprechen zu heilig halte, um es unter irgendeinem Vorwand zurückzunehmen.

Dolgorow und Ochalskoi gingen, um sie zu benachrichtigen, zur Gräfin hinüber, die, gewohnt, spät aufzustehen, von dem Vorgefallenen noch nicht das mindeste erfahren hatte, aber begreiflicherweise sehr erfreut darüber war.

Währenddessen hatte Feodorowna mit Axinia auf ihrem Gemach eine traurige Stunde hingebracht, in der sie erst den ganzen Zusammenhang der Begebenheiten erfuhr, die Axinias Hinzukommen zu ihrer Unterredung mit dem Vater verursacht hatten. Um Paul von dem, was Feodorowna für beide tun wollte, zu unterrichten, hatte sie von dem frühesten Morgen an eine Gelegenheit gesucht, ihn zu sprechen. Indessen war es ihr mißlungen. Eben wollte sie zum dritten Mal zu dem Schloß gehen, als ihr der Verwalter, der ein erbitterter Feind Pauls war, im Schloßtor die Nachricht von seiner Bestrafung mit höhnischen Worten mitteilte. Kaum hatte sie die entsetzliche Nachricht vernommen, deren Zusammenhang mit ihrem eigenen Geschick sie sogleich dunkel ahnte, als sie auch im Hof den an den Pfahl gebundenen Paul erblickte. Dies sehen, die Stufen der Marmortreppe hinanfliegen, durch die Schar der Diener unaufhaltsam bis zum Zimmer des Grafen vordringen und hineinstürzen, war das Werk weniger Augenblicke gewesen. Glücklicherweise war Jeanette noch zur rechten Zeit mit Feodorownas Befehl, Pauls Strafe aufzuschieben, eingetroffen. Jetzt hatte man ihn losgebunden und in ein kleines Zimmer geführt, wo er als Gefangener bewacht wurde. Axinia hatte anfangs noch einige Sorgen um ihn, indessen gab Feodorowna ihr die heilige Versicherung, daß sie nun nicht mehr zu fürchten habe. Zugleich sandte sie, da sie sich der Vollmacht ihres Handelns gewiß fühlte, durch Jeanette den Befehl hinüber, Paul sofort freizulassen und ihn zu ihr zu senden.

Dolgorow ließ seine Tochter zu sich bitten. Sie ging erschüttert, aber gefaßt, bleich, aber ohne Tränen. Die Eltern waren allein. Sie fand den Vater freundlicher als jemals, auch die Mutter zeigte sich gütig. »Du willst nun gehorsam sein, willst unsere Wünsche erfüllen, Feodorowna?« sprach sie sanft. Es war seit Monaten der erste Laut der Liebe aus dem mütterlichen, sonst so heiß von der Tochter geliebten und verehrten Herzen.

»Ja, meine Mutter«, entgegnete sie, »ich will jetzt das Glück meines Lebens einer Pflicht opfern, von der mich nichts loszusprechen vermochte. Allein ich mache es mir zu unerläßlichen Bedingung, daß ich über das Schicksal der Unglücklichen jetzt völlig frei bestimmen darf.«

»Es sei dir gewährt«, sprach Dolgorow fast mit dem Ausdruck der Güte.

»Noch eine zweite Bedingung muß ich mir machen«, fuhr Feodorowna fort. »Den Schritt, den ich zu tun im Begriff bin, muß ich mit Fassung und weiblicher Würde vollführen. Ich darf auch nicht mit dem zerstörten Antlitz des Schmerzes zu meinem Bräutigam treten, denn meine Züge würden dem Ja meiner Lippen zu schroff widersprechen. Es müßte ihn beleidigen, und das will ich nicht, denn von dem Augenblick an, wo ich ihn zum Gatten wähle, bin ich ihm Achtung schuldig. Mein zu heftiger Schmerz würde diesen verletzen. Darum verlange ich drei Tage, um mein Herz zu fassen, meine Seele ernst zu sammeln. Der fromme Zuspruch von Vater Gregor wird mir in diesem schweren Kampf hilfreich zur Seite stehen. Mit der Sonne des vierten Tages bin ich bereit, den Verlobungsring mit dem Grafen zu wechseln. Bis dahin lasse man mich in meiner Einsamkeit.«

»Auch dies sei dir gewährt«, sprach der Vater. »Du weißt, deine Eltern haben dich stets geliebt, und nur dein starrer, unbegreiflicher Ungehorsam konnte ihr Herz von dir abwenden.

Feodorowna richtete ihr Auge gen Himmel und seufzte leise. O wie gern hätte sie diesen Worten Glauben geschenkt. Allein sie fühlte, es war unmöglich, denn die Tat widersprach ihnen zu hart. Wie hätten liebende Eltern ihr Kind der jahrelangen, stummen Qual übergeben können? Auch war kein Blick der Liebe in ihren Augen zu lesen, sondern nur das Wort ahmte tote Formen der Neigung nach. Sie ging zurück auf ihr Zimmer.

Im Vorzimmer traf sie Paul bleich, mit kummervollen Zügen an, denn er war zu furchtbar von dem Sturm gewaltiger Leidenschaften auf und nieder geschleudert worden, um aus einem leichten Schimmer der Hoffnung Mut schöpfen zu können. Erst jetzt gab ihm Feodorowna durch die Versicherung das Leben wieder, daß sein Schicksal ganz in ihrer Hand liege. Sie hieß ihn, ihr folgen. Im Gemach führt sie ihn selbst zu der selig errötenden Axinia, legte ihre Hände ineinander und sprach: »Seid glücklich! Ihr wart nicht ohne Schuld, doch ihr habt sie schwer gebüßt. Weihet nun eure Liebe durch den geheiligten Bund der Ehe. Dann aber, Paul, verlasse dieses Land und kehre zurück in deine Heimat. Wehe dem, der es Vaterland nennen muß, wohl dem, der eine andere Heimat kennt! Beschützen kann ich euch nur, solange ich hier bei euch verweile. Es werden vielleicht nur wenige Wochen sein. Drum, sobald der Pfad euch offen steht, zieht hin in Länder, wo ein mildes Gesetz über allen gleich waltet. Jetzt laßt mich, geht, seid glücklich.«

Sie wandte sich ab, um den Schmerz zu verbergen, der sie überwältigte.

Axinia sprach, indem sie ihre Hand ergriff, schüchtern, doch mit dem Ausdruck der innigsten Liebe: »Habt Ihr mir auch ganz vergeben? Ach, verdiene ich es denn auch? Oh, seht mich noch einmal gütig an!«

Feodorowna wandte sich um. Sie blickte sie, durch ihre Tränen, freundlich an. »Dein Herz ist lauter! Du liebst! Um der Liebe willen wird uns viel vergeben. Ich vergebe dir alles. Und könnte die Blüte deines Glückes nur aus meinem Grab aufsprießen – ich würde dich segnen aus der stillen kühlen Gruft herauf. Doch – geht, geht!« Sie verließen still das Gemach.

»Himmlische Beschützerin! Gnädig waltende Mutter Gottes!« rief Feodorowna jetzt und beugte ihre Knie vor dem Marienbild. »Gib mir Trost und Kraft. Ich vertraue mich deiner segnenden Milde! Du wirst mich nicht verlassen in der kalten, schauerlichen Nacht des Lebens. Dein sanftes Gestirn wird mir leuchten, auch wenn der ganze Himmel sich düster verhüllt!«

Nach diesem Gebet kam eine tröstende Ruhe über ihr Herz. Segnend empfand sie es, daß es eine Hand gibt, die unsere brennendsten Wunden zu heilen vermag, ein Auge, das uns nicht verliert in der dunkelsten Tiefe des Abgrundes. Durch den grauen, finster wogenden Nebel ihrer Zukunft brach ein Lichtstrahl und weckte einen zarten Keim der Hoffnung in ihrer Seele. Verzage nicht, rief es ihr zu, wenn auch dein sterbliches Auge keinen Pfad mehr sieht, der dich zu einem glücklichen Ziel führen könnte. Hinter diesen düsteren Nebelschleiern ruht ja der Himmel in seiner ewigen Klarheit. Ein Hauch des Allmächtigen, und das Gewölk zerfließt, und über dir steht das reine, blaue Gewölbe des Äthers mit seinem seligen Sonnenlicht.

Feodorowna trat ans Fenster. Der Frühling schmückte die Erde. Er lieh ihr, selbst in dieser nordischen Öde, den Reiz der Jugend. Der Strom ließ sein dunkelblaues Band durch die grünen Gefilde flattern. Die Wipfel der Tannen wurden von milden Lüften gewiegt. Aus den Gebüschen ertönte der Gesang der Drossel. Über den Feldern wirbelte die Lerche. Schwalben kreuzten über dem Spiegel des Wassers. An den steilen, grünen Hügelwänden, die sich in den Strom hinabsenken, hingen die Herden. Wohin das Auge blickte, Leben, Freude, Gnade! Eben rief der feierliche Ton der Glocke zum Frühgottesdienst, denn es war Festtag! Da kam eine süße Wehmut über die Duldende. Die Bilder und Träume der Jugend drangen mit alter, heiliger Kraft in ihr Herz. Ihre Tränen flossen sanft. Mit jedem Tropfen, der ihren Augen entrann, hob ihre Brust sich freier, füllte sich mehr und mehr mit gläubigem Vertrauen. »Gott ist mir nahe«, rief sie stark und freudig aus, »ich fühle seine segnende Kraft. Mut denn, Feodorowna, du hast nach seinem Gebot gehandelt, er wird dich nicht verlassen.«

So gestärkt und im Innersten gekräftigt, beschloß sie, zur Kirche zu gehen und die Andacht der Landleute zu teilen.

Als sie zurückkehrte, fand sie das Schloß in lebhafter Bewegung. Das am Tor angebundene Pferd eines Kosaken unterrichtete sie schon von weitem von der Ankunft eines Boten. Es dauerte auch nicht lange, so kam der Vater zu ihr aufs Zimmer und redete sie folgendermaßen an: »Du weißt, meine Tochter, daß ich meine gegebenen Versprechen streng halte. Aber ich komme, mich zum Teil durch dich davon entbinden zu lassen. Du wolltest drei Tage zu deiner Sammlung haben. Gern hätte ich sie gewährt. Doch vor wenigen Minuten traf ein Bote, den mir der General sendet, mit Briefen für mich und den Fürsten Ochalskoi hier ein. Der Feind ist wirklich über den Niemen gegangen und rückt mit reißender Schnelligkeit vor. Dies zwingt uns, noch heute zur Armee zu gehen. Meine Abreise ist dringend, die des Fürsten unerläßlich. Unter solchen Umständen wirst du gewiß einwilligen, dem Aufschub zu entsagen, da es mir wichtig sein muß, eine Familienangelegenheit wenigstens so weit, als dies möglich war, geordnet zu haben, bevor ich mein Leben und das deines künftigen Gemahls dem ungewissen Schicksal einer Schlacht preisgebe.«

Nur durch die fromme Fassung, die sie errungen hatte, war es Feodorowna möglich, dem Wunsch ihres Vaters zu entsprechen. Dennoch faßte ein innerer Schauer sie an und berührte ihr Herz mit einem kalten Entsetzen. »Wenn es denn sein muß«, sprach sie mühsam, »so bin ich bereit zu gehorchen. Nur eine Stunde der Sammlung gönnen Sie mir, mein Vater!«

»Wir werden indessen unsere Anstalten zur Abreise treffen«, erwiderte dieser, »denn jede Minute ist jetzt wichtig. In einer Stunde werde ich zu dir senden.« Mit diesen Worten verließ er das Gemach.

Erschöpft sank Feodorowna auf einen Sessel. Sie hatte Mut zur Entsagung gehabt, doch der Augenblick der Entscheidung erneuerte alle

Kämpfe ihrer zerrissenen Brust. »Noch ist die Rückkehr möglich – noch darf dieses Herz wählen ...« rief sie und rang die Hände. »Eine Stunde verrinnt, und alles ist vorbei! Nein, es ist schon jetzt vorbei, denn du gabst ein unwiderrufliches Versprechen. So übe denn mit Ergebung die Pflicht, die der strenge Arm des Allmächtigen dir auferlegt. Er allein, der dein Herz zermalmt, vermag es aufzurichten, ihm vertraue dich!«

Sie schellte. Jeanette erschien. »Du mußt mich zur Verlobung schmücken, Liebe«, sprach sie weich. »In einer Stunde schon spreche ich das entscheidende Wort aus.« Sie zitterte. Das Mädchen ahnte, was ihre Gebieterin empfand. Sie weinte still und übte schweigend ihre kleinen Pflichten.

»Welches Kleid?« fragte sie, als Feodorowna nur noch des letzten Gewandes bedurfte. – »Das schwarze – nein, das weiße. Ich trauere ja um niemanden, ich bin ja selbst die Blutende. Oh, wäre ich eine Braut, die man für die Gruft schmückt!« Es war ein Ausruf des tiefsten die Seele zerreißenden Schmerzes, der sich der Duldenden entrang. Ermattet sank sie in Jeanettes Arme und weinte überwältigt an ihrer Brust.

Nach einigen Minuten richtete sie sich sanft empor. Sie wandte einen frommen Blick auf das Muttergottesbild, an dem eben einige Sonnenstrahlen spielten. »Ein Trost, eine Hoffnung bleibt ja doch unzerstörbar in unserer Brust«, sprach sie mit mildem Laut. »Warum will ich denn verzagen? Nach allen Erdenmühen muß ja die Stunde kommen, wo du dein Kind mit unvergänglichem Heil beseligst.«

Von jetzt an blieb sie ruhig. Schön wie eine Lilie mit sanft gebeugtem Kelch war sie in der weißen Seidenhülle. Sie schwebte an Jeanettes Arm hinab in den Saal. Dort harrten schon die Eltern, Ochalskoi, Gregor. Eine stumme Begrüßung fand statt.

»Ich wünsche, daß der Vater Gregor meine Verlobung einsegne, wenn es auch sonst nicht gebräuchlich ist«, bat Feodorowna sanft, aber in einem Ton, der keine Abweisung zuließ.

Gregor sprach einige Worte. Dann wurden die Verlobungsringe gewechselt, und die Braut duldete stumm die Umarmung und den Kuß dessen, dem sie sich jetzt feierlich gegeben hatte. Aber in seinen Armen erblaßte sie, seufzte leise auf, sank zusammen, und leblos mußte man sie auf ihr Zimmer tragen.

Sie blieb der Sorge der Mutter überlassen, denn schon stampften die Rosse vor dem Wagen, in dem Dolgorow und Ochalskoi sogleich zum Heer abreisten.

Fünftes Kapitel

Es war am 22. Juni, als Rasinski mit seiner Reiterschar zu der Hauptkolonne der Armee, die der Kaiser selbst führte, stieß. Ein Befehl, den er unterwegs erhielt, hatte seinen Marsch beschleunigt. Die übrigen Truppenteile, Regnards Regiment, die Artillerie und zwei Eskadrons schwerer Kavallerie, die bei Lomza zu ihnen gestoßen waren, konnten nicht so eilig folgen. Die Sonne senkte sich eben hinter die blauen Wälder, die den westlichen Horizont umschlossen, als man von einer Anhöhe die französische Armee zuerst gewahr wurde. In unabsehbarer Weite bedeckten die schwarzen Truppenmassen die sanfte Einsenkung, die sich diesseits der Hügelreihen, die das Ufer des Niemen begleiten, und an dem Saum des großen Waldes von Pilwiski hinzieht. Rasinski war mit Bernhard und Ludwig, die er gewissermaßen als seine Ordonnanzen gebrauchte, etwa tausend Schritte dem Regiment vorausgeritten. »Heiliger Gott!« rief er aus. »Welch eine Welt in Waffen! Seht, Freunde, seht dorthin! Über eine Meile dehnt sich die Linie dieser eng aufeinandergerückten Kolonnen aus. Und von dort herüber sind noch unzählige Massen im Anmarsch. Welch ein ungeheuerer Geist, der so viele tausend Kräfte der einzelnen alle in dem Mittelpunkt seines Willens vereinigt! Alle Zungen Europas vernehmt ihr in diesem Feldlager. Von den Nachbarn des Ebro und des Vesuvs, von den Söhnen der Alpen und Pyrenäen bis zu den slawischen Stämmen, die unsere rauhen Steppen bewohnen, hat jede Stadt, jedes Dörfchen einen Sohn hierher gesandt, und alle folgten sie in glühender Begeisterung und im stummen Gehorsam dem Wink des Führers. Sie gehorchen ihm und glauben an ihn wie an einen Gott, dem der Mensch sich beugt, auch ohne ihn zu begreifen! Seht die herrlichen Artillerieparks, die dort am Abhang aufgefahren sind. Ich schätze die Stärke derselben auf vier- bis fünfhundert Feuerrohre, und doch ist es kaum die Hälfte von denen, die Napoleon heranführt, um das Verderben in die feindlichen Reihen zu schleudern.«

Rasinski hielt und sah sich aufmerksam rings um. »Hier über jene drei Bäume hinweg liegt Kowno. Es wird mutmaßlich hartnäckig von den Russen verteidigt werden. Dorther kommt die Straße von Königsberg, die sich in dem Gebüsch vor uns mit der unsrigen vereinigt. Das Örtchen hier unten am Wald heißt Pilwiski. Dort weiter links jener spitze Turm gehört dem Städtchen Schirwindt an. Seht euch die Lage der Orte genau an, Freunde, denn ich könnte auch noch in dieser Nacht nach beiden zu schicken haben, da ich vermute, daß der Stab in denselben liegt.«

Während Rasinski seine beiden Begleiter auf diese Weise mit der Gegend bekannt machte, war sein Regiment herangekommen. Er setzte sich jetzt an die Spitze desselben und ließ es im geordneten Zug zum Lager vorrücken.

Noch bevor er die ersten Posten erreicht hatte, sprengte ihm ein Generalstabsoffizier entgegen: »Ich bin beauftragt, Herr Oberst«, redete derselbe ihn an, »Ihnen die Stelle anzuweisen, wo Sie mit Ihrem Regiment das Biwak zu beziehen haben. Ihre Ankunft war bereits gemeldet. Sie werden Ihr Lager dort drüben auf jenem Hügel zunächst der kaiserlichen Garde einnehmen«. Rasinski erkannte sogleich die Auszeichnung, die in dieser Bestimmung lag, und sprach, indem er für die Meldung dankte, seine Freude darüber lebhaft aus.

Von dem Generalstabsoffizier geführt, rückte das Regiment jetzt mitten durch das Lager seinem Biwaksplatz zu. Das mannigfaltigste Schauspiel bot sich auf diesem Zug dar. Zuerst kam man an langen Reihen schwerer Geschütze, an dicht aufgefahrenen Parks von Munitionswagen vorbei. »Das sind die ehernen Knochen des Kriegsungeheuers«, sprach Ludwig zu Bernhard im Vorüberreiten.

»Oder vielmehr seine feuerspeienden Rachen«, erwiderte Bernhard. »Mit ist seltsam zumute«, fuhr er nach einigen Augenblicken fort, »indem ich in diese Tore des Kriegs einziehe, erscheine ich mir gegen die ungeheuren Massen der Kräfte so ganz unbedeutend, ich verliere so vollständig das Gefühl eigener Tatkräftigkeit, daß ich mir vorkomme wie eine Nußschale, die auf dem brandenden Ozean schwimmt. Aber etwas zu tun werde ich hier bekommen für mein Skizzenbuch, denn alle zehn Schritte sehe ich ein köstliches Genrebild vor mir, und ich merke, daß man nur einmal durch ein Feldlager geritten zu sein braucht, um ein Philipp Wouwerman zu werden, wenn man sonst den Pinsel dazu hat und keiner ist.«

Man war jetzt an die ersten Biwaks der Infanterie gekommen und konnte mit Muße die Gruppen betrachten, die sich um die Feuer gelagert hatten. In der Ferne hörte man die halbverwehten Töne der Feldmusik, welche die Marseiller Hymne spielte. Gleich im Vordergrund lagen ein Dutzend Grenadiere um ein stattliches Feuer. Ein bärtiger Sappeur rührte eifrigst das Abendessen im Feldkessel um. Er war jeden Augenblick genötigt, seinen langen Bart vor der aufflackernden Flamme zu sichern. Einige junge Leute, die seine Not ansahen, trieben ihren Spott mit ihm. Einer lag mit verbundenem Kopf und schlief. Seine Kameraden hatten ihm mit Kohle einen ungeheuren Schnurrbart gemacht. Zwei standen und fochten scherzhaft mit den Händen. Die übrigen saßen oder lagen im Kreis umher und betrachteten müßig das vorüberziehende Regiment, schienen jedoch keine sonderliche Aufmerksamkeit auf die für sie so alltägliche Begebenheit zu wenden. Ohne Umstände deuteten sie mit Fingern auf das, was ihnen auffiel, und einer drehte sogar dem ihn scharf anblickenden Bernhard mutwillig eine Nase, worüber die anderen ein helles Gelächter aufschlugen.

Einige Schritte weiter war eine andere Gruppe gelagert, die aufmerksam einem musikalischen Genie zuhörte, das auf einer kleinen Querflöte die Romanze *»Il pleut, il pleut bergère«* blies. Dieses Lieblingsliedchen schien die Zärtlichkeit eines Sergeanten zu entflammen, der hinter dem Kreis seiner gelagerten Kameraden einer niedlichen Marketenderin die feinsten Galanterien zu sagen suchte und ihr das Kinn mit einem gewissen väterlichem Wohlwollen streichelte, obgleich seine lebhaften Augen eine viel feurigere Zuneigung zu dem munteren Mädchen verrieten. Sie nickte wohlgefällig mit dem Köpfchen zu dem Takt der Melodie und achtete nicht sonderlich auf den Liebhaber, dem sie nur dann und wann die Hand abwehrend zurückschlug.

»Die Liebe ist überall zu Hause«, sprach Bernhard lachend, »auch im Biwak treibt sie ihre Blüten. Der ewig dürre Boden, wo sie gar nicht fort will, glaube ich, ist mein Herz. Denn wenigstens von den Blüten glücklicher Liebe kann ich noch kein Herbarium aufweisen.«

Ludwig schwieg. Er hing seinen ernsten Gedanken nach, die durch Bernhards Worte lebhaft aufgeregt waren.

»Nun, Tölpel«, rief Bernhard etwas verdrießlich, denn ein mächtiger Dragoner, dem ein dichter schwarzer Busch von Pferdehaaren vom Helm herabhing, ritt auf einem wahren Brauereipferd dicht an ihm vorbei und rannte ihn fast vom Sattel. Der Kerl steckte jedoch den Tölpel ein, ohne sich umzusehen, und ritt seiner Wege.

»Ein unverschämter schnauzbärtiger Esel, der dort seine langen Beine über den plumpen normannischen Gaul gehängt hat«, polterte Bernhard. »Der Kerl machte eine förmlichen Ruck gegen mich mit seinem Elefanten.« – »Das sind die Höflichkeiten des Lagers«, rief Jaromir lächelnd, der Bernhards Unfall gesehen hatte. »Du wirst so lange welche einstecken müssen, bis du sie wieder austeilen lernst.«

»Pah!« erwiderte Bernhard. »In diesem Punkt bin ich als Meister geboren. Bei Grobheiten gleiche ich gewissen Echos, die den Schall nicht nur vervielfältigen, sondern auch verstärkt zurückgeben. Bei mir wäre das Sprichwort: ›Wie man in den Wald hineinschreit, so schallt es wieder heraus‹ nicht ganz richtig angewendet, denn ein grober Flegel bekommt mich in einem Hohlspiegel zu sehen, wo ich ihm ein grimmiges Gesicht schneide.«

Man kam jetzt an ein Kavalleriebiwak, wo die Pferde in langen Reihen an ausgespannten Leinen standen. Das mutige Stampfen und Wiehern der Rosse machte das Spiel lebendiger. Eines derselben riß sich los, als das Kavallerieregiment anrückte, und wollte den brüderlichen Reihen zueilen. Sogleich waren einige Dragoner hinterher, um es zu greifen, doch es schlug unbändig aus, warf einige Feldkessel um, daß das eben fertige Abendmahl in die Kohlen geschüttet wurde, und entsprang dann in wilden Bogensätzen. Die Infanteriebataillone, die in der Nähe lagen, erhoben ein jubelndes Gelächter über diese Jagd und suchten das Tier durch Geschrei zurückzujagen. Die polnischen Reiter drehten gleichfalls lachend die Köpfe zu dem Schauspiel um, als plötzlich Rasinskis Kommandowort: »Richtet euch! Augen rechts!« sie in die strengen Fesseln des Dienstes legte. Es war ein französischer General, dem Rasinski auf diese Art den militärischen Ehrengruß entrichtete. Er ritt einen prächtigen Grauschimmel, dessen Zäumung und Schabracke reich mit goldenen Verzierungen und Stickereien bedeckt war. Grüßend faßte er an den Hut und betrachtete im Vorüberreiten die Leute mit einem großen, aufmerksamen Auge. Die athletische Gestalt, das ernste Feuer im Blick, die strengen Züge auf der hohen Stirn, alles dies zusammen verlieh ihm jene Gewalt der Persönlichkeit, wodurch der Soldat ein so unbedingtes Vertrauen zu seinem Führer gewinnt. Auch standen auf beiden Seiten die Leute im Lager ehrfurchtsvoll still und hielten sich in strenger dienstlicher Haltung, bis er vorüber war.

Ludwig, auf den die Erscheinung einen ganz besonderen Eindruck gemacht hatte, fragte leise den ihm zur Seite reitenden Boleslaw: »Wer ist dieser General?«

»Der Marschall Davoust, Fürst von Eckmühl«, erwiderte dieser mit ernster, gewichtiger Miene, welche die Bedeutung wahrnehmen ließ, die der berühmte Feldherr auch für ihn hatte.

»Der Marschall Davoust«, sprach Ludwig weiter zu Bernhard, und beide sahen ihm mit gespanntem Auge nach, bis er sich in das Getümmel des Lagers verlor.

Es fing schon an zu dunkeln, als das Regiment den Platz, der zu seiner Lagerstätte bestimmt war, erreichte. Der Raum, den es einnehmen durfte, war durch die Örtlichkeit genau abgesteckt. Man befand sich nämlich auf einem Hügel, der, auf der Oberfläche kahl, ringsumher von Buschwerk begrenzt wurde. Einige hundert Schritte seitwärts hatte man auf die Spitze eines anderen, etwas höheren Hügels das Zelt des Kaisers aufgeschlagen. Die dreifarbige Fahne wehte von demselben herab. Zwei Mann der alten Garde standen Wache davor. Generalstabsoffiziere, Adjutanten, Ordonnanzen kamen und gingen ununterbrochen. Bernhard schaute unverwandt zu dem Zelt hinüber, wo sich in diesem Augenblick das Geschick Europas entschied. Indessen blieb ihm nicht lange Zeit zu müßigen Betrachtungen. Die angenehmste Arbeit des Soldaten, sich in seinem Biwak einzurichten, begann. Die Ställe für die Pferde wurden durch Pikettpfähle mit umschlungenen Furagierleinen abgeteilt. Man bestimmte die Feuerstellen, einige holten Holz und Stroh, andere Wasser herbei. In kurzer Zeit loderten die Biwakfeuer lustig auf. Die Kameraden lagerten sich umher, trauliche Gespräche knüpften sich an, man wurde heiter und heiterer. Ein guter Trunk, den Rasinski spendete, erhöhte die sorglos frohe Stimmung, ja sogar fröhliche Kriegslieder erschallten laut, bis die sinkende Nacht und die Ermüdung des Tages den Schlaf herbeiriefen, der das bewegte Treiben des Lagers in eine feierliche Ruhe verwandelte.

Sechstes Kapitel

Mitternacht war vorüber. An einem größeren Feuer, unter einer Eiche mit mächtigen Ästen, in den Reitermantel gehüllt, lag Rasinski und schlief auf dem schlichten Lagerstroh, ohne das Obdach einer Hütte oder eines Zeltes über sich zu haben. Boleslaw, Jaromir, Bernhard und mehrere jüngere Offiziere waren um ihn gelagert.

Eine Ordonnanz trat in den Kreis und fragte Ludwig, der eben die Feuerwache hatte, nach Rasinski. Noch ehe er antworten konnte, fuhr dieser, dessen leiser Schlummer seine Wachsamkeit kaum unterbrach, bei dem Klang seines Namens auf. »Was gibt's?« fragte er, sich aufrichtend.

Die Ordonnanz überreichte ihm einen versiegelten Zettel, den Rasinski bei dem Schimmer des Biwakfeuers las. »Sehr wohl, Kamerad! Ich werde pünktlich sein«, sprach er, nachdem er den Inhalt gelesen hatte.

Die Ordonnanz entfernte sich wieder. Rasinski rief nach seinem Reitknecht. »Sattle sogleich meinen Rappen«, gebot er diesem, »und auch ihr, Freunde,« wandte er sich zu Ludwig und dem gleichfalls erwachten Bernhard, »sattelt eure Pferde, denn wir müssen sogleich fort.«

Schnell sprangen beide auf und eilten zu ihren Pferden, denn sie hatten es sich zum Gesetz gemacht, alle Arbeiten des Soldaten selbst zu verrichten, um weder weichlich zu erscheinen, noch Neid zu erregen. In wenigen Minuten kehrten sie zu Pferd zurück. Rasinski war schon aufgesessen. Die übrigen Offiziere, die am Feuer gelegen hatten, waren erwacht und aufgestanden. »Ich bin wahrscheinlich vor Tagesanbruch zurück«, sprach Rasinski. »Sollte indessen während meiner Abwesenheit etwas vorfallen, so haben Sie sich an den Rittmeister Negolinski, als den Ältesten des Regiments, zu wenden. Er ist bereits benachrichtigt. Auf Wiedersehen!«

Sie ritten im Schritt weg, den Hügel herab durch das Gebüsch gerade auf das Zelt des Kaisers zu.

»Wie spät ist's?« fragte Rasinski. – »Halb zwei Uhr«, erwiderte Bernhard. – »So kommen wir noch fast zu früh. Um zwei Uhr, im ersten Dämmerschein, will der Kaiser den Niemen auskundschaften. Ich bin befehligt, mich seinem Gefolge anzuschließen, weil ich die Gegend genau kenne. Ich empfehle euch möglichste Stille, liebe Freunde, denn in so wichtigen Zeitpunkten, wo der Kaiser seine ungeheuren Entwürfe abwägt, haßt er jedes müßige Geräusch.«

Beide junge Männer wurden durch diese Worte in eine feierliche Spannung versetzt. Zum ersten Mal sollten sie jetzt Zeugen eines jener großen Augenblicke sein, wo der Beherrscher Europas die ersten Fäden zu einem kühnen, riesenhaften Gewebe aufspannte. Sie wurden gewissermaßen in die Werkstätte der Weltgeschichte geführt, sollten dem unscheinbaren Quell der Ereignisse nahen, der, zum Strom, zum Ozean anwachsend, die

Geschicke ganzer Nationen auf seinen brausenden Fluten zu wiegen bestimmt war.

Stumm ritten sie, dem gleichfalls ernst schweigenden Führer folgend, durch Nacht und Wald dahin, zwischen den rechts und links düster glimmenden Feuern des Lagers hindurch, auf das Zelt des Kaisers zu. Sie fanden dort schon mehrere Generale und Offiziere versammelt. Einige Minuten später trat der Kaiser aus dem Zelt und schwang sich aufs Pferd. Es begann schon zu dämmern, doch war die ganze Landschaft noch in einen grauen Schleier, den hier und da die Morgennebel verdichteten, gehüllt. In weniger als einer Viertelstunde hatte man die Waldhöhen, die den Lauf des Niemen begleiten, erreicht. Der schöne Strom schimmerte blaß glänzend, halb erlöschende Sterne widerspiegelnd, zwischen den dunklen Ufern. Jenseits beginnt das russische Gebiet.

Der Kaiser hielt auf der Anhöhe still und sah sich einige Zeit aufmerksam nach allen Seiten um. Dann sprengte er im kurzen Galopp die Höhe hinunter zu dem Fluß zu. Als sein Pferd die feuchte Sandfläche des Ufers erreichte, sank es plötzlich mit den Vorderfüßen ein, stürzte und schleuderte den Reiter über sich hinweg auf den Boden.

Einen Augenblick fühlte sich jeder durch dieses Ereignis, das einem unheilvollen Vorzeichen zu ähnlich sah, betroffen. Rasinski war so überrascht, daß er unwillkürlich halblaut ausrief: »Ein Römer würde umkehren.« Das rings herrschende tiefe Schweigen und die Morgenstille, die den Schall so weit fortpflanzt, bewirkte, daß die Worte von allen gehört wurden. Selbst der Kaiser, der rasch aufgesprungen war, mußte sie vernommen haben, denn er sah sich aufhorchend um, setzte das Auskundschaften fort. Er rief Rasinski in seine Nähe und sprach öfters lebhaft mit ihm. Eine gute Stunde lang ritt er am Ufer entlang, dann wandte er sich um, sprengte einen Hügel hinab, winkte den Marschall Berthier zu sich und befahl, indem er mit der Hand auf den Strom deutete, daß mit der einbrechenden Abenddämmerung an drei Punkten des Ufers, die er bestimmt angab, Brücken geschlagen werden sollten. Hierauf kehrte er zu seinem Zelt zurück, und Rasinski ritt mit seinen beiden Begleitern der Stelle seines Biwaks wieder zu.

Der Tag verging in einer erwartungsvollen Unruhe. Das Zelt Napoleons wurde abgebrochen. Er begab sich in ein unfern gelegenes Bauernhaus, das er von Zeit zu Zeit verließ, um einen Ritt durch das Lager zu machen und den Mut der Truppen durch seine Gegenwart zu beleben. Mit der steigenden Sonne wurde es schwül und schwüler. Die drückende Hitze der langen Sommertage des Nordens drohte alles zu ersticken, die Sonne schoß glühende Pfeile herab. Die Truppen hielten sich still im Lager. Die Sorge für die Pferde und Waffen war die einzige Beschäftigung, die man vornahm, doch selbst diese ermüdete in der durchglühten Luft. Jedes schattige Fleckchen wurde aufgesucht und benutzt. Ein frischer Trunk war das einzige Labsal, wonach man strebte. In Ägypten, in Syrien, nicht in dem nordischen Rußland glaubte man Krieg zu führen.

Endlich wuchsen die Schatten wieder. Die Sonne neigte sich. Gegen acht Uhr abends brachen einige Pionierabteilungen zu dem Strom auf, um die Brücken zu schlagen. Mit der näher und näher rückenden Minute der Entscheidung stieg die Spannung. Schon deswegen hätte der Schlaf die erwartungsvollen Krieger geflohen, wenn sie auch nicht in der ermattenden Hitze des Tages der Ruhe gepflegt hätten. Endlich um Mitternacht kam der Befehl zum Aufbruch. In größter Stille sollte man ausrücken. Kein Laut durfte gehört, kein Funke gesehen werden.

Rasinski ließ aufsitzen und rückte in dicht geschlossenen Kolonnen auf einem breiten Weg vor, der zu dem Strom führte. Nach einer halben Stunde machte man halt auf einem mit tauigem Getreide bewachsenen Hügel. Die hungrigen Pferde rupften das junge Korn ab, die Leute lagerten sich auf dem feuchten Boden. Mit Ungeduld erwartete man den Anbruch des Tages. Düstere Nachtnebelwolken verzögerten ihn. Endlich erhob sich ein frischer Wind, zerstreute die Dünste und enthüllte das erste, zarte Morgenrot, das aus dem tiefen Rußland herüberglänzte. Jetzt vermochte der Blick über die jenseitigen Ufer hinzuschweifen, denn man überblickte sie weithin von den Hügeln, auf denen man stand. Welch ein düstere Ahnungen weckender Anblick! Nur über unermeßliche Wälder und wüste Sandsteppen schweifte das Auge hin. Wie? Zog man deshalb aus, um mit so vielen tausend Opfern, mit Strömen Blutes ein so ödes, unwirtliches Land, das nur einem unermeßlichen Gefängnis glich, erobern zu wollen? Eine trübe Niedergeschlagenheit bemächtigte sich der Seele des Kriegers. Da tönte ein schmetterndes Trompetensignal. Die Sonne stieg blutig, aber glänzend über dem schwarzen Fichtenwald empor, und ein frisches Wehen der Morgenlüfte erfüllte die Brust wieder mit Freude und Kraft. Aller Augen wandten sich zurück zu der Gegend, woher das kriegerische Zeichen des Aufbruchs erklang. Es war am Zelt des Kaisers, das man in der Nacht auf der höchsten Uferhöhe aufgeschlagen hatte. Die Sonne beleuchtete es strahlend. Prächtig schimmerten die weißen, blauen und roten Felder der dreifarbigen Fahnen, die es schmückten. Ein glänzendes Gefolge aus Marschällen und Generalen hielt vor dem Zelt. Der Kaiser trat heraus, grüßte militärisch und schwang sich auf seinen arabischen Schimmel. Jetzt brachen wie auf einen Wink die Kolonnen aus dem Saum des Waldes hervor. In wenigen Minuten bedeckten sich alle Hügel mit den schwarzen strömenden Massen, aus deren hellen Waffen die glühende Morgensonne zurückblitzte. Das ganze Gefilde wogte und leuchtete. Das Herz wuchs bei dem Anblick dieser ungeheuren Kräfte. In drei breiten Strömen ergoß sich die schwarze Flut schlängelnd durch die Strandebenen auf die drei Brücken zu, welche die Ufer des Stromes verbanden, dessen Spiegel bald die Scharen verdoppelte. Jetzt brach auch der Kaiser auf und ritt mit seinem Gefolge an den Kolonnen hinunter, der mittleren Brücke zu und hinüber. Nicht zagend, nicht zögernd, betrat er das feindliche Ufer. Ungestüm, feurig sprengte er hinüber. Jenseits hielt er an und ließ die Scharen an sich vorüberziehen. Der Blick seines dunklen Auges entzündete ein unlöschbares Feuer des Mutes in der Brust der Krieger. Sie begrüßten ihn mit lautem Jubel, daß das ganze Gefilde erdröhnte und die stummen Waldwüsten das brausende Getöse staunend zu vernehmen schienen.

Erst gegen die zehnte Vormittagsstunde rückte Rasinski mit seinem Regiment über die Brücke. Der Kaiser sah ihn wohlwollend an und grüßte freundlich, als die Polen in ihrer Sprache den Jubelruf: »Es lebe der Kaiser!« erhoben. Dann wandte er plötzlich sein Roß und jagte pfeilschnell die sandige Landstraße hinunter, tief in den Wald hinein, so daß er den Blicken seiner Krieger völlig entschwand. Ein Gefühl seltsamer Unruhe bemächtigte sich sogleich ihrer Brust, als sie den, der sie in diese Öden des Nordens geführt hatte, plötzlich allein in denselben verschwinden sahen, als würde er von der Wüste verschlungen. Doch bald kehrt er mit verhängtem Zügel zurück. Er sah unruhig, mißmutig aus. Es schien ihn zu verdrießen, daß er den Feind, den sein kampfbegieriges siegge-wisses Herz herbeigewünscht hatte, nicht antraf.

Langsam zogen die Heermassen den Strom aufwärts. Jetzt hörte man in der Ferne Kanonendonner. Man lauschte. Es dröhnte abermals dumpf, wie fernes Krachen des Geschützes.

In allen Zügen las man die unruhige, erwartungsvolle Spannung. Die Reiter schlossen sich dichter, ordneten sich strenger. Adjutanten sprengten hin und her, Generale jagten die Uferhöhe hinauf. Man durfte vermuten, daß eines der Seitenkorps unter dem König von Westfalen oder dem Vizekönig von Italien den Kampf angenommen habe. Da tönte das dumpfe Rollen stärker, aber es war nicht das einer fernen Schlacht, sondern der Donner eines schwer heraufziehenden Gewitters.

Schon wuchs das schwarze, mit schwefeligen Wetterstreifen durchzogene Gewölk über die niederen Waldhügel herauf. Der Strom schoß in finsteren Wellen dahin. Die Sonne verschwand. Von allen Seiten zog sich die düstere Hülle über das reine Blau des Himmels. Ringsumher rollte der Donner. Eine erstickende Schwüle beklemmte den Atem. Schweigend, langsam rückte das Heer vorwärts. Man vernahm nichts als das geheimnisvolle, hoch über den Häuptern und rings in den Tiefen der Wälder murmelnde Getöse des Donners. Jetzt erhob sich auch der Sturm, zog sausend heran und jagte die Wellen mit schäumenden Häuptern zwischen den Ufern dahin. Plötzlich zuckte ein furchtbarer Blitz durch den Himmel, daß der ganze Horizont in Feuer stand und der Niemen die flammende Helle rötlich zurückspiegelte. Mit bleichem Antlitz sahen die

Krieger einander an. Da krachte der Donner betäubend über ihren Häuptern. Der Himmel zerriß, und in zischenden Strömen prasselte der Regen herab.

Das war der Empfang auf Rußlands Boden!

ZWEITER TEIL

Fünftes Buch

Erstes Kapitel

Seit Ludwigs Abwesenheit schwanden seiner Mutter und Schwester die Tage still und traurig dahin. Marie trug ihren Schmerz mit sanftem Dulden. Sie klagte nicht, sie weinte nicht, nur in verdoppelter liebender Sorge für die Mutter suchte sie Trost. Über ihr ganzes Wesen war eine wehmütige Freundlichkeit gebreitet, die ihr einen neuen zarten Reiz verlieh. Sie wurde, und dies ist die Natur edler Seelen, durch ihren Kummer besser, und je mehr sie selbst litt, desto reger wurde ihre Aufmerksamkeit und ihr Mitgefühl für die Leiden anderer. So widmete sie der Mutter, deren Brustübel sich seit der inneren Erschütterung, die Ludwigs Schicksal ihr bereitet hatte, leider bedenklich verschlimmerte, alle Gedanken ihrer Seele. Vom frühesten Morgen an, wenn sie, vor dem Tag erwacht, einsam auf ihrem Lager saß, sann sie darauf, wie sie durch kleine Freuden und Annehmlichkeiten der Kränkelnden über die lange, stumme Trauer dieser trüben Tage hinweghelfen, sie unvermerkt über ihren Schmerz täuschen wollte. Heimlich aber quälte sie sich mit der Besorgnis, daß die Tage der Mutter ihrem Ziel nahe seien. Und nicht ohne Grund, denn sie kannte jenes stille Untergraben der Gesundheit, das der verschlossene, entweder aus Grundsatz oder infolge einer besonderen Eigentümlichkeit des Gemüts sich wenig äußernde, innerlich aber desto mächtiger verzehrende Schmerz ausübt. Und die Mutter duldete so. Ein Fremder hätte bei dem steten Gleichmut, den sie zeigte, bei ihrer freundlichen, wiewohl nicht lebhaften Teilnahme an allem, was um sie her vorging, schwerlich geahnt, daß die Brust dieser still wohlwollenden Frau von einer so schweren Sorge, einem so tiefen Kummer erfüllt war. Marie kannte sie und fürchtete daher um so mehr, je weniger sie zu fürchten schien.

So seltsam es scheinen mag, so war doch diese Zeit der Prüfungen eine ungemein wohltätige für Marie, denn die strengen Forderungen der Pflicht, die sie als besorgte Pflegerin der Mutter zu erfüllen hatte, zogen sie von der steten Beschäftigung mit ihrem eigenen Schmerz ab, der auf diese Weise unbemerkt von seiner herben Schärfe verlor und mild auszuheilen begann, so daß sie nicht mehr die heißen Schmerzen der Wunde selbst, sondern nur die sanfte Ermattung empfand, die nachzufolgen pflegt, wenn die heftigste Verblutung vorüber ist. Sie war auch zu einer äußerlichen Tätigkeit gezwungen, und diese zog sie am meisten von dem Versinken in sich selbst ab. Manches trug auch das dazu bei, daß abwechselnd Julie oder Emma vom Land hereinkamen und ihr treulich Gesellschaft und Beistand leisteten.

So verstrich die Hälfte des Sommers fast zum Erstaunen schnell, und die Tage fingen schon merklich an, wieder abzunehmen, als die Mutter sich gestärkt genug glaubte, um ins Bad nach Teplitz gehen zu können, das sie in jedem Jahr zu gebrauchen pflegte. Der Juli war noch nicht ganz verflossen, als sie diese Reise in Begleitung Maries antrat. An einem heiteren Morgen, wo der Himmel im reinsten Blau über der Erde stand und das Silbernetz des Taues reich blitzend über die ganze Flur geworfen war, verließen sie die Stadt. In einem einsamen, an der Straße unweit Peterswalde stehenden Gasthaus brachten sie die Mittagsstunden zu. Währenddessen kühlte ein am Himmel heraufsteigendes Gewitter, das sich in einem furchtbaren Regenstrom entlud, die glühende Atmosphäre wohltätig ab. Sie fuhren weiter, als der Regen noch leise herabtröpfelte, obwohl das Gewölk sich schon verzog und heitere blaue Streifen durch die duftigen Nebelschleier blickten. Die tiefer stehende Sonne warf freundliche Strahlen seitwärts herein, daß Laub und Auen im funkelnden Diamantenschmuck der Tropfen glänzten. So erreichten sie den Nollendorfer Berg, den sie langsam hinanfuhren. Mit der Nachmittagssonne langten sie auf dem Gipfel bei der kleinen Kirche an, und nunmehr lag das ganze Königreich Böhmen zu ihren Füßen ausgebreitet da. So oft Marie auch diesen großartigen Anblick gehabt hatte, so war sie doch immer neu von demselben überrascht und entzückt.

Sie stieg mit der Mutter aus dem Wagen und ging mit ihr von der Straße ab bis an die Kapelle, wo sie sich im Schatten derselben – denn die Sonne stand schon westlich hinter dem Gebirge – auf eine Bank niedersetzten. Das Erzgebirge dehnte seine grüne schattige Waldmauer majestätisch nach Südost hin aus. In den tiefen Schluchten glänzten die reinlichen Häuser vieler Ortschaften, Schlösser, Abteien. Die langen Waldungen streckten sich oft weit in das Land hinein, bevor sie sich in Kornfelder oder Wiesen verliefen. Die Chaussee zog ihren weißen glänzenden Streifen in schlängelnder Windung den Abhang des Berges hinunter, teilte den Fichtenwald und reihte dann nach und nach die reichen Dörfer der Hügelebene an ihrem Band auf. Marie ließ mit Wohlgefallen ihre Blicke über die bekannte Landschaft schweifen. Mit träumerischer Ahnung heftete sie das Auge an die hohen blauen Bergkolosse der beiden Milleschauer, die, ein majestätisches Zwillingspaar, im Herzen Böhmens aufstiegen und den Hauptteil der östlichen Begrenzung des Horizonts einnahmen. Über sie hinaus, dorthin, wohin der Westwind die verziehenden Gewitterwolken trieb, dorthin lag das ungeheuere Land, wo jetzt die Teuersten weilten, die sie auf Erden besaß. Denn in tiefer, verschleierter Stille schlug ihr Herz auch für den Mann, dessen männlich würdiges Wesen, dessen edler Sinn ihre Liebe zugleich mit der wärmsten Achtung gewonnen hatte und dem sie gern gefolgt wäre, wenn sie sich nicht durch heiligere Bande an das Vaterland gefesselt fühlte.

Der Wagen mußte des steilen Abhanges wegen entladen werden, daher konnten die Frauen einen näheren Fußpfad einschlagen, der sich bald wieder mit der Straße vereinigte. Dort stiegen sie ein und erreichten nunmehr nach wenigen Stunden ihren wohlbekannten Aufenthaltsort. Sie wurden daselbst von ihren alten Wirten, dem Tischlermeister Holder und seiner Frau, bei denen sie schon angemeldet waren, aufs freundlichste begrüßt, und Marie hatte die Freude, von allen Kindern des Hauses, selbst von dem kleinen vierjährigen Mädchen, wiedererkannt zu werden. In wenigen Minuten waren sie in ihren beiden stillen Gartenstübchen eingerichtet und fühlten sich so traulich und wohl daselbst wie in ihrem eigenen Haus. Die Tür ihres Wohnzimmers leitete unmittelbar in den ziemlich großen Garten – denn das Haus lag in der Vorstadt – hinaus. Zwar war derselbe größtenteils zu Obst- und Küchengewächsen benutzt, doch fanden sich auch einige Blumenstöcke und schattige Lauben darin, die einen ganz angenehmen Aufenthalt gewährten, zumal da man in der Ferne den Schloßberg mit seiner herrlichen Ruine über die Gebüsche hineinragen sah.

Marie hatte einen ganz eigentümlichen weiblichen Sinn des Einnistens und Einbauens in trauliche Verhältnisse. Es war ihr zur anderen Natur geworden, alles um sich her freundlich und heimisch zu gestalten. Ein nicht geordnetes Zimmer erregten ihr oft, ohne daß sie sich dessen selbst bewußt war, ein peinliches Unbehagen. Dagegen fand sie sich glücklich im Einrichten und Ausschmücken eines Ortes, den sie zum Aufenthalt gewählt hatte. Nicht daß sie die Pracht oder auch nur die modische Eleganz geliebt hätte, aber alles um sie her mußte einen freundlichen Anstrich haben. Die Art, wie sie einen Blumentopf setzte, ihre weiblichen Handarbeiten im Zimmer um sich her ordnete, die Bücher, die sie zunächst las, ihre Noten, kleinen Zeichnungen rings um sich her verbreitete, alles dies gewährte eine Behaglichkeit, von der sich jeder Eintretende, sobald er nur einen Blick in das Zimmer geworfen hatte, überrascht fand. So war es denn auch jetzt ihr erstes Geschäft, die Koffer auszupacken und die Räume des Zimmers teils zu füllen, teils zu zieren. Ihr weiblicher Ordnungssinn war aber nicht auf äußeren Schein allein gerichtet, sondern erstreckte sich auch überall dahin, wohin das Auge des fremden Beobachters nicht drang. In ihrem Nähtisch, ihrem Kleiderschrank war dieselbe zierliche und bequem-nützliche Einrichtung anzutreffen wie in ihrem Zimmer. Ja, in ihrer Kleidung, in ihrem Haar erkannte der Beobachter das Walten desselben Gesetzes, die Wirksamkeit derselben Eigenschaften der Seele. Sollte man sich verwundern, wenn diese trauliche Ordnung und harmonische Verbindung der Räume und Dinge auch gewissermaßen in ihrem Charakter selbst zu erkennen war? Sie hätte einen düsteren Kerker wohnlich zu machen gewußt durch weibliches Ordnen und Walten – wie hätte sie nicht durch fromme entsagende Betrachtung, durch ein stets aufmerksames Zusammenhalten ihrer Kräfte und Pflichten, durch ein williges Anerkennen alles dessen, was ihr Gütiges begegnete, auch der trüben Verwirrung tief schmerzlicher Geschicke eine sanftere Gestaltung geben, durch einen gefaßten Willen die Heftigkeit aufgeregter Leidenschaften auf eine schöne, wohltuende Weise zügeln sollen?

Dieser eigentümlichen Kraft ihres Gemüts verdankte sie eine sanfte Heiterkeit, die sie sogar in so traurigen Zeiten, wie sie jetzt durchlebte, nicht verließ und sich auch auf ihre Umgebungen verbreitete. Und die segnende Wirkung dieser – es ist schwer zu entscheiden, ob durch Übung des Willens oder durch eine glückliche Naturanlage erlangten – Kraft strömte auch auf sie selbst zurück. Denn wie sie durch dieselbe ihre Nächsten, Liebsten und vor allen ihre Mutter erheiterte, so wurde sie selbst in der Tat glücklicher, froher, hoffnungsreicher und sah, wenngleich durch einige trübe Schleier, doch mit freiem Blick in die Zukunft hinaus.

Am ersten Abend verließen beide Frauen das Haus nicht mehr. Marie hatte den Teetisch in die Gartenlaube tragen lassen, wo man, von wilden Weinranken und blühendem Jelängerjelieber umschattet, behaglich im Kühlen saß und den Schloßberg mit seinen Ruinen, von der Abendsonne glänzend vergoldet, vor sich sah. Hierhin lud sie die Töchter des Wirts ein, Anna und Therese, die erste ein zwölfjähriges, kluges, aufgewecktes Kind, das Marie schon so manche Belehrung verdankte und sie wohl genutzt hatte, die andere ein blondes, vierjähriges Lockenköpfchen, dessen drollige Munterkeit und liebkosendes zutunliches Wesen es Marie so lieb wie ein Schwesterchen machten, wenn sie auch nicht die Patin der Kleinen gewesen wäre. Anna fand sich geehrt dadurch, daß sie mit ihrem Strickzeug, einer kleinen Dame gleich, an dem Teetisch der fremden Herrschaften sitzen konnte. Therese ergötzte durch ihr munteres Plaudern und ihre naiven Fragen. Marie sorgte für beide mit der Freundlichkeit einer älteren Schwester und munterte sie durch Eingehen auf ihre kindlichen Vorstellungen zur freiesten Äußerung ihres Wesens auf, bis endlich Therese, ungeduldig, solange zu sitzen, mit einem Stückchen Zucker in der Hand munter davonhüpfte und Marie aufforderte, sie zu haschen. Einem kleinen Amor gleich schlüpfte das Kind durch die Gebüsche, um der mit scherzhafter Drohung nacheilenden Marie zu entfliehen. Diese trieb absichtlich das mutwillige Spiel eine Zeitlang fort, weil es gar zu reizend war, wenn die Kleine ihr Lockenköpfchen hinter den Zweigen eines grünen Busches hervorstreckte und mit ihrem Silberstimmchen fragte: »Siehst du mich, Tante?«

Indessen war die Abendröte fast verduftet, und bläuliches Mondlicht mischte sich mit der rosigen Dämmerung, die sich über den Garten ergoß. Die Sichel des Neumondes schwebte auf dem blauen ruhigen Ozean des Himmels und warf silberne Blicke zwischen die flüsternden Gebüsche hindurch. Die Kinder mußten nun hinauf, um schlafen zu gehen, und Therese war auch, nachdem dem aufregenden Spiel der Neckereien die Abspannung gefolgt war, herzlich müde. Sie folgte daher willig der Dienstmagd und ließ sich hinauftragen. Die zunehmende Abendkälte nötigte auch die Mutter, das Gemach zu suchen. Marie ging noch eine Zeitlang im Garten auf und nieder, dann folgte auch sie nach und genoß bald eine sanfte, erquickende Ruhe, die selbst das trauernde Herz nicht flieht, wenn es zugleich ein reines ist.

Mit dem nächsten Tag begannen die Einrichtungen, die man für den Gebrauch des Bades zu treffen hatte. Ein sehr frühes Aufstehen wurde notwendig, die übrigen Beschäftigungen mußten danach geregelt werden. Dahin gehörten auch die Spaziergänge, die der Arzt verordnete. Marie begleitete ihre Mutter überall. Während sich dieselbe im Bad befand, pflegte sie mit einigen bekannten Damen aus Dresden, die sich gleichfalls als Badegäste eingefunden hatten, einen Spaziergang, zumeist im Schloßgarten, zu machen. Auf diesem wurde Marie, so zurückgezogen sie sonst lebte, doch allmählich mit den verschiedenen, zum Teil seltsamen Figuren, die sich in dem Badeort versammelt hatten, bekannt. Nach und nach wußte man, mit wem man die Badezeit zubrachte. Abreisende wurden vermißt, Neuankommende sogleich bemerkt. Die größere Freiheit des Umgangs, die in einem Bad herrscht, brachte es mit sich, daß man auch mit fremden Männern leicht in ein Gespräch geriet. Diese schlossen sich auch sehr gern an die Gruppe an, in der sich Marie befand, denn ihr feiner Wuchs erregte schon von Ferne Aufmerksamkeit. Ihre zierliche, wiewohl sehr bescheidene Tracht reizte, näher zu kommen. Der sanfte weibliche Ausdruck ihrer Züge, der treue Blick des blauen Auges und vor allem ihr einnehmendes, von spröder Zurückgezogenheit wie von anmaßendem Hervortreten gleich entferntes Wesen fesselten so mächtig, daß sich ältere wie jüngere Männer bestrebten, in ein Gespräch mit ihr zu kommen. Auch Frauen fühlten sich durch Maries Wesen ungemein angezogen, und einstimmig bedauerte man es, daß diese liebenswürdige Erscheinung nur in der einen Morgenstunde sichtbar war und für den ganzen übrigen Teil des Tages verschwand. Zum Teil war dies eine Täuschung, denn obwohl Marie nur die schönsten Abende zu Spaziergängen benutzen konnte, weil die Mutter jede Feuchtigkeit und

Kühle scheuen mußte, so war sie doch nicht selten mit dieser und auch wohl im Kreis einiger näheren Bekannten in den schönen Umgebungen von Teplitz anzutreffen. Freilich aber wählte sie nicht jene von der großen Welt besonders vorgezogenen Orte, wo sich eine glänzende Menge zu versammeln pflegte, sondern sie suchte schöne, aber einsame Punkte am liebsten auf, wo sich kein anderer Genuß darbot als der jener reinen, erquickenden Gaben, welche die Natur uns aus nächster Hand wohlwollend reicht. Indessen hatte Maries Erscheinen auf den Morgenspaziergängen sie doch der jüngeren Badewelt nachgerade so bekannt gemacht, daß man ihre Gegenwart bei einem ländlichen Fest, das man veranstalten wollte, für unerläßlich hielt, wenn dieses nicht seines schönsten Schmuckes entbehren sollte. Als sie daher eines Morgens in der Nähe des Brunnens wie gewöhnlich in Begleitung ihrer Freundinnen erschien, näherte sich ihr eine Deputation junger Männer, an deren Spitze ein österreichischer Rittmeister, Arnheim, stand, der das Bad besuchte, um dadurch einen infolge einer schweren Verwundung, die er in der Schlacht bei Wagram erhalten hatte, gelähmten Arm zu heilen. Er redete sie mit bescheidenem Wesen folgendermaßen an: »Ich habe Ihnen im Namen der Brunnengesellschaft eine große Bitte vorzutragen, mein Fräulein, allein ich fürchte fast, Sie schlagen sie mir ab.«

»Gewiß nicht«, erwiderte Marie freundlich, »wenn die Erfüllung irgend in meiner Macht steht. Doch wüßte ich nicht«, setzte sie unbefangen lächelnd hinzu, »was ich zu tun vermöchte, woran der Gesellschaft etwas gelegen sein könnte.«

»Sie sind bis jetzt nur ein Morgenstern für uns gewesen, der mit dem wachsenden Tag verschwand«, antwortete der Rittmeister, der dem Gleichnis übrigens nur einen scherzlosen Ton gab. »Wir wollen Sie bitten, uns doch auch einmal als Abendstern zu glänzen. Auf morgen haben wir ein gemeinsames Fest veranstaltet. Es täte uns sehr leid, wenn es des schönen Schmuckes, den Ihre Gegenwart ihm leihen müßte, entbehren sollte. Dürfen wir darauf hoffen?« – Zugleich waren die übrigen jungen Leute näher getreten und vereinigten ihre Bitten mit denen des Rittmeisters. – »Sehr gern werde ich die Einladung annehmen«, sprach Marie freundlich, »wenn meine Mutter es erlaubt.« – »Nehmen Sie unseren aufrichtigsten Dank zuvor«, entgegnete der Rittmeister lebhaft, und die übrigen jungen Männer äußerten sich ebenfalls dankend und freudig.

»Doch wo werden Sie Ihr Fest geben?« fragte Marie nach einigen Augenblicken. – »Wir sind übereingekommen«, entgegnete Arnheim, »einen kleinen Ausflug in das Gebirge zu unternehmen und uns dabei durch Scherz und Spiel und, wenn es sein kann, auch durch Tanz im Freien so gut zu unterhalten, als es uns gelingen will. Wir denken, nach Aussig hinüberzufahren und dort die Elbe hinauf zu dem Schreckenstein zu schiffen. Das übrige wollen wir der Gunst des Wetters einstweilen anheimstellen.«

»Die Wahl der Unterhaltung kann meinen Neigungen nicht entsprechender sein«, entgegnete Marie. Die jungen Männer drückten nochmals ihren Dank und ihre Freude aus und entfernten sich dann, um sich unter die übrigen Spaziergänger zu mischen. Die Familie aus Dresden, der sich Marie angeschlossen hatte, war gleichfalls zu dem Fest geladen, und die Töchter boten es sogleich Marie an, mit ihr gemeinsam hinauszufahren, falls die Mutter die Teilnahme ablehnen sollte. »Dies ist leider nur zu gewiß«, sprach Marie, »denn der Ungewißheit des Wetters darf sie sich durchaus nicht aussetzen, ja selbst die Kühle des Stroms und des Abends wären, trotz der Wärme der Jahreszeit, zu gefährlich für sie. Wie gerne nehme ich es daher an, unter Ihrem Schutz dem Fest beizuwohnen, nicht, daß ich selbst in einer Stimmung wäre, die mir große Freude verspräche, aber weil es mir weh tun würde, eine so wohlwollende Einladung auszuschlagen.«

Indem sie noch sprach, kam ihre Mutter den Laubengang herauf aus dem Bad zurück. Marie trug ihr sogleich die Sache vor und erhielt die bereitwilligste Zustimmung.

Zweites Kapitel

Der heiterste Morgen war angebrochen. Es schlug eben sechs Uhr, als Marie in einem leichten, weißen Sommerkleid, das durch nichts als durch einige lila Bandschleifen verziert war, munteren Schrittes, nachdem sie die Mutter zum Abschied herzlich geküßt hatte, durch den Garten ging, um durch das Hinterpförtchen desselben den nächsten Weg zu jener befreundeten Familie einzuschlagen, die ihr zur Beschützerin dienen sollte. Es stand bereits ein Halbwagen vor der Tür des Hauses, und die beiden jungen Mädchen flogen Marie schon auf der Treppe freudig entgegen. »Wir werden das schönste Wetter haben«, sprach diese, nachdem die ersten Begrüßungen vorüber waren. »Ich freue mich sehr auf die romantische Landschaft, die ich seit langer Zeit nicht besucht habe. »Während dieses Gesprächs traten schon die Eltern heraus, hießen Marie willkommen, und insgesamt ging man nun die Treppe hinab, um einzusteigen. Bald hatte der Wagen die Stadt verlassen und rollte zwischen tauigen Büschen und Hecken, Wiesen und Kornfeldern dem Ziel entgegen. Es mußte wundernehmen, daß man noch keinen Wagen auf der Landstraße sah, da noch eine große Anzahl von Personen an dem Fest teilnahm. Auf einer kleinen Anhöhe, etwa eine Viertelstunde von der Stadt, wurde man auf das angenehmste überrascht. Schon von weitem entdeckte man, daß der Weg durch eine Blumengirlande gesperrt sei. Höher hinaufgekommen, gestaltete sich eine sehr anmutige Ehrenpforte. Denn in freien, leichtgeschwungenen Bogen knüpfte sich die Blumenkette zwischen den Gipfeln zweier jungen Buchen, die am Weg standen, und das Gebüsch, von dem diese umgeben waren, hatte man reich mit Kränzen geschmückt, die sich von Zweig zu Zweig zogen und so ein zwar wenig geregeltes, doch eben in seiner Willkür und phantastischen Freiheit höchst überraschendes Gemälde bildeten. Mit Vergnügen verweilten die Blicke der Mädchen auf diesem angenehmen Schauspiel, das ein günstiges Vorzeichen für die Freude des Tages zu sein schien. Plötzlich, als der Wagen sich eben unter der Ehrenpforte befand, sprengte von jeder Seite aus dem Gebüsch ein Reiter hervor, dessen Hut mit grünen Zweigen und Blumen romantisch geschmückt war. Diesem folgten mehrere, die sich von beiden Seiten des Weges aufstellten und den Frauen einen fröhlichen Morgengruß brachten. Die Führer ritten hierauf an den Schlag und überreichten jeder Dame einen duftenden Strauß. Es war der Rittmeister, der Marie auf diese Weise willkommen hieß. Er und noch ein anderer Reiter begleiteten hierauf den Wagen, indem sie am Schlag desselben ritten. Sie baten zugleich, man möge langsam, im Schritt fahren, weil auf diese Weise sich nach und nach die übrigen Wagen aus der Stadt anschließen und so einen langen und fröhlichen Zug bilden sollten. »Wir sind also die ersten?« fragte Marie, als der Wagen weiterfuhr und der Rittmeister daneben hinritt. »Allerdings«, erwiderte dieser. »Wir hatten alle Damen gebeten, pünktlich um sechs Uhr auszufahren, und es war so unter uns verabredet worden, daß wir, die wir beritten sind, alsdann hier auf der Höhe die Ankommenden begrüßen und uns zu zweien jedem Wagen anschließen sollten, wobei wir, da wir uns geordnet aufstellten, es alsdann ganz der Hand des Zufalls überlassen wollen, wessen Ritter wir auf diese Art würden. So sollte jeder Streit, jeder scheinbare Vorzug vermieden werden. Der Zufall ordnet die Wagen und paart die Begleiter derselben, denn wir hatten uns gegenseitig unser Wort darauf gegeben, keiner Dame die kleine Überraschung hier oben zu verraten, allen aber dieselbe Stunde der Abfahrt zu bestimmen. So sind wir auch der lästigen Maßregel enthoben worden, auf den Rang mancher Personen Rücksicht zu nehmen, und wir hoffen, daß, wenn einmal bei unserem Fest diese steifen Gesetze des Herkommens aufgehoben sind, sie uns auch den ganzen Tag über nicht weiter in dem Genuß der Freude stören werden. Aber indem wir sprechen, gestaltet sich ja unsere Karawane schon recht ansehnlich! Betrachten Sie nur, wie sich uns schon Wagen auf Wagen nähert, um sich unserem Zug anzuschließen.« In der Tat erblickte man auf der Höhe, die man soeben hinuntergefahren war, drei Wagen, die, von ihren Reitern begleitet, in verschiedenen Zwischenräumen die Straße daherkamen. Bald hatten sie den ersten erreicht und fuhren nun gleich diesem im Schritt. Da man fortwährend die Straße bis zu dem Punkt im Auge behalten konnte, wo die Blumenpforte errichtet war, so gewährte es den heitersten Anblick, das Ankommen der Wagen zu beobachten, die durch die farbigen Schals, Kleider und hellen Hüte der Damen, wie durch die Blumensträße, mit denen die Reiter geschmückt waren, lebhaft gegen die Auen und Felder abstachen und einen schimmernden Glanz der Farben in das ruhige Bild der Landschaft brachten. Die zerstreuten Punkte, an denen das Auge haftete, rückten näher und näher zusammen, und bald gestalteten sie sich zu einer reichen buntfarbigen Kette, die sich beweglich durch die Fluren dahinzog. Sie wand sich mit den schlängelnden Krümmungen der Straße, stieg mit ihr jede sanfte Höhe hinan und senkte sich im malerischen Abfall wieder ins Tal hinunter. Es war reizend, sie in den Gebüschen halb verschwinden, halb durch das Grün der Zweige schimmern zu sehen oder sie an die steilere Wand einer felsigen Höhe gelehnt zu betrachten. Der ganze Zug unter dem heiteren Himmel, beglänzt von der Morgensonne, bot einen so fröhlichen Anblick, daß schon dadurch alle Anwesenden zur Freude gestimmt wurden und sich das Fest auf das glücklichste einleitete.

Da jetzt niemand mehr in der Reihe fehlte, so machte man von Zeit zu Zeit auch raschere Bewegungen und erreichte so bald eine Anhöhe, ungefähr in der Mitte zwischen Teplitz und Aussig, wo man ein Frühstück im Freien, für das die Unternehmer Sorge getragen hatten, einnehmen wollte. Der Hügel gewährte einen angenehmen Überblick der Landschaft: Am Fuß desselben dehnte sich ein reich mit Büschen geschmücktes Dörfchen aus, durch das ein Gebirgsbach seinen munteren Lauf nahm. Darüber hinaus erblickte man wogende Saatfelder, die sich über die Hügel breiteten und nur hier und da von Wiesenstreifen durchzogen wurden. Um diesen freundlichen Vordergrund zog das höhere Gebirge seine blaue, in duftige Morgennebel verschleierte Ringmauer. Hinter dem Platz, den man zum Ruhepunkt gewählt hatte, stieg die Bergwand etwas steiler und dicht bewaldet auf. Sie zog sich links abwärts bis zum Städtchen Aussig hin, wo sie sich gegen Marienberg verlief. Dort entdeckte man auch an einer Reihe dunkler Waldhöhen das Elbtal, obwohl man den Strom selbst nicht wahrnahm.

Eine alte Linde bot den schattigsten Platz zum Frühstücken. Einige gefällte Baumstämme, die am Boden lagen, wurden schnell zu ländlichen Ruhesitzen umgestaltet. Überdies breitete man die Wagenkissen auf dem Rasen aus und erhielt so für die Frauen türkische Polstersitze, auf denen es sich trefflich ruhen ließ. Bald war der ganze fröhliche Kreis gelagert und beschaute einander mit selbstvergnügter Zufriedenheit. Jedermann lobte die Veranstalter des Festes. Diese gingen eifrig bemüht umher, fragten nach eines jeden Wünschen und Bedürfnissen und suchten von den Damen Rat einzuholen, wie dies und jenes noch zweckmäßiger einzurichten sei. Indessen kreisten schon die Erfrischungen. In den Händen der Männer sah man gefüllte Gläser. Der Geist des Weines verbreitete seinen belebenden Einfluß. Fröhlichkeit, Scherz und Mutwille regten sich überall. Das vertrauliche Band der Geselligkeit verknüpfte schon jetzt alle Anwesenden so, als ob sie längst miteinander umgegangen wären, obwohl die meisten sich doch fast fremd waren. Marie selber wurde heiter in dieser heiteren Umgebung. Doch war selbst in den glücklichsten Zeiten ihre Freude immer stillerer Art. Sie genoß mit einem reizenden Lächeln auf den Lippen, was sich ihr Schönes darbot, gewissermaßen nur in einem inneren wohlgefälligen Betrachten der Bilder, die von außen her in ihre Seele fielen. So ließ sie auch jetzt die Blicke ruhig über den Kreis der Versammelten schweifen und betrachtete die verschiedenen Gestalten, deren es ernste und komische, reizende und zurückstoßende im bunten Gemisch durcheinander gab. Vor allen fielen ihr aber zwei Frauen auf, die ihr gegenüber ziemlich entfernt, gegen den Stamm eines Baumes gelehnt, auf Polstern saßen und von einem älteren und einem jüngeren Mann lebhaft unterhalten wurden. Sie fragte den Rittmeister, der sich neben ihren Sitz auf den Rasen gelagert hatte, wer die beiden Damen seien. »In der Tat«, erwiderte dieser, »ich weiß es selbst nicht genau anzugeben, nur so viel ist mir bekannt, daß es erst gestern eingetroffene Fremde sind, die noch nicht auf der Badeliste stehen. Erst diesen Morgen sind sie zu dem Fest eingeladen worden, als die vielen an dem Hotel vorüberfahrenden Wagen sie aufmerksam auf das machten, was man vorhabe. Zufällig wohnte einer der Mitveranstalter, der zurückgeblieben war, um einiges zu besorgen, was erst zu Mittag in Aussig eintreffen soll, auf demselben Korridor mit ihnen. Er begegnete ihnen, als sie eben zu dem Brunnen wollten. Sie fragten ihn, was man vorhabe, und so konnte er natürlich nicht umhin, sie zu bitten, eine Einladung zu unserem Fest anzunehmen. Da der Wagen, mit dem sie zu dem Bad fahren wollten, vor der Tür stand, so durften sie nur die Richtung ändern, um sich gleich unserem Kreis anzuschließen. Und ich denke, wir werden nichts dabei verloren haben, denn die Mutter zeigt noch jetzt Spuren hoher Schönheit, und die Tochter ist in der Tat ein reizendes Wesen. Ich habe noch nicht Gelegenheit gehabt, mich ihnen vorstellen zu lassen, allein ihr ganzes Benehmen zeugt von einer gewandten Bildung. Ich will aber doch sogleich einmal hinüber und den Baron Erlhofen selbst nach dem Namen derselben fragen, damit Sie volle Auskunft haben.«

Noch ehe es Marie verhindern konnte, war der Rittmeister aufgesprungen, um die Erkundigungen einzuziehen. Währenddessen hatte sie Muße, die beiden edlen Gestalten aufmerksamer zu betrachten. Sie mußte sich gestehen, selten schönere Frauen gesehen zu haben, zumal hatte die ältere eine solche Hoheit in ihrem Wesen, daß sie, obwohl die jüngere mit allen Reizen zarter Anmut geschmückt war, dieselbe doch gewissermaßen verdunkelte. Das schwarze Haar, das die weiße Stirn bedeckte, lieh in Verbindung mit dem großen dunklen Auge dem Angesicht eine edle Melancholie, der die älteren Züge, insbesondere die mindere Frische der Wangen, noch einen erhöhten Grad gaben. Zwar saß die Fremde, und ein weiter dunkelroter Schal verhüllte den Bau ihres Körpers, allein man war gewiß, wenn sie aufstand, mußte sie den Anstand einer Königin haben. Die Tochter war gewissermaßen der sanfte blaß aufsteigende Mond jener prächtig untergehenden Sonne gegenüber. Man konnte nicht eben von einer Ähnlichkeit zwischen beiden sprechen, doch war wenigstens eine nationale Verwandtschaft so hervorstechend bemerkbar, daß auch der oberflächlichste Blick hinreichte, einen nahen Zusammenhang zwischen ihnen zu erkennen.

Während Marie sich diesen Eindrücken überließ, kehrte der Rittmeister zurück und sprach: »Ich kann Ihnen jetzt genaue Kunde geben: Die Damen sind Polinnen, die ältere eine Gräfin Johanna Micielska, die jüngere ihre Pflegetochter namens Lodoiska.«

Marie schreckte freudig zusammen, denn durch die Briefe ihres Bruders kannte sie diese Namen und wußte, daß Johanna Rasinskis Schwester war. Allein sie befand sich in einer eigenen, ängstlichen Verlegenheit, da sie gar nicht wußte, ob Rasinski sie jemals erwähnt habe. Ihr Verhältnis zu Ludwig konnte er nicht mitgeteilt haben, da dieser einen anderen Namen führte, jedoch war es wohl möglich, daß er sie seiner Schwester genannte hatte, zumal da alle Briefe Maries an Rasinskis Adresse gingen und er auch Ludwigs oder Bernhards Antworten immer mit einem Kuvert von seiner Hand und mit seinem Siegel einschloß und sie so an Maries Mutter beförderte. Sie hatte die größte Sehnsucht, mit der schönen Frau zu sprechen, sich nach ihrem Bruder, nach Bernhard zu erkundigen. Eine leise, aber dringende Stimme ihres Herzens, der sie jedoch kein Gehör schenken wollte, trieb sie auch an, nach dem Mann zu fragen, der ihr so schnell teuer geworden war. Welch einen Kampf mußte sie bestehen, wenn sie gezwungen war, alle diese heiligen, mächtigen Triebe in die stummen Bande des Schweigens zu legen! Ihre Unbefangenheit über die Freude des Festes war dahin. Alle ihre Gedanken richteten sich nur auf den einen Punkt, sie vermochte fast die Blicke nicht wieder von der Gräfin abzuwenden. Der Rittmeister knüpfte ein Gespräch mit ihr an, doch sie mußte ihre ganze Kraft zusammennehmen, um nur die notwendigsten Antworten geben zu können. So lebhaft der gebildete Mann sprach, mit so geläufiger Anmut er auch die gesellige Bedeutung eines solchen Festes zu schildern wußte, Marie bemerkte oftmals mit leichtem Erschrecken, daß sie ihn zwar aufmerksam angesehen, aber kein Wort von dem, was er sagte, gehört hatte. Sie sah nicht, wie anmutig sich die Gruppen im Grünen lagerten, hörte nicht, wie fröhlicher Scherz überall laut wurde, ja sogar der Mutwille schon anfing, sich ein wenig übermütig zu zeigen. Es war ihr daher sehr lieb, als man nach einer halben Stunde wieder aufbrach und der Rittmeister ihr den Arm reichte, um sie wieder an den Wagen zu führen. Hier gab es einige Verwirrung, denn nicht alle hatten sich genau die Wagen gemerkt, in denen sie gekommen waren, und da es meistens Mietwagen aus Teplitz waren, so wußten die wenigsten sie wieder aufzufinden. So geschah es, daß man in einen freundschaftlich scherzhaften Streit geriet, den der Mutwille einiger jungen Männer noch mehr verwirrte. Auch Marie kam in eine ähnliche Verlegenheit, da fremde Damen schon in den Wagen eingestiegen waren, auf denen sie mit ihrer Gesellschaft Ansprüche zu haben glaubte. Die Verwirrung war groß, aber durchaus scherzhaft, zumal da die jungen Männer die Kutscher durch ein Trinkgeld anstifteten zu behaupten, sie könnten gar kein gültiges Zeugnis der Entscheidung ablegen, indem sie ja immer mit dem Rücken zu den Herrschaften gesessen hätten, folglich nicht wüßten, wer sich im Wagen befunden habe. Der Streit wurde bald ein großmütiger. Da jeder nunmehr mit gesellschaftlicher Höflichkeit unrecht haben und dem anderen weichen wollte, so kam man freilich noch weniger vorwärts. Da rief endlich der Baron Erlhofen, einer der Organisatoren des Festes, der als ein wohlbeleibter Vierziger schon einiges Ansehen hatte, mit lauter Stimme um Gehör. Man verlangte allgemeine Stille, um seine Rede zu vernehmen. Er sprang munter auf einen abgestumpften Baumstamm, schwenkte sein Tuch, um die Zuhörer herbeizuwinken, und als sich eine ansehnliche Korona um ihn versammelt hatte, begann er folgendermaßen: »Höchst ehrenwerte Versammlung! Ich bin weder Cicero noch Demosthenes, aber beide Redner hätten in meinem Fall fast ebensoviel Schwierigkeiten als ich, denn das Unüberwindliche ist für alle gleich. Die Weltgeschichte meldet uns viel von der Verwirrung beim Turmbau zu Babel, sie spricht von den Irrgängen des Labyrinths, von den unlösbaren Verschlingungen des Gordischen Knotens, von den gemischten Sämereien, die Aschenbrödel lesen und sortieren mußte, von den unauflöslich verwickelten Beinen der Schildbürger – alles aber verschwindet gegenüber dieser furchtbaren Verwirrung und Verblendung, mit der ein Gott oder ein Dämon uns in unberechenbares Unheil zu stürzen beabsichtigt. Die eisernen Männer, die aus den Drachenzähnen emporwuchsen, die Jason auf Medeas Geheiß mit den feuersprühenden Stieren untergepflügt hatte, erschlugen einander um den Stein, den der Räuber des Goldenen Vlieses unter sie warf, nicht mit solcher Erbitterung wie wir, edle Freunde, im Kampf um die Teplitzer Mietwagen fast schon gezeigt hätten. Trojaner und Griechen fochten nicht so entbrannt um die treulose Helena, ja selbst Hera, Pallas und Aphrodite stritten nicht so giftig um den Apfel der Eris wie unsere Schönen um die Plätze dort in der stolz aufgefahrenen Wagenburg. Alle Weisheit des Minos oder des Königs Salomo wäre nicht imstande, diesen Streit zu schlichten. Ob es daher unbescheiden von mir sei, falls ich mich ein wenig höher setze als diese beiden, wenn ich ein Auskunftsmittel gefunden hätte, das alles schlichtete? Ob ich in einem solchen Fall nicht eine Lorbeer-, Eichen- und Mauerkrone zugleich verdient hätte? Darüber mögen die Gerechten in dieser erlauchten Versammlung entscheiden. Mein Vorschlag aber ist der, da doch einmal eine Revolution in unserem nomadischen Wanderstaat unvermeidlich ist, sogleich ein wahrhaft lykurgisches Gesetz zu geben und Freiheit und Gleichheit ungemein vollkommener herzustellen als in der französischen Republik dadurch, daß wir allen Privatbesitz aufheben und jene sämtlichen staatlichen Wagen und Rosse für Nationaleigentum erklären. Doch dies ist noch nicht genug. Mein republikanisches Gemüt gestattet nicht einmal, daß man sich selbst als Privateigentum besitze. Ich werde daher unsere Gesellschaft gewissermaßen als Schiffsgut gleichmäßig auf jene unsere zahlreiche Flotte verladen, die sich von der englischen durch wenig anderes unterscheidet, als daß diese mit ausgespannten Segeln, die unserige mit angespannten Pferden vorrückt. Um die gleiche Verteilung zu bewirken, scheint es mir, verehrte Freunde, am angemessensten, daß wir eine Polonaise aufführen und so uns tanzend zu zwei und zwei Paaren einschiffen. Findet dieser Vorschlag, der uns aus einer der schrecklichsten Kalamitäten des Lebens retten soll, Ihren Beifall, meine Schönen, so bekunden Sie es dadurch, daß Sie Ihre zarte Hand den auffordernden Rittern reichen und mir, der ich als *dux gregis*, wozu mich die vorwaltende Kapazität meines Geistes erhoben hat, voranzugehen beabsichtige, willig paarweise nachfolgen.«

Nach dieser im ernstesten Ton von dem Baron gehaltenen Rede erhob sich ein allgemeiner Beifallsruf, und man nahm sein Gesetz zuerst durch Akklamation und dann durch die Tat an, indem man ihm, als er die Gräfin Micielska aufforderte, sogleich folgte. Jeder Herr, der nicht beritten gewesen war, reichte einer Dame die Hand, ja sogar einige, die sich schon in die Wagen gesetzt hatten, weil ihre Ansprüche nicht bestritten worden waren, stiegen wieder aus und unterwarfen sich ebenfalls dem neuen Lykurgus. Erlhofen führte den Zug einige Male auf dem Rasen umher, bis sich alles geordnet und angeschlossen hatte, und alsdann nahm er seinen Weg zu dem nächsten Wagen, den er mit dem ihm folgenden Paar bestieg. So ordnete sich alles auf das beste und schnellste, und selbst die strengsten Mütter und Aufseherinnen ließen für diesmal die Anordnungen des Zufalls gelten, selbst wo er nur ganz jugendliche Paare zueinander gesellte. Auch die Überraschung tat das ihrige, um die Freude zu erhöhen, denn erst im Einsteigen erfuhr man, welches Paar das zweite in jedem Wagen wurde. Marie sah gleich beim Beginn der Polonaise mit klopfendem Herzen, daß sie mit der Gräfin in einem Wagen fahren werde, indem sie, von dem Rittmeister, der sein Pferd einem Freund übergeben hatte, aufgefordert, unmittelbar dem Baron folgte. So beklommen ihre seltsamen Verhältnisse sie machten, so mußte es sich doch jetzt entscheiden, ob sie der Gräfin völlig unbekannt bleiben oder in eine nähere Beziehung zu ihr treten würde, denn es konnte nicht vermieden werden, daß Erlhofen und der Rittmeister, zumal da beide Ordner des Festes waren, die Damen einander vorstellen würden. Dies geschah auch, sowie sie im Wagen saßen. Kaum hatte Erlhofen Maries Namen genannt, als die Gräfin auch sogleich angelegentlichst fragte, ob sie aus Dresden sei und den Oberst Rasinski, ihren Bruder, gekannte habe.

Als Marie beides bejahte, fragte die Gräfin auch nach ihrem Bruder und nach ihrer Mutter und ob beide anwesend seien.

»Meine Mutter«, sprach Marie etwas betreten, »ist zwar in Teplitz, allein durch Kränklichkeiten gehindert, diesem Fest beizuwohnen. Mein Bruder aber befindet sich wieder auf Reisen, so daß ich selbst in diesem Augenblick seinen Aufenthalt nicht anzugeben wüßte.«

Die Gräfin sprach die Hoffnung aus, wenigstens die Bekanntschaft der Mutter zu machen, da sie sich vier Wochen in Teplitz aufzuhalten gedenke. »Dresden«, bemerkte sie nach einigen Augenblicken, »ist für meinen Bruder überhaupt ein sehr glücklicher Ort gewesen, so kurze Zeit auch sein Aufenthalt daselbst gedauert hat. Denn er hatte auch zwei Freunde dort gewonnen, die aus Neigung zu ihm in seinem Regiment Dienst genommen haben und einige Zeit in Warschau in meinem Haus wohnten. Gewiß werden Sie sie kennen: Graf Lomond und Herr von Soren.«

Marie geriet in eine quälende Unruhe. Einmal war jede Verstellung, jede, selbst die unschuldigste Unwahrheit, ihrem Herzen so fremd, daß sie sogar in so dringenden Fällen davor zurückbebte, und dann wußte sie ja auch nicht, wie weit Bernhard und Ludwig mit ihr bekannt zu sein angegeben haben mochten. Fast unhörbar, über das ganze Gesicht glühend, erwiderte sie daher: »O ja, ich kenne sie sehr entfernt.« Der Gräfin entging ihre Verlegenheit nicht, indes gab sie derselben eine andere Deutung. Sie glaubte nämlich aus Maries auffallender Bewegung die Vermutung ziehen zu dürfen, daß ihr Herz bei dieser Bekanntschaft stärker beteiligt sei, als ein junges Mädchen verraten darf. Mit einem leichten, ebenso schnell wie es entstand, unterdrückten Lächeln ließ sie daher das Gespräch fallen und ging zu anderen Gegenständen über. Mit der Gewandtheit einer Frau von Welt wußte sie sich sogleich, ohne einen auffallenden Sprung zu machen, auf das angenehmste über das heitere Fest zu verbreiten, dessen Teilnehmerin sie so unvermutet geworden war. Marie fragte dagegen nach der Tochter der Gräfin, für die sie die junge Lodoiska hielt. »Ihretwegen«, erwiderte diese, »besuche ich hauptsächlich das Bad. Weniger weil ihre Gesundheit den Gebrauch desselben notwendig macht, als weil sie einer Zerstreuung bedurfte, die sie jetzt in unserer, dem Kriegsschauplatz zu nahe gelegenen Vaterstadt Warschau nicht finden kann. Nichts konnte mir daher erwünschter sein, als gleich bei meiner Ankunft auf eine so überaus heitere Weise begrüßt zu werden. Ich habe auch bemerkt, daß dieses Vorzeichen, wenn wir es so nennen wollen, auf Lodoiska einen ungemein glücklichen Eindruck gemacht hat. Sie gibt viel auf dergleichen, denn sie ist überhaupt eine liebe Träumerin. Leider neigt sie seit einigen Monaten so sehr zur Schwermut, daß ich fast daran zweifelte, ihren Anteil für die heiteren Genüsse des Lebens wieder rege zu machen. Allein nichts wirkt mehr auf den Menschen als das Ungehoffte, Unvermutete, worin er keine Veranstaltung, keine Absichtlichkeit, sondern eine Fügung, ja gewissermaßen eine Wendung seines eigenen Geschicks sieht und daher mit einem ungleich stärkeren Glauben und Vertrauen darangeht, als wenn er mühselige menschliche Bestrebungen darin zu erkennen wähnt.«

Drittes Kapitel

Unter solchen Gesprächen, bei denen man sich wenigstens in den nächsten Beziehungen kennenlernte, war der Zug seinem Ziel näher und näher gekommen. Schon sah man das Städtchen Aussig, wie es sich an dem Ufer der Elbe malerisch hinzog, ganz nahe vor sich. Die Reiter, die bisher die Wagen begleitet hatten, sprengten nun voran, um die Ankunft der Damen zu melden und alles auf ihren Empfang vorzubereiten. Der ganze Ort kam in Aufregung, als die stattliche Reihe junger Männer zu Pferd ihren Einzug hielt. Alles flog an die Fenster, vor die Haustüren. Die niedlichsten Mädchen in ihren böhmischen Häubchen guckten neugierig mit den lebhaften schwarzen Augen zu den vornehmen Herren hinaus und fuhren, halb verschämt, halb vergnügt lachend, mit den artigen Köpfchen schnell zurück, wenn ihnen ein Kuß zugeworfen oder ein Gruß hinaufgewinkt wurde, wozu sich die jungen Leute in ihrem fröhlichen Übermut gar zu sehr aufgelegt fühlten. Der Wirt des Gasthauses war schon benachrichtig. Mit dienstfertiger Eile sprangen er und seine Leute den Ankommenden entgegen und nahmen ihnen die Pferde ab. »Es ist alles schon aufs beste in Ordnung, meine Herren«, rief der Wirt, »das ganze Haus steht zu Ihren Diensten, die Zimmer sind gereinigt und ausgeschmückt, für eine gute Tafel habe ich gesorgt, kurz, ich hoffe, die gnädigen Herrschaften werden mit mir zufrieden sein.«

»Wir wollen sehen«, sprach der Baron Heilborn, einer der Ordner des Festes, »wir wollen alles in Augenschein nehmen. Längstens in zehn Minuten treffen die Wagen mit den Damen ein, und da darf nichts mehr fehlen. Haben Sie auch Blumen genug, um die Treppe zu bestreuen, und ist auch der Eingang gehörig bekränzt?«

»Das will ich meinen, Euer Gnaden«, erwiderte der Wirt, »und nicht nur die Eingänge, sondern auch der Speisesaal, so gut es wir anzuordnen gewußt haben und das freilich nicht sonderlich schöne Lokal es zulassen wollte.« Unter diesen Worten ging man die Stiegen hinauf, um den oberen Raum des Hauses, der zum Empfang der Gäste eingerichtet war, zu besichtigen. Prachtgemächer durfte man freilich nicht erwarten, denn vier ziemlich grob geweißte Wände, auf denen die niedrige Decke fast ängstlich drückte, plumpe, schlecht schließende Türen mit rotbrauner Farbe getüncht, kleine trübe Fenster, deren Scheiben in Blei gefaßt waren, und ein Fußboden von schlechten Dielen, der nirgends waagerecht lag, konnten freilich keinen glänzenden Palast bilden, und außer einiger Stukkaturarbeit an der Decke war nichts zu sehen, was man eine architektonische Verzierung hätte nennen können. Indessen hatte der Wirt die Türen mit dicken Eichenlaubkränzen, zwischen denen sich auch einige Blumengewinde wahrnehmen ließen, behangen. Der Geschmack in der Anordnung war zwar nicht der feinste, verlieh aber einen ländlich fröhlichen Anstrich, wie denn Grün und Blumen uns immer freundlich ansehen, wenn sie auch noch so kunstlos geordnet sind. Ähnlich wie die Türen war der Saal geschmückt. Rings an seinen weißen Wänden zogen sich die grünen vollen Eichenkränze in anmutig geschwungenen Bogen (eine schöne Form, die das Gesetz der Schwere von selbst erzeugt) etwa einen Fuß unterhalb der Decke dahin. Die Eintretenden sahen sich rings um und riefen dann dem Wirt ein anerkennendes Bravo zu, denn ein frohgestimmter Sinn läßt sich mit allem genügen, was seiner Stimmung entgegenzukommen sucht. Doch hatte man nicht Zeit, lange im Saal zu verweilen, da die Wagen jeden Augenblick eintreffen konnten. Die jungen Leute eilten daher hinunter, ordneten an, daß Treppe und Hausflur mit Laub und Blumen bestreut wurden, und stellten sich nun müßig in das Tor, um die Ankunft der übrigen zu erwarten. Rings in allen Fenstern lagen die erwartungsvollen Bewohner des Städtchens. Ein Kreis von Kindern hatte sich um das Haus versammelt. So ärmlich und halb entblößt die meisten waren, so leuchtete doch die Freude über das ungewohnte Schauspiel, das sie erwartete, aus den munteren beweglichen Augen. Der Wirt wollte sie verjagen, damit die gnädigen Herrschaften, wie er sich ausdrückte, nicht belästigt würden, doch Heilborn wehrte ab und sprach: »Laßt den Kindern die Freude. Sie stören die unserige nicht, so mögen sie auch die ihrige haben, ja, es macht es noch lustiger, wenn ein so munterer kleiner Schwarm seinen Jubel erhebt. Sieht man andere fröhlich, so wird man es desto mehr. Also laßt nur die Kleinen hier herumspringen und jauchzen und jubeln und in die Händchen klatschen, soviel ihnen beliebt. Wir wollen wetteifern, wer am lustigsten ist, sie oder wir.«

Jetzt rasselte der erste Wagen auf dem holprigen Steinpflaster des Städtchens. Alle Köpfe drehten sich zu der Ecke, wo die Gasse vom Tor in den Markt einlief. Ein Jubelgeschrei erhob sich unter den Kindern, als die Schimmel, die den vordersten Wagen zogen, aus der Gasse zum Vorschein kamen. »Laßt uns die Kinder nachahmen«, rief Heilborn, »und salutieren!« Dabei zog er sein Schnupftuch aus der Tasche und schwang es hoch in die Lüfte. Die übrigen ahmten dieses Begrüßungszeichen nach, und die Kinder verdoppelten ihr Jubelgeschrei. Es waren die Gräfin, Marie, der Rittmeister und Erlhofen, die in dem ersten Wagen, dem der zweite übrigens unmittelbar folgte, saßen. Die jungen Männer flogen an den Schlag, um den Damen beim Aussteigen behilflich zu sein. »Da wären wir«, rief Erlhofen freudig, »und siehe da, eine ganze Volksversammlung, um uns zu empfangen. Das ist würdig, das ist recht, das freut mich, ihr meine Mitgenossen und Mitordner dieses olympischen Festes. Bei großen Angelegenheiten muß aber auch Geld unter das Volk verteilt werden.« Zugleich zog er eine lange grüne Börse hervor, nahm eine Handvoll kleiner Silbermünzen und großer Kupferkreuzer heraus und warf sie, im Wagen stehend, wie ein Triumphator unter die kleine Menge, indem er laut rief: *»Panem et circenses!«* Hierauf sprang er aus dem Wagen und eilte den schon vorangegangenen Damen in den Hausflur und die Treppe hinauf nach.

Wagen auf Wagen kamen jetzt an, fuhren rasselnd vor, und die zierlichsten Gestalten im sommerlichen Putz hüpften den Tritt hinab und in das Tor des Gasthofes hinein. Die reichlich gestreuten Blumen entlockten fast jedem schönen Mund ein dankendes Wort. Endlich sah man das letzte zierliche Füßchen über den Wagentritt hüpfen und im munteren Schritt die Treppe hinaufeilen. Oben im Saal und in den anstoßenden Gemächern war Erlhofen, unterstützt vom Rittmeister, Heilborn und den übrigen Dirigenten des Festes, sehr bemüht, Sessel für die Damen zu stellen, ihnen behilflich zu sein, ihre Schals, Hüte, Mäntel, Sonnenschirme, Strickbeutel und alle jene tausend Kleinigkeiten, welche die artigen Ornamente der Frauen bilden, unterzubringen. Als einigermaßen die anfangs herrschende Verwirrung gelöst und die Ordnung zurückgekehrt war, entstand die Frage, was man nun beginnen solle. Erlhofen zeigte nicht übel Lust, wiederum die Rednerbühne zu besteigen und einen Vortrag à la Cicero, wenn auch nicht *de officiis* oder *de amicitia*, so doch wenigstens *de deliciis* zu halten. Allein der Rittmeister fiel ihm ins Wort und sprach: »Ein Staat muß regiert werden, und in entscheidenden Momenten braucht selbst die Republik einen Diktator. Wollen wir über alles ratschlagen und abstimmen, so möchte darüber so viel Zeit vergehen, daß, wenn wir von tausend Entschlüssen den besten gefaßt hätten, es uns an nichts mehr fehlen würde als an der Zeit, ihn auszuführen. Ich schlage daher vor, daß wir einen König und eine Königin erwählen, denen wir heute gehorchen wollen. Diese mögen dann, wenn es nötig ist, ihre Minister ernennen, kurz die ganze Verwaltung des Staates auf sich nehmen.«

Der Vorschlag wurde mit lautem einstimmigem Beifall angenommen, und man schritt sogleich zur Wahl des Monarchen, dessen Ernennung vorzugsweise den Damen übertragen wurde. Erlhofen wurde einstimmig gewählt, und man überließ es ihm, eine Königin an seine Seite auf den Thron zu erheben. Der Gekrönte trat mit stolzer Miene in den Kreis, er warf gnädige, aber doch zugleich forschende Blicke ringsumher auf die schönere Hälfte seiner Untertanen. Dann näherte er sich mit feierlichen Schritten der Gräfin Micielska, ließ sich auf ein Knie vor ihr nieder und sprach: »Die mir das Schicksal zugeführt, sei meine Herrscherin, sie teile den schönsten Thron Europas, denn er ist der sorgenfreieste, mit mir.«

Die Gräfin reichte ihm lächelnd die Hand, stand auf, hob ihn empor und sprach mit Anmut: »Ich werde herrschen, aber wie es der Frau geziemt, durch Überredung, und gehorsam den Bestimmungen meines königlichen Gebieters.« Ein lauter Beifall begrüßte das neue Königspaar. Dieses schritt sofort zu seinen nächsten Pflichten, indem es ein Ministerium ernannte: »Die Justiz«, sprach Erlhofen, »behalten wir uns selber vor. Einen Kriegsminister werden wir hoffentlich nicht nötig haben, das Finanzwesen kommt erst am Abend zur Sprache. Beim Licht besehen, bedürfen wir nur eines Hausministers und eines der öffentlichen Vergnügungen. Da dessen Funktionen aber sehr verwickelt sein dürften und es uns auf Gehalt nicht ankommt, da wir keines zahlen, so besetzen wir diese Stelle zwei-, drei-, vierfach, indem wir alle Festordner zugleich dazu ernennen und es uns vorbehalten, ihnen ihre speziellen Befehle zu erteilen.«

Man war mit dieser Anordnung des neuerwählten Monarchen vollkommen zufrieden und schien überhaupt geneigt, sich dem Herrscherpaar in Gehorsam zu fügen. Der erste Befehl lautete, man solle einen Spaziergang auf den Marienberg antreten, der, dicht bei der Stadt gelegen, einen reizenden Blick über das Elbtal gewährt und nicht schwer zu ersteigen ist. Dabei wollte man das Weitere besprechen. Paarweise machte man sich auf und trat den Weg an. Es war ein heiterer Zug, der sich leicht und munter, anfangs durch die Gassen des Städtchens zwischen den gaffenden Einwohnern hindurch und dann über den Rasen unter schattigen Bäumen dahinbewegte. Tücher, Bänder und Gewänder flatterten im Luftzug, die farbigen leichten Sonnenschirme schimmerten durch das Grün der Gebüsche. Den Krümmungen des Bergpfades folgend, fing man schon an, zwischen den Weinmauern und Gartenhecken, die den Abhang lebendig durchschneiden, aufwärts zu steigen. Man sah die Reihen dreifach übereinander, in hin und her laufender Bewegung, bis sie höher hinauf in der Biegung des Pfades und dem Dunkel des mit Gebüschen gekrönten Gipfels verschwanden. Erlhofen schritt, mit der Gräfin am Arm, an der Spitze seines Volkes. Von Zeit zu Zeit stand er still, teils um ausruhen zu lassen, teils um auf die schönen Blicke, die man in das Tal hatte, aufmerksam zu machen. Der Gipfel war bald erreicht. Er gewährte, wenngleich nicht eine weite Aussicht, doch einen ungemein reizenden Überblick der nächsten Landschaft. In die Gassen des Städtchens sah man so hinein, als stände man auf einem Turm. »Wir können unsere Monarchie von hier oben deutlich übersehen«, sprach der Baron und deutete mit dem Finger auf den Gasthof am Markt, in dessen Fenster man hineinblicken konnte. »Auch unsere Heeresmacht können wir zählen, die sich dort in Form einer Wagenburg im Schatten des Rathauses am Markt aufgestellt hat. Ich sehe aber nicht ein, weshalb ich nur unsere nächsten Besitztümer der Monarchie einverleiben will! Was heißt besitzen? Meiner Meinung nach besitzt man alles das, was man genießt, wenigstens solange man es genießt. Dadurch erweitern sich die Grenzen unseres Gebiets bis ins Unermeßliche. Das Elbtal, dessen schöner Anblick uns heute erfreuen soll, gehört uns nun ganz unbestreitbar, und was man gegen unsere Herrschaft über die Sonne, die uns heute die Luft mild erwärmen muß, und über den Mond, dem ich es besonders aufgetragen habe, uns nach Hause zu leuchten, einwenden will, kann ich mir kaum vorstellen.«

»Die schönere Hälfte unseres Besitztums«, erwiderte die Gräfin, indem sie sich freundlich umsah, »scheint mir der lebendige Teil unserer Herrschaft zu sein. Ich werde mich als eine wahre Landesmutter am meisten in dem Wohlsein meines Volks glücklich fühlen.« – »Wahrlich!« rief Erlhofen. »Ihr habt recht, Majestät! Wenn ich hier unsere Untertanen betrachte, so möchte ich fast behaupten, kein Monarch in Europa beherrsche eine so gebildete, reiche und so folgsame Bevölkerung. Denn wir haben in unserem Staat zwar Mangel an den notwendigen Einrichtungen, allein aus sehr guten Gründen. Es fehlt uns an Polizei, weil wir keine Vagabunden haben oder vielleicht alle zusammen welche sind. Von einem Gerichtshof wissen wir nichts, aus Mangel an Verbrechen, und ein Advokat könnte unter uns nicht leben, weil, solange unser Thron steht, noch kein Prozeß geführt ist. Armenanstalten fehlen, weil kein Bettler sich zeigen will als höchstens einer um einen Kuß, und da, hoffen wir, wird man sich im Notfall wohltätig zeigen.«

»Nicht zu voreilig, lieber Monarch«, erwiderte die Gräfin lächelnd, »nicht zu früh laßt uns über den guten Zustand unseres Reiches frohlocken. Wer weiß, ob nicht bald Zwiespalt und Aufruhr in demselben ausbricht. Wenigstens dürfte ihre letzte Annahme einen Gerichtshof nötig machen, einen Liebesgerichtshof, versteht sich.« – »Da führen wir selbst den Vorsitz, Königin«, rief der Baron lebhaft, »und ich wollte nur, daß schon ein klagbares Liebespaar vor uns stände.«

Unter diesen Gesprächen hatte man sich einen anmutigen Punkt ausgesucht, der auf weichem Moos unter schattigen Büschen einen einladenden Ruheplatz darbot. Der König gab das Gesetz, daß man sich in bunter Reihe lagern solle. Die gehorsamen Untertanen vollzogen den Befehl willig. »Ich denke«, erhob der Monarch die Stimme, »wir richten uns mit unseren Vergnügungen teils nach unseren Kräften, teils nach den Winken, welche die Natur uns selbst gibt. In diesen Vormittagsstunden, wo die Sonne höher und höher steigt, die Wärme mit jedem Augenblick zunimmt, muß man ruhend das Schöne genießen. Erst der Nachmittag, wo mit jeder Minute uns ein kühlerer Hauch der Lüfte trifft, eignet sich zu körperlichen Vergnügungen. Jetzt werden uns Gespräch und Scherz am besten tun, denn wir behalten dabei Muße, auf das angenehme Summen und Weben der Insekten zu horchen, den Blick aufwärts in die Laubwipfel zu richten, wie sie, kaum bewegt durch die milden Lüfte, anmutig still unter sich flüstern und Sonnenstrahl und Himmelsblau durch ihr freundliches Gitter blinzeln lassen. Ein ganz leicht bewegliches Spiel ließe ich mir allenfalls gefallen, nur keines jener heftigen, wobei man sich ganz außer Atem laufen muß, was sich überhaupt für eine Majestät nicht sonderlich schicken würde.«

Man war seiner Meinung, und die Gräfin brachte, von den Damen zu einem Vorschlag aufgefordert, ein Pfänderspiel in Gang. Dies gab zu allerlei Scherzen Anlaß, denn der König gestattete nicht nur, sondern gebot sogar manche kühne Freiheit bei der Auslösung. Nachdem diese vollbracht war, wurde ein allgemeiner Aufbruch befohlen, um einen neuen Ansiedlungspunkt aufzusuchen, weil die Sonne anfing, empfindlich zu stechen, indem das zarte Laubgitter ihre Strahlen nicht mehr recht abhalten wollte. Der Monarch sandte seine Minister als Boten in verschiedene Gegenden aus, um einen angenehmen Aufenthaltsort zu erkunden. Nach einigen Minuten kehrte der Rittmeister zurück und behauptete, einen Platz ausfindig gemacht zu haben, der alle Eigenschaften eines angenehmen Ruhesitzes vereinige. Man folgte ihm, und er führte die Gesellschaft auf dem Kamm des Berges talabwärts entlang, dann schlug er einen Fußsteig ein, der sich ein wenig den Abhang hinunterzog und bald im dunkleren Wald verlor, wo hohe Buchen den kühlsten Schatten gaben. Hier rieselte aus einer Felsspalte ein klarer Quell hervor, der sich in einem durch ihn selbst gehöhlten Becken sammelte und dann, sanft den Rand desselben überfließend, munter ins Tal hinabhüpfte. Der Abhang des Berges bildete die bequemsten Sitze. Die moosbedeckten Wurzeln einer alten Buche gewährten einen etwas erhöhten Platz, der sich trefflich zum Thron für das Königspaar eignete. Zugleich war man, trotz der dunklen Waldkühle, dennoch nicht ohne eine schöne Aussicht, denn eine hohe Bogenöffnung der Baumgewölbe gestattete einen Blick auf den Elbspiegel, über den sich gerade im Mittelpunkt des durch die Zweige begrenzten Raums das Schloß Schreckenstein auf seinem schwarzen Felsen erhob. Außerdem konnte man auch gerade vor sich hinab ins Tal sehen, wo die

Wellen des Stroms silbern zwischen dem spielenden Laub heraufglänzten. Der Platz überraschte so durch seine Schönheit, daß er mit seinem allgemeinen Ausruf der Freude begrüßt wurde. Der Monarch nahm auf dem weichen Thronsitz Platz, die Königin setzte sich an seine Seite, die übrigen lagerten sich im Halbkreis amphitheatralisch den Berghang abwärts Paar um Paar auf dem Rasen. »Hier ist es selbst zum Spiel zu schön«, begann die Königin, »der Ort ist fast zu heilig, um durch leichten Scherz entweiht zu werden. Gar anmutig aber würde man hier einem Erzähler oder Sänger lauschen, der uns Kunde von den romantischen Wundern dieses Tales gäbe. Hat niemand unter unseren Untertanen den Alten dieses Felsens gesprochen? Erschien keinem der Berggeist oder die liebliche Nymphe dieses Stroms? Hat sie keinen unserer Ritter, der sich auf der Jagd verirrte, im geheimnisvollen Dunkel des Waldes angeredet, dem Durstenden einen erquickenden Becher gereicht, dem Ermüdeten den Helm gelöst und ihn eingeladen, das Haupt sanft in ihrem Schoß zu ruhen? Und hat sie ihm dann nicht erzählt von ihren Schlössern im tiefen Bau der Felsen oder unter der kühlen silbernen Hülle der Wasser? Hat sie ihm nicht süße Lieder gesungen, vom Rauschen der Wellen und Bäume begleitet, um ihn einzuwiegen in sanften Schlummer? Führte sie keinen in ihre Paläste ein und ließ ihn dem Tanz der Nymphen, ihrer Geschwister, zuschauen? Oder ist vielleicht ein Glücklicher unter uns, den sie gar schmeichelnd nach sich zog in die geheimnisvolle Grotte, um in trauter Einsamkeit mit ihm zu kosen? Ach, ich fürchte, die schöne Zeit der Wunder ist vorbei, und kaum daß uns noch der Dichter Kunde gibt von jenen goldenen Tagen, wo Götter sich zu den Sterblichen gesellten! Wäre aber jemand hier, der es selbst erfahren hätte, daß die holden Träume nicht verklungen sind, daß die gütigen Wesen, von denen unsere Urväter wußten, noch umherwandeln, wenngleich tief in die Einsamkeit gescheucht durch das unheilige Geräusch und Getöse der Welt: Er trete auf und erzähle uns, was er erlebte.« Es blieb alles still, doch lächelte man vergnügt über die anmutige Weise, mit der die Gräfin zum Erzählen einer Sage oder eines Märchens aufgefordert hatte. Endlich erhob sich ein junger Mann, der kaum zwanzig Jahre zählen mochte, aber durch sein sanftes, bescheidenes, fast jungfräulich zu nennendes Wesen sowie durch seinen schönen blonden Lockenkopf und die zarte Röte und Rundung seiner Wangen bereits allen aufgefallen war, und sprach: »Ich bin vielleicht der Jüngste in dieser Gesellschaft und darf nicht Anspruch machen, durch meinen Vortrag etwas zu gelten, doch ich bin in diesen Bergen aufgewachsen und kenne so manche schöne Sage, die man sich hier im Volk erzählt. Wenn ich ...«

»Oh, erzählen Sie geschwind, erzählen Sie«, riefen viele Stimmen und unterbrachen so den Eingang, den er blöde und errötend gesprochen hatte. Die Gräfin aber stand auf und sprach: »Das ist schön, daß Sie Ihrer

Monarchin so gehorsam sind, allein der Erzähler muß einen Platz haben, wo alle ihn sehen und hören können. Setzen Sie sich daher auf meinen Thron, solange die Erzählung dauert.« Die Gräfin hatte ihre Worte noch nicht vollenden können, als auch schon Erlhofen aufsprang und rief: »Das verhüte der Himmel, daß ich meine Königin ihres Thrones beraubt sehen sollte. Aber der Dichter und der Sänger ist der wahre König, denn er beherrscht die Herzen, und zumal die Frauen. Er nehme daher meinen Thron ein und sitze zur Seite der Königin, deren holde Nähe ihn begeistern möge.« – Alles rief diesem Entschluß Beifall, und der Jüngling, Benno war sein Name, nahm mit einer Befangenheit und Scham, die seinem jugendlichen Antlitz ungemein reizend stand, an der Seite der Gräfin Platz. Nach einigem Besinnen erzählte er ein von ihm selbst auf eine der Gebirgslagen gedichtetes Märchen. Es enthielt die Geschichte eines von den Bewohnern der Berge und Ströme begünstigten Jünglings, der die Liebe einer Jungfrau, die in den Tiefen des Gebirgssees wohnt, gewinnt und ihr ewige Treue schwört. Doch er muß strenge Prüfungen bestehen. Heimliche Kräfte und Mächte umgeben ihn überall. Zwar verwahrt ihn die Geliebte mit geheimnisvollen, wunderkräftigen Geschenken gegen die zauberischen Wirkungen. Doch er wird verblendet, wird untreu, und plötzlich sieht er sich von allen Bildern seiner Täuschung verlassen und in tiefstes Elend gestürzt. Voll Verzweiflung endet er sein Leben, indem er sich in den See stürzt, auf dessen Grund der kristallene Palast seiner Geliebten verborgen ist. Seit jener Zeit haben sich die blauen Wogen desselben getrübt und verfinstert, und selbst der lichteste Himmel erblickt sich in der Tiefe des Gewässers nur in einem schwarzen Spiegel.

Viertes Kapitel

Als Benno diese Erzählung beendet hatte, waren alle Gemüter in einer gewissen ängstlichen Spannung, und tiefes Schweigen herrschte umher. Er hatte so lebendig dargestellt und seine Hörer so vollständig von der Nähe des Schauplatzes, auf dem sich diese Begebenheiten zugetragen haben sollten, überzeugt, daß man die Landschaft umher mit der Empfindung betrachtete, wie irgendeine geschichtliche denkwürdige Stätte, wo man gewissermaßen noch die Fußstapfen der dort vorübergegangenen großen Ereignisse auf heiligem Boden zu entdecken glaubt und sie mit Ehrfurcht und Rührung betrachtet.

»Befindet sich wirklich hier in der Nähe ein solcher See?« Mit dieser Frage unterbrach die Gräfin zuerst die allgemeine Stille. – »Er ist wenig bekannt«, versetzte Benno, »und, aufrichtig gestanden, auch eben nicht besuchenswert, falls es nicht der Sage halber wäre. Allein, wie es bisweilen geht, so haben unsere Voreltern, trotz ihrer romantischen Anlage zur Poesie, in Beziehung auf die Landschaften, an die sie ihre Sagen knüpfen, nicht so viel Sinn für Naturschönheit entwickelt, als man so dichterischen Gemütern zutrauen sollte.«

»Mir scheint diese Anklage doch nicht ganz gerecht«, wandte Marie ein, »denn erstens finden wir wohl viele Spuren, daß unsere Väter das Schöne, Schauerliche und Erhabene in der Natur sehr bestimmt gefühlt haben, wie dies ja schon die Namen ausgezeichneter Berge, Felsen und Schluchten beweisen, zweitens aber war die Sage doch gewiß nichts rein Willkürliches, und wenn sie sich auch zum Teil aus der Örtlichkeit selbst erzeugte, so bedurfte sie doch auch gewiß einer Begebenheit, einer Handlung, so daß man sie gewissermaßen als eine geheimnisvolle Tochter der Tat und des Ortes betrachten kann. Und wie häufig findet sich's, daß auch der Schauplatz der Begebenheiten ungemein tief mit diesen selbst in Verbindung steht.« – »Sie haben gewiß recht«, erwiderte Benno, ein wenig errötend, »indessen kommen auch manche Beispiele vor, wo sich die schönsten Märchen an eine wenig hervortretende Örtlichkeit knüpfen, und eines davon ist meine Erzählung. Doch gestehe ich gern, daß meine allgemeine Schlußfolge aus diesen Beispielen etwas zu rasch war.« – »Denn sei, wie ihm wolle«, sprach die Gräfin, »Ihre Erzählung hat uns eine angenehme Stunde bereitet. Ich als Monarchin habe die Verpflichtung, den Dichter meines Minnehofes zu belohnen, und ich denke, es soll in wahrhaft fürstlicher Weise geschehen. Die Erzählung ist auf dem reinen Boden der Natur gewachsen. Mit ihren reinen ursprünglichen Gaben soll sie auch belohnt werden. Sie empfiehlt auf eine eindringliche Weise die Treue als die wahrhafte Seele der Liebe und nimmt sich somit insbesondere unseres Geschlechts an, das von der Treulosigkeit der Männer so viel zu dulden hat. Es ist daher billig, daß eine weibliche Hand den sinnvollen Dichter, für den uns der Erzähler gelten muß, belohne. Ich befehle also allen Jungfrauen unseres Hofes, sich aufzumachen, um die schönsten Feldblumen zu suchen. Bei der Rückkehr unserer schönen Edelfräulein werde ich selbst drei von ihnen auswählen, um einen Kranz aus den Blumen zu flechten, und hierauf soll das Los entscheiden, welche dieser drei den Dichter bekrönen und, solange unser Reich dauert, seine Gefährtin sein wird.«

Ein allgemeiner Beifall erhob sich, als die Monarchin diesen Beschluß bekanntmachte. Die Männer klatschten freudig in die Hände und priesen die Fürstin hoch, die einen Liebeshof so trefflich zu regieren wußte. Erlhofen ergriff mit komischem Pathos einen Zweig als Zepter, erhob ihn mit feierlicher Gebärde und rief. »Ihr, meine Völker, vernehmt! Ich erteile hiermit dem Ausspruch unserer königlichen Gemahlin meine allerhöchste Sanktion. Gebet also hin, ihr Jungfrauen, und kehrt nicht eher wieder, bis ihr das Gebiet unseres Reiches seiner schönsten Blumen beraubt habt.«

Auf diese Rede erhoben sich die Mädchen und zogen mit ihren flatternden, schimmernden Gewändern in den grünen Wald hinein, um an sonnigen Stellen die Blumenlese zu beginnen. Viele der Männer hatten große Lust, die Frauen zu begleiten, doch die Monarchin verbot es streng, denn auf diesem Zug sollten die Jungfrauen unbegleitet bleiben. Man hatte also nur von ferne den Anblick, die anmutigen Gestalten auf dem Rasen hin und wieder schweben, in den Gebüschen bald verschwinden, bald wiedererscheinen, sie sich bücken, die gepflückten Blumen in den Körbchen sammeln, bei einer gleichzeitig entdeckten schönen Blüte wetteifernd darauf zu eilen, kurz, alle jene anmutigen Bewegungen und Tätigkeiten ausüben zu sehen, die der weiblichen Jugend so wohl stehen. – »Sieht der Wald nicht aus, als wäre er von Nymphen bevölkert?« fragte die Gräfin lächelnd, indem sie auf die blumenpflückenden Mädchen hindeutete. – »Es sind die lieblichsten Oreaden, Dryaden, Hamadryaden, Sylphiden, Elfen und Waldschwestern, die ich jemals gesehen habe«, rief Erlhofen aus.

Man sprach scherzhaft noch manches hin und her über das glückliche Los des Dichters, über den Eifer der Frauen, ihn zu belohnen, über das zweifelhafte Glück, seine Gefährtin zu werden. Indessen hatten die jungen Mädchen ihre Körbchen bald gefüllt und kehrten zur Gesellschaft zurück. Sie schütteten ihren Vorrat auf den Rasen, und die Königin betrachtete ihn mit prüfendem Wohlgefallen. »Sehr schön«, sprach sie, »jetzt werde ich meine Kranzwinderinnen ernennen.« Ihre Wahl fiel auf Marie, Lodoiska und Luise, die sehr artige Tochter eines wohlhabenden Mannes aus Teplitz, die von den Brunnengästen, die in ihrem Haus wohnten, zu der Spazierfahrt eingeladen war. Die Mädchen setzten sich sogleich auf den Rasen und begannen den Kranz zu winden, der sich unter ihren zierlichen Händen schnell füllte und rundete. Als er vollendet war, wählte die Gräfin drei Blumen aus, eine wilde Rose, eine Zyane und ein Veilchen, das sich als ein Spätling noch an einer schattigen Stell vorgefunden hatte. Dem Dichter wurden jetzt die Augen verbunden, die Gräfin gab jedem der jungen Mädchen eine der drei Blumen und gebot nun Benno, zu wählen. Dieser nannte die Rose, und Lodoiska wurde seine Gefährtin. Ihr war es bestimmt, den vollen, frischduftenden Kranz auf Bennos blondlockiges Haupt zu setzen. Sie nahm ihn weiblich schüchtern und leicht errötend, Benno beugte ein Knie vor seiner schönen Gebieterin und empfing mit klopfendem Herzen den Lohn für seine dichterische Gabe. »Möge dieser Kranz Sie so erfreuen«, sprach Lodoiska, »wie Ihre schöne Erzählung unser Herz bewegt hat.« Bei diesen Worten wich das holde Erröten wieder von ihrer Wange, und es blieb nur jener leichte Hauch zurück, der ihren schönen Zügen einen so ungemein fesselnden Reiz verlieh. Benno stand auf, ergriff ihre Hand, küßte sie mit Lebhaftigkeit und erwiderte mit den leicht geänderten Worten des Dichters:

»Oh, daß mein Lohn nicht eure Strafe werde!«

Er reichte ihr jetzt den Arm und begleitete sie zu ihrem Rasensitz, wo er sich an ihrer Seite niederließ. Indessen war die Sonne dem Meridian schon näher gerückt, und nur die hohen Wölbungen der Zweige hielten es angenehm kühl. Doch war es Zeit, in das Städtchen zurückzukehren, wenn man das Mittagsmahl nicht warten lassen wollte. Erlhofen als König erklärte dies zur wichtigsten Angelegenheit des Reichs und schwur jedem die fürchterlichsten Strafen, der hierin Ungehorsam oder Verrat üben würde. Gehorsam nahm daher die Gräfin seinen Arm an, und der Zug setzte sich paarweise, wie er gekommen war, wieder in Bewegung und nahm seine Richtung abwärts.

Das Mahl war bereit. In gemischter Reihe setzte man sich um die lange Tafel, um es einzunehmen. Erlhofen mit der Gräfin präsidierten natürlich, und der Monarch ließ es nicht an vielerlei Reden fehlen, zu denen die Tafel ihm hinlängliche Gelegenheit gab. Auch brachte er selbst viele Trinksprüche aus, die allgemeines Ergötzen erregten. Dazu kam, daß der Wein, so sparsam er auch die weiblichen Lippen benetzte, die Frauen dennoch unvermerkt mit seiner Macht beschlich und sie, wenn ein gebildeter sittlicher Sinn sie stets in den Schranken des Schönen erhält, ihnen so ungemein reizend steht. Sie verlieren dann unwillkürlich nur das Zuviel der Sorgsamkeit und Selbstbeherrschung, gewinnen jenes offene Vertrauen, das ihnen den Mut einflößt, auch einmal ihr ganzes fröhliches Herz zu zeigen. Und, wie sie selbst so völlig ohne Arg sind, werden sie fester und fester in dem Glauben, keine Brust auf der weiten Erde sinne und beherberge etwas Unlauteres. Dann tritt die schöne weibliche Natur in ihrer heiteren Entfesselung von den Banden vor uns, die doch nur die tief in unsere Sitten und Gesinnungen eingedrungene Verderbnis den Frauen aufgelegt hat, und denen sie sich freilich für die Dauer des Lebens fügen müssen. Der ängstlich hemmende Faden, an dem sie kaum zu flattern wagten, zerreißt, und sie gaukeln einmal fröhlich, von den Lüften und Wellen der Freude getragen, von freieren Flügeln gewiegt, in dem erweiterten Gebiet umher und wagen sich zu bisher nicht gekannten Höhen und Räumen. Die Sitte und die Tugend herrschen alsdann nur als freie schöne Gewohnheiten des Lebens und der Seele, nicht mehr als fremde strenge Gebieterinnen über sie.

Mit der höheren Röte der Wange färbt sich auch die Luft schimmernder und lockender. Frische Lüfte regen die unmerklich fließenden Wellen der Seele zu höherem Wallen auf, und rascher eilt der Strom zwischen den reizenden Ufern dahin. Die Wärme im Saal, obwohl durch offene Fenster, die ein kühles Fächeln der Lüfte erzeugten, und durch den Duft der Kränze und Blumen gemildert, wurde doch nach einiger Zeit drückend, und bald hielt es zumal die Jugend nicht mehr länger aus, an den bestimmten Platz gefesselt zu sein, so angenehm er durch die Nachbarschaft wurde. Mit allgemeiner Freude nahm man daher die Nachricht auf, die Heilborn und Arnheim als Festordner und Minister brachten, daß zwei Gondeln auf der Elbe in Bereitschaft lägen, um die Gesellschaft zu dem Schreckenstein zu führen, wo man den Nachmittag zubringen wollte. Erlhofen hätte zwar noch gern eine Zeitlang bei Tisch gesessen, zumal da der ansehnliche Vorrat an Champagner noch lange nicht erschöpft war, doch die Jugend ließ sich nicht länger fesseln, und selbst seine königliche Autorität vermochte nichts über sie. So brach man denn fröhlich auf, die Paare blieben geordnet wie zuvor, und der Zug trat seinen Weg zu dem Ufer des Flusses an. Die mit lustig flatternden Wimpeln und Kränzen geschmückten Gondeln gewährten einen so heiteren Anblick, daß man dadurch schon mit der besten Hoffnung für die schöne Fahrt erfüllt wurde. Eine angenehme Musik von Blasinstrumenten – es waren böhmische Bergleute – ließ sich von einem eigens für dieselben eingerichteten Nachen vernehmen. Die festlich gekleideten Schiffer, deren Hüte mit Bändern und Sträußen geschmückt waren, begrüßten die Gesellschaft mit einem fröhlichen Hoch. Die Stegbretter wurden ausgelegt, die Damen hüpften mit Grazie hinüber, die Paare nahmen, wie sie einander folgten, auf den Bänken Platz. Bald waren die Gondeln gefüllt, die Musik stimmte einen lauten Tusch an, unter Jubelruf der Schiffer und der versammelten Zuschauer stieß man vom Land, und vom munteren Ruderschlag bewegt, schwammen die Nachen lustig auf dem Strom dahin. Jetzt erst, da man die Mitte desselben erreicht hatte, konnte man recht tief in das prachtvolle Waldtal hinunterblicken, aus dem die Elbe hervorbraust. Hinten stieg das Städtchen freundlich am grünen Ufer empor und spiegelte sich hell in den Wellen ab, vorwärts nur dunkle Waldhöhen, die sich schroff gegen den Strom senkten und ihr düsteres Bild in seine Tiefe warfen. Zur Linken wurde der Blick durch den schwarzen Felsen des Schreckensteins begrenzt, der, in schräger Richtung aus dem Gebirge hervorragend, den Gipfel weit über die Wellen streckt und seine Mauerkrone von verfallenen Türmen drohend über den Abgrund hinaushängt. Ein frischer Wind, der das Tal hinaufwehte, machte die Ruder unnötig. Man konnte die Segel aufspannen und sich von ihnen gegen den rauschenden Strom hinaufziehen lassen. Pfeilgeschwind zogen die Ufer an den Schiffenden vorbei und zeigten eine Reihe reizend wechselnder Bilder. Bald fuhr man unter einem hohen Bergkegel, der den breiten Schatten quer über den Strom warf, dahin, bald tanzten die Gondeln auf den silbernen, im Sonnenschein blitzenden Wellen, während das Ufer in grüner dämmernder Nacht des Waldes und der Beschattung ruhte und sich heiter in der Flut abspiegelte. Jetzt verengte sich das Bett des Stromes, und er schoß brausend zwischen und über Felsen dahin, jetzt erweiterte er sich zum ruhigen See, in dessen Tiefe die Wolken still vorüberzogen. Nach einer Stunde hatte man das Ziel, den Schreckenstein und seine Felsenburg, erreicht.

»Ich hätte mir den Fels doch höher vorgestellt«, sprach Lodoiska zu Benno, indem sie, am Ufer stehend, die Blicke zu den Turmspitzen hinaufwarf. »Von weitem erschien er mir weit majestätischer. Er ist der erste schroffe Fels, den ich in meinem Leben sehe, denn bei uns in Polen ist das Land nur eben und von Wald oder Brüchen durchschnitten.«

»Lassen Sie uns nur erst den Gipfel besteigen«, erwiderte Benno, »alsdann werden Sie es wohl bald empfinden, daß der Fels nicht unbedeutend ist. Jetzt verschwindet er freilich gegen die viel höher hinter ihm aufsteigenden Waldgebirge.«

Lodoiska heftete noch immer die sinnenden Blicke auf den verwegen überhangenden Gipfel. »Gebirgsländer sind doch sehr schön!« sprach sie nach einer kleinen Pause. »Polen hat auch Gebirge, aber nur im südlichen Teil, wo sich einige Zweige der Karpaten erheben. Ich bin niemals dort gewesen.«

Ein Teil der Gesellschaft hatte, während beide sprachen, schon den Weg, die Felsenhöhe hinauf, angetreten. Benno reichte daher seiner schönen Kranzwinderin den Arm und führte sie gleichfalls den steilen Pfad hinan. Als sie die Höhe bald erreicht hatten, wollte sich Lodoiska umwenden, um den Rückblick zu genießen, doch Benno bat sie, es zu lassen. »Gönnen Sie mir die Freude, Sie oben auf dem schönsten Punkt mit dem Überblick des Ganzen zu überraschen. Ich würde Sie bitten, die Augen ganz zu schließen, wenn der Weg nicht von der Art wäre, daß selbst der aufmerksamste Führer nicht vor kleinen Unfällen schützen kann. Der Boden ist zu rauh, es liegen hier viele Steine im Weg, die Richtung ändert sich oft zu schnell, um mit geschlossenen Augen festen Fuß zu fassen. Aber heften Sie nur die Blicke gerade auf den Pfad vor sich, und gewinnen Sie es über sich, weder rechts noch links zu blicken, so werden Sie einen reichen Lohn für diese Enthaltsamkeit empfangen.«

Lodoiska versprach es gutmütig und ließ sich nun ganz durch Benno, der sie bei der Hand ergriffen hatte, leiten. Die übrigen Mitglieder der Gesellschaft neckten sie mit ihrem Gehorsam, doch ließ sie sich nicht irremachen, sondern lächelte still vor sich hin und sprach: »Ich traue meinem Führer, denn er kennt diese Gebirge genau und weiß ihre Schönheiten zu empfinden.« Vergeblich suchten einige junge Leute mutwillig, ihre Neugier rege zu machen, und rühmten bald diesen Blick in die Tiefe, bald jene Aussicht das Tal herunter, sie blieb standhaft. Nach kurzer Wanderung stand sie auf dem Gipfel, und Benno führte sie nun durch das Gemäuer hindurch in einen Eckturm, wo man einige halb verfallene Stufen hinanzusteigen hatte, sich aber alsdann in einem kleinen Raum mit weit ausgebrochenen Fensterhöhlen befand, der so auf der äußersten Grenze des Felsens liegt, daß man gar keinen Boden unter sich gewahr wird, sondern frei über dem Elbspiegel zu schweben scheint. Bevor sie hier eintrat, hatte Lodoiska das Auge auf Bennos Rat ganz geschlossen und ließ sich nun von diesem an das Hauptfenster stellen, von dem sie zugleich den schauerlichen Blick in die Tiefe und den reizendsten in die Ferne, das Tal hinab, hatte. »Jetzt«, sprach Benno, »jetzt öffnen Sie die Augen! Nun ist es Zeit, sich umzuschauen.«

»Heiliger Gott!« rief Lodoiska und trat erschreckend einen Schritt zurück, als sie in den schwindelnden Abgrund vor sich blickte. Doch einen Augenblick darauf hatte sie sich schnell gefaßt, und obwohl sie noch ein wenig zitterte, trat sie doch, aber ohne Bennos Hand loszulassen, wieder dicht an die niedrige Fensterbrüstung und beugte sich hinab. »Welch schauerliche Wonne!« sprach sie beklemmt. »Wie paaren sich hier Reiz und Schrecken so mächtig miteinander!« – »Nun«, fragte Benno, »ist der Fels hoch? Verdient er seinen Namen Schreckenstein?« – »Gewiß, gewiß! Oh, es ist überaus herrlich hier!« rief Lodoiska, deren Bangen jetzt nach und nach in ein Staunen überging. »Wie klein unsere Gondeln dort in der Uferbucht erscheinen! Schon das Gärtchen des Türmers hier dicht unter uns liegt tief, und von dort senkt sich doch erst der Fels hinunter. Sehen Sie nur, wie die Schwalben fast so tief unter uns schweben als sonst über uns!« – »Die Raubvögel aber bleiben noch immer hoch über unserem Haupt«, bemerkte Benno, und deutete auf einen Habicht, der quer über das Tal hinschwebte und sich auf breiten Fittichen wiegte.

Lodoiska hob das Auge aufwärts. Eben stand der Raubvogel fast unbeweglich und ließ sich nur von den breit ausgedehnten Schwingen tragen. Plötzlich schoß er pfeilgeschwind auf einen Flug Bergtauben herab, der tief unter ihm gesellig kreiste. Die verscheuchten Tiere flatterten hastig nach allen Seiten auseinander. Eine jagte der Stößer vor sich her und verfolgte sie mit mächtig geschwungenen Fittichen. Sie richtete ihren Flug zu dem Turm, doch fast in dem Augenblick, wo sie die sichere Zuflucht erreichte, war auch der Feind ihr nachgekommen und packte das ängstlich flatternde Tierchen mit seinen grimmigen Fängen dicht vor Lodoiskas Augen. Sie sah einige durch den krallenden Griff ausgerupfte Federn fliegen und hörte das angstvolle Kreischen des Täubchens. Der Habicht strich im Schuß des Fluges so nahe an den Turm, daß er mit den breiten grauen Flügeln gegen das Gestein schlug, dann aber scheu vor den Menschen, jedoch ohne den Raub fahren zu lassen, sich wieder hoch in die Lüfte schwang.

Die Frauen – denn auch Marie, die Gräfin und einige andere Damen der Gesellschaft waren nach und nach in den Turm getreten – hatten mit ängstlicher Teilnahme dem Schauspiel zugesehen. Das Mitleid mit dem gequälten Tierchen, dem niemand helfen konnte, und selbst der Schrecken vor dem wilden, heiser kreischenden Raubvogel, hatte alle mehr oder weniger ergriffen. Lodoiska aber sah bleich aus wie der Tod und zitterte heftig. Sie war noch zu aufgeregt von dem schauerlichen Gefühl, das der schwindelnd hohe Standpunkt, auf dem sie sich so plötzlich erblickt hatte, in ihr hervorbrachte, um nicht durch eine neue ähnliche Empfindung heftig erschüttert zu werden. Das Gesicht abwendend, trat sie zurück, und als ihr Auge auf die Gräfin traf, warf sie sich mit einer Art von Zucken an die Brust derselben und rief einige Worte in polnischer Sprache. Ihre mütterliche Freundin antwortete ebenso, aber mit sanftem, tröstendem Ausdruck. Dann wendete sie sich zu den Umstehenden und sprach, um gewissermaßen den Gebrauch der fremden Sprache zu entschuldigen: »Sie hat etwas Ähnliches geträumt, darum ergriff der Vorfall sie so heftig.« – »Ja, es war ein Traum, ein recht böser Traum«, setzte Lodoiska mit einem mühsamen Lächeln hinzu. »Aber ich will nicht weiter daran danken«, sprach sie gefaßter und trat wieder zu den übrigen.

Fünftes Kapitel

Um den leichten Schreck zu verwischen, schlug Benno vor, die alte Burg genauer zu besichtigen, was, zumal da er sich zum Führer erbot, dankbar angenommen wurde. Nachher unterhielt man sich mit allerlei geselligen Spielen, schoß mit der Armbrust, warf Reifen und schlug Federball, in letzterem Spiel zeigte Lodoiska sich ganz besonders geschickt und anmutig.

Die Sonne senkte sich schon zu den Bergen hin, ihre Strahlen gewannen schon die leicht rötliche Färbung, durch welche die Landschaften in der späteren Nachmittagszeit in einer so warmen Beleuchtung erscheinen. Nicht ganz mit Unrecht fürchtete man für die Rückfahrt jene schnelle Abkühlung, die in Gebirgstälern stattfindet, sobald die Berge sie erst ganz mit ihren Schatten bedecken. Der Wunsch aufzubrechen wurde daher vielfach ausgesprochen, obwohl man sich ungern gerade in der schönen Zeit von dem romantischen Punkt trennte, wo man die Nachmittagsstunden so angenehm zugebracht hatte. Auch wendete Arnheim ein, daß nichts reizender sein werde, als in der Zeit, wo der Purpur des Abends sich mit dem Silberlicht des Mondes mische, ohne Ruderschlag auf den Wellen des Stromes hinunterzutreiben. Es erhoben sich daher mehrere Stimmen gegen die beschleunigte Abfahrt, und endlich kam man dahin überein, daß man sich teilen wolle. Wer die Abendkühle fürchtete, sollte auf der ersten Gondel sogleich zurückfahren, die übrigen wollten eine Stunde später folgen. Alle jedoch waren der Meinung, daß man zusammen das Abendessen einnehmen müsse. Nach dieser gütlichen Ausgleichung der verschiedenen Ansichten wanderte die größere Hälfte der Gesellschaft den Berg hinunter. Die andere, zu der das Königspaar, Marie, Lodoiska, der Rittmeister, Benno und einige andere gehörten, entschlossen sich auf des letzteren Vorschlag, einen Spaziergang höher in die Berge hinauf zu machen, von dem man sich noch manchen überraschenden Blick in das Tal versprach. Ein Fußpfad, der kaum für zwei Raum hatte, führte in schlängelnden Windungen bergan durch die Waldung.

Der Weg hatte etwas ungemein Reizendes. Versteckt, sich gleichsam heimlich durch den Wald schleichend, zog er sich unbemerkt höher und höher gegen den Gipfel hinan. Zwischen dem Gitter des bewegten Laubes hindurch sah man nach oben den Himmel schimmern, unten den blinkenden Strom glänzen. Weitere Öffnungen des Gebüsches überraschten durch schöne Blicke in das Tal, die mit jeder Wendung des Pfades wechselten. Allmählich wurde es immer einsamer und stiller, der Pfad verschwand fast in dem hoch emporschießenden Gras, die Laubwaldung hörte auf, und die tieferen Schatten eines dunklen Tannenwaldes nahmen die Wanderer auf. Jetzt hatte man in der Tat die Wildnis des Gebirges erreicht. Einen Pfad gab es nicht mehr, aber man ging weich auf der Moosdecke, die den Boden überspann, dahin, und die Luft war erfüllt mit dem balsamischen Geruch kräftiger Kräuter. Die volle Gebirgserdbeere wuchs hier in reichem Maß und ließ die dunkelrote Frucht aus der Blätterhülle hervorschimmern. Einzelne hohe Büsche von Farnkräutern schossen neben den zerstreuten Felsblöcken auf, unter denen das Quellwasser hervorrieselte. Ein hohes Wehen und Rauschen zog durch die Gipfel der Tannen. Die ganze Natur blickte den Menschen hier mit einfach erhabenen Zügen an. Benno, der die Gegend aufs genaueste kannte, schlug mit Sicherheit eine von der bisherigen abweichende Richtung ein, um zu einem hohen malerischen Felsblock zu gelangen, dessen gewaltige Masse hier oben auf einer freien Grasebene gelagert war. Schon sah man ihn in der Entfernung von wenigen hundert Schritten liegen. Er glich fast einem ungeheuren Sarkophag, dessen eine obere Ecke jedoch, weit vorspringend, sich kühn über die Grundfläche hinausstreckte. Auf der Spitze derselben schwankte eine junge Tanne, die ihre zähen Wurzeln um einen Stein geklammert hatte. Unsere Wanderer glaubten sich ganz einsam auf dieser Höhe, als ihnen zu ihrer Verwunderung ein weißes Windspiel entgegensprang, sie anfangs von weitem anbellte, dann aber sich zutraulich näherte und Lodoiskas Liebkosungen durch ein freundliches Anspringen und ein schmeichelndes Hinaufdrücken des Kopfes gegen ihren Schoß erwiderte.

Munter vorausspringend, verschwand das leichtfüßige Tier hinter dem Felsblock. »Vermutlich rastet dort ein Jägersmann«, sprach Benno, »denn hier oben gibt es für den Jagdlustigen oft reiche Ausbeute.«

Man war indessen ganz nahe an den Felsen gekommen und ging, um zu sehen, ob man wirklich nicht allein sei, um denselben herum. Auf der anderen Seite fand man, wie Benno richtig vermutet hatte, zwei Herren in Jagdkleidung, die jedoch, von der Arbeit des Tages ermüdet, im festen

Schlaf lagen und weder durch das Gebell des Windhundes noch durch die Annäherung der Gesellschaft daraus erwachten. »Es müssen Badegäste sein«, sprach Benno leise, »denn ich habe sie schon gestern in Teplitz gesehen. Sie wohnen vermutlich im »Goldenen Löwen«, denn dort gingen sie nach der Morgenpromenade hinein, und ich sah sie, obwohl ich über eine Stunde in dem Haus gegenüber verweilte, nicht wieder herauskommen.«

Indem fiel in der Nähe ein Schuß. Das Windspiel schlug laut an, die Jäger fuhren aus dem Schlaf empor. Sie schienen sehr erstaunt, eine so zahlreiche Gesellschaft von Herren und Damen in ihrer Nähe zu sehen. Rasch sprangen sie daher auf und begrüßten die Angekommenen, indem sie sich zugleich wegen der Lage, in der man sie angetroffen hatte, entschuldigten. Es waren Franzosen. Als große Liebhaber der Jagd hatten sie die Einladung eines böhmischen Edelmannes, dessen Bekanntschaft sie auf der Reise von Prag nach Teplitz gemacht hatten, auf seinem Territorium zu jagen, mit Freuden angenommen, waren aber von ihm abgekommen und ruhten hier oben aus, um Kräfte zur Fortsetzung ihres Vergnügens zu sammeln. Der eben gefallene Schuß mußte von ihrem Freund herrühren, denn man erblickte bald darauf seinen schönen Hühnerhund. Es dauerte auch nicht lange, so sah man ihn unter den Bäumen hervortreten und gerade auf die Gesellschaft zuschreiten. Es war der Baron Sedlazek, ein reicher Gutsbesitzer der Umgegend, den Erlhofen, Arnheim und Benno sehr wohl kannten. Man begrüßte einander mit der erhöhten Teilnahme, die ein Begegnen am ganz unvermuteten Ort erzeugt, und der Baron bat um Erlaubnis, sich mit seinen beiden Freunden, die er als die Herren von St.-Luces und Beaucaire vorstellte, der Gesellschaft anschließen zu dürfen, was natürlich höflich angenommen wurde. Marie hatte währenddessen zufällig entfernt gestanden und daher die Namen der Ankömmlinge nicht gehört, sonst wäre sie freilich aufs heftigste erschrocken, da sie wußte, wie nahe sie mit dem Schicksal ihres Bruders zusammenhingen. Von Ansehen kannte sie keinen derselben.

Man trat jetzt gemeinschaftlich den Rückweg zu dem Schloß an. Die beiden Fremden wußten sich mit französischer Gewandtheit und Galanterie den Damen zu nähern und waren bald so bekannt mit ihnen, als wären sie die ältesten Freunde. Da man einzeln hinabsteigen mußte, hielt der ältere der Fremden, St.-Luces, den Rittmeister ein wenig zurück und fragte ihn mit der gewöhnlichen geselligen Neugier nach Stand und Namen der Anwesenden. Auch Beaucaire drängte sich zu hören heran. Die Namen Erlhofen, Benno, selbst die der Gräfin und Lodoiskas schienen sie ziemlich gleichgültig zu lassen. Als aber Arnheim Marie nannte, fiel der ältere Fremde ihm überrascht in die Rede: »Wie? Rosen? Aus Dresden? Haben Sie gehört, Beaucaire?« – »Allerdings«, erwiderte dieser mit einer Miene, deren seltsamer Ausdruck dem Rittmeister auffiel.

»Kennen Sie die junge Dame?« fragte er erstaunt. – »Ein wenig verehrtester Freund«, erwiderte St.-Luces, »ein wenig. Ich habe sie in Dresden, wo ich mich vor einigen Monaten aufhielt, mehrmals im Theater gesehen, und da mir ihr angenehmes Äußere auffiel, sie mir nennen lassen. Dies ist unsere ganze Bekanntschaft.« Dabei warf er jedoch so seltsame Blicke zu Beaucaire hinüber, daß der Rittmeister wohl merkte, es müsse hier eine andere Beziehung sein, die seine Neugier nicht wenig spannte. Denn er mochte sich's gestanden haben oder nicht, er hatte eine lebhafte Neigung für Marie gefaßt, und diese unvermutete Bekanntschaft, die St.-Luces mit ihrem Namen zeigte, regte allerlei eifersüchtigen Verdacht in ihm auf.

»Sagen Sie mir doch«, fuhr dieser indessen fort, »ist diese junge Dame allein oder mit ihren Verwandten hier?«

»Soviel ich weiß, nur mit ihrer Mutter«, entgegnete Arnheim, die jedoch ihrer Kränklichkeit wegen zu Hause geblieben ist.« – »Also ihr Bruder ist nicht mit hier?« – »Ihr Bruder? Ich weiß von keinem. Es ist indessen nicht unmöglich, daß er hier gewesen ist oder erwartet wird, da ich erst seit einigen Tagen die Ehre habe, das Fräulein zu kennen, so kann ich über ihre näheren Familienverhältnisse durchaus keine Auskunft geben.« – »Also dürfte man den Bruder noch erwarten?« fragte St.-Luces mit einem Eifer, der zeigte, daß ihm daran gelegen war.

»Darüber könnte die Dame Ihnen wohl selbst am besten Auskunft geben«, erwiderte der Rittmeister, dem das gegenseitige Anblicken beider Fremden, ihre bedeutenden Augenwinke immer auffallender wurden. Sie fragten indes nicht weiter, und Arnheim suchte sich von ihnen loszumachen, was ihm um so leichter wurde, da beide ziemlich weit zurückblieben und leise, aber emsig miteinander sprachen. Um so angelegentlicher bemühte er sich dagegen, Marie zur Seite zu kommen, um ihr zu sagen, daß sie von jenen Fremden gekannt sei, und womöglich zu erfahren, wie es mit jener Bekanntschaft, die von ihrer Seite durchaus nicht geltend gemacht worden war, zusammenhängen möge. Bei einer Wendung des Pfades gelang es ihm, durch einen kecken Sprung den Abhang hinunter die vor ihm Gehenden abzuschneiden und Maries Nachbar zu werden. »Sie sind die einzige Dame der Gesellschaft«, sprach er, nachdem einige unbedeutende Worte hin und her gewechselt waren, »die von beiden Fremden nicht unbekannt ist. Sie behaupten, schon in Dresden das Glück gehabt zu haben ...« – »Das wüßte ich nicht«, entgegnete Marie ein wenig schnell. »Sie scheinen mir französische Offiziere zu sein, mit denen ich durchaus nicht in Bekanntschaft gestanden habe.« – »Vielleicht in keiner näheren«, antwortete Arnheim, »doch war dem älteren Herrn Ihr Name bekannt, und er versichert, Sie öfters im Theater gesehen zu haben.«

»Unmöglich«, entgegnete Marie, »ich bin seit länger als einem Jahr nicht im Theater gewesen und niemals, wenn französische Garnison in

Dresden stand.« Ihre Antwort war so lebhaft, daß Arnheim ihr mißfällig gewesen zu sein fürchtete. Und in der Tat fühlte sich Marie auch fast beleidigt, da sie bei ihrem tiefgewurzelten Haß gegen die Feinde ihres Vaterlandes es fast für einen Frevel gehalten hätte, mit französischen Offizieren Umgang gehabt zu haben, selbst wenn sich in jener Zeit nicht so leicht eine üble Nachrede an Bekanntschaften dieser Art geknüpft hätte. »Ich darf beteuern«, sprach Arnheim, »daß ich nur wiederhole, was mir die Herren selbst gesagt haben.«

»Ich glaube Ihnen das sehr gern«, entgegnete Marie milder, weil sie glaubte, Arnheim fühle sich verletzt, »aber Sie wissen, es liegt in der Art der Franzosen, überall gewissenlos zu verfahren, selbst mit dem Ruf eines Mädchens. Die Bekanntschaft dieser Herren mit mir ist möglich, wenn sie mich auf der Straße oder beim Spaziergang gesehen haben. Sie besteht aber, ich versichere es Ihnen nochmals, nur von ihrer Seite.«

Arnheim, dem es lieb war, daß keine seiner Vermutungen sich bestätigte, brach das Gespräch ab, das Marie so sichtlich verletzte. Und so war von den beiden Fremden weiter nicht mehr die Rede.

Der Weg abwärts ließ sich rascher zurücklegen als aufwärts. Man erreichte denn auch bald den Schreckenstein wieder, wo man noch eine kurze Zeit verweilte und dann, als die untergehende Sonne eben den hellen Himmel mit rosigem Duft überhauchte und der bleiche Vollmond gegenüber im lichten Äther schwebte, die Gondel wieder bestieg, um auf den Wellen des schönen Stromes bis an das Städtchen hinunterzutreiben. Die Gesellschaft überließ sich dem Genuß der Wasserfahrt und des in der Tat entzückenden Abends. Die gefürchtete Kühle war nicht eingetreten, sondern nur laue Lüfte kräuselten die Wellen. Die Häupter der Berge waren auf der einen Seite von purpurnem Dämmerschein umflossen, auf der anderen zog sich das flüssige Nebelsilber des Mondlichts duftend um die schwarzen Gipfel. Die Elbe spiegelte Himmel und Ufer in sanft wallenden Linien klar zurück. Aus dem Wasser heraus stieg ein kühler, erfrischender Hauch. Man saß still, fast ohne zu sprechen, in dem selig beruhigenden, alle wehmütigen Gefühle des Herzens erweckenden Genuß verloren. Da erklangen unvermutet die leise angeregten Akkorde einer Gitarre.

Alles horchte auf. Ein eigentümliches Gefühl ergriff die Brust bei diesen Klängen, die so sehr an italienische Sitte mahnten, denn wer hätte nicht, sei es durch Schilderungen oder durch eigene Erfahrung, schon jene südlichen Empfindungen gekannt, die durch die schaukelnde Barke und das Lied des Gondoliere in uns erweckt werden. Es war, als ziehe der Strom mit seinen Ufergebirgen plötzlich unter einem italienischen Himmel dahin, als sei es die Welle der Brenta oder des Po, von der man sich geschaukelt fühle. Der schöne, blondgelockte Benno war es, der die Saiten gerührt hatte, um eine Ballade vorzutragen, die er auf eine Sage von dem Schreckenstein gedichtet hatte. Die Schiffer saßen lauschend am Steuer und richteten die Blicke auf den Sänger. Die übrigen Hörer winkten, erfreut durch die Überraschung, einander mit den Augen still zu. Man hörte jetzt nichts als das leise Flüstern der Wellen an dem Kiel des Schiffes. Der Mond warf seine Strahlen auf Bennos Angesicht, der, einem begeisterten Improvisator gleichend, das große blaue Auge gegen das Licht aufschlug und dann mit wohlklingender Stimme die im Vers gebrachte Sage vortrug, wonach ein tyrannischer Vater den Geliebten seiner Tochter, als dieser bei Nacht den steilen Fels hinaufklimmte, tückisch lauernd in den Abgrund gestürzt haben soll. Die Geliebte in ihrem Schmerz stürzte sich nach in den Strom, und die ewig fortziehenden Wellen desselben bilden die Gruft des liebenden Paares und kühlen die Glut ihrer Schmerzen. Benno sang mit sanfter, angenehmer Stimme und tief empfundenem Ausdruck.

Am Schluß des Liedes saß alles, wie zuvor, in tiefem Schweigen. Wen hätte die traurige Mär nicht erschüttert? Wer hätte nicht in der eigenen Brust Anklänge gefunden für die heiligen Gefühle der Unglücklichen? Selbst St.-Luces und Beaucaire hatten so viel geselligen Takt, die Stille nicht sogleich zu unterbrechen, obwohl sie neugierig auf den Inhalt des Gesanges, dessen Worte sie nicht verstanden hatten, waren.

Indessen war man nahe an der Stadt, und das lebhaftere Treiben am Ufer sowie einige kreuzende Nachen mit Lustfahrenden aus dem Städtchen unterbrachen die heimliche Ruhe, die bisher in der Landschaft geherrscht hatte. Nach und nach entfesselte sich nun auch die so lange verstummt gebliebene Rede wieder, und man kam in lebhaftem Gespräch am Landungsplatz an. Dort hatte sich der Teil der Gesellschaft, der vorangeschifft war, versammelt und empfing die Ankommenden mit freudiger Begrüßung. In ungeordnetem, fröhlichem Durcheinanderschwirren begab man sich in den Gasthof, wo der hell mit Kerzen erleuchtete Saal die Gesellschaft wieder aufnahm und den angenehmen Anblick einer mit Früchten, kalten Speisen und Wein wohlbesetzten Tafel darbot, an der man sich vor der Rückfahrt noch einmal gesellig sammelte und durch Scherz und belebtes Gespräch den heiteren Tag beschloß. Endlich, als es fast Mitternacht war, mußte man sich doch trennen und zur Heimkehr anschicken. Erlhofen konnte die Gelegenheit zu einer wohlgesetzten Rede nicht ungenutzt verstreichen lassen. Er erhob sich auf seinem Platz, füllte sein Glas und sprach: »Nach einer kurzen, aber, so hoffe ich, rühmlicheren Regierung als je ein zeptertragender König geführt hat – denn während meiner Herrschaft wurde keine Minute anders als zur Beglückung meiner Untertanen verwendet – nach einer solchen kurzen Titusthronverwaltung nehme ich die mir anvertraute Krone wieder vom Haupt und lege das Zepter dabei nieder. Kein Aufruhr hat mich gestürzt, nicht die Hand des Todes raffte mich hinweg, aber mein Reich verschwindet noch spurloser von der Erde als das des Königs Priamus, denn meine Untertanen zerstreuen sich, nur einem unwiderruflichen Spruch des Schicksals gehorchend, weithin in alle Welt. Der mit einem Zepter verlängerte Arm streckt sich gigantisch über weite Länderstrecken und Millionen Bewohner derselben, schützend und strafend aus. Man raube ihm die zwei Fuß Herrscherstab, und er verkürzt sich um zwanzigmal soviel Meilen, er schrumpft ein zu einem liliputanischem Stumpf, der froh ist, wenn er sich eine Fliege von der Nase jagen kann. Wie schmerzlich empfinde ich's daher, teure Freunde und Untertanen, daß ich jetzt gleich diese entsetzliche Amputation werde erdulden müssen! Noch bin ich euer Gebieter, noch halte ich euch mit dem Band unseres Freudengesetzes zusammen. Wenige Körner Sand verrinnen, und das Band ist gesprengt, und ihr fahrt auseinander, oder vielmehr zusammen, nach Hause, versteht sich. Jetzt erst beginnen die mühseligen und gefahrvollen Wege, und jetzt gerade überläßt der Abfall eines Herrschers euch dem Zufall, der so leicht zum Fall werden kann auf der holprigen Straße nach Teplitz. Nun denn, meine Untertanen, fahret hin! – aber fahret wohl!« Damit leerte er sein Glas, bot der Monarchin den Arm und führte sie hinab an den Wagen. Wie zuvor stieg man nach geordneten Paaren ein, und eines nach dem anderen rollte in der schönen Mondnacht dahin, die ihren sanft verhüllenden Schleier über Täler und Gebirge warf.

Der Tag der Freude war verrauscht, die herzliche Luft verklungen. Nur ein leises Echo bebte noch in mancher Brust nach und erfüllte sie mit süß wehmütigen Empfindungen.

Sechstes Kapitel

Der Morgen graute bereits, als Marie leise wieder in die kleine Hinterpforte trat, deren Schlüssel sie mitgenommen hatte, um, ohne jemanden zu stören, ihr Schlafgemach erreichen zu können. Es nahm sie wunder, daß in dem Zimmer der Mutter noch Licht brannte. Vorsichtig schlich sie näher und blickte durch die mit Weinlaub vergitterten Fenster hinein. Es brannte eine Nachtlampe, ein Lichtschein warf einen dunklen Schatten auf das Bett, und an demselben saß auf einem Lehnsessel eine weibliche Gestalt, deren Züge Marie nicht unterscheiden konnte. Ein heftiger Schreck durchbebte sie bei diesem Anblick. Sie empfand ihn bis in die zitternden Knie hinein, so daß es ihr fast unmöglich wurde, sich auf den Füßen zu halten und in das Haus zu gehen. War die Mutter plötzlich so krank geworden? War ihr irgendein anderes Unheil zugestoßen? Von diesem Gedanken geängstigt, trat sie in ihr Zimmer ein und öffnete alsdann leise die Tür, die zur Mutter führte. Als sie eintrat, erwachte die Wirtin, denn sie war es, die im Lehnstuhl saß, aus dem leichten Schlummer, in den sie gesunken war. Sie erkannte Marie sogleich und winkte ihr mit dem Finger auf dem Mund Ruhe zu, während sie mit der anderen Hand auf die schlummernde Kranke deutete. Marie blieb erwartungsvoll in der Tür stehen. Frau Holder ging ihr auf den Zehen entgegen und mit ihr in das Nebenzimmer. »Um Gottes willen, was fehlt meiner Mutter?« fragte sie, als die Tür geschlossen war, aus tief beklommener Brust.

»Ängstigen Sie sich nicht zu sehr, liebes Fräulein«, entgegnete die Wirtin beruhigend, »der Zufall wird nicht von Bedeutung sein. Heute früh, als Ihre Frau Mutter sich, von mir begleitet, nebst vielen anderen Brunnengästen auf der Promenade befand, erschallte plötzlich der Ruf: ›Ein toller Hund, ein toller Hund!‹ Alles stürzte erschreckt auseinander und suchte eine Zuflucht in den nächsten Gebäuden. Auch wir flüchteten mit größter Eile, um ein Haus zu erreichen. Da hörten wir lautes Geschrei hinter uns, und als wir uns umsahen, erblickten wir in der Tat das wütende Tier im vollen Lauf in die Richtung, die wir genommen hatten. Im Schrecken stürzten wir seitwärts die kleine Anhöhe hinan, zu den großen Kastanienbäumen hinauf. Wir erreichten sie glücklich. Das tolle Tier nahm seinen Lauf an uns vorüber, zu der Stadt hin, wo es auch erschossen worden ist. Allein die Anstrengung und der Schreck hatten uns beide ganz außer Atem gebracht, und besonders Ihrer Frau Mutter war die Brust etwas angegriffen, daher ihre Unpäßlichkeit.«

Marie hatte bebend und mit abwechselndem Erröten und Erblassen die Erzählung angehört. Sie schöpfte erst Atem, als es vorüber war, dann sprach sie gefaßt: »Sagen Sie mir alles, liebe Frau Holder, ja alles. Ich muß es ja wissen, wenn ich die Pflegerin meiner Mutter sein soll! Ist der Arzt hiergewesen? Was hat er verordnet?« Im Sprechen verlor Marie ihre schwer errungene Fassung wieder, denn immer ängstigendere Vorstellungen stiegen während dieser Frage in ihr auf.

»Gewiß haben wir sogleich zum Arzt geschickt«, sprach die Wirtin. »Er hat der Kranken vor allem Ruhe empfohlen, da er hörte, daß sie etwas Blut ausgeworfen habe.« – »Ein Blutsturz!« rief Marie von dem schrecklichen Wort mit plötzlicher Übermacht getroffen. »Allmächtiger Gott, auch das noch sendest du mir!« Es war zuviel für ihre Kräfte. Die ganze weibliche starke Entschlossenheit ihrer Seele war durch diesen unvermuteten Schlag bis zur Erstarrung gelähmt. Denn da sie die Leiden der Mutter kannte, öffnete das Wort alle Tore der düsteren Ahnung in ihrer Brust. Sie mußte sich von der Frau Holder in einen Sessel leiten lassen, auf dem sie sich ermattet niederließ. »Seien Sie nicht besorgt«, sprach diese tröstend, »der Arzt hat die beste Hoffnung gegeben. Nur möglichste Ruhe hat er uns anempfohlen, damit der Anfall sich nicht wiederhole. Gehen Sie darum nur ruhig schlafen, ich will schon weiter am Bett der Kranken wachen. Sie weiß einmal, daß ich bei ihr bin, und würde vielleicht erschrecken, wenn sie plötzlich sähe, daß Sie die Pflege übernommen haben. Denn sie hat streng geboten, Ihnen bei Ihrer Rückkunft nichts zu sagen, weil morgen doch alles wieder gut sein würde und Sie dann den Schreck nicht gehabt hätten. Das wagte ich aber doch nicht, ganz so auf mich zu nehmen. Nun müssen Sie aber auch hübsch ruhig hier auf Ihrem Zimmer bleiben und sich niederlegen, denn sonst werden Sie am Ende auch noch krank. Sie müssen ja ganz erschöpft sein von der langen Spazierfahrt!«

Marie war es freilich, doch hätte sie Kräfte genug in sich gefunden, um auch diese neue Anstrengung zu ertragen, wenn nicht der plötzliche Schreck sie so heftig getroffen hätte. Aber, sie durfte sich's nicht ableugnen, in dem Zustand der Aufregung, in dem sie sich jetzt befand, wäre sie zur Krankenpflege völlig untauglich gewesen. Daher mußte sie das wohlwollende Anerbieten der Wirtin annehmen, die mit sorglicher Teilnahme entschieden darauf drang, daß Marie sich niederlegen und wenigstens einige Stunden der Ruhe pflegen solle. Sie tat es, obwohl sie überzeugt war, daß kein sanfter Schlaf sie erquicken werde. Doch verursachte die große Ermüdung des Körpers, verbunden mit der Erschütterung ihrer Seele, eine solche Abspannung ihrer Kräfte, daß sie wenigstens in eine Art von Betäubung versank, während der die Aufregung des Gemüts, überwunden durch die Kraft der Natur, schwieg. So gewann der Körper die notwendige Erholung, die sie sich freiwillig nicht gewährt haben würde.

Nach einigen Stunden trat Frau Holder an ihr Lager und weckte sie mit sanfter Anrede. Sie stand schnell auf, kleidete sich flüchtig an und ging zur Mutter hinein. Mit Festigkeit nahm sie sich's vor, ihre Seele zu beherrschen und ihren bangen Schmerz auch nicht durch die leisesten Spuren zu verraten. »Guten Morgen, meine beste Mutter«, sprach sie mit leichtem Hauch des Tons, »wie geht es dir? Ist dir etwas besser?«

Die Kranke zeigte in den sanften stillen Zügen ihres Angesichts den ruhigen Ausdruck der Ergebung in ihr Leiden. Jene Ergebung, mit der sie seit langen Jahren alle harten Schläge des Geschicks in christlicher Fassung trug und sich der frohen Ereignisse niemals überhob. Sie lächelte die Tochter mild an, jedoch ohne zu sprechen, und bot ihr die auf dem Bett ruhende Hand durch ein leichtes Umwenden und Öffnen dar, hatte indes die Kraft nicht, sie zu erheben. Marie durchschaute mit dem Scharfblick liebender Sorge die leichte Hülle der Ruhe, unter der die Mutter ihren Zustand zu verbergen suchte. Bei dem ersten Anblick des lieben, duldenden Angesichts fühlte sie die entsetzliche, unausweichliche Wahrheit – sie ist für dich verloren! An dem matten Auge, an der blassen Lippe erkannte sie es, noch mehr als an der stummen Begrüßung, an jenem Versagen der Sprache, das der freundlichen Mutter so ganz unähnlich sah. Ihr Herz zuckte unter der Berührung dieses neuen Jammers, der über sie kam. Doch sie behielt die Festigkeit, und ihr Mund lächelte, während ihre Brust von namenlosem Schmerz zerrissen wurde.

»Meine liebe, gute Mutter«, sprach sie, »während ich leichtsinnige Freude in Fülle und Übermaß genoß, mußte ein entsetzliches Unheil dich treffen und dir in der kurzen Zeit, die der Herstellung deines schwachen Körpers gewidmet war, ein neues Leiden bereiten! Aber gewiß hoffe ich, es werde ebenso schnell vorübergehen, wie es plötzlich gekommen ist. Bleibe nur recht ruhig, antworte mir gar nichts, tröste mich nicht, heiße mich nichts tun. Ich vermag alles, was du bedarfst und wünschest, in deinen Augen zu lesen, und meine wachsame Aufmerksamkeit wird erraten, was du nicht durch Winke ausdrücken kannst.«

Sogleich legte sie auch Hand an, um das eingesunkene Lager der Kranken wiederherzustellen und ihrer bedrängten Brust eine freiere Lage zu verschaffen. Dann füllte sie eine Schale mit Tee, den der Arzt verordnet hatte, und reichte ihn, vorsichtig gekühlt, in kleinen Pausen der Mutter dar. Als diese getrunken hatte, fragte Marie: »Soll ich dir vorlesen?« Ein Wink des Auges war ihr genug, um ein Andachtsbuch herbeizuholen, in dem die Mutter jeden Morgen zu lesen pflegte. Mit sanfter, aber fester Stimme begann sie nun das ernste Geschäft. Die schlichte Frömmigkeit, die einfache Würde der Gesinnung, die in dem Buch waltete, stärkte auch ihr banges Herz, daß es sich mit Kraft erhob, in den irdischen Leiden und Beängstigungen. Nach wenigen Seiten kam sie an eine Stelle, die für ihre Lage besonderst geschrieben zu sein schien. Sie las sie, tief im Innersten von der größten Wahrheit durchdrungen, mit erhöhter Stimme, mit wachsender Kraft der Ergebung und des Vertrauens, so daß die Mutter auf ihrem Krankenlager von den freudigen Worten der Tröstung stärkend aufgerichtet wurde und mit belebterem Auge zuhörte. Marie, die es nicht unterließ, in kleinen Zeiträumen über das Buch hinweg die Kranke anzublicken, um jedem ihrer Wünsche zuvorzukommen, bemerkte den Eindruck, den die Stelle gemacht hatte. »Soll ich dies noch einmal lesen, beste Mutter?« fragte sie freudig, denn sie kannte deren Gewohnheit, Stellen, die ihr besonders zusagten, zu wiederholen. Die Kranke lächelte und winkte mit dem Haupt. Marie las: »Es gibt Zeiten im Leben, wo sich uns der heitere Himmel ganz zu verbergen scheint und eine graue, trübe Wolke nach der anderen heraufzieht und über unserem Haupt verweilt. Wir meinen dann wohl oft, nun sei das Maß gefüllt und wir wüßten nicht, wie uns noch ein härteres Los, ein schmerzlicheres Leid treffen könnte. Das aber ist die Gesinnung eines verzagenden Gemüts, das die unendlichen Wohltaten Gottes verkennt. Seine Gnade ist zu groß, um euch das Maß des Elends erschöpfen zu lassen. Ihr würdet es nicht ertragen. Ehe ihr den Kelch zur Hälfte leert, schwinden eure irdischen Kräfte. Aber weshalb glaubt ihr, daß ihr die Tiefe des Jammers erschöpft habt? Weil ihr nicht mehr mit dankendem

Herzen betrachtet, welche reiche Fülle göttlicher Wohltaten euch auch dann noch immer umgibt, wenn ihr nur den Stachel des Schmerzes zu empfinden glaubt. Eine Frucht von dem Baum des Lebens zernagt der Wurm, und sie fällt verdorrt herab, aber noch prangt die ganze übrige Krone in reicher Fülle der Früchte, des Laubes, der Blüten und Keime zu tausend neuen Früchten. Ihr aber beweint nur, was ihr verloren habt, und verschließt euer undankbares Auge allem, was euch bleibt. Einer Mutter stirbt ein geliebtes Kind. Sie klagt im tiefsten Schmerz und sieht nicht, wie ein blühender Kreis lieblicher Söhne und Töchter sie noch umringt, durch deren Liebe der Herr ihr tausend Wonnestunden der Zukunft zu bereiten trachtet. Und wenn euch alles geraubt würde, wenn eine Waise allein trostlos und jammernd ohne Rat und Hilfe stände, wenn sie nirgends mehr eine Pforte erblickte, die aus dem öden Abgrund des Jammers in das heitere Tal der Freude zurückführte – bliebe ihr nicht der alliebende Vater? Ebnet seine Hand nicht tausend Pfade, wo das sterbliche Auge keinen Ausweg mehr entdeckt? Ist alles Weh, was euch betrifft, nicht schnell vorüberziehendes Weh der Erde? Und wohnt die ewige Freude nicht in den unendlichen Räumen des Himmels? Wenn es hier düstere Nacht ist, wenn Nebel und Wolken euch die Gestirne verdecken, flammen nicht tausend blitzende Sonnen im Weltraum über dem niederen Erdengewölbe? Ja, ruht nicht die Hälfte dieser Erde selber noch im Glanz des Lichts, während die andere in schnellfliehende Nacht gehüllt ist? So gewiß euch der Anbruch des rosigen Morgens ist, so gewiß ist dem Glaubenden die Seligkeit nach der kurzen Stunde der Prüfung. Darum, liebe Freunde, seid getrost. Ein Auge gibt es, das dringt durch die tiefste Nacht der Wolken und zählt die Tränen der Bekümmerten, die zu seinem sanften Strahl hinaufblicken. Ein Herz gibt es, das fühlt den Jammer in jeder Brust, die sich nicht treulos von ihm abwendet. Eine Hand gibt es, die reicht in den dunkelsten Abgrund und ergreift die Hand des Hilflosen, die sich ihr entgegenstreckt. Dieses Auge wacht stets über euch, dieses Herz schlägt mit dem eueren, die Hand leitet euch auf dunklen Wegen der Drangsal und der Gefahr. Darum seid getrost, denn wo ihr wandelt, da wandelt der Herr mit euch, und er verläßt keinen, der ihm getreu ist.«

Im eifrigen Lesen hatte Marie nicht bemerkt, daß der Arzt eingetreten war und schon seit einigen Minuten an der Tür stand und zuhörte, ohne von ihr oder von der Kranken gesehen werden zu können. Er näherte sich jetzt, indem er, um Marie eine leichte Verwirrung zu ersparen, den Schein annahm, als sei er soeben gekommen. Der schon alternde Mann wünschte einen freundlichen guten Morgen und trat dann zu der Kranken, deren Puls er faßte und sie aufmerksam betrachtete. »Hm, noch immer ein wenig unruhig«, sprach er, »wir müssen noch mit besänftigenden Mitteln fortfahren.«

Nachdem er einige Fragen über die Kranke gestellt hatte, nahm er Papier und Feder und schrieb ein Rezept auf, dessen eilige Bereitung er empfahl. Dann schickte er sich an zu gehen. Marie begleitete ihn unter dem Schein der höflichen Formen, in der Tat aber, um von ihm die Wahrheit über den Zustand der Mutter zu erfahren, da sie selbst die härteste Gewißheit mit größerer Fassung und Standhaftigkeit zu tragen sicher war als jenen Zustand der unbestimmten Angst, die zu der wirklichen Gefahr tausend neue schafft. Mit bittendem Ton, aber doch mit entschiedener Gemütsruhe, sprach sie daher im Vorzimmer zu ihm: »Sagen Sie mir die Wahrheit, die volle reine Wahrheit. Halten Sie mich nicht für ein schwaches, weibliches Geschöpf, das in müßige verschlimmernde Klagen ausbrechen oder gar in ohnmächtiger Mutlosigkeit hinsinken wird, wenn die Gefahr drohend ist, aber gönnen Sie auch einer bangen Tochter den Trost der Hoffnung, den Ihr Ausspruch ihr gewähren kann. Sagen Sie mir die strenge Wahrheit, darum bitte ich Sie noch einmal so dringend, als nur je ein Wunsch es vermag!« – »Mein gutes Kind«, entgegnete der Arzt freundlich, aber weich, »Sie tun am besten, sich an die schönen Worte des Trostes zu halten, die ich Sie bei meinem Eintritt lesen hörte. Ich habe wenig Hoffnung! Kehrt der Blutsturz wieder, so ist es vorbei. Bis Mittag wird sich das, denke ich, entscheiden!«

So gefaßt Marie war, so fest ihr Entschluß gewesen war, jede weiche Regung stark zu überwinden, dieses rauhe Todesurteil raubte ihr doch einen Augenblick die Kraft. Sie brach in bitterliche, stille Tränen aus und mußte sich erschöpft an die Schulter des Arztes lehnen, der ihr mit sanften Worten Mut zusprach. Nach einigen Minuten richtete sie sich wieder auf. »Es ist nun überwunden«, sprach sie matt, »ich fühle, daß ich die Stärke habe, um am Lager der Mutter mit Fassung auszudauern. Ich danke Ihnen, daß Sie mir nichts verborgen haben. Ich nehme nun das Härteste für gewiß an, ich ergebe mich in den Verlust des Teuersten, des Einzigen, was ich jetzt auf dieser Erde besitze!«

»Denken Sie an das Auge, das die Tränen des Ihrigen zählt, an das Herz, das mit dem Ihrigen schlägt, an die Hand, die Sie führen wird auf einsamen Wegen des Lebens«, sprach der Arzt, »das wird Ihnen Mut und Stärke in der letzten Stunde geben. Leben Sie jetzt wohl! In einigen Stunden sehen Sie mich wieder. Fällt indessen das mindeste vor, so senden Sie nach mir, und ich werde auf das schleunigste hier sein.« Mit diesen Worten nahm er Maries Hand, drückte sie mit freundschaftlicher Wärme und verließ dann schnell das Gemach, da die Rührung ihn selbst zu überwältigen drohte.

Marie aber warf sich fromm auf die Knie nieder und betete aus inbrünstigstem Herzen zu Gott, daß er ihr Kraft verleihen möge in der Stunde der Prüfung. Noch einmal vergoß sie sanfte erleichternde Tränen, dann durchdrang das freudige Gefühl der kräftigen Entschließung ihre Seele, und sie kehrte mit erleichterter Brust zu der Mutter zurück.

Siebtes Kapitel

St.-Luces und Beaucaire waren, als sie in ihre Wohnung heimkehrten, zu ermüdet, um über die Ereignisse des Tages noch ausführlich zu sprechen. Am Morgen jedoch, als der Diener Beaucaire den Kaffee brachte, war es sein erster Gedanke, die Entdeckung, die er gestern gemacht hatte, und die mancherlei Pläne, die er sogleich entworfen hatte, weiter zu verfolgen. Er ging daher zu St.-Luces hinüber, den er schon am Schreibtisch sitzend fand, begrüßte ihn und begann folgendermaßen: »Ich glaube, wir haben gestern glückliche Jagd gemacht, wenigstens sind wir auf der Fährte eines edlen Wildes, das uns tausend Napoleondor Schießgeld eintragen könnte.« – »Freilich, freilich«, entgegnete St.-Luces lächelnd, »aber es ist nur die Frage, wie wir es vor den Schuß bringen. Ich bin soeben schon damit beschäftigt, Schritte in der Sache zu tun, nämlich nach Dresden zu schreiben, um mir einige nötige Vollmachten zu verschaffen, damit ich die hiesigen Behörden in Requisition setzen kann, denn wie wir hier sind, vermögen wir gar nichts.« – »Das ist nicht der Weg, den ich einschlagen würde«, entgegnete Beaucaire, »ich fürchte, er führt uns nicht weiter, als wir das erste Mal kamen. Wir haben es mit Bewohnern veränderter Länder zu tun, gegen die man schonend verfahren *will*, sonst hätte man längst durch Mutter und Schwester den Aufenthalt des Bruders ermitteln können, denn an das Märchen von dem Duell und an die völlige Unkunde der Mutter von dem Aufenthalt des Sohnes hat doch wohl niemand geglaubt. Und gesetzt auch, sie habe ihn damals nicht gekannt, so leidet es doch keinen Zweifel, daß sie ihn früher oder später erfahren mußte. *Wollte* man ihn daher durch das Geständnis der Frauen ermitteln, so wäre nichts in der Welt leichter gewesen. Ich bezweifle also, daß man uns jetzt die nötigen Vollmachten einräumen wird, und geschähe es auch, so gäbe es jedenfalls eine gehässige, öffentliche Szene, für deren Ausgang ich bei der Erbitterung, die trotz der Verbindung des Kaisers und seiner Verwandtschaft mit dem Haus Österreich hier gegen uns herrscht, nicht stehen möchte. Allein mir scheint, wir hätten noch andere Mittel, um hinter das Geheimnis zu kommen.« – »Und die wären?« fragte St.-Luces aufmerksam. – »Wir müssen nur nicht geizig sein«, fuhr Beaucaire mit einem schlauen, boshaften Lächeln fort, »und von den tausend Naboleondor fünfzig bis hundert zu opfern wissen, die der Postmeister hier erhielte, falls er uns alle Briefe zu einer kleinen Durchsicht auslieferte, die von den beiden Frauen abgesendet werden oder an sie einlaufen. Meinen Sie nicht, daß unser heißes Messer das Siegel von einem Frauenzimmerkuvert ebensogut lösen würde wie von den sorgfältigst verwahrten diplomatischen Depeschen?« – »Ich fürchte nur, man hat uns bereits erkannt und wird gar sehr auf der Hut sein!« – Wer sollte uns erkannt haben?« rief Beaucaire. »Das junge Mädchen? Dies hätten wir sogleich bemerken müssen, aber ich bin überzeugt, sie hat nicht einmal unseren Namen gehört, denn als wir vorgestellt wurden, war sie zu weit entfernt, und von dem Augenblick an, wo ich erfuhr, wer sie sei, habe ich sie nicht aus den Augen gelassen.« – »Auch ich nicht«, entgegnete St.-Luces, »aber gerade an ihrem Benehmen, ihren Blicken glaube ich wahrgenommen zu haben, daß sie, wenn sie uns nicht kennt, doch wenigstens irgendeinen Argwohn gegen uns hat oder nach einer Erinnerung sucht, mit der sie uns in Verbindung bringen will.« – »Und wenn die Frauen uns beide vollständig kennen sollten, was täte dies letzten Endes?« rief Beaucaire aus.

»Sie wären aufs äußerste vorsichtig, ihre Briefe auf Umwegen befördern, vielleicht gar abreisen!« – »Möchten sie doch! Ihre Vorsicht könnte sich aber doch nur auf die abzusendenden, nicht auf die ankommenden Briefe erstrecken, und die letzteren würden uns am Ende noch mehr Licht geben als die ersteren, die vielleicht unter einer falschen Adresse abgehen. Denn das wird der flüchtige Ritter um seiner eigenen Sicherheit willen wohl angeordnet haben.«

St.-Luces ging nachdenklich auf und ab. »Und werden Sie«, fragte er plötzlich, »nicht an der plumpen Ehrlichkeit der deutschen Beamten scheitern und uns vielleicht gar kompromittieren?« – »Ich dächte, Herr Baron«, erwiderte Beaucaire etwas empfindlich, »ich hätte Ihnen einige Beweise gegeben, daß ich schwierigere Unterhandlungen einzuleiten gewußt habe, wobei mehr auf dem Spiel stand. Wann wäre ich so ungeschickt gewesen, uns früher preiszugeben, als bis ich des Gegners gewiß war? Seien Sie außer Sorgen, überlassen Sie die Sachen *mir*, ich will schon Mittel finden, den Faden fein anzulegen und fortzuspinnen, aus dem ich die Fangschlinge für unseren Abenteurer zu knüpfen hoffe.«

St.-Luces ging noch einige Male unschlüssig im Zimmer auf und nieder, dann reichte er seinen Genossen entschieden die Hand und sprach: »Nun, meinethalben, ich lasse Sie gewähren, ich will Ihnen auch den größten Anteil des Lohnes lassen, nur gefährden Sie den Ruf unserer Gewandtheit nicht. Denn eben weil hier alle Spur verloren schien, weil man nicht gerade zu auffallende, die Gemüter erbitternde Zwangsmaßregeln gebrauchen wollte, käme mir viel darauf an, die Sache mit einer geschickten Wendung zu beendigen, um mich dadurch zu neuen wichtigen Aufträgen zu empfehlen. Wir sind eng miteinander verknüpft, Freund, denn Sie folgen meiner Bahn Stufe für Stufe. Rücke ich aufwärts, so nehmen Sie die Lücke ein, die ich lasse, und Sie können darauf zählen, daß ich Ihnen die Hand reichen werde, um Sie nachzuziehen, bevor ein anderer sich eindrängen kann. Noch einmal: Die Sache übergebe ich ganz Ihnen, ziehe mich aber auch durchaus zurück, wenn sie eine unangenehme Wendung nehmen sollte.« – »Verlassen Sie sich blind auf mich«, rief Beaucaire, indem er sich mit Unterwürfigkeit verbeugte, »ich eile, das Gewebe anzulegen, denn wir dürfen keinen Augenblick verlieren.« Mit diesen Worten empfahl er sich und eilte hinab in sein Zimmer, um sich anzukleiden. Hierauf machte er sich auf den Weg, um sein Garn auszuwerfen.

Das erste war, daß er in ein Kaffeehaus ging, um in der Badeliste die Wohnung der Frauen, die er so sorgfältig zu umspinnen dachte, zu suchen. Nebenbei knüpfte er dort ein Gespräch mit einigen Bürgern an, um über des Charakter des Postverwalters einige Aufschlüsse zu erhalten. Was er erfuhr, schien seinen Plan zu begünstigen. Er ging daher getrost zu der Posthalterei, um seine Unterhandlung zu beginnen. Zu seinem Verdruß mußte er erfahren, daß der Posthalter an demselben Morgen nach Dresden abgereist sei und binnen vierzehn Tagen erst zurückkommen werde. Diese Auskunft gab ihm ein alter Expedient, in dessen scharf gefurchten Zügen und blinzelnden grauen Augen Beaucaire etwas zu lesen glaubte, was seinen Absichten günstig wäre. »Sie besorgen wohl indes die Geschäfte, mein Herr?« fragte er höflich. »Und vielleicht kann ich mich an Sie wenden, um eine Gefälligkeit zu erhalten, für die ich sehr dankbar wäre.« Bei diesen Worten reichte er dem Alten freundlich die Hand dar und wußte mit Geschicklichkeit einige Goldstücke in dessen dargebotene Rechte zu drücken. Dies pflegte Beaucaires gewöhnlicher Probeschuß zu sein, um den Boden, den er betreten wollte, zu untersuchen. Er gab, bevor er sagte, wofür. Wer in solchen Fällen nimmt, ehe er weiß, ob man wirklich nur seine Mühe vergelten oder ihm eine Lücke im Gewissen mit Gold ausfüllen will, der erklärt von vornherein seine Rechtlichkeit für überwindlich. Indessen ging Beaucaire doch noch ferner vorsichtig zu Werke. Er bat erst um frühere Auslieferung der eigenen Briefe und rückte dann, da der Alte sich immer geldgieriger zeigte, andeutungsweise mit seinem Antrag näher. Noch hatte er ihn jedoch nicht ausgesprochen, als beide unterbrochen wurden, indem soeben die Post eintraf. Der alte Postbeamte öffnete die Briefliste, welche die Adressen der angekommenen Briefe enthielt. Beaucaire warf einen flüchtigen Blick darüber hin und las, durch den Zufall geleitet, den Namen Rosen. Wie der Falke auf eine Taube stößt, so schoß sein raubgieriger Eifer auf die Beute los. Die Eile, mit der er, durch diesen Umstand angeregt, des Briefes habhaft zu werden wünschte, war schuld daran, daß er seine Vorsicht einen Augenblick vergaß und rasch, aber leise fragte: »Kann ich diesen Brief auf eine Viertelstunde haben, so sind zwanzig Goldstücke die Ihrigen.« Zugleich griff er in die Tasche, um das Geld herauszuholen. Der Beamte tat, als habe er nichts gehört, schob aber leise den Brief beiseite, empfing das Gold mit einem verstohlenen Griff der Hand und sah eisernen Blicks in ein Aktenstück hinein, das aufgeschlagen neben ihm auf dem Tisch lag. Beaucaire verstand den Wink. Er griff daher ohne weiteres zu und bemächtigte sich des Briefes. Erstaunt sah er an dem Poststempel, daß derselbe aus dem Hauptquartier kam. Sogleich eilte er damit nach

Hause, trat mit triumphierender Miene in St.-Luces' Zimmer und sprach: »Wie nun, Herr Baron, wenn ich schon den Sieg in der Hand hätte, wenn der Schlüssel des Geheimnisses schon mein wäre?« – »Das wäre!« rief St.-Luces und sprang freudig auf. Beaucaire reichte ihm den Brief hin, St.-Luces las erstaunt die Aufschrift.

»Nun? Was sagen Sie? Dieser Brief wird uns denn doch wohl einige Aufschlüsse geben? – »Wieso?« sagte St.-Luces. – »Nur Geduld, wir werden sogleich im klaren sein«, entgegnete Beaucaire und schickte sich an, den Brief zu öffnen. »Sehen Sie da!« rief er mit einem vor boshafter Freude leuchtenden Angesicht, als er das Blatt aus dem Kuvert gezogen und entfaltet hatte: ›Teuerste Mutter!‹ lautet die Überschrift. Und die Unterschrift: ›Euer getreuer L.‹ Sind das Spuren? Haben wir den Faden in der Hand?«

»Sie sind in der Tat sehr glücklich gewesen«, sprach St.-Luces, »doch wird die Entdeckung uns nicht viel helfen, denn der Flüchtige hat sicher einen falschen Namen angenommen, die Armee zählt eine halbe Million Köpfe, und unter diesen gerade den auszufinden, den wir suchen, gegen ihn eine Untersuchung einleiten – das alles sieht so unendlich weitläufig aus, daß ich kaum darauf eingehen möchte.« – »Meine Entdeckung ist so glücklich«, erwiderte Beaucaire, »ich bin so zufrieden über die Art, wie sie mir eingeschlagen ist, daß ich mich vorläufig damit genügen lasse. Wer weiß aber, ob der Inhalt des Briefes uns nicht noch ausführlicher belehrt.«

Er setzte sich hierauf und durchlief ihn flüchtig. Seine Mienen wurden immer wohlgefälliger, drückten eine stets wachsende boshafte Freude aus. Am Schluß rief er aus: »Es bleibt uns nichts zu wünschen übrig, denn aus diesem Schreiben läßt sich unzweifelhaft ersehen, daß die beiden Flüchtlinge, denen wir nachspüren, bei der Armee, und zwar höchstwahrscheinlich in dem Regiment des Grafen Rasinski stehen. Denn obwohl kein einziger Name in diesem Brief ausgeschrieben ist, so bleibt es doch für jeden, der die Verteilung der Regimenter kennt, keinem Zweifel unterworfen. Wir haben daher nichts weiter zu tun, als die Anzeige zu machen und höchstens hier noch die Namen zu ermitteln, die die beiden jungen Leute mutmaßlich angenommen haben, um unerkannt zu bleiben. Bei meinem jetzigen Bündnis mit dem Postsekretär ist aber nichts leichter als dies, denn wir dürfen nur die Antwort auf dieses Schreiben abwarten.«

St.-Luces ärgerte sich innerlich darüber, daß Beaucaire in dieser Entdeckung so viel Glück gehabt hatte, denn den Verdiensten der Geschicklichkeit desselben eine Anerkennung deshalb zukommen zu lassen, hatte er nicht die geringste Neigung. Er war aber verschlagen genug, um sich nicht das mindeste äußerlich anmerken zu lassen. Mit raschen Schritten ging er im Zimmer auf und ab und suchte sich das Ansehen zu geben, als sei es der Eifer, den man jetzt in der Verfolgung dieser Entdeckung beobachten müsse, der ihn in eine so unruhige Bewegung versetzte. Heimlich indessen hatte er ganz andere Gedanken, die auf zweierlei Ziele hinausliefen. Um jeden Preis wollte er Beaucaires Entdeckung vereiteln, am liebsten aber freilich sie für sich nutzen. Mit der freundlichsten Miene von der Welt überhäufte er ihn daher mit Lobsprüchen, um ihm jeden Verdacht zu rauben. »Ich muß Ihrem Talent und Ihrer Geschicklichkeit die volle Anerkennung widmen, mein lieber Beaucaire«, sprach er, »Sie haben in dieser Sache mit einem Scharfblick und einer Gewandtheit gehandelt, die nicht übertroffen werden kann. Gern gestehe ich's, daß ich im ersten Augenblick eine kleine Anwandlung von Verdrießlichkeit hatte, die der Neid auf Ihre meisterhafte Ausführung des glücklichen Gedankens in mir regte. Betrachten Sie die Aufwallung, der ich nunmehr vollkommen Herr geworden bin, als die wahrhaftigste Huldigung für Ihre Verdienste. Sie ist vielleicht sogar die schmeichelhafteste.«

Wie die Schlauheit aller Schurken nur bis zu einem gewissen Grad reicht und das ganze künstliche Gewebe ihrer Verstandeskombination eigentlich nur zu einer verlängerten Dummheit wird, weil es der festen Grundlage des Vernünftigen und somit des Sittlichen entbehrt, so fand auch Beaucaires Scharfsinn hier eine Grenze, indem seine Eitelkeit ihm das Auge verblendete, mit dem er sonst die Dinge durchaus richtig zu sehen wußte und das sich nicht leicht durch einen Schein täuschen ließ. St.-Luces besaß aber auch die Kunst im höchsten Grad, seine Züge in jede Form zu legen, den überzeugenden Ton redlicher Wahrheit anzunehmen und damit oft selbst diejenigen zu täuschen, die schon Zeuge gewesen waren, wie er dieselben Waffen gegen andere gebraucht hatte. Beaucaire konnte es nicht lassen, noch einige Zeit stolz, obwohl mit dem Ausdruck und den Formen der Bescheidenheit, auf seine Geschicklichkeit und die schnelle Ausführung seines glücklichen Gedankens zurückzukommen. St.-Luces' ungleich schärferer Blick durchschaute ihn bis auf den Grund. Um so sicherer vermochte er ihn in seiner Verblendung zu bestärken und in die schmeichelhaftesten Täuschungen einzuwiegen.

Da vorläufig in der Angelegenheit nichts weiter zu unternehmen war, vor allen Dingen aber der Brief der Post zurückgegeben werden mußte, damit man diese Hilfsquelle nicht für die Folge einbüße, so übernahm Beaucaire das letztere und eilte, nachdem er das Kuvert wieder versiegelt hatte, zu dem Büro zurück, um ihn dem Beamten wieder auszuhändigen. St.-Luces ging gedankenvoll in seinem Zimmer auf und ab und überlegte, wie er es anzufangen habe, um Beaucaires eitle Nebenbuhlerschaft zu vereiteln und die etwaigen Verdienste seiner Entdeckung sich selbst anzueignen.

Achtes Kapitel

Während Marie sorgend mit töchterlicher Angst an dem Bett der erkrankten Mutter saß, ahnte sie nicht, wie Bosheit und Habsucht sich berieten, um ihrem Herzen neue Qualen zu bereiten. Ach, und hätte sie es gewußt, sie hätte über die höchste Sorge die entferntere vergessen, denn in tiefen Leiden ist die Schwäche der menschlichen Brust ihre einzige Rettung, weil sie, wie auch die Fluten des Jammers über sie herandringen mögen, nur ein bestimmtes Maß derselben faßt. Das übrige zerrinnt in dem weiten Raum des Weltalls, wie Schall und Licht, welche Ohr und Auge nicht in sich aufnehmen. Maries inniges, stummes Gebet war die Erhaltung der Mutter. Einem behütenden Engel gleich, saß sie an ihrem Lager und wehrte alles Feindselige, was der Kranken nahen konnte, mit sanfter Festigkeit, mit unermüdlicher Ausdauer ab. Doch in dem Rat des Ewigen war es anders beschlossen. Ihrer zarten jungen Blüte sollte die beschützende ältere Nachbarpflanze, an die sie sich geschmiegt hatte, entrissen werden.

Die Mutter hatte eine lange Zeit still, mit einem sanft-schmerzlichen Lächeln auf den Lippen, in die Kissen zurückgelehnt gelegen. Maries beobachtendes Auge bemerkte schon längst einen heimlichen Kampf in den Zügen der Kranken. Mehrmals hatte sie ängstlich nach der Ursache geforscht und die Mutter gefragt, ob sie Schmerzen empfinde. Jetzt sprach sie plötzlich: »Meine Tochter, ich fühle – es wird bald vorüber sein – das Übel kehrt zurück – ich werde es nicht mehr überwinden. Ein Geheimnis für dich und deinen Bruder – euer Vater – die Papiere in dem geheimen Fach meines Schreibtisches – ach, meine Tochter in deinen Armen ...!« Mit diesen, zuletzt fast ohne Atem ausgestoßenen Worten streckte sie die Arme verlangend nach der Tochter aus. Ein krampfhaftes Übel schnürte ihr die Brust zusammen, sie suchte sich mit Maries Hilfe, die sie weinend umschlungen hatte, aufzurichten. Diese ergriff, während sie mit der Rechten die Mutter unterstützte, mit der Linken die Klingel, die am Bett stand, und schellte heftig. »Der Arzt! Der Arzt!« rief sie atemlos, als Frau Holder eintrat, und diese eilte rasch wieder zurück, um die Hilfe herbeizurufen.

»Oh, meine Mutter, verlaß deine Tochter nicht!« Dies waren die einzigen Worte, die Marie unter Tränen auszusprechen vermochte. Die Kranke war zu beängstigt von dem Krampf, um zu hören oder vollends zu antworten. So vergingen einige Minuten in der entsetzlichsten Pein für Marie, die allein, fast selber der Hilfe bedürftig, alle Anstrengungen ihrer Seele nötig hatte, um nicht durch den Anblick der Leiden ihrer geliebten Mutter und durch den eigenen zerreißenden Schmerz unfähig zu dem Beistand zu werden, den sie der Kranken leisten mußte. Endlich ließ das Übel nach, aber nur um in ein anderes, die Auflösung beschleunigendes, überzugehen. Ein heftiges Bluterbrechen schaffte der Gequälten Luft. Zugleich damit aber schwanden die letzten angespannten Kräfte, und sie sank bleich und sprachlos auf die Kissen zurück.

Zitternd, ein bleiches Bild des Kummers, mit stummen, unaufhaltsam fließenden Tränen, saß Marie an dem Lager und beobachtete mit ängstlichen Blicken, wie die teuerste Seele, die sie auf dieser Erde besaß, sich der sterbenden Hülle entrang. Die Mutter blickte nur noch irr und träumerisch, aber doch mit seliger Liebe und Freundlichkeit aus schon brechenden Augen zu der Tochter hin. Die Brust wurde kaum noch durch das leise, matte Atmen bewegt, die Lippen wollte der Todeskampf schmerzlich verziehen, doch er wurde besiegt durch ein frommes Lächeln, den Widerschein des Jenseits in der schon brechenden irdischen Brust. Denn halb gehörte die fliehende Seele schon jenen Räumen des ewigen Lichtes an, wo sie ihre ursprüngliche Heimat wiederfindet. Noch ein matt glänzender Blick der Liebe, und das Auge erlosch. Marie seufzte bang auf und beugte sich über das bleiche Antlitz der Mutter, um ihrem Atemzug zu lauschen. Vergebens, er war entflohen. Es regte sich kein Hauch des Lebens mehr auf den erbleichenden Lippen. Der strenge Spruch des Schicksals hatte sich vollendet. Marie stand nun einsam in der Welt.

Einige Minuten blieb sie nur ihrem kalt erstarrenden Schmerz, dessen ungeheures Maß sie noch nicht zu übersehen vermochte, gegenüber. Die ersten, die die tiefe Grabesstille unterbrachen, waren der Arzt und Frau Holder. Jener hatte kaum einen Blick auf das Lager geworfen, als er ausrief: »Wir kommen zu spät, ich ahnte es wohl, hier war keine Hilfe mehr möglich!« Diese Worte rissen Marie aus ihrer dumpfen, starren Betäubung empor. Sie wandte sich zu der betrübt dastehenden, gutmütigen Frau Holder und wollte ihr mit sanfter Stimme sagen: »Meine Mutter ist tot!«, doch mit jeder Silbe schlug der Schmerz heftigere Töne an und endete fast in einem Schrei der Angst, mit dem Marie der rasch Herbeieilenden in die Arme sank. Doch dauerte dieser gewaltsame Zustand, der nur ein Überbrausen der bis dahin mit Kraft beherrschten Empfindungen war, die jetzt die zu schwachen Schranken durchbrachen, nicht lange. Bald hörte der Strom der Schmerzen auf, wild zwischen den Ufern dahinzurauschen, und floß wieder besänftigt in ruhigerem Bett ...

Marie ließ sich die Sorge nicht nehmen, wenigstens wollte sie diese der Frau Holder nicht allein überlassen, die Abgeschiedene auf eine reinliche Lagerstatt zu bringen und sie einfach, aber vollständig zu kleiden. Sie flüchtete nicht vor ihrem Schmerz, wie schwächere Seelen pflegen, sondern erkannte, daß er jetzt ihr Teuerstes sei. Denn sie trauerte ja um den Verlust eines geliebten Wesens. So mußte es ihr einziger wahrer Trost sein, sich ganz, äußerlich wie innerlich, der Beschäftigung mit demselben zu widmen. Jede tiefer empfindende Seele liebt ihren Schmerz und findet ihr trauriges Glück allein darin, ihm nachzuhängen. Sie flieht die Zerstreuungen des Lebens, denn sie weiß, daß jene scheinbaren Bilder der Heiterkeit und des Glücks, mit denen man sich zu umgeben vermag, in solchen Tagen nur die Freude heucheln, und neben dieser glänzenden Lüge steht die düstere Gestalt der Wahrheit desto unerbittlicher und zerstört die Täuschung. Denn das Leben gleicht einem Spiegel: Wer davor tritt, sieht nur sich selbst, alle die reizenden Bilder dahinter sind nur Schein und liegen dem ewig ferne, der sie nicht in der eigenen Brust trägt.

Die beiden Töchter der Wirtin, Anna und Therese, das kleine, liebliche Wesen, traten ein, als Marie eben die Umkleidung der Mutter vollendet hatte. In weiße Tücher gehüllt, lag sie auf der Bahre, das Antlitz war sanft, ohne Ausdruck des Leidens. Ein stilles Lächeln umschwebte die Lippen. Die beiden Kinder trugen ein Körbchen mit Blumen gefüllt, das die Mutter ihnen gegeben hatte, um damit das Lager de Toten auszuschmücken. Anna, die Ältere, sollte den Auftrag ausrichten, allein das arme Kind vermochte vor Tränen nicht zu sprechen. Therese aber rief freudig: »Sieh nur die schönen Blumen, die sollst du alle haben.«

Marie betrachtete die Kinder mit einem wehmütigen Lächeln. Sie küßte die Ältere und drückte sie sanft weinend ans Herz. Dann nahm sie die kleine Therese, die die Händchen verlangend zu ihr hochhielt, auf den Arm, ließ sich von dem Kind liebkosend umschlingen und verbarg in der Umarmung desselben ihr tränendes Antlitz. Auch das Kind fing jetzt an zu weinen, jedoch nur, weil der Kummer der anderen es ängstlich machte. Marie tröstete es liebreich beruhigend und sprach: »Weine nicht, mein Herzchen, sieh, auch ich bin schon wieder fröhlich! Komm, wir wollen die Blumen nehmen und sie auf das Bett der Mutter streuen. Siehst du wohl, wie sanft sie schläft?« Das Kind wurde wieder ruhig und sprach: »Ich will dir helfen.« – »Ja, das sollst du auch, Therese, du sollst mir alle Blumen reichen.« Sie gab hierauf der Kleinen das Körbchen, das diese neben sich stellte und ihr nun einzeln die Blumen daraus mit den kleinen Ärmchen entgegenstreckte. Anna half das Lager der Toten damit zu schmücken. Das fromme Geschäft geschah fast schweigend, nur daß Therese, durch ihre unschuldigen, ahnungslosen Fragen und durch ihr oft sogar munteres Dazwischenrufen bisweilen ein freundliches beruhigendes Wort von Marie nötig machte.

Die Hingeschiedene lag nun einfach geschmückt, von Blumen umgeben, auf dem Totenlager. Die letzten frommen Tochterpflichten hatte Marie an ihr erfüllt. Stumm, mit herabgesunkenen, ineinandergefalteten Händen stand sie, ernst betrachtend, an der Bahre und heftete die Blicke auf das Angesicht der Mutter. Noch schwebten die Züge des Lebens darauf, noch war es nicht jene kalte, starre Maske der Toten, noch schien sie nur in einem leichten Schlummer zu ruhen, von dem sie das Auge bald wieder aufschlagen könne. Es war Marie einen Augenblick lang zumute, als sei es unmöglich, daß jedes Band der Vereinigung nunmehr auf immer zerrissen sei, daß dieses Auge sie nie wieder freundlich anblicken, dieser Mund niemals mehr sanfte Worte zu ihr reden sollte. Da trat eine heftige Angst und Beklemmung sie an. Sie mußte ins Freie. Rasch nahm sie die Kinder an die Hand und sprach: »Laßt uns ein wenig hinausgehen in den Garten, die Sonne scheint so schön.« Sie gingen.

Indem Marie aus der Tür trat, standen zwei weibliche Gestalten vor ihr, die sie im ersten Augenblick, weil der Schmerz sie allem entfremdet hatte, nicht erkannte, sondern überrascht und unsicher anblickte. Es waren die Gräfin und Lodoiska, die, um die gestern auf der Spazierfahrt gemachte Bekanntschaft fortzusetzen, einen ersten Besuch bei Marie und deren Mutter machen wollten. Noch mehr als Marie über die Kommenden, erstaunten diese über den Anblick der bleichen verweinten Gestalt. Doch das gegenseitige Befremden dauerte nur wenige Sekunden, denn auf die Frage der Gräfin: »Mein Gott, was ist Ihnen begegnet?« erwiderte Marie mit schwacher Stimme: »Sie treten in ein Haus der Trauer! Eine Waise steht vor Ihnen!« Überwältigt von der Gewalt des Schmerzes, sank sie bald bewußtlos der Gräfin in die Arme, die diese mitleidig öffnend gegen sie ausbreitete. Mit Wärme drückte sie die im stummen Schmerz an ihre Brust Ruhende an sich und sprach sanft: »Sei meine Tochter!« Und Lodoiska setzte weich hinzu, indem sie Maries herabgesunkene Hand ergriff: »Und meine Schwester!« Oh, wie wohltuend, wie sanft legten sich diese tröstende Stimmen mitfühlender Seelen, die der Himmel der Gequälten im Augenblick ihrer tiefsten Einsamkeit auf der Erde sandte, an das bebende, blutende Herz! Wie hatte dieser eine, warme Augenblick die kalten, ehernen Schranken, die das Leben sonst so lange zwischen die Menschen stellt und damit fern auseinander hält, hinweggeschmolzen! Jahre gemeinsamer, unbedeutender Erlebnisse verknüpfen nicht so fest wie ein einziges, tieferschütterndes Ereignis, wo die menschliche Seele, in dem erhöhten Gefühl der Nichtigkeit alles Äußerlichen und Zufälligen, nur ihresgleichen sucht, nur in der Liebe die Wahrheit erkennt. Auf dem klaren Strom der Freude rinnen die Seelen der Menschen ineinander. Noch inniger aber auf dem düsteren des Schmerzes.

So waren die drei Frauen durch diesen einen Augenblick für das Leben verbunden, und Marie empfand mit klarer Einsicht die erste Segnung, die Gott dem Menschen aus trüben Geschicken bereitet, die, daß seine Seele reicher an empfangender und spendender Liebe wird. – Der aufgeregte, beklommene Zustand der vom heftigsten Schmerz Zerrissenen forderte, daß sie, bevor sie die neue mütterliche und schwesterliche Freundin an die Bahre führte, einige beruhigende Gänge durch den Garten tat.

Als auf diesem Weg der ernste, Zutrauen einflößende Trost der Gräfin und Lodoiskas weiche Schwesterliebe ihrer trauernden Brust im Innersten wohltaten, da stieg es in ihrer Seele fast als der Gedanke eines Verbrechens auf, daß irgendeine Falte ihres Herzens derjenigen verborgen sein sollte, deren Liebe sich ihr so ganz hingab. Der Entschluß, beiden mitzuteilen, was Rasinski für ihren Bruder getan hatte, wurde zur unausweichlichen Notwendigkeit für sie. »Ich kann«, sprach sie und wandte ihr offenes Auge zu der Gräfin empor, »ich kann es nicht ertragen, einer so edlen Frau halb verschleiert, mit mißtrauischen Rückhalten gegenüberstehen. Sie haben mich nach meinem Bruder gefragt. Oh, Sie kennen ihn, denn in Ihrem Haus fand er als Ludwig Soren nebst seinem Freund Bernhard die gastliche Aufnahme.« – »Wie?« rief die Gräfin erstaunt. »Jener junge Mann, der durch sein männlich ernstes Wesen uns allen so lieb geworden ist, wäre Ihr Bruder?« – »Er ist es, doch muß es das tiefste Geheimnis bleiben«, sprach Marie und erzählte hierauf den ganzen Zusammenhang der Begebenheiten, durch die Ludwig in seine eigenartige Lage versetzt worden war. Dabei nannte sie auch die Namen St.-Luces und Beaucaire, worauf die Gräfin, die auf alle Verhältnisse ein sehr aufmerksames Auge hatte, sich sogleich an das gestrige Zusammentreffen mit den beiden Fremden erinnerte und die nur zu begründete Besorgnis aussprach, daß eben diese die gefährlichen Männer seien. Jetzt fiel auch Marie ein, was Arnheim ihr gestern gesagt hatte, und es konnte fast kein Zweifel mehr sein. Sie blickte, nachdem sie der Gräfin diese Mitteilung gemacht hatte, dieselbe fragend und ängstlich an. »Man muß nur den Mut nicht verlieren«, sprach die entschlossene Frau, »und sehr vorsichtig sein. Obgleich ich als Polin den Kaiser der Franzosen begeistert verehre und Frankreich als unseren schützenden Bundesgenossen betrachte, so kenne ich doch alle die Bedrückungen und Greuel jener zur Verwaltung feindlicher Länder eingesetzten Beamten, die, nicht Soldaten, nicht Männer von Mut, auch männlichen Mut nicht ehren und nur über Schwache zu triumphieren wissen. Zu diesen dürften auch Ihre Gegner leicht gehören. Also auf der Hut! – Wie befördern Sie Ihre Briefe?« – »Unter der Aufschrift an den Grafen Rasinski«, entgegnete Marie nicht ohne Erröten. – »Gut«, sprach die Gräfin rasch, ohne Maries Verwirrung zu bemerken. »Allein vielleicht noch nicht hinreichend. Geben Sie mir Ihre Briefe. Ich kenne viele Offiziere des Regiments, die mein Bruder führt. Ich kann mit den Adressen wechseln und es doch so einrichten, daß die Briefe von meinem Bruder geöffnet werden. – Also durch mich, Liebe, führen Sie künftig den Briefwechsel mit Ihrem Bruder.«

Unter diesem Gespräch war man bis zu dem Haus zurückgekehrt, und Marie führte die Beschützerin und die Freundin, die sie gefunden, zu der entseelten Hülle derjenigen, in der sie beides verloren hatte. Schweigend standen die drei Frauen an der Bahre. Marie lehnte sich sanft gegen die tiefgerührte Lodoiska und weinte still an ihrem Herzen. »Wie freundlich dieses Antlitz ist!« sprach die Gräfin und legte die Hand auf die Stirn der Toten, um ihr das Haar noch ein wenig zurückzustreichen. »Wie sanft muß die Seele aus diesem Körper geschieden sein! Wie gefaßt, wie fromm, wie ruhig!« – »Oh, sie war mild wie die Abendsonne«, sprach Marie. »Gleich ihr schied sie dahin, und in diesem stillen, freundlichen Antlitz schimmert die Abendröte ihrer Seele aus der schönen Welt, in die sie hinübergegangen ist, noch in diese zurück. Bald aber wird die lange, undurchdringliche Nacht eingetreten sein, die sie uns für ewig verhüllt.« Sie meinte die Bestattung.

Therese und Anna traten halb hüpfend ein. – Sie hielten einen Brief in der Hand. Er war von Ludwig, derselbe, den Beaucaire vor einer Stunde mit verbrecherischen Händen erbrochen hatte. »Von meinem Bruder an meine Mutter«, sprach Marie und brach aufs neue in Tränen aus. »Oh, der Arme! Er wußte nicht, daß diejenige, an die er seine Worte richtete, sie nicht mehr vernehmen wird! Für sein Leben bebten wir, weil es von tausend Gefahren umringt ist, und wer weiß, bleibt er der einzige Überlebende von uns allen. Oh, dann würde ich ihn tief beklagen! ... Aber nein! So hart wird uns Gott nicht prüfen«, fuhr sie nach einigen Augenblicken mit frommem Ausdruck in den Zügen fort. »Er wird uns nicht trennen. Seine tröstenden Engel werden mich aufrechterhalten und seine schützenden meinen Bruder umschweben.«

Die Gräfin machte jetzt Marie den Vorschlag, das Haus des Todes zu verlassen, mit ihr zu kommen und bei ihr zu wohnen, damit sie nicht ganz einsam in der nunmehr verödeten Wohnung zurückbleibe, sondern eine vertraute Brust habe, an die sie ihr müdes Haupt lehnen könne. Marie willigte dankbar ein, denn vor der ersten einsamen Nacht schauerte sie zusammen. Lodoiska, die den Schmerz ganz mit ihr teilte, doch dann am verschlossensten blieb, wenn ihr Herz am vollsten war, weil sie der leichten Gabe der Mitteilung ermangelte, blieb noch bei Marie zurück, um ihr in einigen notwendigen Anordnungen zu helfen. Die Gräfin begab sich nach Hause, um die Anstalten zu Maries Aufnahme zu treffen.

Diese ordnete mit Lodoiska ihr kleines Besitztum auf das vollständige, wählte nur einiges aus ihren Büchern, Papieren und Arbeiten aus, das sie mit in die neue Wohnung hinübernehmen wollte, und hüllte sich dann in Trauerkleider. Als sie umgekleidet aus dem Seitenzimmer trat, erstaunte Lodoiska über die sanfte Hoheit ihrer edlen Gestalt. Zuvor war sie immer nur lieblich erschienen, nur Anmut hatte ihr die holden Reize verliehen, jetzt aber schien sie eine trauernde Fürstin zu sein, so wurde ihr Anstand durch die ernste Kleidung und Haltung wie durch den tiefschmerzlichen Ausdruck ihrer Züge geadelt.

Mit herzlichen Küssen und Tränen nahm Marie von den Kleinen, mit warmer Dankbarkeit von deren Mutter Abschied und ging, das Gesicht durch einen schwarzen Schleier vor den lästigen neugierigen Blicken der Menge verhüllend, an der Seite ihrer jungen ernsten Freundin ihrer neuen Wohnung zu. Im Gehen war es ihr, als müßten ihre Sinne sie verlassen, da sie jetzt der vertrauten Stelle den Rücken wandte, wo sie noch vor wenigen Stunden die Stimme der Mutter gehört, ihr freundliches Winken der Augen gesehen hatte. Und nun alles so stumm und starr, so ewig verschlossen! In der Haustür stand Frau Holder mit ihren beiden Mädchen. Die gute Frau reichte Marie nochmals die Hand dar, während sie sich mit der Schürze die Tränen aus den Augen wischte. Anna verbarg sich blöde und traurig hinter die Mutter, doch die kleine Therese hob schmeichelnd die Ärmchen an Marie hinauf und rief: »Marie, komm bald wieder nach Haus!« – »Bald, bald, recht oft, mein liebes Kind!« sprach Marie mit von Tränen überwältigter Stimme und hob das kleine, holde Wesen zu sich empor. Dann erst riß sie sich los und ging rascher, um ihre ermattende Kraft gewaltsam aufzurichten.

Neuntes Kapitel

Am ganz frühen Morgen des dritten Tages war die Hingeschiedene bestattet worden. Nur Marie, die Gräfin, Lodoiska und Frau Holder waren zugegen gewesen, als man sie einsenkte in die ewige Ruhestätte. Marie zeigte sich ernst, gefaßt. Sie rechtfertigte die Furcht der Gräfin, die sie dringend gebeten hatte, von der traurigen Feierlichkeit zurückzubleiben, nicht. In ihrer ebenso festen wie zarten Seele schloß sie schnell mit allem Geschehenen, mit allem Unvermeidlichen ab. Nur der Zweifel, die Sorge, die Furcht vor dem Kommenden griffen sie so heftig an. Sie bebte vor der drohend gehobenen Hand des Schicksals. War der zerschmetternde Schlag gefallen, so kämpfte sie mit sittlicher Stärke, mit festem, treuem, christlichen Glauben gegen die vernichtende Gewalt.

So ernst sie den Tag über blieb, nahm sie doch mit stiller Freundlichkeit an dem Gespräch teil. Erst als die Sonne schon rötlich hinter dem blauen Gebirge stand und die Wehmut der Abendstille sich über die Landschaft ergoß, da erst wurde auch sie weich und zerfloß fast in Tränen. Es trieb sie an, zu dem Grab der Mutter hinauszugehen. Die tröstenden Freundinnen wollten sie begleiten, doch sie bat, man möge sie allein gewähren lassen. »Glaubt nicht, daß dieser Gang mich tiefer beugen wird, nein, er wird mein Herz trösten, meine geängstigte Brust durch sanfte Tränen erleichtern. Meine Wunden müssen frei ausbluten. Vielleicht sind sie tödlich, sie werden es aber gewiß und schneller, wenn ihr den Schmerz gewaltsam in mein Inneres zurückpressen wollte. Oh, mir wird wohl sein auf dem Hügel meiner Mutter!« Sie ging.

Das Grab war mit frischem Rasen bedeckt. Noch hatte es keine andere Zierde. Der Kirchhof lag einsam, friedlich, von hohen Bäumen beschattet.

Marie setzte sich auf die Gruft nieder und saß in nachdenklicher Stellung, während ihre Tränen still herabflossen. Plötzlich schreckte das Herannahen eines männlichen Trittes sie auf. Sie blickte zurück und gewahrte St.-Luces, der gerade auf sie zuging. Unangenehm, ja fast widerwärtig durch seine Nähe gestört, stand sie auf, erwiderte seinen ehrerbietigen Gruß mit einer leichten ängstlichen Verbeugung und wollte den Kirchhof verlassen. Er aber ereilte sie mit raschen Schritten und redete sie an: »Vergeben Sie mir, wenn ich Ihre Trauer gestört habe – der Zufall führte mich hierher, ich hatte Sie nicht früher erkannt, sonst hätte ich mich ehrerbietig zurückgezogen.«

St.-Luces log mit der Zunge und den Augen gleich fertig, denn ebenso unwahr wie seine Worte waren die scheinbar verwirrten Blicke, die mit größter Geschicklichkeit geheuchelte Trauer auf seiner Stirn. Schon seit drei Tagen erspähte er nämlich auf jede erdenkliche Weise eine Gelegenheit, Marie zu sprechen. Die Nachricht von dem plötzlichen Tod der Mutter war ihm im höchsten Grad willkommen, denn sie begünstigte seine doppelt verbrecherischen Pläne. Maries holdselige Anmut hatte, gleich als er sie zum ersten Mal sah, seine verderbte, niedrige Leidenschaft entzündet. Mit der allen Elenden so geläufigen Berechnung der bedrängten Lage anderer, um ihnen das Äußerste abzupressen, entwarf er schnell den teuflischen Plan, zuerst die Angst der Schwester durch die Bedrohung des Bruders zu erregen und dann durch das Versprechen der Rettung – auf das Halten kam es ihm freilich nicht an – ihre Gunst zu erwerben. Deshalb war ihm eigentlich Beaucaires habsüchtige, gerade auf das Ziel losgehende List zuwider. Vollends aber wäre er erbittert gewesen, wenn er geahnt hätte, daß dieser sein Nebenbuhler sei und mit größerer Frechheit, daher aber auch mit minder künstlicher Verfeinerung der Bosheit demselben Zweck nachstrebte.

St.-Luces wollte eine Liebesintrige anspinnen. Er berechnete, daß das weiche Herz einer Trauernden das empfänglichste für den Trost sei, den eine geheuchelte innige Teilnahme gewährt. Er wollte, mit einem Wort, Marie verführen, aber nicht ohne ihr Gelegenheit zu geben, ihre Schwachheit durch eine Art von Heiligenschein zu verhüllen, indem er an ihre Gunst die Rettung des Bruders zu knüpfen dachte. Beaucaire hatte denselben Plan, doch roher. Mit dem Henkerschwert über dem Haupt des Bruders wollte er die geängstigte Schwester in seine Arme treiben. Ihm war es nur um den sinnlichen Genuß zu tun, und er kümmerte sich nicht um den Abscheu seines Opfers.

St.-Luces, feiner gebildet und durch ähnliche Abenteuer seines Lebens, bei denen ihm eine große Gewandtheit und bestechendes Äußere zu Hilfe kamen, denn in seiner Jugend war er sogar ein schöner Mann gewesen, berechnete, daß der Reiz einer solchen Verbindung durch die getäuschte Neigung des weiblichen Gemüts unendlich erhöht werde. Er wollte nicht eher unter seiner Larve erkannt sein, bis er selbst mit der völligsten Sättigung und Gleichgültigkeit das angesponnene Verhältnis wieder trennte. Diese Pläne verbargen Beaucaire und St.-Luces natürlich einander aufs sorgfältigste, und in der Tat ahnte keiner von beiden die Absicht des Gegners, einmal, weil sie einen ganz verschiedenen Weg einschlugen, und zweitens auch, weil einer den anderen entweder nicht für schlau oder boshaft genug hielt, um so viel Nutzen aus der Lage der Verhältnisse zu ziehen. Beaucaire spürte unablässig ringsumher, ob er nicht den Aufenthalt Ludwigs bei der Armee, den Namen, den er jetzt führte, mit Bestimmtheit erfahren könnte. Daher lauerte er wie der Ameisenlöwe in der versteckten Finsternis seiner Höhle nur auf einen Brief Maries an ihren Bruder, um ihn mit seinen Fangzangen hinunterzuziehen. Dann wollte er vor die Unglückliche hintreten, um sie durch das Medusenhaupt seiner Entdeckung zu erstarren und so die Willenlose hinzuopfern. Der Tod der Mutter war daher auch ihm willkommen gewesen, denn mit Recht glaubte er, daß Marie ihn dem Bruder sogleich oder doch in den nächsten Tagen melden werde. Er hatte es deshalb nicht an Geld fehlen lassen, um den verräterischen Postbeamten aufmerksam zu machen. Diesmal verschwendete er es jedoch vergeblich, weil Maries Brief längst durch die Gräfin abgesandt war, die ihn einem nach Dresden reisenden Landsmann anvertraut hatte, um ihn dort auf die Post zu geben. Von St.-Luces Absichten hatte Beaucaire, da dieser ihn durch Schmeicheleien und Zuvorkommenheit in die größte Sicherheit und so leicht getäuschte eitle Selbstgefälligkeit einwiegte, keine Ahnung und daher auch keinen Argwohn aus dessen Spaziergängen, um so mehr, da derselbe sie höchst geschickt einzuleiten und zu verbergen wußte.

Es war jetzt das erste Mal, daß St.-Luces Marie allein traf. Sie erwiderte seine Anrede mit einigen befangenen Worten und wollte sich entfernen, doch er tat, als bemerke er dies nicht, und zwang sie durch eine rasche Antwort zu bleiben. »Wie hinterlistig lauert das Schicksal auf uns! Wer hätte ahnen sollen, daß Sie, von dem heiteren Ausflug froh zurückkehrend, daheim das Unglück so finster vor der Schwelle gelagert finden sollten! Oh, glauben Sie mir, Ihr Trauerfall war so erschütternd, daß er kein Herz ungerührt gelassen hat. Noch jetzt wendet sich der Gedanke, das Gespräch immer wieder darauf zurück, und es gibt kaum ein Auge in diesem von so vielen Fremden überfüllten Ort, das nicht Ihrem Schicksal eine Träne geweint hätte.«

Marie schauderte, denn da sie wußte, welchen Einfluß St.-Luces auf das Schicksal ihres Bruders geübt hatte, erfüllte seine Nähe sie nur mit einem unheimlichen Grauen. Doch suchte sie sich zu fassen. »Ich weiß es«, sprach sie nach einigen Augenblicken, »daß der plötzliche Todesfall meiner Mutter Aufsehen erregt hat, zumal, da er mit einem Ereignis in Verbindung stand, das viele erschreckte. Doch eben dieses Aufsehen muß mir schmerzlich drückend sein, denn der Trauernde sucht die ungestörte Einsamkeit am liebsten auf.«

St.-Luces verstand die Beziehung der letzten Worte sehr wohl, allein er wollte sie nicht verstehen und wußte seinen Verdruß darüber vollkommen zu beherrschen. »Gewiß, gewiß«, sprach er, »allein nicht immer ist das, was der Kranke begehrt, ihm das Heilsamste. Nicht ganz dem Schmerz sollten Sie sich überlassen, einige Augenblicke sollten Sie sich doch anstrengen für die, die wahrhaft Ihre Freunde sind.« – Er schwieg, auch Marie. – »Es ist fast dunkel geworden! – Mir scheint es Pflicht, Sie zu erinnern, daß Sie kaum noch allein den Weg zur Stadt zurückmachen können«, begann St.-Luces nach einigen Augenblicken wieder. – »Sie haben recht, ich hätte schon gehen sollen«, sprach Marie höflich, grüßte und ging.

Kaum hatte sie die Tür des Kirchhofs erreicht, als sie seine Schritte abermals dicht hinter sich hörte. »Ich habe mit mir gekämpft«, sprach er hastig, indem er herantrat, »ob es meine Pflicht sei, Ihnen unberufen die volle Wahrheit zu sagen, ob es Gründe gibt, die dringend genug sind, meine Einmischung in die Angelegenheiten ganz fremder Personen zu rechtfertigen. Die Entscheidung lautet: Ich müsse reden. Wissen Sie denn, ich kam nicht absichtslos hierher, ich suchte Sie auf. Ich weiß, daß jemandem, der Ihnen sehr teuer ist, Gefahr droht, daß man nahe daran ist, seinen Aufenthaltsort zu entdecken, ihn in diesem Augenblick vielleicht schon entdeckt hat. Sie könnten durch Unvorsichtigkeit in die traurigsten Schicksale verwickelt werden – ein Gefühl«, hier heftete er das Auge wie verwirrt auf den Boden, »das nur Jüngere zu kennen pflegen, das mich aber von dem ersten Augenblick an ergriff, wo ich Sie sah, dessen ich nicht Meister bin – zwang mich – ich fürchte, zu einer Verletzung meiner Pflicht. Mehr darf ich nicht sagen – seien Sie auf Ihrer Hut!« Mit diesen Worten wandte er sich um und wollte rasch hinwegeilen. Marie, die ihm mit zitterndem Erstaunen zugehört hatte, rief ihm nach: »Um Gottes willen, erklären Sie sich deutlicher. Ich bitte Sie dringend.«

St.-Luces stand still. Er schien mit sich selbst zu kämpfen. Endlich kehrte er zurück. »Deutlicher? Ist es nicht genug, daß Sie mich verstehen? Ich begehe eine Verletzung meiner Pflicht – und doch, wenn ich Ihre Tränen sehe, wie könnte ich widerstehen!« Er trat Marie einen Schritt näher und ergriff ihre Hand, die sie ihm unschlüssig weder zu reichen noch sie zurückzuziehen wagte. In diesem Augenblick rauschte es im Gebüsch neben ihnen und Benno trat hervor. Maries bleiches Gesicht wurde von einer dunklen Schamröte übergossen, da sie an diesem einsamen Ort allein mit dem Fremden in so vertraulicher Stellung betroffen wurde. Sie ahnte nicht, daß Benno ihr guter Engel sei, denn in der Überraschung wäre es St.-Luces vielleicht gelungen, ihr Vertrauen zu gewinnen und sie auf diese Weise völlig zu verderben.

Benno war selbst noch zu jung und unschuldig, um aus einem so leichten Anschein einen kränkenden Verdacht zu schöpfen. Seine dichterischen Träumereien hatten ihn auf den Friedhof geführt, wo mancher früh entschlummerte Freund von ihm lag. Als er jetzt Marie erblickte, von deren traurigem Schicksal auch er gehört hatte, ging er unbefangen, tiefbewegt auf sie zu und redete sie an: »Oh, daß ich Sie hier wiedersehen sollte nach jenem schönen, unvergeßlichen Tag, wer hätte das geahnt!« Auch er ergriff, von dem Gefühl seiner Wahrhaftigkeit und Unschuld geleitet, Maries Hand und küßte sie mit jugendlicher Ehrerbietung. Es war, als sänke Marie ein Schleier von den Augen und eine schwere Last vom Herzen. Denn als Bennos natürliches Mitgefühl neben St.-Luces' geheucheltem stand, da erblickte sie die heiligen einfachen Züge der Wahrheit siegreich neben der gekünstelten Larve der Verstellung. Der Unterschied zwischen beiden war nicht mehr zu verkennen. Marie schauderte zusammen, ohne sich deutlich bewußt zu sein weshalb. Ein sanfter Druck ihrer Hand war die einzige Antwort, die sie geben konnte. Er dankte dem jungen Freund zugleich für seine Teilnahme und seine Arglosigkeit, denn ein Blick auf seine Züge belehrte sie, daß nicht die leiseste Spur des Argwohns in seine reine Seele gedrungen sei.

»Es ist spät – ich muß gehen«, sprach sie nach einigen Augenblicken und wollte fort. – »Es ist so spät, daß ich Sie unmöglich allein gehen lassen kann«, rief St.-Luces, und Benno, in reinstem Wohlwollen, setzte hinzu: »Jawohl, wir müssen Sie begleiten.«

Marie atmete leichter, als dieser reine Schutzengel sich ihr zugesellte. In St.-Luces' Zügen aber trat der schon vorher schlecht verhehlte Verdruß über Bennos Dazwischentreten so auffallend hervor, daß er es mit den gewandtesten Worten nicht mehr vermochte, den Argwohn zu beschwichtigen, der Maries Seele ergriffen hatte. Wenig sprechend ging man nebeneinander hin. Marie eilte, nach Hause zu kommen. Als man sich wieder in der ersten Gasse der Vorstadt befand, streifte rasch eine fremde Gestalt von hinten her an den dreien vorüber, warf einen flüchtigen Blick seitwärts, grüßte und sprach im Vorübergehen: *»Bon soir, Monsieur de St.-Luces!«* – Dieser erwiderte den Gruß ein wenig überrascht, denn es war Beaucaire.

Man hatte das Hotel erreicht, wo die Gräfin wohnte. Marie nahm mit einem stummen, verlegenen Gruß Abschied von ihren Begleitern. Oben erzählte sie sogleich, was ihr begegnet sei. Die Gräfin hegte denselben Argwohn gegen St.-Luces und erhöhte ihn noch durch mancherlei nicht abzuweisende Bemerkungen, woraus die offenbare Absichtlichkeit seines Benehmens hervorging.

Die Uhr der Schloßkirche hatte eben zehn geschlagen, und die Frauen schickten sich nach der Sitte des Badeortes bereits an, zur Ruhe zu gehen, als es stark an der Haustür schellte. Der Diener brachte einen Brief herauf, den ein Unbekannter abgegeben hatte. Die Aufschrift war an Marie. Sie öffnete und fand nur einen Zettel mit den Worten: »Hüten Sie sich vor Herrn von St.-Luces! Ihr Freund.«

Wer war dieser rätselhafter Warner? Vergeblich bestrebten sich die Frauen, es zu erraten. Der einzige, den sie vermuten konnten, war Benno. Und doch, was sollte er wissen oder ahnen? Voll neuer banger Sorgen legte sich Marie zu Ruhe. Doch die ängstigenden Vorstellungen verfolgten sie auch in ihre Träume hinein, und sie erwachte oft verstört aus der schweren Betäubung des fieberhaften Schlafes. So rang sie zwischen Angst und Tränen. Ach, war es denn nicht genug, eine Mutter zu beweinen, mußte sie auch noch für das Haupt des Bruders zittern?

Zehntes Kapitel

Marie hatte nur noch so lange in Teplitz verweilen wollen, bis ihr Mutter bestattet war und die mancherlei unerläßlichen Schritte, die die gesetzlichen Pflichten bei Todesfällen herbeiführen, geschehen seien. Alsdann war es das natürlichste für sie, zu der Schwester der Dahingeschiedenen zu reisen und sich dem Schutz dieser ihr so herzlich wohlwollenden Verwandten anzuvertrauen. Vorläufig hatte sie das traurige Ereignis durch einen Brief berichtet, auf den sie jedoch bis jetzt noch die Antwort erwartete.

Nach der unruhig und kummervoll halb durchwachten Nacht wurde sie endlich durch einen sanften Morgenschlummer mit beruhigenden Träumen erquickt, der sie bis weit über die gewöhnliche Stunde in seinen süßen Fesseln hielt. Als sie die Augen aufschlug, war es hoher Tag, so daß die Sonne schon über die Dächer der gegenüberstehenden Häuser ins Zimmer schien. Fast beschämt über den langen Schlaf kleidete sie sich eilig, doch still an und trat in das gemeinschaftliche Frühstückszimmer. Mit Erstaunen sah sie gleich beim Öffnen der Tür einige fremde Damen in Trauerkleidern sitzen. Doch ehe sie nur Zeit zu einer Vermutung hatte, fühlte sie sich schon von liebenden Armen umfangen. Es war Emma, die, seitwärts an der Tür am Fenster sitzend, die Eintretende zuerst gesehen und erkannt hatte. Der freudig überraschte, doch wehmütige Ausruf beider Mädchen bewirkte, daß auch die anderen Frauen, die Maries leises Öffnen der Tür nicht bemerkt hatten, aufsprangen und ihr entgegeneilten. Es waren Julie und ihre Mutter. Alle drei kamen, um Marie in ihrer traurigen Einsamkeit aufzusuchen und sie liebend zurückzugeleiten.

Liebe und Freundschaft wetteiferten. Die Gräfin und Lodoiska wollten Marie noch nicht von sich lassen, ihre Verwandten sie so schnell wie möglich zu sich nehmen. Endlich wurde beschlossen, daß die Gräfin und

Lodoiska Marie auf einige Tage auf das Gut begleiten sollten, und man setzte die Abreise für den nächsten Morgen fest.

Nachdem man eine Zeitlang im vertraulichen Gespräch zugebracht hatte, äußerten die Angekommenen den Wunsch, das Grab der Hingeschiedenen zu besuchen. Marie führte sie dahin. Als sie das Tor fast erreicht hatten, sahen sie in einer Seitenstraße einen Auflauf von Menschen, der die Gasse verstopfte. Sie wollten sich eben nach der Ursache erkundigen, als Benno an sie herantrat und ihnen erzählte, man habe einen Beamten der Post wegen eben entdeckter grober Veruntreuungen an Geldern und Geldbriefen verhaftet, und soeben sei das Gericht beschäftigt, die Wohnung des ins Gefängnis Abgeführten zu durchsuchen, seine Papiere in Beschlag zu nehmen und dann alles zu versiegeln.

Diese Begebenheit an sich hätte nur eine entferntere Teilnahme in Marie erregt, wenn sie nicht fürchtend geahnt hätte, daß sie selbst eine schwer Beteiligte bei dieser Treulosigkeit sei. Jetzt war es möglich, ja sogar wahrscheinlich, daß St.-Luces von allem unterrichtet sei, daß seine Warnung Grund hatte. Aber auch vor ihm war sie gewarnt worden! Wer half ihr, diese Rätsel zu lösen? Wer kannte alle ihre geheimsten Verhältnisse so genau? War sie rings mit Netzen umstellt? Bewacht, belauscht, beobachtet von allen Seiten?

Indem sie noch diesen beängstigenden und verwirrenden Gedanken nachhing, trat ein hübsches Blumenmädchen, dessen Äußeres jedoch einen leichtfertigen Lebenswandel zu verraten schien, ihr entgegen und bot ihr Sträuße zum Kauf an. Marie wies sie zerstreut ab, das Mädchen erneuerte jedoch ihre Bitte mit dem freundlichen Talent überredender Verkäuferinnen. »Diesen Strauß nehmen Sie mir gewiß ab«, sprach sie. »Es sind drei Rosen darin bei so später Jahreszeit.« Zugleich drückte sie ihn Marie fast gewaltsam in die Hand und sprach dabei leise die Worte: »Um Ihres Bruders willen!« Marie erschrak, das Mädchen lächelte und fuhr mit verstellter Unbefangenheit fort zu bitten. »Ja, diesen behalten Sie, der ist der schönste von allen und kostet nur drei Kreuzer!« Marie wollte das Mädchen befragen, doch diese verschloß ihr die Lippen mit einem Wink des Auges und den leise geflüsterten Worten: »Strenges Geheimnis!«

Indessen hatte Benno sich höflich zeigen und dem Mädchen Sträuße für die Damen abkaufen wollen. Er tat es, die Kleine nahm das Geld mit vergnügter Miene, winkte Marie noch einmal zu, als wollte sie sagen: Verrate dich mit keiner Silbe, und schlüpfte dann leichtfüßig hinweg, um auch anderen Vorübergehenden ihre duftende Ware anzubieten.

Marie war so betroffen von dem Ereignis, daß sie zitterte. Selbst an der Gruft der Mutter, die man bald erreichte, waren ihre Gedanken nicht bei der Toten, sondern mitten in den Verwirrungen der Welt. Zu ungeübt in den kleinen Kunstgriffen der Liebesintrigen, hatte sie gar nicht daran gedacht, den Strauß näher zu untersuchen. Ein zufälliger Blick ließ sie erst ein Streifchen Papier darin wahrnehmen. Mit gespannter Erwartung zog sie es unbemerkt hervor und las darauf die Worte: »Sie können Ihren Bruder retten, wenn Sie diesen Abend mit dem Schlag der neunten Stunde *allein* in den Schloßgarten an die alte Linde kommen. Er ist verloren, wenn Sie ausbleiben oder eine Silbe verraten. Zum zweiten Mal warnt man sie vor St.-Luces!«

Wie erstarrt stand sie, nachdem sie diese Zeilen gelesen hatte. Welch ein neues schreckenvolles Geheimnis! Also diese Einladung und die gestrige Warnung kamen von derselben Hand? Immer labyrinthischer verschlangen sich die Pfade ihres Lebens, immer gefahrvoller liefen sie am Abgrund dahin. Ach, sie fühlte es nur zu tief, ein Sturm hatte sie weit verschlagen von der heiligen Insel der unbefangenen Kindheit. Den sanften Wiesenteppich, auf dem sie bisher zwischen friedlichen Büschen, unbemerkt, doch glückselig dahingewandelt war, hatte ein furchtbares Erdbeben erschüttert und verschlungen. An seiner Stelle wogte der unbegrenzte, heimatlose Ozean und trieb sie auf seinen Wellen an gefährlichen Klippen dahin. Sollte sie das Geheimnis entdecken? Sollte sie sich denen, die sie liebten, anvertrauen, sich in ihren Schutz stellen? Aber vermochten diese den Bruder zu retten, wenn boshafte Tücke ihn verderben wollte? »Nein, ich will es wagen, es ist meine heiligste Pflicht, es zu wagen«, dachte sie entschlossen. »Endlich müssen diese Rätsel sich lösen. Und wer sagt mir denn, daß ich einem neuen Unheil entgegengehe? Könnte es nicht ein großmütiger Freund sein, den ich, wenn ich das Schweigen bräche, ins Verderben stürzte? Du, meine Mutter, blickst aus jenen seligen Höhen in mein angsterfülltes Herz, dein Schutzgeist wird mich schirmend umschweben, ihm will ich mich anvertrauen.« Nach diesem festen Entschluß wurde ihre Seele wieder ruhiger.

Der Tag verstrich, die neunte Stunde nahte heran. Marie ging auf ihre Zimmer, siegelte den geheimnisvollen Zettel, den sie erhalten hatte, ein und legte ein Blatt dazu, auf das sie die Worte schrieb: »Dies soll mich rechtfertigen, wenn ein unwürdiger Verdacht mich trifft, retten, wenn mir Gefahr droht, es lehrt euch, wo ich bin.« Auf das Kuvert schrieb sie: »An meine Lieben! Doch nur dann zu öffnen, wenn ich um Mitternacht nicht zurück bin.« Diesen Brief legte sie auf ihren Tisch und verließ dann, in einen Mantel gehüllt, tief verschleiert, leise das Zimmer und das Haus, um sich auf der bestimmten Stelle einzufinden.

Es war schon ganz dunkel und völlig einsam. Sie bebte, aber sie blieb entschlossen. Schüchtern trat sie in die dunklen Laubengänge ein. Die bezeichnete Linde stand im einsamsten, entferntesten Teil des Gartens. Dies vermehrte ihre Besorgnisse. Ein Gartenarbeiter begegnete ihr und sah sie verwundert an. Plötzlich fiel ihr ein, daß sie sich den Beistand dieses Mannes sichern könne, ohne ihm irgend etwas zu verraten. Sie wandte sich um, ging ihm nach und redete ihn an: »Mein Freund, wollt Ihr ein gutes Trinkgeld, vielleicht noch mehr verdienen?«

»Dazu bin ich jetzt und alle Tage bereit.«

»So bleibt eine Stunde auf dieser Bank sitzen, oder verweilt doch ganz hier in der Nähe, doch sorgt, daß man euch nicht bemerkt. Nehmt dies als erstes Geld. Wenn ich zurückkehre, erhaltet ihr das Dreifache. Hört ihr mich aber laut um Hilfe rufen, so eilt schnell zu der großen Linde dort unten an der Gartenmauer.«

»Da, wo der Herr im Mantel steht?« fragte der Arbeiter. – »Ganz recht«, erwiderte Marie nicht ohne Schreck. – »Hm! Hm! Euer Gnaden sollten lieber gar nicht hinuntergehen«, meinte kopfschüttelnd der Arbeiter. »Dem Herrn sind fremde Leute gerade so lästig im Garten, wie sie Euer Gnaden nötig sein mögen. Er hat mir eben fünf Gulden geschenkt, damit ich aufhörte zu arbeiten und nach Hause ginge.« – »Es mag schon sein«, sprach Marie bebend, »ich will auch nicht, daß Ihr dorthin kommen sollt, aber bleibt hier in der Nähe«. Dabei gab sie ihm noch einige Geldstücke.

Der Arbeiter schüttelte bedächtig den Kopf und schwieg einige Augenblicke. Endlich sprach er: »Je nun, an mir soll's nicht fehlen, ich will schon hierbleiben, und Euer Gnaden können sich auf mich verlassen. Aber nehmen Sie sich ja in acht, der Herr hat so ein Ansehen wie ein italienischer Spitzbube, die ich kennengelernt habe, als ich mit dem Fürsten Clary als Bedienter in Neapel war. Doch vergeben Euer Gnaden nur mein Geschwätz. Sie werden ja wohl wissen, mit wem Sie es zu tun haben.«

»Jawohl, jawohl!« sprach Marie mit einem Ton, der das Gegenteil ausdrückte. Sie wankte in ihrem Entschluß. Doch mit erneuter Kraft sprach sie zu sich selbst: »Du hast das Teuerste, deinen Ruf, bereits gewagt und solltest jetzt um dein Leben zittern? Torheit! Und was könnte dein Tod irgend jemanden nutzen? Es ist nichts, die Furcht ist eingebildet, deine Schwesterpflicht fordert diesen Gang von dir.«

Raschen Schrittes setzte sie ihren Weg fort. Als sie in der Nähe der Linde war, sah sie eine dunkle, verhüllte Gestalt unter derselben auf und nieder gehen. Zögernd näherte sie sich. Der Unbekannte hatte sie jedoch kaum erblickt, als er rasch auf sie zueilte und sie mit den Worten anredete: »Ich freue mich, daß Sie den Mut haben, meiner Aufforderung zu folgen.«

Ein eiskalter Schauer überlief Marie, als sie diese Stimme vernahm, es war Beaucaire, vor dem ein unüberwindlicher Widerwille sie vom ersten Augenblick an gewarnt hatte. Doch faßte sie sich, weil sie deutlich empfand, es sei notwendig, sich diesem Mann gegenüber mit aller Festigkeit, mit allem Adel zu waffnen, den das Gefühl der Unschuld und des Rechts einem weiblichen Wesen verleihen kann. »Ich mußte in der Tat wohl«, entgegnete sie, »da Sie mich durch eine geheimnisvolle Drohung hierher schreckten, die mir einen gewagten Schritt zur Pflicht machte, den ich sonst um keinen Preis getan hätte.«

Beaucaire schien mißvergnügt über diese Antwort, die ihn durch die Bestimmtheit, mit der sie gegeben wurde, sehr weit von dem Ziel seiner Wünsche zurückwarf. Er fühlte, daß er keinen leichten Stand haben werde. Deshalb beschloß er, mit der eisernen Stirn schamlosester Frechheit vorzudringen. »Sie nehmen«, sprach er, »einen stolzen Ton an, der Ihnen, wie mich dünkt, nicht wohl geziemt. Wissen Sie denn, daß das Schicksal Ihres Bruders in meiner Hand steht, daß ich allein es vermag, ihn zu retten und zu verderben. Ich kenne seinen Aufenthalt. Er hat ihn schlau genug gewählt, wo man ihn am wenigsten suchen durfte, bei dem Heer.« Marie stand sprachlos da, der Gedanke hatte ihr den Atem genommen. »Sie dürften also«, setzte Beaucaire mit ironischer Betonung hinzu, »wohl noch etwas mehr tun, als ich Ihnen bis jetzt zugemutet habe, falls es Ihnen auf den Beistand eines Mannes ankommt, auf dessen Lippen das Leben Ihres Bruders schwebt. Doch, ist Ihnen unwohl geworden?«

Marie war genötigt gewesen, sich erschöpft gegen den Stamm der Linde zu lehnen. Beaucaire führte sie, indem er sie mit unzarter Dreistigkeit fast umschlang, an eine wenige Schritte entfernte Gartenbank.

»Sagen Sie mir«, sprach Marie mit Anstrengung, »was ich für meinen Bruder tun kann. Ich werde das Schwerste nicht scheuen, ich darf es nicht. Der volle Dank einer liebenden Schwester ist Ihnen gewiß, wenn Sie mir großmütig die Wege der Rettung zeigen.« – »Vor allen Dingen geben Sie mir«, fiel Beaucaire rasch ein, »genau an, wie ich Ihrem Bruder Papiere von Wichtigkeit aufs sicherste zustellen kann, denn er muß schleunigst benachrichtigt und mit Mitteln zur Flucht versehen werden, weil seine Entdeckung an Tagen, vielleicht an Stunden hängt.«

Marie hatte wieder so viel Besonnenheit gewonnen, daß sie sich durch die hinterlistige Frage Beaucaires nicht überraschen ließ. »Was Sie meinem Bruder senden wollen, übergeben Sie mir«, sprach sie rasch, »ich befördere es sicher zu ihm. Einen anderen Weg kann ich Ihnen nicht angeben.«

Beaucaire biß die Zähne vor Verdruß über diese Antwort zusammen. Marie hatte sie kaum gegeben, als sie selbst über den glücklichen Ausweg erstaunte, den sie wie durch eine höhere Eingebung gefunden hatte. Freilich aber waren in dem kurzen Zeitraum von wenigen Sekunden ihrer Seele eine Reihe von Gedanken und Verknüpfungen der Umstände vorübergezogen, die sie notwendig mit dem äußersten Verdacht gegen Beaucaire erfüllen mußten. Der Vorfall mit dem Postbeamten ließ ihr jetzt fast keinen Zweifel mehr, daß das Briefgeheimnis auch in bezug auf sie verletzt sein müsse. Sie rief sich dabei mit möglichster Genauigkeit den Inhalt von Ludwigs letztem Brief zurück, um zu erwägen, ob etwas darin enthalten sei, was seinen Aufenthalt, seinen Namen und seine sonstigen Verhältnisse näher bezeichnete. Mit leicht aufatmender Brust gewann sie die Überzeugung, daß durch den Brief nichts verraten sein konnte als sein Aufenthalt bei dem Heer. Mit jenem Scharfblick, der Bedrängnis unschuldigen Seelen verleiht, entdeckte die sonst so Arglose jetzt das Gewebe der Bosheit, mit dem man sie umgarnen wollte, ohne jedoch die schwärzesten Tiefen des Abgrundes zu ahnen, in den Beaucaire sie hinabreißen wollte.

»Sie scheinen mir«, sprach er endlich mit empfindlichem Ton, »nicht zu trauen, obgleich ich Ihnen durch unsere Zusammenkunft doch wohl einige Beweise meines guten Willens, Ihnen hilfreich zu sein, gegeben habe. Bedenken Sie jedoch, daß auch ich Ursache habe, vorsichtig zu sein. In meiner Stellung sollte ich durchaus rücksichtslos verfahren, den Weg des strengen Gesetzes gehen. Wage ich aus Mitleid eine Umgehung, so muß ich volle Gewißheit haben, daß mich keine Verantwortlichkeit deshalb treffen kann. Auf so gefährlichen Pfaden kann man aber nur sich selbst vertrauen.« – »Wie?« rief Marie lebhaft. »Fürchten Sie von der Schwester, der Sie den Bruder retten, verraten zu werden?«

»Nicht absichtlich, doch Unvorsichtigkeit, Mangel an Einsicht, an Kenntnis der Verhältnisse ...«

»Dies alles ist hier unmöglich«, fiel Marie ein, »denn der Weg, den ich einzuschlagen habe, ist zu einfach, als daß ich ihn verfehlen könnte.« – »Sie mißtrauen mir also?« sprach Beaucaire ergrimmt. Marie erbebte. Es war nicht ihre Absicht, ihn zu reizen. Sie entgegnete daher mit sanftem Ton der Stimme. »Ich habe ein fremdes Geheimnis zu bewahren. Sie werden gewiß nicht fordern, daß ich es verletze. Aus der Treue, mit der ich dieser älteren Pflicht obliege, mögen Sie die Überzeugung schöpfen, daß ich um so vorsichtiger und gewissenhafter gegen Sie handeln werde, da Sie mir eine Wohltat erzeigen wollen, die meine lebenslängliche Dankbarkeit nicht zu vergelten imstande wäre.«

Beaucaire fühlte sich verwirrt. Das edle, feste und doch so weiblich sanfte Benehmen Maries übte selbst auf sein entartetes Herz eine so unwiderstehliche Macht aus, daß er fast den Mut verlor, ihr die empörenden Anträge zu machen, um derentwillen er diese einsame Zusammenkunft mit ihr gesucht hatte. Unwillkürlich hatte sein Gespräch mit ihr, das er durch den Schreck der ersten Drohungen seinem Ziel entgegenzulenken versuchte, eine völlig andere Richtung genommen, und er sah sich jetzt fast abgeschnitten von dem Weg, den er zu gehen gedacht hatte. Doch der Verdruß über sich selbst, daß seine festen Entschlüsse durch wenige Worte eines Mädchens wankend gemacht werden sollten, diese falsche Scham verhärteter Unwürdigkeit trieb ihn an, plötzlich seine Larve wegzuwerfen. »Auf Dank«, sprach er, »hoffe ich allerdings und darf ihn erwarten, da eine schöne Schwester gerade die besten Mittel besitzt, um für einen wichtigen Dienst, den man dem Bruder leistet, die Schuld abzutragen.« Mit diesen Worten ergriff er die rechte Hand Maries mit seinen beiden und drückte und küßte sie auf eine Weise, die den schwarzen Hintergrund seiner Absichten öffnen mußte. Scheu sprang sie auf und rief: »Mein Gott, was wollen Sie?« Beaucaire aber hielt sie fest, wollte sie wieder zu sich herabziehen und sprach: »Nicht so schüchtern, Liebe, das Leben eines Bruders ist doch wohl den Kuß einer Schwester wert!«

»Unwürdiger!« rief Marie, die jetzt den ganzen Umfang seiner Abscheulichkeit überschaute, in überwallender Empörung. »Lassen Sie mich, oder ich rufe um Hilfe!«

»Gemach, gemach«, entgegnete Beaucaire, ohne die heftig sich Sträubende loszulassen. »Hören Sie mich an. Ihr Bruder ist bei der Armee. Morgen gehe ich zum Hauptquartier. Dort werden zwei Stunden genügen, den Aufenthalt dessen, den ich suche, auszukundschaften, und vierundzwanzig Stunden sind hinreichend bei dem Kriegsgericht, um von der Anklage bis zur Vollstreckung vorzurücken. Ihr Bruder hat den Tod erwirkt, sein Leben ist in meiner und in Ihrer Hand. Wollen Sie ...«

»Nimmermehr!« rief Marie und riß sich gewaltsam von ihm los. »Mein Bruder würde ein Leben verachten, das er so erkaufen müßte! Wagen Sie nicht, mir zu nahen, ein einziger Ruf führt mir Hilfe herbei.« – »Fürchten Sie keine Gewalt«, entgegnete Beaucaire mit verbissenem Grimm, »ich bin kein Raubtier, das Sie zerreißen will. Doch rate ich Ihnen jetzt zum letzten Mal«, fuhr er hierauf mit schneidender Kälte fort, »verschmähen Sie mein Anerbieten nicht. Hier hinter dem Schloßgarten hält ein Wagen, er bringt Sie an einen sicheren Ort. Dort treffe ich Sie in zwei Stunden und händige Ihnen dann Papiere aus, mittels deren Ihr Bruder ungehindert nach England, wo er in völligster Sicherheit ist, gelangen kann. Sie selbst mögen sie ihm auf Ihrem Weg zustellen. Erklären Sie sich jetzt.«

Marie stand im heftigsten Kampf mit sich selbst da. Plötzlich warf sie sich zu Beaucaires Füßen nieder, umschlang seine Knie mit angstvollem Schluchzen und rief: »Nein, es ist unmöglich! Ich glaube nicht an den Ernst Ihrer furchtbaren Drohungen. Es ist nur ein grausamer Scherz, aber er ist zu grausam. Hören Sie auf, ich flehe Sie an, machen Sie meiner Angst, meinen Tränen ein Ende. Lassen Sie mich nicht länger auf dieser namenloser Folter. Ich tat Ihnen unrecht, gewiß schreiendes Unrecht, und Sie strafen mich jetzt dafür. Aber es ist genug, ich habe genug gebüßt! Kehren Sie nun zur Wahrheit zurück! Ach, Sie kennen nicht die Angst einer Schwester, die für das Leben ihres einzigen Bruders, ach, des einzigen, was sie noch auf dieser Erde besitzt, beben muß.«

»Stehen Sie auf, es kommt jemand«, sprach Beaucaire heftig, aber leise. Es war der alte Gartenarbeiter, der, durch das lebhafte Gespräch aufmerksam gemacht, sich näherte. – »Nein, nein!« rief Marie. »Nicht eher, bis Sie mir schwören ...«

»Sie sind wahnsinnig«, entgegnete Beaucaire wild und riß sie gewaltsam empor. »Wollen Sie mir folgen oder nicht? Denn die Zeit verstreicht!«

»Nimmermehr!« rief Marie mit zurückkehrender Kraft und Besinnung, indem sie sich groß emporrichtete. »Mein Bruder müßte mich verfluchen und ich mich verachten. Geh denn hin, blutiges Ungeheuer, und übe deine Schandtat aus! Füge auch diesen Greuel zu den namenlosen Verbrechen, die euer freches Volk in unserem Vaterland begeht. Ich frage nach nichts mehr! Der Tod ist ein Augenblick, das Jenseits ist ewig. Morde mich auch, wenn du willst. Wir zittern nicht vor dem Tod! Ich, ein Mädchen, weiß zu sterben, glaubst du, unsere Männer wüßten es nicht? Segnen wird mich mein Bruder, daß ich's ihm erspare, sein Leben auf eine so schimpfliche Weise zu retten.«

Beaucaire stand, vor Grimm und Scham gefoltert, vor der edel zürnenden Gestalt. Er scheute sich zu flüchten und wagte nicht zu bleiben. »Sie werden Ihre Raserei bereuen!« rief er endlich, da der Gartenarbeiter näher und näher herantrat, mit jener klanglosen Stimme unterdrückter Wut. Hierauf drückte er sich den Hut in die Augen und verschwand mit schnellen Schritten in den dunklen Laubengängen.

Marie hatte sich das weinende Antlitz verhüllt. Nach einigen Augenblicken erhob sie es wieder und sprach, indem sie gen Himmel blickte: »Du, meine Mutter, die du dort oben in den Sternen weilst, du wirst mich trösten und beschützen, wenn ich nun ganz allein bin auf dieser Erde.« Erschöpft schwankte sie der Bank zu und setzte sich. Da trat der wohlwollende Alte zu ihr hin und fragte: »Habe ich unrecht getan, Euer Gnaden zu stören? Aber weiß Gott, ich hörte so heftig sprechen, daß mir bange wurde, es geschehe ein Unheil.« – »Nein, guter Alter«, erwiderte Marie, »ihr tatet recht wohl! Aber wolltet Ihr mich jetzt wohl nach Hause geleiten? Ich bin so erschöpft, ich will's euch gern vergelten.« – »Mit tausend Freuden«, sprach der Greis, und Marie verließ, auf seinen Arm gestützt, mit wankenden Schritten den Garten.

Sechstes Buch

Erstes Kapitel

Zum Teufel, was gibt' schon wieder?« fuhr Bernhard, der, in seinen Mantel gehüllt, am Biwakfeuer lag, unwillig empor, als eine männliche Hand ihn aus dem Schlaf aufrüttelte, in den er erst seit wenigen Minuten gesunken war. »Ach, bist du's, Ludwig?« setzte er gleich darauf sanfter hinzu, indem er den Freund erkannte. »Schon zurück? Nun? Habt ihr Abenteuer gehabt in Witebsk?« – »Mancherlei Art«, antwortete Ludwig, »aber bist du nicht böse, daß ich dich so spät noch störe?«

»Ich bin so müde nicht, daß ich nicht noch eine Stunde plaudern könnte. Erzähle denn.«

»Rate zuerst, wen ich in Witebsk gesehen habe.« – »Nun, den großen Mogul, oder den Papst, oder den König von England?« – »Nein, sei ernsthaft, Bernhard!« –

»Das sage ich *dir*, denn wie soll ich von den zehntausend Möglichkeiten die eine Wirklichkeit treffen, wenn mein Raten nicht ein Scherz sein soll. Also, wen trafst du an?«

»Ich ging an einem kleinen Häuschen in einer Quergasse vorüber, da hörte ich plötzlich eine weibliche Stimme angenehm singen. Erstaunt wandte ich mich um und sah in einem mit Blumen halb versetzten Fenster die junge Sängerin aus Warschau.« – »Françoise Alisette?« rief Bernhard im höchsten Grad erstaunt. – »Dieselbe.« – »Bist du dessen auch gewiß? Hast du sie gesprochen?« – »Das nicht, denn sie zog sich schnell zurück, da sie mich erblickte. Doch bin ich meiner Augen sicher.«

»Hm!« murmelte Bernhard vor sich hin. »Sollten sich meine Vermutungen so vollständig bestätigen? Höre, Ludwig, ich möchte fast wetten, der Oberst Regnard steht auch in der Stadt mit seinem Regiment.«

»Du irrst, zwar habe ich ihn angetroffen, doch weiß ich, daß sein Regiment in Ostrowno liegt.«

»Pah!« rief Bernhard. »Das sind fünf Stunden. Die reitet man in zwei mit Bequemlichkeit.« – »Weißt du noch etwas?« fuhr Bernhard fort. »Ich glaube, es ist gut, daß wir Jaromir nichts davon sagen, wenn er es nicht schon weiß.« – »Das glaube ich nicht, aber weshalb?« fragte Ludwig erstaunt.

»Aus mancherlei Gründen. Einmal, glaube ich, ist Regnard eifersüchtig auf ihn, und das könnte unangenehme Händel geben, dann habe ich so eine kleine Vermutung, als ob der Oberst auch nicht unrecht hätte, nämlich soweit die schöne Alisette es verantworten müßte. Sie hatte schon zu Warschau so gewisse Blicke für Jaromir, die einem jungen, unerfahrenen Menschen wie ihm gefährlich werden könnten. Daher ist Schweigen hier gut.« – »Wie du meinst«, gab Ludwig zu.

Plötzlich unterbrach ein ziemlich naher Pistolenschuß das Gespräch der Freunde. Die ringsumher gelagerten Leute sprangen, denn man befand sich fast auf den äußersten Vorposten, rasch auf und ergriffen die Waffen, dem Wink gehorchend, sich zum Gefecht zu ordnen. Man lauschte, ob sich ein neues Geräusch vernehmen lasse, aber alles blieb still, nur daß man in der Ferne bei den Vorposten einige Leute lebhaft sprechen hörte. Boleslaw, der die Feldwache befehligte, sandte den Unteroffizier Petrowski mit einer Patrouille ab, der Bericht über das Vorgefallene abstatten sollte. Dieser kam nach wenigen Minuten zurück und führte, gewissermaßen als Gefangene, einen jungen Mann und ein junges Frauenzimmer, der Tracht nach eine Russin, ins Lager. Das Mädchen schloß sich ängstlich an ihren Begleiter an. Sie ging zitternd und versuchte, den Blicken der neugierig herantretenden Soldaten beschämt auszuweichen. »Ei der Tausend, ein artiges Kind!« rief Bernhard zu Ludwig gewandt, indem sie vorübergeführt wurden und der Widerschein des Wachtfeuers die Gruppe beleuchtete. Doch kaum hatte er diese Worte gesprochen, als der gefangene junge Mann stillstand und ihn anredete: »Oh, mein Herr, Sie sind ein Deutscher, helfen Sie einem Landsmann, der in großer Verlegenheit ist, weil er nur Deutsch und Russisch spricht, das diese Polen nicht verstehen oder nicht verstehen wollen.«

»Gern«, erwiderte Bernhard, »ich werde euch begleiten.« – Indessen war auch Boleslaw herangetreten und fragte den Unteroffizier, wer die Leute seien, was sie wollten. »Sie sind«, sprach der Graubart Petrowski, »soeben mit einer Kibitke angehalten worden. Da wir sie anriefen, gaben sie keine Antwort, sondern wollten rasch umwenden. Als aber die Schildwache die Pistole abschoß, hielten sie still. Es sind wahrscheinlich Spione.« – Bernhard mischte sich ein und bat Boleslaw um Erlaubnis, die Leute deutsch zu befragen. »Woher kommt ihr?« redete er sie an. »Wie ist euer Name? Was ist euer Reisezweck?«

»Oh, mein Herr«, erwiderte der Gefangene, »kein anderer, als in Frieden nach Deutschland zu ziehen, woher ich stamme. Ich heiße Paul, und dies ist meine junge Frau, Axinia, eine Russin. Ich war bisher als Gärtner in Diensten bei dem Grafen Dolgorow, allein da der Krieg alles zerstört, hat er mich entlassen, damit ich in meine Heimat ziehen könnte.« – »Habt Ihr Papiere, guter Freund, die diese Aussage bekräftigen?« fragte Bernhard weiter. – »Oh, die allerbesten, mein Herr«, entgegnete Paul und zog eine Brieftasche hervor, aus der er seinen Taufschein, sein Dienstzeugnis und einen in Smolensk ausgestellten russischen Paß nahm und Bernhard dieses reichte.

»Die Papiere mögen ganz in der Ordnung sein, mein Freund«, entgegnete dieser, »allein russische Pässe, begreift Ihr wohl, haben keine Gültigkeit durch das französische Lager. So leid mir es auch tut, wird man Euch doch zurückweisen müssen.«

»Oh, mein Himmel, dann bin ich verloren«, rief Paul aus, »denn durch ein Wunder ist es mir gelungen, mit meinen wenigen Habseligkeiten bisher den Schwärmen umherstreifender Kosaken zu entrinnen. Ich bitte Euch, bester Herr, wenn Ihr es irgend vermögt, helft uns durch, denn wir sind wahrlich ehrliche Leute und begehren nichts, als ungestört reisen zu können.«

»Warum habt ihr nicht die gerade Straße nach Witebsk genommen? Und weshalb wählt ihr die Nacht zur Reise? Das macht sogleich verdächtig.«

»Nur um den Kosaken zu entgehen, und überdies sagte man uns, wir würden hier am Flügel der Armee vorbeikommen und dann ohne weitere Hindernisse Boiszikowo und so die gerade Straße nach Wilna erreichen.«

»Je nun, Marodeure würdet ihr dort auch noch genug antreffen«, warf Bernhard hin und dachte nach, wie er den Leuten aushelfen könnte. »Sie scheinen mir durchaus ehrlich und unschuldig«, sprach er zu Boleslaw, »allein wenn du sie auch ziehen ließest, so kann ihnen das nicht viel helfen, weil man sie anderwärts überall anhalten wird. Zumal ist diese junge Frau eine Ware, für die ich die Verantwortung nicht übernehmen möchte auf dem verwüsteten Weg von hier nach Wilna, wo sich noch immer Nachzügler umhertreiben, und die Juden und Bauern rauben, was diese übriglassen.«

»Was gibt's hier?« fragte plötzlich eine Stimme. Es war Rasinski, der mit übergeworfenem Mantel, eine Feldmütze tief ins Gesicht gedrückt, unvermutet unter die Sprechenden trat. Bernhard berichtete den Fall. »Bei *wem* standet Ihr in Diensten?« richtete Rasinski seine Frage an Paul. – »Beim Grafen Dolgorow«, antwortete dieser. – »Eure Papiere.« Paul zeigte sie. Rasinski durchlief sie mit schnellem Blick. »Es ist, wie Ihr angebt. Das ist die Unterschrift des Grafen. Ich werde Euch zu Eurem weiteren Fortkommen behilflich sein. Diese Nacht müßt Ihr hier im Lager verweilen, morgen aber geht ein Transport mit Kranken nach Wilna zurück, dem könnt Ihr Euch anschließen. Ich werde Euch die nötigen Pässe besorgen.«

Paul dankte mit freudigen Worten und noch freudigeren Blicken. In Axinias schüchterne Züge kehrte die Heiterkeit zurück. Erst jetzt schien Rasinski ihrer gewahr zu werden. Freundlich trat er auf sie zu und fragte sie russisch: »Und auch du willst nach Deutschland ziehen und bist doch eine Tochter aus Ruriks Reich, wie ich aus deiner Tracht sehe?« Axinia schlug errötend die Augen nieder. »Es war der Wille der jungen Gräfin Feodorowna«, erwiderte sie. – »Und weshalb sandte die Gräfin dich nach Deutschland?« fuhr er nach kurzem Besinnen fort.

»Wir würden, meinte sie, dort glücklicher sein.«

»Jetzt? Es fragt sich, das Land ist auch nicht überreich an Glück. Ist die Gräfin Feodorowna die Tochter des Grafen Dolgorow?« – »So ist es, mein gnädiger Herr!« entgegnete Axinia, indem sie den Kopf bejahend und mit dem Ausdruck der Demut senkte. »In meiner Kindheit wurde ich als Gespielin der Gräfin mit ihr erzogen, ihr verdanke ich alles.« Hier wurde ihre Miene so bewegt, daß sie nicht weiter zu reden vermochte.

»Wenn du so an ihr hängst, weshalb verließest du sie, oder weshalb sandte sie dich fort?« »Je nun, es ist die Pflicht des Weibes, dem Mann zu folgen.« »Du hast wohlgetan. – Weist diesen Leuten eine Stelle unten neben dem Hügel an, wo sie sicher übernachten mögen«, sprach Rasinski abbrechend und winkte mit der Hand.

»Nun, Freunde«, begann er, als sich die Ankömmlinge entfernt hatten, »morgen setzen wir uns wieder in Marsch, das hatte ich euch noch nicht gesagt. Ich erwarte jeden Augenblick Jaromir mit Depeschen aus Witebsk, dann werde ich euch sagen können, wohin wir unseren Weg zu richten haben. Denn ich glaube nicht, daß wir beim Gros der Armee bleiben. Es wird endlich Zeit, daß wir in Tätigkeit kommen.«

»Wahrlich!« rief Bernhard, »wenn der Feind uns standhalten will. Bis jetzt haben wir mit einem Schattenbild gefochten. Wenn wir den Gegner dicht vor Augen hatten und ihm endlich wie Achill dem Hektor zurufen konnten: Steh und kämpfe – dann verschwand das Phantom wieder in die wüste Nacht. Ich gestehe, daß mich diese Art des Krieges bisweilen fast schauerlich berührt hat. Der größte Feldherr, das sieht man wenigstens, muß einen Feind haben, um ihn besiegen zu können.«

»Es ist dies einmal die Form des Verteidigungskrieges, wenn das Terrain dem Angreifenden durch seine Ausdehnung ungünstig ist. Schon die alten szythischen Bewohner dieses Landes führten ihren Krieg mit den Perserkönigen auf diese Weise«, antwortete Rasinski. »Ich war von Anfang an darauf gefaßt, denn ich kenne den Russen und sein Land. Aber das eben ist mein Trost. Hier ist noch nicht die Stelle, wo diesem Reich das Herz schlägt. Halb fochten wir noch auf eigenem Grund und Boden, auf altpolnischem, auch Litauen gehorchte ja den Jagellonen. Dieser Boden ist dem Russen kein Heiligtum. Erst jetzt berühren wir seine Grenzen, hier beginnt sein Vaterland, seine Kirche. Gebt acht, hier werden Ruriks Söhne ihre Schwellen und Altäre beschützen, und je näher wir dem Sitz des heiligen Iwan, der ehrwürdigen Stadt Moskau rücken, je mächtiger wird sich das Volk gegen uns waffnen. Nicht alle Bewohner des russischen Reichs haben ein Vaterland. Die Grenzprovinzen gleichen den Torschwellen und Vorsälen, wo das Heer der heimatlosen Sklaven gelagert ist. Diese gibt man leicht preis, doch im Inneren des Hauses wohnen die Söhne desselben, und sie werden den Altar kämpfend beschützen. Dann wird es an Schlachten und, ich hoffe, an Siegen nicht fehlen.«

Man hörte einen Reiter im Galopp heransprengen. Es war Jaromir. Er überbrachte, rasch abspringend, Rasinski Depeschen, die dieser beim Schein der Flammen eilig durchlief, während Jaromir die Freunde begrüßte. »Morgen mit der vierten Stunde brechen wir auf. Gute Nacht denn, nutzt die Zeit der Ruhe, die uns bleibt, denn der kommende Tag fordert vielleicht angestrengte Kräfte.« Mit diesen Worten ging er in sein Zelt zurück, und die übrigen lagerten sich wieder an dem Wachtfeuer, wo sie bald in festen Schlaf sanken.

Als der Tag anbrach, befand sich Rasinski mit seinem Regiment schon auf dem Marsch. Er zog auf einer langgedehnten Anhöhe am Saum eines Fichtenwaldes dahin, der sich zu seiner Rechten weit ins Land hinein erstreckte, während sich zur Linken ein hügeliges, von Gebüsch durchschnittenes Terrain ausbreitete. Boleslaw, Jaromir, Ludwig und Bernhard ritten an seiner Seite. »Der Kaiser hat einen kühnen Entwurf gemacht«, begann Rasinski. »Wie ihr seht, nehmen wir eine Richtung, die uns vom Feind, der weit links bei Rudnia und Inkowa sein Hauptquartier aufgeschlagen hat, entfernt. Wir werden über den Dnjepr gehen, dann, auf der linken Flanke von dem Fluß gedeckt, bis nach Smolensk vordringen, die russische Armee umgehen und uns mitten zwischen sie und Moskau werfen. Eine kolossale Kombination, die, wenn sie glückt, den ganzen Feldzug in einem Wurf entscheiden muß. Was dem Marschall Davoust durch Schuld des Königs von Westfalen gegen Bagration fehlschlug, das soll hoffentlich jetzt gegen Barclay und Bagration zugleich gelingen. Unsere Aufgabe dabei ist die, die vorgesprengte streifende Kavallerie, die sich etwa doch noch auf unserer rechten Flanke befinden könnte, zu werfen und sie in solcher Entfernung zu halten, daß sie die Bewegung der Hauptarmee nicht zu früh erfährt.«

Die Sonne war jetzt aufgegangen und warf ihre Strahlen in die weite Landschaft, die man von der Höhe übersehen konnte. »Seht ihr, wie die Kolonnen hervorbrechen?« sprach Rasinski und deutete links hinüber. »Hier vorn der schwarze Strom ist uns ganz nahe. Dort jenseits hinüber erkennt man es an der Staubwolke, daß Kavallerie marschiert, und hinten an jenem Hügel, der zu entfernt ist, um die Truppen selbst wahrzunehmen, seht ihr doch die glänzenden Blitze der Waffen. In diesen Tagen kann sich viel entscheiden.«

Ludwig übersah die Gefilde, in denen sich die schwarzen Ströme der Völker bewegten, mit einem eigenen Gefühl. »Was sich hier bildet und entscheidet«, fragte er sich ernst, »wird es der Welt zum Heil oder zum

Weh gereichen? Wenn der gewaltige Geist, der die Massen in Bewegung setzt, hier, wie Alexander einst in Indien, das Ziel seiner Taten fände? Wenn er scheiterte an dem ungeheuren Unternehmen? Wenn die kolossale rohe Macht des Nordens ihr Übergewicht in Europa geltend machte? Oder wenn umgekehrt der Strom des Sieges fortbrauste bis in das Herz des alten Rußland und Frankreichs Fahnen, auch auf dem Sitz der Zaren aufgepflanzt, herabwehten von den stolzen Zinnen des Kreml? Wäre es dann mit Deutschlands Selbständigkeit nicht am Ende? Müßte nicht alles dem französischen Übermut gehorchen? Würde der Name Vaterland nicht ein leerer Klang, ein hohler Schall für uns werden?«

In diesen Betrachtungen unterbrach ihn Bernhard, der als Maler alle äußeren Erscheinungen unter dem Gesichtspunkt eines Gemäldes auffaßte. »Was doch auch die toten Landschaften für einen eigentümlichen Reiz haben können«, redete er ihn an, »sieh nur, wie dieser blauschwarze Waldsaum sich mit seinen zarten Spitzen fein gegen den Himmel abzeichnet. Diese traurige Einförmigkeit hat etwas eigen Ergreifendes, so wie auch die Wüste einen großartigen Eindruck macht. Und die weiten Waldstrecken, die sich dort unten durch das Land ziehen, die nackten Hügel, die langen grauen Wolkenstreifen – zuzeiten möchte ich dergleichen lieber malen als Schweizer Landschaften. So lag ich auch in Schottland an stillen heiteren Herbsttagen gern auf den öden Heiden des Hochlandes und ließ die Wolken über mich dahinziehen.«

»Solange der Mensch mit dem Schauerlichen und Düsteren frei spielt, es von sich weisen kann, wenn er mag«, entgegnete Ludwig, »solange findet er ein ganz eigenes Behagen darin, die heiteren Zustände des Lebens zu vermeiden. Doch wenn die strenge Notwendigkeit uns ihre ernsten Wege wandeln läßt, dann sehen wir das finstere Antlitz des Geschicks mit anderen Augen an. Doch was ich sagen wollte«, brach er plötzlich ab. »Ja, was meinst du? Boleslaw scheint sehr trübe zu sein, wie er denn überhaupt, seit wir Warschau verlassen haben, täglich ernster wird.«

»Und täglich schöner«, erwiderte Bernhard. »Sie nur, wie edel diese bleichen Züge sind, welch eine stolze Stirn, auf der die düsteren Schatten seiner Trauer schweben! Und der Glanz des schwarzen Haares, das dunkle Glühen des Auges, der feine Mund! Er ist der Orestes zu dem lebensfrohen Pylades Jaromir, das romantische Nachtstück zu seinem Sonnenaufgang, oder doch die Herbstlandschaft zu jener Frühlingslandschaft.«

Man war im Gespräch an einen Scheideweg gekommen. Links zog sich die Masse den Hügel hinab in das freiere Feld nach Liozna zu, rechts bog sie in den Wald ein, nach Babinowiczi und Orsza. Rasinski schlug den letzteren Weg ein, fand es aber, da er das Terrain vor sich nicht mehr übersehen konnte, nötig, eine Vorhut und Seitenpatrouillen einzurichten.

Jaromir erhielt den Befehl über die erste, Boleslaw wurde mit der Verteilung und Beaufsichtigung der letzteren beauftragt. Ludwig und Bernhard blieben in Rasinskis Nähe, indem er sich ihrer als Ordonnanzen bediente, um Befehle an die entfernten Trupps zu senden. Man marschierte indes bis zum Abend, ohne auf den Feind zu stoßen. Die Nacht biwakierte man teils in, teils neben einem elenden Dorf, das von seinen Einwohnern ganz verlassen war. Mit der Morgendämmerung rückte das Regiment wieder aus und marschierte auf Rasasna zu, wo die Armee den Übergang über den Dnjepr machen wollte.

Der Kaiser war bereits mit dem Davoustschen Korps eingetroffen. Die Brücken bei Rasasna, die schnell in dauernden Stand gesetzt worden waren, wimmelten schon von Truppen, die in langen schwarzen Massen hinüberzogen. Auch Rasinski schloß sich denselben an und bezog sein Lager jenseits des Flusses über Rasasna hinaus, wo auch das Zelt des Kaisers aufgeschlagen wurde. Ein litauischer Jude, der für Geld der Spion Rasinskis geworden war, unternahm es gegen eine gute Belohnung, noch einige Stunden weiter vorwärts zu gehen, um auszukundschaften, ob der Feind von der Annäherung der Armee unterrichtet sei und vielleicht Truppenmassen entgegenstellte.

Gegen drei Uhr morgens, als es noch völlig dunkel war, kehrte der Spion zurück. Bernhard war eben erwacht und hatte das Feuer geschürt, als die seltsame Gestalt des Israeliten, der sich leise heranschlich – denn scheue Vorsicht war ihm schon zur anderen Natur geworden –, im Widerschein der Flammen sichtbar wurde. Wie ein hämischer Zauberer erschien er dem betroffenen Bernhard, als er so plötzlich aus der dunklen Nacht in den hellen Umkreis des Feuers trat. Ein schwarzer Talar, den in der Mitte ein lederner Gürtel zusammenhielt, hüllte die Gestalt ein. Der rote Spitzbart reichte bis über die Brust hinab, das schmale bleiche Gesicht guckte lauernd aus der Masse des verworrenen Haares hervor, und die grauen Augen blinzelten listig, aber auch zugleich boshaft, aus ihren Höhlen heraus. Ein widriges Lächeln verzog seine Lippen, als er Bernhard in seiner jüdischen Mundart anredete: »Junger Herr! Sagt mir doch geschwind, wo der Herr Oberst schläft! Ich hab' ihn notwendig zu sprechen, hört ihr, junger Herr?« – »Der Kerl sieht aus, als ob sich der Teufel in einen Fuchs verwandelt hätte«, murmelte Bernhard. »Haben sie dich nicht gehängt, Isaak?« fragte er den Juden.

»Vater Abraham, was stellt ihr für Fragen, junger Herr? Wird der alte Isaak so lange gelebt haben, um nicht zu wissen, wie man einer Hanfschlinge ausweicht? Aber führt mich geschwind zu dem Herrn Oberst, es hat Eile!«

»Komm, Sohn Abrahams, setze deine Sohlen auf die Spuren meiner Füße, so wirst du dahin gelangen, wo du den findest, dessen Gold du suchst. Vorwärts.« Mit diesen den Juden parodierenden Worten ging

Bernhard voran und führte den alten Schlaukopf zwischen die Gruppen der an den Feuern gelagerten Krieger hindurch bis an die Stelle, wo Rasinski, in den Mantel gehüllt, auf einer Schütte Stroh schlief. Sein leises aufmerksames Ohr bewirkte, daß er bei der Annäherung der Schritte sich sogleich aufrichtete und scharf umhersah. »Bist du's Freund Isaak?« rief er schnell ermuntert die Kommenden an. »Nun? Gibt's etwas Neues von Belang?« Der Jude winkte mit geheimnisvollen Mienen und zog ihn beiseite. Bernhard wollte sich entfernen, doch Rasinski hieß ihn bleiben. Indessen sprach er lange heimlich mit dem Juden und hörte, wie es schien, mit sehr gespannter Teilnahme den Bericht desselben an. Die Züge des Spions wurden immer bedeutsamer. Jenes widerwärtige Lächeln glänzte von Minute zu Minute strahlender, in dem Maß, wie Rasinski mit den Nachrichten zufrieden zu sein schien. »Verfluchter Judas!« brummte Bernhard für sich. »Ich könnte dieser Physiognomie nicht trauen, und wenn diese Fuchsnase mir verspräche, mein Führer gerade ins Paradies zu sein. Doch Rasinski kennt seine Leute, das muß man ihm lassen!«

Isaaks Bericht war zu Ende. Demütig stand er vor Rasinski und schien in tiefster Unterwürfigkeit dessen Befehle abwarten zu wollen. Dieser zog die Börse. Des Juden Gesicht glänzte vor Freude. Die Begierde nach dem Metall blitzte ihm aus den Augen. Als er aber vollends in der geöffnet dargereichten Hand eine Anzahl von Goldstücken fühlte, da brach er in die widerwärtigsten Dankbezeigungen aus. »Gott Abrahams!« rief er, indem er sich bestrebte, Rasinskis Hände zu küssen. »Beschütze meinen Wohltäter, der mich nicht darben läßt in der Zeit des Elends und des Krieges! Der Hunger würde meine Eingeweide zerreißen, daß ich heulte wie der heißhungrige Wolf im Winter, wenn Ihr nicht mein großmütiger Retter wäret, edler Herr!«

Rasinski machte eine abwehrende Bewegung und gebot ihm zu schweigen. Der Jude wollte sich entfernen und zog im Gehen einen kleinen ledernen Beutel hervor, um die Goldstücke hineinzutun. Doch zu gleicher Zeit zog er unversehens einen zweiten ungleich schwereren Beutel, an den sich die Schnur des ersteren angehäkelt haben mußte, mit heraus, und dieser fiel auf den Boden nieder. Isaak erschrak sichtlich und wollte danach greifen. Bernhard aber, der im Widerschein der Flamme das Gesicht des Juden beobachtet hatte, schöpfte im Augenblick Verdacht und sprang gleichfalls herzu, um den Beutel aufzuheben. Da das Gras hoch und die Stelle des Erdbodens gerade nicht vom Feuer beleuchtet war, so tappten beide einige Male vergeblich danach. Endlich hatte Bernhard ihn zuerst. »Gebt her, mein lieber junger Herr«, rief Isaak sogleich, »es ist mein sauer erworbenes Gut. Was man jetzt nicht bei sich trägt, ist nicht sicher! Ich bitte Euch, gebt.«

Der ängstliche Ton, mit dem er diese Worte sprach, seine hastigen Gebärden verstärkten nicht nur Bernhards Verdacht, sondern auch Rasinski wurde aufmerksam. »Hm! Schwer, sehr schwer«, sprach Bernhard absichtlich laut, »vermutlich lauter Gold?« Rasinski trat näher. »Ei bewahre!« rief Isaak. »Ein wenig Silber und Kupfer, ein paar alte Dukaten dabei.« Zugleich streckte er den Arm hastig nach dem Beutel aus und wollte ihn ergreifen. Bernhard aber zog die Hand zurück, hielt die Börse gegen den Schein der Flammen und sprach noch lauter: »Silber? Kupfer? Was ich beim Schein des Feuers durch die Maschen glitzern sehe, scheint mir helles Gold zu sein!« – »Zeigt doch her!« sprach jetzt Rasinski und trat rasch heran. Lachend übergab er ihm den Beutel. Der Jude wagte nichts einzuwenden, doch sprach er zitternd und mit demütig bittendem Ton: »Großmütiger Herr! Es ist das wenige, was ich aus der Kriegsnot gerettet habe. Ihr werdet das Eigentum eines hilflosen alten Mannes nicht rauben.«

»Rauben?« sprach Rasinski verächtlich. »Bin ich ein Marodeur? Doch«, fuhr er mit drohendem Ton und Blick fort, »du sollst mir nicht aufbinden, daß dieses Geld von länger her dein Besitztum gewesen ist. Meinst du, ich weiß nicht besser, was ein Jude deinesgleichen in Litauen ersparen kann? Meinst du, ich würde dir glauben, du schlichest als Spion von einem Lager ins andere und trügest diesen Schatz stets mit dir herum? Zehn Fuß tief im dichtesten Wald vergraben, würdest du ihn noch nicht sicher glauben. Und warum verleugnetest du, daß es Gold ist? Wo ist das Silber und Kupfer unter diesen neuen Dukaten? Bekenne, Jude, woher hast du dieses Geld?« – Isaak zitterte an allen Gliedern. Endlich sprach er stotternd: »Was mögt Ihr denken, gnädiger Herr Oberst? Wie soll der alte Isaak anderes Gold besitzen, als woran er die sechzig Jahre seines Lebens gespart hat? Wo soll er es vergraben? Welcher Boden ist sein, daß er den Schatz wieder heben könnte? Und wenn ich's verhehlen wollte, daß ich etliche Dukaten ersparte habe, so sagt mir doch, wann ist es geraten, seinen Reichtum laut auszurufen?«

»Elende Ausflüchte!« rief Rasinski. »Hier nimm dein Gold zu dir, ich begehre es nicht. Das aber sage ich dir! Schmelzen lasse ich's, und glühend sollst du es schlucken, wenn deine Zunge mir Lügen berichtet hat! Diese Dukaten sehen aus wie ein Judaslohn für wichtigere Nachrichten, als du mir gebracht hast. Hast du dem Feind etwas verraten, mißlingt der Plan, den wir vorhaben, so zittere, denn du sollst mich fürchterlich kennenlernen!« Der Jude stand bleich wie der Tod da. Seine Knie schlotterten, plötzlich warf er sich zu Rasinskis Füßen nieder und rief mit verzerrten Gebärden: »Gnade, Barmherzigkeit!« – »Gerechtigkeit!« donnerte Rasinski ihn an. »Untersucht ihn sogleich auf das strengste, ob er Papiere oder sonst etwas bei sich hat.« Ein Offizier und zwei Soldaten bemächtigten sich auf einen Wink Rasinskis sogleich des Alten, schleppten ihn an das nächste Feuer und hießen ihn, sich sofort von Kopf bis zu Fuß zu entkleiden. In wenigen Augenblicken war es geschehen. Man durchsuchte den Talar, die Beinkleider, die Leibbinde, die Strümpfe und Schuhe, ohne etwas zu finden. Selbst ein Schnitt durch die Schuhsohlen führte zu keiner Entdeckung. Isaak stand indessen zitternd im bloßen Hemd und folgte mit ängstlichen Blicken den Bewegungen der Soldaten. Seine Züge erheiterten und beruhigten sich, je nachdem ein Stück seiner Kleidung nach dem anderen als unverdächtig befunden und auf die Seite gelegt war. »So wahr Gott Jehova über mir lebt«, rief er aus, »ich bin ein unschuldiger alter Mann. Gebt mir, ich bitte euch, das meinige zurück und meine Kleidungsstücke, und laßt mich heimkehren in meine Hütte!«

»Da, ziehe den Plunder wieder an«, rief ein Unteroffizier und warf ihm die Beinkleider zu. Isaak fing sie mit den Händen auf, aber in demselben Augenblick stellte ihm der Kriegsmann auch seinen zusammengeknüllten Talar auf dieselbe Weise zu. Da der Jude eben nach dem ersten Kleidungsstück gegriffen hatte, fiel ihm das zweite, ehe er es abwehren konnte, über den Kopf, so daß er sich im ersten Augenblick darin verwickelte. Dies gab den übermütigen Soldaten Anlaß, ihn zu necken, indem sie ihm das weite Gewand über den Kopf hin und her zerrten, so daß er ganz darin verwickelt wurde und wie betäubt, jedoch heftig schreiend und abwehrend, hin und her taumelte.

Eben wollte Rasinski diesem Spiel des Übermuts Einhalt gebieten, als der Jude, stark von einem Soldaten gezerrt, stolperte und auf den Boden niederfiel, so daß der Talar in den Händen des Kriegers blieb. Doch mit dem Gewand zugleich war dem Gefallenen, zu seinem äußersten Schrecken, auch das falsche Haar, das er trug, entrissen worden, und er lag barhäuptig da. Niemand dachte im ersten Augenblick etwas Arges, sondern die Soldaten lachten über das neue Unglück, das dem Juden begegnete, als Bernhards scharfes Auge auf dem Boden ein Papier entdeckte, das der Jude zwischen Schädel und Perücke verborgen gehabt und soeben verloren haben mußte. Er wollte danach greifen, doch Isaak, der sich nichts Gutes bewußt war, hatte selbst nichts Eiligeres zu tun, als es aufzuraffen und in die Flammen des dicht neben ihm lodernden hohen Wachtfeuers zu schleudern, so daß es im Augenblick zu Asche verbrannte. Dieser Umstand gab Veranlassung zu einer neuen Untersuchung. Der Jude leugnete alles ab. Er schwur bei dem Gott seiner Väter, er wisse von keinem Brief und habe nichts in die Flammen geworfen, sondern nur sein weißes Tuch vom Boden aufgerafft. Doch Rasinski ließ ihm sofort den Schädel genauer untersuchen, und man entdeckte, daß das Haar desselben frisch abgeschoren war, Isaak also eine Perücke gar nicht nötig gehabt hätte. Mit Gewandtheit entgegnete er aber zu seiner Verteidigung: »Gott der Gnade! Was ich getan habe, um euch dienen zu können, das soll jetzt mein Verderben bei euch werden? Als ich mich anbot aus Hunger und Not, das gefährliche Gewerbe für euch zu treiben, mußte ich da nicht darauf denken, wie ich euch nützlich werden könnte, ohne euch zu verraten? Wußte ich, was ihr mir für Anträge geben würdet? Habe ich nicht immer gehört, daß man Briefe, Verzeichnisse und andere Papiere geschickt fortschaffen müßte? Darum habe ich – jetzt trifft mich die Strafe dafür – das heilige Gesetz gebrochen und ein Schermesser an mein Haupt gebracht! Ist es aber an euch Christen, mich deshalb zu richten, weil ich gesündigt habe, um euch zu dienen? Sprecht, nehmt aber Euren Gott zum Zeugen, Herr Oberst, wenn Ihr mir befohlen hättet: Isaak, hier ist ein Brief, geh hin, schaffe ihn zum feindlichen General, doch laß ihn nicht fallen in fremde Hände! Würdet Ihr Euch dann darum gekümmert haben, wie es der alte Isaak angefangen hätte, um den Auftrag auszuführen? Hätten Sie mich ertappt und aufgeknüpft, würdet Ihr nicht gerufen haben: Es geschieht ihm recht, warum ist er nicht gewesen vorsichtig und schlau, wie ein Kundschafter soll? Habe ich Euch gefragt um die Mittel? Ist es meine Schuld, daß Ihr mir keinen anderen als mündlichen Auftrag gegeben habt?« In diesem Ton fuhr der Jude, von Todesangst gefoltert, mit unaufhaltsamem Strom der Rede fort, und in der Tat waren seine Gründe schwer abzuweisen. Dennoch mußte Rasinski den äußersten Verdacht gegen ihn hegen. Er befahl daher, ihn zu binden und, wenn er ausrücken würde, auf einem Reservepferd mitzuführen.

»Sehe ich an den Bewegungen der Feinde«, redete er den Juden an, als dieser abgeführt wurde, »daß er Kundschaft erhalten hat, so bist du für den Galgen reif und sollst ihm nicht entgehen. Hast du ihm nichts verraten oder verraten können, so magst du laufen, bis andere dich hängen, denn jenseits Liady seid ihr doch nicht zu gebrauchen, weil der Russe euer ganzes, Blut und Mark der Armen aussaugendes Geschlecht in seinem Land nicht duldet, das einzige, das ich gut an diesem Volk nennen kann. Nun fort! Bewacht ihn wohl!« So wurde der Jude jammernd und wehklagend unter dem Hohn und Spott der übermütigen Soldaten in Gewahrsam gebracht, denn so verachtet ist das schnöde, aber leider unentbehrliche Handwerk des Spions, daß selbst diejenigen, denen er nutzt, ihn lieber mißhandelt als belohnt sehen.

Zweites Kapitel

Mit Tagesanbruch war das ganze französische Heer wieder in Marsch. Rasinski hatte den Befehl erhalten, sich der Vorhut unter dem König von Neapel anzuschließen. Auf einem Seitenweg, den Isaak angab, gewann er so viel Terrain, daß er an den langen Kolonnen Infanterie, die unter dem Marschall Davoust standen, vorbeikommen und ohne weitere Hindernisse an dem Punkt seiner Bestimmung eintreffen konnte. Hier fand man den Prinzen Murat schon von seinen Generalstabsoffizieren umgeben, wie er mit raschen Blicken das Terrain, das vor ihm ausgebreitet war, musterte. Rasinski ritt zu ihm heran, um sich zu melden und dem König die Nachricht mitzuteilen, die er der Kundschaft Isaaks verdankte, zugleich aber auch die Befürchtungen, die er hegte, daß der Spion sich einer doppelten Maske bedient und vielleicht noch mehr dem Feind als dem Heer des Kaisers genutzt habe.

»Wenn nur das richtig ist«, antwortete der Prinz, »was der Jude Ihnen angegeben hat, so kann schnelles Handeln noch alles retten. Wir müssen das Korps des Generals Newerowskoi abschneiden, vernichten und Smolensk auf diese Art früher erreichen als er. Das Hauptheer des Feindes kann unmöglich aus seinen Standquartieren die Festung so rasch gewinnen, daß wir ihm nicht zuvorkommen sollten. Es ist der Augenblick, wo wir den Feldzug des ganzen Jahres entscheiden können. Doch Schnelligkeit ist jetzt unsere nächste Pflicht. Wir wollen sie erfüllen.«

Diese Worte waren auch das Signal zum Aufbruch. Der Marsch der Hauptarmee ging am Dnjepr entlang, jedoch so, daß zwischen dem Fluß und der großen Straße noch ein bedeutender Raum blieb. Rasinski marschierte mit seinem Regiment zunächst zu dem Fluß. Er sandte Patrouillen voraus, die Jaromir, und zur rechten Flanke, die ein jüngerer Offizier befehligte. Zur Linken gewährte der Strom hinlängliche Deckung.

»Ein verdrießliches Geschäft«, sprach Rasinski im Reiten zu Ludwig, »so dem flüchtigen Feind nachzuziehen und ihn nicht erreichen zu können. Hier müssen Kosaken dicht vor uns gewesen sein, denn die Spuren sind ganz frisch und rühren von unbeschlagenen Pferden mit kleinen Hufen her. Ihnen verdanken wir vermutlich, daß alle Stege und Brücken abgebrochen sind und wir durch alle diese Regenwasser hindurchreiten müssen. Doch was gibt's dort! Jaromir schickt uns eine Meldung.« Man sah einen Ulanen heransprengen, dem Rasinski entgegengaloppierte, um die Nachricht früher zu erhalten. Jaromir ließ sagen, daß er in dem Augenblick, wo er den Gipfel des Hügels hinaufgekommen sei, zwei Kosaken entdeckt habe, die aber in einen vorwärts gelegenen Busch verschwanden und aller Vermutung nach zu einem stärkeren Trupp gehörten.

»Hätten wir sie endlich!« rief Rasinski mit freudefunkelnden Augen und befahl, im Trab vorzurücken. Das Regiment rasselte die Anhöhe hinan, von der man vor sich ein weites, flaches Terrain überblickte, das nur durch jenes kleine Gebüsch unterbrochen wurde. Dasselbe schien kaum einige hundert Schritte Tiefe zu haben und war auch nicht viel breiter. Doch verdeckte es die Aussicht. Die Patrouillen wurden herangezogen, und man rückte in geschlossenen Reihen rasch vorwärts. Dicht an dem Busch teilte Rasinski das Regiment und ließ eine Schwadron links, die andere rechts um das Gebüsch reiten, während er selbst mit den übrigen den geraden Weg durch die Mitte desselben verfolgte, jedoch etwas langsamer, damit man zu gleicher Zeit jenseits das Freie erreichte. Noch frisch dampfender Roßmist, den man auf dem Weg fand, gab, nebst den vielen Spuren von Hufen ohne Eisen, die Gewißheit, daß erst einige Minuten zuvor ein starker Trupp Kosaken durch den Wald gekommen sein mußte. Jetzt öffnete sich derselbe, und man sah durch die lichter werdenden Bäume das freie Feld. »Wahrhaftig, da sind sie«, rief Rasinski und deutete mit dem Finger nach vorn, wo man viele Lanzenspitzen über ein Getreidefeld hervorragen sah. »Nun, jetzt sollen sie uns nicht entwischen. Blast zum Angriff!«

Die Trompete ertönte. Wie die Windsbraut brachen die Streitmassen aus dem Wald hervor. »In Zügen rechts und links marschiert auf!« kommandierte Rasinski, als er das Freie erreicht hatte, und die tiefen Kolonnen verwandelten sich in eine breite Front. Die beiden Schwadronen, die um den Busch herumgeritten waren, wurden auch wieder an dem Saum desselben sichtbar und schlossen sich, früheren Befehlen folgend, sogleich im gestreckten Galopp der Masse an. Das Getöse, das ein auf diese Weise vorrückendes Kavallerieregiment erregt, mußte den Kosaken, die ruhig vorwärts ritten, weil sie den Feind nicht so nahe vermuteten, plötzlich dessen Gegenwart verraten. Ein Gefecht schien nicht in ihrer Absicht zu liegen. Sie setzten ihre Pferde in Bewegung und ritten vollen Laufes vorwärts, bis sie in dem von Büschen und Hügeln durchschnittenen Terrain verschwanden.

Als der Staub, den die Flüchtenden verursacht hatten, sich gesenkt hatte, erblickte man eine kleine Stadt, die kaum noch eine Stunde entfernt sein mochte. »Das muß Krasnoi sein«, sprach Rasinski. »Wo ist der Jude Isaak, er soll uns Auskunft geben.« Isaak hatte bis dahin, mit gebundenen Händen auf einem Troßpferd sitzend, dem Regiment mit den Troßknechten und Dienern folgen müssen. Bei diesen suchte man ihn auch jetzt, doch vergeblich. Es war ihm geglückt, in dem Getümmel des Verfolgens zu entwischen.

»So haben uns die Kosaken doch einen Schaden zugefügt«, sprach Rasinski verdrießlich. »Dem Juden hätte ich den Galgen gern gegönnt.«

Indessen hatte sich doch ein Gefecht zwischen einem Teil der Infanterie und einiger leichter Kavallerie mit dem Korps des Generals Newerowskoi entsponnen, der nach tapferer Gegenwehr zurückgeworfen wurde. Mit der sinkenden Sonne rückte Rasinskis Regiment ins Lager ein. Eben hatte man sich's an einem großen Feuer behaglich gemacht, als unvermutet der Donner der Kanonen ertönte. Alles geriet in Bewegung, doch erfuhr man bald, daß es nur Freudenschüsse waren, die man hörte. Sie galten dem siegreichen Gefecht mit den Russen und dem Geburtstag des Kaisers. »Wahrlich!« rief Rasinski aus. »Fast hätte ich's vergessen, daß wir heute den 15. August schreiben. Die Ehrensalve ist etwas wert, denn sie wird mit russischem, heute erbeutetem Pulver gebracht. Laßt uns denn auch den Tag nicht vergessen, Freunde, sondern im fröhlichen Kreis auf das Wohl des Kaisers trinken.«

Die Einladung wurde mit Freuden angenommen. Ein großes Feuer loderte empor. Ringsum lagerten sich die Offiziere des Regiments und Ludwig und Bernhard, die stets als zu ihm gehörig von Rasinski betrachtet wurden. »Unsere Trinkgeschirre sind freilich nicht die glänzendsten«, sprach Rasinski, als jedem das Glas, der Becher oder was er sonst zur Hand hatte, gefüllt war. »Die Tafel ist auch nicht überreich besetzt, allein die Gäste, denke ich, sind so stattlich, als sie jemals in einem Prunksaal zusammengesessen haben. So heiße ich euch denn willkommen, meine Kameraden!« Plötzlich wurden seine Züge ernst. Mit Hoheit trat er vor den Kreis der gelagerten Brüder, stützte sich mit der Linken auf den Säbel und hielt in der Rechten den gefüllten Becher empor. Dann begann er mit feierlicher Stimme: »Freunde! Seit langen Jahren betreten wir heute, geführt durch den großen Kaiser der Franzosen, zum ersten Mal wieder das Gebiet des alten Rußland mit den Waffen in der Hand! Wir stehen auf dem Boden, wo unsere Väter vordem so manche ruhmreiche Schlacht mit dem verhaßten Nachbar fochten. Erinnert euch, Brüder, daß es eine Zeit gab, wo Polens Fahnen in Moskau auf dem Kreml wehten, wo unsere Woiwoden den Russen ihren Zaren gaben. Der Zar Boris Godunow, der die alte Stadt Smolensk, die dort hinter jenem Hügel von dem Dunkel der Nacht bedeckt wird, gründete und die Mauer mit ihren Türmen erbaute, die wir morgen vielleicht im Sturm ersteigen – jener Zar Boris Godunow verlor den Thron durch die Tapferkeit unserer Väter. Das waren Polens glänzende Tage! Aber sie kehren wieder! Wie ein Phönix aus der Asche wird der weiße Adler sich aus dem rauchenden Schutt erheben, unter dem unser Vaterland begraben liegt, seit Verrat und überfallende Gewalt den Feuerbrand in unsere Städte und Gefilde trugen. Denn in der Tiefe glühten die Brände fort. In der Brust jedes polnischen Sohnes lodert noch die mächtige Flamme des alten Heldenmutes, der alten Vaterlandsliebe. Der Tag der Vergeltung, der Sühne, der Gerechtigkeit ist da! Die Weltgeschichte hat den großen Mann geboren, der ihn heraufführt. Seinen Bannern folgend, stürmen wir zum Sieg über unsere Feinde! Auf denn, leert ihm diesen Becher. *Es lebe der Kaiser, es lebe Polen, es lebe die Freiheit!*«

Wie wenn der Sturmwind prasselnde Flammen aufjagt, drangen die begeisterten Worte Rasinskis in das Herz der von Vaterlandsliebe und Tatendurst glühenden Genossen. Zu Bildsäulen erstarrt hatten sie jedem Wort seiner Lippen gelauscht. Nur das funkelnde Auge verriet das Leben in ihrer Brust. Jetzt sprangen sie auf. Unter Tränen und Jauchzen wiederholten sie den Ruf: *»Es lebe der Kaiser, Polen, die Freiheit!«* und stürzten den Wein hinab. Mit tausendfachem Echo brauste der Jubel weiter, denn der Kreis hatte sich durch die rings herandringende Masse der Krieger bis ins Unübersehbare vermehrt. Als Rasinski seinen Becher geleert hatte, warf er ihn hoch. Dann breitete er die Arme aus und schloß den nächsten Kameraden an die Brust. Die Freunde umringten ihn, warfen sich ihm zu Füßen, ergriffen seine Hände, bedeckten sie mit Küssen und Tränen. Ein begeisternder Wahnsinn stürmte in der aufgeregten Brust. Laut weinend hielten Jünglinge und Männer einander in den Armen. Tiefster Schmerz und namenloses Entzücken loderten zugleich mit hohen Flammen in der Seele auf. Ringsumher in jedes Herz hatte der Blitz mächtig zündend eingeschlagen. Greise wurden zu Jünglingen, und über die rosige Wange Jaromirs wie in den grauen Bart des alten Petrowski rollten gleich helle Tränen. Lange dauerte es, bis die heftig überwallende Flut wieder in das ruhigere Bett zurückkehrte. Dann erfüllte ein milder, sanfter Ernst die Gemüter. Traulich blieb man an der Flamme gelagert und überließ sich dem süßen Gefühl herzlicher, brüderlicher Gemeinschaft. Nach und nach brannten die Flammen der Lagerfeuer düsterer, die ermüdete Natur sank nach der doppelten Anspannung in doppelte Ermattung. Ringsum löste der Schlaf die Glieder. Jaromir lehnte sich mit seinem blühenden Lockenhaupt an Bernhards Schulter, der ihn freudig ertrug und dann endlich müde mit ihm zurücksank auf den Rasen. Ludwig blieb noch lange wach. Alles war tief still umher, die Holzscheite brachen zusammen, die Flamme erstarb, der Nachthimmel wölbte sich dunkel über das Lager, durch den in langsamen Wirbeln wolkig aufsteigenden, vom Widerschein geröteten Dampf schimmerten die Gestirne. Ein ernstes, düsteres Bild!

Und düster wurde es in Ludwigs Seele. Das hoffnungslos trauernde Vaterland, die fernen Geliebten, das teuere Bild eines unbekannten, ewig verschwundenen Wesens, von dem sein ganzes Herz sich noch immer erfüllte – das waren die schmerzlichen Gestalten, die sich ihm auf dem finsteren Hintergrund der Nacht abzeichneten. Eine tiefe, unaussprechliche Angst erfüllte ihm die Brust. Es war ihm plötzlich, als könne er dem Schmerz nicht länger Widerstand leisten, müsse überwältigt erliegen. Mit aller Kraft innerlicher Fassung mußte er sich wappnen, um nicht weich zusammenzusinken unter der Last, die auf seinem Herzen lag. Sein Blick fiel auf Bernhard, der, vom matten Glanz des Feuers bestrahlt, neben ihm schlummerte. Als er in das treue, edle Angesicht blickte, wo die trotzige Kraft sich mit wohlwollender Milde innig paarte, wo die Liebe ihn aus so brüderlich herzlichen Zügen ansprach, da kehrte ihm der Trost in die verödete Brust zurück, und er dachte: Nein, der darf sich nicht ganz unglücklich nennen, der an der Seite eines solchen Freundes entschlummert! Und beruhigter senkte auch er sein Haupt nahe gegen die Brust des Freundes hinab, hüllte sich in den Mantel und schlief ein.

Drittes Kapitel

»Das sind die Türme von Smolensk«, rief Rasinski, als er an der Spitze seines Regiments die waldige Anhöhe erreicht hatte, von der aus man die alte Feste kaum eine Stunde weit entfernt liegen sah. »Wir werden uns jetzt am Saum dieser Höhe, vom Gebüsch verdeckt, hinunterziehen. So kommen wir bis auf Kanonenschußweite unbemerkt vor die Stadt. Ich fürchte, ich fürchte«, setzte er mit besorgter Stimme hinzu, »wir werden hier einen harten Kampf zu bestehen haben. Seht ihr dort die Staubwolken auf den Hügeln jenseits des Dnjepr? Das können keine Truppen unseres Heeres sein! Ich wollte, der Jude säße im Schwefelpfuhl der Hölle, denn ich kann nicht anders glauben, als daß er die Absicht des Kaisers zu erlauschen oder zu erraten gewußt und Barclay benachrichtigt hat. Meinen Kopf will ich verwetten, es sind die Kolonnen der russischen Hauptarmee, die dort heranrücken!«

»Nun, dann wäre ja die erwünschte Schlacht da!« entgegnete Bernhard mit fragender Miene, um sich näher über Rasinskis Besorgnisse belehren zu lassen.

»Vielleicht, aber noch nicht gewiß. Jedenfalls aber unter viel ungünstigeren Umständen, als wenn wir Smolensk früher erreicht, es besetzt und so dem Feind die Straße nach Moskau abgeschnitten hätten. Dann müßte er uns die Festung entreißen, jetzt werden wir Tausende von Menschen davor opfern müssen. Wenn es nur gelungen wäre, Newerowskoi abzuschneiden, so hätten wir doch noch den Vorsprung gewonnen!« Unruhig sprengte Rasinski allein vor, auf einen naheliegenden Hügel, der eine freiere Aussicht gewährte. Währenddessen zog das Regiment auf dem angedeuteten Weg, der sich in weiten Krümmungen der Stadt näherte, vorwärts.

»Die Gegend ist doch nicht ganz unschön«, sprach Ludwig zu Bernhard, als eben eine Lücke in der Waldung einen weiten Blick in das Tal des Dnjepr gestattete. »Siehst du dort das Schloß jenseits des Flusses am Hügel?«

»Allerdings«, entgegnete Bernhard, »ein stattliches Gebäude. Es scheint von seltsamer, altertümlicher Bauart, soviel man von hier sehen kann. Vielleicht werden wir nächstens darin übernachten, denn es wird, samt dem ansehnlichen Dorf, das sich dort zur Seite ausdehnt, wahrscheinlich ebenso verlassen sein wie alle die Orte, durch die wir bisher zogen!«

»Freilich eine traurige Wüste, durch die wir wandern!« entgegnete Ludwig. »Doch jenes Schloß übt einen höchst besonderen Eindruck auf mich aus. Ich finde hier zum ersten Mal, daß die Ferne, die Fremdartigkeit ihren Einfluß mächtig geltend machen. Die Bauart, die Lage, alles spricht mich ganz eigentümlich und seltsam an.«

»Auch in mir sprühen einige Funken abenteuerlich romantischer Anwandlungen auf«, warf Bernhard hin. »Wie, wenn dort eine reizende Fürstin wohnte oder wenn das Schloß gestürmt würde, in Flammen aufginge und wir ein liebliches Wesen von unbegreiflicher Schönheit aus den rauchenden Trümmern retteten? Mir scheint, ich sehe ordentlich schon die rote Glut um die seltsamen Turmspitzen lecken.«

»Scherze nicht frevelhaft«, sprach Ludwig ernst. »Deine Prophezeiung könnte wenigstens insoweit wahr werden, als das furchtbare Unheil über die unglücklichen Bewohner wirklich hereinbräche.«

»Leicht möglich, daß sie selbst die Brandfackel unter ihren Dachstuhl stecken, denn das Schloß liegt, wie es mir von hier scheint, nicht fern von der Landstraße, die sich am anderen Ufer des Dnjepr hinabzieht, und bisher haben wir an der Straße nicht viele unverwüstete Dörfer und Schlösser getroffen. Es scheint, daß uns die Russen leichter eine verödete Provinz als eine unzerstörte Stadt einräumen. Doch da kommt ja Rasinski mit verhängtem Zügel wieder zurückgesprengt.« In der Tat ritt er heran, daß das Pferd wild aus den Nüstern schnaubte und der Staub hoch hinter ihm aufwirbelte. Er winkte von fern mit dem Säbel. Sein nächster Stellvertreter, Major Regolinski, verstand das Zeichen und ließ das Regiment im Galopp vorrücken. Man mußte ein Tal hinunter und dann gegenüber die leichte Anhöhe hinauf. In wenigen Minuten war sie erreicht. Jetzt hatte man Smolensk ganz nahe vor sich. Zugleich aber übersah man die Landschaft weithin und entdeckte die verschiedenen Korps der großen Armee, die bereits an mehreren Punkten bis auf Kanonenschußweite vor die Stadt gerückt waren. Jenseits des Flusses aber erblickte man zahllose russische Kolonnen, die im höchsten Eilmarsch gegen Smolensk heranrückten, um es zu besetzen, ehe das französische Heer sich der Stadt bemächtigt hatte. »Vorwärts! Vorwärts!« schrie Rasinski. »Ins Tal hinunter, am Fluß hinauf, vielleicht gelingt es uns, den Feind zu überraschen.« Er sprengte selbst wiederum weit voraus, als ob er den Augenblick, sich mit dem Gegner zu messen, nicht erwarten könnte.

Als man den Fluß erreicht hatte, lag Smolensk auf seinen beiden steilen Hügeln diesseits und jenseits des Dnjepr, dicht vor den Angreifenden, ja, fast über ihnen. Schon hörte man Kanonendonner und Kleingewehrfeuer. Wirbelnder Staub und Rauch verhüllte das Tal und den Fluß, nur die Zinnen der alten Stadtmauer und die hohen Türme ragten über das Gewölk hervor. Die Reiter folgten ihrem Führer, ohne zu wissen, ob sie Feind oder Freund vor sich hätten, denn in dem dichten Staub, den der Wind ihnen noch dazu entgegentrieb, war nichts zu erkennen. Plötzlich sprengte Rasinski ihnen wieder entgegen. »Halt!« war sein Kommandowort. Das Regiment stand wie angewurzelt. Die Reiter, durch den raschen Ritt auf beschwerlichem Boden zum Teil aus ihren Reihen gedrängt, ordneten sich in der Stille wieder. »Erste Schwadron links schwenkt! Regiment marsch!«

Langsam führte Rasinski die Seinigen an der Talwand wieder hinauf und oben über das hügelige Feld zurück gegen eine mit Wald bedeckte Anhöhe, die außerhalb des Bereichs der Festung lag. »Es war zu spät«, äußerte er im Zurückreiten. »Der König von Neapel wollte die Stadt auf dieser Seite mit der Kavallerie, der Marschall Ney jenseits mit der Infanterie im Überfall zu nehmen suchen. Doch die Russen sind zu fest verschanzt und haben zu viel Artillerie. In einer halben Stunde muß überdies die Hauptarmee heran sein, und dann wäre es eine Raserei, gerade hier den Kampf zu beginnen. Doch läßt sich noch hoffen, daß man uns morgen durch eine Schlacht die Festung streitig zu machen sucht. Denn hier gilt es freilich, die Hauptpforte zu verteidigen, die nach Rußland führt.«

Das Regiment bezog das Biwak. Gegen Abend sprengte ein Adjutant des Generalstabs ins Lager und fragte nach Rasinski. Er wurde zum Kaiser befohlen, bei dem sich nebst den Marschällen alle der Gegend und Landessprache kundigen Offiziere versammelten, weil der Kaiser in betreff des Angriffs, den er auf die Stadt machen wollte, genauere Auskunft von ihnen begehrte. Um etwaige Befehle schnell absenden zu können, ließ sich Rasinski von Bernhard und Ludwig begleiten. Sie hatten Mühe, das Zelt des Kaisers zu erreichen, weil die nahe gegen die Stadt vorgerückten Truppen sämtlich auf Befehl Napoleons ihre Biwaks weit zurückverlegten. »Was bedeutet das Manöver?« fragte Rasinski einen Adjutanten, der mit ihm einen gleichen Weg nahm.

»Der Kaiser will dem Feind ein Schlachtfeld freilassen. Er hofft, daß morgen die russischen Linien endlich geordnet vor uns stehen und den Kampf annehmen sollen.« – »Und unsere Stellung?« fragte Rasinski weiter. – »Dort auf jenem ganzen Amphitheater von Hügeln, das sich im Halbkreis um die Stadt zieht. Es sind freilich nur Schluchten und Defilees, an die wir uns lehnen, bei einem Rückzug eine bedenkliche Stellung!« – »Das Wort Rückzug hat der Kaiser aus seinem Wörterbuch gestrichen«, entgegnete Rasinski. »Für jeden anderen Feldherrn wäre der Fehler groß. Er aber hat die Gewißheit des Sieges. Bisher fehlte ihm nichts dazu als der Feind. Wollte der Himmel, daß er morgen endlich standhielte.«

»Hm! Ich glaube kaum. Wozu soll er sich vor der Festung schlagen, wenn er es hinter derselben kann?« – »Bragation hat, wie man vernimmt, die größte Lust zur Schlacht.« – »Barclay desto weniger.«

»Er ist nicht beliebt, der Russe haßt ihn, nur der Kaiser ist seine Stütze. In seinem eigentlichen Vaterland angegriffen, muß es die Ehre des Russen auf das tiefste kränken, daß er, ohne Widerstand zu leisten, weichen soll. Barclay wird schlagen *müssen*, weil ihm sonst die Armee nicht mehr gehorcht. In gewisser Hinsicht steht der Feldherr trotz seiner unbeschränkten Macht doch unter dem Befehl des Heeres. Und das Schwerste von allem ist, den kampflustigen Soldaten von der Schlacht abzuhalten. Zugleich auch das Gefährlichste, denn er zeigt nachher gerade im entscheidenden Augenblick Unlust, wenn man seiner Tapferkeit zuvor gewaltsame Fesseln angelegt hat. Ein Feldherr muß nicht nur das Terrain, er muß auch den innersten Menschen zu beurteilen wissen. Verrechnet er sich da, so wird er mit aller Taktik nicht weit reichen.« – »Hoffen Sie Gutes von der Schlacht?« fragte nach einer kurzen Pause der Offizier.

»Ohne Zweifel den vollständigsten Sieg, doch wird er Blut kosten.«

»Gewiß, viel. Schon bei dem heutigen Angriff auf die Festung haben wir furchtbaren Verlust gehabt. Von dem Bataillon, mit dem der Marschall Ney angreifen ließ, sind zwei Drittel gefallen. Sie gerieten ins Flankenfeuer der russischen Batterie. Eine einzige Kugel traf so furchtbar, daß sie zweiundzwanzig Mann niederschmetterte. Wir konnten es von der Höhe nur zu deutlich mit ansehen.« – »Zu fallen ist die ernste Bestimmung des Soldaten«, erwiderte Rasinski. »Aber hören Sie! Tirailleurfeuer!«

»Der Kaiser hat befohlen, daß das erste Korps den Feind necken soll, um ihn vielleicht auf das diesseitige Ufer des Flusses zu locken.«

Während dieses Gesprächs war man teils zwischen Biwakfeuern und gelagerten Truppen hindurch, teils hinter marschierenden Kolonnen reitend, bis zu dem Lager der Garden gelangt, wo sich das Zelt des Kaisers auf einer waldigen Anhöhe befand. Man sah ihn eben mit einer bedeutenden Eskorte abreiten, mutmaßlich um die Umgegend zu erkunden. Rasinski sprengte im gestreckten Galopp nach, Ludwig und Bernhard folgten in einer angemessenen Entfernung. Etwa eine halbe Stunde ritt der Kaiser mit seinem Gefolge von einem Hügelgipfel zum anderen. Von dem, was verhandelt wurde, konnten Ludwig und Bernhard indessen nichts vernehmen, da sie nebst mehreren anderen Ordonnanzen und jüngeren Offizieren wenigstens dreißig bis vierzig Schritte hinter den Marschällen ritten. Jetzt hielt der Kaiser und sprach mit dem Marschall Ney und dem König von Neapel. Dann winkte er Rasinski zu sich hervor, dem er einen ausführlichen Auftrag zu geben schien, denn er redete lange und mit lebhafter Bewegung zu ihm. Gleich darauf ritt dieser zurück, rief Ludwig zu seiner Begleitung ab und befahl Bernhard dem Kaiser und seiner Umgebung ferner folgen und dann vor dem kaiserlichen Zelt halten, bis er schriftlichen oder mündlichen Befehl zur Überbringung an Rasinski empfangen würde.

Mit der sinkenden Nacht kehrte der Kaiser in sein Zelt zurück. Es folgten ihm nur die Marschälle Berthier, Ney, Murat, Davoust und der Vizekonig von Italien. Zwei Mann von der alten Garde standen Schildwache vor dem Zelt. Bernhard und drei Ordonnanzoffiziere hielten dicht am Eingang, um Befehl zu erwarten. Im Verlauf einer Viertelstunde wurden die drei abgefertigt. Bernhard blieb allein ohne fernere Bestimmung und mußte in Geduld abwarten, was geschehen werde. Es war still geworden. Die ermüdeten Truppen lagen in ihre Mäntel gehüllt und schliefen. Man fing an, leises Geräusch bis auf große Ferne zu hören. So konnte Bernhard jetzt unterscheiden, daß lebhaft im Zelt gesprochen wurde, doch war es ihm unmöglich, den Gang des Gesprächs zu verfolgen. Nur einzelne Worte unterschied er, am häufigsten aber die Namen Smolensk und Moskau. Gern wäre er einige Schritte näher geritten, doch die beiden bärtigen Grenadiere mit ihren hohen Bärenmützen, die mit gemessenen Schritten, mit edlem, kriegerischem Anstand vor dem Zelt auf und ab gingen, hielten ihn durch einen ernsten Blick ihrer schwarzen Augen in ehrerbietiger Ferne zurück. »Man spricht von der Schlacht, die wir vielleicht morgen liefern«, fing endlich Bernhard an, »könnt ihr dem Gespräch folgen, Freunde?« – »Die Schildwache des Kaisers hört nichts, Kamerad«, erwiderte der eine der beiden Grenadiere mit einem strengen Blick. – »Sie spricht auch nicht«, sagte der andere mit dem Ton des Verweises hinzu. Kaum waren diese Worte gewechselt, als die Marschälle Ney und Davoust, beide anscheinend sehr in Erregung, mit raschen Schritten das Zelt verließen und eine verschiedene Richtung des Wegs einschlugen, ohne voneinander Abschied zu nehmen. Es war augenfällig, daß sie sich in äußerst gereizter Stimmung gegeneinander befanden. Indessen wurde das Gespräch im Zelt noch lebhafter. Bernhard unterschied deutlich die Stimme des Kaisers, der laut und mit Heftigkeit sprach. Der Vizekönig von Italien verließ einige Minuten später das Zelt. Die Wachen standen starr mit angezogenem Gewehr, als er vorüberging. Doch der sonst so freundliche, wohlwollende Mann versäumte es, den Ehrengruß zu erwidern. Er schien im Inneren so bewegt, so ganz erfüllt und beschäftigt, daß die äußerlichen Gegenstände ihm durchaus verschwanden. Bernhard konnte bei dem Schein eines nicht entfernt vom Zelt brennenden Feuers, an dem die kaiserliche Küche lag, die edlen ausdrucksvollen Züge des Fürsten, auf dessen Stirn sich finstere Wolken zusammengezogen hatten, betrachten. Es lag so viel Mildes in diesem Antlitz und so viel männliche Entschlossenheit, gepaart mir sanfter Hoheit, daß der Eindruck ein unvergeßlicher sein mußte. Noch folgte Bernhard mit unverwandtem Auge der edlen Gestalt, als das Klirren eines Säbels aufs neue seine Blicke zu dem Eingang des kaiserlichen Zeltes zog. Es war der König von Neapel, der in seiner abenteuerlich kriegerischen Tracht, eine Reiherfeder auf der mit Pelz verbrämten Mütze, mit hastigen Schritten aus dem Zelt trat, indem er einige unverständliche Worte vor sich hin murmelte, die aber wie ein Nachhall des Zorns und des Eifers klangen. Ohne Bernhard zu bemerken, ging er dicht an dessen Pferd vorüber. Da unterschied dieser deutlich, daß der König, im Gehen mit dem Fuß stampfend, mit halbunterdrückter Stimme ausrief: *»Moscou! Moscou! Cette ville nous perdra!«*

Kaum war er indessen einige Schritte weiter, als er plötzlich, wie sich besinnend, stillstand, sich umwandte und rief: »Wo ist die Ordonnanz des Obersten Rasinski?« Bernhard wollte vom Pferd springend sich melden, doch der König rief ihm zu: »Bleibt sitzen! Diese Order für den Oberst! Eilt!« Mit diesen Worten entfernte er sich, und Bernhard sprengte sofort dem Biwak seines Regiments zu. Mit einem glücklichen Ortssinn begabt, gelang es ihm trotz der Finsternis und den von allen Seiten verwirrend flackernden Wachtfeuern, die, weil ihre Ferne und Nähe so schwer zu schätzen ist, oft wie Irrlichter vom rechten Weg ableiten, dennoch in kurzer Zeit die Lagerstelle seiner Kameraden aufzufinden. Rasinski erbrach die Depesche mit hastiger Ungeduld und durchflog sie beim Glanz des Feuers. »Gut, gut«, murmelte er für sich, »ich fürchte aber, es wird nicht nötig sein.«

Die Nacht verstrich ohne ein merkwürdiges Ereignis. Man hatte die Wachen verdoppelt, und ein Teil der Leute blieb unter Waffen. Indessen wurde die Ruhe der anderen durch nichts gestört. Mit Anbruch des Tages erwartete man den Feind in Schlachtordnung aufgestellt zu sehen. Doch es war eine Täuschung. Der weite Raum, den man ihm zum Schlachtfeld gelassen hatte, war leer. Die Stadt mit ihren alten, dicken, von achtzehn Türmen gekrönten Mauern lag schauerlich still in der Morgendämmerung da, kein Laut schien sich in ihr zu regen. Das ganze französische Heer war unter Waffen. Jeden Augenblick konnten die Truppen in die Schlachtordnung einrücken. Man sah den Kaiser, von Marschällen und Adjutanten begleitet, mehrmals über das Feld reiten. Er jagte eine Anhöhe nach der anderen hinauf und sah umher, teils um im Fall der Schlacht seine Anordnung zu treffen, teils in der steten Hoffnung, endlich den Feind irgendwo hervorbrechen und sich zum Kampf aufstellen zu sehen.

Ein Marschall, es war Belliard, kam auf Rasinski zugesprengt, rief ihn heran und sprach einige Worte mit ihm. Sogleich befahl dieser der ersten Eskadron, die Boleslaw führte, ihm zu folgen. Sie ritten eine Strecke am Dnjepr hinauf. Bei einer Krümmung des Weges stießen sie auf etwa zwanzig bis dreißig Kosaken, die, sobald sie den Feind erblickten, wie ein Schwarm aufgescheuchter Vögel eiligst über das Blachfeld sprengten. Im nächsten Augenblick waren sie verschwunden, doch erblickte man sie einige Minuten darauf wieder an der Spitze eines Hügels, wie sie eben an einer Stelle des Flusses, die durch die Biegung desselben bisher verdeckt war, mit ihren Pferden zu dem jenseitigen Ufer hinüberschwammen.

»Teufel!« rief Rasinski plötzlich aus und wandte sich zu dem Marschall, während er mit der Säbelspitze in die Ferne deutete. »Sehen Sie dort die Kolonnen! Das ist die russische Armee im vollen Rückzug auf der Straße nach Moskau!« Der Marschall warf einen unmutigen Blick hinüber. »Der Kaiser wird außer sich sein. Bis jetzt hatte er noch immer gehofft, das Heer zur Schlacht ausrücken zu sehen, und Davoust bestätigte ihn in diesem Wahn. Nun muß jede Täuschung schwinden, denn das sind zu unermeßliche Züge von Artillerie, Infanterie und Kavallerie, welche die Straße bedecken. Doch ich will es ihm sogleich melden.« Im gestreckten Galopp jagte der Marschall jetzt über das Feld zurück, dem Zelt des Kaisers zu.

Rasinski beauftragte Boleslaw, mit der Schwadron den Fluß hinauf auszukundschaften, ob er eine Furt finden könnte, durch die man mit Kavalleristen und im Notfall auch mit Artillerie und Infanterie das andere Ufer erreichen könne, denn er dachte sogleich mit Recht, daß der Kaiser den Befehl geben werde, der Armee in die Flanken zu fallen und ihren Rückzug zu stören. Boleslaw ritt mit seinen Leuten den Fluß über eine Stunde weit entlang. Überall, wo sich nur der Anschein einer Furt bot, war er der erste, der den Versuch machte, hindurchzureiten. Doch fand er nicht, was er suchte, und hätte fast einige Leute dabei eingebüßt. Verdrießlich, daß es ihm nicht gelingen wollte, den Auftrag auszuführen, wollte er eben umwenden, als er hinter sich den Donner eine Batterie vernahm. Er schaute rückwärts und erblickte das Ufer mit gewaltigen Massen von Artillerie besetzt, die auf die jenseits des Stroms langsam sich fortbewegende russische Armee feuerte. Jetzt stellte auch diese einige Batterien auf, um das feindliche Feuer zum Schweigen zu bringen, und bald gewahrte man die furchtbaren Wirkungen desselben. Eine schwarze Wolke lagerte sich gleich einem Ungeheuere über das Gefilde. Nur einzelne rote Blitze züngelten daraus hervor, denen der tobende Donner sogleich folgte. Boleslaw, der die Hoffnung, eine Furt zu finden, aufgegeben hatte, beschloß nunmehr, mit seinen Leuten zurückzureiten. So hatte er denn das Feld der Verwüstung und des Todes vor sich, denn nicht allein daß jene Batterien ununterbrochen aufeinander feuerten, sondern auch das ganze Gefilde vor Smolensk wogte vom erbitterten Gefecht.

Der Kaiser hatte den Angriff auf die Stadt befohlen, der er sich jetzt auf das schnellste bemächtigen wollte. Darum rückten die schwarzen Massen der Infanterie von allen Seiten heran, um den Feind, nachdem er durch das Feuer der Artillerie geschwächt war, zu vertreiben. Die Erde schien unter dem dumpfen Getöse angstvoll zu beben. Graue Rauchwolken zogen langsam, dicht darüber und beschatteten das Feld des Todes. Wie ein blutiges Auge blickte die umdüsterte Sonne herab. Die Vögel flatterten ängstlich und erschreckt weg und flüchteten von dem Schauplatz der Verheerung. Außer dem dumpfen Donner der Schlacht, den Boleslaw nur in der Ferne vernahm, war kein Laut hörbar. In tiefer Stille lag die Natur regungslos. Kein Lüftchen bewegte die Zweige. Sie schien, erstarrt vor dem unheilvollen Treiben der Menschen, ihren Tod zu erwarten. Schweigend und ernst ritt Boleslaw an der Spitze der Seinigen auf dem Rücken des Hügels entlang, dem Schlachtfeld näher. Der Kampf, der die

Krieger mit flammendem Mut erfüllt, wenn sie sich mitten in dessen Wogen gestürzt sehen, erzeugte jetzt, da sie ihn aus der Ferne betrachten mußten und keinen Anteil an der Entscheidung hatten, eine spannende Beklemmung in ihrer Brust. Außerhalb des Ereignisses gestellt, empfanden sie dessen furchtbare Bedeutung tiefer, weil sie es weiter überschauten. »Dort in dem Loch tobt der leibhaftige Satan, glaube ich«, sprach der alte Petrowski und zeigte zu einer Stelle hin, wo die französische Artillerie im dichtesten Dampf verhüllt stand. – »Sie scheinen im dreifachen Kreuzfeuer zu stehen«, erwiderte Boleslaw.

»Freilich, die drei schwarzen Wolken da drüben blitzen ja drauflos! Und sie treffen. Die Protzkasten fliegen in die Luft, als ständen sie auf Konterminen. Da trabt eine Reservebatterie heran. Sie müssen schon verdammt zusammengeschossen sein. Die Moskowiter fangen an, Ernst zu machen. Hätten wir sie nur auf dem Blachfeld, wo die Kavallerie ihnen auch beikommen kann! Der Säbel ist mir heute so leicht in der Faust wie ein Spazierstock! Wetter, ich wollte – Pest und Hölle! Wieder ein Protzkasten zum Teufel!« In der Tat glich die Stelle, auf die Petrowski gedeutet hatte, zumal jetzt, wo man näher kam, einem feuerspeienden Vulkan. Der Rauch wirbelte in schwarzen, getürmten Wolken darüber empor und zog langsam, sich tief und schwer wälzend, hinter der Batterie ins Feld hinein. Darum wurde eben das Feuer des Feindes so verderblich, weil er den Vorteil hatte, den Gegner deutlich zu sehen, während er selbst durch den vorwärts ziehenden Rauch dicht verhüllt war. So schlugen denn die Kugeln und Granaten unaufhörlich mit verheerender Gewalt in die Batterie ein. Räder und Achsen splitterten, die Pferde bäumten sich und zerrissen das Geschirr, Granaten platzten, Pulverkästen wurden gesprengt, die Trümmer flogen weit durch die Lüfte. Und zu dem allen krachte das eigene Lagerfeuer der Batterien, daß der Grund, auf dem sie standen, zitterte. »Wir müssen, glaube ich, noch weiter links reiten«, sprach Boleslaw zu Petrowski, »sonst kommen wir in die Schußlinie.« – »Ich denke auch«, erwiderte der Alte, »wir könnten ganz ohne Not ein paar Pferde lassen, und ich verliere nicht gern was, wo ich nichts wiedergewinnen kann.«

»Da hast recht, Alter! Es wird uns sogar nichts übrigbleiben, als hinter dem Hügel dort herumzureiten«, antwortete Boleslaw, nachdem er einen Blick über die Gegend geworfen hatte. Er bog in ein Tal ein und war so bald außer dem Bereich des feindlichen Feuers, konnte aber auch nichts mehr von dem Schlachtfeld übersehen. In kurzer Zeit erreichte er das Biwak wieder, wo er Rasinski von seinem vergeblichen Bemühen benachrichtigte.

»Ich wußte es schon«, antwortete dieser, »denn wir haben indes einige Leute aufgetrieben, die der Gegend kundig sind. Allein es gibt weiter aufwärts noch einen Übergang, nur können wir ihn nicht eher als gegen Abend mit Vorteil benutzen, denn er ist nur für wenige Leute einzeln zu passieren, und man kann keine Artillerie hinüberschaffen, weil die Ufer sehr steil und verwachsen sind. Der Angriff eines ganzen Korps auf die Nachhut der Russen ist also nicht denkbar, doch können wir vielleicht einen blinden Schrecken unter sie bringen, einen Trupp Nachzügler gefangennehmen und etwas Beute machen. Der Auftrag ist uns gegeben. Ich freue mich, daß wir denn doch einigen Anteil an dem heutigen Tag haben werden, wo freilich die Kavallerie nur den Zuschauer machen kann.«

Indessen dauerte die Schlacht unter den Mauern der Stadt mit Erbitterung fort. Rasinski war mit seinen Offizieren auf einen Punkt geritten, von dem aus sich das ganze Gefecht verfolgen ließ. Auch jetzt noch war die Stellung der Batterien am Fluß diejenige, wo Tod und Verheerung am fürchterlichsten wüteten. Mit Besorgnis richteten sich die Blicke der Zuschauenden dahin, wo so viele Kameraden dem Erfolg des Tages geopfert werden mußten. Eine Anzahl von Reitern kam aus den dichten Rauchwirbeln hervorgeritten und nahm ihren Weg über das Blachfeld auf das Zelt des Kaisers zu. Mit Erstaunen erkannte man, als sie näher kamen, den König von Neapel. Er ritt langsam, den ehrfurchtsvollen Gruß der Offiziere erwidernd, ohne sich weiter nach ihnen umzusehen, vorüber. Ein Offizier aus seinem Gefolge sprengte jedoch zu Rasinski heran. Es war der Oberst Regnard. »Um des Himmels willen«, fragte Rasinski ihn, »was hattet ihr da drüben in dem siedenden Kessel zu tun, und vor allem was wollte der König dort?«

»Was er wollte? Schwerlich, was er jetzt tut, wieder zurückreiten. Es müssen gestern seltsame Dinge zwischen ihm und dem Kaiser vorgefallen sein, denn er ist ganz verwandelt. Er beharrte darauf, sich in jenem Höllenschlund niederschießen zu lassen. Als wir ihn beschworen zurückzureiten, rief er: ›Ich will niemanden mit mir verderben‹ und wollte seine Adjutanten zurückschicken. Einstimmig beteuerten sie, keinen Schritt von ihm zu weichen. In diesem Augenblick schlug eine Granate ein und schmetterte das Pferd seines Lieblings Duteuil zu Boden, so daß er diesen getötet glaubte. Bestürzt sprang er vom Pferd und zog ihn selbst unter dem sich wälzenden Roß hervor. Da er ihn noch am Leben und unversehrt sah, küßte er ihn und sprach: ›Laßt uns denn zurückreiten.‹«

Bernhard hörte dieser Erzählung mit gespannter Teilnahme zu, denn er brachte sie in Zusammenhang mit dem, was er gestern vor dem Zelt des Kaisers beobachtet, aber niemandem mitgeteilt hatte. »Und vermutet man, was zwischen dem Kaiser und seinem Schwager vorgegangen sein kann?« fragte Rasinski. – »Ganz allgemein«, erwiderte Regnard und zuckte die Achseln, »er wird sowenig wie Duroc, Daru, Lobau und am Ende wir alle mit dem Feldzug zufrieden und darüber mit ihm in Streit geraten sein. Das alte Lied mit dem alten Refrain. Nun, wenn wir heute an zwanzigtausend Mann verlieren, um den Steinhaufen dort zu erobern, so wird es wohl überlaut im ganzen Lager gesungen werden. Wenigstens wird's jeder still für sich trällern oder in den Ohren haben. Guten Morgen!« Mit diesen Worten ritt er weiter, nicht ohne ein ernstes Bedenken in Rasinski rege gemacht zu haben.

Viertes Kapitel

Die Angriffe auf Smolensk wurden den ganzen Tag über unablässig erneuert. Die Russen verteidigen sich kaltblütig, aber furchtbar. Tausende von Kriegern sanken auf dem Feld des Todes, und noch immer war der Preis dieser Opfer nicht gewonnen, als schon die Sonne sich zu neigen begann und hinter grauen Wolken verschwand.

Jetzt war die günstige Zeit für Rasinskis Pläne gekommen. Er ließ aufsitzen und zog mit dem Regiment den Dnjepr entlang, jedoch so weit von dem Ufer desselben entfernt, daß man ihn von jenseits nicht entdecken konnte. Nachdem man eine Stunde geritten war, wurde diese Vorsicht unnötig, denn es war völlig dunkel geworden. »Jeder bewahre die tiefste Stille! Keiner darf rauchen oder Feuer schlagen!« lautete der Befehl, den Rasinski von Glied zu Glied laufen ließ. Er hatte einen jungen Menschen aus der Gegend bei sich, der ihm als Führer diente. Mit diesem unterhielt er sich in russischer Sprache, so, daß von seiner übrigen Umgebung niemand verstehen konnte, was er mit ihm sprach. Der ganze Zug wurde als ein Geheimnis behandelt. Man befand sich in einem ziemlich dichten Gehölz, als Rasinski haltmachen ließ. Er selbst ritt, nur von seinem Boten begleitet, weiter vorwärts und ließ das Regiment seine Rückkehr abwarten.

Es herrschte eine erwartungsvolle Spannung. Ringsum leises Schweigen. Der Donner der Schlacht, den man noch lange in der Ferne gehört hatte, war verstummt. Die hereinbrechende Nacht hatte dem blutigen Spiel ein Ende gemacht. Nur der Wind rauschte in den Wipfeln der Birken und Tannen, und von Zeit zu Zeit hörte man den Ruf des Auerhahns. Eine halbe Stunde brachte man auf diese Weise zu. Da kam Rasinski zurück und gebot vorzurücken. Es geschah im Schritt. Man mußte einige abschüssige Hügel, die mit Gebüsch und Farnkräutern bedeckt waren, hinauf und hinab. Dann stand man unvermutet an einem steilen Abhang, unter dem der Dnjepr rauschte, in dessen Wellen sich der schwarze Nachthimmel düster spiegelte. »Zu zweien abgebrochen und mir gefolgt!« sprach Rasinski leise, doch so, daß er von den nächsten gehört werden konnte. Murmelnd lief der Befehl weiter. Er ließ hierauf sein Pferd vorsichtig den Abhang hinabklettern und ritt dann durch den hier kaum drei Fuß tiefen Fluß. Ihm folgte zunächst Boleslaw mit seiner

Schwadron. Die anderen mußten, da der Übergang nur langsam zu bewerkstelligen war, eine ganze Zeit auf der Höhe halten.

Bernhard, der sich immer aufs genaueste zu orientieren versuchte, stieß Ludwig leise an und sprach, indem er mit dem Finger zu der Gegend jenseits des Flusses deutete: »Sind das da drüben nicht matt erleuchtete Fenster? Mir scheint, ich müßte mich sehr irren, wenn wir uns nicht ganz in der Nähe des Schlosses befänden, das uns heute früh schon auffiel.« – »Möglich«, erwiderte Ludwig. »Aber sieh nur den hellen Schein dort hinter uns! Was mag das bedeuten? Über der Waldspitze ist der Himmel ganz gerötet.« – »Es wird der aufgehende Mond sein«, sprach Jaromir, der hinzugekommen war. – »Das kann nicht sein«, entgegnete Bernhard, »denn der kommt erst um Mitternacht.« Da zuckte plötzlich ein roter Blitz durch den Nachthimmel, und ein blutiger Widerschein wurde in den Wellen des Stromes sichtbar. »Das ist Feuer!« rief Jaromir. »Seht, seht! Jetzt bricht es aus, die Flammen schlagen mächtig empor. Es ist Smolensk, das in Brand steht.«

Man konnte nicht mehr daran zweifeln, denn die düstere Glut, von helleren Feuerstreifen durchzuckt, wuchs jetzt mit jedem Augenblick gewaltiger am Horizont empor und fing an, ihren leuchtenden Glanz bis auf den Ort zu verbreiten, wo die Reiter hielten. Jetzt wurden auch die schwarzen Turmzinnen der Stadtmauer auf dem rotglühenden Hintergrund sichtbar, und die Waldspitzen in der Nähe erschienen wie von der späten Abenddämmerung rötlich beleuchtet. Das schöne, aber furchtbare Schauspiel erfüllte jede Brust mit einem seltsamen Schauer. »Siehst du, daß ich recht hatte«, fing Bernhard jetzt wieder zu Ludwig an, indem er zu dem jenseitigen Ufer zeigte. »Erkennst du nun das Schloß in dem roten Widerschein der Flammen? Horch! Die Glocke aus dem Dorf. Ich glaube, man läutet Sturm!«

In der Tat lag das altertümliche Gebäude ganz deutlich, und kaum eine Viertelstunde entfernt, vor ihren Augen da. Eine wunderbare Empfindung regte sich in Ludwigs Brust. Sollte die halb in Scherz gesprochene Prophezeiung wahr werden? Sollten Mord und Brand auch hier wüten? Doch es blieb ihm keine Zeit zu diesen Betrachtungen, denn eben setzte sich auch der Zug, zu dem er gehörte, in Bewegung, um durch den Fluß zu reiten. Bernhard schloß sich dicht an ihn an. Als ihre Pferde den Fuß in die Wellen setzten, sprach er halb im Scherz, halb schauernd: »Reiten wir durch den Phlegethon, durch den Styx oder Kokytos? Man weiß wahrlich nicht, ob es ein schwarzer oder ein feuriger Höllenstrom ist!« Der blutige Widerschein der Flammen, der sich brechend weit über die Wellen hinstreckte, veranlaßte ihn zu diesem Gleichnis. »Mindestens«, fuhr er fort, »ist es für uns der Rubikon, den wir passieren. *Jacta est alea!* Wir wissen kaum, ob wir hinüberkommen, geschweige, ob wir diesen Weg zurückreiten werden. Ich mache hiermit jedenfalls mein Testament, Bruder, hörst du? Sollten mich die Fische im Dnjepr oder die Raben von Altrußland fressen, du bist mein Universalerbe. Aber mein Herz – ich verlange nicht, daß du mir den fühllosen Fleischklumpen aus der Brust schneidest – bringe deiner Schwester Marie mit zurück und teilt euch darein.«

»Wie kommst du jetzt auf die Schwester?« fragte Ludwig bewegt.

»Sie ist ein Goldmädchen, ein prächtiges, braves Kind, und verdiente einen besseren Bruder als du bist! Warum sie aber eben in dieser Minute vor meiner Seele steht, als hätte ich sie so treu wie ihr Spiegelbild porträtiert, weiß ich nicht, denn wir sehen wohl die Gedanken blühen, wissen aber nicht, wo sie gesät sind. Genug, obwohl meine Gedanken täglich zwanzig- bis dreißigmal nach Dresden und Teplitz reisen, so haben sie doch in dieser Minute einen ganz eigenen, mächtigen Flug dahin genommen, sie ziehen wie Schwalben in die Heimat. Es muß seine Ursache haben, denn alles in der Schöpfung hat seine guten Gründe. Ich will's mir aber merken, daß ich am 17. August genau abends zehn Uhr an Marie gedacht habe und daß sie mir gerade in dieser Minute noch zehnmal lieber geworden ist als sonst.«

Ludwig drückte dem Freund warm die Hand. Schon oft hatte er zu entdecken geglaubt und sich im stillen darüber gefreut, daß in Bernhards Brust eine leise, warme Liebe für die Schwester wohne, doch der eigentümliche Mensch ließ selbst den Freund fast niemals anders als durch die verzerrenden, gefärbten Gläser scherzenden Humors in das Innere seiner Brust schauen. Und überdies hatte Ludwig stets das Gefühl, als wenn Bernhards Seele von so vielfachen, größeren Empfindungen und wilderen, tieferen Leidenschaften, selbst solchen, unter denen sich eine weibliche Gestalt verschleierte, bewegt würde, daß die stille Blume einer Liebe zu der sanften, freundlichen Marie in diesem stürmenden Chaos unmöglich Wurzel schlagen konnte. Es lag etwas in seiner Natur, das zu sagen schien: Ich möchte wohl unter dem Schatten dieser Bäume weilen, diese Frucht brechen, in dieser Hütte traulich wohnen, aber ich kann nicht, ich darf nicht, denn eine unbekannte, übermächtige Gewalt treibt mich gegen meinen Willen vorwärts. Gleich dem Strom muß ich an den freundlichen Ufern vorüber, und spiegele ich auch bisweilen den blauen, lächelnden Himmel ab, rasch brausen die wilden, schäumenden Wogen nach und verzerren das sanfte Bild wieder. So sehr sich diese Brust nach einem fremden Herzen sehnt, ich darf keins zu mir heranziehen, denn ich müßte es in den tobenden Strudel meines Geschicks hinabreißen. Eine zarte Blüte würde ich, wenn ich sie an diese glühende Brust risse, nur versengen, daß sie schnell verdorrt herabsänke – ich würde sie vernichten, und wäre sie mir teurer als mein Leben. Semele stirbt an der Brust des Zeus, selbst der Vater der Götter vermag ihr Geschick nicht zu wenden, so tief die Wunde in sein eigenes unsterbliches Herz dringt. – Doch diese eine warme Äußerung, die Bernhard soeben getan hatte, verscheuchte plötzlich alle diese Empfindungen bis auf die Erinnerung daran. Mit herzlichem Ton erwiderte Ludwig daher: »Es ist wohl natürlich, daß du an sie denkst. In ernsten, tiefaufregenden Augenblicken unseres Lebens treten die Gestalten unserer Lieben um so lichter hervor, je düsterer der Grund ist, auf dem sie sich abmalen. Auch ich …«

»Ja, ja, du hast recht«, sprach Bernhard, halb ablenkend, halb scherzend, »das Bild hier ist verteufelt schwarz grundiert. Aber es kommt schon Licht hinein, denn die Pechfackeln da unten am Himmel brennen immer höher. Man wird bald die Mäuse auf dem Feld laufen sehen. Aber ich finde, der Dnjepr ist verwünscht kalt, und dein Gaul hat mir noch dazu ein ganzes Maul voll Wasser über die Lende gespien. Wenn du ein guter Kamerad sein willst, so mußt du besser auf den Pferd aufpassen. Gott sei Dank! Land! Ich habe nie viel von den Seereisen gehalten.« Unter diesen Worten ritten sie das jenseitige, fast noch steilere Ufer hinauf. Als das Regiment versammelt war, rückte Rasinski, dem der Bote fortwährend zur Seite blieb, in möglichster Stille an das gerade vor ihnen liegende Schloß heran. Sie waren jetzt nur noch einige hundert Schritte davon entfernt. Rasinski ließ halten. »Freunde«, sprach er, »wir sind am Ziel. Dort im Schloß sind, wie ich mit Sicherheit weiß, viele russische Generale und Vornehme zu einem Hochzeitsfest beisammen. Sie aufzuheben ist die Absicht unserer gewagten Unternehmung. Jetzt laßt uns leise herangehen, bis wir den Boden eben vor uns sehen, daß kein Hindernis mehr uns aufhalten kann. Dann aber wie die Windsbraut drüber hin! Nun vorwärts, Freunde, haltet euch wacker, seid schnell, kühn, doch behutsam! Vorwärts!« Sie rückten vor bis an einen sanften Abhang. Jetzt ließ Rasinski zum Angriff blasen, und im vollen Lauf der schnaubenden Rosse sprengte die Schar den Weg zu Schloß und Dorf hinan.

Siebtes Buch

Erstes Kapitel

Die gewaltigen Erschütterungen, die sich in einem so kurzen Zeitraum zusammengedrängt und Feodorownas Herz bestürmt hatten, mußten sie endlich, trotz der frommen Ergebung und sittlichen Fassung, womit sie ihrem Schicksal entgegentrat, überwältigen. Sie war aufs Krankenlager gesunken, ein heftiges Fieber glühte in den aufs äußerste gereizten Nerven. Der Arzt hielt ihre Lage für gefährlich. Axinia wollte daher jetzt durchaus nicht von der Seite der teuren Gebieterin weichen, so bange Befürchtungen auch Paul und sie selbst über ihr eigenes Geschick hegten, wenn Feodorowna sterben sollte, ehe sie das Land verlassen hätten. Und um so weniger konnte Axinia sich von dieser Pflicht entbinden, da die Kranke sichtlich nur *ihre* Nähe und Wartung ertrug und sogleich in einen gereizteren und somit gefährlicheren Zustand geriet, wenn eine andere Hilfe sich ihr zu nahen suchte. Am meisten war dies mit ihrer Mutter der Fall, so daß sie in die heftigste Angst verworrener Fieberträume geriet, sobald dieselbe ihrem Lager nahte. In ruhigeren Zeiträumen durfte Jeanette die erschöpfte Axinia ablösen. Sowie aber der fieberhafte Zustand sich verschlimmerte, verlangte Feodorowna mit krankhafter Sehnsucht wieder nach Axinias Pflege. Fast ein Monat verstrich in dieser traurigen Weise. Da fing Feodorowna an, sich langsam zu erholen, doch war sie so erschöpft von der Krankheit, daß ihrem Leben noch immer Gefahr drohte. Denn waren gleich nicht stürmische Anfälle des Fiebers mehr zu fürchten, so schien es doch zweifelhaft, ob der Körper noch Macht genug habe, sich von der zehrenden Ermattung zu erholen. Die milde Jahreszeit aber wirkte segensreich ein. Der Juli mit seiner warmen Sonne, die selbst der nördlichen Erde einen reich grünenden Teppich entlockt, pflegte die geknickten Keime des Lebens zu einer neuen Blüte heran. Feodorowna genas, fast wider ihren Willen, und hätte nicht der tiefe, verschlossene Schmerz, der an ihrem Herzen nagte, seine Spuren leise um Wange und Lippe gezogen und den reinen Schimmer ihres blauen Auges leicht verschleiert, so wäre die holde Gestalt wieder so lieblich aufgeblüht wie eine Rose, in der noch die Tropfen des vorübergezogenen Gewitters glänzen. Aber sie war nicht erfrischt durch die Ströme des Himmels, sie war nur geknickt durch seine Stürme.

Wer selbst duldet, hat ein zartfühlendes Herz für Wünsche und Leiden anderer. So erkannte Feodorowna, daß es jetzt ihre erste Pflicht sei, das letzte drohende Gewölk von dem Himmel Axinias zu verscheuchen und ihre Verbindung und Abreise zu beschleunigen. Gregor gab dem jungen Paar die kirchliche Weihe. An demselben Tag noch verließ es, reichlich beschenkt, das Schloß, um sich mitten durch das Getümmel des Krieges hindurch eine Bahn zu friedlichem Glück auf anderen Fluren zu suchen.

Feodorowna stand nun ganz einsam, denn trotz ihres unermeßlichen Opfers, trotz der willigen Demut, mit der sie sich in das Gebot der Eltern gefügt hatte, blieb die Mutter doch völlig kalt gegen sie. Nicht einmal Mitleid schien sie für die Qual zu haben, die Feodorowna um ihretwillen duldend trug. Es ist wahr, sie hatte sich niemals anders gezeigt und die innigste Liebe der Tochter auch in früheren Jahren höchstens mit einer vornehmen Freundlichkeit erwidert. Indessen war Feodorowna daran gewöhnt gewesen und hatte in diesen kalten Formen nur das Übergewicht des mütterlichen Ansehens erkannt und geehrt. Jetzt aber fühlte sie, daß ein liebendes, aufopferndes Kind eines anderen Mutterherzens bedürfe. So verwandelte sich auch ihre Liebe in eine bange Scheu der Ehrfurcht, und was in der Krankheit so stark hervorgetreten war, ließ jetzt wenigstens noch deutliche Spuren zurück. Es ergriff sie fast ein unheimlicher Schauer, wenn sie sich in der Gegenwart derjenigen befand, bei der ihre wunde Brust Trost und Linderung hätte suchen sollen.

Ochalskoi und Dolgorow waren bei der Armee, doch in den ersten Tagen des August schrieb dieser, er werde binnen kurzem auf das Gut kommen, um die Vermählung Feodorownas mit dem Fürsten zu begehen, zu der nunmehr alles Notwendige vorbereitet war. Die Hindernisse, die bis dahin herrschten, hatten besonders in den Familienverhältnissen Ochalskois gelegen, der einem alten Familienvertrag zufolge der Bewilligung einiger Verwandten bedurfte, bevor er sich verheiraten konnte. Da das Interesse derselben zum Teil im Spiel war, indem sie aus eigennützigen Absichten eine Verbindung des Fürsten mit einer näheren Verwandten gewünscht hätten, so hatte es einige Mühe gekostet, ihre Einsprüche zu beseitigen, und war nicht ohne Aufopferungen von seiten Ochalskois möglich gewesen. Jetzt war ihm ein dreitägiger Urlaub bewilligt, um seine Verbindung zu schließen, worauf seine junge Gattin sogleich mit ihrer Mutter über Kaluga zu seinen Gütern in Asien abreisen sollte, damit sie ganz aus den unruhigen Gegenden des Kriegsschauplatzes entfernt würde. Es war dies gerade der Augenblick, in dem die große russische Armee sich aufs schleunigste nach Smolensk geworfen hatte, um nicht von dem französischen Kaiser umgangen zu werden. In der Nacht nach dem schon zum Teil angetretenen Rückzug derselben aus der Festung nach Moskau trafen Dolgorow und Ochalskoi auf dem Schloß ein. Auf den folgenden Mittag war die Trauung durch Gregor angesetzt. Die Feier der Brautnacht sollte nach Dolgorows Willen noch im Schloß begangen werden. Am nächsten Morgen aber wollten alsdann die Männer wieder auf ihren Posten zum Heer abgehen, während die Frauen über Jelnia und Kaluga ihre Reise zu Ochalskois Gütern antreten sollten.

So war denn also der schreckensvolle Augenblick gekommen, wo Feodorowna den finsteren Kerker sich öffnen sah, in dem sie ihr Leben verseufzen sollte. Selbst der schöne Trost, daß sie mit diesem Opfer ein fremdes Glück gegründet habe, wurde machtlos bei der nahenden Wirklichkeit. Tränen hatte die Arme nicht mehr zu vergießen. Nur mit einem kalten Grauen blickte sie in die Zukunft. Alles vereinte sich, um den Tag zu einem fürchterlichen für sie zu machen. In der Ferne der dumpfe Donner des Geschützes aus der belagerten Festung. Wenn sie an das Fenster ihres Zimmers trat, noch immer lange wilde Züge von Reiterscharen, die als die letzten Teile der zurückziehenden großen Armee, über die Felder neben der eine halbe Stunde von dem Schloß vorüberführenden breiten Landstraße nach Moskau verbreitet, dahinzogen. Der Anblick dieser Horden von Tataren, Baschkiren und Kosaken, die aus fern und von der europäischen Kultur entlegenen Landschaften stammten, wo sie ihren künftigen Wohnsitz aufschlagen sollte, erfüllte sie mit einem düsteren Grauen. »O warum habe ich schönere Länder, sanftere Sitten, edler gebildete Menschen kennengelernt!« seufzte sie bang auf. »Glücklich war ich auch dort nicht, nur kurze schöne Träume webten sich gleich einem schnell verschwindenden Farbenbogen auf den dunklen Hintergrund meines Lebens! Aber ich träumte einst holdselig! Und nun! Du sanft schimmernder Leitstern auf meinem dunklen Pfad, der du so schnell wieder in der tiefen Finsternis verschwandest, du freundlich edle Gestalt, die mir einst eine so teure Hand gereicht hat, du Freund in bitterer Not, dem mein Herz ewig gehören wird – o zürne nicht über den Verrat, den ich jetzt an dir übe! – Du bist der Lenker meines Lebens, sprach eine mächtige Ahnung, ein Gebot heiliger Dankbarkeit und Liebe in meinem Herzen. Dir, rief ein hehres Wort göttlicher Bestimmung mir zu, dir ist mein Dasein geweiht! – Und doch war es eine Täuschung! Die Hand der Vorsehung, der ich vertraute, zerriß das Band. Ein wilder Sturm verwehte die Bilder des schönen Traums, die Decke spurloser Nacht und Vergessenheit hüllt alles ein!« Jetzt flossen wieder sanfte Tränen aus Feodorownas Auge, weil sie an die Tage dachte, wo die holde Blume erster, einziger Liebe schüchtern die Knospe in ihrem jungfräulichen Herzen entfaltete. Ach, sie wurde grausam gebrochen, ehe sie erblühen konnte!

In gramvolles Sinnen verloren stand die unglückselige Braut am Fenster und blickte auf die öde Landschaft, die von dem Getümmel des Krieges durchzogen wurde, in den blaßgrauen Himmel, durch den sich die dampfenden Wolken der Schlacht wälzten, hinaus. Plötzlich wurde sie leise von einer Hand berührt. Es war Jeanette mit dem Brautkleid über dem Arm. Feodorowna schauderte zusammen und seufzte aus erschöpfter Brust tief auf. Doch sprach sie keinen Laut der Klage aus. Geduldig ließ sie sich schmücken wie ein Opfer, das zum Altar geführt wird.

Eben hatte Jeanette ihr den Kranz in die Locken gedrückt, als Ochalskoi eintrat, um sie zu begrüßen und hinüberzugeleiten in die Kirche, wo Gregor auf sie wartete. Wo die Notwendigkeit eintrat, fand Feodorowna Heldenstärke in ihrer großen Seele. Ernst, schweigend, doch ohne zu wanken, schritt sie an Ochalskois Arm die breiten Stufen hinab. Im Saal empfingen sie ihre Eltern und die versammelten Gäste. Es waren nur einige männliche Verwandten beider Familien, meist ältere Männer von höherem Rang, und mehrere Generale, die als die Vorgesetzten Ochalskois eingeladen waren. Der Zug, das Brautpaar an der Spitze, bewegte sich zu der Kirche. Die Dorfbewohner waren zusammengeströmt und bildeten eine Gasse, durch die Feodorowna, mit wehmütiger Freundlichkeit rings grüßend, dahinschritt. Man hatte Blumen auf den Pfad gestreut. Sie konnten den dunklen Abgrund nicht verhüllen, den die Braut unter ihnen sich öffnen sah. Ernst waren selbst die Gäste und das Volk, denn ein Hochzeitsfest, wo sich in den frommen Klang der Kirchenglocken der nahe Donner der Schlacht mischt, wo tausend blutende Opfer im Hintergrund fallen, während die Worte des Friedens und des Segens ertönten, ist kein freudiges zu nennen! Gregor sprach tiefbewegt, ernst, tröstend. Alles horchte in feierlicher Stille. In wenigen Minuten waren die kirchlichen Gebräuche vollendet, und der Zug nahm seinen Weg zu dem Schloß zurück, wo ein Mittagsmahl die Gäste versammelte.

Während des Mahles dauerte der Kanonendonner fort, ja er wuchs noch. Die Gräfin Dolgorow wurde ängstlich und meinte, ob es nicht besser sei, bald aufzubrechen. »Wir sind hier in völliger Sicherheit«, begann einer der Generale, die sich bei der Tafel befanden, »Smolensk ist der Schlüssel dieser Straße. Solange dieses Tor nicht gesprengt ist, kann der Feind nicht weiter vordringen. Und überdies decken uns gegen kleine Neckereien noch immer starke Schwärme von Kosaken, die das Ufer des Flusses auf und ab schreitend bewachen.«

»Ich wünschte doch«, sprach Dolgorow mit finsterem Blick, »daß man ernstere Anstalten zum Widerstand hier getroffen hätte, obwohl es mit meinen Familienplänen sehr übereinstimmt, daß es nicht geschehen ist. Denn ich hätte sonst schwerlich einen Tag gefunden, wo die Verheiratung meiner Tochter möglich gewesen wäre. Doch das Wohl des Vaterlandes steht mir höher, und diesem, glaube ich, wäre es angemessener gewesen, unter den vorteilhaften Umständen, die sich uns darboten, hier eine Schlacht anzunehmen. Ich kann mich, das gesteh' ich ganz offen, nicht mit den Ansichten des Feldmarschalls vereinigen, der immer nur im Rückzug sein Heil sucht.«

»Gewiß keiner von uns«, erwiderte der General entschieden. »Wäre Graf Barclay de Tolly ein geborener Russe, so würde er die Schmach unseres Vaterlandes auch nicht so geduldig ertragen. Doch hier, wo ich nur echte Russen beisammen sehe, kann ich wohl im Vertrauen ein Wort sprechen. Ich glaube, es wird die längste Zeit so gewährt haben. Man spricht davon, daß der Kaiser den dringenden Vorstellungen aller Stände und der höchsten Staatswürdenträger endlich nachgegeben und sich entschlossen habe, einem anderen den Oberbefehl zu übergeben.« – »Ich sollte ihn noch nicht nennen«, entgegnete der General, »doch ist es ein edler, würdiger Russe. Man ist bereits in Unterhandlung mit ihm getreten. Einem Waffengefährten Suwarows wird es vorbehalten sein, Rußlands alten Ruhm zu erneuern.« – »So ist es Fürst Kutusow und kein anderer«, sprach Ochalskoi feurig. »Dem würdigen Greis, er werde unser Feldherr oder nicht, sei dieses Glas dargebracht!« Zugleich stand er auf und erhob das vor ihm stehende angefüllte Kelchglas. Alle Männer folgten seinem Beispiel und stießen an. »Möge unser Führer sein, wer er wolle«, sprach Dolgorow mit lauter Stimme, »wir wollen unseren Trinkspruch so fassen, daß er immer einem Würdigen gelte: dem Sohn Rußlands, der die Schmach des Vaterlandes blutig rächt!« – »Er lebe!« riefen die Männer und stießen mit den Gläsern an.

Die Gräfin Dolgorow stand auf. In ihrem Auge glänzte ein ungewohntes Feuer. Die sonst so kalten Züge belebten sich. »So will auch ich alter vaterländischer Sitte gedenken«, sprach sie, »und du, Feodorowna, folge meinem Beispiel.« Bei diesen Worten nahm sie den Schleier vom Haupt, zerriß ihn und verteilte ihn an die ihr zunächst sitzenden Männer. Auch die Braut nahm den Schleier, unter dem sie bisher ihr duldendes Antlitz zu verhüllen versucht hatte, vom Kopf. Ein jungfräuliches Erröten überflog ihre Wange, als sie ihn zerriß und verteilte. »Nehmen Sie, mein Gemahl«, sprach sie mit versagender Stimme, »dieses Andenken Ihrer zurückbleibenden Gattin mit in den Kampf. Nehmen auch Sie es, würdige Helden meines Vaterlandes! Möge es Sie in ernster Stunde daran erinnern, daß Ihre Tapferkeit den edlen Beruf hat, Rußlands Töchter das Heiligtum weiblicher Unverletzbarkeit zu erhalten, und daß Ihrer der gerührteste Dank harrt, wenn Sie, mit Lorbeeren geschmückt, uns dereinst dieses Zeichen der Weihe zum Kampf, das Frauenhände Ihnen reichten, von edlen Tropfen vaterländischen Blutes verschönert zurückbringen.«

Feodorowna senkte das schöne Auge auf den Boden, als sie die Worte zu dem alten Krieger sprach, der den Ehrenplatz zu ihrer Rechten eingenommen hatte. Dieser aber ergriff ihre Hand, küßte sie feurig und erwiderte: »Mit einem Angedenken aus solcher Hand geht man der Schlacht so freudig entgegen wie dem Hochzeitsfest. Bald hoffe ich, schöne Fürstin, dieses Zeichen, mit echt russischem Blut geschmückt – denn darauf wäre ich stolz– zurückbringen zu können, damit Ihr es, wie es die Sitte unseres Vaterlandes will, einlöst.« Ein höheres Rot färbte Feodorownas Wange, denn die Erlaubnis, dreimal die frischen Lippen der Frau oder Jungfrau zu küssen, deren Weihezeichen man so gefärbt zurückbrachte, durfte dem tapferen Sohn des Vaterlandes, nach altem Herkommen, von keiner Tochter aus Ruriks Stamm verweigert werden. Ein Gebrauch, der, längst aus der Tagessitte verschwunden, doch noch in geschichtlicher Überlieferung aufbewahrt wurde und den man jetzt wieder ins Leben rief. Denn bei großen Wendepunkten ihres Schicksals pflegen die Völker sich ihrer alten Gebräuche, ihrer väterlichen Sitten, ihrer Helden, ihrer Geschichte lebendiger und dankbarer wieder zu erinnern, oft nicht ohne inneren Vorwurf, daß sie so lange, gewissermaßen treulos gegen würdige Vorfahren, das heilig Überlieferte vergessen haben.

Der Abend brach an, als die Tafel aufgehoben wurde und die Gäste sich in die anstoßenden Zimmer verteilten. Mit qualvoller Beängstigung sah Feodorowna die Stunde näher und näher rücken, in der sie, ihrem Gatten allein gegenüber, den letzten schauerlichen Kampf mit ihrem Herzen zu bestehen hätte. Da nahte sich ihr Jeanette, in einem Augenblick, wo sie, getrennt von der Gesellschaft, im Nebenzimmer etwas an ihrer Kleidung ordnete, und berichtete ihr, Gregor sei auf ihrem Zimmer und verlange dringend, sie zu sprechen. Wie gern eilte Feodorowna, den Wunsch des so geliebten, würdigen Greises zu erfüllen! Ach, ihr ganzes Herz drängte sich zu ihm hin, denn von ihm allein hoffte sie Trost und Stärkung für die schwere Prüfung, der sie entgegenging. Sie fand ihn auf ihrem Zimmer, ernster als gewöhnlich war der Ausdruck seiner Züge. »Meine Tochter«, redete er sie an, »die Stunde ist gekommen, wo ich von wichtigen Dingen zu dir zu reden habe. Du bist nun unwiderruflich die Gattin des Fürsten Ochalskoi, denn der segnende Spruch der Weihe hat euch vereint. Der Tod allein kann dieses Bündnis trennen.«

»O mein teuerer Vater«, unterbrach ihn Feodorowna, »ich weiß es, aber ich werde in meiner Pflicht nicht wanken. Ihm, dem mein Wort, obwohl mit widerstrebendem Herzen, mich zugesagt hast, werde ich treu und ergeben sein bis an das Ende meiner Tage. Ach ich hoffe, es wird so fern nicht sein!« Überwältigt von Schmerz lehnte sie den müden Kopf gegen die Brust des greisen Mannes.

»Es ist nicht das, wovon ich sprechen will, liebe Tochter«, entgegnete Gregor sanft, »denn der Kraft deiner Tugend bin ich sicher. Ich kam, dir ein Geheimnis zu offenbaren, das deine Pflegerin Ruschka, sterbend, in der letzten Beichte in mein Ohr niedergelegt und das sie, sollte der Tod auch mich abberufen, diesen Papieren anvertraut hat. Ich hatte ihr bei meinem priesterlichen Eid gelobt, es dir erst dann zu verraten, wenn deine Vermählung vollzogen sei. Es ist geschehen, jetzt darf ich meine Lippen öffnen. Du bist nicht die Tochter Dolgorows, keine Eingeborene dieses Landes, Deutschland ist dein Geburtsland, aber deine Eltern sind längst verstorben. Graf Dolgorow nahm dich an Kindes Statt an, weil seine Gemahlin ihm keine Hoffnung gab, Vater zu werden. Dies sind die Bildnisse deiner Eltern, die mir Ruschka übergeben hat.« Mit diesen Worten übergab er Feodorowna einen Brief und ein geöffnetes Taschenbuch mit zwei Bildnissen, eine junge Frau und einen Offizier darstellend.

Mit starren, staunenden Blicken, bebend, fast regungslos stand Feodorowna vor Gregor und versuchte vergeblich zu sprechen. Halb bewußtlos nahm sie, was ihr Gregor darreichte, und legte es auf den Tisch vor ihrem Sessel. Endlich brachte sie, indem sie die gefalteten Hände krampfhaft gegen die Brust drückte, wie mit einem Schrei der Angst die Worte hervor: »Nicht ihre Tochter! Und dennoch – o allmächtiger Gott!« – »Fasse dich, meine Tochter«, erwiderte Gregor sanft, »wende dein Herz fromm zu Gott, der die Geschicke der Menschen wunderbar leitet. Ich habe dir das Wichtigste, das Notwendigste gesagt. Lies diese Papiere durch, und du wirst das übrige erfahren. Ich verlasse dich jetzt! Laß erst den gewaltigen Sturm sich beruhigen, der jetzt alle Wogen in deiner Brust anschwellt. Wenn du allein bist, wirst du dich selbst wiederfinden. Bedarfst du dann meiner, so sende zu mir.« Mit diesen Worten verließ der Greis das Gemach. Feodorowna vermochte ihm nichts zu erwidern, mühsam schwankte sie einem Sessel zu und stützte den schweren, von dem unerwarteten Schlag betäubten Kopf in beide Hände. Es dauerte lange, ehe sie die Papiere, die ihr das Geheimnis ihres Lebens enthüllen sollten, zu entfalten vermochte. Die Bildnisse ihrer Eltern lagen vor ihr. Sie sah mit unverwandten Blicken darauf, doch die strömenden Tränen verdunkelten ihr Auge. Endlich löste sie die fünf Siegel des an sie gerichteten Briefes und las, was Ruschka mit eigener, vor Alter zitternder Hand geschrieben hatte.

»Mein teuerstes Kind! Solange ich lebe, band ein strenger, fürchterlich erpreßter Eid meine Zunge, bin ich dahin, so soll noch aus meinem Grab meine Stimme erschallen, um Dir die Geheimnisse zu enthüllen, die Deine Jugend umschwebt haben. Du bist nicht die Tochter Dolgorows, noch der Gräfin. Wenige Tage warst Du alt, als sie Dich in Deutschland nach dem Tod Deiner Mutter an Kindes Statt annahmen. Der Graf war damals schon vier Jahre vermählt. Die Leere einer kinderlosen Ehe, noch mehr aber die Lust, fremde Länder kennenzulernen, hatte ihn bewogen, große Reisen zu unternehmen. Im Mai des Jahres 1793 befand er sich zu Pyrmont. Hier lernte er Deine Mutter kennen, die als Witwe mit ihrem fünfjährigen, braunlockigen Knaben namens Benno – Du warst noch nicht geboren – dahin gekommen war, um ihre zerrüttete Gesundheit herzustellen. Sie hieß Luise Waldheim. Ihr Gatte war Offizier gewesen und in einem Duell erschossen worden. Dadurch plötzlich in eine mehr als beschränkte Lage geraten, kränkelnd der Geburt eines zweiten Kindes entgegensehend, schön, sanft, erregte sie trotz ihrer tiefen Zurückgezogenheit doch bald die Aufmerksamkeit einiger reicher Badegäste. Die Gräfin Dolgorow, die das mittlere Stockwerk des Hauses gemietet hatte, in dem Deine Mutter ein kleines Zimmerchen bewohnte, machte ihr den Antrag, als Gesellschafterin zu ihr zu ziehen und dabei zugleich die Pflicht zu übernehmen, den Grafen und sie selbst in der deutschen Sprache zu unterrichten, die beide damals aufs gründlichste zu lernen sich bemühten. Deine Mutter nahm den Antrag, der sie ihrer dringenden Not entriß, an. Drei Monate später, als wir Pyrmont schon verlassen hatten und auf einer Reise in die Schweiz und nach Italien begriffen waren, wurdest Du geboren. In einem einzeln stehenden Wirtshaus unweit Freiburg, mitten im Schwarzwald, hast Du das Licht der Welt erblickt. Der Graf wollte anfangs, als die Niederkunft Deiner Mutter herannahte, sie den redlichen Leuten dort übergeben, mich zurücklassen und die Reise mit der Gräfin allein fortsetzen, bis wir ihm nachfolgen könnten. Doch ein leichtes Unwohlsein der Gräfin selbst bestimmte ihn, unsere Einsamkeit zu teilen, bis Deine Mutter völlig genesen sei. Allein es geschah nicht. Am elften Tag nach Deiner Geburt starb sie. Ich war ihre Pflegerin in den letzten Stunden ihres Lebens. Sterbend empfahl sie mir die Sorge für ihre Kinder und übergab mir ihr ganzes kleines Vermächtnis für Euch. Darunter war ihr eigener und ihres Gatten Trauring. Gleich nach der Bestattung bemerkte ich, daß der Graf mit einem wichtigen Plan umgehen mußte. Er schloß sich mehrmals mit der Gräfin ein und hatte lange, oft sehr heftige Unterredungen mit ihr, und häufig sprach er, wenn ich zugegen war, englisch, das ich nicht verstand. Nur bemerkte ich, daß Du der Gegenstand des Gesprächs sein mußtest, weil beide Dich oft mit seltsamer Aufmerksamkeit betrachteten. Einige Tage darauf verabschiedete der Graf die beiden deutschen Bedienten, die er bei sich hatte, unter dem Vorwand, daß er in Italien sich Eingeborene zu Dienern wählen wollte, gab ihnen Reisegeld und ließ sie in ihre Heimat zurückkehren. Endlich rief er mich eines Morgens zu sich und erklärte mir, er habe die Absicht, Dich als seine Tochter anzunehmen. Natürlich war ich sehr erfreut darüber, denn das Schicksal der beiden Kinder hatte mich sehr beunruhigt, allein meine Freude wurde zur tiefsten Betrübnis, als er mir erklärte, für den Bruder werde er auf andere Weise sorgen, da es durchaus verschwiegen bleiben müßte, daß die Gräfin nicht die rechte Mutter des Kindes sei. »So sollen die Geschwister getrennt werden?« rief ich erschrocken und erstaunt aus. »Es wird kein Unglück für diejenigen sein, die einander niemals gekannt haben«, entgegnete der Graf streng. Ich schwieg bestürzt. Er aber fuhr fort: »Du bist die einzige, die um das Geheimnis weiß, aber ich fordere von dir, daß du einen Eid auf die geweihte Hostie schwörst, es niemals zu verraten. Weigerst du dich, so erinnere dich, daß du und deine Brüder Leibeigene sind und daß ich mit einem Wort euch wieder in den tiefsten

Stand der Unterwürfigkeit zurückschleudern kann.« Diese Drohung war fürchterlich. Meine Brüder waren durch die Gunst des alten Grafen, des Vaters Deines Pflegevaters, zu wohlhabenden Kaufleuten in Moskau geworden. Aber der Stolz der russischen Großen, reiche Leibeigene zu besitzen, war Ursache, daß er ihnen, so wohl er ihnen sonst wollte, dennoch ihre Freibriefe nicht gegeben hatte. Ich wußte, welch ein schreckliches Los ihrer und meiner harrte, wenn ich den Eid verweigerte. Da überdies des Grafen Entschluß Dein Glück entschied, da ich dachte, daß Du an einem Bruder, den Du niemals gekannt hast, nichts verlieren könntest, endlich da er mir auf mein Bitten versprach, für den Knaben großmütige Sorge zu tragen, so entschloß ich mich, seinem Willen nachzugeben. Doch jetzt, in der Stunde meines herannahenden Todes, wo ich Dich, mein liebstes Kind, fern von mir weiß, jetzt erst befällt es mich mit schwerer Gewissensangst, daß ich Dein treuliebendes Herz mit einer ewigen Lüge verwirren soll. Ich weiß, welche Ursachen den Grafen bestimmen, Dich für seine Tochter zu erklären. Die Gräfin konnte einen bedeutenden Teil ihrer Güter nur dann erben, wenn sie Mutter war. Es war nicht Liebe, es war Eigennutz, der beide diesen Plan entwerfen ließ. Erst vor zwei Jahren, kurz vor seiner Abreise nach England, ist ihr diese Erbschaft zugefallen, die nur eben hinreichte, des Grafen durch Hang zu einem seine Kräfte übersteigenden Aufwand zerrüttetes Vermögen herzustellen. Jetzt denkt er, durch Dich, deren Schönheit und Engelgüte jedes Herz gewinnen müßte, einen reichen Schwiegersohn zu gewinnen. Du bist in dem Stand der Vornehmen, der Reichen erzogen, Du hast die Vorteile einer freien Geburt gewonnen! O Liebe, sie sind unermeßlich! Erfährst Du das Geheimnis Deiner Geburt zu früh, so kannst Du sie verlieren. Darum soll es Dir erst mitgeteilt werden, wenn Dir, als Gattin eines freien Russen, für ewig die Rechte Deines Standes gesichert sind. Dem frommen Vater Gregor habe ich gebeichtet, was meine Seele drückte. Ich vertraue es diesem Papier an, damit er es in der Sakristei aufbewahre, es vernichte, wenn Du unvermählt dahinstirbst, und es Dir übergebe, wenn niemand Dir das, was Du mit dem Verlust eines Bruders gewonnen hast, entreißen kann.«

Feodorowna mußte das Blatt aus der Hand legen, da ihre Tränen sie hinderten weiterzulesen. Doch trieb eine hastige Ungeduld, mehr und vor allem das Schicksal ihres Bruders zu erfahren, sie bald wieder aus ihrer Ermattung auf.

»Nachdem ich den Eid geleistet hatte, den Dolgorow von mir gefordert hatte, verließ ich sein Gemach. Der kleine fünfjährige Knabe, Dein Bruder, sprang mir fröhlich, aber leise entgegen und zeigte mit seinem Fingerchen auf die Wiege, um mir bemerkbar zu machen, wie Du so schlummertest. Jetzt gedachte ich der beiden Ringe. Eine dunkle Ahnung, von der ich mir selbst nicht Rechenschaft zu geben wußte, trieb mich an, dem Knaben wenigstens dieses eine Andenken zu sichern. Ich nahm schnell sein Sonntagskleidchen und nähte den einen Ring im Gürtel desselben fest. Wohl mir, daß ich es getan habe, denn wenige Minuten nachher trat der Graf ein und hieß mich den Knaben ankleiden, weil er mit ihm ausfahren wolle. Ein bedeutsamer Blick sagte mir, was er vorhabe. Ich vollzog den Befehl unter Tränen. Der Knabe begriff nicht, weshalb ich weinte, sondern freute sich nur auf die Spazierfahrt. Seine Ungeduld, ja sein Ungestüm – denn er war ebenso wild und heftig wie gutherzig – konnte den Augenblick, wo er mit dem Grafen einsteigen sollte, gar nicht erwarten. »Mich drückt hier etwas«, rief er unwillig, als ich ihm das Kleidchen zuknöpfte, und griff nach dem eingenähten Ring. Besorgt, daß er selbst auf diese Art verraten könne, was ich getan habe, schnitt ich schnell mit der Schere eine eingenähte Falte in dem Röckchen auf, damit die Spannung nachließe. Hätte der Graf mein Geheimnis entdeckt, es wäre mir übel gegangen. Doch ich konnte es nicht unterlassen. Zu meinem Erstaunen sah ich, daß der Reisewagen des Grafen mit Postpferden bespannt wurde. Einige Minuten später stieg er mit dem Kind ein, und ich habe es seitdem niemals wiedergesehen. Was aus ihm geworden ist, weiß ich nicht, denn am nächsten Morgen fuhr ich, mit der Gräfin und Dir, dem, wie es hieß, vorangereisten Grafen nach. Nach drei Tagen trafen wir ihn erst in Köln wieder. Er schwieg, ich wagte nicht zu fragen. Von dort gingen wir nach Holland und dann nach England, weil die Zeitereignisse es gefährlich machten, nach Italien zu reisen. Nach drei Jahren erst kehrten wir nach Rußland zurück, und Du galtest nun für die Gräfin Feodorowna Dolgorow und wurdest als solche erzogen. Der Ring, den ich Dir, teuerstes Kind, bei meiner Abreise gab und Dich so dringend bat, ihn ja nicht zu verlieren, sondern stets zu meinem Andenken zu tragen, ist der Trauring Deiner Mutter. Durch ihn kannst Du dereinst vielleicht Deinen Bruder wiederfinden. Mehr weiß ich dir nicht zu entdecken. Ich beschwöre Dich aber, bewahre diese Geheimnisse treu und verrate sie auch nicht Deinen Pflegeeltern, denn ich fürchte, sie nehmen Rache an meinen noch lebenden Brüdern. Niemand als Du und der fromme Vater Gregor wissen davon, und ihm bindet das heilige Geheimnis der Beichte auf ewig die Lippen.

Nun lebe wohl, mein holdes Kind. Vergib mir, was ich an Dir verbrochen habe, um der Liebe willen, die ich für Dich gehabt habe. Möge es Dir so glücklich auf dieser Erde ergehen, wie Du gut und schön bist, dann wirst Du nicht so viele Tränen vergießen, wirst nicht so viele angst- und kummervolle Nächte zubringen, wie ich in meinem Leben verseufzt habe. Deine alte, treue, siebzigjährige Pflegerin Ruschka.«

Zweites Kapitel

Feodorowna war in der äußersten Wallung. Sie wußte in ihrer Beängstigung keinen Entschluß zu fassen. Bald wollte sie Gregor rufen, bald zu ihren Pflegeeltern hinabstürzen, bald ihrem Gatten alles erzählen. Mit tränendunklen Augen betrachtete sie die Bildnisse ihrer Eltern. »O wie hold sind die Züge meiner Mutter, wie edel, feurig, männlich die meines Vaters!« Der Anblick der geliebten, ungekannten Toten drang mit sanfter Rührung in ihre Seele. »Oh, ihr hättet euere Tochter wärmer geliebt!« seufzte sie bebend. »Jetzt weiß ich, warum ich geopfert wurde!« Lange stand sie unschlüssig, von Schmerz und Bangigkeit der Seele bewegt. Endlich schellte sie nach Jeanette und ließ sie Gregor rufen. Er hatte im Vorsaal gewartet. »O mein Vater, mein Retter, was hab' ich zu tun?« rief sie ihm entgegen und rang die Hände. »Was soll ich Unglückliche nun beginnen?« Da fühlte sie Ruschkas Ring an ihrem Finger. »Dies ist das einzige Zeichen«, sprach sie, »an dem ich meinen Bruder wiedererkennen kann. Ach, und ich war jüngst nahe daran, es unwiederbringlich zu verlieren! Doch Gott wachte über mir! Es geschah – o vergebt, ich wollte bei einer müßigen Erzählung verweilen, jetzt, wo die Sekunden unschätzbar sind. Was ratet Ihr mir, mein Vater? Was soll ich tun? Ich bin nicht mehr das Opfer meines Lebens schuldig.« – »Du hast es gebracht«, unterbrach sie Gregor sanft, aber mit heiligem Ernst, »du bist die Gattin des Fürsten Ochalskoi, das unauflösliche Sakrament der Kirche hat euch vereinigt, denn dieses Band vermag nichts zu trennen als der Tod.« – »O himmlische Barmherzigkeit!« rief Feodorowna aus. »Auch dann nicht, wenn es durch Trug und Lüge geschlossen ist?«

»Auch dann nicht, meine Tochter!«

»So mag ich seine Gattin heißen, aber niemals will ich es sein, bis mir der Bruder, den sie mir geraubt haben, zurückgegeben ist. O warum leuchtete das Licht der Wahrheit nicht einen einzigen Tag früher in das schwarze Gewebe des Trugs, ehe es die unauflöslichen Ketten um mich schlang! Gregor, Ihr konntet mich retten aus diesem Abgrund des Jammers, aber Euere eherne Lippe schwieg!« Erschöpft sank sie auf einen Sessel und ließ die Arme ermattet niedersinken. Gregor trat zu ihr und ergriff mit der Rechten sanft ihre Hand, während er mit der Linken zum Himmel deutete. »Gelübde sind heilig, sind unverbrüchlich, meine Tochter. Der Herr segnet die, die ihm ihr Wort mit Treue halten. Daran denke auch du, die du heute an heiliger Stätte ewige Treue, Liebe und Gehorsam gelobt hast. Und bedenke die Bitten der Sterbenden, bedenke, daß das Schicksal ...«

»Wie?« rief Feodorowna heftig. »Soll mich die Furcht vor einer neuen Freveltat dessen, der mir den Bruder raubte, zurückschrecken, meine heiligsten Rechte geltend zu machen? Ruschka fürchtet das Schicksal ihrer

Brüder. Soll ich darum dem meinigen auf ewig entsagen? Nein, hintreten werde ich vor den Grafen Dolgorow und ihn fragen: Wo ist mein Bruder? Nur seine Lippe vermag ihn mir zurückzugeben …«

»Teuere Tochter, du bist außer dir, du weißt nicht, was du tun willst«, entgegnete Gregor besänftigend, »aber du mußt ruhiger werden und anders handeln. Wie, wenn Graf Dolgorow Ruschkas Bekenntnisse verleugnete? Und muß er es nicht, wenn er nicht die verderblichsten Folgen auf sein Haupt laden will? Oder denkst du, der Mut zur Lüge werde dem fehlen, der den Mut zur Tat besaß? Welche Beweise hast du gegen ihn? Wird sein Zeugnis nicht so viel gelten wie das der Leibeigenen Ruschka? Hast du die heilige Taufe nicht als seine Tochter empfangen? Habe ich selbst dir nicht in dieser Kirche die Schläfe benetzt mit dem geweihten Wasser des Herrn? O meine Tochter, bezwinge jetzt dein überwallendes Herz, denn nur Leid auf Leid würdest du häufen! Den Haß des Vaters, der Mutter, des Gatten würdest du auf dich laden, Zwietracht und Verwirrung aussäen und durch sie doch selbst nicht Rat, nicht Trost gewinnen. Und könntest du die heiligen Gelübde vergessen, die du vor wenigen Stunden getan hattest? Ist es dein Gatte, der dich getäuscht hat? Darfst du ihm Treue und Gehorsam versagen, weil andere gegen dich ein Unrecht übten? Und war dieses Unrecht nicht mit tausend Wohltaten gegen dich verknüpft? Bist du nicht mit Sorgfalt und Liebe gepflegt worden? Waren deine Pfleger nicht gleich deinen Erzeugern? Nein, meine Tochter, weiche nicht ab von dem Pfad der Sanftmut und Duldung, den der Herr dich gehen heißt. Bleibt dir noch eine Hoffnung, den Bruder wiederzufinden, so bleibt sie dir nur, wenn du jetzt schweigend das Geheimnis in der Tiefe deiner Brust begräbst. Und weißt du denn, ob du nicht das Verderben über sein Haupt heraufführst, wenn du forderst, daß er dir zurückgegeben werde? Ahnst du, wie fern oder wie nahe er dir ist? Höre die Worte deines alten treuen Vaters, gelobe es in seine väterliche Hand, daß du seinem Rat folgen willst, dann wird er dir, solange er noch auf Erden wandelt, mit getreuer Liebe zur Seite stehen. Und ruft ihn der Herr hinüber, so soll sein Gebet dir noch jenseits den Segen des Himmels erflehen.«

Der Greis hielt Feodorownas Hand in seiner Rechten. Ein krampfhaftes Zucken bebte durch ihre im heftigsten Kampf streitende Brust. »Nun wohl denn, es sei«, sprach sie endlich. »Auch das ist überwunden! Ich gelobe dir zu schweigen, Gregor. Aber«, fuhr sie aufstehend, sich groß aufrichtend mit gen Himmel erhobener Rechten fort, »ich gelobe auch – und hier möge der Allmächtige meinen Eid vernehmen! – ich gelobe auch, von dieser Stunde an unablässig nach meinem Bruder zu forschen, und wenn ich ihn finde, so soll keine Macht auf Erden mich zurückhalten, ihn an das Herz zu schließen und zu rufen: Ich bin deine Schwester! – Ich muß jetzt wieder hinabgehen, ich kann es, ich bin gefaßt. Verlaßt mich, mein Vater, aber seht mich morgen noch einmal, bevor ich dieses Schloß vielleicht auf ewig verlasse.« Sie reichte ihm die Hand. Gregor legte segnend die Rechte auf ihr gebeugtes Haupt und schied dann in schweigender Rührung.

Feodorowna brauchte noch einige Augenblicke, um sich soweit zu sammeln, daß sie wieder in der Gesellschaft erscheinen könne. Eben wollte sie das Zimmer verlassen, als sich dessen Tür öffnete und Ochalskoi eintrat. Erschreckt wich sie unwillkürlich einen Schritt zurück. Doch mit zuvorkommender Gewandtheit trat Ochalskoi ihr entgegen, küßte ihre Hand und sprach: »Habe ich Sie erschreckt, Liebe? Doch Sie werden es mir gewiß verzeihen, wenn meine Sehnsucht mich trieb, Sie aufzusuchen. Fast seit einer Stunde vermißt man Sie. Ich kann es nicht tadeln, daß Sie die Gesellschaft fliehen, aber sie werden begreifen, daß mich dieselbe Neigung treibt. Feodorowna! Die glückseligste Stunde meines Lebens hat geschlagen! Ich schließe die Schönste, die Beste, die Liebenswürdigste ihres Geschlechts in meine Arme. Die Scheidewand der äußeren Verhältnisse, die uns trennte, ist nun gefallen. Werden auch Sie nun ganz mit Liebe die meinige sein?« Er hatte sie bei diesen Worten vertraut umfaßt und küßte ihr die bleichen Lippen und Wangen. Zitternd vermochte sie weder zu widerstreben, noch auf seine zärtlichen Worte zu antworten. Verstummend duldete sie die Liebkosungen, zu denen er berechtigt war. »Wenn du willst, Feodorowna«, fuhr er vertrauter fort, »so ist der Augenblick unserer Vereinigung da. Wir müssen die raschen Minuten unseres Glücks einer eisernen Zeit so flüchtig entreißen, daß es grausam wäre, sie nur um einen einzigen Augenblick zu verkürzen. Holde, Geliebte, könntest du das? Wir sind in dem vertrauten Heiligtum der Liebe, niemand wird uns mehr unterbrechen. Die Mutter selbst hieß mich dich aufsuchen. Die Gäste haben soeben das Schloß verlassen. Nur die Landleute und die Dienerschaft feiern jetzt noch auf ihre Weise bei Tanz und Spiel den Tag unseres Glücks – bereits habe ich auch Jeanette hinabgesandt, oder bedürftest du noch etwas? Du Süßeste, es ist nur *eine* kurze Nacht, die wir dem strengen Schicksal rauben, das uns morgen schon wieder trennt! Nicht wahr, du läßt mich nicht wieder gehen?«

Die Beklemmung raubte der Unglücklichen die Sprache. Ochalskoi hielt ihr Schweigen für jungfräuliches Verschämen, ihr stummes Dulden für liebendes, nicht mehr widerstrebendes Hingeben, das krampfhafte Pochen ihrer Brust für die Wallung selig überdrängender Liebe. Heftig preßte er seine brennenden Lippen auf ihre erbleichenden und schloß sie mit der Rechten fest an seine Brust, während er mit der Linken, wie im süßen Spiel und Dienst der Liebe, ihre reichen Flechten löste. Mit schon weichenden Kräften suchte sich Feodorowna in betäubender Angst seiner Umarmung zu entwinden. Er hielt dies für ein Widerstreben der jungfräulichen Scheu, da die Kerzen noch auf ihrem Tisch brannten. »Ich verstehe dich, holdseliges Mädchen«, flüsterte er, »und deine stumme

Lippe ist süß beredt! Nur im heiligen Dunkel duftet die zarte Nachtblume der Liebe.« Mit einer raschen Bewegung löschte er die Kerzen und zog die halb Ohnmächtige zu sich auf den Schoß, indem er sich auf ihr Ruhebett niedersetzte. »Das Brautgemach ist bereit, Feodorowna, umsonst ist dein scheues Widerstreben. Jetzt darf mir kein Sterblicher, kein Gott mehr das süße, heilige Recht rauben, diese holde Rose zu brechen, für mich zu brechen! Fliehe, du schüchternes Reh, verbirg dich in die weiche, seidene Hülle des Lagers, das uns beide umfangen soll, fliehe, aber ich folge dir, zwei Minuten, und wir sind auf ewig vereint.«

Hier ließ er die angstvoll sich Sträubende aus seinen umschlingenden Armen los. Sie wollte ihm entfliehen, aber sie wußte nicht mehr, was sie tat. Bebend wankte sie der Tür des Brautgemachs zu, öffnete sie, aber mit einem lauten Schrei fuhr sie zurück und sank bewußtlos auf den Boden nieder. Ochalskoi sprang, selbst erschreckt, hinzu, denn indem Feodorowna die Tür geöffnet hatte, sah er ihre Gestalt von dunkelroter Glut beleuchtet, und ein breiter blutiger Feuerschein fiel in das Zimmer. »Tod und Hölle, was ist das?« rief er, als ihm der glühende Widerschein aus dem Nebenzimmer entgegenkam. Es war das brennende Smolensk, dessen Flammen eben gewaltig durch die schwarze Decke des Rauchs brachen, die sie solange verhüllt hatte. Die Festung lag gerade den Fenstern des Brautgemachs gegenüber, die Vorhänge waren noch nicht herabgelassen. Ochalskoi hob die ohnmächtige Feodorowna empor, hielt sie in seinen Armen und suchte sie zu beruhigen. »Fasse dich, Teure! Es ist eine furchtbare Brautfackel, die uns leuchtet, aber doch soll sie unseren holden Bund nicht stören! Die Zeit wird kommen, wo wir die Fackeln der Rache schwingen!«

Feodorownas Auge blieb geschlossen. Ochalskoi wußte nicht, ob er Hilfe rufen oder allein den Versuch machen solle, sie zu wecken. Der dunkelrote Widerschein der Feuersbrunst verhüllte die Todesblässe der Ohnmächtigen. Sie schien wie vom Rosenschimmer des Abends bestrahlt. Ochalskois Glut entzündete sich mächtiger an dem reizenden Anblick. »Du wirst an meiner Brust erwachen, Süße«, sprach er, halb zu ihr flüsternd, halb zu sich selbst, und verlor sich in dem Anblick ihrer Schönheit. »Ich tue, was ich darf«, rief er stammelnd, faßte sie in seine Arme und trug sie auf das Brautlager. Mit bebender Hand löste er den Gürtel ihres Gewandes und öffnete die Busenschleifen, damit sie frei amten sollte. »Feodorowna erwache«, rief er, indem er glühende Küsse auf die hervorwallende Brust drückte, »oder nein, bleib in dieser reizenden Ohnmacht, bis du in meiner Umarmung zu einem neuen Leben erwärmt bist!« In diesem Augenblick fielen drei Schüsse ganz in der Nähe.

»Was war das?« rief Ochalskoi und sprang auf, indem er die Geliebte losließ. Er riß hastig das Fenster auf und blickte hinaus. Der Ruf verworrener Stimmen und gleich darauf eine unregelmäßige Salve von Gewehr-

und Pistolenschüssen, die aber von einer bedeutenden Anzahl in er Nähe Kämpfender herrühren mußten, drang durch die Stille der Nacht in sein Ohr. »Überfall! Verrat!« rief er wild. »Tod und Verderben, und in dieser Stunde!« Mit diesen Worten sprang er heftig zu der Tür und stürzte hinaus. Im Schloß herrschte schon ein unbeschreibliches Getümmel. Dienerschaft und Landleute waren zuerst durch den Ton der Sturmglocke, welche die Feuersbrunst anzeigte, im Tanz gestört worden. Jetzt hatte man die krachenden Schüsse gehört und glaubte den Feind schon in den Mauern des Schlosses. Auf den Gängen und Treppen, in dem Hausflur, in den Gemächern rannten Knechte und Mägde, Spielleute, Bauern und Landmädchen im verworrensten Getümmel durcheinander.

»Verrammelt die Tür!« rief Dolgorow. »Die Brücke herauf! Sammelt euch auf dem Schloßhof. Unverzagt! Es kann nur ein blinder Lärm sein!« Aber noch indem er durch diese Befehle vergeblich einige Besonnenheit und Ordnung herzustellen suchte, stürzte ein Landmann atemlos ins Schloßtor und rief: »Der Feind, der Feind! Sie überfallen uns! Flüchtet alle in den Wald!« Das erschreckte Gesinde, die Landleute und alle Mädchen stürzten mit lautem Angstgeschrei und Wehklagen in den Hof und Garten, teils um sich zu verbergen, teils um zu flüchten. Andere drängten sich durch das Schloßtor, um ihre Häuser im Dorf zu erreichen. Das Aufziehen der Brücke wie das Sperren des Tores war dadurch gleich unmöglich. Dolgorow hieb im heftigsten Zorn mit dem Säbel auf die Flüchtenden, die ihm nicht gehorchten, ein, und erhöhte dadurch Schrecken und Verwirrung. Jetzt sprengte ein Trupp flüchtender Kosaken am Tor vorüber und schrie: »Der Feind, der Feind! Flüchtet, zündet an!«

Getümmel und Verwirrung waren unbeschreiblich. Keiner hörte den anderen mehr. »Es ist vergeblich, Widerstand zu leisten«, rief Ocholskoi, der sich inzwischen mit Säbel und Pistolen bewaffnet hatte. »Lassen Sie uns nur die Frauen retten! Wir flüchten durch den Garten und erreichen so den Wald, der uns vollständige Sicherheit gewährt!«

»Wenigstens das Tor muß gesperrt werden«, schrie Dolgorow außer sich, »sonst hilft uns die schimpfliche Flucht nichts mehr.« Jetzt fand sein Befehl Gehör, da eben der Eingang einen Augenblick frei wurde. Er selbst, Ochalskoi und drei beherzte Diener rissen schnell die Ketten, mit denen die Torflügel gegen die Mauer des Hausflurs geschlossen waren, zurück, warfen die Pforte zu und schoben die eisernen Riegel vor.

Es war höchste Zeit, denn in diesem Augenblick sprengte Rasinski an der Spitze seiner Ulanen den Hügel heran, und kaum war das Tor geschlossen, so hörte man die donnernden Hufe ihrer Rosse auf der Zugbrücke.

Dolgorow und Ochalskoi flogen die Treppe hinauf in das Brautgemach, um Feodorowna zu retten, während die Gräfin eiligst ihren Schmuck und das Notwendigste zusammenraffte, das sie auf der Flucht brauchte. Das Getümmel hatte die Ohnmächtige aus ihrer Betäubung erweckt. Mit Fassung – denn äußerer Schrecken übte wenig Gewalt über sie, die jetzt nichts mehr fürchtete – hatte sie bereits ihre Kleidung geordnet, ihre wichtigsten Besitztümer – es waren nur Papiere und Bildnisse der Eltern – zu sich genommen. Rasch warf sie den Mantel über und eilte festen Schrittes an der Seite des Vaters und des Gemahls in den Saal hinunter, wo man die Gräfin antraf. Als man den Hausflur erreichte, tobten die Anstürmenden so gewaltig gegen das Tor, daß man in jedem Augenblick mit ihrem Eindringen rechnen mußte. Doch konnten die Flüchtenden nicht sogleich den Hofraum erreichen, denn eine große Anzahl von Dienern und Knechten, die ihre Besonnenheit wiedergewonnen hatten, schleppten eben Heu, Stroh und Reisig in großen Bündeln heran, um den Torweg zu stopfen. »Wir wollen sie durch einen Feuerwall von uns trennen«, rief Dolgorow und schoß mit der Pistole in das trockene Stroh, daß es sogleich Feuer fing. »Nur mehr Stroh, Holz und Heu heran, daß der Rauch und Qualm die Hunde ersticke, wenn sie in das Schloß eindringen wollen!« rief der erbitterte Russe, und die Diener töteten im Eifer fast die Flamme durch das rasch aufgeworfene Brennmaterial. »So, recht, ihr Burschen«, rief der Graf, »zündet das ganze Schloß an. Da wir es verlassen müssen, wollen wir es wenigstens dem Feind nicht gönnen.«

Da er sah, daß sein Befehl erfüllt wurde, eilte er nun dem Garten zu, durch den Ochalskoi und die Frauen bereits flüchteten, um durch dessen Hinterpforte den Wald zu gewinnen. In wenigen Minuten hatten auch die zurückgebliebenen Diener die Herrschaft wieder erreicht, und als man sich umsah, stieg bereits eine schwarze, dichte Rauchsäule im Schloßhof empor. »Sie werden nicht lange im Schloß hausen«, rief höhnisch jubelnd einer der Knechte, »denn in jedem Stall brennt ein Bund Stroh. In zehn Minuten muß die Flamme hoch über die Schloßtürme zusammenschlagen. Sie soll uns, denke ich, auch ein Weilchen im Wald leuchten. Schade nur, daß wir die Pferde nicht mitnehmen konnten, aber dazu war nicht Zeit, vollends zum Satteln und Zäumen!«

»Schweigt jetzt«, gebot Dolgorow, »unsere Flucht sei so still wie möglich.« Leise, aber mit schnellen Schritten eilten die Fliehenden vorwärts. Noch hatten sie nicht die Grenzmauer des Parks erreicht, als schon die rote Flamme hell durch die Bäume des Gartens blitzte. Durch die kleine Hinterpforte erreichte man das Feld und eilte auf einem schmalen Pfad dem nahen Wald zu. Eben hatte man den Saum dessen erreicht, als eine Reiterschar im gestreckten Galopp um die Gartenmauer sprengte, um den Flüchtigen nachzusetzen. Vollen Laufes eilten diese dem Wald zu, doch die Reiter sprengten ihnen mit verhängten Zügeln nach, und noch ehe der sicher liegende Zufluchtsort erreicht war, pfiffen Pistolenkugeln durch die Luft, und gleich darauf schwirrten schon die blinkenden Säbel über den Häuptern der Fliehenden.

Indessen hatte Rasinski mittels zweier rasch herbeigeschaffter Baumstämme das Tor des Schlosses gesprengt. Sowie es sich öffnete, drang ihm ein erstickender, funkensprühender Qualm entgegen. Doch plötzlich fuhr der Sturmwind durch die ihm geöffnete Bahn und jagte die Flamme hinein, gegen Hof und Garten zu, und das glimmende Heu, Stroh und Reisig wurden von dem heftigen Luftstrom mit fortgetrieben. So bedurfte es keines künstlichen Mittels, um die Bahn zu brechen. In zwei Minuten hatte der Sturm es schon getan, so daß nur noch etwas Rauch und Asche in dem Vordergebäude des Schlosses die Spuren des angelegten Feuers verriet. Unverzüglich drang daher Rasinski mit seinen Scharen ein und rief: »Besetzt alle Eingänge! Laßt niemand hinaus. Boleslaw, du reitest links mit deiner Schwadron um die Schloßmauer, Jaromir rechts. Alle Gefangenen werden hierher gebracht. Niemand reite ins Dorf! Das Schloß ist der Sammelplatz für uns.« Somit sprang er vom Pferd und schritt hastig, von dem Boten, von Ludwig, Bernhard und mehreren Offizieren und Reitern begleitet, die Stiegen hinauf, um das Innere des Schlosses zu durchsuchen. Leicht drang er durch die Reihe der Zimmer, in denen alle Türen offenstanden, alles die schleunigste Flucht der Bewohner verriet. Unzufrieden verweilte er endlich in dem großen Saal, indem er verdrießlich rief: »Sollte es doch fehlgeschlagen sein? Ich fürchte, das brennende Smolensk hat uns um die Beute betrogen und die Hochzeitsgäste zu früh auseinandergejagt!«

Der Bote zuckte die Achseln und erwiderte: »Meine Schuld ist es nicht, Herr Oberst, ich hatte gut berichtet. Wäre die Festung nicht in Brand geraten, so wären wir im Schloß gewesen, ehe ein Mensch unsere Gegenwart geahnt hätte, und die Generale sowie sämtliche andere hohe Personen wären unsere Gefangenen gewesen.«

»Ihr habt Euren Lohn verdient«, erwiderte Rasinski, »nehmt.« Er warf ihm eine Börse mit Gold hin, die der Bote begierig einsteckte.

»Wenn wir jetzt nur etwas Infanterie und ein paar Kanonen hätten«, sprach Rasinski zu den Offizieren gewendet, »so würde ich mich keinen Augenblick besinnen, damit der Armee auf die Nachhut zu fallen und ihr durch einen unvermuteten Angriff wenigstens einen Schrecken einzujagen. Doch so ist es nicht geraten, etwas weiter hinein ins Land zu unternehmen. Die Infanteriepatrouillen und der Pulk Kosaken, auf den wir an dem Dorf stießen, muß doch Lärm gemacht haben, und leicht dürfte eine überlegene Masse gegen uns anrücken, die uns bei dem einzigen schmalen Pfad des Rückzuges, den wir haben, höchst verderblich werden könnte. Ich bin also der Meinung, wir lassen zum Sammeln blasen, ziehen unsere verstreuten Trupps wieder ein und gehen so still wieder über den Fluß, wie wir gekommen sind.« Die Offiziere stimmten ein.

In kurzer Zeit kehrte Boleslaw, ohne auf etwas Merkwürdiges gestoßen zu sein, mit seinen Reitern zurück, bald darauf auch Jaromir. Der letzte brachte einige Gefangene von der Dienerschaft des Grafen mit. »Ich stieß«, berichtete er, »hart am Wald auf Fliehende. Es waren die Bewohner des Schlosses und einige Frauen dabei. Wir sprengten schnell auf sie ein. Ein Teil flüchtete, der andere leistete Widerstand. Beim Glanz der Flammen, die von dem Schloßhof herüberschlugen, bemerkte ich einen Offizier, der ein junges Frauenzimmer auf seinen Armen in das dichte Gebüsch, wohin unsere Pferde nicht vordringen konnten, zu tragen versuchte. Rasch sprang ich ab, um ihn zu erreichen. Als ich mich durch das Gehölz arbeitete und ihm nahe kam, setzte er die Dame auf den Boden und wandte sich mir entgegen. Ich rief ihm zu, sich zu ergeben, doch er schoß nach mir, fehlte aber. Sogleich erwiderte ich den Schuß: Er stürzte nieder. Eben wollte ich dahin springen, als einige Russen sich zwischen ihn und mich warfen und mich zurückdrängten, so daß ich fast von ihnen überwältigt worden wäre. Zum Glück erreichte ich noch eine freie Stelle, wo meine Leute mir rasch beispringen konnten. Sie arbeiteten mich los, und wir machten drei Gefangene. Ihrer Aussage nach war der Getroffene der Fürst Ochalskoi, der sich heute mit der Tochter des Grafen Dolgorow, dem dieses Schloß gehört, vermählt haben soll.«

»Wäre uns wenigstens der eine Fang geglückt«, rief Rasinski unmutig aus, »doch schelte ich dich nicht deshalb, Jaromir, denn du hast mehr als deine Pflicht getan«, setzte er wohlwollend hinzu. »Aber das Glück hat uns nicht genug begünstigt! Laßt uns jetzt wieder aufbrechen, damit uns das Schicksal nicht gar noch einen ärgeren Streich spielt!«

Nachdem man sich überzeugt hatte, daß unter den Gefangenen kein einziger von Bedeutung war, entließ man sie unter der Drohung, sie niederzuschießen, wenn sie sich wieder ergreifen ließen. So versuchte Rasinski es zu verhüten, daß man seinen Rückweg aufspürte, weil er in dem Augenblick, wo er über den Dnjepr zurückging, durch einen Angriff in die mißlichste Lage kommen konnte. Auch wollte er die Leute bei der absichtlich ausgesprengten Vermutung lassen, daß er einen Rückhalt an einem starken Korps habe, das in der Nacht über den Dnjepr gegangen sei.

So setzte man sich denn wieder in Marsch, indem man die brennenden Ställe und Scheunen den Flammen überließ. Erst als sie wieder über die Furt des Dnjepr setzten und am Ufer desselben dahinzogen, bemerkte Rasinski, daß der alte Petrowski und Bliski, ein gewandter, tapferer Reiter, fehlten. Voll Besorgnis um sie sandte er Boleslaw mit einer kleinen Mannschaft zurück, um sie aufzusuchen. Zwei Stunden harrte er der Rückkehr desselben. Endlich kam er, aber seine Bemühungen waren vergeblich gewesen. Die beiden wackeren Kameraden schienen verloren. »Sollten wir diese beiden Tapferen zum Opfer bringen müssen«, rief Rasinski, und düstere Falten zogen sich um seine Stirn. »Freunde, laßt uns noch hoffen! Vielleicht sind sie nur versprengt und finden sich wieder zu uns. Wir müssen nun die Nacht schon vollends darangeben und wollen daher ganz langsam weiterziehen und von Zeit zu Zeit Zeichen geben. Hier sind wir ja in Sicherheit.«

So geschah es. Die treuen Kriegsgenossen gehorchten gern, denn das wahrscheinliche Los ihrer Kameraden erfüllte sie mit stummer Trauer. Schmerz und Ingrimm mischten sich in ihrer Brust. Still bewegte sich der Zug weiter am Ufer des Flusses dahin.

»Horch! Was war das?« fragte Rasinski den neben ihm reitenden Boleslaw. »Rauscht es nicht im Fluß? Es war, als ob am anderen Ufer jemand hineinspränge. – Halt!« Sie lauschten mit scharfem Ohr. »Wahrhaftig, es schwimmt jemand herüber«, sprach Boleslaw leise, »sollen wir anrufen?«

»Wart noch ein wenig, bis wir genauer sehen. Man kann nicht wissen, was es ist, denn wir sind schon dicht an der Festung. – Es sind zwei Schwimmer!« – »Wer da? Halt! Antwort!« – »Gut Freund«, antwortete Petrowski, und alles jauchzte auf vor Freude. Zwei Minuten später erreichten sie das Land. »Nur keine Umarmung!« rief Bliski, einige Kameraden drollig abwehrend. »Wir sind von oben bis unten voll Schlamm und Entengrütze. Brr! Das Bad war frisch.«

»Woher kommt ihr zu Fuß? Redet, erzählt!« fragte Rasinski, der ihnen entgegengesprengt war. – »Bliski war mein Retter!« fing Petrowski an. – »Pah, laß mich erzählen«, unterbrach ihn der muntere Schwarzkopf Bliski. »Er stürzte, als wir zu dem Schloß zurückreiten wollten. Drei russische Spitzbuben, die sich im Busch verkrochen hatten, sprangen daraus hervor und fielen über ihn her, um ihn zu plündern. Zum Glück sah ich's und fuhr unter sie. Doch einer schlug meinen Gaul mit einem Knüttel über die Nase, daß er scheu auffuhr und mich in den Sand setzte. Desto besser, dachte ich, und war schnell auf den Füßen. Gegen zwei hielten die Schufte nicht aus, aber die Pferde waren ins Feld gelaufen. Wir wußten nicht, ob das Krüppelholz nicht noch voll ähnlicher Früchte stecke, und suchten daher das Schloß zu Fuß zu erreichen, in der Hoffnung, unsere Tiere wären wohl den anderen nachgelaufen. Doch da schnitt uns flüchtendes Gesindel aus dem Dorf den Weg ab. Wir mußten in den Wald und kreuzten im Dunkel lange hin und her. Die brennenden Dächer von Smolensk dienten uns jedoch als Führer. Plötzlich stießen wir auf einen großen Weg, den ich gleich als die Straße nach Moskau erkannte, denn ich bin lange in Rußland gewesen und weiß hier Bescheid. Indem wir nun aus dem Gebüsch treten wollen, sieht Unteroffizier Petrowski zum Glück einen Trupp Reiter herankommen. Wir schnell unter das Birkengesträuch geduckt und keinen Laut von uns gegeben. Kaum waren die Reiter vorbei, so hörten wir das Rasseln von Kanonen, und gleich darauf sahen wir Artillerie anrücken. Es waren circa hundert Geschütze und Pulverwagen, auch anderes Fuhrwerk in Menge. Dann kam Infanterie, in langen dichten Kolonnen, dann wieder Kavallerie, kurz, ein ganzes Armeekorps, das über eine Stunde lang an uns vorüberzog. Endlich wurde das Terrain frei. Wir brachen hervor und sahen uns um, eine Zeitlang folgten wir der Straße, dann schlugen wir uns links und erreichten den Dnjepr in fünf Minuten.«

So voller Freude Rasinski auch war, seine Leute gerettet zu sehen, so erregte doch Bliskis Erzählung seine Aufmerksamkeit noch in einer anderen Weise. Er schöpfte nämlich die fast zur Gewißheit gewordene Vermutung, daß wenigstens ein Teil der Garnison, vielleicht aber sogar die ganze aus der Festung abgezogen sei. Deshalb beschloß er, den Versuch zu machen, durch die Wasservorstadt, die der Kavallerie zugänglich war, in die Stadt einzudringen, um der erste zu sein, der den offenen, wenngleich jetzt gefahrlosen Vorteil benutzte. Er befahl daher, in größter Stille vorzurücken, und hielt sich fortwährend dicht am Fluß. So erreichte er die ersten Häuser, ohne nur auf eine Schildwache zu stoßen. Eben begann der Tag zu grauen, als er in die Gassen einritt. Kein Laut, keine Spur verriet, daß noch Bewohner in den halb zerschossenen, halb brennenden Steinhaufen verweilten. Man erreichte eine Quergasse. Voll Erstaunen sah Rasinski auch durch diese Reiter hereinkommen. Sie waren von dem Korps des Fürsten Poniatowski. Man begrüßte einander in froher Überraschung und setzte den Weg auf verschiedenen Wegen fort. Rasinski ritt dicht an dem Hauptwall entlang. Da sah er im Halbdunkel einen Menschen behutsam umherschleichen. Er hielt ihn für einen Russen und rief ihn in dieser Sprache an. Doch derselbe antwortete nicht, sondern versuchte zu entspringen. In der Hoffnung, daß der Mensch Auskunft geben könne, ob die Festung noch besetzt sei, sprengte Rasinski ihm nach, und mit Hilfe einiger Ulanen hatte er ihn bald so erreicht und umringt, daß er nicht weiter flüchten konnte. »*Vive l'empereur!*« rief der entschlossene Soldat und legte sein Gewehr auf Rasinski an. Jetzt erst erkannte dieser die französische Uniform und verständigte sich mit dem, den er für einen Feind gehalten hatte. Es war ein Unteroffiziere vom Davoustschen Korps, der den verwegenen Versuch gewagt hatte, allein über die Mauer in die Festung einzudringen. So wurde denn der Ruhm, den feindlichen Platz zuerst betreten zu haben, zum dritten Mal zweifelhaft. Doch die Hauptsache war erlangt, man befand sich darin. Sehr bald überzeugte man sich auch, daß die Russen die Festung verlassen und sich nach Abbrechung der Brücken auf das andere Ufer zurückgezogen hatten, wo sie wahrscheinlich den dort gelegenen Teil der Stadt noch besetzt hielten.

Der Tag begann zu leuchten. Seine Strahlen fielen auf ein düsteres Schauspiel. Ringsum rauchende Trümmer, Haufen von Leichen, die halb blutend, halb verbrannt, meist entkleidet auf dem Boden lagen. Andere sah man ausgedörrt, schwarz vom Rauch und Brand, auf dem dampfenden Schutt. Teile des Körpers waren ganz von Fleisch entblößt, weil die Flammen es weggezehrt hatten. Nur das nackte, verbrannte Gebein ragte noch hervor. Rasinski hatte das Regiment zurückgeführt, um die engen, durch eingestürztes Gebälk und Stein- und Aschenhaufen gesperrten Straßen nicht unnütz zu verstopfen. Doch er selbst ritt, von Jaromir begleitet, wieder in die Festung zurück, um den Schauplatz der Verwüstung näher zu betrachten. »Ein trauriger Sieg«, sprach er zu Jaromir, »es scheint nicht der Mühe zu lohnen, so ungeheuere Kräfte an die Eroberung der russischen Steppen zu setzen, in denen man statt der Dörfer und Städte bald nichts mehr finden wird als die Aschenhügel, unter denen sie begraben sind.«

Selbst der fröhliche, lebensfrische, an die Gemälde des Krieges gewöhnte Jüngling Jaromir war von einem stillen Grausen befallen, als er unter diesem dampfenden Chaos von Schutt und Leichen umherritt. »Freilich wohl«, entgegnete er auf Rasinskis Bemerkung, »und noch unbegreiflicher ist es mir, wie dieses verheerte Land die ungeheueren Massen der Völker nähren soll, die es überströmen. Ehe hier nicht aufs neue gesät und geerntet ist, sollte man glauben, daß kein lebendes Wesen sein Dasein nur einige Tage wird fristen könnte.«

»Der Wolf wird nach Polen und Preußen auswandern müssen«, warf Rasinski, innerlich grauend über den halb scherzhaften Klang seiner Rede, hin, »weil er hier Hungers sterben müßte. – Horch! Musik!« Es waren die französischen Garden, die soeben mit klingendem Spiel in die Stadt einrückten. Der fröhliche Schall in dieser Stunde, in dieser Umgebung, glich dem furchtbarsten Hohn. Rasinski zog sein Pferd in eine Seitengasse zurück und ließ die Truppen an sich vorüberziehen. Die Spielleute bliesen die Marseiller Hymne, deren feurige Klänge sonst in jedem französischen Heer die glühendste Begeisterung, in jedem Auge die Flammen des Muts entzündeten. Doch diesmal redete sie eine unverständliche Sprache zu den kampfgewohnten Scharen. Tiefer Ernst blickte aus ihren Zügen. Starr hefteten sie das Auge auf die Verwüstung um sie her und zogen die schwarzen Brauen düster zusammen. Man entdeckte zwar keine Spur des Verzagens auf dem rauhen, sonnenverbrannten, mit breiten Narben gezeichneten Antlitz dieser Krieger, doch auch kein Schimmer der Freude leuchtete in ihren Blicken. Mit stolz gehobener, aber finster gefalteten Stirn schritten sie über Leichen, Gebeine und glühende Asche dahin. Sie glichen einem heraufziehenden Gewitter in ihrer stummen, eisernen Haltung.

Jetzt kam der Kaiser auf seinem arabischen Schimmel heran. Er warf die scharfen Blicke überall aufmerksam umher, ließ sich jedoch dadurch in seinem lebhaften Gespräch mit dem Grafen Lobau, der ihm zur Seite ritt, nicht stören. »Der Kaiser sieht aus wie bei der Parade in Dresden«, bemerkte Jaromir leise, doch mit dem Ausdruck des Erstaunens. – »Es ist in seiner Art«, erwiderte Rasinski, »sich im Sturm und Sonnenschein stets gleichzubleiben. Doch wir wollen folgen. Ich bin gespannt, seine nächsten Anordnungen zu vernehmen. Sie können uns vielleicht recht lebhaft in Tätigkeit setzen.« Mit diesen Worten sprengte er, von Jaromir begleitet, über die rauchenden Trümmer und neben dem Gedränge der einrückenden Kolonne dahin, um sich dem Generalstab anzuschließen, mit dem der Kaiser die Festung näher besichtigte.

Drittes Kapitel

»Ich bin dieses Lebens doch fast überdrüssig«, sprach Bernhard, indem er einen schweren Sack von der Schulter auf die Erde herabsenkte, wobei ihm Ludwig behilflich war. »Für mich hätte ich den weiten gefahrvollen Weg in die Raubhöhle der Muschiks nicht unternommen, aber mein armer abgemagerter Brauner mußte einmal etwas anderes fressen als unreifen Hafer und Gras.«

»Du bist glücklich gewesen«, entgegnete Ludwig, »wir haben so viel nicht gefunden. Alles ringsumher wüst und öde, die Dörfer verlassen, verbrannt. Ich sehe nicht, wie das enden soll!«

»Laß gut sein, es ist wahr, wir schiffen in das wüste Weltmeer hinaus, aber wir haben einen Kolumbus an Bord, dessen Kompaß ihn noch lange leiten wird, wenn unser Auge schon längst keinen Stern am Himmel mehr sieht, dem wir folgen könnten. Aber hilf mir, die Pferde füttern, ich mag die Tiere nicht warten lassen, bis Rasinskis Reitknecht kommt. Sie werden Augen machen über das Gastmahl, das wir ihnen auftischen!« – »Gern«, entgegnete Ludwig. – »Es ist gut«, sprach Bernhard, indem er Hafer in die Futterbeutel schüttete und sie den hungrigen Tieren vorhing, »daß wir hier etwas abgesondert liegen und doch wenigstens eine alte Scheune zum Stall haben bei diesem rauhen, regnerischen Herbstwetter. Ständen wir auf freiem Feld, daß man meilenweit sehen könnte, was wir an Futter erbeutet haben, so würden wir mehr ungebetene Gäste bekommen, als Fliegen zu einem Napf süßer Milch heranschwärmen. Sieh, sieh, wie es den alten Burschen schmeckt! Ja, mein Braunerchen, solcher Hafer ist für dich ein Austernschmaus.«

Indem beide das vergnügliche Geschäft, ihre Rosse zu pflegen, mit Eifer betrieben, trat unbemerkt Rasinski ein, der von einem Gang aus dem Hauptquartier, wohin er zur Parade gewesen war, zurückkehrte. »Ei der Tausend«, sprach er, »ihr füttert ja so reich und prächtig wie im Marstall von St.-Cloud. Wo habt ihr denn diesen Schatz gefunden?«

»Ei, guten Abend«, wandten sich die Angeredeten zu Rasinski um.

»Nicht wahr«, fragte Bernhard, »das wird den Kleppern wohl behagen nach der langen Fastenzeit und Kräuterkur. Ich hatte die Dragoner belauscht. Sie schleppten einige Säcke Hafer dort drüben aus dem Wald heraus. Hm, dachte ich, da ist vielleicht noch mehr zu haben, schlich hin, folgte wie Däumling der Spur der verlorenen Körner und der breiten Stiefeln und kam bald an einen Flecken, der vor acht Tagen vielleicht ein Dutzend Häuser gehabt haben mag, jetzt aber nur noch ein Dutzend Feuerstellen aufweisen kann. Auf dem einen Herd waren aber die Flammen zu früh ausgegangen. Das halbe Wrack stand noch da. Ich kletterte über Asche und Kohlen hinein und fand in einer finsteren Ecke gerade noch diesen Sack mit Hafer, den die Dragoner entweder nicht gesehen oder, weil sie ihn nicht fortbringen konnten, dort versteckt haben mußten.«

»Du bist immer geschickt, Bernhard«, sprach Rasinski freundlich, aber doch mit einem Ausdruck von Wehmut im Gesicht, der beiden auffiel. – »Glücklich, nur leidlich glücklich«, erwiderte Bernhard. – »Glück ist ein Geschick«, fiel Ludwig ein.

»Ja, ein Geschick, das heißt ein Schicksal, aber keine Geschicklichkeit. Studiere deine Muttersprache besser, Ludwig, das rate ich dir, denn du drückst dich sonst zu unbestimmt aus. – Aber du hast ja Briefe«, wendete er sich ablenkend zu Rasinski.

»Für Ludwig, und wichtige Nachrichten für uns alle. Morgen wird es zur Schlacht kommen.« – »Wirklich?« rief Bernhard lebhaft. – »Endlich!« sprach Ludwig, meinte aber damit die Ankunft der seit vielen Wochen vergeblich erwarteten Briefe von den Seinigen. Indem er sie öffnete, berührte Rasinski Bernhards Schulter leise und gab ihm einen Wink mit den Augen in Beziehung auf Ludwig.

Bernhard verstand nicht, was dies bedeuten solle, schwieg aber und heftete nur aufmerksame Blicke auf Ludwig. Dieser las mit heftiger Bestürzung. Er erblaßte, große Tränen rollten über seine Wangen, plötzlich ließ er die Linke mit dem Brief sinken, bedeckte sich mit der Rechten die Augen und reichte sie dann, indem er einen schmerzlichen Seufzer ausstieß, als wolle er Trost und Stütze suchen, verlangend gegen Bernhard hinüber. Dieser ergriff sie mit Wärme, während zugleich Rasinski dem Erschütterten wehmütig die Hand auf die Schulter legte und ihn gerührt anblickte. »Meine Mutter – meine Mutter – lies selbst ...« Mehr vermochte Ludwig nicht hervorzubringen und reichte Bernhard den Brief hinüber. – »Ich wußte das bereits«, sprach Rasinski, indem er den Freund mit Wärme an seine Brust drückte, »wußte es durch meine Schwester, die mir den Brief als Anlage sendete. Aber du solltest es nicht von mir erfahren. Denn wer mag einen bitteren Kelch mit sanfterer Hand zu reichen als eine Schwester?«

Bernhard las indessen mit einer Rührung, deren selbst seine starke Seele nicht Herr werden konnte:

»Mein geliebter Bruder! Wie soll ich es beginnen, um mit der herben Trauerkunde, die ich Dir nicht ersparen kann, auch den Trost der Liebe in Dein Herz zu flößen? Der Liebe, die Dich in weiter Ferne kaum noch zu erreichen vermag! Ach Ludwig, unsere Mutter ist nicht mehr! Das alte Übel ihrer kranken Brust, das ich lange schon sorgend beobachtet habe, wuchs durch unselige Zufälle plötzlich so übermächtig heran, daß es die Keime des Lebens mit furchtbarer Schnelligkeit zerstörte. Doch waren die letzten Stunden sanft, und die Seele der treuesten Mutter weilte nur bei ihren Kindern. Oh, mein Bruder! In diesem tiefen Schmerz fühle ich noch den tieferen, Dich so fern und einsam zu wissen, hinausgetrieben in eine öde Weite, wo die Stimme Deiner Klage unter rauhem Kriegsgetöse verhallt. Sanft ist meine Trauer um die Dahingeschiedene, aber bang und schwer bedrängt fühlt sich mein Herz, wenn ich Deiner gedenke. Oh, könnte ich zu Dir, könnte meine schwesterliche Hand Deine Wange liebkosen, wenn sie sich mit Tränen benetzt! Du bist hinweggerissen von allen Gütern des Lebens, deren holdes Antlitz uns in dunklen Tagen Trost zulächelt. Ausgetrieben aus der Heimat, geschleudert in eine öde Fremde, ist Deine Tätigkeit mehr eine Geißel als ein Stab für Dich. Du kannst Dich nicht freudig aufrichten in Deinem Beruf! Oh, ich fühle, Ludwig, wieviel zermalmender der Schlag Dich treffen muß als mich. Mir entführte ein sanfter Genius die Dahingeschiedene aus meinen Armen, Dir reißt sie ein fürchterlicher Dämon von der blutenden Brust. Laß ja keine Sorge, keinen Kummer um meinetwillen Deinen Schmerz mehren. Daß ich um die Mutter weine, kannst Du Dir freilich nicht verhehlen, aber ich trauere nicht einsam. Mütterliche Freundschaft und schwesterliche Liebe weilen mir zur Seite. Fürchte ja nicht, daß ich verlassen und allein stehe, denn eben weil die verlassene Jungfrau ganz hilflos ist, darum bietet ihr jeder die Hand, jeden rührt ihr Glück, und sie sieht sich – so erging es mir – mit freiwillig dargebotenen Gaben der schönsten Liebe überschüttet. Aber von dem Mann fordert man streng, er soll durch eigene Kraft bestehen. Weil er selbst Rat und Hilfe kennt, geht jeder fremd an ihm vorüber, und so ist er oft verlassener als wir selbst. Denn wer vermag sich allein zu erhalten in dieser Welt voller Stürme? – Ach, warum kann ich nicht nur die einc erste, bittere Stunde an Deiner Brust ruhen und Deine Tränen liebkosend trocknen? Gewiß, du solltest minder leiden! Die warme Hand der Liebe würde die kalte des Schmerzes von Deiner Brust entfernen. Nur von Männern weiß ich Dich umgeben. Wird ihre rauhe Seele Deinen Schmerz so tief mitfühlen? Können sie Dich so sanft lieben wie mein Schwesterherz? Kannst Du Dich je zu ihnen so wenden wie zu mir? Doch, sie werden Dir ja teilnehmend und tröstend sein und Dich nicht verlassen in Deinem Schmerz, wie sie in anderen rauhen Schicksalen Dir treulich zur Seite standen. Das hoffe ich zu Gott, der so gnädig ist, selbst in seiner Strenge – ach, und mein ganzes Herz soll es ihnen ewig danken.

Lebe wohl, mein Bruder! Du, das einzige, was mir auf dieser Erde noch bleibt! Oh, mögen tausend gute Engel Dich auf Deinem gefahrvollen

Pfad umschweben! Wie ich es überstehen sollte, wenn auch Du – nein, nein, dahin läßt es der gütige Vater im Himmel nicht kommen, denn er weiß, wieviel wir zu tragen vermögen. Lebe wohl! Sein Segen, sein Trost ist mit Dir. Deine Marie.«

»Du hast einen mächtigen Schild vor dir, der dich decken wird morgen in der Schlacht«, sprach Bernhard, nachdem er gelesen hatte, mit so fester Stimme, als er vermochte. »Umschwebten mich solche Schutzgeister, ich wollte in dem Krater des Hekla ruhig schlummern. Bruder Ludwig, wir sollen dich trösten? Tröste du uns, zu denen niemand ein solches Wort der Liebe spricht. Lies, lies«, wandte er sich zu Rasinski und reichte ihm den Brief hinüber, »es ist das Evangelium unseres heutigen Tages.«

»Ich sollte sie also nicht wiedersehen!« sprach Ludwig mit unterdrückter Stimme und lehnte sein Haupt an Bernhards Brust.

»Daß der Teufel uns auch noch bis morgen hinzerren will auf der Folterbank«, rief Bernhard unwillig, »jetzt könnte ich die Schlacht brauchen, gleich! Tapfer? Tapfer werde ich nicht sein. Ob mir aber jemals in meinem Leben etwas Gleichgültigeres begegnen kann als eine Batterie, die einen Niagarastrom von Kartätschen über mich ausspeit, das möchte ich schwerlich glauben. Kommt, laßt uns zu den Hütten hinübergehen, wo Jaromir und Boleslaw liegen. Am Abend vor der Schlacht muß man sich doch auch einmal aussprechen. – Aber ist's denn Ernst?« Bernhard hatte, solange er sprach, Ludwigs Hand nicht aus der seinigen gelassen und sie fast krampfhaft gedrückt. Die letzten Worte richtete er an Rasinski, der aus düsterem Sinnen auffuhr.

»Ernst? So gewiß wie das herbe Schicksal, das unseren Freund getroffen hat.« Er fuhr mit der Hand zweimal über die Stirn, als werde es ihm schwer, sich zu sammeln und zu besinnen. »Was wollte ich doch sagen? – Ja – Kutusow will morgen schlagen – es ist unbezweifelt. Der Kaiser hat schon das Schlachtfeld erkundet. Der Tag von gestern war nur ein Vorspiel. Der siebte September ist bestimmt, um in die Jahrbücher der Geschichte eingeschrieben zu werden.«

»Man wird ihn also rot im Kalender anstreichen, und blutig rot, denke ich«, entgegnete Bernhard. »Mir gleich. Je mehr der Tod in Masse erntet, je kühler sehe ich zu. Was gibt's Gleichgültigeres als die summarischen Sterbelisten eines großen Reichs am Schluß des Jahres? Und keine Schlacht, die erbitterste selbst, ist so mörderisch wie ein einziges Jahr des ruhig fortlaufenden Zeitstroms. Was sage ich? Ein Jahr? Ein Tag, eine Stunde, ein Augenblick, wenn wir den Blick über die nächste Scholle, auf der wir stehen, schweifen lassen! Ich weiß überhaupt nichts Alberneres als auf den Tod oder auf Todesgefahr Gewicht zu legen. Das Gefährlichste ist, geboren zu werden, denn damit fängt nicht nur die Lumperei des Sterbens, sondern sogar auch die des Lebens mit seinem Füllhorn von Drangsalen, Jammer, Elend, Schurkereien und Abgeschmacktheiten an.

Aber kommt, Freunde! Die Pferde fressen, daß es eine Lust ist. Was sollen wir länger hier?«

Anders als seine Worte waren Bernhards Handlungen. Denn mit Wärme schlang er den Arm um Ludwig und leitete ihn hinaus ins Freie. »Ich folge euch sogleich«, rief Rasinski den Gehenden nach. – »Nun, ein Eisbär bin ich gerade auch nicht«, murmelte Bernhard, als sie allein waren, »aber meine Tränen habe ich nur für mich und für die, die ganz ich selbst sind.« Hier preßte er den Freund rauh an seine Brust und drückte einen langen Kuß auf seine Lippen. Ludwig fühlte Bernhards warme Tränen und mit ihnen seine ganze Liebe, den vollen Trost seiner ausharrenden Treue.

Sie gingen zusammen eine kleine Anhöhe hinauf, von der sie das mit Pferd und Mann bedeckte Feld weit überschauen konnten. Schon hatte der Herbst das Laub gefärbt, die Birken streuten welke Blätter auf den Rasen, alles Grün war tot, fiel ins Graue, der Himmel hing farblos, bleiern über dem Feld, rauhe Windstöße fuhren von Zeit zu Zeit durch die feuchte, nebelige Luft. »So sieht es jetzt in meiner Seele aus, lieber Bernhard«, sprach Ludwig mit weichem Ton der Stimme, »so öde und freudlos und doch so ungestüm bewegt wie in dieser toten, aber dennoch von wildem Verkehr erfüllten Landschaft.«

»In der meinigen ist das eigentlich die Alltagsfarbe«, erwiderte Bernhard, »nur selten blickt die Sonne, wie zu hohen Festtagen, ein wenig durch den grauen Dunsthimmel. Und selbst dann ist ihr Erscheinen, wie jedes zu flüchtige Glück, eher ein Schmerz als eine Freude. Es weckt nur die Sehnsucht unseres Herzens aus unserem dumpfen Schlummer. Traumgestalten nahen uns so. Wir sind voller Liebe, wenn wir aber die Arme ausbreiten, sie zu empfangen, sind sie zerronnen. Ich meinesteils pflege alsdann noch gewöhnlich das Glück zu haben, mit den Knöcheln gegen den Wind zu stoßen oder mir die Bettdecke ins Gesicht zu pressen statt der Geliebten. Du wirst vielleicht nicht böse, Ludwig, aber er verdrießt mich etwas, und ich muß es dir sagen. Es hätte mir was bedeutet, wenn das Datum und die Stunde gestimmt hätten. Indessen es ist nichts.«

»Wieso, Lieber?«

»Als wir durch den Dnjepr ritten, mußte ich, du weißt es ja, so lebhaft an deine Schwester denken, als ob sie neben uns hinschwebte. Wenn es die Todesstunde der Mutter gewesen wäre – ich bin ein Mann, ich weiß es, doch ich hänge nun einmal an dergleichen. Aber sie ist ja morgens und drei Tage früher gestorben.« Ludwig lächelte wehmütig. Bernhard neigte das Haupt, beide schwiegen einige Minuten und blickten in die Landschaft hinaus.

»Die gute Marie!« begann Ludwig wieder. »Sie kümmert sich um meine Einsamkeit und steht doch selbst so ganz verlassen!«

»So muß es jedem scheinen, der nicht immer zunächst an sich denkt. Auch kommt eine sehr allgemeine Täuschung dazu. Der Mensch kann niemals ganz aus seinen Empfindungen und in fremde hinein. Weil Marie dich so weit getrennt von ihr fühlen muß, so fühlt sie dich getrennt von allem, und du umgekehrt ebenso. Nichts ist uns natürlicher als uns einen Bewohner Sibiriens oder des Feuerlandes als ganz verstoßen vom Erdkreis zu denken, denn nichts fällt uns weniger ein, als daß dem Kamtschadalen ein Einwohner von Paris ebenso entfernt, so an der äußersten Grenze der bewohnten Erde erscheinen muß, ja ebenso enterbt und verlassen von allen Wohltaten der Natur, weil alles Dortige ganz außerhalb des Kreises seiner Vorstellungen und Wünsche liegt. Doch sieh, wie der Wind den Rauch der Wachtfeuer durch die Ebene weht. Er drückt ihn ordentlich auf den Boden nieder. Die Luft atmet sich schwer. Denkst du mit Besorgnis an die Schlacht?«

»Nein, Bernhard«, sprach Ludwig offen, »meine Seele ist so ganz anders beschäftigt. Vielleicht wenn wir mitten im Getümmel sind, daß es mich mit fortreißt. Ich habe es mir vormals als das größte Erlebnis gedacht, einer Schlacht beizuwohnen, hat mich das gefahrvolle unstete Treiben des Krieges überhaupt, diese häufige Wiederholung des Vorspiels zu dem Hauptdrama, daran gewöhnt, oder es ist, weil meine Gedanken ganz verschieden beschäftigt sind. Allein ich empfinde es jetzt fast nur als ein gleichgültiges Ereignis, daß morgen sich das Geschick zweier Völker entscheiden soll, obwohl meine Vernunft mir das Gegenteil sagt.«

»Lieber«, begann Bernhard, »ich fragte nicht ohne Absicht danach, sonst hätte ich jetzt wohl über andere Dinge mit dir gesprochen. Aber vergib mir, ich denke mit an Marie, der Schluß ihres Briefes – ich glaube zwar, daß ihre Bitten im Grunde soviel gelten wie zehn Schutzheilige – dennoch – deinetwegen fürchte ich die Schlacht, und es wäre mir, geradeheraus, lieb, wenn du nicht darin verwickelt würdest. Laß mich mit Rasinski sprechen.«

»Nein!« entgegnete Ludwig sanft, aber fest. »Du weißt, daß kein innerer Beweggrund mich zum Kampf treibt, daß meine Wünsche sich sogar mehr für die Sache der Gegner entscheiden, weil ihr Sieg unser Vaterland wenigstens von der Unterdrückung, die es in diesem Augenblick duldet, befreien würde. Allein dennoch widerstrebt etwas in mir deinem Vorschlag so entschieden, daß ich keinen Augenblick wanken kann. Zuerst bin ich ein Mann. Ich müßte mich als solcher herabgesetzt fühlen, wenn ich in der Stunde der Gefahr mich selbst bedächte.« – »Wahrlich, ich denke nur an Marie«, rief Bernhard, »und ich weiß, daß du ein Opfer bringen würdest, aber ich weiß nicht, ob du es nicht solltest!« – »Nur für sie wünsche ich zu leben«, entgegnete Ludwig, »und der Himmel ist mein Zeuge, daß ich, soll ich fallen, nur der einsam Zurückgebliebenen gedenke. Doch – nein – nein, der Scharfsinn meiner Gründe möchte besiegt werden können durch scharfsinnigere, aber nimmermehr das Gefühl in meiner Brust. Marie selbst würde sich meiner schämen. So wenig wie sie mir das Leben durch etwas Unwürdiges zu erhalten vermöchte, so wenig kann sie erwarten, daß ich es für sie tue. Nein, Bernhard, deine Liebe führt dich zu weit!«

»Du bist mit deinem wahren Mut über diesen Schein des Verdachts erhaben. Ich bin es auch und würde mich, falls ich eine Ursache in mir fände, von der Schlacht zurückzubleiben, keinen Augenblick bedenken.«

»Auch ich nicht, wenn das Zurückbleiben selbst der Zweck meines Handelns wäre, nicht aber, wenn es das Mittel sein soll. Überdies vergiß nicht, daß der Stand, den wir wählten, eigentlich unser Leben beschützt, so wird es für uns eine verdoppelte Pflicht, das Heiligtum seiner Ehre unverletzt zu erhalten. Und dann, Bernhard, diesen einen Weg des Todes willst du versperren. Was aber tust du mit den tausend anderen, auf denen er zu uns dringen kann? Erfülle dich mit dem gläubigen Vertrauen, das Marie selbst empfindet! Sie fordert nicht, daß ich die Gefahr meiden soll, doch ihre heldenmütige Seele vertraut darauf, daß eine höhere Macht mich beschirmen werde. Und könntest *du* denn mich und Rasinski und Jaromir und Boleslaw in die Schlacht ziehen sehen und wohlgesichert aus der Ferne zuschauen, wie das Schwert des Todes über den Häuptern der Freunde schwebte? Bernhard, frage deine eigene Seele und gib dir selbst Antwort.«

»Recht hast du freilich, aber könnte ich das Unrechte für dich tun, ich täte es dennoch. Wäre ich an Rasinskis Stelle, ich ließe dich heute unter einem Vorwand in Ketten und Banden zehn Tagesmärsche zurück ins Gefängnis schicken.« – »Du tätest es gewiß nicht«, sprach Ludwig und lächelte gerührt. – »So laufe denn das Rad des Schicksals!« rief Bernhard und stampfte unwillig mit dem Fuß. »Es zermalme, wen es will! Das aber sage ich dir, es soll nicht Raum finden zwischen mir und dir hindurchzurollen! – Kommen dort nicht Jaromir und Boleslaw herauf?«

Sie waren es. Rasinski hatte ihnen Ludwigs trübes Schicksal erzählt. Mitleidig kamen sie, um dem Freund ihre Liebe zu zeigen. Der jugendliche, leicht bewegte Jaromir bezwang eine Träne nicht, Boleslaw, durch eigenes stummes Dulden gehärteter, vermochte nur sanften Ernst zu zeigen. Sie gingen zusammen den Hügel hinab, um sich an dem Wachtfeuer vor Rasinskis Hütte zu lagern, wohin dieser alle Offiziere des Regiments beschieden hatte, weil es seine Gewohnheit war, den Abend vor der Schlacht so viel wie möglich in der nächsten Vertraulichkeit mit allen seinen Kameraden zu leben.

Die Sonne mußte hinab sein. Seit Mittag schon war sie hinter dem grauen Gewölk verborgen. Die Nacht kam endlich kalt herauf, so daß selbst das Feuer und die dichten Mäntel der Lagernden die Schauer des

Frostes nicht ganz abzuhalten vermochten. Der ganze Tag war in dumpfer Todesstille vergangen, gewissermaßen nach einer schweigenden Übereinkunft zwischen den beiden furchtbaren, einander gegenüber gelagerten Heeren. Es schien, man wolle sich die kurze Ruhe gönnen, um am nächsten Morgen mit desto gestärkteren Kräften den erbitterten Vertilgungskampf beginnen zu können. Diese schwer auf der Brust lastende, alle frischen Lebensregungen lähmende Lautlosigkeit wurde durch die Stimmung jedes einzelnen noch vermehrt, denn jeder ging natürlich dem gewaltigen Ereignis mit ernster Brust entgegen. So wollte auch das Gespräch der im Kreis gelagerten Kameraden nicht lebhaft werden. Selbst wenn Ludwig und diejenigen, die ihm zunächst standen, nicht besondere Ursachen zu jenen schweigend in sich zurückkehrenden Betrachtungen gehabt hätten, so hätte dennoch keine freie, kriegerisch sorglose Heiterkeit geherrscht. Die Zukunft rückte zu bedeutungsvoll heran, der Himmel war zu düster verhangen, seine Donner grollten zu unheimlich in der Ferne, um einen freien Schlag des Herzens zu gestatten. Vergeblich versuchte es Rasinski, bald durch einen Toast, bald durch die Erinnerung an ein früheres bedeutendes Erlebnis, bald durch Anregung schöner Hoffnungen, eine lebhaftere Bewegung in die Freunde zu bringen. Einen Augenblick entzündete sich der Anteil, aber nach wenigen Minuten war jeder zu den Gedanken und Besorgnissen in seiner Brust zurückgekehrt.

Die Dämmerung graute schon, als ein plötzlicher Kanonenschuß aus dem feindlichen Lager her die äußere und innere Stille unterbrach. Man sprang auf, man forschte, fragte. In solchen Stunden, unter solchen Umständen ist ein Schuß fast immer das Zeichen eines wichtigen Ereignisses. Jeder hielt ihn für eine Warnung, auf alles gefaßt zu sein. Allein diesmal war die Spannung auf etwas Wichtiges vergeblich gewesen. Doch schon nach wenigen Minuten erfuhr man, daß dieser einzige Schuß verhängnisvoll und entscheidend für den ganzen Krieg hätte werden können. Denn er war auf eine Gruppe von Reitern abgegeben worden, unter denen sich der Kaiser befand, der, von der Unruhe gefoltert, das russische Heer könne abermals durch stillen, nächtlichen Abzug seine Hoffnung auf eine Schlacht täuschen, sich auf das Pferd geworfen und die Dämmerung benutzt hatte, um die Stellung des Feindes noch einmal zu erkunden. Zu seiner Freude hatte er aus den in schwarzen Zügen heranrückenden Reservekolonnen, die sich in der Ebene verbreiteten, aus den langen, von Moskau heranziehenden Reihen der Munitions- und Proviantwagen, aus der furchtbaren, noch immer mehr und mehr befestigten Verschanzungslinie auf den Anhöhen, die Gewißheit geschöpft, daß der Tag der Schlacht gekommen sei. Er trug nun keine Bedenken mehr, sie seinen Truppen zu verkünden. Eine halbe Stunde nach jenem einzelnen Schuß wurde die Proklamation an das Heer erteilt. Rasinski erhielt sie durch einen Adjutanten. Er sammelte sogleich die Seinigen um sich her und las sie ihnen bei dem Glanz des rot aufflackernden Feuers mit ernster Stimme vor: »Soldaten! Der Tag der Schlacht, den ihr so lange herbeigewünscht habt, ist da. Der Sieg steht bei euch, er ist uns notwendig, er wird euch Überfluß, ein sicheres Winterlager, eine schnelle Rückkehr in die Heimat gewinnen. Zeigt euch wie zu Austerlitz, Friedland, Witebsk und Smolensk, daß eure späten Enkel noch mit Stolz von ihren Ahnen sagen können: Er focht in der gewaltigen Schlacht unter den Mauern von Moskau!«

Die kurzen, ernsten, gewichtigen Worte fielen mächtig in die Brust der Krieger. Ein edles Feuer flammte aus ihren Blicken, und als Rasinski den Säbel zog, ihn mit der Rechten hoch emporhob und laut ausrief: »Es lebe der Kaiser!«, da donnerte der tausendfache Ruf der Begeisterung mächtig in die Luft, daß er weit durch die Nacht erscholl und der Wind ihn hinübertrug in das Lager des Feindes.

Der kommende Tag forderte große Anstrengungen. Rasinski gebot daher seinen Kriegern, jetzt Ruhe zu halten, damit der Morgen sie mit den frischesten Kräften fände. Den Führern schlug er jedoch, um die freiere Stimmung zu unterhalten, hauptsächlich aber um Ludwig zu zerstreuen, einen Gang durch das Lager der Garden zu dem kaiserlichen Zelt vor, das nicht fern von dem Biwak der Kavallerie aufgeschlagen war. Man nahm den Vorschlag gern an. Bald hatte man das große Viereck erreicht, das die Garden beschützend um das Zelt des Kaisers geschlossen hatten. Der Anblick dieser auserlesenen Krieger, wo man keine Stirn ohne Narbe, keine Brust ohne Orden sah, mußte eine männliche Seele mit kraftvollem Selbstgefühl durchdringen. Sogar der wehmütig gestimmte Ludwig richtete sich freier auf, als er durch die Reihen dieser Helden schritt. Noch lebendiger wurde Bernhard aufgeregt.

»Wahrlich, eine ganze Galerie von Genrebildern!« rief er aus, indem er sich zu den Freunden wandte. »Zehn Jahre wollte ich hier sitzen und zeichnen. Und welch ein Studium von Köpfen und Trachten! Bemerkt einmal den Grenadier dort, der eben sein Gewehr putzt. Mit welchem Ernst er die Waffe prüft und betrachtet. In jedem Zug sieht man es, daß er sie wie ein Heiligtum in Ehren hält. Wie er den Schein der Flamme darauf spielen läßt und sich selbst in dem blanken Lauf spiegelt! Hm, der alte Knabe darf sich wohl ansehen, und mir scheint, die breite Narbe, die ihm die Brauen über dem linken Auge spaltet, kann ihm gefallen. Jetzt ist er fertig. Er tut einige Griffe, schlägt an. Sicher denkt er schon daran, wie er morgen mitten im dichtesten Pulverdampf seinen Feind aufs Korn nehmen und mit Augen betrachten wird, die noch durchbohrender scheinen als die Kugel im Lauf.« Im Fortwandeln schweifte Bernhards geübtes Malerauge über alle Gruppen zur Rechten und zur Linken hin, und wo er einen charakteristischen Kopf sah, machte er die ruhiger hinwandelnden Freunde in seiner scherzenden lebendigen Darstellungsweise darauf aufmerksam. Zugleich lag ihm dabei der dunkle Trieb in der Seele, die tiefbekümmerte Brust Ludwigs aufzuheitern. »Seht dort drüben den bärtigen Sergeanten, der sich die blutige Stirn verbindet«, rief er. »Wie gleichgültig er dabei aussieht! Freilich, sie ist Narben gewöhnt! Ich sehe da so einige breite, zackige Hieroglyphe, die vermutlich ein Mameluckensäbel an den Pyramiden hineingezeichnet hat. Deine Stirn ist ein verteufeltes Stammbuch! Wer sich eingeschrieben hat, bleibt dir gewiß im Gedächtnis, schwerlich aber im freundschaftlichen. Der Kerl dort gefällt mir! Wahrhaftig, er rasiert sich, glatt geschabt wie zum Sonntagstanz vor der Barriere von Neuilly oder in die lustigen Weinhäuser von St.-Denis, wo es so viele schwarzäugige Grisetten gibt, will er morgen in die Schlacht gehen. Es ist ein Spartaner, die sich auch putzten und bekränzten für den Kampf. Ich glaube, dieser Grenadier sieht keinen großen Unterschied dazwischen, ob er mit seinem Mädchen eine Francaise aufführt oder am Flügel des Regiments gegen eine Batterie marschiert. Musik gibt es bei beiden Festlichkeiten. Ich möchte wetten, er denkt, morgen abend in Moskau einzumarschieren und putzt sich heute schon dazu auf, weil es morgen an Zeit fehlen möchte. Sein ganzes Gesicht ruft: *»Vive la bagatelle!«*, und eine Schlacht, ein ganzer Feldzug zählt mit in der Reihe der Bagatellen. Trotzdem ist er nicht mehr jung. Er sieht aus, als könnte er von Marengo und Arcole erzählen. Glück zu, guter Freund, ich wünsche dir, du mögest morgen noch so fröhlich sein wie heute und bei deinem Abendessen die Carmagnole so gedankenlos trällern wie jetzt eben.«

»Ich habe doch diese Krieger schon in einer ganz anderen Stimmung gesehen«, entgegnete Rasinski, »so bewegt das Lager dem erscheinen mag, der es in diesem Feldzug zuerst kennenlernt, so ganz anders sieht es der, der es seit langen Jahren kennt. Es ist Entschlossenheit, Fassung auf das Schlimmste in den Gesichtern dieser Leute zu lesen. Aber nicht jedes freudige Vertrauen, jene brennende Begierde nach Kampf und Sieg, die man sonst an Tagen vor der Schlacht aus ihrem Auge leuchten sah. Seht dort das Zelt des Kaisers. Was mag das Gedränge dahin für Ursache haben?«

Man sah die Krieger in großen Scharen zu dem Zelt eilen und sich in einer schwarzen Masse um dasselbe versammeln. Die Zurückkehrenden sahen fröhlich aus und sprachen lebhaft miteinander. Ausrufungen des Erstaunens, der Freude drangen aus dem dichten Gewimmel hervor. »Was gibt es dort?« fragte Rasinski einen Grenadier, der aus dem dichtesten Haufen kam.

»Was es gibt, mein Kolonel? Ah, etwas sehr Schönes und Erfreuliches! Ein Kind, ein prächtiges Kind! Der Sohn des Kaisers! Ja, mein Oberst, es ist ein Bildchen wie aus Schnee und Rosen! Oh, man ist auch Vater! Ich habe einen Sohn, der nur um acht Tage älter ist. Sein Bild kann ich freilich nicht nachkommen lassen, allein ich hab's im Gedächtnis. Der Schelm sitzt mir hier (dabei deutete er auf die mit dem Orden der Ehrenlegion geschmückte Brust) so deutlich abgemalt, daß ich kein Bild brauche! Aber es ist doch schön, eines zu haben! Gehen Sie nur, mein Oberst, und sehen Sie selbst!«

Der vor Freude in Redseligkeit überfließende Soldat wurde durch den Strom fortgedrängt. Rasinski und seine Begleiter kämpften sich näher. Das Gedränge war zu groß. Sie konnten nur aus der Ferne, ohne die Züge zu unterscheiden, wahrnehmen, daß dicht an dem Zelt des Kaisers, unter der Obhut zweier bärtigen Grenadiere ein Gemälde – es war das des Königs von Rom – aufgestellt war, das die Soldaten mit teilnehmender Neugier betrachteten. »Es hat etwas sehr Rührendes für mich«, sprach Ludwig zu Bernhard, »daß mitten in dieser kriegerischen Zurüstung sich nicht nur der Feldherr, sondern auch der liebende Vater zeigt und daß er seine Tapferen so an seiner Freude teilnehmen lassen will.« – »Ja, ja«, sprach Rasinski lächelnd, »er ist ein großer Kenner der Menschen. Durch nichts kann er seine schwarzbärtigen Helden mächtiger an das Glück der Heimat erinnern als durch eine solche Mahnung. Nun schlägt jedem das Herz nach dem Vaterland, dem schönen Frankreich, wo er seine Kinder, seine junge Frau, die indessen vielleicht Mutter geworden ist, sein munteres Liebchen zurückgelassen hat. Es gibt keinen anderen Weg nach Paris als über Moskau, das wissen sie zu gut. Wie grimmige Löwen werden sie daher auf die einstürmen, die ihnen die Bahn versperren wollen!«

»Ich dächte«, meinte Ludwig, »durch solche Erinnerungen müßte gerade das Herz des Soldaten schwer werden, er müßte den Krieg, der ihn von allem, was ihm teuer ist, trennt, hassen, müßte unwilliger weiter vordringen.« – »Gewiß«, antwortete Rasinski, »nur nicht am Tag vor der Schlacht. Mühseligkeiten erträgt der Soldat schwer, Gefahren leicht, er wagt lieber, als er duldet. Die Zeit der Mühe ist jetzt vorüber, es kommt ein kurzer Augenblick der Gefahr, diesem geht er freudig entgegen, denn es ist mehr Hoffnung des Gewinns als Furcht des Verlustes dabei. Zeigt ihm nur einen sicheren Preis des Sieges, wahrlich! Ihn kümmert es nicht viel, ob er die Hölle stürmen muß, um ins Paradies zu kommen. Das aber muß ihm sicher sein. Seine Glaubensworte lauten: Sieg, Frieden, Heimkehr. Regt ihm daher nur die Sehnsucht zu der letzten mächtig an, so darf euch um den ersten nicht bange sein.«

»Guten Abend, Graf«, redete eine bekannte Stimme Rasinski an, es war Regnard. »Gut, daß wir uns heute noch sprechen«, fuhr er fort, »morgen wird man nach manchem vergeblich fragen. Ich denke, die Schlacht wird den Anstalten dazu Ehre machen. Man marschiert nicht achthundert Lieus, um ein Vorpostengefecht zu liefern.« – »Nun, bis jetzt ist es uns doch nicht viel anders ergangen«, erwiderte Rasinski.

»Jede Frucht will reif werden, Graf. In Rußland erntet man später als bei uns. Gebt acht, morgen haben die Sensen etwas zu tun. Die Russen meinen es diesmal sehr ernst!« – »Weiß man das schon gewiß?« – »Es läßt sich nicht mehr daran zweifeln. Eben war ich dabei, als ein Überläufer seinen Bericht abstattete. Der alte Kutusow ist gewiß, daß wir morgen angreifen, und hat beschlossen, standzuhalten wie eine Festung. Aber ernstlich, der Russe ist auf einen entscheidenden Kampf gefaßt, ist förmlich zum Tod geweiht. Ihr hörtet doch gegen den Nachmittag die seltsame Musik herüberschallen und habt die Bewegung im Lager beobachtet, als die Leute unter Waffen traten?«

»Freilich! Und was bedeutete sie?«

»Es war die Traurede zu der Hochzeit, die wir feiern sollen. Der alte Fürst hatte sich mit allen seinen Priestern und Klostervorstehern umgeben, die in ihren Prachtgewändern das Lager durchzogen. Sie trugen ein heiliges Bild, das sie aus Smolensk gerettet hatten, durch die Reihen der Krieger. Der Russe betet es als wundertätig und beschirmend an. Seine Kirche erfüllt ihn mit fanatischem Mut. Seine Priester haben ihn nun zum Kampf geweiht. Wer fällt, dem ist die Seligkeit des Jenseits gewiß. Ihr kämpft morgen für den Altar eures Gottes, hat man ihnen zugerufen, ihr müßt eure heilige Stadt Moskau, die der Feind verheeren will, beschirmen, eure Weiber und Töchter vor Schmach und Sklaverei beschützen. So etwas wirkt. Der gemeine Russe dürstet jetzt ordentlich nach dem Märtyrertum, von unseren Kugeln zu fallen. Ich habe auch die Proklamation gelesen. Man schmeichelt uns darin eben nicht, und ich versichere euch, es wäre schwer, den Grimm des Kettenhundes so giftig gegen uns zu reizen, wie der alte Zyklop da drüben seine Eisbären gegen uns heranhetzt. Mir sieht die Sache verteufelt ernst aus, denn zum Scherz, das wißt ich wohl, stört man den Soldaten nicht so auf, da dergleichen Stimmungen nicht sechs Wochen vorhalten und man sich hüten muß, sie vergeblich zu erregen, weil dann die Wiederholung schlecht ausfällt. Darum sage ich euch, wir finden morgen den Feind noch auf dem alten Fleck, vielleicht noch übermorgen. Denn eine eherne Mauer rennt sich so leicht nicht um, und Fanatiker sind noch zäher als Eisen.«

»Wie! Ihr zweifelt am Sieg, Regnard?« rief Rasinski fast unwillig.

»Keineswegs! Aber er wird blutig werden. Zwanzig-, dreißigtausend Mann dürften wohl morgen abend die Erde hier düngen und so friedlich nebeneinander liegen, wie sie sich am Tag grimmig gepackt haben. Sollten wir darunter sein, Oberst, so laßt uns jetzt Abschied nehmen, denn ich muß zu meinem Korps zurück.« Er reichte Rasinski die Hand dar, die dieser kameradschaftlich schüttelte. »Leben Sie wohl, meine Herren!« wandte er sich zu den übrigen. »Auf Wiedersehen, morgen abend oder in Moskau, wir nehmen es indessen nicht übel, wenn auch einer oder der andere von uns gehindert wäre, Wort zu halten.« Mit diesen Worten verschwand er in der Menge. Kaum war er fort, als Petrowski sich eilig durchdrängte und Rasinski eine versiegelte Depesche übergab.

»Wir müssen zurück«, sprach dieser, als er gelesen hatte. »Es werden noch in dieser Nacht veränderte Stellungen der Truppen vorgenommen werden. Kommt denn, Freunde, es ist keine Zeit zu verlieren.« Sie erreichten ihr Lager wieder. Rasinski befahl, die Feuer zu löschen, die Leute mußten unter die Waffen treten. Bald darauf brachte ein Adjutant, so schien es, den Befehl zum Aufsitzen, und das Regiment setzte sich in Marsch. Im Reiten bemerkte man, daß im ganzen Lager der Franzosen die Feuer erloschen waren oder doch nur spärlich und düster brannten. In dem russischen Lager dagegen flammten sie hoch auf und beschrieben einen weiten, düster glühenden Sternenkreis um den dunklen Horizont.

Der Marsch war nur kurz. Man hatte sich näher gegen das Zentrum der Armee gezogen. Am Abhang einer Anhöhe, die hier breiter emporstieg, machte man halt. Rechts war das Terrain mit Gebüsch bedeckt, das den Übergang zu höherer Waldung bildete. Große Massen Kavallerie schienen hier versammelt zu werden. Gegen elf Uhr hatte man feste Stellung eingenommen. Rasinski ließ absitzen, doch blieben die Pferde gesattelt. Die Leute lagerten sich auf dem Boden. Stumme, gespannte Erwartung trieb das Herz in jeder Brust zu schnelleren Schlägen an. Der Schlaf nahte sich nur scheu, doch endlich bezwang körperliche Ermüdung die geistige Aufregung, und trotz der rauhen, kalten Herbstnacht sanken alle Krieger in tiefe Ruhe. Sogar Ludwig, doch bange, wehmütige Träume schreckten ihn oft wieder wach, und er sah dann die Wirklichkeit noch düsterer um sich her gestaltet als selbst seine Träume.

Viertes Kapitel

Der große, furchtbare Morgen des Schlachttages brach an. Der Himmel war heiter, nur wenige Nebelstreifen lagen über den tiefgehöhlten Betten der Kalotscha und einiger anderen Bäche, die das Schlachtfeld durchströmten. Ein frischer Morgenwind zerteilte die Dunstgebilde in wenigen Minuten, jetzt hob die Sonne sich hinter den düsteren, dunkelglühenden Gipfeln des Fichtenwaldes bei Utiza herauf und warf ihre Strahlen blendend über das Feld, wo die Massen des französischen Heeres, schon zur Schlacht geordnet, aufgestellt waren. Die langen Reihen der Bajonette funkelten rotblitzend, die Adler strahlten, und in dem Harnisch der Kürassiere glühte das volle Bild der Sonne, so daß es sich, zahllos aneinandergereiht, einer blutigen Schlange gleich durch die Flur ringelte. »Das ist die Sonne von Austerlitz«, rief der Kaiser, der auf einer Anhöhe zur Linken der aufgestellten Kavallerie neben einer vorgestern erstürmten Redoute hielt, und deutete mit den Fingern auf das glänzende Gestirn.

Rasinski war nebst mehreren anderen Kommandeuren den Hügel hinaufgesprengt, um das Schlachtfeld besser überblicken zu können. Er hielt so nahe, daß er die Worte des Kaisers hören konnte. Die Generale, an die sie gerichtet waren, erwiderten nichts. Ludwig und Bernhard hielten, da sie Rasinski begleiteten, dicht hinter den Kommandeuren. Auch sie hatten den lauten Ausruf des Kaisers gehört. »Die Strahlen fallen uns blendend ins Auge«, sprach Bernhard leise zu Ludwig, »wir können den Feind nicht sehen, doch muß er uns desto deutlicher unterscheiden. Die Sonne ist uns also wenigstens jetzt noch nicht günstig.« Ludwig erwiderte nichts. Ringsum herrschte das tiefste Schweigen.

Jetzt sah man die Batterien, die in der Nacht ihre Stellung zu entfernt von der befestigten Linie der Russen genommen hatten, vorrücken, um näher gelegene Höhen zu besetzen. Der Feind benutzte diesen günstigen Augenblick nicht. Es schien, als wollte er in diesem Kampf, wo er sich stets nur verteidigt hatte, selbst auf dem erwählten Schlachtfeld nicht das erste Blut vergießen, sondern dem Angreifer auch jetzt noch Wahl und Muße lassen, von seinem Unternehmen abzustehen.

Da ertönt plötzlich von dem linken Flügel her der dumpfe Donner des Geschützes. Man sieht Rauch und Staub bei dem Dorf Borodino aufsteigen. Die heilige Stille ist gebrochen, der schwarze Wolkenschleier des Verhängnisses zerrissen, der Blitz flammt verheerend herab. Mit zermalmender Wucht entrollt das eherne Rad den Händen des Geschickes, zertrümmere, wen es mag, keine Gewalt greift jetzt mehr hemmend in seine Speichen.

Die Befehle des Kaisers fliegen durch das Feld. Im Augenblick donnert es von allen Höhen, die eben noch gleich schlummernden Ungeheuern in dumpfer Schreckensstille ruhten. Rauch und Flammen brechen aus ihren Gipfeln hervor, die Erde bebt, die Lüfte zittern in dem furchtbaren Getöse. Ein hereinbrechender Höllenstrom wälzt sich, eine breite, schwarze Flut des Dampfes, wirbelnd über das Feld, kaum das Blutauge der Sonne dringt durch die wogenden Finsternisse hindurch.

Mit bang gepreßter Brust betrachteten Bernhard und Ludwig diese Entwicklung des den Gewohntesten erschütternden Schauspiels, das für sie noch alle Schrecken der Neuheit und des Unbekannten mit sich führte. Doch fanden sie, wie jeder Bewußte und Gebildete, Fassung und Ruhe in dem Gefühl der Pflicht, der Männerwürde. Rasinski mochte ahnen, was in ihnen vorging. Er ritt zu ihnen heran und sprach: »Ihr habt euch mit mir eingeschifft, Freunde, jetzt stürmt und brandet die See. Ich wollte, ich wüßte eine sichere Insel, wo ich euch aussetzen könnte.« – »Es wäre nur ein Zufluchtsort der Schande«, entgegnete Ludwig fest, »wir wollen froh sein, daß unsere männliche Gesinnung eine ernste Probe zu bestehen hat. Sie darf es nun, und dieser Grimm ist nicht klein, um so leichter verschmähen, die Gefahr aufzusuchen, um sich vor sich selbst zu bewähren.«

Über die ganze Hügelebene verbreitete sich jetzt der Kampf. Unweit zur Rechten, vor der Stelle, wo Rasinski hielt, doch außerhalb der Schußweite, lagen drei feindliche Redouten, die den eisernen Tod aus unzähligen Schlünden auf die anrückenden Truppen entsendeten. »Marschall Davoust wird viele Leute verlieren«, sprach Rasinski, als die Kolonnen desselben sich in der Ebene ausbreiteten, um die furchtbaren Redouten zu stürmen.

Fest geschlossen, doch mit reißender Schnelligkeit drangen diese, durch die strenge Kriegszucht zu *einem* Körper, in dem nur *eine* Seele lebte, zusammengeschmiedeten Massen gegen den verschanzten Feind vor. Dreißig Geschütze begleiteten sie. Bald waren sie so in Staub und Dampf gehüllt, daß man nichts mehr von ihnen sah. Mit Adlerblicken überflog Rasinski das Schlachtfeld. Auf dem rechten Flügel hatte auch Fürst Poniatowski bereits den Angriff begonnen, er rückte vor aus dem Wald, der seine Stellung gedeckt hatte, und drängte, so schien es, den linken Flügel des Feindes mit entschiedenem Übergewicht, doch nur langsam zurück.

Aus dem feuerspeienden Vulkan, durch den Davoust und seine Scharen verschlungen zu sein schienen, sprengte jetzt ein Adjutant mit verhängtem Zügel heran. Er jagte gerade auf die Stelle zu, wo der Kaiser sich befand, der seinen Standpunkt um einige hundert Schritte weiter vorwärts genommen hatte, um einen deutlicheren Überblick des Gefechts zu haben. Man konnte nichts von der Meldung des Adjutanten vernehmen. Doch sah man ihn gleich darauf in Begleitung des Generals Rapp mit stürmender Eile wieder in das Schlachtgetümmel sprengen.

Um zu erfahren, wie der Kampf sich wende, ritt Rasinski an einen Transport verwundeter Offiziere heran, der soeben in der Nähe vorbeigebracht wurde. »Nun, Kameraden? Wie steht's? Ihr seid die ersten Opfer?« fragte er. – »Wir werden aber nicht die letzten sein«, antwortete ein Kapitän, der den Arm in der Binde trug, »die Batterien dort oben speien einen Hagel von Kartätschen aus. General Compans ist gefallen, der Marschall verwundet!« – »Marschall Davoust?« – »Freilich, wer sonst?« – »Das Gefecht ist also blutig?«

»Es wird leichter sein, die Übrigbleibenden zu zählen als die Toten!« – »Ich danke Ihnen, Kamerad, und wünsche Ihnen gute Besserung.« Mit diesen Worten ritt Rasinski zurück.

Die Schlacht hatte sich jetzt schon allgemeiner entsponnen. Eben rückte Marschall Ney mit seinen drei Divisionen vor. Ein verwundeter General wurde aus dem Getümmel gebracht. Es war Rapp, den, als er kaum in das Gefecht gekommen war, eine Kartätschenkugel vom Pferd schmetterte. Die *zweiundzwanzigste* Wunde erhielt dieser unerschrockene Krieger an diesem Tag. Langsam trug man ihn die Anhöhe hinauf, wo der Kaiser stand. Neys Divisionen entwickelten sich jetzt im freien Feld.

Unter dem verheerenden Feuer des Feindes drangen sie kampflustig zur Höhe. Es schien, als dürfte dadurch bald eine Entscheidung eintreten, der zufolge auch die Kavallerie in Tätigkeit kommen würde. Deshalb hielt sich Rasinski dicht am Regiment, um jeden Augenblick bereit zu sein.

Der König von Neapel sprengte heran. Seine Adjutanten flogen nach allen Seiten. Er nahm die leichte Kavallerie zusammen, um den Feind auf der Höhe anzugreifen. Rasinski erhielt Befehl, sich anzuschließen. Im langsamen Trab setzte sich die Masse in Bewegung, um für den entscheidenden Augenblick näher zur Hand zu sein. Jetzt wirbelten die Trommeln der Infanterie zum Sturmschritt. Mit Blitzesschnelle sah man diese die Höhen hinauffliegen. Der Donner der Kanonen verdoppelte sich. Die ganze Ebene war ein Meer von Rauch, Staub und Feuer. Man sah nicht, wer fiel, wer vordrang. Da verstummte plötzlich der Kanonendonner, ein lautes Jubelgeschrei teilte die Lüfte, die Redouten waren durch Neys und Davousts tapfere Scharen genommen.

Mit stürmender Gewalt rasselten jetzt die von dem ritterlichen König von Neapel geführten Reiterscharen durch das Schlachtfeld. Staub und Kies wurden hochgeschleudert, der Boden dröhnte unter dem stampfenden Hufschlag, die Pferde schnaubten. Das verworrene Getöse betäubte das Ohr. Bernhard warf einen Blick auf Ludwig, der ihm zur Seite ritt. Dieser erwiderte ihn. So verständigten sich die Freunde im ernsten Augenblick, denn das gegenseitige Wort war nicht mehr zu vernehmen.

In wenigen Minuten war die Höhe erreicht. Die russischen Truppen, aus den Batterien verjagt, waren größtenteils auf dem Feld zerstreut und wurden leicht von der Kavallerie noch ferner zurückgeworfen. Da aber vernahm man plötzlich den erneuten Donner des Geschützes, und im Augenblick darauf brach ein Strom von Kugeln und Kartätschen in die Reihen der Krieger ein. Zugleich sah man neue Korps in schwarzen Massen sich auf den Höhen des gerade davor gelegenen zerstörten Dorfes Semenowskoi entwickeln. Es war der Fürst Bagration, der auf Kutusows Befehl mit diesen frischen Scharen heranrückte, um dem zurückgeworfenen Korps zu Hilfe zu eilen. Rings auf allen Höhen war Artillerie aufgefahren, und fast von allen Seiten zugleich schleuderte sie ihre verwüstenden Geschosse auf die Andringenden. Rasinskis Regiment schien der Zielpunkt gewesen zu sein, den sich unverabredet alle Batterien zugleich genommen hatten, denn es schlug eine solche Masse Kugeln und Kartätschen von der Front und halb von der Seite her hinein, daß in wenigen Augenblicken die entsetzlichste Verheerung und Verwirrung angerichtet war. Weite Lücken hatte das mörderische Geschoß gerissen. Pferde und Menschen stürzten übereinander hin, lautes Wehgeschrei der Verwundeten, halb Zerschmetterten teilte die Lüfte und zerriß das Ohr. Es war, als sei man in den Wirbel einer tobenden Windsbraut geraten, so raste der Tod in den Reihen. Rasinski hielt den Säbel hoch empor und rief mit der

Macht seiner Löwenstimme den Seinigen ein »Vorwärts!« zu. Durch die Unerschrockenheit des Führers ermutigt, drangen die schon stutzenden Reihen mit einem neuen, gewaltigen Anlauf vor. Doch in diesem Augenblick prasselte ihnen ein Kartätschenhagel entgegen, dessen Dichtigkeit fast die Luft verdüsterte. Ludwigs Pferd wurde getroffen, es bäumte sich hoch auf, tat einen Bogensatz und schleuderte den Reiter weit von sich. Bernhard sah es, ein entsetzlicher Schmerz riß ihm in die Brust, doch es war an keine Hilfeleistung zu denken, denn der nachdrängende Strom trieb ihn mit unwiderstehlicher Macht vorwärts über die Gefallenen dahin. Aber schon hatte die versprengte russische Infanterie sich wieder gesammelt und rückte in geschlossenen Gliedern heran. Von allen Seiten stürmte der Tod in die Reihen, bald zerrissen alle Bande des Gesetzes, der Ordnung. Die Führer verschwanden in Staub und Rauch oder weil sie selbst gestürzt waren. Kein Befehl wurde mehr gehört, der Schrecken gewann die Oberhand. Zwei Eskadrons Dragoner, die weiter vorgedrungen waren, warfen sich, einem furchtbaren Kartätschenfeuer weichend, in der Flucht auf Rasinskis noch standhaltende Leute. Durch diesen Stoß wurden auch sie teils in den zurückflutenden Strom mit hineingerissen, teils einzeln flüchtig auseinandergesprengt. In wenigen Minuten war die ganze Linie der Kavallerie aufgelöst und auf der Flucht.

Bernhard war durch einige wilde Sprünge seines verwundeten Pferdes aus den Reihen gerissen worden. Betäubt durch das entsetzliche Getümmel, in dem sein ungewohnter Blick kaum noch etwas unterschied, spähte er nur nach Rasinski, um dessen Los zu dem seinigen zu machen. Indem erblickte er heransprengende Kosaken, die ihn fast schon umringt hatten. Schnell will er sein Roß wenden, da sieht er den König von Neapel in Gefahr, umringt zu werden. Er sprengt ihm zu Hilfe. Mit ihm zugleich dringen auch schon die Seinigen von allen Seiten heran, um den Feldherrn zu retten. Es gelingt! Murat schwingt seinen wehenden Reiherbusch als Signal der Versammlung. Sein Pferd wird durch eine Kugel zu Boden gestreckt. Er selbst aber ist unverletzt. Entschlossen, rühmlich zu fallen oder zu siegen, wirft er sich in die Redoute. Die wenigen, die noch um ihn versammelt sind, folgen ihm. Auch Bernhard, dem nach Ludwigs Fall nur noch der Tod willkommen ist, schwingt sich von seinem durch die Wunde unbrauchbaren Pferd, um das Los dieser Tapferen zu teilen. Jetzt brausen zwei feindliche, dicht geschlossene Kürassierregimenter gleich einer ehernen Meeresbrandung über das Blachfeld gegen die Schanze heran. Schon glaubten die Bedrängten sich verloren, da erscheint der Marschall Ney an der Spitze der wieder gesammelten Infanterie zum zweiten Mal auf dem Rand der Anhöhe. Die seitwärts auffahrende Artillerie öffnet mit ihren Feuerschlünden eine Bahn in der wandelnden Mauer der festgeschlossen anrückenden russischen Kürassiere. Die Infanterie gibt eine Salve und dringt im stürmenden Anlauf mit gefälltem Bajonett nach. Der Feind stutzt, wankt, seine Reihen sind gebrochen, durch furchtbares Feuer schwerer Artillerie gelichtet. Einzelne weichen der Übermacht des Schreckens, der Strom reißt auch die Kühneren mit fort, und bald bedeckt sich das ganze Feld mit Flüchtigen. Jubelnd dringen die Sieger von allen Seiten nach. Jetzt erst, da sie den Sieg, die Ehre, den Feldherrn gerettet sehen, halten sie, atemlos, erschöpft von der ungeheueren Arbeit, ein, um Kräfte zu neuen Taten zu sammeln.

Bernhard benutzte den ersten Moment, wo es möglich war, nach den Verwundeten auf der Anhöhe zu sehen, um Ludwig aufzusuchen. Man war schon damit beschäftigt, einige Generale und höhere Offiziere zurückzubringen, die auf dem blutig gedüngten Feld gefallen waren. Um die Masse der übrigen konnte sich noch niemand kümmern. Obgleich die äußerste Gefahr damit verknüpft war, wagte sich Bernhard doch auf das freigebliebene Terrain zwischen beiden Heeren hinein, wo die Leichen des Regiments liegen mußten. Ein entsetzlicher Anblick bot sich ihm dar, als er über das Feld der Verwüstung schritt. Nicht die Toten erfüllten ihn mit Grausen, die hilflos Verwundeten waren es, die jammernd um Rettung flehten, deren Elend er nicht zu mildern vermochte. Schaudernd, mit weggewendetem Gesicht floh er an ihnen vorüber. Sie streckten ihm die verstümmelten blutenden Arme nach, sie riefen nach ihm mit herzzerschneidendem Laut. Unmöglich! Er mußte fort. Dieser entsetzliche Anblick mahnte ihn doppelt daran, daß der, der ihm der Teuerste auf Erden war, sich in gleicher hilfloser Lage des Jammers befinde. Leichen von Menschen und Pferden hemmten jeden seiner Schritte. Ein Unglücklicher, der in krampfhaften Zuckungen sich auf dem Boden wälzte, packte den Vorüberschreitenden und schlang die Arme wie eine gewaltige Fessel um seine Füße. »Helft mir! Rettet mich, daß ich nicht hier verschmachte!« rief er stöhnend. Es war ein *Deutscher!* Bernhard vernahm vaterländische Laute! Sollte er den Landsmann, den Kameraden, der ihn flehend umschlang, der mit fürchterlich zerrissenem Leib, aus dem die Eingeweide drangen, vor ihm winselte, zurückstoßen? Sollte er mit einem Fußtritt den Überrest des heiligen Lebens zermalmen? Und anders konnte er sich nicht aus den krampfhaft verschlungenen Armen befreien. Da rief er aus: »Ludwig, dir muß Gott helfen! Ich darf es nicht!« Und mit stürzenden Tränen beugte er sich nieder zu dem Unglücklichen, um ihn auf seine Schultern zu nehmen und an den Ort der Rettung zu tragen. Doch schon löste sich der feste Knoten, mit dem der Verwundete ihn gefesselt hielt. Kraftlos fielen ihm die Arme zurück, das mit brechenden Augen hochgehobene Antlitz sank auf den Boden nieder, der gewaltsam verzerrende Todeskrampf war vorüber, das Leben entflohen. Ein kalter Schauer rieselte über Bernhards Nacken, er trat bebend zurück und drückte beide Hände vor die Augen. Da ruft ihn plötzlich von weitem eine Stimme an, sie trifft wie ein Laut des Himmels sein Ohr. Er blickt auf, es ist Ludwig zu Pferd, der heransprengt, um den Freund, den er verloren glaubte, aufzusuchen. Mit beflügeltem Lauf eilt er ihm entgegen, sie umschließen sich in heißer Umarmung, Tränen der Freude entströmen ihren Augen! Doch gilt es kein Säumen. Der brausende Strom der Schlacht duldete nicht, daß man auf seinen Wogen müßig treibe und weile, er reißt alles mit sich fort. »Schwing dich auf!« ruft ihm Ludwig zu, »daß wir schnell die unserigen erreichen.« Im Augenblick sitzt Bernhard zu Pferd hinter Ludwig, und dieser jagt mit der teueren Beute zurück, wo Rasinski schon die Seinigen aufs neue sammelt und ordnet.

Mit Jubel eilten Jaromir und Boleslaw den Kommenden entgegen. »Ihr lebt? Ihr seid unversehrt?« tönt die gegenseitige Begrüßung. Auch Rasinski sprengt voller Freude heran und empfängt die Geretteten, die man schon verloren glaubte. »Ein Pferd hierher!« ruft er, und schnell ist eines von denen, die, ohne Reiter, aus natürlichem Instinkt mitten aus dem Schlachtgetümmel ihre alten Reihen wieder gesucht haben, für Bernhard in Bereitschaft.

Einige Augenblicke der Ruhe sind den Erschöpften gestattet. Bernhard erzählt, wie es ihm ergangen war, Ludwig, daß er, als sein Pferd gestürzt war, sich, obwohl von dem Schlag etwas betäubt, doch wohlbehalten wieder unter dem Roß hervorgewunden, schnell ein lediges Pferd aufgefangen und sich dann dem Regiment wieder angeschlossen habe, bis die plötzlich rückwärts flutenden Wogen auch ihn mit fortrissen. Als die Freunde sich sammeln, wiederfinden, fehlt Bernhard. Ohne ihn kein Leben! Mit verhängtem Zügel sprengt er auf das Schlachtfeld zurück, doch noch ehe er die Stelle erreicht hat, wo die gefallenen Kameraden liegen müssen, sieht er Bernhard von weitem, erkennt ihn an der Uniform, ruft ihm zu und rettet den, der ihn retten wollte.

So mit neuen Banden der Liebe aneinandergeflochten, wächst ihre Freundschaft mit den größeren Schicksalsschlägen mächtig empor und läutert sich wie edles Gold in der Flamme der Prüfung. Doch aufs neue reißt der Wirbel der Schlacht sie fort. Auf das Geheiß des Königs von Neapel sammeln sich die Kavallerieregimenter wieder, um den durch gewaltiges Artilleriefeuer erschütterten Feind vollends in die Flucht zu werfen. Rasinski stößt zu den tapferen Brigaden, die Bruyères und Nansouty befehligten. Diese Massen brechen in den Feind ein und werfen ihn auf sein Zentrum zurück, doch zahllose Tote, die Opfer des Sieges, bedecken das Schlachtfeld.

Der Saum der Höhen hinter dem Dorf Semenowskoi ist noch immer mit furchtbaren Batterien bedeckt, die unaufhörlich ihren schwarzen Hagelschauer von Kartätschen in die Ebene hinabsenden. Der Sieg schwankt hin und her wie die Woge des gehobenen Meeres. Mit Leichen erkauft man jeden Schritt vorwärts, mit Leichen zeichnet sich die Bahn des Rückzugs. Endlich stürmt die Infanterie mit dem Aufwand der letzten Kräfte die steilen Höhen hinan, das Feuer des Feindes schweigt, es tritt ein neuer Augenblick der Ruhe ein.

Rasinski hielt mit seinem Regiment in der Vertiefung einer Schlucht, wo er, während die Infanterie das Gefecht auf ein der Kavallerie ungünstiges Terrain versetzt hatte, vor den Kugeln des Feindes gedeckt war. Ernst ritt er an den gelichteten Reihen hinunter und überschlug die Zahl derer, die er vermißte. Eine düstere Wolke trübte seine Stirn, als er nicht völlig mehr die Hälfte der Seinigen unversehrt von dem Geschoß des Todes sah. Ein volles Drittel war unter den Toten, die übrigen verwundet. Und doch stand die Sonne erst im Zenit, und vielleicht war die blutigste Arbeit noch zu tun. Ein pfeilschnell heransprengender Adjutant Murats brachte ihm den Befehl, sich gegen den linken Flügel der Armee zu ziehen und mit seinem Regiment die in Massen vorrückende Artillerie zu decken. Zugleich ritt der Offizier mit ihm auf die nächste Höhe und bezeichnete ihm den Punkt genauer, wohin ihn der Befehl sandte. Die Schlacht war nun schon bedeutend weiter gegen die Stellung des Feindes vorgerückt. Dieser zog seine Reserven heran, um mit ausdauernder Tapferkeit einen zweiten Akt des furchtbaren Schauspiels zu beginnen. Zur Vereitelung seiner Absichten ließ der Kaiser jetzt die ganze ungeheure Linie seiner Artillerie sich vorbewegen, um mit dieser furchtbaren Waffe schon von fernher die vordringenden Kolonnen zu erschüttern. Rasinski folgte drei schweren Batterien, die einen etwas vorgeschobenen Punkt einnahmen, wo sie leicht durch feindliche leichte Kavallerie überrascht werden konnten. Er war bestimmt, sie für diesen Fall zu decken.

Das Schlachtgetöse, das man bisher vernommen hatte, glich nur einem fern heranziehenden Gewitter gegen die krachenden Donnerschläge, die jetzt aus dieser ehernen Wetterwolke hervorbrachen. Auf den jenseitigen Höhen waren die Russen in langen Kolonnen aufgestellt. Die Kugeln schlugen mit fürchterlicher Sicherheit in die schwarzen Massen ein. Man sah, wie der Feind in ganzen Reihen stürzte, doch ordnete er sich mit kaltblütiger Ausdauer immer von neuem. »Sie leisten einen zähen Widerstand«, sprach Rasinski, der von der Stelle, wo er hielt, das ganze Schlachtfeld übersah. »Aber sie opfern sich vergeblich. Nicht dort sollten sie sich sammeln, sondern entweder weiter zurück, oder sie müßten rasch vorgehen. Diesen Fehler werden sie teuer bezahlen müssen.«

Da für den Augenblick der Anteil des Regiments am Kampf nur der eines Zuschauers war, gesellten sich Bernhard und Ludwig und die anderen Freunde zu ihrem Führer. »Sieh, sieh«, rief Jaromir, »wie immer der blaue Himmel hinter der schwarzen Mauer sichtbar wird, wenn die Kugeln eine Bresche legen. Sie sind wahrhaft unsinnig, ihre besten Leute so zu opfern!« – »Aber wir versäumen auch die Zeit, fürchte ich«, entgegnete Rasinski. »Wenn jetzt die Garden vorgingen und die Vorteile, die wir mit dem Blut unserer Kameraden erkauft haben, wahrnähmen, so müßten wir das ganze Heer der Russen gegen seinen rechten Flügel werfen und zwischen die Moskwa und die Kalotscha einkeilen können. Ich sehe gar nicht, wie sie entrinnen wollten.« – »Der König von Neapel, davon war ich Zeuge oben in der Redoute«, entgegnete Bernhard, »hat schon zuvor zum Kaiser gesandt und um das Vorrücken der Garden gebeten.« – »Auch Marschall Ney«, sprach Boleslaw. – »Und er verweigerte sie?« fragte Rasinski. – »Mutmaßlich.« – »Unbegreiflich! Unbegreiflich! Er ist zu weit vom Schlachtfeld entfernt. Er sollte hier stehen, wo wir halten, so würde er den Angriff im Sturmschritt befehlen.«

»Ich kann mir nicht denken«, sprach Ludwig, »daß ein solcher Feldherr wie der Kaiser nicht wichtigere Gründe haben müßte, dieser Forderung nicht zu genügen, als die ihm angeben, die die Bitte an ihn stellen.« – »Was er einwenden mag, glaube ich zu sehen«, antwortete Rasinski, »freilich ist man auf den beiden Flügeln noch nicht so weit wie im Zentrum. Doch sieht man, daß auch Fürst Poniatowski vordringt, und der Vizekönig von Italien hat wenigstens noch nicht unglücklich gefochten. Aber ist das nicht Regnard, der dort herankommt?«

Er war es in der Tat. Mit verbundenem Kopf und Arm ritt er langsam, von zweien seiner Leute begleitet, aus dem Gefecht zurück. Rasinski sprengte zu ihm heran. »Nun, wie steht's, Freund?« rief er ihm zu. – »Wie es steht? Mit mir verteufelt schlecht, wie Ihr seht. Doch habe ich meinen Sicherheitspaß, daß ich in dieser Schlacht nicht das Leben lasse. Ich bin unbedeutend verwundet, aber die Höllenarbeit und der Blutverlust haben mich so matt gemacht, daß ich mich nicht mehr zu Pferd halten kann. Und das Unglück, der Verdruß, diese Arglist des Teufels möchten mich rasend machen!« – »Was denn?« fragte Rasinski erstaunt. – »Ihr fragt noch? Seht Ihr denn nicht, wie die Schlacht steht? Bersten möchte ich vor Grimm, daß der Kaiser nicht mehr der Kaiser oder vielmehr, daß er nur der Kaiser und nicht mehr der Feldherr ist. Er soll krank sein, das Fieber schüttelt ihn, kein Mensch kann ihn begreifen. Der Sieg liegt vor ihm, der sonst in eine Charybdis stürzte, um ihn beim Schopf zu fassen, trägt jetzt Bedenken, nur den Arm danach auszustrecken. Murat, Davoust und Ney haben ihn beschworen, ihnen die Garden zur Verstärkung zu schicken. Er hat es abgeschlagen. Nur auf der Höhe sollten sie sich zeigen, daß der Feind vor unserer Reserve besorgt sein müsse. Es ist, als ob ein Dämon der Hölle seine Gestalt angenommen hätte, um uns zu verderben!«

»Wir werden dennoch siegen!«

»Freilich! Aber ist es anders möglich mit solchen Truppen? Gehen sie nicht auf den Feind wie Wölfe in die Herde? Meine Leute haben sich beim Angriff auf die Schanze in den Tod gestürzt, als gälte es einen Wettlauf nach den Preisen auf den Cocagnemast in den Elysäischen Feldern. Mich wundert nur, daß sie nicht die Kugeln mit dem Bajonett aus den

Kanonen herauszuspießen versuchen, während der Artillerist die Lunte aufs Zündloch hält. Beim Teufel, ich weiß, was fechten heißt, aber so wie heute habe ich die Franzosen noch nicht gekannt.«

»Der Feind tut auch das Seinige!«

»Freilich! Er wehrt sich wie ein angeschossener Eber. Doch gerade an solchem eisenstarren Gegner wird der Soldat zum Löwen. Lebt wohl, Freund! Ich muß mich ordentlich verbinden lassen, denn ich kann mich kaum noch im Sattel halten.« Er reichte ihm die Hand hinüber und ritt weiter.

Indessen hatte sich die Schlacht auf eine entsetzliche Weise erneuert. Jetzt war es der heldenmütige Eugen, der die gewaltige Arbeit vor sich hatte. Auf einer Anhöhe inmitten zwischen Borodino und Semenowskoi hatte der Feind seine Stellung durch eine furchtbare Redoute gedeckt, aus der vierundzwanzig Feuerschlünde unaufhörlich ihre Eisenmassen in die vordringenden Regimenter schleuderten. »Dort ist der Sieg!« rief Rasinski aus, als er den Punkt ins Auge faßte, gegen den jetzt beide Mächte alle ihre Massen heranführten. »Diese Redoute ist das Palladium des Russischen Reichs«, rief er nochmals mit funkelndem Blick. »Aber es muß das unsere werden. Jetzt wird der Kaiser zeigen, daß er noch der Feldherr von Marengo und Austerlitz ist.«

Er hatte kaum diese Worte gesprochen, als er schon Befehl erhielt, wieder mit seinem Regiment zu der Masse der Kavallerie zu stoßen, die sich dem zum dritten Mal neu hergestellten linken Zentrum des Feindes entgegenwerfen sollte. In einer Talsenke, wo ein kleiner Bach floß, wurden die Truppen unter dem Schutz des Terrains gesammelt. Zugleich sah man ungeheure Kolonnen Infanterie sich bilden, die zum Sturm gegen die Redoute herangeführt werden sollten. »Ich glaube, es ist leichter, den Sitz des Donnergottes zu stürmen als diese Höllenwerkstatt der Zyklopen«, sprach Bernhard zu Ludwig und deutete hinüber. Doch schon rückten die Kolonnen in raschem Schritt mit gefälltem Gewehr heran. Da erscholl ein furchtbarer Donner. Es war eine Lage aus allen Geschützen der Redoute zugleich. Ein Hagel von Kartätschen prasselte den Truppen entgegen, als sollten sie mit *einem* schmetternden Schlag vernichtet werden. Der hoch aufgewirbelte Staub ließ nicht unterscheiden, was fiel und stand. Doch bald sah man die Adler wieder strahlend leuchten, und in neu geschlossenen Gliedern rückten die Stürmenden heran. Das eiserne Ungeheuer auf dem Hügel schien verstummt zu sein. Doch hatte es nur gelauert, um den Raub desto sicherer zu haben, denn als jetzt die Kolonnen wieder zu einer dichteren Masse geschlossen waren, reckte es die blitzenden Zungen aus allen seinen vierundzwanzig Höllenrachen zugleich hervor, und das Erde und Himmel erschütternde Gebrüll krachte durch die Lüfte. Wie wenn der Sturmwind über ein Kornfeld rast und die Halme in breiter Fläche zu Boden drückt, so mähte jetzt die Sichel des

Todes über die Stürmenden hin. Es schien, als sei die Hälfte mit einem Streich vernichtet. Der eiserne Strom, der über sie hinbrauste, gönnte ihnen kaum einen freien Atemzug. Mit unersättlichem Grimm sandte die Furie des Verderbens, in den düsteren Mantel der dampfenden Gewölke gehüllt, ihre Blitze nieder und betäubte das Ohr mit schmetterndem Getöse. Das Entsetzen gewann die Übermacht, die Reihen wankten, wichen, zersprengten sich in eiliger Flucht. Neue Heere wurden herangeführt und ersetzten die Zerschmetterten und Geflüchteten, aber ebenso unerschöpft ergoß sich die alles niederreißende Flut der Kartätschen über das Feld. Leichen stürzten über Leichen, als wolle man einen Wall von Gefallenen um diesen den Tod ausspeienden Krater türmen.

An beiden Seiten der Redoute, die wie ein uneinnehmbares Gibraltar allen Anstrengungen des verwegensten Mutes trotzte, lehnten sich die Flügel des russischen Heeres. Auch sie sandten den Tod in die Reihen der Angreifenden. Murat sendet zwei Kavallerieregimenter gegen diese Kolonnen, um den Versuch zu machen, sie zu werfen und dann die Redoute in der Kehle anzugreifen und sie so zu nehmen. Doch kaum gelangen sie in den Bereich des feindlichen Feuers, so bricht der Tod verheerend in ihre Reihen ein. Eine Kugel reißt ihren Führer, den tapferen Montbrun, nieder. Da sie ihn fallen sehen, stutzen sie, beginnen zu weichen. Doch schnell sprengt der General Caulaincourt heran, um Montbruns Stelle zu ersetzen. »Freunde«, ruft er, »nicht beweinen, rächen wollen wir den Gefallenen!«

Auf Befehl des Königs von Neapel setzt sich nunmehr die ganze versammelte Masse der Kavallerie in Bewegung. *Zwei sächsische Kürassierregimenter* bilden den linken Flügel, ein polnisches schließt sich ihnen an. Dann folgt Rasinski mit seinen Scharen, dann die übrige leichte Kavallerie. Langsam rücken sie vor, bis sie in gleicher Höhe sind. Jetzt tönt das Kommandowort, die Trompete schmettert, die eiserne Brandung wogt pfeilschnell über das Feld. Der Donner der Kanonen wird übertönt von dem tobenden Stampfen und Brausen der Pferde, dem furchtbaren Schlachtruf der Krieger. Eine Staubwolke hüllt sie in Nacht, nur die Blitze der feindlichen Geschütze zeigen ihnen den Weg. Mann an Mann geschlossen rasseln sie dahin. Dieser ungeheuren Gewalt vermag nichts zu widerstehen. Jetzt fällt der Wurf, auf dem zwei Kaiserkronen stehen. Er entscheidet die Schlacht, die Herrschaft der Welt. Furchtbar brechen die anstürmenden Reiterscharen in die Linien des Feindes ein und werfen ihn mit siegender Gewalt zurück in die Ebene. Dieser Anblick entflammt den Mut der schon verzagenden Infanterie, die gegen die Schanze hingeführt wird, aufs neue. Wie? Jenen sollte der Ruhm des Sieges allein bleiben? Und bräche der glühende Phlegethon dort aus den donnernden Schlünden hervor, kein Tapferer zagt, ihm die Männerbrust entgegenzuwerfen. Mit Wutgeschrei drängen die Verwegenen vor. Die Eisenmassen stürzen in ihre Reihen und reißen Tausende hinweg. Vorwärts über die Leichen der Brüder! Die Adler fallen. Vorwärts! Die Führer sinken getroffen. Vorwärts, daß sie auf dem Feld des Sieges ihre Heldenseelen aushauchen! Und sie stürmen hinein mitten in die düstere, donnernde Wolke des Todes! Die Erde ist ein stürmendes Meer, ringsumher brüllt die See, der Abgrund des Verderbens gähnt tief auf. Noch einmal krachen die ehernen Höllenpforten und schleudern Flammen und Erz gegen die Anstürmenden. Ihre Reihen liegen gefällt! Doch »Sieg!« rufen die Unversehrten und dringen vor.

Da wird es plötzlich still, der Donner verstummt. Der schwarze Vorhang des Rauches zerreißt, und ein strahlender Glanz dringt den Tapferen blendend ins Auge. Wie? Ist das die Göttin des Sieges? Türmt sich uns eine neue eherne Mauer entgegen? Nein, wir vernehmen Freundesruf, Siegesjubel! Es sind die kühnen *deutschen* Scharen hoch zu Roß, welche die Schanze genommen, den Sieg errungen haben, und stolz spiegelt sich die Sonne dieses Tages in dem Strahl ihrer funkelnden Harnische, die ein Herz von noch undurchdringlicherem Metall bedecken.

Fünftes Kapitel

Die feindlichen Geschütze sind erbeutet, der Gegner geworfen, doch bald nehmen ihn geordnete Scharen auf, und er scheint den Kampf nochmals erneuern zu wollen. Allein er erkennt, daß er weichen muß, aber er will nicht fliehen. Das grimmige Antlitz gegen die Schlacht gewendet, zieht er sich langsam zurück in neue, sichere Stellungen. Seine Hügel, seine Flüsse werden zu mächtigen Verteidigern des Vaterlandes. Kein Regenbach, der nicht die steil ausgespülten Ufer den heimatlichen Söhnen zur Brustwehr darbietet, um sie gegen den nachdringenden Feind zu schirmen, kein Hügel, der sich nicht zur Feste gestaltet, um dem Verfolger aufs neue einen Damm entgegenzustellen, an dem er seine erschöpfte Kraft vollends zerschellen mag. So wurde es denn nicht die Aufgabe der leichten Reiterei, in die flüchtenden Scharen vollends Verwirrung und Verderben zu tragen. Es folgte nach dem ernsten Spiel der Schlacht nicht das leichtere, dem Feind reiche Beute abzunehmen oder Scharen von Gefangenen im Triumph einzuführen. Nur die ehernen Geschosse der Artillerie hefteten sich grimmig an die Fersen der langsam Weichenden und sandten ihnen den Tod nach, bis die heilige Stille der Nacht den Jammer und das Entsetzen dieses Tages schauerlich in ihren dunklen Mantel verhüllte.

Um die nachrückenden Batterien gegen die feindliche Kavallerie zu decken, war Rasinski mit seinem Regiment bis zum Abend fortwährend im Gefecht gewesen. Jetzt, da die Nacht sich herabsenkte und auch dieser letzte Kampf ein Ende hatte, ritt er mit den Seinigen langsam über das Schlachtfeld zurück, um die Biwakstätte aufzusuchen. Die tiefe Dämmerung ließ nichts mehr deutlich unterscheiden. Der Himmel war mit dichten Wolken bezogen, ein kalter, feiner Regen, vom rauhen Herbstwind gejagt, schlug den ermüdeten Kriegern ins Gesicht. Nach dem furchtbaren Getöse des Tages war eine tiefe, schauerliche Stille eingetreten. Nur in den bewegten Kronen der Wälder tönte ein hohles Sausen und Rauschen, und flatternde Raben, die schon ihre Beute witterten, krächzten über den Häuptern der Reiter. Wie die Natur ringsumher, so sah es in jeder Brust aus. Ein tiefes, düsteres Schweigen hielt die Lippe gefesselt. »Ist dies das Gefühl eines Sieges?« dachte Ludwig und bebte innerlich zusammen. Sein Los erschien ihm in diesem Augenblick wie ein schwerer düsterer Traum, aus dem er erwachen müsse. Staunend und bebend warf er einen Blick rückwärts auf die Bahn seines Lebens, die so plötzlich aus sanfter Ebene die steilsten Höhen hinangeklimmt war und an den dunkelsten Tiefen dahinlief. Vor wenigen Monaten, als der Frühling eben die Knospen der Bäume auf den italienischen Fluren öffnete, wehte noch sanfte Ruhe, stille Heiterkeit in seiner Brust. Er sah das Leben ernst an, manche trübe Wolke zog an seinem Himmel vorüber, doch fühlte er sich in den nächsten beschränkten Verhältnissen glücklich und befriedigt. Damals hatte er schöne Luftschlösser, von einer friedlichen, vom Geräusch der Welt abgesonderten Zukunft. Er dacht an Marie, an die Mutter, an ihre traute Häuslichkeit, an den Ernst der Wissenschaft und des Geschäfts, das seiner harrte. Er fühlte sich glücklich als Sohn und Bruder. Selbst die wunderbaren Regungen seiner Brust, die die holde süßlockende Gestalt, der er am Fuß des St. Bernhard begegnet war, erweckt hatte, führten nur ein Lächeln wehmütiger Sehnsucht auf seine Lippen. Was er stets als einen Traum, als eine flüchtig zerrinnende Erscheinung betrachtet hatte, das konnte keine tiefen Wurzeln des Grams in seine Seele treiben.

Er kannte nur den Kummer um das Los seines Vaterlandes, der freilich dunkle Schatten auf den Hintergrund seiner sonnigen Lebensflur warf, und jenen Schmerz, man möchte ihn oft auch ein Glück nennen, den das unbefriedigte, unbestimmte Drängen und Treiben erzeugt, das in jeder jugendlichen Brust stürmt. Mit diesen Gefühlen stieg er den Hügel vor Duomo d'Ossola hinauf. Da erblickte er das geheimnisvolle Zeichen des grünen Schleiers – und von jenem Augenblick an wurde die leise bewegte Flut seines Lebens in stürmischen Wellen gehoben, und die Woge verschlug ihn wild in die weiteste Ferne und Öde. Wenn er sich jetzt in der Tiefe des Russischen Reichs, auf einem mit Leichen bedeckten, blutgedüngten Schlachtfeld erblickte, wenn er dachte, daß die Mutter fern von ihm in der stillen Gruft schlummerte, die Schwester einsam und verlassen stehe, das Bild der Geliebten in das Meer einer ewigen Nacht versunken war, dann gab es Augenblicke, wo er mit krampfhaftem Schmerz ausrufen wollte: Erweckt mich, erweckt mich aus diesem fürchterlichen Traum! Da fühlte er, daß Bernhard, der still an seiner Seite ritt und den wie das Grab schweigenden Freund mitleidig betrachtete, seine lässig herabhängende Rechte mit warmer Liebe ergriff und drückte, und die verwirrenden, betäubenden Bilder des Schmerzes verließen sein Haupt, und eine sanfte Rührung senkte sich in seine Brust, wie wenn giftige Nebel bei dem Strahl einer milden Sonne als Tränentropfen des Taues niedersinken.

»Du bist so ernst und verschlossen, Ludwig«, redete der Freund ihn an, »du solltest das Auge heiter zum Himmel aufschlagen, da wir uns nach diesem blutigen Tag noch lebend beieinander finden. Es darf uns ein Unterpfand sein, daß unser seltsames Geschick zu einem glücklichen, entscheidenden Ausgang führen wird. Ich bin nicht sonderlich fromm, wie man es gemeinhin zu verstehen pflegt, aber nach einem solchen Tag, wo die Donner Gottes ringsumher rollten und seine Blitze einschlugen, sehe ich doch etwas bewegter als gewöhnlich zu den kleinen Sternen da oben hinauf, obgleich sie nur verstohlen durch die treibenden Herbstwolken blitzen.«

»O Bernhard«, erwiderte Ludwig, »wie hast du recht! Wenn ich dich neben mir sehe, lebend, frisch wie an diesem Morgen, dann wendet sich meine Seele wahrlich dankbar zu dem ewigen Vater. Doch ich fühle auch zugleich, wie namenlos tief der Abgrund der Schmerzen sein kann. Freund, ich fühle, was ich verlor, und bebe vor dem, was ich noch verlieren kann! Wenn nun der mörderische Tod, der nur so wenige von unseren Getreuen verschonte, auch die hinweggerafft hätte! Oh, dann wäre mir besser, ich läge auch auf diesem dunklen Feld!« – »Und Marie?« fiel Bernhard ein. – »Ihr müdes Haupt würde sich bald zu mir senken.«

»Wohl zu *dir*«, betonte Bernhard mit einer schmerzlichen Heftigkeit, die der Freund, durch die eigenen Bekümmernisse zu mächtig ergriffen, nicht bemerkte. Mir freilich, wollte er bitter hinzusetzen, würde kein Gedanke, kein Wunsch nachfolgen, wenn ich als eine gute Mahlzeit der Raben, die hier über uns schwirren und krächzen, auf diesem wüsten Schlachtfeld vermoderte. Doch er bannte, gewohnt, sich streng zu beherrschen, die Gedanken von seinen Lippen in die Brust zurück und sagte mit fast gleichgültigem Ton: »Sprich nicht so frevelhaft, Ludwig. Freilich soll sie ihr Haupt bald zu dir neigen, aber eine von Freude gerötete, von süßen Tränen benetzte, liebliche Wange gegen deine warme, lebensvolle Brust.« – »Hoffst du das?« – »Gewiß, und gerade heute nach der Schlacht am meisten. Denn der Sieg ist auch der Friede, der Friede die Heimkehr, diese die Versöhnung mit allen noch grollenden Schicksalsmächten, wenn ich den französischen Schuften nicht zu viel Ehre antue, ihre hämischen Kreuzspinnengewebe mit dem Gespinst der Parzen zu vergleichen.«

Hier wurde ihr Gespräch dadurch unterbrochen, daß Bernhards Pferd stolperte und auf die Knie niederfiel, so daß er fast über den Kopf desselben hinabgestürzt wäre. »Was ist das?« rief er, es hochreißend. »Der Teufel, ich glaube, es war ein Leichnam, über den ich gestürzt bin.« Bernhard hatte recht, denn eben waren die Zurückbleibenden auf den Teil des Schlachtfeldes gekommen, wo das russische Geschütz mächtig gewütet hatte. Bisher hatten sie nur die Stellen durchritten, wo die französische Artillerie den Feind Schritt vor Schritt verfolgte und ihm schwere Verluste beibrachte, während man selbst nur einzelne Opfer zu beklagen hatte. »Wir sind jetzt auf der Höhe hinter Semenowskoi«, sprach Rasinski, »hier müssen schon viele Tote liegen, gewiß auch noch viele Schwerverwundete. Reitet daher vorsichtig, damit wir die Qual der Hilflosen nicht vermehren.«

Der menschliche Befehl war vergeblich. Denn bald wurde die Zahl der Leichname von Menschen und Pferden, die den Boden deckten, so groß, daß man fast auf jedem Schritt daran stieß. »Wir wollen links hinab in die Schlucht hineinreiten«, befahl Rasinski. »Dort hat der Tod nicht so wüten können. Wir erreichen unser Ziel zwar auf einem Umweg, aber doch noch schneller als hier, wo wir auf jedem Schritt gehemmt sind.

Solange sie noch auf der Höhe hinritten, blieb der Boden mit Leichnamen bedeckt. »Es ist mir lieb, daß die Nacht den Anblick des Grauens verhüllt«, sprach Ludwig, »obwohl die Phantasie mächtiger ist als die Wirklichkeit, so werden ihre Bilder doch nicht so gräßlich sein als die, die der Tag hier enthüllen wird.«

Stumm ritt die kleine Schar durch das Leichenfeld hin. Oft glaubte man ein Ächzen, ein schweres Stöhnen zu vernehmen, doch der in den Bäumen des nahen Waldes rauschende Wind, das dumpfe Geräusch des Hufschlags, das Rasseln der Säbel, das Schnauben der schwer atmenden Pferde übertönte diese einzelnen Laute des Jammers schnell wieder. Dennoch schnitten sie tief ins Herz. Jeder atmete freier auf, als man die Schlucht erreichte, wo der Tod seine Opfer nicht so bloßgestellt gefunden hatte. Dem Lauf der Regenbäche folgend, die sich hier ihr tiefes Bett gewühlt hatten, kam man an dem Fuß des Hügels vorbei, auf dem die drei Redouten lagen, wo Rasinski mit seinem Regiment zuerst in den Kampf verwickelt worden war. »Halt, Front!« kommandierte er. Das Regiment, wenn man die wenigen Leute, die noch übrig waren, so nennen darf, stand jetzt mit der Front gegen die Anhöhe, wo es seine Tapfersten gelassen hatte. »Dort oben«, sprach Rasinski mit bewegter, aber männlich kräftiger Stimme zu den Kriegern, »dort auf dem Hügel liegen unsere getreuen, tapferen Kameraden. Laßt uns ein stilles Gebet für sie sprechen.« Mit diesen Worten nahm er seine polnische Tschapka mit dem hohen wehenden Busch ab und neigte das entblößte Haupt. Alle Krieger folgten ernst seinem Beispiel. Einige Minuten herrschte eine tiefe, heilige Stille.

Dann richtete sich der Führer wieder empor, bedeckte sein Haupt und ritt im kurzen Galopp die Front hinunter. In der Mitte, auf einem kleinen Hügel, hielt er. »Rechts und links schwenkt zum Kreis!« gebot er. Es geschah. Als man etwa einen Halbkreis gebildet hatte, denn mehr ließ das Terrain nicht zu, gebot er Halt und begann: »Kameraden! Der heutige Tag war blutig, aber ruhmvoll. Mehr als zwei Drittel unserer Brüder fehlen in euren Reihen. Die Hälfte hat den Sieg mit dem Tod erkauft, die gefallen sind, aber ihr Los ist schön, ihr Verlust darf uns nicht entmutigen, sondern wir müssen stolz darauf sein. Verbannt daher die düstere Stimmung aus eurer Brust. Wir haben gesiegt, und nach einem Sieg muß das Antlitz des Kriegers freudig glänzen. Der Kampf ist geendet. Noch wenige Tage, und ihr erhaltet den Lohn für die schweren Mühen und Gefahren, die ihr rühmlich bestanden habt. Ja, meine Brüder, rühmlich, denn obwohl uns auch in einzelnen Augenblicken der Schlacht das Schicksal nicht wohlgesonnen war, ihr habt gefochten wie wahre Söhne Polens. Es ist mein Stolz, euer Führer zu sein. Nehmt meinen Dank, Kameraden, für diesen ernsten, aber schönen Tag!«

Wie eine Flamme durch die schweren Wolken des Rauches, das sie lange herabgedrückt hat, plötzlich leuchtend emporschlägt, so flammte nach der düsteren Stimmung der Trauer jetzt die Begeisterung der Krieger hell auf. »Es lebe unser Führer, der tapfere Rasinski!« rief Jaromir zuerst, und die ganze Schar der Krieger stimmte ein. Rasinski dankte bewegt durch Händedruck und kameradschaftlichen Gruß, doch beherrschte er seine Rührung, um die kräftigende Stimmung der Krieger, die ihm so wichtig und notwendig schien, nicht zu unterbrechen. Er ließ die Trompete eine Fanfare blasen, die Glieder ordnen und schließen und ritt so an der Spitze des Zuges weiter zum Biwak. In kurzer Zeit hatte man es erreicht, und nun fühlte jeder das Bedürfnis der Rast und Erfrischung zu sehr, um noch an etwas anderes zu denken. Rasinski nahm seine Lagerstelle unter drei hohen Tannen des Waldes, an dessen Rand er das Biwak bezog, ein.

Das Feuer loderte schnell empor. Sein Widerschein beleuchtete die weit hinübergestreckten Zweige der alten riesenhaften Bäume und das niedere Gebüsch ringsumher. Bernhard, Ludwig, Jaromir, Boleslaw und die Offiziere, welche die Schlacht verschont hatte, hatten an dieser Stätte gelagert. Rasinski wünschte sie um sich zu haben.

»Nun, Freunde«, begann er, »laßt uns noch eine kurze Minute des traulichen Gesprächs genießen und dann Ruhe halten, die uns allen notwendig sein wird. Es war ein harter Tag! Wißt ihr, wieviel wir noch sind? Nicht mehr als hundertfünfundzwanzig Mann, uns alle miteingerechnet, dreihundertsiebzig hat die Schlacht uns gekostet.«

Die Offiziere sahen einander mit ernsten Blicken an. Sie waren nur fünf. Sieben hatte man schwer verwundet vom Schlachtfeld tragen müssen, elf der Tod hinweggerafft, und von denen, die hier am Feuer saßen, hatte Boleslaw einen Hieb an der Stirn, den er jedoch selbst verband, weil er nicht bedeutend war, und Lichnowski, ein sehr junger Mensch, hatte ein Pistolenschuß am linken Arm gestreift. Ganz unverletzt waren von den Offizieren nur Rasinski, Jaromir und die beiden Rittmeister Bernecki und Jelski. Bernhard war gleichfalls unversehrt geblieben, doch Ludwig hatte einige Quetschungen von seinem Sturz mit dem Pferd.

»Um viele, um alle, die ich vermissen muß, tut es mir weh«, sprach Rasinski, »doch ich darf wohl sagen, ein Verlust geht mir besonders nahe. Es ist unser alter Petrowski, dieser tapfere Greis, der mehr Narben als Haare auf seinem Schädel hatte, in dessen Brust aber das Jugendfeuer des Mutes und der Vaterlandsliebe glühte, obwohl auf seinem Haupt der Schnee des Alters lag.« – »Also Petrowski tot! Und wo fiel er?« fragte Bernhard. – »Dort oben an den Redouten, wo wir zurückgeworfen wurden, wo die meisten der unsrigen den Tod fanden. Er wollte nicht weichen, er suchte seine Abteilung zum Stehen zu bringen, da schlug eine Kanonenkugel mitten durch ihn und sein Pferd hindurch, daß beide übereinander stürzten. Der Säbel fiel aus seiner Hand, und das Auge starrte tot gen Himmel. So sah ich ihn auf der Stelle liegen. Es war unmöglich, ihn wegzutragen, denn der Strom riß uns alle fort.«

»Sollte er nicht vielleicht unter den Verwundeten sein?« sagte Ludwig. – »Nein, lieber Freund, ich habe schon Bericht. Auch sah ich den Tod zu deutlich auf seinem Antlitz. Er liegt dort oben. Wenn uns morgen Zeit gegönnt ist, will ich sehen, daß ich den greisen Helden ruhmvoll bestatten kann, damit wenigstens seine Kameraden daheim erzählen können, wo die Gebeine dieses tapferen Polen ruhen!« Rasinski schüttelte sich wie von einem Frostschauer durchbebt. »Wir werden zu weich, Freunde! Wer weiß, welch ein Ereignis uns in dieser Nacht aufstürmt. Laßt uns Ruhe pflegen.« Er hüllte sich in seinen Mantel und lehnte sich zurück, mehr um seinen Schmerz zu verbergen, als um zu schlummern. Doch hatte die ungeheuere Arbeit, und noch mehr die lange Spannung der Seele, den Körper bis zur Erschlaffung ermüdet, und so sanken bald alle, die ihn umgaben, in festen Schlaf.

Doch mitten in der Nacht trieben Unruhe und Sorge Rasinski auf. Er durchschritt, in seinen Mantel gehüllt, die Reihen der Krieger, die im schweren Schlaf um die Feuer ausgestreckt lagen. Nur die Feuerwachen saßen aufrecht und schürten, indem sie starr in die Flammen blickten, gedankenlos oder gedankenvoll die Glut. »Wieviel Uhr ist es, Freund?« fragte Rasinski. – »Mitternacht.« – »Habt ihr nichts gehört? Keinen Kanonenschuß in der Ferne, keinen Trommelschlag?« – »Alles totenstill!« – »Seltsam«, murmelte Rasinski für sich, »man sollte verfolgen, dem Feind keine Ruhe gönnen. Aber die Sieger sind vielleicht noch ermatteter als die Besiegten!« Er ging eine Anhöhe hinauf, die ihm einen weiten

Überblick gestattete. Das Schlachtfeld lag schwarz und schweigend vor ihm. Die Feuer glänzten düster im weiten Halbkreis wie am Abend zuvor im russischen Lager. Nur vereinzelt und spärlich brannten dieselben auf dem Boden, wo das siegende Heer gelagert war.

»Also das ist die Frucht eines so entsetzlichen Kampfes? Der Feind unerschüttert in seiner Stellung? Morgen geht vielleicht die Sonne zum zweiten Mal so blutig auf? Noch ein solcher Sieg, und wir sind verloren!« Er ging heftig auf und ab. Ein verworrenes Geräusch von Stimmen drang aus der Ferne in sein Ohr. Es war der wohlbekannte russische Schlachtruf, der aus dem Lager herüberdrang. »Sollten sie mitten in der Nacht einen Angriff wagen?« Da rauschte es dicht hinter ihm im Gebüsch. »Wer da?« – »Ich bin's«, antwortete Ludwigs Stimme. »Mich lassen die schweren Träume keine Ruhe finden, darum folgte ich dir, als ich dich hier hinaufgehen sah.«

Rasinski legte seine Hand auf Ludwigs Schulter und seufzte. »O mein Freund! Meine Träume sind vielleicht noch schwerer! Wärest du ein so erfahrener Soldat wie ich, du würdest mich begreifen. Dieser Sieg ist unser Verderben! Dieser Krieg kann nicht glücklich enden. Der Kaiser ist verblendet! Er kennt das alte Rußland nicht. Er hofft, nach Moskau zu dringen und dort den Frieden vorzuschreiben. Und wenn es ihm gelingt, in die alte Hauptstadt der Zaren, die nur noch zwei Märsche vor uns liegt, einzuziehen, bedenkt er nicht, daß er dann erst an der Schwelle dieses riesigen Reiches steht, daß jenseits erst die blühendsten Provinzen liegen, die Raum und Kräfte genug haben, die Bewohner diesseits der Moskwa aufzunehmen und zu nähren, während uns der Winter hier verschlingt! Und noch sind wir nicht in Moskau! Siehst du dort drüben die glänzenden Lagerfeuer der Russen, hörst du ihr Kriegsgeschrei? Wenn sie entschlossen sind, wenn ihr Führer Einsicht und Mut hat, so werden sie uns noch drei Schlachten liefern, bevor wir Moskaus goldene Kuppeln glänzen sehen. Und dann! Wenn Tausende und Abertausende dahingerafft sind, wie wollen wir die unermeßlichen Räume behaupten, die wir erobert haben? Jeder menschlichen Kraft ist eine Grenze gesetzt. Gewohnt, das Ungeheure zu vollbringen, das Unmöglichste wirklich zu machen, hat unser großer Fuhrer seine Kraft überschätzt, sein Maß verkannt. Er muß erliegen unter der Riesenwucht seines Unternehmens, das rückwärtsrollend auf ihn selbst herabstürzt!«

Ludwig schwieg. Er überließ sich seinen düsteren Sorgen und Gedanken. Auch Rasinski stand schweigend vor ihm und starrte in die Finsternis hinaus.

»Oh, Freund«, begann er plötzlich wieder, und so weich, wie Ludwig ihn nie gesehen hatte, »wenn man auf ein solches Feld der Verheerung blickt, dann will man auch wissen, weshalb diese Tausende von Opfern bluten mußten! Oh, du ahnst nicht, welch entsetzliches Bild menschlichen Elends hinter diesen Finsternissen lauert. Nicht die Toten beklage ich, sie haben ihr edles Ziel erreicht. In der Schlacht zu fallen ist das Los, ist der Ruhm des Kriegers. Aber wie viele Tausende liegen hier auf der Folterbank namenloser Qualen. Diese rauhe, regnerische Nacht durchschüttelt uns mit Frost, die wir in unseren Mänteln unversehrt, wohlerquickt am Feuer ruhten. Und jene dort? Mit zerschmetterten Gebeinen, mit zerrissenen Leibern liegen sie, dem rauhen Nachtsturm preisgegeben. Ihre Wunden bluten, Frost und Fieber schütteln ihre Glieder, angstvoll zählen sie die trägen Sunden der Nacht, bis ihrem Elend geholfen wird. Sie denken an die Heimat, die Eltern, deren zärtlicher Sorge sie, kaum den Knabenjahren entwachsen, durch die eiserne Hand des Krieges entrissen wurden, dem Vater schwebt das Bild seiner zarten Kinder, dem Gatten die Gestalt des liebenden Weibes, dem Jüngling seine weinende Braut vor Augen! Doch aus allen Gedanken der Liebe, die ihnen in die Ferne auf das Schlachtfeld folgen, bildet sich keine schützende, helfende Engelsgestalt, um den Verzweifelnden zu trösten! Unter starre Leichen gebettet, umgeben von denen, die in dem Kampf des Todes sich und ihren Schöpfer verfluchen, liegen sie in gräßlicher Einsamkeit oder in furchtbarer Gemeinschaft, und jede kommende Minute schüttet einen Strom des Grausens und des Jammers über sie aus. Ludwig! Wer die *Schlacht* gesehen hat, kennt nur das *lächelnde* Antlitz des Krieges. Sieh morgen das *Schlachtfeld*, und du wirst vor der grinsenden Larve des scheußlichen Gespenstes beben!«

Aufgeregt durch seine Worte und Vorstellungen, hatte Rasinski die Hand des im Innersten grauenden Ludwig heftig gefaßt. »Aber sehen sollst du es, mußt du es! Du mußt wissen, was der Mann für den Ruhm, für das Vaterland wagt. Der Anblick muß deine männliche Erziehung vollenden. Aber wenn der Preis verfehlt wird! Wenn in unserer Brust der schreckenvolle Gedanke keimt, es ist vergebens! Alles, alles umsonst! Alle die blutigen Tränen, die krampfhaften Seufzer des Elends, die grausenden Schauer einer Todesqual, die das Mitleid selbst dem verruchtesten Verbrechter spart – alles umsonst! Freund, dann gibt es Augenblicke, wo sonst die eiserne Kraft des Mannes morsch zusammenbricht unter der Riesenlast, die das Schicksal auf seine Schultern wälzt.«

Ermattet schlang er die Arme um Ludwigs Nacken und senkte das Haupt gegen seine Brust. Er vergoß keine Träne, aber sein Herz schlug stürmisch, und seine Wange brannte wie in Fieberglut. Ludwig hatte nicht Worte des Trostes, er hatte nur den Druck der Liebe für den Mann, an dessen männlicher Kraft er sich so oft aufgerichtet hatte und den er jetzt so überwältigt sah. Aber es waren nur Minuten. Bald richtete sich Rasinski gefaßt wieder empor und sprach wehmütig und freundlich: »Meine Brust wird ganz ruhig, Ludwig, wie die, in der kein Herz mehr schlägt, doch nun ist es vorüber, ich habe der erstickenden Beklemmung

Luft gemacht, der Traum ist verweht, ich bin wieder Herr meiner selbst. Du wirst mich nicht schwach sehen, wo es gilt, mich männlich zu sein, wo der Augenblick die Tat fordert. Ich wollte meine Qualen allein der Nacht anvertrauen, jetzt hat sie die Brust des Freundes geteilt, und du hilfst sie mir tragen, nicht wahr, Ludwig? Ich habe ja deinen Schmerz auch geteilt, und so tragen wir beide leichter.« Arm in Arm gingen sie hinab und ruhten, bis der grauende Morgen sie weckte.

Sechstes Kapitel

Eine Ordonnanz hatte die Nachricht gebracht, daß der Kaiser Heerschau über die Truppen halten wolle. In aller Frühe saß daher das Regiment auf und rückte in die Linie vor. Erst jetzt erfuhr man von den hin und her reitenden Adjutanten, daß das russische Heer in der Nacht seinen Rückzug begonnen habe. Der König von Neapel mit einem Teil der Kavallerie war ausgerückt, um zu erforschen, ob es nach Moskau oder Kaluga ziehe.

Eine nachdrückliche Verfolgung mit dem ganzen Heer glaubte der Kaiser den ganz ermatteten, fast gänzlich aufgelösten Truppen nicht zumuten zu können. In einer langen Linie aufgestellt, krönten die Regimenter den Saum der Hügel, die das vor ihnen ausgebreitete Schlachtfeld begrenzten. Es lag, eine traurige Wüste, vor ihnen, doch war man zu fern, um das tausendfache einzelne Elend darauf zu erkennen. Das Heer selbst gewährte nur einen düsteren Anblick. Die Truppen hatten sich um ihre Adler gesammelt, doch sahen sie nicht siegesstolz, nicht freudig aus. Ihre Uniformen waren schwarz von Pulverdampf und Staub, zerrissen von Kugeln und Säbelhieben. Hunger, Frost, übermäßige Anstrengung hatten die Kräfte der Tapfersten erschöpft. Die sonst so feurigen Augen blickten matt unter den buschigen Brauen hervor. Eine erhabene Trauer lag auf den tiefgefurchten Stirnen, sie schien zu wachsen mit jedem Blick auf das blutige Feld, wo so viel tausend Waffenbrüder schlummerten oder unter grauenvollen Martern den Tod als Erlöser erwarteten. Und dieses Feld voller Leichen und Blut war die einzige Siegestrophäe, die man errungen hatte! Viele Regimenter waren auf ein Drittel geschmolzen, als ein kleines Häuflein standen sie um ihre Adler, kaum mehr zahlreich genug, sie zu beschützen. So warteten sie auf den Kaiser.

Ernst ritt er die Reihen entlang. Er grüßte die Soldaten, lobte ihre Tapferkeit in kurzen, gemessenen Worten, verhieß Belohnungen, Beförderungen, Ehrenzeichen. Wohl erhoben die Offiziere den Ruf: »Es lebe der Kaiser!«, und die Krieger stimmten ein. Doch es war nur eine alte Gewohnheit, eine *Pflicht* des Herzens, kein *freier Drang* desselben, der mutig und freudig ausbrach. Und wo sonst Donner von tausend Stimmen erschallte, da hörte man jetzt nur Hunderte, denn vielen war die Lippe auf ewig geschlossen.

Nach der Besichtigung der Truppen wandte der Kaiser sein Pferd, um über das Schlachtfeld zu reiten. Viele Generale und höhere Offiziere folgten ihm. Rasinski, und auf dessen Aufforderung auch Ludwig und Bernhard schlossen sich in angemessener Ferne dem Zug an. »Sieh nur, wie grau der Himmel sich verhängt«, sprach Bernhard zu Ludwig, als sie langsam nebeneinander hinritten. »Es ist, als scheue er sich, diesem grauenhaften Anblick ein heiteres Antlitz zu zeigen. Was muß das für eine Seele voll kühner, über das einzelne niedere Menschenrecht und Menschenglück hoch wie die Alpen hinausragender Entwürfe sein, die ein solches Maß des Jammers verschulden kann, ohne davon zerrissen zu werden! In welcher Höhe muß der Geist über der Höhe wohnen, dem so die kleinen Saaten, Früchte, Hütten, Freuden und Wünsche der Menschheit entschwinden, daß er nichts mehr entdeckt als die Massen der Länder und Völker, als die Ozeane und die Feste des Erdreichs. Wie weit muß er mit seinen Gedanken über die Zeit, über die Gegenwart hinausragen, der mitten in der verworrenen tausendfältigen Schrift der Tagesgeschichte so kühn den ungeheuren Griffel der Weltgeschichte führt!«

»In seiner Nähe«, entgegnete Ludwig, »will es mir scheinen, als könnte ich mich zu diesem Gefühl erheben. Wie ich mich selbst verliere und mich nur als eine einzelne Kraft betrachten kann, der er mit tausend anderen zugleich die Richtung gibt, wie ich alle, die ich sonst als die Besten, Größten, Selbständigsten ehrte, dasselbe tun sehe, wie sie gegen sein großes Eins verschwinden, gleich den zahllosen Tropfen eines Gewitterregens, wenn sie den Ozean berühren – so wird mir begreiflich, wie ihm sich alle die einzelnen Kräfte nur in dem einen Schwerpunkt seines weltgeschichtlichen Willens zusammendrängen. Er empfindet nur die Aufgabe, diese nach inneren notwendigen Gesetzen seiner Seele zu verwenden. Er sieht im Menschen nur das Atom der einzelnen *Kraft*, das er zur Gestaltung des Ganzen sammeln muß. Ob darüber die Atome der einzelnen *Rechte* zerstäuben, das erwägt er nicht, das darf er nicht erwägen, und wer sich ihm anschließt, verliert dieses Recht nach notwendigem Urgesetz. Wer nicht, der muß es einem anderen Allgemeinwillen opfern, das ist das Los der Erdgeborenen. Wer in sich die Kraft fühlt, die Fäden des Wollens so vieler Tausende in sich zu vereinen, der hat auch das Recht dazu. Wer sich eitel darüber täuscht, der wird bald zerschmettert sein von der Keule des Geschicks, die er nicht zu führen wußte. Die aber, die dem mächtigen Gebot eines Bildners der Weltgeschichte gehorchen, dürfen nicht klagen, daß sie ihre Freiheit einbüßen. Sie folgen hier wie sonst einem Naturgesetz, nur daß das höhere des Geistes weniger erkannt wird als das niedere der körperlichen Stoffe. Darfst du dich empören, daß du sterblich bist? Nimmermehr. Darum ist ein großer

Mann so fern von der Verantwortlichkeit für die Leiden der einzelnen wie diese von dem Recht des Vorwurfs. Und darum fühlt er Beruf und Gesetz in sich vereint und findet seine Seele nicht belastet durch ihren Jammer, und sie wenden ihren Fluch nicht gegen ihn. Jeder erträgt und vertritt in seinem Gleis, was eine ewige Schickung ihm auferlegt. Nur so gestaltet sich der Gedanke Gottes. Wer daran nicht festhält, der darf über das summende Insekt, das ihm den Schlaf raubt, eine Beschwerde gegen die Allmacht führen.«

»Blick auf! Sieh hier zur Rechten!« sprach Bernhard unterbrechend. Eben kam ein Transport Wagen heran, auf die man Verwundete geladen hatte. Der Ausdruck der bleichen, blutbedeckten Züge war meist der eines stillen, ergebenen Leidens. Einige sahen trotzig, wild aus, als erhöben sie sich über ihr Schicksal. Nur wenige stießen Jammerlaute des Schmerzes aus. Noch andere empfanden nur die Freude der Hilfe, die ihnen zukam, und blickten heiter umher, als wollten sie sagen: »Diesmal sind wir noch aus dem offenen Rachen des Todes entsprungen.«

Man erreichte jetzt die ersten Punkte, wo der Tod heftig gewütet hatte, indem man durch den Hohlweg ritt, den Rasinski gestern wählte, um das mit Leichen bedeckte Feld zu vermeiden. Doch jetzt war es anders. Viele der Verwundeten hatten sich hierher geschleppt, um Schutz gegen den Sturm zu suchen. Sie lagen, in die Erdlöcher gekauert, und bebten vor Frost und Fieberschauer. Einem alten Grenadier klapperten die Zähne heftig gegeneinander, doch gab er keinen Laut des Schmerzes von sich, sondern starrte aus hohlen erlöschenden Augen die Vorüberreitenden gräßlich an. Ludwig wurde von dem Anblick so entsetzt, daß er vom Pferd springen und dem Unglücklichen Hilfe leisten wollte, doch kamen zum Glück eben zwei seiner Kameraden heran und legten ihn auf eine Bahre, um ihn fortzutragen.

Einige Schritte weiter stieß Bernhard Ludwig an: »Sieh! Es ist zum Erbarmen!« Ein junger Mensch mit blondem Haar, in dessen weichen, fast mädchenhaften Zügen dem Jammer zum Trotz sich noch jugendliche Lieblichkeit malte, lag am Weg und hob die gebrochenen Augen zu den Vorüberreitenden empor. Den halbgeöffneten Lippen schienen leise Worte der Klage zu entfliehen. Flehend wandte er seine Blicke zu einigen Kriegern, die in seiner Nähe Verwundete aufnahmen und sie zu einem in einer Biegung der Schlucht haltenden Wagen trugen. Er schien zu wimmern: »Oh! Helft doch endlich auch mir!«

Ludwig konnte es nicht ertragen, er sprang vom Pferd, näherte sich dem Unglücklichen und wollte ihm Hilfe leisten. Ein graubärtiger Grenadier sprach rauh, aber doch gerührt: »Laßt ihn liegen, Kamerad, ihm ist nicht mehr zu helfen, wir verlängern nur seine Qual. Wie soll einer mit einem Bein und einer zerschossenen Brust aus diesem wüsten Land wieder nach Frankreich hinken? Laßt ihn und helft lieber denen, die noch zu retten sind. Wünscht ihm wohl zu schlafen, und damit gut.« Der Unglückliche hörte die Worte, die den letzten Faden seiner Hoffnung erbarmungslos zerrissen, und sah tief aufseufzend zu Ludwig empor. Diesem verdunkelte sich der Blick. Er mußte alle Gewalt männlicher Entschlossenheit zusammennehmen, um fest zu bleiben. Mit erbarmender Seele beugte er sich über ihn und sprach: »Es ist so schlimm noch nicht, Freund, ich werde dich dort hinauftragen, fasse Mut!« Der Verwundete sah ihn dankbar an, zu lächeln vermochte er nicht mit den von Schmerz zusammengezogenen Muskeln, doch glänzte ein gerührter Blick der Freude in seinem sterbenden Auge. Ludwig umfaßte ihn und wollte ihn emporheben, doch da der Unglückliche noch das ganze Gepäck auf dem Rücken trug, war die Last zu schwer, und er mußte ihn zurücksinken lassen. Bernhard war gleichfalls vom Pferd gesprungen, um Ludwig Hilfe zu leisten. Allein als beide Freunde den Sterbenden sanft aufnehmen wollten, fiel sein Haupt zurück. *»Ah! Ma mère!«* hauchte er mit verklingender Stimme und war tot. »Wohl ihm, nun ist die Qual beendet.« – »Komm denn vorwärts«, drängte Bernhard, besorgt, daß Rasinski wegen ihres Zurückbleibens zürnen würde. Sie schwangen sich wieder zu Pferd und ritten eilig nach.

Eben als sie den Zug wieder erreichten, war man auf die Höhe vor den Redouten gekommen, wo gestern der Kampf so fürchterlich getobt hatte. Hier lag das ganze Feld voller Leichen, doch sah man nicht mehr so viele Verwundete, denn schon seit dem dämmernden Morgen waren Hunderte von Soldaten beschäftigt, sie auf die herbeigeführten Wagen zu laden. Desto schauderhafter aber war die Werkstätte des Todes, die man hier betrat. Russen und Franzosen bedeckten in zahlloser Menge das Feld, denn hier hatte der Kampf lange unentschieden hin und wider getobt. Man sah entsetzliche Verstümmelungen. Die abgerissenen Glieder lagen einzeln umher oder waren achtlos in Haufen zusammengeworfen. Die Körper halbzerrissener Pferde hatten sich in den wilden Zuckungen des Todes über die Toten und Verwundeten gewälzt, so daß man in den erstarrten Zügen derer, die unter dem tierischen Leichnam lagen, noch die krampfhafte Angst erkennen konnte, in der sie unter der schauderhaften Bürde den Geist aufgegeben hatten. Zertrümmerte Helme, Harnische, Gewehre, Säbel schimmerten zwischen den blutigen Leichen. Teile zerschmetterter Geschütze lagen umher. Es war schwer, die Pferde zwischen dieses grausame Gemisch hindurchzuleiten, ohne durch ihren Huf menschliche Körper, in denen sich immer noch Spuren des Lebens vermuten ließen, zu verletzen.

Der Kaiser hielt. Er sah mit scharfen Blicken ringsumher. Über den Anblick des Entsetzens zu seinen Füßen eilte sein Auge hinweg. Er betrachtete nicht das Feld des Todes, sondern das des Kampfes mit dem prüfenden Blick des Feldherrn. Er schien allein sein zu wollen, denn soviel man sehen konnte, deutete er denjenigen, die in seiner nächsten Umgebung hielten, durch einen Wink an, sich zu entfernen. Sie zerstreuten sich nach verschiedenen Gegenden des Schlachtfeldes. Nur der Marschall Berthier blieb in seiner Nähe und begleitete ihn auf seinem ferneren Ritt.

Rasinski nahm mit seinen Begleitern den Weg zu der Gegend, wo er gestern mit seinem Regiment zuerst ins Gefecht gekommen war. Bald sah man die polnischen Uniformen von weitem schimmern, die an ihrer leuchtend blauen Farbe weither zu erkennen waren. »Hier suchte ich dich gestern«, sprach Bernhard zu Ludwig, »beim Teufel, es ist mit lieb, daß ich dich jetzt neben mir reiten sehe!« Diese Worte stieß er fast wild heraus. Ludwig erkannte indessen wohl, daß er nur die ihn überwältigende Rührung und Erschütterung, die der Anblick des Schlachtfeldes in ihm erregt hatte, hinter dieser rauhen Schale verbarg.

»Nun wird man's bald gewohnt sein und dabei einschlafen können, wie Missetäter auf der Tortur, wenn sie lange gemartert wurden«, fuhr Bernhard fort. »Der Mensch ist fürchterlich gelehrig in der Kunst der Erbarmungslosigkeit. Ich fange schon an, mir alles abzuschütteln wie Schnee von einem Mantel.« In der Tat machte er dabei eine Bewegung des Körpers, die diesen Worten entsprach. Seine Züge aber verrieten, daß er die Schauer, die ihn heftig erfaßten, auf diese Weise verbergen wollte.

»Oh, wenn es uns gelänge, die Leiche des alten braven Graubarts Petrowski aufzufinden«, sprach Rasinski, indem er den Blick aufmerksam über das Feld warf und die Toten seines Regiments einzeln scharf betrachtete. »In dieser Gegend sah ich ihn fallen. Verwundete sehe ich zum Glück nicht mehr hier, es war freilich der Teil des Schlachtfeldes, den wir am frühesten behaupteten, und hier konnte schon zeitig Hilfe geleistet werden. Aber ist das nicht Jaromir, der dort so hastig heransprengt?« Man erkannte ihn an seinem weit leuchtenden Falben, den er seit gestern ritt, wo er zwei Pferde verloren hatte. Als er näher gekommen war, so daß er bemerkt wurde, winkte er mit dem Säbel zu sich heran. Im Feld ist man immer auf wichtige Botschaft gefaßt, deshalb eilte Rasinski, ihm entgegenzukommen. Ludwig und Bernhard blieben natürlich nicht zurück. »Wir marschieren, Rasinski«, rief Jaromir. »Soeben ist der Befehl gekommen«, fuhr er fort, indem sie langsam zusammen weiterritten, da die vielen Leichen und Trümmer noch keine schnellere Bewegung erlaubten. »Boleslaw ist schon fort mit dem Überrest des Regiments. Ich blieb, um dich aufzusuchen. Sie nehmen die Straße über Utiza. Wir sollen die Seitenwege der alten Straße nach Moskau erkunden, weil man glaubt, daß sich die Russen dorthin zurückgezogen haben und nach Kaluga marschieren.« – »Wer hat den Befehl gebracht?« – »Ein Adjutant des Königs von Neapel.« – »Habt ihr Futter gefunden?« – Jaromir schüttelte den Kopf. – »Also die Pferde hungern?« – »Etwas Heu und halbverwelktes Gras war alles, was wir auftreiben konnten, doch hoffen wir, in den Dörfern rechts der Straße noch Vorrat zu finden.« – »Und wie sind die Leute?«

»Ausgeruht, doch nicht genug, unternehmungslustig, aber nicht fröhlich. Der Sieg ist zu unvollständig. Sie wissen, daß man nur 800 Gefangene hat, und man sollte nach einer solchen Schlacht doch doppelt soviel Tausende erwarten. Die vierundzwanzig schweren Kanonen und etliche Feldstücke sind die einzige Beute, die man gemacht hat.« – »Und dafür 70 000 Tote und Verwundete!« sprach Rasinski düster. – »Doch auf beiden Seiten«, entgegnete Jaromir.

»Oh, wir haben an der Hälfte, die auf uns fällt, auch doppelt genug. Ein fürchterlicher Sieg! Zweiundvierzig Generale sind gefallen, unter ihnen Caulaincourt und Montbrun. Auch Marschall Davoust ist verwundet.« – »Aber nicht gefährlich!«

Rasinski entgegnete nichts weiter, denn man hatte jetzt ein freies Terrain erreicht und sprengte rasch darüber hin, um sich dem Regiment wieder anzuschließen und aufs neue in das brausende Meer kriegerischer Tätigkeit zu stürzen.

So sind die wilden Schrecken des Krieges der Arzt ihrer eigenen Zerstörung, denn in dem stets fortbrausenden Getümmel wird die klagende Stimme der Brust so übertönt, daß sie sich selbst nicht mehr vernimmt. Wer kann, solange der Sturm sich mit unaufhörlich erneutem Grimm auf das schwankende Fahrzeug stürzt, die betrauern, die er hinabgerissen hat in die Wirbel des Meeres? Die Seele selbst braust ja in stürmenden Wogen auf. Erst wenn diese beruhigter wallen, vermag sie die Bilder des Lebens wieder klar in sich abzuspiegeln. Dann aber ruht auch schon, so hat es die ewige Güte geordnet, in ihrer Tiefe wieder das reine, treue Blau des Himmels, wo das glaubende Herz jeden Trost findet, den es sucht.

Achtes Buch

Erstes Kapitel

Am 14. September erreichten die ersten Reiterscharen des Heeres, zu denen auch Rasinski mit dem kleinen Überrest seiner Freunde gehörte, den *Berg des Heils*, von dem sie das prächtige Moskau, den alten geheiligten Sitz der Zaren, vor sich in der Talsenke ausgebreitet sahen. Es war zwei Uhr mittags. Eine glänzende Herbstsonne brach eben durch leichte Wolken, die in dem lichtblauen Raum des Himmels schwebten. In tausendfältigem Farbenspiel funkelten die zahllosen Kuppeln der Kirchen und Paläste, die, in Gold und schimmerndem Grün strahlend, die Stadt hoch überragen. Aus dem Wald der Türme stieg der Kreml wie ein gekröntes Haupt empor. Die Moskwa schlang das silberne Band durch die Gefilde. Scharen flatternder Tauben wiegten sich mit leuchtenden Flügeln im Sonnenstrahl hoch über den Dächern und umkreisten die Turmspitzen.

Ein unwillkürlicher Ausruf der Freude und der Ehrfurcht zugleich kam aus der Brust bei diesem überraschenden Anblick. »Moskau! Moskau!« ertönte der Ruf der Krieger, die sich kaum überreden konnten, daß das unendlich ferne, wunderbar in das Geheimnis der Sagen und Märchen gehüllte, mit zahllosen Mühen und Gefahren erstrebte Ziel nun wirklich erreicht sein sollte. Ein goldener Preis des Siegers, eine strahlende Krone des Ruhmes, lag die Hauptstadt vor den Augen der Kühnen, die es gewagt hatten, von den schönen wirtlichen Ufern der Ströme Frankreichs und Deutschlands mitten durch die Wüsteneien vorzudringen, hinter denen sich diese Reichtümer verschanzen, die an die Märchen des Morgenlandes erinnern. Freudenruf und Siegesjubel erfüllten die Luft. Die Vorderen rufen und winken ihren Kameraden. Der unter den Mühseligkeiten des Marsches fast erliegende Krieger fühlt sich plötzlich mit neuer Kraft durchdrungen, jede Erinnerung an seine Leiden, Sorgen, Gefahren ist verschwunden. Einem Strom gleich, der sich plötzlich eine neue Bahn gebrochen hat und nun im rascheren Lauf dahinschießt, flutet die Menge in stets wachsender Beschleunigung die Höhe hinauf, daß die mächtig vordringende Woge den Gipfel überschwillt. Je dichter die schwarzen Heeresmassen sich auf der Anhöhe sammeln, je lauter tönt der jubelnde Ruf und dringt durch die stillen Lüfte gen Himmel.

»Also das ist die berühmte, an Sagen und Wundern reiche Stadt der Zaren«, rief Bernhard, als er oben sein Pferd anhielt. »So haben wir sie denn endlich doch aufgefunden hinter den endlosen Wäldern und Steppen, die sie beschützend umgürten!« – »Es war Zeit«, sprach Rasinski und warf einen Blick rückwärts auf das Heer, »hohe Zeit!«

Ludwig betrachtete die reiche, unermeßlich ausgedehnte Stadt gleichfalls mit jenem ehrfurchtsvollen, die Brust erweiternden und hebenden Staunen, womit uns der Anblick eines Ortes oder eines Menschen erfüllt, dessen Ruhm lange von fernher zu uns gedrungen ist, den wir schon in den Tagen unserer Kindheit als ein Wunderbild in der Seele trugen, das aus unerreichbar weiten Räumen und Zeiten zu uns herüberschimmerte.

»Ein kolossales Gemälde«, rief Bernhard lebhaft, »daß man so etwas nicht malen kann! Seht nur die Massen aus Licht und Glanz auf den Kuppeln dort, dann das verworrene Gemisch der Dächer und niederen Häuser, der grünen Streifen und Flecken der Gärten, die sich als Adern und eingesprengte Massen durch das Gestein ziehen, die Silberblicke, mit denen der Strom durch die Landschaft blitzt, und, wenn wir uns umsehen, dieses ungeheuere Heer, das, einer schwarzen Flut gleich, durch die Felder wogt. Seht nur, wie die Bajonette im Sonnenlicht blitzen, die Federbüsche leuchten und das Erz der Kanonen schimmert, die drüben in der langen Kolonne am Wald herunterziehen. Hier und dort verliert sich der Blick ins Unendliche, denn die letzten Türme der Stadt verschwinden schon im blauen Dunst und Nebel, und der lang nachgeschleppte Schweif von Wagen und Nachzüglern des Heeres verliert sich in unabsehbaren Räumen.«

Während dieses Gesprächs war man langsam die Höhe hinuntergeritten. Einige Zeit hatte eine bunte Verwirrung geherrscht, wie sie stets bei außerordentlichen Ereignissen auf dem Marsch zu entstehen pflegt, doch jetzt wurden die Leute wieder geordnet, mußten in ihre Züge eintreten und sich dem strengen Gesetz des Marsches vor dem Feind unterwerfen. Denn man durfte allerdings auf einen ernsten Widerstand gefaßt sein, bevor man das Kleinod des Reiches, das Palladium der russischen Krone, in seine Gewalt bekam, das wie ein glänzender Diamant vor den Augen des Heeres leuchtete.

So rückte man der Stadt näher und näher, jeden Augenblick gefaßt darauf, einem entschlossenen Feind zu begegnen. Plötzlich hielt man an. Das Gerücht lief von Reihe zu Reihe, der König von Neapel sei im freundlichen Gespräch mit den Führern der Kosaken begriffen. Schon überließ man sich der Hoffnung, daß der Kampf hier ein Ende habe, der Friede nahe, der Lohn für alle bestandenen Mühen und Gefahren gewiß und unermeßlich sei. Rasinski suchte, indem er etwas voranritt, die Wahrheit zu erfahren. Sie beschränkte sich darauf, daß der König allerdings mit einigen Kosaken gesprochen und sie beschenkt habe. Sie hatten indessen nur einen Offizier begleitet, der freien Abzug für die Nachhut Kutusows forderte. Falls sie verweigerten, drohten sie, die Stadt hinter sich in Flammen aufgehen zu lassen. Der Kaiser, aufs schleunigste benachrichtigt, willigte ein. Man rückte demnach vor und in die Stadt ein.

Während Prinz Eugen und Fürst Poniatowski mit ihren Korps sich zur rechten und linken Seite der Hauptstraße ausbreiteten und die Stadt gewissermaßen umzingelten, folgte Rasinski mit den Seinigen dem König von Neapel, der mit Vorsicht einrückte. Es schien unmöglich, daß der Feind gar keinen Widerstand leisten sollte. Man mußte im Gegenteil auf heftige Gefechte in den Straßen gefaßt sein.

Jetzt zog man durch die Gassen der Vorstadt. Sie waren leer und öde, gleich den verlassenen Dörfern, deren man so unzählige auf dem Weg bis an dieses ersehnte Ziel getroffen hatte. »Sollten sich die Einwohner so vor uns fürchten«, bemerkte Bernhard zu Jaromir, der dicht neben ihm ritt, »daß sie auch keine Nasenspitze, nicht einen Zoll ihrer langen Bärte blicken lassen? Sollte denn nicht ein einziges hübsches Kind neugierig genug sein, um die fremden Ankömmlinge aus einem jener kleinen Fenster wenigstens einmal zu begucken? Es ist uns ganz recht, wenn der Feind sich vor uns fürchtet, doch die Mädchen müssen nicht gar zu scheu sein. Sind wir denn Menschenfresser, zum Teufel, oder hält man uns dafür?« – »Ich vermute«, antwortete Ludwig, »daß sich die Bewohner dieser Vorstädte in die Stadt geflüchtet haben. Sie fürchteten vielleicht den ersten Anlauf, es war auch nicht unwahrscheinlich, daß sich hier ein Gefecht entspinnen könnte. Da ist freilich der am schlimmsten dran, der keine Waffen führt.«

»Und zumal hier«, wandte sich Rasinski, der ihr Gespräch gehört hatte, um, »wo die hölzernen Hauser bei der ersten Granate, die man hineinwürfe, wie dürres Stroh hell aufflackern würden.« – »Es wäre ein verwünschter Streich«, warf Jaromir hin, »wenn uns die Winterquartiere abbrennen sollten. Mir scheint, wir könnten die Ruhe von sechs bis sieben Monaten, auf die ich hier hoffe, gebrauchen.«

Rasinski schwieg, doch las man auf seiner Stirn, daß er in Jaromirs Hoffnungen nicht einstimmte. »Das Erwünschteste wäre wohl«, sprach er nach einer Pause, »wenn der Friede sobald wie möglich einträte. In diesem Fall, vermute ich, würden wir den Winter nicht hier zubringen, da die Gegenwart des Kaisers und seiner Heere im Mittelpunkt Europas notwendiger ist als hier fast an den Grenzen Asiens.« – Boleslaw ritt ernst und still, wie er pflegte, vor sich hin, ohne sich in das Gespräch zu mischen.

Plötzlich stockte der Zug wieder. Da Rasinski sich nicht an der Spitze desselben befand, konnte er nicht sehen, ob irgendein äußeres Hindernis daran schuld war. Indem er noch seine Blicke nach vorn richtete, kam Oberst Regnard die Gasse herab. Er trug den Arm noch in der Binde und ein breites, schwarzes Pflaster über der Stirn. Seit der Unterredung während der Schlacht hatte ihn Rasinski nicht mehr gesehen. »Guten Abend, Oberst«, rief er ihn an, »Sie kommen von der Spitze der Kolonne her, was hält uns denn wieder auf?«

»Ah, Rasinski, wie geht's?« erwiderte Regnard. »Ich freue mich, Euch wohl zu sehen, obwohl ich es schon aus dem Rapport wußte, daß Ihr aus dem Schiffbruch zu Mosaisk gerettet seid. – Was uns aufhält? Nichts als eine abgebrochene Brücke über die Moskwa, die sogleich hergestellt sein wird. Aber ...« Hier winkte er ihm zu und sprach leise mit ihm. Bernhard, der mit seinem scharfen Auge immer durch das Antlitz eines anderen bis tief in die Brust desselben hinabsah, bemerkte eine auffallende Bewegung in Rasinskis Zügen. Auch Regnards kaltes, scharf gezeichnetes Gesicht, sonst weniger Veränderungen fähig, weil alle Linien desselben wie in festen Stein geschnitten waren, drückte ein schauerliches Befremden aus. Es mußte irgend etwas von der äußersten Wichtigkeit oder Gefahr sein, was er Rasinski mitzuteilen hatte. Ihr Gespräch dauerte jedoch nur drei Minuten, worauf Regnard seinen Weg fortsetzte. Mit gefurchter Stirn kehrte Rasinski zu den Seinigen zurück. Er schien eben mitteilen zu wollen, was ihm der Oberst anvertraut hatte, als die Kolonne sich wieder in Bewegung setzte und, wie es immer nach einer Stockung geschieht, desto eiliger nachrücken mußte. Bald erreichte man die Moskwa. Die Brücke war so schlecht hergestellt, daß man es vorzog, durch den sehr seichten Fluß zu reiten. Bernhard bemerkte, daß Rasinski mit immer gespannterer Aufmerksamkeit die Häuser und Gassen betrachtete, je näher man der eigentlichen Stadt rückte. Endlich kam man an die Ringmauer, die dieselbe umschließt.

»Hier werden die Gassen doch breiter und die Häuser ansehnlicher«, sprach Bernhard, »in der Perspektive hat man sogar mehrere Gebäude, die Palästen gleichen. Nun werden wir doch auch wohl die Bewohner derselben kennenlernen.«

»Das eben, fürchte ich«, sprach Rasinski, sich umwendend, leise, aber mit sehr besorgter Betonung, »werden wir *nicht*. Nach Regnards Berichten soll die ganze Stadt verlassen und so öde wie der große Kirchhof sein, an dem wir beim Einmarsch vorbeikamen.« Diese Worte, nur zu den nächsten seiner Umgebung gesprochen, erfüllten dieselben mit einem kalten Schrecken. »Wie? Unmöglich!« rief Jaromir. »Das deutete also auf erneuten Krieg, auf den entschlossensten Widerstand, selbst nachdem wir in das Herz des Reiches eingedrungen sind?«

»So ist allerdings zu fürchten! Jetzt treffen Ahnungen ein, die mir schon beim Betreten Altrußlands düster vorschwebten. Nicht den Kaiser Alexander und seine Heere werden wir mehr zu fürchten haben, nicht mit ihnen werden wir kämpfen, sondern ein ganzes, unermeßliches Volk ist es, das gegen uns mit der glühenden Wut aufsteht, die der Fanatismus in der Brust des Menschen entzündet. Tief versunken im mystischen Aberglauben, in unterwürfige Demut gegen ihre Götter wie gegen ihre Herrscher, wird es unmöglich werden, sie irgendeiner Überredung, einer vernünftigen Überzeugung zugänglich zu machen, die sie belehren kann, daß wir nicht gekommen sind, um ihre Altäre zu vernichten, ihre Kirchen zu plündern, ihre Städte zu verbrennen. Hier wird kein Krieg mehr zwischen zwei Mächten geführt werden, wo die Entscheidung auf dem Wahlplatz oder im Rat der Minister fällt, sondern ein ganzes Geschlecht bewaffnet sich gegen uns, das uns verflucht wie den Abschaum der Hölle. Der einzelne ist der Feind des einzelnen. Der Haß entflammt sich in der Brust des Knaben und des Weibes. Da gibt es keinen edlen, großmütigen Kampf der Gedanken, der Ehre, des Ruhmes mehr, sondern alles artet aus in ein gräßliches Morden, Schlachten und Würgen, wo Sieg und Niederlagen gleich entsetzlich sind.«

Ein düsteres Feuer leuchtete aus seinen Augen, während er sprach. Er hatte die hohe Stirn in finstere Falten gerunzelt, und ein tiefer Schmerz umzog seine Lippen. Bernhard betrachtete ihn mit unverwandten Augen. Über der Schönheit, der erhabenen Würde seines männlichen Antlitzes vergaß er einen Augenblick, weshalb diese Gewitterwolken in so ernster Majestät darüber hinzogen. Wahrlich, dachte er bei sich selbst, der Mensch ist am schönsten, wenn ein edler Gram aus der Tiefe des Herzens herauf durch die leichten Hüllen des Auges und des Angesichts schimmert. Darum bildeten die Alten ihre Heroen so tief ernst, darum selbst in ihren Götterbildern der erhabene Anflug eines leisen Grams, der die Züge so veredelt und verklärt.

Doch der schnelle Wechsel der Gegenstände und der Betrachtungen, die sie erzeugten, duldete kein langes Verweilen der Gedanken auf einer Stelle, zumal da, wo sie so fern aus dem Kreis der nächsten, mächtigen Wirklichkeit lagen. Die Straßen, durch die man zog, machten einen seltsamen Eindruck. Sie waren belebt durch das Getümmel des Kriegs, und doch zugleich totenstill, weil die Häuser an beiden Seiten wie stumme Gräber standen, aus denen keine Spur, kein Hauch des Lebens heraufwehte. Nicht einmal der Rauch eines Schornsteins war zu entdecken. Die Kuppeln der Kathedralen glänzten in strahlendem Gold, von grünen Kränzen umzogen. Die Säulen der Paläste stiegen prachtvoll empor. Doch schien der Schmuck dieser edlen Architektur der einer stattlich bekleideten, zur letzten öffentlichen Schau ausgestellten Leiche zu sein, so starr, so stumm blieb alles. Diese Mischung der üppigsten Pracht des Lebens mit der stillen, tiefen Einöde des Todes war so peinlich, daß sie selbst in die Brust des rohesten Kriegers eindrang, der noch keine Ahnung von der furchtbaren Wahrheit hatte.

Schon zwei Stunden zog man durch diese steinerne Wüste und schien sich immer tiefer in den labyrinthischen Irrgängen derselben zu verwickeln. Denn nur langsam rückte man vor, da der König, der noch immer nicht an die Wahrheit glauben wollte, jeden Augenblick eines Überfalls gewärtig war und die Besorgnis noch nicht verbannen konnte, daß man ihn listig in dieses trügerische Netz verworren sich kreuzender Gassen locken wollte, um plötzlich von allen Seiten überfallend hereinzubrechen. Darum sandte er in jede Seitenstraße starke Truppen hinein, die erkunden mußten, ob der Feind nicht irgendwo lauere. Aber man fand niemanden. Eine große Stille herrschte in der ungeheuren Stadt, wo sonst das Gewühl des Verkehrs das Ohr betäuben mußte. Nur den dumpfen Hufschlag der Pferde, das Klirren der Waffen vernahm man, wie es die stummen, hohen Mauern schauerlich zurückwarfen. Sowie der Zug einen Augenblick stockte und hielt, breitete sich die Stille wie ein Leichentuch über die Scharen aus. Denn auch der Soldat war von dem unheimlichen Gefühl tief durchdrungen, und obwohl er in die Hauptstadt des Feindes einrückte, ertönte doch kein Ruf des Sieges, kein Laut der Freude oder des Jubels, sondern ernst, schweigend, indem er nur das erstaunte Auge an den hohen Gebäuden auf- und abwärts schweifen ließ, um eine Spur des Lebens darinnen zu entdecken, zog er in die Herrscherstadt der alten Zaren ein.

Jetzt stiegen die Mauern und Zinnen des Kreml düster über den Häuptern der Krieger empor. Da zum ersten Mal vernahm man, als sei es ein erquickender Laut, ein verworrenes Gemisch von Stimmen und kriegerisches Getümmel. Es war ein Trupp zusammengelaufenen Volks, das sich im schwarzen Gewimmel um einen Zug Wagen drängte, auf denen Lebensmittel und einige Verwundete lagen, die man nicht eilig genug hatte aus der Stadt schaffen können. Etliche Kosaken, zu ihrer Deckung zurückgelassen, flüchteten auf ihren kleinen behenden Pferden und waren bald in den ihnen wohlbekannten Gassen verschwunden, ohne von den nachgesandten Kugeln verletzt zu sein. Doch vom Kreml her, an dessen Toren man in diesem Augenblick ankam, tönte urplötzlich ein gräßliches Gebrüll heulender Stimmen. Rasinski war, nur von Bernhard begleitet, bei dem Schall der ersten Schüsse vorwärts gesprengt, um zu sehen, was es gab. Selbst seine männliche Brust, der Drohungen jeder Gefahr längst gewohnt, erbebte bei diesem grauenvollen Laut. Sein Auge folgt der Richtung, die sein Ohr ihm angibt. Da sieht er auf den Mauern des Kreml eine Anzahl entsetzlicher Gestalten, Männer und Weiber, mit wütenden Gebärden, die den Eingang in die heilige Burg der Zaren verteidigen wollen. Das verworrene, zerraufte Haar der Weiber, der wilde, struppige Bart der Männer, Schmutz, Lumpen, Geheul, gräßliche Verzerrung des Gesichts, plumpe, barbarische Waffen, alles dies vollendet das Grauenhafte des Anblicks. »Was? Sendet uns die Hölle ihre scheußlichsten Dämonen entgegen, um uns zu schrecken«, ruft Rasinski aus und stutzt. »Sind das Menschen oder Werwölfe?« fragte Bernhard, gleichfalls schaudernd. Die entsetzliche Schar erhebt aufs neue ihr wildes Geschrei, und Flintenschüsse fallen von der Mauer in den dichten Haufen. Der König von Neapel schwingt ein weißes Tuch als Zeichen der friedlichen Unterhandlung und ruft Rasinski heran, um ihnen zu sagen, daß sie den rasenden, vergeblichen Kampf aufgeben sollen, daß man ihnen kein Übel zufügen will. Rasinski reitet vor. In ihrer Landessprache ruft er ihnen zu: »Hört, vernehmt Worte des Friedens!« Doch ein gräßliches Geschrei, wobei die Weiber ihre Brüste schlagen und das Haar raufen, teilt statt der Antwort die Lüfte. Rasinski ruft ihnen noch einmal zu, sich zu ergeben. Da springt ein Weib, kolossal von Gestalt, der das wilde Haar weit über die Schultern herabfällt, auf die Zinne der Mauer: »Hund! Zerfleischen will ich dich mit meinen Zähnen wie eine hungrige Wölfin! Räuber, du sollst zerrissen werden wie der Jäger, der der Bärin das Junge aus der Höhle trägt! Fluch euch Mördern unserer Kinder und Gatten! Fluch euch Verwüstern unserer Städte! Und dreimal Fluch euch ruchloser Brut, die ihr die heiligen Altäre schändet und den Allmächtigen mit verfluchter Zunge lästert. Wehe soll über euch kommen, mehr als über die Verdammten im Schwefelpfuhl. Fluch, Fluch, ewiger Fluch!«

Rasinski schauderte. Diese drohende Gestalt war furchtbar, aber sie erregte keinen Abscheu! Weite, schwarz und graue Gewänder umhüllten sie, ein blutigrotes Tuch, halb einer Mütze, halb einem Turban ähnlich, war um den Kopf gewunden. Das ergraute Haar flatterte im Wind um ihre Schultern, ihr Auge blitzte und rollte wild in seinen Kreisen, der Mund hatte sich zum lauten Fluch geöffnet, sie erhob die Hände beschwörend zum Himmel. Alle männliche Kraft zusammenraffend, rief Rasinski noch einmal mit seiner Löwenstimme: »Wollt Ihr Gnade verschmähen, Rasende?«

Ein wildes Gebrüll, mit drohenden Gebärden begleitet, übertönte seine Worte, noch bevor er geendet hatte. Durch einen Wink bedeutete er dem König, daß alles vergeblich sei. Dieser gab ein Zeichen, das Tor zu sprengen. Die bereits aufgefahrene Artillerie eröffnete das Feuer. Drei Schüsse, deren Donner furchtbar in der öden Stadt widerhallte, krachten gegen das Tor. Es stürzte zersplittert zusammen. Sowie es sich öffnete, drang der verworrene Knäuel jener Wütenden aus der Pforte hervor und stürmte in die Reihen der Krieger ein. Man hatte sie schonen wollen, da es zu wenige waren, um einen überlegenen Feind zu nutzlosem Blutvergießen zu veranlassen. Der fanatische Patriotismus der Unglücklichen aber machte es unmöglich. Wie wilde Tiere brachen sie grimmig in die dichte Schar der Gegner ein, um wenigstens davon so viele zu vertilgen, als sie vermochten. Ein Wütender schlug mit einem Baumast, der einer Keule glich, zwei Franzosen zu Boden und hatte in einigen gewaltigen Sprüngen schon den König, der, wie immer, einer der Vorderen bei der Gefahr, erreicht, als Rasinski noch eilig herbeisprengte und einen Säbelhieb gegen den Rasenden führte. Doch er fiel flach, und mit der Wut eines gehetzten Hundes packte ihn jetzt der halb Getroffene an, riß ihn zu Boden und warf sich über ihn her. Bernhard war schnell wie eine heranschießende Schlange vom Pferd und riß den Wütenden, der Rasinski zu erdrosseln versuchte, zurück. Ein französischer Offizier sprang ihm bei. Mit Mühe brachen sie die Arme des Russen auseinander, mit denen er Rasinski gepackt hatte. Als er dieser nicht mehr mächtig war, fletschte er die Zähne ergrimmt und drohte den Unterliegenden damit zu packen. Doch jetzt hatte auch Rasinski wieder einen freien Arm gewonnen, und indem der Wütende nach ihm biß, schlug er ihn, eine andere Abwehr war unmöglich, mit der geballten Faust so gewaltig in den Mund, daß ein dicker Strom schwarzen Blutes daraus hervor und ihm über Brust und Antlitz stürzte. Dennoch ließ der Barbar nicht ab, sondern trotzte den drei Männern mit der ungeheuren Kraft seines muskulösen Körpers, bis ihn die Kugel aus der Pistole eines Chasseurs, der ihn kalt mit auf die Brust gesetztem Feuerrohr mitten durchs Herz schoß, leblos zu Bodens streckte.

Rasinski und Bernhard schauderten über diesen Kampf. Er glich zu sehr dem Mord, dem wahren Abschlachten der Barbaren, um ein edles männliches Herz nicht mit dem tiefsten Abscheu zu erfüllen. Indessen waren die übrigen, die noch Widerstand leisteten, teils niedergehauen worden, teils hatten sie mit verzweiflungsvollem Geheul die Flucht ergriffen. Es schien nicht der Mühe wert, sie zu verfolgen. Man ließ sie daher sich in den öden Gassen der Stadt zerstreuen, und der König von Neapel setzte den Marsch mit den Seinigen weiter fort.

Doch mehr als jemals wurde es jetzt notwendig, sich nicht ohne die größte Vorsicht in das labyrinthische Gewinde der Gassen zu vertiefen. Der Soldat, der alle diese reichen Häuser und Paläste von den Einwohnern verlassen sah, richtete seine Gedanken auf die Beute, die er an dem zurückgelassenen Gut zu machen hoffte. Einzelne versuchten hier und da sich von dem Zug zu entfernen, um sich plündernd in den Häusern zu zerstreuen, doch der strengste Befehl untersagte es ihnen, und als Beweis, daß er befolgt werden würde, schoß ein General mit eigener Hand einen Dragoner nieder, der sich in eine Seitengasse stehlen wollte. Dies wirkte. Die Menge gehorchte dem Gebot pünktlich. Doch hielten die Führer Vorsicht für nötig und sandten daher, wo sie an ein bedeutendes Gebäude, das öffentlichen Zwecken gewidmet schien, oder an eine Gruppe ansehnlicher Häuser kamen, immer starke Abteilungen seitwärts, um dieselben unter deren Schutz zu stellen.

So erhielt auch Rasinski den Auftrag, einen großen, vom Reichtum des Besitzers zeugenden Palast, der in einer breiten Querstraße lag, wo sonst nur kleine Häuser standen, zu besetzen. Mit seinen wenigen noch übrigen Leuten und einem Bataillon leichter Infanterie, das ihm beigegeben wurde, trennte er sich von dem Korps des Königs von Neapel und bezog mitten in der Stadt ein eigenes Feldlager. Er nahm von dem Palast und den umliegenden Häusern förmlich Besitz. Keine lebende Seele machte ihm denselben streitig. Boleslaw beauftragte er, mit einer Anzahl von Leuten diejenigen Gegenstände, die zur Kleidung und Nahrung der Soldaten dienen und sich etwa vorfinden sollten, aus den Gebäuden zu entnehmen, um eine billige Verteilung derselben nach Bedürfnis vorzunehmen. Bis er selbst sich von der Sicherheit der Häuser überzeugt habe, verbot er aufs strengste, sich darin einzuquartieren. Vor ein jedes ließ er eine Schildwache stellen, die mit ihrem Leben verantwortlich für Plünderung oder mutwillige Zerstörungen wurde. So schlugen denn die Truppen einstweilen ein geordnetes Biwak in der breiten, einem Platz ähnlichen Straße auf, die dem Palast gegenüberlag. In diesem nahm Rasinski sein Hauptquartier und richtete sogleich ein Büro ein, das ihm für die genauere Ordnung des Dienstes und mancher übrigen Geschäfte notwendig war. Wie bisher, erhielten Ludwig und Bernhard den Auftrag, die Arbeiten in demselben zu übernehmen.

Zweites Kapitel

Es dunkelte schon, als die vorläufigen Anordnungen getroffen waren. Man befand sich denn nun in der Hauptstadt des Feindes, man hatte sie förmlich in Besitz genommen. Ja mehr als man glaubte, da alles darin, was nicht fortzuschaffen war, den Einrückenden gewissermaßen als Erbe überlassen blieb. Das Schloß, das Rasinski mit seinen beiden jungen Freunden bezogen hatte, war von altertümlicher, würdiger Bauart. Das Tor, hoch, gewölbt, mit Eisen stark beschlagen, hatte man erst sprengen müssen. Man fand es von innen verriegelt, ein Beweis, daß entweder noch Leute im Schloß waren oder durch den Garten geflüchtet sein mußten. Das letztere war am wahrscheinlichsten. Als man die beiden symmetrischen Wendeltreppen, die von jeder Seite des Hausflurs in das mittlere Stockwerk führten, hinanstieg, gelangte man in weite Korridore, an denen eine lange Reihe von Gemächern und Sälen hinunterlief. Sie zeugten von großer Pracht, von selbst in Rußland nicht gewöhnlichem Reichtum, doch war, wie Möbel, Form der Spiegel, Tapeten und Vergoldungen bewiesen, die Ausschmückung mindestens schon durch die Väter der jetzigen Besitzer geschehen.

In dem Zimmer nächst der Treppe richteten Ludwig und Bernhard das Büro ein. Aus demselben trat man rechts in einen geräumigen Saal, und neben diesem hatte Rasinski sich in einem kleineren Gemach, das eine Art Boudoir gewesen zu sein schien, eingerichtet. Zur Linken des Büros hatten Ludwig und Bernhard in zwei großen Zimmern ihre Schlafstätten aufgeschlagen.

Es fing an zu dunkeln, draußen auf der Straße flackerten die hellen Wachtfeuer, an denen die Leute lagerten. Der Widerschein der Flammen spielte gegen die Decke der noch unbeleuchteten Gemächer und brachte, gemischt mit der tiefen Dämmerung, ein seltsames Licht hervor. Rasinski war hinuntergegangen, um die Truppen zu besichtigen und für ihre Bedürfnisse zu sorgen. Ludwig saß in dem geräumigen Zimmrt, das er zur Wohnung gewählt hatte, allein auf einem alten Lehnsessel, denn Bernhard, von einer ihm eigenen Lust, fremde große Gebäude gleich nach allen Richtungen hin zu durchkreuzen, hatte, wie er sich ausdrückte, eine Entdeckungsreise in die weitläufigen Seitenflügel des Palastes unternommen.

In dem Halbdunkel des herbstlichen Abends, bei dem Spiel des Feuerscheins vor den Fenstern, bei dem gedämpften Schall verworrener Stimmen und Waffengeräusches von draußen her hing Ludwig seinen Träumen nach. Die schönen Bilder der Vergangenheit schwebten als glänzende Gestalten auf dem dunklen Grund der Gegenwart vorüber. Es war die erste einsame, ruhige Stunde, seit er die Nachricht von dem Tod der Mutter erhalten hatte, die das Getümmel des Krieges ihm gönnte. Eine düstere Schwermut bemächtigte sich seiner Seele. Den Kopf auf der Seitenlehne des Sessels in die Hand gestützt, saß er, in Erinnerungen versunken, und sein Auge irrte ziellos in den hohen dunklen Räumen des Gemachs umher. So bemerkte er es nicht, daß Bernhard eingetreten war und, in der halboffenen Tür stehenbleibend, ihn beobachtete. Dieser aber sah durch die tiefe Dämmerung die Tränen in Ludwigs Auge glänzen, in denen sich der flackernde Feuerschein spiegelte. »So in düstere Gedanken versunken, Kriegskamerad?« redete er ihn an. – »Ach, Bernhard«, sprach Ludwig, »du bist es? Jawohl, in düstere Gedanken versenkt! Wie könnte man es anders an diesem schauerlichen Ort, und mit einer Brust voll Erinnerungen und Schmerzen wie die meinige!«

»Hm«, warf Bernhard hin, »mein Herz ist auch gerade kein Füllhorn der Wonne und des Glücks, und wenn ich mit meinen Erinnerungen *Laterna magica* spiele, so ziehen der Teufel und seine Großmutter an der Wand vorüber. Aber was den schauerlichen Ort anlangt, so muß ich dir sagen, daß er mir noch eher unheimlich vorkommt.« – »Wieso?« – »Wir wohnen nicht allein im Haus, darauf möchte ich schwören.« – »Was hast du für Gründe zu dieser Vermutung?« – »Mancherlei. Ich ging durch die langen Korridore zu dem Querflügel, der auf den Garten stößt. Wie ich so eine Tür nach der anderen anklinke, die alle verschlossen oder verriegelt waren, komme ich auch an eine, die sich sogleich öffnet. Ich trete ein und fühle mich durch eine behagliche Wärme überrascht. Das fällt mir auf, ich schaue umher und finde, daß ich in einer Art von Küche stehe, wo auf dem Herd noch Asche liegt. Ich trete hinzu, die Asche ist warm, ja, ich entdecke, als ich mit meinem Säbel darin schüre, noch einige schwach glimmende Kohlen.«

»Die Bewohner werden diesen Morgen noch hier gewesen sein.«

»So dachte ich auch, da aber höre ich plötzlich unter mir ein dumpfes Geräusch, wie wenn etwas Schweres fiele. Das macht mich stutzig. Ich eilte wieder auf den Korridor, entdeckte eine kleine Treppe, die ins untere Geschoß hinabführt, und finde dort ebenfalls einen Korridor, an den sich eine Reihe Zimmern mit verschlossenen Türen anschließt. Ich versuche sie zu öffnen, zu sprengen, sie sind, scheint es, fest verrammelt. Ich poche, rufe, lärme, keine Antwort. Endlich bin ich des Dinges überdrüssig und gehe. Als ich die kleine Treppe wieder hinaufsteige, höre ich aber etwas rauschen und zugleich Schritte wie von einem weiblichen Fuß. Schnell eile ich hinauf, entdecke aber nichts. Überzeugt, daß mein leises Ohr mich nicht getäuscht hat, spähe ich überall umher. Da sehe ich am Boden, dicht vor der Tür der Küche, wo ich zuvor gewesen war, etwas Weißes schimmern. Ich hebe es auf, und siehe, es ist diese Bandschleife, die zuvor, darauf wollte ich einen Eid schwören, nicht dort gelegen hat. Ich forsche und spähe darauf ringsumher, um die Schöne zu entdecken, die das Band verloren haben müßte, doch vergeblich. Alles blieb stumm, alles verschlossen. Ob es nun ein guter oder böser Geist, eine Ahnfrau oder gar die berüchtigte Weiße Frau gewesen sein mag, die in den öden Gängen umhergewandelt ist, das will ich unentschieden lassen.«

»Hm, sonderbar!« sprach Ludwig sinnend. »Sollten sich vielleicht die unglücklichen Einwohner versteckt halten aus Furcht vor Mißhandlungen?«

»Möglich! Doch halte ich's lieber mit Gespenstern, verwünschten Fräuleins, die auf Erlösung harren, eingemauerten Nonnen, deren Seele keine Ruhe finden kann und die in den öden Gängen umherkreuzen. Um Mitternacht müssen wir eine zweite Erkundung vornehmen, bist du dabei?« – »Wenn deine eigene Müdigkeit dich nicht eines Besseren überredet«, erwiderte Ludwig lächelnd, »herzlich gern.«

»Wie? Ihr sitzt so im Dunklen, Freunde?« tönte plötzlich des eben eingetretenen Rasinski Stimme. »Es wird Zeit sein, daß wir Licht anzünden lassen, aber auch Feuer, denn die Herbstabende sind kalt in diesen Gemäuern.« Er befahl seinem Reitknecht, Licht zu bringen und in dem kleinen Gemach, das er bewohnte, Feuer anzuzünden. Es war dies das einzige Zimmer des Hauses, wo sich ein Kamin befand, der für den Herbstabend eine zweckgemäßere Erwärmung gewähren konnte als die ungeheuren Öfen in den anderen Zimmern. »Ich habe eben Briefe für mich und euch erhalten«, fuhr Rasinski fort, »laßt uns hinübergehen und sie zusammen lesen und einander erzählen, was die Lieben von der Heimat her uns schreiben. Es ist mir ein erfreuliches Zeichen, daß uns gleich am ersten Tag in dieser Hauptstadt eine so willkommene Begrüßung zuteil wird.« Sie gingen.

Rasinskis Reitknecht hatte eine Lampe angezündet, die in dem Gemach hing. Bald flackerte auch das Feuer im Kamin. Er reichte jetzt Ludwig zwei Briefe von verschiedenem Datum hin, die jedoch, wie dies bei Feldposten zu geschehen pflegt, zu gleicher Zeit eingetroffen waren. Bernhard pfiff ein Soldatenlied und stöberte mit der Zange in dem Kamin umher, während Ludwig und Rasinski lasen. »Man ist sehr glücklich, wenn man keinen Korrespondenten hat«, warf er hin, »man braucht kein Porto zu zahlen, nicht zu antworten, ja nicht einmal zu lesen. Das letztere ist besonders für einen Maler, der gern seine Augen schont, ein höchst erfreulicher Umstand.« Er pfiff weiter, da ihm niemand antwortete. »Ich hab' meine Sach' auf nichts gestellt – und mein gehört die ganze Welt«, summte er und heftete sein Auge starr in die Glut.

»Ja, ja, du bist glücklicher als wir«, rief Ludwig plötzlich und heftig aus, indem er die Hand sinken ließ, in der er den Brief, den er soeben gelesen hatte, hielt, »denn solche Briefe zu empfangen, das hat der Himmel dir erspart!« – »Was ist dir? Was hast du?« fragte Bernhard von seinem Sitz aufspringend. – »Ich kann's vermuten, nach dem, was mir meine Schwester meldet«, sprach Rasinski, »es ist ein namenloses Bubenstück, aber es soll nicht gelingen.« – »Schwarz wie die Nacht, und giftig wie die Brut der Natter«, rief Ludwig außer sich. »Und um meinetwillen muß die Hilflose das leiden!«

»Was denn, was? So redet doch in des Satans Namen«, rief Bernhard mit rollenden Augen, denn er ahnte etwas von Wahrheit. – »Lies, lies«, sprach Ludwig und reichte ihm den Brief. Bernhard ergriff ihn hastig und wollte ihn rasch überfliegen, doch warf er ihn ebenso hastig wieder weg und rief: »Es sind mir zuviel Buchstaben, sie kreuzen durcheinander wie ein ganzer Haufen giftiger Spinnen. Sagt es mir mit zwei Worten, denn ich habe die Ruhe nicht, das Gift da langsam herauszusaugen.«

»Es empört jeden, dem jemals ein männliches Herz in der Brust schlug«, sprach Rasinski und ging in Erregung mit großen Schritten auf und nieder. »Die Buben, die euch verfolgen, sind auf seine unglückliche Schwester gestoßen, der Zufall oder ihre arglistigen Höllenkunstgriffe brachten das Geheimnis an den Tag, und ...« – »Sie ist im Gefängnis?« rief Bernhard hastig unterbrechend, und sein Auge flammte ergrimmt auf. – »Nein, das zum Glück nicht«, fuhr Rasinski fort, »aber empörende Anträge hat ihr der Bube gemacht, und des Bruders Kopf zum Preis ...«

»Rede nicht weiter, Rasinski!« rief Bernhard halb befehlend, halb flehend. »Soll es der Bruder zweimal hören?« Zugleich faßte er Ludwig und drückte ihn mit krampfhafter Heftigkeit an die Brust. »Oh, die holde Rose! Welche Qualen des Schauders mußten ihr liebendes Herz erfüllen, als die stachelige Giftraupe sich scheußlich heranringelte! – Aber wir wollen Gott danken, daß sie gerettet ist, denn ich sehe es an euren Blicken, sie muß es sein, sonst könntet ihr so nicht hier stehen. Doch noch schauert mich in innerster Seele! Mein Ludwig!« Sie hielten sich aufs neue umfaßt. Rasinski legte die Hände auf ihre Schultern und sprach gerührt: »Wir haben wohl Gott zu danken!«

»Laß mich nun lesen, was die gemarterte Heilige dir schreibt«, unterbrach Bernhard mit bewegter Stimme die Umarmung. Er nahm den Brief und setzte sich damit gegen das Feuer. »Hm!« sprach er ruhiger, doch noch von Ingrimm erfüllt, als er gelesen hat. »Der eine Todesstreich wäre zwar abgewendet, aber noch droht ja das Schwert über ihrem Haupt. Auch über dem unserigen – doch diese Lumperei ist nicht der Rede wert. Ich sollte den Buben nur hier haben – er müßte ein anderes Lied hören!« Nach diesen Worten ging er unruhig auf und nieder.

»Ich habe den zweiten Brief noch nicht geöffnet«, sprach Ludwig, »der erste hat mich zu gewaltig erschüttert. Er gibt uns vielleicht Auskunft.« – »Laß hören!« –

»Dresden, den 19. August.

Teurer Bruder! Welch eine Zeit ist das? In Stunden geschieht mehr, als vormals in Jahren. Die wichtigsten Ereignisse meines Lebens drängen sich alle in einen Punkt zusammen. Wir verließen Teplitz gleich am anderen Morgen nach dem entsetzlichen Vorfall, den ich Dir noch abends flüchtig meldete. (Sei nur auf Deiner Hut, Teuerster!) Diese Nacht brachten wir auf dem Gut der Tante zu. Heute fuhren wir alle in der Stille hierher. Auf dem Totenbett erzählte mir die Mutter von einem Geheimnis, doch der Schmerz hat mich damals so überwältigt, daß ich kaum darauf achtete, denn was sollte mir noch wichtig sein in der Welt! Und doch – aber höre. Die Mutter hatte mir die geheime Lade ihres Schreibtisches als wichtige Papiere enthaltend bezeichnet. O Ludwig, mit welcher Bewegung habe ich sie gelesen! Sobald es auf sicheren Wegen möglich ist, sollst Du das ganze Dokument der rührenden Erzählung erhalten. Jetzt gebe ich Dir nur den Auszug, den die flüchtigen Minuten mir gestatten. Unser wahrer Name ist nicht Rosen, sondern der Vater hieß Sternfels und war Gutsbesitzer in Franken. Die treueste Freundschaft war sein Unglück. Im März des Jahres 1793 besuchte er einen Jugendfreund namens Waldheim, der Offizier gewesen, aber von den Franzosen gefangengenommen war und sich in Straßburg aufhielt, wohin ihm seine Gattin, eine holdselige Frau sondergleichen, wie die Mutter sie schildert, nachgefolgt war. Ein Franzose, Rumigny, beleidigte die junge, reizende Frau durch ehrlose Anträge.« Hier hielt Ludwig einen Augenblick inne, weil Rasinski eben durch eine eintretende Ordonnanz, die ihre Meldungen machte, unterbrochen worden war. Auf einen Blick fuhr er jedoch sogleich fort: »Da sie zurückgewiesen wurden, rächte er sich durch die schwärzesten Verleumdungen. Dies erfuhr der beleidigte Gatte, der sein getreues Weib kannte. Er forderte den Verleumder, zwang ihn zum Duell. Unser Vater war Sekundant. Doch der Elende, der sich mit mehreren Begleitern umgeben hatte, tat einen Schuß gegen die Gesetze des Duells, der den unglücklichen Waldheim zu Boden streckte. Unser Vater war außer sich. Da in dem Augenblick jedoch die Sorge, das Leben des Getroffenen vielleicht noch zu retten, dringender war als das schwer überwundene Gefühl der Rache, konnte er den Täter nicht sogleich züchtigen. Der Freund starb nach wenigen Minuten. Unser Vater forderte den Mörder, dieser verhöhnte ihn. Da überwältigte ihn ein menschliches Gefühl – Ludwig! Wer wollte ihn verdammen. Er suchte den Elenden auf, um Rache an ihm zu nehmen oder ihn zum Zweikampf zu zwingen. Sein treuer Diener Willhofen begleitet ihn. Doch der Verbrecher ist gewarnt und lockt den Gegner ins Netz. Durch Hohn weiß er ihn zu reizen, der Vater vergißt sich, dringt mit dem Degen auf ihn ein, wird entwaffnet und mit dem treuen Willhofen gefangen. Um sein Opfer gewiß zu verderben, sucht der Verbrecher den Vater als Späher und fremdbesoldeten Verräter gegen Frankreich verdächtig zu machen. Er wird nach Paris gesandt. Die Guillotine bedroht ihn. Doch Willhofen, der alle seine Schicksale teilt, findet in dem Kerkermeister einen Landsmann aus dem Elsaß. Dieser begünstigt ihre Flucht, und beide gelangen glücklich nach Havre auf ein holländisches Schiff. Von dort schreibt der Vater erst der Mutter, was alles geschehen ist, und beschwört sie, sofort mit uns nach Hamburg zu gehen, wo er sie treffen will. Sie kommt dahin und erwartet vergeblich die Ankunft des Vaters. Tage und Wochen verstreichen, endlich ist ein Monat vorüber, ohne daß ihre tödliche Ungewißheit endet. Indessen erfährt sie, daß durch die schon damals überallhin sich erstreckende Gewalt der französischen Machthaber der Prozeß gegen den Vater als Mörder auch schon in seiner Heimat anhängig gemacht ist, daß man ihn auffordert, sich dem Gericht zu stellen. Was soll ich Dir noch alles sagen? Der Vater ist niemals mehr wiedergekehrt. Seine Güter wurden eingezogen, und als die Franzosen Franken besetzten, sein Name geächtet, weil er sich in den Polizeilisten von Paris unter der Zahl der Hochverräter fand. Dies bewog die Mutter, den Namen Rosen anzunehmen und sich mit uns nach Dresden zurückzuziehen, wo unsere Tante, ihre Schwester, bereits als Witwe wohnte. Noch tausend Umstände hätte ich Dir zu melden, teurer Bruder, wenn es in diesem Augenblick möglich wäre. Vor allem die unendlich rührenden Gründe der Liebe und Besorgnis, die nebst manchen anderen wichtigen Bedenken unsere Mutter bestimmten, ihre Kinder nicht zu Mitwissern des Geheimnisses zu machen, das um unseren Vater schwebte. Doch es wird ja ein Tag kommen, wo die Schwesterbrust sich einmal wieder ganz frei und ungehindert gegen Dich ergießen kann. Jetzt stürmt und dringt freilich alles auf uns ein! In der nächsten Viertelstunde schon reise ich mit der Gräfin Micielska nach Warschau ab, wo ich ganz sicher gegen jede Verfolgung sein werde. O wärest auch Du es nur! Aber Dich bedroht das Unheil des Krieges im Antlitz und schwarzer Verrat im Rücken! O Ludwig, und Du führst die Waffen für die, die so namenloses Elend über Deinen Vater und über Dein Vaterland gebracht haben! Ich mache Dir keine Vorwürfe, Du Lieber, aber kann das Unglück höher steigen, können wir tiefer sinken in der Schmach? Meine heißen Gebete für Dich sende ich täglich gen Himmel! Aus tiefster Seele aber bete ich auch für die Erlösung unseres Vaterlandes von dem ehernen Joch, unter das es sich beugen muß. Ich muß schließen – grüße Deine Freunde von mir, den treuen Bernhard, den edlen Rasinski – o daß es erst anders würde in der Welt!

Deine Marie.«

Ludwig hatte vor Staunen und Überraschung kaum den Brief zu Ende lesen können. Erst jetzt erinnerte er sich lebhaft und deutlich wieder einiger Begebenheiten aus seinen frühesten Knabenjahren – denn er war fünf Jahre alt zur Zeit des unglücklichen Ereignisses. Jetzt erst, wie sie erklärt wurden, traten die mancherlei kleinen Beziehungen, Winke und Worte, die er von der Mutter über das Schicksal des Vaters gehört hatte, gleich hellen Sternen auf dem dunklen Nachthimmel der Vergangenheit hervor. Aber wie vieles blieb in seinen düsteren Wolken verschleiert!

Rasinski wurde vor allem durch die letzten Worte des Briefes erschüttert, die eine Wunde seines Herzens trafen, von der selbst Ludwig keine Ahnung hatte, da er mit männlicher Festigkeit seinen Schmerz in verschlossener Brust trug. Er stand mit verschränkten Armen an den Pfeiler des Kamins gelehnt und blickte düster vor sich hin.

Auf Bernhard schien dieser Brief den schwächsten Eindruck zu machen, da seine Seele sich nur noch mit dem Ereignis des ersten beschäftigte. Er saß auf der anderen Seite am Feuer und spielte mit seinem Ring, indem er ihn am Finger hin und her drehte. »Im ersten Augenblick, mein guter Ludwig«, fing er nach einer Pause an, »regen uns solche Nachrichten heftig auf, aber auf die Dauer ändern sie wenig in unserem Leben. An Wunder glaube ich in der Brust, im Gemüt, wo man will, aber im Leben sind sie selten. Ein Vater, der zwanzig Jahre lang verschollen ist, muß zu den Toten gezählt werden. Um einen, den wir so lange entbehrten, kann auch der Schmerz nicht groß sein. Aber Marie in ihrer Lage, in der Entwürdigung, die sie erfahren hat, in der Angst, die sie dulden mußte, ist ein armes, blutendes Opferlamm!«

»Du bist so gut und treu, Bernhard«, entgegnete Ludwig, »du verstehst das Herz deines Freundes so tief: Solltest du nicht begreifen, daß es ihn im Innersten bewegen und ergreifen muß, daß er vielleicht noch einen

Vater besitzt, der unendliches Unglück, unendlichen Jammer erduldet haben kann und noch erduldet? Wärst du in diesem Fall ...«

»Und bin ich's etwa nicht?« fuhr Bernhard fast wild auf. »Wenigstens in einem ähnlichen, und darum weiß ich, was davon zu halten ist. Ich könnte vielleicht noch eine ganze Sippschaft, Vater und Mutter, Cousinen und Cousins in der Welt haben und auffinden, aber ich beteure dir, daß ich mich jetzt auch nicht einen Pfifferling um die kümmern werde, die sich zwanzig Jahre nicht um mich kümmerten. Es ist freilich anders mit dir – denn du weißt wenigstens, daß dein Vater dich nicht verstoßen hat, du hast ihn früh verloren, und alles bürgt dir dafür, daß er ein edler Mann war. Nun, du weißt, ich fühle auch – aber Marie geht mir jetzt näher ans Herz.«

»Du hast mir nie gesagt, daß du noch lebende Eltern hast«, sprach Ludwig erstaunt.

»Ich erfuhr es selbst erst vor zwei Jahren in London, als mein Pflegevater gestorben war. Aber damals hatte ich Kopf und Herz voll anderer Dinge – du weißt ja –, und seitdem hat die Zeit mich gleichgültig gemacht. Da, an diesem Ring (er warf ihn über den Tisch zu Ludwig hin) sollte ich vielleicht meine wahren Eltern erkennen, und doch hätte ich ihn vor drei Monaten unbedenklich um etwas Gewissen willen, was mir lieber war, weggegeben, wenn ich nicht ein dummer Tölpel gewesen wäre.«

Da Rasinski und Ludwig ihn fragend und befremdet anblickten, fuhr er, während Ludwig den Ring betrachtete, fort: »Mein Pflegevater, den ich für meinen wirklichen hielt, weißt du, war ein armer Landprediger bei Würzburg. Als ich im zehnten Jahr anfing, gut zu zeichnen, schickte er mich nach Dresden zu seinem Bruder, den du ja gekannt hast. Daß es mir schlecht genug hier erging bei dem alten, strengen philisterhaften Kauz, brauche ich dir auch nicht zu wiederholen. Ich zerriß endlich alle Ketten und ging auf Reisen. In dieser Zeit starb mein Pflegevater, der Pfarrer, und sein Bruder beerbte ihn, das heißt, er bekam die nachgelassenen Papiere. Unter ihnen war eines, das er mir nach London schickte. Auf diesem stand ungefähr folgendes, von seiner eigenen Hand geschrieben: »Eines Abends, als ich schon zu Bett war, klingelte es heftig mehrmals an der Haustür. Die Haushälterin öffnete, ein fünfjähriger Knabe, der die Glocke gar nicht hätte erreichen können – das war ich nämlich –, stand davor. Er hatte einen Brief an mich in der Hand. Ich öffnete ihn und fand eine Anweisung von 2000 Gulden auf einen Frankfurter Bankier darin, die man mir unter der Bedingung gab, daß ich das Kind, das sie überbrächte, erziehen sollte. Man kenne mich als einen redlichen Mann, der ein solches Zutrauen rechtfertigen werde, und wolle nach einiger Zeit sich wieder nach dem Kind erkundigen. Ich habe meine Pflicht nach besten Kräften getan, obwohl mich bald darauf der Krieg um das brachte, was ich für den Knaben in Besitz genommen hatte. Sein Talent zur Malerei bestimmte mich, ihn zu meinem Bruder nach Dresden zu senden. Seine Wäsche war mit einem *B* gezeichnet. Danach nannte ich ihn Bernhard. Dies und ein goldener Trauring, den wir erst später zufällig in seinem Kleidchen eingenäht fanden und in dem die Buchstaben *B.W.* stehen, sind die einzigen Zeichen, an denen man seine wahren Eltern wiedererkennen kann.« Dieses Dokument nebst dem Ring schickte mir mein Onkel, wofür ich ihn wenigstens stets gehalten habe, nach London mit dem Auftrag, ich möge nun, dort oder in der Heimat, selbst nach meinen Eltern forschen. Weiter blieb mir auch nichts übrig, denn, wie du weißt, starb mein Oheim vor zwei Jahren so plötzlich, daß ihn meine Antwort nicht einmal mehr am Leben traf und daher an mich zurückging. So sind wir in demselben Fall. Aber ich beteure dir, Ludwig, ich habe auch noch nicht den Finger gerührt, um eine Entdeckung zu machen. Was will ich mit Eltern, die in meinem ganzen Leben nichts von mir gewollt haben? Reich oder arm, vornehm oder gering, mir ist alles eins, Liebe können sie nicht zu mir gehabt haben. Mit dir ist's freilich anders, aber auch weit unwahrscheinlicher – denn welcher Vernünftige zählt auf das große Los im Glücksrad? Ich würde nur dem Schuft Romanay, oder wie er hieß, auf die Spur zu kommen suchen, um ihm etwa den Hals umzudrehen. Aber der Vater – zwanzig Jahre verschollen ist tot.«

»Nein, Bernhard!« rief Ludwig. Ich kann so nicht fühlen. Mächtig stürmt die Hoffnung in meiner Brust, ich werde einen Vater finden und ihm vielleicht ein heiteres Ziel des Lebens bereiten können. Und diese Liebe steht mir näher als die Rache nach einem, den vielleicht das Maß seiner Schuld schon längst erreicht hat. Nein, ich hoffe noch!«

»Das wird acht Tage dauern, die nächsten Monate hindurch taucht es noch einige Male auf, aber wenn dann Jahre verflossen sind und alles bleibt wie es ist, so wirst du sehen, daß so schwache Hoffnungen verglimmen wie eine Flamme ohne Nahrung.«

»Freilich«, entgegnete Ludwig, »bin ich, so scheint es, darauf angewiesen, meine teuersten Hoffnungen an fast unsichtbare Fäden sich knüpfen zu sehen, und man könnte es mir verzeihen, wenn ich daran zweifelte, durch sie den Ausweg aus dem Labyrinth meines Schicksals zu finden.«

Rasinski hatte indessen den Ring genommen und betrachtete ihn aufmerksam. »Hm! Welche Buchstaben nanntest du, die in dem Ring ständen?« wandte er sich fragend an Bernhard. – »*B.W.*«, erwiderte dieser. – »Wenn man freilich«, bemerkte Rasinski, nicht ohne eine etwas verweisende Betonung, »so zarte Fäden nur obenhin betrachtet, dann wird es allerdings unmöglich, sie zu verfolgen und, durch sie geleitet, den Ausweg des Labyrinths, wie Ludwig sagte, zu finden. Ich lese nicht *B.W.*, sondern ganz deutlich *L.W.* in diesem Ring.«

»Unmöglich!« antwortete Bernhard, griff hastig nach dem Ring und hielt ihn gegen das Licht. »Das ist ein Blendwerk der Hölle!« rief er plötzlich erblassend aus. »In meinem Ring stand *B.W.*, oder ich will ewig verdammt sein. Treibst du dein Spiel mit mir?« fuhr er heftig gegen Rasinski auf.

»Wie kannst du nur glauben!« sprach dieser und stand erstaunt und bewegt auf. Auch Ludwig betrachtete den Freund mit äußerster Spannung. In seinen Zügen war eine Bewegung zu lesen, wie er sie nie gesehen hatte, seine Fassung war verloren, er schien ganz überwältigt durch die aufregenden Gefühle seiner Brust. Plötzlich lachte er wild und ingrimmig auf. »Es ist nichts, sage ich, nichts. Eine der riesenhaftesten Albernheiten des Zufalls, über die man aber freilich verrückt werden könnte! Ich glaube, das Schicksal will sich an mir rächen. Ich war ungläubig gegen seine Wunder in diesem nüchternen Leben, nun versöhnt es mich damit – aber doch fast zu grausam! Oh«, er drückte sich die Faust vor die Stirn, »wer mir nur dies eine Mal sagen könnte, ob mich die grinsenden Larven eines Traumes quälen oder ob die Wirklichkeit mir diese höhnischen Gesichter schneidet. Packt mich doch an in Teufels Namen, und schüttelt mich wach, wenn mir der Alp das Herz zerdrücken will!« – »Bernhard, lieber Bernhard«, drang Ludwig in ihn, indem er seine Hand ergriff, »was hast du? Fasse dich, komm zu dir selbst, o sprich, was dich so grauenhaft erschüttert!« Wie jemand, der aus den bewußtlosen Zuckungen eines Krampfes ins Leben zurückkehrt und nun, todesmatt, kaum noch die Augenlider offen halten kann, sank Bernhard jetzt an der Brust des Freundes zusammen, so daß Rasinski ihn unterstützen mußte. »Laßt mich allein, Freunde!« sprach er matt. »Ihr liebt mich, es muß euch ebenso treffen. Warum soll es mehr als eine Brust zermalmen? Und wenn alles nur ein leeres Spiel wäre! Ein Nichts, weniger als nichts, was die Qualen in mein Herz geworfen hat! Jetzt weiß ich, daß es auch unwirkliche Dinge gibt, vor denen eine Männerbrust zusammenbrechen muß, daß man an entsetzlichen Träumen sterben kann.«

Drittes Kapitel

Jaromir und Boleslaw waren für diesen ersten Abend in Moskau von ihren Freunden getrennt, da ihre Aufsicht bei den Truppen unerläßlich schien. Als jedoch die Biwakfeuer loderten, der Soldat sich leidlich eingerichtet hatte und durch Rasinskis Fürsorge auch mit Speise und Trank hinlänglich versehen war, mochte es den einzelnen Führern wohl gestattet sein, sich auf kurze Zeit von ihren Posten zu entfernen und sich durch Kameraden vertreten zu lassen. Dies tat auch Jaromir. Denn bei seinem frischen, lebenslustigen Sinn, bei seiner noch jugendlichen Regsamkeit war, so manches er auch erlebt und erfahren hatte, der Einzug in eine neue, berühmte Hauptstadt doch ein Ereignis für ihn, das ihn nach vielerlei Richtungen reizte und bewegte. Mit Staunen hatte er die Paläste, die langen unendlichen Gassen, die weiten Plätze betrachtet. Der Kreml mit seinen Türmen und Zinnen machte fast den Eindruck eines Zauberschlosses auf ihn. Er hatte Lust, durch die Gassen zu streifen, die Biwaks der Kameraden zu besuchen, mit ihnen zu schwatzen und zu plaudern, kurz, nach langen Anstrengungen einmal die Freude des kriegerischen Müßiggangs zu genießen. Boleslaw sah es ihm an, und wohlwollend wie er war, erbot er sich, ohne erst Jaromirs Bitte abzuwarten, den Dienst für ihn zu übernehmen. Mit zwei Offizieren von dem leichten Infanteriebataillon, das Rasinski für den Augenblick beigegeben war, ging er, als es schon ein wenig zu dämmern begann, Arm in Arm vergnügt die Gassen hinunter, um einen Spaziergang durch die wunderbare Stadt zu machen.

»Hier diese beiden Türme mit ihren goldenen Kuppeln müssen wir im Auge behalten«, sprach er zu seinen Begleitern, »mit ihnen finden wir uns schon wieder zurecht, selbst wenn es völlig dunkel würde, denn an dem ausgeschweiften Knopf spiegeln sich die Feuer von unten herauf hell genug, um sie ziemlich weit durch die Nacht zu sehen.« Lebrun und Lacoste, so hießen seine beiden Begleiter, waren, gleich Jaromir, froh und guter Dinge. *»Marlborough s'en va en guerre«*, sang Lebrun mit angenehmer Stimme und leicht graziös vor sich hin, und die beiden anderen stimmten mit ihm ein. Sie gelangten durch einige Gassen, in denen ihnen ein schwerer Artillerietroß begegnete, an den Kreml. Hier waren große Biwaks aufgeschlagen. Die junge Garde hatte sich diesen Platz zur Lagerstätte erwählt. Lange Reihen zusammengesetzter Gewehrpyramiden leuchteten prächtig im Widerschein der Feuer, die man entlang der Gassen angezündet hatte. Wie der Soldat sein Lager immer kriegerisch schmückt, so hatte man auch hier vor jedem Bataillon eine Trophäe von Trommeln und Adlern aufgerichtet. An den Stellen, wo lange Straßen sich öffneten, standen Kanonen. Sie waren abgeprotzt, die brennenden Lunten dahinter in den Boden gepflanzt. Um die Leute zu erheitern, hörte man von verschiedenen Seiten her kriegerische Musik. Doch nur wenige waren noch so bei Kräften und glücklicher Laune, daß sie einen fröhlichen Tanz nach einer beliebten Francaise oder Gavotte der Ruhe auf dem mit Stroh bedeckten Steinpflaster vorgezogen hätten. Überhaupt gewährte das Lager zwar einen bewegten, aber nicht jenen heiteren Anblick, den sonst eine solche kriegerische Nomadenstadt, zumal nach Tagen des Sieges und Triumphs, darzubieten pflegt. Die Kleider der meisten Soldaten waren zerrissen und vom Pulver geschwärzt. Selbst die Garde machte davon keine Ausnahme, obgleich sie bei Boradino nicht zum Gefecht gekommen war. Denn später, als Kutusow nochmals eine verschanzte Stellung bei Krymskoje, drei Stunden vor Moskau, nahm, hatten auch sie einen ehrenvollen Anteil am Kampf gehabt. Hier und da hörte man ein fröhliches Lied. Doch zumeist lagen die bärtigen Krieger, in ihre Mäntel gehüllt, an den Feuern und schliefen oder blickten müßig in die Flammen, an denen ihre dampfenden Kochgeschirre standen.

»Laßt uns einmal dort am Kai hinaufgehen, wo die prächtigen Häuser stehen«, sprach Jaromir. Auch hier lagen Soldaten. Es war die alte Garde. Bei diesen sonst so streng disziplinierten Truppen herrschte jedoch wenig Ordnung. Man hatte die Tore der Häuser aufgebrochen und es sich in den weiten Vorhallen bequem gemacht. Die Offiziere lagen in den oberen Stockwerken in den Fenstern. Die Soldaten schleppten Holz und Stroh heran, andere trugen Bettstücke, Teppiche, Kissen und Polster, die sie in den verlassenen Häusern gefunden hatten, herab, um sich ein bequemes Lager zu schaffen, denn der Soldat war der fröhliche Erbe der Ausgewanderten. Das Biwak erhielt durch diese Staffage ein buntes, fast morgenländisches Ansehen, zumal da gerade einige der Leibmamelucken des Kaisers mit langen Pfeifen im Mund bequem auf einem prächtig gestickten, roten Teppich und himmelblauen Polstern lagen, die sie in dem nächsten Palast aufgefunden hatten.

»Hm, ihr habt euch hier gut eingerichtet«, sprach Lacoste, »freilich, die Garde muß immer etwas voraushaben. Man weiß aber nicht, habt ihr das Biwak ins Haus oder das Haus in das Biwak getragen. Warum strecktet ihr euch nicht lieber drinnen auf die Kissen?«

»Es ist Befehl, zu biwakieren, mein Kapitän«, erwiderte ein Sergeant mit glänzend schwarzem Knebelbart, »doch wird es hoffentlich nicht lange dauern. In so schöner Nacht läßt man sich's aber gefallen.« – »Schöne Nacht? Mir scheint, der Wind wird rauh genug pfeifen«, antwortete Jaromir. – »Wenn er nur nicht die Feuer ausbläst«, rief lachend der Sergeant. – »Sagt lieber«, bemerkte Lebrun, »wenn er sie nur nicht anbläst. Euer Biwak, Freund, ist nicht das ordentlichste, das ich vom Ebro bis zur Moskwa gesehen habe. Nachts, wenn alles schläft und die Feuerwachen einnicken, könnte euch das Stroh unter dem Leib zu brennen anfangen, bei euren Veranstaltungen.«

»Wahrhaftig!« lachte Jaromir. »Es wäre nicht übel, wenn ihr euch die Winterquartiere über dem Kopf anbrenntet. Aber ihr habt ordentlich einen Plan dazu gemacht. Stroh und Heu sind ja von hier bis in die Hausflure hinein wie Zündpulver gestreut und bilden eine Schlange, als ob man einen Artilleriepark von weitem aufsprengen wollte.« – »Pah! Stroh ist kein Pulver. Was leicht brennt, löscht sich auch leicht!« rief der Sergeant. – »Nicht immer«, entgegnete Lacoste, »euer Biwak will ich mit einer Zigarre in Brand setzen, aber es würde euch schwer werden, aus der seichten Moskwa so viel Wasser zu schöpfen, wie ihr zum Löschen nötig hättet!«

»Wir werden schon noch ein wenig Ordnung machen, mein Kapitän«, antwortete der Sergeant sich verneigend, da die Offiziere ihren Weg fortsetzten. – »Es wundert mich doch«, meinte Jaromir, »daß das gelitten wird, es ist in der Tat Gefahr vorhanden.«

»Freilich wohl!« zuckte Lacoste die Achseln. »Aber mit der Garde ist der Kaiser nun einmal so streng nicht. Er vertraut zu sehr darauf, daß es lauter Veteranen sind, die mit Krieg und Kriegszucht Bescheid wissen und ihre Notwendigkeit so eingesehen haben, daß sie von selbst tun, was recht ist. Es geschieht auch so, auf dem Marsch, im Lager und in der Schlacht, doch ihr wißt wohl, wenn einmal der Tag des Ausruhens für den Soldaten gekommen ist, dann fällt es gar zu schwer, ihn zur Arbeit zu bringen. Solange er im Zug ist, geht's, man kann ihm aufhäufen, was die Schultern nur tragen wollen. Streckt er sich aber erst müde im Biwak aus, zumal in einer eroberten Hauptstadt, dann mag der Teufel ihn mit Nebendingen scheren und placken. Man verläßt sich auch etwas auf das Glück und den Himmel. Wenn alles Gefährliche in der Welt schlecht ausschlüge, da möchte der Henker Soldat sein. Unser ganzer Trost sind ja die Kugeln, die nicht treffen.«

In diesem Gespräch war man weitergeschlendert. Kein Schritt, der nicht ein Bild für die Hand eines geschickten Malers dargeboten hätte. Hier ein alter Krieger, der da schlief, als wollte er erst bei der Posaune des Gerichts wieder erwachen, und es nicht bemerkte, daß seine Stiefelsohlen sich schon am Feuer sengten, so daß Jaromir ihn gutmütig auf die Seite schob, damit der arme Teufel nicht am Ende barfuß laufen müßte. Dort eine Marketenderin, die, von einem Schwarm lustiger Soldaten umringt, Frauengewandtheit mit dem Stolz auf die Redlichkeit ihres Handels verbindend, Unzähligen zugleich zu genügen wußte. Weiterhin fröhliche Spiele, Lieder, Tanz. Dicht daneben eine Gruppe behaglich schwatzender Graubärte, die mehr Narben als Haare auf dem Scheitel hatten. Ein Kranker, der mißmutig, mit verbundenem Kopf, in den Mantel gewickelt auf dem Stroh lag. Ein Pfeifer, der sich malerisch als Sansculotte auf eine Trommel gesetzt hatte, weil er als sein eigener Schneider sein einziges Paar Hosen flickte. Sogar eine Mutter mit einem zweijährigen Knaben sah man, am Feuer sitzend, mit dem Kind schäkern. Es war der einzige süße Lohn für eine Treue und Liebe, die ihr den Mut gegeben hatte, die unermeßliche Weite blutgedüngter Steppen zu durchwandern.

Indem Jaromir sich durch einen dichten Haufen Soldaten Bahn zu machen suchte, die einen mit Reis beladenen Wagen, wo sie ihre Ration empfangen sollten, gedrängt umstanden, zupfte ihn jemand am Kleid. Er sah sich um, es war ein zierlich gekleideter Jokai, ein Knabe, wie es schien, von etwa fünfzehn Jahren, dessen Anwesenheit im Lager auffallen mußte. Ein englischer Hut mit breit überstehender Krempe und mit einer schwarzen Feder schmückte das Haupt, verdeckte aber das Antlitz zur Hälfte. »Was willst du, Knabe?« fragte Jaromir verwundert. Der Kleine bückte sich ein wenig, wie verschämt, und sprach: »Ich soll Euch bitten, mir zu folgen!«

Jaromirs Verwunderung nahm zu, als er den schönen Knaben aufmerksam betrachtete. Die Dämmerung, der rote Schein der Wachtfeuer und der tiefe Schlagschatten des Hutes gaben dem Gesicht einen ganz eigentümlichen, romantischen Reiz. Die Züge erregten lebhafte Erinnerungen in Jaromir, denen er jedoch keinen bestimmten Gegenstand anzupassen wußte. Allein er mußte den Knaben schon irgendwo gesehen haben. »Folgen?« fragte er, »gern, aber wohin?« – »Nur mir nach«, sprach der Kleine, schon halb umgewendet, und versuchte, dem Gedränge zu entkommen. Jaromir, höchst gespannt und gereizt, eilte ihm nach, besorgt, ihn in dem Getümmel aus den Augen zu verlieren.

Rasch wandte sich der behende Führer in eine dunkle, schmale Seitengasse, durch die sie bald einen freieren Platz erreichten. Da stand plötzlich der Kreml mit seinen in der tiefen Dämmerung schwarz und riesenhaft emporsteigenden Türmen und Mauern vor ihnen, im letzten Abendschimmer leuchtend, glühte das goldene Kreuz des heiligen Iwan auf der Spitze der Metropolitenkirche, hoch in den blauen Räumen des Himmels. Obgleich Jaromir durch das seltsame Abenteuer, das eben für ihn zu beginnen schien, sehr gespannt war und seine Seele sich ganz mit Gedanken und Vermutungen erfüllte, die ihn von den äußeren Erscheinungen völlig abzogen, so machte doch dieser unvermutete, großartige Anblick einen mächtigen Eindruck auf ihn. Unwillkürlich stand er einen Augenblick still und staunte die Höhe hoch. Sein Führer jedoch, der ihm stets einige Schritte vorausgeblieben war, sah sich wie antreibend nach ihm um und winke ihm mit der Hand, nicht zu zögern. Sie kamen an das Portal eines prächtigen Palastes. Der Knabe trat in die Pforte und wartete, bis Jaromir ihm folgte. Dann ergriff er dessen Hand und sprach: »Hier muß ich Euch aufmerksamer führen, denn Ihr würdet Euch nicht zurechtfinden.«

In der Tat war die weite Vorhalle des Hauses durch eine Lampe, die in einer Ecke auf einem Tisch stand, fast so gut wie gar nicht beleuchtet. Kaum, daß man die breiten Treppen, die zu dem oberen Stockwerk führten, erkennen konnte. Jaromir stutzte. Sollte er weiter folgen, in der fremden Stadt, in dem öden Haus? Er war nicht furchtsam, doch er hatte Bedenken, sich dem Führer ferner anzuvertrauen. »Halt, Knabe!« sprach er. »Nicht weiter, bevor du mir sagst, wohin!« – »Ein Pole, ein Soldat, und Furcht?« sprach der Kleine mit fast spöttischem Ton.

Die Antwort verdroß den mutigen Jüngling. »Furcht?« rief er. »Ich glaube fast, du selbst bildest dir ein, mich zu schrecken. Weiter denn, in Teufels Namen, aber du bist mir Bürge für alles, was mir begegnet.« Der Knabe antwortete nicht, bot jedoch Jaromir seine Hand dar, der sie so fest ergriff, daß ihm der kleine Führer nicht entrinnen konnte. Hierauf zog er mit der Rechten seinen Säbel und sprach: »Jetzt vorwärts, wohin du willst!«

Der schweigende Kleine leitete ihn die Stufen der Treppe hoch, öffnete oben die Tür eines Gemachs und führte ihn dann durch eine lange Reihe, wie es schien, leerstehender Zimmer, in denen die tiefe Dämmerung, die draußen auf der Straße herrschte, schon fast als völliges Dunkel erschien. Jaromirs Herz klopfte, ein eigenes Gefühl beschlich ihn, als gehe er einer Gefahr ganz besonderer Art entgegen, und doch trieb ihn die aufs höchste gespannte Erwartung, der Lösung des Geheimnisses entschlossen entgegenzuschreiten.

Sie hatten jetzt ein völlig dunkles Gemach erreicht. Der Knabe warf die Tür hinter ihnen ins Schloß, entschlüpfte mit einer unvermuteten Wendung aus der Hand Jaromirs und rief ihm aus dem Dunkel, in dem man noch stand, mit anmutiger Stimme nur die Worte zu: »Hier wartet einen Augenblick.« Jaromir wollte den Knaben halten, allein er war schon entsprungen, und eine zweite Tür, die sich schloß, ließ erraten, daß er das Zimmer verlassen habe.

In dem völlig dunklen Zimmer ganz allein, wurde Jaromir doch unschlüssig, was er tun sollte, er versuchte die Tür zu öffnen, durch die er eingetreten war, allein sie mußte ein Springschloß haben, denn sie widerstand dem Versuch. »Sollte irgendein Hinterhalt des Feindes dich hier bedrohen?« fragte er sich selbst. »Doch, was könnte es veranlassen, gerade dich unter so vielen Tausenden zu verlocken? Und wie zufällig stieß man auf dich! Es gäbe wohl wichtigere Köpfe im Heer, wenn der Feind danach trachtete. Aber was in aller Welt kann man wollen? Warum diese geheimnisvolle Weise?«

Von diesen Gedanken beunruhigt, trat er ans Fenster, das, durch dichte seidene Vorhänge geschlossen, sich durch eine schmale Lichtspalte bemerkbar machte. Er schob den Vorhang zurück. Das Zimmer sah in einem Garten, jenseits desselben erblickte man durch das Halbdunkel die von den Flammen der Biwaksfeuer angestrahlten beiden Turmspitzen, die dicht an Jaromirs Biwak standen und ihm zum Leitpunkt dienten. Täuschte er sich nicht ganz, so mußte er durch den Garten auf dem nächsten Weg zu den Seinigen gelangen können. Er erinnerte sich zugleich einer ziemlich langen Gartenmauer, die an der Straße, wo sein Biwak lag, entlangführte, und einer kleinen Pforte in derselben. Mit militärischem Geschick wußte er diese Umstände der Örtlichkeit sogleich in Beziehung zu bringen und zweifelte nicht, daß er, im äußersten Fall, wenn er nur den Garten gewänne, auch die Mauer erreichen und von dort die Hilfe seiner Kameraden herbeirufen könne. In Gedanken entwarf er bereits den Plan eines Rückzugs für den Fall, daß er angegriffen würde. Nur in den Garten hinabzukommen, war die Schwierigkeit, denn der Sprung aus dem Fenster war hoch. Da half ihm der Zufall, er hörte plötzlich das Knarren einer Tür auf der Angel dicht neben sich. Dem Geräusch nachgehend, entdeckte er eine Tapetentür, die, schlecht zugemacht, vom Wind bewegt worden war. Er öffnete sie und stand in einem Korridor, dessen Fenster auf den Garten ging. Da es durch keinen Vorhang geschlossen war, fiel Licht genug hinein, um den Raum weiter zu untersuchen. Doch schon nach den ersten Schritten fand er eine kleine Treppe, die zu seiner Freude und Beruhigung gerade in den Garten hinunterführte. dessen Eingang nicht einmal verschlossen war. Er stand nun unten, Herr seiner Freiheit. Doch ein Gefühl der Scham und Ehre trieb ihn wieder hinauf. Zufrieden, sich einen Rückzug gesichert zu haben, war er entschlossen, das Abenteuer zu bestehen. Eben hatte er das dunkle Zimmer wieder erreicht, als die Tür, durch die sein Führer verschwunden war, sich öffnete und ein matter Lichtschimmer ins Gemach fiel. Eine weibliche Gestalt, in weiße Schleier und Gewänder gehüllt, trat mit leichter, anmutiger Bewegung ein. Sie hielt eine durch ein matt geschliffenes Glas gedämpfte Lampe in antiker Form in der Hand. Jaromir, der sich auf einen Feind, oder wenigstens auf einen diplomatisch oder militärisch gefährlichen Auftrag gefaßt gemacht hatte, war höchst erstaunt. Mit einiger Verwirrung verbeugte er sich, doch die Fremde setzte die Lampe aus der Hand auf einen Marmortisch, schritt auf ihn zu und fragte, jedoch ohne den Schleier zu lüften, mit lieblicher, ihm äußerst bekannt klingender Stimme: »Erraten Sie nicht, wer vor Ihnen steht?« – »Beim Himmel, nein!« rief Jaromir. »Aber kennen muß ich Sie!« – »Sie haben kein treues Gedächtnis«, entgegnete die Unbekannte, »und ich erkannte Sie doch mitten im Getümmel der Menge, und mein Herz schlug erleichtert, weil ich einen Freund und Beschützer zu finden hoffte. Aber ich muß Sie doch darum bitten, es mir zu sein!« – Mit diesen Worten schlug sie den Schleier zurück und blickte beschämt zu Boden. Die Dämmerung, die im Gemach herrschte, verbarg ihre vom Licht abgewendeten Züge. Jaromir, aufs äußerste gespannt, ergriff ihre Hand und zog sie hastig gegen die Lampe. Sie widerstrebte nur leise, senkte aber mit weiblicher Scheu das Haupt. »Alisette! Sie selbst?« rief er außer sich vor Erstaunen, da er sie jetzt erkannte. »Wie ist es möglich, daß Sie hierher kommen?«

Sie schlug ihr schönes blaues Auge, das in feuchtem Glanz schimmerte, gleichsam bittend zu ihm auf und sprach mit bewegter Stimme: »Freilich ist es mir selbst fast unbegreiflich, doch es gibt Zeiten und Verhältnisse, die auch uns Frauen in die seltsamsten und außerordentlichsten Lagen bringen. Oh, ich fühle es tief«, fuhr sie mit gesenkten Augen fort, »wie feindlich der Schein ist, der auf mich fällt, da Sie mich hier sehen! Doch wüßten Sie …«

»Ich schwöre Ihnen«, rief Jaromir feurig, »daß mein Herz keinen unwürdigen Verdacht aufzunehmen vermag!«

»Oh, Sie wohlwollender Freund«, sprach Alisette gerührt, ergriff seine Hand und drückte sie mit Wärme. Dann sank sie müde und erschöpft auf das Sofa nieder, das die Rückwand des Zimmers einnahm, und drückte ihr lockiges Haupt in das seidene Kissen. Sie schien still zu weinen. Jaromir stand vor ihr und betrachtete das schöne Mädchen mit klopfendem Herzen. Der Kopf ruhte auf dem weichen, leichtverhüllten Arm, die Locken fielen beschattend über Wangen und Nacken, die rechte Hand hing lässig herab. Leise setzte er sich zu ihr, nahm ihre Hand und sprach mit wahrhafter Rührung: »Fassen Sie sich, armes Mädchen!« Sie richtete sich langsam auf. »Ach«, seufzte sie, »wenn sich das Gemälde meines Lebens einmal mit recht lebendigen Farben wieder vor meine Seele stellt, dann unterliegt meine Kraft. Vergeben Sie mir nur! – Aber hören müssen Sie, welche Schicksale mich hierher führten. Vor allem beantworten Sie mir die Frage: Erkannten Sie mich zuvor nicht?« – »Sie? Wann?« fragte Jaromir verwundert. – »Sie hätten mich nicht in der männlichen Kleidung gekannt?« – »Unmöglich! Sie selbst waren der zierliche, schelmische Bote? Nun begreife ich die dunklen Anklänge der Erinnerung ...«

»Der schelmische Bote!« unterbrach Alisette mit einer bitteren Betonung. »Oh, wenn Sie wüßten, was es mich gekostet hat, diese Maske durchzuführen! Aber ich stand auf dem Theater, wo ich ja oft mit zerrissenem, blutendem Herzen ein heiteres Angesicht zeigen mußte! Doch, wollen Sie mich anhören? Wird meine Erzählung Sie nicht ermüden? Werden Sie mir Rat und Beistand nicht versagen?«

»Ein Elender wäre ich, wenn ich nicht alles für Sie zu tun bereit wäre!« rief Jaromir und drückte ihre zarte Hand, die noch immer in der seinigen ruhte, an die Lippen und bedeckte sie mit feurigen Küssen. Alisette ließ sie ihm und hielt sich mit der anderen ihr Tuch vor die weinenden, schönen Augen. – »Nun, erzählen Sie, erzählen Sie mir alles«, bat Jaromir. »Trocknen Sie diese bitteren Tränen, denn Sie haben einen Freund, einen Bruder gefunden.« – »Und ich will ihm vertrauen wie einem Bruder«, entgegnete das schöne Mädchen und drückte leise seine Hand.

»Sie wissen vielleicht nicht«, begann sie, »daß mein Stand mir verhaßt ist. Warum – darf eine Frau, ein Mädchen Ihnen das erst erklären? Aber die dringendste Not, die Sorge für das einzige, zurückgebliebene Kind einer teueren Schwester, die ich in England verlor, zwang mich in dieses unselige Verhältnis hinein. Mein Talent, das ich nur zur freien Verschönerung des Lebens für mich und andere bestimmt glaubte, mußte sich unter die drückende sklavische Pflicht der Erhaltung des äußerlichen Daseins beugen. Die traurigen Schicksale, die mich zuerst auf die rauhe Bahn führten, lassen Sie mich verschweigen. In Warschau fanden Sie mich auf derselben, die Stunden im Haus der Gräfin, die flüchtigen Tage, wo ich Sie dort sah, waren die schönsten meines Lebens. Gern wäre ich dort geblieben, allein der empörende Antrag eines Mannes, in dessen Händen dort alle meine Verhältnisse standen, zwang mich, bald nach Ihnen, wenige Tage nachdem die Gräfin abgereist war, die Stadt zu verlassen, wo es mir so wohl ergangen war, wo aber, wie durch einen rauhen Sturm vertrieben, plötzlich alle diejenigen, die mir Freundschaft zeigten, denen ich Zutrauen schenkte, in alle Weltgegenden zerstreut wurden. Ohne Rat und Hilfe blieb mir nichts übrig, als den nächsten Zweig zu erhaschen, der sich mir in dem Schiffbruch darbot. Ein Theaterunternehmer, der auf die Macht und die Siege des Kaisers das unbedingteste Vertrauen setzte, beschäftigte sich damit, Teilnehmer für eine französische Bühne zu werben, durch die er dem Heer den Winteraufenthalt in Rußland zu erheitern gedachte. Anfangs hieß es, der Kaiser werde in Witebsk bleiben, dahin folgte ich dem neuen Führer meines schwankenden Geschicks. Ich wagte mich mitten in das Getümmel des Krieges hinein, ohne Furcht, darf ich sagen, denn ich bin an die Stürme des Lebens gewöhnt worden, lieber Freund, und äußere Gefahr schreckt mich nicht mehr. Doch, kaum waren wir in Witebsk angelangt, als das Heer aufbrach und jene Stadt so öde und wüst wurde wie zuvor. Um nicht die großen Kosten, die er bereits aufgewendet hatte, zu verlieren, entschloß sich der Unternehmer, der Armee zu folgen. Er hatte das sicherste Vertrauen, daß der Kaiser bald in Moskau sein werde. Dadurch suchte er uns zu bestimmen, uns nicht von ihm zu trennen. Dennoch wäre ich gewiß nach Polen oder Deutschland zurückgekehrt, aber«, sie stockte hier einen Augenblick. »Doch warum sollte ich mich dessen schämen«, fuhr sie ein wenig errötend fort, »es fehlte mir an dem Geld dazu!«

»Oh, warum suchten Sie mich, warum den Grafen Rasinski nicht auf?« fiel Jaromir ein. »Wir standen ja dicht bei der Stadt, und ich selbst war täglich dort!«

»Oh, hätte ich *Sie* gesehen«, entgegnete Alisette, »zu Ihnen hätte ich vielleicht den Mut gefaßt, den eine solche Bitte fordert. Doch den anderen gegenüber hätte mich eine unbesiegbare Scheu zurückgehalten. Auch sah ich den Grafen nur einmal auf seinem prächtigen Schimmel stolz und ernst vorüberreiten. Ich stand am Fenster, doch er bemerkte mich nicht. – Die Unmöglichkeit der Rückkehr«, fuhr Alisette nach einer Pause fort, »trieb mich immer weiter in den fortwirbelnden Strom hinein. Nur für die nächsten dringendsten Bedürfnisse sorgte der Unternehmer, in allem übrigen vertröstete er uns auf Moskau, vielleicht nur, um uns jeden anderen Ausweg zu versperren. Die Nähe der Armee, die oft seltsamsten Nachtlager, die Notwendigkeit, stets mitten unter Männern zu verkehren, bestimmten mich, männliche Tracht anzulegen. Als ein ganz besonderes Glück darf ich es betrachten, daß es mir gelang, einen Platz auf dem Bagagewagen eines Generals zu erlangen, denn ich galt nun für einen seiner Dienstleute, und die Reise wurde mir ungleich weniger beschwerlich. Wir kamen wenige Tage nach der Schlacht durch das noch rauchende Smolensk. Hier hatte ich den ersten Anblick aller Schauder des Krieges. Vor Grausen fast erstarrt, fuhr ich bebend auf der entsetzlichen Straße hin, die man mühsam durch Schutt und Trümmer gebahnt hatte, der zur

Seite halbverbrannte Leichname und menschliche Gebeine aufgehäuft lagen. Ich mußte endlich das Auge schließen vor diesen gräßlichen Bildern. Aber von nun an erneuerten sie sich täglich. Vielleicht sah ich Schrecklicheres als Sie selbst, denn Sie eilen auf der Bahn des Sieges vorwärts und wenden das Auge nicht zurück auf die entsetzlichen, blutigen Spuren, die das langsam weichende Ungeheuer des Krieges zurückläßt. Ich aber habe sie gesehen, diese Jammergestalten am Weg, diese hohläugigen, bleichen Gespenster, die uns ihre dumpfen Klagen entgegenwimmerten! Ich habe sie gesehen und mußte vorüber, ohne ihnen helfen zu können. Und in diese Wüsteneien voller Elend und Entsetzen trieb mich mein Schicksal hinein! Mit jedem Schritt unserer ermatteten Pferde verschloß sich die Rückkehr unwiderruflicher. Der Strom drängte langsam vorwärts. Ich sah, daß er mich dem Unheil entgegentrieb. Aber vermochte ich es, allein umzuwenden und auf der Straße zurückzuirren, wo jeder Tritt meines Fußes an eine Leiche, an einen Sterbenden rühren mußte? Wie hätte da, wo Tausende von kriegsgewohnten Männern verschmachteten, weil ihnen die Kräfte versagten, ein schwaches Mädchen einen Rückweg gefunden! Fast wahnsinnig von dem unausgesetzten Grauen, das meine Seele erfüllte, ließ ich mich forttreiben von der Woge meines Schicksals und gedachte in dumpfer Betäubung keines Widerstandes mehr. So hörte ich den Donner der entsetzlichen Schlacht, so fuhr ich mit verhülltem Angesicht über das Leichenfeld, von dem schon ein giftiger Pesthauch emporstieg, so endlich, teuerer Freund, erreichte ich heute diese Stadt. Wie hier jeder mit der Überfülle verlassener Räume waltet, geriet auch ich in diesen Palast, dessen vorderen Flügel einige Frauen bewohnen, die ein gleiches Schicksal mit mir teilen, aber es mit leichtfertigem Sinn, ich sollte vielleicht sagen, mit frevelhafter Sorglosigkeit betrachten. Sie haben überdies so schnelle Verbindungen angeknüpft, daß die meinige mit ihnen schon so gut wie zerrissen ist. So war ich denn gleich in den ersten Minuten das verlassenste Wesen in dieser ungeheueren Stadt, in diesem unermeßlichen Reich. Vor einer Stunde wagte ich mich aus meiner Zurückgezogenheit hervor, halb in der Hoffnung, einen Anker in dieser Not zu entdecken. Da führte ein guter Stern mir Sie entgegen, und – das übrige darf ich Ihnen ja nicht erst erzählen«, setzte sie leise hinzu und beugte das anmutige Haupt verlegen nieder.

Das Wunderbare und Überraschende des Abenteuers, der einsame, traulich geheime Aufenthalt, die Anmut, die Francoise Alisette selbst in die leisesten Bewegungen und Sprachtöne zu ergießen wußte, das Rührende und Ergreifende ihrer Erzählung und lebendigen Schilderung, der Gedanke an ihre weibliche Hilflosigkeit in dem kolossalen Treiben des Krieges, wo selbst der einzelne Mann sich gegen das unermeßliche Ganze verliert – vor allem aber der unwiderstehliche Reiz der Tränen eines schönen Auges: Dies alles drang so mächtig auf Jaromirs jugendliches, volles Herz ein, daß es gefangen war in dem purpurnen Netz, mit dem das liebliche Mädchen ihn umspann, noch ehe er es ahnte. Aus dem Zutrauen, das sie ihm schenkte, schöpfte er eine ihm sonst unbegreifliche Kühnheit: Es war ihm, als habe sie ihr ganzes Geschick in seine Hand gelegt, als sei er der Herr ihres Tuns und Wollens. Mit rasch aufflammender Glut preßte er seine Lippen auf ihre Hand und zog die scheu widerstrebende näher zu sich heran. Seine glühende Wange berührte die gesenkte Alisettes. Er zitterte in süßer Lust der Liebe. Auch sie bebte in seinem Arm, den er kühn um die zarte Gestalt schlang.

»Süßes, holdes Wesen«, sprach er zärtlich leise, »sei meine Schwester, ich will dein Bruder sein. Trockne deine Tränen, lebe nicht mehr in bangem Schauer vor deinem Geschick, nun soll alles, alles vorüber sein.«

»Oh, Himmel, wie überschüttest du mich mit ungehofftem Glück«, rief Alisette und neigte sich wie überwältigt von der Macht ihrer Gefühle gegen den Freund und verbarg ihr holdes Antlitz an seiner Brust. Wie eine flüchtende, schüchterne Taube schmiegte sie sich an, und er hielt sie umfaßt, sich seiner Kraft, seines männlichen Schutzes stolz bewußt.

»Du hast meine Braut später gesehen als ich«, sprach er nach einigen Minuten. »Oh, erzähle mir von ihr! War sie so traurig wie ihre Briefe?« Bei dem Wort Braut zuckte Alisette krampfhaft zusammen, ein kurzes beklemmendes »Ach!« drängte sich aus ihrer Brust. »Die schöne Gräfin Lodoiska habe ich wenig mehr gesehen«, sprach sie mit mühevoll errungener Ruhe. »Am Tag nach dem Abmarsch war sie auf dem Ball im sächsischen Palast, wo ich erscheinen mußte, um in einem Konzert zu singen.«

»Auf dem Ball?« fragte Jaromir, mit einer Betonung, die es deutlich ausdrückte, daß diese Nachricht ihm ebenso unerwartet als unangenehm war. – »Der Fürst Lichnowski führte sie.« – »Sie tanzte mit ihm?« fuhr Jaromir rasch auf. – »Mit ihm allein, aber wenig. Zumeist saßen sie in der Fensternische beisammen und sprachen. Sie fuhren auch früh nach Hause, denn der Fürst speiste den Abend noch bei der Gräfin.«

Jaromir schwieg, eine dunkle Röte des Zorns überflog seine Wangen, doch unterdrückte er die finstere Wallung der Eifersucht, die in ihm erwachte. Nein, dachte er einige Minuten später, sie liebt dich gewiß, und ihre Trauer war so wahrhaftig, wie ihre Briefe sie schilderten. Sollte sie aber deshalb die Begleitung eines genaueren Bekannten des Hauses nicht mehr annehmen? Sollte sie sich von einem öffentlichen Fest, das vielleicht sogar einen vaterländischen Charakter trug, ausschließen? Du tust ihr unrecht! Francoise las in seinen offenen Zügen, was in seiner Brust vorging. »Sie sind plötzlich zerstreut, lieber Freund«, sprach sie mit dem Ausdruck der Teilnahme. »Die Erinnerung an eine so schöne Braut muß freilich sehr bewegend sein. Schreibt sie Ihnen oft?«

»Ich habe seit dem Tag der Schlacht keine Nachricht gehabt. Der letzte Brief war aus Teplitz. Aber sie schreibt oft und mit zärtlichster Innigkeit.«

Die letzten Worte sprach er gerührt, es war gewissermaßen eine Abbitte seines Verdachts. Doch plötzlich fiel es ihm ein: Warum aber hat sie dir nicht geschrieben, daß sie auf dem Ball war? Sie hat sonst alles, was ihr begegnete, aufs genaueste berichtet, Tag für Tag ihre Beschäftigungen angegeben – warum …

Alisette unterbrach ihn in diesen Gedanken. »Wie gern hätte ich von der Gräfin und Ihrer Braut Abschied genommen! Allein es war mir unmöglich. Dreimal ließ ich mich melden, fand aber niemanden im Haus. Der Portier sagte mir, sie seien aufs Land gefahren. Von dort kamen sie spät zurück, und am anderen Morgen weckte mich der davonrollende Reisewagen.« – »Aufs Land?« fragte Jaromir erstaunt, denn auch das hatte man ihm nicht gemeldet. »Wohin? Kannte Sie den Ort?« – »Nein«, erwiderte Alisette, sichtlich verlegen und stockend, »die polnischen Namen kann ich so schwer behalten.«

»Vielleicht Wikzolky, das Gut ihres Oheims? Oder Pulawy, wo die Fürstin Czartoryiski wohnt?« Alisette verneinte durch eine Bewegung des Hauptes.

»Aber zu wem? Den Namen des Besitzers werden Sie doch kennen?« – »Der Portier wußte nicht«, erwiderte Alisette furchtsam.

»Das ist unmöglich, Liebe! Wenn er den Ort kennt, so kennt er auch den Besitzer. Ich beschwöre dich, Mädchen, sprich die Wahrheit!« rief er plötzlich mit aufflammender Heftigkeit. Alisette bebte erschreckt zurück. »Mein Gott!« – »Die Wahrheit! War es Czarnowicki?« – »Ich glaube ja!« – »Dort wohnt Lichnowski!« rief Jaromir wild und sprang auf. »Sie ist treulos, sie ist falsch wie je ein Weib! Denn sie verhehlte mir diesen Besuch! Das hätte sie nicht getan, wäre er unschuldig gewesen! Ein Tagebuch sandte sie mir! Von jeder Stunde, jeder Minute gab sie Rechenschaft! Eine Heilige konnte nicht reiner, stiller, jungfräulicher leben. O, die Heuchlerin!« Tränen strömten aus dem Auge des Jünglings hervor, er wischte sie unwillig ab und stampfte mit dem Fuß auf den Boden. »Es wäre auch noch der Mühe wert, daß ein Mann wie ein Knabe um sie weinte!« Doch seine Tränen flossen nur um so stärker.

Alisette war zitternd, ohne einen Laut zu wagen, sitzen geblieben, sie glich einem Kind, das unvermutet ein großes Unglück angerichtet hat, und, vor Schreck erblaßt, ohne ein Einschreiten zu wagen, dem wachsenden Verderben bebend zuschaut. »Oh, seien Sie ruhig«, bat sie endlich sanft, »setzen Sie sich wieder zu mir. Sie tun der Armen wohl hartes Unrecht!«

»Nein!« rief er heftig. »Ich tue ihr nicht unrecht! Willenlos hast du, Gute, mehr verraten, als du ahntest! Sage mir jetzt die volle Wahrheit. Was weißt du weiter?«

»Wirklich nichts«, erwiderte sie, durch den Ton die Bitte ablehnend. – »Alisette!« bat Jaromir stürmend, indem er ihre beiden Hände ergriff und sich wieder zu ihr setzte, »Alisette! Du hattest Schutz und Hilfe von mir erbeten! Jetzt bedarf ich deiner mehr als du meiner, bestes Mädchen! Oh, du bist gut, sage mir alles, ich bitte dich, alles, was du weißt und denkst.«

»Gewiß, ich weiß nichts, und was ich denke – das darf ich nicht denken. Oh, daß ich ein so unglückliches Wort sprechen mußte!«

»Nur eins sag mir«, sprach er mit verhaltenem Zorn und Schmerz, »ist Fürst Lichnowski der Gräfin nach Teplitz gefolgt?« – »Er reiste denselben Tag«, antwortete Alisette kaum hörbar. – »Oh, *du* bist gut – *du* hättest mich nicht so verraten«, rief er weich und zog mit der Linken die sanft Widerstrebende an sein Herz und senkte das schwere, müde Haupt gegen ihre lockige Stirn. »Aber ich will sie vergessen. Sie soll den Triumph nicht haben, daß ein Mann um sie weint. – Ich dachte nur an *sie* in der Schlacht! Nur *ihr* weinendes Bild stand vor meiner Seele, ich sah nicht Schrecken, nicht Gefahr. Es schien mir süß zu sterben, wenn man so betrauert würde – noch süßer schien es mir zu leben! Oh, wie töricht war dieser Wunsch. Warum liege ich nicht bei den Freunden auf dem Schlachtfeld, da wäre mir besser!«

»Und uns bräche das Herz!« rief Alisette schmerzlich aus und schrak heftig und scheu zusammen, als das Wort ihren Lippen entflohen war. Der Ausruf, den die Übermacht ihrer vergeblich bekämpften Gefühle ihr entrissen hatte, leuchtete wie ein Blitzstrahl in die verborgenste Tiefe ihres Herzens hinab. Sie liebt dich, dachte Jaromir gerührt, und der Gedanke fing an, ihn mit glühendem Leben zu durchdringen, sie liebt dich wahrhaftig und hat es bekämpft und getragen in jungfräulicher, scheuer Brust. Wie konnte dein Auge über dieses holde Wesen unbeachtend, verkennend hinweggleiten! Oh, es ist eine wunderbare, gnädige Schickung des Himmels, das dir im Augenblick des tiefsten Schmerzes diesen Engel des Trostes sendet!

Nach dem unwillkürlichen Geständnis hatte Alisette scheu, beschämt den vergeblichen Versuch gemacht, sich der Umarmung Jaromirs zu entwinden, um ihm zu entfliehen. Er drückte sie mit wachsender Liebe an sich, doch sie verbarg ihre schamglühende Wange an seinem Busen.

»Nein, richte dich auf, blick mir ins Angesicht, du liebreizendes Wesen, laß die jungfräuliche Scheu nicht das schönere Gefühl deines Herzens besiegen. Du liebst mich? Darf ich es hoffen, darf ich es aussprechen? – Oh, jetzt erst, erst in diesem Augenblick weiß ich, was Liebe ist. Wie kalt war Lodoiskas Umarmung!« Er preßte seine brennenden Küsse auf die Lippen der erschöpft Hingegebenen. Ihr Widerstand erstarb in seiner Glut. Die finstere Gestalt seines bösen Dämons trat ungesehen hinter ihn, sie erhob die drohende Hand und hielt sie schwebend über seinem Kopf. Noch einen Schritt und die kalte, grauende Berührung trifft deinen Scheitel, und der Hauch der Vergiftung dringt tödlich in deine Brust. Ist kein gütiger Genius dir nahe? Tritt die reine Gestalt der Geliebten nicht rettend zwischen dich und das Trugbild, das dich umfängt? Die Himmlischen wachen nicht über dir – du sinkst in das Netz der verderbenden Mächte!

»Willst du mein sein? Ewig mein?« bat Jaromir stürmisch zärtlich. »Kannst du dem vergeben, der dich verkannte, der an dem Diamant deines Herzens blind vorüberging? Alisette, ich habe schweres Unrecht gegen dich gutzumachen! Aber vergib mir – vergib dem Verblendeten!«

»Oh, unaussprechliche Gnade des Himmels«, rief Alisette aus tiefster Brust und umschlang ihn mit ihren weichen Armen. Ihr Busen flog, ihre Lippen glühten an den seinigen, ihr Atem erstarb in seinen Küssen! Jaromir zitterte in schauerlicher Wonne! Die brausende Kraft der Jugend stürmte in allen seinen Sinnen. Bis dahin hatte er nur die reine Opferflamme gekannt, fern stehend ihre sanfte, veredelnde Wärme empfunden, ihren heiligen Glanz verehrt. Verwegen trat er dem Heiligtum zu nahe. Gleich glühendem Metall rollte jetzt das Feuer durch seine Adern, die Flamme ergriff den Saum seines Gewandes, sie schlug im mächtigen Wogensturm betäubend über ihm zusammen. Wie wenn an der Stelle gotterfüllter, leuchtender Klarheit heiliger Wahnsinn aufflammt und die verheerende Fackel schwingt, so daß das ewig Göttliche selbst sich zum ewig fluchwürdigen Verderben verkehrt, so erbleichte der reine Mondglanz seiner geläuterten Liebe vor dem tobend ausbrechenden Vulkan seiner Leidenschaft.

»Um aller Heiligen willen, du stürzest mich ins Verderben«, rief Alisette und sank, vor der stürmenden Glut des Jünglings erbebend, auf die Knie vor ihm nieder. Doch mit kräftigem Arm umschlang er sie, hob sie zu sich empor und erstickte ihr Flehen in seinen Küssen. »Mein sollst du sein in dieser Minute, ganz mein, und für ewig!« So rief er aus und hielt die machtlos Widerstrebende in unauflöslicher Umarmung. Die Hände, die sie mit schwacher Kraft abwehrend gegen seine Brust drückte, sanken ihr matt herab, überwältigt war jetzt das willenlose Opfer seiner siegenden Jugend und Liebesgewalt. Dämmerndes Dunkel umhüllte die Liebenden. Der reine Lichtstrahl webt den Gürtel der Keuschheit mit unsichtbaren Fäden dichter, die buhlerische Nacht ist hilfreich geschäftig, die heilige Hülle des jungfräulichen Schleiers zu heben. Jaromir zog das bebende Mädchen an seine Seite auf die Kissen nieder, ihr Haupt ruhte in seiner Linken, er umschlang sie kühn mit der Rechten. Hastig preßte er das glühende Angesicht gegen die wallende, laut klopfende Brust. Seufzer, Tränen, Küsse mischten sich zum berauschenden Trank der Liebe. Im selig betäubenden Wahn leerten sie den vergifteten Kelch bis auf den letzten Tropfen.

Mit fliegendem Schauer erwachte Alisette und wollte sich den Armen des Geliebten entreißen. Doch er ließ sie nicht! »Mein bist du für ewig«, rief er und hob die Rechte beteuernd gen Himmel, »so habe ich's geschworen! So halte ich den Schwur. Du, die Treue, die Liebende, nimm hin den Ring der Verräterin. Dieser goldene Reifen sei der Zeuge unseres Bundes. Er ist heilig geschlossen, er ist unverletzlich.« Er zog Lodoiskas Ring ab und steckte ihn an Alisettes Finger. Sie hing sprachlos an seiner Brust. »Oh, ich bin eine Verbrecherin«, rief sie endlich aus, »eine schwere Verbrecherin! Aber du, du hast es verschuldet, für dich habe ich den Frevel auf meine Seele geladen. Du darfst mich nicht verwerfen.« Und mit neuen Küssen und Tränen hing sie an seinen Lippen. »Daß ich es dir nur gestehe! Was mich von außen auch mit harter Notwendigkeit hierher trieb, ein mächtigerer Zug des Herzens hätte mich doch auf diese verwegene Bahn geführt. Eine geheimnisvolle Stimme in meiner Brust weissagte mir, du ziehst dem Stern deines Glückes nach. Mein Auge hing mit Tränen an seinem tröstenden Schimmer, doch mein schwaches Glauben und Hoffen wähnte ihn unerreichbar hoch. Und nun, nun die Erfüllung mit überdrängender Gewalt vor mir steht – nun ...«

Sie barg das Haupt weinend in ihr Gewand, hielt aber mit der Linken den geliebten Jüngling umfaßt. »Du Süßer, Holder! Ist es denn wahr, daß du mich liebst?« sprach sie schmeichelnd und kosend, da er stumm vor ihr stand. Die hoch aufprasselnde Flamme war gesunken. Jaromir sah jetzt, was ihre Wut ringsumher zerstört hatte. Ein kalter, schauerlicher Windstoß der Reue fuhr durch seine düster nachglühende Brust. »Ob ich dich liebe?« sprach er in brechender Wehmut. »Außer dir hat jetzt die Erde nichts mehr für mich! Du bist das einzige Gestirn, das mir leuchtet – solltest du! – Nein, nein! – Du wirst mir ewig glänzen. Du süße Geliebte! Deine zärtliche Hand heilte ja die glühende Wunde, mit der eine giftige Verräterin mein Herz grausam zerriß! Oh, du warst mein guter Engel in schrecklicher Stunde!«

Er lehnte seine Stirn gegen die ihrige, seine Tränen flossen unaufhaltsam. Wie er sich auch dagegen wehrte, jetzt erst fühlte er es, er war doch nicht glücklich! Ein Wirbelsturm hatte ihn hoch auf den Gipfel des Lebens getragen, aber unter seinen Füßen fand er keinen Boden. Der Sturm senkte die Fittiche, und mit ihm sank er tiefer und tiefer hinab. Nur nach den leuchtenden Sternen über ihm hob er das Auge bang empor.

Der schauerliche Schlag einer Turmuhr, der die neunte Stunde verkündete, weckte beide Liebende aus ihrer Betäubung. »Du mußt fort«, rief Alisette aufspringend, »wenn man dich hier fände – ich wäre verloren!«

»Verloren! Wer dürfte nach dem Bund, den wir geschlossen ...«

»Um des Allmächtigen willen, ich höre Geräusche«, unterbrach sie ihn, »die Tür öffnet sich, der Schall dringt durch die leeren Gänge bis hierher. Wir hier im Dunkel – wenn man käme! Liebster, wenn dir mein Leben, meine Ehre teuer ist, so verlaß mich jetzt! Du weißt nicht, wie ein weibliches Herz empfindet. Mich würde die Scham vernichten, wenn die Frauen – oh, ich bitte, ich flehe dich, entfliehe! Noch ist es Zeit! Hier durch diese Tür in den Garten hinunter!« Selbst gab sie ihm den Säbel, den er abgelegt hatte, in die Hand und drängte ihn mit beklommenem Schmeicheln zu gehen.

»Schüchternes Reh!« sprach er wehmütig lächelnd. »Wie hold ist diese Scheu! Sei ruhig, du darfst das Auge aufschlagen gegen viele, die sich fleckenlos dünken! Denn rein ist deine Seele, dein Herz bleibt ein jungfräuliches Heiligtum!« – »Oh, so schone mein Herz!« flehte sie. »Wenn du mich liebst, so geh! Es sei der erste Beweis, den du mir gibst!«

Er umschloß sie noch einmal, küßte sie mit wehmütiger Zärtlichkeit und verließ dann hastig leise das Gemach durch die Tapetentür. »Leb wohl! Morgen! Morgen!« flüsterte Alisette ihm zärtlich nach und verschwand. Ungesehen erreichte er den Garten. Er wollte jetzt den Versuch machen, ob derselbe wirklich bis an die Straße stoße, wo sein Biwak lag, und nahm daher diese Richtung durch die dunklen Laubgänge. In wenigen Minuten stieß er auf die Mauer und fand nach kurzem Suchen eine Pforte, die nur von innen verriegelt war. Mit rüstiger Kraft schob er die eingerosteten Riegel zurück und stand in der Tat an der Stelle, wo er vermutete, kaum hundert Schritte von den Wachtfeuern seiner Leute. Dieser heimliche Pfad, der ihn zur Geliebten führen konnte, war ihm ein neues Pfand des Himmels, ein neuer Wink des Geschicks. Und blutete sein Herz gleich noch frisch an der Stelle, wo er die sanften Bande, die es bisher fesselten, gewaltsam zerrissen hatte, so fühlte er doch auch den lindernden Balsam, den die Hand des Schicksals ihm reichte.

Viertes Kapitel

Als Bernhard ruhiger geworden war und Rasinski und Ludwig mit Wärme in ihn drangen, erzählte er ihnen endlich, fast mit dem alten rauhen Humor, sein Abenteuer in Warschau, seine seltsame Scheinverwechslung des Ringes. »So wäre ich denn mit einem neuen Titel beschenkt«, schloß er gezwungen scherzend. »Ich könnte mich Bruder einer Unbekannten nennen, denn sie war jung und schön, das beteure ich trotz dem Schleier, der sie einhüllte, sonst hätte es freilich auch meine Mutter sein können. Das Abenteuer wäre aber nicht halb so romantisch.« Noch niemals hatte Ludwig einen so tiefen Blick in das Herz des Freundes getan wie jetzt. Bernhard, der mit selbstgenügender Kraft sich von den Fesseln des Lebens und der Verhältnisse loszureißen wußte, dessen stolzes, kühnes Herz seine Freiheit höher zu schätzen schien als selbst die süßesten Bande der Liebe, er, der oft so rauh gegen die zarten Beziehungen des Daseins auftrat und ihnen mit einer Kraft, die Ludwig anstaunen mußte, stolz zurief: Geht, ihr habt mich nicht aufgesucht, geht, denn ich bedarf eurer nicht. Die Gewohnheit, allein zu stehen, hat mir die Kraft dazu gegeben. Ich bin mir selbst genug! Diese schroffe, gehärtete Felsenbrust brach und schmolz weich, ja vernichtet zusammen, nur bei der Vorstellung, daß ein holdes Wesen, mit den sanften Banden der Verschwisterung an ihn gefesselt, dicht bei ihm vorübergestreift sei, ohne daß er es erkannt und an die unter der rauhen Hülle so warm glühende Brust gezogen hätte. Mit welcher Rührung betrachtete Ludwig in diesem Augenblick den Freund, der das weichste, liebevollste Herz mit einem ehernen Harnisch entsagender Willenskraft umpanzerte!

Freilich wußte er es längst, daß unter dem harten Marmor seiner Brust nicht ein hohles Grab, ein erkalteter Aschenkrug ruhe, allein diese Macht der inneren, tief verborgenen Glut des Liebens hatte er weder gekannt noch geahnt.

»Seht ihr! Ein solcher Tor, ein solcher Träumer bin ich«, sprach Bernhard nach einer Pause. »Auf solche Zeichen im Flugsand baue ich den babylonischen Turm meiner Luftschlösser! Lacht mich nur aus, ich bitte euch, denn wenn man die Trauringe unseres Erdballs, was will ich, wenn man nur die einer einzigen Stadt, wie Moskau oder meinethalben Dresden, auf einen Haufen schüttete, so würden sich die Zwillingsbrüder dutzendweise finden, und ich könnte mir wenigstens so viele Mütter, Väter oder Geschwister heraussuchen, wie jener böhmische Graf, den man zu Dux abgebildet sieht, Söhne hatte, vierundzwanzig nämlich. Wenn ich's jetzt ruhiger ansehe, so muß ich beteuern, wäre nicht die Nacht und ein romantisches Abenteuer dabei gewesen, ich hätte nicht länger daran gedacht, als ich brauche, um den Ring aufzustecken und abzuziehen. Wir Künstler, ich zähle mich nun einmal dazu und halte Palette und Pinsel für mein rechtgültiges Diplom, sind aber häufig romantisch verrückte und entzückte Narren, und ich bin fast nicht der kleinste. Also, lacht mich aus, das ist die ganze Summe der Geschichte!« Aber es lachte niemand, und selbst Bernhard vermochte es nur mühsam mit den Lippen.

»Ich bin entschlossen zu handeln wie bisher«, sprach er nach einigen Minuten ernster Stille. »Will das Schicksal mir etwas von meinen geheimen Verhältnissen enthüllen, nun denn, so mag es sein, ich aber rühre nicht an den Schleier. Die verhüllten Gestalten kann ich mir so reizend und holdselig träumen, wie ich will, wer weiß, was die enthüllten mir für widerwärtige Gesichter zeigen! Jung und lieblich war das Wesen, das mir begegnete, das weiß ich gewiß, so will ich es denn als eine Schwester oder Halbschwester betrachten, denn sie könnte ja eine spätere Tochter und Erbin meiner Mutter sein. Unsere ganze Begegnung war die von Bruder und Schwester, sind wir es nicht, nun, so will ich wenigstens den Traum festhalten, und keine platte Wirklichkeit soll mich unangenehm störend daraus wecken. Ich habe den Hahnenschrei niemals leiden können. Vollends aber, wenn er gellend in die Sphärenmusik eines Traumes einkreischt und uns aus den ätherischen Räumen, in denen wir meinen zu schweben, auf eine derbe Matratze hinabwirft, wo wir faul und gähnend die müden Glieder strecken. Aber wahrlich, Freunde, es ist Zeit dazu, ich muß mich schlafen legen, gute Nacht!« Er stand auf und ging hinaus. Ludwig folgte ihm, er mußte ihn einsam, warm ans Herz drücken. Da fühlte er, daß Bernhards Wange naß war, doch kein Wort der Klage kam über seine Lippen, sondern er riß sich trotzig los und sprach nur: »Gute Nacht!«

Ludwig kehrte zu Rasinski zurück. Erst jetzt traten seine eigenen überraschend umgestalteten Lebensverhältnisse stärker in seiner Empfindung hervor. »Es ist eigen«, sprach er zu dem älteren Freund, »ich gewinne nichts, ich verliere nichts bei dem Umtausch des Namens, bei der Nachricht von meinem Vater, den ich schon seit zwanzig Jahren unter die Toten zu zählen gewohnt bin, und doch ist mir, als hätte ich großen Gewinn und Verlust zugleich erlitten.«

»Die Möglichkeit beider tritt uns im ersten Augenblick zu nahe«, erwiderte Rasinski, »doch glaube ich, Bernhard hat recht, wenn er behauptet, diese Eindrücke verlieren sich am Ende ganz. Wir haben ja soeben gesehen, wie ihn selbst die Überraschung plötzlich, gewaltsam mit sich fortriß. Die Wogen seiner Seele stürzten sich brausend übereinander wie ein Wasserfall. Jetzt sehen wir den Strom höchstens noch mit bewegt wallender Flut zwischen seinen Ufern dahinziehen.« – »Er ist vielleicht desto tiefer!« bemerkte Ludwig. – »Möglich! Doch am Ende verläuft selbst der Rhein im Sand. Werden Schmerz, Erwartung, Hoffnung nicht aus neuen Quellen genährt, so glaube mir, als deinem älteren Freund, sie versiegen zuletzt alle, und wenn sie anfangs in noch so wilder Flut alle Uferdämme durchbrechen.«

Ludwig las Maries Brief noch einmal durch und verlor sich in ein vertieftes Sinnen über diese neuen unvermuteten Wendungen, die der Strom seines Lebens nahm. Rasinski, von schweren Gedanken erfüllt, ging auf und ab im Gemach. Es schlug jetzt neun Uhr.

»Bernhard hat recht«, nahm Rasinski das Wort, »die ermüdete Natur läßt sich nicht abweisen. Wir müssen uns zur Ruhe legen. Wer weiß, was die nächtlichen Stunden uns für eine Störung bringen, denn mir ist, aufrichtig gestanden, noch immer nicht ganz wohl zumute in dieser verlassenen Stadt. Es sieht mir fast aus wie die abgesegelte Flotte der Griechen vor Troja, die in der Nacht zurückkehrte.

Diese Worte erinnerten Ludwig erst wieder an die Beobachtungen, die Bernhard gemacht hatte und die beiden über die unerwarteten Nachrichten der Briefe aus Deutschland ganz aus dem Sinn gekommen waren. Er erzählte Rasinski, was Bernhard gesehen haben wollte. »Hm! In solcher Art kann uns unmöglich etwas Feindseliges drohen!« erwiderte dieser. »Wahrscheinlich sind es scheue Diener oder alte kranke Leute, die nicht mehr zu fliehen vermochten und sich hier versteckt halten, weil sie uns fürchten. Rostopschin schildert uns ja in allen seinen Proklamationen als Mörder und Tempelräuber. Wie soll man es dem armen Volk übel deuten, wenn es sich vor solchen Ungeheuern fürchtet und verkriecht! Lassen wir die Leute wenigstens für diese Nacht in Ruhe. Morgen will ich das ganze Schloß durchsuchen lassen. Die Wache im Tor, meine Bedienten, die im Vorsaal schlafen, und am Ende wir selbst sind uns Sicherheit genug. Auch steht es ja bei uns, uns schlagfertig zu halten. Ich meinesteils wenigstens hätte so schon wie im Biwak geschlafen, in meinen Mantel gewickelt, völlig angekleidet, die Pistolen zur Seite. Das ist aber auch der äußerste Grad an Vorsicht, und ich würde ihn auch nicht deiner Nachricht wegen anwenden, sondern weil ich überhaupt darauf gefaßt bin, daß wir diese Nacht alarmiert werden. Also laßt euch nicht beunruhigen. Im übrigen aber wißt, daß wir nur im Biwak liegen. Gute Nacht, lieber Freund! Ich denke, der morgige Tag wird sehr entscheidend ausfallen.« Ludwig ging. Als er durch den langen Saal schritt, der sein Schlafzimmer von Rasinskis Wohnung trennte, wurde es ihm fast schauerlich zumute in dem weiten, einsamen Gemach, wo die leiseste Bewegung flüsternd an den Wänden widerhallte. Die Tür von seinem Zimmer zu dem, das Bernhard bewohnte, stand offen. Er blickte hinein. Bernhard war nicht dort. »Ich glaubte gleich, daß er nicht schlafen würde«, dachte Ludwig für sich. »Gewiß trägt er sein volles Herz in Nacht und Einsamkeit hinaus! Wenn er sich nur nicht unvorsichtig mitten in die fremde Stadt wagt! Bewegt trat Ludwig ans Fenster, wo er unten die Kameraden am Feuer im tiefen Schlaf liegen sah. Nur ein Offizier wachte noch und ging mit raschen, unruhigen Schritten auf und ab. Beim Schein der Flammen erkannte Ludwig, daß es Jaromir war. Um sich zu erkundigen, ob er nicht vielleicht von Bernhard wisse, ging er hinunter.

»Guten Abend, Freund, hast du Bernhard nicht gesehen?« fragte er Jaromir, der, ohne ihn zu erkennen, mit hastigen Schritten an ihm vorüber wollte. – »Was wollt Ihr? Wer seid Ihr?« Mit diesen Worten fuhr er befremdet, fast verstört bei der Anrede herum. »Ach, Ludwig, du bist es!« sprach er langsam im traurig gedämpften Ton, als er den Freund erkannte. »Du kommst mir gerade gelegen. Hast du Lust, einen Brief an Lodoiska zu lesen? Vor einer halben Stunde gab ihn mir Boleslaw, als ich von einem Spaziergang durch die Stadt zurückkehrte. Habt Ihr auch Briefe gehabt?« – »Jawohl! Wichtige, von der seltsamsten Art!« – »Von der seltsamsten Art ist dieser auch! Da lies ihn!« – »Du vergißt, daß ich nicht Polnisch genug verstehe, Lieber, aber lies ihn mir vor.« – »Vorlesen! Ach!« Er seufzte schwer auf und bedeckte sich Augen und Stirn mit der Hand und strich mehrmals über sie hin, wie wenn er einen drückenden Kopfschmerz zu entfernen suchte.

»Bist du krank, Lieber?« – »Wüst! Das wüste Soldatenleben betäubt mich bisweilen! Vorlesen kann ich dir den Brief wahrlich nicht! Das Feuer blendet zu sehr, meine Augen schmerzen mich. Morgen früh vielleicht!« – »Du bist in sehr trauriger Stimmung, wie es scheint, Lieber«, sprach Ludwig sanft. »Hast du betrübende Nachrichten erhalten? Rasinski hat uns noch nicht das mindeste gesagt, obgleich er Briefe von seiner Schwester hat!«

»Von seiner Schwester! Was wird die ihm schreiben! Ach, Ludwig! Ich wünschte, ich läge an der Redoute, wo unsere Kameraden ruhen!« – »Mein Gott«, rief Ludwig erschreckt, »was fehlt dir denn? Was schreibt dir Lodoiska? Erzähle mir wenigstens, wenn du nicht lesen kannst !« – »Nein, ich will lesen, und sollten mir die Augen darüber brechen!« So rief er heftig, zog einen Brief aus der Brust hervor, entfaltete ihn und zog Ludwig an das große Wachtfenster, wo sich beide auf das Strohlager niederwarfen. Jaromir las:

»Mein einzig geliebter Freund! Endlich kehren wir in die Vaterstadt zurück! Noch wenige Minuten, und wir sind auf dem Weg nach Warschau, dann bin ich Dir, der Du stets ferner und ferner hinwegziehst, auch wieder um einige Tage näher! Oh, mein Geliebtester, wann wird dieser schreckenvolle Krieg enden? Wann kehrst Du aus den entlegenen Öden, wohin euch seine Stürme warfen, zu mir zurück? Wie liebevoll sollen diese Arme Dich empfangen! Ach, Jaromir, ich habe oft trübe, bange Stunden, wo ich vermute, daß ein düsteres Schicksal zwischen unser Glück tritt. Inbrünstiges Gebet zur heiligen Jungfrau ist dann mein einziger Trost. Alles, was die Gütigen, die mich umgeben, zu meiner Erheiterung tun, gleitet ab von meiner Brust, aber das Gebet dringt tief in das innerste Herz. Sei auch Du fromm, mein Teuerer, vergiß nicht im wilden Getümmel des Kampfes, in dem rohen Treiben des Krieges die heilige Stimme in der Brust, die uns demütig zu den Füßen des Allmächtigen, des Allgnadenreichen treibt. Denn wer soll Dich beschirmen in dem Ungewitter der Schlacht, wenn sich sein Antlitz von Dir wendet? Aber er verläßt keinen, der ihm sein kindliches Herz offen entgegenträgt. Lieber Jaromir! Deine reine, schöne, heitere Seele voller Jugend und Hoffnung, lege sie, so offen wie Du sie mir entfaltet hast, auch täglich dem himmlischen Vater dar. Spotte nicht der Schwachheit des Mädchens, das Dich zu frommen Gebräuchen auffordert, weil es darin seinen einzigen Trost findet. Ich weiß wohl, daß der Mann sich stark glaubt, ohne göttlichen Beistand. Aber es ist eine Täuschung, Lieber! Vor ihm sind die Schwachen mächtig, denn sie stehen in seinem Schutz, und die Starken sinken hin, wenn sein Odem sie anhaucht. Stark, unüberwindlich fühle ich mich, wenn mich nach einem brünstigen Gebet die Hand des Allmächtigen durchdringt. Dann weichen meine düsteren Träume und Ahnungen, dann sehe ich den Engel des Herrn Dich geleiten und schützen mit seinem Schild und Schwert, dann leuchtet mir die Sonne einer seligen Zukunft zurück, wie die Nacht nach jedem Tag wiederkehrt, aber es schimmern doch leuchtende Sternbilder durch das Dunkel, und der äußerste Himmelsrand bleibt mit goldenem Morgenrot gesäumt. Bald, Teurer, bin ich Dir näher, in der Vaterstadt, wo alles, bis auf den Klang der Sprache, mich an dich erinnert. Ich werde mich dort viel glücklicher fühlen als hier! Eben rollt der Wagen durch das Tor! Mein Herz klopft vor Freude und Sehnsucht. Lebe wohl! Lebe wohl! Tausend Engel mögen Dich beschirmen und glücklich zu mir heimführen! Wann aber leuchtet der Tag, wo ich wieder in Deinen Armen ruhe! Deine Lodoiska.«

»Das edle, treffliche Mädchen! Ganz Liebe, ganz Frömmigkeit, Unschuld, Wahrheit!« rief Ludwig aus, als Jaromir geendet hatte. Dieser warf sich ihm ungestüm an das Herz und drückte sein glühendes Antlitz gegen die Freundesbrust. Ludwig ahnte nicht, was in ihm so furchtbar tobte. Er wähnte, es sei das Übermaß der Sehnsucht nach der fernen Geliebten. »Fasse dich, Bester«, sprach er mild. »Der Tag des Wiedersehens wird kommen, er ist vielleicht nicht mehr fern!« Jaromir blieb in seiner Stellung, ohne ein Wort zu erwidern. Furchtbare Gedanken wogten in seiner Brust auf und nieder. Unglückselig bist du, rief es ihm schauerlich zu, wenn dies nicht die Sprache der Wahrheit ist! Doppelt elend, wenn sie es ist!

Da er einsam schwieg und den Freund nur heftiger umklammerte, fragte Ludwig endlich, um seine Gedanken abzuwenden, abermals nach Bernhard. »Ich habe ihn nicht gesehen«, antwortete Jaromir, sich aufrichtend und das Haupt schüttelnd. »Ich habe niemanden, ich habe nichts gesehen! Ludwig! Ich muß dich verlassen! Ich muß allein sein! Ich bitte dich, laß mich allein!« So rief er heftig und sprang auf. Ludwig sah ihm bewegt nach, wie er mit schnellen Schritten die Straße hinabeilte und in der Dunkelheit verschwand.

Sollen denn alle meine Freunde heute in so aufgeregter Stimmung sein, dachte er bei sich selbst, daß sie mir die Sorge einflößen, sie werden über ihre inneren Kämpfe und Bewegungen die äußere Welt und ihre Gefahren vergessen? Und habe ich nicht vielleicht die stärksten Ursachen zu einer gleichen Stimmung? Wie kommt es denn, daß mein Herz so viel ruhiger schlägt? Ach – weil ich mich schon unter das eiserne Joch des Geschicks gebeugt habe, weil meine Lebenshoffnungen nicht mehr so frisch blühen, die warme, wallende Ader der Freude längst verblutet ist. Auf dem Gotthard war auch ich nicht so ruhig! Und bin ich es denn jetzt wirklich? Oder bin ich nur müde? Langsam ging er zurück in sein Gemach. Er lehnte sich ins Fenster und blickte hinaus, ob Jaromir oder Bernhard nicht zurückkehren würde. Eine volle Stunde verging, es blieb alles still. Die Feuer waren fast zusammengebrannt, nur noch eine düstere, rauchende Glut glimmte inmitten der schwarzen, auf den Boden gelagerten Gestalten. Man hörte jetzt ihre tiefen, schweren Atemzüge bis hier herauf, selbst die Feuerwachen nickten müde ein. Totenstille lag über der ganzen ungeheuren Stadt.

Fünftes Kapitel

Endlich wurde auch Ludwig von der Müdigkeit übermannt. Er schloß das Fenster, hüllte sich dicht in den Mantel und warf sich auf das in der Ecke stehende Ruhebett nieder. Die Sorge um Bernhard und Jaromir hielt ihn noch eine Zeitlang wach. Doch mehr und mehr verlor sie sich in dem Nebel des Schlummers, der ihn überschlich. Bald klangen ihm die unruhigen Gedanken nur noch wie ein fernes Brausen des Meeres, wie dumpfer, sich verlierender Donner in die Seele. Sie verschleierten sich immer tiefer, verloren sich immer mehr in die Leere des weiten dunklen Raumes. Endlich sanken ihm die Augenlider matt herab, und er lag im tiefsten Schlaf. Doch die Seele arbeitete unruhig fort in dem ermatteten Körper und führte die bunten, gaukelnden Traumbilder auf dem schwarz aufgespannten Hintergrund der Nacht vorüber.

Bald sah sich Ludwig im Getümmel der Schlacht, rings von Feinden bedrängt, zu Boden stürzend. Dann schwebte eine freundliche Gestalt aus der Heimat heran, seine Mutter trat vor ihn und bat ihn, ihr zu folgen. Sie führte ihn in ihr trauliches Wohnzimmer und fragte: Wo bist du nur so lange gewesen? Eine milde Rührung drang in sein Herz, er empfand im Traum die Freude des Wiedersehens, die die Wirklichkeit ihm grausam geraubt hatte. Er sah sich auf dem Spaziergang nach Pillnitz. Seine freundlichen Jugendgespielinnen begleiteten ihn. Plötzlich schreckte er freudig zusammen, denn Marie kam ihm aus einem Laubengang entgegen und ging Arm in Arm mit Bianka, vertraut an ihre Seite gelehnt, als wenn beide Schwestern wären. »So, liebt euch, ihr Geliebtesten, die ich auf der Erde habe«, sprach er im Traum, und ein Lächeln schwebte um seine Lippen. Er wollte ihnen nähertreten, ihnen die Hand reichen, doch ein Fremder hielt ihn zurück. Es war Rasinski, der ihn aufforderte, rasch zu Pferd zu steigen. Die lieben Gestalten verschwanden, er sah sich wieder mitten in dem unruhigen Verkehr des Feldzuges, lange, unendliche Reihen von Kriegern zogen an ihm vorüber, er schloß sich den Scharen an, aber doch quollen unaufhörlich neue Gestalten neben ihm hervor und schwebten an ihm hin. Verweilen und Vorwärtsbringen geschah zugleich, wie so oft das Doppelte und Widersprechende im Traum. Jetzt glaubte er, in Moskau einzuziehen, er ritt mit Bernhard und Rasinski durch die Straßen, die sich in unabsehbarer Ferne vor ihm hinzogen. Die Häuser und Paläste ringsumher verwirrten sich vor seinen Blicken, er sah stets den Palast vor sich, den er bewohnte, doch drängten sich immer neue Gassen dazwischen, ehe er ihn erreichen konnte. Mit jedem Schritt schien der Weg sich zu verlängern. Endlich hielt er mit Rasinski und Bernhard vor dem Tor. Sie saßen ab und gingen die Stiegen hinauf. Erschöpft legte er sich im Traum in demselben Zimmer, auf demselben Bett zur Ruhe nieder, wo er eben wirklich schlief. Traum und Wirklichkeit begannen sich verworren zu mischen. Er hörte den Anruf einer Schildwache von der Straße herauf und erwachte dadurch. Da aber sein geöffnetes Auge dieselben Bilder sah, wie das schlummernde, nämlich das vom düsteren Glanz der Wachtfeuer matt beleuchtete Gemach. Da sein wachendes Ohr dieselben Töne vernahm wie sein schlummerndes, so floß ihm in der Betäubung, die noch auf seinen Gliedern lastete, Wahrheit und Schein untrennbar durcheinander. So sah er, halb träumend, halb wachend, die Tür des Gemachs sich langsam öffnen und eine schwarz gekleidete, verschleierte Gestalt, die eine düster brennende Laterne in der Hand trug, eintreten. Sie schwankte geisterhaft, langsam näher. Jetzt stand sie dicht an Ludwigs Lager still und schlug mit der Rechten die Hülle zurück, die das Antlitz verbarg. Der Schimmer ihrer Leuchte fiel darauf. Es war Bianka, aber bleich und mit gramvollen Zügen. »Wo ist Marie?« fragte Ludwig das Traumbild. »Und weshalb kommst du in Trauerkleidern, Geliebte? Ach, du beweinst wohl auch meine Mutter!« Mit schmerzlichem Verlangen streckte er der Geliebten die Hand entgegen, stumm, bebend stand sie vor ihm. Es schien, als wolle sie sich über ihn neigen, doch plötzlich bebte sie zurück, hielt die Hand abwehrend, wie zum Zeichen, daß er sie nicht berühren dürfe, vor sich hin und bewegte langsam verneinend den edlen Kopf.

»Du fliehest schon wieder? Warum höhnt ihr mich so, ihr holden Traumbilder!« sprach Ludwig in dämmernder Verworrenheit des Traums. »Zeigt euch nicht, wenn ihr stets von mir entfliehen wollt.« Er schauerte, wie durch einen Nachtfrost berührt, zusammen und hüllte sich tiefer in den Mantel. Das Gesicht war verschwunden. Doch aus der Dunkelheit der Nacht hörte der Träumende die Worte: »Fliehe, fliehe! Deinem Leben droht Gefahr unter diesem Dach! Nimm dies zum Angedenken!«

Wie leise Geisterberührung streifte es über seine Wangen. Er erwachte. Mühsam hob er die zurückgesunkenen Augenlider empor. Doch alle Bilder seines Traumes lagen wie in Nebeldämmerung um ihn her. Biankas Gestalt verschwand wie ein Schatten. Der Feuerglanz an der Decke war trübe umnachtet, alle Gegenstände, selbst die beleuchteten Fenster, schienen ihm von einem schwarzen Gespinst bedeckt. Mühsam suchte er die noch ganz verstörten Sinne zu sammeln, da schallte ein Schuß aus dem Nebenzimmer in sein Ohr. Dieser kriegerische Ton riß ihn gewaltsam aus den Banden des Schlafes auf. Er war munter, raffte sich empor. Doch blieben ihm die Gegenstände wie vom Rauch umnebelt, und jetzt war es nicht mehr Täuschung des Traums, sondern sein Auge mußte auf unbegreifliche Weise geblendet sein. Da fühlte er wieder wie zuvor im Halbschlummer ein ähnliches geisterhaftes Berühren auf Stirn und Angesicht, als ob ein zarter Flügel darüber hinstreifte. Wie durch Zauberkraft war plötzlich das düstere Gespinst verschwunden, das ihm alles einzuhüllen schien, und er erblickte die Gegenstände umher wieder in ihrer vollen Schärfe. Noch hatte er sich von seinem Staunen nicht erholt, als er Rasinskis laute Stimme im Nebenzimmer vernahm, die ihn und Bernhard aufrief. Er eilte daher in den Saal, der außer dem Feuerschimmer von der Straße herauf durch eine Nachtlampe matt erhellt war. Rasinski trat ihm schon mit hastigen Schritten entgegen, und fast zu gleicher Zeit stürzten die durch den Schuß geweckten Leute vom Vorsaal herein. »Licht! Mehr Licht!« befahl Rasinski. Sie eilten, den Befehl zu erfüllen. »Was gibt's? Was ist geschehen?« fragte Ludwig. – »Wir sind in unheimlicher Umgebung, hast du nichts gesehen?« – »Nicht das mindeste, jedoch ...«

»Durch mein Zimmer ging soeben eine schwarze Gestalt, allem Anschein nach eine Frau«, unterbrach ihn Rasinski. – »Wie?« rief Ludwig außer sich, als ob ein Blitzstrahl ihn heiß und kalt zugleich durchzuckte. »Eine schwarze, verschleierte Gestalt ...« – »Ganz recht!« – »Und diese sahst du wirklich? Es war kein Traumbild?« rief Ludwig und stand wie versteinert vor dem Freund.

»Nein, beim Himmel, denn ich war so wach wie in diesem Augenblick«, entgegnete Rasinski, der noch zu sehr mit seinem eigenen Erlebnis beschäftigt war, als daß der Eindruck, den es auf Ludwig machte, ihm hätte auffallen können. »Vor fünf Minuten wußte ich freilich selbst nicht, ob ich geträumt hatte oder wirkliche Dinge sah. Ich glaubte, ein leises Vorüberrauschen an meinem Lager zu hören, und erwachte, denn du weißt, wie leicht mein Schlaft ist. Da sah ich es wie einen Schatten über die Wand gleiten, und ein trüber Lichtschimmer schien mir aus der offenen Saaltür ins Gemach zu fallen. Doch glaubte ich, es sei der Schein der Feuer von der Straße herauf, die mich täuschten. Indessen war ich wach geworden und lag, noch über die Erscheinung nachsinnend, auf meinem Lager. Eben hatte ich mich wieder eingehüllt und die Augen geschlossen, als ich dasselbe leise Rauschen wie zuvor höre. Ich fahre auf, da schwebt eine schwarze verschleierte Gestalt dicht an meinem Lager vorüber. ›Wer da!‹ ruf ich sie an, sie schreckt sichtlich zusammen, gibt mir jedoch keine Antwort, sondern eilt mit raschen Schritten durchs Gemach. ›Antworte, oder ich schieße!‹ rufe ich und greife nach meinen Pistolen ...«

»Allmächtiger Gott!« rief Ludwig und fiel Rasinski unwillkürlich, als ob er den Schuß verhindern wollte, in den Arm, den dieser in der Lebhaftigkeit der Erzählung ausgestreckt hatte. »Du hast also auf sie geschossen?« – »Allerdings, und gleich darauf hörte ich den Ausruf einer weiblichen Stimme.«

»Sie ist getroffen? Wo?« Mit diesen Worten wollte Ludwig in das Gemach Rasinskis eilen, doch dieser, der erst jetzt die ganz außerordentliche Bewegung des Freundes wahrnahm, hielt ihn zurück und fuhr rasch fort: »Es war nur ein Ausruf des Schreckens. Gleich darauf klang es wie eine schnell geöffnete und ins Schloß geworfene Tür. Ich hatte mich rasch aufgerafft und war auf die geheimnisvolle Erscheinung zugeeilt. Doch sei es nun, daß mich der Blitz und Rauch des Schusses geblendet hatte oder daß das Halbdunkel des Gemachs die Flucht des unbekannten Wesens begünstigte, sie war verschwunden, als ob sie in den Boden versunken wäre. Sogleich sprang ich daher in den Saal und rief dich und die Leute auf. Hier hindurch kann sie nicht geflüchtet sein, denn sie hätte die Tür noch nicht erreichen können, so schnell war ich ihr gefolgt.«

Während dieser Erzählung waren die Diener mit Licht eingetreten, und Rasinski eilte in sein Schlafzimmer, um dasselbe genau zu durchforschen. Ludwig begleitete ihn mit einem unaussprechlichen Gefühl. Doch das Zimmer war leer. Nur zwei Türen befanden sich in demselben: die eine, die in den Saal führte, die andere, durch die man in die weitere fortlaufende Reihe der Gemächer gelangte. Diese letztere aber war durch zwei Sessel, die noch ganz so standen wie am Abend zuvor, gesperrt, unmöglich konnte jemand dort hinausgegangen sein, ohne die Sessel umzustürzen oder auf die Seite zu schieben. Die Diener beteuerten dagegen, daß niemand durch die Saaltür in den Vorsaal gekommen sei, indem sie quer vor derselben ihre Lagerstätte aufgeschlagen hatten, so daß man nur über sie hinweg hinaus und hinein konnte. An der Stelle, wo Rasinski auf die Gestalt geschossen hatte, befand sich keine Tür. Es war diejenige Ecke der Rück- und Seitenwand des Kabinetts, die nicht an die Seite des Saals, sondern an die der übrigen Gemächer stieß. Aufmerksam beleuchtete Rasinski die Tapeten. »Da sitzt mein Schuß!« rief er und zeigte auf eine verletzte Stelle, wo die Kugel eingedrungen war und noch in der Mauer steckte. »Also habe ich mich nicht getäuscht! Hier muß eine geheime Tür sein.« Neugierig traten die Leute umher. Ludwigs Herz schlug in sehnsuchtsvoller Erwartung. Da fiel es ihm plötzlich wieder ein, daß nun *alles* Wahrheit sein konnte, was er zu träumen geglaubt hatte. »Nimm dies zum Andenken!« waren die Worte der Erscheinung gewesen. Schnell ergriff er ein Licht und eilte in sein Gemach zurück. Sein erster Blick fiel auf das Ruhebett. Er entdeckte nichts. Doch als er sich jetzt auch in den übrigen Teilen des Zimmers umsah, erblickte er am Boden in der Nähe des Fensters ein weißes Tuch. Er hob es empor. Es war ein Schleier. Wie das Gewebe leicht über seine Hand hinstreifte, erkannte er plötzlich dieselbe Empfindung wieder, die ihn zuvor so seltsam getroffen hatte. Der Schleier mußte sein Antlitz bedeckt haben. Er entfaltete ihn. Das Ende war durch eine Art von Ring geschlungen. Hastig streifte er das Gewebe los, glänzendes Gold wurde sichtbar, ein grüner Stein schimmerte ihm entgegen. »Gnadenreicher Gott, ist es möglich!« rief er aus, und heiße Tränen stürzten ihm über das Antlitz. Er hielt dasselbe Armband in den Händen, das die Geliebte am Fuß des St. Bernhard verloren hatte, dasselbe teuere Kleinof, dem er zuerst verdankte, ihr in das holdselige Antlitz zu blicken. Außer sich wollte er eben zu Rasinski hinüberstürzen, als er ein in den Falten des Schleiers festgestecktes Blatt bemerkte. Mit zitternder Hand zog er die goldene Nadel, die es befestigte, heraus und entfaltete es. Unter gewaltsam hervordringenden Tränen las er die Worte: »Sie waren einst mein Retter aus dringender Gefahr! Sie beschirmten mich mit brüderlicher Treue. Wer vermag die wunderbaren Fügungen der Vorsehung zu bezeichnen, die uns damals zusammenführten und trennten und jetzt wieder nahe bringen und für ewig scheiden! Doch die Minuten drängen. Verlassen Sie dieses Haus, schnell, augenblicklich! Es droht Ihnen die äußerste Gefahr! Der Schlund des Verderbens gähnt unter Ihren Füßen auf, der Boden, auf den Sie treten, ist nur die leichte Decke eines furchtbaren Abgrundes. Ein Augenblick zu spät, und sie bricht ein! – Mehr darf ich nicht enthüllen. – Ach, schon das gilt für ein schweres Verbrechen! Doch ein höheres Gesetz der Dankbarkeit gebot mir, es zu begehen. Die Zukunft ist düster verhüllt, die Wogen meines Lebens in Sturm gehoben. Was auch mein Schicksal sei, mit schwesterlicher Treue wird mein Herz das Andenken des edlen Freundes bewahren! Bianka.«

Ludwig stand, seiner Sinne kaum noch mächtig, und heftete das Auge auf das Blatt, als Rasinski eintrat. »Wo bleibst du?« fragte er. »Wir haben eine Tür entdeckt, eben lasse ich eine Axt holen, sie zu öffnen, denn wir müssen notwendig Licht in der Sache haben. Ist aber Bernhard noch nicht zurückgekehrt? – Was hast du? Was ist dir?« fragte er erstaunt, als Ludwig bewegungslos vor ihm stand und ihm nur das Blatt hinreichte. Rasinski durchflog es mit raschen Blicken. »Ich glaube, hier sind höhere Mächte im Spiel«, rief er aus, als er gelesen hatte, »nie ist mir ein wunderbareres Ereignis begegnet. Aber Gefahr? Welche Gefahr droht uns? Wörtlich ist doch die Stelle nicht zu verstehen? Wir müssen der Geheimnisvollen nachgehen. Komm und laß uns das Abenteuer gemeinsam wagen!«

Ludwig ließ sich von Rasinski fortreißen. In seinem Zimmer fanden sich schon die Reitknechte mit einer Axt beschäftigt, die entdeckte Tür zu öffnen. Nach wenigen Schlägen war es geschehen. »Jetzt entschlossen, doch vorsichtig«, sprach Rasinski. Er ergriff mit der Linken ein Licht, mit der Rechten eine Pistole und schritt voran. Man befand sich in einem schmalen, niedrigen Korridor, der nur eben Breite und Höhe für einen einzigen Mann hatte. Es schien, als sei der Gang in der Mauer selbst angebracht und laufe parallel mit dem breiten äußeren Korridor, doch senkte er sich merklich, ja an einigen Stellen fast steil. »Mir dünkt, es riecht hier so brandig und nach Schwefel«, sprach Rasinski, nachdem sie etwa dreißig Schritte nach vorwärts getan hatten. »Bemerkt ihr nichts?« – »Freilich!« erwiderte der Reitknecht. »Es muß hier notwendig in der Nähe etwas glimmen.«

Sie gingen noch etwa zehn Schritte vor. Da drang ihnen ein dichter, schwefeliger Dampf entgegen, so daß das Licht plötzlich ganz blaurot brannte. »Sollte die Warnung doch vielleicht wörtlich gemeint sein?« fragte Rasinski leise, indem er sich zu Ludwig umwandte. »Ich halte es für bedenklich, hier weiter vorzudringen!«

Ludwig, dessen Herz in der Hoffnung angstvoll schlug, die Spuren der Geliebten aufzufinden, erwiderte: »Noch dürfen wir uns gewiß weiter wagen, denn die Rückkehr ist uns ja nicht verschlossen. Ich will voran.« – »Nein, es ist besser, daß ich der Vordere bin«, erwiderte Rasinski, »dich könnte der Eifer verleiten, die notwendige Vorsicht zu versäumen.« Sie schritten abermals zwanzig Schritte vorwärts, der schwefelige Dampf wurde dichter und ließ sich kaum einatmen. Da fuhr ihnen plötzlich ein Windstoß entgegen, als ob eine Tür irgendwo geöffnet wurden wäre, und im gleichen Augenblick erloschen die drei Lichter, die sie bei sich trugen. Unmittelbar darauf vernahmen sie einen dumpfen Knall, und das ganze Gebäude bebte erschüttert. »Das war eine Mine!« rief Rasinski. »Wir müssen zurück!«

Selbst Ludwig sah ein, daß ein weiteres Vordringen unmöglich sei. Man wandte daher um und suchte im Finsteren zurückzutappen. Aber schon nach wenigen Augenblicken verhüllten ein entsetzlicher Qualm und eine erstickende Hitze den Raum um sie her, so daß sie fast die Besinnung verloren. »Rasch vorwärts«, rief Rasinski und trieb Ludwig an, während dieser auch die Begleiter drängte. Hastig stürzend, mit beklemmtem Atem, Tücher vor den Mund haltend, versuchten sie Rasinskis Zimmer zu erreichen. Atemlos erreichten sie es endlich, doch war auch dieses schon ganz mit Rauch gefüllt. Rasinski sprang gegen das Fenster an und schlug mit der umgekehrten Pistole die Scheiben ein, daß sie klirrend auf die Straße stürzten. Durch dieses Mittel erhielt man Luft und konnte einige frische Atemzüge tun. Ludwig war durch die Saaltür geeilt, allein kaum hatte er dieselbe geöffnete, als ihm auch schon von dort Rauch und Dampf entgegenschlug, der aus dem Boden zu quellen schien. Doch brannte die Lampe noch, und er konnte sein Zimmer erreichen, um in aller Eile Waffen, Mantel und Mantelsack zu ergreifen. Biankas Schleier, Armband und Tuch trug er schon an der Brust. So eilte er wieder zu Rasinski zurück, der ihm aber schon in dem Saal entgegentrat. Jetzt erscholl durch die Stille der Nacht plötzlich von außen her der Ruf: »Feuer, Feuer!« und fast zu gleicher Zeit dröhnten die Trommelwirbel aus dem Biwak unten herauf, und gellende Trompetenstöße schmetterten darein. Hastig stürzten Rasinski, Ludwig und die Reitknechte die großen Treppen hinunter auf die Gasse hinaus. Im Hausflur kam ihnen Bernhard in vollem Lauf von der Hinterseite her entgegen. »Gott sei Dank, daß ihr gerettet seid!« rief dieser, »ich fürchtete schon, zu spät zu kommen. Aber macht, daß ihr das Freie erreicht, denn die Flammen schlagen schon von allen Seiten aus dem Erdgeschoß und durch das Dach hinaus. Hier treibt der Teufel sein Spiel!«

Schmerz und Seligkeit der Liebe, Bestürzung, Staunen, Schrecken, dankbare Freude brachen in vollen Strömen zugleich in Ludwigs Herz ein. Doch die mächtige Flut der Ereignisse riß alles in ihre fortbrausenden Wogen hinein und gönnte der Brust nicht die Ruhe, sich selbst zu beschauen und zu empfinden. Der Augenblick forderte die Tat, die betäubte Betrachtung wurde gewaltsam von den Gegenständen hinweggerissen, an die sie sich heften wollte.

Jetzt erst konnte man die Gefahr übersehen, eine schwarze undurchdringliche Wolke lag über dem Palast, nur einzelne rot züngelnde Blitze zuckten hindurch. Der Qualm drang schon fast aus allen Fenstern des Hauses hervor, er wirbelte aus dem Erdgeschoß herauf. Er quoll in dichten Strömen aus dem Dachstuhl. Ein einziger Blick reichte hin, um die Überzeugung zu bekommen, daß das Feuer angelegt, daß der Brandstoff in allen Teilen des Gebäudes ausgebreitet und durch ein plötzliches Mittel überall zugleich in Flammen gesetzt sein mußte. Welcher Art dasselbe gewesen war, darüber konnte Rasinski keinen Zweifel mehr hegen.

Mit grausendem Erstaunen erwartete man, wie das majestätische Schauspiel sich entwickeln werde. An Rettung war bei dem gänzlichen Mangel an Hilfsmitteln nicht zu denken. Man hatte genug zu tun gehabt, um so schleunigst wie möglich einige Vorräte und die Pferde, die in dem Hof des Schlosses untergebracht waren, zu retten. Rasinski ließ seine Leute unter Waffen treten und überzählte, ob jemand fehle. Sie waren alle zugegen. »Noch ist es fast windstill«, sprach er, »der Rauch zieht ein wenig abwärts. Wenn die Flammen ebenso gejagt werden, dürfen wir ohne Gefahr hier verweilen. Wo nicht, so ziehen wir uns in der Gegend des Kreml zurück. Einstweilen wollen wir das Ereignis dorthin melden.« Er rief Jaromir hervor und gab ihm den Auftrag, sofort zum Kreml zu reiten und die Meldung bei dem Generaladjutanten des Kaisers zu machen. Jaromir sprengte wie ein Pfeil davon.

Mit gespannter Erwartung betrachteten die versammelten Leute jetzt das in Dampf gehüllte Gebäude vor ihnen, jeden Augenblick daran denkend, daß die Flammen durch das Dach brechen sollten. Da fiel unvermutet ein heller Schein über den ganzen Palast, als wenn derselbe durch eine plötzlich aufgehende Sonne beleuchtet würde. Verwundert sah man sich um. Da stand der ganze Himmel in dunkelrotem Glanz, als ob er über ein Feuermeer gewölbt sei. Rasinski sprengte die Gasse entlang bis zu der Gartenmauer, wo er einen freien Blick über den Horizont hatte. »Heiliger Gott!« rief er entsetzt aus, als er hier ein zweites großes Gebäude, das in der Nähe des Kreml liegen mußte, wahrnahm, aus dessen hohem, unförmigen Dach eben die Flammen mit voller Gewalt herausschlugen, während eine schwarze Rauchwolke sich düster über die Sterne, die noch im Zenit glänzten, hinwegwälzte. »Das ist kein Zufall!« rief er unwillkürlich aus. »Hier werden furchtbare Ratschläge ausgeführt.« Er wollte eben zurücksprengen, als ihm Bernhard mit der Nachricht entgegenkam, am Ende der Gasse brenne ein Magazin. Jetzt sah Rasinski deutlich, worauf es abgesehen sei. Nunmehr galt es, entschlossen zu handeln. »Woher kommt der Wind?« fragte er und sah sich um. – »Ich glaube, aus Südwest!« erwiderte Bernhard. – »Richtig! Doch er scheint unstet! Indessen wollen wir uns einstweilen zurückziehen, es könnte uns sonst der Weg abgeschnitten werden.«

Von der Flucht Rasinskis aus dem geheimen Gang bis zu diesem Augenblick waren kaum zehn Minuten verflossen. Bis dahin hatte man in der Stadt auch noch keinen Lärm gehört, sondern die Ausbrüche des Feuers schienen von den übrigen Biwaks noch nicht bemerkt worden zu sein, und es herrschte während des furchtbar schönen Schauspiels die schauerliche Stille der Nacht. Jetzt aber hörte man aus der Ferne von allen Seiten die Trommeln rühren und Signalhörneer und Trompeten schmettern. Es entstand ein Getümmel, als ob ein großes Lager überfallen werde. Die Kavallerie saß auf, die Infanterie griff zu den Waffen und trat an. Noch wußte man nicht, ob man nur ein entsetzliches Element oder vielleicht auch einen verborgenen Feind, der unter dem Schutz desselben seinen Angriff machen wolle, zu bekämpfen habe. Die Ungewißheit vermehrte daher den ersten Schrecken. Indessen gingen von allen Seiten die hohen Gebäude in Flammen auf. Der Wind wurde stärker und jagte das Feuer wie ein flutendes Meer über die Stadt hin. Bald war man in ein düsteres Dunkel undurchdringlichen Rauchs gehüllt, der, in die engen Gassen zusammengepreßt, nicht sogleich einen Ausweg fand. Bald leuchtete es ringsumher wie am hellen Tag, und in allen Waffen glänzte der Widerschein der Flammen, als wären sie in frisches Feindesblut getaucht.

Rasinski erreichte mit den Seinigen eine Straße, wo noch keine Feuersbrunst ausgebrochen war. Die Höhe der Häuser von beiden Seiten hinderte auch den Widerschein der entfernter brennenden Gebäude so blendend einzufallen wie zuvor bisweilen. Man befand sich in einem dämmernden Halbdunkel, doch war der Himmel durch ziehende Rauchwolken und Funkenströme bedeckt. Das Ende der Gasse stieß auf eine Brücke, die jedoch für den Augenblick durch die Artillerie gesperrt war, die ihren eiligen Rückzug nahm, um die Munitionswagen und Protzkästen, die man unvorsichtig in der Stadt aufgefahren hatte, zu retten. Rasinski mußte daher mit den Seinigen hier halten, bis die Bahn frei wurde. »Seht, ihr Freunde«, sprach Rasinski zu Bernhard und Ludwig, »meine Ahnungen werden wahr! Jetzt sehe ich kein Ende vom Unheil. Ich wünschte, Jaromir stieße wieder zu uns«, sprach er nach einiger Zeit, »am Ende findet er uns nicht auf.« – »Ich will ihn aufsuchen«, rief Bernhard lebhaft, und Ludwig war ebenfalls sogleich dazu bereit. – »Das würde ihm nichts helfen, und ich wäre nur auch euretwegen in Besorgnis. Du hast uns gestern abend Sorge genug durch dein Verschwinden gemacht, Bernhard. Wo stecktest du?«

»Im Garten ging ich auf und ab! Es wäre mir unmöglich gewesen zu schlafen. Überdies habe ich da eine Entdeckung gemacht, die uns zwar jetzt schwerlich noch etwas helfen kann, aber doch wohl mit den Feuersbrünsten im Zusammenhang steht.« Man horchte auf, vor allem war Ludwig gespannt. »Ich wollte eben ins Schloß zurückkehren«, fuhr Bernhard fort, »denn es hatte bereits Mitternacht geschlagen, als ich aber den großen Laubgang hinuntergehe, der auf das Portal zuführt, sehe ich plötzlich aus dem Seitengebüsch einen Lichtschimmer durch das Laub fallen. Es war eine Gestalt im Mantel mit einer Laterne. Im ersten Augenblick glaubte ich, man suche mich auf, doch hielt ich es für gut, mich hinter einer dicken Kastanie zu verbergen, bis ich wußte, wer mir nahe komme, denn ich hatte im Schloß schon am Tag gewisse Entdeckungen gemacht.« – »Ich weiß das«, unterbrach Rasinski. – »So lauerte ich denn auf dem Anstand und sah, daß der Gestalt mit der Laterne einige andere folgten. Sie bogen aus dem Seitenpfad in den Haupteingang ein und kamen gerade auf mich zu. Es waren zehn. Ein Kerl mit der Blendlaterne ging voran, dann folgte ein Mann, dicht in einen Mantel gewickelt, der eine schwarz verschleierte Dame führte.« Ludwig seufzte aus tiefer Brust auf, sprach aber kein Wort. »Die übrigen schienen Diener zu sein. Es waren auch zwei Weiber dabei, die eine jung und zierlich, die andere aber, groß, abenteuerlich gekleidet, glich in Tracht und Haltung der wütenden Frau, die wir auf der Mauer des Kreml gesehen hatten. Ich möchte schwören, sie wäre es selbst gewesen, wenn ich mehr von ihr gesehen hätte, als ein flüchtiger Schimmer der Blendlaterne, der über sie hinstreifte, während der Führer sich einmal nach seiner Gesellschaft umsah, wahrnehmen ließ. Die letzten vier Kerle trugen etwas auf den Schultern, das ich nicht zu erkennen vermochte. Ich hätte es für einen eingewickelten Leichnam gehalten. Ich stand unschlüssig, ob ich dem verdächtigen Zug in den Weg treten sollte, indessen muß ich gestehen, es waren mir doch zu viele, zumal da ich keine Pistolen bei mir hatte. Auch dachte ich, es sind am Ende doch wohl friedliche Leute, die sich bei Nacht vor uns flüchten und froh sind, wenn wir sie nicht aufhalten. So ließ ich sie denn ziehen, und als sie vorbei waren, nahm ich meinen Weg zu dem Schloß zurück. Auf halbem Weg roch es mir schon nach Pech und Schwefel. Hm, dachte ich, sollte dieses schwarze Gesindel zu Satans Bande gehört haben? Die Witterung wurde immer ärger. Plötzlich zitterte die Erde unter mir, und es scholl wie ein dumpfer, ferner Fall durch die stille Nacht. Jetzt schoß mir's auf. Ich eilte wie der Wind durch den Park zu dem Schloß. Endlich bin ich aus dem Buschwerk heraus und sehe die Gebäude vor mir, zugleich aber auch den Rauch, der von allen Seiten herausquillt, und rote Flammen, die aus den Kellerlöchern hervorlecken wie Drachenzungen. Ich will hinauf, euch zu wecken, da kommt ihr mir die Treppe herab entgegen. Euch muß der Rauch geweckt haben.«

»Oh, Bernhard«, begann Ludwig, »uns war eine wunderbare Hilfe nahe. Ich ...«

»Vorwärts!« rief Rasinski und unterbrach Ludwigs Erzählung, denn eben wurde die Passage frei, und man mußte eilen, daß sie nicht zum zweiten Mal abgeschnitten wurde. Auf der Brücke angelangt, sah man wieder freier um sich. Das Feuer brannte von der Westseite herauf. Der Widerschein spiegelte sich prächtig in dem düsteren Fluß. »Der Wind dreht sich!« sprach Rasinski und sah nach dem Zug des Rauchs und der Flammen. »Seht, wie die Funkengarben zu dem Kreml hinübersprühen! – Wir werden unsere Richtung ändern müssen!«

Ein Adjutant sprengte im Galopp heran und rief mit lauter Stimme: »Die Kavallerie und Artillerie soll sich vor das Tor auf die Straße nach Petersburg ziehen.« Hierauf wandte er sein Pferd, vermutlich um den Befehl irgendeiner anderen Truppenabteilung, die er in den Gassen der Stadt umherirrend antreffen würde, zu überbringen.

»Gut, so kennen wir wenigstens unsere Bestimmung«, sprach Rasinski, »ich gestehe, ich wußte nicht, wie ich in diesem außerordentlichen Fall handeln sollte.«

Sie schlugen eine Straße ein, die in die angegebene Richtung führte. Bald aber sahen sie sich in einem dichten Gedränge und Getümmel, denn Infanteriekolonnen, mit den bärtigen Sappeurs an der Spitze, kamen ihnen im Sturmschritt entgegen, weil ihnen befohlen war, dem Brand Einhalt zu tun. »Platz! Platz!« schrie der Führer und drängte mit den Leuten vorwärts. So konnte die Kavallerie, auf die rechte Seite der Straße gedrängt, nur Schritt vor Schritt vorrücken. Indessen wuchsen in ihrem Rücken die Flammen, der Rauch wälzte sich, ein Gemisch glühender und schwarzer Wolken, hoch über die Türme und Paläste hin und verbarg den Himmel und seine Gestirne. Doch waren die Straßen nicht verdunkelt, sondern Häuser und Boden glühten, wie von Fackeln der Furien beleuchtet, im blutroten Widerschein. Der Sturm, durch das Flammenmeer gelockt, warf sich heulend, mit grimmiger Lust auf die wogende Flut, riß sie in hohen Wirbeln empor und jagte Funken, Feuerflocken und Asche vor sich hin, die in einem dichten Regen herabströmten.

Das ungeheure Ereignis stellte sich mit riesenhafter Majestät vor den Menschen in seiner Ohnmacht hin. Jedes vereinzelte Leiden, Sehnen, Hoffen und Fühlen der Brust ging unter in dem eiskalten Anhauch eines starren Grausens, das mitten aus dem Glutmeer hervorbrach und sich in das Herz, auch des Kühnsten, ergoß. Die Stunde des Weltgerichts schien angebrochen, das flammende Verhängnis ereilte Völker und Throne. Nicht Wälle, nicht Mauern von Erz hätten dem Verderben mehr gewehrt.

Wem jetzt das Los gefallen war, den packten die Arme des glühenden Stroms und rissen ihn brausend fort in das Meer der Vernichtung und gruben ihn in Nacht, Staub und Asche!

Sechstes Kapitel

Jaromir war mit verhängtem Zügel durch die noch finsteren Gassen dem Tor des Kreml zugesprengt. Ein eigenes Grauen beschlich seine Brust, als er allein durch die öde Stadt jagte. Noch hatte er keine zweite Feuersbrunst entdeckt, noch schlug keine Flamme aus dem Giebel fernerer Dächer empor, um die Nacht zu erleuchten. Dennoch hatte er eine dunkle Ahnung der Wahrheit, und die schwarzen Steinmassen der Stadt erschienen ihm wie ein erstarrtes, ausgebranntes, schroff geborstenes Lavameer, das plötzlich seine unterirdischen Schlünde aufreißt, um den ungebändigten Feuerströmen die Bahn zu öffnen. Er mußte durch eine enge, gewundene Gasse reiten, deren hohe Häuser ihm die Aussicht in die Ferne eine Zeitlang versperrten. Als er wieder einen freien Raum erreichte, sah er bereits an drei Stellen zugleich rötlichen Rauch aufsteigen, und plötzlich zuckte eine flackernde Helle durch die Nacht. Es waren die ersten Flammen, die die Dächer des Basars durchbrachen. Bald rötete sich der Himmel an mehreren Orten, und noch bevor er den Kreml erreicht hatte, hörte er schon die Trommeln der Wachen daselbst. Adjutanten sprengten ihm entgegen, er rief sie an, um zu fragen, wohin er seine Meldung machen könne. »Es ist schon alles in Ordnung«, lautete die Antwort. »Der Kaiser ist benachrichtigt, der Marschall Mortier schon in voller Tätigkeit. Wir haben allen berittenen Truppenteilen und der Artillerie den Befehl zu bringen, schnell die Stadt zu verlassen. Dagegen sollen Sappeurs, Mineurs und Infanterie sich sammeln, um löschen zu helfen. Alle Meldungen gehen an den Marschall Mortier.«

Jaromir sah ein, daß er jetzt nichts Besseres tun könne, als zurückreiten, um Rasinski diese Bestimmungen mitzuteilen. Er tat es im gestreckten Galopp, doch teils, weil er nicht genau Bescheid wußte, teils weil die seltsame Beleuchtung ihn täuschte, und endlich, weil eine ausrückende Kolonne Artillerie, die eine Querstraße sperrte und ihn so zu einem anderen Weg zwang als der, den er gekommen war, verirrte er sich und konnte sich aus einem Gewirr kleiner, sich kreuzender Gassen gar nicht zurechtfinden, weil sie immer an anderen Punkten ausliefen, als wohin ihn die Richtung, nach der er sie wählte, zu leiten schien. Endlich erreichte er einen freien Raum, der schon fast taghell von Flammen beleuchtet war, und glaubte, nun sich links wenden zu müssen. Da erst erkannte er, daß er sich dicht bei seinem Biwakplatz befand, aber von einer anderen Seite auf denselben zurückgekehrt war, wodurch die Gegenstände ihm im ersten Augenblick halb bekannt und doch fremd erschienen. Das brennende Gebäude zu seiner Rechten war eben das, in dem Rasinski gewohnt hatte. Die Flammen schlugen schon über den Giebel hinaus, und der Rauch wirbelte in einem breiten Strom über die gegenüberliegenden Giebel und Häuser hin, so daß er die Aussicht zu der Seite fast ganz verdeckte. Von den Truppen war nichts mehr zu bemerken, doch sah Jaromir aus den noch brennenden Biwakfeuern, daß der Abmarsch sehr eilig gewesen sein mußte. Sie werden den Befehl, den du bringen solltest, bereits anderweitig erhalten haben, dachte Jaromir, war aber unschlüssig, wohin er selbst sich nunmehr wenden sollte, um die Freunde rasch aufzufinden. Die düstere Stimmung, in der er sich befand, war durch das wichtige Ereignis für den Augenblick einigermaßen abgeleitet worden. Jetzt aber, da die Feuersbrünste sich vervielfältigen und die Flammen vielleicht schon von zwanzig verschiedenen Orten her leuchteten, überkam ihn plötzlich eine dunkle Unruhe um Alisette. Wird sie gewarnt, geweckt sein? Wird sie wissen, wohin sie sich wenden soll in einer so rauhen Nacht des Schreckens? Und wenn sie aufgestört wird von dem tobenden Lärm, wohin wird die Einsame, Verlassene flüchten? In vielen Stadtteilen, wo keine Truppen lagen, oder wo das Übermaß der Müdigkeit alles in festen Schlaf gestreckt hatte, war es noch nicht einmal unruhig geworden, sondern das Verderben brach während der Ruhe des Schlummers herein. Wie, wenn sie in ihrem zum Gartenhaus abgelegenen Zimmer den Trommelschlag nicht hörte, wenn das Feuer auch diesen Palast ergriff, wenn sie entsetzlich aufgestört …

Er durfte nicht weiterdenken, sein Entschluß war gefaßt, zu der Geliebten zu eilen, sie zu wecken, zu warnen, zu beschützen. Indem teilte der Sturm die breiten Wolkenzüge des Dampfes, die sich bis jetzt zu der Gegend, wo Alisette wohnte, gewälzt und sie dem Auge entzogen hatten. Da sah er rote Flammenspitzen über die Bäume des Gartens zucken. Der Palast mußte schon brennen, wo sie wohnte. Eine ungeheuere Angst überfiel ihn. Er sprengte zu der Gartenpforte, sie war zu eng, um hindurchzureiten. Rasch warf er sich vom Pferd und öffnete das Pförtchen. Jetzt sah er es deutlich, daß der Palast schon in Flammen stand, obwohl dieselben noch nicht ganz ausgebrochen waren. Ohne sich um sein Roß zu kümmern, eilte er im vollen Lauf durch die Gebüsche, um die große Allee zu erreichen, die mitten durch den Park führte. »Welch eine Fügung des Himmels, die dir diesen geheimen Pfad gezeigt hat, auf dem du jetzt das teuere, holde Wesen retten kannst!« – Atemlos erreichte er das Ende des Gartens. Der Palast stand still, einsam vor ihm, niemand in seinen weitläufigen Räumen schien erwacht zu sein, niemand die Nähe der Gefahr zu ahnen. Entweder die Bewohner waren schon geflüchtet und gerettet, oder der Schlaf hielt sie noch in dichten Banden und überlieferte die gefesselten, betäubten Opfer stumm dem Verderben. Noch stand das Gebäude nicht in hellen Flammen, aber sie leckten doch schon mit züngelnden Spitzen aus den Öffnungen des Daches und des Erdgeschosses und blitzten durch die schweren, langsam wogenden Dampfmassen, die sich auf den Zinnen lagerten und das Gemäuer wie ein düsterer Trauerschleier umwallten. Der ganze innere Raum des Gebäudes schien mit Glut und Rauch so gefüllt, als bedürfe es nur noch eines Hauchs, um die Flammen übermächtig nach allen Seiten hinauszuspeien und das Ganze mit ihren brausenden Wogen zu überfluten.

Ohne sich zu bedenken, doch mit angstvoll um die Geliebte pochendem Herzen drang Jaromir in diesen Krater des Todes ein, stürzte die Treppe hinan und stand jetzt vor der Tür ihres Gemachs. Sie war verschlossen. Er pochte, man antwortete nicht. Alisette konnte in einem Nebengemach schlafen und ihn nicht hören. Mit einem starken Fußstoß sprengte er daher die Tür auf und stand im Gemach. »Alisette!« rief er. »Alisette! Wo bist du?«

Alles blieb still. War sie schon geflüchtet, oder mußte er sie in einem anderen Zimmer aufsuchen? – Beim Schein des Feuers, der, durch die hohen Bäume vor den Fenstern verdunkelt, nur matt hereinfiel, suchte und fand er die Tür des Nebenzimmers. Er ging hinein. Auch hier war alles still, doch brannte eine Lampe auf einem Tisch in der Ecke. Diese ergriff er und schritt weiter. Es war hier weder von Rauch etwas zu spüren, noch fiel der Schein der Flammen hell genug herein, um jemanden zu erwecken, auch war alles totenstill, und von dem mehr und mehr wachsenden Lärmen auf der Straße vernahm man hier nichts. Jaromirs Vermutung, daß Alisette noch schlummern möge, wurde ihm fast zur Gewißheit. Hastig warf er daher seine Blicke durch das Gemach und schritt, da er keine Spur, daß dasselbe bewohnt sein möchte, erblickte, hindurch. Er öffnete die Tür des zweiten Zimmers und lauschte hinein. Hier sah er ein Bett mit zugezogenen seidenen Vorhängen stehen. Ein heiliger Schauer durchzuckte ihn. »Alisette! Alisette!« rief er. – »Wer ist da?« antwortete ihre Stimme mit ängstlichem Ton. – »Alisette, ich komme, dich zu retten, das Schloß steht in Flammen!« Mit diesen Worten eilte er auf das Bett zu, woher ihre Stimme tönte, um die Geliebte in seinen Armen aus dem Palast zu tragen. »Zurück, zurück!« rief sie ihm zu, indem sie die Vorhänge mit der Hand zusammenhielt und ihm mit der anderen winkte, sich zu entfernen. »Um des Himmels willen, zurück!« Jaromir glaubte, ein Gefühl der Verschämung gebe ihr diese Angst. Doch es blieb ihm nicht Zeit, dasselbe zu bekämpfen, denn eine männliche Stimme rief: »Zum Teufel, was gibt's denn!«

Jaromir erstarrte. Alisette stieß einen lauten Schrei aus. Im gleichen Augenblick sprang ein Mann von dem Lager auf. »Wer bricht hier herein?« fragte er mit entschlossener Stimme, doch ehe Jaromir antworten konnte, war auch Alisette aufgesprungen, hatte sich ihm zu Füßen geworfen, umklammerte seine Knie und rief: »Verdamme mich nicht, ich bin schuldlos.«

Jaromir stand betäubt, entsetzt, vernichtet. Er sah so viele Schreckensgestalten des Unheils zugleich auf sich einstürzen, daß sein Blick sie nicht mehr unterschied. Er warf die Lampe von sich, und indem er sich die Hände verhüllend vor die Stirn legte, rief er aus: »Oh, ich Elender!« Alisette hatte seine Knie mit beiden Armen krampfhaft umschlungen. Das aufgelöste Haar wallte über die entblößten Schultern und den hervorquellenden Busen. »Ich stehe nicht eher auf, bis du mir vergeben hast!« rief sie und drückte das Gesicht gegen den Boden. »Und willst du nicht, so zertritt mich, ich will zu deinen Füßen sterben.« Jaromir hörte und sah nicht.

Eine rauhe Hand faßte ihn jetzt beim Arm und schüttelte ihn heftig. »Ich fordere eine Erklärung, Herr Graf, mit welchem Recht Sie es wagen, hier einzudringen.« Jaromir sah sich halb bewußtlos um. Eben brach draußen eine rote Flammenwoge durch das Dach eines unfern stehenden Gebäudes, so daß das Gemach rötlich beleuchtet wurde. Bei diesem Schimmer erkannte er den Obersten Regnard, der im rasch übergeworfenen Mantel vor ihm stand.

Erstaunt fuhr dieser zurück. Alisette, die sich eben aufrichten wollte, schrie laut auf und sank halb ohnmächtig wieder auf den Boden. Jaromir war so betäubt, daß er die Frage des Obersten nicht sogleich fassen konnte. In diesem hatte der unvermutete Schreck mit dem Zorn zu kämpfen. So blieb es einige Sekunden totenstill. »Teufel! Ich frage, was Ihr Eindringen hier bedeuten soll!« rief der Oberst, jetzt wütend ausbrechend. »Antworten Sie, wenn Sie ein Mann von Ehre sind.«

Regnard glaubte die Gefahr nicht nahe, und über die benachbarte Feuersbrunst hatte er sich mit dem Mut eines alten Soldaten sogleich wieder gefaßt. Alisette war jetzt angstvoll aufgesprungen. Sie warf sich zwischen Jaromir und den Obersten und rief, indem sie die Hände rang: »Um des Himmels willen, laßt uns flüchten, flüchten! Ich will ja alles bekennen und gestehen!«

Doch mit entsetzlich ausbrechendem Zorn faßte Jaromir den nackten Arm der Flehenden, schüttelte sie, wie der Löwe ein Reh packt, und rief: »Bekenne, Elende! Hast du Lodoiska verleumdet?« – »Vergebung! Gnade!« wimmerte die Entsetzte und wollte vor ihm auf die Knie sinken. Doch Jaromir schleuderte sie grimmig hinweg, daß sie auf das Lager niederstürzte, und rief: »Lügenzüngige Natter! Fliehe, damit ich nicht an dir zum Mörder werde!«

Regnard fiel ihm in den Arm, doch die überlegene Jugendkraft Jaromirs stieß ihn zurück: »Wir treffen uns noch: Retten Sie sich, denn der Palast brennt.«

Ein dumpfer Donnerschlag, der aus der Tiefe des Bodens heraufklang, verschlang die letzten Worte. Der Palast bebte, die Fenster sprangen klirrend entzwei, Steine stürzten von der erschütterten, geborstenen Decke herab. »Hölle und Teufel! Was ist das?« fuhr Regnard auf. – »Allbarmherziger Gott!« schrie Alisette und rang die Hände. – »Von dir weiß die Barmherzigkeit nichts«, rief Jaromir ihr mit dumpfer Stimme und drohend gehobener Hand zu. »Diese Gewölbe stürzen ein über deinen Freveln, und dich verschlingen die Flammen der Hölle.« – »Gnade! Erbarmen! Rettet mich!« jammerte die Unglückselige und schwankte auf Jaromir zu, aber sie vermochte sich nicht mehr auf den Füßen zu halten, sondern fiel betäubt, regungslos auf den Boden nieder.

»Wir dürfen sie nicht umkommen lassen«, sprach Regnard entschlossen, »helfen Sie mir sie hinabtragen.« Er suchte sie emporzuheben, Jaromir stand wie eine eherne Bildsäule und starrte das reizende Bild der Ohnmächtigen an. Indem öffnete sich die angelehnte Tür des Nebengemachs, und das Pflegekind Alisettes, die kleine dreijährige Tochter ihrer Schwester, kam herein und stammelte weinend: »Ich fürchte mich so!« Beim Anblick dieses hilflosen Wesens kehrte das Bewußtsein in Jaromirs Brust zurück, und mit ihm sein weiches Mitgefühl. Eine tiefe Scham befiel ihn. »Nein! Du sollst nicht umkommen, kleines, holdes Wesen«, sprach er sanft, »du nicht, und auch nicht diese Verbrecherin.« Er nahm das Kind in seine Arme und hüllte es in einen Schal Alisettes ein. Dieser hatte Regnard bereits einen Mantel übergeworfen, doch vermochte er sie nicht emporzuheben, weil seine Wunde ihn noch hinderte. Jaromir reichte ihm das Kind und sprach: »Nehmen Sie die Kleine!« Dann ergriff er Alisette, hob sie mit rüstiger Jugendkraft empor und schritt zu der Tür. »Mir nach! Den Garten können wir noch erreichen«, sprach er. Regnard folgte ihm.

Schon drang dichter Dampf und Schwefelgeruch in die Gemächer ein, doch leuchtete die Flamme von außen her so hell, daß man den Weg nicht verfehlen konnte. Die kleine Treppe, die zum Garten führte, war ganz in Rauch gehüllt, und die Flammen schlugen schon hell von unten herauf. Ohne Zaudern warf sich Jaromir hinein. In drei Sprüngen war er unten und erreichte mitten durch die Flamme das Freie. Regnard war ihm ebenso entschlossen gefolgt. Atemlos, mit versengtem Haar, erreichten sie einen sicheren Platz im Garten. Dort setzten sie die Bürden nieder und schöpften Atem. »Wir sind in Sicherheit«, sprach Jaromir mit stumpfem Ton erstarrter Gleichgültigkeit. »Durch die Gartenmauer führt eine Pforte, wenn das Tor des Palastes schon in Flammen stehen sollte. Was uns anlangt, Herr Oberst, so werden wir uns wohl wiedersehen!«

Regnard erwiderte nichts. Er ahnte jetzt den Zusammenhang und fühlte, daß er von dem Unglücklichen keine Erklärungen zu fordern hatte. Dieser aber schritt hastig durch den Garten, um sich aufs Pferd zu werfen und die Seinigen aufzusuchen. Der treue Rappe stand, obwohl er nicht angebunden war, geduldig an der Pforte des Gartens und schien seinen Herrn zu erwarten. Jaromir schwang sich hinauf und sprengte mit verhängtem Zügel durch die Gassen.

Von allen Seiten standen schon die Gebäude in Flammen, die Nacht war heller als der Tag. Nur wo der verfangene Rauch und Qualm oder der dichte Aschenregen die Luft verdunkelten, war es finster. Die brennenden Straßen schienen ausgestorben, alles war geflüchtet. Die Rettungsmittel wandte man nur an, um die noch unversehrten Teile zu schützen, denn wo einmal das Feuer loderte, war jeder Kampf mit dem übermächtigen Element vergeblich. Die Flamme knisterte ringsumher. Es schien Jaromir, als seien es die Furien der Hölle, die ihn verfolgten. Sein Roß wurde durch den Sporn und die Angst zugleich getrieben. Es flog wie ein Pfeil mit ihm dahin. Doch der Betäubte suchte keinen Ausweg, er führte die Zügel nicht, er achtete auf kein Zeichen, nicht auf die Richtung des Windes. Dem Pferd bewußtlos die freie Wahl lassend, geriet er immer tiefer in das labyrinthische Gewinde der brennenden Gassen hinein. Erst als das scheue Tier sich plötzlich wie in einer Flammenhöhle sah und stutzte und umwenden wollte und wieder stutzte, indem es sich scheu aufbäumte und geängstigt die Funken und Feuerflocken aus der Mähne zu schütteln suchte, da sah er, wohin er geraten war. Die durchglühte Luft war kaum noch zu atmen, das Auge brannte und schloß sich geblendet, ein Durchbohrender Schmerz zuckte durch das Gehirn. »Also, hier soll ich enden? – Sind es die Flammen der Hölle, die meinen Frevel so schnell bestrafen?«

Das Leben war ihm verhaßt, doch die Natur wehrte sich gegen diese qualvolle Vernichtung. Gewaltsam riß er die geblendeten Augen auf und starrte in das prasselnde Feuermeer, ob sich nirgends ein Ausweg auftue. Ein Windstoß fuhr brausend durch die Flammen, drückte sie mächtig herab und spaltete sie dann, die glühende Mauer gewaltsam mit seinem Strom durchbrechend. Jaromir sprengte in die offene Kluft hinein. Einen Augenblick lang teilten sich die Feuerwogen weithin, so daß der Blick bis zu dem Punkt, wo die Rettung winkte, hindurchdringen konnte. Doch schon schlugen die Wellen wieder über seinem Haupt zusammen. Plötzlich donnerte und krachte es furchtbar über ihm. Ein Dachstuhl stürzte ein, glühende Balken und Steine prasselten herab. Jaromirs Pferd, von einem mächtigen Quader im Kreuz getroffen, brach unter ihm zusammen. Betäubt lag Jaromir am Boden, doch raffte er sich wieder auf und drang zu Fuß vorwärts. Schon gab er sich verloren. Fast mit geschlossenen Augen, weil sie die Glut nicht mehr ertragen konnten, drang er vorwärts, der Gegend zu, wo er einen Augenblick lang freie Räume gesehen hatte. Da traf plötzlich in dieser Flammenöde eine ernste männliche Stimme sein Ohr: »Könnt Ihr uns den Ausweg aus den brennenden Gassen zu zeigen?« rief es ihn von der Seite her an.

Freudig durchschauert, nur einen Todesgefährten aufgefunden zu haben, wandte er sich zu der Seite, woher der Ruf kam. Doch von Ehrfurcht und Schrecken gefesselt, blieb er erstarrt stehen, als er *den Kaiser*, der mit einigen Begleitern aus einer engen, gewundenen Seitengasse kam, vor sich sah. »Wie? Er selbst? Er, an dessen Haupt das Verhängnis aller hängt, hier in diesem brandenden Feuermeer, wo nirgends mehr ein Rettungsweg zu entdecken ist? Nein, er kann so nicht verloren sein!« Dieses lebendig prophetische Bewußtsein gab ihm Kraft und Besinnung wieder. An der ruhigen Entschlossenheit des unerschütterlichen Mannes, der ihn mit denselben unveränderten Zügen, wie er im Sturm der Schlacht das Steuer lenkte, anblickte, richtete sich sein eigener Mut empor. Er wuchs ihm durch einen Blick auf die verstörten Begleiter und Führer des Feldherrn, die, vom Entsetzen verwirrt, in den wogenden Flammen die alten Spuren der Straßen nicht mehr aufzufinden vermochten. Mächtig durchdrang ihn das Gefühl, daß sein kleines Dasein diesem unermeßlich großen gegenüber nichts gelte, und darum betäubte es ihn nicht mehr, daß es von tausend Schmerzen zerrissen und jetzt von unrettbarem Verderben bedroht war. Ehre und Männerpflicht richteten sich edel in ihm auf.

»Wißt Ihr keinen Ausweg?« erneuerte der Kaiser die Frage. – »Ja, ich hoffe es«, antwortete Jaromir fest, »doch der Weg geht durch die lodernden Flammen dort.«

»Gut denn! Wir haben nicht Zeit, uns zu besinnen«, erwiderte der Kaiser und schritt dahin, wo Jaromirs Hand deutete. Dieser eilte voran, stolz entschlossen, sich mitten in die Glut zu werfen. Doch als trügen die empörten Elemente eine heilige Scheu, den Gewaltigen anzutasten, so erhob sich jetzt der Sturmwind stärker als zuvor und brach eine Gasse durch die Flammen. Jaromir stürzte voran, der Weg ging durch Aschen- und Feuerregen über qualmende Trümmer hinweg. Man atmete Glut, das Auge brannte bis ins Gehirn, Lippe und Zunge verdorrten. Da wehte ein frischer Lufthauch kühlend über Jaromirs glühendes Angesicht. Das Freie war erreicht, die Rettung gewonnen!

DRITTER TEIL

Neuntes Buch

Erstes Kapitel

Der September hatte mit einem ungetrübt heiteren Himmel begonnen. Die Tage zogen still, sonnig, mild und erwärmt vorüber. Zwar fing das Laub schon an, sich zu färben oder gar zu fallen, doch waren die Fluren noch in ein saftiges Grün gekleidet, das sich mit den schönfarbigen Herbstblumen schmückte. Die Gräfin, Lodoiska und Marie hatten in dieser Hinsicht die angenehmste Reise gehabt. Was der Landschaft mangelte, ersetzte der Reiz der Jahreszeit, die in ihrer heiteren Stille, mit jenem leisen Anflug von Wehmut, den der herbstliche Anblick der Natur erregt, sich der trüben Stimmung der Seele, in der sich besonders die beiden jungen Mädchen befanden, gewissermaßen mit Freundesteilnahme anschloß.

Der Palast der Gräfin war, obwohl seine Einrichtung einer glänzenden Lebensweise entsprach, doch jetzt ein stiller, heimischer Aufenthalt, wie ihn Frauen, die in Zurückgezogenheit leben wollten, nur irgend wünschen mochten. Sie hatten die unteren Zimmer des linken Seitenflügels bezogen, der zum Garten hinaus und zum Teil schon in demselben lag. Die Glastür des gemeinschaftlichen Salons öffnete sich unmittelbar gegen einen von Flieder- und Jasminbüschen umgebenen, sanft abgesenkten Rasenplatz. Rosenbäume, die im Frühling den lieblichsten Anblick gewährten, standen im Halbrund gepflanzt. Zwar waren ihre Blüten längst abgefallen, doch schimmerte dafür in der Mitte des Platzes ein reiches Medaillon von Herbstblumen, unter denen ein Flor vielfarbiger Astern, die die Kunst des Gärtners besonders pflegte, sich auszeichnete. An der inneren Seite des Flügels, die zum Hofraum und Garten sah, wohnten Marie und Lodoiska. Sie hatten sich wie Schwestern liebgewonnen und sich daher auch äußerlich ganz dicht und vertraulich einander angeschlossen. An den Fenstern ihres Schlafzimmers, die dicht an dem Eisengitter lagen, das sich quer von einem Flügel des Schlosses zum anderen über den Hof zog und diesen von dem Garten trennte, rankte sich Weinlaub empor. Zwar reiften die Früchte selten an diesem Spalier, doch war das Gemäuer auf eine freundliche Weise durch das Laub verkleidet, und der Sonnenstrahl wurde durch das grüne bewegliche Gitter angenehm gedämpft, ohne ganz abgehalten zu sein. Von dem Schlafzimmer ging man durch ein Bücherzimmer in das Arbeitszimmer, und dieses stieß an den Salon. Auf der anderen Seite desselben wohnte die Gräfin in den Zimmern, die mit denen Lodoiskas und Mariens parallel liefen, aber durch einen Korridor davon getrennt waren. Auch diese sahen auf den Garten hinaus, aber zu der Seite der Ringmauer. Auch war derselbe hier etwa nur dreißig Schritte breit und der Raum mit hohem, dunklem Gebüsch besetzt, das die an der Seitengasse, wo Francoise Alisette gewohnt hatte, sich entlangziehende Mauer verdeckte, die in einer Flucht von der Seitenwand des Hauptgebäudes auslief. Eine Reihe hoher Pappeln nahe dieser Mauer nahm den Bewohnern der Gasse jede Aussicht auf den Garten und die Fenster der Gräfin. So lagen auch diese sehr still und abgeschieden. Ja, durch das dunkle, dichte Gebüsch gewann die Wohnung etwas Düsteres, das sehr wohl zu dem Ernst der Bewohnerin passte. Auf diese Weise mitten in der großen geräuschvollen Stadt ganz abgesondert, führten die drei Frauen ein stilles, nur unter weiblichen Beschäftigungen dahinfließendes Leben. Selten, daß sie einen Besuch empfingen, noch seltener, daß sie ihn erwiderten. Ihre Einsamkeit wurde ihnen mit jedem Tag lieber, und sie genossen mit jedem Tag mehr, wo sie einander näher kennenlernten und inniger liebgewannen. Kaum konnte unter drei Frauen eine größere Verschiedenheit bei einer so engen Gemeinschaft angetroffen werden. Die Gräfin, an Jahren den beiden Jungfrauen sehr voraus, überragte sie ebenso an Kühnheit der Seele wie an Hoheit der Gestalt. Sie besaß zwar einen feinen, weiblichen Sinn und Verstand, doch ohne jene weichmütigen Neigungen, die dem jungfräulichen Gemüt eigen zu sein pflegen. Unter großen Zeitbewegungen aufgewachsen, war sie früh aus der engen Beschränkung des weiblichen Lebenskreises in die größeren Bahnen des Weltlaufs gerissen worden. Sie hatte das Vaterhaus mit dem Vaterland vertauscht. Ihre Seele lebte mit Anteil an allen öffentlichen Geschicken. Sie war mit Begeisterung eine Tochter ihres Volkes. Auch auf Marie hatten die mächtigen Begebenheiten des Tages einen bildenden Einfluß geübt. Auch sie glühte für ein in der Unterdrückung schmachtendes Vaterland, doch in ganz anderer Weise. Die Gräfin nahm einen tätigen, geistigen Anteil an dem Öffentlichen. Ihr Herz schlug schon aus Gewohnheit dafür und entbehrte den Verlust der häuslich weiblichen Stille des Gemüts nicht mehr. Daher las sie mit Eifer die Zeitungen, die politischen Schriften des Tages. Sie war mit der Geschichte der Ereignisse vertraut, verfolgte sie mit Scharfblick, brachte ferne Geschicke mit denen ihres Vaterlandes in denkende Beziehung. Marie hingegen liebte nur ihre Heimat, das Volk, dem sie angehörte, über alles. Sie war durch Sprache und Denkweise eine Deutsche. Ihr edler Haß richtete sich nur gegen die Feinde und Unterdrücker ihres Vaterlandes. Die übrigen Weltgeschicke beobachtete sie, nicht gleichgültig, aber aus jener scheuen Ferne, mit jener weiblichen Ehrfurcht, die da bekennt, daß hier ihr Reich ende, daß ihr Blick auf diesem Gebiet keine Grenze erkenne, in dem verworrenen Getümmel keinen Faden entdecke, der sie hindurchleiten könne. Darum kehrte sie gern in ihr häusliches, stilles Heiligtum zurück und war duldend, wo sie nicht handelnd sein konnte. Mit der Befreiung ihres Vaterlandes wäre ihr Anteil am öffentlichen Leben erloschen oder wenigstens so in die Ferne zurückgetreten wie bei allen Frauen. Sie wollte aus dem Kampf nur ein stilles Heiligtum deutscher Häuslichkeit gewinnen. Anders die Gräfin, die mit ihren Wünschen stets über die Schwelle des Hauses hinauseilte. Marie wollte nur das Glück, die Ruhe, den Frieden für ihr Vaterland. Der Gräfin war es Bedürfnis der Seele, an Glanz, Ruhm und Macht desselben zu denken. Auf dem bewegten Gebiet der Völkerkämpfe behielt Marie nur ihre Landesgenossen und ihre nächsten Freunde als Vertreter derselben im Auge, die Gräfin dagegen hielt den Blick auf die Helden des Tages gerichtet und verfolgte mit banger Spannung deren Los. Marie sah zwar das Schlachtfeld im Hauptraum ihres Bildes, doch im Vordergrund ihren Bruder, Bernhard und, wie sie sich scheu gestand, Rasinski. Die Gräfin stand mitten in der Schlacht. Ihr Blick verfolgte die Fahnen, die Feldherren, selbst in dem Bruder sah sie am Tag der Entscheidung zuerst den Führer. Lodoiska dagegen, ganz Jungfrau, ganz Liebe, hörte die dumpfen Donner der Schlacht nur aus der Ferne, aber der blutende, erblassende Geliebte sank ewig sterbend vor sie hin. Die Liebe hatte ihr schönes Herz so ganz erfüllt, daß für nichts anderes Raum blieb. Selbst die schwärmerische Frömmigkeit, mit der sie jeden Tag die Messe besuchte, war nur eine andere Form ihrer liebenden Angst, denn ihr Gebet stieg ja für den Freund ihrer Seele empor. Wie es aber unter edlen Gemütern zu geschehen pflegt, so hielt jede der Frauen die andere für die bessere, vollkommenere, nur weil jene besaß, was dieser fehlte. So betrachtete Lodoiska ihre mütterliche Beschützerin mit der tiefsten Ehrfurcht und ordnete sich Marie mit Demut unter, weil sie in beiden die Kraft bewunderte, ihr Herz mächtig zu bezwingen. Die Gräfin und Marie dagegen verehrten die heilig Gewalt der Liebe in Lodoiskas Brust, die aus ihrer reinen Flamme alles Fremde ausschied und das ganze Herz des Mädchens allein erfüllte und durchdrang. Und Marie sah staunend zu der Heldin empor, unter deren Schutz sie sich scheu flüchtend begeben hatte.

Auf dem Tisch der Gräfin lag eine Landkarte von Rußland ausgebreitet. Sie verfolgte genau nach den Zeitungsnachrichten jeden Marsch, jede Bewegung des Korps und bezeichnete dieselbe mit Stecknadeln, deren Köpfe sie mit sinnreichen Kennzeichen versehen hatte, um nicht nur Feind und Freund, sondern auch den Stand der einzelnen Korps mit schnellem Überblick zu unterscheiden. Für Rasinskis Regiment hatte

Lodoiska eine goldene Nadel aus ihrem Haar genommen. Der glänzende Knopf derselben zeigte ihrem Auge jeden Tag, wo ihr Herz den Geliebten suchen solle.

Die letzten Nachrichten hatte sie nach der Einnahme von Smolensk erhalten. Mit Lebhaftigkeit sprach die Gräfin über dieses Ereignis und knüpfte daran die frohesten Hoffnungen für den Ausgang des Kampfes.

»Schon wir«, sprach Marie, »die wir hier in weiter Ferne sitzen und nach vollendetem Kampf die Nachricht empfangen, daß unsere Teuersten noch unversehrt unter den Lebenden wandeln – schon wir verfolgen die Berichte von der Schlacht mit ängstlich klopfendem Herzen. Wie müßte uns erst zumute sein, wenn das Verderben uns so nahe wäre wie jenen Bewohnern von Smolensk. Wenn wir, wie diese, unsere Brüder, Väter, Gatten vor den Toren wüßten, im Kampf auf Leben und Tod, um Freiheit, Vaterland und Herd, um unser Leben, unsere Ehre!«

»Mich würde das gequälte Herz auf die Mauern treiben«, rief die Gräfin, indem sie, wie sie in der Lebhaftigkeit immer pflegte, rasch auf und ab durch das Zimmer schritt, »ich müßte mit meinen Augen dem Los des Kampfes folgen.«

»Das vermöchte ich nicht«, erwiderte Marie mit sanfter Miene, »doch glaube ich«, setzte sie mit dem ungewissen Ton der Bescheidenheit hinzu, »ich würde Standhaftigkeit genug bewahren, um die Verwundeten zu pflegen.«

»Ach, und ich«, rief Lodoiska seufzend aus, »ich vermöchte gewiß nichts, als vor dem Bild der heiligen Mutter Gottes Schutz für das teure Haupt des Geliebten zu erflehen.« Auch sie stand auf, aber um ihre hervordringenden Tränen zu verbergen. Die Frauen hatten sich wahrhaft ohne Hehl ausgesprochen, nur Lodoiska verkannte sich, denn sie hielt für Schwäche, was Stärke war. Im Augenblick der Gefahr würde sie mit dem Heldenmut einer Heiligen die hilfreiche Pflege mitten in die Schlacht getragen, den Geliebten unter den drohenden Blitzen des Todes aufgesucht und gerettet haben.

Um ihre wallende Brust zu beruhigen, war sie hinaus in den Garten getreten. Die Mittagssonne strahlte hell durch die Wipfel der hohen Bäume, ein leichter Wind rauschte in den Zweigen. Zarte Wolken schwebten durch den lichten, blauen Raum dahin. Marie, deren fein verstehender Sinn die Freundin schnell begriffen hatte, ging ihr nach, um sie zu beruhigen, denn beim traulichen Gespräch in der Stunde vor dem Einschlummern hatte Lodoiska ihr oft das Herz geöffnet und sich selbst ihrer Überwältigung durch die Liebe angeklagt, ohne Maries Trost annehmen zu wollen, die wahrhaft eine hohe, seltene Kraft des Gemüts in dieser Stärke der Leidenschaft erkannte, wo sich ihr Bund mit Jaromir geschlossen hatte, trat Marie an sie heran, legte den Arm um ihren Nacken, küßte sie auf die Wange und sprach: »Oh, ich wollte, du hättest meinen Namen,

Liebe!« – »Ich wollte, ich hätte dein sanftes, starkes, beherrschtes Herz, Teuerste«, entgegnete Lodoiska und trocknete sich die Tränen ab. »Aber weshalb wünschest du mir deinen Namen?« – »Um dir sagen zu können, Marie hat das bessere Teil erwählt.« »Ja, ja, das hat sie«, rief Lodoiska heftig aus, und neue Tränen brachen aus ihren dunklen Augen hervor. »Oh, ich fühle es nur zu gut, ich bin liebeskrank, und mein Glück wird eine Qual, wird ein Vergehen!«

»Nein, nein, wahrlich nicht«, erwiderte Marie. »Für das Edle darf man ganz entbrennen, ich bewundere dich, die du es ganz vermagst. Glaube mir, unsere Ruhe liegt nicht in unserer großen Stärke, sondern in der geringeren Kraft unserer Liebe. In meinem Herzen konnte ich Mutterliebe, Bruderliebe, Vaterlandsliebe rein abwägen, bis ...« Hier schwieg sie, denn von ihrer bekämpften Leidenschaft zu Rasinski hatte sie mit der Freundin noch niemals gesprochen, weil das Geheimnis ihr nicht allein gehörte und weil sie empfand, daß sie sich eines sittlichen Sieges nicht rühmen durfte, ohne ihn zu verlieren. Und war sie denn Siegerin? Erneuten sich die Kämpfe in ihrer Brust nicht oftmals in einsamen Stunden der Nacht? Und flossen wegen dem verlorenen Glück nicht noch immer ihre Tränen?

»Bis?« fragte Lodoiska, als Marie innehielt. – »Nun, ja denn«, sprach diese verwirrt, »auch ich habe geliebt. Einen Augenblick lang! – Die junge Pflanze wurde durch den rauhen Sturm der Zeit schnell entwurzelt. Sie konnte nicht die Blüte entfalten, weder eine volle Krone noch tiefe Wurzeln treiben. Doch selbst dieser flüchtige Augenblick, kürzer als ein Traum, brach fast die Kraft der älteren, heiligen Bande der Liebe und Pflicht. Und dennoch fühlte ich mich größer, edler, besser durch die Liebe. Wahrlich, es ist ein Großes, wenn man es vermag, alles in ihr und durch sie zu sein. Darum soll es dich nicht kümmern, Beste, daß du geringere Kräfte und Pflichten durch diese höheren in dir aufgelöst und vernichtet fühlst. Wenn wir festeren Widerstand leisten, wer sagt dir, daß deshalb eine größere Stärke in uns wohnt? Wir widerstehen wohl nur, weil wir nicht so mächtig erschüttert werden. Kleine Seelen können ein hohes Maß der Liebe nicht fassen. Darum schätze du deine Seele nach der Kraft deines Liebens!«

»Du tröstest so holdselig«, erwiderte Lodoiska bewegt. »Du willst wie ein duftendes Veilchen in stillen Schatten zurücktreten, wo du glänzen dürftest! Meine Liebe ist stärker als ich selbst! Das ist mein Vergehen, und oft ahnt mir, als werde es fürchterlich bestraft. Steht denn nicht die Pflicht höher als die Liebe?«

»Aber welche hättest du verletzt?« – »Ich fühle, daß ich jede verletzen würde.« – »Dieses Gefühl täuscht dich, nur jede niedere würde dir gegen diese eine, höhere, verschwinden.« – »Nein, mir verschwindet der Blick, die höhere zu erkennen!« – »Du wirst sie gewiß klar vor dir sehen, wenn ihre Erfüllung von dir gefordert wird und wenn es höhere Pflichten für dich gibt! Die Welt kann sie vielleicht verlangen, aber ist es nicht ein Eigennutz der Welt? Muß dein Handeln denn das Gesetz für alle sein? Besondere Kräfte geben besondere Pflichten. Ich habe jenen Römer stets verehren müssen, der es frei vor den Richtern aussprach: Das Kapitol hätte ich angezündet, wenn es mein Freund gefordert hätte. Wenn ich nicht selbst so handeln würde, so fragt es sich doch, ob es mein Verdienst oder meine Schuld zu nennen wäre. Ist Liebe, ist Freundschaft wirklich so groß, wer darf es ihr zum Vorwurf machen? – Das Verbrechen, das sie auf sich lädt, ist dann keines mehr! Hier, Liebe, waltet kein kaltes, für alle gleiches Gesetz, sondern jeder handelt nach dem Gefühl seiner Brust, und nach diesem richtet uns der Ewige, der allein das Maß der widerstreitenden Kräfte in uns abzuwägen vermag.«

In ihrem Eifer für die Freundin hatte Marie die Besonderheit derselben zu verteidigen gewußt, ohne selbst die innere Klarheit des Gefühls zu verlieren, die ihr in ihrem Handeln und Empfinden den richtigen Weg zeigte. Sie hatte mit Lebhaftigkeit sich in die schöne Seite des Charakters ihrer Freundin hineingefühlt. Lodoiska war ein reines Kind der Natur, in den Träumen ihrer Jugend dunkel aufgewachsen, nur den Gefühlen ihres Herzens hingegeben, die, rein und edel an sich, sie fast bewußtlos zum Guten und Schönen drängten. Marie hatte ihre Brust durch den klaren Quell eines verwickelteren Bewußtseins gereinigt. Ludwigs Ernst, sein scharfes Denken waren, da er sich viel mit der Bildung der Schwester beschäftigte, nicht ohne Einfluß geblieben. Sie hatte das empfangene geistige Gut in ihr Eigentum verwandelt, auf dem Boden des weiblichen Herzens wuchs die edle Saat vielleicht nicht mehr so stolz und hoch, blühte aber zarter. Sie fühlte sich mit Bewußtsein, Urteil und Neigung verschmolzen, ohne daß sie es wollte und forderte. So empfand sie auch, ohne es sich zur klaren Erkenntnis gebracht zu haben, daß in der sittlich bewußten Seele die Leidenschaft gar nicht so wild emporwachsen kann und daß mit ihr, wenn sie das Herz mit edler Flamme durchdringt, auch alle anderen edlen Kräfte, die das Gleichgewicht herstellen müssen, gehoben werden.

Lodoiska hätte sich selbst ohne das Beispiel der festen, entschlossenen Gräfin, der sanft gefaßten Freundin gewiß nicht mit so bangen Blicken beobachtet. Sie erkannte sich erst richtiger durch den Vergleich und lernte das Bedürfnis einer Macht kennen, die ihr fehlte, deren Macht sie unter anderen Umständen aber vielleicht niemals geahnt hätte. Dazu schlummerte ein unheimlicher Gedanke in ihrer tiefsten Seele. Sie wagte nicht, ihn vor sich selbst klar werden zu lassen, viel weniger hätte sie eine fremde Brust zur Vertrauten desselben gemacht. Von dem Augenblick an, wo Jaromir ihr teuer wurde, betrachtete sie – und erinnerte sich dessen nur zu wohl – Francoise Alisettes verführerische Reize mit ängstlichen

Blicken. Das Mädchen schien ihr unwiderstehlich. Der Vorfall beim Abmarsch des Regiments, den sie mit angesehen hatte, so sehr er nur einer leichten Galanterie ähnlich sah, war ihr unvergeßlich geblieben. Er hatte einen Funken der Eifersucht – dieses harte Wort möchte man nicht gern dafür gebrauchen – oder doch der Beängstigung in ihrer Seele geworfen, der, wie oft sie ihn durch ernsten Unwillen gegen sich selbst zu ersticken suchte, immer neu aufglimmte und sich in dem empfänglichen Stoff ihres Herzens langsam weiterschlich. Bisweilen wähnte sie ihn erloschen, aber plötzlich brach er bei irgendeinem Anlaß wieder neu hervor und schien sich nur tiefer in die innersten Falten ihrer Seele eingenistet zu haben. Dies war eigentlich die Ursache ihres bangen Grams, ihrer schwärmerischen Trauer. Nicht daß das Gespenst des Argwohns sie so verfolgt hätte, allein sie betrachtete bei dem Gefühl ihrer unverbrüchlichen Treue gegen den Geliebten einen Verdacht gegen die seinige als das schwärzeste Verbrechen. So litt sie doppelte Qual der Angst und der Reue über ihre eigene Schuld. Nur in der heißesten Liebe, in der hingebendsten Aufopferung glaubte sie ihre sträflichen Gedanken abbüßen zu können, und daher wuchs ihre krankhafte, schwärmerische Leidenschaft im doppelten Verhältnis zu der beängstigenden Qual, die sie stumm in ihrem Inneren trug. Konnte sie also durch ihre Liebe und allein in ihr glücklich sein? Nur in den berauschten Augenblicken des gänzlichen Vergessens war es möglich, wenn sie Briefe von Jaromir empfing, wenn sie ihm schrieb und im Schreiben sich glühender und glühender entflammte, wenn sie von seiner Nähe, seiner Umarmung träumte. Doch bald hingen wieder schwarze Wolken an dem Himmel ihrer Hoffnungen, und Giftpflanzen sproßten rings um die reine Blüte ihrer Liebe empor. Mit dieser nagenden Qual verband sich eine tiefe Anlage zur Schwermut, die von Jugend auf in ihrer Seele wohnte. Diese schuf düstere, schreckende Bilder, die ihr, da sie oft in unruhigen Träumen wiederkehrten, bald wie unfehlbare Ahnungen erschienen. Oder woben die fieberhafte Leidenschaft, der krankhaft angeregte Reiz ihrer Nerven vielleicht ein unsichtbares Band zwischen ihr und der Zukunft? Gibt es warnende, wahrsagende Stimmen für ein leiser horchendes Ohr? Überhören wir sie nur in dem rauschenden Getümmel einer äußerlichen Welt, der wir uns nur zu sehr zuneigen?

Ach, Lodoiska vernahm sie wie das ferne, schauerliche Grollen heranziehender Gewitter, wie bange Klagelaute im Nachtgeräusch des Windes, unter dem angstvollen Pochen ihrer Brust. Dann flüchtete sie in die Kapelle. Nur im Gebet fand ihre schöne Seele die Ruhe wieder. Denn dort schwiegen die Stürme des Lebens, der Leidenschaft. Die aufgeregten Wogen beschwichtigten sich, die trüben, fremden Stoffe sanken auf den Boden hinab, und der Himmel spiegelte sich klar und tief in der beruhigten Flut.

Zweites Kapitel

Es war ein grauer Septembertag, an dem Lodoiska, nur von ihrem Mädchen begleitet, die nahe Kirche besuchte. Ihr Weg führte sie an dem Hotel des französischen Gesandten in Warschau, Herrn von Pradt, vorüber. Vor der Tür hielt ein Kurierwagen. Sie bemerkte eine auffallende Bewegung unter den Dienstleuten. Es mußte eine Nachricht von Wichtigkeit eingetroffen sein. Mit klopfendem Herzen näherte sie sich. Freilich konnten aus allen Gegenden Europas, aus Spanien, Paris, Italien, Wien, die Eilboten bei der Gesandtschaft eintreffen, allein die größten Ereignisse begaben sich doch jetzt da, wo ihr Herz weilte. Eine innere Stimme sagte ihr, daß Nachrichten von der Armee gekommen sein müßten. Sie beschleunigte ihre Schritte, zu blöde, sich selbst zu erkundigen, gab sie ihrem Mädchen den Auftrag und wollte, langsam vorangehend, dieselbe jenseits des Hotels erwarten. Doch, indem sie vor der Tür vorbeiging, kam ein Offizier in Paradeuniform heraus. Er stutzte, als er sie sah, schien sie zu erkennen, ging rasch auf sie zu, verbeugte sich und sprach: »Ich hoffe vielleicht zuviel von der Güte Ihres Gedächtnisses, wenn ich voraussetze, daß Sie mich noch kennen sollten, gnädigste Gräfin?« Lodoiska war jungfräulich überrascht, doch erkannte sie sogleich den Rittmeister Arnheim von Teplitz. »Oh, gewiß erkenne ich Sie«, war ihre Antwort, »wenngleich ich nur wenige Tage in Teplitz zugebracht habe. Dafür ist es aber auch erst ganz kurze Zeit her, daß wir es verließen. Aber was führt Sie nach Warschau?« – »Meine Herstellung ist vollendet. Ich gehe zur Armee nach Wolhynien.« – »Es scheint, daß soeben wichtige Nachrichten beim französischen Gesandten eingetroffen sind«, sprach Lodoiska ein wenig ängstlich und sah sich um, ob ihr Mädchen noch nicht nachkomme. – »Die wichtigsten von der Welt«, entgegnete der Rittmeister rasch. »Diesen Augenblick brachte sie der Kurier. Es hat eine große Schlacht stattgefunden, bei Mosaisk, zwei Tagemärsche von Moskau!« – »Ohne Zweifel sehr blutig?« fiel Lodoiska erblassend und zitternd ein. Arnheim bemerkte im Gehen nicht, daß sie durch die Nachricht so heftig ergriffen wurde, und fuhr daher unvorsichtig fort: »Blutig, wie es kein Beispiel mehr in der Geschichte gibt. Die Zahl der Toten und Verwundeten ist noch nicht genau bekannt, doch im Überschlag gibt die Depesche sie auf 60–70 000 Mann von beiden Seiten an. Der Sieg des Kaisers ist mit unermeßlichen Opfern erkauft.«

Das Bild des Schlachtfeldes trat plötzlich mit so entsetzlichen Farben vor Lodoiska hin, es erfüllte ihre Seele mit solchem Grausen, daß sie, ihrer selbst nicht mehr mächtig, erblassend zurücktrat und mit dem ersterbenden Ausruf: »Heilige Mutter Maria!« in die Knie sank. Arnheim sprang hinzu und fing sie in seinen Armen auf. Verlegen sah er sich nach Hilfe um, als schon Lodoiskas Mädchen herbeieilte und im ängstlich wehklagenden Ton rief: »Um Gottes willen, was ist meinem Fräulein?« – »Der Schreck über die Nachricht von der Schlacht hat sie so heftig ergriffen. Wir wollen sie hier in das Hotel des Gesandten tragen!« sprach Arnheim.

Doch Lodoiska öffnete wieder die Augen. Eine dunkle Glut der Beschämung hauchte den Marmor ihrer Wangen an. Sie seufzte tief auf. Zu sprechen vermochte sie noch nicht, doch richtete sie sich empor und blieb nur auf den Arm des Mädchens gelehnt. »Wie soll ich Verzeihung für meine Unvorsichtigkeit erhoffen«, sprach Arnheim, »wir Soldaten sind so roh, daß wir bei der Nachricht von einer Schlacht niemals an die Opfer denken.« – »Sie sind nicht schuld«, antwortete Lodoiska, »es war nur meine Torheit.« Da brachen ihre Tränen unaufhaltsam hervor. »Ich muß nach Hause – vergeben Sie nur ...«, sprach sie mühsam.

»Darf ich Ihnen meinen Arm leihen? Oder befehlen Sie, daß ich einen Wagen besorge?« fragte der Rittmeister dienstfertig. – »Wenn Sie mich unterstützen wollen, werde ich es Ihnen sehr danken, ich bin in der Tat aufs äußerste ermattet.« Arnheim gab ihr den Arm. Von der anderen Seite lehnte sie sich auf das Mädchen und ließ sich so zu dem Palast der Gräfin zurückführen. Glücklicherweise hatte Lodoiskas Ohnmacht nur eine Minute gewährt, und die Aufmerksamkeit der Leute auf der Straße war in diesem Augenblick so sehr auf die Bewegungen im Hotel des Gesandten gerichtet gewesen, daß der Vorfall ganz unbemerkt vorüberging. Man schlug jetzt eine menschenleere Seitengasse ein, und so gelangte die Geleitete trotz ihres schwachen, zitternden Ganges an den Palast der Gräfin, ohne daß die Neugier lästiger Zuschauer ihr folgte.

Für den Rittmeister war es nicht schwer, sich die Ursache des heftigen Schrecks, der Lodoiska ergriffen hatte, allgemein zu erklären. Denn wer hatte nicht einen Freund, einen Bruder, einen Vater bei dem Heer? Indessen dachte er zart genug, um nicht näher zu forschen, und suchte auch den schreckenvollen Eindruck der ersten Nachricht durch mildernde Zusätze zu mäßigen. Als man an der Pforte des Hauses stand, sprach Lodoiska: »Ich danke Ihnen herzlich für Ihre hilfreiche Teilnahme, gewiß müßte ich Sie bitten, mir noch weiter zu folgen. Doch ...« Arnheim ließ sie nicht weiterreden. Er fiel mit Wärme ein: »Diese ersten Stunden der Aufregung gehören der Einsamkeit. Der wohlmeinende Fremde könnte nur störend erscheinen. Doch versagen Sie mir es wohl nicht, zu einer günstigeren Zeit zu kommen.« Lodoiska sah ihn mit einem dankbaren Blick an: »Es würde mir sehr weh tun, wenn wir Sie nicht sehen sollten. Ich hoffe, wir werden Sie dann froher willkommen heißen können.«

Mit diesen Worten reichte sie ihm die Hand zum Abschied und trat dann, rasch umgewendet, weil sie ihre Angst nicht mehr beherrschen konnte, ein. Mühsam erreichte sie die stillen Gartenzimmer. Marie war die erste, die ihr begegnete. »Leihe mir deine Stärke, Marie«, rief sie ihr zu und breitete die Arme aus, »leihe mir deine Kraft, Teuerste, daß ich die Todesangst ertrage, bis wir Nachricht haben!«

»Um des Himmels willen, was ist geschehen?« rief Marie erschreckt, indem sie die Freundin, die sich atemlos an ihre Brust warf, sanft umschloß. Lodoiska vermochte eine Zeitlang nicht zu sprechen. Marie hörte nur das laute Pochen ihres Herzens. Sie führte die halb Hinsinkende auf das Sofa. Dort erst begann sie nach einigen Minuten in heftigster Bewegung: »Eine Schlacht ist geliefert – 70 000 Tote und Verstümmelte bedeckten das Feld. Das gräßliche Bild dieses unendlichen Jammers kann mich wahnsinnig machen! – Ach, Marie! – Ich sehe nichts als Blut und das blasse, stumme Antlitz der Toten!«

Die Gräfin trat ein. Sie hatte schon durch das Kammermädchen erfahren, was geschehen war. Bei ihr überwog das Gefühl des Sieges die Besorgnis um die Ihrigen. Freundlich, aber ruhig trat sie auf die geängstigte Lodoiska zu und sprach: »Komm an mein Herz, liebste Tochter, weine dich an der Brust deiner Mutter aus. Dann wirst du ruhiger werden und mit Fassung die ferneren Nachrichten erwarten, die uns ja bald zukommen müssen.« Das Beispiel der Festigkeit, verbunden mit der sanften Teilnahme, die ihre mütterliche Pflegerin zeigte, richtete den Mut der Verzagenden wunderbar auf. Maries freundliche Liebkosungen, welche die eigene Angst um den Bruder sorgfältig verbarg und die Kraft dazu eben aus Lodoiskas Schwäche schöpfte, vollendeten ihre Beruhigung, soweit dies jetzt möglich war.

Nach einigen Minuten trat ein Diener ein und meldete, Rittmeister Arnheim bitte dringend um die Erlaubnis, vorgelassen zu werden, er bringe glückliche Botschaft. Jetzt erst erfuhr Marie, angenehm überrascht, doch ein wenig verlegen, die Anwesenheit dieses Bekannten aus der Heimat, dessen große Aufmerksamkeit für sie ihr nicht entgangen sein konnte. Lodoiska, nur mit dem für sie so ängstigenden Ereignis beschäftigt, hatte bisher dessen noch gar nicht gedacht. Die Gräfin wußte durch das Mädchen nichts weiter, als daß ein fremder Offizier Lodoiska unterstützt und geleitet habe. »Sehr willkommen!« sprach sie und winkte dem Diener.

Lodoiska war in größter Spannung, denn ohne eine dringende Veranlassung und, wie alles andeutete, auch nicht ohne eine glückliche, konnte sich der Rittmeister nach der Art, wie sie von ihm Abschied genommen hatte, unmöglich jetzt schon einstellen. Mit klopfendem Herzen vernahm sie seine raschen Schritte im Vorsaal. »Verzeihen Sie mir nur mein rasches Eindringen«, sprach er eintretend zur Gräfin, »aber ich konnte es mir unmöglich versagen, selbst der Überbringer dieses Blattes zu sein, das unstreitig Ihre Besorgnisse wegen der Schlacht sogleich heben wird.« Dabei überreichte er ihr ein offenes Blatt, auf dem einige, mit Bleistift geschriebene Worte in polnischer Sprache standen.

»Tausend, tausend Dank!« erwiderte die Gräfin, als sie einen Blick auf das Papier geworfen hatte. »Hier, Lodoiska, lies du selbst, was mein Bruder schreibt: »Teure Schwester! Die Schlacht ist vorüber, ich lebe. Unsere nächsten Freunde sind *alle* unverletzt. Nächstens mehr.«

»Dank dir, heilige Mutter Gottes!« rief Lodoiska außer sich und warf sich unter strömenden Tränen an die Brust der Gräfin. »Wie bist du gnadenreich zu deiner Tochter!« Ihre Blicke richteten sich in verklärter Freude gen Himmel. Sie faltete die Hände über der Brust und vermochte nicht mehr zu sprechen. Auch Marie war in tiefster Bewegung. »*Alle* unverletzt«, sprach sie und eine Träne innigster Rührung zitterte in ihren Wimpern. »Das ist mehr, als ich selbst zu hoffen wagte! Oh, jetzt empfinde ich erst an meiner unaussprechlichen Freude, wie namenlos meine Angst war! Haben Sie Dank für diese Botschaft.«

Wie großes Glück oder Unglück edle Herzen öffnet, daß sie der gewöhnlichen, beengenden Schranken des Lebens nicht mehr gedenken, so ging Marie offen und frei auf Arnheim zu und reichte ihm mit Wärme die Hand. Dieser stand aufs äußerste betroffen, denn Maries Gegenwart in diesem Ort, die er nicht ahnen konnte und noch nicht wahrgenommen hatte, überraschte ihn jetzt mit einer Plötzlichkeit, die ihm beinahe die Fassung raubte. Mit freudiger Bestürzung ergriff er die dargebotene Hand und drückte sie an die Lippen. »Sie hier?« sprach er, sich aufrichtend mit dem Ton der höchsten Verwunderung. »Das hätte ich nimmermehr vermutet!« – »Ich bin einer sehr freundlichen Einladung gefolgt«, antwortete Marie, »doch ist in der Fremde die Begegnung mit einem Landsmann und vollends mit einem, den wir näher kennen, ein gar zu freudiges Ereignis.« – »O gewiß, gewiß!« rief der Rittmeister und küßte ihre Hand mit solchem Feuer, daß Marie sie sanft zurückziehen mußte.

»Wir sind Ihnen unendlichen Dank schuldig geworden, Herr Rittmeister«, sprach die Gräfin, »und diejenigen, die ihn nicht einmal auszusprechen wissen, am meisten.« Sie deutete dabei auf Lodoiska, die ihre von dankbarer Rührung in Tränen überströmenden Augen mit dem Tuch bedeckt hielt. »Aber wie kommen Sie zu dem Blatt?«

»Auf die einfachste Art von der Welt«, erwiderte der Rittmeister. »Ich hatte mich eben im Büro der Gesandtschaft gemeldet, als die Depeschen eintrafen. Ein dort arbeitender Offizier sagte mir, daß der Kurier, wie gewöhnlich, eine Menge flüchtiger Briefe und Meldungen teils auf offenen Zettelchen, teils in vorbereiteten Kuverts, teils nur mit Bleistift geschrieben, mitgebracht habe, wodurch diejenigen, die an der Schlacht teilgenommen haben, den Ihrigen die ersten Beruhigungen zukommen lassen, in jeglicher Form, wie die Umstände es eben gestatten. Dies brachte mich auf den Gedanken, ob nichts für Sie, gnädigste Gräfin, dabei sein möchte. Ich eilte ins Büro zurück, und es fand sich in der Tat dieser offene, mit Bleistift geschriebene Brief vor. Ich erbat ihn mir, um ihn sofort mitzuteilen, was man um so lieber annahm, als man diese Briefe gern mit der Nachricht zugleich an diejenigen gelangen läßt, an die sie gerichtet sind. So wurde ich der Überbringer.« »Nochmals seien Sie uns als der heilbringendste Bote willkommen!«

Lodoiska fühlte in ihrem frommen Herzen das Bedürfnis, der himmlischen Beschützerin ihres Glücks den Dank des Gebetes darzubringen. Unbemerkt schwebte sie aus dem Zimmer und suchte die Einsamkeit ihres Zimmers auf, wo ein Marienbild, mit herbstlichen Blumen von ihr selbst geschmückt, hing. Hier kniete sie nieder und betete stumm. Marie hatte es erraten und folgte deshalb nicht. In der Stille der Brust richtete auch sie Dankgebete an den Allmächtigen, der ihr den Bruder erhalten hatte. Doch zugleich überkam sie eine bange Wehmut über die Folgen des großen Geheimnisses. Das Gespräch, das die Gräfin mit dem Rittmeister begann, gab ihr zum großen Teil Auskunft auf die Fragen, die sie in ihrem Inneren hatte. »Sie glauben«, begann die Gräfin, »daß dieser Sieg entscheidend für den Ausgang des Kampfes ist?«

»Ohne allen Zweifel. Zwei kleine Tagesmärsche von der alten Hauptstadt des Reichs, führt er diese unfehlbar in die Gewalt des Kaisers, und damit dürfte Rußlands Los entschieden sein.«

»Das Reich dehnt sich noch weiter hinter Moskau aus, die blühendsten, bevölkertsten Provinzen reihen sich an die südlichen Abhänge des Ural. Für ganz besiegt möchte ich Rußland nicht halten, selbst wenn die beiden Hauptstädte im Besitz des Kaisers wären.

»Gewiß nicht«, erwiderte Arnheim, »allein es ist in seiner geistigen Kraft gebrochen durch die Wegnahme der Hauptstadt. Äußerlich möglich ist die Fortsetzung des Krieges ohne allen Zweifel, doch innerlich wird sie nicht ausführbar sein. An die Hauptstadt des Reichs knüpfen sich zu vielfach verschlungene Interessen. Sie ist der Punkt, wohin alle Wege des Reichtums, des Handels, der Verkehrs sich vereinigen. Und wie ein gewaltiger Schlag nur eines der edlen Organe zermalmen darf, um das Leben des ganzen Körpers zu vertilgen, so ist in Kriegen das Eindringen des Feindes in die Hauptstadt von tödlich lähmender Wirkung für alle übrigen Kräfte des Reiches.«

»So wäre denn die Weltherrschaft Napoleons entschieden?« fragte Marie mit einer Stimme, der man den unterdrückten tiefen Schmerz anhörte. »Für den Kontinent gewiß«, entgegnete Arnheim. Die Gräfin, die Maries Sinnesart kannte, denn diese hatte bei aller Freundschaft für ihre wohlwollende Beschützerin doch nie ein Hehl daraus gemacht, dachte zu edel, um ihre Freude über eine Wendung der Weltbegebenheiten zu äußern, die für eine Deutsche so niederschlagend sein mußte. Marie ihrerseits, die besonders seit ihrem Aufenthalt in Polen leicht begriff, wieviel diese Nation von den Siegen des Kaisers zu hoffen hatte, trug ihren Kummer still. Kaum daß ein schmerzlicher Zug um ihre geschlossenen

Lippen ihn verriet. Arnheim schien sie jedoch zu verstehen, weil er ähnlich fühlte. Doch griff der Schmerz um das Vaterland nicht so tief in seine Seele, teils weil er sein Geburtsland, Österreich, jetzt höher gestellt zu sehen hoffte, teils indem er als Soldat eine kriegerische Verehrung vor dem französischen Kaiser als Feldherrn empfand, vor allem aber, weil er sich in glücklicheren Hoffnungen für Deutschland wiegte, als man damals zu haben pflegte. Er hielt es für gut, von diesen zu sprechen. »Vielleicht«, äußerte er, »ist das Resultat dieser Schlacht segensreich für ganz Europa. Gegen wen wird eigentlich der Krieg geführt? Meiner Meinung nach nicht gegen Rußland, sondern gegen England. Durch die Besiegung der russischen Heere ist der Kaiser nunmehr endlich Herr aller europäischen Küsten, denn Spanien und Portugal werden bald ganz in seiner Gewalt sein. Dann ist er imstande, den Engländern die Bedingungen des Friedens, wenn nicht unbedingt vorzuschreiben, doch wenigstens sie zur Annahme billiger Verträge zu bewegen. Englands Macht ist so groß, daß der ganze Kontinent aufgeboten werden mußte, um dieser kleinen Insel das Gleichgewicht zu halten. Dieses große Ziel scheint mir jetzt erreicht, wenigstens sind wir nahe daran. Dann, so hoffe ich, wird ein allgemeiner Friede, den alle Nationen benötigen, nach dem sich alle Völker sehnen und Frankreich vielleicht am meisten, gewiß die furchtbaren Erschütterungen, die Europa seit zwanzig Jahren dulden muß, beschwichtigen, die zerrissenen Bande neu knüpfen, die gewaltsam geschlossenen vernünftig lösen. Viel Übel, das der Kaiser jetzt, durch den Drang der Ereignisse gezwungen, den Völkern zufügen mußte, wird aufhören. Er gab den überwundenen Nationen fremde Könige, strenge Statthalter. Weshalb? Weil er ihrer nicht sicher war und bei seinen unermeßlichen Kriegszügen doch keine gefährlichen Feinde im Hintergrund dulden durfte. Vielleicht setzt er jetzt, eben um das Band der Sicherheit fester zu knüpfen, die rechtmäßigen Fürsten wieder ein. Denn an den Personen liegt ihm nichts, zumal an seinen Brüdern und Verwandten. Sie sind nur Monarchen, weil er ihrer Anhänglichkeit am sichersten ist, denn er ist der Stamm, auf dem sie blühen. Wurzelt er erst tief und fest, so kann er die wucherischen Zweige, die einen nachteiligen Schatten auf das Land werfen, leicht entbehren. Ja, ich hoffe, daß seine enge verwandtschaftliche Verbindung mit unserem Kaiserhaus das Glück Europas bilden wird. Österreich wird der Vertreter des deutschen Volkes werden. Napoleon wird gern sehen, daß es in einem friedlichen Bündnis mit ihm stehe, dann wird er, weil man lieber starke Bundesgenossen hat als schwache, auch das Gedeihen des Landes auf alle Weise fördern helfen. Es mußte viel altes Unheil bei uns in Deutschland zerstört werden, bevor ein neuer Bau sicheren Boden, freien Raum fand. Die verjährten Formen hat der französische Kaiser als Vertreter einer großen, jugendlich kräftigen, neu erwachenden Zeit vernichtet. Was jetzt besteht, ist nur vorübergehend. Er selbst weiß, daß es nichts Festes ist, denn er selbst reißt ja täglich ein, was er für die Not des Augenblicks aufbaute, und läßt Völker und Fürsten gleich schnell ihre Pflichten wechseln und ändern. Ist aber erst das große Ziel seine gewaltigen Wollens erreicht, ist der Kontinent *ebenso ein streng im Inneren Zusammenhängendes* als die Ländermasse, aus der er besteht, sich äußerlich verbindet, dann wird der große Mann einen festen, dauernden Grund legen, um auf demselben einen stolzen Bau für fernere Zeiten zu begründen. Dazu mußte dieser letzte Kampf gefochten sein. Niemand fühlt es so tief wie ich, wie bittere Opfer der Demut, der Entsagung, des gebrochenen Stolzes Deutschland bringen mußte, aber sie werden nun ein Ende haben. Sie waren eine Vergeltung für alte, schwere Verschuldungen. Die Geschichte erspart keinem Volk eine solche Buße für alte Vergehungen. Sie richtet *nicht die Täter, nicht die Personen,* aber die *Taten,* die *Dinge* mit *unverbrüchlicher Gerechtigkeit.* Und könnte Deutschland die Vorteile ableugnen, die es schon halb, nur durch die Zerstörung vieles Alten, Verderblichen gewonnen hat, obwohl das neue Gute noch nicht an die Stelle des Zertrümmerten getreten ist? Fragen wir uns ernstlich, ob es vor zwanzig Jahren gut bei uns war, wir müssen antworten: Nein! Es stand schlecht um alles, was das Glück eines Volkes bilden soll. Seit Jahrhunderten hat Deutschland nur Kriege mit sich selbst geführt. In unzählige Gebiete gespalten, gehorchte es hundertfacher Willkür. Die Einheit der Nation war verschwunden. Nur die Sprache bildete noch das innere, geistige Band. Tausend Schranken türmten sich einer freien, tätigen Entwicklung der Volkskräfte entgegen. Nur auf sein Inneres war der Deutsche gewiesen. Das hat er redlich angebaut, aber die neue Erkenntnis konnte ihm doch keine lebendige Frucht in der Gestaltung seines Volkslebens gewähren. Eine stürmisch aufgeregte Flut brauste über Deutschland herein, und unter dem rauhen Schlag ihrer Wellen verschwanden die alten, tiefeingegrabenen Spuren ererbter Vorurteile und Vorrechte, Beschränkungen, Hemmungen, Bedrückungen. Wir trugen diese Fesseln schon so lange, daß die Gewohnheit unser Gefühl gegen den harten Druck abgestumpft hatte. Ja, sie waren in unser Fleisch eingewachsen. Doch dürfen wir es nicht vergessen, wie leicht wir aufatmeten, als vor zwanzig Jahren die eherne Hand der Zeit zum ersten Mal an diesen Eisenstäben unseres Gefängnisses rüttelte. Jetzt halten uns neue Bande gefesselt, die wir unwillig tragen. Allein so fest dürfen wir in unserem gerechten Schmerz und Zorn das Auge doch nicht schließen, daß wir nicht sehen sollten, wie wir, obgleich wir neue Fesseln tragen, doch der alten entledigt sind, unter denen wir seufzen. Nein, wir seufzten kaum, und das war fast schlimmer, denn wir sanken schon in jenen Zustand der tiefen Unwürdigkeit des Sklaven herab, der das Bedürfnis der Freiheit nicht mehr empfindet. Jetzt kennen wir es, und so dürfen wir nicht verzagen, ein Ziel zu erringen, das leuchtend vor uns schwebt, es sei nun durch eigene Kraft der Tat oder durch eine glückliche Wendung der Weltgeschicke. Diese letztere aber könnte eben jetzt leicht eingetreten sein.«

Arnheim hatte sich ins Feuer gesprochen, er redete für alle Parteien, und darum hörten selbst die entgegengesetzten ihn gern. Marie wurde durch seine Worte in tiefster Seele erquickt, und ihre von sanfter Freude verklärten Blicke sagten ihm einen liebevollen Dank. Die Gräfin stand bewegt auf. »Wenn schon *Sie* so große Hoffnungen an diesen Sieg knüpfen«, sprach sie, »wie muß uns das Herz schlagen, uns, die wir in dieser Schlacht für die Freiheit des Vaterlandes kämpften! Wenn der Tag gekommen wäre, der lange heiß ersehnte Tag, wo das in den Staub gebeugte Polen seinen edlen Nacken wieder stolz aufrichten könnte! Wenn der weiße Adler die gelähmten Schwingen ausbreitete und den kühnen Flug zur Sonne der Freiheit, des Ruhmes zu wagen vermöchte. O dann, dann dreimal Heil und Segen über diesen Sieg! Das Blut der Gefallenen wäre nicht umsonst geflossen!« Gleich einer Königin stand die erhabene Frau da, Hände und Blick aufwärts zum Himmel hebend.

Drittes Kapitel

Lodoiska trat wieder ein. Der Wechsel der Angst und der Freude hatte die zarte Gestalt so angegriffen, daß das leichte Rot auf ihren Wangen eher einer krankhaften Spur fieberhafter Bewegungen als einem Zeichen der Gesundheit und innerer Befriedigung glich. Die Gräfin wußte, daß körperliche Bewegung und frische Luft ihr dann am zuträglichsten waren. Ihr selbst war ein Spaziergang ins Freie nötig, um die Wallung ihrer Brust zu beruhigen. Sie schlug vor, in den Garten zu gehen. Die Saaltür öffnend, trat sie gleich selbst hinaus, die anderen folgten.

Die Sonne hatte das Grau des Himmels ein wenig geteilt und warf einen Halbschimmer durch die dünnen weißen Wolkenstreifen, dic vor der glänzenden Scheibe dahinzogen. Marie blieb einen Augenblick stehen und sah zum Himmel hoch. Sie verlor sich in Betrachtungen. Arnheim, der ihr stets nahe zu bleiben versuchte, heftete seine Blicke auf ihr schönes Angesicht. Es war bei weitem mehr sanfte Weiblichkeit als Hoheit in ihren Zügen, doch etwas so Reines, Edles, daß sich jede Liebe zu dieser freundlichen Gestalt mit Ehrfurcht, wenigstens mit der zartesten Scheu paarte. Vielleicht war die Gräfin, die einen scharfen Blick für alle Verhältnisse hatte, nicht ohne Absicht mit Lodoiska weitergegangen, so daß Marie so gut wie allein mit Arnheim blieb. Nur sie hatte es nicht bemerkt.

»Und was sucht und bittet das Auge meiner schönen Landsmännin dort oben?« fragte er endlich, ihr stummes Sinnen unterbrechend. –

»Ach, ich dachte an unser Vaterland«, sprach sie mit herzlichem Ton und durchaus unbefangen. »Sie haben so schöne Worte des Trostes für mich gesprochen, so teuere Hoffnungen in mir angeregt! Mußte mir nicht dieser Himmel als ein Gleichnis unseres Zustandes erscheinen? Das Licht kämpft mit den trüben Nebeln. Vor einer Stunde lag alles noch in düsteres Grau gehüllt, jetzt bergen nur noch weiße, halbgelichtete Schleier die Sonne. So haben Ihre Worte auch meine Hoffnungen aufgehellt. Sie ruhen nicht mehr hinter ganz düsterem Gewölk!«

»Oh, es wird sich bald ganz zerteilen«, rief Arnheim lebhaft. »Wir sind allein. Ich muß vorsichtig sein, aber einem Herzen, das selbst in weiblicher Brust so vaterländisch schlägt wie das Ihrige, darf ich wohl ein männliches Geheimnis anvertrauen, das Ihre Hoffnungen wie Morgentau erquicken wird. Der Sinn brüderlicher Eintracht, auf den ich in meinen Worten hindeutete, ist kein schöner Traum, kein frommer Wunsch mehr in unserem Vaterland. Lebendig ist er erwacht. Der eiserne Druck der Zeiten hat die Kraft des Widerstandes hervorgerufen. Wie der Stahl den Funken erst durch seinen heftigen Angriff aus dem kalten Stein lockt, so haben die Schläge des Schicksals in Deutschland edle Funken geweckt, die, zur still genährten Glut verbunden, erst in mächtiger Flamme auflodern werden. Ja, die edelsten Männer reichen einander die Hand. Ein längst gestifteter Bund, der äußerlich zwar schon längst wieder gelöst wurde, aber in seinen höheren Zwecken dennoch fortbestand, vereint sie und schlingt sich in geheimer Kette durch unser ganzes Vaterland. Näher und vertrauter als jemals, sind die Edlen jetzt verbunden, und in allen lebt der feste Entschluß, das Unwürdige nicht tatenlos duldend zu ertragen. Doch mit dem starken Zügel der Mäßigung halten sie den Ausbruch des tiefen Unwillens zurück, bis die Kräfte dem Willen gewachsen sind. Der günstige Augenblick soll erwartet werden. Es ist kein müßiges Harren, denn dem aufmerksamen Auge zeigt sich die Gunst des Schicksals oft. Indessen werden die Kräfte vorbereitet, genährt, sichere Freunde gewonnen, im stillen der gute Same gestreut. Die geheimen Fäden zum Gewebe großer Ereignisse sind ausgespannt. Ein Wink und tausend Hände sind darin geschäftig.« Arnheims Blicke leuchteten begeistert, als er so sprach. Auch in Maries Auge glänzte ein Goldblick der Hoffnung durch den feuchten Tau, der es benetzte.

»Oh, so soll in dieses Herz doch noch Freude und Hoffnung zurückkehren«, sprach sie. »Es sind Empfindungen, von denen es sich seit lange entwöhnt hatte. Wie sehr danke ich Ihnen für diese Nachricht. Wie richten Sie den schon gebrochenen Mut in mir auf! Und Sie gehören zu diesem Bund?« fragte sie nach einigen Augenblicken. »Seit zwei Wochen erst, wo würdige Männer in Preußen mich dazu bewährt haben«, erwiderte Arnheim. – »Nehmen Sie auch mich darin auf, als ein stummes, aber nicht minder treues Mitglied«, sprach Marie und reichte ihm die

Hand. »In meinem Herzen gehörte ich einem solchen Bündnis längst an!« Arnheim ergriff Maries Hand. Er küßte sie nicht, aber drückte sie mit Wärme. Ein wunderbares Gefühl beklemmte ihm die Brust. Marie stand holdselig vor ihm, ihr blaues Auge blickte ihn so treu und offen an – oh, sie war schön und gut, und besser als schön! »Wie nennen Sie den schönen Bund, dem ich im stillen angehören will?« sprach sie, als er bebend schwieg. »Ich habe aber nur gefragt, wenn Sie mir antworten dürfen.«

»Er führt einen würdigen, vielleicht zu stolzen Namen. Doch ist er nur von dem Wollen, nicht von dem Vollbringen der Bundesbürger zu verstehen, er heißt der *Tugendbund.*«

In diesem Augenblick zogen die letzten Wolken vor der Sonne vorüber, und ihr heller Strahl fiel rein, glänzend auf die Sprechenden. Zugleich erhob sich ein hehres Rauschen in den herbstlichen Wipfeln, als ob edle Geister auf mächtigen Fittichen vorüberschwebten. Der Wolkenschleier teilte sich weit, das Licht quoll aus dem blauen Raum herab und verbreitete sich, wie eine goldene Welle, über den Rasen und die stolz sich wiegenden Kronen der Bäume. »Das ist die Nähe des Allmächtigen, es ist sein glückverheißender Wink, das Zeichen seiner segnenden Bestätigung!« rief Marie begeistert aus und richtete das verklärte Auge zur Wölbung des Himmels hinauf, deren tiefes, reines Blau klar über dem zerfließenden Gewölk stand. »Was mich auch Bitteres treffe, welche Prüfungen du mir sendest, an dieses Zeichen will ich mich halten. Das soll mir glänzen weithin durch dunkle Tage, die dein Wille mich führt.« So sprach sie in der Fülle ihres heiligen Vertrauens.

Arnheim stand mit tiefer Ehrfurcht vor ihr. In seiner Brust regten sich mächtige Gefühle für sie, doch er empfand es ahnend, daß ihr Herz, das sich so frei, so ganz dem großen vaterländischen Gefühl hingab, nur von dieser höheren Flamme, nicht von der stilleren der Liebe erfüllt werde. Schmerzvoll getroffen schwieg er. Das Bild der Geliebten, das er schon zu umfassen wähnte, zerfloß, aber eine höhere, edlere Gestalt schwebte vor ihm und blickte ihn aus lichter Höhe an. Nicht eine Braut wagte er ans Herz zu schließen, zu einer Heiligen erhob sich sein Blick. Denn so stand sie jetzt vor ihm. Mit seiner geadelten Empfindung wuchs der sehnsuchtsvolle Schmerz in seiner Brust, aber zugleich auch die Kraft, ihn zu beherrschen. »Wohl«, sprach er männlich gefaßt, »Sie haben recht. Diese große Hoffnung muß uns wie die Flamme des Leuchtturms als festes Ziel mitten in der dunklen stürmischen Nacht des Lebens leuchten. Auch der Schiffbrüchige darf noch den letzten Blick darauf wenden und, wenn er edel zu denken weiß, den Trost mitnehmen, daß, durch sie geleitet, andere den Hafen des Glücks, der Freiheit, des Friedens erreichen werden, vor dem er scheiterte.«

»Ich glaube, die Gräfin erwartet uns«, sprach Marie, die ihr weites Zurückbleiben erst jetzt mit einiger Verlegenheit bemerkte. »Wir sind wirklich ganz zurückgeblieben.« Mit diesen Worten ging sie schneller vorwärts.

Die Gräfin entdeckte die Bewegung beider sogleich, doch mit wahrhaftem Zartgefühl verriet sie dies auch nicht durch ein Lächeln, nicht durch einen Blick, sondern schien das Zurückbleiben als rein zufällig, nicht einmal der Bemerkung wert zu achten. »Der Himmel ist gefällig für unseren Spaziergang«, bemerkte sie, als soeben die Sonne plötzlich durch die Wolken brach. Es gab einige Augenblicke lang die schönste Beleuchtung des Parks. Die Wolkenschatten flohen dahin, und der Strom des Lichts eilte verfolgend nach. »Dieser Wechsel in der Beleuchtung macht mir den Herbst, ich meine die Herbstlandschaften, so lieb.«

»Er gleicht allerdings einem Trauerspiel im vierten Akt«, erwiderte Arnheim, indem er seine Gemütsbewegung durch einen leichten Ton der Unterhaltung zu verbergen suchte. – »Wieso das?« fragte die Gräfin. – »Je nun, dort beginnen die glücklichen Verhältnisse gewöhnlich ins Schwanken zu kommen, der heitere Himmel, den der Dichter als Kontrast des Gewitters, das er heraufbeschwört, anfangs über uns ausspannte, verfinstert sich dann allmählich, und wir erblicken den Kampf des Lichts mit der Nacht dem tragischen Schicksal. Die melodischen Anklänge glücklicher Tage sind noch nicht ganz verhallt, aber schon rollen die dumpfen Töne des Donners in der Ferne. Ähnlich der Herbst, der vielleicht seinen größten Reiz darin hat, daß wir alle Reize der Natur im Entfliehen erblicken. So werden uns die Unsrigen in der Abschiedsstunde erst teuer. Dort erkennen wir erst ihren Wert, ja, das Gleichgültige steigt hoch im Preis, wenn man sich davon trennen soll!«

»Sie haben recht. Doch möchte ich dem Herbst wohl auch einigen selbständigen Wert zugestehen. Der Beweis scheint mir darin zu liegen, daß ich mich im Sommer schon auf denselben freue, wer aber hoffte der Abschiedsstunde entgegen?«

»Ich will mein Gleichnis nicht verteidigen. Keines ist unverwundbar. An irgendeiner Stelle dringt der Pfeil durch. Alle verlieren, am meisten freilich die scherzhaften, wenn man sie beharrlich durchführen will. Mir scheint, es ist auch der größte Mangel an Poesie, dies zu wollen, nur schlechte Dichter tun es. Die Schönheit des Gleichnisses besteht nur in der ahnungsvollen, aber schon tief verständlichen Bedeutung der Wahrheit. Man soll daraus erkennen, empfinden, aber nicht erweisen noch erklären wollen.«

Die Gräfin hörte den Worten Arnheims aufmerksam zu. Ein Gespräch, das ihren Scharfsinn anregte, war ihr immer das liebste. Marie hatte sich zu Lodoiska gestellt, deren Freude sie jetzt mit einem ähnlich beglückten Herzen teilen konnte.

Plötzlich tönte das feierliche Geläute der Glocken von der nahen Kathedrale in das Rauschen der Bäume, das Wehen des Windes hinein. »Zu dieser ungewöhnlichen Zeit? Was mag das bedeuten?« fragte die Gräfin. Die Glockenstimmen vervielfältigten sich. Von näheren und ferneren Türmen her drang der Schall durch die Vormittagsstille. »Es wird der Feier des Sieges gelten«, bemerkte der Rittmeister.

»Sie haben recht. Ja, und es ist ein Sieg, für den wir dem Himmel danken müssen! Wie das Herz mir groß wird bei diesen Klängen. Ein Sieg! Ein Sieg! Aus den dunklen Wetterwolken der Schlacht bricht vielleicht die neue Morgenröte für unser Vaterland an! Jetzt verstehe ich den Trieb der Unruhe in meiner Brust. Unter das betende, dankende Volk muß ich mich mischen, die glühende Seele im eigenen Gebet zum Himmel senden!« Sogleich wandte sie sich um und ging zurück dem Palast zu. Ihr Entschluß war ein unwiderstehliches Gebot für die übrigen, auch wenn nicht der eigene Drang der Freude sie vor den Altar des Allmächtigen getrieben hätte.

»Keinen Wagen, keinen Wagen!« rief die Gräfin einem Bedienten zu, der, da er bemerkte, daß man sich zum Ausgehen anschicke, die Frage, ob er den Kutscher bestellen solle, auf der Zunge hatte. »Wir gehen zu Fuß. Wie das ganze Volk in die Kirche strömt, so auch wir. Es ist ein Tag der Demut, nicht des Stolzes. Und doch wie stolz schlägt mir das Herz!« Indessen hatte sie einen dunklen Schal übergeworfen. Arnheim bot ihr den Arm. Marie und Lodoiska folgten.

Auf den Gassen war alles in Bewegung. Das Volk strömte über die Plätze den Kirchen zu. Alle Glocken läuteten wie an dem Festtag eines Heiligen. Unter dem Hotel des Gesandten kreuzten sich zwei wallende dreifarbige Fahnen. Die in der Stadt anwesenden Truppen traten zusammen, um in Parade in die Kirche geführt zu werden. Wie durch Zauberschlag war der Alltag in einen hohen Feiertag verwandelt. Das Volk hatte seine Feierkleider angelegt. Männer, Frauen, Mädchen und Kinder, alles eilte in buntem Gemisch dem Altar des Herrn entgegen. Wie glänzten die feurigen, dunklen Augen der Mädchen und Jünglinge! Jenen wallte unter dem Schleier das lange schwarzgelockte Haar hervor und bedeckte den weißen Nacken. Diese hatten die hohe, mit Tressen besetzte Mütze, von der reiche Troddeln herabhingen, stolz auf die Stirn gedrückt und sich mit dem Ehrenschmuck des Mannes, dem Säbel, umgürtet. Marie wurde fast bang ums Herz, als sie diese allgemeine Volksfreude wahrnahm. Ach, in ihrem Vaterland hatte sie solch ein Fest noch nicht erlebt. Und wird man dort nicht über diesen Sieg trauern? Ist nicht unser Herz auf der Seite des Feindes, wenngleich unsere Vaterlandsgenossen, durch die Macht der Weltgeschicke bezwungen, gegen ihn ausgezogen sind? Und wird diese Schlacht wirklich so segensreiche Folgen für uns haben, wie die Hoffnungen geweckt sind?

In diesen Gefühlen hatte man sich der Kirche genähert, deren weite Pforten geöffnet standen. Die Klänge der Orgel drangen den Eintretenden feierlich entgegen und mischten sich mit dem brausenden Schall der Glocken. Die Kerzen am Hochaltar brannten. Vor allen Heiligenbildern waren sie angezündet. Das Volk füllte schon fast die geräumigen Hallen, doch noch immer neue Massen drängten heran. Mit Mühe erreichte die Gräfin noch ihren geschlossenen Betstuhl, durch dessen Gitter man die ganze Kirche überblickte. Gegenüber auf dem Chor waren die Sitze der französischen Gesandtschaft, links sah man den Hochaltar, rechts die Kanzel. Die Vergitterung des Platzes war Marie angenehm, weil sie diesem Gottesdienst, ohne seine Formen mitzumachen, beiwohnen mußte, also nur als Zuschauerin erschien, während ihr Herz doch so dankbar für die Erhaltung der Ihrigen schlug, das Flehen ihrer Brust um eine segensvolle Wendung der Schicksale ihres Vaterlandes brünstig zu Gott emporstieg. Sie empfand es jetzt, wie die wahre Frömmigkeit, der wahre, feste Glaube keine Sekten, keine Formen des Gebets kennt. Ihr findet den Gott überall da, wo ihr wahrhaft zu ihm betet.

Während die Gräfin und Lodoiska, den Rosenkranz in der Hand, niederknieten, blieb Marie still, aber andächtig auf ihrem zurückgezogenen Sitz. Arnheim war nicht mit in den Betstuhl der Gräfin getreten, weil die Sitte Männer und Frauen in der Kirche trennte. Lodoiska betete mit der Glut einer Schwärmerin, ihr Auge heftete sich unverwandt auf ein gegenüberhängendes Marienbild. Leise bewegte sie die zarten Lippen, doch kein Laut wurde hörbar. In ihren Blicken glänzte das reinste Dankgefühl, die heilige Wehmut der Freude. Die Gräfin war ernst, auch kniend behielt sie die Majestät ihrer Haltung, denn die Hoheit leuchtete von ihrer freien Stirn. Das große, dunkle Auge hob sich von Zeit zu Zeit unter den langen Wimpern und blickte mit heiligem Ernst empor.

Das Hochamt war beendet, die Frauen verließen die Kirche. Nahe an der Pforte kreuzten sich die Strömungen der Menge, so daß eine Stockung entstand. Von beiden Seiten kamen diejenigen, die auf dem Chor gesessen hatten, die Treppe herab. Von drei Seiten drang der Strom aus dem Schiff der Kirche heran. Arnheim hatte sich nicht wieder an die Frauen anschließen können. Sie waren allein und hingen sich fest aneinander. Jetzt kam auch der französische Gesandte mit seiner zahlreichen glänzenden Umgebung die Stiegen herab. Der Strom des Gedränges führte sie dicht mit den Frauen zusammen. Allmählich sah sich Marie ganz von Uniformen umgeben. Sie senkte das Haupt, um den mitunter sehr dreisten Blicken dieser Männer auszuweichen. Da hörte sie einige französische Worte von einer Stimme, die ihr bekannt war. Sie wandte das Auge dahin, aber als habe sie auf eine Natter getreten, fuhr sie unwillkürlich scheu zurück und erblaßte, denn sie sah vor sich, das Profil halb zu ihr gewendet, den gefürchteten, verhaßten Beaucaire und zwei Schritte vor ihm auch St.-Luces. Ihre ganze Fassung mußte sie zusammenraffen, um sich nicht durch einen Schrei zu verraten. Die Knie zitterten ihr, sie vermochte kaum einen Schritt zu tun. Sicher wäre sie niedergesunken, wenn das Gedränge der herausströmenden Menschen sie nicht gewaltsam aufrecht erhalten hätte. Ihre Empfindung glich der eines Wanderers, der plötzlich entdeckt, daß er sich neben einer schlafend im Gras liegenden Schlange zur Ruhe niedergesetzt hat. Er weiß nicht, bring ihm Flucht oder Verweilen Verderben. Wie Beaucaire und St.-Luces in diesem Augenblick standen, war es unmöglich für sie, Marie zu sehen. Doch konnte sie nicht wissen, ob sie nicht schon längst von beiden bemerkt worden war. Oh, was hätte sie jetzt darum gegeben, wenn sie wie Lodoiska und die Gräfin einen Schleier getragen hätte, um ihr Angesicht zu verhüllen! Sie beugte es herab, bedeckt es mit ihrem Tuch, suchte sich zu verbergen, soweit wie es möglich war, doch der Strom des Gedränges trieb sie immer näher zu der Gefahr hin, und sie sah den Augenblick herankommen, wo sie Beaucaire berühren, Arm gegen Arm mit ihm stehen werde. Sie hätte der Gräfin einen Wink gegeben, doch war jedes Wort gefährlich, konnte sie verraten. In Todesangst harrte sie stumm aus und ergab sich in ihr Schicksal. Nur ein stummes Gebet sandte sie zu dem Allmächtigen empor, daß er sie aus dieser Gefahr erretten möge. Da warf sich plötzlich der Strom der Menge seitwärts, weil man eine zweite Tür geöffnet hatte. Diesem Zug folgte die Gräfin, und so erreichte man nach wenigen Minuten das Freie, wo für den Augenblick wenigstens Sicherheit war. Jetzt erst konnte Marie der mütterlichen Freundin die Gefahr mitteilen, in der sie schwebte. Diese schlug sogleich einen Umweg durch einige Nebengassen ein, um unbemerkt den Palast zu erreichen. Sie beruhigte Marie durch die Versicherung, daß es in Warschau niemand wagen werde, das Heiligtum der Gastfreundschaft zu stören, selbst wenn man ihren Aufenthalt entdeckt haben möchte. »Indes bezweifle ich es«, fuhr sie fort, »denn hätte einer dieser Männer uns erkannt, so hätten sie ihr Auge unverwandt auf uns geheftet, doch habe ich nichts derart bemerkt.« Auch Lodoiska trat dieser Meinung bei.

Durch diese Zusicherung einigermaßen beruhigt, schöpfte Marie wieder freien Atem. Hatte die Gräfin recht, so war sie in der Tat einer großen Gefahr aufs glücklichste entgangen. Denn bei dem damaligen Zustand der Dinge hatte sie, in Deutschland wenigstens unbedingt, von der Willkür eines solchen Feindes, wie Beaucaire und mutmaßlich auch St.-Luces, alles zu fürchten. Es gab keine andere Rettung als Flucht oder irgendeinen mächtigen Schutz. Auf diesen hoffte Marie durch das Ansehen der Gräfin. Sich selbst überlassen, wäre sie verloren gewesen, denn der geringste Verdacht, in politische Umtriebe verwickelt zu sein, reichte ja, selbst gegen Frauen die härtesten Maßregeln zu verfügen, und Marie wußte nur zu gut, daß sie und ihre Mutter denselben nur durch Rasinskis geschickte und tätige Verwendung und durch den glücklichen Umstand der Abreise St.-Luces' aus Dresden entgangen waren. Was damals der

Bruder für sie getan hatte, das hoffte sie jetzt von der Schwester. Um Gewißheit über die Lage der Dinge zu erhalten, meinte die Gräfin, sei es nötig, Arnheim, wenn auch nicht ganz, doch zum Teil ins Geheimnis zu ziehen, ein Vertrauen, dessen Marie ihn nach dem, was er ihr diesen Morgen eröffnet hatte, unbedingt würdig hielt. Man war zwar in der Kirche von ihm getrennt worden, doch zweifelte man keinen Augenblick, daß er sich sehr bald wieder im Haus der Gräfin zeigen werde. Indessen wurde es Mittag, und er erschien nicht. Dies erregte einige Besorgnisse in Marie, obwohl sie über ihre eigene Lage schon ruhiger wurde, da sie mit Recht voraussetzte, wenn Beaucaire sie bemerkt hätte und sie verfolgen wolle, so hätte sie schon jetzt die Wirkung seiner boshaften Tätigkeit erfahren, denn er konnte sie nicht anders als in Gesellschaft der Gräfin und Lodoiskas, die er beide kannte, gesehen haben, und dies reichte hin, ihm ihren Aufenthalt zu verraten. Endlich gegen Abend ließ sich Arnheim melden. Hätte er gewußt, wie sehnlich man ihn erwartete, so wäre er längst dort gewesen, allein ihn hielt gerade das Gefühl zurück, das ihn so mächtig an diesen Ort zog. Denn man scheut sich nicht selten am meisten, da einen Besuch zu machen, wo man so überaus gern ist, weil man das Fehlschlagen der Absicht so fürchtet, daß man nicht selten lieber gar keinen Versuch wagt. Für seinen Abendbesuch aber hatte Arnheim einen gültigen Vorwand oder vielmehr einen dringenden Grund, denn er sollte noch in der Nacht als Kurier verreisen. Um neun Uhr war er zum Gesandten bestellt, um seine Depeschen zu empfangen. Als er mit dieser Entschuldigung seines Besuchs denselben einleitete, erschien es klar, daß seine Hilfe in der Angelegenheit, die man ihm vertrauen wollte, nicht mehr möglich sei. Doch er kam von selbst darauf, denn im Gespräch äußerte er: »Es scheint, daß Warschau alle Badegäste aus Teplitz versammeln will. Soeben traf ich wieder zwei beim Gesandten, die beiden Franzosen, die auf jener Landpartie nach Aussig zu uns stießen.«

»Haben Sie dieselben gesprochen?« fragte die Gräfin mit etwas zu hastigem Ton, als daß er nicht hätte auffallen sollen. – »Nur ganz flüchtig«, entgegnete Arnheim, »aber weshalb? Wünschen Sie vielleicht …«

»O ja, wir wünschen wirklich etwas, könnten Sie um einen wichtigen, dringenden Dienst bitten«, nahm die Gräfin das Wort und blickte Marie an. – »Mit größter Freude stehe ich Ihnen zu Befehl«, entgegnete Arnheim. – »Es ist die Frage, ob Sie es noch können. Unser Wunsch ist nämlich der, daß die beiden Franzosen, womöglich, unsere Anwesenheit gar nicht erfahren, denn wir haben dringende Ursachen, sie zu vermeiden. Vielleicht aber haben Sie uns schon erwähnt, und dann …«

»Gewiß nicht«, fiel Arnheim rasch ein, »denn ich erinnere mich aus Teplitz her, daß Ihnen«, hier blickte er Marie an, »diese Herren schon bei der damaligen Begegnung nicht angenehm waren, mir sind sie es in der Tat auch nicht, und wir wechselten daher nur einige unbedeutende Worte miteinander. Auch dürfen Sie ganz unbesorgt sein, denn sie reisen noch heute mit mir in derselben Stunde ab.«

»Gott sei Dank!« rief Marie, die bisher mit angstvoller Spannung zugehört hatte und der nun die freudige Überraschung diesen Ausruf entriß. Arnheim war erstaunt über die Heftigkeit ihrer Empfindung, doch erlaubte ihm seine Bescheidenheit keine Frage. Allein Marie fühlte, daß sie sich zu erklären habe, wenn sie nicht den fremdartigsten Vermutungen preisgegeben sein wollte. »Sie müssen wissen, Herr von Arnheim«, begann sie daher, »daß ich die Ursache bin, weshalb die Frau Gräfin dem Besuch dieser Herren auszuweichen wünscht. Eine Kette von Vorfällen, zu deren Mitteilung ich nicht berechtig bin, hat bewirkt, daß ich diese beiden Männer meiden, ja daß ich sie fliehen muß. Meinen herzlichen Dank würden Sie sich daher erwerben, wenn Sie jetzt und zu keiner Zeit, wo Sie denselben begegnen dürften, von meiner Anwesenheit hier etwas ahnen ließen. Es ist ein Dienst, den im ernstesten Sinn des Wortes Ihre Landsmännin von Ihnen erbittet.«

»Ich würde mich für einen Elenden halten«, rief Arnheim lebhaft, »wenn ich Ihrem Willen auch nur mit einer Silbe, einem Blick entgegenhandelte.« – »Ich bin gewiß, daß Sie tun, was Sie vermögen, um mir etwas Unangenehmes zu ersparen«, sprach Marie freundlich und reichte ihm die Hand, »nehmen Sie meinen ganzen Dank im voraus dafür an.«

»Wenn Sie mir nur mehr, nur wirklich etwas, das einem Dienst, einer Tat ähnlich sähe, aufgetragen hätten! Wünschen Sie vielleicht nähere Auskunft über diese beiden Männer?« – »Ich weiß nicht, ob sie mir fruchten würde«, antwortete Marie, »doch sagen Sie uns, was Sie wissen, denn schädlich kann es mir nie sein, die Verhältnisse derjenigen genauer zu kennen, vor denen ich mich zu hüten habe.« – »Es ist in der Tat wenig. Wie ich aus ihren Geschäften ersah, sind beide in der Zivilverwaltung, die zu der großen Armee gehört, angestellt, und zu diesem Zweck begeben sie sich jetzt dahin. Ihre Tätigkeit scheint sich gegenwärtig besonders auf die Verpflegungsanstalten zu beziehen, die im Rücken der Armee angelegt sind und noch werden.« – »So würden sie vielleicht nicht zur Armee selbst abgehen?« fragte Marie, und ein Schimmer der Hoffnung lebte in ihr auf.

»Ihre nächste Bestimmung ist Wilna, weiter vermag ich nichts anzugeben. Dorthin werden sie aber schon binnen einiger Stunden unterwegs sein.«

»Es ist auch hinreichend und beruhigend genug für uns«, sprach die Gräfin. »Aber Ihre eigene Abreise ist so nahe«, nahm sie mit Leichtigkeit eine andere Wendung, »daß wir uns fast fürchten müssen, Ihnen durch die Bitte den Überrest des Abends bei uns zu verweilen, die Zeit zu Ihren Vorbereitungen zu rauben.«

»Wenn Sie mir nur gestatten wollen, diese wenigen Stunden so glücklich zuzubringen. Meine Geschäfte sind beendigt. Um neun Uhr empfange ich meine Abfertigung, um zehn Uhr bin ich zuverlässig schon eine gute Strecke von Warschau entfernt, denn ich habe meinen Wagen vor das Hotel des Gesandten bestellt. Also bis gegen die neunte Stunde ...« – »Sind Sie mir der willkommenste Gast«, unterbrach ihn die Gräfin.

Es wurde Licht in den Salon gebracht und der Tee serviert. Das Wetter war wieder rauher geworden, der Wind rauschte herbstlich in den Bäumen und schlug gegen die Fenster. Dies erhöhte nur die Traulichkeit des Zimmers. Selbst Arnheim vergaß, daß er dieses Glück nur in so flüchtigem Moment erhaschen sollte, daß er in wenigen Stunden durch die rauhe Hand des Krieges schon wieder von allem heimischen geselligen Beisammensein für lange Zeit getrennt würde. Man sprach von der Schlacht, von den Opfern, die sie gefordert hatte, von den noch Beklagenswerteren, die erst nach langer Qual das beruhigende Ziel des Todes erreichen würden. Arnheim schilderte mit Sachkenntnis die dringende Not, die oft in den Lazaretten herrschte, den Mangel an Gerätschaften, besonders aber an pflegenden Händen. »Es sollten«, rief Lodoiska, von ihrem Mitgefühl hingerissen, aus, »jedem Heer Frauen und Mädchen folgen, um die Pflege der Verwundeten zu übernehmen.« – »Und hättest du den Mut zu einem solchen Unternehmen?« fragte die Gräfin lächelnd, aber doch ernsthaft. Lodoiska, die wohl empfand, was ihr den Mut dazu verleihen würde, errötete doch, erwiderte aber schnell: »Ja, gewiß, ich traue ihn mir zu!« – »Ich weiß nicht«, sprach Marie mit zweifelhaftem Ton, »ob diejenigen, die nahe Angehörige unter den Kriegern haben, nicht eine solche Verpflichtung fühlen sollten. Wir Mädchen müßten uns dessen vielleicht einer falschen Scheu und Behutsamkeit wegen enthalten, allein eine Frau, die ihren Gatten in der Gefahr weiß, sollte ihm wohl so nahe sein, um in der Stunde der Not zu seiner Hilfe herbeieilen zu können.«

»Wenn es nur möglich wäre und gestattet werden könnte«, entgegnete Arnheim nicht ohne Bewegung, »uns Soldaten würde eine so holde Pflege mit doppelter Kühnheit dahin treiben, wo die Wunden zu gewinnen wären, denen wir ein sanftes Glück zu verdanken hätten.«

»Der Trost für die daheimbleibende Gattin«, bemerkte die Gräfin, »liegt wohl in dem Gefühl, daß der Mann seinen edelsten Beruf erfüllt, daß er für den Ruhm, die Ehre, die Freiheit oder Sicherheit seines Vaterlandes kämpft. Eine wirklich edle, des Mannes würdige Gattin wird so denken müssen und darum auch so fühlen lernen. Sie darf ihm das Opfer, das nur seiner Persönlichkeit gelten würde, nicht bringen, weil sie gar nicht voraussetzen darf, ohne ihn zu beschämen, daß er es fordert. Der Mann, der den Umfang seiner Pflichten übersieht, weiß auch, daß er, wenn er in den Kampf zieht, dem Vaterland Mütter und Hausfrauen zurücklassen muß, welche die heranwachsende Jugend für *künftige Zeiten* pflegen, ja, daß Hab und Gut des einzelnen, das vereinigt das Hab und Gut des Ganzen bildet, zum Besten des Ganzen sorgsam verwaltet werden muß. Durch diese Erwägungen scheinen mir die Pflichten einer Frau vorgezeichnet und erleichtert zu sein.«

Nicht nur Arnheim, sondern auch Marie und selbst Lodoiska mußten bekennen, daß die Gräfin die Pflichten des Weibes in der würdigsten Weise erkenne. Sie hörten mit Ehrfurcht zu, denn so ernste Selbstüberwindung sie forderte, dennoch verleugnete sie das sanftere weibliche Gefühl nicht, sie gestattete ihm seine Rechte, nur wollte sie ihm die alleinige Herrschaft nicht gönnen. »Im ganzen ist es gewiß so allein wahr und richtig«, sprach Marie, »doch kommen unstreitig auch Fälle der Ausnahme vor. Wenigstens werden wir sie, wenn sie eintreten, aus der Eigentümlichkeit der Charaktere erklären, oft rechtfertigen, bisweilen auch wohl bewundern können.« – »So ist es«, rief Arnheim lebhaft aus und heftete sein Auge auf das schöne, sanft entschlossene Wesen, das ihm, je näher der Augenblick des Abschieds rückte, teurer und teurer wurde. Doch beschloß er, mit männlicher Kraft seinen Gefühlen zu gebieten und Maries Herz nicht in einem Augenblick zu einer das ganze Leben umfassenden Entscheidung zu drängen, wo ihr kaum Zeit geblieben wäre, das Ja oder Nein auszusprechen.

Die Stunden waren rascher als Minuten entflohen. Die Glocke der benachbarten Kirche schlug neun Uhr, das strenge Gebot der Pflicht gestattete kein Säumen mehr. Herzliche Wünsche begleiteten den Scheidenden, der Abschied war für alle bewegend. Arnheim mußte ihn beschleunigen, um sich nicht zu verraten.

Viertes Kapitel

Die nächsten Tage verstrichen den Frauen so still wie gewöhnlich. Die gewonnene Schlacht bildete für sie wie für alle Bewohner Warschaus noch immer den Hauptgegenstand des Gesprächs. Nach und nach wurden genauere Nachrichten darüber bekannt, weil jeder, der den Seinigen noch so eilig geschrieben hatte, doch irgendeinen Umstand bedacht hatte. Die Erstürmung der großen Redoute war von mehreren kurz berichtet. Fast keiner, der nicht von den großen Verlusten, der Hartnäckigkeit des Kampfes, dem entsetzlichen Artilleriefeuer, den unbeschreiblichen Anstrengungen irgend etwas erwähnte.

Nach drei Tagen erschien ein ausführlicher, amtlicher Bericht in den Zeitungen. Die Gräfin las ihn zuerst mit der gespanntesten Aufmerksamkeit. Ihr Herz schlug stolz, so oft der Tapferkeit der polnischen Truppen gedacht wurde, zumal aber, wo der Bericht von der Kavallerie sprach. Als sie zu Ende gelesen hatte, ging sie zu Lodoiska und Marie hinüber, die, mit weiblichen Arbeiten beschäftigt, auf ihrem Zimmer saßen, um ihnen vorzulesen, was die Zeitungen meldeten. Die Spannung beider Mädchen war so groß, daß ihnen unwillkürlich die Nadel sank. Bei jedem neuen Kampf, der geschildert wurde, bebten sie aufs neue für die Ihrigen. Zumal es hieß: »Jetzt erhielt der König von Neapel Befehl vom Kaiser, was ihm an Kavallerie zu Gebote stehe, zusammenzuraffen und damit die russischen Linien zu werfen, so daß die furchtbare Redoute in der Kehle angegriffen werden könnte. Zwei sächsische Kürassierregimenter, drei polnische leichte Kavallerieregimenter ...« Hier fing Lodoiska an zu zittern und erbleichte. Selbst die ruhigere Marie wechselte die Farbe. Rasinski wurde nicht genannt, doch eine Ahnung sagte ihnen, er sei mit seinem Regiment dabeigewesen. Diese Vorstellung wirkte mächtig. Die Beschreibung des Gefechts war lebhaft, sie gestand große Verluste ein, schilderte aber auch den Triumph des Sieges mit glänzenden Farben.

Die Gräfin hatte geendet. Wie auf ein verabredetes Zeichen sprangen beide Mädchen, die bisher in bebender Spannung gesessen hatten, auf und sanken einander in die Arme. Es war die tiefste Rührung über die Rettung ihrer Geliebten aus diesem furchtbaren Gewitter des Kampfes. Selbst die Gräfin wurde weich, schloß die Mädchen sanft an sich und neigte ihr mütterliches Haupt gegen sie hinab.

Am fünften Tag erst kam ein zweiter Brief von Rasisnki, in dem mit Bleistift geschriebene Blättchen von Ludwig und Jaromir lagen. Rasinski schrieb: »Teure Schwester! Seit vier Tagen verfolgen wir den Feind rastlos und haben täglich Scharmützel. Dennoch rücken wir nur langsam vor, weil die Russen sich in guter Ordnung zurückziehen. Es wäre nicht so, wenn unsere Erschöpfung es möglich gemacht hätte, sie schneller zu verfolgen. Die Sorge für die Verwundeten, für unsere Verpflegung, nimmt jetzt fast jeden Augenblick in Anspruch. Deshalb nur diese wenigen Zeilen. Wir haben viele teure Freunde verloren! Zwei Drittel meines Regiments liegen auf den Anhöhen von Semenowskoi, unter ihnen auch mein alter getreuer Petrowski, dessen Leiche ich nicht einmal aufsuchen und bestatten konnte. Seit Jahrtausenden wurde keine so blutige Schlacht gefochten. Unsere Anstrengungen sind unbeschreiblich, doch mit der Hilfe Gottes sind wir noch wohlauf und rüstig. Über dem blutigen Schlachtfeld von Borodino wird Polens Sonne der Freiheit aufgehen! Darum, Johanna, trauere nicht über die Toten. Das Vaterland wird ihnen Denkmäler setzen, daß ihr Ruhm unvergänglich glänze. Lebe wohl, Johanna! Die Morgenröte bricht endlich an! Freue Dich! Dein Bruder.«

Ludwigs Blättchen lautete: »Marie! Tage brauchte ich, um mein Herz Dir zu öffnen, und kaum Minuten habe ich. Am Abend vor der Schlacht erfuhr ich vom Tod unserer Mutter. Oh, Dein lieber, tröstender Brief! Mitten im Getümmel des Kampfes war mein Herz nur bei Dir, Du Arme, und die drohenden Gefahren verloren fast ihre Macht über mich. Bernhard ist die treueste Seele dieser Erde, er glaubte mich verloren und suchte mich unter den Toten. Aber wir fanden uns als Lebende. Leb wohl! Verzage nicht! Der Tag des Wiedersehens und des Glücks kommt auch für uns. Daß mich die furchtbare Schlacht verschonte, sei Dir Bürge dafür!«

Jaromir schrieb nur: »Lodoiska, mein holdestes Leben! Zittere nicht mehr, alle Gefahren sind vorüber! Die Schlacht war gewaltig – auch ich betrauere viele treue Brüder und Genossen. Doch mich beschützte Dein Flehen! Dir danke ich alles, Glück und Leben. Oh, könnte ich erst wieder an Dein Herz sinken! Boleslaw, Ludwig und Bernhard leben. Teuerste, lebe wohl und denke an mich! Dein ewig getreuer Jaromir.«

Diese ersten Nachrichten von der eigenen Hand der Geliebten machten die Frauen unbeschreiblich glücklich. Jede leise Spur der Zweifel war nun verschwunden, sie überließen sich ganz dem glücklichen Gefühl, das nach der überstandenen düsteren Sorge und Gefahr der Brust die süßeste Belohnung gewährt. Nach wie vor besuchte Lodoiska täglich die Messe. Doch ihre Gebete waren jetzt Dankgebete geworden, und ihre Tränen wurden nicht mehr von Angst und Sehnsucht erpreßt, sondern sie flossen in dankbarer Rührung.

So verging eine Woche. Da traf die Nachricht von dem Einrücken des kaiserlichen Heeres in Moskau ein. Aus der Burg der alten Zaren war das Bulletin gezeichnet, wodurch der Kaiser diesen neuen, letzten Sieg dem staunenden Europa bekannt machte. Nun also war das große Ziel, der heißgewünschte Friede errungen. Denn mit wem sollte man Krieg führen, wenn es keine Feinde mehr zu besiegen gab? Jetzt lebten alle Hoffnungen in den Herzen auf, jetzt endlich glaubte man den Tag der Ruhe, der Vergeltung so unendlicher Opfer anbrechen zu sehen. Der Pole fühlte sich schon wieder frei. Er hoffte wieder ein Vaterland, einen aus dem Schoß des Volks hervorgegangenen König, eine Geschichte zu haben. In diesem Gefühl war die Gräfin glücklich und stolz. Lodoiska lehnte die Hütte ihres stillen Glücks an den kühnen Palast der Hoffnungen, den ihre Pflegerin aufrichtete. Marie nährte in tiefer, warmer Brust die Keime, die Arnheims Betrachtung der Dinge tröstend in ihr geweckt hatte. Wenn nicht gleich, so werden sie doch bald erblühen, du wirst doch noch die Tage des Glücks, der Freiheit leuchten sehen, wirst den verfolgten Bruder wieder frei und offen an dein Herz schließen, seinen getreuen Freunden die Hand bieten dürfen. Endlich werden die finsteren Wolken, durch diesen letzten furchtbaren Schlag entladen, sich teilen und des Himmels Blau sich freundlich wieder über deinem Vaterland wölben. Lange genug dauerten die Herbst- und Winterstürme. Es muß auch ein Tag des Frühlings wieder anbrechen!

In diesen glücklichen Hoffnungen wiegten sich die Seelen der Frauen fünf Tage lang. Da verbreitete sich zuerst durch Juden, die von Brzesc-

Litewski kamen, das Gerücht, Moskau sei von den Russen in Brand gesteckt worden. Verstohlen murmelte man es, raunte es leise, halb gläubig einander ins Ohr, denn man wagte es nicht, laut auszusprechen, um nicht die Hoffnungen der fröhlichen Menge durch einen blinden Schrecken niederzuschlagen. Wie es zu gehen pflegt, so übertrieb der eine, während der andere sicher wissen wollte, alles beschränke sich auf einige durch Zufall in Brand geratene Gebäude. Im Hotel des Gesandten war alles still. Niemand erfuhr den Inhalt der Depeschen, die die Kuriere brachten. Doch lauter und immer wachsender wiederholten sich die düsteren Gerüchte. Schon wagte niemand mehr zu widersprechen. Endlich war das Unheil nicht mehr zu verhehlen. Laut gestanden es die Berichte des französischen Ministers ein, daß die Russen in ihrem rasenden Wahn selbst ihre Hauptstadt der Zerstörung geweiht hätten. Was auch gesagt wurde, um das Schreckliche der Nachricht zu mildern, um der Vermutung vorzubeugen, als könne dieses Ereignis dem französischen Heer Gefahr oder gar Verderben bringen: Die Tat erschien zu ungeheuer, zu beispiellos, wenn sie nicht den sichersten Erfolg mit sich führte. Nur um Rußland mit Gewißheit zu retten, konnte Moskau den Flammen preisgegeben werden, wie man nur, um Frankreich zu retten, die Brandfackeln in die Häuser von Paris schleudern würde. Das fühlte jeder mit nicht zu besiegender Gewißheit. Ein stummer, kalter Schrecken bemächtigte sich der Gemüter, ein Grausen schlich durch die Seele der Kühnsten. Die Zeit hatte an ungeheuere Ereignisse, an beispiellose Taten gewöhnt. Diese aber reichte weit über das Maß, über die Grenzen aller Vorstellung hinaus. Man erinnerte sich, daß in der entsetzlichsten Zeit der Französischen Revolution einer jener Redner, deren Worte ein Schwert, eine Flamme, ein Blitz wurden, wenn die aufgärende Leidenschaft sie aus dem Vulkan der Brust schleuderte, um seinen Gegner zu schrecken, auf der Tribüne gerufen hatte: »Dann wird der Tag kommen, wo man an der Seine die wüste Stätte zeigt, auf welcher einst Paris stand!« Dieser Gedanke schon hatte an jenen Tagen, wo man an blutige Schreckensgespenster, an die entsetzlichen Larventänze aller Furien und Dämonen, die das menschliche Herz besitzen können, gewöhnt war, das Blut in den Adern erstarrt. Und jetzt sollte so Ungeheueres, Namenloses, Undenkbares sich verwirklicht haben? Jene Stadt, die seit Jahrtausenden allen Ruhm und Glanz und Reichtum des unermeßlichen Reichs der Zaren in ihren Burgen und Palästen sammelte, jene Stadt, wo Asiens Üppigkeit mit Europas Kunst und Betrieb sich wetteifernd verband, jene alte Hauptstadt, geheiligt als ein Sitz der väterlichen Götter, sie sollte dem Boden gleichgemacht, in eine schauerliche Aschenwüste verwandelt sein? Nur das Ungeheure konnte dieses Ungeheure erzeugen, nur das Entsetzliche dieses Entsetzen gebären! Eine Sturmflut wogender Vermutungen drängte sich heran. Dazu kam, daß auf den Schwingen des Gerüchts selbst dieses kaum zu fassende Ereignis noch ins Riesenhafte wuchs. Man schilderte die zerstörte Stadt als einen Aschehaufen, der keinem lebendigen Wesen mehr Obdach gebe, als einen ausgebrannten Krater, wo der letzte Funke des Lebens erstorben sei. Unter der Asche sollten die verbrannten Gebeine des Heeres vergraben, nur wenige Führer und einzelne, die ein Wunder beschützt habe, entkommen sein. Man konnte sich's nicht denken, daß solch ein Wurf gewagt worden sei, wenn es nicht unzweifelhaft war, alles darauf zu gewinnen. Darum stellte man sich schon den Kaiser auf der Flucht vor, ja, einige wollten wissen, er sei bereits in Warschau. Die Besonnensten, Hoffnungsreichsten glaubten wenigstens nicht mehr an den Frieden, sondern hielten diese Tat für den unumstößlichsten Beweis, daß der Kampf jetzt erst recht beginnen sollte.

So folgte die dumpfeste Betäubung und mutloseste Bestürzung auf den kurzen Freudenrausch, den der Sieg gewährt hatte. Die Gräfin glich einem Marmorbild, so bleich sah sie aus, seit diese Schreckensnachrichten eingetroffen waren. Nicht für das Schicksal ihres Bruders, der nächsten Ihrigen, zitterte sie, sondern für das ihres Vaterlandes. Sie glaubte in dem auf nächtlich düsterem Hintergrund brennenden Moskau das entsetzliche Spiegelbild der Zukunft Warschaus zu sehen, und im überwallenden Schmerz rief sie ängstlich prophezeiend aus: »Wer weiß, wie nahe jetzt der Tag ist, wo die Flammen über den Zinnen meiner Vaterstadt zusammenschlagen, zur Sühne für das grauenvolle Brandopfer, das Rußland seiner Freiheit gebracht hat!«

Lodoiska war ohne alle Fassung, nur Marie bewahrte in stiller, ergebener Seele die Ruhe, diese schönste Frucht des Glaubens und der Erkenntnis zugleich. Sie, die sich dem Taumel des Glücks nicht frei hatte hingeben können, sondern nur entferntere Hoffnungen an das Geschehene knüpfte, war jetzt auch nicht so tief in den Abgrund der Hoffnungslosigkeit gestürzt. Die Gräfin, abgeschlossen und einig mit sich selbst, wie sie war, bedurfte keines Trostes. Sie stand entsetzt, aber fest, ohne zu beben, an den geöffneten Pforten des Verderbens. Doch Lodoiska wurde von dem Sturm der Ereignisse wie eine schwankende Rebe bewegt. Sie bedurfte des Anhalts. Die liebevoll tröstende Marie, die jedes Fünkchen der Hoffnung mit erfinderischer Liebe zu nähren wußte, war ihre Stütze. Denn vor der erstarrten, festen Gestalt der Gräfin schauerte Lodoiska heimlich zurück, weil sie in den ersten Blicken derselben, in den tiefen Zügen ihres erhabenen Grams den heimlichen Vorwurf zu lesen glaubte: Du trauerst um nichts als um deine arme, kleine Liebe! Deine Seele ist nicht groß genug, den Verlust eines Vaterlandes zu empfinden. Möchten alle den Untergang gefunden haben in den Flammen, in der Aschenwüste, wenn du nur den Geliebten gerettet hast! Lodoiska täuschte sich. Diese strenge Sprache hätte Johanna nicht geführt, dazu fühlte ihr Herz zu liebend menschlich das Weh in fremder Brust.

Doch schnell änderte sich die Lage der Dinge wieder. In diesen Zeiten schwankte jedes Lebensschiff auf stürmischem Meer. Bald erblickte man von dem Gipfel der Welle den nahen Hafen, die Rettung, den Sieg, bald türmten sich die Wogen hoch über das Haupt und ließen kaum noch einen Streifen des ewigen Himmels wahrnehmen. Es kamen spätere Nachrichten aus Moskau, die den Beweis führten, daß das Heer nicht gefährdet sei, daß man trotz der schreckenvollen Zerstörung Wohnplätze zu Winterquartieren genug übrigbehalten habe, daß der Krieg zwar noch fortdauere, aber doch bereits die ersten Schritte zu Friedensunterhandlungen geschehen waren. Jetzt verschwand die Bestürzung, die die Kunde von dem Unheil erregt hatte, und neue Hoffnungen keimten empor. Nur auf Nachrichten von den Ihren warteten die Frauen noch, um sich ganz der Freude hinzugeben. Da trafen eines Abends zwei Briefe zugleich ein, der eine, von Jaromirs Hand, war an Lodoiska, der andere von Rasinski an seine Schwester gerichtet. Dies fiel auf, da sonst alles in Rasinskis Briefe eingeschlossen zu sein pflegte. Lodoiska war in der Vesper, die Gräfin öffnete daher nur den Brief Rasinskis an sie. Er war vom 15. September, dem Tag nach dem Beginn des Brandes, datiert und lautete:

»Teuerste Schwester! Wir sind, was unseren Teil anlangt, einem großen Unheil auf die wunderbarste Weise entkommen. Halb Moskau steht in Flammen! Es herrscht eine beispiellose Verwirrung. Wir mußten aus der Stadt ins Feld hinausrücken und stehen jetzt im Lager. Ich benutze die erste Minute, die ich gewinne, Dir zu melden, daß wir alle leben und unversehrt sind. Wann der Brief abgehen wird, weiß ich nicht. Oberst Regnard, den ich eben sprach, besorgt ihn zur Post. Dein Bruder.«

Doch in dem Brief lag noch ein besonderes, geschlossenes Zettelchen mit der Aufschrift: »Für Dich allein.«

»Wir vermissen Jaromir! Verschweige dies Lodoiska. Daß er verunglückt sei, ist fast undenkbar. Ich mußte ihn mit einer Meldung zum Marschall Mortier senden, so kam er von mir ab. In der ungeheuren Stadt, bei der grenzenlosen Verwirrung aber ist nichts leichter, als sich zu verirren. Morgen hoffe ich, sind wir wieder beisammen. Ich schreibe dies nur Dir, weil ich Dir heilig versprochen habe, Dir niemals etwas zu verhehlen. So darfst Du mir auch glauben, daß ich nichts für Jaromir fürchte.«

Als die Gräfin den verschlossenen Zettel gelesen hatte, glaubte sie natürlich, der zugleich mitgekommene Brief werde seine Vermissung erklären. Sie hielt ihn mit der größten Wahrscheinlichkeit für später geschrieben und nachträglich zur völligen Beruhigung Lodoiskas abgesandt. Darum freute sie sich auf die Rückkehr derselben, um sie mit dem Brief zu überraschen. Marie teilte diese Meinung. Nach einer kurzen halben Stunde kam Lodoiska zurück. Die Gräfin trat ihr mit dem Brief entgegen, hielt ihn halb scherzend, denn sie war in sehr froher Stimmung, daß ihr nun auch die letzten Bekümmernisse vom Herzen genommen waren, in die Höhe und rief: »Was gibst du mir für diesen Brief, Lodoiska?«

»Von Jaromir?« rief sie mit vor Freude glänzenden Augen. Dabei zog sie verlangend die emporgehobene Hand der Gräfin mit der Linken herab und schmeichelte ihr mit der Rechten. Ein herzlicher Kuß war der Lohn, den das glückliche Mädchen für den Schatz gab. Dann öffnete sie hastig, mit Wangen, die hoch von Freude und Erwartung gerötet waren, den Brief und hielt ihn gegen das Licht, um ihn zu lesen. Aber als sei sie plötzlich an den Rand eines entsetzlichen Abgrunds geraten, schauerte sie zusammen, wurde blaß wie der Tod, ließ die Hände kraftlos herabsinken und das Papier fallen. Ein Schrei, den sie ausstoßen wollte, erstickte in der beklemmten Brust, ihre Stimme wankte, und noch ehe die Gräfin und Marie ihr zu Hilfe eilen konnten, sank sie bewußtlos zu Boden.

»Um des Himmels willen, was fehlt dir?« rief die Gräfin und suchte mit Maries Hilfe, die angstvoll herbeigeeilt war, die Niedergesunkene aufzurichten. Nur mühsam gelang es, sie auf das Sofa zu bringen. Die Gräfin schellte nach Hilfe. Marie nahm den entfallenen Brief vom Boden auf und sah, indem sie einen flüchtigen Blick darauf warf, daß er nur eine Zeile enthielt. Sie wagte ihn nicht zu lesen, doch die Gräfin nahm denselben ohne Bedenken und las ihn. Er enthielt nichts als die Worte: »Heuchelnde! Treulose! Wir sind auf ewig geschieden! Jaromir.«

Beide Frauen waren sprachlos, erstarrt vor Erstaunen. »Der Schlag mußte die Arme freilich zu Boden schmettern«, sprach die Gräfin mit dem Ton innerster Empörung. »Darauf konnte sie nicht gefaßt sein! Es ist unwürdig, abscheulich, ein Frevel ohne Maß und Gleichen!« In heftiger Bewegung ging sie im Zimmer auf und ab. Marie las zu ihrer eigenen Überzeugung das unheilvolle Blatt noch einmal und legte es dann mit zitternden Händen, wie entsetzt von dem kalten Eishauch, mit dem diese Zeilen erstarrend in die warme Brust der Liebe eindrangen, zurück. »Oh, du Unglückselige«, sprach sie, indem sie sich über das Haupt der Ohnmächtigen beugte, »wie sollen wir dir den Schmerz dieser Kunde lindern!«

Lodoiskas Mädchen war eingetreten. Sie erschrak über den Anblick ihrer Gebieterin. »Die Gräfin ist plötzlich unwohl geworden, sie muß zu Bett gebracht werden. Kasimir soll zum Arzt eilen. Bestelle dies und komm eilig zurück.« Auf diese mit mühsamer Fassung und Kälte gesprochenen Worte der Gräfin verließ das Mädchen wieder den Salon. Marie hatte indessen Lodoiskas Schläfe mit kaltem Wasser genetzt, um sie zur Besinnung zurückzubringen. Die Gräfin ging noch immer heftig auf und nieder. »Daran erkenne ich die Männer! Ihre eigene Schlechtigkeit öffnet ihr Herz jedem unwürdigem Argwohn! Wer hätte ahnen sollen, daß auf dieser reinen Seele der schwärzeste Verdacht ruhen könnte! Dieses Herz, das sich in der Glut seiner Liebe verzehrte, wird der Treulosigkeit angeklagt! Abscheulich! Unerhört Grenzenlos abscheulich! Und welche Beweise kann der leichtsinnige Frevler, der mit roher Ferse die Blüten seines eigenen, unnennbaren Glücks in den Boden stampft, für seine namenlos schwere Anklage haben? Ein Gerücht, einen verleumderischen Brief, die boshafte Erzählung irgendeines ehrlosen oder bis zum Verbrechen leichtsinnigen Kameraden!«

Sie trat vor Lodoiska hin, deren Brust sich unter den leisen Atemzügen – Marie hatte ihr das Kleid geöffnet – kaum zu regen schien. »Wie dieser reine Engel schlummert! Selbst das entsetzliche Gespenst des Schreckens, das sie so plötzlich niederwarf, hat ihre holdseligen Züge nicht entstellt. Ein Blick auf ihr Bildnis hätte den Beweis ihrer Schuldlosigkeit gegen tausend Zeugen geführt! Hast du sie gemordet, hast du dieses zarte Leben geknickt mit dem Streich, den deine wilde Hand blind geleitet darauf führte, so möge dich ihr Bild als ein Gespenst des Schreckens verfolgen!«

»Nein, nein, sie lebt, sie atmet, sie wird erwachen, wir werden sie trösten, beruhigen!« entgegnete Marie mit von Tränen erstickter Stimme. »Alles wird sich lösen, auch dieses entsetzliche Mißverständnis.«

»Hier kann kein verworrenes Gewebe mehr gelöst werden! Der Knoten ist mit ehernem Schwert durchhauen, alle zartesten Fäden, die zwei junge Herzen verknüpften, sind zerrissen! Wo ein so finsterer Geist des Argwohns in das Heiligtum der Liebe, des Vertrauens einbrach, da vertilgen sich seine Spuren nie. *Überzeugt* kann Jaromir werden, daß Lodoiska kein Sonnenstäubchen der Untreue, der Falschheit in ihrem reinen Busen trug, überzeugt wie von dem Glanz der Gestirne am ewigen, klaren Himmel! Doch der schöne, heilige, unverbrüchliche *Glaube* beider aneinander ist vernichtet, ist gemordet. Eine geschehene Tat, ein gesprochenes Wort, sie sind unwiderruflich, unwiederbringlich, wie die entflohenen Minuten. Was du auch tust, um Versäumtes nachzuholen, um eine Schuld zu versöhnen: Es ist nur ein hohler Trug und Schein, die Versäumnisse, das Verbrechen sind begangen, sie bleiben unabänderlich, und keines Gottes Macht vermag die ewigen Schriftzüge in dem Buch des Vollbrachten zu löschen!«

Das Mädchen trat wieder ein, Lodoiska wurde in ihr Gemach und zu Bett gebracht. Marie setzte sich zu ihr und lauschte auf den wiederkehrenden Atem, auf das Aufschlagen ihres Auges. Die Gräfin stand in ernster, tiefer Trauer schweigend am Fuß ihres Lagers und heftete die dunklen Blicke unverwandt auf die Leblose. Endlich öffnete sie das holde Auge wieder, blickte schmerzlich auf, reichte dann den lieben Pflegerinnen die Hände dar und sprach leise, aber aus tiefster Brust: »Oh, ich bin grenzenlos elend!«

Zehntes Buch

Erstes Kapitel

Die Nacht hatte sich schon herabgesenkt, ein rauher Sturm brauste über die Felder und sauste hohl in den dunklen Kronen hoher Fichten, als Rasinski mit der kleinen Schar seiner Getreuen, die er nicht mehr sein Regiment zu nennen wagte, das Biwak erreichte. Man war müde bis zur Erschöpfung, die Glieder erstarrten in dem naßkalten Wind. »Hier in dieser Hügelsenkung«, befahlt Rasinski, »wollen wir lagern. Wenigstens haben wir hier Schutz vor dem Wind.« Die Reiter schwenkten links ein.

Es war die in zwei Hügelspitzen vorspringende Ecke eines alten, düsteren Fichtenwaldes, die Rasinski zu seinem Lagerplatz ausersehen hatte. Hohe Bäume standen auf den ziemlich steilen, obwohl niedrigen Anhöhen, die eine fast ringförmige Schlucht mit ihrer hohlen Krümmung umschlossen. Die Wipfel der uralten Stämme kreuzten sich, so schmal war die Höhlung, über derselben. Niedriges, schwarzes Kieferngebüsch klimmte die Höhe hinauf. Gegen den Herbstwind gewährte der Raum freilich einigen Schutz, doch war er feucht und kalt, da die Sonne kaum in Sommertagen durch die düsteren Kronen der Riesenfichten dringen mochte, geschweige jetzt im Spätherbst. Nur einige Birken mit dem weißen Stamm und dem blaßgelben, welken Laub standen wie Gespenster auf dem dunklen Hintergrund. »Ein guter Hinterhalt«, sprach Bernhard beim Eintreten durch die enge Mündung der Schlucht. – »Ja, für eine Räuberbande möchte er gelegen sein«, erwiderte Rasinski. – »Freilich«, antwortete Bernhard, »wenn wir alle beisammen wären, würde die Lagerstätte zu schmal ausfallen, doch für hundert ist allenfalls Raum hier.«

»Halt! Front! Abgesessen!« kommandierte Rasinski. »Hier am Saum des Hügels herunter steckt die Pikettpfähle ein und zieht die Stalleinen. Wir lagern gleich dahinter. Zwölf Mann zum Füttern, zwölf zum Holzfällen, zwölf zum Wasserholen. Die anderen besorgen indessen die Pferde!«

Nachdem die Befehle gegeben waren, setzte sich Rasinski unmutig, müde auf einen dichtbemoosten Baumstamm, der an der Erde lag. Er stützte die Hände auf den zwischen die Knie gestellten Säbel und blickte düster vor sich hin. »Wo soll ich unser Feuer machen lassen?« fragte Bernhard.

»Wo du willst! Dort unter der großen Fichte!« Rasinski blieb in Gedanken versenkt unbeweglich sitzen, während Bernhard mit einigen Leuten die Anstalten zur Einrichtung der Lagerstelle für ihn traf. Schwere, düstere Ahnungen bewegten die Seele des tapferen Kriegers! Er sah finster wie die Nacht und der Wald ringsumher aus! Bald trieb ihn die Unruhe auf. Er ging mit großen Schritten auf und ab. Bisweilen gab er in kurzen, bestimmten Worten einen Befehl, denn wie unruhig es in seinem Inneren wogte, sein aufmerksamer Blick beobachtete alles, was rings um ihn vorging.

»Willst du nicht kommen, dich am Feuer lagern?« unterbrach ihn Bernhard nach einigen Minuten. »Sieh, es brennt schon lustig und beleuchtet die alten Baumstämme und die lang übergestreckten Riesenarme der Zweige auf wunderbare Weise. Wenn wir nicht so verkrümmt und klamm wären von dem eiskalten Wind, ich hätte Lust, diese Baumgruppen zu zeichnen.« – »Ob Boleslaw und Ludwig heute nicht endlich zurückkehren werden? Ich bin gespannt auf Nachrichten von Jaromir!« antwortete Rasinski, als habe er Bernhards Worte gar nicht gehört. – »Schlage dir das aus dem Sinn, Rasinski«, sprach Bernhard in bittendem Ton. »Es ist ein Fiebertraum, weiter nichts! Eine solche Höllennacht wie die erste, die Jaromir in Moskau zubrachte, muß verrückte Einbildungen des Gehirns erzeugen. Dann die Lage in dem Lazarett, verlassen von allen Freunden, unter dem Jammer der hilflos Verwundeten – gib acht, sowie er hergestellt ist, sowie seine Sinne wieder klar sind, hört der ganze düstere Traum auf!« – »Ich habe den Brief nicht abgesandt!« sprach Rasinski nach einer Pause. »Ich konnte ihn nicht absenden!«

»Und du tatest recht! Du *handeltest* im richtigen Glauben. Weshalb willst du den Wahn fühlen?« – »Für die Tat«, erwiderte Rasinski, »bedurfte ich der Gewißheit. Um die Sorgen meiner Brust zu wecken, hätte die Hälfte der Anzeichen genügt. Ja, ich glaube, Jaromir hat irgendeine geheime Schuld gegen Lodoiska begangen, und es ist nicht nur ein Fiebertraum, der sie ihm vorspiegelt. Erst jetzt kommt mir in den Sinn, was er mit Ludwig am Abend vor dem Brand gesprochen hatte. In jener Stunde war er noch nicht krank. Keine Brandwunde folterte ihn mit ihren Schmerzen, keine übermäßige Abspannung der Kräfte hatte ihn zum Tod erschöpft, die furchtbaren Bilder der Schreckensnacht erfüllten seine Seele noch nicht, und doch …«

»Soweit ich Ludwigs Erzählung zu deuten vermag«, meinte Bernhard, »zweifelte er damals an Lodoiskas Liebe. Dies mag ein Argwohn sein, wie ihn der Zufall in dieser Stunde in dem jungen, heftig liebenden Gemüt erzeugen konnte. In der nächsten Minute schämte er sich dessen, klagte sich selbst an. In diese Stimmung seiner Seele fielen die furchtbaren Ereignisse jener Nacht. Diese Erinnerungen trug er in seinem Fieberwahn hinüber und bildete sie zu einer schwarzen, nicht zu büßenden

Schuld aus. So schrieb er ihr den Brief, der dich so beunruhigt. Wenn Ludwig und Boleslaw zurückkehren, werden sie uns gewiß Auskunft geben, denn ihnen hat Jaromir zuverlässig davon erzählt.«

»Mich friert. Wir wollen uns an das Feuer lagern. Auch bin ich müde. Verdrießlicher Krieg! Man liegt den ganzen Tag auf dem Pferd, sieht den Feind an und schlägt sich nicht. Es ist ein großes Ereignis, wenn ein Kosak einen Pistolenschuß abwartet! Ja, wenn unsere Pferde noch so frisch wären wie an dem Tag, wo wir über die Weichselbrücke ritten, dann sollten diese Neckereien bald aufhören. Weißt du, daß man murmelt, die Friedensunterhandlungen seien gescheitert? Ich glaube, Kutusow wußte das längst! Es geschieht nicht ohne Absicht, daß man sie in die Länge zieht, bis der Winter uns hier überfällt. Auch in dieser Beziehung erwarte ich Boleslaws Rückkehr von Moskau mit großer Spannung. Ich will hoffen, daß es ihm gelungen sei, wenigstens einiges von dem, was wir so dringend bedürfen, herbeizuschaffen.«

»Wenn mir Ludwig ein Paar neue Stiefel mitbrächte«, scherzte Bernhard, »würde er mir freilich besser auf die Beine helfen, und einen Pelz statt des zerrissenen, halbverbrannten Mantels könnte ich auch gebrauchen!« – »Sprich nicht leicht hin, Bernhard«, erwiderte Rasinski ernst, »du hast noch nicht erfahren, wie grimmig der scharfe Zahn der Not packen kann. Ich, der ich oft gesehen habe, wie schwer sich besser Gerüstete als wir gegen sie verteidigen, ich muß ernstliche Sorge tragen, daß wir ihren tausend verwundenden Waffen nicht so viele Blößen geben. Schon jetzt wirft der Nachtfrost uns die Leute aufs Krankenlager, jetzt, wo es uns nicht an Holz mangelt. Aber wenn der Winter hereinbräche, wenn ...«

»Je nun, ich meine, wir würden uns dann nach Moskau ziehen. Fünfzehn Werst werden wir doch noch marschieren können?« – »Meinst du?«

Ein ausgestellter Posten rief: »Wer da!« – »Gut Freund von Moskau!« lautete die Antwort. – »Das ist Boleslaw!« rief Rasinski freudig und sprang auf. Im nächsten Augenblick sprang Boleslaw vom Pferd und begrüßte die Freunde. »Und wo ist Ludwig? Und was bringst du Gutes von Jaromir?« fragten Bernhard und Rasinski fast zu gleicher Zeit. – »Zuerst die Dienstangelegenheiten«, entgegnete Boleslaw. »Ich bin glücklich gewesen. So groß die Not und der Zudrang sind, habe ich doch einigermaßen für die Bedürfnisse unserer Leute sorgen können. Deine Freigebigkeit, Rasinski, setzte mich in den Stand, die höchsten Preise zu zahlen.« – Laß das, laß das!« unterbrach ihn dieser. – »Ich wurde mit zwei Juden einig. Sie haben mir 80 Paar Stiefelsohlen und 30 Paar neue Stiefel beschafft. Doch konnte ich nur 60 Mäntel auftreiben, und meist alte, doch noch brauchbare, ein Teil dicht gefüttert. Auch erstand ich drei Schafspelze, die freilich vielleicht schon seit Jahren auf dem Leib russischer Bauern gesessen haben, aber sie sind doch, so teuer ich sie bezahlte, nicht zu verachten. Der Winter wird kommen, und wir Polen kennen ihn wenigstens halb. Die Franzosen, scheint es, wollen noch gar nicht glauben, daß das heitere Herbstwetter, das wir bis jetzt hatten, ein Ende nehmen könnte. Ich sagte ihnen, sie möchten nur drei Nächte hier biwakieren.« – »Nun, wo sind die Sachen?« – »Ludwig eskortiert den Transport mit den Leuten. Sie kommen auf einem Wagen, den ich requirierte. Ich bin vorangeritten. Wenn sie uns nur bald finden in diesem Schlupfwinkel!«

»Der Wind trieb uns hierher«, antwortete Rasinski. »Wir wollen den Kommenden einige Leute entgegensenden. Bernhard, wähle einige Mann aus, die bis an die große Straße gehen und sich aufstellen!« Bernhard ging. »Wohl, das wäre trefflich besorgt!« fuhr Rasinski jetzt zu Boleslaw fort. »Es tut uns not. Hast du alles Geld ausgegeben?« – »Nicht ganz, ich konnte nicht so verschwenderisch mit dem deinigen umgehen. Du opferst dich für alle! Ich habe noch 40 Dukaten übrig.« – »Pfui, Boleslaw! Nur hier hättest du nicht sparsam sein sollen. Wenn du wollene Strümpfe gekauft hättest!«

»Die waren nicht zu haben. Dafür hätte ich das letzte Geld weggegeben. Doch die anderen Sachen sind wahrlich noch nicht so notwendig! Du mußt doch etwas für dich behalten! Es ist so schwer, hier wieder Geld zu erlangen!«

»Wenn ich's für meine Kameraden verwende, trägt es mir die sichersten Zinsen, Boleslaw! Ich weiß, sie werden mich nicht verlassen in der Not, und der Mantel, den ich dem Soldaten heute kaufe, bedeckt mich selbst morgen, wenn die Nacht rauh ist und der treue Kamerad sieht, daß sein Führer dessen bedarf. Aber würde mich die volle Börse erwärmen?« – »Du gibst in deiner Großmut alles hin!« rief Boleslaw. »Doch wäre es gegen meine Ehre und mein Gewissen, wenn ich deine Güte so mißbrauchte. Auch wir anderen Offiziere müssen ja einen kleinen Teil an dem haben, was für die Leute geschieht. Ich bringe dir nur zurück, was wir zu ergänzen für Pflicht hielten.« – »Also ihr, die ihr wenig habt, wollt euch opfern!«

»Nun erzähle uns von Jaromir«, unterbrach Bernhard, der eben wieder herantrat, das leise geführte Gespräch zwischen Rasinski und Boleslaw. – »Nachher, zuerst noch etwas Wichtiges. Die Friedensunterhandlungen sind abgebrochen.« – »Dacht ich's doch!« rief Rasinski lebhaft. – »Kutusow hat den König von Neapel plötzlich angegriffen und zurückgeschlagen. Der Kaiser erhielt die Nachricht gerade, als er im Kreml die Truppen des Neyschen Korps besichtigte. Sofort rief er aus: »Also Krieg! Wohl denn, es sei!« Es folgte Befehl auf Befehl. Morgen abend bricht das Heer auf, nach Kaluga zu. Wir und alle Truppen, die nordöstlich standen, rücken morgen wieder vor Moskau und schließen uns dann dem großen Heer an. Ich bringe dir diese Order!«

»Also wird der Kampf erneuert!« rief Rasinski. »Ich ahnte es wohl. Jetzt müssen wir uns eine Bahn zu den südlichen Provinzen brechen. Dort ist Hoffnung, daß wir noch vor dem Winter festen Fuß fassen oder wenigstens Kiew gewinnen, um daselbst zu Truppen unterzubringen. Es war höchste Zeit! Nun, Gott sei Dank, daß es endlich entschieden ist! Wenn der Krieg sich dorthin wendet, so habe ich noch Hoffnung. Der Winter tritt in jenen Gegenden wenigstens einen halben Monat später ein und ist um vieles milder. Auch ist das Land reich und wird uns besser ernähren als die Wüste, die wir bisher durchwandert haben. Diese Nachricht ist etwas wert! Nun aber sprich auch von Jaromir. Ist er wiederhergestellt?«

Boleslaw stockte einen Augenblick. »Ja«, sprach er dann mit ernster Miene, »wenn wir das hergestellt nennen dürfen! Seine Brandwunden sind geheilt, das hitzige Fieber entflohen, ja, er fühlt sich sogar stark genug, um mit uns zu marschieren. Er will nicht in der Nachhut des Heeres bleiben. Auch glaube ich, hat er wieder genug Körperkräfte gewonnen. Doch …« – »Nun?« – »Seine Seele ist finster, der heitere Glanz seines Auges erloschen, die reine Stirn umwölkt. Es ist unser frischer, fröhlicher Jaromir nicht mehr! Ich fürchte …« hier stockte Boleslaw. – »Der Kaiser«, fuhr er nach einigen Augenblicken fort, »hat ihm den Orden der Ehrenlegion geschickt. Er hat ihn mit den Worten zurückgewiesen: ›Mich leitete nur der Zufall, ich darf dieses Zeichen nicht annehmen. Der Kaiser spare es mir auf, bis ich eine Tat getan habe.‹ Kein Gegenargument vermochte ihn zu überzeugen, er blieb unerschütterlich. Und du weißt, mit wie brennender Begier er seit Jahren nach diesem Zeichen strebte, wie er es mir neidete!«

»Ich weiß, ich weiß!« sprach Rasinski. »Es ist ein Dunkel in seiner Seele, das alle Flammen des brennenden Moskau nicht zu erhellen mögen! Hat er euch von dem Brief an mich berichtet?« – »Kein Wort.« – »Doch er muß ihn gerade einen Tag vor Eurer Ankunft geschrieben haben.« – »Was enthielt der Brief?« fragte Boleslaw.

»Höre.« Rasinski nahm den zusammengefalteten Brief aus seinem Portefeuille und las:

»Rasinski! Du warst mein zweiter Vater – ich nenne Dich heute zum letzten Mal mit diesem teuren Namen, denn von nun an wirst Du nur noch mein Befehlshaber sein, das darfst Du, denn die Ehre des Soldaten habe ich nicht verloren. Doch bitte ich Dich noch um einen letzten Dienst Deiner alten väterlichen Freundschaft. Sende diesen Brief an Lodoiska. Dreimal schrieb ich ihr reuig, flehte um ihre Vergebung, es geschah noch in den verwirrenden Träumen der Krankheit, aber ich vernichtete die Briefe wieder, ich sandte keinen ab. Die Krankheit ist gewichen, jetzt weiß ich, was ich tue, und handle, wie ich muß.

Jaromir.«

»Und was schreibt er an Lodoiska? Ich bitte dich, verhehle mir das nicht«, fragte Boleslaw hastig und schien zu zittern. Rasinski entfaltete einen zweiten Brief und las:

»Lodoiska! Geschieden sind wir auf ewig, aber durch *meine Schuld*. Wirf meinen Ring in den Strom, ich schleuderte den deinigen in einen tiefen Abgrund! Antworte mir nicht, denn Du könntest mir im Übermaß Deiner Himmelsgüte vergeben wollen, ich aber darf mir nicht vergeben lassen. Mich strafe denn auch die Qual Deines ewigen Schweigens, wie ich mich auf ewig aus Deinem Angesicht verbanne! Jaromir.«

Boleslaw heftete die düsteren Blicke sprachlos auf den Boden. Ein furchtbarer Strom kämpfender Gefühle regte die Fittiche in seiner Brust. Jaromir zerriß das Band, das ihn an Lodoiska knüpfte! Ein Stern der Hoffnung glänzte zwischen finsterem Wetter und warf seine milden Strahlen in Boleslaws Herz. Sollst du aus demselben Becher die berauschende Seligkeit trinken, der den Freund vergiftet! Indem deine Lippe seinen Rand mit schaudernder Wonne berührt, erbleicht die des Freundes und schließt sich auf ewig! Nein, Boleslaw. Sei es die schwarze Natur der Schuld, die ihre Ringe um seine Brust schlägt, seien es düstere Träume, die seine Seele in ihre verworrenen Gewebe beklemmend einspinnen, dir darf keine Blüte aufsprießen aus dieser unheilvollen Saat! Sei ein Mann! Wende den Blick ab von der Himmelspforte, die sich dir zu öffnen scheint! Es ist ein Trugbild, du darfst nicht eintreten. Der rosige Morgenschimmer, in den du deine heiße Brust kühlend zu tauchen wähnst, ist nur der Widerschein verborgener Flammen des Abgrundes. Folgst du der Lockung. überschreitest du die heilige Grenze, so stürzest du hinab zur ewigen Qual. Es gibt hier kein Schwanken für dich. Die Braut, der der Freund entsagt, sei dir noch heiliger als die, die er an sein Herz schließt. Jeder andere Gedanke, jede andere Hoffnung ist Verrat an dem heiligen Gesetz der Freundschaft! In der Feuerprobe dieser Gefühle, die Boleslaws Brust durchstürmten, stählte sich das edle Herz zur festen Willenskraft der Entsagung.

»Nun«, fragte Rasinski nach langer, ernster Pause, »was meinst du zu diesem Brief? Ist er ein Erzeugnis des Fieberwahns? Oder lastet wirklich ein Verbrechen gegen seine Liebe auf Jaromirs Herz?« Boleslaws Antwort wurde durch ein lautes »Wer da?«, das Ludwigs Ankunft meldete, abgeschnitten. Die Freunde begrüßten ihn herzlich. Doch traten jetzt die Pflichten des Dienstes ein. Die Kleidungsstücke, die Ludwig brachte, mußten in Empfang genommen und verteilt werden. Dies verursachte ein Geschäft, das über eine Stunde dauerte. Währenddessen war die spätere Nacht hereingebrochen, und die ermüdeten Krieger bedurften der Ruhe. Bernhard befragte Ludwig zwar nach Jaromirs Zustand, doch dieser wußte nicht mehr als die anderen. Mit eiserner Verschlossenheit hielt der Jüngling das Geheimnis in seiner Brust, denn er wollte nur die Strafe seines Vergehens, nicht die verzeihende Entschuldigung, nicht das Mitleid, nicht die Vergebung.

Zweites Kapitel

Es war am 18. Oktober abends, als endlich das französische Heer die Hauptstadt des Zaren, in der es viel zu lange oder viel zu kurze Zeit verweilt hatte, zu verlassen anfing. Noch aber hatte der Kaiser nicht den Gedanken fassen können, daß er sich zurückziehen müsse vor der Übermacht der Natur und den unerschöpflichen Mitteln, die sie dem Feind darbot, während sie ihm selbst nur unübersteigbare Hindernisse in den Weg türmte, sondern er dachte noch daran, das Heer Kutusows, das bei Kaluga stand, anzugreifen, es zu schlagen, sich eine Bahn in die südlichen Provinzen zu eröffnen, seine Reserven heranzuziehen, seine Kommunikationen mit Polen zu vervielfältigen und zu sichern, den rechten Flügel der Armee zu seinem Stützpunkt zu machen und sich so bis zur besseren Jahreszeit im Herzen des feindlichen Landes zu behaupten. Zwar hatten sich schon manche Stimmen für den Rückzug vernehmen lassen, hatten in ahnungsvoller Besorgnis, daß das bleiche Schreckensgespenst des Winters unvermutet da sein werde, auf die Beschleunigung desselben gedrungen, doch der Rat, der dem kühnen Sinn des Kaisers am meisten zusagte, wenngleich nur der verwegenste, nicht der vernünftigste, behielt die Oberhand.

Am Morgen des 19. Oktober, eines heiteren Herbsttages, verließ Napoleon selbst Moskau. Obwohl schon die ganze Nacht hindurch der Ausmarsch des Heeres gedauert hatte, so drangen doch noch immer die Massen aus den Toren der halb in Schutt liegenden Stadt hervor. In unabsehbaren Reihen zogen sie sich auf der breiten Heerstraße hin. Nicht sowohl die Zahl der Krieger bildete den unermeßlichen Zug als die unzählbaren Wagen, mit Beute beladen, die Menge der Kanonen und Munitionswagen, die man nicht zurücklassen durfte. Von beiden Seiten brachen daher die Kolonnen der Infanterie und der Kavallerie aus und zogen, wo es das Terrain es gestattete, über die Felder neben der Heerstraße hin, um den gebahnteren Weg für die Fuhrwerke freizumachen. Dennoch stopfte sich der ungeheuere Troß. Selbst der Kaiser mit seiner Begleitung konnte nicht Raum finden, so hatten die Wagen sich ineinander verfahren. In diesem Augenblick war es, wo Rasinski, der die Nacht dicht vor den Toren Moskaus biwakiert hatte, mit seiner kleinen Schar durch eine Seitengasse der Vorstadt kam, um sich dem Zug anzuschließen. Er mußte halten und sah den Kaiser dicht vor sich. In seinen Zügen drückte sich der Unwille über den Aufenthalt aus, den er erfuhr. Mit

Mißvergnügen betrachtete er diese Überzahl von Wagen. Er warf auch einen scharfen Blick zu Rasinski hinüber, der ihn mit Ehrfurcht begrüßte. Doch sprach er nicht, sondern schien nur die geringe Anzahl Reiter, die noch von dem Regiment übrig waren, mit sorglicher Berechnung zu überzählen. Endlich wurde die Bahn geöffnet, und er sprengte mit seiner Begleitung davon.

Rasinski mit seinen Leuten konnte jedoch noch nicht einrücken, sondern mußte auf einen günstigeren Augenblick warten, um die Wagenreihen zu durchbrechen. Es war ihm lieb, weil er noch Jaromir erwartete, den Ludwig aus dem Lazarett, in dem er als Kranker gelegen hatte, abholte, denn der Befehl zum Aufbruch war so rasch gekommen, daß man Jaromir nicht benachrichtigen konnte, sondern Boleslaw für das Gepäck und die Pferde desselben Sorge tragen mußte. Sie wurden ihm durch seinen Reitknecht vorgeführt, und er hatte nichts weiter zu tun, als aufzusitzen. Ludwig war von Rasinski deshalb mit zu ihm gesandt worden, um ihn mit ernstlichen Freundesworten zu dem Entschluß zu dringen, die geheimnisvolle Hülle, mit der er das Geschehene verbarg, wenigstens für einen Freund zu heben. Bei dem wahren väterlichen Anteil, den Rasinski an Lodoiska wie an Jaromir nahm, lag ihm die Sorge um diese beiden so am Herzen, daß sie selbst durch diese entscheidenden Kriegsereignisse, die sich so plötzlich gestaltet hatten, nicht verdrängt werden konnte. Jetzt gewahrte er die Kommenden von weitem, sie sprengten rasch auf die Harrenden zu. Jaromir ritt nach dem üblichen Zeremoniell des Dienstes auf Rasinski zu und meldete sich als hergestellt und in die Reihen der Krieger wieder eintretend. Er sah noch bleich aus, ja, er schien sich sogar nur mühsam gerade und fest im Sattel zu halten. Seine Sprache hatte etwas Gedämpftes, das Feuer des Auges war erloschen.

Rasinski nahm keine dienstliche Haltung an, sondern reichte ihm mit väterlicher Teilnahme die Hand und sprach: »Sei uns willkommen, Jaromir, wir haben um dich gefürchtet, sei herzlich begrüßt.« Bei diesen mit dem Ton inniger Rührung ausgesprochenen Worten verlor Jaromir die feste Haltung, die er gewaltsam anzunehmen bemüht gewesen war. Zwar blickte er den wohlwollenden Freund ernst an, doch konnte er einer Träne, die aus den matten Augen hervordrang, nicht zurückhalten. Nur zitternd reichte er ihm die Hand hin und wagte es nicht, den herzlichen Druck Rasinskis zu erwidern. »Sei streng, sei hart mit mir, ich bin keiner Güte mehr wert«, sprach er mit verzogener Stimme.

Rasinskis geübtes Auge sah dem Jüngling bis in die tiefste Seele hinein. Jetzt war es ihm unumstößlich klar, daß nicht ein verwirrendes Trugbild, sondern eine wirkliche Schuld die Seele des Unglücklichen verfinsterte. Der Augenblick war günstig, er sah ihn weich, jetzt konnte er sein Vertrauen gewinnen. Doch mußte er sich damit beeilen, ehe der Entschluß hartnäckigen Schweigens wieder die Oberhand in dem Jüngling gewann.

»Boleslaw«, rief er daher diesen an, »führe die Leute dort die zweite Gasse hinunter und versuche, das Feld zu gewinnen. Dann bleibe rechts von der Straße. Hier könnten wir noch einen halben Tag warten, ehe wir uns Bahn machten. Ich selbst werde mit Jaromir hinter den Gärten herumreiten und treffe euch auf dem Hügelrand vor der Stadt wieder.« Er winkte Jaromir, sprengte mit diesem die Gasse hinunter und ritt nicht eher langsam, als bis sie dem Feld nahe zwischen Gartenzäunen ihren Weg völlig einsam machten.

»Hat Ludwig nichts bei dir erreicht, Jaromir?« redete er ihn jetzt ernst, aber sanft an. »Willst du keinem deiner Freunde, selbst mir nicht, der ich dich Sohn nennen kann, Vertrauen schenken? Welche Schuld wirfst du dir vor? Ist sie eine Einbildung deines fieberkranken Gehirns? Oder ist sie wirklich? Wenngleich du auch von dem letzten überzeugt bist, muß ich doch das erste glauben, denn der Mann, hat er gefehlt, so bekennt er es frei und offen.«

»Will ich's euch denn verbergen?« rief Jaromir aus. »Will ich denn besser scheinen, als ich bin? Nein, ich will mir nur die Buße auflegen, meine Reue und Scham allein zu tragen, ich will nicht, daß es euerer mitleidigen Güte zuletzt gelingen soll, mich zu überreden, es dürfe mir vergeben werden. Oh, verkenne mich nicht, Rasinski! Sieh keine Feigheit in dem Entschluß, stumm, allein zu büßen, was ich ohne Mitschuldige verbrach!«

Rasinski zog den Brief an Lodoiska hervor. »So nimm diesen Brief zurück, ich darf ihn nicht absenden.« – »Wie? Du hast es nicht getan?« rief Jaromir außer sich. – »Sende ihn selbst!« – »Ach, Rasinski, du mußt es tun, denn sie wird keinen Brief mehr öffnen, den ich ihr sende!« – »Wie? Weshalb nicht?« – »Wenn du mir denn geloben willst, diesen Brief, von deinen väterlichen, tröstenden Worten begleitet, zu ihr zu senden, sobald du vermagst, so will ich meine Lippen für dich öffnen. Aber darauf gib mir deine Rechte, du darfst mich nicht wankend machen in meinem Entschluß!«

Rasinski versprach es. Jaromir gestand jetzt, wie er durch Francoise Alisette getäuscht, umstrickt, gefallen war. Ein dunkler Purpur der Scham rötete seine bleichen Wangen bei der Erzählung. »Armer Freund!« rief Rasinski. »So wurdest du das Opfer einer schlauen Buhlerin! Du hast gefehlt, schwer gefehlt! Aber nicht unversöhnlich! Lodoiska wird dir vergeben, wie ich es tue. Ich will ihr schreiben.« – »Das sollst du nicht«, rief Jaromir heftig, »du hast mir gelobt, nach meinem Willen zu handeln. *Meinen* Brief sendest du ab, doch mußt du deine Hand dazu leihen, denn sonst weist sie ihn ungeöffnet zurück.« – »Woher vermutest du das?« – »Weil ihre beleidigte Würde es nicht anders zuläßt. Ach, ich sagte dir noch nicht alles! Nach jener unseligen Stunde, wo ich in gleicher Verblendung des Schmerzes und des Glücks, von den dunklen, noch unerkannten Furien gegeißelt, rastlos umherirrte, empfing ich den letzten Brief Lodoiskas. In ihm leuchtete der reine Glanz der Heiligen. Doch mein Wahnsinn sah nur den blendenden, gleisnerischen Schimmer der Hölle. Ich antwortete auf der Stelle, hieß sie eine unwürdige Heuchlerin und zerriß unseren Bund. Mit eigener Hand gab ich den Brief noch spät am Abend, nachdem mich Ludwig verlassen hatte, auf die Feldpost. Glaubst du nun, daß Lodoiska nach diesem Brief noch einen von mir öffnen werde?« – »Schrieb sie dir seitdem?« – »Ich erhielt keine Zeile, ich erwarte keine.«

Rasinski hatte in dieser ganzen Zeit gleichfalls keine Briefe erhalten, doch bei der Unpünktlichkeit der Feldposten erklärte sich dies dadurch, daß sie verspätet oder verlorengegangen sein dürften. Dennoch glaubte er jetzt, daß Lodoiska, zumal durch den edlen Stolz der Gräfin bewogen, eine solche Anklage mit schweigender Verachtung zurückgewiesen haben dürfte. »Ich werde«, antwortete er nach einigem Besinnen, »deinen Brief absenden, an meine Schwester werde ich ihn richten und ihr schreiben, daß dein Schicksal in Lodoiskas Großmut ruhe!«

»Nein, das sollst du nicht, das ist wider dein Versprechen. Flehe ich ihre Engelsgüte an, so wird meine Reue Heuchelei, und ich verliere das letzte, einzige, was ich noch an mir achten darf: den Entschluß, die Kraft zu büßen. Willst du nicht, daß ich in gerechter Selbstverachtung mein entwürdigtes Leben von mir werfe, so erfülle, was du versprachst. Du selbst mußt es aussprechen, daß unser Bund unwiderruflich zerrissen ist. Weigerst du mir das, so … Nein, du tust es nicht! Ich müßte dann einen Weg gehen – mich schwindelt, daran zu denken – aber ich müßte!«

Rasinski schüttelte ernst das Haupt und seufzte. »Nun wohl denn, ich will tun, was du verlangst, du sollst den Brief an meine Schwester Johanna lesen, aber du wirst Lodoiskas Herz brechen!« – »Das habe ich längst getan!« rief Jaromir verzweifelnd und legte die Rechte, seine Augen bedeckend, an die glühende, schwere Stirn.

Sie ritten nun stumm nebeneinander hin. Jetzt erreichten sie die Anhöhen. Heiliger Gott, welch ein Anblick! In drei breiten Strömen ergoß sich der ungeheuere Troß der Krieger und Wagen durch das Feld. Unversiegbar schienen sie aus den Trümmern Moskaus hervorzudringen. Im blauen Duft und Nebel verloren sich die äußersten Spitzen am Horizont. Dabei war noch zur Rechten und Linken das Blachfeld weit mit zerstreuten Reitern und Fußgängern überdeckt, die den dichten Hauptstrom umschwärmten.

Rasinski hielt auf der Höhe. Trotz des Umwegs war er doch rascher vorwärts gekommen als selbst der Kaiser, denn er erkannte an den zahlreichen weißen Federbüschen ihn und sein Gefolge noch weit unten am Hügel, mitten im Getümmel der Wagen. Auch Boleslaw sah er in der Ferne, er marschierte schon auf freiem Feld an der rechten Seite der Straße, wo man wegen des ungebahnten Weges einzeln reiten mußte. »Wo soll das hinführen?« sprach Rasinski, als er den Zug überschaute.

»Wie soll ein Heer mit solchem Troß sich bewegen? Mein Trost ist der, daß der erste Angriff der Kosaken uns mindestens von der Hälfte dieses lästigen Überflusses befreien wird. Wie die Habgier blind alles zusammengerafft hat! Wie sich der Geiz mit der unnützen Bürde belastet, unter der er erliegen muß!«

»Mich sollte es wundern, wenn der Kaiser nicht, sobald wir das freie Feld erreichen, den ganzen Troß verbrennen ließe«, sprach Jaromir, der mit teilnahmslosen Blicken das ganze Getümmel überschaute.

»Das wird er nicht«, entgegnete Rasinski, »denn er mag dem Soldaten, der zwei Drittel Europas mühselig durchwanderte, den Lohn der vielfach versprochenen Beute nicht entziehen. Doch glaube mir, noch ehe der Tag vorüber ist, werden die Unsrigen selbst ihren Ballast auszuwerfen anfangen. Sieh nur jene beiden Leute dort! Es scheinen mir Offiziersbediente zu sein. Haben sie sich nicht selbst vor eine Handschleife gespannt und ziehen die Last mühselig nach? Nicht sechs Stunden weit reichen ihre Kräfte, aber von der Habsucht geblendet, vergessen sie, daß der Weg zwischen hier und Paris 800 Lieues lang ist! Und diese Massen von hochbelasteten Wagen, wo sollen sie Raum und Zeit finden, sich aufzustellen? Wie lange werden die Achsen halten? Und wenn eine bricht, wer schafft eine andere herbei? Kaum die Artillerie vermag es. Der Kaiser sieht diesen Troß mit Mißbehagen, allein er überläßt es der Zeit, die Habgierigen über die Unmöglichkeit ihrer Unternehmung zu belehren. Dort fällt ein Wagen! Siehst du? Gib acht, der läßt auf dieser Stelle, eine halbe Stunde von Moskau, schon alles zurück, was er vielleicht bis nach Paris zu führen gedachte.«

Der Wagen, den Rasinski stürzen sah, war mit erbeuteten Geräten überladen gewesen. Es brach eine Achse, und er lag nun im Weg. Sogleich stockte der ganze Zug. Die Nachdrängenden schrien unwillig: »Vorwärts!«, denn jeder ahnte, daß man in diesem Getümmel alle Kräfte aufbieten müsse, um vorzudringen. Die Masse hinderte sich selbst in der Bewegung. Der einzelne war daher froh, wenn ein Zufall die Zahl der Wagen verminderte. Als dem umgestürzten Fuhrwerk nicht sogleich aufgeholfen werden konnte und auch zum Ausbeugen kein Raum blieb, rief einer der nachfolgenden Wagenführer: »Werft das Gerümpel aus dem Weg! Hier muß jeder sehen, wie er fortkommt. Wir können nicht einen halben Tag auf einen warten. Faßt an, Kameraden, spannt die Pferde aus und werft den ganzen Plunder ins Feld!« Sogleich fanden sich zwanzig, dreißig, fünfzig Leute, um der Aufforderung zu folgen. Vergeblich tobte und fluchte der Eigentümer des Wagens und versuchte, seine Beute zu verteidigen. In zwei Minuten war er von allen Seiten umringt und der Wagen nicht nur von allem geplündert, was er enthielt, sondern die Pferde waren ausgespannt, die Räder abgezogen und das Gestell in seine Teile zerstückelt zur Seite geworfen, so daß die Bahn für die Nachfolgenden frei wurde. Die heulende Wut, in die der Beraubte ausbrach, wurde durch das Hohngelächter der übrigen übertönt. Niemand kümmerte sich um den ganzen Vorfall, noch hielt man es der Mühe wert, den gewaltsam Geplünderten in Schutz zu nehmen, der zuletzt froh sein mußte, seine Pferde gerettet zu haben.

»Wenn das am ersten Tag des Ausmarsches, vor den Toren Moskaus, geschieht«, bemerkte Rasinski, »was läßt sich erwarten, wenn erst der Feind die schwerfälligen Massen bedroht! Jener Marodeur hat nichts gerettet als seine beiden abgemagerten Pferde. Die anderen dürfen froh sein, wenn ihnen nur das gelingt beim ersten Scheinangriff, den fünfzig Kosaken wagen! Der Kerl, der jetzt heult und flucht, ist der Glücklichste von allen, denn er ist die nutzlose Plackerei zuerst losgeworden. Er wird schon heute hinlängliche Gelegenheit finden, sich an der Schadenfreude über andere, vielleicht über eben die, die ihm das Unrecht zufügten, zu entschädigen. Und ehe acht Tage vergehen, sage ich dir, preist er sein Schicksal, das ihm die vergebliche Mühe, seine Bürde fortzuschleppen, abgenommen hat. Der Unterschied ist nur der: Er verliert heute, was die anderen morgen und übermorgen preisgeben müssen. Zum Genuß an der Beute wird von Tausenden nicht einer kommen.«

Boleslaw mit den Reitern hatte jetzt den Hügel erreicht, er gewann Terrain, um sie in Sektionen aufmarschieren zu lassen, und rückte so auf den Punkt zu, wo Rasinski hielt. Dieser setzte sich an die Spitze der Seinigen und ritt, die Freunde dicht um ihn, weiter neben der Straße hin. Der Weg auf der Anhöhe, den sie nahmen, gestattete ihnen fortwährend den Überblick des ganzen Zuges. »Es ist mir lieb«, sprach Bernhard, »daß wir fast die letzten sind. Denn ich glaube nicht, daß die vorn marschierenden Regimenter sich einen Begriff davon machen, welch einen Drachenschweif sie nachschleppen, und der Anblick ist doch lustig genug. Der Hexenzug auf dem Blocksberg kann nicht abenteuerlicher aussehen als die Maskerade hier unter und neben uns. Beim Turmbau zu Babel hat man nicht in so vielen Sprachen geflucht wie hier, und ein tausendjähriges Polizeiregister aller in London gestohlenen Sachen wäre ein Wisch, den der Wind wegweht, gegen das Inventarium dieses Zigeunerzugs. Ich glaube, es gibt keinen kupfernen Kessel, keine Bratpfanne, keinen alten Dreifuß, keine Feuerzange und keinen Besenstiel mehr in ganz Moskau, so viel Gerümpel ist auf diese Wagenburg geladen! Sieh nur«, wandte er sich zu Jaromir, um dessen finsteres Angesicht aufzuheitern, »sieh nur dort die Wagenreihe, bei welcher der Kaiser gleich ankommen wird. Ich glaube, es ist eine Amazonengesellschaft, denn ich sehe fast lauter Weiber dabei, und kostümiert sind sie, als wollten sie ein morgenländisches Prachtstück aufführen, etwa die Turandot.«

»Es werden, scheint mir, die Schauspieler sein, die in Moskau waren«, bemerkte Ludwig. Bei dem Wort Schauspieler fuhr Jaromir zusammen und warf einen hastigen Blick hinüber auf den Troß, ein wilder, kalter

Grimm füllte seine Brust. Alisette konnte dabei sein! Er mußte es vermuten. Seit jener Schreckensnacht hatte er nichts wieder von ihr gehört. Regnard hatte, es ist schwer zu sagen, ob großmütig oder im Gefühl seines Unrechts oder aus Mitleid mit Jaromir, den Vorfall nie wieder berührt, obgleich er zweimal ins Lazarett gekommen war, um kranke Offiziere seines Regiments zu besuchen, die dort lagen, wobei er natürlich auch Jaromir sehen mußte. Regnard war sonst in Ehrensachen mehr als pünktlich, doch die erschütternde Wendung, die das Ereignis, worüber er sich anfänglich beleidigt fühlte, für Jaromir wie für Francoise Alisette genommen hatte, machte dieses absichtliche Vergessen natürlich. Ob seine Verbindung mit dieser – denn er war es, der sie unterhielt und ihr Kommen nach Moskau veranlaßt hatte – noch fortdauerte oder ob er die Treulose jetzt ihrem Schicksal überließ, wußte Jaromir nicht, ja nicht einmal, ob sie sich in jener Nacht gerettet habe, hätte er erfahren, wenn nicht eine zufällige Erwähnung des Mädchens durch einen Offizier von Regnards Regiment ihm bewiesen hätte, daß sie noch lebe . Jetzt war sie vielleicht kaum hundert Schritte von ihm! Da die Straße sich trennte und Rasinski nur den günstigen Augenblick erwartete, um sie zu erreichen, konnte es sich fügen, daß er sie wieder von Angesicht zu Angesicht sehen mußte. Der Gedanke stürmte seine Brust wieder in wilde Wogen. Er fühlte, daß er, wäre ihm die Verräterin unvermutet entgegengetreten, seine Herrschaft über sich selbst verloren hätte. Jetzt, durch Bernhards Wink aufmerksam gemacht, hatte er Zeit, sich vorzubereiten. Er beschloß, sie mit der kältesten Verachtung keines Blickes noch Wortes zu würdigen, wenn der Zufall ihn in ihre Nähe bringen sollte.

Bernhard und Ludwig ritten dem düster Schweigenden zur Seite. Rasinski hatte ihnen und Boleslaw nur in einem flüchtigen Wort zugeraunt, daß er Jaromirs Geheimnis jetzt kenne. Er schien sich eine nähere Mitteilung für gelegenere Zeit aufzusparen. Der Anteil der Freunde an dem Schicksal ihres treuen Genossen war ebenso warm geblieben wie zuvor, da sie ihn keiner Schuld anklagen konnten, sondern nur das unbeschreibliche Unglück für ihn fürchteten. Bernhard, dessen scharfem Blick selten eine physiognomische Andeutung entging, bemerkte die Veränderung in Jaromirs Zügen, als er an die Schauspielertruppe dachte, augenblicklich. Er hatte jedoch keine Ahnung davon, daß Alisette in Moskau sei, weil das Regiment sogleich ein Biwak vor der Stadt bezog und fünf Tage später in die nördliche Vorpostenlinie rückte. Allein sein scharfer, zur Enthüllung von Intrigen besonders begabter Verstand gab ihm sogleich dunkle Vermutungen der Wahrheit. Doch verriet er dieselben nicht durch das mindeste Zeichen, sondern fuhr in seinen Bemerkungen über das Schauspiel um ihn her fort.

»Was mag dort unten so glänzen?« fragte er plötzlich. »Ich glaube, es ist der goldene Zauberspiegel aus Tausendundeiner Nacht, der dort auf dem achtspännigen Wagen liegt, oder ein Bündel Blitze oder eine Feuergarbe als Probe von dem Brand.« Auch Ludwig und Rasinski blickten dahin, denn in der Tat blitzte zwischen den schwarzen Gestalten, die den Zug unten bildeten, etwas wie eine strahlende Sonne hindurch. Doch hinderte die Menge der sich vorbeidrängenden Reiter und Wagen, den Gegenstand zu erkennen. Als sich einen Augenblick lang eine Lücke bildete, gewahrte man aber, daß es ein ungeheueres, goldenes Kreuz sei. »Es ist«, sprach Jaromir mit ernstem Ton, »das Kreuz des heiligen Iwan, das auf dem Turm des Kreml stand. Die Russen verehren es als das höchste Heiligtum, als das Palladium der Stadt. Aus meinem Fenster konnte ich die Abnahme desselben sehen. Es war ein grauer Tag, die Abenddämmerung hatte schon begonnen. Zahllose Raben durchkreuzten die Luft und flatterten krächzend um den hohen glänzenden Gipfel. Man hatte ein Gerüst gebaut, Leitern angelegt, Winden aufgestellt, Seile gezogen. Die Arbeiter waren ununterbrochen tätig – doch die Schar der Raben wich nicht, sondern umschwirrte mit ihrem heiseren Geschrei bald in weiten, bald in engeren Kreisen das strahlende Kreuz. Unter meinem Fenster stand ein Haufen von Russen. Es waren auch viele Weiber dabei. Sie kreuzten die Arme über die Brust, beugten sich ehrfurchtsvoll und murmelten leise Gebete. Eines der Weiber, groß, abenteuerlich gekleidet, ein rotes Tuch gleich einem Turban um das graue Haar gewunden, stand unter ihnen, hob die Hände hoch empor, machte allerlei wunderliche Zeichen und sprach in unverständlichen Worten mit beschwörendem Ton. Der Anblick hatte etwas Grauenhaftes. Als jetzt die Winden anrückten und das Kreuz sich zu senken begann, da erhob die Schar ein lautes Geheul, schlug sich die Brüste, raufte sich das Haar und stäubte wie entsetzt auseinander. Es schien, sie hatten gehofft, durch ihre Gebete und Beschwörungen das Heiligtum zu retten, und waren nun außer sich vor Grauen, da sie dasselbe unter entweihenden Händen fallen, ihre Götter besiegt sahen. Indem erschallte in der Luft ein lautes Krächzen und Rauschen. Das ganze Volk der Raben, wie erschreckt, daß ihre alte Zufluchtsstätte, das Kreuz, unter dem sie ihre Nester seit Jahrhunderten gebaut hatten, plötzlich trügerisch wankte, flatterte aufgescheucht hinweg und zog in schwarzem Gewimmel unter den grauen Wolken dahin!«

»Ein Nachtstück!« warf Bernhard hin. »Das Weib, das du schilderst, scheint mir, hätte ich auch gesehen, gleich am ersten Tag in Moskau, auf den Mauern des Kreml. Sie sah wahrlich aus wie eine Drudenmutter oder wie die Hexe von Endor.«

Die anderen schwiegen, doch fühlte jeder seine Brust von einem eigenen Grauen bewegt, zumal da Jaromir mit so ernst düsterem Ton, wie vorher niemals, sprach und seine bleichen Lippen und Wangen, sein dunkel verglimmendes Auge das Herz der Freunde mit schauerlichem Gram erfüllte. Bernhard hing mit unverwandten Blicken an seinem

Gesicht. Wohin war diese blühende Jünglingsgestalt verschwunden! Selbst das lockige blonde Haar schien matt herabzusinken von dem Scheitel. Sieht er sich selbst denn noch ähnlich? fragte sich Bernhard. Wenn du ihn neben das Bild stelltest, das du in Warschau von ihm gezeichnet hast, würdest du es noch erkennen? Er legte dem Jüngling die Hand treuherzig auf die Schulter. »Richte dich auf, Freund, raffe dich zusammen! Denke nicht an traurige Zeichen. Vor uns liegt der Krieg, da braucht man Mut und Kraft. Was warst du für ein Soldat! Ich wurde mutig, wenn ich dich sah, jetzt könntest du mich verzagt machen. Frisch, Bruder meines Herzens, schüttele herab, was deinen edlen Nacken beugt, und richte das Haupt wieder stolz empor!« Jaromir wollte eben antworten, als eine Wendung des Zuges um einen Hügel, der auf einige Augenblicke die große Straße ganz verdeckt hatte, die Reiter gerade auf dieselbe zuführte. Da Rasinski eben eine Lücke wahrnahm, wodurch er sich zwischen die Reihe der Wagen setzen konnte, befahl er, Galopp zu reiten, und sprengte selbst voran.

Auf diese Weise wurde das Gespräch, das Bernhard begonnen hatte, unterbrochen. Die Absicht Rasinskis gelang. Er brach unversehens in die Lücke ein und war bald mit seinen Leuten auf der Straße, so daß er jetzt den Zug der Wagen teilte. »So«, sprach er zufrieden, »nun können wir doch wenigstens auf der Straße bleiben, solange es uns gefällt, und sie verlassen, wenn es uns gut erscheint.«

Doch wie es bei solchen Märschen zu gehen pflegt, stockte die Bewegung bisweilen. Man mußte mehrere Minuten halten, dann wieder rasch nachreiten. Dies machte den Marsch sehr unangenehm. Auch hatte er sein voriges Interesse verloren, da man jetzt nicht mehr den Zug der Wagen weit übersah, sondern nur die nächsten Gegenstände überblickte.

Der Kaiser war noch hinter Rasinskis Leuten, dicht vor ihnen fuhr eine Reihe Wagen, mit erbeuteten Fahnen bedeckt, türkische, tatarische, russische erblickte man in buntem Gemisch durcheinander. »Platz, Platz für den Kaiser!« wurde von hinten gerufen, und Rasinski ließ seine Leute abbrechen, um die halbe Wegbreite zu erreichen. Der Kaiser kam von weitem herangesprengt, doch plötzlich ritt er im Schritt und schien sich mit Leuten, die auf einem Wagen neben ihm waren, zu unterhalten. Der Führer desselben trieb seine Pferde an, um mit dem raschen Schritt des Pferdes, auf dem der Kaiser saß, zu wetteifern. So kam der Wagen nach und nach vor und fuhr an der Seite der polnischen Reiter vorbei, so daß diese zur Linken blieben, während Napoleon zur Rechten des Fuhrwerks ritt, auf dem drei wohlgebildete Frauen und ein Kind saßen. Als der Kaiser sich der Stelle näherte, wo Jaromir ritt, blickte dieser nur scheu zu ihm hin, denn halb wäre er erfreut gewesen, halb hätte es ihn gepeinigt, wiedererkannt zu werden. Doch der Kaiser war im Gespräch mit einer in einen schönen Pelz dicht eingehüllten Dame begriffen, die ihrer Kleidung nach die Frau eines höheren Offiziers zu sein schien.

»Ihr müßt den Mut nicht verlieren«, sprach er, »im künftigen Winter können wir in Petersburg nachholen, was wir in Moskau versäumt haben. Glückliche Reise!« Mit diesen Worten sprengte er dahin, ohne Jaromir zu bemerken. Doch die junge Dame wandte sich jetzt zur Linken. Allmächtiger Himmel! Es war Alisette. Sie erschrak, erblaßte und richtete den Blick vor sich nieder. In Jaromirs Seele gärte es kochend auf. Zorn und Schauder wechselten wie Eis und Glut in demselben Augenblick in seiner Brust. Doch er bezwang sich mit Gewalt, nur einen verachtenden Blick warf er ihr, die verstohlen das Auge zu ihm erhob, zu und wandte dann sein Pferd ab. Alisette zog den Schleier über ihr Antlitz und versuchte die Glut des Zorns und der Scham, der ihre Wange färbte, in seine dichte Hülle zu verbergen. Noch hatte niemand anderes sie erkannt, jetzt wollte sie auch von niemandem mehr erkannt sein. Sie nahm daher das Töchterchen ihrer Schwester, das sie mit sich führte, auf den Schoß und beschäftigte sich mit demselben, bis Rasinski mit seinen Leuten einen Vorsprung vor dem nunmehr wieder langsamer vorrückenden Wagen erreicht hatte. Da bald darauf neben der Straße sich ebener Boden befand, auf dem man rascher vorrücken konnte, brach Rasinski wieder zur Rechten aus und suchte die Spitze der Kolonne zu erreichen, denn es war sein hauptsächlichstes Bestreben, die regelmäßigen Truppen zu erreichen und sich seinem Korps anzuschließen, hinter dem er des weiteren Marsches halber seit gestern abend zurückgeblieben war.

Drittes Kapitel

Sieben Tage waren verstrichen, seit der Kaiser Moskau verlassen hatte. Das Heer stand bei Malo-Jaroslawez, das am Tag zuvor erstürmt worden war. Man erwartete gespannt den Befehl vorzurücken und hoffte, sich noch vor Kaluga mit Kutusows ganzer Stärke zu messen. In einer kleinen, elenden Hütte, die Rasinski zur Wohnung genommen hatte, harrten Ludwig, Bernhard, Jaromir und Boleslaw auf seine Rückkehr aus dem Hauptquartier, wohin er noch am späten Abend geritten war.

Den Freunden war jetzt Jaromirs Schmerz und seine Veranlassung sowie Alisettes Anwesenheit beim Heer kein Geheimnis mehr. Oft hatten sie ihn zu trösten, zu beruhigen versucht, doch vergeblich. Tief vergiftet war der reine Quell seines Lebens, die Qual zehrte in seiner Brust und drohte den Jüngling zu zerstören. Boleslaw empfand Jaromirs Schmerzen in seiner reinen, edlen Seele fast so tief wie dieser selbst. Gewöhnt an den männlichen Kampf der Selbstüberwindung, hatte er den letzten, entscheidenden Sieg über sich gewonnen, und dadurch war ihm, mitten in der Trauer, im ernsten Gram eine freudige Kraft in die Seele gedrungen, die stets der Lohn sittlicher Siege ist. Es war sein wahrhaftes Bestreben, Jaromir wieder mit der Geliebten zu vereinigen, das zerrissene Band neu anzuknüpfen. Streng verbarg er es, welche Flamme in seinem Herzen für Lodoiska glühe, mit reiner Freundeswärme suchte er die welken Keime der Hoffnung in der Brust des Freundes neu zu beleben, die gesunkenen Blüten seines Glücks mit dem Tau des Trostes zu erfrischen. Auch Ludwig und Bernhard nahmen reinen Anteil der Liebe an Jaromir und hatten ihm seine Schuld in milder Seele vergeben. Doch beide waren noch durch ihre Erlebnisse in Moskau sowie durch die ganze Betrachtung ihres eigenen, seltsam verschlungenen Geschicks zu tief aufgeregt, um sich ganz in die Seele des Freundes zu vertiefen. Boleslaw dagegen wurde eben durch das Band der gleichen Liebe mächtig zu Jaromir hingezogen. Er trug gleiche Schmerzen mit ihm, und darum verbanden sich die Seelen beider jetzt am innigsten. Er liebte edel, uneigennützig, wie großgeartete Seelen müssen. Deshalb stand nicht der eigene, sondern der fremde Schmerz in seiner erschütternden Größe zunächst vor ihm. Er gedachte der einsamen, verlassenen, durch Jaromirs Verurteilung seiner selbst ganz vernichteten Lodoiska. Weil er sie mit heiliger Glut verschwiegen liebte, schien es ihm Beruf und Pflicht, wenn er es vermöchte, ihr Glück wiederherzustellen, denn er war fest überzeugt, daß die Liebe alles versöhnen kann, wenn sie der Reue die vergebende Hand reicht. Darum ließ er nicht ab, lindernde Worte des Trostes in das Herz des Freundes zu flößen. Wie der weiche Tropfen den Felsen höhlt, so hoffte er, werde es ihm endlich gelingen, die eherne Unerbittlichkeit Jaromirs gegen seine Schuld zu besiegen, die Eisrinde, mit der er seine gequälte Brust selbstpeinigend umgeben hatte, zu schmelzen. Ach, das Herz des Unglücklichen mußte ja erstarren in dieser selbstgeschaffenen Qual. Hätte es sich aus warmen Wunden verbluten dürfen, es wäre noch glücklich zu nennen gewesen. Aber dieses kalte Gift, das er tödlich in sich trug, warf die Seele auf eine namenlose Folter, die der Freund mit dem Gequälten empfand.

Boleslaw trat mit Jaromir hinaus in die Hütte, die auf einer kleinen Anhöhe lag. Man überblickte in dem trüben Licht des schon sinkenden Mondes ein weites, ebenes Feld, mit lagernden Kriegern und zahllosem Feldgerät bedeckt. Die Louja umschloß diese Ebene mit ihrem gekrümmten Strom. Hinter derselben erhoben sich steile, mit düsterer Tannenwaldung gekrönte Anhöhen. In jenen Wäldern stand Kutusow in fester, unangreifbarer Stellung. Vor den Höhen lagen die rauchenden Trümmer von Malo-Jaroslawez, das gestern der Schauplatz eines furchtbaren Kampfes gewesen war, der jedoch nur das Vorspiel zu einer größeren Schlacht zu sein schien. »Oh, daß wir an dem Kampf dort nicht Anteil haben konnten«, seufzte Jaromir, »es liegen dort so viele, die die Sonne heute so gern wieder begrüßt hätten!«

Boleslaw verstand den Freund. »Ist das nun wohl recht und gut, Jaromir?« sprach er sanft, aber ernst. »Denkst du an die nicht mehr, die in bitteren Tränen um dich weinen würden?«

»Hast du dir nie den rühmlichen Tod auf dem Schlachtfeld gewünscht?« rief Jaromir heftig. Boleslaw schwieg einen Augenblick. Er fühlte sich getroffen, denn in seinem düsteren, verschwiegenen Gram hatte er freilich diesen Wunsch in der Brust gefühlt. Doch war es einer, wie so viele, die nur in der Ferne aufsteigen, die eine heilige Scheu vor dem Unrecht uns nicht mit vollem Ernst fassen läßt. »Ich habe ihn oft in mir bezwungen«, erwiderte er, »und das fordere ich von dir.«

»Oh, Boleslaw«, seufzte Jaromir, »du konntest das wohl leichter als ich!« Diese Worte drangen in Boleslaws innerste Seele. Ein unnennbarer Schmerz zuckte ihm durch die Brust. Er durfte nicht darauf antworten, ohne sich zu verraten. »Und wenn du auch recht hättest, Jaromir, es ändert nichts für dich. Sei ein Mann, wolle leben und handeln, nicht die Buße, die Tat versöhnt.« – »Beides«, sprach Jaromir finster. – »Wenn jetzt Lodoiska vor dich träte und, sanft wie sie ist, spräche: Ich habe dir vergeben, denn die Liebe vergibt tausend- und tausendmal! – Aber komme wieder an mein Herz, zertritt nicht alle Blüten meines Glücks!« Jaromir sah ihn starr an, ein Schauer schüttelte ihn. Plötzlich rief er in wildem Schmerz und Hohn zugleich: »Sonne, leuchte mild wie der Mond, Strom, fließe das Gebirge hinan, Pfeil, wende dich im Flug, Minute, kehre zurück aus dem endlichen Raum der Vergangenheit! Oh, Boleslaw! Fühlst du denn nicht, daß du das Unmögliche denkst? *Habe* ich denn die Blüten ihres Glücks nicht zertreten? Ist denn die Tat nicht *geschehen*? Die Reine, Schuldlose, Heilige klagte ich des Verbrechens an, das ich selbst in derselben Minute beging! Meine Treulosigkeit könnte sie verzeihen, aber nie darf sie vergeben, daß ich den Glauben an sie verlor – nie darf ich diese Vergebung annehmen.«

»Oh, ihr dürft es beide, glaube es mir!« – »Du hast nicht geliebt, Boleslaw!« rief Jaromir. »Du weißt nicht, wie schwer die Verbrechen sind, die wir an der Geliebten begehen!«

»Jaromir! Ich weiß, wie unerschöpflich die vergebende Kraft des Herzens ist!«

»Liebe kann sich nicht mit Verachtung paaren.« Er stieß diese Worte wild heraus, starrte auf den Boden und machte eine abwehrende Bewegung mit der Rechten, als wolle er sagen: Versucher, weiche von mir! – »Lodoiska hat dich keinen Augenblick verachtet, sie hat nur bittere Tränen um dich geweint«, entgegnete Boleslaw mit Ernst. »Und statt ihre Tränen zu trocknen, zertrittst du jetzt kalt ihre Brust.«

»Ich zog nur rasch den Pfeil aus der Wunde und sparte ihr die längere Qual! Habe ich sie tödlich verletzt – so wird sie jetzt schnell dahinsinken und – ihr Blut kommt dann über mich! War die Heilung möglich, so war sie es nur so. Mit dem Geschoß in der Brust windest du dich noch einige qualvolle Stunden hin, aber leben kannst du dennoch nicht. Entscheidung ist besser!«

»Der Schmerz verdunkelt deinen Blick. Traue dem Auge deines Freundes!«

»Boleslaw, ich muß es dir wiederholen, hier entscheidet nur ein Herz, das liebt!« – »Und wer sagt dir«, rief jetzt der Freund in hingerissenem Schmerz, »wer sagt dir, daß ich – nie geliebt hätte«, setzte er mit unterdrückter Stimme hinzu. – »Also auch du? Und ohne Glück, ohne den schönen Zweig von dem Blütenbaum zu brechen?« antwortete Jaromir sanft und legte die Hand auf seine Schulter. »Dann laß uns Leidensgefährten sein! – Warum hast du nicht Lodoiska geliebt? Mit dir wäre sie glücklich geworden, du bist soviel besser als ich – ja du bist gut, du hättest die reine Heilige nie gelästert!« Der drängende Schmerz preßte Boleslaws Brust zusammen, und er durfte ihm nicht den erleichternden Strom in die Brust des Freundes öffnen! Beide hielten sich innig umfaßt.

»Aber du hast dennoch recht, Bruder!« unterbrach Jaromir endlich die Stille. »Der Wunsch des Todes ist verbrecherisch, denn er ist der Wunsch der feigen Seele. Eine schwere Schuld lastet auf meiner Brust, aber ich will sie durch ein tatenvolles Leben abtragen. Dem Vaterland will ich's vergelten, was ich an seiner reinsten, schönsten Tochter verbrach. Steh du mir bei, richte mich auf durch deine edle Kraft, wenn ich in meiner Schwachheit verzage und zurücksinke, sei mein Beispiel, mein Führer! Du warst es ja schon seit langen Jahren, denn stets eiferte ich dir nach. Wie beneide ich dir dieses Kreuz auf deiner Brust, wie strebte ich, es gleich dir zu verdienen. Und so muß es wieder werden. Du sollst mich nicht mehr unkräftig, nicht mehr in Gram versunken sehen. Zwar die jugendliche Lebenslust rötet meine Wangen nicht mehr, denn ihre Flügel sind gebrochen, ich zeige euch keine glatte Stirn mehr. Doch ich will auch nicht! Fort damit! Narben und Furchen ernster Männlichkeit sollen sie schmücken, meine Wange soll sich bräunen im Brand der Sonne, im rauhen Strom der Lüfte. Das will ich, Boleslaw! Dazu fühle ich eine neue Kraft in meinen Adern rinnen – aber was du forderst, was du hoffst – davon nichts mehr!«

Der Galopp und das Schnauben eines Pferdes unterbrachen die nächtliche Stille. Es war Rasinski, der den Hügel heransprengte. Jaromir und Boleslaw traten ihm entgegen. Er begrüßte sie, sprang vom Pferd und gab das Tier rasch weg. »Füttere es ab«, rief er dem Reitknecht zu, »wir werden bald aufbrechen!« – »Geht es vorwärts?« fragte Jaromir, als sie in die Hütte getreten waren, mit einem Anflug der Freude, denn er glaubte, ein günstiges Zeichen darin zu sehen, wenn sich schnell die Gelegenheit böte, seinen raschen Entschluß durch die Tat zu bewähren . – »Vorwärts?

Das Wort werden wir für diesen Feldzug verlernen müssen«, entgegnete Rasinski finster. »Dem Kaiser fehlt noch etwas am Ruf eines großen Feldherrn! Er hatte noch keinen berühmten Rückzug aufzuweisen. Von heute an wird man davon sprechen können!« Die tiefgefurchte Stirn, der düstere Blick, mit dem Rasinski diese Nachricht gab, regte ein banges Vorgefühl in denen an, die ihn umstanden. »Zurück sollen wir? Nach Moskau? Oder wohin? fragte Boleslaw erstaunt. – »Nach Moskau? Um auf den Trümmern des Kreml unsere Fahnen aufzupflanzen? entgegnete Rasinski. »Habt ihr den dumpfen Knall, die bebende Erschütterung der Erde von damals schon vergessen? Es war Mortier, der die alte Burg der Zaren in die Luft sprengte. Gestern mittag empfing der Kaiser die Nachricht, die Kosaken schwärmen jetzt schon wieder in den Trümmern Moskaus umher und halten die Nachlese der Beute. Mortier ist nach Werreja aufgebrochen. Er hat den General Wintzingerode gefangengenommen. Das sind die neuesten Nachrichten von dort; die neuesten von hier sind, daß wir in einer Stunde gleichfalls aufbrechen, um nach Smolensk zu ziehen.« – »Unmöglich!« rief Jaromir. – »Bis Mitternacht ist Kriegsrat gehalten worden, der Rückzug wurde beschlossen. Es ging stürmisch zu. Der König von Neapel wollte Kutusow angreifen. Bessières, der seine Stellung erkundet hat, erklärte sie für unangreifbar. Der Kaiser sprach: »Wir haben genug für den Ruhm getan, es ist an der Zeit, auch für die Sicherheit etwas zu tun.« Davoust wollte, daß wir uns wenigstens auf Platow und seine Kosaken werfen und uns den Weg nach Medyn bahnen sollten. Der Kaiser entschied für den Rückzug über Mosaisk. Wir werden also die traurige Straße zurückgehen, die wir vor zwei Monaten durchwanderten.«

»Der Kaiser auf dem Rückzug!« rief Jaromir und blickte Rasinski staunend an, als könne er es noch nicht glauben. – »Und so wäre der blutige Sieg von gestern also ein vergeblicher gewesen?« fragte Boleslaw und bewegte ernst den Kopf. – »Er wird den Taten des Kaisers wenigstens einen ewig denkwürdigen Grenzstein gesetzt haben«, entgegnete Rasinski. »Ich habe das Schlachtfeld gesehen. Es sieht grauenvoll aus! Blutende, Verstümmelte winden sich noch jetzt unter den rauchenden Trümmern hervor. In Rußland gibt es keinen Sieg, über den die Menschheit nicht schaudert. Hier ist die Flamme stets der wutbegierige Kampfgenosse des Schwertes! So führte der Szythe Krieg, der vor Jahrtausenden diese Steppen durchstreifte. Doch welche Taten sind hier wieder geschehen! Der mutige Delzons greift an der Spitze seiner Krieger an, eine Kugel streckt ihn nieder. Der Soldat, der seinen Führer fallen sieht, weicht, die Russen dringen vor. Delzons' Bruder wirft sich allein in die Dampfwolke der feindlichen Feuerschlünde, um wenigstens den Leichnam zu retten. Er umfaßt ihn mit sein mit seinen Armen, hebt ihn empor, da trifft auch ihn eine mörderische Kugel, er sinkt mit der teuersten Last zu Boden, und der letzte Schlag seines Herzens klopft gegen die erkaltete Brust des

Bruders. Die italienischen Rekruten haben zum ersten Mal gefochten wie junge Löwen, die die erste Beute jagen. Keine Nation ist tapfer, *alle* sind es, von Tapferen geführt!«

»Und der Kühnste führt uns jetzt zum Rückzug!« rief Jaromir unwillig. – »Wer weiß, ob nicht eben dazu der Kühnste notwendig ist«, antwortete Rasinski ernst. »Zum Ruhm, zum Sieg ließen sich die Völker leicht vom Ebro bis zur Moskwa führen, ohne daß die Flamme ihres Mutes erlosch. Wird die Glut aber nicht erkalten, wenn nur noch der Ruhm des heldenmütig ausdauernden Märtyrers zu erwerben ist? Wird sie Nahrung genug haben für die unermeßliche Zeit- und Wegstrecke? Wird sie lebendig bleiben unter dem Schnee des Winters, der bald diese Fluren einhüllt, auf den Eisfeldern, die uns zum Lager dienen werden? Jetzt fordere ich euch auf, ihr, die ihr Männer seid, die mit Bewußtsein handeln, jetzt fordere ich euch auf, mit stolz aufgerichtetem Haupt und mutiger Stirn euren Kameraden voranzugehen. Denn wie schwer die Aufgabe war, die wir vollendeten, die schwerere beginnt von diesem Tag an!« Er sprach mit hohem Ernst. Man hörte jedem Wort an, daß seine Befürchtungen ihren Grund in seiner innersten Überzeugung hatten. Mit Besorgnis richteten sich daher die Blicke auf die Zukunft. Ludwig warf die seinigen noch weiter hinaus als Rasinski, denn er fragte sich: Und was soll endlich aus dir und Bernhard werden? Wenn wir gar den heimatlichen Boden wieder beträten, was wäre unser Schicksal?

Rasinski hatte ihm gleich nach der Schlacht von Mosaisk gesagt, jetzt sei der günstige Augenblick gekommen, wo er etwas Gewisses in seiner und Bernhards Angelegenheit tun zu können hoffe. Nach einem Sieg sei der Kaiser zu großmütigen Beschlüssen am geeignetsten, das Regiment habe seine Anerkennung erworben, und man dürfe daher, ohne etwas zu gefährden, das seltsame Verhältnis in Anregung bringen, das Ludwig und Bernhard in die Reihen der tapferen Polen geführt habe. Indessen seitdem hatte Rasinski nicht wieder von diesem Gegenstand gesprochen, ja, wie es schien, jede Erinnerung daran vermieden. Ludwig, der ihm zutrauen durfte, daß er aus freien Stücken alles tun werde, was man nur von einem solchen Freund erwarten könne, hatte ihn deshalb nicht daran erinnern wollen. Jetzt aber glaubte er, ohne Rasinski zu kränken, davon sprechen zu dürfen. Er fragte ihn daher geradeaus, ob er denn nicht endlich Hoffnung habe, unter seinem wahren Namen auftreten zu können, zumal da er ihn doch bei einer möglichen Rückkehr nach Deutschland nicht sicher zu verbergen imstande sein werde. Rasinski blickte den Freund wehmütig ernst an. »Ich weiß, was du denkst, Ludwig«, sprach er, »du glaubst, ich hätte dich und Bernhard vergessen! Aber wahrlich, dem ist nicht so. Ich kann euch jetzt offen die ganze Lage der Dinge vorstellen, doch hört mich ruhig an und laßt mich ganz zu Ende reden, meine Freunde, dann erst entscheidet, ob ich für euch gehandelt habe, wie ich konnte und mußte. Vor dem Sieg über Kutusow war der Kaiser so schwer zugänglich, so ganz mit unruhigen Entwürfen beschäftigt, daß ich ihn nicht anzureden wagte. Ich mußte bedenken, wieviel auf dem Spiel stand, wie sehr ich euch und mich in Gefahr brachte, wenn ich die Lage der Dinge entdeckte, denn ich hatte ja nicht Gnade, sondern die Niederschlagung einer Anklage gegen zwei Beschuldigte durchzusetzen, deren man bis jetzt nicht hatte habhaft werden können. Nach der Schlacht bei Borodino, du weißt es ja selbst, waren wir Tag und Nacht zu Pferd, so daß kein Augenblick der Muße sich fand. Auch hatten die ungeheuren Opfer, mit denen dieser Sieg erkauft war, die geringen Folgen desselben den Kaiser nichts weniger als günstiger gestimmt. In Moskau hoffte ich alles zu schlichten – da kam der Brand, der nicht nur uns vertrieb, sondern die Möglichkeit, den Kaiser in solcher Angelegenheit anzureden, noch ungleich erschwerte. Überdies standen wir auf dem Vorposten, es war nur selten möglich, nach Moskau hineinzukommen. Dennoch ließ ich es nicht unversucht, etwas für euch zu tun, allein ich mußte vorsichtig handeln, denn alle Erkundigungen, die ich einzog, waren euch ungünstig. Man hatte dem Kaiser in der Tat gerade in deiner Angelegenheit, Ludwig, höchst nachteilige und entstellende Berichte geliefert, ja, die Vermutung, du seiest in dem Heer, war ausgesprochen worden und der verleumderische Zusatz gemacht, daß du hier deine Rolle als Spion der russischen Regierung fortsetzest. Ich verschwieg dir dies, um dir eine unnötige Sorge zu ersparen, denn die Versicherung kann ich dir geben, daß man bis jetzt von dem Ort deines Aufenthalts nicht unterrichtet ist. Und dessen darfst du überzeugt sein, tritt der gefürchtete Fall der Entdeckung ein, so werde ich mit meiner Ehre als Führer für euch beide als Bürge eintreten, und ich hoffe, es soll mir gelingen, euch dadurch zu schützen. Jetzt aber laßt uns noch in der Sicherheit verharren, die uns die Verborgenheit gibt. Die Zeit ist die ungünstigste, die ich wählen könnte, um für euch zu sprechen, denn durch den halb rätselhaften, halb erklärten Brand von Moskau ist das Mißtrauen gegen Fremde nur gewachsen, und wir dürfen nicht vergessen, daß in dem Palast, wo ich mein Quartier aufgeschlagen hatte, die Flammen zuerst ausbrachen. Auch dieser Umstand wäre euch ungünstig. Zu dem allen kommt, daß der Kaiser, wie ich aus guter Quelle weiß, Briefe über Briefe aus Deutschland empfängt, die ihm die Aufrichtigkeit seiner deutschen Bundesgenossen immer zweifelhafter machen. Marschall MacDonald meldet, daß die preußischen Korps zwar tapfer im Gefecht sind, doch nur mit Unlust gegen die Russen fechten, obwohl das Gegenteil in seinen Armeebulletins steht. Mit der Untätigkeit des Heeres unter dem Fürsten von Schwarzenberg ist der Kaiser ebenfalls unzufrieden. Es beweist sich ihm dadurch, daß Österreich trotz der verwandtschaftlichen Bande, die es jetzt an Frankreich knüpfen, kein aufrichtiger Bundesgenosse ist. Die

Agenten aus dem Inneren Deutschlands schreiben von geheimen Verbindungen deutscher Patrioten gegen Frankreich und alle französischen Regierungen von hier und da laut werdenden unvorsichtigen Äußerungen über Einverständnisse, die man bis in das Heer des Feindes unterhalte! Sagt selbst, sind solche Nachrichten geeignet, von eurer Schuldlosigkeit zu überzeugen? Und nun noch eins. Wenn der Kaiser die Anklage gegen euch niederschlüge und damit euer Verhältnis zum Heer aufhörte – was wolltet ihr tun? Seit heute, wo der Rückzug beschlossen ist, bliebe euch dennoch nichts übrig, als die Schicksale des Heeres zu teilen, und wo könntet ihr das besser als bei mir, da ich stets eure besondere Lage im Auge behalte und nicht einmal eine Dienstpflicht für euch anerkennen würde, wenn ihr sie nicht selbst freiwillig übernähmt, aber wenn sich die Ausnahmen immer so treffen ließen, daß nicht das Auffallende derselben zu sehr in die Augen spränge? Denn allein, auf eigene Hand die ungeheure Reise anzutreten, das wäre jetzt gar nicht zu wagen. Ihr wißt, wie das Land gesinnt ist, welchen Gefahren der einzelne sich preisgibt. Könntet ihr vergessen, wie viele, die, einzeln überrascht, in die Gewalt der fanatischen Muschiks gerieten, unter den fürchterlichsten Martern hingeopfert wurden? Und auch die Gefahr beiseite gesetzt, wo fändet ihr die Mittel, auf einer solchen Reise zu bestehen? Kaum die vereinigte Gewalt vieler schafft sich die notwendigsten Lebensbedürfnisse, der einzelne vollends vermag nichts. Auf dem verwüsteten Weg, den wir hierher nahmen, wo wir statt der Dörfer und Städte nur die Aschenhaufen finden werden, die ihre ehemalige Lage bezeichnen – wie wolltet ihr da Unterkommen, Lebensmittel, Pferde finden, wenn die eurigen, abgezehrt von Arbeit und schlechter Nahrung, wie sie sind, unbrauchbar würden oder fielen? Ich habe weder Lust noch den Mut verloren, euch mit voller Freundespflicht zu dienen, aber sprecht selbst, wißt ihr jetzt ein sicheres Auskunftsmittel? Meine eigene Verantwortlichkeit ist es, die ich zuletzt scheuen würde. Gebt ihr einen guten, ausführbaren Rat, ich befolge ihn, ihr selbst, Boleslaw und Jaromir, müßt entscheiden, was zu tun ist.«

Die Freunde blickten einander an, sie suchten vergeblich eine Widerlegung für Rasinskis Gründe, und doch wurde Ludwigs Seele tief bedrückt von dem Gefühl dieser drohenden Zukunft, in die er seine Freunde und seine hilflose Schwester verwickelt sah. »Und wären wir jeder siebenmal so weise wie die sieben Weisen Griechenlands zusammengenommen«, unterbrach endlich Bernhard die eingetretene Stille, »wir würden keinen besseren Rat aushecken. Rasinskis Rat ist so klar wie der Himmel draußen, dessen Sterne uns recht günstig zum Rückzug zu leuchten scheinen. Tröste dich, Freund Ludwig, uns umschweben nicht mehr Todesgefahren als andere auch. Beim Licht besehen, hält unser Lebensfaden vielleicht noch zu lange und spinnt sich langsamer und trauriger ab, als wir glauben. Die Schere der Parze kneift oft auf und zu in der

Minute und wird manchem das vorsichtig gesponnene Garn früher abschneiden als das freilich hinlänglich dünne Haar, an dem uns das Schwert des Damokles über dem Genick hängt. Soviel aber weiß ich, daß, bleiben wir hier, wir unter guten Freunden leben oder sterben, worauf es meines Erachtens mehr ankommt, als ob wir etwas mehr Wahrscheinlichkeit für die Apotheke und dagegen etwas weniger für den Sandhaufen ausweisen können. Mach du dir keine Sorgen deshalb, Rasinski, du hast größeres Verdienst um uns, als wir dir vergelten werden. Denn der dankbarste Mensch bleibt ein undankbarer Esel, zumal ich. – Gebt die Hände, Freunde, wir wollen froh sein, wenn uns morgen noch die Sonne bescheint und der Wald einige fahlgrüne Blätter unter den gelben und roten zeigt, die der Wind als dauernden Herbstblütenregen herabschüttelt. Mir scheint, die Welt ist noch ganz hübsch, und wer sie noch eine Weile ansehen darf, kann von Glück sagen gegen den sechstausend, die da drüben mit verbrannten Knochen in der Asche und dem Schutt von Malo-Jaroslawez liegen.« Damit schüttelte der wackere, kräftige Freund Rasinski und Ludwig die Hand und reichte sie dann auch Jaromir und Boleslaw hinüber. Sein trotzig fröhliches Wesen, womit er die härtesten Schläge des Schicksals verspottete, gab oft seiner ganzen Umgebung ein Gefühl dieser kecken Selbständigkeit, die sich unter kein Joch des Lebens beugt.

Eine Ordonnanz trat ein, sie brachte den Befehl zum Aufbruch, den Rasinski erwartete. »Um drei Uhr!« sprach er. »Also still, in der tiefnächtlichen Stunde!« Er ging zweimal mit untergeschlagenen Armen und zur Erde gehefteten Blicken in dem engen Gemach auf und ab. »Laßt jetzt aufzäumen! Es wird bald Zeit sein!«

Jaromir und Boleslaw gingen, das Nötige bei ihren Leuten anzuordnen, Ludwig und Bernhard hatten wenigstens für sich selbst Vorbereitungen zu treffen. So trennten sich die Freunde. Doch kaum war eine halbe Stunde vergangen, so fanden sie sich wieder beisammen, doch zu Pferd und auf dem Rückmarsch. Auf Rasinskis Stirn lagen düstere Wolken. Er sprach nicht, sondern sah sich nur stumm oft zu der Gegend um, wo der Schauplatz des letzten Sieges, den das Heer erfochten hatte, in die Schleier der Nacht gehüllt lag. Als die Straße sich um eine einsame Höhe bog, ritt er allein hinauf. Auf dem windumrauschten Gipfel hielt er und richtete die Blicke zu der wüsten, von Qualm umzogenen Stätte des Todes, die nunmehr der äußerste Zielpunkt des ungeheuren Kriegszuges geworden war. Der Rauch der Trümmer mischte sich mit dem der Wachtfeuer, die die Nachhut hell auflodern ließ, die unter des Marschalls Davoust Befehlen den Feind über den Rückzug des großen Heeres täuschen sollte. Jenseits, am Wald, erkannte man an zahllosen, in düsterroter Glut leuchtenden Flammensternen das Lager des russischen Heeres. Langsam zogen die schwarzen Dampfwolken über den im Dämmerschein des untergegangenen Mondes matt leuchtenden Himmel. Sie schienen sich zu einem schweren Gewitter zu sammeln. »Also dort«, sprach Rasinski zu sich selbst, »dort soll der Wanderer künftiger Jahrhunderte die Stätte aufsuchen, wo dem unermeßlichen Geist, der die Könige des Erdballs stürmend aus ihrer alten, versunkenen Ruhe aufjagte, die Grenze seiner Kraft gesteckt war! Soll denn kein Sterblicher ein großes Werk vollenden? Kann denn der Menschengeist nicht einmal diese kleine, ärmliche Erde umfassen, die ihm zur Wohnstätte angewiesen ist, solange er in den Banden seiner irdischen Hülle schmachtet? Sind wir denn so wenig, daß dieser Punkt, dieses Sonnenstäubchen im Weltall, ein unermeßlich ungeheuerer Raum für unsere Kräfte ist? Cyrus fiel an den Grenzen des wilden nordischen Szythenreichs, Kambyses mußte umkehren an den glühenden Pforten Äthiopiens, Alexander an dem fabelhaften Reich der Inder – und hier sollte die Nachwelt die Marktsteine *seines* Tuns aufrichten dürfen? Hier! Und wer behauptet das? Warum nicht schon an den Pyramiden? Was dort geschah, wiederholt sich hier. Ist denn der Kreislauf der Zeiten schon vollendet? Torheit, an räumlichen Grenzen zu hängen! Als ob die Welt nicht dort hinaus so weit wäre wie dort! Und dennoch!« Ein Schauer schüttelte die Einsamen. Der Wind sauste über die Höhen und rausche durch die Wipfel der alten Fichten, die ihre Zweige über Rasinskis Haupt hinausstreckten. Sein Pferd scharrte mit dem Fuß und schüttelte die im Wind fliegende Mähne. Düstere Ahnungen, welche die Bilder der Zukunft vor seiner Seele vorüberzuführen schienen, gewannen mehr und mehr Macht über ihn. »Dennoch«, seufzte er nach einer stummen Minute, »dennoch ist es wahr, die Tat des Menschen ist von den engen Schranken des Raumes unsichtbar umgeben. Erst wenn er sie erreicht hat, sieht er die unwiderruflichen Grenzen, die keine Macht mehr verrückt, keine Zeit verwischt. Weissagt ihm sein ahnendes Herz nicht, wo er ihnen nahe steht? – Wäre hier der Ort, wo der Strom großer Taten in das Meer der Unermeßlichkeit münden und ewig spurlos darin verschwinden soll? Oder wendet er nur den Lauf, um sich stolz durch neue Gefilde zu ergießen, neue Felsendämme zu durchbrechen, die sich ihm entgegentürmen? Wer sagt es uns, wo unser Fuß die geheimen Zeichen des Geschicks berührt, die im bannenden Zauberkreis rings um uns gezogen sind? Öffnen sich jetzt die Tore eines neuen olympischen Sieg- und Kampffeldes, oder stehen wir vor den ehernen verriegelten Pforten, mit denen der Allmächtige im Urrat des Schicksals unsere Bahn unwiderruflich zu sperren beschloß? Ist hier die Seele, wo die endliche Kraft an dem diamantenen Damm der ewigen zersplittern soll? – Ja, ja, so ist es. Eine Geisterstimme ruft es mir zu aus diesem nächtlichen Himmel, in dem schauerlichen Sausen des Herbststurmes. – Also hier! Wirklich hier! Jetzt greift der eiserne Arm des Schicksals in die Schwingen des Gewaltigen und lähmt und bricht sie? Und wäre er denn vernichtet? Nein, nimmermehr! Ewig fest wird sein Riesendenkmal stehen in den fortbrausenden Wogen der Zeit. Sie wird den Schleier heben von dieser finsteren Gegenwart. Wenige Monden oder Jahre – Pulsschläge der Ewigkeit –, und das Buch der Verhängnisse liegt aufgeschlagen vor uns. Die kommenden Geschlechter werden es wissen, ob der Glockenschlag dieser nächtlichen Stunde einen Umschwung der Weltgeschicke verkündet! – Und sei es denn! Vertilgen kann keine Ewigkeit die Spuren seines Riesenganges über die Erde! So mag denn hier der Grenzstein seines mächtigen Vollbringens aufgerichtet werden! Die gigantischen Altäre am Ganges, das Schlachtfeld von Kannä, die rauchenden Trümmer an jenen Fichtenhöhen – sie sind gleichbedeutende Hieroglyphen, und noch nach Jahrtausenden wird der Wanderer sie mit schauernder Verehrung lesen.«

Diese Gedanken wogten in Rasinskis heldenverwandter Seele! Er fühlte mit unabweisbarer Ahnung, daß ein schweres, düsteres Unheil hereinbrach! Doch mit dieser klaren Entscheidung kehrte seine volle Manneskraft zurück, und er richtete Brust und Haupt stolz gegen das Verhängnis auf. Noch einen Blick warf er über das düstere nächtliche Feld, wo die Geschichte die neuen Säulen des Herkules aufzupflanzen beschlossen hatte. Dann wandte er sein Roß und kehrte mit gefestigtem Mut zu den Seinigen zurück.

Viertes Kapitel

»Der Nachtwind war rauh! Und welch ein dichter Nebel wieder auf der Erde liegt!« rief Bernhard und schüttelte sich. »Ich bin durch und durch so kalt wie eine Amphibie.« Mit diesen Worten sprang er von seinem Lager an dem fast erloschenen Feuer auf und schlug die Arme übereinander, um sich zu erwärmen. »Ich glaube wohl, daß wir frieren mußten, wenn hier nichts mehr brennt und glüht als die drei verkohlten Klötze in der Asche! He, Ludwig! Rüttle dich auf, hörst du nicht den Trompeter?« Ludwig schlug, da der Freund ihn anfaßte, die Augen groß auf und blickte ihn fremd an. »Nun? Kennst du mich nicht?« fragte ihn Bernhard. »Du siehst ja aus, als wärest du aus einer anderen Welt auf diese heruntergefallen!« – »Es ist auch fast so«, erwiderte Ludwig, der aus dem tiefen, starren Schlaf, in den ihn, trotz der rauhen Nacht, die Übermüdung versenkt hatte, wieder zum Bewußtsein zu kommen begann. »In meinen Träumen sah ich andere Bilder als diese um mich her.« »Mir hat von Mondkälbern, Klapperschlangen, Krokodilen, Kosaken, Hexen und Alraunen geträumt«, antwortete Bernhard. »Da war ich froh, daß der rauhe Wind mich wach schüttelte! Teufel, das ist eine Nacht gewesen! Der feuchte Nebel dringt einem ja bis in das Mark der Knochen hinein und macht es wäßrig. Wenn wir nur erst wieder auf dem Pferd sitzen, wird uns schon besser werden.«

Ludwig hatte sich indessen aufgerafft und versuchte gleichfalls die starr gewordenen Glieder durch starke Bewegung zu erwärmen. »Wo ist Rasinski?« fragte er.

»Er muß mit den anderen schon längst auf sein. Ich erwachte erst durch den Trompetenstoß und von der Kälte an meiner linken Seite, wo Jaromir gelegen hat. Es ärgert mich eigentlich, aber sie sind doch das Soldantenleben gewohnter als wir und tragen die Strapazen leichter. Willst du dich waschen? Hier ist noch Wasser im Kochgeschirr, du siehst etwas schwarz vom Rauch aus, guter Freund. Frisch hinein mit dem Gesicht, es ist kalt, aber es erquickt. Übrigens brauchst du dir, um frisches Wasser zu haben, nur die Locken auszudrücken, sie hängen voll Nebeltropfen.«

Die beiden Freunde machten ihre Biwaksmorgentoilette, so gut die Umstände es zuließen, und begaben sich dann zu ihren Pferden, wo schon die meisten ihrer Kameraden sich befanden und sie zum Marsch aufzäumten. Bald saßen sie auf, und der Zug ging vorwärts. Es dämmerte noch kaum, und doch waren sie erst um Mitternacht zur Ruhe gekommen, denn die Märsche wurden, weil man täglich das Nachrücken der russischen Heere befürchtete, mit größter Eile und Anstrengung gemacht.

Man ritt, als es Tag wurde und der Nebel zu fallen anfing, in eine Senkung des Tales hinunter. Rasinski deutete mit dem Finger auf einige noch halb in Nebel, halb in Rauch gehüllte Giebel. »Das ist Mosaisk«, sprach er, »jetzt sind wir wieder auf unserem alten Weg. Wenn wir doch hierher mußten, wäre es besser gewesen, wir hätten gleich von Moskau diese Straße genommen. So haben wir acht volle Tage verloren! Nahe an Smolensk könnten wir schon sein.« – »Reiten wir durch das Nest?« fragte Bernhard. – »Nein«, erwiderte Rasinski, »wir nehmen unseren Weg hier links durch den Bach, denn dort unten stopft sich wieder alles. Es ist ein großer Vorteil für uns, daß wir in unserem Marsch nicht so bestimmten Befehlen folgen dürfen als die übrigen. Aber leider fängt schon jeder an, nur seine eigenen Vorteile wahrzunehmen. Es wäre besser, man hielte strengere Ordnung. Doch ich fürchte, es wird nicht lange mehr möglich sein. Seht ihr, wie dort drüben die Artillerie schon die Anhöhe hinaufmarschiert? Die Kanonen bleiben fast stecken in den tiefen Wegen und haben doch schon die doppelte Zahl von Pferden vorgelegt.«

»Ich glaube, wir bekommen Frost«, bemerkte Ludwig, »die Luft wird so klar.« – »Das wäre so übel nicht«, meinte Bernhard, »denn in dem zähen Kot marschiert sich's verteufelt schlecht.« – »Wünscht euch den Winter nicht herbei, er wird uns zeitig genug ereilen!« erwiderte Rasinski ernst. »Jetzt ist unser Marsch mühselig, aber doch zu ertragen. In Rußland bleibt der Winter nicht an den Grenzen des Herbstes oder Frühlings stehen, sondern herrscht bald in seiner Kraft und Strenge, darum hütet euch, ihn heraufzubeschwören.« – »Ich glaube, er kommt ohne uns«, meinte Bernhard, »denn der Wind bläst uns aus Nordost in den Nacken, was freilich besser ist als gestern, wo er uns den feuchten Staubregen ins Gesicht jagte, aber ich wittere so etwas wie Schnee in der Luft.«

Unter diesen Gesprächen waren sie, von der Hauptstraße abbiegend, zu dem Bach im Tal heruntergekommen und durchritten ihn an einer seichten Stelle. Jenseits schlossen sie sich an die Artillerie an, welche, die Spitze des Zuges bildend, schon eine starke Strecke voraus war. Sie erreichten die Hochebene, auf der sich der Weg fortzieht. »Ei der Tausend, hier bläst der Wind schärfer«, rief Bernhard, »er dreht sich immer mehr nach Nordost.« Rasinski blickte mit seinem aufmerksamen Feldherrnauge über die Ebene hin. Sie bot fast gar keine Abwechslung dar, sondern dehnte sich in ungemessener Weite nach allen Seiten aus, kaum daß einige Hügel sich in leichter Krümmung über die reine Kreislinie des Horizonts erhoben. Nichts unterbrach das tote, trostlose Grau dieser Landschaft als die langen, schwarzen Linien der Fichtenwälder, die sich am äußersten Rand der Fläche unter blauschwarzem Nebelg entlang zogen. Selbst die unabsehbaren Reihen der Wagen und Kanonen und der sich geräuschvoll abarbeitenden Pferde und Artilleristen belebten die Öde nicht, sondern machten sie nur auffallender durch den Gegensatz.

Die Sonne hatte einen Augenblick geleuchtet. Doch schon bezog sich der Himmel wieder mit trübem Gewölk. »Heute scheint der Winter doch noch nicht Ernst zu machen«, sprach Ludwig nach einiger Zeit, »so rauh der Wind ist und obgleich wir hier oben schon Spuren des Frostes sehen. Das reine Blau des Himmels ist schon fast ganz wieder verschwunden.« – »So, wieso? Durchs Paradies geht unser Marsch einmal nicht«, antwortete Bernhard.

Man marschierte einige Stunden vorwärts, fast ohne zu sprechen, denn teils riß der Faden der Unterhaltung in dem täglichen, fast ungetrennten Beisammensein doch bisweilen ab, teils boten die Ereignisse wie die Gegenstände ringsumher nur zu unerfreulichen Bemerkungen Gelegenheit dar, die jeder lieber im stillen machte. Einige Infanteriekolonnen hatten nach und nach die wegen der Erschöpfung der Pferde langsam vorrückende Kavallerie und Artillerie eingeholt. Die Infanterie marschierte dagegen, um sich zu erwärmen und weil der Marsch überhaupt beschleunigt wurde, rascher als gewöhnlich. Man sah seltsame Trachten unter diesen Leuten. Von der Strenge einer Uniformierung war nichts mehr zu entdecken, jeder schützte sich so gut er konnte gegen Wind und Wetter. Vielen war es anzusehen, daß sie schon anfingen, die Beschwerden des Marsches mit Mühe zu ertragen.

Als Rasinski seinen aufmerksamen Blick über diese Leute laufen ließ und aus ihrer Haltung Mutmaßungen für die Lage der Dinge im ganzen zu schöpfen suchte, bemerkte er einen Reiter darunter. Es schien ein höherer Offizier zu sein. Beide erkannten einander gleichzeitig, es war Regnard. »Aha, Rasinski, seid Ihr's?« sprach er, indem er heranritt und ihm die Hand entgegenstreckte. »Wie geht's Euch?« – »Gut genug!« erwiderte dieser, der es sich zum Grundsatz gemacht hatte, immer den besten Mut zu zeigen, wo ihn seine Leute sehen oder hören konnten.

»Ihr seit genügsam, mir ist's schon besser gegangen. Ich habe ein entzündetes Auge, seit dem Brand in Moskau plage ich mich damit, und diese feuchten Herbstnächte haben das Übel nur noch schlimmer gemacht.« – »Es wird keine Gefahr sein, dergleichen geht mit der Veranlassung vorüber.« – »Zuweilen, ja, ungefähr wie der Hunger, dauert die Veranlassung aber etwas zu lange, so kommt die Heilung zu spät. Es könnte leicht sein, daß es mir ebenso ginge. Ich frage den Teufel danach«, fuhr er nach einigen Augenblicken fort, »man sieht hier mit einem Auge schon zuviel.«

»Wieso?« – »Seid Ihr nicht durch Mosaisk gekommen?« – »Nein, ich nahm mit meinen Leuten einen Seitenweg.« – »Ihr habt nichts verpaßt! Das ganze Nest ist noch ein Lazarett. Dreitausend Verwundete liegen darin und werden wohl liegen bleiben. Mich schaudert, wenn ich an den Augenblick denke. Seit sieben Wochen fristen sie ihr Leben unter Jammer und Qual! Sie sind halb verhungert, halb erfroren, denn die meisten liegen auf faulem Stroh, oft ohne Decken! Kaum daß man ihnen den alten Mantel gelassen hat. Ihre Wunden sind mit Werg gestopft, zumeist brandig und fressen am Knochen.«

»Sprecht leiser«, sprach Rasinski, »solche Schilderungen entmutigen die Leute.«

»Was braucht es der Schilderung? Sie haben das Elend selbst gesehen! Als wir durchmarschierten, streckten die, die sich noch rühren konnten, uns die Hände flehend aus den Fenstern entgegen und riefen: ›Nehmt uns mit, laßt uns nicht hier umkommen!‹ Denn das Gerücht, daß wir zurückmarschieren, hatte sich wie ein Lauffeuer unter ihnen verbreitet. Bisher fristeten sie sich doch mit der Hoffnung in ihrem Elend. Jetzt kommt die Verzweiflung zu dem Jammer. Sie heulten und wehklagten laut, einige verfluchten Himmel und Erde! Ein Dragoner – ich erkannte ihn am Mantel –, dem beide Füße abgenommen waren, hatte sich mit den schlecht verbundenen Stümpfen bis an die Schwelle der Hütte, in der er lag, geschleppt, und das blasse Jammerbild winselte mir mit aufgehobenen Händen entgegen. Da kam der Kaiser vorbei, der Elende rief: »Sire, ich habe in Ägypten gedient, laßt mich nicht hier verschmachten! Nach Frankreich, nach Frankreich – mein alter Vater!« Da versagte ihm die Stimme, der Kaiser befahl, ihn auf seinen eigenen Wagen zu legen und

Sorge für ihn zu tragen. Ich selbst griff mit an, um ihn aufzuheben, aber noch ehe wir ihn hinaufschaffen konnten, hatte er schon den letzten Atemzug ausgehaucht.« – »Wohl ihm!« – »Freilich! Doch denkt Euch den Jammer und die Angst der Zurückbleibenden, wenn ein Sterbender, Elender diese Zukunft so gräßlich sieht, daß die Hoffnung, ihr zu entfliehen, ihm noch im letzten Augenblick solche Kräfte leiht!«

»Und *müssen* sie denn zurückbleiben?« fragte Rasinski mit innerem Schauder. – »Könnt Ihr sie fortschaffen, und können sie den Marsch aushalten? Der Kaiser hat befohlen, daß jeder Gepäck- oder Vorratswagen einen Mann aufnehmen soll, die, die noch zu retten sind, will man zu retten versuchen. Die anderen bleiben der Großmut des Feindes überlassen.« – »Großmut!« rief Rasinski bitter. – »Sie können von Glück sagen«, fuhr Regnard fort, indem er sich das Tuch über dem entzündeten Auge zurechtlegte, »wenn sie dem Feind nur bald in die Hände fallen. Bleibt er lange aus, so verhungert und verschmachtet, was zurückbleibt, auf die elendeste Weise, denn es sind ja lauter Leute, die sich nicht vom Lager rühren können. Aber was das wieder für ein Nebel ist!«

In der Tat hatten sich die Dünste wieder feucht und kalt rings auf den Feldern gelagert, so daß man kaum hundert Schritte vor sich sehen konnte. Mit jedem Augenblick schienen sie sich zu verdichten. Bald war der Gesichtskreis auf die allernächsten Gegenstände beschränkt. »Einen solchen Nebel habe ich kaum noch erlebt«, sprach Bernhard, »selbst in Schottland nicht, man sieht ja das zweite Kanonregiment nicht mehr deutlich. Er kann aber nicht hoch sein, denn die Sonne über uns läßt sich doch noch als ein hellroter Mond erkennen.« Ein kalter Windstoß fuhr durch die in Kreisen langsam wirbelnden Dunstgebilde und jagte sie in grauen, langgedehnten Streifen über Feld. »Der Wind hat sich auch wieder gedreht, er ist Nordwest geworden«, sprach Ludwig, der aufmerksam den Zug des Nebels verfolgte. Die Reiter hüllten sich dichter in ihre Mäntel und ritten stumm nebeneinander hin, vorn Rasinski mit Regnard, dicht hinter ihnen Jaromir, Boleslaw, Ludwig, Bernhard.

Es war ein seltsam schauerlicher Anblick, tiefes Schweigen ringsumher, nur das dumpfe Gerassel der Kanonen war entfernter zu hören, da der Nebel den Schall dämpfte und die Reiter ungefähr hundert Schritte an der Seite des Weges ritten, um die Pferde nicht so tief in den ausgefahrenen Morast treten zu lassen. Einige kleine Unebenheiten des Bodens hatten Ludwig zufällig um kaum zwanzig bis dreißig Schritte rechts von den Freunden abgeführt. Plötzlich stolperte sein Pferd, er riß es am Zügel auf und beugte sich über, um den Gegenstand, über den es gefallen war und den er, achtlos vor sich hinreitend, zuvor nicht wahrgenommen hatte, zu sehen. Es war ein halbverwester, halbnackter Leichnam. Das von der Fäulnis und den Vögeln des Himmels in ein ekliges Gemisch von Blut und Eiter verwandelte Antlitz starrte ihn gräßlich an. Ein unwillkürlicher Ausruf des Schreckens entfuhr ihm, sein Schauder mehrte sich, als er umherblickte und ganz nahe noch mehrere Leichen, schon halb Gerippe, in den tiefen Furchen des Ackers liegen sah. »Was gibt's?« fragte Bernhard, als er den Ruf hörte. – »Seht nur um euch!« rief Ludwig grausend. Alle waren in dem eintönigen Grau des Nebels hingeritten, ohne auf den Weg und Boden zu achten. Ein stärkerer Windstoß jagte in diesem Augenblick die Dünste etwas auseinander und gestattete einen Überblick von einigen hundert Schritten. »Wir sind hier auf dem Schlachtfeld!« rief Rasinski, und ein wunderbares Gemisch von Grauen, Ehrfurcht und mächtigen Erinnerungen ergriff ihn. – »Wahrhaftig! Ich hätte nicht geglaubt, daß wir schon so nahe wären«, stimmte Regnard ein und sah umher.

Mit schauerlicher Spannung ließen alle ihre Blicke über das öde, grausenvoll schweigende Feld des Todes hinschweifen, das sieben Wochen zuvor noch von dem unermeßlichen Getümmel des Völkerkampfes und dem tausendfachen Donner der Feuerschlünde erscholl. Wie in der Dämmerung das Auge anfangs nur einige Sterne und dann mit jeder Sekunde mehr erblickt, so daß es sich bald in die Unermeßlichkeit vertieft, so vervielfältigten sich dem Blick hier auf entsetzliche Weise die Leichname und andere Zeichen der Zerstörung, die man rings entdeckte. Indem der Nebel, vom Wind über die Steppe gejagt, sich langsam hinwegwälzte, schien er gleichsam den Vorhang von dem schaudervollen Gemälde zu ziehen. Allen stockte sich der Atem in der Brust, als sich das gräßliche Chaos allmählich vor ihren Blicken entwirrte. Zuerst hatte man nur die nächsten Leichname, an die der Huf des Rossen stieß, erblickt, doch wie der Blick weiterschweifte, stieg die Anzahl schnell ins Unermeßliche, denn man erkannte bald, daß jede schwärzliche Erhöhung, die das Auge entdeckte, nicht ein Stein, ein Baumstamm oder Erdhaufen, sondern ein menschlicher Körper oder eine zusammengeschichtete Masse desselben war. Mit jedem Schritt weiter in diese nur mit Leichen bevölkerte Wüste wurde das Bild der Zerstörung gräßlicher und erschütternder. Der Wind trieb einen giftigen Pesthauch heran, der sogar die Pferde so anwiderte, daß sie, scheu zurückbebend, dem Reiter nicht gehorchen wollten und nur mit sträubenden Mähnen und aufgerichteten Nüstern, als suchten sie reinere Luft zu atmen, dem Sporn gehorchten und vorwärtsschritten. Jetzt sah man einzelne Erhöhungen, wie Hünengräber, wo große Leichenhaufen getürmt und so leicht mit Erde bedeckt waren, daß Sturm und Regen die Hülle schon fast weggespült hatten. Aus dem grausen Gemisch der übereinandergeschichteten Leichname ragten einzelne, die Gebeine zur Hälfte mit verwesendem Fleisch bedeckt, zur anderen Hälfte nackt und weiß schimmernd, in schauderhaften Stellungen hervor. Dem war das Haupt, mit struppig blutigem Haar bedeckt, auf den Boden gesunken, und die Schenkel ragten unnatürlich aufwärts, ein anderer streckte einen Arm hoch hinaus, als habe er noch Leben und suche sich aus dem modernden Grab heraufzuarbeiten. Einzelne Glieder, von den Raubvögeln und Wölfen halb abgenagt, lagen umhergestreut. Grinsende Schädel mit leeren Augenhöhlen oder wüst umherhängendem, blutigem Haar starrten entsetzlich von dem Boden empor. Zwischen diesen grausenden Überresten waren die kriegerischen Denkzeichen der Schlacht zerstreut, ihr Anblick belebte die erstarrende Brust wenigstens durch die Erinnerung an den großartigen Kampf, der hier getobt hatte. Zerschmetterte Lafetten, Räder, Trommeln, rostende Kugeln, die Trümmer zersplitterter Gewehre und Säbel, glänzende Helme und Harnische der Dragoner waren rings durch das Blachfeld zerstreut. Die Stellen, wo die Kavallerie und Artillerie gefochten hatte, erkannte man im Augenblick, sie waren mit bleich schimmernden Pferdegerippen, die noch im verdorrten Fleisch steckten, aber weiß hervorglänzten, wo die Raben und Füchse sie abgenagt hatten, weithin bedeckt. Die Nebel rollten in langen Streifen über das Feld und *ent*hüllten bald, bald *ver*hüllten sie das Feld des Entsetzens. Doch verzogen sie sich mit jeder Sekunde mehr und mehr, und bald konnte man die Blicke ungehindert so weit senden, als die grauenhaften Zeichen der Verwüstung und der Todes zu erkennen waren.

»Dort! Seht ihr dort den Hügel?« rief Rasinski und deutete mit dem Finger auf eine unförmliche Masse, die eben aus dem Nebel hervorzuquellen schien. »Das ist jene furchtbare Redoute, wo wir so viele der Unserigen ließen. Jetzt erst finde ich mich wieder auf diesen Feldern des Ruhmes und des Schreckens, wo dreißigtausend unserer Kameraden ihr Blut vergossen!« Sie ritten näher hinüber, um noch einmal die Stätte zu betreten, die sie mit so gewaltigen Erinnerungen erfüllen mußte. Niemand sprach, jeder trug das schweigende Grausen in der Brust. Wieviel entsetzlicher war das Schlachtfeld jetzt als damals, wo der brüllende Donner das Ohr betäubte, der ganze Himmel in Dampf und Blitz gehüllt schien und das brausende Gespann des Todes zerschmetternd über die Gefallenen dahinrollte, denn damals zeigte es das schreckende Antlitz eines *zürnenden* Giganten, jetzt das schaudererregende eines *verwesenden*.

Als Rasinski und seine Freunde – denn das Regiment verfolgte die große Straße – näher an die Redoute kamen, vermochten die Pferde kaum zu treten vor den Leichnamen und Kugeln, die hier den Boden bedeckten. »Was mag das dort oben auf der Brustwehr sein?« fragte Rasinski, als man bis etwa auf fünfhundert Schritte an die Schanze heran war. – »Ich kann's nicht erkennen«, antwortete Regnard, »es gleicht einer durchbrochenen Pyramide.« – »Vielleicht aufgeschichtetes Holz«, meinte Ludwig. – »Wie sollte das dahin kommen?« entgegnete Bernhard, den Kopf schüttelnd. »Eine seltsame Form, wahrhaftig, die einen Maler in Verlegenheit setzen könnte!«

Sie ritten näher, die Sonne brach jetzt mit kräftigem Strahl durch die Wolken und schlug die schwebenden Dünste nieder. Plötzlich beleuchtete sie die Redoute mit hellem Glanz, während ringsumher alles noch in düsterem Grau lag. »Es sind Gerippe!« rief Rasinski, der bei weitem das schärfste Auge hatte. »Seht ihr, wie die vom Sturm und Regen gebleichten Gebeine schimmern?« Mit grausendem Staunen sprengten die Reiter rascher heran. Es war, wie Rasinski es gesagt hatte. Von den im Inneren der Schanze ausgehäuften Leichen ragten einige hoch über den Wall empor. Ein schauderhaft spielender Zufall hatte sie mit dem Rücken gegeneinander, in halb aufrechte Stellung gebracht. Der Luft, dem Regen, dem Sturm und den Raubtieren am meisten preisgegeben, waren die Knochen fast ganz vom Fleisch entblößt, und die scheußlichen Skelette schienen nun, auf dem Leichenthron sitzend, mit grinsendem Triumph die Wüste der Verwesung ringsumher als ihr grausenvolles Reich zu überschauen.

Bei diesem Anblick überschlich selbst den kaltblütigen Regnard ein unheimliches, gespenstisches Grausen. Er zog die Augenbrauen finster zusammen und schüttelte sich, wie wenn ein Fieberfrost ihm durch das Mark schauerte. »Also das ist Caulaincourts Mausoleum?« sprach er endlich, da alle übrigen im starren Entsetzen schwiegen. »Kommt, laßt uns weiterreiten!« Er wandte sein Pferd.

Rasinski war wie an den Boden gefesselt, sein Auge hing unverwandt an dem Leichenhügel. »Und das alles umsonst!« sprach er endlich, aus tiefster Brust Atem holend. »Und wir hätten also die Schlacht doch verloren!« – »Verloren?« sagte Bernhard halblaut. – »Ja, ja verloren! Es war ein Scheinsieg, ein heuchlerisches Trugbild des blutigen Triumphes! Darum kam an jenem düsteren Abend keine Freude in unser Herz! Oh, ihr habt nie gesiegt, ihr wißt nicht, was ein Sieg heißt! Das fühlt sich anders in der Brust. Heute erst räumen wir das Schlachtfeld! Heute, nach sieben Wochen, entscheidet sich's, wer die Schlacht verlor! Nun denn«, sprach er, sich königlich in die Brust werfend, indem er mit der erhobenen Rechten nach den Gerippen deutete, »diese Leichenberge mögen wenigstens zeugen, daß Tapfere hier gefochten haben! Den Ruhm dieses Tages soll uns keine Macht des Weltalls rauben! *Denn der Ruhm ist wahr, aber das Glück ist falsch!*«

Ein edles Feuer flammte, da er diese Worte sprach, aus seinen dunklen Augen. Er warf das Haupt trotzig zurück und sprengte, ohne Teilnahme noch Zustimmung von seinen Gefährten zu erwarten, an ihnen vorbei, über die vermodernden Leichen hin. Die Freunde merkten, daß er sich absondern wolle, und folgten ihm langsam nur von weitem. »Wahrlich, er sollte ein König sein!« rief Bernhard begeistert zu Ludwig. »Hast du seinen Heldenblick gesehen? Wie er jetzt die Rechte ausstreckte, war mir, als vermöge er diesen Toten zu gebieten, sich aufzurichten und aufs neue die Waffen zu ergreifen.« – »Er ist ein Held im größten Sinn des Wortes«, sprach Ludwig, »denn mit der mächtig beherrschenden Kraft vereint er die großmütige Milde, die ihm jedes Herz unterwirft. Er darf alles *fordern* und *bittet* um alles!« – »So ist's!« rief Jaromir lebhaft, es war seine erste rasche, jugendliche Aufwallung seit jenem Unglückstag. – »Oh, ihr solltet ihn in besseren Zeiten gekannt haben«, sprach Boleslaw, »aber schon seit wir Deutschland verließen, ist er nicht mehr, der er war. Er muß tiefen Gram in der Brust tragen oder das Unheil, das er jetzt fürchtet, geahnt haben.« So hatte das männliche Emporrichten Rasinskis plötzlich die schaudervollen Eindrücke des Schlachtfeldes verscheucht und erhebenderen Empfindungen Raum gegeben.

Regnard hatte sich zu Rasinski gesellt, beide erwarteten jetzt die übrigen. Um den Kolonnen wieder nachzukommen, setzten sie ihren Weg in beschleunigtem Schritt fort. Noch immer ging es über Leichen und Trümmer dahin. Ein tiefer Hohlweg kreuzte jetzt das Feld, derselbe, in dem sie damals am Abend nach der Schlacht auf den Lagerplatz zurückritten und den sie am nächsten Tag voll derjenigen fanden, die verwundet und verschmachtend hier Schutz gegen die rauhesten Angriffe des Nachtfrostes gesucht hatten. Auch hier lagen Gerippe und Leichname von Pferden und Menschen.

Plötzlich traf ein wimmernder Laut ihr Ohr. Alle stutzten und horchten auf. Ein Grausen drang bei dem Gedanken in ihre Brust, daß noch ein vereinzeltes Leben unter der allgemeinen Verwesung verborgen sein könnte. Man sah sich rings um, doch ohne zu entdecken, woher die wehklagende Stimme kam. »Es muß dort aus der einspringenden Höhlung hinter uns sein!« rief Rasinski, warf das Pferd rasch herum und sprengte ebenso schnell in eine kleine, mit welkem Buschwerk halb verwachsene Schlucht, an deren Mündung die Reiter soeben vorübergekommen waren. »Heiliger Gott!« ertönte gleich darauf ein Ruf, indem er sich mit äußerster Hast vom Pferd warf. Die anderen erkannten die Ursache nicht sogleich, doch Lippen und Wangen erbleichten ihnen, als sie jetzt einen Menschen in einem Bauch eines aufgeschlitzten Pferdes entdeckten, der aus dem grauenhaften Lager seine Hände hilfeflehend dem herbeieilenden Rasinski entgegenstreckte. »Blendwerk der Hölle!« rief dieser und drückte sich beide Hände vors Gesicht – »Es ist Petrowski!« Vom Entsetzen wie zermalmt bebten Ludwig, Bernhard, Boleslaw und Jaromir zusammen, als sie dieses Wort hörten und jetzt den unglückseligen Greis erkannten. Jaromir war der erste vom Pferd, um Rasinski bei dem Werk der Rettung Hilfe zu leisten. Dieser stand vor dem Elenden und hielt beide Hände desselben krampfhaft in den seinigen. Er hatte das Gesicht von dem Sterbenden abwärts zu Jaromir gewendet. In seinen Zügen war eine krampfhafte Gewalt zu erkennen, den ungeheueren Schmerz nicht Herr über sich werden zu lassen, doch er mußte unterliegen. Tropfen des

Angstschweißes standen auf der Stirn des Helden, große Tränen rollten über seine Wangen, er vermochte kein Wort zu sprechen. Die entsetzliche Plötzlichkeit dieser Begegnung hatte selbst ihm die Fassung geraubt.

»Du noch unter den Lebenden, alter, treuer Kamerad?« rief er endlich und lüftete dadurch die bedrängte Brust – »Und ich suchte dich vergeblich unter den Toten!«

Der Greis, von Elend und Jammer abgezehrt, hatte doch noch eine Träne bei dieser letzten Freude, die er mit brechender Stimme zu stammeln vermochte. Die Angst seiner Qual hatte ihm noch die Kraft zum Hilferuf gelassen, die namenlose Freude raubte ihm jetzt Sprache und Besinnung. »Gott, Gott, bist du denn allwissend!« rief Rasinski. »Im schauderhaften Arm der Verwesung und des Todes lag dieser Lebende. Seine Speise, was der hungrige Wolf, was der krächzende Rabe verschmäht, jeder Augenblick eine Hölle – und fünfzigmal ging deine Sonne dahin und sah den Jammer, und du sandtest ihm keine Rettung!«

Jaromir, Bernhard, Ludwig und Boleslaw waren herangeeilt und wollten den Versuch machen, den Unglücklichen aus seiner pestaushauchenden Lagerstatt hochzuheben. Doch schon starrte sein in die Höhle zurückgesunkenes Auge sie gebrochen und bewußtlos an. Ein Lächeln schwebte über die vom unbegrenzten Elend tief eingefurchten Züge, er atmete noch einmal auf – dann sank ihm das Haupt auf die Brust, und die Seele war entflohen. Rasinski ließ die Hände des Toten nicht los, sein tränendunkler Blick heftete sich auf die erblaßten Züge, die selbst im Kampf der Qual und des Todes den kriegerischen Adel bewahrt hatten. »Seht diese schöne Stirn voll Narben, geschmückt mit silberner Locke? Oh, das war ein treues Soldatenherz! Und so fürchterlich zu enden!«

»Nein, er endete schön«, sprach Ludwig, dessen Seele sich mächtig zu dem Allgütigen erhob, der dem Gefolterten in der Stunde des Todes die liebsten Freunde wie durch ein Wunder in seine grauenvolle Einsamkeit sandte. »Er starb schön! Sieh nur, wie seine Züge sich verklärt haben!«

Jaromir schwang sich plötzlich zu Pferd und sprengte rasch den Weg, den sie gekommen waren, zurück, man wußte nicht, was er beabsichtigte. »Wartet hier zwei Minuten«, rief er, »ich bin gleich zurück«. Still umstanden die Freunde den Verstorbenen. »Gebt mir eine Schere«, bat Rasinski, »ich will mir eine Locke zum Andenken von seinem Haupt mitnehmen.« Bernhard reichte ihm aus seiner Brieftasche, was er verlangte. »Gönnst du mir zehn Minuten«, sprach er, »so zeichne ich den Kopf hier in meine Schreibtafel. Diese Züge verfehle ich nicht.« – »Das Blatt soll mir heilig sein«, antwortete Rasinski und dankte dem Freund durch einen Händedruck.

Während Bernhard zeichnete, kehrte Jaromir zurück. Er hatte zwei Spaten quer über dem Sattelknopf liegen. »Wir müssen unseren Kameraden begraben!« rief er von weitem. »Es ist Gottes Geheiß, daß er uns in seiner Todesstunde zu ihm geschickt hat.« – »Woher hast du die Spaten?« fragte Rasinski verwundert. »Gewiß hätte nicht gleich an ein Begräbnis gedacht, wenn ich die Möglichkeit gesehen hätte, es zu veranstalten. Du bringst meiner Seele den schönsten Trost!« – »Ein Zufall ließ mich die Werkzeuge entdecken. Vorhin, als wir von der Redoute herunterkamen, sah ich in einer Vertiefung zwei zerschmetterte russische Lafetten liegen, an denen ich noch Hacke und Spaten bemerkte. Das fiel mit jetzt ein, und da ich mir den Ort gemerkt hatte, eilte ich, sie zu holen.«

»Gib her«, rief Rasinski und ergriff den einen Spaten. »Hier unter der jungen Fichte, die vielleicht einst ein Greis unter den Bäumen wird, wie der Tote einer unter den Helden, laßt uns ihn begraben!« Zugleich stach er selbst die erste Schaufel aus. Jaromir arbeitete rüstig mit. Eine Erdspalte, die nur etwas erweitert werden durfte, sollte das Lager des alten Kriegers werden. Boleslaw und Ludwig hielten das Haupt des Toten leicht empor, damit Bernhard zeichnen konnte. Eine Viertelstunde wurde diesem heiligen Liebesdienst gewidmet. Regnard blieb stummer, erschütterter Zeuge. Er hielt es für eine Ehrenpflicht, dem Begräbnis eines so ergrauten Kameraden seine Gegenwart nicht zu verweigern.

»Ich bin fertig«, sprach Bernhard und reichte Rasinski das mit charakteristischen, festen Strichen entworfene Bild des Toten dar. »Wir sind es auch!« sprach dieser und nahm das Blatt. »Vortrefflich!« rief er, indem er es betrachtete. »Es ist ganz der alte, treue Kamerad, es ist seine ehrwürdige Stirn, seine mild im Tod lächelnde Lippe. Ich verdanke dir ein Kleinod, Bernhard!« Er drückte ihm bewegt die Hand. »Jetzt entnehmt ihn seinem schaudervollen Bett und legt ihn in die letzte, kühle, stille Wohnstätte. Du wirst einsam ruhen, alter Freund! Aber der Wolf soll doch deine Gruft nicht aufwühlen, der Rabe nicht dein treues Auge seinen Jungen zur Speise ins Nest tragen.«

Der Leichnam wurde hinabgesenkt, bald bedeckte ihn die kalte Erde. »Ruhe wohl«, sprach Rasinski und streckte den Arm segnend über die Gruft aus. »Der Wille des Allmächtigen sandte dir ein Maß der Qual, das die menschliche Brust nicht zu fassen vermag, vor der die eisernen Nerven eines Helden erbeben. Doch seine Gnade ist reicher als seine Strenge, dir wird vergolten werden. Du ruhest hier einsam, denn keiner deiner Brüder schläft neben dir, und fern ist die Heimat der Deinen. Aber am Tag der Auferstehung werden dreißigtausend Helden um dich her erwachen, und du wirst mit ihnen im Triumph einziehen in die Pforten des Jenseits. Dein Grab können wir nicht schmücken! Der nächste Frühling muß es tun! Fluch der Axt, die diese junge Fichte berührt, die uns noch in späten Jahren deine heilige Ruhestätte bezeichnen kann. Doch Segen über den, der dieser Gruft ein Liebeszeichen weiht!« Hier verstummte er.

Bernhard rief: »Laßt uns dort den Stein auf die Gruft wälzen!« Wenige Schritte davon lag ein ansehnlicher Granit, der fast die Form eines Würfels hatte. Die kräftigen Jünglinge packten den schweren Block an und wälzten ihn glücklich bis auf die Grabstätte. Dann brachen sie grüne Zweige von der Fichte ab, steckten sie in die frisch aufgeworfene Erde, und Bernhard kratzte mit einem Messer ein P in den Stein. »Jetzt die letzten kriegerischen Ehren«, sprach Boleslaw und holte seine Pistolen aus der Halfter. Die anderen taten ein Gleiches. Rasinski trat zum Kommando vor. Er zog den Säbel und kommandierte mit heiligem Ernst: »Schlagt hoch an! Feuer!« Die Schüsse fielen, die Rauchsäule stieg gerade empor und glänzte in einem flüchtigen Blick, den die Sonne durch das Gewölk warf. Doch von dem Knall aufgejagt, flatterten ringsum Scharen von Raben auf und flüchteten mit rauschendem Flügelschlag. Dreimal wurde dem Bestatteten der kriegerische Ehrengruß gebracht, dem auch Regnard sich nicht entzog. Dann setzten sie sich auf und ritten eilig, schweigend, zu den Ihrigen zurück, die sie an der Grenze der Feldmarken einholten, welche die Geschichte bis für die Söhne ferner Jahrtausende mit erschütternder Denkwürdigkeit bezeichnet hat.

Fünftes Kapitel

Nach zwei mühseligen Tagen erreichte das Heer Wiazma. Hier ließ der Kaiser einen Rasttag halten, um die Nachhut, die der Marschall Davoust führte, zu erwarten. Schon waren die Kräfte der Truppen aufs äußerste angestrengt, viele, durch Krankheit oder Wunden geschwächt, blieben zurück. Selbst der festeste Wille vermochte nicht, die versagenden Kräfte des Körpers zu ersetzen.

Rasinski war glücklich genug gewesen, noch keinen von den Seinigen zu verlieren. Dies dankte er teils seiner frühzeitigen Sorge für ihre wärmere, festere Bekleidung, teils der unermüdeten Tätigkeit, mit der er noch jetzt fortwährend den Bedürfnissen, soviel es möglich war, zuvorzukommen versuchte. Vornehmlich hatte er durch das Beispiel mutiger Zuversicht den Geist der Ordnung, der Ehre und des Vertrauens zu erhalten gewußt, der in so bedrängenden Zeiten die sicherste Rettung, den wirksamsten Schutz gegen das hereinbrechende Verderben gewährt. Der Soldat ist ganz überwältigt und verloren, wenn er es nur einen Augenblick aufgibt, den grimmigen Feinden: der Not, der Kälte, der übermäßigen Anstrengung, Trotz zu bieten. So hielt Rasinski jetzt auf strengere Ordnung im Marsch. Er gestattete durchaus kein Vereinzeln, kein Zurückbleiben, kein Vernachlässigen der Pferde, der Kleidungsstücke und Waffen. Er wußte den Reitern begreiflich zu machen, daß der kleine Mangel, dem sie noch, zwar mit einiger Unbehaglichkeit, abhelfen konnten, in wenigen Tagen durch Vernachlässigung zu einem unersetzlichen

Schaden geworden war. Seine Offiziere sowie Ludwig und Bernhard schlossen sich ihm durch gleiches, sorgliches Aufmerken und eigenes Beispiel wirksam an. In Wiazma war es Rasinski gelungen, noch ein leidliches Unterkommen für Pferde und Leute zu finden. Drei halb stehengebliebene Mauern einer großen Scheune, die noch eine Bedachung hatte, dienten den Rossen zum Stall. Da sie aber alle nicht Raum hatten, so mußten sie von acht zu acht Stunden wechseln. Es war Stroh genug herbeigeschafft worden, so daß alle lagern konnten, allein die Fütterung fiel freilich mager genug aus. Doch schon die Ruhe in dem wärmeren Bezirk der bedeckten Mauern tat den Tieren wohl. Für sich und seine Leute hatte Rasinski ein Häuschen in Beschlag genommen, das kaum dreißig Menschen fassen zu können schien. Doch durch genaue Verteilung auf dem engen Flur-, Stuben- und Bodenraum, wobei man jedes Plätzchen achtete, war es dennoch möglich geworden, sechzig Mann, freilich eng genug, zu lagern. Durch eine Abwechslung von acht zu acht Stunden, während der die einen schliefen, die anderen die Pferde, die Wachtfeuer, das Kochen besorgten, gelang es dem vorsorgenden Führer, die Leute völlig ausruhen und aufwärmen zu lassen, so daß sie, als der Marsch fortgesetzt werden sollte, mit in der Tat durchaus frischen Kräften an die beschwerliche Reise gehen konnten.

Vor Tagesanbruch setzten die Kolonnen sich in Bewegung. Der Weg führte zwischen langen Fichtenwäldern dahin, die tote Einförmigkeit schien die ungeheuere Weite, in der sich die Krieger von der heimatlichen Gegend fühlten, noch zu vermehren. Auch die Länge der schon so beschwerlichen Tagemärsche wuchs dadurch. Rasinski erhielt den Auftrag, mit seinen Leuten den Schluß des Zuges zu bilden, um die Zurückbleibenden heranzutreiben, denn seit den letzten zwei Tagemärschen hatten sich schon so viele Nachzügler gefunden, die sich auf die späterhin folgenden Korps verließen und, bis diese herankämen, einige Ruhetage zu erhaschen glaubten, daß man diese Unordnung auf alle Weise steuern mußte. Er ritt daher hinter der langen Reihe von Wagen, die teils noch Gepäck, teils Lebensmittel und Verwundete fortführten. Die überflüssigen Munitionswagen und manche andere, die den Zug belästigten, hatte man bereits verbrannt und die Pferde vor die Kanonen gespannt. Denn obgleich das Wetter hell blieb, so gefror es doch jede Nacht, und alsdann konnte man mit den schlecht beschlagenen, ungeschärften Pferden selbst gelinde Abhänge kaum hochkommen, so daß die Artilleristen sich selbst mit vorspannten, um die ihnen anvertrauten Waffen, an die sie ihre Ehre setzten, wie die Regimenter an ihr Adler, nicht zurücklassen zu müssen. Mit Mühe erreichte er das Biwak, aus dem man nach einer von Frost und Hunger gestörten Nachtruhe noch im Dunklen wieder aufbrach. Der grauende Tag zeigte ein klägliches Schauspiel. Eine Menge Leute war vor Entkräftung zurückgeblieben. Es war unmöglich, sie in ihren Reihen zu halten. Dazu wurde der Weg schlimmer, und die schlecht gefütterten Pferde schleppten sich nur mühsam vorwärts. Die Kolonnen rückten äußerst langsam vor. Es wurden zur Fortschaffung der Geschütze mehr und mehr Pferde nötig. Der Kaiser gab den Befehl, von allen Gepäckwagen, selbst von denen der höheren Offiziere, die Hälfte der angespannten Pferde zu nehmen, um sie vor die Kanonen zu spannen. Da auf diese Weise die schon zu große Last für die halben Bespannungen eine nicht mehr fortzuschaffende wurde, mußte dieselbe in gleichem Maß vermindert werden. Man sah daher alles, was an entbehrlichen Geräten, selbst an Kunstwerken, auf den Wagen war, wie unnötigen Ballast auswerfen und, was sich davon verbrennen ließ, durch das Feuer vertilgen.

Als Rasinski neben Jaromir an einem dieser noch brennenden Scheiterhaufen vorüberritt und sie ihre Pferde abseits lenken mußten, damit sie nicht in die Scherben kostbarer Porzellangefäße träten, die man unvorsichtigerweise mitten auf den Weg geworfen hatte, sprach er zu ihm: »Erinnerst du dich noch des Vorfalls dicht bei Moskau, wo der gebrochene Wagen geplündert wurde? Hatte ich nicht recht zu sagen, daß jener Mann der glücklichste von allen sei, weil man ihm die vergebliche Sorge für seine Trödelschätze zuerst abgenommen hatte?«

»Freilich«, erwiderte Jaromir, »doch wer erkennt das? Glück und Unglück, ruhen sie nicht in unserer Brust? Und wenn wir uns durch den Schein täuschen lassen, ist es nicht dasselbe, als ob wir durch die Wahrheit leiden? Mir selbst ist es jetzt oft so erschienen, als ob wir erst spät einsähen, was glückliche, was unglückliche Ereignisse für uns sind. Bei dem ersten Angriff, den wir in der Schlacht von Mosaisk machten, riß mir eine Kugel den Federbusch herunter. Ich pries mich glücklich, daß sie mich nicht einen Fuß breit tiefer traf. Und doch wäre es mein Glück gewesen! Denn wenn mich jetzt oder später das Los erreicht, was habe ich gewonnen als einige Tage der Qual. – Und dennoch fühlte ich mich in jenem Augenblick wirklich froh. Was ist nun wahr, was ist falsch an unseren Gefühlen?«

»Die Gegenwart gehört uns wenigstens sicher«, sprach Bernhard, der neben Jaromir ritt. Doch auch die nicht«, fuhr er rasch fort, denn Zukunft und Vergangenheit können sie vergiften. Darum aber, weil uns nichts gehört, gehört uns alles. Wo kein Gebieter ist, was unser Wille uns gibt.« – »Ich glaube doch nicht, daß du ganz recht hast«, meinte Boleslaw, »denn wie gering ist die Macht unseres Willens gegen die höheren Gewalten!« – »Das ist freilich die endliche Bedingung jedes Menschen«, sprach Ludwig, »allein alles dies gilt ja auch nur bis zu einem gewissen Grad. Ich glaube nicht, daß Bernhard leugnen oder behaupten will, es gebe weder Glück noch Unglück, sondern der Mensch bilde sich alles selbst, aber recht hat er, wenn er glaubt, daß es außer dem Glück, und sei es das edelste, das schönste, das diese Erde bietet, noch etwas Höheres gibt, das uns mächtig zur Seite treten kann, wenn uns Schmerz oder Freude überwältigen. So weiß der Schiffer über die Sonne, die ihm die heitere Fahrt verleiht oder versagt, noch die ewigen Gestirne, nach denen er blickt, wenn die Erde in Finsternis gehüllt ist.«

»Ganz recht«, warf Bernhard hin und schüttelte sich, weil der Herbstwind ihnen eben rauh entgegenwehte, »aber die ewigen Sterne sind kalt und leuchten auch nicht sonderlich. Man gerät oft auf Klippen, wenn man die Nase nach ihnen hinausstreckt. Glaubt aber nicht, daß dies eigentlich meine Philosophie ist, ich habe nur die, keine zu haben, als die ich jedesmal bei den Umständen borge. So zum Beispiel jetzt, wo wir allerlei Plunder verbrennen sehen, stelle ich die Lehre auf, daß man an Plunder sein Herz nicht hängen soll. Dagegen würde ich, falls ich hier irgendwo einen gefüllten Bäckerladen wüßte, sogleich beweisen, daß er mehr wert sei als die Schatzkammer des Rhampsenit.«

»Hast du Hunger?« fragte Jaromir wohlwollend. »Hier ist noch Brot, das ich zu mir gesteckt habe. Ich esse gar wenig.« – »Nein, Lieber«, entgegnete Bernhard und lehnte die Gabe ab, »du weißt, daß ich so gut gefrühstückt habe wie ihr alle. Mein Gleichnis war im Sinn der ganzen Armee gedacht.«

»Bis Smolensk, hoffe ich«, sprach Rasinski, »werden wir uns noch, wenngleich mühsam, durchkämpfen. Dort sind Vorräte. Aber horch! War das nicht ein Kanonenschuß? Wahrhaftig! Ein zweiter, dritter! Der Schall kommt aus der Gegend von Wiazma. – Sollten die Russen heran sein?«

Alle horchten gespannt auf die fernen, dumpfen Schüsse, die die ernste Morgenstille unterbrachen. Doch bald wurde es wieder still, man hörte nichts mehr. Indessen war Rasinski sehr besorgt geworden. Bisher hatte man nur die Beschwerden einer langen, mühseligen Reise zu überwinden gehabt. Sollte aber der Feind nachgerückt sein und mit frischen Kräften das erschöpfte Heer angreifen, so war kaum abzusehen, wie man dem gänzlichen Verderben entkommen wollte. Es beruhigte ihn nicht, daß die Schüsse wieder verstummten, denn da er die Fechtart des russischen Heeres kannte, so war er überzeugt, daß wenigstens ein Trupp verwegener, schneller Kosaken auf die Nachhut gefallen sei, der zwar rasch zurückgejagt worden sein mochte, aber nichtsdestoweniger den Beweis gab, daß das größere Heer nicht weit entfernt ist. Nachdenklich über die Folgen, die ein ernster Angriff haben konnte, ritt er schweigend vor den Seinigen her. »Bliski!« rief er nach einigen Minuten einem seiner Reiter zu und winke ihm, heranzukommen. Bliski ritt in militärischer Haltung zu seinem Obersten heran und fragte, was dessen Wunsch sei. »Du bist lange in Rußland gewesen, Bliski«, begann Rasinski, »kennst du genau die Straßen zwischen Malo-Jaroslawez und Smolensk?« – »Das will ich meinen! Ich habe sie wohl dreißigmal mit der Kibitke überquert!« erwiderte der muntere Krauskopf lebhaft und mit einem gewissen Stolz, daß ein Führer von seinem Wissen Rat holen wollte. – »Wie weit rechnet man von Malo-Jaroslawez nach Wiazma über Medyn?« – »Wenigstens einen Tagemarsch, ja, es können auch zwei sein.« – »Meinst du?« fragte Rasinski lächelnd und erfreut über den guten Verstand des Burschen, der die Bedeutung seiner Frage erriet. – Bei der guten Mutter Maria, mein Oberst«, entgegnete Bliski lebhaft, »ich habe mich gewundert, daß es nicht geschehen ist. Aber wir wollten sie getroffen haben! Ich hatte mir den Säbel ordentlich gewetzt, denn ich bin's ihnen noch schuldig von dem Hieb hier über das linke Auge und dem Stich durch den Arm! Nun wer weiß, treffen wir uns bei Dogorobuye.« – »Weshalb dort?« fragte Rasinski, obwohl er sehr gut wußte, weshalb. – »Weil dort die große Straße von Kaluga auf die nach Smolensk trifft. Ich denke, wir werden da etwas zu tun bekommen.« – »Wünschst du?« – »Wenn mein Pferd und ich bis dahin wieder gut gefüttert werden, soll mir nichts lieber sein, aber es sieht nicht danach aus. Seht nur, mein Oberst, wie dem armen Tier das Fleisch von den Rippen fällt, und die Hüftknochen stehen ihm heraus, daß man den Tschako daran aufhängen könnte.«

»Tröste dich, Bliski, wir leben auch nicht im Überfluß«, sprach Rasinski freundlich. – »Ei«, rief Bliski, »nach mir frage ich nichts, denn ein fetter Reiter ist des Pferdes Gift, wie wir bei uns in der Wojwodschaft Sandomir sagen, aber meinen Gaul sehe ich ebenso ungern darben, als ich meinen Säbel stumpf oder meine Pistole ohne Stein weiß. Kann ich mich nicht mehr auf meinen flinken Rappen verlassen, dann ist der ganze Reiter nichts mehr wert. Nicht wahr, Alter?« Hierbei bückte er sich und streichelte seinem Tier freundlich den Hals. Rasinski hatte wenig auf das Geschwätz gehört, weil die gefährliche Lage der Armee seine Gedanken zu ernsthaft beschäftigte. »Wie weit rechnet man von Kaluga bis Dogorobuye?« unterbrach er Bliskis Anrede an seinen Rappen. – »Gegen hundertundachtzig Werst werden es wohl sein.« – »Und ist der Weg gut?« – »Das kommt auf das Wetter an, jetzt vermutlich wie hier, auf der Höhe leidlich, in der Tiefe morastig. Aber wenn es schneit, so ist's die beste Schlittenbahn im ganzen Kaisertum.« – »Nun, nach Schnee sieht es noch nicht aus.« – »Wer kann's wissen, mein Oberst? Die Jahreszeit ist da, die Frucht wird reif werden, so sicher wie im Herbst die Pflaume.« – »Gut, gut, Bliski. Reite jetzt nur wieder zu deinen Kameraden zurück, ich weiß nun schon, was ich wissen wollte. Du kennst die Gegend und wirst dich zurechtfinden, wenn ich dich brauche.« – »Das hat nicht not«, rief Bliski mit lebhaften Augen, »ich finde mich von hier bis Madrid zurecht.« Damit ritt er wieder in das Glied zu seinen Kameraden ein.

Als jetzt die Straße eine Krümmung machte und das Gebüsch zur Seite aufhörte, erblickte man einige hundert Schritte vorwärts ein schwarzes Gewimmel von Menschen, die an der Seite des Weges eifrig beschäftigt schienen. Zugleich sah man Wagen hinaus in das Feld fahren. »Da wird's wieder ein Autodafé geben«, sprach Rasinski zu den Freunden zurückgewandt. »Es ist auch nötig, die Kanonen noch stärker zu bespannen, denn sie kommen nicht von der Stelle.« Das Treiben und Verkehren neben der Heerstraße hielt die Blicke der Reiter aufmerksam gefesselt. Die Sonne schien hell, plötzlich wurde ihr Bild mitten aus der schwarzen Masse der versammelten Leute blendend zurückgeworfen. »Das ist das Kreuz des heiligen Iwan!« rief Bernhard, der sich sogleich an die Begebenheit bei Moskau erinnerte. Mit gespannter Erwartung betrachtete man jetzt alles, was an jenem Punkt vorging. Da der Weg sich eine Höhe hochzog, übersah man bald das ganze Feld. Ein kleiner See wurde zur Seite sichtbar. Rings um denselben war eine Reihe von Wagen aufgefahren, bei denen unzählige Menschen mit Abladen beschäftigt waren. Andere spannten die Pferde ab und führten sie auf die große Straße zurück.

Wie man näher und näher marschierte und die Gegenstände sich deutlicher unterscheiden ließen, sah man, daß die in Moskau erbeuteten Trophäen, die als Zeichen des Sieges für die staunenden Bewohner von Paris im Triumph in die Hauptstadt eingeführt zu werden bestimmt waren, hier in den See versenkt wurden. Prachtvolle Verzierungen aus Erz, jenen stolzen Palästen der alten Zarenstadt entnommen, merkwürdige Kanonen, die Rußland in seinen Kriegen mit dem Orient erbeutet hatte. Endlich selbst jenes strahlende Kreuz des heiligen Iwan wurde hier in die sumpfige Tiefe der trüben Flut versenkt.

Also blieb das Heiligtum doch auf seinem heimatlichen Boden! Der Versuch, es zu entreißen, war nicht gelungen. Die beschirmenden Götter und Heiligen des Landes hatten es nicht verlassen, sondern mit Schmach mußte der Feind selbst den Besitz aufgeben und bekennen: Ihr wart mächtiger als ich in meinem Übermut! Mit einem eigenen Gefühl des Grauens sah Jaromir das riesenhafte goldene Kreuz in die Wellen hinabsinken. Er dachte an die seltsamen Ereignisse, die er bei der Abnahme desselben in Moskau erlebt hatte. Hatten jene düsteren Zeichen gelogen? Oder prophezeiten sie die Wahrheit? Fangen die Flüche und Verwünschungen, die das Volk laut über den Frevel, der an seinen Heiligtümern verübt wurde, ausgestoßen hatte, an, in Erfüllung zu gehen? Wird das unfreiwillige Aufgeben der Beute den Zorn der beleidigten Penaten dieses Landes versöhnen? Glaubt ihr, diese Sühne sei hinreichend? Seht ihr nicht, wie zornig schwarz die Welle aufschwillt, nachdem sie das goldene Heiligtum in ihrem Schoß verborgen hat? Sie wogt und gärt wie von geheimen Mächten bewegt, und ihr dumpfes Rauschen gegen die Uferwand klingt wie murmelndes Zauberwort! Wahnverblendete! Habt ihr mit dem heiligen Zeichen denn auch die Flüche von euch geworfen, die der frevelhafte Raub über euch heraufbeschwor? Sie sind nicht mitgesunken in die Tiefe dieser Wasser, aber sie werden wieder aufsteigen, wie aus einem kochenden Zauberkessel, und euch, mächtig beflügelt, mit giftigem Hauch verfolgen. Seht ihr nicht, wie der schwere, dunstige Rauch aus dem Sumpfgrab dampft, worin ihr das heilige Kleinod versenkt habt? Aufsteigen werden sie gegen den hohen Dom des Himmels und sich zu furchtbaren Wettern sammeln, um sich über eurem Haupt zu entladen. Schon trübt sich die Sonne! Blickt wohl hin! Ihr seht sie nicht mehr wieder, so weit die Völker Rußlands vor dem Bild des heiligen Iwan knien! Verhüllt bleibt euch ihr reines Antlitz, bis der letzte unter euch verjagt ist aus diesen Grenzen, wenn *einer* sie lebend erreicht. um das Verderben der anderen daheim zu verkünden! Denn verfolgen wird euch der Zorn des Allmächtigen, solange ihr auf diesem Boden wandelt, den ihr mit frevelnden Füßen betratet, wo ihr einbracht mit räuberischer Hand in das Heiligtum des Glaubens, der Heimat, des Herdes! Darum verschleiert sich das Auge des Weltalls düster, fürchterlich! Nur blutigrot wird es euch noch anglühen durch die graue Nebelhülle, mit der sich jetzt der Himmel umhängt.

Nun ruht das Kreuz des heiligen Iwan wieder auf seinem heimatlichen Boden! Entrissen ist es den befleckenden Händen der Frevler! Jetzt wird es seine alte, schützende Kraft bewahren, wird die Völker dieses unermeßlichen Reichs ringsumher um sich versammeln. Sie strömen herbei von den Ufern des Don und der Wolga, aus den Wäldern des Ural, aus den Steppen Asiens, den Schneewüsten des Pols, von den Küsten des Weißen und des Schwarzen Meeres! In tausend Trachten und Zungen, bewehrt mit Schwert und Lanze, mit Keule, Pfeil und Bogen fluten sie heran! Keine Waffe, die nicht zu euerer Vertilgung geschwungen wird, keine Sprache, in der die Völker nicht Rache über euch rufen! Wehe! Wehe euch! Die Stunde des Verhängnisses hat geschlagen. Preisen mögt ihr die, die gefallen sind, bevor sie diesen Tag sahen!

Sechstes Kapitel

Ein rauher, eisiger Wind erhob sich gegen Abend. So dicht sich die ermüdeten Krieger um die Feuer lagerten, dennoch erstarrten ihnen fast die Glieder da, wo sie nicht der Flamme zugewandt waren. Mit Sehnsucht wurde die Morgenröte als das Ende dieser Qual erwartet. Endlich ertönte der Ruf der Trompeten und Trommeln zum Aufbruch. Doch gerade jetzt erst hatte der Schlaf angefangen, die Übermacht über Kälte und Hunger zu gewinnen, und jetzt mußten sich die durch Marsch und Wachen Übermüdeten mit Gewalt hochreißen. Viele waren selbst durch starkes Rütteln und Anrufen nicht in Bewegung zu setzen, so lähmte ihnen Kälte und Ermüdung die Glieder. Als sie endlich auf den Füßen standen, schwankten sie mit versagenden Knien einige Schritte, fielen aber bei der geringsten Unebenheit des Bodens taumelnd wie betäubt wieder zu Boden. Rasinski trat auf eine Erhöhung, wo er die Feuer seines Biwaks übersah. »Hierher, Freunde«, rief er mit fester Stimme, »hier versammelt euch um mich! Auf, auf, zu Pferd!« Ihn schüttelte selbst noch der Nachtfrost, doch er bezwang die Natur mit seiner festen Willenskraft, um den Mut der Leute zu beleben.

Als die Stelle des Antretens genug durch viele Herangekommene bezeichnet war, ging er an den einzelnen Lagerfeuern umher, wo einige Säumige und Schwächere noch verweilten, und sprach ihnen Mut zu. »Rafft euch zusammen, Kinder! Die Nacht war rauh, aber der Tag wird besser sein. Wenn ihr erst in Bewegung seid, werdet ihr euch auch erwärmen. Das Frühstück war mager, aber ich habe es ohne Vorzug mit euch geteilt, und ihr seht, ich bin wohlauf. Verliert nur den Mut nicht. Der zuerst Verzagende ist der zuerst Verlorene. Wir haben ja schon manchen bösen Tag zusammen überdauert, wie sollte euch heute der Mut sinken! Ein Pole verzagt nicht!« So zusprechend, ging er durch die Reihen. Sein Wort, ja schon ein bloßer Blick belebte den gesunkenen Mut der Leute. Bald saßen alle zu Pferd und begannen den Marsch.

»Es wird heute spät Tag werden«, sprach Bernhard zu Ludwig, »der Himmel muß dicht in graue Wolken gehüllt sein, denn es ist kein Stern zu sehen. Wie ist dir die Nacht bekommen?« – »Sie war hart, aber man lernt jeden Tag mehr zu überwinden«, erwiderte Ludwig. – »Ich glaube auch, der Mensch ist ein Gewächs, das sich leicht an alle Zonen gewöhnt. Wir rücken heute, scheint mir, in die kalte ein, wenigstens wenn ich meinen Rücken, der nachts gegen die Windseite lag, zum Thermometer mache, so müssen wir stark unter den Gefrierpunkt gefallen sein. Mein Leib und Gesicht dagegen hat die ganze Nacht in der heißen Zone geruht.«

»Versuche nur, deine Augen zu schonen, Lieber, du klagtest schon neulich darüber«, sprach Ludwig sanft. – »Was nimmt es wunder! Ich habe auch niemals gehört, daß Rauch von frischem Holz und heller Feuerglanz eine Salbe für die Pupille wären. Indessen ist es wahr, meine Augen sind gewissermaßen meine Hobelbank, mein ernährender Pflug, ja sogar etwas Besseres, nämlich die Werkzeuge, mit denen ich den Honig aus dem Leben gewinne, was sonst, gleich der Lindenblüte, die doch nächst den Kräutern des Chamounitales den besten Honigseim absorbiert, etwas bitter schmecken möchte. Aber sind deine Augen dir das nicht etwa auch?« – »Oh, gewiß«, sprach Ludwig wehmütig, denn er dachte an die hohe Gestalt seiner Geliebten. »Doch für dich ist das Kleinod dennoch teurer.« Hierbei legte er dem Freund die Rechte auf die Schulter, streifte dann am Arm hinab und faßte seine Hand, die er mit inniger Liebe drückte. »Der Wind ist verteufelt rauh!« rief Bernhard im unwilligen Zorn, um seine Rührung über den Freund zu verbergen, dessen Liebe nur an ihn dachte in dieser Zeit des Erduldens. »Ich wittere so etwas, als stecke Schnee in der Luft.« In der Tat wehte ein scharfer, eisiger Wind aus Nordwest her den Marschierenden entgegen. Nach einer Stunde hatte er schon das Angesicht bis zum Schmerz erkältet, doch schien er noch an Heftigkeit zuzunehmen.

Endlich dämmerte der Tag, aber was er enthüllte, konnte das stille Grauen der Nacht nur erhöhen. Dichtes schweres Gewölk zog über den Himmel dahin und schien mit jedem Augenblick sich tiefer zu sammeln. Über den Spitzen der die Straße begleitenden Fichtenwälder streifte der Nebel schon ganz nahe hin, so daß er die Gipfel der höchsten Bäume fast berührte. Er senkte sich mehr und mehr. »Es ist noch Hoffnung, daß wir einen klaren Tag bekommen«, sprach Ludwig zu Rasinski. – »O ja«, antwortete dieser rasch und zuversichtlich, glaubte aber das Gegenteil, weil er den Unterschied des russischen und des deutschen Winters kannte.

Die Dünste fielen nicht in Tropfen nieder, sie sanken nicht vor der steigenden Sonne herab, um einen heiteren Himmel zu enthüllen, sondern sie verdichteten sich mehr und mehr und schwebten, in langsamen Kreisen ziehend, in der Luft. Es wurde einige Zeit windstill. In diesen wenigen Augenblicken aber stieg die Kälte auffallend, und darauf erhob sich der Wind wieder mit erneuter Kraft und streifte mit eisig kalten Flügeln dahin. Plötzlich schienen die schwebenden Dünste gleichsam zu zerrinnen und sanken als dichter Reif herab. Aus höheren Luftregionen fielen einzelne große Schneeflocken nieder, und ehe man noch Zeit gehabt hatte, über die schnelle seltsame Veränderung zu erstaunen, schien der ganze Dunstkreis in Schneeflocken aufgelöst, die, vom Wind getrieben, wirbelnd und stäubend die Atmosphäre erfüllten. Mit Entsetzen sah der Soldat sich plötzlich vom Winter ringsum überfallen. Als habe er arglistig einen Hinterhalt gelegt, so stob er von allen Seiten heran und warf das unermeßliche Netz über seine Beute hin. Der Schnee fiel so dicht und scharf, daß man ihn wie stechend auf der Wange empfand, bis diese in klammer Erstarrung fühllos wurde.

Mit einem stummen Grauen zogen die Scharen der Krieger dahin. Das feste Land schien in wenigen Minuten in ein starres, pfadloses, unbegrenztes Meer verwandelt. Wie sollte sich der Ausweg aus dieser Wüste zeigen, wo man keine Sonne, keinen Stern, keine fernen Berggipfel oder Türme mehr entdecken, keine Straßen wahrnehmen konnte? Die Krieger, die seit zwanzig Jahren von den Pyramiden Ägyptens und der Syrischen Wüste bis an die Mündung des Tejo, von den Gebirgen Kalabriens bis zu dem brausenden Belt, von den Pyrenäen bis an den Fuß des Ural die Erde kämpfend durchzogen waren und der Gefahr überall ein trotziges Auge gezeigt hatten, sie empfanden jetzt zum ersten Mal das kalte Gespenst des Entsetzens in ihrer Brust und starrten mit ahnungsvollem Erbeben in das wirbelnde Chaos über ihrem Kopf hinauf, woher die flockigen Wolken aus unabsehbarer Höhe wie ein schmerzlicher Insektenschwarm nieder kamen. Das mit Schnee bedeckte und mit unheimlicher Schnelle gewebte Leichentuch deckte rings die Erde. Es hüllte Flur und Wald in seine kalte Umarmung ein, und was es berührte, schien der Tod mit ewiger Erstarrung zu lähmen. Wie ein sich immer erneuerndes Zaubergespinst spannte es sich zugleich vor die Füße und webte jeden Schritt in die arglistigen Schlingen seiner losen Fäden ein. Nicht eherne, unzerreißbare Fesseln legte es um den Fuß, aber es erschöpfte in der tausendfach wiederholten Anstrengung, das leichte Band zu sprengen. Langsam war die Folter, aber das Opfer gewiß. Es stürzte nicht unter einem zermalmenden Keulenschlag, sondern es sank allmählich unter einer Bürde zusammen, die, von Sekunde zu Sekunde nur um Atome wachsend, endlich aber doch jedes Maß der Kräfte weit überragte.

Bernhard suchte das stumme Grauen, das er in seiner eigenen Brust empfand und in den Zügen aller seiner Kameraden las, wegzuscherzen. »Ich wollte, die Fabel im Herodot hätte recht«, sprach er, »wo es heißt, in Szythien verdichtete sich die Luft häufig durch herabflatternde Federn so, daß ein Reiter die Ohren seines Pferdes nicht mehr sehen könne. Nicht übel wär's für das Biwak, wenn wir Eiderdaunen genug vorfänden, um uns ein warmes Nest zu machen!« Rasinski, der ernst blieb, aber die mutige Haltung seiner Züge nicht verlor, freute sich, daß Bernhard seinem Bestreben, eine rüstige Stimmung aufrechtzuerhalten, entgegenkam. »Haben die Alten das wirklich geglaubt? fragte er lächelnd. – »Herodot nicht so ganz, wenigstens hat der alte Graubart etwas von der Wahrheit gewittert«, antwortete Bernhard. »Er berichtigte, es möge wohl Schnee sein, wovon die Thrazier fabelten, denn er habe es auch einmal schneien sehen!« – »Einmal! Der glückliche Jonier!« rief Ludwig fast unwillkürlich aus. – »Es ist mir auch so lieber«, antwortete Rasinski absichtlich laut, »ich hätte schlechte Soldaten, wenn es Eiderdaunen schneite. Sie wären unser Kapua. Mit den Kriegern, die sich durch den Schnee der Alpen die Bahn gebrochen hatten, schlug der alte Afrikaner die Römer vom Tizinus bis Kannä!« – »Nun das Kapua haben wir vor der Hand nicht zu fürchten«, warf Bernhard hin, »hier sieht's nicht nach Orangenhainen aus.«

Indessen verdichteten sich die Schneemassen mit jeder Minute. Nicht zufrieden mit denen, die er aus dem Gewölk herabschüttelte, jagte der Sturm sie auch von dem Boden empor und stäubte sie so den Kriegern ins Angesicht. Von allen Feldern und Hügeln trieb er die wirbelnden Säulen heran und füllte die Schluchten und gesenkten Stellen aus, durch die sich die Straße zog. »Man sollte glauben, so viele Tausende würden sich bald eine feste Bahn treten«, sprach Ludwig, »aber wir finden vor uns fast keine Spur, und hinter uns lassen wir auch keine zurück, so schnell verweht sie der Sturmwind und bedeckt sie der neu fallende Schnee.«

Der Zug stockte. Anfangs glaubte Rasinski, es sei nur ein Aufenthalt von einigen Augenblicken, wie dies bei langen Marschkolonnen öfter eintritt. Doch bald merkte er, daß ein ernsthaftes Hindernis vorhanden sein müsse, denn die Stockung dauerte länger und länger. Ein Adjutant kam endlich auf seinem ermatteten Pferd mühselig durch den Schnee herangaloppiert und redete Rasinski an. »Ich bringe Ihnen den Befehl, mein Oberst, sofort die Hälfte Ihrer Pferde zu stellen, um sie vor die Geschütze zu spannen. Sie können nicht mehr vorwärts in dem tiefen Schnee. Vor uns liegt ein Defilee, wo der Sturm ihn mannshoch zusammengeweht hat. Die Sappeurs müssen uns erst Bahn machen.« – »Die Kavallerie soll absitzen?« fragte Rasinski mit betroffenem Erstaunen. – »Es ist eine harte Notwendigkeit, aber der Befehl geht durch alle Regimenter. Sogar die Gardekorps müssen anspannen und zu Fuß gehen. Sättel und Gepäck bleiben auf den Pferden, die Leute können sie begleiten.«

Rasinski sah ein, daß er sich nicht weigern könne, doch kostete es ihn eine schwere Überwindung, seine des Gehens ungewohnten Leute ihrer Pferde zu berauben. Allein er ließ nichts von diesen Empfindungen merken, sondern behandelte diesen Fall wie alle, mit Ernst, aber als etwas Gewöhnliches. Ohne Zögern kommandierte er daher: »Erste und zweite Schwadron! In Sektionen, rechts schwenkt! Marsch!« und ließ sie aus dem Regiment hinaus in die Straße reiten. Jetzt schwenkten sie in halben Sektionen ein und folgten nun unter Rasinskis Führung dem vorreitenden Adjutanten. Sie mußten ihre Pferde je zu zwölf und zwölf an die Kanonen der nächsten Batterie spannen, was freilich in der Not nur mit Seilen und schlechten Bruststielen geschehen konnte. Die Leute gingen zu Fuß nebenher. »Ihr tut heute die Arbeit«, sprach Rasinski, »morgen werden euere Kameraden sie tun.«

Bernhard und Ludwig gehörten zu der ersten Schwadron. Sie hätten ihre Pferde gleichfalls hergeben müssen, doch weil sie Rasinski zunächst zu seinem Ordonnanzdienst bestimmt hatte, behielten sie dieselben. Beide aber empfanden, daß die Zeit, wo ein Vorzug möglich und erlaubt war, vorüber sei. Das strenge Gesetz der Not, die alles gleichmacht, fing an einzukehren. Noch einige solche Tage, und es gab nur noch Kameraden, keine Offiziere und Soldaten mehr. Sie ritten daher zu Rasinski heran und baten ihn, das Los ihrer Kameraden teilen zu dürfen. – »Oh, wenn ich's euch ersparen könnte!« sprach dieser leise mit dem Ausdruck des Schmerzes. »Aber morgen *müßtet* ihr tun, was ihr heute *wollt*, darum habt ihr recht.« Sie ritten daher gleichfalls weiter nach der Spitze der Kolonne vor und meldeten sich bei dem Artillerieoffizier, der die Batterie kommandierte. Er wies sie an, ihre Pferde vor eine Haubitze legen zu helfen, deren höchst elendes, ermattetes Gespann der Hilfe am meisten bedurfte.

Auf diese Weise wurde es möglich, die Artillerie fortzuschaffen. Aber dennoch nur mit der größten Mühe, denn die Räder schnitten bis an die Achsen in den Schnee ein, der sich in einen mit dem Sand des Bodens gemischten zähen Mulm verwandelte, ohne sich festzufahren. Peitschenhiebe und Flüche schallten durch die Lüfte. Vor manchem Geschütz sah man zwanzig, dreißig Pferde! Und dennoch mußte die Kraft der Menschen den erschöpften Tieren zu Hilfe kommen. Äußerst langsam rückte die schwere unbewegliche Masse vorwärts. Nicht allein an der Artillerie lag es, sondern Pferde und Menschen ermüdeten gleich in dem immer höher steigenden Schnee. Nach wenigen Stunden trat schon die äußerste Erschöpfung ein. Die Ordnung in den Regimentern löste sich auf, je nachdem die Leute mit geschwächten Kräften zurückblieben. Bald marschierten viele nicht mehr auf der Straße fort, teils weil man sie in dem Gestöber und in den verwehten Spuren verlor, teils weil jeder einen besseren Pfad aufzufinden suchte. So oft sich daher eine höher gelegene Stelle zeigte, an welcher der Sturm das Feld vom Schnee gereinigt hatte, drängten die Massen darauf zu, um nur eine kürzere Zeit der Erleichterung zu haben. Aber sie wurde von vielen furchtbar gebüßt, denn hinter der Erhöhung folgten oft tiefe Erdspalten oder doch steile Einsenkungen, die, durch den Schnee trügerisch gefüllt, dem ebenen Boden gleich zu sein schienen. Die Krieger stürzten plötzlich bis an den Leib, bis an die Schultern hinab, andere folgten, weil das kalte Stäuben der Flocken, die ihnen der Sturm ins Gesicht trieb, sie blendete, unwillkürlich nach und stürzten über den Kameraden hin oder drückten ihn noch tiefer in das kalte Grab hinein. So sah man oft drei, vier plötzlich übereinander hinsinken und im Schnee verschwinden. Wenige arbeiteten sich empor, den meisten versagte die Kraft, das Gewehr oder die Waffe, mit der sie sich zu helfen suchten, entsank den erstarrten Händen. Sie wollten einige Augenblicke rasten, um Atem zu schöpfen. Dann lähmte die Kälte ihnen die Glieder. Sie riefen wohl mit ersterbender Stimme um Hilfe, aber niemand hörte sie im Geheul des Sturms, oder das eigene Elend der meisten war schon so hoch gestiegen, daß sie, wie in einem allgemeinen Schiffbruch, nur an die eigene Rettung dachten. Die ersten Opfer, die auf diese Weise fielen, erfüllten die Brust mit schneidendem Jammer. Als aber die Zahl sich mehrte, als sie mit der einbrechenden Dunkelheit in die Hunderte, in Tausende stieg, da stumpfte sich der scharfe Schmerz ab, und nur noch ein mitleidiger Seufzer galt denen, die in der kalten, grausenden Umarmung erstarrten und vergeblich die Hände nach Rettung ausstreckten. Sterbend wandte sich ihr Blick dem Vaterland, den vorübergehenden Kameraden zu, noch ein leises Ächzen entquoll der erschöpften Brust, dann hüllte Nacht ihr Auge ein, und die Qual war von ihnen genommen. Andere sanken vor Ermattung und Erstarrung zu Boden, auch ohne in jene trügerischen Tiefen zu stürzen. Eine leichte Hülle wurde ihre Gruft, der fortwährend fallende Schnee überdeckte sie mit seinem Leichentuch. Anfangs bezeichnete noch eine leise Erhöhung die Stelle, wo der Tote lag, aber bald stellte sich die unterschiedlose Wüste wieder her, und jede Spur seines Daseins war verschwunden.

Jetzt wurde es völlig Nacht, aber kein leuchtendes Sternbild erhellte sie. Nur düsterer umwölkte sich der Himmel und schüttete fortwährend das eisige Verderben über die Erde aus. Der Sturm erhob sich rauher, kälter. Das Auge unterschied kaum noch die Bahn für die nächsten Schritte. Wer sich zur Seite entfernte, wer zurückblieb, der verschwand in der Tiefe der Finsternis. Strauchelte sein Fuß, so verschlang ihn die unabsehbare Schneewüste, und sein sterbendes Auge starrte nur in die dunkle Sturmnacht hinein. Kein Freund, kein treuer Kamerad ruft ihm ein Lebewohl zu, keine Hand reicht sich ihm zum Abschied. Vergebens sehnt sich die brechende Brust zu den Lieben, zu der Heimat hinüber! Nicht um sie glücklich zu erreichen, denn zu dieser überschwenglichen Hoffnung hat das Herz nicht mehr die Kraft, nur einen letzten Gruß der Liebe möchte es empfangen, nur nicht so fürchterlich allein in der schauerlichen Umarmung des Todes erstarren! Vergebens! Dein brechendes Auge starrt umsonst hinauf zum Himmel, das krampfhafte Beben deiner sterbenden Brust rührt ihn nicht mehr! Taub ist er dem Jammer der Verzweiflung, taub dem Flehen der Todesangst. Flüche und Gebete schlagen gleichfalls machtlos von seiner ehernen Wölbung zurück. Geschlossen sind die Pforten der Gnade, das gigantische Rad der Vergeltung rollt zermalmend über die Erde.

Siebtes Kapitel

Vor und in Dogorobuyne bezog das Heer das Biwak nach diesem furchtbaren Tag. Mit gelähmten, erstarrten Gliedern erreichten die Krieger den Ort der Ruhe. Ihre Kleider waren durchnäßt gewesen, dann von der strenger gewordenen Nachtkälte auf dem Körper gefroren. Wund gescheuert an Armen und Schenkeln, wurde ihnen jeder Schritt zur Qual. Und jetzt sollten sie erst die mühseligen Zubereitungen des Biwaks machen, Holz, Stroh und Futter für die Pferde, Lebensmittel für sich selbst herbeizuschaffen. Mit seinem Ansehen, seiner unermüdlichen Tätigkeit war es Rasinski wiederum gelungen, ein elendes Haus zu besetzen, das wenigstens der Hälfte seiner Leute Obdach gab. Er selbst blieb im Freien. Durch Zureden und Beispiel munterte er die Erschöpften auf, rasch noch die geringere Arbeit des Tages zu tun, Holz zu schlagen, zu kochen, einen Fleck vom Schnee zu säubern für die Lagerstatt. Aber mit tiefem Schmerz sah er, daß ihm fünfzehn seiner Leute fehlten, die sich erst, seit es völlig Nacht war, verloren hatten. Kaum hatte er Hoffnung, daß sie sich noch einfinden würden. Dreiundzwanzig Pferde waren überdies an diesem einen Tag gestürzt! Wie sollte das enden! Je düsterer die Zukunft vor Rasinskis Blicken lag, je mächtiger empfand er die Notwendigkeit, der

Gegenwart ein heiteres Antlitz zu zeigen, ihr gerüstet entgegenzutreten, damit die, die ihren Mut aus dem seinen zu schöpfen angewiesen waren, nicht vergebens das Auge auf ihn richteten. Er redete ihnen freundlich zu, tröstete, ermahnte zur Ordnung und unverzagter Tat. Der feste, zuversichtliche Ton seiner Worte, ihre unleugbare Wahrheit, die vertrauensvolle heitere Stirn, die er bewahrte, gaben selbst dem Mutlosesten die Hoffnung wieder.

Er blieb aber nicht bei Worten stehen, sondern schritt zur Tat und gab seine raschen, übersichtlichen, bestimmten Befehle. »Hier diese Stelle reinigt vom Schnee! Der Erdwall dort schützt uns gegen den Wind. An der Waldecke drüben schlagt Holz, und aus den Büschen bindet Besen, den Schnee auf die Seite zu kehren. Jaromir, du nimmst zwanzig Mann und empfängst Heu und Hafer, beim Generalkommando der Kavallerie wird einiges verteilt werden. Ihr, die ihr zu Fuß gegangen seid, ruht euch jetzt in diesem Haus aus, es wird euch fassen, zwar eng genug, aber dafür so, daß ihr einander erwärmt.«

Diese Befehle fanden pünktlichen Gehorsam. Nur Ludwig und Bernhard eilten nicht mit den übrigen auf die Hütte zu. »Warum legt ihr euch nicht nieder, Freunde?« fragte Rasinski dringend. – »Wir bleiben bei dir«, lautete die Antwort beider. – »Versage uns diese liebe Gewohnheit nicht«, fuhr Ludwig fort, »deine Nähe, das Vertrauen zu dir gibt uns mehr Kraft als jenes Obdach. Und was du überdauern kannst in dieser Nacht, das wird auch uns nicht hinwegraffen.« »Nun denn, wie ihr mögt«, sprach Rasinski mit schwer bekämpfter Rührung, »Aber ihr werdet dann immer das härteste Los teilen, denn daß ich vor meinen Kriegern nichts voraushaben will und darf, wißt ihr.«

Schon kamen einige Leute mit frischgefälltem Holz beladen heran. Es wurde ein Fleck vom Schnee gereinigt und ein Feuer angezündet. Lange dauerte es, bis die Flamme hell aufschlug, denn das Holz war jung und feucht. Doch nach einer Stunde war auch dieses Übel überwunden, und da durch Rasinskis Vorsorge noch einige Lebensmittel vorhanden waren, die er sparsam, aber gerecht verteilen ließ, so fand der erschöpfte Körper auch bald einige Erquickung. Offiziere und Leute lagerten sich rings im dichtgeschlossenen Kreis um die Flamme, einander mit den Bruderarmen umfassend und erwärmend. So ruhte Ludwig an Bernhards Brust, und Rasinski lehnte sein Haupt auf dessen Schulter, Jaromir und Boleslaw auf seiner anderen Seite hielten sich eng umschlungen. Die Liebe trotzte dem rauhen Sturm und Schnee der Winternacht und trug ihr heiliges Leben in die Erstarrung ringsumher.

Ludwig war aufs äußerste erschöpft. Nur der Gedanke an seine einsame Schwester, an ihre Trostlosigkeit, wenn er unterliegen sollte, hatte seinem schwächer gebildeten Körper Mut gegeben, die ungeheuere Anstrengung zu ertragen, unter der er oft zu erliegen glaubte und vielleicht erlegen wäre, wenn Bernhard mit seinem stärkeren Körper und rüstigeren Sinn ihm nicht treu zur Seite geblieben wäre. Doch wenn diese Qualen sich wiederholten, was dann? Mit einem inneren Schauer wandte er sich von diesen Vorstellungen ab. Sein Leben schien ihm verschlungen in den Schauern düsterer Nacht, doch da schwebte aus dem schwarzen Hintergrund der Finsternis, in die sein Auge sich verlor, ihm das heilige Bild seiner Liebe entgegen. Wie ein sanfter Mondstrahl fiel es in das Dunkel seiner Seele und trat dieser um so näher, tröstender und holdseliger entgegen, je ferner es die Wirklichkeit entführt hatte. So füllen teuere Hoffnungen uns am sehnsüchtigsten das Herz, je ferner die Erfüllung uns steht, und aus dem tiefsten Abgrund des Unglücks richtet sich der Blick mit dem gläubigsten Vertrauen, mit der heißesten Inbrunst zu der ewigen Huld empor. Ja, sie wird dein Schutzengel sein, dachte er in ermutigter Kraft, sie wird dich, eine Heilige, tröstend, rettend umschweben. Wandte sie nicht schon einmal das Verderben von deinem Haupt? O gewiß, gewiß ist sie mir nahe! Er gab sich dieser träumerischen Hoffnung mit süßer Sehnsucht hin. Sollen sich unsere Geschicke nur deshalb so rätselhaft verschlungen und berührt haben, daß sie ewig unaufgelöst blieben? Nein, das kann der Allmächtige nicht wollen. Er führt uns seine dunklen Irrwege nicht, um uns inmitten der labyrinthischen Bahn zu verlassen, sondern um uns zu dem wunderbaren Ziel seiner Gnade und Wahrheit zu leiten. Nicht das kalte Gesetz der Natur ist so roh, daß es Tausende von Keimen und Trieben nur deshalb entwickelte, um sie im Erblühen zu zerstören. Wie sollte das ewige, heilige Gesetz des Schicksals sich selbst so grausam verhöhnen! Nein, der Tag wird kommen, der alles löst. Die Stunde muß erscheinen, wo ihre holde Gestalt dir entgegentritt und dir die Hand reicht und süß tönend spricht: Die Prüfungen sind überwunden, jetzt winkt dir der Lohn!

Aber wie, wenn es erst jenseits wäre? Und weshalb denn nicht? Wenn hinter jener unabsehbaren Nacht, die uns umhüllt, der ewige reine Tag glänzt, wenn über dem undurchdringlichen finsteren Gewölbe des Himmels, das starr über uns steht, klare heitere Sterne leuchten, Tausende von Sonnen wandeln – wie sollte denn nur die Nacht unserer Seele unbelichtet bleiben? Mut Vertrauen, fester Glaube! Und doch, wie mächtig hält mich dieses heilige Leben der Erde, das ich warm, körperlich, selbstbewußt empfinde! Allgütiger Vater! Oh, sende deinen Segen schon jetzt auf die irdische Brust herab, löse die Rätsel hier, die du hier geknüpft hast! Laß dieses Herz nicht in ungestillter Sehnsucht brechen! Warum sollten wir das namenlose Glück mit namenlosem Schmerz erkaufen? Ich dulde als ein Wanderer dieser Erde, laß mich auch so Ruhe und Labung finden! Für die Wunder des Jenseits ist meine Brust zu eng. Gib mir, was ich zu fassen vermag. Oh, du bist so reich an Seligkeit, daß du uns hier das überfüllte Maß reichen kannst und jenseits doch noch ein unbegrenztes Meer der Verklärung vor uns ausbreitest! Du gabst mir dieses Leben, gabst mich ihm, Vater, ist es denn eine Schuld meines Herzens, wenn ich mit heißer Inbrunst an seinen reinsten Wonnen hänge?

In diesen Gedanken überschlich ihn der mehr betäubende als erquickende Schlaf. Doch die übermüdete Natur griff mit Begier nach der kärglich und verkümmert zugemessenen Gabe. Bald umfing ihn der Gott des Traums und wob die täuschenden Gebilde um seine Seele. Noch schimmerten die wüsten Bilder des Tages in dem geschlossenen Auge. Der in dämmernder Bewußtlosigkeit hinsinkende Geist vernahm noch die Nachklänge seines Wachens. Die Wirklichkeit verstärkte sie. So irrte Ludwig atemlos, erschöpft, mit gefesseltem Fuß, dessen bleierne Schwere er nicht zu besiegen vermochte, denn die Bande des Schlafes und des Liegens hemmten die Bewegung der Muskeln durch tiefe Schneefelder. Der Sturm heulte um ihn, denn sein Ohr vernahm ihn im Schlaf, wie er über die Waldgipfel hinwegbrauste, und riß weit aufgähnende Klüfte in den wirbelnden Ozean grauer Wolken, der ihn umwallte. Wenn sich die Nebelwogen teilten, glaubte er fernes, sonniges Land schimmern zu sehen, nach dem er sehnsuchtsvoll die Arme ausstreckte. Wo bin ich? Allein in dieser Einöde! Ach, jetzt erkenne ich es, es ist ja der St. Bernhard mit seinen Schneefeldern, auf dem ich mich verirrte. Diesem hellen Schimmer muß ich nach, dort erreiche ich das schöne Land zu meinen Füßen. So flüsterte ihm die Stimme des Traumes zu, und der wohlwollende Gott lieh ihm seine sanften Flügel, um ihn in die schönen Fluren hinabzutragen. Jetzt wird mir leicht, mit dieser Wolke schwebe ich nieder. Wie so oft im Traum, hatte er natürlich als Liegender das Gefühl, von einer Höhe sanft herabzuschweben. Die Nebel- und Wolkengebilde teilten sich, der Schnee verschwand, Ludwig glaubte auf einer sanften, grünenden Matte zwischen dem Felsental hinzuwandeln. Oh, Dank, Dank, daß ich mich aus dieser Wildnis wieder auf den richtigen Pfad gefunden haben! Dort hinter mir liegt ja das Hospiz auf der Schneehöhe, ja, hier steige ich nach Aosta hinab. Oh, du Liebe, Holde, warum entfliehst du vor mir? Ich sehe ja deinen grünen Schleier flattern, ich habe dich ja längst erkannt! Bianka! Bianka! Warum wartest du nicht auf mich? Warum willst du, wie damals, weiter und immer weiter wegziehen? Da wandte sich die edle Gestalt der Geliebten um, und sie schlug den Schleier zurück und blickte ihn sanft lächelnd an. Ich bin dir ja so nahe! Dich peinigt ein Traum, daß du mich rufst. Siehst du nicht die reizende Landschaft um uns her? Ermuntere dich, setze dich zu mir auf diese Bank an der Hütte. Ja, mein Geliebter, hier wollen wir wohnen, hier ist es traulich und still. Sieh nur, wie die Rebe sich um das Fenster rankt, und die breite Kastanie, die ihre Äste weit über das Dach hin streckt!

Wie Frühlingshauch trafen ihn die Worte, und eine süße, selige Wehmut drang in sein Herz. Bianka! Ist es denn kein Traum? Bin ich endlich mit dir vereinigt? rief er bang und hob die Arme der Geliebten entgegen. Sie neigte sich holdselig zu ihm, er zog sie näher und drückte sie bebend an seine klopfende Brust. Sie saßen nebeneinander auf dem Rasen, gegen den Stamm der alten Kastanie gelehnt. Ludwig hatte den Arm sanft um den Nacken der Holdseligen gelegt, und sie senkte das Haupt an seine Schulter, ihre Hände ruhten spielend ineinander. Oh, so werden die wunderbaren Träume doch endlich wahr! So sind wir endlich vereinigt, und nichts mehr trennt uns wieder. Nein, laß mich nicht los, wenn die kalte Wolke dort vom Gebirge herabkommt und uns verhüllt. Wenn ich dich nicht sehe, mußt du dich inniger an meine Brust schmiegen. Zitterst du vor dem rauhen Sturm? Er wird die Lawine auf uns herabstürzen! Sieh nur, schon stäubt die Schneehaube dort auf dem Felsen hoch auf! Weiter abwärts laßt uns flüchten!

Der Traum riß den Schlummernden in neue verworrene Vorstellungen hinein. Durch den Sturm und den wirbelnden Schnee, der sein Angesicht *wirklich* traf, wurde er aus den holden Bildern, die seine Sehnsucht geschaffen hatten, rauh aufgeschreckt. Er glaubte, mit Bianka zu flüchten! Wohin sie sich wandten, stürzten die Lawinen. Die Erinnerungen seiner ersten Nacht auf dem Simplon stiegen in seltsam ineinander verrinnenden Bildern vor seiner Seele auf. Er glaubte, tief verschüttet zu sein, um so inniger, angstvoller drückte er die zitternde Geliebte an seine Brust. Er tröstete sie. Sei nicht bang, Holde! Weißt du, als wir damals, in jener ersten Nacht in der dunklen Höhle der Erlösung harrten? Ach, wie sehnte sich da mein Herz nach deiner Umarmung! Liebtest du mich denn auch damals schon? Seit dem Augenblick, wo ich dich zum ersten Mal sah, antwortete sie mit unaussprechlich süßer Stimme, als du mir das goldene Band brachtest, weißt du noch? Es war ja an der Hütte im Tal, wo wir eben weilten! Oh, damals! Wie schön war es damals, als ich dein Angesicht zum ersten Mal erblickte, du lächeltest mir entgegen wie der Frühling Italiens, in den wir hinabsteigen. Siehst du, dort öffnet sich das schwarze Tor! Sieh nur, wie die hellen Strahlen des Tages hereindringen! Er ging Arm in Arm mit der Geliebten dem Ausgang der Felsenhöhle zu. Das Tal lag wie damals vor ihm ausgebreitet, der Frühling öffnete die ersten Knospen und lächelte aus dem blauen Himmel über die Berge hin. Sieh nur, wie die Kleine uns dort entgegenhüpft. Sie erkennt die schöne Signora wieder, die so freundlich mit ihr war. Aber laß uns dort hinunter zu den blauen Seen, den Rebengirlanden und blühenden Gärten. Jetzt wollen wir zwischen den Felsen dahin, die Sonne wird untergehen, wenn wir am Abhang stehen und in das selige Land hinunterblicken. Siehst du? Siehst du – jetzt dringt uns die rote Glut gerade ins Auge. Dort hinter der Alpenspitze geht sie nieder. Wie der goldene Rauch das Tal durchzieht und die fernen Gefilde, vom Purpurdunst umschimmert, mit dem Himmel zusammenrinnen! Oh, hier ist es schön!

Immer reizendere Bilder webte der Traum. Arm in Arm mit der Geliebten wandelte Ludwig in seliger Einsamkeit durch die Fluren. Ein schattiger Hain bot ihnen einen Ruhesitz. Unter den leichten Wölbungen der Zweige hindurch schweifte das Auge über Täler und Fernen, die im Abendgold schimmerten, dahin. Bianka schmiegte sich liebend an seine Brust. Er berührte die Lippen der Holdseligen, seine Seele erglühte in der trunkenen Flamme, die ihn durchrann. Oh, gütiger Himmel, betete sein Herz dankend empor, ich sinke selig sterbend hin in dieser Wonne!

Da murmelt dumpfer, ferner Donner, wie wenn die Lawinen in den Abgrund rollen. Er fährt aus der Umarmung der Geliebten, sie steht bleich und bebend vor ihm. Siehst du, ruft sie, die Sonne entzündet die Erde, und alles flammt auf in loderndem Brand. Ludwig starrt hin. Ein Flammenmeer wogt rings um ihn her. Entsetzt will er fliehen. Sein Fuß ist an den Boden gebannt. Die Geliebte flüchtet durch die Nacht, nur ihre weißen Gewänder sieht er noch fern schimmern. Er streckt die Arme nach ihr aus, er will sie rufen, die Stimme versagt ihm, die Flammen brennen ihm mit stechendem Schmerz ins Auge. Da schlägt plötzlich ein donnerndes Getöse an sein Ohr und sprengt gewaltsam die Bande des Schlummers, die ihn noch in fesselnder Betäubung halten. Er springt empor und starrt um sich her. Selbst wachend, steht er noch betäubt und kann den ungeheuren Wechsel zwischen Wirklichkeit und Traum nicht fassen. Endlich vernimmt er die dröhnenden Trommeln und Trompeten, die zum Aufbruch rufen. Der Wind treibt ihm die hochauflodernde Flamme des Lagerfeuers ins Gesicht, die schon in seine Träume furchtbar hineinleuchtete, bis das Kriegsgetöse den Vorhang, der sein Bewußtsein umhüllte, plötzlich zerriß. Jetzt erst fühlte er, wie die rauhe Hand der Wirklichkeit ihn unerbittlich packt und aufschüttelt aus dem holdseligen Wahn! Verschwunden das Bild der Geliebten, versunken die Zaubergärten des Traums, verfinstert das reizende Eden umher! Rings nur die Unermeßlichkeit der erstarrten Wüste und der Nacht. Aus seligen Gefilden ist er hinabgestürzt in die Finsternis der Verdammten. Welch eine grausame Verhöhnung! Es ist zuviel! Zermalmend sinkt der Schmerz an seine Brust, sie muß zerspringen in dieser Qual.

Da faßt Bernhard seine Hand und blickt ihm staunend ins Auge. »Was ist dir, Ludwig?« fragt er mit sanft eindringender Stimme.

»Oh, mein Bernhard! In deine Arme laß mich flüchten vor der kalten Schlange des Entsetzens, die mir mit eisigen Ringen die Brust umschnüren will.« Er hielt ihn in heißer, unauflöslicher Umarmung. An dem Herzen des Freundes löste sich das starre Grauen seiner Brust, und in wilden Wellen floß der tiefe, unerschöpfliche Strom der Schmerzen dahin!

Achtes Kapitel

Endlich lag Smolensk, das vielverheißene, ersehnte Ziel der Mühen, vor den Blicken der Krieger und stieg mit seinen schwarzen Mauerzinnen und Türmen finster über dem Schneefeld empor. Dort sollt ihr Obdach finden gegen die Winterstürme, dort wird der gierige Hunger, der in euren Eingeweiden nagt, gestillt werden, dort sollen die erstarrten Glieder Wärme, die überspannten, schmerzenden Muskeln Ruhe, die todesmatte, erschöpfte Kraft des Geistes Stärkung finden. Nicht die zehntausend wandernden Griechen sahen so freudig den Spiegel des heimischen Meeres vom Gebirge her glänzen, nicht Kolumbus' verzagende Mannschaft begrüßte die Küste des neuen Weltteils mit solchem Freudendank für den Allmächtigen, als die vom Grimm des Winters, des Hungers und der Todesermattung verfolgten Krieger die Mauerzinnen der Stadt erblickten, wo ihnen das Ende der Mühsal verheißen war. Ein Schimmer der Freude überflog die bleichen, hageren Gestalten, ein letzter Anflug des Mutes und der Kraft kehrte in die entkräfteten Körper zurück.

Schon war man auf eine Stunde Weges den Mauern dieser Festung nahegekommen, als man von beiden Seiten der Straße, anfangs einzeln, dann in größeren Trupps, die verhungerten, gespenstischen Gestalten derjenigen gewahrte, die ihre Waffen verloren oder weggeworfen hatten und, weil schon die Bande der Ordnung und des Gehorsams überall zerrissen waren, die Hoffnung hegten, sie würden einzeln willkürliche Wege wählend, sicherer durch die Wüsteneien des Schnees und der Wälder dringen, als wenn sie bei der Masse blieben, für die niemals das ausreichte, was man auf einem Fleck versammeln konnte. So waren denn Tausende wie Räuberhorden dem Heer bald vor-, bald nachgezogen, bald hatten sie es zur Seite umschwärmt. Die Wut des Hungers in dem gierigen, von Entzündung glühenden Auge, schwarz von Rauch und Erde, in Lumpen gehüllt, warfen sich die Scharen gleich den Harpyien über alles her, was sie berührten. Keine vernünftige Stimme zügelte ihre bis zum Wahnsinn gesteigerte Begierde. Fanden sie irgendwo eine Speise, so fielen sie mit der Wut des Raubtiers darüber her und verschlangen sie mit so rasender Hast, daß die meisten, wie an genossenem Gift, gleich darauf unter wilden Qualen zuckend zu Boden stürzten und den Geist aufgaben. Doch kein Beispiel schreckte die später Herandringenden ab, wie von blindem Wahnsinn getrieben, stürzten sie sich in dasselbe Verderben, das ihre Kameraden vor ihren Blicken getötet hatte. Ja, selbst das Geheul und das Ächzen der noch zuckenden Sterbenden schreckte sie so wenig zurück, als es ihnen auch nur noch einen Blick des Mitleids abrang. Das Elend hatte die menschliche Natur in diesen Unglückseligen zur entsetzlichen Entartung geführt. Jeder kannte nur sich selbst, nur den nächsten Augenblick, denn die Qualen der Gegenwart waren zu fürchterlich, und alles, was diese stillte, erschien als ein nicht zu fassendes Glück, wenn gleich in der nächsten Minute das doppelte Elend dafür hereinbrach. Diese grauenhaften Gestalten erschienen plötzlich, zu dunklen Schwärmen zusammengerottet, wie sie aus den nächsten Wäldern, durch die sie ihren Weg genommen hatten, zufällig früher oder später auf die Straße gerieten. Eine Viertelstunde vor der Stadt häuften sich die Andrängenden so, daß die noch geordneten Korps der Alten und der Jungen Garde sich nur mit Mühe die Straße zum Marsch freihielten. Jetzt zogen sich die Talränder, welche die Ufer des Dnjepr bilden, näher zusammen und beschränkten die Straße. Von beiden Seiten zeigten sich diese entsetzlichen Rotten auf den Höhen. Sie versuchten, auf den beschneiten, vereisten Abhängen hinunterzuklimmen, um die Straße zu erreichen, doch die schwache Kraft der Füße leistete ihnen den Dienst, wozu rüstige Gewandtheit gefordert wurde, nicht mehr. Sie stürzten übereinander hin, die Abhänge hinab, und röteten den Schnee mit dem Blut ihrer von den rauhen Eissplittern zerrissenen Hände und Wangen. Unter jammerndem Geheul rollten sie in die Tiefe, vermochten aber nicht mehr, sich von dem Sturz aufzurichten, sondern blieben betäubt am Weg liegen. Jetzt sah man die Tore der Stadt. Selbst unter dem in dem eisernen Gesetz des strengsten Gehorsams fest eingewachsenen Korps der alten Garde ließ sich jetzt die Ordnung nicht mehr erhalten, sondern gleich hungrigen Tigern auf die Beute wollten die einzelnen aus den Reihen hervorstürzen, um zuerst den Zufluchtsort zu erreichen, denn schon hatte ein Teil jener Horde Verhungernder, die ohne Führer und Ordnung durch die Wälder gedrungen waren, die Stadtmauern erreicht und drängte sich in schwarzem Gewimmel um dieselben her. Doch bei dem Anblick dieser hohläugigen Gestalten, in den seltsamsten Trachten, wie Not und Zufall sie erfinden, bei ihrem krampfhaft gierigen Andrängen, hatte man in der Stadt gefürchtet, und mit Recht, sie würden wie eine Schar hungriger Wölfe über die Vorratsmagazine herfallen und überall plündernd und zerstörend einbrechen. Deshalb wurden ihnen die Tore des verheißenden Asyls geschlossen, und ohnmächtig wüteten und jammerten sie vor den unerbittlichen Mauern um Einlaß.

Schon mehrere Stunden hatten viele dieser Unglücklichen, von Frost erstarrt, von Hunger gefoltert, im Angesicht der Rettung vergeblich um Hilfe und Erbarmen gerufen. Die meisten waren in Verzweiflung und Erschöpfung niedergesunken und durch die immer grimmiger werdende Kälte schon getötet. Die geordnet heranrückenden Truppen vernahmen das gräßliche, wilde Geheul um Speise, das sich mit herzzerschneidenden Lauten des Jammers mischte. Jetzt überkam auch sie die Angst, daß es ihnen ebenso ergehen möge, daß man hier Gewalt brauchen müsse und nur derjenige Labung finden werde, der zuerst raubend einbreche. Darum stürzten sie aus den Reihen hervor und suchten, soviel die erschöpften Kräfte ihnen gestatteten, einander vorauszueilen, um den Ort des Heils zu erstürmen und das, was er darbieten konnte, mit gewaltsamer Hand zu erbeuten.

Der Marschall Bessières warf sich vergeblich denen, die den Gehorsam aufkündigten, entgegen, umsonst suchten die Offiziere sie mit Gewalt zurückzuhalten. Das Getümmel drohte schon sich fort durch die ganze lange Kolonne zu verpflanzen, als plötzlich der Kaiser in den vordersten Reihen erschien und mit einem Wink Halt gebot. Die Ehrfurcht vor der geheiligten Person des Feldherrn, an dem in dieser Zeit der Drangsale das letzte Vertrauen hing, fesselte selbst die Verwegensten. »Soldaten, kehrt in eure Reihen zurück«, sprach er streng, aber ruhig, und fand augenblicklichen Gehorsam. Er selbst ritt jetzt an die Spitze der Truppen, und in düsterer Stille, aber streng geordnet, rückten die Krieger in die Festung ein.

Rasinski mit den Seinigen folgte unmittelbar der Alten Garde. Nur die Hälfte war beritten, die übrigen gingen zu Fuß, da ihre Pferde vor die Kanonen gespannt waren. Bernhard und Ludwig waren zu Pferd. Als sie auf der Höhe des Talrandes waren, deutete Ludwig mit der Hand zur Linken über das Schneefeld und sprach zu Bernhard: »Erkennst du wohl das Schloß dort drüben?« – »Hm!« entgegnete Bernhard. »Ich hätte geglaubt, es müsse völlig heruntergebrannt sein, aber es steht doch noch so ziemlich auf den Beinen.« – »Ich weiß nicht, weshalb ich auch noch jetzt dieses ehrwürdige Gebäude mit seinen seltsamen Türmen und Zinnen mit einem ganz besonderen Gefühl betrachte«, antwortete Ludwig.

»Ich jetzt mehr als damals, aber das macht die Erinnerung. Weißt du, ich glaube, wir sind unkenntlicher geworden als das Schloß dort, obwohl die Flamme ihm wahrscheinlich alle Eingeweide ausgebrannt hat. Denn wenn ich dich so betrachte, mit dem langen Bart und den schwarzen Rauchfurchen im Gesicht, so kann ich mir wohl denken, wie ich selbst aussehe. Es wäre der Mühe wert, unser Porträt zu malen, damit wir doch dereinst in Deutschland oder Frankreich den Leuten zeigen könnten, welche Gesichter die siegreiche Armee geschnitten hat, als sie zum zweitenmal nach Smolensk kam.« – »Seid getrost, Freunde«, sprach Rasinski zurückgewandt, »eine Zeit der Ruhe liegt vor uns. Sie wird uns auch Gelegenheit bieten, uns wieder ein menschliches Ansehen zu geben.«

Sie ritten jetzt durch das Tor der oberen Stadt ein, denn die östliche Hälfte liegt auf der Anhöhe, die westliche jenseits des Dnjepr in der Tiefe. Als sie die nächste Gasse hinabkamen, blickten sie einander betroffen an. »Nun wahrlich!« sprach Bernhard leise zu Ludwig. »Smolensk sieht nicht aus, als sollte es unser Kapua werden.« – »Wenn die ganze Stadt so zerstört und wüst ist«, antwortete Ludwig ebenso leise, »so wird sie uns nicht mehr Lebensmittel darbieten als die große Straße, die wir gekommen sind.« – »Ich sehe noch nicht, wie wir ein Lot Reis hier kochen wollen«, flüsterte Bernhard. »Bemerkst du wohl, daß alle Fensterkreuze hier ausgebrochen sind? Wo hier noch Holz in der Mauer saß, scheint man schon Ernte gehalten zu haben.«

»Und doch, glaube ich, täten wir wohl, einige dieser einsturzdrohenden Gebäude beizeiten zu besetzen«, erwiderte Ludwig ebenso leise, »denn wenn jene Massen Unglücklicher von draußen erst hereindringen, so bleibt kein Stein auf dem anderen.« – »Das denke ich auch«, entgegnete Rasinski, der mit seinem leisen, stets aufmerksamen Ohr alles vernommen hatte, »und ich plane auch schon, schnell das Recht des Erstbesitzes geltend zu machen. Nur hoffe ich, die Unterstadt wird besser erhalten sein, denn hier stürzt uns vielleicht in der Nacht das ganze Quartier über dem Kopf zusammen.« – »Die frischen Pferdegerippe dort auf der Seite«, sprach Bernhard und deutete mit dem Finger in eine engere Seitengasse hinein, »zeigen auch nichts Gutes an, sie sehen mir geradeso aus, als ob das Fleisch erst vor einer halben Stunde heruntergeschält wäre. Ich möchte meinen armen Klepper, so mager er ist, hier nicht eine Viertelstunde anbinden, denn schwerlich fände ich etwas anderes von ihm wieder als die Knochen. mit einem besonderen Braten dürfen wir daher hier auch nicht rechnen.«

»Nun, Lebensmittel sind hier«, entgegnete Rasinski, »oder die Befehle des Kaisers müßten aufs unverantwortlichste vernachlässigt worden sein. Ihr habt doch noch vorgestern gesehen, daß ein Transport herauskam, den der Kaiser billigerweise denen zusandte, die sich für uns schlagen und außer der Beschwerde des Marsches noch die Gefahr des Kampfes tragen müssen.« Ein Adjutant unterbrach das Gespräch, indem er den Befehl brachte, rechts zu reiten, wo die Quartiere für die Kavallerie angewiesen seien. – Rasinski nahm daher mit der kleinen Schar, die er noch um sich hatte, seinen Weg durch eine gewundene halbeingestürzte Gasse und erreichte so einen freien Raum, wo einige große, steinerne Gebäude, die vermutlich als Warenmagazine gedient hatten, in den unteren Geschossen Ställe für die Pferde, in den oberen Quartier für die Leute darboten. Doch auch diese Häuser waren oft ganz verwüstet. Nur in den oberen Stockwerken sah man noch hier und da ein Fensterkreuz, die Türen waren sämtlich ausgehoben, ja an einigen Stellen der Dielenboden aufgerissen. Indessen gewährten die halbzertrümmerten Gebäude doch ein trockenes Obdach, und falls man nur Holz, Lebensmittel, Stroh und Futter für die Pferde herbeischaffen konnte, so schien der Aufenthalt darin doch, verglichen mit den bisherigen Beschwerden, eine Zeit der Schwelgerei zu versprechen, denn in den meisten Zimmern fanden sich große steinerne Öfen, durch die man, selbst bei den nicht zu schließenden Fenstern, doch noch Wärme genug in den Räumen verbreiten konnte, um es darin auszuhalten.

In wenigen Minuten waren die Quartiere bewohnt, die Pferde in die Ställe gezogen. Rasinskis regelmäßige, unermüdete Sorge hatte es bewirkt, daß er bis auf einige wenige, die der Anstrengung unterlagen, seit dem Tag von Dogorobuye die Seinigen beisammengehalten hatte. Da er nicht duldete, daß irgendeiner, er selbst aber am wenigsten, einen Vorzug genieße, waren auch die kümmerlichen Lebensmittel so verwaltet worden, daß niemand ganz leer ausging. Jetzt war es sein erstes, Boleslaw zum Empfang von Lebensmitteln für die Leute und Jaromir zu dem von Futter, jeden mit angemessener Mannschaft, abzusenden. Boleslaw nahm zwölf Mann und ging nach dem ihm bezeichneten Magazin. Hier fand er ein unbeschreibliches Getümmel. Es war nicht sobald bekanntgeworden, daß in dem Gebäude Lebensmittel aufgestapelt seien, als die hungernden Soldaten und Nachzügler sich, wie ein Schwarm von Raben über einen Leichnam herfällt, um die Türen lagerten und mit ihrem Jammer und Heulen die Lüfte erfüllten. Einigen gelang es, trotz der davor gestellten Wachen, eine Tür aufzubrechen und nun mit blinder Gier über die Lebensmittel herzustürzen und sie roh zu verschlingen. Man sah, sie fanden nur ihren Tod, und was Hunderte vom Verderben retten konnte, wurde frevelhaft vergeudet, um die rasende Begierde einiger wenigen zu stillen. Deshalb war es notwendig, so grausam die Maßregel erscheinen konnte, der gesetzlosen Gewalt eine gesetzliche entgegenzustellen. Die Aufseher der Magazine mußten regelmäßige Truppen herbeirufen, die mit dem Bajonett und dem Säbel auf ihre eigenen Kameraden eindrangen und sie zurücktrieben. Da dies aber nicht sogleich gelang, weil jedem der Hungertod entsetzlicher schien als der plötzliche durch die Waffen, wurde in den dichtesten Haufen gefeuert. Jetzt stob er auseinander, doch er ließ den Boden mit blutenden Leichen bedeckt.

Durch ein solches schauderhaftes Gewühl mußte sich Boleslaw Bahn machen. Er tat es mit Ernst, aber zugleich mit tiefschmerzendem Gefühl. Doch selbst von den Berechtigten gab es so viele, daß mehrere Stunden im Kampf und Gedränge verstrichen, ehe er die Lebensmittel, die ihm zukamen, empfangen konnte. Seine Leute gehorchten ihm noch und trugen das Empfangene, ohne es zu berühren, zu ihren Kameraden, um es mit ihnen zu teilen. Allein dies war nicht leicht. Mann an Mann geschlossen, mit den gezogenen Pistolen in der Hand, mußte Boleslaw sie durch die tobende, fluchende, heulende und jammernde Menge führen und sich gegen dieselbe wie gegen eine Räuberbande verteidigen. Nur mühsam gelang es ihm, endlich bis in das Quartier des Regiments zu dringen. Jaromir war glücklicher gewesen als er, denn bei dem Empfang des Futters hatte nicht ein solches Gedränge stattgefunden.

Als Boleslaw Rasinski seinen Bericht abstattete, schüttelte dieser den Kopf und sprach: »Das sind bedenkliche Zeichen! Wir werden hier nicht lange bleiben können, denn unser Bestreben muß es sein, so rasch wie möglich die Grenzen Rußlands zu erreichen. Bei einer so gänzlichen Auflösung alles Gehorsams würde ein entschiedener Angriff uns vernichten. Ich sandte Bernhard und Ludwig zum Empfang von Munition. Dort hatten sich nur von wenigen Regimentern Leute eingefunden. Wenn der Soldat schon nicht mehr daran denkt, sich verteidigen zu wollen, was soll daraus werden? Ja selbst zum Empfang der Löhnung hatte sich nicht ein Drittel eingestellt, obgleich alle Regimenter benachrichtigt waren!«

»Laßt nur diesen einen Tag der gänzlichen Erschöpfung und Verzweiflung vorüber sein«, antwortete Boleslaw, »so wird sich Ordnung und Gehorsam schon wiederfinden. Noch haben die Schrecken des Marsches, des Hungers, der Kälte die Leute ganz betäubt. Mußten wir selbst doch alle Kräfte zusammenraffen, um nicht den Mut völlig sinken zu lassen, und wieviel besser ist es uns noch ergangen als den übrigen! Durch deine Fürsorge sind die meisten unserer Leute warm gekleidet. Sie haben wenigstens gute Stiefel und Mäntel. Auch ist immer noch etwas Speise für sie dagewesen. Aber betrachte die anderen! Zerlumpt, mit zerrissenen Schuhen mußten sie die furchtbaren Nächte im Freien zubringen, die Tage hindurch sich durch den Schnee arbeiten. Wenn die Qualen so hoch steigen, daß in den Strafen des Ungehorsams kein Schrecken mehr liegt, dann läßt sich die Ordnung nicht mehr erhalten.«

»Aber das *Verderben* liegt darin«, sprach Rasinski, stark betonend, »das Verderben des Ganzen und der einzelnen! Das sehen die Rasenden nicht ein. Gefahr und Not würden sich für alle um die Hälfte vermindern, wenn sich keiner eigennützig derselben zu entziehen versuchte. Von zwanzig, von Hunderten gelingt es einem, die anderen gehen desto schneller und sicherer zugrunde.«

»Laß ihnen nur zwei Tage Zeit, sich zu erholen, so werden sie der vernünftigen Vorstellung zugänglich sein und zum Gehorsam zurückkehren.«

»Aber ist es denn noch Zeit? Haben sie nicht schon ihre Waffen weggeworfen? Sind sie nicht schon den übrigen nur Ballast, ohne noch etwas zur Rettung beizutragen? Der Kaiser muß außer sich sein über einen solchen Anblick.«

Jaromir, Bernhard und Ludwig traten ein. Sie kamen von den Ställen herauf, wo alle Pferde wohl versorgt waren. »Es ist die erste ordentliche Fütterung, die unsere Pferde erhalten, seit wir Moskau verließen«, sprach Jaromir. »Das heißt, unter einer ordentlichen Fütterung verstehe ich halb Spreu, halb Hafer und kaum eine Drittelration. Doch sieht man, wie es den Tieren behagt und bekommt!«

»Um des Himmels willen, gebt ihnen nicht volles Maß. Kaum morgen oder übermorgen würden sie es vertragen«, erinnerte Rasinski. – »Sei unbesorgt«, sprach Jaromir, »ich habe selbst überall das Auge gehabt.« – »Wohl«, antwortete Rasinski. »Doch nun laßt uns auch an uns denken. Es ist die erste Mahlzeit seit langer Zeit, die wir unter Obdach, sitzend und in trauter Gemeinschaft zu uns nehmen werden.«

Alle noch übrigen Offiziere hatte Rasinski zu sich in das leidlich bewohnbare Zimmer geladen. Es war das erstem Mal, daß er einen kleinen Vorzug vor den Seinigen hatte, den sie ihm mit Gewalt aufdrangen. Er glaubte ihn diesmal annehmen zu dürfen, weil es den Leuten gleichfalls nach Verhältnis und Umständen wohl erging. Deshalb gestattete er sich auch mit den Freunden den Genuß einer Flasche Weins, der Kaiser hatte aus seinem eigenen Vorrat jedem der Regimentskommandeure zwei Flaschen zustellen lassen. »Die andere«, sprach Rasinski, »laßt uns für dringendere Zeit bewahren.« Nach der Mahlzeit schloß die Übermüdung allen bald das Auge zu, und sie genossen die köstliche Labung des Schlafes, ohne durch den Schmerz der vor Kälte erstarrenden oder durch die zu große Nähe der Flamme fast verbrennenden Glieder jeden Augenblick aus der dumpfen Betäubung geweckt zu werden, die sie in den Biwaks statt eines leichten, erquickenden Schlummers umfing.

Neuntes Kapitel

Es war heller Tag, als sie erwachten, und vielleicht hätten sie noch länger geruht, wenn der Hunger sie nicht geweckt hätte. Zum Glück konnten sie ihn diesmal befriedigen. Rasinski ging aus, um zu versuchen, ob er es möglich machen könne, seinen Leuten einigen Vorrat von Lebensmitteln zu verschaffen, damit sie für die nächsten Märsche gedeckt wären. Während seiner Abwesenheit kam Regnard und erzählte, daß ein zu Paris verhafteter General, Mallet, einen Aufruhr zu stiften und die Absetzung des Kaisers zu dekretieren versucht habe. Freilich sei die neue Dynastie nur einige Stunden alt geworden, dennoch habe die Nachricht einen tiefen Eindruck auf den Kaiser gemacht, und er solle zum Grafen Daru geäußert haben: »Wie nun, wenn wir in Moskau geblieben wären?«

»Jetzt sind diese Nachrichten eingetroffen?« fragte Bernhard. – »Schon zu Dogorobuye erhielt der Kaiser die Depeschen«, fuhr Regnard fort, »er hielt es aber doch für nötig, sie zu verheimlichen. Auch von der Nachhut sollen schlimme Nachrichten eingetroffen sein. Bei Wiazma hat ein heftiges Gefecht stattgefunden, wobei wir viele Leute verloren haben. Der Prinz Beauharnais hat am angeschwollenen Fluß Wop, über den er seinen Übergang nicht rasch genug bewerkstelligen konnte, seine halbe Artillerie und alles Gepäck zurücklassen müssen. Doch ist sie zum Glück den Kosaken nicht in die Hände gefallen, denn sie wurde mit den Pulverwagen zugleich in die Luft gesprengt. Indessen muß die Nachhut furchtbar gelitten haben, wenn wir bedenken, daß schon wir so viele

Tausende nur durch Hunger und Kälte verloren! Die nach uns Marschierenden werden noch weniger finden als wir und haben es überdies mit dem Feind zu tun.«

Jaromir hatte sich still zurückgezogen, während Regnard erzählte. Bei dem großen Elend, das jetzt herrschte, war ihm das Schicksal Alisettes doch nicht gleichgültig. Er empfand Mitleid mit der Unglücklichen, deren Leichtsinn jetzt so entsetzlich bestraft werden konnte. Gern hätte er nach ihr gefragt, doch konnte er die Worte nicht über seine Lippen bringen. Deshalb verließ er lieber das Zimmer und ging auf die Gasse hinunter. In den letzten Tagen hatten die übermäßigen Anstrengungen ihn mit Gewalt von der Beschäftigung mit seinem Schmerz abgezogen. Kaum war jetzt ein Augenblick der Ruhe eingetreten, so zeigte sich auch dieser innere Feind wieder. Eine briefliche Verbindung mit Warschau war jetzt unmöglich geworden. Es machte ihm daher bittere Sorge, ob der Brief, den Rasinski zu schicken übernommen hatte, angekommen sein werde oder ob die entehrende Beschuldigung noch auf Lodoiska laste, ohne durch seine Selbstverurteilung zurückgenommen und gesühnt zu sein. Diese Vorstellung quälte ihn mit unerbittlicher Härte. In den Augen der Geliebten ein Schuldiger zu sein, das hatte er tragen gelernt, doch ihr für einen Unwürdigen, Verächtlichen zu gelten, dessen rohe Gesinnung das Heiligtum ihres Herzens mit Füßen trat und dem nach dem hinreißenden Augenblick der Leidenschaft die Besinnung nicht zurückkehrte – das beugte ihn in eine solche Tiefe hinab, daß er den Mut, diesen Schmerz ertragen zu können, nicht in sich fand. Und wenn nun – wie es jetzt durch das furchtbare Verhängnis, das das ganze Heer traf, möglich wurde – wenn nun der Tod ihn und Rasinski und die übrigen, die seine Schuld und seinen Entschluß der Sühne kannten, hinraffte, bevor einer von ihnen den Schleier von der unglückseligen Wahrheit heben konnte? Wenn er die Schmach und Entwürdigung, die sein Verdacht schonungslos auf die Geliebte geworfen hatte, nicht mehr zurücknehmen konnte! Wenn diese erdrückende Last des Bewußtseins ihn bis in das Jenseits verfolgte!

Bei dem Blick in diese Möglichkeiten schwindelte ihm, als ob er an dem jähen Rand des Abgrundes stehe, seine Vorstellungen verwirrten sich, und er bedurfte seiner ganzen männlichen Anstrengung, um ihnen nicht willenlos anheimzufallen. Doch eine unheimliche Gewalt zwang ihn fortwährend, das Auge wieder in diese grauende Tiefe seiner Zukunft zu richten. Er fühlte, daß man die bewußte Macht über seine Gedanken verlieren könne. Die Möglichkeit, wahnsinnig zu werden, berührte ihn mit kaltem Grauen. Er sah Regnard wieder gehen. Die lange, hagere, knochenstarke Gestalt desselben, seine scharfen, selbst durch die Anstrengungen dieser Zeit fast gar nicht geänderten Züge flößten ihm jetzt einen Widerwillen ein, der an Furcht streifte. Er glaubte, seinen bösen Dämon in ihm zu sehen, und wandte daher rasch seine Schritte, um ihm nicht zu begegnen.

Bald nach Regnard kamen Bernhard und Ludwig herunter auf die Straße. Sie waren einander selbst jetzt wieder erkennbar geworden, da sie seit dem Rückmarsch von Malo-Jaroslawez zum ersten Mal die Möglichkeit gehabt hatten, sich umzukleiden und ordentlich zu reinigen. »Wahrhaftig«, rief Bernhard im Heraustreten, »jetzt nehmen wir uns ganz stattlich aus. Seit dir der Bart nicht mehr wie ein langes Stoppelfeld um das Kinn starrt, siehst du ordentlich schön aus. Aber hier ist freilich niemand, der sich verlieben könnte.« – »Schon wieder leichtsinnige Gedanken!« sprach Ludwig lächelnd. »Doch in der Tat ist es sogar in großer Bedrängnis etwas wert, sich nicht selbst zum Widerwillen zu sein. Erst jetzt fühle ich mich wohl.« – »Im ganzen sieht man«, antwortete Bernhard, »daß die Prügel dem Menschen wie dem Hund gut bekommen, denn wir befinden uns doch heute eigentlich ganz erträglich. Wenn man nicht unter der Peitsche verblutet, so ist's ein gesunder Aderlaß.« – »Wie glücklich du in so wenigen Stunden vergessen kannst!« seufzte Ludwig. »Ich sehe die Vergangenheit zu finster und die Zukunft zu drohend bewölkt, um mich an der Gegenwart freuen zu können.« – »Bester, die Zukunft wird so schlimm nicht sein, denn wir sind jetzt auf die schlimmste gefaßt. Wenn man weiß, was da kommt, empfängt man das Unheil ganz anders, als wenn man aus geträumtem Himmel plötzlich hineinfällt. Ein unvermuteter Stoß wirft mich hin, habe ich aber Zeit, mich fest auf die Beine zu stellen, so kann ich der dreifachen Gewalt Widerstand leisten. Jetzt laß uns aber sehen, ob wir Schuhe auftreiben können. Wir müssen die Lazarette durchstöbern und versuchen, ob sich eine Erbschaft machen läßt. Ich würde Rasinski gar gern diesen Dienst leisten.«

Dieser hatte ihm nämlich den Auftrag gegeben, den Versuch zu machen, ob sich für die Leute, deren Schuhwerk durch den Marsch gänzlich zerrissen war, neues auftreiben ließe. Sie gingen, mehr dem Zufall als einem Plan folgend, nahmen sie ihren Weg in die Unterstadt, wo die Lazarette der Reservearmeen sich befanden. Vor einem großen, halbverfallenen, aber doch halb zur Bewohnung eingerichteten Gebäude sahen sie zwei Männer in dicken Pelzen und mit Pelzmützen bekleidet stehen. Sie teilten Befehle an verschiedene andere aus, deren Uniform sie als zu dem Verpflegungspersonal gehörig bezeichnete. »Gewiß ein paar Schufte, die uns hungern und frieren lassen«, rief Bernhard unwillig, »und in ihren Pelzen spöttisch zu schauen, wenn der arme Soldat im Schmerz der Kälte Tränen vergießt. Ein Muttersöhnchen! denken sie. Aber ich wollte euch nur ein Biwak machen lassen wie das bei Dogorobuye!« – »Vielleicht wäre aber doch gerade bei diesen Leuten etwas zu machen«, erwiderte Ludwig. »Laß uns näher gehen und zusehen, ob wir etwas erreichen können.« – »Meinetwegen! Aber ich gestehe redlich, ich habe lieber mit einem Kosaken zu tun, der doch gerade heraussagt, daß er mich plündern und im Notfall totschlagen will, als mit diesen giftigen Kreuzspinnen, die sich die fetten Bäuche von dem Mark der sterbenden Soldaten mästen. Was hilft es aber! Nur näher denn!«

Sie traten zu den beiden Männern, die mit dem Rücken zu ihnen standen. Als diese die Schritte und den Gruß der Kommenden hörten, wandten sie sich um. Ein gegenseitiges Erstaunen war sowohl in Ludwigs und Bernhards als in den Zügen der Fremden zu lesen.

»Sehen wir uns hier wieder?« fing nach einigen Augenblicken der jüngere der beiden Fremden an, indem er den Mund zu einem widrigen Lächeln verzog. Kaum hatte er diese Worte gesprochen, als Ludwig mit einem Gefühl, als sei er in eine Gletscherspalte gestürzt, Beaucaire und in seinem älteren Begleiter St.-Luces erkannte. »Gendarmen!« rief Beaucaire, ehe Ludwig ein Wort hervorbringen, einen Entschluß fassen konnte. »Verhaftet sofort diese beiden und werft sie in ein strenges Gefängnis! Es sind Verräter, die sich an Rußland verkauft haben!« Erst durch diese Worte erkannte Bernhard, wen er vor sich habe, denn er hatte Beaucaire in Dresden nur einige Augenblicke auf der Straße gesprochen, und so fest ihm die Physiognomie auch zum Teil aus früheren Erinnerungen eingeprägt war, hatte doch die Fremdartigkeit der Tracht sein sonst so sicheres Gedächtnis einen Augenblick ungewiß gelassen. Jetzt ergriff ihn eine unüberlegte, aber unbezwingbare Wut. »Das lügst du, elender Bube!« rief er mit furchtbarer Stimme, sprang einen Schritt zurück und riß den Säbel heraus. »Wer mir zu nahe komme, dem spalte ich den Schädel!« Ludwig, der gleichfalls erkannte, daß hier ein entschlossenes Handeln allein zu retten vermochte, stieß mit angestrengter Kraft den Gendarm, der ihn beim Arm ergreifen wollte, zurück, daß er in den Schnee taumelte, und im Augenblick blitzte auch in seiner Hand der Säbel. In der Nähe waren Soldaten. »Kameraden, zu Hilfe, zu Hilfe!« rief Bernhard laut. »Diese Schurken, die uns verhungern lassen, wollen uns jetzt noch mißhandeln und morden! Herbei, zu Hilfe!«

Allein, wie es in der Leidenschaft immer der Fall ist, rief er diese Worte nicht Französisch, sondern in seiner Muttersprache. Teils wurden sie daher nicht verstanden, teils bezeichneten sie ihn sogleich als einen Fremden, auf die, seit das Heer von so furchtbarem Unheil betroffen wurde, sich der heimliche Haß der Franzosen schon längst gerichtet hatte. Sie glaubten, und nicht völlig mit Unrecht, sämtliche, aber zumal die deutschen Bundesgenossen freuten sich im stillen über das Unglück des Kaisers und der Armee. St.-Luces, gewandt, jeden Umstand zu benutzen, rief daher ebenfalls: »*Ce sont des traîtres allemands, des espions soldés par la Russie!*«

Diese Worte mußten besser wirken. Die in der jetzigen Stimmung leicht zu erbitternden Franzosen drangen auf die beiden Opfer, die ihnen so bezeichnet waren, ein, um sie niederzuschlagen. Bernhard wollte sich nicht ergeben, doch Ludwig hielt ihm selbst den Arm und rief: »Verteidige dich nicht! Wir könnten hier ein Unglück anrichten. Man muß uns Urteil und Recht gewähren. Rasinski wird uns nicht verlassen, auf ihn berufen wir uns.« Bernhard stampfte unwillig mit dem Fuß und knirschte mit den Zähnen. »Wir sind Ihre Gefangenen, mein Herr«, wandte sich Ludwig zu St.-Luces, »wir werden um Verhör und Urteil bitten, damit endlich diese grundlose Anklage ein Ende habe. Wir sind Soldaten des polnischen Heeres, Oberst Rasinski ist unser Befehlshaber. Er wird uns zu vertreten wissen. Ich fordere, daß Sie ihm unsere Verhaftung sogleich melden!«

Die Gendarmen nahmen beiden die Säbel ab, und auf St.-Luces' Geheiß wurden sie sofort in das Gebäude hineingeführt. Der Unteroffizier wollte sie in die Wachtstube neben dem Tor bringen, wo die Magazinwache sich befand, doch Beaucaire rief: »Nein! Diese Verbrecher haben das Leben verwirkt. Sie müssen in ein sicheres Gefängnis gebracht werden. Sperrt sie in einen der Keller zu dem Graben hinaus ein!« – »Ludwig, Ludwig«, sprach Bernhard im Gehen, »ich fürchte, du hat übel getan, nicht den Waffen und der Flucht zu vertrauen. Wer weiß, ob Rasinski von diesen Schurken unterrichtet wird, ehe es zu spät ist!«

Ludwig schien von der Wahrheit dieser Worte getroffen. Im ersten Eifer konnte sein edelmütiges Herz selbst einem solchen Feind wie Beaucaire nicht diesen Grad der Bosheit zutrauen. Er hatte daher gegen ihn gehandelt, wie er gegen einen Mann von Ehre hätte handeln müssen. Jetzt fiel ihm ein, daß vielleicht niemand mehr als eben Beaucaire das Tageslicht bei dieser Angelegenheit zu scheuen habe, er dachte an die Zumutungen, die der Elende seiner Schwester gemacht hatte, und es wurde ihm klar, daß dieser Grad der Unwürdigkeit auch nur in der niedrigsten Rache Genugtuung finden könne. Da warf er einen Blick auf den Sergeanten der Gendarmerie, der sie nebst drei Mann begleitete. Dieser trug den Orden der Ehrenlegion, hatte zwei Narben auf der Stirn und ein Auge, das eine würdige Gesinnung versprach. »Ihr seid Soldat«, redete er ihn an, »ihr werdet einem Kameraden eine Bitte nicht abschlagen.« – »Außer die, die mir meine Pflicht verbietet«, antwortete der Sergeant ernst. – »Wir sind unschuldig. Wir fallen als Opfer boshafter Rache. Wenn unser Oberst, der Graf Rasinski, unsere Verhaftung nicht erfährt, sind wir ohne Rettung verloren. Gebt mir Euer Wort, ihm dieselbe zu melden.« – »Wenn meine Befehle nicht dagegen lauten, sehr gern.« – »Er wird es Euch reichlich lohnen! Nehmt meinen Dank im voraus«, rief Ludwig freudig und wollte dem Sergeanten seine ganze Börse in die Hand drücken. Doch dieser trat zurück und entgegnete: »Keine Bestechung! Ich werde meine Pflicht als Soldat und Kamerad tun. Doch weg mit Eurem Geld. Was sollte es uns auch hier helfen? Von dem Zeug haben wir genug.« – »Ihr seid ein Ehrenmann, so nehmt wenigstens einen Händedruck für Euren guten Willen.«

Der Sergeant reichte ihm schweigend, aber mit einem gutmütigen Blick die Hand. »Hier sind wir am Ziel«, sprach er und öffnete eine mit Eisen beschlagene Tür, von der etwa zwanzig Stufen abwärts führten. Dann wandte man sich in einen Gang zur Rechten, eine zweite Tür wurde aufgeschlossen, und Ludwig und Bernhard betraten mit einem inneren Schauer ihr Gefängnis, das sich sofort hinter ihnen schloß.

Es war ein feuchtes, kaltes Gewölbe, in das nur eine durch ein Eisenkreuz geschlossene runde Öffnung, kaum von der Größe eines Menschenkopfes, spärliches Licht hineinwarf. »Verfluchtes Loch«, murmelte Bernhard zwischen den Zähnen, »kalt wie ein Eiskeller, und doch dabei feucht! Sieh nur, wie alle Wände mit einem fingerbreiten Reifteppich bedeckt sind! Ein so widriger dumpfer Geruch!« Er ging tappend umher. »Sollte man uns hier wirklich auf dem nackten Stein liegen lassen? Nicht die Spur eines Lagers ist zu treffen. Ein Glück, daß wir die Mäntel anhaben, sonst könnten wir, ehe die Sonne untergeht, hier erfrieren.« – »Ich hoffe, wir werden noch früher unsere Freiheit erhalten«, sprach Ludwig in einem Ton, dem er den Ausdruck tröstenden Zutrauens zu geben versuchte. »O Bernhard! Dieser Kerker scheint mir nicht fürchterlich! Aber der Gedanke, daß ich dich, den ganz Unschuldigen, in alle diese Strudel eines verworrenen Geschicks mit hineingerissen habe, nur weil du mir eine hilfreiche Hand entgegenstrecktest, um mich zu retten ...« – »Um dich mit plumper, ekelhafter Dummheit vollends hineinzustoßen, während du ohne meine unberufene Torheit wahrscheinlich jetzt auf dem trockenen säßest«, unterbrach ihn Bernhard fast wild. »Sei kein Kind, Ludwig«, fuhr er sanfter fort. Willst du dir am Ende noch Vorwürfe darüber machen, daß du die Sterne unseres Schicksals nicht am Draht lenken kannst? Willst du verantwortlich sein von jetzt bis in alle Ewigkeit für das, was mir begegnet? Und doch knüpft sich nur eine Ursache an die andere, und wenn ich in fünfzig Jahren am Keuchhusten sterbe, so kannst du mir beweisen, daß du daran schuld bist, weil du auf dem Simplon im Jahr 1812 deine Pflicht tatest gegenüber einer schönen, bittenden Unglücklichen.« Ludwig blickte finster vor sich hin und schwieg. »Schließ doch einmal die verfluchte Rechnung ab!« fuhr Bernhard fort. »Es könnte mir zuletzt noch glücklich gehen, und ich wäre dir dann für ewig zum Dank verpflichtet und dürfte kein Glas Wein mehr trinken, ohne mich zu dir zu verbeugen und zu sagen: Siehst du, wäre ich nicht damals mit dir nach Rußland gegangen, so hätte ich nicht mit dir heimkehren können, und wäre ich nicht heimgekehrt, so hätte ich das große Los nicht gewonnen, und hätte ich das große Los nicht gewonnen, so hätte mich die schöne Prinzessin nicht geheiratet, und hätte ich sie nicht geheiratet, so säße ich jetzt nicht hier in meinem Prachtsaal, und – kurz, ich will dir eine

Kette von Ursachen und Wirkungen schmieden, die vom ersten Schöpfungstag bis zum Jüngsten Gericht reichen soll!«

»Deine freundlichen Verhüllungen werden mich an der Wahrheit nicht irremachen«, antwortete Ludwig bewegt. »Ich sehe diese Kerkerwände an und messe die Weite zwischen hier und der Heimat – und ich *weiß* nicht, aber ich *fühle* es, was und wer dich hierhergebracht hat!«

»Ich *fühle* nicht, aber ich *weiß*, daß *ich dich* herschleppte mit meinen Dummheiten in Dresden! Aber du verlangst vielleicht gar, ich sollte dich ruhig stecken lassen in der Wolfsgrube und davonschleichen, nachdem ich dich hineingeschubst hatte? Donnerwetter! Jetzt kommt's mir hoch! Wäre ich nicht ein Lamm, ich könnte wild darüber werden! Seh' ich das Ding recht an, so willst du mir auf eine feine, aber desto boshaftere Weise nur Vorwürfe machen. Doch vergeblich, guter Freund! Mein Gewissen ist ein Krokodilspanzer, eine Rhinozeroshaut, ich sage dir, es ist mit eichenen Bohlen verkleidet und schuß- und feuerfest dazu. Glaubst du, ich werde mich für alle Sünder verantwortlich machen, die unvermutet und ohne Beichte in die Hölle fahren, weil sie von dem nachstürzenden Kiesgeröll, auf dem ein Fuß zufällig oder ungeschickt ausglitt, zerschmettert werden? So wenig ich den Urvater Adam anklage, wenn ich einen dummen Streich begehe, daß sein Apfelbiß mir den Gewissensbiß zugezogen habe, den ich nämlich empfinden sollte! – Aber ich wünschte, wir hätten ein gutes Kaminfeuer hier und einen Diwan mit Pferdehaaren gepolstert, denn das Stehen wird mir schwer, obgleich ich die Nacht gut geschlafen habe. Siehst du, das ist noch ein wahres Glück, daß wir ausgeruht und halb gesättigt in diesen russischen Bürgergehorsam gekommen sind. Faßte der Spitzbube uns gestern, so wäre dies heute unser anständiges Grabgewölbe, so rasch hätten Hunger und Kälte uns still gemacht.«

»Du bist so gut! Von allem siehst du die helle Seite!« antwortete Ludwig gerührt. »Hast du denn aber nicht bedacht, daß wir unseren Feinden eben nur heute kenntlich sein konnten. Wer hätte uns gestern in den langen, struppigen Bärten, mit dem verworrenen Haar, der schwarzen, rußigen Haut erkannt? So wird, was vor einer Stunde ein Glück für uns schien, jetzt unser Verderben.«

»Und wer sagt dir das? Wenn es sich in dieser Stunde so umkehren kann, warum nicht in der nächsten abermals? Mut, Mut, Ludwig! Der Rachen des Todes steht lange offen, ehe er einmal zuschnappt. Er hat oft genug vergebens in diesem letzten Vierteljahr die Zähne gegen uns gefletscht, er soll uns heute nicht bange machen.«

»Ich zittere nicht!« sprach Ludwig mit Würde. »Denn ich darf meinen Richtern, wie ich sie ungern nenne, mit freier Stirn gegenübertreten. Aber ein tiefer Schmerz muß mich durchdringen, wenn ich sehe, wie ein unseliger Fluch auf mir lastet und die mit erdrückt, die sich am treuesten zu mir gesellen möchten! Dich und Marie! Und, wer weiß ...« – »Orestes!« unterbrach ihn Bernhard. »So laß mich denn dein Pylades sein.« Er nahm ihn in den Arm und küßte ihn herzlich.

Zehntes Kapitel

Eine Stunde, eine zweite verging, sie harrten vergeblich darauf, daß man sie zum Verhör führen solle. Die Kälte in dem dumpfen Gewölbe schien mit jedem Augenblick zuzunehmen. Rings waren die Wände mit feinen Eiskristallen bedeckt, und der Boden lag sogar hier und da voll Schnee, wie ihn der Wind in die Fensteröffnung getrieben hatte. Eben erhob er sich draußen aufs neue wieder und heulte schauerlich durch das Gewölbe. Die Müdigkeit zwang die Gefangenen, sich auf dem eiskalten Steinboden zu lagern, doch die Kälte trieb sie bald wieder auf. Nur in der Abwechslung zwischen Gehen und Liegen fanden sie die Möglichkeit, sich vor dem Erstarren zu schützen. Hände und Füße waren ihnen schon klamm. Es fing an zu dunkeln, der Tag mußte sich neigen. Ludwig wurde von Minute zu Minute unruhiger. Bernhard pfiff sich Grimm und Sorgen weg. »Ich fürchte«, begann endlich Ludwig, »Rasinski weiß nicht, was aus uns geworden ist. Sonst müßten wir schon Nachricht von ihm haben.«

»Die Zeit wird einem lang im Vogelbauer! Wir sind erst ein paar Stunden hier. Wer weiß, was für langweilige Prozeduren nötig sind, ehe er bis zu uns dringen kann. Wär' ich ein Vögelein!« Ludwig schwieg, der Schmerz preßte ihm die Brust zusammen.

»Mir fällt etwas ein«, rief Bernhard plötzlich. »Als die von dem Direktorium zur Deportation in die Wüsten Guineas verdammten Terroristen nach Amerika übergeführt wurden – ich glaube auch Collot d'Herbois, der schlechte Schauspieler, der aber doch die Rolle des Tyrannen leidlich durchgeführt hat, gab man ihnen, um sie an die schmalen Bissen in der verpesteten Wüste zu gewöhnen, nur schmale Schiffskost. Da fingen die Kerle an, sich aufs Brüllen zu legen, und schrien, bis ihnen die Kehlen vertrockneten: »Mich hungert!« Endlich wurde es dem Kapitän zuviel, und er befahl: »Gebt den Hunden zu fressen, damit sie aufhören zu heulen.« So könnten wir's auch machen und an die Tür dort donnern, bis sich jemand um uns bekümmerte.« Dabei tat er einen wilden Fußstoß gegen die verschlossene Pforte, daß der Schall dumpf in dem Gewölbe widerhallte. Doch er sank halb taumelnd zurück, so daß Ludwig hinzuspringen mußte, um ihn am Fallen zu hindern. »Verflucht!« rief er, indem er die Zähne zusammenbiß. »Ich dachte nicht an den verteufelten Schmerz in den erstarrten Füßen. Das war eine Empfindung, als ob ich zwischen Hammer und Amboß geraten wäre. Es geschieht mir schon recht. Geduld, Geduld! empfiehlt die Lehre der Liebe, und ich wollte ingrimmig toben gegen mein Schicksal. Du mußt mich schon ein wenig stützen, Bester, denn der Schmerz ist mir bis in das Rückenmark gefahren!« Er lehnte sich mit dem Arm auf Ludwigs Schulter und zog den schmerzenden Fuß krampfhaft an sich.

Da klirrten die Riegel der äußeren Pforte, und man kam die Stufen herab. »Nun, geholfen hat es wenigstens!« rief Bernhard. »So soll es mich auch nicht reuen.« Erwartungsvoll hielten beide ihre Blicke auf die Tür gespannt, die, so hofften sie, sich ihnen zur Freiheit öffnen werde. Der Sergeant trat mit seinen Leuten ein. »Ich habe Befehl, euch zum Verhör abzuführen«, sprach er ernst, »folgt mir.«

Von den Soldaten begleitet, verließen sie den Kerker. Sie wurden über den Hof geführt. »Habt Ihr meine Bitte erfüllt?« fragte Ludwig den Sergeant halblaut. Doch dieser deutete ihm durch ein stummes Zeichen an, daß er schweigen müsse. Jetzt fing Ludwig an zu fürchten, daß seine gerechte Sache doch einen bösen Ausgang nehmen werde. Rasinski konnte nicht benachrichtigt sein, sonst hätte er schon Schritte zu ihrer Befreiung getan. Der Kaiser war in der Stadt. Ohne Zweifel wäre er diesen selbst angegangen. Mit diesen Gedanken beschäftigt, folgte Ludwig mechanisch seinem vorangehenden Führer die Treppe im Vorderhaus hinauf, wo man ihn und Bernhard in ein großes, gewölbtes Zimmer führte. Auf einem Tisch am Ende desselben brannte Licht. Im ersten Augenblick verloren die Eintretenden fast die Besinnung, denn das Zimmer war sehr stark geheizt, und da sie selbst dem Erstarren nahe waren, wirkte die plötzliche Hitze so heftig auf sie. Der Sergeant bemerkte es, er befahl ihnen, sich auf eine Bank zu setzen, die in die Wand eingelassen war, und dort zu bleiben, bis er zurückkehre. Drei Mann ließ er zur Wache bei ihnen und trat in ein Nebenzimmer.

»Habt ihr nicht einen Bissen Brot, Kameraden?« fragte Bernhard. »Wir sinken fast um vor Hunger. Ich will es euch gut bezahlen!« Nach einigem Zögern langte einer der Leute ein Stück schwarzes Brot aus der Tasche, brach es durch und reichte Bernhard die Hälfte. »Nehmt! Aber mehr kann ich euch nicht geben. Dies ist alles, was ich besitze, und wer weiß, ob wir morgen noch etwas geliefert erhalten.« Bernhard wollte ihm ein Goldstück geben. »Ich bin unterm Gewehr«, antwortete der Soldat, »ich darf kein Geld nehmen. Behaltet!« In diesem Augenblick trat der Sergeant wieder ein. Er sah Bernhard, der eben das Brot mit Ludwig teilte, an und fragte: »Von wem habt Ihr das Brot?« – »Von mir«, sprach der Soldat fest und trat mit angezogenem Gewehr vor. – »Du bist brav, Cottin, aber du hast unrecht getan. Ich will nichts gesehen haben. Du bleibst als Schildwache draußen vor der Tür stehen, ihr anderen tretet ab und geht in die Wachtstube hinunter.« Die Soldaten verließen das Zimmer.

»Ich habe Euren Auftrag nicht erfüllen können«, redete der Sergeant jetzt Ludwig an, »denn der Graf Rasinski ist mit seinen polnischen Lanciers befehligt worden, sogleich zum Korps des Marschalls Ney zu stoßen. Er war schon seit zwei Stunden fort, als ich ihn aufsuchte.« Diese Nachricht traf beide wie ein lähmender Schlag. Ludwig erblaßte und sah Bernhard an. Selbst dieser hatte die Fassung verloren. Indem schellte es im anderen Zimmer. »Ich muß Euch hineinführen«, sprach der Sergeant zu Ludwig, »Ihr sollt zuerst vernommen werden.«

»Bernhard!« wandte sich dieser zu dem Freund. »Du kannst dich retten, versprich mir, daß du es willst. Werde ich hier ein Opfer der Rache eines Elenden, so bedenke, daß du der Bruder meiner Schwester sein mußt. Ich sterbe ruhig, wenn ich dich gerettet weiß.« – »Kopf über Wasser, Freund!« entgegnete Bernhard, ohne die von Ludwig dargereichte Rechte zu fassen. »Wer will dich verurteilen? Gib ihnen nicht eine Silbe zu.« – »Ich werde die Wahrheit, die volle Wahrheit sprechen«, rief Ludwig fest, »diesen Unwürdigen gegenüber bin ich zu stolz auch zu der kleinsten Lüge. Aber versprich mir ...«

»So antworte gar nicht, fordere den Beweis ihrer richterlichen Gewalt.« – »Versprich mir«, unterbrach ihn Ludwig dringend. – »Fort, fort«, rief der Sergeant, »wir dürfen nicht säumen.«

»Oh, Bernhard!« rief Ludwig schmerzlich, denn er verstand ihn wohl. »O Bernhard! – Nun wohl denn! Mein Leiden hat das höchste Maß erreicht, es ist nichts mehr zu verlieren als Ehre und Männlichkeit, und die soll mir kein Verhängnis rauben.« Mit diesen Worten schritt er, sich rasch und entschlossen losreißend, mit wiedergewonnener voller Kraft durch den Saal.

Bernhard blieb allein. Er hielt das noch unverzehrte Stück Brot in der Hand. »Ärger verdirbt den Appetit«, murmelte er vor sich hin. »Man kann aber noch durch schärfere Säuren geätzt werden, es gibt Dinge, die den Heißhunger verjagen, sie müssen aber bitterer sein als Galle! – Mich hungert jetzt nicht mehr. Aber ich will dich doch verschlucken, hartes Brot des Mitleids! Der Magen könnte am Ende unser Herr werden, aber jetzt müssen es Kopf und Herz sein. Ich bin nicht schläfrig, aber ich will auch schlafen auf dieser Bank, daß nicht Todesmattigkeit mir die Glieder bricht, wo sie fest sein müssen wie Eisen.« So streckte er sich auf die Bank hin, um zu schlafen. Doch hatte er seinem Wollen zuviel zugemutet. Denn schwerer als die Last der Ermattung, lag die der Sorgen auf seiner Seele. Zu seinem Glück dauerte die Prüfung nicht lange, denn nach kaum einer Viertelstunde erschien der Sergeant, um auch ihn abzuholen. »Was ist mit meinem Freund geschehen?« fragte er hastig. – »Ich weiß nicht«, lautete die Antwort, und in der Miene des strengen Soldaten war es zu lesen, daß er nichts geantwortet hätte, wenn er es auch gewußt hätte.

Mit trotzigem Blick trat Bernhard ein. An einem langen Tisch saßen St.-Luces und Beaucaire, zwei jüngere Leute waren ihnen gegenüber eifrig mit Schreiben beschäftigt. »Wir sollten uns kennen?« fragte St.-Luces, indem er Bernhard scharf ansah. – »Möglich«, erwiderte dieser, »ich wüßte aber nicht, wie ich zu der Ehre käme.« Der verächtliche Ton, mit dem er die Worte sprach, gab ihnen den umgekehrten Sinn.

»Sollte ich vielleicht so glücklich sein?« fragte Beaucaire mit höhnischem Lächeln. – »Ja, mein Herr! Ich habe Euch in Pillnitz und in Dresden gesehen, vielleicht auch schon früher irgendwo, denn Ihr habt so gewisse physiognomische Kennzeichen, die einem lange im Gedächtnis bleiben.« – »So? Sehr erfreulich! Vielleicht ist Euch aus dieses Gesicht nicht ganz unbekannt«, entgegnete Beaucaire und drehte ein Blatt, das vor ihm lag, um. Es war Biankas Bild, das man in Ludwigs Brieftasche, die ihm abgenommen worden war, gefunden hatte. »Ich habe es gezeichnet«, sprach Bernhard trocken. – »Ich glaube mich dessen recht wohl zu erinnern«, entgegnete Beaucaire, »es wird in London im Theater gewesen sein.«

Diese Worte fielen wie ein leuchtender Blitzstrahl in Bernhards Brust, er blickte Beaucaire scharf an, und plötzlich hellte sich das Dunkel seiner Erinnerungen auf. Er hatte diesen widerwärtigen Menschen in derselben Loge mit Bianka sitzen sehen. Alle Gefühle und dunklen Ahnungen seiner Brust wurden plötzlich aufgestört durch die nahe Möglichkeit, etwas Näheres von dem Wesen zu erfahren, das eine so rätselhafte Macht auf sein und Ludwigs Schicksal ausübte. Er vergaß das Verhältnis, in dem er jetzt vor Beaucaire stand und rief hastig: »Wer ist diese Dame? Sie müssen Sie kennen, denn Sie waren in ihrer Nähe! – Ich hätte noch andere Fragen wegen dieses Abends, jedoch nicht an Sie«, fuhr er stolzer fort, indem er sich des versäumten Duells erinnerte.

Beaucaire lächelte teuflisch. »Sie gestehen, Herr von St.-Luces«, wandte er sich zu diesem, »daß wir mit feinen Leuten zu tun haben. Der Herr spielt die Rolle des Unwissenden mit großer Wahrheit!« – »Mein Herr!« fuhr Bernhard auf. – »Ihr schweigt!« erwiderte Beaucaire, indem er plötzlich den Ton eines Befehlenden annahm. »Meint Ihr, wenn es uns nicht zu anderen Zwecken dienlich erschienen wäre, wir würden einem Verbrecher, wie Ihnen, diesen verwegenen Ton nur einen Augenblick gestatten?«

Bernhards Auge rollte wild. Nicht der freche Befehl Beaucaires, sondern der überwallende Zorn raubte ihm für den Augenblick die Sprache. Er warf den Blick im Zimmer umher, ob er nirgends eine Waffe entdecken könne, glücklich für ihn, daß sein Auge auf keinen Gegenstand dieser Art stieß, denn er hätte sofort den höhnenden Schurken Beaucaire damit zu Boden gestreckt und sein eigenes Leben dafür eingebüßt. Dieser nahm sein Verstummen für Furcht und fuhr fort: »Jetzt gebt Antwort auf die Fragen, die ich Euch vorlegen werde. Wie seid Ihr zum Dienst bei der Armee gekommen?«

Bernhards erster Grimm hatte sich gelegt. Er fühlte, daß er sich verachtend über den Unwürdigen zu erheben habe. Dies vermochte er nicht besser, als wenn er jetzt jenes starre Schweigen beobachtete, das ihm zuvor auferlegt werden sollte.

»Hörtet Ihr meine Frage nicht? Wie seid Ihr zur Armee gekommen?« Bernhard nahm einen unweit stehenden Sessel, rückte ihn sich heran, setzte sich ohne weiteres darauf und fing an, als sei er ganz allein im Zimmer, einen Kontertanz zu pfeifen. Beaucaire erblaßte vor Grimm. »Sergeant«, rief er nach einigen Augenblicken, »führt den Verhafteten in sein Gefängnis zurück.« Pünktlich im Gehorsam, trat dieser auf Bernhard zu und sagte ihm, nicht ohne den Ausdruck einer gewissen Ehrfurcht, die dessen keckes Benehmen ihm abrang: »Ich bitte Euch, mir zu folgen!« – »Sehr gern, mein braver Kamerad«, antwortete Bernhard und ging mit ihm hinaus, ohne durch einen Gruß oder sonst irgendein Zeichen zu verraten, daß er von der Anwesenheit der übrigen im Zimmer auch nur die mindeste Kenntnis nähme.

Beaucaire befahl den beiden Schreibern abzutreten. Sie gingen, er blieb mit St.-Luces allein. »Ein verwünschter Prozeß!« rief dieser, indem er aufstand, »ich sehe nicht ein, wie wir bei diesen hartnäckigen Deutschen auch nur den Schein eines Protokolls zustandebringen wollen, worauf sie verurteilt werden könnten. Ihre Leidenschaft, Beaucaire, hat uns in ein Labyrinth der unangenehmsten Verhältnisse gestürzt!«

»Ich getraue mich, den Ausgang daraus zu finden«, entgegnete dieser kalt und nicht ohne einen gewissen Hohn der Überlegenheit seines Verstandes. »Wir haben Zeugen, daß der Gefangene dieses Bild als von seiner Hand gezeichnet anerkennt. Dieser Umstand, der mir selbst die evidenteste Überzeugung gibt, daß beide Angeklagte in einer genauen Verbindung mit Dolgorow gestanden haben, wird zu einem Bericht hinreichen, der auch den Generalintendanten überzeugt. Wie? Dem einen sollte das abenteuerliche Märchen von der Art und Weise, wie er den Grafen über die Grenze führte, geglaubt werden? Man sollte seiner Versicherung trauen, daß er denselben zuvor durchaus nicht gekannt und seitdem nicht wiedergesehen habe, wenn er das Bildnis der Tochter bei sich trägt? Und der andere, der mich in Dresden irreleiten wollte, ist geständig, das Bildnis gezeichnet zu haben? Und dennoch sollten beide so ganz ohne Verbindung mit dieser russischen Familie sein? Wenn der trotzige Bursche sich nicht schuldig fühlte, weshalb entfloh er denn mit jenem zugleich aus Dresden? Weshalb treffen wir sie beide hier beisammen? Wenn ich daraus nicht einen Bericht zusammenstellen sollte, der bis zur Evidenz darlegt, wie eine höchst vertraute, fortgesetzte, vielleicht noch in diesem Augenblick genährte Verbindung beider mit Dolgorow stattfinden muß, so will ich mich für zu dumm zum Landpfarrer erklären lassen. Sie und ich selbst, die wir in der Stille für uns doch die gegründetsten

Ursachen haben müssen, an die mögliche Unschuld beider zu glauben, müssen jetzt anderer Meinung werden. Welcher Dritte vermöchte es, auch nur mit einigem Schein eine entgegengesetzte Ansicht zu verteidigen? Lassen Sie uns zwei Stunden, und ich bürge Ihnen für die Zustimmung des Generalintendanten.«

»Führen Sie die Sache nur nicht zu weit«, antwortete St.-Luces ein wenig bitter, »von *noch* fortdauernden Verbindungen wollen wir wenigstens nichts erwähnen. Wer zu viel beweisen will, beweist am Ende nichts.«

»Herr von St.-Luces«, entgegnete Beaucaire empfindlich, »das lassen Sie meine Sache sein. Der Umstand, daß wir die beiden Leute gerade hier treffen, hier in Smolensk, in dessen Nähe ein Teil der Güter Dolgorows liegt, darf doch wohl nicht unerwähnt bleiben.« – »Sie haben mir selbst gesagt«, antwortete St.-Luces, »daß Sie nie auf diesen Gütern gewesen sind, sogar die Namen derselben nicht genau kennen ...« – »Es ist wahr«, unterbrach ihn Beaucaire kalt, »aber meine Unkenntnis in dieser Hinsicht wird sich genügend dadurch rechtfertigen, daß ich erst in London in die Dienste Dolgorows trat, also seine heimatlichen Verhältnisse, da ich ihn nur auf Reisen begleitete, am wenigsten kennenlernen konnte. Auch war ich niemals sein Sekretär in Beziehung auf seine Familien- und Vermögensangelegenheiten, weil er diese selbst besorgte. Je unbestimmter meine Kenntnis in dieser Hinsicht ist, je größer wird das Feld der Mutmaßungen. Wüßte ich genau, wo und wie weit von hier Dolgorows Schloß liegt, so dürfte ich nicht darauf hindeuten, daß es ganz in der Nähe gelegen sein kann, daß uns von dort aus möglicherweise Verrat und Überfall durch Einverständnis mit Russen in der Stadt bedrohen kann.«

St.-Luces ging verdrießlich und unruhig auf und ab. »Ich weiß nicht«, erwiderte er nach einigen Minuten, »was mich in der Sache so anwidert. Ist es eine fatale Ähnlichkeit dieses Herrn von Rosen mit jemandem, den ich gekannt habe und an den ich mich ungern erinnere, oder hält mich sonst etwas zurück. Ich fürchte aber einmal einen üblen Ausgang.« Beaucaire lächelte. »Ich stehe für den besten. Der Graf Rasinski kann uns nicht mehr schädlich werden, er ist fort – und ich glaube, wir werden nicht viel von ihm und seinem Regiment wiedersehen.«

»Der Kaiser schätzt ihn! Wenn er klagte ...«

»So könnte er dadurch die Gunst des Kaisers verlieren. Oder halten Sie es für eine Empfehlung, daß die beiden Verdächtigen in seinem Regiment dienen? Und bedenken Sie, wie erzürnt der Kaiser auf uns und unsere Kollegen ist, weil er die Magazine nicht so findet, wie er sie erwartete. Ich höre, einen Magazinaufseher in der Oberstadt hat er gestern erschießen lassen wollen. Findet er Zeit, unsere Rechnungen und Bestände genau zu prüfen, so wissen Sie, daß ...« St.-Luces biß sich auf die Lippen. »Was kann uns also erwünschter sein, als ihn durch einen Beweis unseres Eifers günstig für uns zu stimmen? – Die Gelegenheit dazu ist gar nicht schicklicher zu treffen, denn der Argwohn des Kaisers gegen die fremden Bundesgenossen wächst mit jedem Tag, und seit den letzten Ereignissen in Paris ist er vollends mißtrauisch geworden. Unsere beiden Gefangenen sind Freunde, sind, was noch mehr ist, Deutsche und dienen wahrscheinlich unter fremden Namen und auf alle Weise verkappt in einem polnischen Regiment. Das allein ist hinreichend, sie verdächtig zu machen.«

»Nun denn«, rief St.-Luces, »tun Sie, was Sie wollen, aber ich wälze die Folgen davon ganz aus Sie.« – »Auch in betreff der *angenehmen* Folgen für uns?« fragte Beaucaire betonend. – »Wahrhaftig, auch in dieser Hinsicht, Herr von Beaucaire«, erwiderte St.-Luces stolz, »wenn ich in dieser Sache meinen Namen nicht mit hergeben müßte.«

»Ich war nicht der, der sie einleitete«, sprach Beaucaire kalt. »Sie genehmigen also, daß ich den Bericht für den Generalintendanten aufsetze und ihn ihm zur Vorlegung an den Kaiser aushändige?« – »Tun Sie, was Sie wollen!«

Und Sie werden ihn mit unterzeichnen?« – »Da ich's nicht vermeiden kann, ja.« – »Sehr wohl.« Mit diesen Worten verbeugte sich Beaucaire und ging.

Bernhard wurde von dem Sergeanten und dem vor der Tür stehenden Soldaten, der ihm das Brot gegeben hatte, in das Gefängnis zurückgeführt. Alle drei schwiegen. Als die Tür des Gewölbes sich öffnete und der matte Schimmer der Laterne hereinfiel, sah sich Bernhard vergeblich nach Ludwig um. »Wo ist mein Freund, lieber Kamerad?« sprach er zu dem Sergeant. – »Ich habe ihn drüben auf dem anderen Flügel allein einschließen müssen.« – »Ist sein Gefängnis aus so wohl, so menschlich eingerichtet wie dieses?« fragte Bernhard weiter mit bitterem Ton, dem sich jedoch der Ausdruck eines tiefen Schmerzes beimischte.

»Es ist wahr«, begann der Soldat, »dies ist ein Loch für einen Hund zu schlimm, geschweige für einen Menschen.« – »Du traust dich, unter dem Gewehr zu sprechen, Cottin?« wandte sich der Sergeant streng um. – »Vergebt, mein Sergeant«, erwiderte dieser, »ich weiß, ich tue unrecht. Aber Gottes Gebot ist auch ein Gesetz, und das heißt mich reden. Ich bin aus dem Elsaß, ich spreche Deutsch, ich habe gehört, daß die beiden armen Teufel Deutsche sind. Einen Landsmann, und wäre es nur ein halber, darf man nicht ganz im Stich lassen.«

»Ich habe dir's oft gesagt, du bist ein guter Kerl, doch du hast keinen Dienst.« – »Aber ich habe recht, mein Sergeant.« – »Ich will's nicht leugnen. Allein was sollen wir machen?« – »Freund«, begann Bernhard, »tut Eure Pflicht. Es wäre mir leid, wenn Ihr meinethalben bestraft werden solltet. Zwar werde ich in diesem Kerker schwerlich die Nacht überdauern, und wenn ich morgen freigesprochen werde, wird es zu spät sein –

aber tut nur, was Ihr müßt, doch wenn Ihr könnt, so seid barmherzig gegen meinen Freund, der ebenso unschuldig ist wie ich.«

Der Sergeant schien sich zu bedenken. »Wir müssen Rat schaffen!« sprach er plötzlich entschlossen. »Ich kann Euch auch nicht in dem Gewölbe hier lassen, denn die Kälte ist zu streng und steigt mit jeder Minute. Zum Mörder sollen sie mich doch nicht machen, zumal diese Ritter von der Feder, die niemals Pulver riechen und nicht wissen, was der Soldat alles aushalten muß, während sie in ihren warmen Pelzen und bei den vollen Magazinen sitzen! – Mögt Ihr verbrochen haben, was Ihr wollt, Euch ohne Urteil und Recht hier erfrieren und verhungern zu lassen, das habt Ihr nicht verdient. Ihr habt das Ansehen eines braven Kerls, und ich muß Euch sagen, es hat mich gefreut, daß Ihr Euch oben so stolz benahmt. Das ziemt dem Soldaten. Darum will ich etwas für Euch wagen. Aber Ihr müßt mir Euer Wort als Kamerad geben, daß Ihr mir gehorcht.« – »Wenn ich's nicht erfüllen kann, so sage ich's Euch zuvor und lasse mich hierher zurückbringen«, antwortete Bernhard fest. – »So kommt mit auf die Wachtstube. Doch Ihr dürft mit niemandem auch nur ein einziges Wort sprechen!« – »Ich werde schweigen wie diese Mauern. Aber mein Freund?« – »Auch er soll, aber unter derselben Bedingung, die Nacht mit uns zubringen.« – »Meine Hand hierauf in seinem Namen.« – »So kommt!«

Bernhard faßte unwillkürlich beide Hände des Sergeanten, schüttelte sie mit warmer Heftigkeit, sah ihm ins Gesicht und rief: »Wahrhaftig, ich bin Euch Dank schuldig und mehr als mein Leben! – Und Euch auch, wackerer Kamerad und Landsmann«, setzte er hinzu und wandte sich zu dem redlichen Cottin. »Ja, es ist ein edler Stand, der des Kriegers. Ich ergriff ihn nur mit innerstem Widerwillen, aber ich habe ihn achten, verehren gelernt. Er erhebt über die niederträchtigen Lumpereien des Lebens und adelt so die Gesinnungen des Geringsten. Unter großen Geschicken wird der Mensch selbst groß. Oh, Ihr wißt nicht, wie elend die dort oben sind, die sich so hoch über Euch zu stehen dünken! Wahrlich, es tut mir weh, daß dieses verächtliche Gesindel solchen Männern Befehle geben, sie zur Verantwortung ziehen darf.«

Er konnte sich nicht bezwingen, er mußte die beiden Wackeren an sein Herz drücken. »Gut, gut, Kamerad«, rief endlich der Sergeant fast unwillig, da er merkte, daß er seine ganze dienstliche Haltung verloren hatte, »nun macht nur fort.« – »Erst sagt mir, wie Ihr heißt«, fragte Bernhard dringend, »denn ich möchte den Namen eines Ehrenmannes auch gern jenseits mit hinübernehmen.« – »Ich heiße Ferrand«, antwortete der Sergeant, »wenn Ihr's durchaus wissen wollt. Doch laßt uns jetzt eilen.«

»Ich werde Eurer ohne Schreibtafel gedenken«, beteuerte Bernhard und nahm nochmals seine Hand. Ferrand drängte vorwärts. Sie gingen. In Bernhards Seele kehrte jetzt ein Strahl der Hoffnung zurück. Er hatte sie wirklich schon aufgegeben und war gefaßt auf das Äußerste. Doch dieses günstige Zeichen hielt er für eine gute Vorbedeutung, dem einen, fürchterlichsten Tod war er doch wenigstens entronnen, und noch konnte er sich nicht überreden, daß der Himmel ihn nur deshalb so vielfach in der dringendsten Gefahr beschützt habe, um ihn durch übermütige Willkür zugrunde gehen zu lassen.

So trat er in die unter dem Tor gelegene, finstere Wachtstube. Zu anderen Zeiten wäre sie ihm als ein düsterer Kerker erschienen, jetzt gewann sie die Gestalt eines freundlichen, behaglichen Aufenthalts für ihn. »Hier, setzt oder legt Euch auf die Bank dort in jener Ecke«, sprach der Sergeant, »aber haltet Euer Wort, sprecht mit niemandem und verlaßt die Stelle nicht.«

»Ihr sollt mich als einen feigen Schurken mit Füßen zertreten, wenn ich Euch nicht so gehorche, als wäre ich mit Ketten angeschlossen. Und könnte ich mich mit einem Schritt, mit einem Wort retten, ich wollte starr und stumm bleiben wie die Gräber draußen im Eis und Schnee.« Mit diesen Worten setzte er sich und hüllte sich, da der Frost ihn noch durchschauerte, dicht in den Mantel ein.

Ferrand ging und kehrte nach einigen Minuten mit Ludwig zurück. Dieser trat mit einem Zug wehmütiger Freude um die Lippen ein, und sein Auge suchte den Freund. Freudig winkte Bernhard ihm zu, legte aber den Finger auf den Mund. Ludwig gab ein Zeichen, daß er den Wink verstehe, und nahm in einer anderen, ihm angewiesenen Ecke Platz. Der Sergeant ließ hierauf die Soldaten in einen Kreis zusammentreten und redete sie an. »Freunde, ich habe ein Werk der Barmherzigkeit an diesen beiden getan und lasse sie die Nacht hier zubringen, ohne daß sie einander sprechen dürfen. Ist einer unter euch, der mir unrecht gibt, so sage er's, und sie sollen sogleich in ihre Gefängnisse zurück, wo sie aber bis morgen vor Hunger und Kälte umkommen müssen. Meint ihr also, daß ich recht getan habe, so mögen sie hierbleiben, und wir alle sind die Mitschuldigen.« – »Laßt sie hier!« riefen die Leute aus einem Mund. »Von uns wird keiner ein Verräter.« Jetzt war das letzte Bedenken gehoben und beiden die ruhige Nacht gesichert.

Eine große Schüssel mit warmer Abendkost für die Soldaten wurde hereingetragen, denn hier, im Magazin selbst, herrschte noch kein Mangel. Ferrand dachte sogleich von selbst daran, den beiden Gefangenen durch den redlichen Cottin einen hinreichenden Anteil von der Speise zu senden, ehe sie durch den Gedanken, man werde sie übergehen, gequält würden, denn noch immer folterte der Hunger ihren erschöpften Körper, zumal da der Duft einer lange entbehrten, wohlbereiteten Speise die ganze heftige Begier desselben aufregen mußte. Deshalb wurde beiden diese Labung eine unschätzbare Wohltat.

Denn die allmächtigen Gesetze der Natur überwältigen jeden. Der Edelste, der Größte, den die geläutertste Kraft des Willens durchdringt, muß zuletzt den Bestimmungen gehorchen, von denen sein irdischer Leib abhängt. Es gibt einen Grad, dem niemand widersteht. Was zu anderen Zeiten eine leichte Selbstverleugnung, eine geringe Kraft der Entsagung, ein Spiel scheint, das wird in solchen Augenblicken zur unermeßlichen Aufgabe. Darum lächle niemand, den die Verhältnisse noch nie einer strengen Prüfung seiner tierischen Abhängigkeit unterwarfen, darüber, daß selbst in Augenblicken, wo es sich um das ganze Geschick des Lebens handelt, ein Trunk, eine Mahlzeit, ein Nachtlager, die gemeinsten täglichen Bedürfnisse des Körpers zu unwiderstehlichen Mächten werden, welche die freieren Seelenkräfte in ihre unzerreißbaren Fesseln schlagen. Nur die stete Erhaltung des Gleichgewichts dieser gewaltigen Triebe läßt sie scheinbar verschwinden. So zermalmt uns selbst die leichte, ätherische Luft durch die Riesenlast ihres Druckes, wenn plötzlich das Gesetz, wonach sie in ihrer eigenen Kraft den auf Atome ausgeglichenen Widerstand leistet, aufgehoben wird. Nachdem der grimmige Wolf des Hungers verscheucht war, drang der alles überdeckende, bleierne Strom des Schlafes heran und drückte die Erschöpften in betäubende Erstarrung hinab. Selbst nicht die luftigen Gespinste der Träume ließ er durch seine dichte Hülle dringen, sondern war stumm, bewußtlos wie sein Bruder, der Tod. Völliges Vergessen aber war das beglückendste Geschenk, das ein gütiges Schicksal den Freunden jetzt darbieten konnte.

Elftes Kapitel

Noch war der Morgen nicht angebrochen, als der Sergeant Ludwig heftig beim Arm rüttelte und ihn laut anrief. Er fuhr empor. Bernhard, durch den Ruf geweckt, ebenfalls. »Ihr sollte hinauf in den Verhörsaal! Nur rasch! Hier nehmt einen warmen Schluck und einen Bissen, daß ihr munter werdet und mit Festigkeit euer Urteil hört.«

Ludwig fand mit Mühe seine Sinne wieder. Noch halb bewußtlos nahm er das dargebotene Brot und griff nach der Flasche mit warmem Met, die ihm der Sergeant reichte. Bernhard trat heran. »Dürfen wir uns jetzt begrüßen?« fragte er Ferrand. – »Soviel ihr mögt, arme Teufel! Jetzt habt ihr alles frei!« erwiderte dieser.

Bernhard fuhr zusammen. Sollte dennoch – dachte er – aber nein, es ist unmöglich. So kann selbst solch ein Urteil nicht gefällt werden. Ludwig war ruhig. »Ist unser Urteil gesprochen?« fragte Bernhard. »Sagt es uns frei heraus, wenn Ihr es wißt. Es soll der letzte Dienst sein, den Ihr uns leistet. Glaubt nicht, daß wir davor zittern werden.« Doch im Sprechen zitterte er heftig – aber für den Freund, nur für ihn.

»Ihr wird's gleich droben hören«, lautete die Antwort des Sergeanten. – »Sagt es gleich, Lieber, ich bitte Euch darum«, bat auch Ludwig sanft, aber ruhig, »wir können es dann droben mit mehr Fassung anhören, es falle günstig oder ungünstig aus. Es läßt männlicher, wenn wir weder ein Übermaß der Freude noch der Niedergeschlagenheit zeigen.«

»Bei Gott!« rief Ferrand, »es wird mir schwer, es euch zu sagen, denn, was ihr verbrochen haben mögt, ihr seid brave Soldaten, und habt euer Wort gehalten wie Männer. Ich wollte, ihr wäret vor einer Batterie gefallen. Es ist uns auch keine Freude, auf einen Kameraden anzulegen.« »So sollen wir erschossen werden?« fragte Bernhard bebend, und seine Lippen erblaßten. – »So lautet das Urteil!« – »Heiliger Gott!« rief er aus und warf sich an Ludwigs Brust und preßte ihn heftig in die Arme. Sie hielten sich lange stumm umfaßt.

Der Sergeant klopfte Bernhard gutmütig auf die Schulter und sprach: »Nehmt Euch zusammen, Kamerad, der Tod ist uns allen nahe, wer weiß, ob ich Euch lange überlebe! Gönnt es denen da oben nicht, daß Ihr so davor zittert!« – »Zittern?« fragte Bernhard, und sein Auge rollte. »Wenn ich nicht vor Grimm oder Frost zittern muß, so soll nicht ein Haar auf meinem Haupt zittern! Fort! Hinauf! Sie mögen uns das Todesurteil vorlesen! Ihr sollt Zeuge sein, ob die Pfeile meiner Blicke nicht schärfer in das Herz der Buben dringen sollen als eure Kugeln in meine Brust! Aber hier will ich weinen an der Brust meines Freundes, und um ihn und um seine unglückliche Schwester«, rief er und warf sich von neuem an Ludwigs Brust, und seine Tränen strömten. – »Bernhard!« sprach Ludwig endlich und schien die Worte gewaltsam aus seiner Brust zu reißen: »Bernhard! Also muß ich dich in den Tod reißen! Mein Herz blutet, es ist zerrissen von tausend Wunden – o du weißt das alles ja am besten! Aber jetzt, mein Geliebter, jetzt muß auch der Schmerz um dich dem Gebot der Ehre und Männlichkeit weichen. Halte es für einen Verrat an deiner großmütig aufopfernden Freundschaft, wenn du mich ruhiger, kälter siehst, als ich bin. Dein inneres Auge blickt in die Tiefe meiner Brust, aber kein anderes soll die Qual ernten, die mich verzehrt. Unser Tod muß unser Triumph sein!«

»Bei Gott! Das soll er«, rief Bernhard und erhob die Hand wie zum feierlichen Schwur. »Selbst Marie, die weinende Heilige, soll mein Herz nicht mehr weich machen. Komm, wir wollen wie Spartaner den grimmigen Zahn des Raubtiers in unseren Eingeweiden wühlen lassen und keine Miene verziehen.«

Entschlossenen Schrittes folgten sie ihrem Führer hinauf in den Verhörsaal. Sie fanden ihn leer, doch lagen einige Papiere auf dem Tisch. »Der Brief dort enthält das Todesurteil«, sprach der Sergeant und deutete auf ein zusammengefaltetes, aber aufgebrochenes Schreiben. »Er ist vom Generalkommissar. Vor einer Viertelstunde kam er an. Ich trug ihn selbst herauf und hörte, wie ihn der Baron von St.-Luces vorlas.« – »Ich möchte ihn lesen!« sprach Ludwig. – »Laßt mich erst zusehen, ob wir nicht überrascht werden können, die Tür des Nebenzimmers hören wir aufgehen, wenn sie kommen.«

Er öffnete die Tür des anstoßenden Gemachs und blickte hinein. »Sie sind noch drüben, lest aber schnell.« Ludwig nahm den Brief. Er lautete: »Ich habe dem Kaiser Ihren Bericht vorgelegt. ›Wenn der Verdacht dringend ist, so sollen die Delinquenten ohne weiteres erschossen werden, denn es bedarf eines Beispiels‹, war seine Antwort. Nach Ihrer, wie ich hoffe, gewissenhaften Darstellung der Verhältnisse ist die Schuld keinem Zweifel unterworfen. Wir haben hier nicht Zeit noch Raum, uns auf lange Untersuchungen einzulassen, noch Kriminalgefangene mit uns zu führen. Lassen Sie daher die Exekution sofort, mit Tagesanbruch vor der Mauer vollziehen, damit es kein Aufsehen gibt. Der Anblick der Vollstreckung könnte Aufregungen hervorbringen. Nach der Tat wirkt nur der Schrecken still fort, und das Beispiel der Vollstreckung erhält eine ungestörte Wirksamkeit, besonders wenn man es heraushebt, daß *deutsche Verräter* bestraft worden sind. Denn die Anhänglichkeit der deutschen Truppen ist nicht zu groß, die Furcht muß sie treu erhalten. Seien Sie selbst bei der Vollziehung des Urteils zugegen, und senden Sie mir augenblicklich das Protokoll darüber, damit ich es dem Kaiser vorlegen kann.«

»Also etwa eine Stunde würden wir noch Atem holen«, sprach Bernhard, als Ludwig den Brief wieder auf den Tisch gelegt hatte. »Nun, mir soll's nicht allzu schwer werden, dieser Sonne zu entsagen. Ja, wenn es noch ein Frühling in Italien wäre – aber ein Winter in Rußland. Die Welt hat mehr Jammer als Freude, wer über beides quittiert, gewinnt in den meisten Fällen. Zumal ich.«

Ludwig konnte die Absicht des Freundes, ihn dadurch, daß er das strenge Schicksal so leicht nahm, zu trösten, nicht verkennen. Sie rührte ihn tief, doch blieb er fest. »Du hast recht! Ein Frühling in Italien! Der ist wohl schön!« Er verlor sich in tiefes Sinnen.

»Es wundert mich, daß noch niemand kommt«, sprach Bernhard nach einiger Zeit ungeduldig. – »Sie setzen das Todesurteil auf, damit alles in Ordnung geschehe. Es wird euch verlesen werden«, bemerkte der Sergeant. – »Versteht sich, alles in bester Form! Es lebe die Gerechtigkeit! Wird man uns nicht etwa auch einen Beichtvater schicken?« fragte Bernhard bitter.

»Wenn ein Geistlicher hier wäre, würde er wohl mit hinausgehen«, antwortete der Sergeant, »aber hängt ihr an dergleichen?« – »Nein«, nahm Ludwig das Wort. »Ich bin gefaßt, hinüberzugehen. Doch, wenn jemand meine letzten Vermächtnisse erfüllen wollte – das wäre mir ein unendlicher Trost. Einen Gruß möchte ich gern in die Heimat senden.« –

»Was ich besorgen kann, will ich tun«, sprach der Sergeant. – »Oh, so geht …«

Hier öffnete sich die Tür. St.-Luces, Beaucaire und zwei Schreiber traten ein. St.-Luces wollte das Wort ergreifen, er schien befangen zu sein. Ludwig sah ihm frei, unerschüttert ins Gesicht, Bernhard hielt flammende Blicke auf ihn gespannt. – »Ein höchster Richterspruch«, begann St.-Luces mit unsicherer Stimme, der er jedoch einen feierlichen Ton zu geben suchte. – »*Richterspruch?*« unterbrach ihn Bernhard, »*Machtspruch*, werden Sie sich ausdrücken, mein Herr!« – »Ihr wagt es«, rief St.-Luces, mehr verwirrt als zürnend oder entschlossen.

»Ich wage jetzt alles! Es scheint mir nicht, daß ich etwas zu verlieren hätte, daher wird es Ihnen eben nicht gelingen, mir eine sonderliche Furcht einzuflößen. Ersparen Sie sich die Mühe einer Einleitung und Verlesung eines Urteils, das wir bis zum letzten Hauch nur für eine Gewalttat erklären werden.«

»Verfahren Sie in der Ordnung, Herr von Beaucaire«, befahl St.-Luces und biß sich auf die Lippen. Dieser las jetzt mit unbewegter Stimme und Miene Ludwigs und Bernhards Todesurteil.

Nicht die leiseste Veränderung ging in den Zügen der Verurteilten vor. »Ich bin zum Tode verurteilt«, sprach Ludwig, »obwohl ich mich vor Gott für völlig unschuldig halte und diesen meinen Freund nur als einen gewissenlos Gemordeten betrachten kann, der nicht einmal nach eurem Gesetz der Willkür schuldig wäre. So wird mir wenigstens das Recht jedes Verurteilten zustehen, die Vollziehung meines letzten Willens zu fordern. Ich erbitte mir meine Papiere und meine Brieftasche zurück!« – »Diese werden bei den Akten bleiben müssen«, entgegnete Beaucaire eiskalt, »sie enthalten die Beweise Eurer Schuld.« – »Wohl denn, auch das! So fordere ich Feder und Papier, um meinen letzten Willen aufzusetzen.«

Beaucaire zog die Uhr heraus und sah dabei St.-Luces fragend an. Dieser verneinte weder, noch bejahte er. »Es ist zu spät zu dieser Forderung«, erwiderte Beaucaire nach einigen Augenblicken. »Sergeant, sind Ihre Leute in Bereitschaft?« – »Sie sind es!« – »So lassen Sie sie eintreten. Wir müssen abmarschieren!« – »Also auch das wird mir versagt? Ein heiliges Recht, das dem niedrigsten Verbrecher zusteht? – »Die Umstände verbieten es!« antwortete St.-Luces, wagte aber nicht, den Blick zu Ludwig zu erheben. »Nun denn«, rief dieser mit dem Ausdruck des edelsten Zorns, »so falle das Verbrechen, das ihr an uns begeht, auf euer Haupt zurück! Vater im Himmel! Dein ewiger Rat versagt mir Erbarmen, ich murre nicht, aber deine Gerechtigkeit wird Vergeltung üben an diesen Frevlern! Ich bin zu stolz, von euch noch etwas zu erbitten. Der Allgütige wird *diejenige* stärken und erheben, welcher meine Abschiedsworte einen letzten matten Strahl des Trostes in das Dunkel ihres Schmerzes senden sollten! Fort! Ich habe auf dieser Erde nichts mehr zu tun, als zu sterben!«

Bernhard stand schweigend wie eine finstere Gewitterwolke. Eine furchtbare Totenstille herrschte im Saal. Die Soldaten, zwölf Mann, marschierten herein. »Trennt die Delinquenten«, befahl St.-Luces. Der Sergeant wollte zwischen sie treten, doch sie reichten einander die Hände, treu und redlich sahen sie sich ins Auge, keine Träne drang daraus hervor. »Leb' wohl, Bruder«, rief Bernhard mit männlich-kräftiger Stimme. – »Auf Wiedersehen!« sprach Ludwig fest, ernst, gläubig und erhob sein Auge nach oben.

Die Krieger traten zwischen sie, jede Sektion nahm einen der Verurteilten in ihre Mitte. »Gewehr auf! Vorwärts, marsch!« Im gleichförmigen, dumpf durch die Gewölbe hallenden Schritt verließen sie das Gemach. Im Vorübergehen an Beaucaire warf Bernhard ihm einen furchtbaren Blick zu, so daß selbst dieser abgehärtete Bösewicht erblaßte.

St.-Luces bemerkte es und sprach: »Seien wir auf unserer Hut, diesem verwegenen Burschen traue ich alles zu.«

Beide folgten dem Kommando in einiger Entfernung. Der Weg ging über den Hof, zu einer kleinen Seitenpforte des Gebäudes hinaus. Es dämmerte kaum. Nur die letzten erbleichenden Sterne und der Schimmer des frisch gefallenen, tiefen Schnees gewährten einiges Licht. Durch wüste, halbverfallene Gassen, in denen Biwakfeuer brannten, an denen schwarze Reihen von schlummernden oder vielleicht schon erstarrten Kriegern gelagert waren, erreichte man die Brücke des Dnjepr, marschierte dann durch die Oberstadt und gelangte so endlich an die Stadtmauer. Ein beschneiter Hügelvorsprung, wenige hundert Schritte davon, auf dem eine schwarze, von düsteren Tannen gebildete Waldspitze verlief, war zur Vollstreckung des Urteils ausersehen. Ein Offizier harrte daselbst mit einem Kommando von zwanzig Leuten. Der Tag fing bereits an, so hell zu dämmern, daß man schon ziemlich weit um sich blicken konnte.

»Halt! Gewehr ab!« kommandierte der Sergeant, als er mit seinen Gefangenen die Höhe erreicht hatte.

»Also hier wäre das Ziel unserer Laufbahn«, sprach Ludwig und deutete auf einen Pfahl im Schnee, an dem er den Tod empfangen sollte. »Das hat meine Ahnung mir nicht gesagt, als wir vor vier Monaten hier vorüberzogen!«

Bernhard schien über irgend etwas zu brüten und zu sinnen, denn er antwortete nicht, obwohl Ludwig jetzt wieder neben ihm stand. »Gib auf mich acht«, raunte er ihm nach einigen Augenblicken leise zu, »wir können vielleicht noch entkommen. Erreichen wir die Waldspitze hier, so sind wir geborgen, und an jenen drei hohen Fichten auf dem Hügel dort hinten wollen wir uns dann wieder treffen.«

Jetzt zitterte Ludwig. Sein Herz schlug heftig, er blickte zu dem Hügel hinüber und sah in blauer Dämmerung die drei Fichten stehen. Der

Punkt war nicht zu verfehlen, in einer halben Stunde konnte er erreicht sein. Also aufs neue winkte ihm die Rettung. Bernhard zeigte sie ihm möglich, nahe, wahrscheinlich. Mit grausamer Gewalt riß ihn die Hoffnung wieder aus dem Gefängnis des Todes in das helle Licht des Lebens zurück. Gebrochen war jetzt die Kraft seiner festen Entsagung. Alle lebendigen Triebe und Pulse des Lebens wachten wieder auf und schlugen mächtig in seiner Brust. Wenn ihm jetzt die Flucht mißlang, das fühlte er, dann wurde der Tod ihm schwer.

Kaum hatten diese Gedankten die Wogen seiner Brust stürmisch aufgezeigt, als Bernhard den günstigen Augenblick sah und plötzlich mit gewaltiger Kraft die beiden nächsten Soldaten neben ihm durch einen unvermuteten Stoß ins Genick vorwärts auf den Boden in den Schnee stürzte, mit einem Satz aus ihrer Mitte war und unter dem Ruf: »Mir nach, Bruder!« schnell wie ein Reh der Waldecke zuflüchtete. Er hatte so für sich und Ludwig die Bahn gebrochen. Dieser, auf den Wink gespannt, sprang von der anderen Seite weg und flüchtete ebenfalls über das beschneite Feld. Die Soldaten standen bestürzt. »Feuer nach!« rief der Offizier, und einige schossen. Aber zugleich waren andere schon in vollem Lauf den Fliehenden nachgestürzt und hinderten so die übrigen, ihre Gewehre abzuschießen, da sie ebensogut ihre Kameraden als die Entsprungenen treffen konnten. Alle warfen daher die Gewehre in den Schnee, um leichter zu sein, und liefen den Fliehenden nach. Ludwig versuchte sich nahe an Bernhard zu halten, um sein Geschick nicht von dem des treuen Freundes zu trennen. Doch der Schwarm der Verfolgenden, der sich zwischen sie warf, zwang sie bald, verschiedene Richtungen zu nehmen. Flucht und Verfolgung wurden gleich beschwerlich, denn als man von dem steilen Gipfel des Hügels, wo der Wind den Schnee verweht hatte, weiter zum Wald hin gelangte, wo der Sturm ihn nicht fassen konnte, sank der Fuß bei jedem Schritt tief ein. Schon sah Ludwig die schwarzen Tannengebüsche dicht vor sich, die ihm Rettung bringen sollten, schon glaubte er dem ungerechten Schicksal entgangen zu sein, als er plötzlich bis an den Leib und bei der nächsten Bewegung bis an die Brust in den Schnee sank, der, in der Erdspalte zusammengeweht, dieselbe mit seiner trügerischen Hülle nur leicht bedeckte. Er arbeitete mit aller Kraft der Muskeln, sich zu retten – doch vergeblich. In wenigen Sekunden hatten die Verfolger ihn erreicht, packten ihn unbarmherzig mit nervigen Händen und zerrten ihn an Armen und Haar empor.

Ach, wie viele, die in diese kalten Gräber, in diese lauernden Fallgruben des schauerlichen Todes sanken, flehten vergeblich um eine rettende Hand! Ihn riß der Ingrimm wilder Schadenfreude aus dem geöffneten Schlund des Todes zurück, um ihn dem noch gewisseren Verderben selbst zu überliefern! Er bebte vor Frost und innerem Schauer. Die Knie sanken unter ihm, denn die Kraft des Körpers und der Seele waren gleich erschöpft. Der jähe Wechsel zwischen Rettung und Verderben hatte ihn zerschmettert. Die ernste, ruhige Entscheidung seines Verhängnisses hatte er männlich, gefaßt, ertragen. Der Hohn des Schicksals, das ihn dem Glück auf Augenblicke in den Schoß warf, um ihn in der nächsten Minute in desto tiefere Klüfte des Verderbens zu stürzen, ging über seine Kräfte hinaus. Er fühlte sich besiegt.

Unter rohen Mißhandlungen der Soldaten, von Faust- und Kolbenstößen vorwärts getrieben, wurde er mehr an den Ort, wo er sterben sollte, geschleppt, als er selbst dahin zu gehen vermochte. Sogar der höhnische Blick, womit Beaucaire ihn empfing, konnte ihm die Kraft nicht wiedergeben, um durch die letzten Augenblicke seines Lebens einen inneren Triumph über diesen Elenden zu feiern. Nur nach Bernhard sah er sich angstvoll um, ob auch dieser jetzt wieder der Genosse seines traurigen Schicksals sein werde. Er bemerkte ihn nicht. Die Verfolger mußten seiner noch nicht habhaft geworden sein. Die Hoffnung, daß der Freund gerettet sein könne, richtete ihn auf, wie tief er es auch empfand, daß der Tod ihm jetzt allein, ohne die tröstende Nähe der inneren rüstigen Kraft Bernhards viel fürchterlicher entgegentrat als vor wenigen Minuten, wo er mit dem Wackeren Arm in Arm den Weg des dunklen Geheimnisses angetreten hatte.

Jetzt stand er an dem Pfahl. Zwei Soldaten waren beschäftigt, ihm mit einem Gewehrriemen die Arme auf dem Rücken zusammen und an den Pfosten zu binden, als fürchteten sie noch einmal seine Gegenwehr. Der Sergeant trat mit einem Tuch in der Hand auf ihn zur und sprach gerührt: »Ich will dir die Augen verbinden, Kamerad, es ist so besser.« Zuvor hätte Ludwig die Binde verschmäht, jetzt ließ er den mitleidigen Kriegsgenossen gewähren. Da fiel ihm plötzlich ein, daß er ihn noch zum Überbringer seines letzten mündlichen Vermächtnisses machen könnte. »Mein Freund«, sprach er, während ihm dieser das Tuch über die Augen legte, »Ihr wolltet mir einen letzten Liebesdienst erweisen. So geht denn, wenn Ihr es möglich machen könnt, zu dem Obersten Rasinski, der unser Regiment befehligt, sagt ihm, wie ich gestorben sei, und bittet ihn, meine Schwester zu trösten. Und wenn Ihr diesen Krieg überlebt und in Warschau oder Dresden zu ihr gehen und ihr sagen wollt, daß ...«

Plötzlich fielen einige Schüsse ganz in der Nähe. »Gilt das mir schon?« rief Ludwig, da der hinter ihm stehende Sergeant eben das befestigte Tuch losgelassen hatte und neben ihn getreten war. Doch dieser rief: »Teufel, was ist das?«, und Ludwig hörte ihn wegspringen. Zugleich erhob sich ein verworrenes Geschrei und Getümmel, und abermals fielen Schüsse ganz in der Nähe, so daß eine Kugel dicht an Ludwigs Ohr vorbeisauste. Fast in demselben Augenblick hörte er Pferde in vollem Galopp hinter sich wegsprengen, und ein gemischtes Getöse von Kommandowörtern, verworrenem Geschrei, Waffengeklirr und Schüssen schallte um ihn her. »Vorwärts!« rief die Stimme des Sergeanten. »Schließt eure Glieder! Feuer!«

Ein Pelotonfeuer von etwa zwanzig Schüssen tönte schmetternd dicht vor Ludwigs Ohr. Er glaubte, die Mündungen seien auf ihn gerichtet gewesen, und ein unwillkürlicher Todesschauer zuckte durch seine Glieder. Doch fühlte er sich lebend und unversehrt. Die dichte Finsternis, die ihn umgab, die Bande, die ihn fesselten, die äußerste Spannung aller seiner Nerven und Sinne jagte eine Flut verworrener Vorstellungen in ihm auf. Da er links Angriffsgeschrei und das Stampfen der Rosse hörte, glaubte er einen Augenblick, Rasinski komme mit seinen Reitern, um ihn zu befreien. Doch bald hörte er den heulenden Schlachtruf der Russen. Ein »Hurra« teilte die Lüfte. Die Massen tobten an ihm vorbei. Pulverdampf drang ihm ins Gesicht, Geschrei, Ächzen, Waffengeklirr brausten um ihn her. Er war mitten im Gewühl des Gefechts, vergeblich strebte er, seine Bande zu sprengen, um die Hülle von seinen Augen zu reißen. Es blieb Nacht um ihn her. »Ist denn alles ein wüster, fürchterlicher Traum«, rief er endlich aus gepreßter Brust und wandte das Antlitz flehend gen Himmel, »erweckt mich denn niemand und endigt diese furchtbaren Qualen?« Doch keine Hand berührte ihn, und das Getümmel verlor sich nach und nach in die Ferne. So vergingen einige Minuten der unbeschreiblichen Erwartung. Ludwig wand sich in seinen Banden. Ein dunkler Trieb sagte ihm, er könne sich retten, wenn er sie sprenge, doch er vermochte es nicht. Da hörte er wieder verworrene Stimmen allmählich näher herankommen, rasche Schritte eilten auf ihn zu, und plötzlich riß eine rauhe Hand ihm die Binde von den Augen.

Staunend sah er umher, drei Männer mit langen Bärten, die er auf den ersten Blick für russische Bauern erkannte, standen vor ihm und blickten ihn mit einem Gemisch von Hohn und Verwunderung an. Auf dem Boden lagen die Leichname zweier französischer Soldaten und einige weggeworfene Gewehre. Ludwig sah sich in der Gewalt der Feinde, die ein seltsames Geschick zu seinen Rettern gemacht zu haben schien. Der Sprache fast unkundig und von den Ereignissen noch fast betäubt, wollte ihm in diesem Augenblick kein Wort einfallen, wodurch er seine Bitte um Rettung ausdrücken konnte. Doch redeten sein flehender Blick, seine gefesselten Hände eine unverkennbare Sprache. Allein der Haß der Feinde wollte sie nicht hören, sondern übertönte in seinem grimmigen Brausen die zartere Stimme des Mitleids. Der eine der drei Männer hob sein Gewehr und wollte den Gefangenen mit dem Kolben niederschlagen, der Gefesselte konnte nur den Kopf wegdrehen, ohne die Arme schützend vorzustrecken. Da hemmte plötzlich eine Hand den zum Streich aufgehobenen Arm. Es war die Gestalt eines ehrwürdigen Greises, der, in einen dunklen, weiten Pelzmantel gehüllt, vom Wald her eben herantrat. Sein Anblick wirkte auf Ludwig, als ob der milde Strahl des Morgens in die düstere Nacht seiner Schreckensträume dringe. Mit sanfter, ernster Stimme sprach der Greis einige Worte der Ermahnung. Die drei Männer zogen ihre Pelzmützen ab und verbeugten sich, die Arme über der Brust kreuzend, mit Ehrfurcht gegen ihn. Jetzt erkannte Ludwig in ihm den Engel der Rettung. Jene patriarchalischen Züge, die milde Hoheit seiner Stirn verbürgten es, daß er ihn retten, nicht zu grausamer Qual aufsparen wollte. Der Bauer, der zuvor mit dem Kolben gedroht hatte, nahte sich jetzt mit einem Messer dem Gebundenen und zerschnitt den Riemen, der ihn fesselte. Ludwig war frei, gerettet! Voller Dankbarkeit ergriff er die Hand des Greises, doch dieser machte eine ernst abwehrende Bewegung, als wolle er sagen: Ich wollte dich als einen hilflos Gebundenen nicht grausam morden lassen, aber du bist der Feind meines Vaterlandes, meines Gottes, und frevelst an allen, was uns heilig ist, darum nehme ich keinen Anteil an dir. Die Bauern nahmen ihn als Gefangenen in ihre Mitte und trieben ihn an, vorwärts zum Wald zu gehen. Indem Ludwig ihnen folgte, kam er so dicht an einem der gebliebenen französischen Soldaten vorbei, daß er dessen Angesicht erkennen konnte. Es war der redliche Landsmann Cottin, der ihm gestern das Brot gereicht hatte. Wie seltsam ist das Schicksal, dachte er bewegt, du, der du mich noch vor wenigen Minuten als einen hoffnungslos Verlorenen bedauertest, du liegst nun entseelt vor mir! Redliches Herz, mögest du ein Glück finden jenseits dieser Todesruhe! Es gibt keine Wahrscheinlichkeit mehr! Nun, so will ich denn auch nicht mehr hoffen, nicht mehr fürchten, mag das Schwert des Todes nahe oder fern über meinem Haupt schweben. Durch diesen Gedanken neu aufgeregt und gestärkt, ging er festen Schrittes zwischen seinen Führern hin. Mit Sorge spähte sein Auge in dem frischen Schnee nach den Spuren von Bernhards Flucht, doch war das ganze Schneefeld jetzt so verworren von menschlichen Fußtritten und Pferdehufen gekreuzt, daß selbst das geübte Auge eines nordischen Nomaden schwerlich noch eine bestimmte Richtung einzelner Spuren unterschieden hätte.

Man erreichte in wenigen Minuten den Wald, der bald sehr dicht wurde. Nach etwa einer Viertelstunde machten die Leute auf einem Platz, wo schon mehrere der ihrigen auf sie harrten, halt. Nach und nach kamen andere Truppen des Weges von Smolensk her, und mehrere von ihnen brachten einzelne französische Soldaten als Gefangene mit. Ludwig sah mit Anteil umher, ob vielleicht der Sergeant dabei sein möchte, doch konnte er ihn nicht entdecken. Ein neuer Trupp kam aus dem Gebüsch. Inmitten dieser Leute, die einige Kosaken zu Pferd begleiteten, mußten sich ebenfalls Gefangene befinden, denn Ludwig hörte ihre kläglichen Bitten um Schonung. Teilnehmend versuchte er in dem verworrenen Haufen seine Unglücksgefährten zu erkennen. Endlich öffnete sich derselbe, und – ein Grauen durchbebte seine Brust – er erblickte Beaucaire und St.-Luces, die halb nackt, vor Kälte und Angst zitternd, inmitten der frohlockenden Barbaren geführt wurden. »Allwaltender Gott!« rief er erschüttert unwillkürlich aus. »Verworfen sei der, der an deiner lenkenden Hand zweifelt!« In diesem Augenblick trafen die Blicke der Gefangenen auf Ludwig, den man, sei es Zufall oder Mitleid, nicht beraubt hatte. St.-Luces verbarg sein Angesicht in beiden Händen und stand mit schlotternden Knien da. Doch Beaucaire biß ingrimmig die Zähne zusammen und murmelte einen nur halb verständlichen Fluch, von dem Ludwig nur die Worte *Verräter* und *Spion* unterschied. Er blickte den Elenden mit Würde an und rief ihm zu: »Ihr irrt Euch! Ich bin nur ein Gefangener wie Ihr! Das Walten des Ewigen hat Euch Eure Strafe gesandt! So hoffe ich, wird er mir seinen Schutz auch noch ferner angedeihen lassen.«

Die Russen, wie Ludwig jetzt sah, fast nur bewaffnete Landleute, schienen nunmehr beisammen zu sein. Sie trieben ihre Gefangenen auf einen Fleck, nahmen sie in die Mitte und brachen dann auf, um weiter durch den Wald zu ziehen.

Elftes Buch

Erstes Kapitel

Seitdem das Schloß des Grafen Dolgorow durch Rasinski überfallen und in Brand gesteckt war, hatte der Besitzer sich nicht wieder auf seinem Gut sehen lassen. Nach Abzug der Feinde fielen die eigenen Bauern plündernd über das brennende Gebäude her und suchten sich alles dessen zu bemächtigen, was die Flamme noch nicht verschlungen hatte. Doch mitten unter sie trat der Greis Gregor und erhob seine Stimme mit Strenge und Würde. »Wehret den Flammen, Freunde«, rief er ihnen zu, »rettet die Habe eures Herrn und bergt sie in eurer Hütte, doch wagt nicht, sie euch räuberisch selbst anzueignen. Der Fluch wird den Sohn Rußlands treffen, der die Treue gegen seinen Gebieter verletzt.«

Durch diese Ermahnungen zügelte der hochverehrte Vater die habsüchtige Begierde der Sklaven, die den ersten Augenblick ihrer Entfesselung benutzen wollten, um sich an den Gütern ihres Herrn zu bereichern. Sein Wort war Gesetz, der Wink seines Auges ein heiliges Gebot. Daher leisteten sie ihm auch jetzt Folge und strengten zuerst die Kräfte an, das Schloß vor der gänzlichen Zerstörung durch die Flammen zu sichern. Dann räumten sie aus, was sich in den Gemächern noch an kostbaren Geräten vorfand, und verbargen es in ihren tiefen Kellern, die keinem russischen Wohnhaus, selbst nicht dem der ärmsten Leibeigenen, fehlen. So wurde das Hauptgebäude des Schlosses vor der Wut der Flamme gerettet und stand noch fast ganz unversehrt. Doch in den Gemächern sah es wüst und öde aus. In den meisten waren die Fenster zertrümmert, die Wände durch Rauch geschwärzt, und alles Gerät hatten die Bauern weggeräumt. So hatte das Gebäude zwar von außen sein stattliches Ansehen behalten, doch war es im Inneren so zerstört, daß kaum einige Zimmer bewohnt werden konnten.

Länger als drei Monate waren seit jenem Brand verflossen und der Graf seitdem nicht zurückgekehrt. Indessen hatte der eherne Strom des Kriegs sich so breit in das Land hinein ergossen, daß er jede Verbindung mit dem Inneren desselben hemmte. Gregor, der seine Gemeinde durchaus nicht verlassen wollte, sondern als treuer Hüter derselben zurückgeblieben war, hatte daher seit jener Zeit weder von dem Grafen noch von Feodorowna auch nur das mindeste vernommen. Seine Hand hatte die Vermählte am Altar eingesegnet, seine Lippen zu dem Herrn um Segen und Heil für sie gebetet. Doch traute er selbst der Kraft seines Flehens zum himmlischen Vater nicht mit jener freudigen Zuversicht, die ihn sonst erfüllte, denn er wußte wohl, mit welchem zerrissenen Herzen er die Tochter seines Herzens scheiden und sie den neuen Lebenspfad, der für andere mit so duftenden Blumen geschmückt zu sein pflegt, betreten sah!

Die Tage waren gleichförmig verstrichen, der Herbst hatte die Blätter der Bäume abgestreift. Das Grün der Tannen und Fichten wurde mit jedem Tag dunkler und schwärzer, bald krönten sie sich mit Reif, und endlich breitete der Schnee seine ununterbrochene Decke über die Gipfel der Bäume, die Hügel und den erstarrten Strom aus. So ist mir denn abermals der Winter genaht, dachte Gregor, wenn er aus der Stille seiner einsamen Zelle, über die aufgeschlagene Bibel hinweg, in die traurige Öde des Dorfes hinausblickte. Schon oft glaubte ich, es würde der letzte sein, und bereitete mich, vor den Herrn zu treten. Mein Herz hängt nicht an dieser Erde, aber doch wünscht es jetzt sehnlich, noch einmal den Frühling sprossen zu sehen, seinen lieblichen Gruß zu empfangen. Sollte der düsterste Winter meines Lebens denn auch der letzte sein? Sollte ich scheiden müssen, ehe ich mein Vaterland wieder frei sehe von diesen Horden eingestürmter Frevler, die alles Heilige beflecken, stürzen und zertrümmern? Allgütiger Vater, du weißt es, wie ruhig ich den Blick auf die Gräber wende, die hier vor meinem Fenster um das Gotteshaus gereiht sind. Alle diese Toten schlummern in deiner Obhut! Sie ruhen gleich still und kühl unter dem grünen Teppich, mit dem der Frühling ihre Wohnung schmückt, wie unter der kalten Hülle des Schnees! Wie oft habe ich meine Hand zu dir erhoben, Herr des Himmels, und gebetet: Rufe mich ab, wenn du willst, ich trete demütig, aber freudig vor dich hin! Doch jetzt flehe ich, laß mich noch den Tag der Freude schauen, wo deine Hand die Frevler an dir zerschmettert, denn dein Blitz trifft die Heiden, und dein Wort zermalmt die Feinde! Oh, laß mich den Tag noch schauen, wo der Frühling wieder anbricht über mein unglückliches Vaterland! Denn retten wirst du es, das glaubt mein Herz mit unerschütterlicher Zuversicht.

Mit solchen Gedanken stand der Greis oftmals, wenn die Abenddämmerung sich herabsenkte, an dem Fenster seiner Zelle und richtete den Blick in die winterliche Landschaft hinaus, auf den Kirchhof vor ihm und auf das heilige Haus des Herrn. Mit jedem Tag, wo die grauen Winterwolken sich düsterer zusammenzogen, der Schnee dichter herabstäubte, der Sturm hohler um den Giebel des Hauses heulte, wuchsen die gläubigen Hoffnungen des frommen Vaters. Er sah im Geist die Racheengel des Allmächtigen durch das drohende Gewölk ziehen und die Hand des Verderbens ausbreiten über dem Haupt frevelnder Feinde. Mit weissagender Brust erblickte er die langen düsteren Züge der Raben in der Dämmerung über die Waldhöhen gebreitet, und nachts, wenn der Wolf, von Hunger getrieben, aus dem Wald hervorbrach und vor dem fest verschlossenen Haus heulte, dachte er: Wo sollen die Heere der Frevler Speise und Obdach finden, wenn das hungrige Raubtier zu seinem grimmigsten Feind flüchtet! Der Hunger wird euch mit scharfem Zahn verfolgen und an unseren Herd treiben, doch ihr sollt nicht gastlich geladen werden, hier zu sitzen, unsere Hand, mit Keule und Schwert gewaffnet, soll euch verjagen oder zerschmettern auf unserer Schwelle. Die Tür des Russen, die sich jedem wirtlich öffnet, wird auch geschlossen sein, wie dem heulenden Wolf, und ihr sollt seine Beute werden. Das Feuer, zu dem der Erstarrte flüchtet vor dem Grimm des Winters, soll erlöschen, wenn ihr naht, oder die Hütte verzehren, unter der ihr ein Obdach sucht. Und wir werden nicht eher rasten, bis die letzte Spur eures frevelnden Fußes aus unserer Heimat verschwunden ist.

In solchen Betrachtungen lag der Greis oft um Mitternacht auf seinem Lager, wenn längst alles um ihn her still und tot war.

Da pochte mitten in der Nacht eine Hand an seine Pforte, und eine männliche Stimme rief: »Aufgetan! Erwache, frommer Vater Gregor! Dein gastliches Haus soll späten Wanderern Obdach geben.«

Der Greis glaubte die Stimme zu kennen. Eilig warf er den Pelz über, öffnete das Fenster und blickte hinaus. Ein Schlitten hielt vor seiner Pforte. »Wer pocht so spät?« fragte Gregor. »Täuscht mich mein Ohr, oder hörte ich eine bekannte Stimme?« – »Ihr solltet sie wohl kennen, frommer Vater«, antwortete der Fremde, »ich bin Dolgorow.« – »Herr des Himmels! Ihr selbst?« rief Gregor erstaunend und eilte mit der Lampe zu der Pforte, um sie zu öffnen. Der Graf stand vor ihm.

»Seid mir gegrüßt, Vater, Ihr müßt mir diese Nacht Obdach geben und auch jenen zwei im Schlitten«, redete er ihn an. »Ich werde Euch wichtige Dinge erklären.« Gregor leuchtete zum Schlitten. Es saßen zwei Frauen darin. Mit ahnender Seele trat er aus der Tür seines Hauses und näherte sich den Reisenden. Eine hohe, in dichte Schleier gehüllte Gestalt trat ihm entgegen. »Vater Gregor, seid mir gegrüßt!« redete sie ihn mit sanfter Stimme an, und er erkannte seine geliebte Tochter Feodorowna, und sie sank bewegt, stumm und weinend an sein Herz. Die Mutter folgte ihr, Gregor geleitete sie ehrfurchtsvoll in seine Wohnung. »Was führt euch unter mein niederes Dach?« sprach er, als er das enge Gemach erreicht hatte, mit bewegter Stimme, denn ihn bekümmerte Feodorownas bleiches Antlitz, und sie trug einen Trauerschleier.

»Ich will Euch statt ihrer über alles Antwort geben«, entgegnete Dolgorow. »Seid nur für jetzt so gut, den Frauen ein Gemach einzuräumen, wo sie Ruhe haben können, denn wir sind Tag und Nacht, ohne Rast oder Aufenthalt gefahren. Aber weckt niemanden von Euren Leuten, denn unser Hiersein muß noch ein Geheimnis bleiben.«

»Ja, weist uns eine Ruhestelle an, frommer Vater«, sprach die Gräfin mit ermatteter Stimme, »ich bin bis zu Tode erschöpft.«

Gregor führte die Frauen in ein stilles, zu dem Garten hinaus liegendes, für die Aufnahme von Gästen eingerichtetes Gemach, das, wie das ganze Haus, auch wohl erwärmt war. Die Gräfin sank sogleich auf ein Ruhebett nieder. Feodorowna reichte ihrem väterlichen Freund die Hand und sprach: »Morgen, teurer Vater, morgen will ich Euch recht lange, lange sprechen.« – »Bedürft ihr aber jetzt keiner Erquickung, keiner Speise oder eines warmen Getränkes?« fragte der Greis. – »Nichts, bester Vater«, entgegnete Feodorowna, »nur der Ruhe, und die finden wir ja hier, wie wir sie wünschen.«

Gregor ging zu Dolgorow zurück, den er mit großen Schritten auf- und abgehend antraf. »Vater«, redete ihn der Graf an, indem er ihm die Hand auf die Schulter legte, »Vater, es begeben sich große Dinge. Rußland sieht die Tage seines Glanzes anbrechen nach den Tagen der Schmach, die es getragen hat.« – »Wie? Darf ich Euren Worten trauen? So wäre mein heißes Gebet erfüllt?« – »Du weißt, daß der Feind auf dem Rückzug ist.« – »Wohl, doch fürchte ich, nur um dem Winter Rußlands zu entgehen, da die heilige Stadt, die er selbst frevelhaft zerstörte, ihm kein Obdach mehr gewährt.«

»Der Winter Rußlands hat ihn ereilt. Es ist zu spät zur Rückkehr. Er wird die Grenzen des Landes, in das er übermütig eingedrungen ist, nicht wiedersehen. Du meinst, er habe Moskau verbrannt? Wirft nicht der Schiffer die köstlichen Güter, mit denen er den Raum gefüllt hat, ins Meer, um sein auf der Sandbank gestrandetes Fahrzeug wieder frei auf den Rücken der Wellen zu erheben? Sprengt sich der Pirat nicht mit seinem Feind in die Luft? Hältst du Rußlands Söhne nicht für Männer, die das gleiche zu tun vermöchten? Alter, lerne besser von uns denken! Die Flamme Moskaus hat keine feindliche Fackel entzündet, ihr Glanz wird die furchtbarste, aber auch die größte Tat in den Jahrbüchern Rußlands bestrahlen!« – »Wie?« rief Gregor und erhob die Hände staunend. »Wie?« – »Laß das jetzt, es ist, wie ich sagte, doch wir haben wichtigere Dinge zu besprechen. Von jener Schreckensnacht an begann die Wetterwolke des Verderbens ihre Blitze rächend herabzusenden auf den Verwegenen, der das ganze bewaffnete Europa in dieses Reich führte, um unsere Fluren zu verheeren. Er mußte den Tag der Schmach erleben, wo er sich umwandte zur Flucht, der Stolz des nie Besiegten ist gebrochen, das Verderben hat ihn ereilt. Schon hier hofften wir, ihn zu vernichten. Es ist zu spät geworden, doch er entgeht seinem Schicksal nicht. Hört mir jetzt aufmerksam zu, würdiger Vater, denn es bedarf auch Eurer Hilfe. Ihr werdet nie vergessen haben, wie die Hochzeit meiner Tochter unterbrochen wurde. Ihr seht sie jetzt im Trauerschleier der Witwe, denn ihr Gatte lebt nicht mehr. Als wir flüchteten, ereilten uns Feinde hart am

Wald hinter dem Garten. Eine Kugel traf den Fürsten. Er sank, doch es gelang uns, ihn im Wald zu verbergen. Auf einer Bahre von Zweigen trugen wir ihn bis ins nächste Dorf, und dort fanden wir Mittel, ihn langsam bis nach Moskau zu schaffen, da der immer näher und näher rückende Feind uns bis dorthin zu flüchten zwang, denn er wollte lieber sterben als in die Hände der Feine fallen. Von Moskau eilte ich selbst zurück zum Heer. Ich focht bei Borodino, wo wir nichts verloren als einen wüsten, mit Leichen bedeckten Boden. Er war uns teuer bezahlt worden. Verwundet, obwohl leicht, begab ich mich nach Moskau, wo der Fürst in seinem Schloß, von meiner und seiner Gemahlin gepflegt, sein schweres Krankenlager duldete, denn weil wir ihm nicht Ruhe gönnen konnten, hatte sich die Wunde so verschlimmert, daß sie wenig Hoffnung gab. Jetzt rückte der Feind vor die Hauptstadt. Während er einzog, rang Ochalskoi mit dem Tod. Wir hatten ihn in einen abgelegenen Flügel des Schlosses, in geheime, wohlverwahrte Gemächer bringen lassen, wo wir in sicherer Verborgenheit hätten bleiben können, wenn der Brand der Stadt nicht beschlossen gewesen wäre. Mit der sinkenden Sonne schloß Ochalskoi das Auge. Wir erwarteten nur die Nacht, um auf geheimen sicheren Wegen zu flüchten. Aber selbst den Leichnam des Edlen ließen wir dem Feind nicht, denn ich hatte es ihm im Tod versprochen, das Äußerste daranzusetzen, ihn auf unbeflecktem russischem Boden zu bestatten.

Es gelang uns, das freie Feld zu erreichen. Die Flammen Moskaus leuchteten unserer Flucht. Bald erreichten wir den dichten Wald und hinter demselben die Straße nach St. Petersburg.

Ich begab mich, begleitet von meiner Gemahlin und Tochter, zum Kaiser. Von dort aus wurden jetzt die unsichtbaren Netze ausgespannt, in die wir den Feind des Vaterlandes lockten. Mit Friedenshoffnungen hielten wir ihn hin, bis er endlich gewahrte, daß er, der alle zu täuschen gewohnt war, diesmal selbst der Betrogene sei. Noch wäre es Zeit gewesen zur Rückkehr, obwohl er es teuer erkauft haben sollte, über die Grenzen Rußlands zurückzuschreiten. Doch sein Stolz sträubte sich gegen diese Schmach. Im Wahn der Unüberwindlichkeit versuchte er es, sich eine neue Bahn zu brechen, es mißlang. Sein Tag war gekommen, er mußte sich umwenden zur Flucht. Aber es war zu spät! Schon ziehen sich die Garne von allen Seiten zusammen, mit denen wir ihn umspannen! Der Allmächtige ist im Bündnis mit der heiligen Sache unseres Vaterlandes. Er ließ seine Sonne täuschend glänzen und verhüllte mit ihren milden Strahlen die Nähe des lauernden Winters, dieses grimmigen Würgers, der jetzt plötzlich aus dem Hinterhalt hervorbricht. Keine Flucht darf sie retten. Alle Wege werden gesperrt. Wohin sie sich wenden, soll ihnen das Verderben entgegentreten. Dazu komme ich hierher. Jetzt Vater, gilt es, die Söhne Rußlands mit heiliger Wut zu erfüllen, gegen diese höhnenden

Frevler, die sich an den Tränen unseres Grimms weideten. Du sollst mir helfen, das Volk aufzustürmen, zu sammeln, gegen den Feind zu führen. Deshalb komme ich aus der Hauptstadt hierher. Ich eilte wie der Sturmwind, denn ich hoffte, wir würden Smolensk vor dem französischen Keiser erreichen und durch einen raschen Überfall uns die Festung sichern. Dann wäre er hier im Herzen Rußlands gefallen. Doch das ist zu spät. Ich weiß, daß er seit gestern hier eingetroffen ist. Nur mit Gefahr, auf Umwegen durch die Wälder, vermochte ich bis hierher zu dringen. Allein als ich die große Straße kreuzte, sah ich schon die Spuren des Verderbens, das ihn getroffen hatte. Sie ist bedeckt mit Leichen und Trümmern. Aber es darf keiner entrinnen, keiner, der das Unheil in der Heimat verkünde. Nur aus dem toten Verstummen, aus dem grausenden Verschwinden jeder Spur mögen die Seinigen daheim erfahren, welch ein Schicksal ihn und die, die er führte, ereilt hat. Wenn der Morgen graut, Gregor, versammle das Volk durch den Ruf der Glocke in der Kirche. Erfülle ihre Herzen mit der Flamme des Grimms, rufe sie auf zur Rache gegen die Feinde ihres Gottes. Nicht Kinder, nicht Weiber dürfen müßig bleiben. Darum führte ich auch Gemahlin und Tochter mit mir, daß sie das Beispiel geben von der Pflicht einer edlen Bewohnerin Rußlands. Dann werde ich unter sie treten, sie aussenden als Boten ringsumher, und ehe der Abend hereinbricht, wollen wir Tausende bewaffnet haben, um sie gegen den Feind zu führen. Sie sollen hervorbrechen aus dem Dickicht dieser Wälder wie der Löwe auf seine Beute, sie sollen plötzlich hereinstürmen auf die mutlos Flüchtenden, wie die schwarze Wetterwolke den Hagelsturm auf die Felder niedersendet! Das ist jetzt unsere Pflicht, Gregor, du wirst mir sie üben helfen.«

»So wahr des Herrn Angesicht über meinem grauen Haupt leuchtet!« rief der Greis mit begeistertem Blick und erhob die Rechte zum Schwur. Dann sank er erschüttert auf die Knie nieder und betete aus tiefer Brust: »Allmächtiger Vater, allgütiger Lenker der Geschicke! So hast du mein Flehen erhört und läßt diesen Tag des Heils leuchtend vor meinen alten Augen heraufsteigen. Dank dir, Allgütiger! Noch dieses letzte Werk laß mich vollenden, dann winke mir, und ich lege freudig mein Haupt in die Gruft!«

Zweites Kapitel

Ohne durch ein einziges Zurückblicken auch nur einen Augenblick Zeit zu verlieren, hatte Bernhard vollen Laufes die Waldecke erreicht. Seine Verfolger waren nahe an ihm, doch der goldene Preis der Freiheit, der vor ihm winkte, gab ihm Flügel, Gottes Hand beschützte ihn, denn obwohl einige Kugeln dicht an seinem Ohr vorbeistreiften, verletzte ihn doch keine. Jetzt deckte ihn das dichte Gebüsch. Zwar hemmte es die Schnelligkeit seiner Flucht, doch verbarg es auch sogleich die Richtung derselben und setzte dieselben Hindernisse seinen Verfolgern entgegen. Mit vorgebeugtem Haupt, den linken Arm schützend vor die Augen haltend, stürzte er fort und achtete nicht darauf, daß die Büsche ihm Hände und Angesicht blutig rissen. Endlich fehlte ihm der Atem. Er stand einen Augenblick still und schöpfte Luft. Lauschend horchte er auf, ob sich Tritte hinter ihm hören ließen. Es blieb alles totenstill. Vorsichtig eilte er nach der kurzen Rast weniger Sekunden noch eine Strecke tiefer in den Wald hinein, bis er ganz finsteres Buschwerk erreichte, das ihn selbst den dicht Vorübergehenden verborgen haben würde. Hier erst gönnte er sich eine längere Ruhe und überlegte, was nun zu tun sei.

Du selbst bist für dieses Mal gerettet, dachte er, indem er einen tiefen Atemzug aus der freien Brust tat und das Auge freudig dankbar gen Himmel erhob. Wenn nur erst Ludwig mit mir vereint wäre! Und dann? Wir beide einsam in der Wüste? Der Kälte, dem Hunger, der Wut der Einwohner preisgegeben? Schäme dich, Bernhard, willst du verzagen in dem Augenblick, wo du den Beweis erhalten hast, daß nichts verloren ist, wo nicht alles verloren ist? Nur heran mit der Zukunft, man muß sie scharf ansehen wie ein Fechter seinen Gegner, dann deckt man sich gegen den Streich.

In diesen Gedanken setzte er seinen Weg in die Richtung zu dem Hügel mit den drei Fichten fort. Im dichten Wald herrschte noch eine tiefe Dämmerung. Totenstill war alles ringsumher. Da ertönten plötzlich mehrere Schüsse. »Heiliger Gott! Wäre es Ludwig, den man wieder ergriffen hätte«, rief Bernhard und stand, wie an den Boden gefesselt, mit halbem Leib vorwärts, der Richtung des Schalls entgegengebeugt! Es fielen abermals Schüsse und nochmals und wiederum! Nein, dachte er mit freudig erleuchteter Brust, das ist der grauenvolle Klang nicht, den ich fürchtete. Doch war er völlig ungewiß, wie er dieses Schießen erklären sollte, zumal da es sich mit verworrenem, ganz dumpf und schwach durch die Morgenstille bis zu ihm herübertönenden Geschrei mischte. Wenn ich nur irgend wüßte, wo der Feind aus dem Erdboden gewachsen sein könnte, würde ich glauben, dies sei ein Gefecht. Ob sich denn irgendein Blick auf die Ebene tun läßt? Er ging zum Saum des Waldes, doch noch ehe er ihn erreichte, waren das Schießen und der ganze Lärm vorüber. Um so ängstlicher lauschte er, ob er nicht in der Nähe Tritte höre, ob nicht das Gebüsch rausche, weil ein eiliger Wanderer es teile. Vergebens.

Bernhard wurde jetzt unschlüssig, ob er eilen solle, den verabredeten Punkt des Zusammentreffens zu erreichen, oder ob er zurückgehen und zu erforschen versuche, was aus Ludwig geworden sei. Nach kurzem Besinnen wählte er das letztere. »Er mag eine Viertelstunde länger auf mich warten, es ist besser, daß er diese ausdauere, als daß ich ihn vielleicht hilflos und ohne Freundestrost in den Händen seiner Feinde lasse. Wäre er das Opfer geworden? Nein, nein! Es ist unmöglich. Ist er es aber, nun, so will ich es auch sein!«

Es lag ein gewisser Stolz in Bernhards Gefühl bei diesem Entschluß. Man sollte nicht sagen dürfen, daß er, um sich selbst zu retten, den Freund verlassen habe. Er fühlte wohl, daß für Ludwig sein Opfer zu spät komme, allein es schien ihm ehrlos, ihn zu überleben. Aber Marie! Wärest du nicht der treuere Freund, wenn du für die einsame, hilflose Schwester sorgtest? Fort, fort, dein Herz will dich belügen – traue ihm nicht!

Bernhards innere Angst wuchs, je heftiger der Kampf der Gefühle in ihm wurde und je näher er der Stelle kam, wo er Gewißheit über das Schicksal des Freundes zu erhalten hoffte. Endlich hatte er die Waldspitze erreicht und konnte den Hügel überblicken, wo der Tod ihn und Ludwig hatte treffen sollen. Er war einsam, niemand in der Nähe. Bernhard wagte sich vor. Der Schnee war von zahllosen Spuren durchkreuzt, auch einige Reiter mußten ihren Weg über den Hügel genommen haben. Jetzt stieß Bernhard auf einen verlorenen Tschako, auf Blutspuren, auf die untrüglichsten Zeichen, daß ein Gefecht hier vorgefallen sein mußte. Von weitem entdeckte er einige Leichname – wie, sollte Ludwig darunter sein? Er eilte in vollem Lauf heran. Gott sei Dank, nein! Es sind andere Uniformen! Drei Männer lagen hingestreckt auf dem Schnee. Den nächsten erkannte Bernhard, es war der gutherzige Elsässer Cottin, die beiden anderen waren ihm fremd. Die Freude, daß Ludwig gerettet schien, ließ der warmen Regung der Teilnahme für den wackeren Landsmann keinen Raum. Die Flucht muß ihm geglückt sein. Dort, wo die drei Fichten ragen, harrt er jetzt meiner vielleicht schon. Ich muß eilen, seine Ungewißheit abzukürzen! Auch ohne diesen inneren Trieb hätte Bernhard Ursache gehabt, aufs schnellste zu flüchten, denn durch das Getümmel des Gefechts aufmerksam gemacht, rückten eben einige rasch zusammengeraffte Kompanien aus den nur wenige hundert Schritte entfernten Toren von Smolensk aus, um den, wie es schien, bedrängten Kameraden, freilich zu spät, zu Hilfe zu eilen. Bernhard gewahrte es noch beizeiten und nahm seinen Weg wieder in den Wald zu dem verabredeten Ort der Zusammenkunft mit Ludwig.

Nach einer halben Stunde hatte er ihn erreicht. Die Fichten standen einsam auf einer nur von niedrigem Buschwerk bedeckten Anhöhe, die ihm einen ziemlich weiten Blick in die Ferne gestattete. Vor sich sah er Türme, Giebel und Mauern von Smolensk, hinter denen die beschneiten Höhen, die den Dnjepr begleiten, sich erheben. In der Ferne lief eine lange, blaue Waldlinie um den Horizont, zur Rechten zog sich jenseits eines ausgedehnten Tannengebüsches die große Landstraße nach Moskau hin. Hinter sich und zur Linken entdeckte das Auge, so weit es reichte, nur unermeßliche Wälder, die sich über Anhöhen und Senkungen des Bodens unabsehbar erstreckten. Nur wenige freie Stellen waren sichtbar, aber auch diese erschienen nur als von Wald rings umschlossene Räume. Der Höhenzug diesseits des Stroms beschränkte den Blick zur Linken, hinter demselben mußte sich, so war es Bernhard noch von früher her in Erinnerung, freies Feld befinden. Er warf nur einen flüchtigen Blick über diese traurige, öde Landschaft, sein Auge spähte nach Ludwig umher. Er entdeckte ihn nicht. Anfangs leise, dann lauter und lauter rief er den Namen des Freundes, doch seine Stimme verhallte in der tiefen Einsamkeit und Stille ohne Antwort.

Jetzt wurde ihm bang. Tausend Möglichkeiten stiegen in seiner Seele auf, die nahe an die Wahrheit kamen, ohne diese jedoch zu treffen. Er kreiste in der Nähe des Berges umher, durchsuchte alle Büsche, spähte nach Fußtritten im Schnee, ob er daraus vielleicht die Spur Ludwigs entdeckte, falls dieser sich verirrt haben sollte – alles vergeblich. Immer wieder stieß er, so sehr er auch den Ring seines Umherspähens ausdehnte, auf keine andere Linie von Schritten als die einzige, die ihn auf den Gipfel des Hügels geführt hatte. Diese durchschnitt er ein-, zwei-, dreimal, er gewann endlich die Überzeugung, daß kein menschlicher Fuß als der seinige auch nur in die Nähe des Hügels gekommen war.

Diese Gewißheit fiel mit schwerem Gewicht auf seine Brust. War Ludwig gerettet, war er es nicht? Hatte er ihn mißverstanden? Hatte er seine Flucht in eine andere Richtung genommen? Oder hatten ihn Umstände gezwungen, seine Rettung auf der entgegengesetzten Seite des Waldes zu suchen? War er im Gefecht gefallen? Diese und tausend andere Fragen kreuzten sich in Bernhards Seele, aber er wußte keine Antwort. Nur die eine fürchterliche Gewißheit gewann er mehr und mehr, daß er von dem Freund getrennt sei, daß nur eine günstige Wendung des Geschicks, die außerhalb seiner Kraft und Berechnung lag, ihn wieder mit ihm zusammenführen könne.

Der Mittag nahte heran. Durch das Waten im Schnee waren Bernhards Füße durchnäßt, die Sehnen seiner Knie aufs äußerste ermattet. Der Hunger stellte sich mit peinigender Schärfe ein, denn der seit zwei Tagen wohlgenährte Körper hatte wieder Kräfte genug gewonnen, um der Gewalt dieses Feindes einige Zeit ohne Ermattung, aber dafür auch mit desto größerer Qual trotzen zu können. Einen Entschluß mußte er fassen. Es blieb ihm nur die Wahl, entweder in die Festung zurückzukehren und sich so dem gewissen, raschen Tod zu überliefern oder allein die Flucht durch die Schneewüste zu wagen, wo tausend Gefahren und Qualen auf ihn warteten, zu denen die schwache Hoffnung der Rettung kaum den Mut und die duldend ausharrende Kraft gewähren konnte.

Und wohin sollte er seinen Weg nehmen? Ohne Waffen, um sich gegen einen hungrigen Wolf zu verteidigen, oder Holz zum Feuer zu fällen, ohne Lebensmittel, mit äußerst geringer Barschaft, schien es unmöglich für ihn, vorwärts zur Heimat zu dringen. Es blieb ihm nichts übrig, als zurückzuwandern, um das Neysche Korps, das kaum zwei Tagesmärsche zurück sein konnte, und mit diesem Rasinskis Regiment wieder zu erreichen. War Ludwig gerettet, konnte er wie Bernhard frei handeln, so blieb auch ihm kein anderer Entschluß übrig. Daher war dieser Weg auch der einzige, auf dem er hoffen konnte, dem Freund wieder zu begegnen.

Er brach sich einen starken Fichtenzweig ab, schnitzte ihn mit dem Taschenmesser, das er glücklicherweise bei sich trug, als Wanderstab und als Waffe für den Notfall zurecht und begann, durch den Wald seinen Weg zu der Landstraße zu nehmen. In seiner Seele sah es so düster aus wie rings die Natur um ihn her. Er mußte sich durch unwegsames Dickicht kämpfen und oft bis an die Knie im Schnee waten. Daher drang er nur langsam vorwärts, und obwohl die Straße in der nächsten Richtung nur eine halbe Stunde von dem Hügel entfernt war, hatte er sie doch nach zwei Stunden noch nicht erreicht, einmal, weil er sie nicht so dicht bei der Festung zu kreuzen wagte, und dann, weil sein Weg sich durch die vielen Hindernisse und die Umwege, die er nehmen mußte, überdies um mehr als das Doppelte verlängerte. Diese angestrengte Arbeit, verbunden mit dem Hunger, der ihn quälte, erschöpften seine Kräfte so, daß er sich endlich niederlegen mußte. Er räumte mit seinem Stab und einigen zusammengebundenen Zweigen den Schnee auf die Seite, machte sich dann eine Art Lager von abgebrochenen Tannenzweigen und streckte sich darauf hin, um auszuruhen. Doch war er sorgfältig bemüht, den Schlaf von sich abzuwehren, um nicht in demselben zu erstarren und so eine Beute des Todes zu werden. Es hätte der Vorsicht aber nicht bedurft, denn die Sorgen seiner Seele und die Pein des Hungers waren noch zu heftig, um ihn schlummern zu lassen, sein Körper aber noch nicht in dem Grad ermattet, daß er die Müdigkeit als die stärkste aller Qualen empfinden sollte. Um die Schmerzen, die ihm der Hunger verursachte, einigermaßen zu stillen, schnitt er die jungen, harzreichen Schößlinge aus den Zweigen und versuchte sie zu essen. Diese bittere Kost und einige Hände voll Schnee, den er zur Stillung des eingetretenen Durstes genommen hatte und langsam auf der Zunge schmelzen ließ, waren die einzige Stärkung, die seine verzweifelte Lage ihm gestattete. Nach einer Stunde der Rast brach er von neuem auf und erreichte nun bald die große Landstraße. Aber welch ein Anblick bot sie ihm dar! Sie war mit halbnackten, erstarrten Leichnamen gefüllt, die zur Hälfte aus dem Schnee herausragten. Kleine, leicht beschneite Hügel, an die der Fuß des Wandernden jeden Augenblick stieß, waren die Gräber ebenso vieler Unglücklicher.

Weggeworfene Waffen, Uniformstücke, Gepäck, tote Pferde würden den Weg, den das Heer genommen hatte, bemerkbar gemacht haben, auch wenn keine große, von Kanonen und Wagen tief ausgefahrene Heerstraße sichtbar gewesen wäre. Ein stilles Grausen schlich durch Bernhards Brust, als er sich jetzt so allein mitten in diesen Spuren befand, welche die schauerliche Bahn bezeichneten, die Tod und Verwüstung durch die schneebedeckten Öden genommen hatten. Die Straße glich einem langen, unermeßlichen Kirchhof, wo aber keine Freundeshand die Gebliebenen sanft bestattet hatte. Nur das Grabtuch des Schnees hüllte die Gefallenen kalt und schauerlich ein.

Bernhard mußte jetzt bald ein Dorf erreichen. Der Weg machte eine Wendung, und es lag vor ihm. Aber kein Haus war mehr zu entdecken, alles niedergerissen und niedergebrannt, kaum daß einige einzelne, lange Schornsteine und schwarze Feuermauern noch über dem Schnee hervorragten. Mutmaßlich hatte ein Biwak hier ganz in der Nähe stattgefunden, so daß die Leute alles Gebälk zu ihren Feuern benutzt hatten. Bald entdeckte Bernhard auch die schwarzen Brandstellen am Saum des Waldes entlang. Er ging näher in der Hoffnung, etwas zu finden, das seinen Hunger stillen könne. Vergeblich! Hier lagen auch keine Leichen, denn hier hatten ja die Kräftigeren Rast gehalten und das Feuer sie vor Erstarrung geschützt. Bernhard stieß mit seinem Stab in einen Aschenhaufen und wühlte so einen noch glimmenden Brand heraus. Also konnte diese Lagerstätte erst am Morgen verlassen sein. Im Schnee entdeckte er einen Knopf. Er hob ihn auf. Ein freudiger Schreck durchzuckte ihn. Er erblickte das Zeichen seines Regiments darauf. Diese leichte Spur seiner Freude gab ihm neue Hoffnung. Also Rasinski hatte hier Rast gehalten. Da er erst nachmittags aus Smolensk ausgerückt war, mußte er die Nacht hier biwakiert haben und war vielleicht kaum einen halben Tagemarsch von der Stelle entfernt.

Hätte Bernhard jetzt nur einige Bissen Speise gehabt und einige Stunden ruhen können, so würde er die Freunde vielleicht noch in der Nacht erreicht haben. Doch so war er durch körperliche Anstrengungen zu erschöpft, der so erschütternden Gemütsbewegungen nicht zu gedenken. Jetzt zum ersten Mal fühlte er, daß sein trotziger Mut wankte. Die Abspannung der körperlichen Kräfte wirkte ermattend auch auf die Seele, die tiefe Einsamkeit warf ihre düsteren Schatten in seine Brust. Die Anregung, durch entschlossenes Beispiel das Verzagen anderer zu hindern, blieb aus, und mit dem fehlenden Sporn schwand auch die Kraft. Schweigend, die Arme finster übereinandergeschlagen und sich, weil der Frost ihn schüttelte, in sich selbst zusammenkrümmend, saß er auf einer halbeingestürzten Mauer und blickte finster vor sich hin.

Ringsum lautlose Stille. Der dunkle Tannenwald stand schauerlich erstarrt da, und die Zweige senkten sich matt unter der Last des Schnees.

Graue Nebelwolken zogen langsam, tief herabgedrückt, über den Waldspitzen dahin. Der Atem war entflohen aus der Brust der Natur, gleich einer Leiche lag sie da, starr, ohne Wärme, ohne Liebe. »Und was ist's denn mehr«, sprach Bernhard, plötzlich aufstehend, und trat entschlossen vorwärts. »Schlummern denn nicht Tausende hier umher? Was willst du dich sträuben, in die kalten, ausgebreiteten Arme des Todes zu sinken? Die Qual wird kurz sein! Einen Augenblick ruhe entschlossen an seiner Brust, und dein warmes Leben ist eingesogen von der ehernen Erstarrung, und Schmerz und Lust sind vorüber. – Du willst weich werden! Weil hinter diesen grauen Schleiern noch der blaue sonnige Tag ruht, den du auch einst gesehen hast? Weil freundliche Gestalten an der Grenze dieser Öde stehen? Warst du denn glücklich, als du unter ihnen im Licht weiltest? Trugst du nicht stets den Schmerz in verhüllter Brust? Tröstete und erquickte dich denn der bunte Schimmer des Lebens? Tropfen netzten deine Zunge, aber der brennende Durst wurde nicht gestillt, und das Labsal diente nur, die Qual zu schärfen. Und doch schauderst du, da sich jetzt der Glockenhammer hebt, um die Stunde deiner Ruhe, deiner Erlösung anzuschlagen? Will denn das Reis der Hoffnung auch in dieser Eiswüste nicht erstarren? Reicht deine Manneskraft nicht aus, diesen schwachen, verglommenen Funken ganz zu ersticken? Schäme dich! Blicke das Gespenst mit dem Auge des Mannes an, und es sinkt zusammen in den Staub des Nichts! Nur in deiner Brust lebt es, du siehst nur das hohle Spiegelbild der selbstgeschaffenen Schrecken, die du in dir trägst. Zerschmettere mit wilder Faust das trügerische Glas, und die Wahngestalten sind vernichtet!«

Vergebens kämpfte die Gewalt des Gedankens gegen die Macht der Wirklichkeit. Vergebens versuchte der Geist die Fesseln zu sprengen, die seinen freien Fittich in das Gefängnis des Korpers und der Sinne schmieden. Sie ließen ihn nicht los aus ihrer Macht und trotzten auf ihr altes Recht, mit ihm zugleich zu herrschen, bis der Tod die Siegel des für die Erde geschlossenen Bündnisses gelöst hat.

So blieb denn das Gespenst schauerlich vor Bernhard stehen, und er fühlte, wider Willen, wie das Grauen still durch seine Brust schlich und tiefer und tiefer in das Herz drang. »So sei es denn dieser Baumstamm!« sprach er finster vor sich hin, hüllte sich zusammenschauernd dichter in den Mantel und warf sich wieder auf den Boden hin.

Drittes Kapitel

Kaum aber lag er, als er das Gebüsch rauschen hörte und gleich darauf menschliche Tritte vernahm. Er fuhr auf und blickte umher. Da teilten sich die Tannenbüsche vor ihm, und eine seltsam abenteuerliche Gestalt, in einen grauen Pelz gehüllt, ein rotes Tuch um den Kopf gewunden, trat, vorsichtig nach allen Seiten umschauend, heraus. »Ihr da!« rief er in französischer Sprache herüber zu Bernhard. »Lebt Ihr, oder seid Ihr eine Leiche?« – »Ich lebe«, erwiderte Bernhard und richtete sich mit Mühe auf. – »Es sieht aber so aus, als würde es nicht mehr lange dauern«, antwortete der Soldat. »Seid Ihr matt vor Hunger?« – Bernhard nickte mit dem Kopf. – »So kann ich Euch helfen«, sprach der andere und trat näher, »aber sagt mir, wo geht der Weg nach Smolensk?« – »Dort hinunter, zweihundert Schritte von hier ist die Straße.« – »Gelobt sei Jesus und Maria! Und wie weit ist es noch?« – »Vier Stunden.« – »Schwärmen Kosaken auf dem Weg?« – »Nein, nicht daß ich wüßte.« – »Barmherziger Gott! So willst du mich dennoch retten?« Mit diesen Worten sank der Krieger auf die Knie und hob den Blick dankbar gen Himmel, und große Tränen rollten über seine Wangen. »Hier Freund, nimm«, sprach er einen Augenblick darauf und eilte mit einem Stück Brot in der Hand auf Bernhard zu, »du hast mich erquickt, ich will dich erquicken. Nimm, und hier ist auch zu trinken!« Zugleich zog er eine Flasche mit Branntwein aus dem Busen hervor und reichte beides Bernhard herüber.

»So soll es doch nicht hier zu Ende sein?« sprach dieser gerührt. »Dank dir, Freund, du bist mein Retter!« – »Und du der meine.« – »Aber woher kommst du dort aus dem Wald?« fragte Bernhard. – »Siebenmal aus dem Rachen der Hölle«, erwiderte der Gefragte und setzte sich zu Bernhard nieder. »Vorgestern trieb mich der Hunger mit vielen anderen Kameraden aus den Reihen des Regiments, um in den zur Seite gelegenen Dörfern Speise aufzusuchen. Da fiel plötzlich mitten im Wald eine Horde Bauern über uns her. Sie schlugen und metzelten nieder, wen sie trafen. Wir stoben nach allen Seiten auseinander, da kamen auch Kosaken herbei und hetzten uns mit ihren kleinen raschen Pferden wie der Schäferhund die versprengten Schafe, um uns den wütenden Muschiks in die Hände zu treiben.

Doch ihre erste Mordlust war gesättigt. Sie jagten uns mit Kantschu- und Knittelhieben auf einen Haufen zusammen, koppelten uns aneinander wie die Jagdhunde und trieben uns so vor sich her. Wir dachten, sie hätten Erbarmen mit uns und wollten uns als Gefangene fortführen. Aber es war ein Irrtum! Nachdem wir in einem zwei Stunden von der Straße entfernten Dorf angekommen waren, plünderten sie uns so aus, so daß wir halb nackt in der grimmigen Kälte standen und die Zähne uns klapperten. So sperrten sie uns alle zusammen in die Kirche ein. Wir kauerten uns eng zusammen und suchten einander zu erwärmen. Aber es dauerte nicht lange, so wurden zwei von uns herausgeführt. Bald darauf hörten wir es schießen, doch einzeln, in langen Pausen, und nach jedem Schuß teilte ein wildes Geschrei und Gebrüll die Luft. Anfangs konnten wir nicht begreifen, was dies bedeute, doch da ich mit Hilfe einiger Kameraden zu einem kleinen Fenster hinaufgeklettert war, sah ich, daß – beim Teufel, Kamerad, der Grimm preßt mir noch jetzt die Zähne zusammen – ich sah, daß sie unsere Kameraden an einen Baum gebunden hatten und wie nach der Scheibe auf sie schossen!« Bernhard erblaßte. »Ich nahm mich zusammen und verriet nichts, denn zu helfen war doch nicht mehr. ›Ein Scheibenschießen, weiter nichts!‹ warf ich hin, aber es kochte wild in meiner Brust. Die Tür ging wieder auf, und die Bluthunde führten abermals zwei Schlachtopfer heraus. Ich schwieg, weil es schon dunkel wurde und ich uns in der Nacht zu retten dachte. Wirklich waren dies die letzten von uns, die da bluten mußten. In der Nacht brachen wir die Tür auf, die uns zu dem Turm führte, und am Glockenseil gelang es uns, uns in der Stille herabzulassen. Die Schildwache vor der Kirche war eingeschlafen. Ich stieß dieser ihr eigenes Seitengewehr ins Herz, daß der Kerl auch nicht mehr zuckte. Jetzt warf ich den Pelz des Russen über, nahm seine Waffen und ging damit an das Wachthaus am Ende des Dorfes. Meine Kameraden ließ ich still nachfolgen. Hier lag alles schnarchend und besoffen durcheinander, Bauern und Kosaken. Die Mäntel und Pelze hatten sie auf einen Haufen geworfen, denn es war eine erstickende Hitze in der Stube. In der Ecke stand ein Korb mit Brot, und Branntweinflaschen, teils gefüllt, teils leer, lagen überall umher. Ich hatte anfangs nur gedacht, aus Rache für die Ermordeten das ganze Gebäude in Brand zu stecken, da aber jetzt die Gelegenheit günstig war, holte ich noch drei Kameraden, und dann packten wir so viele Kleider und Lebensmittel ein, als wir konnten, und trugen sie hinaus. Eilig flüchteten wir mit unseren Schätzen in einen nahen Busch, teilten redlich und kleideten uns an. Nun suchten wir das Weite. Aber die Bauern mußten unsere Flucht zeitig bemerkt haben, denn plötzlich waren sie dicht hinter uns. Alles stürzte davon, jeder flüchtete, wohin ihn der Zufall führte. Es gelang mir, einen dichten Busch zu erreichen, wo ich mich versteckte, bis alles still war. Dann schlich ich vorsichtig weiter, so gut ich konnte und wußte, zu der Straße. Solange es dunkel war, ging es, aber am Tag schien der Wald ordentlich lebendig zu werden von dem russischen Raubgesindel, und ich mußte kreuz und quer, durch Wald und Feld, vor und zurück, um ihnen nur zu entgehen. Noch vor einer Stunde waren sie mir dicht auf der Ferse. So war ich ganz irre geworden und zweifelte, die Landstraße zu erreichen. Nun aber hoffe ich mit Gott, in dieser Nacht noch bis Smolensk zu kommen. Dann will ich mich in Reih und Glied halten und lieber hinstürzen vor Qual oder Hunger und ehrlich als Soldat sterben, als noch einmal in die Hände dieser wilden Bestien zu fallen! Ich bin kein feiger Bube, aber geschlachtet werden ist doch ein greuliches Ende, und ein Soldat mag doch nicht gerade sterben wie ein Mordbrenner. Was meinst Ihr?«

Bernhard, durch die Nahrung gestärkt, durch die Erzählung dieser Wechselfälle zwischen Rettung und Untergang aufgeregt, hatte im Augenblick seine frische Hoffnung wieder. »Wahrlich nicht, Kamerad!« rief er. »Aber es hat auch noch Zeit damit. In jetziger Zeit, wo jede Minute gefährlich ist, darf man nicht verzagen, wenn einen auch der Tod schon am Schopf hat. Man läßt ihm den Mantel und reißt sich doch wieder los.«

»Freilich! Es lebe der Mut! Aber was sagtet Ihr da von Eurem Ziel? Wohin wollt Ihr? Nicht vorwärts?« – »Nein!« – »Zurück? In dieses Teufelsland wieder hinein? Seid Ihr bei Sinnen?« – »Mir ist der Tod hier gewisser als dort.« – »Wieso?« Bernhard besann sich einen Augenblick, dann erzählte er dem Freund in der Not, überzeugt, daß dieses ehrliche Soldatenherz ihn nicht verraten werde, offen den Zusammenhang seiner Geschichte.

»Verfluchte Brut! Otterngezücht! Giftschwämme, dieses Schreibergesindel!« fluchte der derbe, ehrliche Soldat, als Bernhard seine Erzählung geendet hatte. »Aber das darf Euch nicht kümmern! Dort hinein droht Gefahr auf jedem Schritt, denn die wütenden Bauern liegen wie die Buschmänner hinter den schwarzen Tannengebüschen. Ein einzelner kommt nicht durch. Darum rate ich Euch, kommt mit nach Smolensk. Wer kennt Euch? Zieht meinen Pelz an, wenn wir ins Tor marschieren, und bindet Euch ein Tuch vor das Gesicht. Was fragt jetzt einer nach dem anderen? Jeder hat genug mit sich selbst zu tun. Haben wir nicht leider Gottes Tausende von Nachzüglern? Frisch, geht mit mir! Ich will Euch schon unterbringen, so wahr ich Jean Lacoste heiße und aus der Normandie stamme! Kommt, laßt uns aufbrechen. Es wird dunkel, und wir haben ausgeruht, und je näher an Frankreich, je besser!«

Bernhard überlegte. Er hatte das niederdrückende Gewicht gänzlicher Einsamkeit und Hilflosigkeit soeben zu tief empfunden, um nicht mit einer fast unwiderstehlichen Gewalt zu dem Entschluß bestimmt zu werden, Not und Gefahren wieder in kameradschaftlicher Gemeinschaft zu tragen. Einen Tag hoffte er doch sich in Smolensk herbergen zu können, und am nächsten schon traf Rasinski wieder ein. Vielleicht erfuhr er auch Ludwigs Schicksal – kurz, er entschloß sich, sein Los mit dem des neuen Gefährten zu verbinden.

Sie brachen auf und wanderten im Gespräch miteinander hin. Plötzlich hörten sie den Ton einer schrillenden Pfeife aus dem Wald. Bernhard horchte erstaunt auf. Lacoste aber packte ihn am Arm, zog ihn rasch vorwärts und rief: »Lauf, lauf, was die Sehnen halten wollen. Sie sind uns, weiß Gott, wieder auf der Ferse.« Unwillkürlich folgte Bernhard dem raschen Schritt seines Gefährten, obwohl er an die nahe Gefahr noch nicht glauben wollte, da er bisher noch auf keine Spur eines feindlichen Überfalls dieser Art geraten war. »Wenn wir nur erst dort um die Ecke sind«, meinte Lacoste im Forteilen, »so können wir uns gleich links in den Wald werfen, aber hier ist zum Unglück auf dreihundert Schritt kein Busch zu erreichen, und auf dem Schnee sieht man uns zu weit, trotz der anbrechenden Nacht.«

Das Pfeifen wiederholte sich jetzt und wurde von der anderen Seite der Straße beantwortet. »Wahrhaftig, es ist, als ob wir in Kalabrien wanderten und eine Rotte Banditen uns überfallen wollte«, rief Lacoste. »Doch diese Kerle sind noch schlimmer! Ich sehe lieber ein Dutzend Wölfe mit aufgesperrtem Rachen hinter mir herjagen, als ich ein Kosakenpferd hinter meinem Rücken höre. Aber wird der Wald da nicht lebendig drüben? Krabbelt es nicht wie in einem Ameisenhaufen?« – »Du irrst, Freund«, antwortete Bernhard, »es bleibt alles totenstill.« – »Es ist eine Schande, Furcht zu haben«, murmelte Lacoste grimmig dumpf vor sich hin, »aber ich kann's nicht leugnen. Wo gar nichts zu gewinnen ist, nicht einmal Ehre, wohl aber alles zu verlieren, da wird es mir doch ein bißchen kalt ums Herz, und ich fange an, zu sehen, was ich mir einbilde. Ich habe das verfluchte Gesindel heute schon wenigstens sechsmal so aus dem Busch herauskriechen sehen wie die Regenwürmer nach einem Gewitter aus der Erde. Ich glaube in jedem Baumstamm lauert ein Muschik.« – »Nun, Gott sei Dank, jetzt haben wir die Ecke! Laßt uns hier seitwärts in den Busch hinein, wir können so immer die Richtung neben der Straße halten.«

Als sie sich sicher glaubten, fingen sie an, langsamer zu gehen. »Kamerad, da hast du einen goldenen Ring am Finger stecken, hüte dich, daß er dir nicht zu eng ist«, fing Lacoste nach einigen Minuten an, »ich habe gesehen, wie sie meinem Kapitän, der seinen Trauring trug, kaltblütig den Finger herunterschnitten, da der Ring nicht gleich übers Gelenk wollte. Man kann nicht wissen, was kommt, also wirf das Ding lieber weg, oder verstecke es.«

Der Gedanke, daß er diesen Ring verlieren könne, der eine so wundersame Bedeutsamkeit für ihn hatte, fiel Bernhard schwer aufs Herz. »Wegwerfen«, sprach er, »kann ich ihn nicht, denn er ist mir unendlich teuer, und wo sollte ich ihn verbergen, daß ihn die Habsucht nicht fände?« – »Das ließe sich wohl machen. Ihr habt starkes langes Haar, da läßt er sich vielleicht verstecken. Zeigt her, ich will ihn Euch einknüpfen. Auf eine glatte Frisur kommt es jetzt ja nicht so sehr an.« Bernhard zog den Ring ab, und Lacoste knüpfte ihn, indem er ein Büschel Haare durch die Öffnung steckte und dann einen Knoten um den Reifen schlang, in Bernhards reichem Haupthaar fest. »Aber ist er auch sicher? Wird er nicht verlorengehen?« fragte dieser besorgt. – »Wenn Ihr den Haarzopf, an dem er hängt, nicht ausreißt, gewiß nicht, und versteckt ist er so tief, daß ein

Rabe, der Gold stehlen wollte, ihn nicht entdecken würde. Freilich die Finger der Kosaken sind – Teufel! St! Um Gottes willen still! Hört Ihr nichts?« unterbrach er sich, plötzlich stillstehend und den Finger auf den Mund legend, mit fast unhörbarer Stimme.

Bernhard schüttelte den Kopf. Doch gleich darauf vernahm er wirklich ein dumpfes Murmeln, als ob mehrere Stimmen von ferne im Gespräch herankämen. »Man kommt«, flüsterte Lacoste, »keinen Schritt von der Stelle! Vielleicht gehen sie an uns vorüber.« Mit diesen Worten schmiegte er sich in das dichte Gebüsch hinein, und Bernhard folgte seinem Beispiel.

Kaum hatten sie das Versteck erreicht, als auch schon ein Trupp von zehn bis zwölf Bauern, mit Picken bewaffnet, sichtbar wurde. Das Herz schlug den beiden Flüchtlingen hörbar gegen die Brust. Doch hofften sie, Dämmerung und Gebüsch würden sie verhüllen. Da schlug plötzlich ein Hund an, kam schnuppernd durch den Schnee und blieb bellend vor dem Busch stehen. Die Bauern horchten auf und sahen sich um. »Jetzt hilft uns nichts mehr als Flucht, du links, ich rechts«, rief Lacoste, »daß wir sie teilen.« Und im gleichen Augenblick tat er auch schon einen Sprung aus dem Gebüsch und lief, was seine Kräfte vermochten, tiefer in den Wald hinein. Der Hund folgte seiner Spur mit lautem Gebell. Bernhard, der Weisung des gewandten Gefährten gehorsam, schlug ebenso rasch eine entgegengesetzte Richtung ein. Ohne sich umzusehen, eilte er durch den tiefen Schnee und die dichten Gebüsche vorwärts, bis ihm der Atem versagte. Jetzt stand er still und blickte lauschend ringsumher. Alles war tot wie das Grab. Er hörte weder Hundegebell noch Menschenstimmen mehr, nur das schauerliche Rauschen des Nachtwindes strich durch die Wipfel der hohen Tannen. Behutsam wagte er sich wieder in die Richtung nach Smolensk, weil er dort auf seinen Unglücksgefährten zu treffen hoffte. Bald stieß er auf seine eigenen Spuren im Schnee. Diesen folgte er mit Vorsicht, jeden Augenblick lauschend, ob Feinde in der Nähe seien. Doch der Wald war wie erstorben. Die Spuren leiteten ihn nach einer starken Viertelstunde auf den Fleck, von dem aus er geflüchtet war. Zu seiner Freude entdeckte er auch Lacostes Spuren und durfte hoffen, ihn aufzufinden. Er folgte ihnen. Bald sah er sie zu seinem Leidwesen mit vielen anderen gemischt, ein Zeichen, daß man den Armen heftig verfolgt hatte. Noch eine ganze Strecke zogen sie sich in den Wald hinein, dann hörten sie auf und wandten sich sichtlich zurück. Unschlüssig stand Bernhard still und überlegte, ob er es wagen dürfe, ihnen auch aus dem Wald hinaus nach der offenen Straße zu folgen. Er untersuchte, ob nicht vielleicht die Fußtritte Lacostes aus diesem ziemlich durchwühlten Schneeflecken allein weiter in den Wald führten. Doch er fand kein Zeichen dieser Art. »So wäre denn der Unglückliche doch in die Hände seiner grausamen Feinde gefallen?« Eine Stimme im Inneren Bernhards sagte ihm, daß er ihn, der sein Retter gewesen war, nicht verlassen dürfe, sondern ihm wenigstens noch so weit nachforschen müsse, als es, ohne sich selbst unrettbar preiszugeben, geschehen könne. Daher folgt er den Fußtapfen, die zu der Landstraße führten, jedoch mit Vorsicht und jeden Augenblick scharf aufhorchend. Da war es ihm, als hörte er ein leises Seufzen. Er blieb stehen und lauschte. Wahrlich, es wiederholte sich! Er täuschte sich nicht, ein lebendes Wesen mußte in der Nähe sein. Mit vorgebeugtem Haupt ging er dem Schall nach. Jetzt vernahm er das Ächzen dicht neben sich, doch sah er niemanden auf dem Boden liegen. Der Schnee war aufgewühlt von vielen Schritten, eine mächtige Fichte stand wenige Schritte seitwärts. Dorther kam das Stöhnen. Bernhard ging um den Baum herum, der von der anderen Seite freier stand, doch mit einem unwillkürlichen Ruf des Entsetzens bebte er schaudernd zurück, als er im halben Licht des Schnees und der Dämmerung einen blutigen halbnackten, menschlichen Körper, der an den Baum gebunden zu sein schien, wahrnahm. Grausend, doch mit Selbstüberwindung trat er näher. Da sah er zu seinem Entsetzen, daß der Unglückliche an den Stamm *gepfählt* war, und als er ihm ins Antlitz blickte, erkannte er seinen Retter und Gefährten.

»Allmächtiger Gott!« rief er laut aus und hatte Mühe, sich auf den Füßen zu halten. »Lebst du noch, Freund? Kann ich dich retten?« Der Sterbende nickte schwach mit dem Haupt zum Zeichen, daß er den Gefährten erkenne, doch vermochte er nicht zu sprechen. Schaudernd, doch es mußte sein, faßte Bernhard den abgebrochenen Schaft einer Picke, die dem Unglücklichen durch die Schulter gebohrt war, und zog ihn heraus. Doch ein zweites Eisen war durch die Lende geschlagen und wollte anfangs der angestrengten Kraft nicht weichen. Endlich gelang es ihm, auch dieses herauszureißen. Da sank der Erlöste matt in die Knie. Bernhard fing ihn in seinen Armen auf und ließ ihn sanft auf den Boden, mit dem Rücken gegen den Baumstamm gelehnt, niedergleiten. Noch zweimal schöpfte er tief Atem, dann fiel der Kopf ihm lautlos auf die Brust herab. Er war tot. Bernhard hielt ihn noch lange an seiner Brust und lauschte, ob das entflohene Leben nicht zurückkehre, umsonst. Es war nicht Schmerz, was ihn durchdrang, es war dumpfe Betäubung des Entsetzens. Die Leiche im Schoß, blickte er starr vor sich hin, keine Träne drang in sein Auge, er ließ keinen Seufzer hören. Es war grabesstill. Selbst der Wind sauste nicht mehr in den Wipfeln. Finsteres Gewölk lagerte schwarz, unbeweglich über dem Himmel. Da flatterten zwei Raben heran und umkreisten den Gipfel der hohen Fichte, als warteten sie schon auf die Beute. »Ihr sollt diese Leiche wenigstens nicht verstümmeln!« rief Bernhard und stand auf. Mit seinem Stab und den eigenen Händen und Füßen grub er eine breite Furche unter der Fichte in den tiefen Schnee. Dann ordnete er Haar und Kleidung der Leiche. Als er das Hemd zuknöpfen wollte, ritzte er sich an einer Nadel. Er fühlte näher hin und entdeckte, daß der wackere Krieger seinen höchsten Schatz, das Kreuz der Ehrenlegion, innen im Hemd mit einer Stecknadel befestigt hatte. »Du sollst die Gruft des Tapferen schmücken«, sprach er, »und wenn nie ein Sterblicher mehr vorüberwandern sollte.« Jetzt legte er den Leichnam in die kalte Gruft und wälzte hohe Schneemassen darüber, bis sie einen weißen, festgedrückten Hügel bildeten. Mit demselben Eisen der Picke aber, das dem Toten die Schulter durchbohrt hatte, heftete er das Band und Kreuz an den Stamm der Fichte, so daß das Ehrenzeichen über der Grabstätte schimmerte.

Mit verschränkten Armen stand Bernhard vor dem Schneehügel. »Ruhe nun unter dieser kalten Hülle, bis der Frühling sie schmilzt, und Grün und Blumen um deine Gebeine sprossen! – Du hättest ein dauerndes Denkmal verdient! Nimm hiermit vorlieb! Hier wird keinem mehr geboten! – Lebe wohl!« – Er wandte sich um. Tiefer und tiefer ging er, entschlossen, die letzten Kräfte an seine Rettung zu setzen, aber gefaßt, daß es vergeblich sein werde, in den Wald hinein.

Viertes Kapitel

Während Ludwig und seine Mitgefangenen durch den Wald geführt wurden, spähte dieser mit sorgenvollen Blicken umher, ob er Bernhard nicht entdecke. Er wußte kaum, ob er hoffen oder fürchten sollte, ihn zu sehen. Es wäre ein unbeschreiblicher Trost für ihn gewesen, jedes Leid mit dem Freund gemeinschaftlich zu tragen, doch wehrte seine Seele sich gegen die leisesten Keime dieser geistigen Selbstliebe. Er hegte die geheime, wenngleich schwache Hoffnung, daß Bernhard glücklicher in seinem Unternehmen gewesen sei und bald Rasinski und die Freunde erreicht haben werde.

Nach einer Wanderung von einer Stunde erreichte man einen freien Platz, der jedoch rings vom Wald umschlossen war. Hier loderten hohe Wachtfeuer, an denen Scharen von bewaffneten Landleuten lagen. Mit Erstaunen sah Ludwig auch viele Frauen, die der allgemeine Haß gegen den Feind von ihrer friedlichen Wirksamkeit abgelenkt und mitten in das kriegerische Treiben der Männer hineingeführt hatte. Einige bereiteten Speisen, andere putzten Gewehre. Eine ältere sah er einen Verwundeten verbinden. Anfangs schien man die Ankommenden nicht besonders zu beachten. Doch als man die Gefangenen, die sie mitbrachten, sah, strömten alle neugierig herbei, diese Unglücklichen zu sehen. Die Hoffnungslosigkeit in deren Zügen stach schreckenvoll gegen des Ausdruck des Hohnes und der wilden Freude der Sieger ab. Ludwig brauchte seine ganze Kraft, um sich die männliche Fassung zu bewahren. Der Umstand, daß er nicht wie die übrigen der Kleider beraubt, sondern noch in einen warmen Mantel gehüllt war, wenigstens nicht vor Frost zittern durfte, kam ihm dabei sehr zustatten. Doch erweckte er dadurch auch die Habgier der sich rings andrängenden Feinde, deren Gesinnungen er aus ihren Gebärden und dem laut und lauter werdenden Murmeln erriet. Endlich trat ein bärtiger Koloß, der wohl glauben mochte, sich vor den anderen etwas erlauben zu dürfen, auf ihn zu und wollte ihm die Mütze vom Kopf nehmen. Ludwig trat unwillkürlich einen Schritt zurück und wehrte den Russen mit der Hand ab. Da hob dieser im Zorn seinen einer Keule ähnlichen Knittel zu einem furchtbaren Schlag aus. Unfehlbar hätte er Ludwigs Haupt zerschmettert, doch plötzlich ertönte der laute Schrei einer weiblichen Stimme, und in demselben Augenblick brach eine edle Gestalt, in kostbare Pelze gehüllt, doch mit verschleiertem Angesicht, durch die Reihen der Umstehenden und warf sich dem gehobenen Arm des Russen entgegen.

Zornig wandte sich dieser um, doch als er sah, wer seine Tat hinderte, verwandelte sich sein Grimm in tiefe Unterwürfigkeit, und er trat mit knechtisch ehrfurchtsvollen Verbeugungen zurück. Ludwig war von dem Wunder dieser neuen Rettung, die sich in der Schnelle des Augenblicks vollendete, wie betäubt. Er heftete seine Blicke auf die Retterin, vermochte aber kein Wort des Dankes hervorzubringen. Sie stand selbst vor Schrecken ganz außer Fassung, aus tiefer Brust mühsam atmend, kaum vermögend, sich auf den Füßen zu halten, vor ihm und hielt die Hände wie zum Dankgebet gefaltet. Endlich schlug sie den Schleier zurück, indem sie mit unnachahmlichem, rührend zitterndem Ton der Stimme sprach: »Erkennen Sie mich?« Als trete eine himmlische Erscheinung, ein rettender Engel des Allmächtigen plotzlich strahlend vor ihm hin, so sank Ludwig, seiner selbst nicht mehr mächtig, auf die Knie vor der Entschleierten nieder. Es war Bianka.

Bebend ergriff er ihre Hand mit seinen beiden, er neigte sein Haupt darüber, seine Tränen strömten – er wähnte in diesem Übermaß der Wonne sein Dasein zu enden. »So konnte ich doch vergelten!« sprach sie und hob das blaue, in Tränen schimmernde Auge gen Himmel. »Oh, allmächtiger Vater, deine Hand leitete meine Schritte! Wenn ich zu spät gekommen wäre!« Die Umstehenden betrachteten die Gruppe mit lautlosem Erstaunen. »Was bedeutet das?« fragte plötzlich eine rauhe männliche Stimme. Ludwig erwachte aus seiner seligen Betäubung und sprang auf.

Ein Reiter war in den Kreis gesprengt. Das edle Roß, seine reiche Kleidung gaben einen Führer zu erkennen. Es war Graf Dolgorow. »Oh, mein Vater!« rief Bianka mit leidenschaftlichem Ton. »Sehen Sie hier unseren Retter!« – »Wie? Wo?« fragte der Graf und warf forschende Blicke auf Ludwig. Doch plötzlich unterbrach er sein Erstaunen durch den Ausruf:

»Du hier? Elender Bube!« Und mit einem Sprung war er vom Pferd herab und drang in die Reihen der Gefangenen ein, um Beaucaire, dem vor Frost und Entsetzen die Knie schlotterten, aus ihrer Mitte herauszuziehen. Dolgorow, dem die Rache schneller entflammte als die Dankbarkeit, vergaß diese, um jener zu genügen. In England und Italien, wo er sich in wichtigen, aber gefährlichen diplomatischen Aufträgen befand, war Beaucaire sein Sekretär und geheimer Agent gewesen. Als der Krieg des Jahres 1812 ausbrach und Napoleon die englischen und russischen Agenten in allen Ländern auf das eifrigste aufspüren ließ, war auch Dolgorows Verkehr entdeckt worden. Er mußte aus Rom eifrigst und in einer Verkleidung flüchten. Beaucaire erhielt einen Paß als deutscher Graf Wallersheim. Feodorowna galt unter dem Namen Bianka als seine Schwester. Dolgorow selbst wurde für einen alten Diener, seine Gemahlin für die Erzieherin der jungen Gräfin ausgegeben. So traten sie die Reise an. In Mailand glaubte Beaucaire, der eine rohe Leidenschaft für des Grafen Tochter gefaßt hatte, von den dringenden Umständen alles ertrotzen zu können. Er wagte Anträge, die Feodorowna mit Empörung zurückwies und die die Wut ihres Vaters entflammten, obwohl die äußerste Gefahr in seinem Zorn lag. Er mißhandelte den Buben und stieß ihn mit Schimpf von sich. Dieser eilte, ihn zu verraten. Doch schon hatte der Graf es möglich gemacht, aufs eiligste zu fliehen, und änderte seine Reiseroute, indem er statt über Verona nach Innsbruck und München, die Straße über den Simplon einschlug. Dort traf ihn Ludwig. Retter und Verräter waren nunmehr zugleich in seine Hand gefallen, und dieser sollte jetzt seinen Lohn empfangen.

»Heiliger Gott! Welche Schickung!« rief Feodorowna aus, als ihr Auge auf den Elenden fiel, den Dolgorow trotz seines Sträubens aus der zitternden Menge hervorriß. Beaucaire wurde jetzt auch ihrer ansichtig, und mit verzweifelter Anstrengung riß er sich los und stürzte zu ihren Füßen nieder. Krampfhaft umklammerte er ihre Knie und rief: »Erbarmen, Gräfin! Bittet um Gnade für mich! Nur meine rasende Liebe zu Euch war mein Verderben!« Bianka zitterte und hob angstvoll flehende Blicke zu ihrem Vater. Doch dieser rief mit ehernem Grimm: »Ergreift ihn und werft ihn dort in die Flammen, damit jeder Russe sehe, wie ein Verräter gestraft wird.«

Bianka wurde zu einem Marmorbild. Beaucaire schrie lauf auf und klammerte sich in der Angst der Verzweiflung an ihre Knie an, indem er seinen Kopf in ihrem Schoß zu verbergen versuchte. Sie wäre niedergestürzt, wenn nicht Ludwig, ihr rasch zu Hilfe springend, sie gehalten hätte. »Vollzieht meinen Befehl!« rief Dolgorow nochmals. »Reißt ihn von der Fürstin hinweg!« Auf diesen Ruf packten zwei aus der Masse mit wilder Freude hervorspringende Männer den Verzweifelnden bei den Haaren. Zwei andere ergriffen ihn bei den Füßen, ein Kosak riß sein Messer aus dem Gürtel und schnitt ihn über die beiden Hände, mit denen er Biankas Knie umschlossen hielt. Erst als die Sehnen zerrissen waren, sanken ihm die Arme zurück. Unter gräßlich jubelndem Gebrüll der wutentflammten Menge wurde er halb hinweggetragen und geschleift. Sein zerreißendes Jammergeschrei drang mitten durch das Toben der mordlustigen Schar hindurch, die, von wilder Begier, auf das gräßliche Schauspiel gestachelt, in schwarzen Massen nachstürzte. »Bewacht die übrigen Gefangenen!« rief Dolgorow und ging raschen Schritts, die Menge, die ihm ehrfurchtsvoll auswich, teilend, dem Ort zu, wo sein furchtbarer Befehl vollstreckt werden sollte.

Bianka hatte sich gegen Ludwigs Schulter gelegt. Grauen und Seligkeit erfüllten sein Herz zugleich. Jetzt teilte doppeltes Wutgebrüll die Lüfte. Wider Willen zog es sein Auge zu der fürchterlichen Stelle hin. Beaucaire wurde hochgehoben. Sein Antlitz mit dem zerrauften Haar zerrte sich wie in den Qualen der Verdammnis. Er zuckte mit den blutigen Stumpfen seiner Hände wild umher. Da stürzten ihn die Wütenden häuptlings in die Glut hinein. Ein gräßliches Geschrei, das weit im Wald widerhallte, stieg empor. Es drang selbst in Biankas Betäubung mit entsetzlicher Gewalt ein. Sie bebte schaudernd zusammen und drückte das Angesicht verbergend gegen Ludwigs Brust. Diesem hielt das Grausen Sprache und Bewegung gefesselt. Kaum vermochte er es, den Blick von dem gräßlichen Schauspiel ab auf die erblaßten Züge der Geliebten zu wenden, die an seinem Herzen ruhte.

Als nach dem wilden Getöse einige Augenblicke schauerlicher Stille eintraten, erwachte Feodorowna aus ihrer Betäubung. Sie bebte scheu zurück, als ihr Auge auf den Schauplatz der gräßlichen Tat fiel. Das Haupt wendend, traf sie auf Ludwigs edle, von Schauder und Rührung tief bewegte Züge. Hier weilte ihr Blick mit unaussprechlicher Innigkeit. Nicht ihrer Lippe entfloh das Geheimnis ihres Herzens, das sich ihr selbst erst in diesem Augenblick wunderbar offenbarte, aber der Strahl ihres Auges verkündete es. In Ludwigs Brust flammte ein hoher Glaube an die Fügungen des Allmächtigen, ein kühnes Bewußtsein auf. Diese und keine andere war ihm zur Begleiterin des Lebens bestimmt. Auf den wunderbarsten Pfaden führte die Schickung sie ihm entgegen. Er wagte ihre Winke zu deuten. Eben wollt er die Lippe öffnen, da trat Dolgorow, der von seinem blutigen Richteramt zurückkehrte, zwischen ihn und Feodorowna. Er heftete finstere, forschende Blicke auf das Antlitz der Tochter. Es schien, als argwöhne er, daß ihre heftige Erschütterung durch etwas anderes als eben die vollbrachte entsetzliche Strafe an dem Elenden bewirkt sei.

»Fürstin Ochalskoi«, sprach er vornehm und kalt, »ich habe nicht vergessen, was wir diesem jungen Mann schuldig geworden sind. Mir scheint aber, unsere Rechnung sei zerrissen, da ich ihn hier als Feind Rußlands unter den Frevlern erblicke, die in das Heiligtum unserer Heimat eingebrochen sind. Doch Großmut ist die Tugend der Russen. Ich werde Sorge tragen, junger Mann, daß man Sie den Ihren wieder zusende, doch fallen Sie zum zweitenmal in meine Hand, so trifft Sie das Los aller übrigen, Tod oder ewige Gefangenschaft in den Bergwerken Sibiriens.«

Ludwigs Stolz erwachte dem Stolz Dolgorows gegenüber, doch er bezwang ihn und erwiderte: »Wenn Sie mich zu dem französischen Heer zurücksenden, so ist mein Tod gewiß, und Sie selbst sind die Veranlassung dazu.« – »Wie das?« fragte Dolgorow erstaunt. – »Was ich an der italienischen Grenze für Sie getan habe, wurde mir in meiner Heimat von den französischen Behörden zu todeswürdigen Verbrechen gemacht. Jeder Weg zur Flucht war mir abgeschnitten. Nur um der Gewalt meiner willkürlichen Richter zu entgehen, trat ich, auf das Anerbieten eines edlen Freundes, in das Heer ein. Diesen Morgen sollte ich, von eben dem Unglücklichen verfolgt und verraten, der in diesem Augenblick die entsetzliche Strafe seines Verbrechens erduldet hat, den Tod empfangen …« Dolgorow unterbrach ihn: »Wenn Sie Wahrheit sprechen, sind Sie gerechtfertigt, und ich glaube es Ihnen. In diesem Fall werden Sie Sorge tragen, Fürstin, daß unser Retter auf das Schloß geführt werde. Solanow soll Sie geleiten. Mich hält mein Beruf hier zurück, doch treffe ich sobald wie möglich ein. Gehen Sie jedoch zuvor die Gräfin zu benachrichtigen.«

Bianka gehorchte und nahm, von zwei Dienern begleitet, ihren Weg zu einer Art von Hütte, die hinter den Lagerfeuern aufgerichtet war. »Wir werden uns bald wiedersehen«, sprach sie im Gehen zu Ludwig und neigte sich grüßend zu ihm. Ihr Blick drang in sein tiefstes Herz. Sie lächelte schmerzlich und freundlich zugleich, und eine milde Hoheit, wie von dem Antlitz einer Heiligen, strahlte aus ihren Zügen. Mit bebender Verehrung beugte er das Haupt. Als er es erhob, sah er die edle Gestalt, wie die Erscheinung einer Himmlischen im Kreis gelagerter Wilden, durch die Reihen der sich ehrfurchtsvoll neigenden Krieger dahinschweben.

Auch Dolgorow wollte gehen, doch Ludwig hielt ihn zurück. »Ich muß Sie noch um Ihre Vermittlung für einen Freund anflehen, der vielleicht wie ich in die Hände der ihrigen geriet. Er wollte mein Retter werden, und lud so den Zorn der französischen Machthaber auf sich. Er wollte mein Geschick überall teilen, und so ergriff er denselben Ausweg der Rettung. Heute sollte er an meiner Seite sterben, rettete sich jedoch durch die Flucht.« – »Wenn er in unsere Hände fällt, soll er zu Ihnen gebracht werden«, sprach Dolgorow, »doch wie nennt er sich?« – »Graf Lomond ist der angenommene Name, unter dem er in Dienst trat und den er jetzt auch mutmaßlich fortführen wird.« – »Ich werde das Nötige seinethalben anordnen.«

Ein grauköpfiger Soldat von etwa sechzig Jahren, der Uniform und Bart gleich einem Russen trug, aber in seiner Gesichtsbildung einem Deutschen glich, näherte sich ehrfurchtsvoll dem Grafen und stellte demselben, tief gebeugt, eine Frage. »Immerhin«, erwiderte dieser, »wenn du einen Landsmann gefunden zu haben glaubst, Solanow, so rede ihn an.«

»Oh, mein Herr«, wandte sich jetzt der Alte in deutscher Sprache zu Ludwig, »vergeben Sie mir eine Frage. Ich bin ein Deutscher, aber seit langer Zeit aus meinem Vaterland. Ich glaube in Ihnen eine Ähnlichkeit zu entdecken. Sollten Sie vielleicht Sternfels heißen?« – »Wie?« rief Ludwig, heftig zitternd, mit äußerstem Erstaunen, da der Alte den Namen aussprach, den er nur durch Maries Brief kannte und noch kaum zu führen wagte. »Weshalb?« – »Ich diente einem deutschen Herrn dieses Namens«, sprach der Alte bewegt. Er ist zwar längst tot, aber wenn ich sein Ebenbild so vor mir sehe, wie ...« – »Wo starb er?« rief Ludwig, den Greis hastig unterbrechend.

»Die See hat ihn verschlungen. Wir saßen eines bösen Handels wegen in Paris gefangen, doch es gelang uns, nach Havre zu flüchten und auf ein holländisches Schiff zu kommen.« – »Wann?« fragte Ludwig und hielt kaum noch an sich. – »Vor achtzehn Jahren.« – »Wegen eines Duells?« – »Allerdings.« – »Das war mein Vater!« rief Ludwig jetzt außer sich und ergriff die Hände des Greises, der zitternd, unschlüssig vor ihm stand. »Und wer bist du?«

»Ein schlichter Mann, lieber Herr«, sprach der Alte, und Tränen rollten aus seinen Augen, »ich war nur ein Reitknecht, Willhofen heiße ich«. – »Redlicher, treuer Diener«, rief Ludwig, »und hier finde ich dich? Und mein Vater ist wirklich tot?« – »Schon längst! Wir litten Schiffbruch in der Nordsee, das Meer verschlang die meisten. Einige, darunter ich, wurden gerettet. Der Kapitän eines russischen Schiffes nahm uns auf.« Hier stockte der Alte und deutete mit einem scheuen Blick seitwärts an, daß er nicht zu sprechen wagen dürfe. Ludwig aber ahnte das Los des Unglücklichen.

Dolgorow war indessen zu den übrigen Gefangenen getreten und hatte sie gemustert. Sie standen zitternd in einer langen Reihe vor ihm. Die meisten waren junge Soldaten. »Sind Deutsche unter euch?« fragte er laut.

Ludwig hörte es und blickte hin. Er wartete auf die Antwort, weil er fühlte, daß es seine Pflicht sei, die Rettung seiner Landsleute zu versuchen. Es blieb still. »Solanow!« rief der Graf, und dieser eilte zu gehorchen. »Hier, die Leute, die ich dir übergeben werde, sollen mit auf das Jagdschloß geführt und von dort weitergebracht werden. Sie sind noch zur Arbeit tauglich. Für die Übrigbleibenden hat Rußland keine andere Nahrung als zwei Lot Blei.«

Es waren einundzwanzig Gefangene. Nur einer blieb, als zu alt zur Arbeit, zurück, um den Tod zu empfangen. Es war St.-Luces. Da er nicht verstanden hatte, was der Graf sagte, so glaubte er, man habe an seiner Haltung, Wäsche und der ihm freilich meist geraubten Kleidung erkannt, daß er zu den höheren Ständen gehöre. Das bleiche Entsetzen, das seit Beaucaires Schicksal seine Züge bedeckt hatte, wich einem Anflug der Hoffnung. Er wagte es daher jetzt, den Grafen anzureden, und sprach französisch. »Ich hoffe, mein Herr, auf die Gesetze, die alle Völker sogar im Krieg ehren, Anspruch machen zu dürfen. Ich bin nicht Soldat, sondern gehöre zur Zivilverwaltung, mein Rang ...«

»Ihr seid ein Blut und Mark aller Völker aussaugender Franzose«, entgegnete Dolgorow finster, »verächtlicher und abscheulicher als der Soldat, denn der kämpft mit offener Waffe, aber die Eurige ist das Gift!« – »Man würde«, versuchte St.-Luces noch einmal zitternd seine Sache geltend zu machen, »mich sehr bereitwillig gegen gefangene Offiziere auswechseln!« – »Gefangene? Habt Ihr denn auch Gefangene?« rief Dolgorow wild und mit Hohn zugleich. »In euren Bulletins stehen freilich Tausende, aber wo könnt ihr sie aufweisen? Und woran erinnert Ihr mich? Wissen wir etwa nicht, wie eure ruchlosen Mörderbanden mit den wenigen umgegangen sind, die in ihre Hände fielen? Denkt Ihr, wir hätten sie nicht gefunden, wie sie mit zerschmettertem Schädel die Landstraße bedeckten? Trafen wir sie nicht eingesperrt in Kirchen, Ställen, Scheunen, wo der Hunger sie zu Tode gefoltert hatte? Fort mit Euch! Wir werden noch genug finden, gegen die wir auswechseln können, die wir auswechseln *wollen*.«

Indessen hatte Solanow oder Willhofen den vor Angst zitternden St.-Luces forschend betrachtet. Er sprach einige Worte russisch mit Dolgorow und fragte dann den Gefangenen: »Wie heißt Ihr?« – »Ich bin der Baron Rumigny von St.-Luces.« – »Rumigny!« rief Willhofen aus, und seine Züge nahmen den Ausdruck des furchtbarsten Grimms an. »Allmächtiger Gott! Deine Rache schlummert nicht!« rief er mit zum Himmel emporgehobenen Händen aus. »Elender, kennst du mich? Hast du vergessen, daß du – doch halt, hier – blick her! Kennst du diesen ...?« Dabei eilte er auf Ludwig zu und zog ihn heftig bis dicht vor Rumigny hin. »Sternfels ist sein Name! Die Toten stehen auf, um sich zu rächen! – Dieser ist der Mörder Ihres Vaters, der Mörder des wackeren Waldheim – doch jetzt ist die Stunde der Vergeltung gekommen.«

St.-Luces starrte totenblaß mit unbeweglichen Blicken auf Ludwig. Er versuchte zu reden. Doch die Sprache versagte ihm. Ludwig war bis ins Innerste von der Gewalt dieser rätselenthüllenden Stunde erschüttert. Einen Augenblick wallte auch in ihm der Zorn auf, doch sein edler Sinn wies diese Empfindung schnell zurück. Nur Mitleid erfüllte seine Brust, als er den Elenden, von Todesangst und Gewissensbissen gefoltert, betrachtete, der unter dem Gewicht seiner Schuld zusammenbrach. »Willhofen«, redete er den alten Diener an, »mein ist die Rache, spricht der Herr! Laß den Allmächtigen ferner walten – wir wollen vergeben!«

Willhofen hatte Tränen in den Augen, er beugte sich auf Ludwigs Hand und küßte sie. »Ein Herz wie der Vater. Er starb für seinen Freund – und wäre für seinen Feind gestorben.«

Ludwig wollte sich Dolgorow nähern, um ein Wort der Gnade für St.-Luces einzulegen, doch dieser schnitt ihm mit strengem Blick und Wort die Bitte ab. »Hier waltet das Gesetz«, sprach er fest. »Hat der Gefangene Ihnen ein Unrecht getan, so mag Ihre Vergebung ihm jenseits nützen. Hier schützt ihn nichts.« Er winkte mit der Hand einem Kosaken in seiner Nähe und sprach einige russische Worte. Sogleich wurde St.-Luces, den die Todesangst völlig gelähmt zu haben schien, abgeführt. Einige Minuten darauf fielen drei Schüsse. Ludwig durfte nicht zweifeln, wem sie gegolten haben.

Fünftes Kapitel

Dolgorow stieg wieder zu Pferd, nahm fast alle waffentragenden Männer zusammen und setzte sich an ihrer Spitze zur Landstraße hin in Bewegung. Willhofen und vier Landleute mit Spießen blieben zurück zur Bewachung der Gefangenen, denen man gestattete, sich an den großen Feuern zu wärmen. Auch wurde etwas Brot und Branntwein unter sie verteilt. Ludwigs Herz sehnte sich nach Bianka. Er fragte daher Willhofen: »Was werden wir nun beginnen, lieber Freund? Welches wird meine, deine nächste Bestimmun sein?«

»Ich muß hier den Befehl der Fürstin erwarten, die dort drüben bei der kranken Gräfin in der Hütte ist«, antwortete er. »Sie werden wohl die Rückkehr ihres Schlittens abwarten, der Verwundete zum Dorf gebracht hat.«

Die Bezeichnung Fürstin war Ludwig schon zuvor peinlich aufgefallen. Er fragte: »Ist die Fürstin denn nicht die Tochter des Grafen?« – »Jawohl«, erwiderte Willhofen, »aber an den Fürsten Ochalskoi verheiratet.« – »Verheiratet!« rief Ludwig und erblaßte. – »Oder besser, verheiratet gewesen«, fuhr Willhofen fort, »denn der Fürst ist tot. Ich glaube, unter uns gesagt, es ist gar nicht zur Ehe gekommen. Denn am Hochzeitsabend wurde das Schloß von Franzosen überfallen und gestürmt, und der Fürst erhielt eine schwere Wunde, an der er zu Moskau gestorben ist.« Ludwig horchte gespannt auf.

»Hier an dieser Stelle im Wald habe ich ihn eine ganze Zeit im Dickicht verstecken müssen, bis wir einen Wagen herbeischafften, um ihn mit der jungen Frau nach dem Jagdschloß zu bringen.« – »Hier, hier?« unterbrach

Ludwig den Erzählenden, und eine erschütternde Ahnung bewegte seine Brust. – »Gerade hier, denn das Schloß liegt kaum eine Stunde von hier, man kann es nur vor der hohen Waldung nicht sehen, Dort drüben …« – »Wann geschah die Erstürmung?«

»Am 17. August, ich weiß es noch wie heute.« – »Allgnadenreicher Gott!« rief Ludwig außer sich und warf sich auf die Knie. »Allmächtiger Lenker unserer Tage! Wer will gegen dich murren! An welchen Fäden führst du unser Geschick! Ewiger! Unendlicher! Nimm meinen heißen, tränenreichen Dank! Prüfe mich nun, so hart und schwer du magst, ich werde niemals verzagen, kein Zweifel soll meine Brust bewegen, denn wunderbar hast du gewaltet und gewacht. Du wirst alles herrlich in deiner leuchtenden Weisheit vollenden!«

Willhofen betrachtete den Betenden mit Erstaunen. Er ahnte geheime Beziehungen, doch wagte er nicht, danach zu forschen. Als Ludwig aufstand und in heftiger Erregung auf und ab ging, trat er zu ihm und sprach, indem er seine Hand ergriff: »Das ist wacker, lieber Herr, Frömmigkeit ist eine hohe Tugend. Auch ich habe oft inbrünstig zum Herrn gebetet, und ich hoffe, auch er werde mich erhören. Hat er mich doch jetzt aus dem fernen Asien, wo ich, vergessen von der Heimat, als des Fürsten Ochalskoi Leibeigener lebte, wieder bis hierher geführt zu dem Sohn meines lieben Herrn. Oh, ich bitte Euch, Ihr scheint so viel bei dem Grafen Dolgorow zu gelten, ich bitte Euch dringend, verwendet Euch bei ihm um meine Freiheit.« »Gewiß!« versprach Ludwig mit einem Handschlag. »Aber sagst du nicht, du seiest Leibeigener des Fürsten?« – »Freilich wohl, doch die Güter sind jetzt durch den Heiratsvertrag an den Grafen gefallen. Ach, wenn es von der Fürstin abhinge, mir die Freiheit zu geben – dann hätte ich sie längst. Den Grafen Dolgorow habe ich noch nicht darum zu bitten gewagt.«

Ein Diener redete mit Willhofen. »Die Gräfin Dolgorow läßt Euch herüberrufen, lieber Herr«, sprach Willhofen. »Folgt nur diesem Mann hier, er wird Euch führen.«

Ludwig ging pochenden Herzens. Der Diener führte ihn zu der flüchtig aus Tannenzweigen erbauten Hütte hinüber. Bianka kam ihm auf halbem Weg entgegen. Sie war freundlich, doch eine stille Schwermut schwebte auf ihren Zügen. »Ich werde Sie zu meiner Mutter führen«, sprach sie mit gedämpfter Stimme. »Sie haben sie schon auf unserer Flucht aus Italien kennengelernt. Fühlen Sie sich nur nicht verletzt durch den vielleicht zu kalten, förmlichen Empfang, den Sie erfahren könnten. In diesem Land kennt man die milden Sitten Deutschlands noch wenig. Hier gilt der Rang alles, und der Nationalstolz und der Haß gegen Fremde sind in diesem Augenblick beide so mächtig aufgeregt, daß kaum die Stimme der wärmsten Dankbarkeit sich dagegen zu erheben vermag.« – »Dankbarkeit?« entgegnete Ludwig. »Wer soll hier dankbar sein? Sie, der ich kaum bewußt einen leichten Dienst leistete, der das höchste Glück meines Lebens bildete, oder ich, der ich Ihnen alles, alles verdanke?« – »Sie wollen die Gegendienste, die der Zufall herbeiführte, in Rechnung stellen?« sprach Feodorowna. »Vielleicht gar auch, daß Sie nicht jetzt, da Sie in unsere Hand fielen, barbarisch gemordet wurden wie die anderen Unglücklichen?« – »Sollt' ich auch«, antwortete Ludwig nach einigem Zögern, »die Warnung vergessen, die ich in Moskau empfing?« – »So haben Sie mich an meinem Zeichen erkannt?« fragte Feodorowna mit einem unaussprechlich liebevollen Blick. – »Was könnte ich je vergessen, das ich durch Sie gekannt habe!« erwiderte er kühn.

Ein leichtes Rot überflog die blassen Wangen des schönen Angesichts. Sie senkte die Wimpern und sprach leise: »Auch mir sind die wenigen Stunden unvergeßlich geblieben, die wir zusammen zugebracht hatten. Oh, daß Sie sich so schnell von uns trennten!« – »Denken Sie, es war mein Wille?« rief Ludwig. »O nein! So kränken Sie mich nicht! – Ein feindseliger Dämon führte uns auseinander. Er leitete meine Schritte irre, zu spät muß ich das Ufer erreicht haben.« – »Mein Vater drängte zur Eile«, unterbrach ihn Feodorowna. »Ich versuchte es durch ein Zeichen …«

»Oh, ich habe es gefunden«, unterbrach Ludwig sie mit bewegter Stimme, ergriff ihre Hand und drückte sie an seine Lippen. »Doch erst am nächsten Morgen glänzte es mir, nach vergeblich irr durchwanderter Nacht, als ein Stern der Hoffnung entgegen. Nie vergesse ich den Augenblick, wo ich jenes Band rosig durch die Büsche schimmern sah. Noch in dieser Stunde trage ich es auf dem Herzen. Hier ist es!«

Tränen drangen in ihr schönes Auge, als sie dies Zeichen der Liebe in der Hand des Geliebten erblickte. »Wir schlugen gleich jenseits des Stroms einen gefährlichen Pfad in das hohe Gebirge ein«, sprach sie bebend und suchte vergeblich ihrer Bewegung mächtig zu werden.

»Und ich dachte, Ihnen das Tal hinauf, über den Gotthard, am sichersten zu folgen. Unablässig forschte ich nach Ihren Spuren, bis mir in Deutschland ein unglückseliges Blatt …«

»Hat mein Abschiedswort Sie also erreicht?« fiel Feodorowna freudig bewegt ein. – »Es war der bitterste Kelch, der mir je aus holdseliger Hand gereicht wurde.« – »Das Geschick hat ihn gemildert, wir wollen dankbar sein«, erwiderte Feodorowna, und eine fromme Rührung bewegte ihr Stimme. »Ich glaubte nicht, daß es uns wieder zusammenführen würde, doch eine höhere Hand leitet die Fäden, an denen unser Leben schwebt.« – »Wahrlich, eine wunderbar waltende Macht!« rief Ludwig in überdrängender Erregung aus. »Oh, wüßten Sie, wie nahe ich Ihnen indessen schon gewesen bin!«

Bianka sah ihn verwundert an. »In Moskau, meinen Sie?« – »Nein, unfern von hier – ich war bei dem Erstürmen jenes Schlosses dort.« – »Sie selbst?« rief sie und sah ihn mit zweifelnden Blicken an, dann hob sie

Auge und Hände gen Himmel und sprach aus innerster Seele: »Oh, allgütiger Vater im Himmel, wie durfte ich nur einen Augenblick an deiner Huld verzagen! Oh, Sie wissen nicht«, wandte sie sich gerührt wieder zu Ludwig, »Sie ahnen nicht, von welchem unseligen Geschick Sie mich erlösten! Doch«, fuhr sie eilig und leise fort, »verschweigen Sie um des Himmels willen, daß Sie Anteil an dem Kampf in jener Nacht hatten, denn man würde es Ihnen nimals vergeben!«

Unter diesem Gespräch waren sie an die Hütte gekommen. Feodorowna trat zuerst ein, Ludwig folgte. Auf einem Ruhebett erblickte er, in Pelze gehüllt, die Gräfin Dolgorow, deren Züge, obwohl ein Ausdruck der Krankheit und der Leiden sie entstellte, er sogleich wiedererkannte. Sie sah ihn nicht mit Freundlichkeit, sondern mit Herablassung an. »Es freut mich«, sprach sie gemessen, »daß wir Ihnen den Dienst, den Sie uns in Italien geleistet haben, zu vergelten Gelegenheit finden, obwohl es mich betrübt, Sie unter denen zu treffen, die den Krieg in unser Vaterland trugen.« – »Ich glaube, mich darüber schon gerechtfertigt zu haben, gnädigste Gräfin«, erwiderte Ludwig mit einigem Stolz. – »Sie können jetzt Gelegenheit finden, die Schuld des Schicksals auszugleichen. Gott hat die Heere der Feinde geschlagen, das Verderben bricht über sie herein, die gerechte Sache siegt. Es steht jetzt nur bei Ihnen, teil an dem Kampf zu nehmen.«

Ludwig schwieg einige Augenblicke, dann antwortete er ruhig und entschlossen: »Sie werden mir gestatten, Ihnen auf dieses Ansinnen eine meine Entschlüsse rechtfertigende Antwort zu erteilen. Ich selbst halte Rußlands Sache für eine gerechte, nur mit innerem Widerstreben habe ich an dem Kampf dagegen teilgenommen. Ich tat nicht mehr, als die Ehre des Mannes, des Soldaten, der sich einmal zu einer Fahne gestellt hat, von mir forderte. Als ein einzelner vermochte ich in dem Strom der Weltereignisse nicht zu gebieten, noch ihm zu widerstehen. Dies spricht mich von persönlicher Verantwortung gegen dieses Land frei. Vielleicht wünschte keiner in dem ganzen Heer den Krieg, darum soll auch der einzelne das allgemeine Unrecht weder vertreten noch entgelten, noch kann er es verhüten. Dem edlen Führer, unter dessen Schutz ich mich begeben hatte, meinen nächsten teuren Waffengenossen war meine Gesinnung nicht fremd. Aber sie ehrten sie und übten eine so zarte Schonung, daß sie mich jeder Pflicht zu entheben versuchten, die meinem Herzen schwer werden konnte. Ich selbst mußte dagegen ankämpfen, um nicht einen schimpflichen Verdacht auf meine Ehre, meinen männlichen Mut zu laden. Was Freundschaft, was brüderliche Liebe, Wohlwollendes ersinnen kann, wurde mir von meinen Waffengefährten zuteil. Jetzt werden Sie, ich bin es überzeugt, nicht mehr verlangen, daß ich sie treulos verrate und selbst die Waffen zu ihrer Bekämpfung ergreife. Zwänge eine heilige Pflicht für mein eigenes Vaterland mich dazu, so müßte ich ihr freilich gehorchen, und dennoch würde ich mit noch schwererem Herzen in einen solchen Kampf ziehen als in den gegen Rußland. Denn wie die großen Massen des Ganzen einander gegenüberstehen mögen, der einzelne trifft doch nur auf den einzelnen, und ich würde lieber das Schwert gegen mich selbst zücken als gegen die edlen, teueren Freunde, mit denen ich bisher Gefahren und Drangsale geteilt habe.«

Die Gräfin schien empfindlich gegenüber Ludwigs freie, feste Entgegnung, doch in Feodorownas Auge glänzte eine heilige Freude und Rührung über die adelnde Gesinnung dessen, zu dem ihr Herz sie mit süß überwältigender Macht hinzog. »Die Sache Rußlands ist auch die Ihres Vaterlandes, sie ist die ganz Europas«, erwiderte die Gräfin nach einigem Besinnen, »doch ich fühle mich zu schwach, Ihnen das jetzt unwiderleglich darzulegen. Sie werden uns auf ein Jagdschloß, zwei Stunden von hier, begleiten. Es liegt so tief im Wald, daß es vor jedem feindlichen Überfall gesichert ist. Doch können wir erst gegen Abend aufbrechen, weil unser Schlitten einige Schwerverwundete nach einem ziemlich weit von hier entfernten Dorf bringt. Indessen sollen unsere Leute Sorge tragen, daß es Ihnen an nichts mangele.«

Bei diesen Worten winkte sie mit der Hand, als bedeute sie Ludwig, daß er abtreten könne. Doch Feodorowna fiel, sichtlich erschreckt über den kalten, vornehmen Ton der Gräfin, ein: »Diese Sorge werde ich selbst übernehmen, teuerste Mutter, der Retter unseres Lebens darf uns nicht undankbar finden.« – »Ich hoffe, er werde russische Großmut kennen und schätzen lernen«, antwortete die Gräfin stolz und verdrießlich. »Doch würde ich dich bitten, meine Tochter, mich nicht zuviel zu verlassen, da du weißt, daß ich deines Beistandes in meinem Zustand hier, wo wir jeder Bequemlichkeit des Lebens entsagen mußten, notwendig bedarf.«

Ludwig verbeugte sich und ging, doch Feodorowna folgte ihm sogleich. »Ich beschwöre Sie, tun Sie nichts, was Ihnen Mißgunst zuziehen würde«, sprach Ludwig dringend zu ihr, als sie im Freien waren. »Das schönste Glück ist mir ja zuteil geworden, was kann ich Höheres wünschen?« – »Oh, Sie entschuldigen so gütig«, erwiderte Feodorowna, »doch auch ich muß meine Mutter verteidigen. Sie ist mit ganzer Seele ihrem Vaterland ergeben, und dies ist auch die Ursache, weshalb Sie uns hier in dieser seltsamen Lage antreffen. Sie wollte durchaus – und fügte sich darin nicht bloß dem Willen meines Vaters – durch ihre Gegenwart, durch Zuspruch Hilfe für Verunglückte und durch jenen anregenden Einfluß, der höher Stehenden so leicht wird, wenn sie ihn auf die in Demut Untergebenen üben wollen, den Mut und Eifer der versammelten Volksmenge anspornen. Diese Pflicht hat sie mit solcher, die weiblichen Kräfte übersteigenden Anstrengung geübt, daß sie jetzt krank und erschöpft darniederliegt und gezwungen ist, sich auf jenes Schloß zu begeben, wohin wir hoffentlich bald abreisen werden.«

Ihr Gespräch wurde dadurch unterbrochen, daß der Greis, der Ludwigs Retter aus den Händen erbitterter Feinde gewesen war, als er vor zwei Stunden, an den Todespfahl gebunden, ein Opfer der Volksrache fallen sollte, aus dem Gebüsch trat. Es war Gregor. »Sei gegrüßt, meine Tochter«, redete er Feodorowna in russischer Sprache an, »Erbarmst du dich dieses Unglücklichen?« – »Diesem ehrwürdigen Greis«, rief Ludwig, als er ihn wahrnahm, und ergriff mit warmem Dankgefühl seine Hand, »verdanke ich zuerst das Leben und jetzt das schönste Glück desselben.« – »Also Ihr, Vater Gregor«, sprach Feodorowna gerührt, »habt mir diesen teueren Freund, der einst der Retter meines Vaters, meiner Mutter und meiner selbst war – ach, er ist es zweimal geworden –, Ihr habt ihn mir erhalten? Diese neue Schuld muß mein Herz gegen Euch übernehmen?« – »Liebe Tochter«, entgegnete Gregor freundlich, »das Gebot des Herrn forderte seine Rettung. Er war hilflos, ohnmächtig, gebunden, unsere Feinde waren auch seine Feinde, und so gehörte er uns an. Möchte er jetzt ganz einer der Unseren werden und das Schwert gegen die Frevler wenden, die von Gottes Racheblitzen furchtbar getroffen werden.«

Ludwig schwieg, denn er verstand die russisch gesprochenen Worte nicht, doch Feodorowna erwiderte schnell: »Nein, mein Vater, dies laß uns nicht flehen und nicht von ihm fordern. Wie schwer sich die Seinigen an ihm vergangen haben mögen, er soll nicht Rache an ihnen üben, darf nicht Verräter an denen werden, die eine Sprache mit ihm reden, in einer Heimat mit ihm wohnen. Rußlands heilige Sache bleibe seinen eigenen Söhnen überlassen! Sie sind stark genug, sich selbst Rache und Sühne zu schaffen. Es muß ihr Ruhm, ihr eifersüchtiger Stolz sein, keinen Fremden an dem Werk teilnehmen zu lassen, das sie selbst zu vollenden vermögen. Darum, mein Vater, laß uns die Gesinnungen dieses Gastes gegen die Seinigen ehren. Dich führt ein willkommenes Geschick mir entgegen. Dir sei der Fremde zur Pflege empfohlen, du wirst väterliche Sorge für ihn tragen, bis ich zu dir sende. Teile dein Mahl, dein Lager mit ihm, denn du siehst, er ist erschöpft von harten Bedrängnissen. Dir übergebe ich ihn, und wisse, deine Tochter hält ihn so teuer wie einen Bruder – darum gelte er dir gleich einem Sohn.«

Feodorowna sprach mit warmem Eifer. Gregor reichte dem Gast die Rechte zum Zeichen, daß er ihn gern aufnehme, und redete ihn lateinisch an: *»Salve! Sis felix quomodo mihi es exoptatus!«*

Ludwig erkannte erst jetzt, daß er einen Diener des Herrn vor sich habe. Erfreut, ein Mittel zu sehen, sich mit ihm zu verständigen, entgegnete er ihm: *»Salve, mi pater! Gratias tibi ago ex intimo pectore salvatori vitae meae! Sis felix quomodo benignus es."*

Feodorowna nahm Abschied von Ludwig und ging zur Mutter zurück. Er selbst folgte dem ehrwürdigen Gregor, der ihn zu einer zweiten Hütte führte, vor der ein großes Feuer loderte. Mit Dank nahm er das Mahl an, das der Greis ihm bot. Während er die schlichte, aber stärkende Kost verzehrte, trat auch Willhofen heran und setzte sich auf Gregors wohlwollende Aufforderung zu ihnen. Jetzt fand Ludwig erst Muße, sich nach seinem Vater, der Diener sich nach der Mutter Ludwigs und ihren Schicksalen zu erkundigen. Ach, sie konnten beide nur von Dahingegangenen sprechen, aber dennoch bewegten diese Erinnerungen ihre Seelen süß schmerzlich. Nur *eine* Sorge, nur *ein* Kummer lag auf Ludwigs Herzen: Bernhards Schicksal. Zwar waren alle starken Kräfte seiner Hoffnungen wach geworden, doch bedurfte es auch wieder nur eines Blicks auf seine Umgebung, um seine Befürchtungen ebenso mächtig anzuregen.

Sechstes Kapitel

Es wurde fast völlig Nacht, bevor Ludwig wieder etwas von Feodorowna vernahm. So gern er sich in der Gesellschaft des würdigen Geistlichen, der ihn noch überdies mit einem warmen Pelz beschenkt hatte, befand, und so manches er durch Willhofens Gespräch erfuhr, was seine Seele tief bewegte, so schlug sein Herz doch mit unruhiger Sehnsucht nach der Geliebten, und er fürchtete jeden Augenblick, die Hoffnung, sie wiederzusehen, könne ihn täuschen. Jetzt endlich kam eine Botschaft von ihr: die, sich zur Abfahrt bereitzumachen. Gregor und Willhofen begleiteten ihn in die Hütte, wo der angespannte Schlitten mit den ausgeruhten und abgefütterten Pferden stand. Bald traten die beiden Frauen heraus, dicht in Pelze und Schleier gehüllt. Die Gräfin wurde geführt. Sie war sichtlich sehr ermattet. Im Vorübergehen an Ludwig grüßte sie durch eine leichte Bewegung des Hauptes. Feodorowna dagegen reichte dem Freund die Hand dar und sprach: »In wenigen Stunden werden wir den Ort der Ruhe erreicht haben. Sie werden sich dessen, hoffe ich, erfreuen. Vergeben Sie nur, daß unser Schlitten nicht auch Raum für Sie hat.«

Ludwig erriet, was das Zartgefühl Feodorownas beunruhigte, nämlich der Umstand, daß er auf einem Dienerplatz sitzen mußte. Zuvorkommend unterbrach er sie daher, indem er ihr beim Einsteigen behilflich war: »Mein Auge wird für Sie sehen und wachen in dieser dunklen Nacht, es ist ein Auftrag, der mich glücklich macht.« Mit diesen Worten schwang er sich auf den Vordersitz, wo Willhofen an seiner Seite Platz nahm. Der Kutscher setzte sich auf die Pritsche und übergab Willhofen die Zügel. Zwei Diener zu Pferd ritten voran. Gregor reichte, nachdem er von den Frauen Abschied genommen hatte, auch seinem jungen Gast, den er schnell liebgewonnen hatte, die Hand zum Lebewohl. Ludwig drückte sie mit dem Gefühl warmer Dankbarkeit. Jetzt fuhr der Schlitten windschnell davon.

Man mußte mitten durch den Wald. Es war zwar sehr dunkel und der Himmel finster bezogen, doch leuchtete der Schnee ausreichend, um den Weg zu erkennen. Indessen hörte die feste Bahn bald auf, und man mußte in dem tiefen, lockeren Schnee langsamer fahren. Ringsum war alles still. Nur ein hohles Sausen, das durch die schwarzen Wipfel der Tannen zog, und das Schnauben der Pferde waren die einzigen Laute, die man in dieser erstarrten Wüste vernahm.

Ludwig hatte jetzt Muße, einen Blick auf die jüngst erlebten Schicksale zurückzuwerfen. Eine Welt von Ereignissen lag in dem kurzen Raum von gestern zu heute. Sie hatten sich so schnell aufeinandergedrängt, daß eines vor dem anderen verschwand. Die von allen Seiten bestürmte, erschütterte Seele erhielt sich fester und klarer durch das Gleichgewicht der auf sie eindringenden Gewalten. Einer einzelnen hätte sie vielleicht unterliegen müssen oder wäre ihr ganz anheimgefallen. Jetzt traten die ersten Augenblicke der Ruhe ein, wo er die verworrenen Bilder ordnen und nacheinander an sich vorübergehen lassen konnte. Gegenwart und Vergangenheit, Ferne und Nähe lag vor seiner Seele. Schmerz und Freude, Sorgen und Hoffnung traten dicht zueinander. Sein Schicksal bot ihm das Bild einer herbstlichen Landschaft, wo düstere Wolkenschatten neben hellem Sonnenglanz ruhen, wo das grüne und welk fallende Laub sich wunderbar mischen. – Die Geliebte, die Verlorene ist dir nahe, der Hauch ihrer Lippe streift dich, deine Hand kann sie berühren! Darfst du sie aber jemals an dein Herz schließen? Wird sich die eherne Pforte des Geschickes nicht abermals mit dumpfem Donner vor dem geöffneten Paradies zuschlagen, daß du draußen in dem kalten, öden Dunkel verzweifelst? Und der Freund! Der treue, teure, unersetzliche Freund! Hat ihn das düstere Schicksal ereilt, das ein Gott von deinem Haupt wandte? Oder trifft ihn der furchtbarere Tod in dieser Winteröde? Mußt er einsam, schauernd Abschied nehmen von den goldenen Tagen des Lebens? Reicht sich ihm keine tröstende Hand in den letzten, bangen Minuten, um ihm den herben Kelch durch süße Tropfen der Liebe zu mildern? Oh, Allmächtiger, zerreiße das Herz nicht, das du beseligen willst! Diese Todeswunde heilt auch nicht an der Brust der Geliebten! Nein, nein! Soll es um diesen Preis sein, so sinkt mir die vom Schmerz ermattete Hand herab, und ich vermag die Schale der Wonne, die du mir reichst, nicht an die Lippen zu führen! – »Es wird recht finster«, sprach Willhofen. »Diese Wälder sind doch schauerlich. Horch! Hört ihr den Wolf? Er heult vor Hunger. Wenn ihm der Wind unsere Witterung bringt, wird er bald auf unserer Spur sein. Holla, Bursche, ihr dort vorne! Reitet dicht an uns! Habt ihr die Büchsen geladen? Wir könnten sie gebrauchen.«

Ludwig blickte mit Besorgnis zu den Frauen zurück. Doch die Nacht und die dichten Schleier, die sie trugen, machten es unmöglich, ihre Züge zu erkennen und zu bemerken, ob sie die Besorgnis teilten. »Gibt es Gefahr?« fragte er Willhofen leise. – »Selten, lieber Herr. Seid nicht bang.« – »Ich bin nicht um meinetwillen besorgt«, antwortete Ludwig, »aber wir haben Frauen bei uns.«

»Es ist nichts. Wir haben drei Büchsen, und Euch gebe ich meinen Hirschfänger. Hm! Es muß doch ein ganzes Rudel beisammen sein. Hört nur, wie sie heulen.«

Man fuhr eben durch tiefen, ungebahnten Schnee sehr langsam dahin. Der Wind schwieg, daher konnte man in der lautlosen Stille das Geheul der hungrigen Raubtiere deutlich vernehmen. »Die Pferde wittern ihren Feind wahrhaftig auch schon«, sprach Willhofen leise, »seht nur, wie scheu sie die Köpfe herumdrehen und mit den Nüstern schnaufen. Paulowitsch und Stephanos«, rief er den Reitern zu, »gebraucht eure Sporen, daß wir rasch die Ecke bei der großen Fichte erreichen. Dort zieht der Weg sich so weit nach rechts, daß wir den Bestien vielleicht aus der Witterung kommen.« Er schwang die Peitsche und trieb die Pferde an. Bald darauf bog der Weg sich um eine hohe, alte Fichte, deren Stamm die Ecke bildete, scharf rechts ein. Indem die Reiter den Winkel machen wollten, stutzten sie und hielten ihre Pferde zurück. »Was gibt's?« fragte Willhofen. – »Hier liegt ein Mensch im Weg!« erwiderte einer der Reiter. – »Wahrhaftig!« rief Willhofen, der eben bis an die Ecke gelangt war. »Tot oder lebendig? Heda? Antwort! Er rührte sich nicht, es muß ein Leichnam sein. Wir wollen ihn aus dem Weg räumen, sonst kommen wir mit dem Schlitten nicht durch.« Er hielt an und wollte Ludwig die Zügel geben, doch dieser sprach: »Ich helfe Euch. Man muß doch sehen, ob er wirklich tot ist.«

Der Kutscher nahm die Zügel, Ludwig und Willhofen stiegen ab, um den Körper aus dem Weg zu tragen. »Allmächtiger Himmel, es ist Bernhard!« rief Ludwig aus, als er sich über den Kopf des Toten gebeugt hatte, um ihn emporzuheben. »Bernhard, lebst du? Wenn noch ein Atemzug in dir ist, beschwöre ich dich, gib mir Antwort.« Er kniete weinend bei dem Erstarrten nieder, hob ihm das Haupt empor, lehnte es an seine Brust und drückte heiße Küsse auf das kalte, bleiche Antlitz.

»Was gibt's?« fragte die Gräfin ungeduldig. Feodorowna aber hatte den Ruf des Freundes gehört und eilte, vom niedrigen Schlitten herabspringend, selbst hinzu. »Finden Sie einen Freund hier?« fragte sie mit bebender Stimme, als sie Ludwigs schmerzliche Angst sah.

»Einen Freund! Oh, den einzigen, teuersten meines Lebens! Und erstarrt – tot! Oh, mein Bernhard! Das überlebt mein Herz nicht!« – »Vielleicht ist noch Hilfe möglich«, sprach Feodorowna gerührt, »wir wollen versuchen, was möglich ist!« Mit diesen Worten näherte sie sich und legte die Hand auf das Herz des Erstarrten. »Mir scheint, er atmet noch«, sprach sie freudig. – »Nein, nein! Er ist tot, er ist dahin!« rief Ludwig fast besinnungslos. »Dieser Schlag zermalmt meine Brust! Nimm mich mit hinüber, mein Bernhard, ich verlasse dich nicht im Tod!« Mit krampfhafter Angst drückte er den Freund an sein Herz und preßte seine Lippen auf die kalten, bleichen des Erstarrten.

»Wir wollen den Unglücklichen aufnehmen«, sprach Feodorowna mit dem Laut des weichsten Erbarmens, »vielleicht kehrt das Leben in ihn zurück, wenn wir ihn mit warmen Hüllen bedecken. In einer Stunde können wir das Schloß erreicht haben, und dann soll kein Mittel unversucht bleiben, ihn zum Leben zu erwecken.«

Ludwig war sprachlos vor Schmerz. Er vermochte nichts, als Feodorownas Hand zu ergreifen und sie gegen seine Lippen zu pressen. Sie zog sie sanft zurück, ihr Herz betete zu dem gütigen Vater im Himmel, daß er den unnennbaren Schmerz von ihrem Freund abwenden möge. Willhofen und Ludwig hoben den Erstarrten empor. Als sie ihn an den Schlitten brachten, fragte die Gräfin Dolgorow: »Mein Gott, was soll das? Was soll mit diesem Leichnam werden?« – »Oh, meine Mutter«, bat Feodorowna, »es ist ein Unglücklicher, in dessen Brust sich noch Leben regt. Vielleicht vermögen wir ihn zu retten.« – »Es ist unmöglich!« antwortete die Gräfin heftig. »Hörst du die Wölfe nicht? Wir sind in Gefahr, wir können den Schlitten nicht mehr belasten, und ich sehe auch keinen Raum – mit einem Wort, es kann nicht sein, es soll nicht sein! Eilt, daß ihr vorwärts kommt, ich befehle es.«

Willhofen stand unschlüssig. Ludwig aber warf sich zu Feodorownas Füßen nieder und rief: »Bei allem, was Ihnen heilig ist, beschwöre ich Sie, retten Sie mir den Freund, nehmen Sie mein Leben dafür hin!« – »Meine Mutter!« rief Feodorowna dringend. »Die Menschlichkeit, das Gebot der Liebe …« – »Törin! Um einen Leichnam mitzuschleppen, sollen wir Lebenden eine Beute der Wölfe werden? Nein, sage ich, nein, ich befehle euch, zu eilen. Auf der Stelle vorwärts!«

»So bleibe ich hier«, rief Ludwig außer sich, »bis der Tod auch meinem jammervollen Leben ein Ende macht.« Er zog den Erstarrten an seine Brust, umhüllte ihn mit seinem Pelz und drückte ihn liebkosend an sich. »Mein Bernhard, du treuestes Herz auf der Erde!« sprach er, und seine Tränen flossen unaufhaltsam. »Jetzt kommt der Tag der Vergeltung, ich verlasse dich nicht. An meine Brust sollst du – du *mußt* wieder erwachen.« – »Solanow, setze dich auf!« befahl die Gräfin mit krankhafter Heftigkeit. »Es kostet dir das Leben, wenn du noch säumst! Bleibe hier zurück, wer mag!« – »Mutter, Mutter!« rief Feodorowna und ergriff die Hand derselben. »Es geht um ein Menschenleben – es geht um das unseres Retters!« – »Der jetzt unser Verderber werden will«, unterbrach die Gräfin, »komm zu mir, oder ich lasse auch dich zurück!«

Man hörte in der Tat das Heulen der Wölfe näher und näher. Die Diener wagten nicht zu gehorchen, noch zu widersprechen. Feodorowna stand in einem heftigen Kampf mit sich selbst. »Nun denn«, begann sie nach gewaltiger Anstrengung mit Hoheit, »so muß ich entscheiden. Muß ich zu meinem unermeßlichen Elend den Namen der Fürstin Ochalskoi führen, so soll er mit einmal wenigstens zum Heil gereichen. Mein sind die Rosse, diese Leibeigenen, ihr kennt euere Fürstin, euere Gebieterin! Bei euerem Leben befehle ich euch jetzt, diesen Hilflosen nicht zurückzulassen!« Sie stand aufgerichtet in gebietender Majestät vor den Leuten. Der Gräfin verschlossen Zorn und Erstaunen die Lippe. »Eilen Sie, retten Sie sich mit uns und Ihrem Freund«, sprach Feodorowna jetzt sanft zu dem halbbetäubten Ludwig. »Eilen Sie!«

Willhofen sprang hinzu und half Bernhard vorn auf den Sitz zu bringen, wo Ludwig ihn mit seinem eigenen Pelz bedeckte und ihn mit seinen Armen fest umschlang. »Ich trete hier vorn auf die Deichsel«, rief der wackere Diener rasch, »so ist Raum für uns alle drei.« Auf den Sattel der Deichsel springend, ergriff er schnell die Zügel und rief: »Jetzt vorwärts, Bursche!«

Die Pferde, die, die Nähe der ergrimmten Wölfe witternd, schon ängstlich und scheu gestanden und mit den Hufen in dem Schnee gewühlt hatten, schossen jetzt, als fühlten sie, daß es um ihre eigene Rettung gehe, brausend dahin. Die Fahrt ging pfeilschnell durch das düstere Gebüsch, dennoch vernahm man das Geheul der nachfolgenden Raubtiere näher und näher. Jetzt knickte und knisterte es in den Zweigen, und plötzlich sprang ein mächtiger Wolf mit kühnen Bogensätzen aus dem Dickicht hervor, um sich den Pferden entgegenzuwerfen und sie an der Kehle zu packen. Doch der gewandte Willhofen hatte alsbald die Büchse zur Hand und streckte das Tier in dem Augenblick zu Boden, wo es das scheu auf die Seite setzende Handpferd anfallen wollte. »Der wäre bezahlt! Er soll uns den Pelz nicht schuldig bleiben«, rief der Schütze lustig, ohne auf das laute Aufkreischen der Gräfin sonderlich Rücksicht zu nehmen. »Paulowitsch, hast du geladen? Sei auf der Hut!«

Es vergingen einige Minuten, ohne daß ein neuer Feind sich zeigte. Der grausame Ton des Geheuls schien schwächer zu werden. »Sie sind scheu geworden«, wandte sich Willhofen zu Ludwig, der jedoch, den Freund am Herzen haltend, kaum bemerkt hatte, was vorgegangen war. »Seien Sie unbesorgt, gnädige Frau Fürstin und Gräfin«, sprach er zu diesen, »nun können uns die Bestien nichts mehr anhaben. In fünf Minuten sind wir aus dem dichten Wald, und dann ist die Bahn spiegelglatt. Da soll uns eine schießende Schwalbe nicht einholen.«

Jetzt lichtete sich der Wald. Man gelangte auf einen nur mit niederem Gehölz bedeckten Platz von der Breite einer Viertelstunde Weges. Der Schlitten flog pfeilgeschwind über die hier festgefrorene Bahn hinweg. Jenseits bog man in einen geraden, durchgehauenen Baumgang ein, und nach wenigen Minuten lag das Jagdschloß vor den Augen der Reisenden. »Das war gut gefahren!« rief Willhofen, als er vor dem Tor anhielt, aus dem, durch das Knallen der Peitsche von fernher aufmerksam gemacht, schon zwei alte Diener mit Laternen herausgeeilt waren. »Seht nur, wie die Pferde dampfen! Von der großen Fichte bis hierher keine zwanzig Minuten, und das halb in dem tiefen Schnee! Und es sind doch gute zehn Werst!« Unter diesen Worten war er aufgesprungen und hatte dem Kutscher die Zügel übergeben. Die Diener halfen den Damen aus dem Wagen.

Schweigend, ohne zu grüßen, ging die Gräfin, auf den Arm eines der Diener mit der Laterne gestützt, ins Schloß. Bianka befahl sogleich, für Ludwig und den Verunglückten die schleunigste Sorge zu tragen. Dann wandte sie sich zu diesem mit den Worten: »Hier sind Sie *mein* Gast, dieses Schloß gehört *mir*. Führt der Himmel den großen Schmerz an Ihnen vorüber, so hoffe ich, daß Sie hier ungetrübte Stunden zubringen sollen.«

Ludwig, der noch sitzengeblieben war, weil er Bernhard im Arm hielt, wandte sich zu der Sprechenden. Ihre sanfte Stimme fand selbst jetzt den Weg zu seiner Seele. »Engelgleiches Wesen«, begann er – da regte sich Bernhard an seiner Brust und machte einen tiefen Atemzug. »Er lebt!« rief Ludwig außer sich, alles vergessend. »Allgütiger Himmel! Er lebt, er lebt!« In Hoffnungsangst und Freude umschlang er den Geliebten und zitterte heftig. »Wo bin ich?« fragte Bernhard und schlug die Augen auf. – »In meinen Armen!« rief Ludwig, und seine Brust wogte atemlos und wollte springen im Übermaß seiner Freude. Feodorowna hob das Auge gerührt gen Himmel. Auch ihr glänzte ein Schimmer der Hoffnung. Zum ersten Mal seit langen Monaten senkte sich das Gefühl eines sanften Friedens in ihre trauernde Seele ein. Willhofen half den noch halb Gelähmten und Betäubten herabzuheben und geleitete ihn mit Ludwig gemeinschaftlich in das für diesen bestimmte Gemach, wo sie ihn in einen Sessel niederließen. Dann eilte der treue Diener, um schnell wirksame Rettungs- und Stärkungsmittel herbeizuschaffen.

Hier kehrte dem Geretteten die völlige Besinnung zurück. »Ludwig«, rief er, »sehe ich dich wieder? Lebst du? Oder weilen wir jenseits, oder war alles ein Traum?« Und in heißer Umarmung hielt er den Freund am Herzen. »Wir leben! Ein gnädig waltender Gott hat uns behütet – o du sollst noch andere Wunder sehen!«

Willhofen trat mit einem von Feodorowna rasch bereiteten erwärmenden Getränk ein. Ein Diener brachte wollene Decken, um den Erstarrten einzuhüllen. »Das ist, dem Himmel sei Dank, nicht mehr nötig«, rief Willhofen freudig aus, als er sah, daß Bernhard völlig zum Leben und Bewußtsein zurückgekehrt war. »Aber hier, mein Herr, trinkt ein wenig! Das wird Euch Kräfte geben!« Bernhard brachte das Gefäß an die Lippen. Wenige Tropfen gaben ihm ein neues Gefühl des Lebens. Die macht der Freude vollendete das Werk der Genesung schnell. »Komm, Ossip«, sprach Willhofen zu dem Diener, »wir sind hier nicht mehr nötig, und es gibt noch anderwärts viel zu tun.« Beide gingen.

»Bruder«, begann Bernhard gerührt, als sie allein waren, »an deiner Brust hast du mich wieder zum Leben erwärmt! Hier schwöre ich dir, bei den wunderbaren Wegen des Schicksals, es ist kein Blutstropfen in meinen Adern, der nicht dir gehört! Beim Allmächtigen!« Er hob die Hand, in seine ermatteten Züge kehrte die edle, trotzige Kraft zurück, die mit der Federkraft des Stahls um so mächtiger aufstrebte, je härter der Druck des Geschicks sie zusammenzupressen drohte. »Nun erzähle aber«, sprach er, »wo sind wir, wie bist du entkommen? Was mich angeht, mir ist außer einer grauenvollen Geschichte, durch die mir eigentlich das Leben von innen her erstarrte, denn sonst, jetzt fühle ich's erst, hätte mich die Kälte noch nicht überwunden, nichts begegnet, als daß ich im Wald umherirrte. Aber dir?«

Eben wollte Ludwig sprechen, als die Tür sich öffnete und Feodorowna, mit zurückgeschlagenem Schleier, in Trauerkleidung eintrat. Ein Armleuchter, der auf einem Tisch neben der Tür stand, warf helles Licht auf ihre edlen, von der Freude sanft belebten Züge. »Sieh' dort unsere Retterin«, sprach Ludwig und deutete auf die Eintretende.

»Ihr Freund lebt? Dank sei dem gütigen Himmel!« sprach sie, näherkommend, mit einer Stimme, in der die heilige Rührung ihrer Brust bebend vorklang.

Bernhard hob das erstaunte Auge zu ihr empor. »Diese Züge kenne ich«, rief er plötzlich, von unerklärlichen Gefühlen der Ahnung und Erinnerung durchschauert, »und ich weiß woher. Aber auch diese Stimme habe ich schon vernommen!« Ein ähnliches Staunen hielt Feodorownas Blicke auf Bernhards edles Antlitz gefesselt. Sein Anblick weckte wunderbare, schauernde, aber unerklärte Erinnerungen in ihr. Sie reichte ihm, von einem leisen Zug des Herzens getrieben, die Hand dar. Bernhard beugte sich herab, um sie zu küssen, doch in dem Augenblick, wo er das Auge darauf heftete, fuhr er zurück, als erblicke er eine Geistergestalt, und stand mit bebenden Lippen sprachlos, die Blicke unverwandt auf Feodorownas Antlitz gerichtet, da. Heftig streifte er mit der Hand über die Stirn und ins Haar, als fühle er dort einen lastenden Druck und Schmerz. »Was ist dir?« fragte Ludwig und trat teilnehmend näher. – »Nichts, gar nichts!« rief Bernhard wild und zitterte heftig am ganzen Körper. »Ein wahnwitziger Traum – doch ich rase um mich, wenn ich daraus erwache. Um Himmels willen, knüpfe mir doch hier diesen Knoten aus der Locke – ich kann sie ja nicht ausreißen!« Dabei riß er mit krampfhaftem Zucken in seinem Haar. Ludwig fühlte den Knoten im Haar und löste ihn leicht. Bernhards Ring fiel auf die Erde nieder, er griff hastig danach, nahm ihn auf, reichte ihn Feodorowna und sprach mit fliegendem Atem: »Mit scheint, dieser Ring sieht dem Ihrigen ähnlich – ich vertauschte ihn einmal – in Warschau – er trägt die Buchstaben – Unsinniger!« rief er plötzlich und verzog ingrimmig die Stirn zu finsteren

Falten. »Mache dich nicht selbst wahnsinnig durch solche Träume. Ludwig! Fasse mich an, damit ich weiß, ob ich wache!«

Feodorowna hatte den Ring aus seiner Hand genommen, sie wollte ihn mit dem ihrigen vergleichend betrachten, doch ihr Auge verdunkelte sich. Zitternd sank sie auf die Knie nieder, faltete die Hände zum Gebet und flehte sanft mit den Himmel gewandtem Blick: »Allgütiger! Prüfe mich nicht zu hart – wenn dieses Herz sich täuscht, so bricht es – so viel vermag es nicht zu tragen – nimm mich in deine Huld!« Sie hielt die Ringe abgewendet vor sich hin und floh mit den Blicken seitwärts, als bebe sie vor dem grauenvollen Orakel, das sie verkünden sollten, dann preßte sie beide heftig an ihre Brust, als seien sie das Köstlichste, was sie auf Erden besitze, und als müsse sie sich jetzt auf ewig davon trennen. Plötzlich entschlossen, heftete sie unverwandte Blicke darauf. Sie bebte, ihr Busen ebenso, die Rosenglut des Morgens hauchte ihre Wangen an – dann erblaßte sie zum Schnee der Lilie – die Ringe entsanken ihrer Hand – sie streckte die Arme verlangend nach Bernhard aus, ihre Lippen bewegten sich, doch die Erregung der Brust erstickte jeden Laut – endlich rief sie mit angstvoller Gewalt: »Bruder! Bruder!« und sank lautlos, leblos, mit dem schönen Kopf an die Brust des vor ihr knienden Bernhard. Dieser hielt sie stumm, zitternd an sich gedrückt. Seine eherne Kraft war weich aufgelöst, unaufhaltsame Tränen flossen aus seinen Augen und netzten die Wangen der schönen Schwester, die in süßer Bewußtlosigkeit an seinem Herzen ruhte.

»Ludwig, Ludwig«, bat er diesen endlich mit weicher Stimme, »du bist besser, reiner als ich – bete du zu dem ewigen Vater, daß sie mir nicht stirbt – er wird dein Flehen hören! Holde, süße Rose, richte dein Haupt empor! Nicht jetzt brich, du heiliges Herz, noch einmal schlage lebend, lebend an der Brust des Bruders!«

In seinen Armen hob er die Schwester empor und ließ sie sanft auf die Ruhestätte nieder, wo er selbst vor wenigen Minuten zu einem neuen Leben erwacht war. Da schlug sie das tiefe blaue Auge wieder auf und hob den matten herabgesunkenen Arm, um ihn liebend um den Nacken des Bruders zu legen. Jetzt brach der milde Quell der Tränen hervor und erlöste die Brust von der überdrängenden Gewalt der Freude. Frei atmete sie auf, und ein tiefer, unendlicher Himmel der Seligkeit schimmerte aus dem feuchten Glanz ihres Auges. »Ist es denn wahr? Ziehen nicht die Zauberbilder eines Traumes an mir vorüber? Weile ich nicht jenseits in den Gefilden der Seligen? Ja, ja du bist mein Bruder! Die Stimme meiner Brust täuscht mich nicht. Sie ist wahrhaftiger als die tausend Zeichen meiner Sinne, woran ich dich erkenne. Ich habe nun ein Herz, das mein ist auf dieser Welt, eine Brust, die mich nicht rauh zurückstößt, wenn ich zu ihr flüchten will! Nicht wahr, mein Bruder, du wirst mich nicht mehr verlassen?«

»Verlassen?« fragte Bernhard und drückte sie selig bebend, inniger an die Brust. »Wie die Pflanze im dunklen Felsengrund das Licht sucht, so sehnte ich mich nach einer Schwesterbrust! Und du wähnst, ich könnte dem warmen goldenen Strahl, der endlich in mein erstorbenes Herz dringt, den Kelch verschließen? Zum ersten Mal in dieser heiligen Minute bricht das Licht durch die düstere Wolkenhülle meines Lebens! Zum ersten Mal erblicke ich diese schöne Welt verklärt in seinem rosigen goldenen Schimmer! Grau, öde, schauerlich, in dunklen Nebeln lag sie vor mir – jetzt glüht sie in tausend warmen Farben. Nein, nun soll uns nichts mehr trennen! Selbst nicht der Tod, denn ich vernichte mich selbst in dem Augenblick, wo er dich grausam aus meinen Armen reißt!«

Siebtes Kapitel

Man hörte Fußtritte und Stimmen auf dem Korridor. Die in ihrer Seligkeit Versunkenen hätten sie nicht vernommen, doch Ludwig, dem Schmerz und Liebe jetzt die Brust beklemmten, dem düstere Ahnungen näher waren als frohe, er hörte sie. Von dem dunklen Gefühl getrieben, daß das höchste Glück sich immer in den Schoß des Geheimnisses am sichersten birgt, trat er schnell zu Bernhard heran, ergriff ihn beim Arm und rief: »Freund! Man kommt!« – »Wer?« fuhr dieser heftig auf. »Wer, den ich zu fürchten oder zu scheuen hätte?« – »Hier jeden«, rief Feodorowna und riß sich erschreckt aus seinen Armen, »hier ist jeder dem reinen Glück der Seele ein arglistig verschworener Feind! Kein Laut deiner Lippe, mein Bruder, verrate uns, es ist die erste Bitte deiner Schwester. Oh, weise sie nicht zurück!« – »An einem Haar sollst du meine ungebändigtste Kraft zügeln, du Holdselige«, sprach er weich. »Gebiete mir mit dem Wink deines Auges, und ich will ihn verstehen und dir gehorchen wie der Schatten deines Körpers, welcher der leisesten Bewegung deines Fingers gehorsam folgt.«

Willhofen, zwei Diener und Feodorownas Mädchen Jeannette traten ein. Die letzte redete ihre Herrin an: »Durchlauchtigste Fürstin, die Gräfin Dolgorow sendet mich mit dem Auftrag, Sie zu ihr zu rufen.«

»Ich wollte soeben kommen«, erwiderte Feodorowna. »Leben Sie indessen wohl«, fuhr sie, zu Bernhard und Ludwig gewendet, fort, »in einer halben Stunde spätestens sehen wir Sie wieder, denn ich hoffe doch, daß Sie zur Abendtafel in den Saal kommen werden?« Ihre Blicke forderten ein Ja. Bernhard und Ludwig verbeugten sich stumm, sie schwebte aus dem Zimmer.

»Wir kommen mit einer ganzen Last Kleidungsstücke, meine gnädigen Herren«, sprach Willhofen. »Die Fürstin hat befohlen, die Garderobe ihres verstorbenen Gemahls hier herüberzubringen, damit Sie sich umkleiden können. Sie müssen nur entschuldigen, daß Ihnen in der Not dieses Anerbieten gemacht wird, aber was läßt sich für den Augenblick anderes tun? Wenn wir in Petersburg wären, würden wir in vierundzwanzig Stunden schon andere Anstalten getroffen haben. Hier aber ist die Not der Meister.«

»Nur her, Freund!« sprach Bernhard. »Du siehst, wir haben eben keine Prachtgewänder an, und zerrissene Mäntel und Stiefel halten die Kälte nicht so gut ab wie ganze. Zeig' her deine Ware! Hm, es wird alles so ziemlich passen! Wenn wir nur nicht eitel werden, Ludwig. Wir sind nicht gewohnt, uns stattlich zu sehen! Sieh' nur, ich sehe fast wie ein russischer Fürst aus in diesem Pelzüberrock.« Bernhard sprach absichtlich viel und scherzhaft, weil Ludwig still und in sich gekehrt war. Er wollte dadurch den Verdacht der Leute, die diese Gäste schon mit seltsamen Augen betrachteten, ableiten, damit sie nicht auf den Gedanken kämen, es sei hier etwas Ungewöhnliches vorgefallen. Gewohnt, selbst seine tiefsten Empfindungen mit dieser Kraft zu beherrschen, und geübt, mit der Larve des Humors sein natürliches Angesicht zu decken, zumal aber wenn es vor Freude oder Schmerz weinte, gelang ihm dies fast leicht.

Willhofen erfreute sich des munteren, kräftigen Jünglings. »Wahrlich«, rief er, »es war gut, mein Herr, daß wir Euch auf den Schlitten luden, denn zur Beute für die Wölfe in so jungen Jahren zu werden, das wäre doch zu hart gewesen. Wollt Ihr aber nicht hier diese Pelzstiefel anziehen? Ihr seid es vielleicht nicht gewohnt, aber bei uns ist es gut. Der Wind pfeift hier etwas schärfer als in Deutschland.« – »Du warst in Deutschland, alter Kamerad? fragte Bernhard. Erst jetzt erzählten Ludwig und Willhofen während des Umkleidens die Geschichte ihres Treffens. »Hm«, sprach Bernhard, indem er sinnend stillstand, »wundersam genug. »Und Beaucaire und St.-Luces haben auch ihren Lohn? Es kommen so Zeiten, Ludwig, wo ich ein Pietist werden und glauben könnte, es kümmere sich jemand dort oben ganz speziell um unsere lumpigen Angelegenheiten und gehe hier unsichtbar neben uns her, um uns durch alle die kreuzenden Irrwege hindurchzuführen bis an den Punkt, wo die Fäden, an denen wir tanzen, zusammenlaufen. Alsdann erfährt man erst, wer mit uns nach derselben Melodie springen mußte, an demselben Draht regiert wurde. Hm! Wahrhaftig, es ereignet sich allerlei kurioses Zeug in der Welt! Nun, Alter!« wandte er sich zu Ludwig. »Weshalb denn so stumm und kopfhängend? Ist dein Glaube noch nicht fest genug? Merkst du noch nicht, daß dein grüner Schleier aus dem Tal von Aosta hier so gut auf dem Schnee leuchten wird wie am Hospiz des heiligen Bernhard? Es freut mich beiläufig, daß ich sein Namensvetter bin.« Er faßte bei diesen Worten Ludwigs Hand und drückte sie warm. Sein scharfes, geistiges Auge blickte tief in das Herz des Freundes und erkannte den Grund seines schwermütigen Schweigens. Aber mit ebenso hellem Auge sah er auch, daß die verschwiegenen Knospen der Liebe jetzt zu duftenden Blüten aufbrechen mußten und daß der Bruder die Hand der Schwester in die des Freundes legen könne.

Beide waren angekleidet. Sie gingen in den Saal hinüber, den Willhofen ihnen als Speisesaal nannte. Er war bis jetzt nur durch ein mächtiges Kaminfeuer erhellt, das zur rascheren Erwärmung angezündet war. Der für vier Personen gedeckte Tisch stand nahe bei der Flamme. Willhofen setzte den Armleuchter, den er in der Hand trug, um den Gästen zu leuchten, auf den Tisch. »Seien Sie übrigens unbesorgt«, sprach er, »der Saal wird schon warm werden, denn die Öfen sind gleichfalls geheizt, nur dauert es damit etwas länger. Ich werde jetzt der Frau Fürstin melden, daß Sie hier verweilen.« Er ging.

Jetzt waren Bernhard und Ludwig allein. Sie blickten sich lange an, dann sanken sie einander in die Arme und hielten sich stumm umfaßt. »Ludwig«, rief Bernhard endlich, »wenn wir uns erinnern, wo wir diesen Morgen erwachten und wo wir diesen Abend schlummern werden – Ludwig, dann fange ich wahrlich an, wie ein frommes Kind an Wunder und Engel zu glauben!«

»Ein holder Engel ist es, der diese Wunder wirkt«, entgegnete Ludwig bewegt, »sein schützender Flügel war über uns gebreitet, seine sorgende Hand führte uns zurück aus dem finsteren Reich des Todes. Das höchste Wunder bleibt dieses wundertätige Heiligenbild selbst!«

Die Tür zu den inneren Gemächern öffnete sich, und Feodorowna trat ein. »Siehst du? Schon wieder schwebt es segensreich heran – oh, mich blendet der Glanz, ich muß mein Auge abwenden.« Und er wandte das Angesicht, um seine Tränen zu verbergen. – »Schwester!« sprach Bernhard behutsam und leise, als er sah, daß sie allein kam. »Schwester, noch einmal muß ich dich mit dem süßen Namen begrüßen!« – »Bruder«, entgegnete sie und trat ihm mit dem Lächeln eines Engels auf den Lippen vertraut entgegen und lehnte sich an seine Brust, als er den Arm um sie schlang und ihr die Stirn küßte – »Bruder, Schwester! Was lautet süßer? – Der eine Name schmeichelt meinem Ohr wie der andere meiner Lippe! Bruder, Schwester!«

»Und Freund!« setzte Bernhard aus tiefster Seele hinzu, indem er den abgewendeten Ludwig bei der Hand ergriff, um ihn näher zu ziehen. »Sieh, meine Schwester, er war der klare Stern meiner Lebensnacht, bis dein heiteres Sonnenlicht mir aufging, aber er wird nicht erlöschen und erblassen wie die treulosen Gestirne des Firmaments, denn ihn hat auch niemals eine Wolke umhüllt, und je schauerlicher die Nacht, je heller, je freundlicher leuchtete er mir. Oh, ich wünschte, *er* wäre dein Bruder, so hättest du einen besseren als mich aufgefunden.« – »Bernhard!« sprach Ludwig gerührt, aber sanft verweisend. – »Oh, ich kannte unseren Freund früher als dich«, entgegnete Feodorowna. »Mein Herz ist in alter

Dankbarkeit bei ihm tief verschuldet, und seit wenigen Minuten wuchs die Schuld ins Unermeßliche!« – Wie das, Liebe?« fragte Bernhard. – »Darf ich dir's gestehen, mein Bruder«, fragte sie und blickte ihn liebend an, »wirst du mir nicht zürnen?«

»Dir zürnen? Dir?« – »Sieh«, fuhr sie hold verwirrt fort, »der Wert des Freundes bürgt mir für den des Bruders! Wahrlich, ich hätte an dich geglaubt«, setzte sie schneller hinzu, »ihm danke ich die selige Überzeugung, weil nur der Edle den Edlen sucht und liebt.« Sie verbarg das holde Angesicht verschämt an Bernhards Brust nach diesen Worten.

»Denselben Dank bin ich ihm schuldig, Schwester«, erwiderte Bernhard, mit Innigkeit betonend. – »Wie du?« fragte sie verwundert. – »Bürgt er mir nicht für die Schwester?« Sie lenkte das Auge zur Erde. Die liebliche Röte färbte ihre Wange. Leise zitternd schwieg sie. Eine süße Beklommenheit erfüllte die Herzen der drei verbündeten Wesen. Einige Augenblicke herrschte tiefe, heilige Stille.

Bernhard nahm zuerst wieder das Wort. »Ich habe an das Wunder geglaubt, ehe es erklärt war«, begann er, »Aber sprich, meine Schwester, an welchem Zeichen erkanntest du mich so bestimmt als deinen Bruder? Ich selbst hatte ja nur dunkle, ferne Ahnungen und Mutmaßungen.« – »Ich kam hierher«, erwiderte sie, »um dir alles zu erklären. Sieh hier, weshalb deine Züge mich gleich im ersten Augenblick mit so wunderbarer Ahnung erfüllten.« Sie reichte ihm die beiden Bildnisse, die sie von Ruschka durch Gregor erhalten hatte. Bernhard, der sie mit dem Auge des Malers betrachtete, erkannte augenblicklich die unleugbaren Züge der Ähnlichkeit des männlichen Bildnisses mit sich und des weiblichen mit Feodorowna. Es drang dadurch die süße Gewißheit in sein Herz, daß sein neues Glück kein Traum sei, daß es fest auf dem Grund der Wirklichkeit ruhe. Plötzlich fragte er: »Und kennst du auch den Namen unserer Eltern, Schwester? Denn ich bin wild unter Fremden aufgewachsen und habe kaum gelernt, einen Wert an Namen und Dasein derer, die mich unbarmherzig von sich stießen, zu knüpfen.«

»Oh, frevle nicht«, erwiderte Feodorowna mit einem frommen Schauer, »das Andenken deiner Eltern darf dir teuer sein. Zwar vermag ich nicht, dir eine ausführliche Auskunft über sie zu geben, doch werden diese Blätter dich genug lehren, um künftig nur mit Wehmut und Liebe an diejenigen zurückzudenken, die dir das Leben gaben.«

»Oh, du hast recht, du Holde, denn ich mußte ihnen ja schon deshalb ewig dankbar sein, weil sie mir dich zur Schwester gegeben haben.« Er nahm bei diesen Worten den Brief, worin Ruschka Feodorowna die Verhältnisse ihrer Geburt entdeckt hatte, und las ihn hastig mit steigendem Anteil.

Indessen sprachen Ludwig und Feodorowna miteinander, und dieser fing an, ihr sein wunderbares Auffinden Willhofens und den Zusammenhang, in dem dieser Wackere mit seinem Schicksal stand, zu erzählen. Bernhard, der beim Lesen halb hörte, rief plötzlich aus: »Ludwig, wie hieß der Freund deines Vaters, um dessentwillen er flüchtig werden mußte?« – »Waldheim«, erwiderte dieser. – »Waldheim?« rief Feodorowna überrascht und blickte Ludwig fragend an. – »So entdecken sich hier noch neue Fäden des wunderbarsten Zusammenhangs, doch weiß ich noch kein Mittel, um Gewißheit zu erlangen«, erwiderte dieser schnell.

Indem trat Willhofen ein. »Oh, ich Tor«, sprach Bernhard und schlug sich unwillig an die Stirn, »mußte ich *das* noch abwarten? Mein Scharfsinn muß in dieser Kälte erstarrt sein, sonst hätte ich wohl von selbst darauf kommen können, daß hier ein gültiger Augenzeuge lebt.« Er nahm die beiden Bildnisse, die er von der Schwester erhalten hatte, und wandte sich zu Willhofen. »Tritt heran, Freund«, redete er ihn an, »nur näher, ganz nahe zu uns hier an das Licht.«

Willhofen näherte sich mit Bescheidenheit. »Solltest du wohl diese Bildnisse kennen?« Eine freudige Überraschung glänzte in den Augen des alten Dieners. Er zitterte und vermochte kaum zu sprechen. »Ob ich sie kenne?« fragte er. »Ach, wie liegt die ganze alte Zeit plötzlich vor mir! Habe ich sie denn nicht hundertmal in dem Zimmer des Herrn Rittmeisters von Waldheim zu Straßburg über dem Sofa hängen sehen? Das ist er ja, wie er leibt und lebt, und die gnädige Frau ebenfalls!«

Kaum hatte Willhofen diese Worte gesprochen, als Ludwig ausrief: »Wie? Also, mein Vater …« – »Opferte sich«, fiel Bernhard ein, »für den meinigen. Siehst du, Freund«, fuhr er bewegt fort, »so habe ich dir noch manche alte Schulden abzutragen, an die neuen nicht zu denken, die sich dazu gehäuft haben!« – »Welch eine Verkettung!« rief Ludwig aus. »Welch ein Tag des Gerichts und des Lohns!« Er dachte an St.-Luces und Beaucaire, die in derselben Stunde von der Nemesis ereilt waren, wo das Schicksal ihm und dem Freund die schönsten Kränze reichte, die aus der langsam gereiften Saat längst vergangener Jahre erblüht waren.

Feodorowna hatte bereits mit stummem Erstaunen zugehört. Jetzt stellte sie in der Überraschung die lebhafte Frage: »Also hast du meine Mutter gekannt, Solanow?« Der Diener stand erstaunt. »Die Gräfin Dolgorow?« begann er und stockte und sah Feodorowna mit seltsamen, staunenden Blicken an, als suche er in ihren Gesichtszügen eine Erklärung ihrer überraschenden Frage.

Feodorowna war erschreckt, ihr Geheimnis verraten zu haben. Bernhard, der es merkte, sprach beruhigend: »Fürchte nichts, Beste, dies Herz ist treu, ich verbürge mich dafür, doch darf nun nichts mehr Geheimnis für ihn bleiben.« Er setzte hierauf Willhofen von allem in Kenntnis und empfahl ihm Verschwiegenheit und Vorsicht. Der alte Diener gelobte beides mit bewegter Stimme und reichte Bernhard seine Hand mit deutscher

Treuherzigkeit zum Pfand. »Nun begreife ich erst«, sprach er, »warum mir die Züge der Frau Fürstin gleich das erste Mal, da ich sie sah, so bekannt vorkamen. Ja, und wahrhaftig, mein junger Herr, die Eurigen auch. Doch, vergeben Ihre Gnaden mein Geschwätz, ich kam eigentlich, um zu fragen, ob Eure fürstliche Gnaden befehlen, daß angerichtet werden solle.« – »Die Gräfin Dolgorow muß zuvor befragt werden, ob sie zur Tafel kommen wird«, erwiderte Feodorowna, und Willhofen verließ, sich stumm verbeugend, ganz in der Weise seiner alten Dienstunterwürfigkeit, das Gemach.

Er kehrte nach wenigen Minuten mit der Antwort zurück: Die Gräfin sei so angegriffen und müde, daß sie sich bereits zu Bett gelegt habe. Es wurde angerichtet. Die Anwesenheit mehrerer Diener zwängte jetzt die warmen Regungen der Liebe unter den drei eng verbündeten Seelen in das starre Gesetz äußerlicher Förmlichkeiten ein. Doch wußte Feodorowna auch selbst diesem Verhältnis eine solche Anmut und Freundlichkeit des Herzens beizumischen, daß sogar der Bruder mit williger Unterwerfung den Zwang ertrug, dem sein stolzer Sinn und das lebendige Gefühl seiner Rechte sich unterwerfen mußten. So verging auch diese Stunde auf pfeilschnellen Flügeln.

Feodorowna stand auf. Die Diener räumten ab und verließen den Saal. Feodorowna befahl, daß Willhofen in der Nähe bleiben und sich bereithalten sollte. Die vertraute Einsamkeit vereinte die Herzen wieder enger. »Nun bin ich wieder deine Schwester«, begann Feodorowna, indem sie sich mit liebenwürdiger Vertraulichkeit an Bernhard schmiegte, »nun gehöre ich wieder ganz dir.« – »Du Gute«, erwiderte er und blickte ihr in das unschuldige, treue Auge. »Oh, mein Gott, so tief hast du mich noch nie in deinen Himmel blicken lassen!«

Ludwig stand im heftigen Kampf mit sich selbst, sein Herz ertrug die bang schwebende Qual zwischen dem höchsten Glück und dem tiefsten Schmerz nicht länger. Doch er fühlte, daß nicht die Hand des Bruders, der seine Liebe kannte, ihm die Schwester zuführen dürfe, sondern daß er selbst mit freier Männlichkeit wagen und handeln müsse. Wer nicht selbst auf die Gefahr des Verlustes um das Höchste zu werben wagt, ist dessen nicht wert. Dies rief ihm sein Herz zu, und er gehorchte, obwohl bebend, dem Gebot der Ehre und Liebe. »Bianka«, sprach er mit bewegter Stimme, »denn die Schwester meines Freundes gestattet mir gewiß den Namen, der mir unvergeßlich süß von dem schönen Frühlingstag unseres ersten Begegnens herüberklingt. Bianka – auf meiner Lippe schwebt der höchste Wunsch meiner Brust, ahnst du ihn nicht, ehe ich ihn ausspreche, so bleibt er ewig in die Bande des Schweigens gehüllt. Doch spricht dein Herz – dann – laß es jetzt entscheiden.«

Sie errötete, eine süße Verwirrung malte sich auf ihrem Gesicht. Zitternd erwiderte sie mit gesenktem Auge: »Mein Herz? – Ich weiß nicht –

ob ich ihm gehorchen darf – entschieden hat es längst!« Hier barg sie das Haupt und das in süße Tränen überfließende Auge an der Brust des Bruders. Bernhard schloß sie sanft in die Arme. Ludwig ergriff bebend ihre Hand, doch wagte er es nicht, die holde Gestalt an seine Brust zu ziehen. Sein Ohr vernahm das Wort, das ihm den tiefsten Himmel der Seligkeit öffnete, doch sein Herz wurde von den Schauern banger Zweifel berührt, denn zu plötzlich, zu mächtig stand das Wunder der Erfüllung vor ihm. Er zitterte, daß die Gebilde des seligen Traums zerrinnen möchten. Die Unendlichkeit seines Glücks raubte ihm die Kraft des Glaubens daran. Sie ließ ihre Hand in der seinen ruhen und zog sie nicht zurück, da er sie mit heißen Küssen und Tränen bedeckte. Doch hielt sie das holde Antlitz, noch immer sanft weinend, an der Brust des Bruders verborgen. »Erröte nicht, meine Schwester«, sprach Bernhard mit bewegter Stimme, »wenn du das schönste Geständnis tun darfst, holder schmückt keine Rose die weibliche Brust als die Liebe. Dein reines Herz konnte nicht irren, es hat das Edelste erkannt und gewählt.«

Jetzt erhob sie den Kopf und das in Tränen glänzende Auge zu dem Bruder, dann wandte sie sich jungfräulich schüchtern zu dem Geliebten, der sie mit bebendem Verlangen näher heranzog. »Oh, mein Gott«, hauchte sie und richtete das Auge dankbar gen Himmel, »womit habe ich denn dieses Übermaß deiner Huld verdient?« Wort und Blick erstarben in heiligen Tränen. Hold neigte sie sich dem Freund entgegen und sank stumm, selig betäubt, an seine Brust.

Achtes Kapitel

Jetzt erst vereinigte das innigste Band die drei liebenden Seelen. Ihr Glück war so überschwenglich, daß es sie ganz erfüllte und jede Sorge, jeden Schrecken der Zukunft fernhielt. Doch in der Vergangenheit weilten sie und richteten die süße Betrachtung auf die ersten Augenblicke des Begegnens, wo der Keim zu dem holden Blütenbaum eingesenkt wurde, dessen Krone sie jetzt überschattete. Ludwig erzählte von jenem Tag, wo er zuerst den grünen Schleier auf einer weiten Schneefläche erblickte und, durch eine unwiderstehliche, ahnungsvolle Gewalt getrieben, dem schimmernden Ziel nacheilte. »O Bianka«, sprach er gerührt, »glaube mir, »schon damals baute ich in schwärmerischen Träumen Zauberschlösser des Lebens auf, an die ich selbst nicht zu glauben wagte. Und jetzt hat eine Wunderhand uns mitten hineingeführt in die seligen Gefilde! Aber auch jetzt wage ich nicht zu glauben, daß alles wirklich ist, was ich um mich her sehe. Sprich, Geliebte, werden diese holden Gestalten nicht versinken? Reiche mir die Hand zum Pfand, daß du lebst, daß du mir wirklich nahe bist und nicht entschweben willst, wenn ich dich berühre.«

Sie gab ihm die Hand sanft lächelnd herüber. »Ja, ja, du bist es«, begann er wieder, »so lächeltest du, als ich dir zum ersten Mal ins Antlitz blickte. Weißt du noch? Im Tal von Aosta, an jener Hütte, die die Reben traulich umrankten, wo die Kastanie ihre Zweige schattig über den Rasen breitete. Oh, dieses Bild wird nie aus meiner Seele schwinden!« Sie blickte ihn mit dem Ausdruck innigster Liebe an. Der Silberblick einer Träne glänzte in ihrem blauen Auge. »Oh, es war schön dort!« sprach sie bewegt.

»Und weißt du, Schwester«, begann Bernhard, »wo ich dich zuerst sah?« – »Dein erstes Begegnen war segensreich«, erwiderte sie, »du rettetest die Schwester aus dringenden Gefahren, die sie mit denjenigen bestand, denen sie das kindliche Herz ganz geweiht hatte.« – »Nein! Ich kannte dich schon viel früher«, sprach er lächelnd, »nicht in romantisch ländlicher Hütte, sondern mitten in dem Glanz der reichen, verderbten Welt habe ich dich zuerst gesehen. Aber ich erkannte den reichen Diamant deiner Seele mitten in der Fülle falscher, blitzender Steine, weil ich sie an einem anderen Diamanten prüfen sah. Es war in London in ›Romeo und Julie‹, wo ich die echten Perlen deiner Tränen schnell unterschied. Ich wollte die schöne Muschel rauben – erinnerst du dich nicht, Schwester?«

»Wie?« fragte sie staunend und suchte aus dem lebenden Bild des Bruders das ihrer Erinnerung zu verjüngen. »Wie? Wärest du jener junge Maler gewesen?« – »Kein anderer als ich«, unterbrach Bernhard. »Und noch gestern hätte ich dir den Beweis liefern können, denn Ludwig besaß das Bild längst. Der Bube Beaucaire raubte es uns. Doch wer war jener stolze, englische Narr, der mich forderte und nachher nicht auf den Platz kam?« – »Oh, mein Bruder«, entgegnete Bianka lebhaft, »so danke ich dir schon eine unermeßliche Wohltat. Der Engländer, Lord Glower, war der mir bestimmte Bräutigam. Jener Vorfall erzeugte einen Zwist zwischen ihm und meinem Vater, weil dieser es mißbilligte, daß der Lord sich dem Zweikampf entzogen hatte. So wurde durch den beleidigten Stolz des Engländers ein Verhältnis gelöst, das meine Bitten und Tränen vergeblich abzuwenden versucht hatten.« – »Also Zwang wollte man dir antun?« rief Bernhard finster. – »Die Tochter«, antwortete Bianka sanft und fest, »glaubte gehorchen zu müssen, ihr Herz kannte damals die Liebe noch nicht. Aber sie allein wirft reines Licht auf die verworrenen Wege der Pflichten und leitet, wie der Morgenstern der Verkündung, den irren Fuß zum Ziel.«

»Doch du wurdest vermählt, Schwester?« fragte Bernhard. Ludwig schreckte zusammen bei dieser Frage, Bianka errötete hoch und senkte schamhaft den Blick. »Es geschah durch Zwang, daß ich jetzt den Namen einer Fürstin Ochalskoi trage«, sprach sie leise, »doch wirst du die Schwester gewiß freisprechen.« Sie erzählte jetzt in wenigen Worten die Geschichte ihrer Vermählung. Ludwig wurde im Innersten gerührt dabei, doch Bernhards stolzes Herz richtete sich ingrimmig auf. Er stand auf und ging unruhig im Gemach umher.

»Liebe Schwester«, begann er nach einigen Minuten, »aus allem, was du erzählst, sehe ich, daß unser Heil hier an einem Haar über dem Abgrund hängt. Wir haben eine Stunde in süßer Muße des Glücks genossen, doch die Notwendigkeit drängt zu handeln. Antworte mir, Schwester, weiß Graf Dolgorow, daß dir das Geheimnis deiner Geburt bekannt ist?«

»Er weiß es nicht, ich schwieg, um Ruschkas Brüder nicht ins Unglück zu stürzen und um ungehindert nach dir forschen zu können.«

»Und hegst du noch jetzt Besorgnis, dich ihm anzuvertrauen?« – »Die äußerste«, rief sie schnell. – »So würdest du fürchten müssen ...«

»Alles, mein Bruder, für dich, für mich – für deinen Freund«, setzte sie leise hinzu.

»So müssen wir uns eigene Wege bahnen. Strenge Verschleierung des Geheimnisses ist vor allem nötig. Schwester, ich habe nur eine Frage zu tun. Willst du mit uns nach Deutschland ziehen? Kannst du Rang, Macht und Reichtum wegwerfen, um dem Bruder und dem Freund zu folgen, die dir nichts bieten als ihr Herz, ihren Kopf und im äußersten Fall auch ihre tätigen Arme?« – »Oh, mein Bruder!« rief Bianka und schlang die Arme um ihn. »Fragst du wirklich, ob ich die heißesten Wünsche meiner Brust erfüllen will?« Und sie verschloß seine Lippen mit liebevollen Küssen und hing lange stumm in den brüderlichen Armen.

»Gut denn«, sprach Bernhard entschlossen, »so ist der Weg, den wir einzuschlagen haben, der, zu schweigen und zu flüchten, wenn sich eine günstige Gelegenheit bietet, jetzt aber vor allen Dingen uns zu trennen, damit unser spätes Verweilen beieinander nicht Verdacht erwecke. Morgen wird uns ja wohl die Sonne weiter leuchten.«

In Bernhards Bestimmtheit lag etwas Gebietendes, das fast unwillkürlich Gehorsam fand. So gehorchte ihm denn auch Bianka und schied nach inniger Umarmung mit holdseligem Liebesblick, indem sie durch die Tür zu den Gemächern der Gräfin verschwand. Bernhard und Ludwig begaben sich zu ihrem Schlafzimmer.

Im Vorsaal wartete Willhofen, der ihnen zum besonderen Dienst beigegeben war, und leuchtete ihnen durch den Korridor zu ihrem Gemach. Als sie eingetreten waren, redete ihn Ludwig an: »Freund, treuer, redlicher Diener meines Vaters, wirst du seinem Sohn ebenso anhängen wie ihm?« – »Ach, Herr«, rief Willhofen freudig, »schon weil Ihr ein Deutscher seid, weil Ihr meine Sprache redet, würde ich alles für Euch tun. Aber darf ich offen ein Wort wagen? Liebe Herren, eure Sachen stehen gefährlich hier – der Graf und die Gräfin denken anders als die Fürstin, sie ist eine engelgütige Frau.« – »Willhofen«, sprach Ludwig, »wir verbergen uns unsere Gefahr nicht, und eben du sollst uns Rat geben, wie wir ihr entgehen. Du weißt zuviel, um nicht alles zu wissen. Die Fürstin ist die Schwester meines Freundes und meine Verlobte. Sie ist entschlossen, uns nach Deutschland zu folgen. Ist das jetzt oder bald möglich zu machen?«

»Möglich ist es freilich«, antwortete Willhofen, »aber sehr schwer. Meint Ihr denn, wenn es so leicht wäre, ich würde nicht längst geflüchtet sein? Nur deshalb nahm ich ja in meinen alten Tagen die Waffen wieder, um der deutschen Grenze nahe zu kommen, denn ich hoffte, Gelegenheit zur Flucht zu finden. Bis jetzt aber ist es durchaus unmöglich gewesen, und jetzt erst recht, da der Landsturm der Bauern, die Kosaken und die französischen Heere rings alles bedecken. Wem wir auch in die Hände fallen, wir sind verloren! Ich sage *wir*, liebe Herren, denn ihr duldet doch, daß ich mit euch flüchte?« – »Wir hoffen es, Lieber«, entgegnete Ludwig. – »Machst du unsere Flucht möglich, Freund«, sprach Bernhard, »so sollst du ein sorgenfreies Alter in Deutschland zubringen.«

»O Gott«, rief der Alte, »wenn die Abendsonne meines Lebens doch noch heiter unterginge! Ich werde versuchen, was möglich ist. Bei der Gräfin gelte ich etwas, ich will sehen, ob sie mir ihr Vertauen schenkt, denn vor allen Dingen müssen wir erfahren, ob sie Böses vermutet. Ist ihr Argwohn schon erwacht, dann haben wir keine Zeit zu verlieren. So können wir nur mit jedem Tag der Zögerung gewinnen.« – »Tue, was du vermagst, Lieber«, sprach Ludwig, »und bringe uns Nachricht, sobald es möglich ist.« Willhofen ging.

»Wird unsere Nacht süß oder unruhig bewegt sein?« fragt Ludwig, als er sich mit Bernhard allein sah. »Freund, welch ein Tag war dies!« – »Auf der Erde bin ich wenig gewesen, aber zwei-, dreimal in der Hölle und im Himmel«, erwiderte Bernhard. »Jetzt aber, ich muß es dir gestehen, sind alle Nerven meiner Seele so abgespannt und abgestumpft wie mein Körper, in den ich nachgerade die Müdigkeit des Todes einschleichen fühle. Das Schicksal mit seinen Donnern und Blitzen hat mich jede Viertelstunde aus dem Schlaf geschreckt. Aber du weißt, es kommt eine Stunde, wo der Ermattete von dem betäubenden Krachen einer neben ihm herabstürzenden Lawine weder geschreckt noch geweckt wird. Jetzt bin ich soweit, ich könnte wie einige Leute, die in Todesmüdigkeit auf dem Marsch hingesunken waren, die Räder eines Zwölfpfünders gegen meine Füße anfahren sehen und es doch nicht der Mühe wert halten, sie auf die Seite zu ziehen.«

Ludwig, der nur von gewaltigen Erschütterungen des Gemüts bewegt worden war, aber körperlich fast gar keine Anstrengungen gehabt hatte, fühlte sich nicht so erschöpft. Erschreckend sah er daher Bernhard beim Sprechen bleich und bleicher werden und gewahrte an seiner absterbenden Stimme, daß die Besinnung ihn verlasse. Rasch sprang er daher auf ihn zu, faßte ihn in seine Arme und rief: »Bernhard, was ist dir? Du bist krank!«

»Nein – Lieber – aber ganz – zerschmettert«, antwortete er mühsam in abgebrochenen Worten und sank in den Armen des Freundes zusammen. So war denn endlich auch die erschöpfte Kraft dieses Starken, der bis jetzt durch die äußerste Anspannung seines Geistes der Natur getrotzt hatte, gebrochen. Sanft trug ihn Ludwig auf die Ruhestatt und überließ es dem Schlummer, ihn mit seiner stärkenden Kraft neu zu beleben. Bald sank auch er in süße Ermattung und Betäubung, die kaum von dämmernden Traumbildern unterbrochen wurde.

Als er erwachte, war es heller Tag, und ein blendender Strom des Lichts drang in sein Auge. Willhofen stand vor ihm und sprach lächelnd: »Ihr habt einen gesunden Schlaf, Herr, das muß ich sagen. Vergeblich habe ich schon zu drei verschiedenen Malen an die Tür gepocht. Ich mußte endlich eintreten. Aber der Herr dort schläft noch fester.« Ludwig bedurfte einige Augenblicke, um die Erscheinungen um sich herum in Zusammenhang mit seinen Morgentraumbildern, die ihn, wie so oft, in die Heimat geführt hatten, zu bringen. Er richtete sich auf, wie ein Wunder kam ihm die frische Kräftigkeit seiner Glieder vor. Er fühlte die ganze Lust, den jugendlichen Mut des Lebens, wie jemals in seinen freudigsten Tagen. »Ja, es ist alles wirklich«, sprach er und blickte dem Alten froh in das redliche Angesicht. »Oh, welch ein Glück ist es, zu erwachen!«

Er sprang auf und betrachtete Bernhard, auch in seine Züge war die Lebensfrische zurückgekehrt. Er atmete voll, aber leicht, ein Bild männlicher Gesundheit. »Bernhard«, sprach er und nahm seine Hand, »Bernhard!« Er erwachte nicht, bis ihm der Freund einen Kuß auf die Stirn drückte. Da schlug er das Auge auf, sah ihn groß an und sprach: »Ludwig, du bist es, der mich so freundlich wecke? Du hast einen schönen Traum verscheucht, aber er entflieht nur vor einer schöneren Wirklichkeit.«

»Die Fürstin ist längst aufgestanden«, sprach Willhofen, »aber sie hat ausdrücklich befohlen, daß ich Sie nicht wecken sollte. Endlich schien es mir aber doch Zeit, da es fast Mittag ist.« – »Mittag?« fragte Bernhard, und er empfand eine Art von Beschämung. »Pfui, daß wir uns gleich als Langschläfer hier einführen müssen.« – »Oh, die Gräfin liegt auch noch im Bett«, antwortete Willhofen, »und sogar die Gefangenen sind noch nicht abmarschiert. Der gestrige Tag war für uns alle hart.« »Welche Gefangenen?« fragte Bernhard. – »Die Franzosen, die wir gestern in unsere Gewalt bekamen«, entgegnete der Alte. »Seht dort, eben werden sie aufgestellt, um weiter ins Innere des Landes transportiert zu werden.«

Bernhard trat ans Fenster. Der Anblick der zwanzig Unglücklichen, die mit bleichen Gesichtern, schlecht gekleidet, halb verhungert dastanden und vor Frost oder Schauder über ihr Schicksal zitterten, schnitt ihm ins

Herz. »Wohin bringt man sie?« fragte er. – »Vermutlich dahin«, antwortete Willhofen mit düsterem Blick, »wo ich so lange Jahre schmachtete, nach Sibirien. Der Weg dahin ist leicht gefunden, aber zurück wird er schwer.« – »Und weshalb kamst du dorthin?« rief Ludwig. »Wer hatte das Recht, einen Unglücklichen, Gestrandeten in die Verbannung zu schicken?«

»Es geschah ganz nach dem Gesetz«, sprach Willhofen bitter, »ich war nackt und bloß an die Küste geworfen. Ein russischer Schankwirt borgte mir fünf Rubel, zurückzahlen konnte ich sie nicht. Da verfiel ich ihm mit den Kräften meines Dienstes, und er verkaufte mich an den alten Fürsten Ochalskoi, der eben eine Kolonie auf seinen Gütern bei Perm stiftete.« – »Also für fünf Rubel!« – »Schmachtete ich achtzehn Jahre vergeblich nach der Heimat und allen den Meinigen.« – »Getrost, Alter«, klopfte ihm Bernhard auf die Schulter, »von nun an wird es besser gehen. Der Tag ist schön gewesen, wenn der Abend heiter ist. Doch was bedeutet das? Die Gefangenen scheinen ja wieder auseinanderzugehen?«

Willhofen blickte hin. Ein Kosak war in den Hof geritten und sprach mit den Bauern, die den Transport führten. »Ich will gleich sehen, was es gibt«, antwortete er und eilte hinaus. Nach wenigen Minuten kehrte er mit der Nachricht wieder, Dolgorow habe befohlen, die Leute hier noch in Gewahrsam zu halten, weil er morgen oder übermorgen durch glückliche Überfälle auf die französische Nachhut die Zahl der Gefangenen zu vermehren hoffe. Dann könnten sie alle zugleich transportiert werden. »So tue mir die Liebe, Freund«, sprach Bernhard, »und sorge, daß diese Unglücklichen, die schon halb dem Tod nahe sind, so gut gepflegt werden wie möglich.« Willhofen versprach es und ging.

Beide Freunde hatten sich indessen angekleidet und begaben sich zu dem Saal, wo, wie ihnen gezeigt wurde, Bianka mit dem Frühstück wartete. Doch, als sie eintraten, fanden sie das Zimmer leer, obwohl der Tisch zum Frühstück bereitet war. Ein Diener, der bald darauf eintrat, meldete ihnen von der Gräfin Dolgorow, daß die Fürstin nicht erscheinen werde. Ludwig war betroffen, doch Bernhard ging leicht darüber hinweg und setzte sich zum Frühstück. Als der Diener sich entfernt hatte, fragte Ludwig: »Was mag vorgefallen sein? Sollte die Krankheit der Gräfin eine gefährliche Wendung genommen haben? Ich hatte mich unbeschreiblich auf den freundlichen Morgengruß gefreut, denn mir scheint, erst der helle, wirkliche Tag könne uns die klare Gewißheit unseres Glücks geben. Und nun ...«

»Wenn nur nichts Schlimmes hier im Hinterhalt lauert«, unterbrach ihn Bernhard und stand auf. »Aber mir ahnt nichts Gutes. Die Schwester hätte es ohne die dringendste Ursache nicht vermocht, den Bruder, den sie erst gestern aufgefunden hatte, heute aufs neue nicht zu begrüßen. Laß uns nur vorsichtig sein und uns ja nicht durch zu eifriges Nachfragen verraten.« – »So glaubst du, es habe sich etwas Gefährliches für uns ereignet?« fragte Ludwig erstaunt. – »Ich glaube ebensogut nichts wie alles, denn beides ist gleich möglich«, erwiderte Bernhard rasch. »Hm! Vielleicht ist es aber auch nur Vorsicht der Schwester, sie hält sich absichtlich entfernt, um sich nicht zu verraten. Ich kenne die russische Sitte nicht genug, um zu wissen, was für eine Wirtin auffallend wäre oder nicht! Man muß ihr vertrauen, denn sie hat ebensoviel Kühnheit wie Liebe gezeigt. Nur Geduld, es wird sich alles lösen.«

Ludwig ging beunruhigt auf und ab, ohne zu sprechen. Bald darauf kam Willhofen zurück und berichtete, daß auf Befehl der Fürstin die Gefangenen gut verpflegt würden und mehr ihre Besorgnisse wegen des Schicksals ihrer Zukunft als gegenwärtige Übel sie quälten. Indessen vergingen ein, zwei, drei Stunden. Bianka ließ sich nicht sehen.

Neuntes Kapitel

Bernhard schlug Ludwig einen Spaziergang ins Freie vor. Er nahm ihn an. Sie gingen vor das Schloßtor hinaus und besahen die Lage des Gebäudes genauer. Es war rings von dichtem, hohem Fichtenwald umgeben, durch den jedoch vier breite Wege ausgehauen waren, die einander rechtwinkelig kreuzten. Diese waren ziemlich gebahnt, doch im übrigen lag ringsumher der Schnee locker und hoch, so daß es zu Fuß wie zu Schlitten gleich mühsam erschien, die großen Wege verlassend, durch den Wald zu dringen. »Das Gebäude scheint alt«, meinte Bernhard. »Gotischer, neugriechischer, barbarischer Stil, alles durcheinander. Diese beiden runden Ecktürme mit ihren langen dünnen Spitzen müssen aus fernen Jahrhunderten herrühren. Wie weit mögen wir hier von der großen Straße ab liegen?« – »Vier bis fünf Stunden, hörte ich Willhofen sagen«, antwortete Ludwig, »und Smolensk liegt sieben Stunden von hier.« – »So schätze ich es auch«, stimmte Bernhard ein, »dort hinüber muß es liegen. Wir würden den Weg dahin durch jene breite Allee nehmen müssen.« – »Es ist dieselbe, durch die wir gestern hierhergekommen sind«, meinte Ludwig.

»Hörst du nicht?« fragte Bernhard plötzlich und lauschte, indem er den Kopf seitwärts neigte und die Hand zum Auffangen des Schalls an das Ohr hielt. »Das ist Kanonendonner, in der Richtung von der Straße her, doch sehr fern.«

»Die Wälder hemmen den Schall«, sprach Ludwig und horchte gleichfalls auf die einzelnen dumpfen Schüsse, die man vernahm. – »Es könnte wohl das Neysche Korps sein, das sich dort schlägt, und vielleicht ist Rasinski bei dem Gefecht«, bemerkte Bernhard.

»Rasinski«, rief Ludwig aus, »wie mag der redliche Freund in Sorge um uns sein! Oh, wenn wir ihm eine Nachricht zukommen lassen könnten!« – »Freilich wäre es gut«, sprach Bernhard und bewegte nachdenklich, aber zustimmend das Haupt. »Überhaupt muß ich dir sagen, so bequem wir es hier im Schloß haben, so möchte ich mich doch lieber mit der Schwester unter seinem Schutz befinden als hier. Endlich einmal müßten doch die furchtbaren Strapazen ein Ende haben. Mit jedem Tag kämen wir der Heimat und den Verpflegungsanstalten für das Heer näher. Der Weg würde fest, eben – ich glaube, das Schwerste haben wir überstanden.« – »Ach«, seufzte Ludwig, »wenn wir erst den Fuß auf vaterländischen Boden setzen könnten!«

Dem fernen Gefecht zuhorchend, gingen die Freunde noch eine Zeitlang auf und ab. Indessen war es schon spät am Nachmittag geworden, und es fing an zu dämmern. Sie kehrten ins Schloß zurück, weil ihnen diese Stunde als die des Mittagsmahls angegeben war. Der Tisch war bereits gedeckt, aber für sie beide allein. Selbst Willhofen wußte nichts Näheres über das Ausbleiben der Fürstin anzugeben, als daß sie mutmaßlich der kranken Gräfin Gesellschaft leisten müsse. »Zeige nur guten Mut vor den Dienern«, flüsterte Bernhard dem aufs äußerste betroffenen Ludwig zu, »es darf hier keine Seele ahnen, daß wir uns beunruhigen.« Mit diesen Worten schenkte er sich ein Glas Wein ein und stieß mit Ludwig auf die Bewohnerinnen des Hauses an. Während der ganzen Tafelzeit war er heiter und scherzte viel, sogar mit den Dienern, denen er einige russische Worte abfragte und sich dann in ihrer Mundart mit ihnen zu verständigen suchte.

Es war dunkel geworden, und man brachte Licht. Bernhard fing an, um das Gespräch nicht stocken zu lassen, von Schottland zu erzählen. Ludwig hörte zerstreut zu. Seine Besorgnisse wuchsen mit jedem Augenblick. Es war jetzt sieben Uhr. Die gewöhnliche Höflichkeit gegen Gäste hätte es gefordert, daß die Wirtin des Hauses sie begrüßt hätte. Bianka mußte durch die dringendsten Gründe abgehalten sein. Teils um sich zu zerstreuen, teils um ihre Unruhe zu verbergen, hatte sich jeder aus einem Schrank mit französischen Büchern einen Band des Voltaire genommen. Sie setzten sich an einen anderen Tisch und lasen. Die Diener räumten indessen die Tafel ab und verließen das Zimmer.

Doch kaum waren sie einige Augenblicke allein gewesen, als Willhofen eintrat, sich vorsichtig umsah, ob jemand in der Nähe sei, und dann Bernhard einen Zettel zusteckte. Auf diesem las er mit Bleistift in englischer Sprache die Worte: »Bruder, wenn alles schläft, komm unter das Fenster meines Schlafzimmers.« – »Weißt du, was der Zettel enthält?« fragte er Willhofen, nachdem er gelesen hatte. – »Ich vermute ungefähr, die Jungfer der Fürstin, Jeannette, hat ihn mir gegeben.«

Bernhard ging unruhig auf und ab. »Kennst du die Lage des Schlafgemachs der Fürstin, Willhofen?« fragte er diesen. Er bejahte es. »Wenn alles im Schloß schläft, soll ich mich unter ihrem Fenster einfinden, kannst du mich mit Sicherheit dahin führen?« – »Eine Kleinigkeit, ich will schon sorgen, daß es dem Torwächter schwerer werden soll, die Augen aufzuriegeln als das alte verrostete Tor.« – »Wann geht man hier schlafen?« – »Vor Mitternacht: Um zwölf Uhr sind wir sicher. Außer den Mäusen auf dem Kornboden ist kein lebendiges Wesen mehr im Schloß zu treffen.« – »So komm um diese Stunde zu uns auf unser Schlafzimmer, Freund, du mußt mir den wichtigen Dienst schon leisten.« Willhofen ging.

Bernhard und Ludwig begaben sich auf ihr Zimmer und harrten in unruhiger Spannung der Mitternacht entgegen. Die Stunden schlichen ihnen träge dahin. Ängstlich lauschten sie auf jeden Laut im Schloß, ob das Geräusch geöffneter oder zugeworfener Türen, der Schritt der Diener auf den Gängen, das einzelne Zurufen und Antworten nicht endlich ein Ende nehmen werde. Oft war es minutenlang ganz ruhig, dann unterbrachen plötzlich wieder der Klang eines einspringenden Schlosses oder der schwere, ungeschickte, weit durch die langen Korridore hallende Schritt eines Dieners die tiefe Stille. Endlich, nach elf Uhr, schien alles in Schlaf versenkt zu sein.

»Eine Grabesstille im Schloß«, sprach Bernhard, indem er leise die Tür öffnete und auf den Gang hinaushorchte. »Mitternacht ist nahe! Ich wollte, Willhofen käme, damit die Ungewißheit ein Ende nähme.« Ludwig war von düsteren Ahnungen und Besorgnissen gequält, doch äußerte er nichts, um Bernhards sichtliche Unruhe nicht zu erhöhen. »Wie der Wind durch den Schlot pfeift! Es mag wieder eine helle Nacht draußen sein! Mir scheint auch, es sei kälter geworden. Unsere Fenster gefrieren wieder trotz des glühenden Ofens. Aber horch, rauscht da nicht etwas auf dem Gang? Wahrhaftig, es schleicht knisternd näher. Vermutlich wird es Willhofen sein, der Alten ist ein Fuchs, er kommt leise auf den Zehen, und ich glaube ohne Schuhe.« Er lauschte, es kam behutsam näher und näher. Bernhard öffnete die Tür ein wenig und fragte durch die Spalte hinaus: »Bist du's, Freund?«

»Ich bin es«, antwortete flüsternd eine weibliche Stimme. Zugleich öffnete die Kommende die Tür, und das Kammermädchen der Fürstin trat in ihrer zierlichen Diensttracht, ein kleines Häubchen auf, aber die Wangen mit einem Tuch verbunden, ein. Beide Freunde erstaunten. Bernhard vermutete ein Liebesmißverständnis und sprach ziemlich unwillig: »Du bist irregegangen, mein Kind.« – »Nein, ich verfehlte die richtige Tür nicht«, antwortete das Mädchen mit bekannter Stimme, indem sie zugleich das Tuch herunternahm, das ihr das Gesicht halb verdeckte. Es war Bianka.

»Schwester, du selbst, in dieser Verkleidung?« rief Bernhard leise, indem er einen Schritt zurücktrat. »Um des Himmels willen, was bedeutet das?« – »Die Notwendigkeit drang mir die Maske auf«, entgegnete

Bianka, »ich bin eine Gefangene und konnte nur in dieser Kleidung zu dir schleichen.« – »Du eine Gefangene?« rief Bernhard erstaunt. Ludwig trat besorgt näher.

»Laßt mich schnell sein, ihr Lieben«, erwiderte Bianka, »denn die Augenblicke drängen. Ich fürchte, unser Geheimnis ist halb oder ganz verraten. Wir müssen gestern behorcht worden sein. Als ich dich entließ und zur Gräfin hinüberging, fand ich sie in großer Aufregung. Sie saß fast ganz angekleidet auf dem Sofa und schrieb. Bei meinem Eintritt raffte sie die Papiere hastig zusammen und sprach von gleichgültigen Dingen, doch war in ihren Zügen die äußerste Unruhe nicht zu verkennen. Zwar argwöhnte ich, was geschehen sein könne, doch um ihren Verdacht nicht mehr zu reizen, fragte ich nichts, sondern begab mich sogleich durch mein Arbeitszimmer, das an das Wohngemach der Gräfin stößt, in mein Schlafzimmer, wo mich Jeannette, mein Mädchen, erwartete, Ich ließ mich entkleiden und schickte sie weg. Voller Unruhe blieb ich auf. Ich öffnete die Tür meines Arbeitszimmers ein wenig und hörte, daß die Gräfin noch wach war und daß sie sogar mit jemandem sprach. Ich konnte nicht unterscheiden, was, doch glaubte ich an der Stimme den Kammerdiener des Grafen zu erkennen. Endlich wurde es still. Ich begab mich zur Ruhe. In der Nacht aber hörte ich deutlich die Tore öffnen und einen Schlitten wegfahren. Diesen Morgen begab ich mich früh zu meiner Pflegemutter. Sie hatte so etwas Argwöhnisches in ihren Blicken, so daß ich nicht zweifeln konnte, sie habe unser Geheimnis zum Teil entdeckt, doch ließ sie sich nicht das mindeste anmerken. Schon von selbst hatte ich mir vorgenommen, das Frühstück auf meinem Zimmer einzunehmen, um keinen Verdacht zu erwecken, doch würde ich zur Mittagstafel gekommen sein. Allein die Gräfin äußerte, ich werde hoffentlich den Tag über bei ihr zubringen, da es sich wohl nicht zieme, daß ich, während sie selbst krank sei, mit den beiden Freunden allein speise. Sie setzte hinzu, sie würde es ungehörig finden, wenn ich euch vor des Grafen Ankunft wieder spräche. Ich beugte mich ihrem Willen, doch ich wurde meiner Sache immer gewisser, daß etwas vorgefallen sein müsse. Im Laufe des Vormittags ging ich auf mein Zimmer und entdeckte zufällig, daß die Tür zu dem Korridor verschlossen und der Schlüssel abgezogen sei. Jetzt durchschaute ich alles, ich war eine Gefangene der Gräfin. Sie mußte unser Geheimnis kennen. Der Kammerdiener hatte sich den ganzen Tag nicht gezeigt. Ich vermute, er ist zum Grafen geschickt worden. Daher beschloß ich, dich, mein Bruder, von allem zu unterrichten, und sandte dir durch Jeannette den Zettel. Allein das Gespräch mit dir durch das Fenster konnte gefährlich werden. Ich ließ daher Jeannette spät auf mein Zimmer kommen unter dem Vorwand, daß ich wünsche, sie möge in ihm schlafen, weil mir nicht ganz wohl sei. Als sie entschlummert war, legte ich leise ihre Kleidungsstücke an und ging so unerkannt durch das Zimmer der Gräfin. Jetzt aber frage ich dich, mein Bruder, was sollen wir tun?« – »Schnelle Flucht scheint mir das einzige Rettungsmittel«, erwiderte er rasch. »Wenn es möglich wäre, Smolensk in dieser Nacht zu erreichen.« – »Möglich ist das. Aber sollen wir das Äußere wagen, bevor das Äußerste uns drängt? Oh, mein Bruder, obwohl das heiligste Band der frommen kindlichen Liebe und des Vertrauens zu denen, die ich als meine Eltern ehrte, schmerzlich zerrissen ist, doch fühle ich mich noch von tausend Fäden der Gewohnheit und des Dankes gefesselt. Müßte ich mich heimlich, flüchtig, in der Nacht von ihnen trennen, so würde doch ein tiefer Schmerz in meine Seele schneiden und meine Brust sich von dem Vorwurf des Undanks belastet fühlen.«

»Liebe, was willst du tun«, antwortete Bernhard, »wenn du selbst eingestehst, daß du deinen Bruder nicht anzuerkennen wagen darfst vor deinen Eltern? Hat denn die Liebe ihr Tun gegen dich bestimmt? Oder zogen sie dich auf, nur um dich zu opfern, mit deinem süßen Reiz unwürdig zu markten!«

»Du sprichst wahr – doch die Blüten der Liebe und Ehrfurcht, die achtzehn Jahre lang in meinem Herzen keimten, hängen fest an dem mütterlichen Boden. Ich liebte einst meine Eltern unbeschreiblich, denn ich hatte nur Wohltaten, obwohl, jetzt fühle ich es, kalt und streng zugemessen, von ihnen erfahren. Doch, hat das Herz auch die freie, schöne heilige Liebe verloren, von den Pflichten des Danks kann es sich nicht freisprechen. Das Gute, das uns geschehen ist, fesselt uns, auch wenn es nicht allein aus dem lauteren Quell der Liebe floß. Bruder, rate meiner schwankenden Brust, leihe mir deinen festen, männlichen Arm in diesem Sturm widerstreitender Gefühle, der mich niederzuwerfen droht! Mit diesen Worten nahm sie wie bittend seine Hand und richtete das feuchte Auge zu seinem finster rollenden empor.

»Du hast recht, Schwester«, antwortete er, »recht mit deinem weiblichen, duldenden, alles vergebenden Herzen. Ich, mit meiner trotzigen Männerbrust, denke anders und habe auch recht. – Wir müssen fort«, sprach er heftiger, »ich zwinge dich dazu und nehme die innere Schuld ganz auf mich. Du *mußt* mir folgen, Schwester, und sogleich, bei Gott, du mußt!« – »Ja, ich glaube, er hat recht«, sprach Ludwig sanft, aber dringend, und trat der Geliebten näher. »Die Rechte des Bruders sind die heiligeren.« – »Und die deinen seit gestern die heiligsten!« rief Bernhard unterbrechend. »Erröte nicht, Schwester, und mißtraue dieser Wahrheit nicht deshalb, weil sie zugleich das höchste Glück deiner Brust bildete. Ich weiß es wohl, edle Wesen zogen selbst, das Rechte zu tun, wenn es eins mit ihren Wünschen wird. Aber nicht immer ist nur das opfernde Herz das tugendhafte. Vertraue mir, ich entscheide, aber ohne Leidenschaft. Brich die Fessel, die, halb von der Liebe, halb von der Gewalt geschmiedet, die freie Entscheidung deines Willens hemmt.«

»Nun, so sei es denn«, sprach sie nach einigen Augenblicken des inneren, stummen Kampfes, »ich gehorche dir, mein Bruder.« – »Und sogleich«, fiel Bernhard ein, »denn jede Minute Verzug bringt Gefahr.« – »Und wohin willst du flüchten?« fragte Bianka. – »Nach Smolensk.« – »Wie«, rief sie erschreckt, »und schwebt dort nicht das Schwert des Todes über eurem Haupt?« – »Seit unsere erbitterten Ankläger durch ihr furchtbar waltendes Schicksal gerichtet sind«, antwortete Ludwig, »fürchte ich von dieser Seite her nichts mehr für uns. Nicht unsere Schuld, sondern der Wille, uns schuldig zu sehen, brachte uns Gefahr.«

»So folge ich denn auch dorthin. Willhofen wird uns Pferde und einen Schlitten schaffen.« – »Wir erwarten ihn hier jeden Augenblick, weil er mich um Mitternacht zu dir führen sollte«, antwortete Bernhard. »Aber hörst du nichts? Das ist Peitschenknall und Schellengeklingel! Ganz vernehmlich!«

Bianka erblaßte. »Ein Schlitten, der sich dem Schloßtor nähert! Das ist mein Vater!« – »Er sei es oder sei es nicht!« rief Bernhard. »Jetzt ist nicht der Augenblick zur Flucht. Eile auf dein Zimmer zurück, Schwester, bevor die Ankunft des Schlittens die Leute im Haus weckt. Sobald es ruhig ist, bin ich unter deinem Fenster.« Er drängte sie fort. Sie schwebte mit flüchtigen Schritten, kaum Atem holend, den langen Gang hinunter. Kaum war sie in den inneren Gemächern verschwunden, als der herannahende Schlitten vor dem Tor des Schlosses hielt und ein so lautes, heftiges Pochen an ihm erschallte, daß man keinen Zweifel haben durfte, es sei der Besitzer selbst, der Einlaß begehre. Das Tor wurde geöffnet. Bernhard lauschte durch die Spalte der halbgeöffneten Tür. Zwei Männer kamen die Treppe herauf, doch ließ ein verworrenes Geräusch von Stimmen mutmaßen, daß noch andere Ankömmlinge unten geblieben waren. Jetzt erkannte Bernhard den Kammerdiener, der, mit einem Armleuchter in der Hand, einem dicht in den Pelz gehüllten Herrn leuchtete. Ludwig erklärte, es sei der Graf, auch nahm er seinen Weg zu den Gemächern der Gräfin. Jetzt wurde es still, man hörte nichts mehr.

Eine Viertelstunde brachten Bernhard und Ludwig in gespannter Erwartung zu. Da pochte es leise an ihre Tür. Es war Willhofen. Der wohlwollende, gewandte Alte hatte schon fast den ganzen Zusammenhang der Begebenheiten erraten. Er war der Meinung, daß für diese Nacht nichts mehr zu wagen sei, ohne die Lage der Dinge gefährlicher zu machen. Deshalb übernahm er es, der Fürstin einen Zettel von Bernhard, der sie mit dem gefaßten Entschluß bekannt machte, ins Fenster zu werfen. Dies führte er glücklich aus, erstattete Bericht darüber und versprach, wachsam zu sein, um, sobald sich das mindeste ereignete, Nachricht zu geben. Allen verging die Nacht in unruhiger Spannung, die kaum einen oft unterbrochenen Halbschlummer zuließ.

Zehntes Kapitel

Die Gräfin Dolgorow hatte die Verhältnisse Biankas zu den Gästen des Hauses vielmehr gemutmaßt als gekannt. Durch einen Zufall war Jeannette die Verräterin gewesen, denn diese war es, die sich, gleich nach dem Augenblick, wo Bianka ihren Bruder zuerst erkannte, dem Gastzimmer näherte. Sie hörte lautes und heftiges Sprechen und vernahm die Worte: Bruder, Schwester. Erstaunt stand sie still und lauschte unwillkürlich, wenigstens arglos. Da näherten sich Willhofen und einige Diener, und der Schall ihrer Schritte auf dem Korridor wurde von Ludwig gehört, der die leiseren des Mädchens überhört hatte. Die Annäherung derselben unterbrach die ersten süßen Vertraulichkeiten der Geschwister. Doch mußte Jeannette beim Eintreten bemerken, daß etwas Ungewöhnliches vorgefallen sei. Der Kammerdiener des Grafen, Jacques, war ihr Liebhaber. Sie hatte also nichts Eiligeres zu tun, als diesem gewandten Menschen ihre Vermutung mitzuteilen, wobei sie freilich nicht ahnte, daß sie das Glück ihrer geliebten Herrin so gefährdete. Doch Jacques hatte einen scharfen Blick für solche Verhältnisse. »Höre, Jeannette«, sprach er zu dieser, »wenn die Fürstin davon nichts äußert, so tue ja, als ahntest oder wüßtest du nichts. Für Diener ist nichts gefährlicher, als die Geheimnisse der Herrschaften gegen deren Willen zu erfahren. Wenn es auch anfangs vorteilhaft zu sein scheint, späterhin bekommt es uns immer sehr übel. Man wird bisweilen auf ganz eigene Art zum Schweigen gebracht.« Das eingeschüchterte Mädchen erschrak vor dieser Warnung so, daß sie in der Tat nicht das mindeste gegenüber ihrer Gebieterin äußerte. Aber so ehrlich war sie, auch gegenüber niemandem sonst. Jacques dagegen legte sich aufs Lauschen und stellte dies so geschickt an, daß er, bevor eine Stunde verging, wenigstens so viel wußte, daß Bianka ihr Geheimnis vor der Gräfin verberge. Jetzt hielt er die Verhältnisse für geeignet, sie zu seinem Vorteil benutzen zu können. Er ging zur Gräfin und verriet dieser, anfangs nur andeutend, doch da der hingeworfene Funke mit einer über alle Erwartung gehenden Schnelligkeit zur Flamme aufschlug, im ganzen Umfang alles, was er wußte. Sie versprach ihm eine reiche Belohnung, wenn er gegenüber jedem schweigen und nur ihre Befehle in dieser Sache erfüllen wolle. Jacques, habsüchtig, schlau, unternehmend, ging auf alles ein, ohne jedoch Jeannette, deren Ergebenheit zu ihrer Gebieterin er kannte, ein Wort davon zu sagen. So reiste er denn noch in derselben Nacht mit Briefen der Gräfin zu deren Gemahl ab und war auch jetzt mit ihm zurückgekehrt. Die Nachricht mußte dem Grafen von der beunruhigendsten Wichtigkeit sein, und er hatte daher sogar den Eifer gegen die Feinde seines Vaterlandes für den Augenblick hintangesetzt, um seine eigenen Angelegenheiten wahrzunehmen.

Er fand die Gräfin, deren ganze Krankheit wohl nur ihn zu großen körperlichen Anstrengungen bestanden hatte, noch in den Kleidern. Die geistige Aufregung, in der sie sich seit gestern befand, hatte ihr ihre vollen Kräfte wiedergegeben. »Nun, was sagen Sie zu meiner Entdeckung?« redete sie ihn an, als sie mit ihm allein war, »was beschließen Sie zu tun?« – »Vor allen Dingen«, erwiderte Dolgorow, »muß ich wissen, wieweit Sie deren gewiß sind und wieweit Feodorowna von Ihrem Wissen weiß.«

Die Gräfin erzählte und vergaß auch die Vorsichtsmaßregeln nicht, die sie den Tag über getroffen hatte, um eine Zusammenkunft der Geschwister zu vermeiden. Dolgorow ging während der ganzen Erzählung mit untergeschlagenen Armen, finster vor sich hinblickend, auf und nieder und schüttelte mehrmals mißbilligend das Haupt. »Und wer von beiden Fremden soll denn nun der Bruder sein?« fragte er, als die Gräfin geendet hatte.

Mit einer Art von Beschämung gestand die Gräfin, daß sie dies nicht wisse. Sie hatte ohne weiteres angenommen, es sei Ludwig, etwas, wozu die so mißfällig von ihr bemerkte Hinneigung Biankas zu ihm sie ziemlich natürlich verleitet hatte. Erst jetzt, da der Graf ihr die Frage auch mit Beziehung auf Bernhard vorlegte, sah sie ein, daß sie gar keinen bestimmten Grund für ihre Vermutung habe. »Wenn Sie nur die unglückselige Maßregel mit der halben Gefangenhaltung nicht getroffen hätten!« sprach Dolgorow mit kaum unterdrücktem Unwillen. »Ich begreife nicht, was sie Ihnen helfen konnte. Es war nichts als ein Überrest von den Gewohnheiten Ihrer mütterlichen Strenge und Willkür, die jedoch seit Feodorownas Vermählung in keinem Fall mehr an ihrem Platz sind. Wie nahm sie den Schritt auf?« – »Sie äußerte sich gar nicht darüber«, erwiderte die Gräfin betreten. – »So haben wir vielleicht die Hoffnung, daß sie ihn nicht gewahr geworden ist!« fiel der Graf rasch und freudig ein. Die Gräfin wußte das Gegenteil zwar sehr gut, da sie es aus dem Umstand entnehmen konnte, daß ihr Zimmer der Durchgang für Jeannette geworden war. Doch bestätigte sie Dolgorows Vermutung, um seinen ferneren, nicht eben fein gemachten Verweisen zu entgehen.

»Das rettet uns«, sprach er beruhigter, »und sollte die Fürstin ja etwas bemerkt haben, so muß das Ganze als ein Versehen hingestellt werden, das man dem Kammerdiener zuschreiben kann. Für heute werden wir also nichts mehr unternehmen, morgen will ich selbst sehen und beobachten. Um des Himmels willen keinen auffallenden Schritt in dieser Sache, bis wir ihn gar nicht mehr vermeiden können oder wenigstens genau wissen, wieweit unser Geheimnis verraten ist. Auch daß dieser Jacques etwas davon erfahren mußte, ist höchst verdrießlich. Zwar ist ihm die Wahrheit völlig unbekannt und, soweit ich bemerken kann, zweifelt er nicht daran, daß Feodorowna unsere Tochter sei, hält aber den unvermutet zurückgekehrten Bruder für einen Sohn, den wir, wer weiß aus welchen Gründen, entfernt haben mögen. Ja, ich glaube, er hatte es eigentlich im Sinn, Ihre Eifersucht durch die Entdeckung rege zu machen. Indessen gleichviel, sehr unangenehm bleibt es für uns, daß ein so fremder, unzuverlässiger Mensch überhaupt nur von einem Verhältnis der Art eine Ahnung hat. Vielleicht«, begann Dolgorow nach einigen Augenblicken, während der er schweigend und nachsinnend auf und ab gegangen war, »vielleicht war das Ganze nur ein blinder Lärm. Wer sagt uns denn, daß Jacques recht gehört hat? Jedoch um so vorsichtiger müssen wir verfahren, denn man kann ja auch nicht wissen, ob Feodorowna und ihr mutmaßlicher Bruder sich nicht schon seit längerer Zeit verstehen und Sorge getragen haben, ihre Beweise an Orten niederzulegen, die uns unzugänglich sind. Wir könnten in diesem Fall in die bedenklichste Lage geraten. Ja, ich bin entschlossen! Ich werde das ganze Verhältnis morgen nicht kennen. Zwar kam ich mit dem Entschluß, hier sogleich die entschiedensten und unwiderruflichsten Schritte einzuleiten, und ich denke, Gräfin, Sie kennen mich genug, um zu wissen, daß ich vor der Notwendigkeit nicht wie ein Knabe bebe. Noch sind wir nicht so ängstlich und weichherzig in Rußland. Ich weiß so gut wie andere in diesem Reich, daß man einen Felsblock, der uns auf unserer Straße im Weg liegt, sprengen muß. Doch ohne Übereilung! Vielleicht gelingt es mir, einen besseren und sichereren Weg, der daran vorbeiführt, zu nehmen. Noch eines, damit wir uns nicht widersprechen. Meine Ankunft hier war zufällig, hören Sie, Gräfin, zufällig. Übrigens werde ich morgen der erste sein, der Feodorowna begrüßt und sich über die verschlossene Tür wundert.«

Mit diesen Worten nahm er Abschied und ging mit Jacques, der ihn im Vorsaal erwartete, auf sein Zimmer. Doch ließ ihn die Unruhe seines Gemüts nicht schlafen. Das lange schlummernde Bewußtsein war mächtig erwacht. Mochte jetzt Täuschung oder Wahrheit im Spiel sein, er lernte, daß der Same der Schuld, möge er noch so tief vergraben, noch so weit vom Sturm der Zeit verweht sein, doch fort und fort keimt, bis seine bitteren Früchte reifen. »Tor«, redete er mit sich selbst, »was machst du dir für Sorgen? Deine Zwecke sind erreicht, du bist im Besitz, wer will dich vertreiben? – Hm! Wenn aber die Ochalskois erführen, daß eine Täuschung vorgelegen habe? Nur als Vater Feodorownas sind deine Rechte gültig! – Doch wer will sie dir bestreiten? Der einzigen, die reden könnte, ist die Lippe versiegelt. Ruschka schläft. Schreckbilder des leeren Wahns! Hirngespinste!« Dennoch folterten sie ihn, bis der Morgen anbrach.

Indessen waren seine Pläne gereift, und er besaß Gewandtheit und Kraft, sie auszuführen. Sein erster Gang war zu Bernhard und Ludwig hinüber, die er als Gäste des Hauses willkommen hieß. Mit der Übung des Hofmanns spielte er den zuvorkommenden Wirt, fragte nach ihrem Befinden, nach der Art ihrer Aufnahme, ohne auch nur mit einem Wort etwas Böses anzudeuten. Ludwig, der die Welt weniger kannte und dessen gerades Herz auch den Argwohn nicht so leicht einließ oder ihn, wenn er auftauchte, mit sittlichem Unwillen verwarf, hätte sich durch dieses Benehmen täuschen lassen. Bernhard dagegen wurde um so besorgter, je argloser der Graf sich stellte. Er tarnte sich daher mit derselben Maske vor ihm und nahm den Schein eines sorglosen, ja fast leichtsinnigen Zutrauens an, während er sein Innerstes aufs vorsichtigste verbarg. Seiner Gewandtheit gelang es vollkommen, den Unbefangenen zu spielen. Er ging sogar so weit darin, daß er dem Grafen sein Londoner Abenteuer mit Bianka offen gestand, »Ich bin Maler«, sprach er, mit der Leichtigkeit des lebensfrohen Künstlers, »und wir betrachten ein schönes Angesicht in einem gewissen Grad als ein Eigentum, das uns niemand versagen darf. Damit müssen Sie, Herr Graf, jene Handlung, die freilich die gewöhnlichen Gesetze der Schicklichkeit nicht zum Richter haben darf, entschuldigen.« – »Wir sind nicht solche Barbaren hier in Rußland«, entgegnete Dolgorow lächelnd, »um dem Künstler dergleichen Freiheiten nicht willig zuzugestehen. Aber besitzen Sie das Porträt?«

»Ich besaß es bis vor zwei Tagen, oder vielmehr mein Freund, dem ich es, da es so angenehme und zugleich rätselhafte Erinnerungen in ihm erweckte, zum Geschenk machte. Sein Portefeuille, in dem es sich befand, wurde ihm durch jene Elenden, denen, wie ich höre, furchtbare Vergeltung zuteil geworden war, abgenommen. In wessen Hände es geraten ist, weiß ich nicht.« »Mir sind«, erwiderte Dolgorow, »gestern zwei Portefeuilles, die man bei den Gefangenen gefunden hat, überliefert worden, doch ich gestehe, daß ich noch nicht Muße gehabt habe, sie zu öffnen. Ich bin doch in der Tat begierig zu sehen, ob das Ihrige dabei ist.« Mit diesen Worten eilte er hinüber zu seinem Zimmer und kehrte bald darauf mit zwei Brieftaschen zurück, deren eine er geöffnet in der Hand hielt. Es war die Ludwigs. Der Graf hielt Bernhard das Bild entgegen und fragte: »Erkennen Sie das als Ihr Werk?« – »Wie sollte ich nicht?« – »So ist es billig, daß Sie Ihr Eigentum zurücknehmen.« – »Es ist, wie gesagt, nicht mehr das meinige, sondern das meines Freundes.«

Der Graf händigte Ludwig die Brieftasche aus, aus der alle Papiere verschwunden waren. Dolgorow hatte sie erst eben jetzt herausgenommen, weil er Aufschlüsse in ihr zu finden hoffte. Er entschuldigte sich damit, daß ihm das Portefeuille in diesem Zustand zugekommen sei, also wahrscheinlich Beaucaire es schon geleert habe. Das zweite Portefeuille war weder Bernhards noch Ludwigs Eigentum. Der Graf behielt es also und entfernte sich damit, um Feodorowna den Morgenbesuch zu machen.

»Es ist mir unendlich viel wert, daß dieses Bild wieder in meinen Besitz gekommen ist«, sprach Ludwig. »Überhaupt wird mir so wohl und leicht. Alle Gefahr scheint vorüber, und der Graf ist ein Mann, der doch wohl Zutrauen verdient.« – »Wahrhaftig, man möchte lachen«, rief Bernhard, »wenn die Zeit nicht besser zum Fluchen oder Beten taugte. Man möchte lustig aufjubeln darüber, daß ein so gescheiter Mensch wie du so ein blinder Tor sein kann. Ludwig, Ludwig! Du bist zu gut für diese Welt – und ich fürchte, die Schwester ist es auch und läßt sich täuschen. Werdet ihr denn ewig solche Kinder im Leben bleiben, daß ihr euch die Schlange an den Busen legen wollt, weil sie eine glänzende bunte Haut hat? Wollt ihr denn niemals lernen, daß der buntgefleckte Tiger sich schlafend stellt, wenn er am tückischsten lauert? Wer deckt denn eine Fallgrube mit Ottern zu? Rosen streut man darüber! Arsenik muß aussehen wie Zucker, sonst frißt ihn keine Ratte. Ludwig, Ludwig! Diese lächelnde Höflichkeit Dolgorows ist mir bedenklicher, als wenn er mit gezogenem Schwert vor mir stände!« – »Du siehst alles zu finster, Bester«, entgegnete Ludwig. – »Meinst du?« fragte Bernhard fast spöttisch. »Es bedeutet wohl nichts, daß Bianka eine Gefangene ist? Und diese nächtliche, übereilte Ankunft? Ludwig, stände mir das Tor offen, ich ginge lieber hinaus, wie ich hier vor dir stehe, ehe ich noch eine Stunde länger hier verweilte. Ja, wäre nur die Schwester nicht, du müßtest auf der Stelle mit mir fort!«

Willhofen trat ein und unterbrach ihr Gespräch mit der Frage, ob sie zum Frühstück kommen wollten. Sie gingen. Einige Minuten blieben sie allein im Saal. Hierauf trat Dolgorow ein. Er war so höflich wie zuvor, lud ein, Platz zu nehmen und servierte selbst die Schokolade. »Unsere Damen«, sprach er, »stehen etwas spät auf. Wir werden sie wohl vor Tisch nicht zu sehen bekommen. Die Gräfin war gestern unwohl, das hat auch die Fürstin um das Vergnügen gebracht, die Pflichten der Wirtin Ihnen gegenüber zu üben. Ich denke, die Frauen werden heute das Versäumte nachholen.«

Bernhard fragte nach dem Stand der politischen Angelegenheiten. »Darüber sprechen wir am besten gar nicht«, entgegnete der Graf höflich, »ich als Russe würde vielleicht ganz anders denken müssen als Sie, die Sie wenigstens Ihre alten Waffengenossen bei Heer haben. Es hat ein besonderes Interesse für mich«, fuhr er nach einigen Augenblicken fort, »daß ich Ihnen beiden schon anderwärts begegnet bin. Als wir am Fuß des Simplon, über den wir«, hier wandte er sich zu Ludwig, »durch Ihre Hilfe so glücklich gelangten, durch den Zufall getrennt wurden, wandte ich mich durch das Gebirge nach Bern, ging von dort aus nach Tirol und erreichte die große Straße nach München. In Deutschland erlebten wir kein Abenteuer weiter, wohl aber in Warschau, wo wir fast verraten worden wären und es uns nur nach einem mehrtägigen Versteck bei verschiedenen Freunden gelang, in der Nacht zu entfliehen.«

»Auch wir waren in Warschau«, sprach Ludwig. Bernhard gab ihm einen verstohlenen Wink, vorsichtig zu sein, und nahm rasch selbst das Wort, um ganz allgemein und unbestimmt über ihren Aufenthalt dort zu sprechen. Der Graf fragte nach diesem und jenem, er sprach von England, erkundigte sich nach Bernhards Reisen, nach seinem früheren Wohnort, kurz, suchte auf geschickte Weise die Lebensverhältnisse beider so genau wie möglich zu erforschen. Zwar antwortete Bernhard mit größter Vorsicht, doch ließ sich nicht alles verschweigen, und namentlich waren Ludwigs Verhältnisse sehr bald so weit klar für Dolgorow, daß er nicht mehr zweifeln konnte, Bernhard sei der Bruder Feodorownas, wenn es einer dieser beiden war. Mit Aufmerksamkeit beobachtete er dessen Gesichtszüge, um aus der Ähnlichkeit seine Vermutungen zu bestätigen. Allein hier war ihm der Zufall entgegen, da Bernhard fast durchaus seinem Vater, Bianka ihrer Mutter glich, zwischen beiden aber eher eine auffallende Verschiedenheit der Physiognomie als eine Ähnlichkeit war, wenngleich sich einige übereinstimmende Züge allenfalls auffinden ließen. Wollte man aber danach suchen, so bot Ludwigs Angesicht ungleich mehr Wahrscheinlichkeit für die Verwandtschaft dar. Bernhard hatte überdies mit Geschicklichkeit einzuwerfen gewußt, daß er aus Dresden stamme und der Sohn eines armen Kontors an der Kreuzkirche sei, der ihm, drückte er sich scherzend aus, als er vor drei Jahren verstarb, durch seinen *letzten* Willen nichts hinterlassen habe als den *freien*, zu gehen wohin er möge.

So blieb Dolgorow allerdings in peinlicher Ungewißheit, ob sein Geheimnis in der Tat entdeckt sei oder ob nur zufällige Umstände, halbverstandene Worte oder Äußerungen den Schein einer Entdeckung gegeben hätten. Um nicht durch allzu vielfältiges, ängstliches Fragen Verdacht zu erregen, schlug er den Gästen eine Partie Schach vor. Ludwig, der das Spiel nur sehr wenig kannte, entschuldigte sich, Bernhard nahm den Vorschlag anscheinend sehr gern an. Der Kammerdiener brachte ein Schachbrett, sie setzten sich zum Spiel, Ludwig blieb im Zimmer und machte den Zuschauer.

»Ich habe einen gefährlichen Gegner«, bemerkte der Graf nach den ersten Zügen, »es wird mir Mühe machen, mich zu verteidigen.« – »Ihr Urteil nach so wenigen Zügen, Herr Graf, beweist Ihre Überlegenheit«, antwortete Bernhard höflich. Sie spielten indessen fort und schienen, obwohl beide ihre Gedanken innerlich auf etwas ganz anderes gerichtet hatten, doch mit dem größten Anteil bei dem Spiel zu sein. Bernhard besaß Kraft des Geistes genug, um sich zur Aufmerksamkeit zu zwingen und nicht durch Zerstreutheit zu verraten, daß ihm der Sieg im Spiel in diesem Augenblick das Gleichgültigste auf der Erde sei.

So vergingen die Vormittagsstunden, die Tafelzeit kam heran. Die Gräfin sowie Bianka sollten bei Tisch erscheinen. Als der Graf am Morgen bei der Tochter gewesen war, hatte er davon als von einer nicht abzuweisenden häuslichen Pflicht gesprochen, die gestern nur durch die Unpäßlichkeit der Gräfin unterbrochen werden durfte. Bianka, die jedoch die Gewandtheit Dolgorows, sich zu beherrschen und die verschiedensten Formen seines Wesens anzunehmen, schon aus seiner früheren diplomatischen Laufbahn kannte, ließ sich durch sein argloses Benehmen nicht täuschen. Vollends aber, als er den Versuch machte, durch die Tür, die den eigenen Ausgang für ihr Zimmer bildete, zu gehen und sich erstaunt stellte, daß sie verschlossen sei, erhielt sie die völligste Gewißheit, daß er sich verstelle, zumal da er sogleich mit einem gewissen Eifer, den ein gleichgültiger Umstand nicht hätte erregen können, Jeannette befahl, den Kammerdiener zu fragen, ob er den Schlüssel habe, und Sorge zu tragen, daß geöffnet würde. Indessen ging er, und bald darauf wurde die Tür in der Tat geöffnet. Bianka aber wußte nur zu gut, daß sie dadurch nicht ihre wirkliche Freiheit, sondern nur deren Schein zurückerhalten habe und daß man jetzt ihre Schritte desto sorgfältiger beobachten werde. Dennoch erschien ihr die Flucht nicht unmöglich, und überdies war es das einzige Mittel, das ihr übrigblieb. Ihr Herz suchte daher mehr einen Rat als ihr Verstand. Sie mußte alte, heilige Pflichten brechen, neue, unendlich teuere übernehmen, Eltern, Vaterland, selbst den Namen sollte sie plötzlich lassen und in eine ganz andere Welt treten. So mächtig ihr Herz sie dorthin zog, jetzt im Augenblick der Entscheidung empfand ihre edle Seele erst, wie mit unzähligen, unsichtbaren Fäden das Leben uns umspinnt, die erst dann uns halten und fesseln, wenn wir sie für immer zerreißen sollen. In dieser Bedrängnis schrieb sie an Gregor, ihren väterlichen Freund und Ratgeber, den Mitkundigen ihres Geheimnisses, und bat ihn dringend, sobald es ihm irgend möglich sei, zu dem Jagdschloß zu kommen. Doch war sie so vorsichtig, ihm den Grund ihrer Bitte nicht zu melden. Sie wußte, einer so dringenden Aufforderung folgte er doch. Willhofen versprach, den Brief durch einen sicheren Boten zu besorgen, und meldete eine Stunde danach, daß es ihm gelungen sei.

Jetzt fühlte sie ihr Herz wunderbar erleichtert. Ihr Vertrauen zu dem teueren Lehrer war unbegrenzt. Sie empfand, daß seine Gegenwart ihr Schutz und Rettung gewähren würde, denn es war seine Pflicht, ihr beides zu bieten, und wo diese ihn aufforderte, wußte sie, war sein Mut unerschüttert. Sie ging mit ihrer Mutter ins Speisezimmer. Hier sah sie Ludwig und Bernhard nach der jetzt für ihr Herz so langen Trennung wieder. Es pochte in heftiger Wallung, doch beherrschte sie ihre Gefühle mit gestrenger Kraft, um sich nicht zu verraten. Freilich, wohlwollend durfte sie ja sein, denn sie war es ja immer, und jetzt konnten dankbare Regungen ihr überdies den gültigsten Vorwand dazu leihen. Die Übung der vornehmen Sitte half ihr die Stunden des Mittagessens überwinden, ohne durch irgend etwas ihre Stimmung zu verraten. Die Gewandtheit des Bruders, der sich des Gesprächs bemächtigte, es auf Schottland und England, auf seine Reisen daselbst, auf die Kunst im allgemeinen leitete und so auch Ludwig, der über ernste, Nachdenken erfordernde Gegenstände immer mit Einsicht zu sprechen wußte, hineinzog, kam ihr trefflich zu Hilfe. Dolgorow selbst verlor einen Teil seines Argwohns und überließ sich der Hoffnung, daß alle angeregten Besorgnisse auf zufälligen Umständen beruhten. Man stand endlich von der Tafel auf, und die Frauen waren im Begriff, sich zurückzuziehen. Da erhaschte Bianka einen, wie sie glaubte, unbewachten Augenblick und flüsterte Bernhard die Worte zu. »Sei getrost, ich habe Hoffnung zu einer glücklichen Wendung unseres Schicksals.«

Doch Dolgorow, der eben von Jacques gebrachte Briefe geöffnet hatte und las, warf zufällig einen Blick über das Papier in einen Spiegel, in dem er Bernhards und Biankas Gestalten ganz erblickte. Er sah ihre vertraute Annäherung, bemerkte ihr Flüstern und die Bewegung, die die Worte auf Bernhards Angesicht erzeugten. Zwar hatte er keine Silbe vernommen, aber in der Miene beider gewahrte er den Ausdruck einer Vertraulichkeit, die nur durch das innigste Verhältnis erzeugt werden konnte und um so mehr auffiel, als beide, da sich die Tür unvermutet öffnete, plötzlich den Ausdruck ihrer Züge änderten und die förmliche Haltung der Höflichkeit wieder annahmen.

Was hier vorgegangen war, war zwischen der Fürstin Ochalskoi und einem Fremden ohne Rang und Namen unmöglich. Daher hatte Dolgorow plötzlich den unwiderlegbarsten Beweis für den Grund seines Argwohns in der Hand. Er überraschte ihn, da er fast schon davon zurückgekommen war, so mächtig, daß er, der unter den schwierigsten und gefährlichsten Umständen besonnen und kalt blieb, für einen Augenblick die Fassung verlor und sich eine heftige Bewegung und einen halberstickten Laut des Erstaunens entschlüpfen ließ. Doch ebenso schnell, wie er die Ruhe verloren hatte, gewann er sie auch wieder, indem er zum Schein, aber die Miene annahm, als seien es die Nachrichten, die er durch die Briefe empfing, die ihn bewegten. »Es ist unerhört! Unverzeihlich!« rief er aus und drückte den Brief ingrimmig zusammen. »Man möchte rasend werden über solch ein Verfahren!« Sogar Bernhard ließ sich durch die Maske täuschen und ahnte nicht, daß das Geheimnis in diesem Augenblick enthüllt und verraten war. Geschickt auf die Stimmung des Grafen eingehend, sprach er halb fragend, halb teilnehmend: »Sie erhalten so unangenehme Nachrichten, Herr Graf?«

Dieselbe Frage stellte die Gräfin, obwohl mit größerer Bestimmtheit. »Was kann es sein«, erwiderte Dolgorow, »als neue Ursachen zu den alten Klagen. Durchaus verkehrtes Verfahren, unsinnige Änderungen, widersprechende Bestimmungen, die alles kreuzen und lähmen, was man mit eigener Kraft aus Liebe zum Vaterland unternimmt! – Verzeihen Sie, aber ich muß einige Zeit allein sein, um den Unwillen in mir austoben zu lassen.« Mit diesen Worten verbeugte er sich und ging auf sein Zimmer, während zugleich die Damen die ihrigen aufsuchten. Bianka nahm indes mit den tröstenden, freundlich gesprochenen Worten Abschied: »Ich hoffe, wir sehen uns beim Tee wieder.«

Kaum war Dolgorow auf seinem Zimmer angelangt, als er nach dem Kammerdiener schellte, um ihn nochmals über alles das genau zu befragen, worauf er seine Vermutungen gegründet habe. Jacques, der längst merkte, wie wichtig die Angelegenheit dem Grafen sei, verschwieg, teils um das Verdienst der Entdeckung mit niemandem zu teilen, teils um sich Jeannettes Gunst zu erhalten, nicht nur, was diese ihm gesagt, sondern daß sie ihm überhaupt das Wichtigste vertraut hatte. Daher waren dem Grafen seine Aussagen völlig ungenügend. Er ließ ihn gehen und blieb sinnend in seinem Zimmer, indem er sich quälte, ein Mittel ausfindig zu machen, um die Wahrheit zu entdecken. Plötzlich leuchtete es ihm hell auf. »Tor!« rief er. »Wie kannst du so stumpfsinnig sein und nicht gleich darauf verfallen! Entweder er oder sie müssen irgendwelche Briefe, Dokumente oder sonstige Erkennungszeichen hier haben, weil es sonst unmöglich gewesen wäre, daß sie einander aufgefunden hätten! Das muß mir Licht geben. Zuerst wollen wir das Leichtere versuchen und Feodorownas Zimmer in aller Stille untersuchen.« Er schellte. Jacques trat ein. »Ist die Fürstin auf ihrem Zimmer?« – »Nein, Ihre Durchlaucht arbeiten bei der gnädigen Gräfin.« – »Es ist gut! – Ihr könnt gehen.« – Sowie der Kammerdiener fort war, zündete Dolgorow eine kleine Blendlaterne an, nahm sie unter den Mantel und eilte auf Biankas Zimmer. Es gelang ihm, unbemerkt einzutreten. Sogleich schloß er die Türen nach beiden Seiten ab und begann die Untersuchung. Er hatte einige Hauptschlüssel zu sich gesteckt, denen so leicht kein Schloß widerstand und die er von seinem gefährlichen diplomatischen Verhältnis her besaß, wo er die Papiere seiner Untergebenen stets insgeheim aufs sorgfältigste bewachte, um sich ihrer Treue zu versichern. Mit Hilfe dieser Werkzeuge gelang es ihm bald, Biankas verschlossenen Schreibtisch zu öffnen. Nach kurzem Suchen fand er unter ihren Briefen den von Ruschka an sie obenauf liegen, da sie ihn erst vorgestern wieder zurückgelegt hatte. Dieser stillte alle Zweifel. Und da er vollends das Portefeuille entdeckte und öffnete, in dem die Porträts beider Eltern sich befanden, deren Ähnlichkeit mit den Kindern nicht zu verkennen war, so bedurfte es weiter nicht der mindesten Erklärung oder Nachforschung, um zu wissen, daß Bernhard der aufgefundene Bruder sei. Sorgfältig legte er alles an seinen Ort, schloß die Türen wieder auf und eilte auf sein Zimmer zurück.

Jetzt beschäftigten ihn die Entwürfe, wie er das keimende Unheil am besten zu ersticken vermöge. Sein Plan war gefaßt. Er mußte Feodorownas Lippe ebenso versiegeln wie Ruschkas durch Drohungen gegen das, was ihr das Teuerste auf der Erde war. Die Aufgabe war für den Gewissenlosen leicht, nur hatte er die Mittel nicht sogleich in Händen. Bernhard und Ludwig mußten das Los der im Schloß befindlichen gefangenen Franzosen teilen. Dann sollte ihr Schicksal davon abhängig gemacht werden, ob Feodorowna auf die Hostie schwören wolle, das Geheimnis ihrer Geburt niemals zu verraten, doch dazu bedurfte es einer stärkeren Mannschaft, als man im Schloß hatte. Außer den Dienern, unter denen die meisten Leibeigene Feodorownas waren, auf die sich Dolgorow in einem entscheidenden Fall nicht unbedingt verlassen konnte, war keine Mannschaft im Schloß. Bernhard und Ludwig allein vermochten einen so entschlossenen Widerstand zu leisten, daß man wenigstens gezwungen werden konnte, sie zu töten, und alsdann war die Bürgschaft für das Geheimnis verloren. Feodorownas Leben selbst aber durfte Dolgorow nicht gefährden, teils weil ihre Leibeigenen in solcher Tat einen furchtbaren, nicht zu versöhnenden Frevel gesehen hätten, teils weil er voraussah, daß die Gräfin ihre Zustimmung versagen werde, endlich aber auch, weil er selbst hier das innere Maß seines frevelhaften Wollens erschöpft fühlte. Denn jeder, auch der Verderbteste, trägt eine Grenze seines frevelnden Wollens in sich, die er nicht zu überschreiten wagt. Selbst der tiefste Abgrund der Verbrechen erschöpft sich und erreicht einen Punkt, wo das heilige Gebot der Sittlichkeit sich so unbesiegbar geltend macht, daß der Entartetste, und sollte er darüber die Frucht aller seiner früheren Frevel verlieren, sollte er selbst der irdischen Vergeltung anheimfallen, dennoch die Willenskraft zum Bösen gelähmt fühlt und den letzten Streich, der ihn ans Ziel bringen soll, nicht zu führen wagt. So greift der unsichtbare Arm des Allmächtigen selbst in das Getriebe verbrecherischen Tuns und gebietet einen unwiderruflichen Stillstand.

Dolgorows Plan war gefaßt. Er beschloß, eine hinlängliche Mannschaft in die Nähe des Schlosses kommen zu lassen, um jeden Widerstand zu beseitigen. Dann sollten Ludwig und Bernhard ins Freie gelockt, unvermutet überfallen, ergriffen, geknebelt und in möglichster Stille abgeführt werden, so daß niemand im Schloß dessen gewahr würde. Wenn man so den tieferen Wald erreicht hätte, wollte ihnen Dolgorow erklären, daß ihr und Feodorownas Schicksal von der Bewahrung seines Geheimnisses abhänge, und sie dann mit den übrigen Gefangenen in das Innere des Landes abführen lassen. Erst nachdem alles abgetan sei, solle Feodorowna den Hergang der Dinge erfahren, und alsdann würde es ein leichtes sein, ihr das Gelöbnis des unverbrüchlichen Geheimnisses durch Bedrohung der Gefangenen abzuringen.

Willhofen war ein verdächtiger Zeuge für Dolgorow. Er beschloß daher, sich desselben zu entledigen und zugleich durch ihn seinen Zweck zu fördern, indem er eben ihn zum Boten wählte, um den Befehl zu überbringen, daß die Mannschaften aufs Schloß kommen sollten, zugleich aber dem Förster, der diesen Teil der zum Landsturm versammelten Bauern befehligte, den Auftrag gab, Willhofen nicht mit zurückzusenden, sondern ihn bis auf weitere Bestimmung anderweitig zu beschäftigen.

Dem wohlüberlegten Entschluß folgte die rasche Tat. Er schrieb den Befehl, versiegelte ihn, schellte und ließ, da Jacques eintrat, Willhofen rufen. »Hier ist ein dringender Brief zu bestellen, Solanow«, redete er ihn an. »Du wirst sofort satteln und reiten. Ich mache dich verantwortlich dafür, daß der Befehl binnen drei Stunden spätestens ausgehändigt ist.« Der Alte verbeugte sich stumm, nahm den Brief und ging. Jetzt schöpfte Dolgorow Atem. Die Gefahr schien abgeleitet, die drohende Wolke geteilt. Er ahnte nicht, daß sein Plan gescheitert war, noch ehe er zur Ausführung kam.

Elftes Kapitel

Denn Bianka wußte schon, daß und wie sie verraten war. Jeannette nämlich hatte in dem Zimmer der Fürstin gesessen und gearbeitet. Als das Licht ihr zu schwach wurde, setzte sie sich auf einen Lehnsessel in der bei den starken Mauern des Schlosses sehr geräumigen Fenstervertiefung und arbeitete, solange sie sehen konnte. In der Dämmerung hörte sie auf und sank, da sie einige Zeit müßig sitzen blieb, in Schlummer. Plötzlich wird sie durch ein Geräusch geweckt, richtete sich auf, sieht ein seltsam flackerndes Licht im Zimmer und bemerkt mit Erstaunen den Grafen, der vor dem geöffneten Schreibtisch der Fürstin steht. Unwillkürlich die Zeugin dieser Handlung, fürchtet sie sich zu verraten. Die großen seidenen Vorhänge bedeckten die Fenster so, daß sie gar nicht bemerkt werden kann. Sie beschließt daher, sich nicht zu regen und sich schlafend zu stellen. Doch beobachtet sie alles, was Dolgorow vornimmt. Endlich geht er, nachdem er zuvor beide abgeschlossen gewesenen Türen leise wieder geöffnet hat. Dieser Umstand muß das Mädchen davon überzeugen, daß hier etwas Geheimnisvolles gegen die Fürstin, deren traurig gespanntes Verhältnis zu den Eltern sie ja längst kennt, unternommen worden ist. Sie verbindet die Umstände mit dem, was sie belauscht, was sie Jacques anvertraut hat. Sie ist besorgt, durch ihre Unvorsichtigkeit die so aufrichtig von ihr geliebte Gebieterin gefährdet zu haben, ihr Gewissen läßt ihr keine Ruhe, sie muß derselben gestehen, was sie zu wissen glaubt und was sie gesehen hat. Mit diesem Vorsatz, durch die treueste Aufrichtigkeit womöglich ihren Fehler gutzumachen, will sie zu der Fürstin eilen, als diese selbst unvermutet eintritt. Jeannette erzählt, was geschehen ist. Bianka ahnt den Zusammenhang, sie sieht ein, daß sie völlig verraten ist, daß sie keine Zeit verlieren darf. Sogleich beschließt sie, mit ihrem Bruder zu sprechen. Jeannette muß das Zimmer schließen und erhält den Auftrag, sobald sich jemand an der Tür vernehmen lasse, zu antworten, die Fürstin sei im Umkleiden begriffen, es könne jetzt niemand eintreten.

Währenddessen eilt Bianka, durch dieselbe Kopfbedeckung Jeannettes, die sie gestern während des Schlummers heimlich entwendet hatte, vor dem Erkennen geschützt, durch das Halbdunkel des Korridors begünstigt, auf Bernhards und Ludwigs Zimmer und erzählt diesen, was geschehen ist. Flucht noch in derselben Nacht wird beschlossen. Gregor wird die Hilflosen aufnehmen, wenn es gelingt, seine Wohnung zu erreichen, bevor er den Weg zu dem Schloß eingetreten hat oder wenn der Zufall es so glücklich fügt, daß man ihm begegnet. Schlägt diese Hoffnung fehl, so bleibt Smolensk, das noch von den Franzosen besetzt ist, als Zufluchtsort übrig.

Willhofen soll der Begleiter auf der Flucht sein. Er wird von allem unterrichtet und verspricht Pferde und einen Schlitten bereitzuhalten. Um das Nötige dazu vorzubereiten, hat er eben das Zimmer verlassen, als ihm Jacques begegnet und ihn zum Grafen ruft. Mit einer Ahnung dessen, was geschehen soll, tritt er zu diesem ein, doch bewahrt er seine völlige Ruhe und gewohnte Haltung. Ohne Verdacht übergibt ihm Dolgorow den Brief, den Willhofen aber sogleich in Bernhards Zimmer hinüberträgt, wo Bianka noch verweilt. Man öffnet ihn. Bianka liest den russisch geschriebenen Befehl. Dolgorows Absicht ist unzweifelhaft. Bernhard ahnt seinen Plan, wenngleich nicht in seiner vollen Abscheulichkeit, da der Edle nie so tief in die Seele des Frevlers eindringt, um seine Entwürfe in ihrem ganzen Umfang zu übersehen.

Jetzt drängt der Augenblick, es ist keine Zeit mehr zu verlieren, die Flucht muß noch in dieser Stunde geschehen. Während Willhofen hinuntereilt, um unter dem Vorwand, sein Pferd zu satteln, die Pferde an den Schlitten zu spannen, versieht sich Bianka auf ihrem Zimmer mit dem Notwendigen. Sie kann jetzt nicht umhin, Jeannette zur Mitwisserin zu machen. Diese will nicht von der Gebieterin weichen, sondern fleht unter Tränen, ihr Schicksal teilen zu dürfen. Bianka muß einwilligen, sie mitzunehmen, um so mehr, als von Dolgorows Zorn alles für das Mädchen zu fürchten ist, wenn er nur eine Ahnung hat, daß sie sein Geheimnis verraten haben könnte. Diese packt daher in größter Eile Kleidungsstücke und was sonst unentbehrlich scheint, zusammen, während die Gebieterin sich mit Geld versieht und ihre Juwelen, Papiere, Briefe und Andenken in ein Kästchen sammelt. Bernhard und Ludwig haben sich indessen auf Willhofens Anweisung mit Pistolen, die den bewaffneten Bedienten gehören, versehen. Ludwig geht in den Hof, um, sobald Willhofen sich zu Pferd setzt, diesem mit dem Schlitten zu folgen. Bernhard eilt zu der Schwester hinüber, um diese hinabzuführen. Ein Zeichen, das er von ihrem Fenster aus gibt, zeigt denen im Hof an, daß die Frauen bereit sind.

In angstvoller Spannung stand Ludwig im Hof und hielt die Blicke unverwandt auf Biankas Fenster gerichtet. Die dringende Gefahr des Verzugs, die an einem Haar hängende Möglichkeit, verraten zu werden, der

Sturz in das tiefste Elend, der dann auf die schönen Träume einer namenlosen Seligkeit folgen mußte, alles dies verwandelte der auf die Folter gespannten Erwartung die Sekunden in Ewigkeiten. Endlich trat Bernhard mit einem Licht an das Fenster und verlöschte es an demselben. Das war das verabredete Zeichen. Willhofen schwang sich zu Pferd und ritt auf das Tor zu, das er zu öffnen befahl. Ludwig folgte ihm mit dem Schlitten. Unter dem Torweg an der Treppe, so lautete die Verabredung, sollte er halten und Bianka und Bernhard aufnehmen und dann, so rasch die Pferde es vermochten, dem voransprengenden Willhofen folgen. Daß sie nicht sogleich verfolgt werden konnten, dafür hatte der vorsichtige Willhofen dadurch gesorgt, daß er das Gespann und Zaumzeug aller übrigen Pferde, die im Schloß standen, zusammengerafft und über eine eingestürzte Stelle der Mauer in den Schloßgraben geworfen hatte, der zwar zugefroren war, wo aber niemand diese Gerätschaften suchen konnte. Es war daher zu erwarten, daß sie vor Tagesanbruch schwerlich gefunden würden. Die Dunkelheit begünstigte das Unternehmen. Leise, da man den Tritt der Pferde auf dem Schnee kaum hörte, gelangte Ludwig bis an den Torweg. Willhofen war schon außerhalb desselben und hielt an der Brücke. Beim halbdüsteren Schein der Lampe, die das Flurgewölbe erhellte, sah Ludwig mit pochendem Herzen drei Gestalten auf den Stufen der Treppe stehen. Er hielt an. »Bist du's Bernhard?« flüsterte er. »Wir sind's«, war die Antwort, und zugleich näherte sich Bianka, um einzusteigen.

Da ertönte Dolgorows furchtbare Stimme: »Verräterei! Auf! Herbei! Sperrt das Tor, ergreift die Verräter!« In demselben Augenblick blitzte ein gezückter Säbel über Bernhards Haupt, und von dem Hieb getroffen, stürzte dieser zu Boden. Bianka machte einen lauten Schrei, warf sich über den Niedergesunkenen hin und dem zum zweiten Streich ausholenden Arm Dolgorows entgegen. »Um des erbarmenden Gottes willen, haltet ein – er ist mein Bruder!« rief sie mit einem Ton, der die Seele zerriß.

Ludwig erstarrte. Doch schnell faßte er sich, sprang vom Schlitten, riß die Pistole aus dem Gürtel und schoß auf Dolgorow. Er traf ihn leicht an der Schulter, so daß dieser einen Augenblick wankte und zurücktrat. »Flüchte, Unglückselige«, rief Ludwig jetzt und wollte Bianka umfassen, doch schon waren drei Diener, die in der Gesindestube nächst dem Tor gesessen hatten, herbeigeeilt und rissen ihn von hinten zu Boden. »Packt die Frevler! Bindet sie!« rief Dolgorow wütend, und die Diener, die sich schnell durch einige vom Hof Herbeieilende vermehrten, warfen sich über die Unglücklichen her. Er selbst ergriff Bianka, riß sie empor und trug sie, da sie sich sträuben wollte, mit Gewalt die Stufen hinauf. Ihre Kraft brach in ihrem Schmerz. Sie vermochte keinen Widerstand zu leisten. Jeannette folgte der Gebieterin. Die Diener, ohne weiteren Befehl abzuwarten, rissen den bewußtlosen Bernhard und den betäubten Ludwig mit sich fort und schleppten sie dem Grafen nach.

Auf dem oberen Korridor begegnete ihnen die Gräfin, die den Schuß und das Getöse gehört hatte, ohne die Ursache zu wissen, und jetzt aus ihrem Zimmer eilte, um sie zu erfahren. »Nehmen Sie Ihre Tochter zu sich, Gräfin«, rief Dolgorow, »die Ehre unseres Hauses steht auf dem gefährlichsten Spiel.« – »Nicht eure Tochter !« rief Feodorowna, der die Besinnung zurückkehrte, außer sich vor Schmerz, »ich erkenne eure Rechte nicht mehr an! Ihr habt meinen Bruder gemordet!« Heftig entrang sie sich jetzt den Armen des Grafen und eilte zurück, den Dienern entgegen, die Bernhard und Ludwig herbeischleppten. »Ihr seid meine Vasallen!« rief sie diese mit einer Kraft, die ihr die Verzweiflung lieh, an. »Ich gebiete euch, diese Unglücklichen freizulassen und dem Blutenden Hilfe zu leisten!« Dolgorow war ihr nachgestürzt. »Wer meinem Befehl nicht gehorcht«, drohte er mit hoch emporgehobenem Säbel, indem er die Stimme furchtbar erhob, »dem spalte ich das Haupt! Wer wagt es, mir zu trotzen?«

Die Leibeigenen der Fürstin standen unschlüssig, da sie zwischen Furcht und Pflichtgefühl schwankten. Zwei von Dolgorows eigenen Leuten jedoch beugten sich sklavisch demütig und sprachen: »Unser Gebieter soll uns nur befehlen, was wir zu tun haben.« – »Ich tat es schon«, herrschte Dolgorow sie ergrimmt an: »Bindet diese Hunde und werft sie in das tiefste Gewölbe des Schlosses hinunter!« – »Nein, es ist unmöglich«, rief Bianka aus und umschlang den Bruder mit beiden Armen und drückte seinen blutenden Kopf an ihre Brust, »ich lasse dich nicht, mein Bruder, du sollst in meinen Armen sterben.«

Von einer scheuen Ehrfurcht ergriffen, traten jetzt selbst die rohen Leibeigenen zurück und schienen eine höhere Pflicht als die des sklavischen Gehorsams zu empfinden.

Dolgorow stampfte erbittert mit dem Fuß. »Werft sie mit hinab, wenn sie ihn nicht lassen will!« rief er ingrimmig und schritt selbst auf die Unglückliche zu, um sie von dem Herzen des Bruders zu reißen.

Ludwigs Brust wurde bei diesem Anblick von unnennbaren Qualen durchschnitten. Da durchdrang ihn plötzlich das Gefühl von der Allgegenwart des höchsten Richters, und in der sittlichen Kraft seiner Überzeugung richtete er sich stolz zwischen den Sklaven, die ihm die Arme gefesselt hielten, auf und rief dem Grafen mit der Überlegenheit der Tugend zu: »Halten Sie ein! Fürchten Sie eine Vergeltung! Der Allmächtige ist Zeuge einer jeden Tat. Seiner Gerechtigkeit entflieht niemand!«

Dolgorow wandte sich stolz um. Er fühlte seine Brust getroffen. Ja, er empfand zum ersten Mal in seinem Leben jenes still geheime Grauen des frevelhaften Bewußtseins. Aber eben darum sträubte sich sein verhärteter Sinn dagegen, wie gegen eine schimpfliche Furcht, und er versuchte seine Bewegung hinter dem verdoppelten Übermut zu verbergen. Mit höhnischem Auflachen erwiderte er daher: »Meint Ihr? Ich denke Euch aber zu zeigen, daß man *meinem* Zorn und *meiner* Gerechtigkeit noch weniger entflieht!«

In diesem Augenblick ließ sich plötzlich von unten her ein dumpfes Getöse und ein lautes Brausen verworrener Stimmen vernehmen. Alle stutzen überrascht und lauschten. Der Lärm näherte sich.

»Was gibt's da?« rief Dolgorow. »Gehe einer von euch hinab und sehe zu, was der Lärm bedeutet!«

Eben wollte einer der Leute dem Befehl gehorchen, als man die Schar schon die Treppe mit Geschrei heranstürmen hörte. Ein zuckender, flammender Feuerschein in den Gewölben verriet, daß sie mit Licht oder Fackeln kämen.

Dolgorow, beunruhigt, eilte jetzt selbst zur Treppe. Das Geschrei und Getümmel der Heranstürmenden wuchs mit jedem Augenblick.

»Hier, hier!« rief eine starke Stimme. »Mir nach!«

Ludwig erkannte Willhofens Stimme. Eine Ahnung, daß er Rettung bringe, durchzuckte seine Brust. Doch kaum kam der Gedanke auf, als ein Schuß und gleich darauf ein zweiter und nach diesem ein furchtbares Wutgeschrei ertönte.

Dolgorow, auf den die Schüsse gefallen waren, kehrte vollen Laufs zurück. Er hielt sich die getroffene Seite, doch schwang er noch mutig den Säbel und rief die Bedienten zur Hilfe auf. Diese waren unbewaffnet und zauderten. »Fechtet, oder ich selbst stoße euch nieder«, tobte Dolgorow und stampfe mit dem Fuß, daß das Gewölbe dröhnte.

Die erschrockenen Sklaven ließen Ludwig und Bernhard los und eilten zu ihrem Herrn heran. Da erfüllte plötzlich heller, rotleuchtender Fackelschein das ganze Gewölbe, und Ludwig erkannte den getreuen Willhofen, der in der Rechten den Säbel, in der Linken eine helle Fackel schwingend, eben auf der Höhe der Treppe sichtbar wurde. Raschen Laufs drang er vorwärts, eine Menge Leute mit Knitteln und Stangen hinter ihm her. Sie stürmten wild auf Dolgorow und die Seinigen ein. Diese ergriffen die Flucht und stürzten den Korridor hinunter. Dolgorow wollte standhalten, doch er wurde überwältigt, zu Boden geworfen, die Schar drang vor, und bevor Ludwig sich besinnen konnte, ergriff Willhofen seine Hand, schüttelte sie fröhlich und rief jubelnd: »Wir sind gerettet, Herr!«

Ludwig sank dem Getreuen an die Brust und hielt ihn in trunkener Beklemmung der Freude umfaßt.

Bianka kniete auf dem Boden. Der Kopf des niedergesunkenen Bruders lag in ihrem Schoß, sie faltete die Hände über seinem blassen, blutigen Antlitz, ihre bebenden Lippen vermochten kein Wort hervorzubringen, doch in ihrem aufblickenden Auge glühte der reinste Dank gegen den Allgütigen. »Bruder, nur öffne das Auge wieder!« stammelte sie nach einigen Augenblicken und versuchte ihm den gesunkenen Kopf aufzurichten. Da kehrte ihm die Besinnung zurück, er schlug das Auge auf und fragte: »Wo bin ich?«

»Am Herzen deiner Schwester«, rief Bianka mit dem Jauchzen der Freude, und ihre wogende Brust vermochte kaum zu atmen. Ludwig hatte sich zu ihr niedergebeugt und half ihr, den Ermatteten aufzurichten. Er wischte ihm mit seinem Tuch das Blut von der Stirn und fragte: »Schmerzt dich die Wunde? Ist sie tief?«

»Nein, Bester«, sprach Bernhard, »mir ist recht leicht und wohl. Aber was ist geschehen?«

»Noch weiß ich es selbst kaum«, erwiderte Ludwig. »Aber zuerst muß dir Hilfe zuteil werden.«

Der Freund und die Schwester leiteten ihn auf sein Zimmer. Hier wusch ihm Bianka selbst die Wunde und verband sie mit ihrem Tuch. Währenddessen trat Willhofen ein. Ludwig deutete auf ihn und sprach: »Dieser ist unser Retter, aber wie er es wurde, hat er uns noch nicht erklärt.«

»Wahrhaftig, ich weiß es selbst kaum«, entgegnete Willhofen. »Ich hielt draußen auf der Brücke und wartete auf Euch, lieber Herr, als ich plötzlich ein lautes Schreien und gleich darauf einen Schuß hörte. Da wandte ich mein Pferd um und sah die Leute aus der Torwärterstube zu dem Schlitten stürzen. Nun wußte ich, was es war. Unschlüssig, ob ich fliehen oder bleiben sollte, sah ich von draußen den Lärm mit an. Als aber alle die Kerle die Treppe heraufstürzten und der Torweg leer war, kam mir der Gedanke: Die gefangenen Franzosen müssen uns helfen. Wie der Sturmwind sprengte ich in den Hof. Der Kerl mit seiner alten Muskete, der vor der Tür des Gewölbes, wo sie eingesperrt sind, Schildwache stand, war sich seines Angriffs kaum gewärtig, denn vom Pferd springen, ihn zu Boden werfen, ihm das Gewehr entreißen und ihm mit einem Kolbenschlag das Hilfeschreien verbieten, war eins. Das Tor ist nur von außen verriegelt. Ich reiße die Riegel zurück, springe hinein, in der zweiten Tür steckt der Schlüssel, ich öffne, und die Gefangenen sind frei. Schnell raffe ich das bißchen Französisch, das ich von meiner Jugend her weiß, zusammen und frage, ob sie Mut hätten, sich frei zu machen. Ich brauchte beim Henker nicht zweimal zu fragen. So kommt, rief ich, und sie folgten mit in den Hof. Als ich sie im Freien hatte, führte ich sie an einen Haufen Knüppelholz, der gleich rechts in der Ecke liegt, und befahl ihnen, sich rasch tüchtige Knittel zu nehmen und dann mir zu dem Tor zu folgen. Indessen laufe ich voraus, schließe das Außentor ab, damit mir die Burschen nicht etwa vor der Nase alle zum Teufel in den Wald hinausliefen und uns im Stich ließen, reiße aus dem Ofen der Wächterstube ein paar Fackeln heraus und trommle und winke sie nun herbei. Sie stürzen pfeilgeschwind heran, mir nach, die Treppen mit wildem Geschrei herauf und – das übrige wißt ihr ja. Jetzt sind wir Meister des Schlosses. Aber wir tun doch wohl, noch in dieser Stunde abzuziehen, denn man kann nicht wissen, was die nächste bringt.«

»Braver Bursche«, rief Bernhard, »du bist ein Deutscher geblieben, mitten in Rußlands Steppen. Ich fühle mich kräftig genug, Freunde, laßt uns eilen, das Freie zu erreichen.«

»Der Schlitten ist noch angespannt«, antwortete Willhofen, »wir können sofort weg. Aber horch, was ist das?«

Man hörte es am Tor pochen und draußen Peitschengeknall und das Schellengeläute eines Schlittens. Alle erschraken. »Nur ruhig! Wir wollen sehen, wer es ist«, sprach Willhofen, »sind es viele, so lassen wir sie nicht ein. Gegen wenige behalten wir die Übermacht, denn unsere Feinde hier sind schon unschädlich gemacht.« Damit ging er hinaus, um aus einem der vorderen Fenster zu sehen, wer sich nahe.

Nach drei Minuten kehrte er wieder und berichtete: »Gefahr ist es nicht, gnädigste Fürstin, es ist der Vater Gregorius!«

»Den sendet mir der Himmel selbst!« rief Bianka. »Oh, des gütigen Greises, der die Nacht und den Winter nicht scheut, um meiner Bitte, so schnell er es vermag, zu willfahren. Öffne, öffne – nein, ich selbst will ihm entgegen.«

Sie eilte so rasch hinab, daß Willhofen ihr kaum zu folgen vermochte. Nach wenigen Minuten kehrte sie an der Seite des Greises, an den sie sich wie eine liebende, vertrauende Tochter anschmiegte, zurück. »Seht, mein Vater – hier ist er – er ist wahrlich mein Bruder!«

Bernhard stand ehrfurchtsvoll auf, denn das Gesicht Gregors glich dem eines Heiligen, eine sanfte Freude milderte den Ernst seiner Züge, sein Auge glänzte, eine staunende Verehrung der göttlichen Fügungen leuchtete aus dem frommen emporgehobenen Blick. »So wunderbar leitet der Unerforschliche unsere Schritte«, sprach er, unwillkürlich stillstehend, »so führt er die Geschicke an unsichtbaren Fäden, die er allein zu knüpfen und zu lösen vermag! Sei mir gegrüßt, mein Sohn«, fuhr er nähertretend fort und legte die Hand auf Bernhards gebeugtes Haupt, »der Segen des Himmels ruhe auf dir. Siehe, der Allgütige will dir wohl, hier, wo seine Schreckensengel den Übermut der Frevler strafen, hier in den öden Wäldern und Schneewüsten des Nordens, wo das schwarzgeflügelte Verderben allen den Tausenden naht, die das Heiligtum unseres Herdes, unserer Heimat, unseres Gottes antasteten – hier läßt er für dich die lieblichste Blume erblühen und gibt sie deiner Wartung, deinem Schutz, deiner Pflege hin. Du kamst mit dem Schwert, aber der Engel des Herrn entwindet es dir und bietet dir die Palme.«

»Ich empfange sie mit Rührung und Dankbarkeit«, antwortete Bernhard und beugte sich bewegt auf Gregors Hand.

»Oh, mein Vater«, redete ihn Bianka bittend an, »du sollst der Versöhner sein, deine fromme Hand soll den Blütenzweig des Glücks von Haß und Blut reinigen, die ihn beflecken. Der heiligsten Pflicht, der mächtigsten Stimme des Herzens folgend, mußte ich andere ältere Bande brechen, gern hätte ich sie sanft gelöst, aber jetzt hat das Schwert der Zwietracht sie getrennt. Sei du der Mittler zwischen mir und meinen Pflegeeltern. Ich verdiene ihren Haß nicht, aber selbst der ungerechte Fluch würde unheilbringend an meinem Glück haften. Wo ist mein Vater? Wo meine Mutter? Ich will zu ihnen.« – »Ich lasse sie drüben im Saal bewachen«, antwortete Willhofen. – »So wollen wir zu ihnen«, bat Bianka eindringlich. »Mein Bruder, wirst du mich begleiten können? Ludwig, willst auch du mir folgen? Erweicht eure harten Männerherzen zu dem Werk der Versöhnung und Liebe.« – »Welches Herz soll dieser holden Bitte widerstehen?« sprach Ludwig. »Der kälteste, eherne Grimm, wenn meine Brust ihn hegte, würde schmelzen wie der Schnee vor dem sanften Hauch des Frühlings.«

Bernhard hatte sie bei der Hand ergriffen und sagte, indem er sie sanft drückte: »Ich bin stürmisch, unbändig, ach, ich weiß es, es ist wenig Gutes in mir wildem Unhold. Doch, Schwester, du – an einem Haar deiner seidenen Locken kannst du mich leiten und fesselst mich unzerreißbarer als die Gewalt mit zehnfältigen Ketten. Durch dich werde ich vielleicht noch gut, du Beste! – Laß uns aber hinüber.« Sie gingen.

Im Saal fanden sie Dolgorows mit finsteren Blicken, bleich von der innerlichen Wut, auf und ab gehend. Die Gräfin saß in einem Lehnsessel, erschöpft und weinend.

»Was wollt Ihr? Seid Ihr auch in der Verschwörung und Eurem Vaterland und Eurem Gott abtrünnig, Gregor?« grollte Dolgorow den sich ihm nähernden Greis finster an.

Dieser erwiderte ihm mit sanfter Stimme: »Sprecht nicht Worte des Hasses in dieser Stunde, wo der ewige Lenker der Dinge Euch sein ernstes Gesicht gezeigt hat. Sprecht nicht Worte des Hasses, jetzt, da wir Euch mit Liebe nahen! Ihr habt heilige Bande der Natur getrennt, aber das Auge Gottes wachte und führte die zusammen, die sich gehören sollten. Zürnet nicht denen, die keine Schuld tragen, versöhnt die strenge Tat durch milde Liebe. Die Euch so lange Vater nannte, sie geht von Euch, denn eine neue Pflicht ruft sie, laßt sie in Liebe und Versöhnung scheiden.

Dolgorow schwieg und wandte sich ab. »Mein Vater, meine Mutter!« sprach Bianka mit bebender Stimme und trat furchtsam näher. »Ich möchte diese heiligen Namen, die ich durch Sie kennenlernte, nicht gern vergessen. Ich duldete viel, aber ich genoß auch viel des Guten. Dafür bewahrt mein Herz unvergeßlichen Dank. Scheiden muß ich, denn ich würde ewig eine Fremde hier geblieben sein. Keine Gewohnheit, keine Übung des Lebens hat die Triebe und Keime ändern können, die die

Natur in meine Seele legte. Mir sind andere Empfindungen und Neigungen als Erbteil überkommen, ich muß zurücktreten aus diesen Kreisen, in denen ich mich niemals heimisch fühlte. Und mich ziehen heilige, teuere Pflichten. Nicht nur das Band, das die Schwester an den Bruder knüpft, auch ein anderes, ebenso heiliges, umwindet mich mit unzerreißbarer Fessel. Mein Herz hat gewählt. Ich fühle, daß meine Liebe einem göttlichen Gebot gehorchte, darum bekenne ich sie frei und offen. So müssen sich die alten Bande lösen. Oh, meine Eltern, lasset es nicht gewaltsam geschehen! Erspart mir und Euch selbst einen Schmerz, dem wir durch freien Entschluß entgehen können! Scheiden wir in Liebe!«

Bittend war Bianka der Gräfin genaht und ergriff ihre herabhängende Hand. »Habe ich jemals meine Kindespflicht gegen Sie versäumt, meine Mutter? Selbst das schmerzliche Opfer brachte ich ja blutend und stumm, ein Opfer, das, ich fühle es, selbst über die Macht der Eltern ging. Ein waltender Gott hat meine Fesseln gelöst, noch ehe ich ihre Schmach berührte. Erkennen Sie den Wink des Allmächtigen! Beugen Sie sich seinem Willen, und segnen Sie mit Liebe, was Sie nicht mehr ändern können. Das sei mein Lohn für die Stunde der unvergeßlichen Qual, wo ich mich Ihrem Willen beugte und alle Hoffnungen des Lebens begrub. Sie sind erstanden, mächtig erstanden durch den wunderbaren Rat des Ewigen. Oh, gießen Sie den milden Tau des Segens über die jungen Blüten, vergiften Sie sich nicht mit dem kalten Tropfen des Hasses!«

Die Gräfin wandte sich zwar weinend, aber ungerührt ab. Ihre Tränen waren nur die der Erbitterung. Dolgorow stand stumm, unbeweglich.

»Frommer Vater Gregor!« bat Bianka mit fast erstickter Stimme. »O laßt Ihr noch einmal Euer mildes Wort ertönen. Euere geheiligte Stimme wird tiefer eindringen als die Bitte der Tochter.«

Der Greis trat näher zu der Gräfin, redete aber zu beiden gewandt: »Liebet euere Feinde und tut wohl denen, die euch hassen, fordert das Gebot des Herrn von uns. Ihr sollt nur die geringere Pflicht erfüllen, Liebe mit Liebe zu vergelten, da nicht zu zürnen, wo keine Schuld waltet. Das übt der Wilde gegen den Wilden! Ihr werdet euch da nicht weigern. Bei der Gnade des Barmherzigen, deren ihr bedürft in eurer letzten Stunde – und wißt ihr denn, ob die nächste nicht die letzte ist? –, bei der sühnenden Liebe des Heilands ermahne ich euch, handelt nach dem göttlichen und menschlichen Gebot und verhärtet euch nicht im Zorn!«

»Es ist genug!« fuhr Dolgorow erbittert auf. »Ihr seid der abtrünnige Priester der Feinde geworden! Was wollt Ihr jetzt von mir? Ich bin euer Gefangener. Die Fürstin Ochalskoi, die Tochter Rußlands, läßt den Grafen Dolgorow, ihren Vater, den Verteidiger der Heimat, durch Verräter fesseln! Es ist ihr geglückt, sie mag nun weiter bestimmen!« – »O Himmel, das ist zuviel!« rief Bianka und verbarg ihr Haupt an Gregors Brust, der den Arm sanft auf sie legte.

»Schwester, komm, sonst breche ich, was ich dir gelobt habe«, sprach Bernhard dringlich vor Zorn bebend.

Ludwig trat in edler Haltung vor und wandte sich zu Dolgorow. »Können Sie es ertragen, so vor dem eigenen Richter Ihrer Brust zu stehen? Hören Sie auf, das schönste Herz mit unwürdiger Lästerung zu kränken! Hier finden Sie kein Ohr, das durch solche Worte getäuscht wird.«

Dolgorow antwortete nicht.

Da erhob Gregor seine Hände zum Himmel und betete feierlich: »Himmlischer Vater! Schenke du dieser Reinen deine Gnade. Sie ist schuldlos vor dir!« Hierauf legte er die Hände segnend auf Biankas Haupt. »Hier empfange den Segen des Herrn! Sein sanfter Fittich soll sich über dich breiten und dich schützen vor dem Grimm des Bösen! Und folgte selbst der Fluch eines wahren Vaters dir nach, er sollte machtlos abgleiten von dem Schild, den der Herr durch mich über dich breitet. Ziehe nun in Frieden, wohin die heilige Stimme des Herzens dich ruft. Rein bist du von jeder Schuld, so wird auch das heitere Los des Guten dir zuteil werden!«

Und mit diesen Worten wandte er sich ab und ging der Tür des Saales zu. Wankend folgte Bianka, Bernhard und Ludwig unterstützten und geleiteten sie.

»Setzt Euch nur rasch in den Schlitten, lieber Herr«, bat Willhofen, der sie draußen erwartete, mit dringender Eile, »wir müssen wahrlich fort. Aber kleidet Euch wohl, denn die Nacht ist kalt. Ich bin gleich hier fertig und setze mich dann aufs Pferd, um mich warm zu reiten.«

Ludwig folgte dem Rat des redlichen Freundes. Er half Bernhard mit der Schwester einzusteigen, setzte sich als Führer auf den Schlitten und nahm zum zweiten Mal die Zügel. Bianka hielt den Bruder, der sich noch von dem Blutverlust sehr ermattet fühlte und in der schneidenden Kälte auch die Schmerzen der Wunde empfand, sanft in ihren Armen. Jeannette setzte sich, da jetzt mehr Raum zur bequemen Lage Bernhards wünschenswert war, zu Gregor in den Schlitten.

Willhofen hatte indessen die gefangenen Franzosen versammelt, die sich nach dem Kriegsrecht in der Schnelligkeit mit allen Kleidern, Lebensmitteln und Waffen versehen hatten, die im Schloß zu finden waren. Er nahm deren Führer, einen jungen Offizier, beiseite und bedeutete ihm, was sie zu tun hatten. »Folgt nur der Spur der Schlitten«, sprach er, »so gelangt ihr bis an drei große Tannen, neben denen ein Wegweiser steht. Dort geht ihr rechts, wenn die Spuren unserer Schlitten sich links wenden. Dann erreicht ihr Smolensk in zwei Stunden. Die Nacht ist sternenklar und schneehell, ihr werden genug sehen. Die Gräfin laßt ihr am besten hier auf dem Schloß, den Grafen nehmt in eure Mitte als Geisel mit, wenn euch unterwegs ein Trupp Russen begegnen sollte. Ich garantiere euch, sie krümmen euch kein Haar, wenn sein Leben dranhängt. Und folgt ihr meinem Rat, so laßt ihn am Tor der Festung frei, denn es ist nicht gut, die Rache seiner Feinde zu arg zu reizen, und laßt ihr ihn mit guter Art zurückkehren, so kann's euch noch einmal zustatten kommen. Auf jeden Fall aber beeilt euch, das Schloß zu verlassen, denn hier seid ihr keine Stunde sicher vor ungebetenen Gästen. Wollt ihr aber reiten, so stehen im Stall noch etliche Pferde, aber das Zaumzeug liegt im Schnee des Schloßgrabens hinter der alten Mauer. Nun gehabt euch wohl!«

Jetzt schwang sich der Alte zu Pferd und sprengte zum Schloßtor hinaus. Die beiden Schlitten folgten ihm in voller Eile. Bald nach ihnen verließen auch die befreiten Gefangenen, ihre Geisel, Dolgorow, in die Mitte nehmend, im kleinen geordneten Trupp das Schloß.

Noch einmal wandte Bianka das Haupt zurück. Als die Türme des Schlosses hinter ihr schwanden, atmete sie freier und freier auf. Jetzt, da der düstere Wald sie in sein schauerliches Dunkel hüllte, lehnte sie das Haupt sanft gegen die Brust des Bruders und vergoß wehmütig süße Tränen unaussprechlicher Rührung.

VIERTER TEIL

Zwölftes Buch

Erstes Kapitel

Der Tag graute noch nicht, als Rasinski an der Spitze der Getreuen, die von seinem Regiment noch übrig waren, und inmitten des ganzen Zuges, den das abmarschierende Neysche Korps bildete, die Ringmauern von Smolensk verließ. Der Himmel war düster bezogen, kein Stern drang durch seine finsteren Schleier. Nur der matte Schimmer der Schneedecke, die sich über die Gefilde breitete, warf einiges Licht in das tiefe Dunkel. Rings alles stumm und öde, das Rasseln der wenigen Kanonen, die noch fortzuschaffen waren, und das Klirren der Waffen unterbrachen allein die beklommene Stille, denn der Soldat selbst ließ keinen Laut vernehmen, sondern schritt, stumm und düsterer Gedanken voll, durch die Schneewüste hin.

Nach einer Stunde hatte der Zug dieser Krieger, die die letzten Scharen bildeten, die aus dem unwirtlichen Rußland auszogen, einen dichten Fichtenwald erreicht. Plötzlich ließ sich von hinten ein dumpfes Krachen vernehmen, und zugleich flammte Lichtschein gegen die Spitzen der alten Bäume. Alles horchte gespannt auf, denn im ersten Augenblick glaubte man den Donner feindlicher Kanonen zu hören. »Es ist nichts«, sprach Rasinski zu Jaromir, der neben ihm ritt, »die Türme und Mauern der Festung werden aufgesprengt. Es ist das alte Recht des Krieges, dem Feind wenigstens nichts zu gönnen, was man selbst nicht besitzen kann.«

Das schauerlich dumpfe Getöse dauerte eine Zeit lang fort. Der Tag fing jetzt an zu grauen. Der Zug der Krieger, der Wagen wurde allmählich sichtbar.

»Behalte die Leute unter deiner Obhut, Jaromir«, sprach Rasinski, »ich will mich überzeugen, wie es unseren Verwundeten und Kranken ergeht.« Mit diesen Worten ritt er die Reihen entlang bis zu den Wagen, auf denen man die Verwundeten, die noch Hoffnung zum Leben und zur Herstellung gaben, fortschaffte. Die übrigen hatte man der Menschlichkeit des Feindes überlassen müssen.

Boleslaw, der von einem nicht gefährlichen Schuß in der Seite verletzt war, befand sich neben einigen Kameraden des Regiments auf einem

Wagen, den Rasinskis unermüdliche Fürsorge ihm verschafft hatte. »Nun, wie steht es, Freunde?« redete Rasinski die Seinigen an und reichte Boleslaw die Hand hinüber. – »So gut es kann«, antwortete der Jüngling, der mit bleichem Gesicht, tief in den Mantel gehüllt, den Kopf gegen die Kälte durch ein schwarzes Tuch verbunden, auf dem Wagen saß. »Hast du aber gar nichts ausgekundschaftet?«

»Es war alles vergeblich«, erwiderte Rasinski düster, »das unersättliche Ungeheuer dieses Krieges, das so viele Tapfere und Edle verschlungen hat, verlangte auch diese Beute! Wären sie von den Unseren gewesen, ich wollte nicht klagen! Sie sind der schönen Sache ihres Vaterlandes gefallen, würde ich tröstend zu mir sagen, der Kampf war ihre Aufgabe, sie mußten Blut und Leben daransetzen wie wir anderen auch. Diesem fällt das dunkle Los des Todes, jenem das heitere des Lebens – wir sind auf beides gefaßt, was uns erwartet, und dürfen nicht klagen. Aber unsere Freunde! Nicht ihr Herz führte sie hierher! Der Krieg, der über jeden anderen Kopf ein schneidendes Schwert schwingt, sollte über ihren einen Schild gegen feindlich geschärfte Pfeile und Gift breiten. Ich bot ihnen dieses gefährliche Obdach, doch diese alles verschlingende Charybdis des Elends und des Entsetzens hat nun auch sie in ihre Strudel hinabgerissen! Es muß überstanden werden, Boleslaw, dazu sind wir Männer. Ich fühle es, das eherne Rad des Schicksals geht zermalmend über unsere Brust, doch unser brechender Blick soll kein verzagtes Herz verraten!«

»Wer weiß«, erwiderte Boleslaw schwermütig, »wie bald wir wieder mit ihnen vereinigt sind!« – »Ich hoffe nichts mehr!« entgegnete Rasinski, der ihn mißverstand. – »Hier trennt der Tod die Kameraden nicht lange voneinander, meinte ich«, sprach der Jüngling, den Kopf langsam schüttelnd, indem er aus den großen schwarzen Augen einen Blick zuerst auf die Jammergestalten rings um ihn her und dann in die Weite hinauswarf, als wolle er die hinsterbenden Kräfte dieser Leidenden mit den unbegrenzten Räumen vergleichen, die sie zu durchmessen hatten, bevor sie die wirtlichen Stätten der Heimat wiedersähen.

»So verstehst du's? Dann hast du freilich recht«, antwortete Rasinski, »bist du so ermattet von deiner Wunde, daß diese dich an den Tod gemahnt?« – »Nein«, erwiderte Boleslaw, »ich fühle mich besser. Vielleicht kann ich in wenigen Tagen schon wieder zu Pferd sein. Eine kürzere Strecke könnte ich schon heute gehen oder reiten.« – »Nun, so gehab dich wohl«, rief Rasinski rasch und fast rauh, weil er weich zu werden fürchtete. »Ich werde euch nicht aus den Augen lassen, Kinder«, setzte er, zu den übrigen gewandt, hinzu. Hierauf spornte er sein Pferd und ritt zu Jaromir zurück.

Boleslaw, der in seinem ernsten, verschlossenen Gemüt alles tiefer empfand, als er zu äußern pflegte, war auch durch den Verlust Bernhards und Ludwigs im Innersten bewegt worden. Und fast war es unmöglich, etwas anderes als ihren Tod zu vermuten, denn da sie erfahren haben mußten, daß Rasinski plötzlich befehligt worden war, mit seinem Regiment zurück zum Neyschen Korps zu gehen, hätten sie sich ihm gewiß anzuschließen versucht oder ihn wenigstens in Smolensk erwartet. Es waren noch viele in der Stadt, die ihnen hätten Auskunft geben können, unter anderen Oberst Regnard, der mit dem Vizekönig von Italien die Festung erst verließ, als Rasinski schon mit den Seinigen wieder eingerückt war. Allein an keinen hatten sie sich gewandt, niemand hatte eine Spur von ihnen entdeckt. Wären sie aber vorwärts gegangen, hätten sie eine Gelegenheit gehabt, auf leichteren Wegen die Heimat zu erreichen, so hätten sie unfehlbar Sorge getragen, Regnard und durch ihn Rasinski zu benachrichtigen. Die Wahrheit ihres Geschicks war freilich niemandem bekannt geworden, und so wurden sie der unermeßlichen Zahl derer beigesellt, die sich täglich aus den Reihen ihrer Kameraden verloren.

Rasinski trug den Verlust, der ihn fast zerschmetterte, mit jener männlichen Kraft, wodurch er sich über die härtesten Schläge des Geschicks erhob. Jaromir beneidete in seiner inneren Zerrüttung die, die von der Last des Lebens befreit waren. Boleslaw empfand den tiefsten Schmerz brüderlicher Freundschaft, aber er war es schon gewohnt, an verborgenen Wunden zu verbluten, sein stilles Antlitz verriet wenig.

So saß er denn auch jetzt düster sinnend und ließ seine Blicke über den Zug schweifen, der sich im grauen Morgennebel vor ihm verlor. Die Wagenreihe mit Verwundeten bildete den Schluß. Ein kaum bemerkbar ansteigender Feldrücken durchschnitt die Straße, aber er war auf seinem Abhang mit Glatteis bedeckt, so daß die matten Pferde trotz der Flüche und Peitschenhiebe ihrer Führer die unbedeutende Anhöhe nicht hinaufzuklimmen vermochten. So stopften sich die Wagen und Kanonen, und während Reiter und Fußvolk vorüberzogen, blieben sie zurück. Indessen gelang es nach und nach allen, das Hindernis zu überwinden, das jedem späteren, da das Eis sich splitterte und somit an Glätte verlor, leichter wurde. Schon waren die letzten Wagen, zu denen auch der Boleslaws gehörte, fast an der Reihe, als einer derselben, der mit Gepäck und Frauen zu sehr belastet war, trotz aller Anstrengung der Rosse und des Führers das Hindernis nicht zu überwinden vermochte. Die hinter ihm Wartenden fluchten und tobten und drangen darauf, das Fuhrwerk, das alle anderen aufhalte, zurückzulassen. Man wäre daneben hingefahren, allein schon hatte man die weniger steilen Punkte des Weges aufgesucht, und somit wäre jeder Versuch, die Höhe an einer anderen Stelle hinaufzufahren, ungleich schwieriger gewesen. So mühten und quälten sich denn zwei elende Pferde vergeblich, den glatten Abhang zu erklimmen. Menschliche Hand konnte auch nicht helfen, da nur kraftlose Kranke und Verwundete sich auf dem Wagen befanden und selbst die Führer zu diesen gehörten. Endlich stürzten beide Pferde auf der halben Höhe des

Hügels erschöpft zusammen, und da sie den Wagen nicht mehr halten konnten, rollte dieser zurück und schleifte die Pferde mit hinab. Ein Schrei der Angst und des Schreckens ertönte sowohl von denen, die sich auf dem Wagen befanden, als von denen, auf die er hinabzurollen drohte. Doch waren nur die ersteren in Gefahr, denn er gleitete seitwärts, kam mit einem Rad in ein tiefes Gleis, stieß mit dem anderen gegen einen Eisblock und schlug krachend um.

Schon hatten die eigene Not und das Bedürfnis der Rettung das menschliche Gefühl so abgestumpft, daß die übrigen mehr Freude darüber, das Hindernis ihres Fortkommens aus dem Weg geräumt zu sehen, als Teilnahme für das Schicksal ihrer Kameraden und der hilflosen Frauen, die auf dem zerbrochenen Wagen gesessen hatten, empfanden. Diese aber hatten sich schnell aufgeschafft, und da sie ihr Fuhrwerk unbrauchbar sahen, eilten sie, ihr Gepäck in den Armen, zu den nächsten Wagen, um sich auf diese zu schwingen. Doch sie wurden meist gewaltsam zurückgewiesen, da wirklich kaum die Möglichkeit vorhanden war, die Fuhrwerke noch mehr zu belasten.

Als Boleslaw verwundete Krieger mit Erbitterung abweisen und hilflose Frauen mit Peitschenhieben zurückgetrieben sah, schnitt ihm der Jammer durch das Herz. Er erhob sich und rief: »Freunde, laßt euere Kameraden nicht im Stich!« »Alter«, rief er einem graubärtigen schwerverwundeten Grenadier zu, »komm hierher, wir wollen dich aufnehmen, und dagegen mag einer von uns abwechselnd zu Fuß gehen. Ich will der erste sein, der es versucht.« Damit streckte er dem Krieger die Arme entgegen und half ihm, während er selbst abstieg, auf den Wagen.

Dieses Beispiel wirkte. Man entschloß sich, auf jeden Wagen *einen* Verwundeten aufzunehmen. Doch waren nicht so viele Wagen wie Hilfsbedürftige da, und eine junge, in Pelz dicht eingehüllte Frau mit einem etwa dreijährigen Kind auf dem Arm, anscheinend die Gattin eines Offiziers, wurde überall zurückgewiesen, während ihre beiden Begleiterinnen schon Platz gefunden hatten. Soll die Mutter ihres Kindes wegen in dieser Einöde verschmachten? dachte Boleslaw, und ein Grauen überlief ihn. Doch noch kälter packte ihn der Schauder an, als er jetzt die Unglückselige das Kind plötzlich in den Schnee schleudern und, von der Last befreit, allein zu den nächsten Wagen vor ihm zustürzen sah. »So nehmt mich denn allein auf«, rief sie mit durchdringendem Ton der Angst, »so rettet ihr wenigstens *ein* Leben!«

Diese unnatürliche Tat einer Mutter aber erfüllte selbst die an jedes Elend und Grausen des Kriegs gewöhnten Männer mit einem schaudernden Gefühl. Boleslaw sprang auf das weinende Kind, das in den tiefen Schnee fast versunken war, zu und hob es empor. Doch wie durchzuckte es seine innerste Brust, als er in dem kleinen Wesen Alisettes Pflegling und der im jammervollen Wahnsinn um Rettung Flehenden diese selbst erkannte. »Allmächtiger Gott«, rief er entsetzt aus, »das ist eine waltende Vergeltung!«

Durch die Tat der Unglückseligen war das Gefühl des Erbarmens und des Mitleids in den Kriegern völlig erloschen. An ihre Stelle trat die rohe Freude, einen empörenden Frevel sogleich rächen zu können. »Bringt uns das Kind, das arme Kind, das wollen wir retten«, rief ein Chasseur von dem Wagen herab, auf den Alisette vergeblich zu klimmen versuchte, indem er zugleich mit hartem Faustschlag die Unglückliche zurücktrieb. Boleslaw folgte dem Zuruf, fast ohne zu wissen, was er tat. Der Chasseur streckte ihm die Hände entgegen, er reichte das kleine Wesen hinauf, und der wild aussehende bärtige Krieger nahm es in seinen Arm und herzte und küßte es freundlich. Alisette war indessen in wahnsinniger Angst auf den nächsten Wagen zugestürzt und versuchte dort das Mitleid durch Händeringen und Weinen rege zu machen. Doch der Abscheu gegen sie hatte sich aller Herzen bemächtigt, und mit rauher Stimme rief ihr ein ergrauter Sergeant entgegen: »Fort, Rabenmutter! Laufe zu Fuß durch den Schnee!« – »Oh, erbarmt euch meiner Jugend«, jammerte Alisette und warf sich auf die Knie in den Schnee nieder und rang die Hände verzweiflungsvoll.

Jetzt näherte sich ihr Boleslaw, berührte sie an der Schulter und sprach ernst, aber sanft: »Fassung, Alisette, tragen Sie Ihr Schicksal mit Geduld. Die Beschwerde ist zu überwinden. Ich werde Sie leiten und unterstützen, soviel ich vermag!« Die Unglückliche, die noch immer auf den Knien lag, hatte ihn während dieser Worte mit halbirren Blicken sprachlos angestarrt. Erst nachdem er geredet hatte, schien sie ihn zu erkennen. »Wie?« rief sie mit verwilderten Zügen. »Oh, Ihr konntet so demütig bitten um ein Lied in guten Tagen! Und jetzt wollt Ihr mich der namenlosen Marter preisgeben! Ich soll in dieser Wildnis verschmachten!«

Bei diesen Worten sprang sie heftig auf und stürzte wiederum auf den Wagen zu, wo das Kind zitternd, an die Brust des Chasseurs geschmiegt, saß. Ehe man ihre Tat nur ahnen konnte, riß sie das unschuldige Wesen wieder herab, schleuderte es zum zweiten Mal auf den Boden und rief: »Laßt es hier, es weiß noch nicht, wie schön das Leben, wie furchtbar der Tod hier ist. Mich rettet, mich, ich weiß, wie schön die Welt ist, denn ich habe bessere Tage gesehen!« Mit diesen Worten wollte sie sich mit krampfhafter Anstrengung auf den Wagen hinaufschwingen und achtete sogar die rauhen Stöße und Schläge der männlichen Faust des Chasseurs nicht. »Fort, du giftige Natter!« rief dieser ergrimmt. »Fort, du Schlange! Wer dich aufnähme, lüde sich den Zorn Gottes auf. Du magst hier von den Wölfen zerrissen werden, du, ärger als eine Wölfin.« Zugleich brach er ihr mit übermächtiger Kraft, und von seinem Nachbarn unterstützt, gewaltsam die angeklammerten Hände los und schleuderte sie zurück, daß sie betäubt auf den harten Boden stürzte.

Boleslaw hatte indessen das weinende, jetzt auch von dem harten Fall blutende Kind zum zweiten Mal in die Arme genommen und reichte es dem alten Krieger von neuem dar. Als er Alisette wie zerschmettert, mit aufgelösten Haaren rücklings auf dem Boden liegen und sie das irre Auge und die bebenden Hände kraftlos zum Himmel richten sah, erschien ihm ihr Jammer doch noch größer als der Wahnsinn ihres Verbrechens. Er näherte sich ihr und hob sie hoch. Als sie von ihrer Betäubung zu sich kam und merkte, daß es abermals Boleslaw war, der ihr mit männlicher Sanftmut Fassung zusprach, warf sie sich, außer sich vor Angst, vor ihm nieder, umklammerte seine Knie und rief: »Ihr *müßt* mich retten! Ihr könnt mich nicht dem Entsetzen preisgeben! Ich lasse Euch nicht, bis Ihr mir schwört, mich zu retten!« Sie hielt seine Füße so fest umstrickt, daß er, durch seine Wunde geschwächt, sich nicht loszureißen vermochte. Vergeblich rief er ihr zu, sich zu fassen und aufzustehen. In ihrer Betäubung hörte sie kein Wort mehr. Indessen rückten die Wagen allgemach vorwärts, zwei waren die glatte Anhöhe schon hinauf, der, auf dem Boleslaw seinen Platz hatte, kämpfte eben mit den Schwierigkeiten, nur vier waren noch zurück und hielten still. Es wurde höchste Zeit, daß diejenigen, die sich erboten hatten, abwechselnd kürzere Strecken zu Fuß zu gehen, ihren Weg fortsetzten. Teils, um sich an den Offizier anzuschließen, da eine höhere Stellung immer Vertrauen erweckt, teils durch das Schauspiel, das sich vor ihnen begab, angezogen, hatten fünf bis sechs dieser Krieger sich Boleslaw genähert. Da dieser jetzt von der Verzweifelten so festgehalten wurde, daß er sich nicht loszumachen vermochte, so griffen sie zu und rissen die Unglückliche mit Gewalt von ihm weg und schleuderten sie in den Schnee zurück. »Vorwärts, mein Herr Offizier«, rief ein junger Soldat, »vorwärts, sonst bleiben wir hinter den Wagen zurück. Das Frauenzimmer hat ja gesunde Füße, sie kann besser fortkommen als wir, kommt, kommt!« Damit ergriffen ihn der junge Krieger von der einen Seite und ein Dragoner von der anderen beim Arm und führten ihn fort. Bei seiner geschwächten Kraft hatte ihn dieser heftige Auftritt, der sein ganzes Innerste auf so vielfache Weise in Bewegung setzte, so angegriffen, daß er sich kaum auf den Füßen zu halten vermochte. Doch wandte er sich noch einmal zurück und rief der in alles aufgebender Verzweiflung am Boden liegenden Alisette zu: »Raffe deinen Mut zusammen, Unglückliche, und trage, was das Schicksal dir verhängt.«

Doch sie war taub für die vernünftigen Worte, die Mäßigung, Geduld, Entschluß von ihrer in sinnlicher Erschlaffung untergegangenen Seele forderten. Zwar mit einem ahnungsvollen Grauen, aber doch durch den Wahnsinn verblendet und getäuscht, der seine Augen vor der Möglichkeit eines düsteren Verhängnisses gewaltsam schließt, hatte sie das Unheil dieses Krieges um sich her von Tag zu Tag wachsen sehen. Daß es endlich auch sie unerbittlich erreichen werde, hatte sie als ein so unerhört unmögliches Ansinnen des Schicksals betrachtet, daß ihr jetzt, wo dieser Augenblick gekommen war, Kraft und Fassung versagten. Noch nichts wäre verloren gewesen, wenn sie nicht in der, freilich harten Notwendigkeit, strenge Beschwerden zu tragen, schon den völligen Untergang gesehen hätte. So richtete sie sich selbst zugrunde. Über das, was sie aufgeben mußte, hatte sie allen Blick für das, was ihr blieb, verloren. Die furchtbare Nemesis einer unsittlichen Gesinnung, die vom Leben nur Genuß wollte und mit allen Kräften und allen Mitteln nur diesem nachgestrebt hatte, traf jetzt ihr Haupt mit zermalmender Gewalt. Auf Tage ernsten Duldens war sie nicht bereitet, hier brach sie gänzlich kraftlos zusammen und vermochte nichts als zu jammern und zu freveln. So erhob sie denn auch jetzt die Stimme zu tief in die Seele schneidenden Lauten des Jammers. »Hilfe, Erbarmen, Rettung!« rief sie, auf die Knie geworfen, und gewann nicht die Kraft, sich selbst durch den Entschluß zu retten, die Mühseligkeit so lange zu ertragen, wie sie es vermochte. Erst als der letzte Wagen sich nun auch in Bewegung setzte und die Pferde unter wildem Rufen und Peitschenhieben, was die Kraft ihrer Sehnen vermochte, den Eisabhang erklimmten, da erst, als das Grausen, sich ganz allein zu sehen, sie übergewaltig faßte, raffte sie sich auf und stürzte, einer Wahnsinnigen gleich, mit aufgelösten Haaren den Davonziehenden nach. In ihrer Raserei wollte sie sich an den letzten Wagen klammern, doch die Krieger, die schon fürchteten, daß ihre Pferde das Hindernis nicht bezwingen könnten, trieben sie mit ihren Waffen zurück und versetzten ihr Wunden und blutige Quetschungen. Von der Todesangst getrieben, packte sie jetzt das in der Kälte und auf der glatten Bahn stockende Hinterrad des Wagens und ließ sich hinaufschleifen. Doch weil diese Last die Kräfte der ermüdeten Tiere noch mehr belud, so zog ein verwundeter Kürassier, der auf dem Wagen lag, die Pistole heraus und drohte ihr, sie niederzuschießen, wenn sie nicht loslasse. Da sanken ihr, von dem plötzlichen Schrecken gelähmt, die Hände kraftlos zurück, und sie blieb winselnd und jammernd im Weg liegen. So sah sie Boleslaw, als er einen letzten Blick zurückwandte. Er kämpfte unentschlossen mit sich selbst, ob er sich noch einmal zu ihr wenden sollte, doch die Kameraden zogen ihn gewaltsam fort, und der junge Soldat, der ihn führte rief: »Laßt sie, laßt sie, die Mutter, die ihr Kund umbringen wollte, darf man nicht anrühren, sonst zieht man den Fluch des Himmels auf sich. Laßt sie, es trifft sie die gerechte Strafe.«

Bald hörte Boleslaw nur noch das herzzerreißende Jammergeschrei der Unseligen, bis der Sturmwind, der sich rauh erhob und düstere Schneewirbel aufjagte, es übertönte.

Zweites Kapitel

Bei Korithnia ereilte die Nacht das Heer. Man bezog das Biwak oder richtete sich in den Trümmern des elenden Örtchens ein. Rasinski hatte, wie immer, durch unermüdliche Sorgfalt, durch sein Ansehen, seine Gewandtheit noch so viel für die Seinigen gewonnen, daß sie für die Umstände ein glückliches Los zogen. Aber kaum hatten sie sich an den Lagerfeuern eingerichtet, als ein donnerndes Getöse ganz in der Nähe erschallte und plötzlich eine Masse von Kugeln sausend über ihre Häupter dahinfuhr. »Wir sind angegriffen«, rief Rasinski und sprang auf, »zu den Waffen, Freunde, schnell zu Pferd!« Im Augenblick saß er selbst zu Roß und fing schon an, seine Leute zu ordnen, als der Marschall Ney im vollen Galopp heransprengte und ihn anrief: »Oberst, erkunden Sie mit Ihren Leuten die linke Flanke des Lagers, und melden Sie mir sofort, wenn Sie auf den Feind stoßen.«

Der Marschall ritt weiter, mitten in das Lager hinein, und ordnete und sammelte die bestürzten Leute. Rasinski, an der Spitze seiner kleinen, aber entschlossenen Mannschaft, ritt in die düstere Nacht hinaus, um den Feind, der sich so furchtbar angekündigt hatte, aufzusuchen. Es befremdete zwar, daß seine Artillerie nur *eine* Salve gegeben hatte und nun so plötzlich schwieg, doch war der Kampf bei diesem Rückzug, der in der Nacht, Wald und unwegsamen Schneeeinöden geführt wurde, so reich an seltsamen Ereignissen, daß man jeden Tag etwas bisher in der Geschichte des Krieges Unerhörtes erfuhr.

Auf eine Anhöhe dicht am Lager gelangt, glaubte Rasinski auf dem weißen Schneegrund einige schwarze Massen zu erblicken. »Ist das Waldgebüsch, oder sind es Leute?« fragte er, zu Jaromir gewandt. – »Noch läßt sich nichts unterscheiden«, erwiderte dieser. – »Darauf los denn, in Gottes Namen«, befahl Rasinski und ritt näher. Bald aber senkte der Boden sich in eine Schlucht hinab, deren steilen Rand man nicht hinunterreiten konnte. Man mußte also dem Lauf derselben folgen. Da brausten plötzlich wie ein aufgescheuchtes Geflügel etwa fünfzehn bis zwanzig Kosaken aus einer Windung der Schlucht herauf und sprengten mit ihren kleinen behenden Pferden jenseits die minder steile Höhe hinan. Mehr um sie zu schrecken, als weil man ihnen Schaden tun konnte, ließ Rasinski auf sie schießen. Sie flogen flüchtend über das Feld und verschwanden im Dunkel. Wenige Minuten später gerieten auch jene schwarzen Massen auf dem Schneefeld in Bewegung, und man erkannte, daß es wahrscheinlich eine größere Abteilung von Kosaken war, die sich auf die Nachricht, die jene Versprengten ihnen von dem Anrücken des Feindes gaben, zurückzog.

Mit Vorsicht führte Rasinski die Seinigen jetzt an einer minder gefährlichen Stelle hinab. Hier entdeckte er bald die Ursache des Getöses, das man für einen Artillerieangriff gehalten hatte. Man fand nämlich eine Anzahl Kanonen und Protzkasten vor mit Munition, jedoch vernagelt, die aus Mangel an Fortschaffungsmitteln stehengeblieben waren. Etwas weiter entdeckte man die Trümmer aufgesprengter Geschütze und Pulverkarren. Wahrscheinlich hatten die eben geflüchteten Kosaken mehrere dieser Karren angezündet und waren bei dem Versuch, die übrigen aufzusprengen, nur durch Rasinskis Ankunft gestört worden. Rasinski war froh, die wahre Ursache des blinden Lärms entdeckt zu haben, und wollte daher eilig mit seinen Leuten zurück, um dem Marschall die Meldung zu machen. Doch, indem er in der Schlucht ritt, sah er, etwa dreißig Schritte vor sich, einen Mann in vollem Lauf oben auf der Höhe ihres Randes dahineilen. In der Meinung, es sei ein Russe, rief er ihn in der Landessprache an und befahl ihm zu stehen. Der Flüchtige stutzte, wandte sich jedoch rasch wieder zur Flucht um, allein da die Schlucht an dieser Stelle leicht hochzureiten war, sprengten Rasinski und Jaromir sofort hinauf, und zwei Reiter folgten ihnen, um den Russen, der vielleicht über die Stärke und Nähe des Feindes wichtige Auskunft geben konnte, nicht entschlüpfen zu lassen. Er floh in voller Hast, doch nach wenigen Schritten sank er in den tiefen Schnee ermattet nieder und wurde von den Verfolgern ergriffen. Zu großen Erstaunen Rasinskis rief der Gefangene, indem er sich ergab, aus: »Spricht jemand Französisch unter euch? – »Der Teufel, diese Stimme sollte ich kennen«, entgegnete Rasinski französisch, »wer seid Ihr?« – »Rasinski, Ihr selbst? Ist's möglich?« rief der Gefangene und streckte ihm freudig die Arme entgegen. »Ich bin Regnard, erkennt Ihr mich nicht?«

»Regnard! Wie in aller Welt kommt Ihr hierher?« fragte Rasinski mit freudigem Erstaunen.

»Die Geschichte ist kurz und knapp, aber nicht erbaulich«, erwiderte Regnard, »und Ihr sollt sie ausführlicher hören, als Euch freuen wird, doch rate ich Euch, nicht hier zu verweilen, sondern einen sichereren Ort aufzusuchen, wenn es einen gibt. Denn im Vertrauen gesagt, es sind mehr Russen hier in der Nähe als Bäume in diesen Fichtenwäldern. Aber wie kommt Ihr hierher?« – »Mit dem Marschall Ney aus Smolensk«, antwortete Rasinski, »unser Biwak ist keine fünfhundert Schritte von hier.« – »So laßt uns eilen, es zu erreichen. Im Gehen werde ich erzählen.«

Jaromir bot dem Obersten sein Pferd an, doch dieser lehnte es ab und schritt zwischen ihm und Rasinski rasch vorwärts dem Biwak zu. »Ihr wißt«, begann er, »daß ich mit dem Vizekönig von Italien aus Smolensk ausrückte. Gestern wurden wir drei Stunden von hier von den Russen angegriffen, und ich geriet in Gefangenschaft. Die Kosaken trieben mich mit der Knute vor sich hin, bis ich einen russischen General antraf, dem ich auf französisch zurief, er möge mich von dieser infamen Mißhandlung befreien. Die Bestie aber lachte hell auf und meinte, die Knute der

Kosaken mache so wenig Unterschied zwischen Rang und Stand des Soldaten wie die Kanonenkugeln. Ich möchte mich daher in mein Schicksal ergeben.« – Rasinski knirschte vor Zorn mit den Zähnen. »Diese Henkersknechte«, rief er grimmig aus, »freilich sie, die selbst unter dem Gesetz der Peitschenhiebe und der Fußstöße stehen, können die Ehre eines tapferen Gegners nicht achten. Weiter, weiter!« – »Man hätte mich wohl gern auf den Schub gebracht, nach Tobolsk oder Irkutsk hin, allein zum Glück oder Unglück waren zu wenige Gefangene gemacht worden, damit der Transport sich lohne, so wurde ich von den Kosaken, denen ich in die Hände gefallen war, mit herumgeschleppt. Vor zehn Minuten hatte ein Rudel dieser Kerle hier eine von uns im Stich gelassene Batterie aufgesprengt, muß aber dabei von euch oder anderen gestört worden sein, denn die Helden kamen, wie kleine Katzen nur durch den Schnee laufen, bei dem Pulk, der droben am Wald hält, an und meldeten, der Feind sei da und ziehe heran. Der Kosake ist aber nur tapfer gegen einen flüchtigen, ermatteten, wehrlosen Feind. Zeigt man ihm das Angesicht, so flüchtet er in größter Schnelligkeit. Das taten auch die Leute dort oben, und so benutzte ich einen Augenblick der Verwirrung, um mich zu befreien. Da fiel ich Euch in die Hände. Nun, Euer Gefangener, Rasinski, bleibe ich. Ihr dürft nicht bange sein, daß ich Euch entwische.«

»Aber Ihr erwähntet ein Gefecht, das der Vizekönig bestand. Wie verhielt es sich damit?« fragte Rasinski besorgt.

»Ich ritt«, begann Regnard ernster, »an der Seite des Prinzen. Wir überließen uns unseren düsteren Gedanken, die durch die traurige Umgebung ringsumher immer neu erweckt wurden. Etwa zwei Stunden vor Krasnoe stutzten plötzlich die zerstreuten, aber zahlreichen Soldaten, die außer Reih' und Glied, ihrer Willkür überlassen, um uns her marschieren. Sie drängen sich aufeinander, sie bilden eine Masse. Jetzt werden wir aufmerksam. Da krönen sich plötzlich die Höhen vor uns mit schwarzen Massen, und mit Schrecken sehen wir ungleich überlegene Streitkräfte zwischen uns und der Heimat sich aufstellen, die uns mit ehernen Riegeln den Ausweg aus den Schneewüsten Rußlands zu versperren drohen. Doch was jedes Soldatenherz noch mehr erschüttern mußte, diese unübersteigbare Mauer türmte sich zwischen uns und unserem großen Kaiser, für den Vizekönig zwischen Vater und Sohn auf. Jetzt erst bemerkten wir, daß der raschere Schritt unserer Pferde uns unserem Korps um eine Stunde vorausgeführt hat und die Straße nur von abgezehrten, kraftlosen, unbewaffneten Flüchtlingen ringsumher wimmelt. In demselben Augenblick reitet ein russischer Unterhändler heran und fordert uns auf, uns zu ergeben. ›Zwanzigtausend Russen sperren euch den Weg‹, ruft er, ›fünfzig Kanonen sind bereit, euch zu zerschmettern. Der Kaiser mit seiner Garde ist gänzlich geschlagen, vielleicht in diesem Augenblick schon gefangen.‹ – Ich sehe den Unwillen des Vizekönigs, dem die Sprache zu einer Antwort auf diesen Antrag versagt. Daher rufe ich heftig: ›Fort mit Euch! Habt ihr zwanzigtausend Mann, so haben wir achtzigtausend. Ein französischer Feldherr ergibt sich nicht vor der Schlacht.‹ – Der Russe reitet zurück. Es vergehen nicht zwei Minuten, so sind die Höhen vorwärts und zur Seite mit Batterien gekrönt. Plötzlich blitzt es, und eine düstere Dampfwolke steigt über den weißen Schnee auf, als wenn rings die Schlünde des beeisten Hekla gähnten. Ein Hagel von Kartätschen und Granaten schmettert auf uns nieder. Die waffenlosen Flüchtlinge drängen sich zusammen wie eine scheue Herde, in die der Wolf bricht. Der Vizekönig ist außer sich, von seinem Korps getrennt zu sein. Er fühlt, daß er sich an der Spitze desselben stellen müsse, und kann sich doch nicht entschließen, die hilflose Schar um uns her zu verlassen.

Doch sein Generalstabschef, General Guilleminot, treibt ihn an, zurückzueilen, indessen wir die entmutigten Leute um uns her auffordern, sich zu sammeln und Widerstand zu leisten. Unter den Zerstreuten war eine Menge Offiziere, Obersten, ja selbst Generale, die alle zu Fuß gingen. Sie übernehmen rasch das Kommando der im Augenblick gebildeten Kompanien. Der General wird Kapitän, der Oberst sein Leutnant, der Offizier tritt als Gemeiner in Reih' und Glied. Jeder behilft sich mit der Waffe, die ihm geblieben ist. Wenige haben Gewehre, die meisten nur noch das Seitengewehr zum Holzspalten im Biwak, viele gar nur einen Knüttel, an dem sie eben noch ihren ermatteten Körper mühsam fortschleppten. Aber der Mut, das entflammte Ehrgefühl ersetzt alles. So rücken wir, während der Vizekönig zurückeilt, entschlossen gegen den Feind an.

Eine Stunde ertragen wir sein zerschmetterndes Kartätschenfeuer, vergeblich harren wir darauf, daß der Vizekönig sich mit den Seinigen bis zu uns durchschlagen und uns Bahn nach Krasnoe brechen soll. Er mußte gleichfalls von mächtigen Feinden angegriffen sein, denn wir hörten hinter uns und weit vor uns den Donner der Kanonen. Von Smolensk bis Krasnoe schien der Weg *ein* Schlachtfeld zu sein. Da endlich, als wir vorwärts kein Heil mehr für uns sehen, beschließen wir, uns rückwärts zu dem Vizekönig Bahn zu machen, von dem dichte Kolonnen uns schon abzuschneiden begannen. Wir rotten uns in Massen zusammen und nehmen unseren Weg zurück wieder in die Öde des furchtbaren Altrußland hinein. Der dicht an den großen Weg herangerückte Feind begreift anfangs das Unternehmen nicht. Er stutzt und läßt uns halb vorüber, ruft uns, da wir an seinen Linien vorbeieilen, zu, uns zu ergeben. Wir hören nicht, denen, die uns nahen, antworten nur Flintenschüsse und Bajonettstöße. Da bricht die Wut der Feinde grimmig aus. In gleichem Augenblick geben zehntausend Mann und dreißig Kanonen Feuer auf uns, und die Hälfte unserer Tapferen liegt zerschmettert und rötet den Schnee mit ihrem Blut. Die anderen aber rücken unaufhaltsam, geschlossen vorwärts. Kaum ein Blick sagt den gefallenen Kameraden Lebewohl. Die Donner des Feindes krachen hinter uns her, seine Kugeln rissen ganze Reihen fort. Dennoch gelangt eine kleine Schar endlich bis zu den Freunden, die sie mit offenen Armen empfangen. Auch ich glaubte das Ziel glücklich gewonnen zu haben. Da führt der Teufel einen Pulk Kosaken hinter uns drein, die sich jetzt erst heranwagen und die einzelnen Nachbleibenden zu Gefangenen machen. So geriet auch ich in ihre Gewalt und – das übrige wißt Ihr.«

»Wir freuen uns, es von Euch selbst gehört zu haben«, sprach Rasinski und reichte ihm die Hand. »Aber der Vizekönig? Sein Schicksal kennt Ihr nicht?«

»Doch, doch, Rasinski. Wäre er verunglückt, ich hätte nicht von mir zuerst gesprochen. Er schlug sich den Tag über wie ein Löwe – nun Ihr werdet vielleicht die Spuren sehen. Endlich nahm ihn die Nacht in ihren Schutz. Sei es, daß die Russen ihn heute schonen wollten, denn bei Gott! Wir verkauften unser Leben nicht wohlfeil, sei es, daß sie ihres Triumphes zu gewiß zu sein glaubten, allein sie machten keinen entscheidenden Angriff, um die Sache zum Schluß zu führen, sondern begnügten sich, alle Stellungen und Ausgänge besetzt zu halten. Aber am Morgen war das Nest dennoch leer, und die Sonne ging gerade zeitig genug auf, um den Russen zu zeigen, wie die tapfere Schar schon außerhalb der Möglichkeit, erreicht zu werden, auf Krasnoe anrückte. Ich selbst sah ihre Bajonette im Morgensonnenglanz leuchten und – lacht mich nur aus in Teufels Namen –, aber ich sprach wahrhaftig ein Dankgebet, wie ich's seit meinen Knabenjahren nicht getan habe.«

»Doch wie war der Marsch möglich?« fragten Rasinski und Jaromir aus einem Mund. – »Diesmal danken wir's *euch*, den Polen«, antwortete Regnard bewegt, »und wenn Frankreich ein Gedächtnis hat, so wird es sich, solange es Franzosen und Polen gibt, daran erinnern, daß es euch die Köpfe eines ganzen Armeekorps schuldet, und überdies den des tapfersten und menschlichsten Feldherrn, der jemals französische Soldaten ins Feuer geführt hat.« Rasinski war aufs äußerste gespannt. »Hört zu! Es ist Wahrheit, denn mir hat es ein sterbender Landsmann gesagt, der leider nur den halben Weg der Rettung zurücklegen konnte. Es war Nacht geworden. Der Vizekönig gab sich verloren. Doch wollte er noch den verzweifelten Versuch machen, den Feind zu umgehen. Da dieser durch des Prinzen Demonstrationen bewogen, seine größte Kraft auf die linke Seite des Wegs konzentriert hatte, beschloß der Feldherr, ihn auf seinem linken Flügel, nämlich auf der rechten Seite der Straße zu umgehen. Leise bricht er mitten in der Nacht auf, läßt aber seine Feuer zurück. Mit angehaltenem Atem und behutsamem Schritt zieht er sich durch Schneefelder an der langen russischen Linie dahin. Da tritt der Mond, als ob in diesem Land uns alle Kräfte der Natur feindlich gesinnt wären, urplötzlich hinter schwarzen, düsteren Wolken hervor und beleuchtet die Schneefläche mit vollem Glanz. Die Unseren sehen die Russen so deutlich vor sich, daß sie auch von diesen so klar wie am hellen Tag bemerkt werden müssen. Selbst dem Tapfersten versagt hier der Mut. Eine russische Schildwache ahnt, was vorgeht. Sie ruft an. Und jetzt war Frankreichs edelster Feldherr, der Stolz des Heeres, jetzt waren die tapfersten Krieger unwiederbringlich verloren, wenn nicht ein Pole sie rettete. Oberst Kliski ...«

»Ha! Wackerer Landsmann!« unterbrach Rasinski den Erzähler mit leuchtenden Augen, denn er ahnte bereits den Zusammenhang.

»Oberst Kliski sprengt, ohne sich einen Augenblick zu besinnen, vor und ruft dem Russen mit gedämpfter Stimme zu: ›Wahnsinniger! Wirst du schweigen! Siehst du nicht, daß wir von Uwarows Korps sind und uns dem Feind in den Rücken schleichen?‹ Der Soldat, der seine Landessprache hört, steht gefesselt still. Mehrere Kameraden, auch einige Offiziere, welche die Worte gehört haben, treten näher und wünschen einen guten Abend. Kliski hält still, spricht mit ihnen leise, aber freundschaftlich, ersucht sie, die Kosaken zurückzuhalten, damit ihr Vorwitz kein Unheil anrichte, und wartet so, mitten unter den Feinden, bis er sieht, daß die Unserigen freie Bahn gewonnen haben. Jetzt sprengt er ihnen nach, und in der nächsten Stunde ist die Rettung vollendet.«

Rasinski hatte männliche Tränen der Freude im Auge, als er die Tat des Landsmannes hörte. »Braver Kliski«, sprach er nochmals, »du warst von jeher der Stolz Polens! Du wirst es auch für fernere Jahrhunderte bleiben!«

»Ja, Frankreich schuldet euch einen großen Dank, ihr Polen«, fuhr Regnard fort, *»es wäre der Verachtung wert, wenn es dessen nicht ewig gedenken und euch vergelten wollte, wenn's die Zeit herbeiführt.«* – »Von wem habt Ihr aber den Bericht?« fragte Rasinski. – »Vom Kapitän Lebrun«, erwiderte dieser, »vom vierzigsten Regiment, ein braver Junge, dem es hätte besser ergehen sollen.«

»Ich kenne ihn«, sprach Jaromir nicht ohne Bewegung, »er biwakierte in Moskau dicht an unserem Quartier, wir machten noch am ersten Abend einen Spaziergang zusammen durch die Stadt. Und er ist geblieben?«

»Er war am Tag verwundet worden«, fuhr Regnard nicht ohne Bewegung fort, »doch strengte er sich aufs äußerste an, um den Rettungsmarsch zu vollenden. Das Heer war schon in Sicherheit, als ihn die Kräfte verließen, er blieb zurück und wurde von schwärmenden Kosaken aufgehoben. Der Zufall führte uns zusammen. Er erzählte mir, was geschehen war. Die hündische Behandlung, die er erfuhr – denn gefüttert hat man uns auch nicht – der Blutverlust – kurz, es wurde ihm zuviel. Nun liegt er still auf dem kalten Schnee, wie so viele Tausende von uns. Einer mehr – wer fragt danach! Aber – es war doch ein braver Junge!«

So sehr Regnard sich bemühte, den trockenen kurzen Ton seiner Redeweise beizubehalten, so mußten doch diejenigen, die ihn näher kannten, die Beimischung von Rührung, der er sich nicht erwehren konnte, auffallend genug bemerken. Aber die Zeit war danach, auch die Härtesten zu erweichen, und dem Kältesten heiße Tränen zu erpressen.

Indessen hatte man das Biwak wieder erreicht. Jaromir in tiefen, düsteren Gedanken, denn die Erinnerung an Lebrun rief ihm alle Ereignisse jenes Tages, der so verhängnisvoll für ihn wurde, wieder mit erneuter Lebhaftigkeit vor die Seele zurück. Selbst die grauenvollen Gemälde des Entsetzens, die er jetzt täglich rings um sich her sah, hatten nur bleiche Farben gegen jene Bilder der glühenden Erinnerung. So ist alles Leiden und alles Glück des Menschen im Innersten seiner Seele gegründet, und kein äußeres Ereignis vermag sich so tief in seine Brust zu prägen, als die selbstbereiteten Qualen oder Freuden darin eindringen. Alisettes Schicksal kannte er indessen noch nicht, denn der schonende Boleslaw hatte es ihm verschwiegen, weil er wußte, wie es ihn erschüttern mußte.

Rasinski und Regnard begaben sich zum Marschall Ney, um diesem Bericht abzustatten. Der Feldherr hörte mit äußerster Spannung, was ihm Regnard von den Ereignissen des vorigen Tages berichtete. Er forschte genau nach der Stärke und den mutmaßlichen Absichten des Feindes. Die Antworten konnten nicht beruhigend ausfallen. »Ich sehe einen heißen Tag vor uns, aber es wird ein Tag der Ehre sein«, sprach er mit dem entschlossenen, ruhigen Ton des Helden, »doch gönnen wir dem Krieger heute seine Ruhe, er wird es morgen zeitig genug erfahren, daß er nicht nur mit allen Schrecken der Natur, sondern auch mit einem überlegenen Feind zu kämpfen hat. Ich hoffe, wir werden beide besiegen. Zwei Stunden nach Mitternacht wollen wir fort.« So entließ der Marschall Rasinski und Regnard.

Am Wachtfeuer fanden sie Jaromir und Boleslaw, die einzigen noch übrigen Offiziere des Regiments. Regnard fragte nach Ludwig und Bernhard. Ein düsterer Blick Rasinskis ließ ihn nicht an ihrem Schicksal zweifeln. »Also auch tot!« sprach er und schüttelte das Haupt. »Dieser mit Eis gepanzerte Boden ist blutgieriger als ein Vampir!«

Jaromir versuchte, indem er erzählte, was man von den beiden Verschwundenen wußte, noch einmal die Hoffnung für sie rege zu machen, doch Rasinski, sonst immer noch voller Mut und Vertrauen, wo andere schon längst alles verloren gaben, wies jeden Trost dieser Art zurück. »Hier hoffe ich nichts für mich«, sprach er, »dafür fürchte ich auch dort *nichts* für mich«, sprach er, »dafür fürchte ich auch dort«, er deutete mit der Hand zu der Richtung, die das Heer zu nehmen hatte, »was mich betrifft, um so weniger. So gleichen sich die Dinge aus.«

»Mir liegt noch eine Sorge auf dem Herzen«, ergriff Regnard das Wort nach einer Pause. »Mein junger Freund dort wird mir vergeben, wenn ich damit vielleicht alte verdrießliche Erinnerungen berühre. Aber die jetzige eiserne Zeit hat ja wohl die leichten Spuren voriger, achtlos hingelebter Tage genug verwischt, um alles, was von dort herstammt, ins Meer der Vergessenheit zu versenken. Weiß niemand von euch, was aus Alisette geworden ist?« Jaormir heftete den Blick finster auf den Boden und hüllte sich, zusammenschauernd, dichter in den Mantel ein. Boleslaw war unschlüssig, ob er antworten sollte. »Ich hatte mich«, fuhr Regnard fort, der in dieser Beziehung mit der den meisten Männern gewöhnlichen Gleichgültigkeit über das Unsittliche seines Verhältnisses zu dem Mädchen dachte und es daher auch ohne Bedenken völlig entschleierte, »ich hatte mich seit jenem Ereignis in Moskau von ihr getrennt. Daß sie leichtsinnig sei, wußte ich zwar, allein auf solche Weise durfte ich's nicht wissen. Die Auflösung unseres Verhältnisses mochte ihr auch selbst lieb sein. Jetzt aber nehme ich doch Anteil an ihrem Schicksal, und mehr noch an dem unseres Kindes. Denn, warum sollte ich's verhehlen, daß ich der Vater bin? Ich werde es niemals verleugnen. Schon jetzt hätte ich Alisette die Sorge dafür abgenommen – denn das kleine Wesen muß anders erzogen werden, als seine Mutter es vermag, wenn es nicht, solange der Feldzug dauert, am besten in ihrer Obhut geblieben wäre. Einer weiblichen Pflege bedurfte es doch, und so war die Mutter immer die nächste. Ich verschaffte ihr daher in Moskau Wagen und Pferde und gab ihr reichliches Reisegeld. Jetzt aber wird dergleichen freilich alles unzureichend. Seit den ersten Tagen des Abmarsches ist sie mir nicht zu Gesicht gekommen, es mag ihr am Ende übel gehen. In der Gefangenschaft drüben hatte ich so meine eigenen Gedanken darüber, die man freilich, bevor die Not des Lebens kommt, zumal hier in dem Kriegsgetümmel nur zu leicht vergißt. Jetzt soll es aber mein erstes sein, mich um sie und um das Kind zu kümmern, denn ich bin insofern verantwortlich dafür, als ich sie veranlaßt habe, mir nach Rußland zu folgen. Ihr, meine Freunde, werdet mir gewiß euern Beistand dabei nicht versagen.«

Boleslaw schwieg in peinlicher Verlegenheit, denn er empfand es zu tief, wie Jaromir durch die Erzählung der Wahrheit erschüttert werden würde, doch das Kind war am Leben, war sogar in der Nähe, und dies mußte der Vater, der die Sorge dafür übernehmen wollte, erfahren. Es war ihm daher sehr willkommen, daß Jaromir, durch das Gespräch von seinen schon vorher mächtig geweckten Erinnerungen zu heftig bewegt, aufstand und mit hastigen Schritten den Platz verließ, um seine Erschütterung zu verbergen. »Hm! Das tut mir leid«, sprach Regnard, der die Ursache erriet. »Ich kann aber nicht begreifen, wie ein Mann so reizbar sein kann.« – »Lassen Sie es uns lieb sein, Oberst«, nahm Boleslaw das Wort, »daß wir allein sind. Ich kann Ihnen leider Nachrichten von der Unglücklichen geben.«

Er erzählte hierauf den Vorfall, von dem er diesen Morgen Zeuge geworden war und der ihm jetzt erst, da er erfahren hatte, daß Alisette wirklich die Mutter des schuldlosen kleinen Wesens war, das Innerste mit Schauder über diese an Wahnsinn streifende Entartung der Natur erfüllte. Nur die Betäubung, in die das furchtbare, entsetzliche Elend ringsumher ein Gemüt stürzen mußte, das niemals gewohnt war, sich an etwas Höheres, als dieses irdische Dasein bietet, zu wenden, gab ihm eine halbe Erklärung und Entschuldigung des Verbrechens. »Die Unnatürliche!« rief Regnard empört, als er die Tat vernahm. »Wo ist aber das Kind, ist es gerettet? Sagen Sie mir alles.« – »Es wird wenige Schritte von hier wohl schon im süßesten Schlummer liegen«, sprach Boleslaw, »ich will Sie dahin führen.« Er ging mit ihm zu dem Biwak, wo der verwundete Chasseur, der mit der kranken Witwe eines Tambours die Sorge um das Kind teilte, lagerte. Mit Ehrfurcht stand der alte Soldat auf, als Regnard sich ihm näherte. »Kamerad«, sprach dieser heftig bewegt, »ich bin dir mehr als mein Leben schuldig geworden, denn du hast mein Kind gerettet.« – »So viel hätte die Mutter nicht dafür gegeben!« antwortete der Chasseur. »Aber nun ist es gut aufgehoben, mein Oberst! Seht nur her, dort liegt es und schläft wie eine kleine Prinzessin.«

Es war in eine Art von Korb warm in Heu und Moos gepackt und mit einem leichten Tuch überdeckt. Die Witwe des bei Wiazma gebliebenen Tambours saß daneben und behütete es. Regnard betrachtete es gerührt. Er küßte es leicht auf die Stirn, nahm sich aber in acht, um es nicht zu wecken. Dann wandte er sich an die Frau und den Chasseur: »Freunde, wenn Gott uns nach Frankreich zurückführt, will ich euch vergelten, wie ich vermag. Jetzt bin ich arm und bloß wie ihr, denn ich komme aus russischer Gefangenschaft. Aber haltet euch zu mir, wir wollen Leid und Freude und Sorge um das kleine Engelchen teilen. Für den Augenblick aber vermag ich euch nichts zu bieten als diesen Handschlag zum Dank!« – »Wahrhaftig, das ist auch das Beste, mein Oberst«, rief der Chasseur, indem er kräftig einschlug. »So eine Hand, auf die man sich verlassen kann, ist jetzt mehr als ein Haufen Gold. Gelt, Ihr zieht mich doch aus dem Schnee, wenn ich irgendwo steckenbleibe? Ich habe in den letzten Tagen manchen gekannt, der wohl noch mit uns marschierte, wenn sein Kamerad nicht zu müde und verzweifelt gewesen wäre, um sich drei Minuten bei ihm aufzuhalten und ihm aus einem Schneehaufen zu helfen, in das man als Bube hundertmal in einem Tag zum Scherz gefallen und wieder herausgesprungen wäre! Auf solch eine Hand, mein Oberst, da zählen wir. Aber Gold? Das hat hier keinen sonderlichen Kurs. Als wir vor vier Tagen in Smolensk einrückten, saß ein Artillerist vor dem Tor am Weg und hatte einen Klumpen reinen Silbers, wie ein Kindskopf groß, auf den Knien. Es mag wohl aus einem moskowitischen Taufbecken zusammengeschmolzen gewesen sein und die Reise als Kanonenkugel im Protzkasten mitgemacht haben. Aber einerlei, was geht das mich an? Nun, das Stück Silber bot er feil um ein Brot und eine Flasche Branntwein. Aber glaubt Ihr, daß er es vom Morgen bis zum Abend losgeworden war, obwohl Tausende an ihm vorbeikamen. Er war endlich glücklich genug, als ihm ein italienischer Oberst ein Stückchen Brot, so groß wie eine Hand, und einen kleinen Schluck aus seiner Feldflasche dafür bot, zusammen nicht für einen Sous an Wert. Ja, so ändern sich die Dinge, mein Colonel, allein ein französisches Soldatenherz soll sich nicht ändern. So denke ich, mein Oberst! Topp, ich schlage ein! Hand gegen Hand! Mit meinen Wunden, denke ich, wird es bald besser gehen, und dann können wir einander vielleicht aushelfen.«

Der Alte hätte wohl noch eine Viertelstunde geschwätzt, wenn ihn Regnard nicht unterbrochen und gefragt hätte, wie er heiße und bei welchem Regiment er stehe – denn die Uniformzeichen waren nicht mehr ganz kenntlich, und manches fremde Kleidungsstück hatte die Tracht abenteuerlich genug verändert. – »Und Ihr bleibt auf einem Wagen mit der guten Frau dort?« fragte Regnard. – »Ja, freilich, solange unsere Pferde laufen wollen, wenn aber das Futter nicht besser ist als hier, so wird es so gar weit nicht mehr sein.« – »Und wie heißt Ihr?« – »Jacques Désiré Pallier, mein Oberst! Und diese Frau ist die Witwe Réné.«

»Gut, Pallier! Gut, Frau Réné! Wir wollen uns schon wiederfinden. Für heute gute Nacht, und haltet mir ja das Töchterchen warm.«

Sie kehrten hierauf zum Biwak zurück, wo die Ermüdung sie bald in tiefen Schlaf versenkte.

Drittes Kapitel

Ein bleicher Mondschein fiel durch graues Gewölk, der Wind strich hohl sausend über die Waldspitzen und Schneesteppen dahin, als die Krieger von neuem aufbrachen. Keine Trommel bezeichnete ihren Abmarsch. In tiefster Stille, so lautete der Befehl, rüsteten sie sich zu der mühevollen Wanderung. Regnard hatte vom Marschall ein Pferd erhalten und blieb als Adjutant in dessen Nähe. Rasinski marschierte mit den Seinigen, da man einen Angriff befürchtete, an der Spitze und ganz in der Weise, als erwarte man den Feind von vorne. Der Marschall war anfangs überall zugegen, wo gerade der Augenblick ihn forderte. Nachdem der Zug durch sein Ansehen sich soviel wie möglich geordnet hatte, glaubte er, daß der angemessenste Platz für ihn jetzt der sein werde, wo man den Angriff des Feindes zuerst vermuten durfte.

Indessen legte man mehrere Stunden Weges wie immer mit großer Anstrengung in dem tiefsten Schnee zurück, ohne auf irgendeine Weise beunruhigt zu werden. Die Kälte hatte in den letzten Tagen etwas nachgelassen, so daß man durch sie nicht mehr soviel zu leiden hatte. Es schien sogar, als wolle Tauwetter eintreten. Der Himmel war leicht bezogen, erneutes Schneegestöber jedoch nicht zu fürchten. Jetzt begann die Sonne im Rücken des Heeres das Gewölk zu röten, und matter Dämmerschein verbreitete sich über der toten Landschaft. Man war es bereits gewohnt, in jeder Vertiefung, in jeder nur einigermaßen steilen Schlucht weggeworfene Waffen, Gepäck, Helme, Gewehre, oft auch Kanonen und Munitionswagen zu finden, und nicht selten lagen einzelne, durch Entkräftung oder Hunger umgekommene Krieger daneben hingestreckt. Hier aber häuften sich die Zeichen einer furchtbaren Auflösung und Zerstörung der geordneten Heermassen auf eine selbst das Bedenken der Tapfersten erregende Weise. So schauerlich die Nacht mit ihren geheimnisvoll verhüllenden Schleiern war, so wurde der Tag, der sie hob, doch noch entsetzlicher.

Plötzlich entwölkte sich der Osthimmel, und die eben über den Horizont heraufschwebende Sonne stand dunkelrot hinter dem Heer und warf ihre Strahlen gleich einem langen blutigen Strom über die Schneewüsten hin. Die Schatten der Menschen und Pferde streckten sich wie schwarze Riesengestalten in unendlicher Länge über die weiße Ebene und kreuzten sich in tausendfacher Verworrenheit. Seltsam überrascht, wandte sich jedes Auge zurück. Seit länger als einer Woche hatte man das Bild der Sonne nicht gesehen. Heute zeigte es sich zum ersten Mal wieder, aber das Gestirn, das sonst Erquickung und Freude selbst in die Brust des Verzagtesten strahlt, weckte jetzt nur ein banges Grauen. Denn wie ein drohendes Glutauge, unter den Brauen finster herabhängender Wolken, stand es da. Es schien seine düsteren Schleier nur zurückgestreift zu haben, um fürchterlicher auf das Bild des Entsetzens und Verderbens, das die Erde darbot, herabzublicken. »So ging die Sonne bei Mosaisk auf«, sprach Jaromir leise zu Rasinski, »der Kaiser nannte sie die von Austerlitz.«

Rasinski wollte in diesem Augenblick absichtlich nicht auf die Anspielung eingehen. »Ich glaube, wir bekommen einen klaren Tag«, erwiderte er daher, »wenn der Wind nicht umsetzt …« Ein dumpfer Ausruf des entsetzten Erstaunens rings um ihn her unterbrach ihn mitten in seinem Wort. Er wandte verwundert das Haupt zu der Gegend, woher der Ruf ertönte, und übersah nun mit einem Blick die Ursache des Schreckens, der die Krieger ergriffen hatte. Man war eben eine leichte Anhöhe hochgeritten, und hatte jetzt das ganze Feld ausgebreitet vor sich. Da lagen, so weit das Auge reichte, auf dem weißen Schneegrund in schwarzem Gewimmel die Leichen von Menschen und Pferden, die Trümmer zerschmetterter Geschütze, Wagen, Waffen, Feldgerät, Gepäck. Es war das Schlachtfeld, wo der Vizekönig zwei Tage zuvor, von allen Seiten angegriffen, sich so mutvoll verteidigt hatte.

Eine tiefe Stille herrschte rings in den Reihen der Krieger. Der grauenvolle Anblick war unvermutet wie ein gigantisches Gespenst vor sie hingetreten und drang mit entsetzlicher Versteinerung aller warmen Lebenskräfte in ihre Brust ein. Kaum ein Atemzug war hörbar, als wage niemand das heilige Grauen dieses Leichenfeldes, wo der Tod selbst in den Armen des Winters erstarrt war, durch einen menschlichen Laut zu unterbrechen. Sogar der Marschall war davon ergriffen, doch nur einen Augenblick. Im nächsten warf er schon die Adlerblicke des Feldherrn über die Landschaft und suchte den Feind und die Stellung, in der er ihm am vorteilhaftesten begegnen könne. »Soldaten«, redete er, zu den Kriegern gewendet, die Scharen an, die sich jetzt dichter und dichter die Höhe hinanzogen, »Soldaten, hier haben unsere Kameraden einen Tag des Ruhmes gefeiert und sich Bahn gebrochen mitten durch den Feind. Ihr Beispiel sei euer Vorbild! Vielleicht wird uns heute das Glück zuteil, einen gleichen Ruhm zu erwerben.«

Rasinski trug gleichfalls jene feste Haltung des Mannes, die er äußerlich nie verlor, in seinen Zügen. »Freunde«, sprach er zu den Seinigen, »die hier liegen, starben einen ruhmwürdigen Tod. Dieser Schnee ist von edlem Blut gerötet. Es muß euren Grimm entflammen, euch zur Rache anspornen! Gedenkt dessen, wenn ich euch den Feind zeigen kann.« Während er sprach, loderten die hellen Flammen des Zorns aus seinen dunklen Augen. Er warf den Kopf stolz hoch und legte die Hand wie unwillkürlich an den Säbel. Sein Blick drang wie ein zündender Blitzstrahl in die Seelen der Krieger. Unter einem solchen Führer konnte ihr Mut nie sterben. In einem Augenblick schmolz sein Auge die kalten Fesseln des Grauens weg, mit dem der Anblick dieser schweigenden Felder des Todes ihre Brust umschleiert hatte, und frei regten sich die Flügel des Muts, die edlen Schwingen des Zorns wieder.

Der Zug bewegte sich vorwärts. Wie man allmählich den sanften Hügelabhang hinunterrückte, kam man dem Schlachtfeld, das man von der Höhe nur im allgemeinen überblicken konnte, näher und näher und zog sich endlich mitten durch die Spuren der Verwüstung hindurch. Der Marschall ritt an der Spitze und überblickte ernst, aber ruhig das Feld des Ruhmes und des Todes. Es fing jetzt an, deutlicher zu werden und die Stellungen der Truppen in der Schlacht zu bezeichnen. Regnard ritt neben Rasinski und deutete hier und da auf die Toten auf dem Weg, aus deren Uniformen man erkennen konnte, welche Regimenter hier gefochten hatten. »Dort stand die vierzehnte Division«, rief er und zeigte auf eine Stelle zur Seite, wo die glänzenden Schilder zerschmetterter Tschakos noch die Regimentsnummer erkennen ließen. »Dort muß die italienische Garde gefochten haben«, entgegnete Rasinski, »denn dort liegen ihre Toten. Wo aber mögen die Lebendigen weilen?«

Diese letzten Worte sprach er mit gedämpfter Stimme, weil er seine Befürchtungen nicht verraten wollte, allein ein Blick, den er auf Regnard richtete, gab nur zu deutlich zu erkennen, was er dachte. »Hm«, murmelte dieser, »freilich, Krasnoe hatten sie glücklich erreicht, aber was zwischen der Morgensonne von gestern und der von heute liegt, kann ich freilich nicht wissen, so wenig, als ich behaupten kann, daß wir morgen nicht auf russischem Schnee wandeln. Doch wenn wir in der nächsten Stunde nicht angegriffen werden, möchte ich's fast glauben. Aber seht einmal, ich bitte Euch, hier nach der linken Seite herüber!«

»Hier haben Männer gefochten«, rief Rasinski aus, »ein Elender, der es leugnen wollte.«

Sie waren jetzt, wie es schien, auf den Punkt des Schlachtfeldes gelangt, wo das Feuer des Feindes am heftigsten gewütet hatte. Lange Reihen von Toten lagen auf den Schnee hingestreckt, und weithin schimmerte er rötlich von den Strömen des Blutes, die hier zu starrem Eis geronnen waren. Niemals bot ein Schlachtfeld einen so grauenvollen Anblick des Todes dar, denn die Toten schienen in der Stellung, wie der letzte Hauch ihrer Brust entflohen war, zu unbeweglichen Steinbildern geworden, als ob sie so dem Gedächtnis für die fernste Nachwelt als starre Denkmäler der Schlacht aufbewahrt werden sollten. Wer die einzelnen Züge gekannt hätte, hätte seine Freunde bald wiedergefunden, so unverändert waren sie geblieben. Doch die Verzerrungen des Todeskampfes lagen fast auf jedem Antlitz, und der erstarrende Hauch de Winters hatte die Züge gehindert, sich wieder zu dem freundlich stillen Lächeln zu gestalten, das die letzte Spur der entflohenen Seele auf dem Gesicht bleibt, nachdem sie den Kampf mit den mächtigen Fesseln des Lebens überstanden hat und sich nun frei emporschwingt in das Reich des Lichts. Hier war es nicht so. Es schien, als ob die grimmige Hand des Winters noch früher als die des Todes den warmen Formen des Lebens ihr starres, unverlöschtes Siegel aufgedrückt hätte. Darum sah man auf keiner beruhigten Stirn, auf keiner sanft lächelnden Lippe den Ausdruck der Erlösung von den Qualen der Erde, sondern alle waren sie in den tiefeingeschnittenen Falten der Marter, der Verzweiflung stehengeblieben. Der Marschall mochte es, wie sehr er seine Seele zu beherrschen wußte, doch in eigener Brust empfinden, daß diese stumme Wanderung durch die Wüste des Todes nicht geeignet sei, die Flamme des Muts anzufachen, denn jeder sah in diesen unbestattet auf dem rauhen Eis gebetteten Kriegern, wie in einem prophetischen Spiegel, das Bild seines eigenen Schicksals. Auf hundert Schlachtfeldern hatten diese narbenbedeckten Helden freilich den Tod in mancher furchtbaren Gestalt gesehen, und nicht als Neulinge empfingen sie seinen ernsten Gruß. Überall aber ruhten die Gefallenen auf den Feldern des Sieges, und Lorbeeren flochten sich um ihre Schläfen, und die Göttin des Ruhmes reichte Lebenden und Toten den Kranz, und Fall war Triumph zugleich! Aber hier? – Welch ein Los erringen sich die Überlebenden, als erneute Qualen und Kämpfe? Und welch ein Los die Toten, die auf dem Boden des Feindes zurückbleiben, die keine Freundeshand bestattet, deren Gruft kein Siegesdenkmal schmückt für die Nachwelt, sondern die bodenlos hinabsinken in das weite Reich der Vergessenheit, in das unermeßliche Nichts! Nicht einmal die heilige Mutter Erde nimmt ihre Leichen auf, sondern die Raubvögel dieses düsteren Himmels und die hungernden Wölfe dieser Steppen zerfleischen den Besten wie den Geringsten, und die Frühlingssonne, wenn sie den Schnee hinwegschmilzt, wird nur verstümmelte Gebeine zum schaudervollen Anblick bringen.

Der Zug hatte jetzt in immer beschleunigtem Marsch eine tiefe Schlucht erreicht, in die sich der Weg hinabsenkt und von dort auf das breite Plateau von Katowa erhebt. »Erkennst du dieses Terrain?« wandte sich Rasinski zu Jaromir. Dieser warf aufmerksame Blicke umher und erwiderte dann: »Wenn mich der Schnee nicht täuscht, so ist dies der Ort, wo wir vor drei Monaten Newerowskoi schlugen und mit den eroberten Kanonen dem Kaiser eine Ehrensalve zu seinem Geburtstag brachten.« – »Ganz recht«, entgegnete Regnard, der Frage und Antwort gehört hatte, »Ihr habt einen guten militärischen Blick, junger Freund. Was meint Ihr, werden wir auch heute noch Viktoria schießen?«

Eben wollte Jaromir antworten, als ein dumpfer, aber nicht entfernter Kanonenschuß die tiefe Stille unterbrach. Dieses Zeichen, daß der Feind in der Nähe sei, durchzuckte jeden einzelnen mit einem elektrischen Schlag. Das geübte Ohr der Krieger schätzte sogleich die Entfernung, in der der Schuß gefallen war, und das Auge wandte sich zu der Richtung, in der man ihn gehört hatte. Die gespannte Aufmerksamkeit, ob er sich wiederholen würde, ob er den Anfang eines Gefechts oder ein Signal bedeute oder vielleicht nur ganz zufällig sei, war in jedem Angesicht zu lesen. Der Marschall gebot Halt. Er hatte Bedenken, gerade in diesem Augenblick seine Leute in die Schlucht hinabzuführen, da das Erklimmen der eisigen Höhen jenseits bei den erschöpften Kräften der Pferde und Menschen, besonders für die Artillerie, die größte Anstrengung forderte. Rasinski allein erhielt Befehl, mit seiner schwachen Reiterschar weiter vorzurücken und auf den Höhen von Katowa zu erkunden, ob der Feind in der Nähe sei. Der Überrest des Heeres lagerte indessen, um Kräfte für den nahe bevorstehenden Kampf zu sammeln.

Rasinski hatte bald die Hochebene von Katowa erreicht, aber vergeblich suchte sein Auge den Feind. Er entdeckte nichts als die langen einförmigen Linien der düsteren Tannenwälder, die sich unabsehbar längs dem Horizont hinzogen. Alles lag im tiefsten schauerlichen Schweigen. Mit Vorsicht ritt er wohl eine halbe Stunde weit auf der großen Straße dahin, teilte dann die Leute und befahl Jaromir, die rechte Seite der Straße auf Kanonenschußweite zu erkunden, während er selbst die linke untersuchen wollte. Auf diesem Ritt näherte er sich dem Saum des Waldes. Da entdeckte er Spuren von Pferden auf dem Schnee, die, wie er sie verfolgte, immer zahlreicher wurden. Dies bewies ihm, daß der Feind in der Nähe sein müßte, denn zum Teil war der Hufschlag ganz frisch. Aufmerksam hielt er das Auge auf den Saum des Waldes gespannt, der in seinem tiefen Schweigen das Verderben zu verhüllen schien. Von Zeit zu Zeit ließ er halten und lauschte, ob sich nicht irgendein Geräusch vernehmen lasse, aber alles blieb still wie in der Wohnung des Todes. Plötzlich flatterte eine Rabenschar mit heiserem Gekreische vom Wald her auf und zog über den Weg dahin. »Diese Vögel sind aufgescheucht«, sprach Rasinski, zu seinen Leuten gewandt, »wir dürfen nicht daran zweifeln, daß im Wald Leute verborgen sind.« – »Sieh, sieh, Oberst!« rief der gewandte Bliski hastig, indem er sich bückte und gewissermaßen den Bäumen unter die Zweige zu gucken versuchte. »Wahrhaftig, hier marschieren Leute.«

In der Tat war man eben an ein Gestell, das einen weiten Blick in das Innere des Waldes gewährte, gekommen, und als Rasinski sich bis unter den Sattel herabbeugte, sah er eine schwarze Kolonne, die mutmaßlich auf einem breiten Weg innerhalb des Waldes marschierte, quer über das Gestell gehen. Er sprang schnell vom Pferd und ließ seine Begleiter vorausreiten, damit diese nicht aus der Waldöffnung bemerkt werden sollten. Er selbst, auf den Schnee geworfen, beobachtete die Kolonne. Ihr Marsch dauerte eine ganze Zeit fort. Es war Infanterie. Da er jedoch die Tiefe nicht übersehen konnte, war es unmöglich, ihre Stärke zu schätzen. Jetzt aber kam auch Artillerie, und Rasinski konnte deutlich die Geschütze zählen. Da er bis dreißig gekommen war, wußte er ausreichend, daß jenes Korps den Streitkräften des Marschalls bei weitem überlegen sein mußte. Er schwang sich wieder aufs Pferd und eilte nun, dem Marschall die Nachricht zu bringen.

Jaromir war schon wieder bei dem Korps eingetroffen, ohne eine Spur des Feindes bemerkt zu haben. Die Leute hatten indessen, da ein Tannengebüsch ganz in der Nähe war, Holz geschlagen und Feuer angezündet, und der Marschall gebot ihnen, sich zu wärmen und zu erquicken, so gut es der Augenblick erlaubte, damit sie einem Angriff des Feindes mit Erfolg zu widerstehen vermöchten.

Als Rasinski jetzt seinen Bericht abstattete, wurde die verzweifelte Lage, in der sich das Korps befand, augenscheinlich. »Unfehlbar«, sprach der Marschall, »halten die Russen die Wälder auf der Höhe von Katowa besetzt und erwarten nur, daß wir uns oben zeigen sollen, um uns von allen Seiten anzugreifen und uns dann durch Besetzung dieser Schlucht hier vor uns jeden Ausweg abzuschneiden. Doch ich hoffe, wir machen uns Bahn mitten durch sie hindurch. Nur müssen wir den Kampf noch einige Stunden zu verzögern suchen, damit die Nacht uns zu Hilfe kommen kann. Wieviel Uhr ist?« – »Halb zwei«, entgegnete Rasinski. – »Gut, um vier Uhr ist es völlig dunkel. Dann wollen wir aufbrechen. So lange können wir noch Kräfte sammeln.«

Rasinski ritt zu den Seinigen zurück. Jaromir hatte bereits die Pferde füttern lassen, denn glücklicherweise besaß man noch etwas Vorrat von Hafer und Heut, und auch die Leute waren schon daran, sich ihre spärliche Mahlzeit zu bereiten. So verging eine Stunde in banger Erwartung.

Viertes Kapitel

»Rasinski«, rief Jaromir diesen unvermutet an, »siehst du dort auf der Höhe?« – »Kosaken! Wahrhaftig! Aber meinen Kopf zum Pfand, sie sind nicht allein!« antwortete Rasinski.

Auf der Anhöhe zeigten sich drei Reiter, die indessen nur, um zu kundschaften, vorgeschoben zu sein schienen. Sie wurden bald von allen bemerkt, und die Reihen gerieten in jene unruhige Bewegung, man hörte jenes dumpfe Murmeln durch die Glieder laufen, wodurch sich die Erwartung eines wichtigen Ereignisses anzukündigen pflegt. »Wirf dich aufs Pferd, Jaromir«, befahl Rasinski, »und sprenge dort bis an die Waldecke hinauf, so kannst du die Gegend weit übersehen.«

Jaromir, der das beste Pferd von allen besaß, flog wie ein Pfeil über die Schneefläche, um den Auftrag zu vollführen. Fast noch schneller aber kehrte er zurück und meldete, daß die ganze Höhe mit Kosaken besetzt sei, und auch Infanteriekolonnen aus der Tiefe des Waldes hervorkamen. Eben ritt auch Regnard vorüber, der auf Befehl des Marschalls gleichfalls eine Erkundung angestellt hatte. »Es kommt zum Spruch, Rasinski«, rief er im Vorüberreiten, »der Tag fängt geradeso an wie vorgestern. Der Wald wimmelt von Russen wie ein Ameisenhaufen.«

Die Trommel tönte. Die Truppen traten ins Gewehr. Die ungeordneten Massen der Traineurs, der Kranken, der Waffenlosen rotteten sich auf einen dichten Haufen zusammen. »Für uns kann die Schlacht eine Freude sein«, sprach Rasinski, »aber Boleslaw und die anderen Verwundeten trifft ein hartes Los. Wir müssen versuchen, es von ihnen abzuwenden. Doch wer kommt da?«

Von den Höhen herab nahte sich ein russischer Offizier, der mit einem weißen Tuch in der Hand schon von fern winkte. »Was Sie wollen, mein Herr«, rief Rasinski stolz für sich, als er ihn erblickte, »ist vergebliche Mühe. Solange wir Waffen führen können, unterhandeln wir nicht.«

Der Marschall war mit Anordnung und Aufstellung der Truppen beschäftigt. Er sprengte durch die Glieder, zeigte sich überall selbst, ordnete, ermutigte, gab Befehle. Rasinski sandte ihm schleunigst einen Reiter nach, um ihn zu benachrichtigen, daß ein Unterhändler sich zeige. Doch noch ehe der Marschall zurückkehrte, hatte der russische Offizier die Vorposten erreicht, und da er an der Uniform die Leute Rasinskis für

Polen erkannte, rief er ihnen polnisch zu, sich der Übermacht zu ergeben. Doch wie ein ergrimmter Löwe sprengte Rasinski auf ihn zu und rief: »Sie wiegeln unsere Leute auf, Sie suchen sie zum Verrat zu verleiten! Das ist nicht die Rolle des Unterhändlers, mein Herr. Ich erkläre Sie für einen Gefangenen!«

Der Offizier wollte erschrocken das Pferd wenden, doch schon hatte Rasinski die Zügel desselben ergriffen, und seine herbeisprengenden Leute umringten den Russen so rasch, daß weder an Flucht noch Gegenwehr zu denken war. »Sie werden die unverletzliche Person des Unterhändlers nicht angreifen!« rief der Russe. – »So hätten Sie in gebührender Ferne warten müssen, ob es uns beliebte, Sie als Unterhändler zu empfangen«, entgegnete Rasinski. »Auf diese Weise darf sich niemand einem kampffertigen Heer nahen, das ist gegen Kriegsgebrauch.« – »Lassen Sie mich zu Ihrem Befehlshaber führen«, antwortete der Offizier, »er wird meine wohlgemeinten, vernünftigen Ratschläge achten. Das Unmögliche ist selbst dem Tapfersten unmöglich, »es bleibt Ihnen kein Ausweg als der der Kapitulation.« – »Wir werden ja sehen«, erwiderte Rasinski, welcher der Entschließung des Marschalls zu gewiß war. »Dort kommt der Befehlshaber. Sie stehen vor dem Marschall Ney, dies sei Ihnen genug, um zu wissen, daß Ihre Worte vergeblich sein werden.«

Der Marschall kam. Rasinski ritt ihm entgegen und meldete, was er getan hatte. »Sie haben als ein Offizier von Ehre gehandelt«, antwortete der Marschall, »ich würde mich schämen, geringer zu denken als Sie. Doch will ich den Offizier sprechen.« Damit ritt er auf diesen zu und fragte ihn nach seinem Begehr.

»Mich sendet der Marschall Kutusow«, begann der Russe, »er würde einem so berühmten Krieger und Feldherrn nicht den Vorschlag machen, die Waffen zu strecken, wenn noch ein anderer Ausweg offen bliebe. Auf diesen Höhen ringsumher stehen achtzigtausend Mann und hundert Feuerschlünde. Wenn Sie zweifeln, so soll es Ihnen freistehen, einen Offizier zu senden, den ich durch die Reihen der Unsrigen führen will, damit er sie zähle.«

»Ich hoffe, Ihren Leuten selbst so nahe zu kommen, daß ich sie zählen kann«, erwiderte der Marschall mit funkelnden Augen. »Sagen Sie dem Fürsten, daß der Marschall Ney noch nie die Waffen übergeben hat und daß die Weltgeschichte niemals eine solche Handlung von ihm berichten wird. Dort liegt das Ziel, das Pflicht und Ehre mir gesetzt haben. Ich werde mir Bahn dahin mitten durch Ihre Reihen machen, und wenn diese Wälder zu Armeen würden!«

»Sie werden es«, antwortete der Unterhändler, aber noch hatte er das Wort nicht vollendet, als ein furchtbares Krachen von den vorwärts und zur Linken gelegenen Anhöhen ertönte und ein Hagel von Kartätschen auf den Eisspiegel der Felder herabprasselte. »Das ist Verrat!« rief der

Marschall heftig, indem er aufblickte und die Höhen von allen Seiten mit schwarzen Truppenmassen und Artillerie gekrönt sah. »Unter dem Feuer verhandeln man nicht! Sie sind mein Gefangener!«

Der bestürzte Offizier, der durch die Unvorsichtigkeit oder Rücksichtslosigkeit der Seinen auf diese Weise preisgegeben wurde, übergab seinen Degen. »Führt ihn zu dem Zug!« gebot der Marschall. »General Ricard, vorwärts! Sie greifen den Feind mit dem Bajonett an. Ihnen sei die Ehre, uns die Bahn zu brechen.«

Der General mit etwa fünfzehnhundert Mann rückte entschlossen vorwärts. Die kleine Schar verlor sich fast auf dem ungeheuren Raum, der vor ihr lag. Das Unternehmen, gegen die dichten Massen des Feindes anzurücken, der gleich drohenden Gewitterwolken sich immer schwärzer und schwärzer auf den Höhen zusammenzog, schien fast ein wahnsinniges zu sein. Doch der Marschall hatte es befohlen, und das Vertrauen auf ihn war unbegrenzt. Sie wähnten, sein Gebot müsse den Sieg erzwingen. Ohne Bedenken stürzten sie daher vorwärts den steilen Weg in die vorliegende Schlucht hinab, um jenseits die Anhöhe zu stürmen.

Indessen durchfliegt der Feldherr die Reihen der übrigen und ordnet sie zum Kampf. Regnard sprengt zu Rasinski heran und bringt ihm den Befehl, mit seinem bis auf sechzig Mann geschmolzenen Regiment den linken Flügel gegen die schwärmenden Kosaken zu decken. Die Artillerie macht Front gegen den Feind, und ihre sechs kleinen Kanonen unternehmen es, sich gegen die furchtbare Übermacht der russischen Feuerschlünde zu verteidigen. Auf den beschneiten Anhöhen, die der Feind besetzt, herrscht seit jener ersten Salve, womit er den Angriff begonnen hat, eine gewitterschwere Todesstille. Aber als wüchsen die Scharen, gleich den geharnischten Männern des Kadmus, aus dem Erdboden heraus, wurde das schwärzliche Gewimmel von Pferd und Mann auf dem weißen Plan immer dichter und dichter.

Rasinski hatte seinen Posten einige hundert Schritte links vom Weg genommen und hielt an einem Schneehügel, von dem er halb gegen das feindliche Artilleriefeuer gedeckt wurde und doch das ganze Schlachtfeld übersehen konnte. Seine Haltung war ernst, wie immer in der Schlacht, aber ebenso vertrauensvoll, so besonnen und frei wie drei Monate zuvor, als er bei Mosaisk mit Löwenkühnheit an der Spitze seines Regiments in die feindlichen Reihen eindrang. Während er die Blicke flammend über das Schlachtfeld schweifen ließ, ritt Jaromir zu ihm heran und sprach leise: »Wir werden ehrenvoll fallen, Rasinski. Solltest du am Leben bleiben und sie wiedersehen«, er wagte Lodoiskas Namen nicht auszusprechen, »so berichte ihr meine Reue. Die Vergebung, der der Lebende unwürdig war, wird dem Toten jenseits die Ruhe geben.« – »Was sprichst du, Jaromir«, erwiderte Rasinski bewegt, »denke an das Leben. Hier sind noch viele Auswege.« – »Oh, ich fürchte den Tod nicht«, entgegnete Jaromir rasch, und eine edle Röte färbte seine bleichen Wangen, denn er glaubte, Rasinski werfe einen Verdacht der Verzagtheit auf ihn, »doch du siehst wohl selbst, daß hier nur für wenige Heil und Rettung bleiben wird. Es ist freilich ein grausamer Hohn der Glücksgöttin, daß sie den Tapfersten so verrät. Aber sie ist doch einmal eine Delila, die den Simson gebunden überliefert!« – »Erwarten wir's«, sprach Rasinski mit Würde, »ob er seine Bande nicht zerreißen wird.«

Während dieses Gesprächs war Ricard mit seiner Mannschaft durch die Schlucht gegangen und rückte jenseits im Sturmschritt gegen die russischen Batterien auf dem Höhenrand von Katowa heran. Jetzt blitzte es, als beginne ein Gewitter rings am Horizont, und soweit das Auge reichte, wirbelten Rauchsäulen auf allen Höhen empor, als sei die Erde in hundert Vulkanen aufgeborsten. Einen Augenblick später zerriß ein donnerndes Krachen die Lüfte, der Boden zitterte in seinen Tiefen erschüttert, und mit sausendem Geheul und Zischen durchschnitt der Schwarm der Kugeln und Kartätschen wie ein Heer unsichtbarer, fliegender Schlangen die Lüfte. Sie prasselten rings in die starre Eis- und Schneerinde hinein, die das Feld bedeckte, so daß diese in tausend glänzenden Wolken zersplitterte. Ein Blick auf Ricards tapfere Leute mußte das Herz zerreißen, denn dieser eine Moment hatte die Hälfte derselben zerschmettert auf das starre, winterliche Totenlager hingestreckt. Die eben noch dicht geschlossenen Reihen waren so gelichtet, daß die Lebenden wie vereinzelte Stämme eines ausgehauenen Waldes standen. Doch der Führer ist nicht gefallen, sein Ruf sammelt die Unversehrten, er rückt aufs neue gegen die todspeienden Höhen hinan. Da reißt eine zweite donnernde Lage der Batterien vor ihm, gleich einer heranbrausenden Meerflut, seine Reihen abermals hinweg. Nur wenige bleiben von der verwüstenden Sichel des Todes verschont, und in diesen, da der Sieg Unmöglichkeit wurde, gewinnt der Schrecken die Übermacht, und sie stürzen flüchtend zurück, um Heil in den Reihen ihrer Brüder zu suchen.

Schon aber rückt der Marschall Ney selbst an der Spitze des Kerns seiner Mannschaft gegen den Feind heran. Dicht geschlossen, eine wandelnde Mauer, in der Brust ein ehernes unerschütterliches Herz, erfüllt mit grimmigem Schmerz um den Tod ihrer Brüder, entschlossen, den letzten Blutstropfen an Ehre und Rache zu setzen, stürmt diese schwarze Wetterwolke von Helden, den Kühnsten an der Spitze, gegen die Verderben herabschleudernden Vulkane der feindlichen Batterien heran. Jetzt fühlt auch der Feind, der bisher unbeweglich auf den Höhen gestanden und nur aus sicherer Ferne den Tod auf die Gegner herabgesendet hat, seinen Ehrgeiz geweckt. Die erste russische Linie, dreifach überlegen an Zahl, von trefflicher Bewaffnung und kraftvollen unerschöpften Kriegern, rückt den verwegenen Angreifern entgegen, in der stolzen Hoffnung, sie zu umflügeln, zu ersticken, zu zermalmen.

Jetzt ist der Augenblick gekommen, wo Rasinski handeln muß. Er sprengt mit seiner kleinen Schar vor, durch die Schlucht hindurch, die Anhöhen links hinauf und wirft sich in die rechte Flanke des Feindes. Zugleich führen einige hundert Mann leichter Truppen, es waren Illyrer, dieselbe Bewegung auf der linken Flanke aus. Bei diesem Anblick ergreift Erstaunen den Feind. Als er sieht, daß die Gegner den Sieg für gewiß achten, fängt er an, ihn möglich zu finden. Das kühne Vertrauen der Angreifenden erschüttert seine Zuversicht. Er stutzt, er wankt. Da bricht Ney mit seiner grimmigen Schar in die wankenden Linien ein, wirft sie nieder und scheucht sie vor sich her wie ein Bergstrom, der, seine Ufer überströmend, die Wellen auf eine flüchtende Herde rollt. Jubelnd stürmt er auf der gewohnten Bahn des Sieges vorwärts. Aber ach, jetzt verläßt ihn die treulose Göttin! Denn schon ist ein zweites Heer, gleich dem erneuten Haupt der Hydra, dem Boden entwachsen und reckt ihm aus tausend ehernen Schlünden die roten blitzenden Zungen entgegen. Der Boden scheint zu bersten, das Firmament zu zerreißen bei dem Krachen der Feuerschlünde, die in diesem Augenblick eine Flut von Blei und Eisen gegen ihn ausspeien. Alles wankt, nur Ney steht fest in diesem Orkan. Doch welch ein Anblick bietet sich ihm dar. Alle seine Generale liegen verwundet, und ihr edles Blut rötet den Schnee. Seine Scharen sind furchtbar gelichtet, der Boden ist schwarz bedeckt mit Gefallenen. Noch einmal ruft er: »Vorwärts!« und versucht es, die Trümmer des Heeres zu sammeln. Da entlädt sich die furchtbare Donnerwolke zum zweiten Mal und schleudert den tausendfachen Tod in die zersprengten Reihen. Jetzt stürmt der unsichtbare Gott des Entsetzens in die Scharen ein, und der Schwarm wirbelt nach allen Seiten auseinander. Rasinskis Tapfere sind die letzten, die flüchten, er selbst befiehlt die Flucht, denn sie allein trägt noch die Möglichkeit des Heils im Schoß. Der Feldherr erkennt den Willen des Geschicks, dem der Sterbliche vergeblich widerstrebt. Mit empörtem Schmerz in der Brust gehorcht auch er dem Verhängnis, das den Helden auf die schmachvolle Bahn der Flucht zwingt. Zu den Seinigen zurückgekehrt, hält er mitten unter ihnen.

Kutusow von seinen Höhen wagt es dennoch nicht, diesen Kriegern näher zu rücken, deren geringster ein unbesiegbarer Held ist. Aber ununterbrochen sendet er von fernher den Tod in ihre Reihen. Während die Leute sich wieder sammeln und ordnen, überblickt der Marschall das Schlachtfeld mit dem prüfenden Auge des Feldherrn. Sein Antlitz ist ernst, die Stirn düster gefurcht, doch trotzig und entschlossen. Der Blick der Seinigen hängt an seinen Mienen, denn nur von ihm nehmen sie die Entscheidung hin, daß sie ohne Rettung verloren sind. Solange er sie nicht ausspricht, hoffen sie noch auf einen glücklicheren Erfolg. An seinem ernsten Sinnen erkennen sie, daß er an einen anderen Ausweg denkt. Unverwandt hält er den Feind und seine Bewegungen im Auge, nur dann und wann wirft er einen schmerzlichen Blick auf die Stelle, wo er den flüchtigsten Sieg, aber freilich auch den unvergänglichsten Ruhm in wenigen Minuten mit dem Leben so vieler teueren Kameraden erkauft hat. Indessen dauert das mörderische Feuer fort, und der Raum, den das kleine Heer einnimmt, ist so gering, daß die Kugeln es in seiner ganzen Tiefe und Breite durchdringen. Dasselbe Geschoß, das in den vordersten Reihen die Krieger niederwirft, schmettert noch in die aufgefahrene Burg der Wagen hinein, wo die Verwundeten, die Kranken, die Frauen und die Kinder in hilfloser Ohnmacht dem Verderben preisgegeben sind. Welche Hand soll jetzt erretten? – Da läßt die heilige Nacht allmählich ihre dämmernden Schleier herab und umhüllt die Bedrängten mit ihrem beschattenden Gespinst. Jetzt scheint der Marschall den Ausweg aus diesem Labyrinth des Todes gefunden zu haben. Er mißt mit den Augen die Entfernung, die Stellung des Feindes, er wirft die Blicke seitwärts, rückwärts, man sieht, daß er die Gestalt des Bodens, auf dem er sich befindet, mit neuen Absichten betrachtet, ihm neue Vorteile abzugewinnen denkt. Nun ist der Gedanke reif, er hat keinen Feldherrenrat gehalten. Nur seinen eigenen Mut, seine eigene Einsicht hat er befragt. Er winkt Regnard, Rasinski und die anderen Führer heran und erteilt jedem seine Befehle. Diese eilen zu den Ihrigen. »Gewehr auf!« schallt es durch das Heer, und von allen Seiten setzen sich die Kolonnen in Bewegung. Aber wohin? Gegen den Feind? Nein. Aber dennoch dem furchtbarsten Verderben entgegen, denn sie wenden ihre Schritte zurück, in die unermeßlichen Öden Rußlands. Der Feind von seinen Höhen sieht mit Erstaunen diese Bewegungen. Er scheint ähnliche Absichten zu vermuten, wie sie zwei Tage zuvor der Vizekönig von Italien ausgeführt hat. Deshalb verlängert Kutusow die Flanken seines Heeres nach beiden Seiten und dehnt so die Garne weiter aus, in denen er den Löwen zu fangen hofft. Er hätte ihn vernichten können, denn nur eines Angriffs hätte es bedurft, um die wenigen Tapferen durch die Masse ihrer Gegner zu erdrücken, allein der kaltblütige Greis schien einen höheren Wert darauf zu legen, sie gefangen zum Triumph Rußlands inmitten seines Heeres einzuführen, wenn Hunger, Kälte und Erschöpfung sie gezwungen hätten, die Waffen zu übergeben. Denn daß es abermals eine Möglichkeit gäbe, dieser zehnfachen, unüberwindbaren Ringmauer von Gefahren zu entrinnen, das schien dem alten Russen nur im Reich der Wunder und Träume zu liegen. So hatte er es denn jetzt in der Hand, den berühmtesten Krieger des französischen Heeres zu vernichten, aber das genügte seinem Stolz und seiner Rache nicht. Er wollte ihn demütigen und nicht sein Haupt, sondern seinen Degen dem Kaiser Alexander überliefern.

Die französischen Krieger empfangen die Befehle ihrer Führer mit erschreckendem Erstaunen. Wie, fragt sich jeder, zurück sollen wir, in die starren, grauenvollen Wüsten, denen wir nur mit äußerster Anstrengung zu entrinnen versuchten? Wir wenden der Heimat den Rücken zu, dringen wieder ein in das Herz des szythischen Rußland, wo die Sitte rauher, barbarischer ist als selbst die Natur? Mit geheimem Grauen taten sie jeden Schritt rückwärts, indes sie gehorchten, denn ihr Feldherr hatte so geboten, und das Vertrauen auf ihn war die einzige Stütze ihrer Kraft.

Die Nacht schien sich mit dem Schlag ihrer düsteren Schwingen zu beeilen und senkte sich tiefer auf das kalte Lager des Schnees herab. Schon verschwanden die mit Feinden gekrönten Höhen in unbestimmtem Dunkel, und nur noch einzeln, sparsam wurden schwere Kugeln in die Masse der Rückwärtsziehenden gesandt, gleichsam ein Zeichen, daß der Feind seine Beute nicht aus dem aufmerksamen Auge verliere.

Schweigend, mit müdem Fuß, düstere Sorgen in Blick und Brust, schritten die Krieger auf ungebahnten Wegen (denn der Marschall zog sich rechts von der großen Straße den Wäldern zu) durch den tiefen lockeren Schnee dahin. Das Maß ihrer Bedrängnisse war aber noch nicht gefüllt. Denn langsam, anfangs mit hohlem Geräusch, dann näher und näher heranbrausend, erhob sich der Sturm. Diesmal aber nicht jener strenge eisige Hauch des Nordens, sondern ein feuchter Südwest, der Schneewolken auf der Bahn des Himmels herantrieb und zugleich von dem Boden wirbelnde Flockensäulen aufjagte. Als rege ein feindlicher Dämon diese Strudel von Sturm und Schnee auf, um die Unglücklichen darin wie in den gähnenden Schlünden einer Charybdis zu verschlingen, tobten die Wirbel umher und hinderten die Brust am Atmen. Pferde und Menschen keuchten, die letzte Kraft drohte zu schwinden. Der Wind zog mit hohlem Geheul über die Steppen. Jetzt verfing er sich in den Schluchten, jetzt brach er sich an den Wäldern und kehrte abprallend, sich selbst kreuzend wieder, so daß er, die Ermatteten mochten die Schritte wenden, wohin sie wollten, ihnen stets das Angesicht rauh peitschte. Der Marsch wurde unsicher, er schwankte rechts, er schwankte links. Bald sperrten verwehte Schluchten den Weg, und man mußte ganze Strecken zurücklegen, ungewiß, ob man sich vom Feind entferne oder ihm nähere. Bald zwangen steile, mit Glatteis bedeckte Abhänge zu einer geänderten Richtung. Die Nacht wurde finster wie das Grab, eine schwarze, schwere Wolkenhülle, aus deren Schoß die Schneefluten herabwirbelten, hatte sich über den Himmel gelagert. Nichts blieb dem Auge sichtbar als das gespenstisch schimmernde weiße Leichentuch, womit sich die unermeßliche Totenbahre der Erde bedeckt hatte. Endlich waren die erschöpften Kräfte gebrochen. Der erstarrte Fuß vermochte keinen Schritt mehr zu tun, der abgestorbenen Hand entsank die Waffe. Selbst der Feldherr schien die Hoffnung zu verlieren und das edle Haupt dem zerschmetternden Schlag der Vernichtung beugen zu wollen. Es mußte endlich mitten in Eis und Schnee gerastet werden, damit die Ermüdeten wenigstens Atem zu neuen Anstrengungen schöpfen konnten. Der Marschall befand sich an der Spitze des Zuges mitten unter Rasinski und dessen Leuten. Regnard hielt an seiner Seite.

»Wißt Ihr noch, Rasinski«, fragte er diesen ganz leise, »wo Süden oder Norden ist, ob der Feind vor oder hinter uns steht, ob wir uns rechts oder links von der Straße befinden? Ein Kompaß wäre hier eine Provinz wert.« – »Vielleicht lassen sich einige Sterne blicken, wenn das Schneegestöber aufhört«, erwiderte Rasinski, »es dauert ja schon drei Stunden, da wird es doch endlich eine Pause machen.« – »Ich glaube an keine Sterne mehr, die uns leuchten«, antwortete Regnard kopfschüttelnd und blickte düster vor sich hin.

Rasinski peinigte sich mit dem Versuch, ein Mittel zu ersinnen, um den Marsch mit Sicherheit zu leiten. Eben hatte er einen rettungsbringenden Gedanken gefunden, als der Marschall ihn rasch fragend anredete: »Haben Ihre Leute und Pferde noch einige Kraft übrig, so folgen Sie mir, ich hoffe ein Mittel ersonnen zu haben, die Richtung nach dem Dnjepr selbst durch diese Schneewüste zu finden.«

»Auch ich«, rief Rasinski eilig, weil er sich wenigstens den Ruhm des Einfalls auch für seinen Teil sichern wollte, »wenn man den Lauf des Baches ermitteln könnte, der in der Schlucht strömen muß, an der wir vor einer halben Stunde umzukehren gezwungen waren.« – »Wir verstehen uns«, erwiderte der Marschall freudig, »eben das ist auch mein Gedanke. Wir wollen versuchen, die Stelle wiederzufinden, Sie und Ihre Reiter und einige Sappeure sollen mich begleiten.«

Sogleich machte man sich auf. Die noch nicht ganz verschneiten und verwehten Spuren der Kanonen ließen den Weg, den das Heer genommen hatte, erkennen. An einigen zweifelhaften Stellen half Rasinskis scharfer Ortssinn, dem nichts entging, was zur Orientierung dienen konnte, und der die unbedeutendsten Formen des Terrains in unauslöschlichem Gedächtnis festhielt. Nach einer halben Stunde erreichte man die Schlucht. Der Schnee war durch den Sturm mehr als mannshoch darin zusammengeweht, Indessen machten sich die Sappeure mit angestrengtester Kraft daran, ihn wegzuräumen, und gelangten wirklich auf einen festen Eisspiegel.

»Wenn der Frost bei diesem seichten Gewässer nur nicht bis auf den Grund gedrungen ist«, sprach der Marschall besorgt, während die Sappeure sich schon bemühten, das Eis zu durchhauen. – »Das fürcht' ich nicht«, entgegnete Rasinski, »alle diese Bäche haben einen warmen, moorigen Grund. Daher frieren sie nur bei der schärfsten Kälte durchweg zu. Wir treffen zuverlässig noch Wasser, zumal da es gestern schon zu tauen angefangen hat.«

Er hatte richtig geurteilt. Denn eben drang die Axt durch die Eishülle, und es trat Wasser in das Loch. Mit wenigen Schlägen war die Öffnung erweitert, und man erkannte jetzt die Richtung des Wasserzuges. Freudig rief der Marschall aus: »So hoffe ich, sind wir geborgen. Dieser Bach muß uns zum Dnjepr geleiten, der nicht fern sein kann. Sind wir über diesen hinaus, so, denke ich, haben wir das Schwerste überwunden und werden uns mit unseren Kameraden vor uns bald vereinigen.«

Sogleich sandte der Feldherr jetzt die Marschbefehle an das Korps, das sich indessen einigermaßen von der Anstrengung ausgeruht hatte. In einer Stunde erreichte man, stets dem Lauf des Baches folgend, einen dichten Wald. Hier war man geschützt vor dem Sturm, und das Schneegestöber hatte überdies aufgehört. Die geringste günstige Wendung des Geschicks belebt in solchen Lagen den Mut auf unglaubliche Weise mit neuen Kräften und Hoffnungen. Daher schritt der Marsch rüstig vorwärts. Das Vertrauen der Krieger wuchs noch durch den glücklichen Zufall, daß Rasinski in den halbeingestürzten Hütten eines zerstörten elenden Dorfes einen alten lahmen Bauern auftrieb, der die Gegend genau kannte. Dieser sagte aus, der Strom sei ganz in der Nähe, werde aber schwerlich zu passieren sein, da das Eis noch nicht stark genug gewesen sei, um dem Tauwind zu widerstehen. Wenn noch ein Übergang möglich sei, so könne dieser nur an einer einzigen Stelle geschehen, wo die Eisschollen sich wegen der starken Krümmung des Flusses zu stopfen und einige Zeit hindurch auch noch dann eine ziemlich feste Decke über denselben zu bilden pflegten, wenn er oberhalb schon ungangbar sei.

Rasinski versprach dem Alten eine reiche Belohnung, wenn er ihn zu der Stelle führe, dagegen drohte er ihm mit dem fürchterlichsten Tod, wenn er Verrat übe. Der Bauer erwiderte: »Habt keine Sorge, ich bin nicht aus Altrußland, sondern von drüben her, wo man euch nicht so übel will wie hier. Seid ihr nur erst über dem Fluß, so werdet ihr dort auch Obdach und wohlwollende Leute antreffen, während hier alles verheert und wie ausgestorben ist. Folgt mir denn getrost, ihr werdet bald sehen, daß ich recht habe.« So wurde er der Führer des Heeres und brachte es glücklich, bevor eine Stunde verging, an das Ufer des Stroms, welcher der Retter oder der Verderber dieser tapferen Schar werden sollte.

Fünftes Kapitel

Der Mond trat eben hinter dunklen Wolken hervor und warf sein blasses Licht über die Landschaft, als Rasinski, neben dem der Bote ging, auf einer Hügelspitze aus dem Wald ins Freie gelangte und nunmehr die Gegend überschauen konnte. Nur der zwischen niedrigen, aber steilen Anhöhen eingeschlossene Dnjepr war sichtbar. Er glich einer schwarzen Riesenschlange, die sich auf dem weißen Bett des Schnees ringelte, denn leider wölbte sich keine Eisdecke mehr über den Strom, sondern nur einzelne Schollen trieb er auf brausenden Wellen zwischen den Ufern dahin. Rasinski, der, um sich zu versichern, daß es kein Verrat sei, einige hundert Schritte vorangesprengt war, befand sich allein mit dem Führer in dieser schauerlichen Gegend. Er warf seine forschenden Blicke rings durch die Öde, in der nur das dumpfe Dröhnen und Krachen der aneinanderstoßenden Eisschollen zu vernehmen war. »Dort«, sprach der Muschik und deutete mit dem Finger zu einer Stelle, wo der Strom sich zu verlieren schien, weil die Hügel seinen Lauf deckten, »dort steht das Eis, denn in der flachen Biegung verstopfen die Schollen, und wenn sie nicht seit gestern weggetaut ist, so muß auch noch eine Bahn übergefroren sein.«

Rasinski lenkte sein Pferd zu der bezeichneten Stelle hin. Indem er am Saum des Waldes hinunterritt, hörte er es plötzlich in den Gebüschen rasseln und vernahm zugleich Peitschenknall und heftiges Schnauben angestrengter Pferde. Er horchte verwundert auf, denn hier konnte noch kein Wagen von dem Zug des Heeres sein, auch wäre kein einziges Paar der ermatteten Zugtiere desselben jetzt einer so raschen Bewegung fähig gewesen. »Führt ein Weg hier durch den Wald?« fragte er den Russen. »Ja, Herr«, erwiderte dieser. »der Weg von Syrokorenje nach Gosinoe kommt hier herüber. Es sind vielleicht Bauern, die hier durchs Holz fahren, aber Gefahr gibt es gewiß nicht, da es ja nur ein Schlitten zu sein scheint.« Indessen beschloß Rasinski doch, denselben mit Vorsicht zu beobachten und ihn, wenn er es nötig finde, anzuhalten. Sowie er ihn daher sah, zog er die Pistole aus dem Gürtel, sprengte in den Weg und rief in russischer Sprache mit starker Stimme: »Halt, oder ich schieße!«

Der in dichte Pelze verhüllte Führer des Schlittens hielt an und erwiderte gleichfalls russisch: »Was wollt Ihr? Wir sind gute Russen, was haltet Ihr uns an?« Rasinski ritt näher, hielt aber die gespannte Pistole in der Hand. »Woher kommt ihr, wer seid ihr, und wohin wollt ihr? Darüber habt ihr mir jetzt genaue Auskunft zu geben«, befahl er mit ruhigem, aber männlich festem Ton. Der Führer des Schlittens wandte sich, statt zu antworten, zurück zu den im Schlitten Sitzenden und fragte leise auf deutsch: »Es sind nur zwei, soll ich mit der Pistole antworten und weiterfahren?«

Rasinski hatte jetzt die Unbekannten im Schlitten näher betrachtet. Es waren der Tracht nach zwei Männer und zwei Frauen. Da er jetzt an der halb gehörten Rede des Führers bemerkte, daß sie keine Russen seien, vermutete er vielleicht flüchtige Offiziere von der Armee. Er drängte daher sein Pferd dicht an den Schlitten, hielt einem der Männer die Pistole vor das Angesicht und sprach Deutsch: »Wir beide sind nicht, was wir scheinen wollten, es muß sich jetzt zeigen, ob wir Freunde oder Feinde sind. Nochmals frage ich …« Doch mitten in seinen Worten unterbrach ihn ein jubelnder Ausruf der Freude. »Rasinski, Rasinski!« tönte es von den Lippen des Angeredeten, und Ludwig warf sich außer sich vor Freude an seine Brust. Zugleich hörte er auch Bernhards Stimme, der einen raschen Sprung vom Schlitten herab machte, um sich von der anderen Seite an ihn zu drängen. Rasinski sprang vom Pferd und drückte den Freund in heißer Umarmung an sein Herz. »O Gott, welchen Dank bin ich dir für diese Gnade schuldig«, rief er tief bewegt, und Tränen der Freude rollten über seine männliche Wange.

Wie drängten sich Fragen und Erzählungen der wunderbarsten Geschicke jetzt in wenigen Minuten zusammen! Das Herz vermochte nicht so schnell zu fassen und zu empfinden, die unglaublichste Rettung, das Auffinden der geliebten Wesen, neue Gefahren und Rettungen von der einen Seite, dagegen von der anderen unaussprechliche Sorgen, düsterer Gram, furchtbare Kämpfe und Bedrängnisse, und jetzt, am mächtigsten durch die lebendige Wirklichkeit, dieses Wiederfinden der Freunde an der Schwelle der Rettung.

»Lebt Jaromir? Wo ist Boleslaw?« fragten Bernhard und Ludwig aus einem Mund. Jetzt erst erinnerte sich Rasinski, daß ein Heer ihm auf dem Fuß folge. Er wandte sich um, deutete zu dem Wald zurück und antwortete: »Dort sind sie bei den Unsrigen.« Eben sah man die ersten Reiter hervorkommen. Rasinski saß hierauf wieder auf und eilte, dem Marschall Bericht über die Aussage des Führers abzustatten. Dann suchte er Jaromir auf, den er am Wagen bei Boleslaw haltend antraf, so daß er beiden zugleich die freudige Kunde überbringen konnte. Die Jünglinge eilten, der Führung Rasinskis folgend, zu den Freunden und begrüßten sie mit der stürmischen Liebe der jugendlichen Brust. Es war seit langer Zeit der erste lichte Augenblick der Freude in Jaromirs und Boleslaws gebeugter Seele. Rasinski gewährte ihnen Muße, sich ihrem Glück zu überlassen, indem er selbst sich der kriegerischen Sorge für die Truppen unterzog.

So erfuhren die Jünglinge nun ebenfalls die an das Wunder grenzenden Erlebnisse ihrer beiden innigsten Freunde und durften die Braut und Schwester derselben mit offener Herzlichkeit begrüßen. Auch Bianka fühlte sich glücklich in dem Glück derer, die ihr die Liebsten auf der Erde waren, und sie atmete frei auf, da sie erst jetzt ihre Rettung vollendet glaubte, denn noch mancherlei Gefahren hatten die Flüchtenden, seit sie das Jagschloß verließen, bestanden. Bernhards Wunde raubte ihm doch so weit die Kräfte, daß es ihm unmöglich war, die Reise sogleich fortzusetzen. In Gregors gastfreundlichem Haus fanden sie zwar ein Obdach, aber nur ein unsicheres, da sie schon am folgenden Tag erfuhren, daß Dolgorow seine Freiheit wiedererlangt habe. Sie mußten daher jeden Augenblick seine Rache fürchten und sich deshalb den Tag über in einem Grabgewölbe der Kirche verbergen, bis sie unter dem Schutz der Dunkelheit von Gregor zu einem Amtsgenossen desselben gebracht wurden, der sie fünf Tage lang in seinem Haus verbarg. Von dort aus flüchteten sie, da Bernhard nun genügend hergestellt war und die russischen Heere sich von allen Seiten näherten, ebenfalls heimlich und bei Nacht, damit ihr Retter und Beschützer nicht um ihretwillen zu dringender Gefahr ausgesetzt sein sollte. Den vergangenen Tag hatten sie im dichtesten Wald zugebracht, in dieser Nacht hofften sie das Werk der Rettung zu vollenden und das französische Heer zu erreichen. Willhofen, der Gegend am kundigsten, führte den Schlitten, Jeannette war Biankas treue Begleiterin geblieben. Das Los aller schien nunmehr, sowie sie das vor ihnen liegende jenseitige Ufer des Stroms erreicht hätten, entschieden. Aber welches namenlose Elend und Verderben drängte sich noch in die schmale Bahn, die zwischen ihnen und der gehofften Rettung lag!

Der schwarze Zug des Heeres hatte sich bereits in düsterem Gewimmel auf den gegen den Strom sich absenkenden Schneeflächen verbreitet. Aber mit Erstaunen sah man, daß er sich am Ufer dichter und dichter sammelte, jenseits aber niemand sichtbar wurde. Willhofen führte den Schlitten jetzt gleichfalls gegen die Übergangsstelle hin, allein schon war das Gedränge so groß geworden, daß er das Ufer nicht erreichen konnte. Rasinski fand seine Freunde in dem verworrenen Gewühl heraus und berichtete ihnen mit besorgter Miene, daß kein Wagen, ja kaum ein Pferd den Strom passieren könne, weil die Eisdecke zu dünn für eine solche Last sei, denn sie bestand nur aus zusammengeschobenen Schollen, die zum Teil schon unter Wasser standen, aber doch nur mit einer dünnen Eiskruste frisch überfroren waren. Nur einzelne Leute hatten es daher bis jetzt gewagt, zu dem anderen Ufer hinüberzukommen. Allein auch von diesen waren viele verunglückt, weil sie im Dunkeln in die tiefen Spalten zwischen den Schollen stürzten. Der Marschall hatte daher für jetzt jeden weiteren Versuch untersagt, zumal da seine Menschlichkeit nicht dulden wollte, daß man den Übergang bewerkstellige, ohne die Tausende von ermatteten Nachzüglern, von Verwundeten, Frauen und Kindern abzuwarten, die mit erschöpften Kräften dem furchtbaren Marsch durch Sturm und Schneegestöber nicht zu folgen vermochten. Es wurden daher drei Stunden Frist zum Ausruhen und zur Sammlung anberaumt, während welcher Zeit noch alles Mögliche geschah, um den Übergang zu erleichtern, indem man durch Äste und Stroh die weniger breiten Spalten zu verstopfen, die anderen wenigstens so zu bezeichnen versuchte, daß man sich ihnen nicht unvorhergesehen nahte.

Bianka sah sich durch die seltsame Verkettung ihrer Schicksale also jetzt mitten in dem Getümmel des Krieges. Wenngleich ihre Jungfräulichkeit sich nur mit Zagen unter dieses furchtbare Treiben der Männer mischte, so gewährten ihr doch Ludwigs und Bernhards Nähe Schutz und Trost. Gegen äußere Gefahren war sie mit dem Mut hoher Seelen gewaffnet, die sich an dem Bewußtsein erheben, daß es über dieses Leben hinaus etwas Besseres, Ewiges gibt, das keine fremde Gewalt uns entreißen, sondern nur unser eigener Abfall von der Wahrheit verscherzen kann. Aber sie hatte sich noch mit anderen Kräften zu rüsten als mit denjenigen, wodurch man eigene Schicksalsschläge erträgt, denn es war ihr zugeteilt, den unbeschreiblichen Jammer vieler Tausende von Unglückseligen zu sehen, die hier verderben sollten!

Um Mitternacht gab der Marschall, der mit der Kaltblütigkeit des Helden die dreistündige Frist benutzt hatte, um sich durch einen erquickenden Schlaf für neue Drangsale zu stärken, Befehl, den Übergang geordnet zu beginnen. Still, ernst, fest in seinen Reihen bleibend, machte ein Regiment leichter Infanterie den Anfang. Doch kaum hatten die ersten Sektionen wenige Schritte vorwärts getan, als plötzlich ein dumpfes Krachen unter ihren Füßen ertönte und der Boden zu wanken begann. Sie glaubten, sich durch schnelles Hinübereilen retten zu können, und beschleunigten daher ihre Schritte, doch da andere Massen nachdrangen, verstärkte sich der Druck auf die Eisfläche. Sie sanken mit der Scholle bis an die Knie ins Wasser, der Fuß schwankte, glitt aus, sie stürzten nebeneinander hin. Da brach das berstende Eis mit lautem Krachen, ein tiefer, schwarzer Schlund öffnete sich, und verschlungen waren die Unglücklichen, die sich der verräterischen Scholle anvertraut hatten! Ein lauter Schrei des Entsetzens zerriß die Lüfte. Voller Schrecken bebten die am nächsten Stehenden zurück und warfen sich gewaltsam andrängend in die Reihen ihrer Kameraden, die schon gegen den Fluß vorrückten.

Der Marschall war überall selbst zugegen. Mit düsterem Grausen sah er seine Tapferen in den Abgrund des Stroms hinabsinken. Noch erhob sich hier und da ein Kopf, ein Arm, und ein jammernder Hilferuf schnitt in die Seele. Doch nach wenigen Sekunden war alles verschwunden, und grauenvolle Stille schwebte über den dunklen Wogen. »So ist's unmöglich«, sprach der Marschall mit gewaltsamer Fassung. »Wir müssen es einzeln versuchen.«

Es wurden jetzt je zwanzig und zwanzig Mann zerstreut abgesendet, die, einzeln von Scholle zu Scholle klimmend, das andere Ufer zu erreichen versuchten. Es gelang. Eine neue Hoffnung belebte die Brust der Krieger. Da hörte man in nicht großer Ferne Kanonendonner. Dieser Klang erinnerte wieder an die Übermacht des Feindes, der in jedem Augenblick die Spur des Heeres aufgefunden haben und ihm nachrücken konnte. Zeigte sich der Feind, so waren diejenigen geborgen, die das jenseitige Ufer erreicht hatten, aber rettungslos verloren alle, die noch auf dieser Seite verweilten. Daher drängten sich die Massen an das Ufer und wetteiferten in überstürzender Eile, ihr eigenes Verderben beschleunigend, wer zuerst die gefährliche Rettungsbahn beträte. Umsonst sind Befehle, Vorstellungen, Bitten der Führer, vergeblich sucht selbst der Marschall sein Ansehen geltend zu machen. Seine Nähe fürchtend, drängen sich die Unglücklichen zu anderen Punkten, wo die Dunkelheit sie seinem Blick entzieht. So wird, was ihre Rettung werden konnte, ihr Untergang. Die Hast, die blinde Begierde, die Unvorsichtigkeit tötet sie. Sie überströmen das Eis, es trägt die Massen nicht, wankt, kracht und bricht. Das Gedränge raubt jedem einzelnen den Gebrauch seiner Kraft und Geschicklichkeit. Der Kamerad stößt den nächsten Kameraden, der Freund den Freund, der Soldat das heilig geachtete Haupt des Führers hinab in den Schlund des Verderbens. Die ganze düstere Fläche des Eises ertönt krachend von einbrechenden Schollen, von jammerndem Hilfsgeschrei, von rasenden Flüchen und Gebeten. Drüben das jenseitige Ufer wirft denen, die es erreichen, eine steile, mit Eis gepanzerte Brust entgegen. Die durch Schrecken und Anstrengung Entkräfteten vermögen nicht mehr hoch zu kommen. Sie rollten wieder hinab auf den Strom und zerbrechen seine Eisdecke oder ihre eigenen halberstarrten Glieder. Blutig liegen sie auf den harten Schollen und wimmern vergeblich um Hilfe. Das Mitleid ist taub geworden, die Menschlichkeit in jeder Brust erstarrt. Über die zuckenden, noch lebensvollen Körper ihrer Brüder schreiten die Nachdrängenden gefühllos hin, und der frevelnde Fuß des Unversehrten zertritt Antlitz und Brust des Entkräfteten, Verblutenden. Aber den nächsten Augenblick schon ereilt ihn die Nemesis. Auch sein Fuß gleitet aus, auch seine Hand versagt ihm die Kraft, er rollt hinunter in den Strom und stöhnt hilflos an der Seite dessen, über dessen Haupt er noch eben erbarmungslos dahinschritt.

Die Verwundeten, die Frauen, die Kinder am Ufer hören das Jammergeschrei der Unglücklichen durch die Nacht hindurch, der düstere Schleier, den diese über das Gemälde wirft, erhöht noch das Entsetzen, denn in der schaffenden Ahnung wachsen die Schrecken des Verderbens bis gigantisch. Ein verzweiflungsvoller Wahnsinn ergreift die Verzagenden. Sie irren händeringend am Ufer hin und her. Einige stürzen sich, weil diese Qual schaudervoller erscheint als selbst der Tod, in blinder Raserei selbst in die aufklaffenden Schlünde des Stromes hinab, andere werfen sich, an allem und zumeist an ihrer eigenen Kraft verzagend, jammernd auf den kalten Boden und verwünschen ihr Dasein und den Tag, der sie geboren hat.

Diese Bilder des Grauens sah Bianka rings um sich her. Eine Zeitlang hatte sie mit stummer Ergebung den Schmerz getragen. Jetzt wurde sie von ihm überwältigt. Sie brach in Tränen aus und sank an die Brust des Bruders, der vergeblich seine ganze männliche Fassung aufbot, um unerschüttert zu scheinen. Er hätte sich gewiß durch seine rauhe Weise Luft gemacht und seine Kraft gewaltsam aufgestachelt, allein um der Schwester willen, die ihm ja das Liebste war, was jetzt das weite Erdenrund für ihn umfaßte, gewann er sich mildere Formen ab und wurde so selbst weicher. Er sprach ihr beruhigend zu: »Tröste dich, Schwester, der Alliebende hat uns nicht darum vereinigt, um die ersten Blüten unseres Glücks hier in den Eisschollen des Stroms zu zermalmen. Sein Auge wacht über uns.« – »Oh, Bruder«, erwiderte sie, »blicke auf das Entsetzen um uns her, es zerreißt mir die Seele! Ach, ich klage ja nicht sträflich um mich selbst!« – Ludwig trat heran und sprach mit sanftem Ernst: »Der Allmächtige waltet ja auch in diesem Entsetzen. Die der Strom in seinen Schoß begraben hat, sind sie nicht erlöst von dieser endlosen Qual? Ach, schon ist ihre Brust ja still, und schon lächeln sie vielleicht mit verklärtem Blick gegen die dunkle Erde herab! Laß dich durch die grauenvolle Gestalt des kurzen Kampfes nicht erschrecken.«

Rasinski, der hoch zu Pferd saß und ordnete und leitete, wo sich noch ordnen und leiten ließ, kam in diesem Augenblick heran und redete die Freunde an: »Bewahrt nur die Ruhe, meine Lieben, übereilt nichts, denn hier fürchte ich keine Gefahr. Nur der Schrecken, der die Krieger ergriffen hat, ist ihr Untergang. Auch ich bleibe mit meinen Reitern bis zuletzt. Macht also keinen Versuch, bevor ich euch nicht auffordere. Vielleicht lassen sich sogar die Wagen und Schlitten hinüberschaffen.« Die klare Ruhe und Besonnenheit, die sich Rasinski mitten im Sturm der unerhörtesten Ereignisse zu bewahren wußte, wurde zu einem festen Anker für alle, die ihn umgaben. Zwar war er im Augenblick wieder entschwunden, um einem Trupp dicht am Ufer eingebrochener Grenadiere Hilfe zu leisten, allein die wenigen Augenblicke seiner Gegenwart hatten gereicht, allen neuen Mut, neue Hoffnungen zu wecken.

Nach und nach entwirrte sich das Chaos. Die Truppen waren meist hinüber, nur die Wagen und Kanonen hatte man noch nicht hinüberzubringen versucht. Rasinskis Reiter allein hielten noch zur Seite und deckten einen Zug von Wagen mit Schwerverwundeten. Der Marschall ging zu Fuß am Ufer umher und gab noch immer Befehle. Er wollte, wie der Kapitän eines strandenden Schiffes, das Wrack seines Korps nicht eher verlassen, bis die letzten Wellen verschlingend darüber hinbrausten.

Endlich war der Übergang vollendet, und drüben ordneten sich die Scharen bereits wieder. Jetzt sollte der Versuch gemacht werden, einige Wagen hinüberzuschaffen, auf denen sich diejenigen Verwundeten befanden, die durchaus nicht fähig waren, zu Fuß zu gehen. Die Schollen schoben sich durch den immer neues Eis antreibenden Strom bei jeder Lücke stets sogleich wieder dicht ineinander. Nach und nach hatte man die Stellen kennengelernt, die die sicherste Bahn gewährten. Auf diesen sollte jetzt der Versuch gemacht werden. Vorsichtig wurden sie hinaufgeleitet. Etwa dreißig Schritte weit trägt das Eis. Da plötzlich bricht es. Lautes Angstgeschrei ertönt, die Unglücklichen versinken, sie ringen mit der Flut, sie kämpfen untereinander um den letzten erlöschenden Funken ihres jammervollen Lebens. Gott und Menschen rufen sie flehend um Rettung an. Vergeblich! Wenige Augenblicke sind genug, sie alle in die

Tiefe zu versenken, und auf den die Seelen durchschneidenden Hilfe- und Jammerruf folgt plötzlich wieder jene grauenvolle Totenstille, die nur der dumpf rauschende Strom und das hohle Dröhnen und Krachen der Eismassen unterbricht.

Mit zuckendem, aber gewaltsam gebändigtem Schmerz in der Brust starrt der Feldherr auf die Stelle hin, wo die edelsten, die tapfersten, die an den schwersten Wunden leidenden Märtyrer von dem schwarzen Schlund der Tiefe verschlungen worden sind. Da regt es sich noch einmal über dem Wasser! Ein kläglicher Laut wird hörbar, man sieht eine Gestalt auf einer Scholle, bald sinkend, bald sich hebend, emportauchen. »Dort ist noch einer zu retten«, ruft der menschlich fühlende Held, und im Augenblick wagt er sich selbst auf die gefahrvolle Bahn, wo jeder Fehltritt ins Grab führt. Rasinski, der zunächst hält, springt pfeilschnell vom Pferd und eilt dem Marschall zu Hilfe.

Wirklich ist es einer jener eben Verunglückten, der wie durch ein Wunder aus der Tiefe des Abgrunds neu auftauchend, wiederkehrt aus dem unerbittlichen Schlund des Todes. Doch schwerverwundet, kraftlos, versucht er vergeblich die feste Scholle zu erklimmen. Da strecken sich ihm Freundesarme entgegen. Sein Feldherr und Rasinski sind es, die ihm die rettende Hand reichen. Sie ziehen ihn auf den festen Boden, leiten ihn ans Ufer – er ist dem Tod entrissen. Doch jetzt sinkt seine Kraft zusammen, der erstarrte, zerschmetterte, zerrissene Körper hält die Seele nicht mehr fest in seinen Banden – sie entflieht! Seine dankenden Blicke wendet er gegen seine Retter, dann sucht das irre Auge die Gegend seiner Heimat – bricht – und erlöscht auf ewig.

Eine Minute geht der Marschall in düsterem Schweigen auf und ab, eine Minute ist er Mensch und Freund, in der nächsten wieder Feldherr. »Wagen sind nicht über den Strom zu schaffen«, spricht er mit gebietender Stimme, vernagelt die Kanonen! Was an Gepäck und Lebensmitteln nicht fortgeschafft werden kann, laßt hier für diejenigen, die uns nicht folgen können.«

Mit diesem Befehl ist das Todesurteil der Unglückseligen gesprochen, die der eigenen Kraft nicht mehr vertrauen können. Ein lautes Wehklagen und Jammergeschrei erhebt sich. Wer noch einen Fuß, noch eine Hand zu bewegen vermag, klimmt mühsam vom Wagen herab, um sich auf das jenseitige Ufer zu schleppen. Die anderen plünderten in wilder Hast das Gepäck, denn es enthält, was allein erretten kann, die geringen Vorräte an Speisen, die Schutzmittel gegen den Grimm der Kälte, die notwendigsten Geräte. Das wenigste ist fortzuschaffen, und doch ist nichts zu entbehren. Sie ergreifen, verwerfen, ergreifen wieder, schleudern wieder von sich. Wie Rasende, deren Habe in Flammen steht, irren sie ohne Besinnung durcheinander hin und retten in der Betäubung das Nutzloseste. Viele vermögen keinen Entschluß zu fassen. Da hören sie vom jenseitigen Ufer die Trommel, die zum Aufbruch wirbelt. Die Angst, zurückzubleiben, ergreift sie, und nun stürzen sie in wilder Hast zum Strom hin und wagen den Versuch zur Rettung.

Jetzt erst denkt Rasinski an sich selbst, an seine Freunde. Mit dem Ausdruck der Wehmut in Stimme und Zügen nähert er sich dem Schlitten, auf dem Bianka mit Jeannette sitzt und sich tief verhüllt hat, um das Bild des Schreckens ringsumher nicht mehr zu sehen. »Fürstin«, redete Rasinski sie an, »das rauhe Geschick des Krieges wird Sie einer harten Prüfung unterwerfen. Wagen und Schlitten sind nicht über den Strom zu bringen, doch hoffe ich, daß es uns mit den Pferden gelingen soll. Versehen Sie sich also mit dem Unentbehrlichsten. Gewiß erreichen wir bald einen bewohnten Ort, wo für Frauen wenigstens Hilfe zu finden sein wird.« Bianka schlug den Schleier zurück, stand auf und erwiderte gerührt: »Sie sind so gut, aber ich fürchte diese Prüfung des Geschickes nicht«, fuhr sie entschlossener fort, »ich fühle Mut, diese Beschwerden zu ertragen. Nur das Leiden aller dieser Hilflosen verwundet mich tief, schmerzlich und lähmt meine eigene Kraft. Jetzt wird ein strenges Müssen mir heilsam sein.«

Die Pferde werden ausgespannt und mit einigem Gepäck, doch nicht zu schwer beladen. Willhofen führt das eine, einer von Rasinskis Leuten, deren schon viele zu Fuß gehen müssen, das andere. Rasinski selbst schreitet voran, weil er die Bahn, die man verfolgen muß, am genauesten kennt. Bianka wird von Ludwig und Bernhard, Jeannette von Jaromir und Boleslaw geleitet. Zu dreien angefaßt, ist die Wanderung am sichersten auszuführen, weil die Last nicht zu groß ist und doch die gegenseitige Unterstützung nicht fehlt. Da der Weg zum Ufer durch Wagen, Trümmer des Gepäcks und durch Hunderte von Unglücklichen, deren Angstruf die Lüfte teilt, bedeckt ist, läßt Rasinski die Seinigen einen Umweg hinter die verlassenen Wagen herum machen. Plötzlich vernimmt Biankas ängstlich horchendes Ohr das verlorene Weinen eines Kindes. »Mein Himmel«, ruft sie, »sollte hier irgendwo ein Kind hilflos verlassen sein? Wenn wir niemanden retten können, dieses unschuldige Leben dürfen wir nicht preisgeben.«

Ihr Blick folgt dem Ohr, sie lauscht, sie hat die Richtung glücklich erspäht. Inmitten der Wagen muß das arme Geschöpfchen aufzufinden sein. Sie eilt dahin und findet wirklich ein in Stroh und Decken eingehülltes, verlassen auf einem Wagen liegendes Kind, das sie mit Zärtlichkeit aufhebt. »Armes Töchterchen«, spricht sie mit mildem Laut, »konnte deine Mutter dich vergessen? Ich will dir Mutter sein, bis sie zurückkehrt.« So nimmt sie es in ihren Arm. Sie duldet nicht, daß Ludwig oder Bernhard ihr die süße Last abnehmen. Freundlich beruhigt sie die ängstlich weinende Kleine, die sich bald vertrauensvoll an sie schmiegt. Eine selige Freude dringt in ihre Brust, daß sie doch ein Leben aus diesem Abgrund der Verderbnis gerettet hat. Es ist milder Balsam für ihre von Angst und tiefstem Mitleiden gefolterte Brust. So kehrt sie zurück und zeigt Jeannette und ihren Begleitern voller Freude den Fund, den sie getan hat. Boleslaw erkennt es, es ist Alisettes Töchterchen. In der Bestürzung entschlüpft dieses Wort seinen Lippen. Jaromir vernimmt es, er fragt, er forscht und dringt, da der Freund auszuweichen sucht, desto heftiger in ihn. »Die Wahrheit sage mir«, ruft er aus, »die volle, ganze Wahrheit, ohne Hehl und Schmuck. Boleslaw, wenn du dich meinen Freund nennst – bei diesen Gefahren, die wir teilen, bei der Treue, die wir uns je bewiesen – sage mir die Wahrheit!« So erfuhr Jaromir Alisettes letztes Schicksal und erhielt vollen Aufschluß über die heuchlerische Täuschung, mit der sie ihn umsponnen hatte. Er war tief erschüttert, doch keine Träne entfloß seinem Auge, kein Wort kam über seine Lippe. Er drückte die stumme Qual, diese bittere Mischung aus verratener Liebe, täuschender Umstrickung der Sinne, Verachtung, Mitleid und tiefster Reue in seine Brust hinab und duldete schweigend und bleich wie ein Marmorbild.

Jetzt hatte man den Strom erreicht. Der mühselige Zug begann. Doch des Himmels waltende Hand leitete die Schritte der Bedrängten glücklich zum Ziel. So nahe die Schlange der Gefahr rings um sie spielte, so oft der Boden unter ihnen schwankte, der Fuß dicht am schwarzen Abgrund entglitt – die wachsame Rettung war immer schneller als das lauernde Verderben. Jetzt erreichten sie das jenseitige Ufer und atmeten frei und gerettet wieder auf. In tiefer Rührung drückten die Freunde einander an die Brust. Alle aber wandten sich zu Rasinski, denn sie fühlten, daß er der Retter war, und umdrängten ihn mit gerührter Liebe. »Dort oben sucht den Helfer«, sprach er und erhob den Arm gen Himmel, »ihm, der über den Sternen wohnt, dessen Auge durch Nacht und Wolken dringt, ihm wendet Herz und Blick dankend zu!«

Plötzlich teilte ein Mann in heftiger Eile das Getümmel und wollte sich an Rasinski vorüberdrängen. Dieser erkannte Regnard. »Wohin?« rief er ihm zu und hielt ihn an. – »Laßt mich!« erwiderte dieser hastig und wollte sich losmachen. »Ich muß wieder an das jenseitige Ufer. Die Unglückliche, der ich mein Kind zur Obhut gelassen hatte, ist durch Angst und Schrecken so betäubt worden, daß sie es vergessen hat. Ich muß es retten.« – »Es ist gerettet!« rief Rasinski freudig. – »Wie? Wo? Ich danke euch mehr als mein Leben«, antwortete Regnard und blickte umher.

Rasinski erzählte ihm die Rettung in zwei Worten und wies den vor Freude Zitternden zu Bianka hin. Diese hatte das Gespräch schon vernommen und trat ihm entgegen. »Du armes Herzchen!« rief der Vater mit gerührter Zärtlichkeit und nahm das Kind in die Arme. »Bist du wirklich zum zweiten Mal gerettet?« Seine Freude war so groß, daß er fast des Dankes darüber vergaß. Wie beschämt aber wandte er sich plötzlich zu

Bianka und sprach: »Sie waren der Schutzengel des hilflosen Wesens! Fordern Sie mein Leben, wenn Sie wollen, als Mann von Ehre gebe ich Ihnen mein Wort, daß ich nicht säumen werde, es zu opfern. Nur bleiben Sie dann die Mutter dieser verlassenen Waise!«

»Vertrauen Sie das Kind mir jetzt an«, sprach Bianka sanft, »es soll seine Mutter nicht vermissen!« – »Ja, das will ich«, erwiderte Regnard, »wenn der Allmächtige Sie erhält, so ist dieses junge Leben wohl geborgen! Sie werden es nicht vergessen in der Stunde der Gefahr!« – »Gewiß nicht«, sprach Bianka, »und es wird mir mehr Schutz geben als ich ihm, denn Gottes Engel wachen über dem holden Haupt, und der Schoß ist heilig behütet, in den es sich schlummernd lehnt. Es hat mich auch schon recht lieb«, fuhr sie freundlich fort, indem sie das Kind streichelte, »nicht Herzchen?« Der kalte, eherne Regnard, dessen starre Furchen in Stirn und Wangen kaum jemals ein Lächeln heiter überflog, stand jetzt mit dem Ausdruck tiefster Rührung in den Zügen, und Tränen glänzten in seinem Auge. Er vermochte nicht zu sprechen, oder wollte es nicht, weil er zu bewegt war.

Bernhard betrachtete ihn mit inniger Teilnahme und wandte sich leise zu Ludwig. »An diesem sehe ich, daß das Schicksal Eisen wie Wachs formt. Es muß ihn aber auch mit Riesenfäusten gepackt haben, daß es Tränen aus seinem ehernen Herzen drückt und warme Funken aus seiner kalten Steinbrust schlägt.« – »Du irrst, Lieber«, antwortete Ludwig, »nicht die Schläge des Schicksals haben ihn zermalmt, denn gegen sie steht er aufrecht wie jemals, aber die warme Sonne der Liebe löst mit ihren Strahlen das Eis seiner Brust und entlockt dem steinigen Boden duftende Blüten. Oh, glaube mir, in der Tiefe jeder Brust ruht das goldene Samenkorn der Liebe und sprießt in zarten Keimen auf, wenn ein Sonnenstrahl es erreicht.« – »Doch nicht eher, als bis die scharfe Pflugschar des Unglücks den zähen Boden von allen Seiten aufgerissen hat.« – »Ist dem so, so wollen wir dem Himmel für den Schmerz dankbarer sein als für die Freude«, sprach Ludwig bewegt.

»Man hat oft Ursache«, warf Bernhard in seiner raschen Weise hin, »und sind wir nicht auch durch diese Schule gegangen? Wie tief und oft mußte der Pfeil des Schmerzes, das Feuer des Zorns, das Eis der Verschmähung, ja das Gift der Sünde selbst mir durch das Herz dringen und darin schneiden und brennen, bis es locker und fruchtbar wurde für die heilige Saat der Freundschaft und Liebe!« – »Und war denn diese nicht immer in dir?« antwortete Ludwig. »Du verkennst und entstellst dich selbst, du Bester.« – »So etwas war freilich davon da«, sprach Bernhard, »aber kein echtes, gediegenes Metall, und noch sind die Schlacken nicht ganz heraus. Vielleicht dauert es noch lange, ehe es einen so reinen goldenen Klang gibt wie bei ihr!« Er deutete dabei auf Bianka, die noch mit Regnard sprach. »Sie freilich«, erwiderte Ludwig weich, »gleicht der klaren Kristallschale, die, wenn sie berührt wird, in schönen Wellenlinien und zitternden Kreisen den Wohllaut reinster Glockentöne erklingen läßt.«

Während dieses Gesprächs hatten sich die Truppen wieder geordnet und setzten sich in Bewegung. Willhofen führte die beiden Pferde heran, die er für Bianka und Jeannette, so gut es in der Not ging, mit Decken gesattelt hatte. Die Frauen wurden hinaufgehoben, Bianka nahm das Kind vor sich, der alte Diener hielt sich die Zügel über den Arm, um die Pferde zu leiten. Bernhard und Ludwig gingen zu Fuß nebenher, doch schlossen sie sich so dicht wie möglich an Rasinskis Leute an, von denen auch schon wieder ein nicht geringer Teil seine Pferde verloren hatte und daher zu Fuß ging. Bald nahm ein dichter Wald den Zug auf, und im Schutz seines Dunkels schienen die nächsten Gefahren abgewendet zu sein.

Sechstes Kapitel

Bei dem größeren Heer hatte die tiefste Trauer und Bestürzung geherrscht, weil man keine Hoffnung hegte, daß der preisgegebne Held Ney einen Ausweg aus den Schneesteppen Altrußlands, deren Grenzen von zahllosen Feinden bewach wurden, finden könne. Wenn schon die Garden des Kaisers unter dessen Führung selbst, als er sich zurückwandte, um Eugen und Davoust zu retten, furchtbare Kämpfe bestehen mußten, wenn die italienische Armee nur durch ein Wunder gerettet werden konnte – was war für die zu hoffen, die, um zwei Tagemärsche zurück, den Feind auf den Fersen, vor sich und zu beiden Seiten haben mußten? Ein düsterer Schmerz bemächtigte sich der Seele aller. Selbst der eigenen Rettung vermochte sich niemand zu erfreuen, solange der kühne, edle Löwe, der freilich allein dieser gigantischen Aufgabe gewachsen war, in dem Kerker des Feindes schmachtete oder vielleicht von den Keulenschlägen der Übermacht zu Boden gestreckt wurde. Der Kaiser selbst, so fest er sich die unerschütterliche Ruhe und Klarheit bewahrte, wo er im Angesicht des Soldaten Feldherr oder Monarch sein mußte, vermochte in seinen nächsten vertrauten Umgebungen der Sorge und dem Gram kaum zu gebieten. Man sah ihn finster, mit gefurchter Stirn, die Hände auf den Rücken gelegt, in den niedrigen, halb eingestürzten Hütten Krasnoes, Lyadis, Rasasnas und Orszas, wo der Beherrscher Europas sein Nachtquartier wählen mußte, auf und ab gehen, ohne ein Wort zu sprechen. Seine Umgebung stand oder saß schweigend umher und wagte nicht, die tiefe Stille zu unterbrechen. Den Schmerz um den Fall der vielen Tausende seiner Getreuen, die Schmach seiner Niederlagen, den Sturz aller seiner Hoffnungen hatte er mit unerschütterter

Kraft getragen. Der Verlust seines kühnsten Feldherrn, seines wärmsten Freundes, bezwang selbst diesen Koloß, der gewohnt war, wie ein Fels in den Stürmen und Wogen des Schicksals zu stehen und sich die Wetter an seiner Stirn brechen zu lassen.

Von Kämpfen und Anstrengungen ermattet, hatte das Heer zögernden Schrittes, denn der Kaiser wollte die offene Bahn der Rettung nicht betreten, solange er den kostbaren Edelstein dem Feind verpfändet hatte, spät am Abend Orsza erreicht. Eugen, Davoust und Mortier lagerten mit ihren Kriegern in dieser Stadt, die hier zum ersten Mal nach einem Monat unerhörter Qual und Entbehrung ein sicheres Obdach, Schutz gegen die Strenge des Winters, hinreichende Nahrung für ihren entkräfteten Körper, ein Lager für die Ermatteten, von Kälte erstarrten Glieder fanden. Die ungeheuere Mühe schien überstanden, und mit der gebieterischen Forderung der Notwendigkeit hörten auch die Kräfte auf, die der Wille an sich nicht zu so furchtbarem Gehorsam zu zwingen vermochte. Todesmatt waren die Krieger auf das Lager gesunken und überließen sich in den Armen des Schlafes einer seligen Vergessenheit ihrer Leiden.

Es war Nacht. Da hörte der noch in später Sorge für die Seinen wachende Eugen den Hufschlag einiger Pferde in den schweigenden Gassen des Städtchens. Horchend beugt er sich aus dem Fenster, sieht mehrere heransprengende Reiter und ruft sie an: »Wer da?« – »Polnische Kavallerie.« – »Woher?« – »Vom Korps des Marschalls Ney.« – Diese Antwort zuckt wie ein freudiger Blitzstrahl durch das Herz des Königs. »Lebt er? Ist er gerettet?« fragte er hastig und außer sich.

»Er rückt auf dem rechten Ufer des Dnjepr heran«, erwiderte Rasinski, der von dem Marschall vorausgeschickt war, »doch sind die Russen ihm nahe, und ich komme, Hilfe zu fordern.«

»Ihr sollt sie haben«, ruft der Feldherr freudig und erscheint in wenigen Augenblicken, von seinen Offizieren umgeben, auf der Straße. Der Generalmarsch ertönt, man eilt von Haus zu Haus, die Krieger aufzurufen. Doch welche Forderung! Kaum haben sie endlich den ersten Ort der Rast und Ruhe erreicht, kaum hat der Schlaf die Entkräfteten in seine süß betäubenden Arme geschlossen, und schon wieder sollen sie hinaus in den unermeßlichen Ozean von Eis und Schnee, sollen zurückkehren in die Wüste, aus der sie kaum den Ausgang erkämpft haben? Wer will sie dazu bringen? Sie ziehen den Tod der Erneuerung der Qualen vor. Die wirbelnde Trommel hören sie nicht, mit so festen, dumpfen Banden hat der Schlaf sie umstrickt. Mühsam aufgerufen und hochgerissen, taumeln sie halb bewußtlos wieder zurück auf das warme Lager. Mag der Feind, den sie eingedrungen glauben, sie im Schlaf ermorden. Jeder Widerstand ist doch vergeblich, warum sollen sie die gelähmten Sehnen noch einmal auf schmerzlicher Folter anspannen, warum die Marter erneuern und verlängern?

Doch ein Mittel gibt es: »Ihr sollt den Marschall Ney retten«, ruft man den Betäubten ins Ohr. »Ney ist uns nahe! Auf, ihm entgegen, ihn zu beschirmen!« Der Name des Verehrten, Betrauerten, verloren Geglaubten weckt das Ehrgefühl der Tapferen. Einen solchen Feldherrn zu verlassen, ist schmählicher Verrat und Flucht. Dieser Aufruf dring mit hinreißender Gewalt in die Seele der Krieger. Ney ist der Kämpfer, der alles wagt, er ist der Retter, wo keiner mehr zu retten vermag. Wie ein Gott kehrt er von den Pforten des Todes zurück! Nichts ist mehr zu fürchten, wenn er wieder bei uns weilt. Die Freudenbotschaft verpflanzte sich von Mund zu Mund, von Haus zu Haus. In Scharen strömen die Krieger zusammen, jeder will der erste sein, dem allverehrten Helden entgegenzueilen. Selbst die Feldherren streiten sich um diesen Ruhm. Nur durch seinen höheren Rang vermag der Vizekönig, sein Recht dazu geltend zu machen.

Man bricht auf durch die dichte Finsternis, auf unwegsamen Pfaden. Rasinski und seine Begleiter reiten als Führer an der Spitze. Doch die feindselige Natur wird aufgewirbelt, jeder Pfad, jede Spur verweht. Wie soll man jetzt die Richtung festhalten? Wie in dieser unabsehbaren Wüste den Verlorenen erspähen? – Zwei Stunden ist man, dem Glück vertrauend, unablässig weiter in die Tiefen der Finsternis und der Öde eingedrungen. Jetzt endlich scheint jede Bahn und jede Hoffnung verloren. Ja, die Tücke des Geschicks läßt befürchten, daß man gerade in die ausgespannten Netze des Feindes irrt und auf seine Heere stößt statt auf die Freunde. »Wir sind hier auf dem Meer, obwohl seine Wellen erstarrt sind«, ruft der Vizekönig aus. »Wir müssen zu den Mitteln bedrängter Schiffer greifen, wir wollen Signalschüsse tun!«

Er gebietet Halt. Zwei Geschütze laden blind. In wohl abgemessener Pause tönen drei Schüsse, deren dumpfer Donner weit durch die Nacht fortrollt. Jetzt lauscht alles in gespanntester Erwartung, ob das Signal erwidert wird. Lange bleibt es still. Schon verzweifelt man, daß das Zeichen verstanden sei. Da läßt sich endlich entferntes Gewehrfeuer hören. »Wie? Was soll das bedeuten?« fragt der Vizekönig aufs neue zweifelnd. – »Oh, dieses Zeichen ist uns günstig«, fällt Rasinski rasch ein, »das dritte Armeekorps hat keine Kanonen mehr, es kann nur so antworten.«

»Der Wackere!« ruft Eugen freudig. »So hat er uns dennoch verstanden! Wie sich bei ihm Vorsicht und Kühnheit paaren! Er wartete ab, ob die drei Schüsse die einzigen bleiben würden, und so erriet er die allein mögliche Bedeutung, die sie haben konnten.«

»Es war im Lager des Marschalls allerdings gefährlich, das Zeichen zu beantworten«, pflichtete Rasinski bei, »er konnte sich dadurch ebensogut dem Feind verraten. Doch kein Feldherrnblick durchdringt die Verhältnisse mit Adlerschärfe, und wo Verderben und Rettung in schwindelnder Nachbarschaft kaum zu unterscheiden sind, weiß er dennoch mit fester Hand zu ergreifen, was ihm Heil bringt!« – »Und diesmal soll er sich nicht getäuscht haben!« rief der Vizekönig freudig, indem er seine Truppen die Richtung zu dem Schall der Schüsse nehmen ließ.

Mit belebtem Mut, mit erneuter Kraft dringen die treuen Kameraden vor. Da teilen sich die Wolken. Der Mond, der so oft ein gefährlicher Feind gewesen ist, wird endlich ein Freund der Bedrängten. Er wirft sein Licht über die Schneehügel, und jetzt sieht man einen schwarzen Zug von Kriegern am Saum des Waldes hinabziehen. »Diese sind es«, ruft Rasinski, und die Truppen beschleunigen den Marsch. Bald erblickt man sich gegenseitig, neue Freundeszeichen werden gegeben, die Freude treibt zur Eile an. Die edlen Führer können den Augenblick nicht erwarten, sie sprengen dem Heer vor, und einander erkennend, schwingen sie sich vom Pferd und halten sich in inniger Umarmung.

Das ganze Heer wird von dem begeisternden Beispiel ergriffen. Als hätte jeder sich einen Bruder, einen Sohn, einen Vater gerettet, stürzen Offiziere und Soldaten aufeinander zu und halten sich in brüderlichen Armen. Vergessen sind die Gefahren, die Leiden, die Opfer. Auf dem düsteren Meer des Unheils leuchtet endlich ein heller Stern der Freude, die erstarrte Eissteppe Rußlands, bisher nur die grauenvolle Bühne des Entsetzens, sieht ein rührendes Schauspiel der Liebe und Treue, in dem nur Freudentränen fließen. Mit liebender Ehrfurcht wird der Held, der sich mit Löwenkühnheit durch alle Feinde und Gefahren gerungen hat, von den Kriegern umringt. Seinen Lorbeer befleckt nicht einmal der Neid derer, die ihm gleichstehen. Willig legen ihm alle den Preis zu Füßen, doch er, so sind Pflicht, Ehre und Ruhm ihm zur edleren Natur geworden, weiß kaum, daß er ihn verdient hat. Im Triumph wird er nach Orsza geführt. Auf dem Weg dahin teilen die Krieger des Vizekönigs mit denen des geretteten Marschalls brüderlich die Lebensmittel, die Getränke, deren jene Erschöpften so lange entbehren mußten. Sie erzählen einander ihre Leiden, ihre Gefahren, ihre Taten, doch jene vergißt der Soldat, diese bleiben fest in seinem Gedächtnis, ihrer rühmt er sich stolz, und an ihnen erhebt sich sein Mut zu neuen Wagnissen.

So ziehen die Tapferen stolz ein in die Lagerstätten dieser Nacht. Sie fühlen sich wieder wie Krieger jenes großen unbesiegbaren Heeres, weil sie das köstlichste Gut aus dem furchtbaren Schiffbruch ihres Glückes gerettet haben, den Ruhm, denn der Feind darf von keinem Heer sprechen, das sich ihm ergeben hat. Alle sind mitten durch die Schrecken seiner Waffen und die grimmigeren der empörten Natur hindurchgegangen. An diesem stolzen Gedanken entzündet sich ein edles Feuer in den Herzen der Krieger, und in seiner Glut schmiedet sich der stählerne Harnisch unerschütterlicher Entschlossenheit um die Heldenbrust.

Dreizehntes Buch

Erstes Kapitel

Durch Rasinskis Bemühung, der die dankbarste Freude über die Rettung Ludwigs und Bernhards im Herzen trug, waren diese wieder in Besitz eines Wagens gelangt, auf dem Bianka, Jeannette und das Kind den beschwerlichen Zug fortsetzen konnten. Um in dem allgemeinen Unglück sich so hilfreich zu zeigen, als sie vermochten, nahmen sie noch drei verwundete Offiziere auf, deren einer immer abwechselnd die Zügel führte. Ludwig und Bernhard, dessen Wunde bei seinen frischen jugendlichen Kräften und unter der besten Pflege, die er in den letzten Tagen genossen hatte, völlig geheilt war, gingen zu Fuß, hielten sich aber stets in der Nähe des Wagens. Rasinski und seine Leute betrachteten sich gewissermaßen als dessen Deckung und verließen ihn nur, wenn die Pflicht sie anderwärts rief.

Die Kälte hatte ganz nachgelassen. Es war so starkes Tauwetter eingetreten, daß sogar der Schnee zum Teil wegschmolz und wenigstens auf der Landstraße nicht mehr liegenblieb. Fiel daher der Winter das Heer nicht mehr so gewaltsam mit seinen scharfen Waffen an, so wurde dafür der Marsch desto mühseliger. Diejenigen, die in der Meinung, das Reich des Winters habe dauernd begonnen, ihre Wagen mit Schlitten vertauscht hatten, sahen sich jetzt bitter getäuscht, da diese Fuhrwerke in dem schmelzenden Schnee durchaus nicht fortzuschaffen waren. Mehr der Zufall als Vorsicht hatte für Bianka auf umgekehrte Weise gesorgt. Wie man in ernsten Zeiten auch auf die geringsten begünstigenden Umstände hohen Wert legt, so wollte sie auch darin ein besonderes Zeichen erkennen, daß die beschützende Hand des Himmels über ihr weile und sie glücklich aus dem tiefen Strudel aller dieser Bedrängnisse erretten werde. Doch mit schauderndem Mitgefühl sah sie das Unglück, das rings um sie her mit jeder Stunde eine schreckenvollere Gestalt annahm. Es schien ihr fast ein Verbrechen, in diesem großen Untergang sich allein retten zu wollen, nicht Tod und Elend gemeinsam zu teilen, hätte der Schmerz überall eine edle Haltung gehabt, so hätte sie es vielleicht nicht über sich gewonnen, nur an ihre eigene Rettung zu denken. So aber brach leider in diesen strengen Prüfungen die tiefe Verderbnis der menschlichen Seele meist erst in ihrer ganzen nackten Abscheulichkeit hervor. Selten zeigte sich eine großartige duldende Unterwerfung unter das zermalmende Schicksal, dagegen desto häufiger jene empörte Wut, jenes Menschliche, Heilige und Göttliche. Bianka schauderte im Innersten davor zurück. Ihr gemartertes Auge flüchtete von diesen Szenen des Grausens, und sie beugte sich über das liebliche Kind auf ihrem Schoß herab, um im Anblick seiner schuldlosen Züge die Entartung der Menschheit zu vergessen. Ach, und gerade dieses Kind, erinnerte es nicht an die unnatürliche Tat? Stand nicht hinter dem holden Bild dieses lächelnden Engels die Furiengestalt einer in Verderbnis untergegangenen Mutter, die die heilige Blüte ihres Schoßes im frevelnden Wahnsinn selbst vernichten wollte? Und wenn die Gequälte das Auge wieder aufschlug, was erblickte sie? Jammer, Elend, Verzweiflung, wild tobende Wut gegen die Schöpfer und Geschöpfe!

Der tiefe, in einen Sumpf verwandelte Weg trotzte der übermäßigen Anstrengung der Kräfte. Die vor die Schlitten gespannten Pferde stürzten trotz der unbarmherzigsten Peitschenhiebe, mit denen die Führer sie unter grimmigen Flüchen anzutreiben versuchten, zu Boden und vermochten sich kaum noch aufzurichten. Jetzt erst wurde der zu späte Entschluß gefaßt, das Unmögliche aufzugeben. Man spannte die Tiere los und häufte nun Beute und Vorräte auf ihren Rücken. Vergebens flehten die Kranken, die Verwundeten, daß man sie retten solle. Die Habsucht, der Eigennutz waren taub. Wer noch so viele Kräfte besaß, um für sich zu handeln und zu retten, gedachte der Menschlichkeit nicht mehr. Doch folgte die Strafe auf die Tat, denn kaum hatte man, ohne sich an den verzweifelten Ruf des Erbarmens der Kameraden, die man dem Verschmachten durch Hunger und Kälte preisgab, zu kehren, die überlasteten Rosse einige hundert Schritte fortgetrieben, so stürzten sie abermals zusammen, und jetzt war jedes Mittel, sie aufzustacheln, vergeblich. Heulend vor Wut sah man dann die erbitterten Besitzer ihr schnödes Gut in den Kot treten, von Grimm verblendet, daß sie fast auch die Lebensmittel, denen sie vielleicht am nächsten Tag ihre Rettung vom Hungertod verdankten, vernichteten. Und Hunderte und Tausende gingen an solchen Schauspielen vorüber, und keinen rührten, keinen bekümmerten sie, niemand nahm sich der Bedrängten, Verlassenen an, so hatte die schreckenvolle Wiederholung derselben Qualen selbst das Entsetzlichste zur stumpfen Gewohnheit gemacht, so der unerträgliche Grad der eigenen Marter jedes Gefühl für die fremde getötet! Und nicht allein der Rohe, dem besseres Wissen, Erkenntnis des Wahren und Gewohnheit des Edlen die Brust nicht geläutert hatten, sondern selbst diejenigen, denen das höhere Gesetz der Tugend vertraut sein konnte, hatten es gänzlich vergessen und trugen vom Menschen nur noch die Gestalt. Freilich, aber auch diese meist in fürchterlicher Verzerrung und Entstellung durch Hunger, Schmutz, Elend und Krankheit. So sah man höhere Offiziere, selbst Generale, einzeln unter der Masse der Krieger verloren, am Stab wandern und wie Bettler den Boden verlassen, auf dem sie als Triumphierende eingezogen waren, glücklich genug, wenn sie außer den Mühseligkeiten des Weges nicht noch die Gefahren des Kampfes, den Hohn des Feindes zu dulden hatten, dessen schwärmende Horden asiatischer Krieger das Heer begleiteten, wie eine Schar hungriger Raubvögel einen verwesenden Körper umflattert.

Es vergingen einige Tage, an denen sich die düsteren Bilder in unablässiger Wiederholung erneuten. Die Hoffnung, das nicht mehr ferne Minsk zu erreichen, wo Vorräte in ungeheuerer Masse, Raum zum Obdach des Heeres und überdies die Unterstützung durch frische wohlgerüstete Truppen warteten, hielt die Kräfte aufrecht. So erreichten die Trümmer des Heeres Toloczin. Am nächsten Morgen hatte man kaum den Marsch wieder begonnen, als plötzlich ein Offizier dem Kaiser mit Depeschen entgegenkam. Er öffnete diese und verriet durch eine heftige Bewegung, daß der Inhalt beunruhigend sei. Zwar blieb die Botschaft noch ein Geheimnis, doch liefen die Mutmaßungen und Gerüchte von Mund zu Mund, die der Wahrheit nahekamen. Am Abend des folgenden Tages ließ sich diese nicht mehr verbergen, denn sie waren schon auf anderen Wegen zu dem Heer gelangt – Minsk war verloren, vom Feind besetzt. Als Rasinski im Biwak diese Nachricht von Regnard vernahm, wechselte selbst er die Farbe und bedeckte sich die Augen mit der Hand, als wolle er dieses Unheil nicht sehen. Dann brach er in die Worte aus: »So ist der Kaiser ein russischer Staatsgefangener!«

Ein düsteres Schweigen herrschte in dem Kreis ringsumher, in dem Jaromir, Boleslaw, Ludwig und Bernhard gelagert waren. Mit fragenden Blicken hingen sie an dem Gesicht ihres Führers und suchten noch eine Hoffnung auf seiner Stirn zu lesen. Doch vergeblich! Sie rollte sich in finstere Falten und blieb von schwarzen Wolken des Grams verhüllt. »Also auch das noch«, sprach er nach langer Pause, indem er aufstand. »Und dieser Winter, der uns anfangs mit hinterlistiger Tücke einen Monat zu früh überfiel, verrät uns jetzt zum zweiten Mal, da er uns verläßt, wo er unser Bundesgenosse werden könnte. Minsk, so hart der Verlust ist, wäre zu verschmerzen, wenn uns die Beresina nicht mit ihren sumpfigen Tiefen gefangen hielt. Ein russisches Heer am anderen Ufer dieses Stromes ist wie ein eherner Riegel, der uns die Tore, die aus diesem Tartarus führen, unwiederbringlich versperrt!« – »Uns bleibt keine Hoffnung«, erwiderte Regnard, »als die, daß der Feind vor uns unsere Lage hier noch nicht kennen kann, daß er uns vielleicht fürchtet, vielleicht zu täuschen ist.« – Rasinski schüttelte ungläubig das Haupt. »Kutusow, meint Ihr, werde keinen Boten gefunden haben, Tschitschagow, Wittgenstein und wie die Führer jener Massen in unserem Rücken heißen mögen, zu benachrichtigen? Ein Dämon müßte sie verblenden, wenn sie jetzt das Netz nicht über den köstlichen Fang zusammenzögen! Es bleibt uns noch ein

Ausweg – der ehrenvolle Kampf und Untergang. Auf die Bahn der Schmach kann uns das Geschick nicht zwingen, das aber ist auch seine einzige Gunst.«

Über Jaromirs Angesicht zuckte ein wehmütiges Lächeln, als Rasinski so sprach. Bernhard, der es bemerkte, erkannte daraus, was die Hoffnung dieses im Tiefsten gebrochenen Herzens war. Seit der Unglückliche Alisettes Schicksal kannte, war außer dem verschlossenen Ernst, der seine jugendliche Freudigkeit seit jenem verhängnisvollen Abend in Moskau in starre Fesseln geschlagen hatte, auch ein stiller Trübsinn über ihn gekommen, der oft einem weit hinweg verirrten Träumen glich. Der männliche Entschluß seiner Seele, durch energisches Handeln in seinem Beruf als Krieger die Schuld, mit der er sich beladen fühlte, zu versöhnen, war durch ein Versagen der Kraft, die außer der Grenze des Willens lag, gelähmt. Die klare kriegerische Besonnenheit, durch die er sich bisher in diesen Tagen der Bedrängnis selbst vor Boleslaw ausgezeichnet hatte, war verschwunden. Das Elend um ihn her schien ihn ohne Anteil zu lassen, ja selbst die rührenden Freuden und Sorgen seiner lieben Genossen, die Bernhards und Ludwigs um ihre Schwester und Geliebte, gewahrte er kaum, geschweige denn daß er sie empfunden und geteilt hätte wie Rasinski oder Boleslaw.

Mit tiefer Trauer hatte der stets beobachtende Bernhard diese Umwandlung des Jünglings im geheimen bemerkt. Und jetzt, als das Wort der Verurteilung über all seine Genossen, über die nächsten, die er aus tiefster Seele liebte, über den Ruhm des Heeres und des Kaisers, ja über das Schicksal seines Vaterlandes ausgesprochen wurde, als er die Freunde von dumpfer Erschütterung wie versteinert vor sich sah, jetzt lächelte er, als dringe endlich ein Strahl der Freude in das Dunkel seiner Schmerzen. Er glich einem Gequälten auf dem Todeslager, der den Engel der Erfüllung vor sich treten sieht. Bernhard wurde daher durch den Anblick des unglücklichen Freundes selbst jetzt mit schauerlicher Ahnung bewegt, wo der zermalmende Keulenschlag der Weltgeschicke, der alle zugleich traf, ihn ebenso betäubend erschütterte wie die übrigen auch. Dies wäre unmöglich gewesen, wenn derselbe Augenblick die Gewißheit des Verderbens und die Erfüllung geboren hätte. Doch wenn zwischen beiden noch ein Arm des Zeitstroms braust, so vertraut der Mensch, selbst unwillkürlich, sein Heil noch dem gebrechlichen Nachen der Hoffnung, der auf den Wellen schwankt, an und behält das Gefühl einer Gegenwart mit ihren Schmerzen und Freuden.

»Also ihm ist das zur Hoffnung und Erhaltung seiner Wünsche geworden, was in jedes anderen Brust die Wünsche und Hoffnungen vernichtet?« dachte Bernhard und ließ seinen Blick wehmütig betrachtend auf dem bleichen Antlitz und dem erloschenen Auge des Jünglings weilen. »So gequält bist du Armer?« – Die Ahnungen des scharfblickenden

Freundes gingen weiter. Der seiner selbst bewußte Jaromir hätte die Erlösung von seiner Marter, die mit der Vernichtung der Freunde, des Ruhmes und des Vaterlandes erkauft war, nicht mit einem Lächeln begrüßt! Das konnte nur der, dem schon die Bilder des Lebens sich zu verwirren begannen, für den sie in dämmernde Träume übergingen. Ach, schon längst hatte Bernhard es bemerkt, aber den Gedanken wie einen unheimlichen Feind zu verscheuchen gesucht, daß die Nemesis, die die frevelvolle Alisette ereilt hatte, für Jaromir ein grauenhaftes Spiegelbild geworden war, in dem er sein eigenes Geschick vor sich sah.

Aber nicht dieses selbst, sondern der Gedanke, daß er es so verschuldet, daß sein Verbrechen die finsteren Rachegestalten aufrufe und sie verfolgend an seine Füße hefte, folterte Jaromirs Brust mit namenlosen stummen Qualen, von denen er keine Erlösung sah als die Vernichtung, zu der er selbst den Arm nicht gegen sich aufheben durfte, ohne sich mit neuen Freveln zu belasten. In diesen steten, inneren Martern verzehrte er sich, seine Kraft erlag, sein edler Geist verlor die Freiheit des Bewußtseins, das Grauen des Wahnsinns pochte schauerlich leise an die Pforte seiner Seele, und er bebte zusammen bei der eisigen Berührung. Wer will ihn jetzt richten, wenn das dunkle Tor des Todes ihm nur als das der Erlösung erschien, wenn seine gequälte Brust die Fähigkeit verloren hatte, es für andere anders zu denken?

Bernhard wandte sich mit einem von Schmerz bezwungenen Antlitz ab. Jetzt wäre die offene Freundesmitteilung eine erquickende Wohltat für ihn gewesen, doch er versagte sie sich selbst, um nicht diesen bittersten Schmerz auch auf Ludwigs und Boleslaws Seele, die noch ahnungslos an dem Abgrund dieses neuen Schreckens hinwandelten, zu häufen. Das Geschick hatte ihre Brust ja schon genug zerschmettert, weshalb Ihnen neue tiefe Wunden bohren? Aber zu Jaromir wandte er sich mit warmer Bruderliebe und versuchte, ob Worte des Trostes, der Hoffnung, der männlichen Erhebung zur Pflicht den finsteren Raubvogel des Wahnsinns zu verscheuchen vermöchten, der in nahen Kreisen drohend über seiner Seele schwebte und sie mit den vergifteten Fängen zu zerreißen drohte.

Zweites Kapitel

Nach unsäglich mühsamen Märschen erreichte das Heer endlich Niamanitza. Tausende hatten in Angst und Entkräftung den Tod auf dieser furchtbaren Straße gefunden, und die schreckliche Nachricht, daß Minsk in den Händen der Russen sei, bestätigte sich leider täglich. Das Land wurde jeden Tag düsterer, die Straße zog sich jetzt fast unausgesetzt in unüberschaubaren Fichtenwäldern hin, die kaum dann und wann durch einige elende Häuser unterbrochen wurden. Ein grauer Himmel schien drückend bis tief auf die Erde herabzuhängen und sie mit seinen feuchten Nebelschleiern zu berühren. Es war weder streng kalt, noch taute es, doch wehte fortdauernd ein naßkalter klammer Wind, der durch die elenden Kleidungsstücke der Krieger hindurchdrang und sie in langsamer Qual lähmte und erstarrte. Der Boden überzog sich mit spiegelhellem Glatteis. Jeder Schritt kostete eine furchtbare Anstrengung, und fast jeder Fehltritt führte den Tod herbei, denn den Fallenden war es oft unmöglich, sich wieder aufzurichten, da sie zumeist aus Kraftlosigkeit niedersanken.

In dichter Finsternis hatte Rasinski mit den Seinigen ein verlassenes Haus erreicht, das, zur Seite der Straße gelegen, durch Zufall von einem seiner Leute entdeckt worden war. Die Nacht in dieser engen, aber doch sicheres Obdach gewährenden Hütte wäre erträglich gewesen, wenn nicht die beunruhigendsten Nachrichten eingetroffen wären. Regnard, dessen eherner, unverwüstlicher Körper von keiner Strapaze erschüttert wurde und der unermüdlich im Aufsammeln jeglicher Kundschaft war, trat noch spät abends ein, um Rasinski von allem, was er erfahren hatte, in Kenntnis zu setzen, hauptsächlich aber, um sein Töchterchen, das noch immer in Biankas Obhut stand, noch zu sehen. Denn dieser Grund bewegte ihn, sich auf dem Marsch wie im Biwak und im Quartier stets so nahe wie möglich an Rasinski und die Seinigen zu halten. »Nun, Regnard, was bringt Ihr Neues?« fragte ihn Rasinski, der schon, in seinen Mantel gewickelt, auf dem Boden lag, um zu schlafen. – »Ich kann Euch nicht helfen, aber ich muß Euch stören«, antwortete der Eintretende. »Ich bin freilich immer der krächzende Unglücksvogel, aber der Teufel sei eine Nachtigall oder ein Freudenkuckuck auf einem solchen Feld voller Leichen, wie unser Marsch von Moskau bis hierher. Die Raben sind hier an ihrem Platz.« – »Nun so krächzet denn«, antwortete Rasinski, indem er aufstand. Jaromir, Boleslaw, Bernhard und Ludwig traten gleichfalls um den Obersten herum.

»Wir sitzen richtig im Garn«, fing Regnard an. »Die Brücke bei Borisow ist verbrannt und der Fluß so breit, daß an eine Herstellung nicht zu denken ist. Das andere Ufer ist überdeckt mit Feinden. Das ganze Heer Tschitschagows breitet sich an allen Punkten aus, wo man über die Beresina kommen könnte, kurz, ich sehe keine Möglichkeit, den Übergang über den Fluß zu machen.« – »Nur eine einzige Nacht strenger Kälte«, rief Rasinski, »und es wäre nichts verloren.« – »Um so weniger«, erwiderte Regnard, »als ich euch auch eine gute Nachricht mitzuteilen habe, die, daß wir endlich dem nachrückenden Kutusow ein geordnetes Korps entgegenstellen können, denn der Marschall Victor rückt mit zwanzigtausend Mann frischer Truppen heran, auf die wir morgen in der Frühe stoßen müssen. Soeben ist die leuchte Kavallerie seiner Vorhut eingetroffen.«

»Es sind nur so viele Opfer mehr«, antwortete Rasinski düster. »Freilich, wenn es möglich würde, über den Fluß zu kommen, wenn der Himmel ein Wunder täte, wenn er den Strom der Beresina in die Fessel des Winters legen und ihn stillstehen ließe wie die Sonne zu Jericho – freilich, dann könnten uns die frischen Kräfte Rettung bringen. Es wäre noch eine Möglichkeit«, fuhr er rasch, als sei ihm ein glücklicher Gedanke gekommen, fort, »wenn man Tschitschagow über den Punkt unseres Überganges täuschen könnte! Es müßten falsche Nachrichten ausgebreitet, Demonstrationen den Fluß abwärts etwa nach Ukolada und Beresino hin gemacht und dann plötzlich der Übergang an einer anderen Stelle bewerkstelligt werden. Jetzt, da ein frisches Armeekorps uns vielleicht einige Tage Aufschub gewinnen kann, ist dies möglich.«

»Etwas in der Art ist im Werk«, entgegnete Regnard, »es werden bereits alle Anstalten dazu getroffen. Die Schwierigkeit ist nur die, das Heer unbemerkt an dem wahren Übergangspunkt zu konzentrieren. Doch es ist zu spät, gute Nacht. Ihr braucht Ruhe und ich gleichfalls, morgen, hoffe ich, sehen wir uns wenigstens noch wieder!« Mit diesen Worten wollte er die Hütte verlassen, doch blieb er stehen und warf noch einen zärtlichen Blick auf sein Kind, das in Biankas Armen im Hintergrund der Hütte mit dieser auf einem Lager, so gut man es von wenigem Stroh und einigen Decken hatte bereiten können, tief schlummerte. Er schlich näher, doch behutsam, um die Schlafenden nicht zu wecken. »Der Himmel beschütze nur diese«, sprach er weich, »was uns anlangt, so wollen wir nicht klagen, denn wir sind da, um zu fallen.« Hierauf ging er rasch hinaus. Rasinski und die übrigen warfen sich wieder aufs Lager, wo sie bald fest entschlummerten. Die Anstrengung führte den Schlaf herbei, selbst wo man wußte, daß man am tiefsten Abgrund der Gefahr gelagert war.

Am Abend des folgenden Tages erreichte das Heer Borisow, das hart an den Ufern der Beresina liegt, die hier einem breiten sumpfigen See gleicht. Die feste Brücke darüber war, da die Stadt wenige Tage zuvor den Russen erst hatte entrissen werden müssen, durch Feuer völlig zerstört worden. Der Marschall Oudinot hielt Borisow besetzt. Rasinski hatte in Erfahrung gebracht, daß man, wie er selbst geraten hätte, alles getan hatte, um den Feind glauben zu machen, man werde den Übergangspunkt südlich von Borisow wählen, wo in der Tat der Fluß einige günstige Stellen und sogar zwei ziemlich gangbare Furten darbot. Der General Laurencé hatte als Chef des Generalstabes, der mit der Herstellung der Brücken beauftragt war, mehrere Juden, die die Spionsdienste verrichteten, kommen lassen und fragte sie über jene Furten aus. Er wußte zu gewiß, daß sie, nachdem sie ihre Bezahlung erhalten hätten, dem Feind alles verraten würden, um auch von ihm belohnt zu werden.

Daher wurden alle Fragen und Aufträge, die man ihnen gab, so eingerichtet, daß sie keinen anderen Zweck vermuten ließen als den, die Armee werde mit einer plötzlichen Wendung südlich den Strom hinabziehen, um so die Verfolger zu täuschen, Tschitschagow in den Rücken zu gelangen und das über alles wichtige Minsk durch Überraschung zu nehmen. Während diese Anstalten getroffen wurden, marschierte das Korps des Marschalls Oudinot in tiefster Stille aus, nach Studianka, wo der wahrhaftige Übergang bewerkstelligt werden sollte. Auch Rasinski erhielt, nachdem seine Leute einige Stunden gerastet hatten, Befehl, dahin aufzubrechen. Bei diesem Marsch war es auf strengste geboten, jedes Geräusch zu vermeiden, noch weniger durfte Feuer gemacht oder sonst etwas Ähnliches getan werden, was man vom jenseitigen Ufer aus bemerken konnte. Denn dort zog sich eine russische Postenkette entlang, deren einzelne Feuer man auf den Waldhöhen wie trübe Sterne wahrnahm. Sollten sie mit ihrem blutig-düsteren Schimmer den Untergang des Heeres bedeuten, dem in diesem Land so unglückselige Gestirne gestrahlt hatten? Um das Unglück auf das äußerste Maß zu treiben, schien es vom Schicksal beschlossen, daß das Verderben im Angesicht der Rettung vollendet werden sollte. Eine düstere Sorge, durch das tiefe Schweigen, die ängstlich beobachtete Stille noch erhöht, senkte sich in die Brust der Krieger. Zu allen harten Entbehrungen fügte sich jetzt auch die eines tröstenden, ermutigenden Wortes, ja, die Finsternis der Nacht gestattete nicht einmal Erquickung eines Blickes der Liebe und Freundlichkeit auf die Nächsten, Teuersten. Rasinski hatte Ludwig und Bernhard bereden wollen, mit Bianka das Heer zu verlassen und, soweit sie es vermochten, ihren Weg den Strom abwärts fortzusetzen, weil er glaubte, es werde ihnen nicht schwerfallen, unter Biankas Schutz, die überall als eine Eingeborene des Landes auftreten konnte, einen Zufluchtsort und vielleicht bald die offene Straße nach Warschau zu erreichen. Doch beide Freunde, und aufs entschlossenste Bianka selbst, erklärten, sie würden ihr Schicksal nicht von dem Rasinskis und der Seinigen trennen. Mit gleich rührender Anhänglichkeit hatten Willhofen und Jeannette der Überredung Biankas widerstanden, die ihnen ebenfalls den Weg der Rettung aufzwingen wollte. So gab es doch noch Herzen, denen mit der Stärke der Prüfung die Kraft wuchs, die nicht von dem ehernen Fuß des Geschicks tief hinabgetreten wurden in den Staub der Verwerflichkeit, sondern in dem Druck nur die Aufforderung zum Widerstand fanden.

Bernhard und Ludwig gingen zu Fuß dicht neben dem Wagen, auf dem Bianka saß. Er gewährte ihr und ihnen Trost, einander wenigstens nahe zu wissen und die dunklen Umrisse der Gestalten zu erkennen, obwohl die Gefahr des Augenblicks jede Mitteilung des Gesprächs verbot.

Je näher man nach Studianka kam, je zahlreicher wurden die Feuer auf den Höhen. Rasinski sah es mit Besorgnis, da sich aus ihnen schließen ließ, daß ein bedeutendes russisches Heer auf dem jenseitigen Ufer aufgestellt sei, und alles war rettungslos verloren, wenn es nicht glückte, den Feind zu täuschen. Um vier Uhr morgens erreichte Rasinski den Versammlungsplatz bei Studianka. Hier waren seit dem Anbruch der Nacht die Ingenieure beschäftigt, zwei Brücken über den Strom zu schlagen, deren Vollendung man vor Anbruch des Tages erhoffte, um noch in der Dunkelheit wenigstens mit so vielen Truppen überzugehen, wie notwendig waren, um sich jenseits eine Bahn zu brechen. Aber diese Hoffnung wurde aufs grausamste getäuscht, denn wiederum scheiterte sie an dem Zorn der Elemente, ja an ihrer wahrhaft erbitterten Tücke. Denn durch das Tauwetter der vorigen Tage angeschwollen, war der Fluß um mehrere Fuß gewachsen, so daß die Furt, durch die die Infanterie im Notfall ihren Weg hätte nehmen können, selbst für die Reiterei zu tief wurde. Die seit gestern wieder eingetretene Kälte reichte gerade hin, starke Eisschollen zu bilden, die den Strom hinuntertrieben und alles mit sich fortrissen, doch sie vermochte nicht eine feste Decke über ihn zu wölben. So war die rauhe Kraft der Natur der äußersten Anstrengung der menschlichen überlegen. Vergeblich hatten die Pioniere die ganze Nacht hindurch oft bis an die Brust im Wasser und Morast gearbeitet, vergeblich mit der Kälte, den scharfkantigen Eisschollen, der Macht des Stroms gekämpft. Der Morgen war nahe, und noch stand nicht ein einziger der Brückenböcke fest, denn zweimal hatte die Gewalt der Schollen alles zertrümmert, was mit Aufreiben der Anstrengung aller Kräfte zustande gebracht war. Die Not stieg aufs höchste. Brach der Tag an und die Brücke war nicht vollendet, so mußte man erwarten, daß die ganze Artillerie des Feindes von den jenseitigen Höhen in Kernschußweite die gebrechlichen Arbeiten zertrümmerte, und alsdann schwand jede Möglichkeit, auch nur einen Mann zu retten.

Rasinskis Leute waren auf einer Anhöhe nahe bei Studianka gelagert. Er selbst begab sich mit Regnard an das Ufer, wo sich die Führer vergeblich berieten, um ein Mittel der Rettung zu ersinnen. Mortier, Davoust, Ney, Eugen, sie standen beisammen und hefteten ihre düsteren Blicke auf das jenseitige Ufer, wo die russischen Lagerfeuer wie ebenso viele Brandfackeln des Verderbens loderten. Selbst der unerschrockene Ney warf in schwermütigem Zorn über das verräterische Glück die Worte hin: »Wenn sich hier ein Ausweg findet, so hat der Kaiser die Glücksgöttin mit Ketten an sich gefesselt, und sie gehorcht ihm als Sklavin.«

Da erschien er plötzlich selbst mitten in dem Kreis der Marschälle und Führer. Er war mit seinen Garden von Borisow herangerückt und hatte auf dem halben Weg bei einem Schloß in der Stille ein Lager bezogen. Hier waren ihm von Minute zu Minute die Berichte über die Vergeblichkeit aller Anstrengungen, die Brücke zu vollenden, zugegangen. So betrachtete er denn den Urteilsspruch des Schicksals als erlassen und erschien nun an der Stelle der Gefahr, um sie zu prüfen, zu messen und wenigstens rühmlich mit ihr zu kämpfen, obwohl er sie nicht zu bezwingen vermochte. Er grüßte kurz, ernst, aber wohlwollend. Dann fragte er mit Bestimmtheit nach allen Umständen, allen Ereignissen. Die Berichte lauteten so, daß er selbst fast die Unmöglichkeit der Rettung zugeben mußte. Auf einen gewaltsamen Durchbruch mitten durch die Feinde war er im günstigsten Fall bereit gewesen.

Rasinski hing mit unverwandtem Blick an dem ernsten, aber völlig ruhigen Gesicht des gigantischen Mannes, der sich dem Verhängnis noch nicht unterworfen hatte, sondern auf neue Waffen sann, um mit ihm zu kämpfen. Ein düsteres Schweigen herrschte um ihn her. Da blitzte plötzlich der Gedanke in Rasinski auf: Wenn nur er gerettet wird, so ist nichts verloren als ein großes Heer. Ganz Frankreich, halb Europa kann sich neu für ihn waffnen! Diese Massen sind tot, sie zerstäuben wie zerschmettertes Gestein, wenn seine Kraft sie nicht bindet, sie sind unüberwindlich, wenn er sie mit der Flamme seines Geistes beseelt. Hunderttausende sind in diesen Schneegrüften erstarrt. Was kommt auf einige mehr oder weniger an? Er muß gerettet werden, und alles ist gerettet.

Von diesem Gedanken entzündet, sprengt er zum Marschall Ney hin, zieht ihn auf die Seite und enthüllt ihm seine innerste Gesinnung. Der kühne Krieger faßt den Gedanken mit glühender Begeisterung auf. Er selbst hätte zwar in einen ähnlichen Vorschlag seiner Untergebenen nie eingewilligt, doch jetzt fühlt er nur als Soldat, nicht als Feldherr. »Ist die Rettung möglich, so muß sie geschehen«, ruft er aus. – »Ich verbürge mich mit meinem Haupt für das Gelingen«, beteuert Rasinski im edlen Feuer. »Von hier ab kenne ich jeden Pfad, ebenso meine Polen. Jeder gibt zehnmal sein Leben für das des Kaisers. Weiter aufwärts nach Weselowa ist der Fluß schmal. Wir schwimmen mit unseren Pferden hindurch, noch vor Tagesanbruch können wir drüben sein. In fünf Tagen schaffe ich den Kaiser nach Wilna, von dort steht ihm Europa offen, und er kann Paris erreichen, bevor nur eine Ahnung von unserem Verderben über Rußlands Grenzen dringt. Beschwören Sie den Kaiser, Marschall! Seine Rettung ist ja auch die unserige, weiß Rußland, daß er von Paris aus neue Heere sendet, so sind wir höchstens *Kriegsgefangene*, teilt aber der Kaiser unser Los, so sind wir *mit ihm Staatsgefangene*, und Sie kennen den unermeßlichen Kerker, den Rußland für diese besitzt.«

Rasinskis Feuer überzeugte den Marschall vollends. »Er muß wollen«, rief er eifrig aus, »und es darf kein Augenblick verloren werden.«

Der Kaiser hatte sich eben in eine Hütte dicht am Ufer begeben. Ney eilt dahin, er trifft den König von Neapel und den Vizekönig von Italien, ihnen beirchtet er Rasinskis Vorschlag. Beide heißen ihn willkommen, gemeinschaftlich beschließen sie, ihn sofort dem Kaiser mitzuteilen, und folgen ihm in die Hütte. In gespannter Erwartung harrte Rasinski auf die

Entscheidung. Es vergeht über eine Viertelstunde, niemand läßt sich sehen. Schon wird es zu spät – schon will Rasinski es wagen, selbst in den Kaiser zu dringen, da tritt Ney wieder heraus, geht ihm langsam entgegen und spricht: »Graf Rasinski! Der Kaiser ist nicht zu bewegen, das Heer zu verlassen. Wir erwarten hier gemeinschaftlich den Tag, den Feind, den Untergang!«

Der rauhe Ton, mit dem der Marschall sprach, zeigte, wie tief er bewegt war und wieviel Gewalt er sich antat, um es nicht zu scheinen. Rasinski stand unbeweglich, ein unnennbarer Schmerz zuckte durch seine Brust, aber nicht warm und erweichend, sondern kalt, grauend. »Haben Sie dem Kaiser gesagt …«, begann er endlich wieder, wurde aber sogleich vom Marschall unterbrochen: »Alles, alles, was Vernunft und Liebe vermögen, der König von Neapel, der Vizekönig von Italien, Davoust, Mortier, Rapp, Graf Daru, Berthier selbst – es fehlte wenig, so hätten wir uns ihm zu Füßen geworfen. Aber er blieb wie ein eherner Fels. ›Der Soldat hat ein Vertrauen in mich gesetzt, ich will es nicht täuschen‹, war seine Antwort.«

»Und Paris, Frankreich, Europa – wogen diese Gewichte in der anderen Schale noch zu leicht?« – »›Hier ist die dringendere Gefahr‹, sprach er kurz, ›eher gehe ich nicht, bis sie vorüber ist.‹« – »Dann ist's zu spät!« rief Rasinski außer sich. »Gestatten Sie mir, daß ich noch einmal …« – »Nichts, Graf«, antwortete der Marschall, »der Kaiser läßt sich nicht durch Bitten in seinen Beschlüssen irremachen. Auch ich sagte ihm: Dann ist's zu spät. ›Jetzt aber ist's zu früh‹, war seine Antwort, ›und‹, setzte er nach einer kurzen Pause hinzu, ›wollt ihr denn mit Gewalt, daß ich zu dem Unglück Schande auf mein Haupt lade? Ich werde gehen, ich werde nicht bis Paris an der Spitze des Heeres marschieren, aber erst dann, wenn euere Gegenwart hier genügt. Der Augenblick ist noch nicht gekommen.‹«

Rasinski schwieg. So tief ihn der Gedanke erschütterte und seine Brust zerriß, daß der große Mann hier im Angesicht der Rettung unwiderruflichen Untergang finden sollte, so tief durchdrang ihn doch auch das Gefühl erhebender Bewunderung, die der feste Beschluß des Kaisers erweckte. Einige Minuten dauerte der Kampf in seiner Brust, dann rief er, durchdrungen von dem würdigen Entschluß, aus: »Wahrlich, er durfte nicht anders, er hat uns auch diesmal übertroffen und beschämt. So ist es besser. Wir wollten ihm die menschliche Berechtigung jeder Brust nehmen, edel, würdig, groß zu handeln. Wohl ihm, wohl uns, daß er es nicht duldete. Auch der wahre Vorteil ist hier! Die Weltgeschichte gewinnt wenig, wenn er noch einige Jahre über Europa herrscht. Sie gewinnt aber, wenn er würdig fällt. Für den Glanz des Ruhmes hat er zehnfach genug getan, jetzt handelt er für das echte Gold desselben. Marschall, ich bin mehr als getröstet, ich bin freudig erhoben und gestärkt.«

»Und Sie haben recht, und unser tiefer Schmerz ist der untrüglichste Beweis dafür.« Sie reichten einander die Hände mit herzlichem Druck, dann schieden sie. Rasinski ritt zurück zu den Seinigen und erzählte ihnen, was geschehen war. Da schlug ihre flammende Begeisterung für den Feldherrn mächtig lodernd empor, und alle erwarteten die Sonne des Verderbens, die über ihnen aufgehen sollte, mit Stolz und trotzigem Mut.

Drittes Kapitel

Der Tag fing an zu grauen. Jetzt spähten alle Blicke durch die weichenden Schleier der Nacht, um die Feinde zu zählen, die sich vor die Pforten der Rettung gelagert hatten. Rasinski war mit Boleslaw, durch Buschwerk gedeckt, eine kleine Anhöhe hinaufgeritten, von der er den Lauf des Stroms und die Krümmung seiner Ufer weit überschauen konnte. Noch schimmerten die Flammen der russischen Wachtfeuer mattrötlich durch die Morgennebel und das bläulich dämmernde Licht des Tages. Doch war alles still auf den beschneiten Höhen.

»Mir scheint«, sprach Rasinski, »man müßte doch schon die Leute sich bewegen sehen, oder sollten sie sich etwas hinter den Rand der Anhöhen gezogen haben?« – »Soweit ich erkennen kann, sind die Wachtfeuer verlassen«, antwortete Boleslaw, »wenigstens die vorderen. Dort hinten am Waldsaum mögen sie wohl besetzt sein.« – »Sie werden sich«, erwiderte Rasinski, »dem Feuer unserer Artillerie nicht so nahe haben aussetzen wollen, doch wundert's mich, daß ich nirgends Kanonen aufgefahren sehe.«

Sie ritten noch einige hundert Schritte weiter, auf die Spitze eines Hügels, der sich näher gegen den Fluß zog, indessen verwehte der Wind die nebeligen Dünste, und es wurde allmählich heller. »Bei Gott!« rief Rasinski, der mit steigender Bewunderung umherblickte. »Die jenseitigen Ufer sind verlassen! Dahinter muß irgendeine Absicht stecken. Man will uns vielleicht den Übergang beginnen lassen, um dann eine desto furchtbarere Verheerung unter uns anzurichten.« – »Vielleicht bleibt uns wenigstens soviel Zeit, um die Brücke zu bauen«, meinte Boleslaw und deutete auf den Strom, wo man jetzt die Arbeiter in voller Geschäftigkeit erkennen konnte. – »Auf den Hügeln dort rechts«, bemerkte Rasinski, »sehe ich Reiter, sie scheinen mir ebenfalls zu erkunden. Laß uns dort hinüber, man muß von jenem Hügel die Windung des Stroms tiefer hinabsehen können.«

Sie ritten auf den bezeichneten Punkt zu und trafen da den Marschall Ney, Regnard und einige andere Offiziere. Diese waren ebenso erstaunt wie Rasinski, das jenseitige Ufer von Truppen entblößt zu finden. Plötzlich rief Regnard: »Dort drüben, nach Borisow zu, sehe ich Truppen im Marsch, es ist eine starke Kolonne. Rasinski hielt die Hand über das

Auge, weil die eben aufgehende Sonne schon zu blenden anfing, blickte scharf hin und rief dann: »Es ist Artillerie und Infanterie, ich sehe zwei Kanonen, sie marschieren nach Borisow.«

»Sollte der Feind vielleicht abziehen?« rief der Marschall Ney mit dem Ton der Ungläubigkeit. »Es ist unmöglich!« – »Aber es ist nicht mehr daran zu zweifeln«, fiel Rasinski ein. – »So leuchtet der Stern des Kaisers noch immer hell an seinem Himmel«, rief Ney mit einem flammenden Blick der Freude aus, »man muß ihn sogleich benachrichtigen.«

Alle sprengten hinunter gegen die Brücke zu, wo der Kaiser aufmunternd und antreibend bei den Arbeitern stand und auf die Berichte wartete. Jetzt trafen die zur Erkundung ausgesandten Offiziere von allen Seiten ein. Niemand hatte eine Spur des Feindes entdeckt, mehrere die abziehenden Truppen bemerkt. »So wäre es doch gelungen, Tschitschagow zu täuschen!« rief der Kaiser aus. »Man muß einen Gefangenen zu bekommen versuchen, der uns Gewißheit gibt.«

Rasinski erbot sich, einen herbeizuschaffen. Er sprengte sogleich mit Boleslaw den Strom aufwärts, nahm einige Chasseurs mit und schwamm mit ihnen durch den Fluß. Als sie die jenseitigen Anhöhen erreichten, bemerkten sie alle Spuren eines bedeutenden Korps, das die Nacht über hier gelagert haben mußte. Die Feuer brannten noch meist alle. Man sah, daß sie erst seit einigen Stunden heimlich verlassen worden waren und daß ihre Flamme den Kaiser täuschen sollte. Die Spuren des Wegs, den das russische Heer genommen hatte, waren auf dem Schnee bald zu erkennen. Sie zogen sich südlich nach Borisow. Rasinski folgte ihnen rasch, aber mit Vorsicht. Als er durch ein kleines Gehölz geritten war, sah er jenseits desselben einige zerstreute Kosaken. Unvermutet überfiel er sie, sie flüchteten, doch einer stürzte auf dem glatten Schnee mit dem Pferd und fiel so in Rasinskis Hand, der sogleich mit dieser Beute umkehrte.

Unterwegs befragte er seinen Gefangenen aufs genaueste und erfuhr, daß in dieser Nacht der General Tschaplitz mit zehntausend Mann und dreißig Kanonen die Höhen, Studianka gegenüber, besetzt gehalten habe, aber auf Tschitschagows Befehl gegen Morgen über Borisow nach Beresino aufgebrochen sei. Sein Herz frohlockte, als er die Bestätigung dieser Vermutung erhielt, denn jetzt war die Rettung möglich, falls nur im Lauf dieses Tages der Übergang beginnen konnte. »Freue dich, Boleslaw«, rief er diesen an, »noch glänzt unsere Sonne. Heute hat die Göttin des Glücks gezeigt, daß sie den Kaiser noch nicht verlassen will. Dies sind die unbesetzten Engpässe von Zilizien, des Mazedoniers Stern strahlt nicht leuchtender als der des Korsen.« Ungeduldig, dem Kaiser diese Nachrichten zu bringen, spornte Rasinski sein Pferd an, setzte über den Strom und berichtete, was er gesehen und was er erkundet hatte.

Der Kaiser vernahm diese Botschaft mit zufriedenen Blicken, aber ebenso ruhig, als er gestern die Berichte über die drohenden Gefahren anhörte. Er gab sogleich Befehle, den Bau der Brücke aufs äußerste zu beschleunigen. Mit diesem war man endlich soweit gekommen, daß zwei Böcke aufgestellt und durch Bohlen verbunden waren. Nun mußte das Werk sich rasch entwickeln, und der General Eblé versprach, es bis Mittag zu vollenden.

Indessen zogen sich auch bereits Truppenmassen von allen Seiten heran. Studianka selbst war mit Kanonen, Pulverwagen, Fuhrwerken, dem Gepäck des Kaisers, der Marschälle und anderer Offiziere überfüllt, ebenso die Wege, die zu dem Örtchen hinunterführten, und die Höhen, die es rings umgaben. Rasinski sah mit bedenklichen Blicken diese ordnungslose Häufung der Massen, die nur aus dem Zustand der Auflösung, in dem sich das Heer befand, erklärt werden konnte. Jetzt noch eine Aufstellung, eine Anordnung zu bewirken, schien unmöglich, zumal da Menschen und Pferde, aufs äußerste entkräftet, diesen kurzen Zustand nutzten, soweit die Umstände es gestatteten. Man sah die angespannten Tiere vor Ermattung sich auf den Schnee lagern und mit heißhungriger Begierde schlechten Häcksel, Stroh oder was sonst nur dem Futter ähnlich war, verschlingen. Die Führer hatten teils ein Obdach in den Hütten gesucht, teils sich an Feuern gelagert, wo nur irgend Raum war. Wenn sich dieses verworrene Knäuel erst zu lösen und in Bewegung zu setzen begann, wenn Wagen zusammenbrachen, Pferde stürzten, die engen Wege sich stopften, die Hast und Begierde, sich zu retten, die Besonnenheit raubte und, wie es so oft auf diesem Rückzug geschehen war, jeder dem nächsten, eigenen Vorteil das dauernde Wohl des Ganzen aufopferte – dann konnte hier, so glücklich sich die Umstände gestaltet hatten, das Unheil seinen Gipfel erreichen und sich an den Ufern dieses Stroms noch ein letztes fürchterliches Denkmal setzen. Diese Ahnungen Rasinskis trafen nur mit zu schreckensvoller Wahrheit ein.

Als er eben die Höhen wieder hinaufritt, auf denen seine Leute gelagert waren, hörte er in der Ferne, von Borisow her, den dumpf hallenden Laut eines Kanonenschusses. Einige Augenblicke blieb es still, dann wiederholte sich der Schuß, und es begann ein regelmäßiges Feuer. »Hörst du, Boleslaw«, sprach er zu diesem, »dort untern schlägt man sich, wir wollen wünschen, daß das Ungewitter nicht heute noch heranziehe.«

Boleslaw horchte gespannt auf und erwiderte dann: »Ich weiß nicht, ob mich der Wind täuscht, aber dort hinüber glaube ich auch Kanonenschüsse zu hören. Jetzt eben wieder! Hörst du wohl? Aus der Richtung von Niamanitza.« Rasinskis Stirn umwölkte sich düster. »Sollte es doch beschossen sein?« sprach er. »Drei russische Heere sind auf dem Punkt, sich zu vereinigen. Nur zwei Tage Aufschub!«

Indessen wurde das Schießen lebhafter. Es mußten bedeutende Gefechte sich entsponnen haben. Wenn es den Russen gelang, das Korps des Marschalls Victor zu werfen, so drangen die Massen gewaltsam nach, und die Überreste des französischen Heeres waren vernichtet. Das sah Rasinski unvermeidlich vor sich, und dieser Sorgen voll, kehrte er zu den Seinigen zurück. Hier herrschte noch allgemeine Freude über den Abzug des Heeres auf dem jenseitigen Ufer, zwar hatte man den fernen Donner der Kanonen ebenfalls vernommen, doch glaubte man die Gefahr nicht so nahe.

In der Tat verlor sich das Feuern wieder, und gegen Mittag wurde alles still. Um ein Uhr kam endlich die Nachricht, daß eine der Brücken, die für die Infanterie bestimmte, vollendet sei und die Brigade Legrand bereits unter den Augen des Kaisers mit ihrer Artillerie übergehe. Die zweite Brücke war der Vollendung nahe.

Schon entstand ein unruhiges Bewegen und Drängen unter den Massen, weil jeder zuerst das jenseitige Ufer zu erreichen wünschte, doch noch waren der Kaiser in Studianka und zu viele regelmäßige Truppen vor Ort, auch die Zahl der waffenlosen, ungeordneten Flüchtlinge noch nicht so angewachsen, daß ihr Strom alles mit sich fortgerissen hätte. Gegen den Nachmittag hörte man wieder Kanonendonner, und zwar näher und stärker als am Morgen. Das Gefecht wandte sich offenbar hierhin. Es schien möglich, daß mit Anbruch der Nacht die Kolonnen bis Studianka zurückgeworfen sein konnten. Indessen sah man in zwei schwarzen Reihen die Artillerie und ihre Wagen sowie einige andere Truppenteile die Beresina passieren. Es schien alles so mit Ordnung herzugehen, daß man erwarten durfte, noch vor Mitternacht den größten Teil des Gepäcks, der Verwundeten und der Wagen überhaupt, für welche die eine Brücke ausschließlich bestimmt war, am jenseitigen Ufer zu sehen.

Rasinski riet jetzt Bernhard, sich mit dem Wagen Biankas nunmehr dem Zug anzuschließen, damit er nicht in den Strudel der Verwirrung gerissen würde, wenn etwa neu herankommende Kolonnen oder gar der anrückende Feind eine größere Hast und Bestürzung erzeugen sollte. Mit bangen Gefühlen trennten sich Bernhard und Ludwig von Rasinski, doch sie sahen ein, daß er mit den Seinigen vielleicht einer der letzten sein werde, ja sogar hier noch ins Gefecht kommen könne. Überdies hätte er doch auf der anderen Brücke übergehen müssen, da den Wagen die obere ausschließlich angewiesen war. Sie nahmen daher, von unglücklichen Ahnungen bewegt, einen wehmütigen Abschied und begleiteten den wieder von Willhofen geführten Wagen hinunter nach Studianka. Jetzt brach die Dämmerung ein. Der Zug der Fuhrwerke rückte langsam vorwärts. Gegen das Ufer hin glich er einer ungeheuren Wagenburg, bei der ans Festhalten der Reihe und Ordnung nicht mehr zu denken war, sondern wie jeder sich am besten aus dem verworrenen Knäuel loswickelte und die Brücke zuerst erreichte, ging er über.

Bianka warf ängstliche Blicke über dieses Getümmel von Pferden, Menschen, Wagen und Schlitten. Ein dumpfes Brausen rufender und kreischender Stimmen, das von Minute zu Minute mit dem Dunkel der Nacht wuchs, erhöhte den beängstigenden Eindruck, den diese unermeßliche Verwirrung machen mußte. »Oh, wäret ihr jetzt nicht in meiner Nähe, ihr Geliebten«, sprach Bianka sanft zu Bernhard und Ludwig, indem sie beider Hände ergriff, »wie verlöre ich mich in diesem grauenden Gewühl! Aber so ist mein Herz ohne Sorge und ohne Furcht.«

Ludwig fühlte wohl, daß sie mit dieser scheinbaren Ruhe nur seine und des Bruders Besorgnisse um sie mildern wollte, wie sie denn ihrer schönen Seele eigen war, stets zuerst den fremden Schmerz, die fremden Sorgen zu fühlen und zu lindern. Er antwortete daher auch für sie tröstend und beschwichtigend und scherzte, um sie zu zerstreuen, mit dem Kind, das, keine Gefahr ahnend, mit rührender Unschuld plauderte und schäkerte. Bernhard blickte indessen aufmerksam umher, um jeden Vorteil, der sich darböte, rasch wahrzunehmen. Ein unruhiges Murmeln zu seiner Linken bewirkte, daß er sich dorthin wandte. Eine Menge von Kriegern deutete auf die Schneehügel abwärts vom Fluß, und das Gemurmel, das durch die Reihen lief, zeigte, daß ein Ereignis von Wichtigkeit ihre Aufmerksamkeit beschäftigte. Anfangs konnte Bernhard nicht erraten, was es sein mochte, plötzlich aber entdeckte er einen rötlichen Schein über dem Schnee, der an Größe und Helle zu wachsen schien.

»Borisow steht in Flammen!« rief eine Stimme neben ihm, es war Willhofen. – »Glaubst du?« fragte Bernhard. – »Es kann kein anderer Ort sein, ich weiß, daß es gerade dort hinaus liegt.« Die Flammen schlugen höher auf, allmählich wurden alle, die an dem Ufer versammelt waren, die Erscheinung gewahr, und indem jeder seine Aufmerksamkeit darauf richtete, wurde das brausende Geräusch der Stimmen dadurch einige Augenblicke unterbrochen. In diesen vernahm man deutlich starken Kanonendonner von dorther. Es wurde also um Borisow, kaum zwei Stunden von Studianka, gefochten.

Noch in dieser Nacht kann der Feind anrücken. Diese Betrachtung schien sich in jeder Brust zugleich zu gestalten und plötzlich eine überstürzende Hast und Eile der Rettung auf das jenseitige Ufer zu erzeugen. Von drei Seiten zugleich wurden die Wagen heftig auf den engen Zugang der Brücke zugetrieben. Sie fuhren gegeneinander an, daß die Räder und Achsen brachen, warfen um und verstopften so die Bahn. Dies verursachte ein grimmiges Toben und Schreien von allen Seiten her. Mit Wut warfen sich die Nachfolgenden auf die, die verunglückt waren und ihnen so den Weg der Rettung versperrten. Ohne Erbarmen rissen sie die Unglücklichen, die auf den Wagen gesessen hatten, herab und zerschlugen die zerbrochenen Fahrzeuge in tausend Trümmer, um sich Bahn zu brechen. Doch noch bevor ihnen dies völlig gelang, drängten schon wieder andere Wagen nach, die vorderen jagten daher in wilder Eile über die Trümmer zerbrochener Räder und Gestelle hin, der Brücke zu, verfuhren sich ebenfalls ineinander, brachen die Achsen, stürzten um und erneuerten so selbst das Schauspiel, das eben ihre Wut erregt hatte. Pferde und Menschen stürzten übereinander, fürchterliches Geschrei und Toben erscholl. Die Kavallerie sprengte dazwischen und suchte Ordnung zu halten, indem sie diejenigen mit Säbelhieben zurücktrieb, die sich von außerhalb der Reihen drängeln wollten. Doch kaum gelang ihr dies an der einen Seite, so hatte sich an der anderen schon das dreifache Unheil ereignet. Verwundete gerieten unter die Räder der Wagen und erhoben ein durchdringendes Geschrei um Hilfe, doch es wurde übertönt durch die Flüche und das wilde Rufen, womit diejenigen, die, dem Ziel nahe, nur noch einer letzten Anstrengung bedurften, um gesichert zu sein, ihre Gespanne antrieben.

»Heiliger Gott, was soll daraus werden!« rief Bianka erblassend und heftete, indem sie das ängstlich gewordene Kind fast bewußtlos an die Brust drückte, erstarrte Blicke auf das Bild des Grauens ringsumher. – »Sei ruhig, Teure«, sprach Ludwig begütigend, »es ist nur der erste Augenblick des Schreckens, gewiß wird sich bald alles wieder beruhigen, denn jeder kann ja sehen, daß er auf diese Weise nur sein eigenes Verderben beschleunigt.« – »Oh, laß uns lieber zurück zu Rasinski«, bat sie sanft, »dieser entsetzlichen Rettung über die zermalmte Brust hilfloser Verwundeter entsage ich. Lieber erwarte ich den Tod durch die feindlichen Kugeln, als daß ich diesen blutigen Weg betrete.«

»Die Rückkehr ist unmöglich, Bianka«, entgegnete Ludwig, indem er seine Blicke ringsumher warf, »Siehe, mit welchen Massen von Wagen und Menschen diese Abhänge und alle herabführenden Wege bedeckt sind, man könnte sich leichter eine Bahn durch den Fels graben als durch dieses Gewühl dringen.«

Bernhard, der gleich Ludwig neben dem Wagen gestanden hatte, schwang sich auf die Achse des Hinterrades, um einen freieren Blick zu haben. Ein unabsehbares, düsteres Gewimmel, das sich, soweit man die Ufer verfolgen konnte, an ihren Krümmungen entlang und die beschneiten Anhöhen hinaufzog, bot sich seinem Auge dar. Durch die einbrechende Dämmerung erschien es noch unbestimmter und riesenhafter. »Hm«, murmelte er vor sich hin, »das Schwarze Meer mitten im Eismeer, und es fängt an, die Wogen im Sturm zu erheben.«

Am äußersten Rand des Horizonts, wo Nacht und Ferne sich verschmolzen, glühte der düsterrote Widerschein des brennenden Borisow. Ein Nachtsturm fing an, die Flügel zu erheben, und brauste hohl mit eisigkaltem Hauch über die Fläche hin. Selbst dem löwenherzigen Bernhard erfüllte ein banger Schauer die Brust, und er ahnte, hier werde sich alles Entsetzliche, was dieser Krieg geboren hat, zusammenhäufen und die früheren Schrecken riesenhaft überbieten. Für sich allein fühlte er Kraft, allem zu trotzen, doch wenn er den Blick auf die Schwester warf, wenn er ihre Jugend, ihre Schönheit betrachtete, sich der Opfer erinnerte, die ihre reine Liebe ihm gebracht hat, und dann zurückschaute auf dieses unergründlich tiefe Meer des Verderbens und des Entsetzens, das rings-umher die finsteren Wagen erhob, dann mußte er einen ehernen Harnisch des gewaltsamen Wollens um seine Brust schmieden, damit sie nicht ermattet breche unter der Last ihrer Schmerzen.

Aus jungfräulicher Schüchternheit richtete Bianka ihr Vertrauen in diesen Drangsalen noch immer mehr zu dem Bruder als zu dem Geliebten. Auch hielt sie ihn wegen seiner raschen Art zu handeln für entschlossener und umsichtiger in Gefahren als den ebenso männlich gefaßten, aber weichen Ludwig. Deshalb wandte sie auch jetzt ängstlich fragende Blicke zu ihm, die Rat und Trost suchten. Sie drangen in seine tiefe Brust, absichtlich aber richtete er kein Wort an sie, denn er war zu erschüttert, um dies nicht durch seine Stimme zu verraten, seine rauhe Larve aber, seinen stacheligen Panzer wilden Scherzes mochte er dieser Sanften gegenüber nicht anlegen, weil er wußte, daß sie sich daran verwundete.

Glücklicherweise hielt der Wagen, auf dem sie sich befand, an einer Stelle, die nicht in die Fluten des strömenden Gedränges hineingerissen wurde, von der man daher, obwohl es keinen Rückweg gab, doch wenigstens nicht gewaltsam in den alles verschlingenden Strudel getrieben werden konnte. Dies reichte zwar zu Biankas eigenem Heil, doch da sie sich stets in fremde Seelen einfühlte, so litt sie desto unaussprechlicher bei dem Anblick des Jammers und Schreckens, den sie vor Augen hatte, ohne retten oder lindern zu können. In stummer Qual saß sie, wie ein Opferlamm, das unter dem geschwungenen Beil zittert, unbeweglich da und wandte das Auge auf das ängstlich gewordene Kind in ihrem Schoß. Selbst zitternd, herzte sie es und versuchte es zu beruhigen. Jeannette neben ihr war bleich wie eine Leiche. Sie wagte keinen Laut zu sprechen, aber kalte Tränen der Angst rollten unaufhaltsam über ihre Wangen herab. Beiden Frauen gegenüber saßen zwei schwerverwundete Offiziere, die jedoch durch ein betäubendes Fieber, das schwere Kopfwunden erzeugten, unempfindlich gegen die Schrecken um sie her gemacht wurden. Unter diesem Druck der Angst und schweren Sorgen schlichen die Minuten mit bleierner Langsamkeit dahin.

Viertes Kapitel

Plötzlich vernahm man ein dumpfes, donnerndes Krachen, und gleich darauf zerriß ein Schrei des Schreckens die Lüfte. Aller Augen wandten sich zu dem Strom, woher der durchdringende Wehruf erscholl, und ein erstarrtes Grauen fesselte Brust und Lippe, als man die Brücke unter ihrer

Last und dem Andrang furchtbarer Eisschollen inmitten des Stromes gebrochen und mehrere Joche hinweggerissen sah. Nur von den nächstliegenden erhöhten Punkten des Ufers konnte man dies bemerken. Die bei weitem größere Masse aber, die sich auf der Brücke selbst und am tieferen Ufer befand, ahnte nichts von dem Unfall, sondern drängte mit rasender Verblendung vorwärts und trieb die, die am Rand des Abgrunds standen, gewaltsam in ihren Untergang. Vergebens klammerten sich die Unglücklichen an die Trümmer der Brücke, vergebens riefen sie mit herzzerreißendem Laut das Erbarmen ihrer Brüder an – es gab keine Wahl mehr, gewaltsam wurden selbst die Mitfühlenden zum grauenvollen Mord ihrer Gefährten gedrängt, um im nächsten Augenblick auf dieselbe Weise unerbittlich in den schwarzen Schlund des Stroms gestürzt zu werden. Die Angst erzeugte Verzweiflung und Wut. Die sich verloren Glaubenden wurden zu rasenden Tigern, denn mit gezogenem Schwert stürmten sie rückwärts in die gedrängten Scharen ihrer Brüder hinein, um sich eine Bahn zu dem Ufer zu brechen. So entstand ein empörender Kampf, ein wahnsinniges Morden unter befreundeten Kameraden. Die rückwärts wogende Flut des Gedränges kämpfte mit der vorwärts strömenden, und dadurch erzeugte sich ein furchtbares Zusammendrängen zur Mitte hin. Die scheuen Pferde bäumten sich empor oder suchten in der Angst seitwärts einen Ausweg und stürzten so samt den Wagen an der Seite der Brücke in den Strom hinunter. Angstruf, Wehgeschrei, Gebrüll der Wut, wildes Getümmel und Getöse von allen Seiten!

Nur wenige Minuten dauerten diese Schreckensszenen, die ein furchtbares Nichtwissen, ein unseliger Irrtum erzeugte, doch jede Minute kostete Hunderten das Leben, die schon den Saum der Rettung berührt hatten. Und in die Brust vieler Tausende tauchte das grausame Gespenst des Entsetzens seine kalte Hand, und sie empfanden ahnend, welch ein Geschick die düsteren Zukunftsschwestern aus ihnen webten.

Während die Brücke wiederhergestellt wurde, trat eine erwartungsvolle Stille ein. Das Unglück, das bereits geschehen war, hätte, so sollte man glauben, die noch übrigen belehren können. Auch geschah, was irgend möglich war, um eine bessere Ordnung des Zuges vorzubereiten. Allein jetzt erschwerte die Nacht noch jede Leitung der unübersehbaren Menge, und nur der kleinste Teil konnte wissen oder vermuten, was geschehen war. Jeder wurde gleichsam mit verbundenen Augen seinem Schicksal entgegengeführt, und erst wenn er mitten auf dem strudelnden Strom des Verderbens trieb, wo es keine Flucht, keine Rückkehr mehr gab, wurde ihm die Binde von den Augen gerissen, und er stand schaudernd am Rand des Abgrunds.

Die Zahl derer, die als Opfer bestimmt waren, wuchs überdies von Minute zu Minute, da immer noch Nachzügler, Verwundete, Entkräftete von allen Seiten herankamen. Plötzlich wurde das dumpfe, schauerliche

Gemurmel, das man an den Ufern des verderblichen Stromes hörte, wieder durch lauten Kanonendonner unterbrochen. Die Flammen von Borisow schlugen heller auf. Von dorther schien sich der glühende Lavastrom des Kampfes langsam heranzuwälzen. Während man gespannt auf die rollenden Donner dieses neuen Ungewitters horchte, öffnete sich der Krater noch auf der anderen Seite und verkündete seinen Ausbruch mit lautem Krachen des Geschützes. Dieser zweite Kampf hatte sich offenbar vor Studianka, vielleicht gar auf den Höhen, wo auch Rasinski lagerte, entsponnen, so nahe vernahm man den Klang der Schlacht. Diese Vermutung wuchs, denn man sah Eilboten von mehreren Seiten an den Kaiser kommen, der noch immer mit Majestät und ruhiger Haltung am Ufer weilte und an der Brücke für die Infanterie den Übergang leitete. Andere Boten wurden eilig zurückgesandt. An allem bemerkte man, daß wichtige Vorfälle sich ereignet haben müßten. An der Herstellung der Brücke arbeitete man bereits mit höchster Anstrengung, doch sandte der Kaiser einen Offizier nach dem anderen, um die Vollendung zu beschleunigen. Indessen dauerte der Kanonendonner mit kurzen Zwischenräumen immer fort, ohne sich jedoch zu nähern. Die Dunkelheit der Nacht machte eine Schlacht unmöglich, das gegenseitige Feuern schien daher nur den Zweck zu haben, einander fortwährend in Aufmerksamkeit zu halten.

Mitternacht war vorüber. Die übermäßig angespannten Kräfte des Körpers und der Seele hatten die meisten der am Ufer versammelten Unglücklichen in Schlaf gesenkt. Doch Hunger und Kälte, vor allem aber ein scharfer Nordostwind, der sich immer gewaltiger erhob und alles erstarrte, was er berührte, trieben sie an, eine andere Zuflucht zu suchen. Sie verbargen sich unter die Wagen, krochen zwischen die Pferde, um ihre klammen Glieder an der tierischen Wärme aufzutauen, lagerten sich in dichte Haufen übereinander hin. Plötzlich beleuchtete eine rötlich glühende Fackel das düstere Nachtstück, und ein blutiger Widerschein glänzte auf dem Strom und auf den beschneiten Anhöhen. Als man sich umwandte, sah man das Dorf Studianka in vollen Flammen. Die Unglücklichen von den Uferhöhen, die noch bis dahin zurückkommen konnten, hatten dort eine Zuflucht gesucht, doch die Hütten waren überfüllt, und die Kälte der rauhen Nacht wuchs mit dem Sturm. Holz fand sich nicht in der Nähe, daher rissen die Verzweifelnden die elenden Häuser über den Häuptern derer zusammen, die sich hineingeflüchtet hatten, und zündeten die Balken, Dielen und Dachsplinte an, um sich daran zu erwärmen. Der Kaiser war höchst erzürnt über diesen Vorfall, der dem Feind den Übergangspunkt verraten und das Verderben aller herbeiführen konnte. Indessen war die Tat geschehen und überdies der Drang der Umstände so gewaltig, daß selbst sein mächtiger Wille nichts mehr dagegen auszurichten vermochte.

Die ganze Nacht hindurch dauerte das Defilieren der geordneten Truppen über die unversehrte Brücke fort. Doch wurde auch sie jetzt für die Artillerie benutzt, solange die zweite gesperrt war. Nach ihrer Herstellung hätte man Hoffnung gehabt, den Übergang regelmäßiger bewerkstelligt zu sehen, da teils die Menge am Ufer sich vermindert hatte, teils die bitteren Erfahrungen, die man gemacht hatte, zur Lehre dienen konnten. Da aber ereignet sich ein neues Unheil. Unvermutet kommt eine Reihe von Wagen mit Schwerverwundeten, von Frauen und leichter verwundeten Kriegern zu Fuß begleitet, bei dem Heer an. Es sind Jammerbilder, von Frost, Hunger und Schmerzen gequält. Man staunt, man fragt, woher sie kommen? Von Borisow, wo der Feind die Brigade des Generals Parthouneau in dieser Nacht zum größten Teil gefangengenommen hat. Nur einem Teil ist es gelungen, sich zu retten. Er zieht sich vor den nachrückenden Russen zurück, und ihm gehen diese Verwundeten und eine unübersehbare Schar waffenloser, halbverhungerter Nachzügler voran, die hier ihre Rettung suchen. Kaum sind diese ersten Erkundigungen eingezogen, so erblickt man auch schon dichte schwarze Scharen, welche die Höhen und die Uferränder bedecken.

Bei dem fahlen Schein der verglimmenden Hütten von Studianka, bei der Dämmerung des Schnees und der Gestirne erkennt man, daß es viele Tausende sind, die in ungeordneten Zügen herannahen. Kaum gewahren sie bewaffnete Kameraden, von denen sie sich Schutz versprechen, als sie in wilder Hast, als sei der Feind hinter ihnen schon auf den Fersen, heranstürzen und ihre Reihen bedrängen. Bleich, hohlwangig, die Gier des stachelnden Hungers im Blick, vor Angst und Frost schlotternd, mit leisem Gewimmer, nahen diese Unseligen und flehen mit erhobenen Händen um Schutz und Nahrung. Von Mitleid bewegt, will man sie anfangs nicht zurückweisen, doch ihre Massen drängen so gewaltsam nach, daß sie die geordneten Reihen der Krieger durchbrechen, und als sie vollends die Brücke erblicken, stürzen sie in besinnungsloser Eile auf diesen Rettungsweg zu und drohen so das Unheil von gestern zu erneuern. In diesem Augenblick befiehlt der Kaiser, der neue Nachrichten vom Anrücken der Russen erhalten hat und dem man zugleich meldet, daß die Brücke für die Wagen wiederhergestellt sei, den Übergang der Garden auf beiden Brücken. Er selbst setzt sich aufs Pferd, um an der Spitze derselben das jenseitige Ufer zu gewinnen und sie bei Brilowa mit den bereits übergegangenen Truppen in Schlachtordnung aufzustellen, weil leider auch an jenem Ufer der Feind gefürchtet werden muß. Dieser Befehl zum Aufbruch bringt alles in Bewegung. Jeder glaubt, jetzt sei der günstigste Augenblick der Rettung auch für ihn, und so stürzen und drängen alle zugleich, zumal aber die neuen, vor Schreck halb betäubten Ankömmlinge, auf die schmalen Zugänge der Brücken ein. Dieser Masse ist kein Widerstand zu leisten. Die geordneten Reihen der alten Garden sind durchbrochen, zwischen ihre Artillerie drängen sich fremde Fuhrwerke ein, jede Ordnung ist aufs neue gestört, alles von der entsetzlichsten Verwirrung bedroht. Selbst das Ansehen des Kaisers reicht nicht mehr hin, ihm Bahn zu machen. Nachzügler, Verwundete, Wagen mit Gepäck, Weiber und Kinder verstopften den Eingang zu der ersten Brücke, und die Wogen der Menschen drängen so unaufhaltsam nach, daß ohne Gewalt hier kein Durchgang gewonnen werden kann. Die Notwendigkeit erzeugt den schrecklichsten Entschluß. Kavalleriemassen müssen in die Unglücklichen eindringen und sie mit scharfer Waffe zurücktreiben. Schaudernd vollbringen sie den Befehl, der sie zwingt, das Blut hilfloser Kameraden zu vergießen und die Körper der Stürzenden mit den Hufen ihrer Pferde zu zermalmen. Ein lautes Angstgeheul, das selbst den brausenden Nordwind übertönt, zerreißt die Lüfte, und um den Schrecken aufs höchste zu treiben, erschallt in diesem Augenblick auch schon wieder der feindliche Kanonendonner. Er gibt wenigstens den Beweis, daß das unmenschliche Gebot nur von der dringendsten Not ertrotzt werden konnte. Die Bahn ist nun geöffnet. Eine Abteilung Kavallerie rückt hinein, dann folgt der Kaiser, umgeben von seinen Offizieren, und ihm schließen sich die Garden an, doch immer neu, je näher und furchtbarer der Donner des Geschützes auf den Höhen hinter ihnen ertönt, drängen die Scharen der Flüchtigen auf die Truppen ein. Nur ihrer geschlossenen, geordneten Gewalt gelingt es, sie zurückzuwerfen, und es müssen Hunderte von Opfern in diesem widernatürlichen Kampf fallen.

Als die letzten Kolonnen die Brücke erreichen, beginnt es zu dämmern, und nach und nach heben sich die schwarzen Schleier von dem Bild, um zu zeigen, was sie in ihrer düsteren Hülle verbargen. Oh, die Nacht war mild gewesen, als sie mit ihren Flügeln diese Schrecknisse bedeckte! Der mitleidlose Tag zeigte die entsetzliche Wahrheit! Zerschmetterte Leichname, Trümmer von Wagen und Geschützen, gefallene Pferde, die sich in ihren letzten Zuckungen über noch blutende menschliche Körper hinwälzen, bedecken die steilen Abhänge, die sich neben der Brücke in den Strom senken. Zwischen den gegen die Uferwände getriebenen Eisschollen gewahrt man halbversunkene Unglückliche, die der Tod und die Kälte in dem Augenblick erstarrt hatte, wo sie die Arme noch hilferufend gegen Himmel und Menschen ausstreckten. Doch vergeblich, denn beide waren taub für die Qualen der Angst und Verzweiflung. Wandte sich das Auge schaudernd ab von diesen Bildern des Grauens, so floh es noch scheuer zurück, wenn es sich auf die Lebenden am Ufer richtete, denn es erblickte nur eine zahllose Schar bleicher Gespenster, aus deren hohlen, erloschenen Augen die Verzweiflung starrte, die zitternd, weinend, heulend oder fluchend durcheinander irrten und von eigenen Qualen zerrissen die des Bruders nicht mehr empfanden. Nur ein wildes, wahnsinniges Drängen nach Rettung aus diesem Elend leitete, wie ein dunkler tierischer Trieb, alle ihre Bewegungen und Schritte. Viele aber vermochten selbst dazu weder Kraft noch Wunsch mehr zu erheben, sondern saßen regungslos wie Leichen auf der eisumpanzerten Erde und blickten starr auf die Stelle, die ihr Grab werden sollte. Nur der Wehruf der Zerschmetterten, der Zermalmten derer, die in den Strom stürzten und von seinen Eisschollen hinweggerissen wurden, nur die Flüche und das Toben der Ruchlosesten, die sich über die Leichen ihrer Brüder den Rettungsweg bahnten, mischten in dieses gigantische Bild des Todes die letzten wild grauenvollen Zuckungen des Lebens. Doch es sollte sich noch entsetzlicher gestalten. Zwar schien das *menschliche* Maß des Jammers und Entsetzens erschöpft, doch die waltenden Rachegötter wußten das Unheil aus neugefüllten Urnen in noch furchtbareren Wogen auszuströmen, denn plötzlich brach es wie der Donner des Jüngsten Gerichts über den Häuptern dieser Verdammten krachend herein. Aufgeschreckt aus der dumpfen Betäubung, fuhren selbst die der Hoffnungslosigkeit willenlos Hingegebenen empor. Da sahen sie die Höhen ringsumher von schwarzen Rauchwolken dampfen. Die Schlacht tobte über ihren Häuptern. Als ob ein Dämon des blinden Schreckens plötzlich mitten unter die Scharen stürzte und sie in besinnungslose Flucht scheuchte, wälzten sie sich jetzt, keine Möglichkeit und Wahrscheinlichkeit der Rettung mehr erwägend, in dichten schwarzen Wogen auf den Strom und seine Brücken zu. Und als bräche sie aus tausend geöffneten Schlünden hervor, wuchs die Flut durch die Ströme der Flüchtenden, die durch die Schlacht gejagt von den Höhen gegen Studianka und Borisow zu herabkamen. Der Augenblick war da, wo das unaufhaltsame Rad der Vernichtung von den eisigen Höhen herabrollte, um das, was da atmete, zu zermalmen.

Bianka, von Angst und Qual fast erschöpft, wandte den Blick langsam zu jenen donnernden und rauchenden Höhen. »Erlaubst du, mein Bruder«, fragte sie Bernhard leise, als ob sie bebe, die Antwort zu hören, »glaubst du, daß der edle Rasinski dort im Kampf ist?« – »Es kann nicht anders sein, Liebe«, antwortete Bernhard. – »So nimmt mein Herz Abschied von ihm«, sprach sie mit sanfter Festigkeit und dem Ton innigster Liebe. – »Warum?« fragte Ludwig bestürzt. – »Oh, mein Teuerster«, entgegnete Bianka sanft, »gewiß vertraue ich fromm auf Gott, doch schon unsere Rettung aus diesem alles verschlingenden Strudel zu hoffen, scheint mir Vermessenheit, wie vollends auch die seinige aus jenem tobenden Ungewitter der Schlacht. Ich schließe mit der Erde ab. Die ich verehrte und die ich liebte – jenseits werde ich sie ja wiedersehen.«

Dieser einbrechende Schmerz der Schwester stachelte in Bernhards Brust seine ganze Kraft auf und ermannte ihn, sie trotzig dem Geschick entgegenzuwerfen. »Sei ruhig, Schwester, du hast noch nie gewürfelt, wo es eins gegen eins stand, ich habe noch so viel Hoffnung auf Gewinn als auf Verlust. Und unser Spiel steht gut, denn wenigstens haben wir hier einen Anker im Schnee geworfen, der uns festhält gegen die Bergströme, die dort hinunterrollen. Einmal müssen sie sich doch verlaufen, und dann gibt es Raum für uns.« – »Gewiß, du Holdeste«, setzte Ludwig mit männlicher Festigkeit hinzu, »und denke, welche Wunder der Himmel schon an uns getan hat, sie sind mir Bürge für die Zukunft, ein fester Schild gegen den sausenden Speer der Todesgöttinnen.« – »Ähnlich sprach der segnende Gregor freilich auch«, antwortete Bianka, »doch wer ergründet des Himmels Ratschläge?« – »So wäre doch auch unser Untergang unser Heil«, entgegnete Ludwig ernst, »Das sei dein Trost!« – »Er ist es, Geliebter«, antwortete sie fromm und erhob das Auge gen Himmel, »darum aber nehme ich auch Abschied von der Erde.«

»Ich nicht«, sprach Bernhard, »und du sollst es auch nicht, Schwester. Aus irdischen Bedrängnissen und Gefahren hat uns die Hand des Schicksals auch für irdisches Glück errettet. Ludwig hat recht, wir haben ein Unterpfand, der Himmel ist nicht so verschwenderisch mit Gnaden und Wundern ...« – »Oh, frevle nicht«, unterbrach Bianka ihn erschrocken, da er in seinen alten, rauhen Ton verfallen war, indem er sich die schweren Sorgen trotzig wie ein Löwe abschüttelte, dem ein Insektenschwarm um das Haupt schwirrt, »frevle nicht hier, wo der Allmächtige sein furchtbares Gericht hält!«

»Nein, nein, Schwester«, antwortete Bernhard, du mißverstehst mich, Ludwig weiß wohl, wie ich's meine, er kennt mich länger!« Dieser drückte ihm bewegt die Hand. »Und der Ewige kennt ihn am besten«, sprach er zu Bianka, »und nie hat er ein treueres, redlicheres Herz in einer menschlichen Brust gesehen.« – »Das mag unerörtert bleiben«, warf Bernhard fast leicht hin, »aber laß uns nicht schwatzend den Augenblick versäumen, wo wir hier in die Speichen des Schicksalsrads greifen müssen, damit es uns dort hinüberrolle auf die andere Seite. Willhofen, hast du noch etwas Futter für die Pferde? Sie können uns sonst im Augenblick der Not im Stich lassen.

»Vor Tagesanbruch habe ich sie in der Stille abgefüttert«, antwortete dieser leise, »denn man darf hier nicht viel zeigen, für eine Fütterung ist noch Vorrat. Aber seht doch einmal dort hinüber, Herr! Das sieht mir so fast aus, als wollte es uns gelten?« Er deutete bei diesen Worten zu einem Hügel abwärts von den Brücken, von dem man das ganze Tal übersehen konnte und auf dem oben eine Batterie auffuhr. »Sollten das Russen sein?« fragte Bernhard, und fast erstarb jetzt auch ihm das Wort auf der Lippe.

Er hatte es kaum vollendet, als es schon aus der ersten Kanone blitzte und nach wenigen Sekunden das dumpfe Krachen des Knalls rings an den Schneehügeln widerhallte. Gleich darauf schlug eine Kugel mit schmetternder Gewalt in den dichtesten Haufen vor der Brücke, daß er entsetzt nach allen Seiten auseinanderstob. Man hatte nicht Zeit, sich zu besinnen und diesen neuen Schrecken zu ermessen, denn gleich darauf folgte ein zweiter Schuß und dann eine volle Lage, die fürchterliche Lücken in diese gedrängten Menschenmassen riß.

In der ersten Sekunde hielt das Entsetzen die Unglücklichen in starre Bildsäulen verwandt, und selbst die Sprache versagte ihnen. Daher trat eine bange Totenstille ein, die der Donner der Batterie desto furchtbarer zerriß. Dann aber machte sich die Angst in einer heulenden Wehklage Luft. Alles überstürzte sich in blinder, wahnsinniger Flucht, egal wohin, wenn man nur diesen todspeienden Schlünden entkam. Reiter warfen sich in den Strom und suchten ihn trotz der Eisschollen zu durchschwimmen, die meisten wurden nach wenigen Schritten von den brausenden Wellen weggerissen. Andere hieben die Stränge angespannter Pferde vor fremden Wagen durch, schwangen sich hinauf und wollten sich so gleichfalls schwimmend retten, ohne der Unglücklichen zu achten, die sie nun ganz hilflos zurückließen. Der Lohn ihrer Tat traf sie nach wenigen Minuten. Die Massen wogten so gewaltsam an das Ufer des Stroms, daß sie jetzt nicht allein nach der Brücke, sondern gerade in die Flut drängten. Vergeblich kämpften die Vorderen gegen dieses lastende Übergewicht, wie gestern Hunderte an der gebrochenen Brücke hinabgestürzt wurden, so wurden heute Tausende in den freien Strom gedrängt. Mütter mit ihren Säuglingen auf den Armen sah man in den treibenden Eisschollen, und vergeblich tönte ihr Ruf nach Hilfe, nach dem Gatten, dem sie erst in diesem Augenblick von der Seite gerissen waren, den aber vielleicht die Flut schon verschlungen hatte, wenn er nicht unter den Füßen der Nachdrängenden zertreten wurde. Die Woge schwoll ihnen bis an den Gürtel, bis an die Brust, noch immer hielten sie die Kinder über der Flut, da erreichte diese das Haupt, sie wurden fortgetrieben, versanken, aber noch im Sinken hoben die starren Hände das teuerste Leben über den schwarzen Abgrund der Wellen empor, bis der Strom alles verschlang und begrub.

Fünftes Kapitel

Bianka hielt beide Hände vor das Gesicht und atmete krampfhaft, auch nicht eine Träne hatte sie mehr, so sehr faßte sie der starre Krampf des Entsetzens. Ludwig und Bernhard traten dicht an sie und versuchten sie durch milden Zuspruch zu beruhigen. Jeannette saß leichenblaß und zitternd, auch sie weinte nicht mehr, ihre Lippen bebten, als wollte sie sprechen, doch sie vermochte es nicht. Das Kind schmiegte sich scheu an Biankas Brust.

Da krachte und schmetterte es plötzlich dicht um sie her, und wie von einem Erdstoß aufgerüttelt, fuhren sie von ihren Sitzen auf. »Allbarmherziger Gott«, rief sie, als sie aufblickte, und streckte beide Hände abwehrend vor sich hin. Eine Kugel hatte den vorderen Teil des Wagens getroffen, ihn zerschmettert und die beiden Offiziere blutig zerrissen auf den Boden geschleudert. Die scheuen Pferde bäumten sich hoch und hätten den Wagen seitwärts gerissen, wenn nicht die Deichsel und die Vorderachse zersplittert gewesen wären. Willhofen sprang zuerst hin, um sie zu halten, Ludwig und Bernhard eilten, ihm beizustehen. Doch schon hatte sich Jeannette mit fliegendem Haar vom Wagen geschwungen, und Bianka, ohne zu wissen, was sie tat, folgte ihrem Beispiel, indem sie das Kind an sich drückte. »Lebt es noch? Lebt es?« rief eine männliche Stimme neben ihr und sie fühlte sich plötzlich von hinten her angehalten. Als sie sich umwandte, stand Regnard vor ihr, den rechten Arm in der Binde tragend, er hatte sich eben zwischen den Wagen hindurchgedrängt. »Oh, ich habe euch gefunden«, sprach er weich und herzte das Kind in Biankas Armen, die, noch ganz betäubt von Schrecken, nicht einmal die Fähigkeit hatte, sich über Regnards plötzliche Erscheinung zu wundern.

Bernhard aber erblickte ihn, eilte auf ihn zu und fragte staunend: »Sie hier, Oberst? Wie kommen Sie hierher?«

»Von dort oben aus dem Gefecht«, antwortete er. »Es geht furchtbar her, unsere Leute stehen wie die Mauern von Troja, aber bald wird alles zusammengestürzt sein, denn sie begraben uns unter ihren Kugeln!« – »Sahen Sie Rasinski? Lebt er? Leben Boleslaw und Jaromir?« fragte Bernhard hastig. – »Sie fechten wir die Löwen, wie die Teufel, diese Polen«, erwiderte Regnard. »Doch es wird alles umsonst sein, wir werden keine Stunde mehr standhalten können. Und dann dieses Defilee, das so gut wie der offene Höllenrachen zu sein scheint.«

»Sie sind verwundet, Oberst?« fragte Bernhard, da er ihn eine krampfhafte Bewegung gegen den Arm machen sah, den er in ein Schnupftuch eingebunden hatte.

»Mein rechter Arm ist zerschmettert«, antwortete er. »Mein Pferd wurde von einer Granate zerrissen, ich schleppte mich nach Studianka, um einen Arzt zu suchen, aber dort oben ist nichts zu finden als Asche und Leichen. Zum Gefecht tauge ich nicht mehr, ich wollte daher den Versuch machen, ob ich über die Brücke kommen könnte. Da sah ich von oben diese Wagen, ich wußte, daß ihr gestern hier aufgefahren wart, und dachte: Sollte ich sie wohl noch finden? Wenn du dein kleines Töchterchen noch einmal sehen könntest! sprach es in mir, und – lacht meinethalben, Freund – es klang mir aber wie eine Stimme Gottes. Vielleicht ist es der letzte Wunsch, der dir erfüllt werden soll, dachte ich und ging gerade hierher. Und als habe mich ein unsichtbarer Führer geleitet, drängte ich mich eben dort hindurch, als euch der Zwölfpfünder da oben den Streich spielte. Nun, seht nur, wie das Kind noch freundlich ist, es sieht doch der Mutter ähnlich! Ja, wenn ich etwas für dich hätte, Würmchen! Wenn wir in Paris wären und ich dir eine Tasche voll Bonbons geben könnte!« Er verlor sich in Kosen und Plaudern mit der Kleinen und schien sowohl seinen zerschmetterten Arm als das tobende Verderben ringsumher ganz zu vergessen. Die Kugeln schreckten ihn nicht, er war ihrer gewohnt aus zwanzig Schlachten. Doch die Vaterliebe war ihm neu, und eine Ahnung schien ihm zu sagen, daß er dieses Glück nicht lange mehr genießen solle.

Indessen trat auch Ludwig wieder heran und begrüßte ihn. Bianka gab Jeannette das Kind, das Regnard mit seinem einen Arm nicht halten konnte. Sie fühlte, daß sie wankte und lehnte sich daher auf das Rad des Wagens. Bernhard bemerkte es und schlang sanft den Arm um sie und küßte ihr die bleiche Wange. Er sprach nicht, aber sein heißestes Gebet drang zu dem Allmächtigen empor und flehte ihn an: »Rette mich um dieser willen und diese um meinetwillen, oder verdirb uns alle!«

»Du bist so erschreckt worden«, redete er sie nach einigen Augenblicken an, »du verschließt dein Auge vor diesen Bildern, doch betrachte sie lange, und du wirst dich daran gewöhnen, und so wird die Erschütterung machtlos werden.« – »Oh, Bruder!« rief sie schmerzlich. »Das soll mein Herz lernen? Nein, nein, das vermag es nicht!« – »Sieh dort jene Frau«, drang Bernhard wieder in sie, »nimm dir ein Beispiel an ihr, sieh, Liebe, wie ruhig sie mitten unter den Verwüstungen des Todes bleibt.«

Wirklich sah man etwa zwanzig Schritte von ihnen eine hohe weibliche Gestalt, die, ein etwa dreijähriges Kind in den Armen haltend, auf einem Pferd saß und, wie es schien, festen Blicks in das Getümmel schaute. Ein schwarzer Schleier schlang sich um ihr Haupt, doch ließ er das Gesicht frei, dessen edle Züge mächtig ergriffen. Sie konnte erst seit wenigen Minuten gekommen sein, denn ihre Erscheinung hätte sonst schon früher, selbst in diesem Getümmel, wo jeder nur an sich selbst dachte, die Teilnahme aller erregen müssen, die sie sahen. Bernhard machte auch Ludwig darauf aufmerksam. »Ruhig?« sprach Bianka, die sie lange unverwandt betrachtet hatte. »Ruhig, sagst du? Versteinert, mußt du sagen, denn siehst du nicht die Tränen, die ihr über das unbewegliche Antlitz rollen, und den hoffnungslosen Blick, den sie irr in den weiten Himmelsraum sendet? – Oh, die Unglückselige!« – »Es ist die Witwe des Obersten Lavagnac«, sprach Regnard, »ihr Gatte fiel vor drei Wochen bei Wiazma, das Kind auf ihrem Schoß ist ihre Tochter.«

Alle hingen an der hohen, tieftrauernden Gestalt. Da schlug eine Kugel schmetternd herein und stürzte sie samt ihrem Pferd zu Boden. Selbst den Männern wurde bei diesem Anblick ein Ausruf des Schreckens entrissen. Die Unglückliche war verschwunden, man sah sie vor dem Gedränge dazwischen nicht mehr. »Um des Himmels willen, ist sie tot?« rief Bianka. »Oh, eilt ihr zu Hilfe, seht, ob sie zu retten ist!« Bernhard, Ludwig, Regnard versuchten sich Bahn durch die zusammengedrängten Rosse und Menschen zu machen, doch es war nicht möglich, schnell vorzudringen. Bianka folgte den Männern, teils von ihrer Teilnahme getrieben, teils auch um sie in dem furchtbaren Gedränge keinen Augenblick zu verlassen. Nach wenigen Minuten öffnete sich die schwarze Masse, so daß man die Niedergeschmetterte am Boden auf dem Schnee liegen sehen konnte, obwohl ein umgestürzter Wagen es verhinderte, bis zu ihr heranzukommen.

Da saß die hohe Gestalt, ohne einen Laut des Schmerzes von sich zu geben, auf dem blutgetränkten Schnee gegen einen Baumstumpf gelehnt, und sie hielt ihr Kind in den Armen. Die Kugel hatte ihr beide Füße zerschmettert, doch das Kind schien unversehrt und umklammerte mit den kleinen Händchen ängstlich den Hals der Mutter. Niemand dachte daran, ihr Hilfe zu leisten, jeder trieb sich, mit seinem Elend allein beschäftigt, an ihr vorüber, nur weil alles vor dem sich krampfhaft wälzenden, von der Kugel zerrissenen Pferd auf die Seite wich, hatte sich ein freier Raum um sie gebildet, sonst wäre sie vielleicht unter die Füße getreten worden. Ludwig und Regnard wollten den Versuch machen, über den Wagen zu klettern, während Bernhard die bebende Bianka unterstützte. In diesem Augenblick löste die edle Dulderin eine Haarschnur von ihrem Nacken, legte sie, ehe eine Hand es hindern konnte, um den entblößten Hals des Kindes und zog sie mit den letzten Kräften zusammen, daß das kleine Wesen mit herabsinkendem Köpfchen erdrosselt in ihren Schoß sank. Jetzt umklammerte sie es in krampfhafter Todesangst. Ihr Blick richtete sich irr, starr gen Himmel, sie seufzte noch einmal auf und sank dann entseelt zurück.

In diesem Augenblick sprangen Ludwig und Regnard hinzu, doch es war zu spät. Bianka preßte sich gegen die Brust des Bruders und verbarg ihr Gesicht, als versuche sie dem ihr Innerstes gleich der Medusa versteinernden Anblick zu entfliehen. Bernhard schlang die Arme um sie und vermochte nicht zu sprechen, noch seine hervordringenden Tränen zurückzuhalten. Plötzlich wand sie sich los, blickte ihn starr an und sprach mit tonloser Gewaltsamkeit: »Jetzt soll mich nichts mehr erschüttern, Bruder, habe ich das gesehen, ohne vernichtet zusammenzusinken, so ist mein Herz nun für ewig gehärtet, und ich kann mit dem Entsetzen spielen.«

Bernhard schauderte zusammen. Er führte sie langsam zurück, dahin, wo Jeannette mit dem Kind stand, und sprach zu ihr: »Weine nur, Schwester, löse das starre Eis, das sich um dein Herz legen will, durch milde Tränen, siehe, ich weine ja auch, und ich denke, ich bin ein Mann.« Das Kind rief ihr entgegen: »Komm, ich will wieder zu dir«, und es streckte die kleinen Händchen verlangend nach ihr aus. Bianka nahm es, drückte es an ihren zitternden Busen und brach nun in einen Strom von

Tränen aus. Ihre Knie sanken zusammen, Bernhard ließ sie sanft heruntergleiten auf den Schnee und setzte sich zu ihr, daß sie sich an ihn lehnen konnte.

Indessen dauerte das mörderische Feuer der Russen fort, die Batterien auf den Höhen wurden verstärkt, Kugeln und Granaten schmetterten unaufhörlich gegen die Brücke und in die dichten Massen hinab. Auch im Rücken, von Studianka her, rückte die Schlacht näher und näher, und bald mußte man den nachrückenden Feind auch von dort fürchten. So hallten die Donner der Kanonen ringsumher und mischten sich mit dem Wehgeschrei Halbzerschmetterter, dem Angstruf der im Strom Versinkenden, dem Wutgebrüll derer, die sich mit verzweifelter Gewalt die Bahn zur Rettung zu brechen versuchten.

Die Kugeln schlugen jetzt wieder dicht in Biankas und ihrer Freunde Nähe ein, so daß Willhofen Mühe hatte, die Pferde zu bändigen. Regnard liebkoste abwechselnd sein Kind, und dann beobachtete er wieder den Gang der Schlacht und des Rückzugs. Über die Schmerzen seines zermalmten Armes hörte man kein Wort der Klage, doch sah er mit düsteren Falten auf der Stirn die Woge des Unheils immer höher und gewaltiger anschwellen. Eine Granate fuhr mitten in den Kreis der Freunde hinein, stäubte Eis und Schnee empor und wühlte sich in den Boden. »Werft euch nieder, alle nieder!« rief Regnard, doch in dem Augenblick zerbarst das Ungetüm schon in eine Wolke von Rauch, und Glut schmetterte die Stücke ringsumher. Ein Schreckensruf erscholl von allen Seiten, die Lüfte selbst schienen prasselnd zu krachen. Bernhard fühlte sich unversehrt, die Schwester in seinem Arm war es ebenfalls, doch eine dichte Rauchmasse wälzte sich so um seinen Kopf, daß er keinen der Freunde entdecken konnte. »Ludwig!« rief er. »Ludwig, lebst du?« Doch das Krachen der Geschütze, das Angstgeschrei ringsumher und das Geheul des Nordsturms, der sich mit erneuter Gewalt erhoben hatte, übertönten seine Stimme. Endlich zog der Rauch wie der langsam sich wälzende Acheron hinweg, und man konnte um sich blicken.

»Du lebst!« ertönte Ludwigs Stimme, und er lag zu Biankas Füßen und drückte die Geliebte mit süßem Dankgefühl für ihre Rettung an seine Brust. Doch plötzlich riß er sich los und rief, indem er aufsprang: »Heiliger Gott, auch das noch!« Sein Blick traf auf Willhofen, der schauderhaft zerrissen und zerschmettert zwischen den Pferden am Boden lag. Nur das Angesicht war unverletzt, sein verlöschendes Auge suchte verlangend nach einer Hand, die es zudrückte. Ludwig eilte auf ihn zu und hob ihm stützend den Kopf. Bernhard hatte die Rechte des Gefallenen ergriffen und kniete neben ihm. »Lebst du noch, Getreuer? Kannst du uns noch ein Lebewohl sagen?« fragte Ludwig mit vor Schmerz erstickter Stimme. Doch der Sterbende vermochte keinen Laut mehr hervorzubringen. Er bewegte nur mühsam die Lippen, und seine ermattete Hand versuchte einen leisen Druck. Ein schmerzliches Lächeln schwebte über sein Angesicht, dann sank sein Haupt zurück, und das Auge brach.

»So hast du doch die Heimat nicht wiedergesehen«, rief Ludwig, »du treuestes Herz! Nun ist die Qual vorbei – du bist der Glückliche!« Sie wollten den Leichnam hochheben, doch eine donnernde Lage aus den russischen Batterien schleuderte eben wieder eine Masse Kugeln und Granaten dich um sie in das Gedränge. Ein Wehgeheul erhob sich, alles stürzte übereinander hin, die Wogen des Gedränges packten nun auch diesen Zufluchtsort.

»Laßt uns zusammenhalten«, rief Regnard, »sonst sind wir für ewig getrennt.« Indem wollte er Ludwigs Hand ergreifen, doch zwischen beiden sauste eine Kugel hindurch und warf den Obersten zu Boden. »Regnard!« rief Ludwig außer sich, indem er ihm zu Hilfe sprang. »Seid Ihr tödlich getroffen?«

Bernhard richtete den Gefallenen an den Schultern auf und beugte sich über ihn. »Ich habe mein Maß«, sprach er matt, »wo ist mein Töchterchen?« Bianka kam, obwohl bebend, doch entschlossenen Schrittes, das Kind auf dem Arm, heran. Sie kniete vor dem Vater nieder und hielt es ihm dar. »Hier, hier«, sprach sie mühsam, aber mit Fassung. Regnard blickte die Kleine wehmütig an, dann küßte er sie und sprach gerührt: »Leb wohl! Du hast keinen Vater mehr – aber eine Mutter – nicht wahr? – Grüßt Rasinski – wenn noch einer zum Grüßen bleibt. Es lebe der Kaiser!«

Diesen Ausruf tat er mit letzter, zusammengeraffter Kraft in rauhem Soldatenton, dann brach er zusammen – und war tot. »Es ist ein Schnitter, der heißt der Tod«, summte Bernhard, um den wilden Schmerz zu bekämpfen, nach einem alten Lied, aber die Töne starben ihm auf der Lippe. »Hat Gewalt vom höchsten Gott!« sprach er dennoch, sich selbst bezwingend, weiter. »Gottes Wille! Ich bin gefaßt!«

Doch es blieb ihnen nicht Zeit, sich ihrem Schmerz zu überlassen, denn ein fürchterliches Toben und Rasseln in ihrer Nähe, ein Gemisch von Kreischen und Brüllen, ein alles fortreißendes Drängen und Wogen der Flüchtenden trieb sich heran. »Weicht dieser Woge aus, sie verschlingt uns!« rief Bernhard. »Zurück! Dort die Höhe hinan, dort wird Luft.«

Ludwig faßte Bianka, Bernhard riß die betäubte Jeannette mit sich fort. Alles im Stich lassend, suchten sie nur der Gefahr des Augenblicks zu entgehen. Es gelang ihnen noch glücklich, eine freiere Stelle seitwärts zu erreichen, wohin das Gedränge sich nicht wälzte, weil von dort aus freilich auch die Brücke nicht mehr zu erreichen war und niemand anders als über diese die Rettung suchte. »Hier ist Luft«, rief Bernhard, als er atemlos dahin gekommen war, »der Strom geht dort hinaus. Hier kann uns nichts Schlimmes mehr begegnen, als von den feindlichen Kugeln getroffen zu werden oder dem Feind selbst in die Hand zu fallen. Unbarmherziger wird er nicht sein als die Tigerwut, mit der das Verderben dort unten um sich rast.«

Jetzt war aber auch der entsetzlichste Augenblick da, denn von den Höhen von Studianka kamen flüchtende Teile des Heeres herab. Die Artillerie rasselte im vollen Trab die Eisabhänge hinunter, die Pferde vermochten die Kanonen nicht zu halten. So blieb keine Wahl außer dem Weg mitten in das dichte Gewoge der Unglücklichen hinein. Zermalmend rollten die Räder auf einer Straße von Leichnamen und über brechende Gebeine vieler tausend Lebenden hinweg. Das Angstgeheul schien aus dem Bauch der Erde heraufzudringen. Wagen, Kanonen, Pferde und Menschen stürzten übereinander hin die Abhänge gegen den Strom hinunter. Gebete und Flüche, Wehgeschrei und Wutgebrüll tobten durcheinander und wurden kaum übertönt durch die Donner der Geschütze und das schmetternde Einschlagen der Kugeln. Grimmig heulte der Sturm auf, jagte wirbelnde Schneewolken empor und trieb den schwarzen Strom in schäumenden Wellen heran. Alle Kräfte der Elemente und der Menschen waren im Kampf. Am fürchterlichsten sättigte sich das Entsetzen auf der Brücke selbst. Hier liefen Rettung und Verderben auf dem schmalsten Pfad am Abgrund nebeneinander hin. Der Fuß trat nicht auf Leichen, sondern auf Lebende, die sich halb zerstampft in wilden Zuckungen wälzten. Gierig öffnete die Flut von beiden Seiten den schwarzen Rachen und verschlang Tausende von Opfer, die erbarmungslos in ihren Abgrund hinabgestürzt wurden. Ein entmenschter Kampf entbrannte auf diesem Punkt. Der Bruder wollte sich Bahn brechen über die Leiche des Bruders und trat sein Antlitz unter die Füße. Die hinuntergestürzt wurden in die kalte Todesumarmung der Wellen, sie klammerten sich mit Wut an die nächsten an und wollten sie mit in den Untergang reißen oder von ihnen mit auf das Rettungsufer geschleppt werden. Diese setzten sich zur Wehr, als ob sie von Hyänen angefallen würden. Mit dem Säbel, mit dem zerschmetternden Stoß des Kolbens lösten sie die angstvolle Umklammerung der Verzweifelnden und stießen die verstümmelten Opfer in die Brandung hinunter, daß sie sich blutig rötete. Doch der Wahnsinn der Angst gab neue Mittel ein. Mit grimmigem Zahn bissen sich die Stürzenden in Füße oder Kleider ein, bis ein dröhnender Keulenschlag auf den Schädel oder ein das Angesicht zerreißender Fußtritt sie betäubt in den Schlund des Todes hinabwarf.

Sechstes Kapitel

In dichten Scharen strömten die Krieger, die die letzte Schlacht gefochten hatten, von den Bergen herab. Da sie die Brücke und die Ufer umher von den Flüchtlingen so überschwemmt sahen, daß es unmöglich war, sich hier die Bahn zu brechen, wandten sie sich weiter stromabwärts, um schwimmend oder eine Furt durchwatend das jenseitige Ufer zu erreichen. Diese Flut bedrohte auch den Zufluchtsort, den Bernhard aufgespürt hatte. Ludwig bemerkte es zuerst und trieb an, jenen voran weiter gegen die Quelle des Stroms hinaufzuflüchten. Es geschah in stürzender Eile, soviel die von Angst und Qualen erschöpften Kräfte der Frauen es vermochten. Doch auch hier war die Natur feindlich gesinnt, denn der Sturm tobte ihnen entgegen und jagte ihnen den aufgestäubten Schnee ins Angesicht. Viele, die an der Rettung über die Brücken verzweifelten, folgten ihnen, und so zog sich auch dahin eine dichte, strömende Schar. Von der Höhe herab fluteten die aus der Schlacht zurückkehrenden Reiter, Fußvolk, Wagen und Kanonen durcheinander. Bald mischten sich beide Ströme, und jetzt erneuten sich die Schrecken des wilden Dranges. Bernhard rief Ludwig zu: »Folge mir, immer aufwärts nach den Höhen laß uns kämpfen. Wohin niemand sich retten will, da ist unser Heil zu suchen.«

Sie mußten so den Strom der Flüchtlinge durchschneiden und hatten daher einen gewaltigen Kampf zu bestehen. Keuchend, atemlos, fast von den letzten Kräften verlassen, erreichten sie endlich doch die Grenze des Gewühls. Eilig schritten sie über einen glatten Abhang hin, da lauerte das Schicksal noch einmal tückisch auf. Zwei Kanonen kamen von der Höhe herab, sie geraten auf die eisige Abdachung, die Pferde gleiten, sie drohen zu stürzen. Nichts kann mehr retten als ein blindes Fortstürmen. Von Peitschenhieben und tobendem Zuruf gejagt, brausen die Pferde vollen Laufs hinab und stürzen gerade auf Bernhard zu. Dieser will, Jeannette mit sich reißend, zur Seite springen, doch es ist zu späte. Die vordersten Pferde fassen ihn und schleudern ihn samt dem Mädchen zu Boden, und über ihn hin geht der zermalmende Weg der Räder. Mit einem lauten Schrei fällt Bianka auf die Knie, flehend erhebt sie die Arme und ruft: »Auch über mich nehmt euren Weg, Unmenschliche, zermalmt auch mich!« In ihrem sinnverwirrenden Schmerz will sie sich den Pferden in die Bahn werfen, doch Ludwig umschlingt sie mit der Angst der Liebe und reißt sie zurück an sein Herz, betäubt sinkt sie mit ihm zu Boden. Das Gespann braust mit betäubendem Rasseln dicht an ihr vorbei, die Sinne schwinden ihr, sie liegt in starrer Ohnmacht.

Endlich dringt ein sanfter Laut zu ihrem Ohr: »Schwester, o meine Schwester, erwache«, tönt Bernhards Stimme. Sie schlägt das Auge auf, Bernhard kniet unversehrt vor ihr und breitet seine Arme aus. »O du Allbarmherziger«, ruft sie aus und sinkt an das Bruderherz, »blickt denn dein behütendes Auge hinab bis in diese Schlünde des Entsetzens?« In seligen Tränen strömt ihre Liebe, ihr Schmerz, ihre Angst, vergessen ist aller Jammer, vergessen, womit die Zukunft droht.

»Also hat es kein Opfer gekostet?« fragte sie noch einmal und will Bernhards Lippen mit süßen Küssen versiegeln. Doch ernst hält er sie zurück und spricht: »Eines hat dennoch geblutet, obwohl der Himmel das Verderben von mir abgewandt hat. Jeannette fand den Tod. Ihre Treue soll wie die unseres Willhofen nur jenseits ihren Lohn finden.« – »Jeannette tot!« rief Bianka mit bebender Stimme. »Oh«, sprach sie nach einigen Augenblicken in beklemmtem Schmerzgefühl, »wenn hier alles vernichtet wird, sollen wir es denn ein Glück nennen, allein zu entrinnen? Aber wo ist sie?« – »Oh, verlange sie nicht zu sehen«, bat Bernhard und wollte sie hindern, sich umzuwenden, denn der Leichnam lag hinter ihr, »sie starb zu schrecklich.«

Doch schon war es geschehen. Bianka hatte, den Blutspuren mit den Augen folgend, den Leichnam schon erblickt. Sie schrie laut auf und fuhr zuckend zusammen bei dem schaudervollen Anblick desselben. Das Rad war über Stirn und Brust gegangen und hatte das blühende jugendliche Antlitz gräßlich gequetscht und zerrissen. Noch drang das Blut in dunklen Strömen hervor und mischte sich mit den blonden Locken, die aufgelöst und zerstreut von dem Kopf der Unglücklichen herabwallten und über dem Schnee ausgebreitet lagen. »Ach, ich muß sie dennoch sehen«, bat Bianka die sie zurückhaltenden Männer, »ich muß noch Abschied von ihr nehmen, wie schaudernd sie auch entstellt ist, so weich ist mein Herz nicht, daß ich dieses Gefühl nicht um der Pflicht der Liebe willen überwinden sollte. Sie hat ja mir ihr jugendliches Leben geopfert! Oh, leitet mich zu ihr!«

Bernhard und Ludwig nahmen sie in die Arme und führten sie zu der Entseelten. Ludwig trug auch das Kind, an dem, als sei es von Engelsfittichen geschirmt, bis jetzt noch alle Schrecken, ohne es zu versehren, vorübergegangen waren. Der Strom der Menge ringsumher hatte sich verloren, doch weiter unten und zurück tobte und drängte er noch. Nur von fernher drang das verworrene Brausen der Stimmen herauf. Selbst die Kugeln reichten nicht bis an diese Stelle, obwohl der Donner der Geschütze noch immer den Boden erschütterte. So waren sie denn einsam mit ihrem Schmerz und dem bangen Grauen ihrer Seele, aber dennoch, trotz alles Jammers, im Tiefsten dankbar bewegt, daß die stürmende Wut des Verderbens wenigstens die heiligsten Bande der Liebe verschont hatte. Schweigend stand Bianka, auf die Arme ihrer Führer gelehnt, vor der nun Entschlummerten, und ihre Tränen flossen leise. »Oh, wenn du ihren Kopf umwenden könntest, Bernhard«, bat sie diesen, »dann sähe ich vielleicht noch einmal ihre freundlichen Züge.« Bernhard tat es, zugleich verhüllte er die blutenden zerschmetterten Stellen in das Gewand und bedeckte die Stirn mit einem Teil der Locken, die noch nicht von Blut genetzt waren. Bianka hatte recht gehabt, nur die linke Seite des Hauptes war so fürchterlich zerrissen, die rechte zwar ein wenig krampfhaft verzogen, doch noch unversehrt genug, um an das Bild der Lebenden zu erinnern.

Mit Rührung beugte sich Bianka über die Tote und sprach: »Wie sanft sie aussieht, so freundlich, wohlwollend und milde war auch ihr Herz!« – »Und das liebe Wesen muß so rauh von der Keule des Geschicks zerschmettert werden!« setzte Ludwig hinzu, indem er Biankas Hand küssend drückte und sie an seine Brust zog. – »Freilich«, warf Bernhard hin, »hier wird keiner sanft gebettet, wer den Tod nur hier gesehen hat, wird ihn nicht wie die Alten als Genius mit der umgekehrten Fackel bilden. Selbst unser Beingerippe ist noch zu freundlich, er ist ein eherner Zyklop, der unter seinen Füßen und mit seiner Keule alles zerstampft und zermalmt. Doch wie heilig die Pflichten der Liebe und Trauer sein mögen, wir können nicht länger bei ihnen verweilen. Seht, dort oben an der Höhe zeigen sich schon wieder schwarze Massen, Russen oder Franzosen, egal, hier ist alles Feind, denn die Menge verdirbt sich untereinander. Laßt uns eilen, dort um die Krümmung des Ufers zu kommen, ob wir vielleicht weiter aufwärts eine Hütte oder ein Dorf finden, das uns Obdach gewähre.« Er wollte die Schwester fortziehen, doch sie bat: »Nur eine Locke laßt mich nehmen von ihrem Kopf!« – »Gern«, antwortete Bernhard, indem er ihr zugleich eine kleine Schere aus seiner Brieftasche darreichte und ein Blatt herausriß, um das Haar einzuwickeln, »doch beeile dich, Schwester.« Sie kniete auf den Schnee nieder, schnitt eine schöne Locke aus dem reichen blonden Haar, rollte sie auf und barg sie wohlverwahrt in ihrem Busen. Dann drückte sie einen schmerzlichen Kuß auf die blasse Wange des Mädchens, benetzte sie noch einmal mit ihren Tränen und hauchte ihr ein lispelndes »Schlummere süß« zu.

Mit hastiger Eile setzten sie jetzt ihre Flucht fort, den Strom aufwärts. Eine starke Biegung desselben brachte ihnen die Brücke und das Getümmel da völlig aus dem Blick, und sie hörten nichts mehr als den dumpfen Donner der feindlichen Kanonenschüsse, sonst umgab ihren Pfad schauerliche Wintereinsamkeit. Zur Linken schoß die schollentreibende Beresina dahin, zur Rechten begleiteten sie die Höhen, von denen der Sturm, der ihnen kalt, so daß Angesicht und Hände erstarrten, entgegenbrauste, den Schnee aufjagte. Und dennoch war diese rauhe Winterwüste ein freundlicher Zufluchtsort gegenüber der Stätte der gräßlichen Verheerung, der sie entflohen.

Doch es mußte sich bald ein Obdach zeigen, sonst versagten ihnen die Kräfte, denn Bianka war aufs äußerste erschöpft. Bernhard hielt ihre Hoffnung damit aufrecht, daß Weselowa nicht mehr entfernt sein könne.

Wenn sie dort auch nur Russen fanden, so war ihre Rettung gesichert, da Bianka sich nach Bernhards Anweisung für eine vor den Franzosen geflüchtete Russin und ihn und Ludwig für ihre ausländischen Hausbeamten ausgeben sollte. Fanden sie Franzosen, so war es an den Männern, von diesen Hilfe und Rettung zu erreichen. Über eine Stunde hatten sie jetzt die Wanderung fortgesetzt, und noch immer wollte das ersehnte Weselowa nicht sichtbar werden. Da machte Ludwig Bernhard darauf aufmerksam, daß auf er Höhe rechts sich einzelne Reiter zeigten. Bernhard mit seinem schärferen Auge rief sogleich: »Das sind Kosaken, ich erkenne sie an den Lanzen. Wenn uns diese habsüchtigen Gäste hier überfielen, so würde uns schwerlich etwas vor der Plünderung retten. Dem Beutegierigen ist es gleich, ob er den Landsmann oder den Feind beraubt, wenn er es ungestraft vermag. Wir wollen uns hier unten so dicht am Ufer hinschmiegen wie möglich.« Dies geschah in größter Eile, doch es war vergeblich, denn schon hatten die Reiter sie bemerkt und sprengten ihnen, wie es schien, verfolgend nach. Abermals machte der Fluß eine Biegung, die sie glücklicherweise den Verfolgern aus dem Gesicht brachte. Zugleich sahen sie in der Ferne die beschneiten Dächer Weselowas vor sich und hatten so die Rettung im Angesicht.

Doch Biankas Kräfte waren durch die Anstrengung dieser letzten Eile völlig erschöpft. Sie sank auf die Knie und rief: »Ich vermag nicht mehr! O flüchtet ihr und rettet euch, und laßt mir das Kind, ich werde Erbarmen bei diesen wilden Horden finden.« – »Wir tragen dich«, rief Bernhard, »bis zu jener Hütte reichen unsere Kräfte.« Und schon hatten er und Ludwig sie emporgehoben und versuchten das Unmögliche. Doch nach wenigen Schritten mußten sie es aufgeben, denn sie versanken fast im tiefen ungebahnten Schnee. – »Entflieht, ich beschwöre euch! Bruder, Geliebter, entflieht, das ist die einzige Rettung für euch und mich, so aber stürzen wir alle ins Verderben.«

»Oh, Bianka«, sprach Ludwig sanft, aber mit dem Ton der Kränkung, »darfst du wirklich von uns so unwürdig denken? Nein, dein Herz weiß nichts von dem, was deine Lippe fordert!« – »Warum hörst du nur danach, Ludwig«, antwortete Bernhard fast lächelnd. »Aber es ist nun nichts weiter zu tun, und so wollen wir uns hier in den Schnee setzen und unser Schicksal ruhig erwarten. Wir kommen indessen doch wenigstens wieder zu Atem.«

Bianka fühlte, daß sie vergeblich bitten würde. Schweigend setzte sie sich daher auf den kalten Boden nieder und nahm das Kind in den Schoß. Bernhard und Ludwig setzten sich ihr zur Seite, legten den Arm um sie, drückten das schöne edle Wesen sanft an sich und erwarteten so in gemeinsamer süßschmerzlicher Umarmung ihr Geschick.

Jetzt hörten sie den Hufschlag der Pferde hinter der Spitze des Schneehügels, um den sich der Fluß wand. Noch eine Minute, und ihr

Los war gefallen. Sie blickten nicht auf, sondern hielten sich in inniger Umarmung und erwarteten gleichsam mit gebeugtem Haupt den Streich des Todesschwertes, das über ihnen schwebte. Die Reiter sprengten heran, dicht an ihnen hielten sie, und eine Stimme fragte auf russisch. »He, ist das dort Weselowa?« Bianka fuhr, da sie diese Worte aus gebildetem Mund hörte, freudig auf, aber mit einem unbeschreiblichem Laut rief sie, als sie das Angesicht des Fragenden erblickte: »Allmächtiger Gott, Rasinski.« Mit aufjauchzender Freude sprangen Ludwig und Bernhard bei diesem Wort empor, und sogleich warf sich Rasinski vom Pferd und in ihre Arme. Auch Boleslaw und Jaromir, die sich unter den nachfolgenden Reitern befanden, flogen heran und an die Brust der Freunde: »Ihr lebt, ihr lebt! Und hier müssen wir uns finden!« tönte der Ruf aus jedem Mund, und das Herz vermochte sein überschwellendes Glück nicht zu fassen, und heilig selige Tränen netzten selbst Rasinskis Heldengesicht.

Bianka hing in seinen Armen wie eine Tochter an der Brust des Vaters. Der gewaltige Strom der Geschicke hatte die nichtigen Unterschiede und Grenzen, mit denen der Mensch sich kümmerlich umgibt, mächtig hinweggerissen. Zwischen den Edlen standen keine Schranken kleinlicher Gewohnheit und Sitte mehr, die der Argwohn um sich her zieht, die aus den verderbten Keimen der Seele aufwachsen. Das erhabene Glück und Unglück vernichtet alles Trügerische und Falsche in der menschlichen Brust, und nur das geläuterte Herz bleibt zurück, und das edle schlägt an dem edlen.

Die schäumend aufbrausende, halb betäubende Minute voll überschwenglicher Seligkeit war vorüber. Ihr folgte eine lächelnde Ruhe, wie der Strom nach dem prächtig donnernden Wassersturz in sanften Wellen dahinzieht und die ganze Tiefe des Äthers in sich spiegelt. Auch schmerzliche Rückblicke fehlten nicht. Willhofens, Regnards, Jeannettes Schicksal wurde erzählt. Rasinski hörte es mit wehmütigem Blick der Trauer. Dann wandte er sich zurück, deutete auf die wenigen, die ihm folgten, und sprach mit tiefbewegter Stimme: »Das sind alle, die ich von meinen Getreuen aus jenem mörderischen Kampf zurückbringe! Wir sind hierher versprengt!«

Eine ernste Stille herrschte umher. Jeder bedachte mit finsterem Nachsinnen, welche Opfer in dieser Stunde des Wiederfindens gefallen waren! Endlich begann Rasinski: »Damit wir von diesen wenigen Freunden keine mehr verlieren, so laßt uns aufbrechen. Dort lieg Weselowa, dort hoffe ich über den Fluß zu kommen. Jenseits, denke ich, sind wir geborgen.« Er hob die entkräftete Bianka mit dem Kind auf sein eigenes Pferd und leitete es am Zügel. Boleslaw und Jaromir boten Ludwig und Bernhard ihre Rosse an, doch diese schlugen sie aus, weil sie sich noch kräftig genug fühlten, den Weg zu Fuß zu machen.

So brachen sie auf. Nach einer Stunde hatten sie den Ort erreicht. Ein litauischer Bauer führte sie auf Rasinskis Fragen zu einer Furt, wo der Strom nicht volle Mannshöhe tief war. Trotz seiner treibenden Eisschollen wagten sie sich mutig hinein. Rasinski saß bei einem seiner Leute mit auf, Bernhard und Ludwig schwangen sich auf Jaromirs und Boleslaws Roß. Diesmal lauerte keine Tücke finsterer Mächte auf sie, sie erreichten glücklich das jenseitige Ufer, und nun endlich gerettet aus diesen furchtbaren Drangsalen, erhoben sie Blick und Herz dankbar gen Himmel.

Vierzehntes Buch

Erstes Kapitel

Ein langes Krankenlager hatte Lodoiska in betäubenden Fesseln gehalten. Ihr Leben in dieser Zeit war nur mit einem schweren Traum zu vergleichen, in dem sie ohne Bewußtsein litt und genoß, je nachdem düstere oder holde Gestalten auf den bewegten Wellen ihrer Brust vorüberglitten. Die Bilder der Außenwelt fielen nur durch einen trüben Flor, mit dem das dämmernde Halbbewußtsein sie verhüllte in ihre Seele. Bisweilen erkannte sie die, die pflegend an ihrem Lager saßen, zumeist aber waren sie ihr fremd, und sie sprach irr und verkennend aus der Welt ihrer Träume zu ihnen. Es war eine Wohltat für die Unglückliche zu nennen, daß die Krankheit ihr nicht das volle Bewußtsein ihres Zustandes enthüllte, denn bei der Reizbarkeit ihrer Gefühle wäre sie dem Seelenschmerz, der sich nicht auf eine andere Art Luft gemacht hätte, erlegen durch innerlich geheimes Untergraben.

Nach einigen Wochen fing die Heftigkeit des Übels an sich zu brechen, und man durfte hoffen, daß nun die Klarheit des Bewußtseins zurückkehren würde. Marie freute sich darüber mit schwesterlicher Rührung, doch die Gräfin sah diese Wiederkehr zur Wahrheit des Lebens mit immer wachsender Sorge, denn der Genesenden mußte mit dem Begreifen der Wirklichkeit um sie her auch die Erkenntnis der Ursache ihres tiefen Leids zurückkehren, und dann war zu fürchten, daß das Übel sich entweder mit tödlicher Heftigkeit erneuern oder in eine stille, aber desto unvertilgbarere, alle innersten Lebenskräfte verzehrende Schwermut verwandeln werde. Ach, und leider konnte ihr niemand auch nur einen Schein des Trostes geben, denn seit jenen unglückseligen Zeilen Jaromirs waren keine Briefe von dem Heer angekommen, mit Ausnahme einiger flüchtigen Worte von Rasinski, die ein durchgehender Kurier mitgebracht hatte. Diese aber sagten nichts, als daß alle Freunde noch am Leben seien, und waren sichtlich in großer Eile geschrieben, nur um den Augenblick nicht vorübergehen zu lassen, der sich zu einem Gruß in der Heimat bot. Die Gräfin dagegen hatte sogleich nach Empfang des Unglücksbriefes von Jaromir ihrem Bruder geantwortet und ihn um die genaueste Auskunft über die Ursache seiner schonungslosen Anklage gebeten. Eine Antwort auf ihren Brief konnte sie freilich jetzt noch nicht erwarten. Allein das plötzliche Verstummen aller übrigen, denn auch Marie hatte keine Zeile erhalten, erfüllte sie mit düsteren Ahnungen.

»Was werden wir dem armen Mädchen sagen«, sprach sie daher eines Morgens zu Marie, während die Kranke schlummerte, »wenn sie nun erwacht und uns fragt: ›Sprecht, war es ein Traumbild, was mich mit so tödlichem Gift der Angst und Schmerzen durchdrang? Oder gibt es auf dieser Erde so fürchterliche Wahrheit?‹ Was werden wir ihr antworten, wenn dieser sanfte Schlummer sie wieder in das helle Bewußtsein ihrer unschuldigen Seele hinüberführt?« – »Ich glaube nicht«, sprach Marie, »daß sie die Wahrheit erfahren darf, wir müssen versuchen, sie mit einem Gewebe milder Täuschung zu umspinnen, bis ihr Herz wieder stärker geworden ist und dieses scharfe Gift zu fassen vermag. Der unglückselige Brief darf ihr nicht vor Augen kommen. wir müssen sie glauben machen, daß es eine Täuschung ihrer Krankheit ist, ihn erhalten zu haben.«

»Das wäre möglich, wenn wir ihr andere Briefe zeigen könnten«, erwiderte die Gräfin, »so wird sie höchstens zu der Vermutung kommen, Jaromir sei tot, und dieser Gedanke, diese Furcht quält die Arme vielleicht noch schrecklicher. Ach, ich sehe kein Heil aus diesen dunklen Verwirrungen, und ich hoffe auch keines, denn längst habe ich mich daran gewöhnen müssen, daß die Blüten meiner Freuden sich nur öffnen, um durch rauhe Stürme des Schicksals herabgeschüttelt zu werden, damit jeder Schritt der rauh forteilenden Zeit sie tiefer in den Boden trete!«

Das düstere Gespräch wurde durch den Eintritt eines Dieners unterbrochen, der die Auflösung der Zweifel in der Hand trug, denn er brachte Briefe von Rasinski. Hastig griff die Gräfin danach und erbrach sie, um so schnell wie möglich Gewißheit zu erlangen. Sie fand den Brief ihres Bruders, in dem er Jaromirs ganzes trauriges Geschick erzählte, und den, den der Unglückliche nach seiner Genesung an Lodoiska geschrieben hatte, um in seiner tiefsten Reue sich die Buße der gänzlichen Verbannung aus ihrem Herzen aufzulegen. Die Gräfin hatte schweigend zu Ende gelesen, während Marie mit fragenden Blicken an ihr hing und ihre Mitteilung erwartete, und doch wagte sie es nicht, sie zu unterbrechen, weil sie wußte, daß ihr Schweigen kein vergeßliches, noch weniger ein teilnahmsloses war, sondern zu der starken selbständigen Eigentümlichkeit der Gräfin gehörte, mit der sie so lange alle Gefühle verschlossen in sich trug, bis sie sich Meisterin derselben wußte und ihren festen Entschluß gefaßt hatte. Eine Röte des Unwillens flog öfter über die Züge der Lesenden dahin und wechselte dann mit einem wehmütigen Lächeln. Endlich nahm sie auch Jaromirs Brief und las ihn unverwandten Auges. Da aber traten selbst dieser festen Frau verdunkelnde Tränen ins Auge, und sie sprach halb vor sich hin: »Er ist doch unglücklicher als schuldig!« Dann gab sie Marie die Briefe hinüber und ging, während diese las, im Gemach auf und ab.

»Oh, diese Francoise Alisette!« rief sie fast laut aus. »Wer hätte ihr eine so giftige Verschlagenheit zugetraut! So lernt man denn niemals die Tiefen der Brust zu ergründen! Für leichtsinnig hätte ich sie halten mögen, aber doch hätte ich ihr keinen kalten, flatternden, sondern nur jenen schwärmerischen Leichtsinn des Herzens zugetraut, der sich selbst mehr täuscht als andere – und dennoch! – Sie sei vergessen und verachtet!«

Marie hatte geendet. Den Brief Rasinskis hatte sie unter fliegendem jungfräulichen Erröten, gemischt mit sittlichem Unwillen gegenüber der Verführerin, gelesen, doch Jaromirs reuige Buße drängte ihr mitleidige Tränen ins Auge. »Arme Lodoiska«, sprach sie, »mit welchen Schmerzen sollst du noch gefoltert werden! Doch dein liebendes Herz wird alles überwinden und vergeben.« – »Das darf sie nicht«, sprach die Gräfin entschlossen, »Jaromir ist ihrer nicht mehr wert. Sie muß sich selbst achten! Könnte sie ihm vergeben, er dürfte sich nicht vergeben lassen.« Da schlug die Kranke die Augen auf. Sie glich einer lieblichen, blassen Rose. Ihr sonst so feuriges dunkles Auge hatte die Flamme verloren, aber den milden Glanz behalten. Mit holder Zutraulichkeit wandte sie den Blick zu der mütterlichen und schwesterlichen Pflegerin und sprach: »Ich habe recht sanft geschlummert, mir ist recht leicht und wohl geworden.«

Die Gräfin beugte sich über sie und hauchte einen milden Kuß auf ihre Stirn. »Das freut mich, Liebe«, sprach sie, und fast hätte sie durch den Ton ihrer Stimme ihre innerste Bewegung verraten. Marie trat mit einem holdseligen Lächeln zu der Kranken und fragte: »Ist dir nun wohl?« Und sie nahm liebkosend ihre Hände und blickte ihr gerührt ins Auge. »O ja, ich glaube, ich bin ganz gesund«, erwiderte Lodoiska, doch man sah an ihrem Blick, daß sie etwas anderes dachte als sprach. Sie schien sich auf irgend etwas Vergessenes mit quälender Unruhe zu besinnen. »Ich weiß nicht, Marie«, sagte sie, indem sie die Freundin forschend anblickte, »es beunruhigt mich etwas, als hätte ich einen schweren Frevel begangen, den ich nicht beichtete.« – »Du, einen Frevel?« antwortete Marie. »Nein, der Gedanke blieb dir noch von den verwirrten Träumen deiner Krankheit zurück. Das holde Licht der Gesundheit wird diesen finsteren Nachtvogel bald ganz verscheuchen.« – »Ich fürchte, das wird es nicht«, antwortete Lodoiska, »mir will scheinen, als stehe ein schauerliches Gespenst in meiner Seele, das nicht wanken und nicht weichen will! Ich weiß nur nicht, was es in seine schwarzen Schleier einhüllt, aber es dringt immer näher auf mich ein und ängstigt mich.«

Da trat die Gräfin mit entschlossenem Schritt an das Lager, nahm die Hand der Kranken und fragte sie sanft, aber mit ernster Stimme: »Meine Tochter, ist dir Wahrheit oder Täuschung lieber? Wirst du jetzt die herbe Wahrheit, die dich niederwarf, als sie überraschend vor dich hintrat, zu tragen vermögen, wenn eine Mutter sie dir sanft enthüllt?« Lodoiska sah die Gräfin mit ängstlich prüfenden Blicken an, als suche sie das Geheimnis zu erraten. Eine erwartungsvolle Stille herrschte in dem Zimmer. Endlich sprach sie mit Ergebung: »Von dir kann ich alles hören und will ruhig bleiben und dulden, denn du bist ja so gut.«

Die Gräfin setzte sich an das Lager, legte die Rechte sanft umfassend um Lodoiskas Nacken und ergriff mit der Linken ihre Hand. »Ich will dir sagen, was dir doch nicht verschwiegen bleiben kann«, begann sie. »Erinnerst du dich noch der letzten Worte, die dir Jaromir schrieb?« – »O Gott!« rief Lodoiska ängstlich. »Also wäre das kein Traum gewesen! Und die Furie verfolgt mich noch immer?« – »Nein, nein, liebstes Herz«, beruhigte die Mutter, sie liebkosend, »es war ein halber Traum, eine halbe Wahrheit. Jaromir klagte dich an, in der Wahnverwirrung seines schuldigen Herzens, jetzt aber ist er zur Erkenntnis gekommen, sein war die Schuld, sein ist nun die Reue und Buße.«

»Wie?« rief Lodoiska aus, der jetzt alle Erinnerungen mit den brennendsten Farben wieder in der Seele erwachten, die aber nicht verstand, was die letzten Worte der Gräfin andeuten sollten. »So glaubt er wieder an meine Liebe und zertritt mein Herz nicht mehr? Oh, dann bin ich ja so glücklich! Er hat mich tief verwundet, aber alles, alles sei ihm vergeben. Ach, meine Mutter, wie glücklich machen mich deine Worte!« Sie erhob die ermatteten Arme, um sie um den Hals der liebsten Mutter zu schlingen, aber sie war zu entkräftet, doch die Gräfin folgte dem zärtlichen Wink, beugte ihr Gesicht zu der Liebenden nieder und ließ es sanft von ihren schmeichelnden Händen an die wallende Brust drücken. Selige Tränen benetzten das Gesicht der Kranken, aber eine düstere Bestürzung drang in die Brust der Mutter und Maries ein, die ihr die neue Täuschung rauben sollten.

Doch die Gräfin erkannte die Notwendigkeit. Sie hatte ihren Entschluß gefaßt, sie führte ihn aus. Nachdem Lodoiska ruhiger geworden war, fuhr sie fort: »Dein liebendes Herz vergibt, aber darf Jaromir, der die Schuldlose so tief kränkte, die Vergebung empfangen?« – »Ach, das Gefühl seines Unrechts wird seine Buße sein, und Buße versöhnt!« – »Wenn er nun aber selbst schuldig wäre, wenn er …« – »Verläßt er mich?« rief Lodoiska außer sich, und mit so heftiger Bewegung, daß der Gräfin bange wurde, die wilden Träume ihrer Krankheit möchten zurückkehren. »Nein, liebstes Kind«, sprach sie, »aber er hat schwer dir gegenüber gefehlt, so schwer, daß du ihm nicht vergeben darfst, er sich nicht vergeben lassen kann.«

»O Mutter, ich weiß nicht, was er verbrochen hat, doch ein Härteres gab es nicht für mich, als daß er mein Herz verkannt, es des Verrats anklagte. Der Allbarmherzige vergibt jedem Bereuenden, und ich soll nicht dürfen?« Auf ihrem Angesicht glänzte eine so himmlische Güte, als sie diese Worte sprach, eine so fromme Verklärung leuchtete aus ihren Blicken, daß die Gräfin ihre strenge Gesinnung überwunden fühlte. »Ja, du darfst ihm vergeben, du darfst es«, sprach sie gerührt, »du hast es getan, noch ehe du seine Schuld kanntest – jetzt erfahre sie.«

Sie gab ihr den Brief des Bruders. Lodoiska betrachtete ihn einige Augenblicke, dann sprach sie: »Nein, lies du ihn nur, wenn ich ihn hören soll. Am liebsten weiß ich gar nichts, es ist ja genug, wenn er bereut. Wäre er denn so grausam gegen mich, wenn ich gefehlt hätte?« Das reine Herz Lodoiskas ahnte Jaromirs Schuld nicht. Ihre Seele wußte nichts von den vielen Verbrechen, mit denen der befleckte Verkehr des Lebens den Mann bis zur Gleichgültigkeit vertraut macht. Doch die Gräfin erkannte die Notwendigkeit, ihr alles zu enthüllen. »Wahrheit sei zwischen dir und ihm«, sprach sie, »dann vergib, wenn du kannst und willst. Aber wissen mußt du, denn selbst die Vergebung wäre ja sonst nur eine halbe, und Jaromir dürfte sie nicht annehmen, denn er müßte glauben, sie sei nicht wahrhaft und vollkommen, weil du dir nicht zugetraut habest, die Schuld zu kennen, die du verzeihen wolltest.«

So begann sie den Brief Rasinskis langsam vorzulesen, indem sie sorgfältig die Kranke dabei im Auge behielt, um zu sehen, ob ihre Kräfte dadurch auch nicht zu heftig angegriffen würden. Doch es war nicht der Fall, Lodoiska blieb ruhig. Auf ihren Lippen schwebte nur ein wehmütiges Lächeln, das der Freundlichkeit ihrer Pflegerin galt, und aus den Augen flossen ihr leise Tränen herab, die sie über Jaromirs Fall und Schmerz vergoß, was Rasinski mit einfachen Farben der Wahrheit schilderte.

Der Brief war zu Ende. Lodoiska blieb einige Augenblicke schweigend und still weinend auf ihrem Lager sitzen, während Marie sich liebkosend bemühte, sie zu trösten. »Jaromirs Brief laß mich selbst lesen«, sprach die Kranke endlich und unterstützte ihre Bitte durch einen in das tiefste Herz dringenden wehmütigen Blick. Die Gräfin reichte ihn ihr. Sie las mit häufig durch Tränen verdunkeltem Auge, las ihn ein-, zwei-, dreimal. »O mein Gott«, rief sie endlich aus, «wie unermeßlich hat der Unglückliche gelitten, und wie tief gebüßt! Und ich sollte ihm nicht vergeben? Ach, er liebt mich ja noch, er liebt mich heißer als jemals! Alles, alles sei vergessen! Er darf meinen liebenden Arm nicht zurückweisen!«

Eine selige Freude rötete ihre bleichen Wangen und leuchtete sanft aus ihrem Auge, sie war wie neugeschaffen durch den großmütigen Entschluß der Liebe, der ihrer schönen Seele nicht einmal einen Kampf gekostet hatte. Das düstere Gespenst der Krankheit schien plötzlich verscheucht zu sein und zu fliehen. Sie ließ nicht nach mit Bitten, bis die Gräfin ihr gestattete, die Zeilen der Versöhnung und Vergebung sogleich zu schreiben. Selbst die Besorgnis ihrer Pflegerinnen, daß die Kraft ihr fehlen werde, war unbegründet, denn die drängende Heftigkeit ihres Wunsches und Willens hatte sie so aufgeregt, daß offenbar Versagen jetzt schlimmer war als Erfüllen. Aufrecht auf dem Lager sitzend, schrieb sie an Jaromir:

»Oh, mein Geliebter! Die Liebe vergibt alles, sie kann nur weinen und bluten – ich zürnte Dir niemals. Schaudernd sank ich nieder, als Dein hassendes Herz mich verstoßen wollte. Du zeigst mir eine Brust voll Reue, und ich weiß nichts mehr von Schuld. Ein Herz voll Liebe, und ich weiß nichts mehr von meinem Schmerz. Nein, Geliebter, fordere nicht, daß ich selbst die Blüten meines Lebens zertrete. Umgib Deine Brust nicht mit dem kalten Erz des Stolzes!

Freund meiner Seele! Der Richter Deines Fehlers ist nur die Liebe, und ihr sanfter Spruch lautet: Alles, alles sei vergessen! Willst Du taub sein gegen ihre süße Stimme – oh, so werden Nacht und kalter Schauer mein Herz umgeben, bis es erstarrt und bricht – und ewig verloren ist das selige Glück, auf das es noch jetzt gehofft! Jaromir! Höre die reine Stimme der Liebe!

Deine Lodoiska.«

Als Lodoiska vollendet hatte, reichte sie das Blatt der Gräfin. Diese las es mit tiefer Rührung. Es war gegen ihren Sinn, doch sie erkannte die heiligen Rechte eines liebenden Herzens, das nur sich selbst fragt und hört. Marie fühlte wie Lodoiska, sie hätte sich nicht so demütig, ja fast möchte man sagen, so unterwürfig, aber doch ebenso liebend und vergebend gezeigt. Da der Schritt nun einmal getan war, zeigte die Gräfin auch ihren vollen, tätigen Eifer, alles zur Vollendung zu führen. Sie schrieb zugleich an ihren Bruder, schlug Lodoiskas Brief in den ihrigen ein und fuhr mit beiden zu dem französischen Gesandten, um die Beförderung durch dessen Büro zu veranlassen, weil auf diese Weise Briefe am richtigsten und schnellsten zur Armee gelangten. Sie wählte sonst diesen Weg nicht. Doch sei es, daß sie zuviel Wert darauf legte, gerade diesen Brief möglichst schnell und zuverlässig befördert zu sehen, sei es, daß eine Ahnung sie antrieb, die vielleicht durch einige Andeutungen Rasinskis erweckt war, der seinen Brief am Abend des ersten Rückzugstags von Moskau abgesandt hatte, wo sein voraussehender Blick freilich schon manches Unheil wahrsagte, kurz, sie glaubte diese Vorsichtsmaßregel anwenden zu müssen.

Als Lodoiska wußte, daß ihr Brief auf dem Weg zu dem Geliebten sei und nun mit jeder Stunde ihm näher und näher komme, kehrte Hoffnung und Vertrauen in ihre Brust zurück. Jeder Tag sah sie frischer erblühen, und schon nach Verlauf der ersten Woche konnte sie das Lager verlassen. So schienen denn Glück und Freude wieder in den stillen Kreis der Frauen zurückzukehren, wo so lange nur bange Sorge und tiefer Gram gewohnt hatten.

Zweites Kapitel

Indes verging eine Woche nach der anderen, ohne daß Nachrichten von den Freunden beim Heer einliefen. Der November nahte seinem Ende, und noch war die heißersehnte Antwort nicht eingetroffen. Lodoiska war beunruhigt, ob ihr Brief wohl in Jaromirs Hände gelangt sein möge, dann quälte sie sich wieder mit Zweifeln über die Art der Antwort. Dieses unstete Schwanken in ihrer Brust fing schon an, sie wieder krankhaft zu reizen. Vergeblich bemühte sich die Gräfin, sie zu beruhigen und ihr nach Tagen zu berechnen, daß vor Ende November eine Antwort gar nicht zu erwarten sei. Vergeblich zähle sie ihr alle die Zufälligkeiten auf, die im Krieg, bei dem zwischen Tauen und Kälte wechselnden Winterwetter, bei der vollkommenen Einrichtung der Feldposten, auf den Gang des Briefwechsels Einfluß haben mußten. Bange Ahnungen bemächtigten sich der Brust des liebenden Mädchens, und selbst das vermochte sie nicht zu trösten, daß auch Rasinski, Ludwig und Bernhard keine Zeile schrieben. Freilich war dieser Umstand eine Quelle der Besorgnisse anderer Art für die Gräfin wie für Marie, denn diese fing an, für das Leben der Ihrigen zu zittern, dem tieferen Blick der Gräfin aber drängten sich noch andere Ahnungen auf, die der Wahrheit nur zu nahe kamen.

In den ersten Tagen des Dezember, wo die drei Frauen, die überhaupt in der tiefsten Zurückgezogenheit lebten, eines Abends im trauten Verein beieinander saßen, schellte es zur ungewohnten Stunde. Der Kammerdiener meldete einen fremden Offizier, der mit Nachrichten von dem Heer komme. Eine fliegende Röte der Freude färbte Lodoiskas bleiche Wangen, denn sie dachte: Sollte es vielleicht Jaromir selbst sein? Die Gräfin war gleichfalls gespannt darauf, wer der Fremde sein möchte, und nahm daher den Besuch an, obwohl kein Name genannt worden war. Wenigstens hofften alle auf nähere Kunde von ihren Freunden, nach der sie sich ja schon lange gesehnt hatten.

Die Tür öffnete sich – Arnheim trat ein. War gleich durch sein Erscheinen die Hoffnung verschwunden, daß er Nachrichten von Rasinski bringe, so hatte man sich doch so nahe mit dem gebildeten Mann angefreundet, daß er allen herzlich willkommen war. Die Gräfin wandte nach den ersten Begrüßungen das Gespräch auf die Kriegsangelegenheiten. Sie fragte, was Arnheim darüber denke, denn seit einiger Zeit waren allerlei Gerüchte in Umlauf gekommen, die Betrachtungen und Besorgnisse mancher Art erregten.

»Wir wissen nichts, als daß der Kaiser mit der großen Armee sich zurückzieht«, entgegnete Arnheim. »Doch glauben wir, daß es zu einer bedeutenden Schlacht in der Gegend von Minsk oder Wilna kommen muß, denn die russischen Korps der Nord- und Südarmee ziehen sich näher und näher zusammen. Dies ist die Ursache, weshalb der Fürst

Schwarzenberg sich jetzt zur Deckung hierher gewandt hat. Diesen Nachmittag ging ein Gerücht, Minsk selbst sei durch Tschitschagow eingenommen, allein der französische Gesandte widerspricht dem.« – »So möchte ich um so eher geneigt sein, es zu glauben«, sprach die Gräfin unruhig, »denn seit einiger Zeit hat sich gerade das bestätigt, was in dem Büro der Gesandtschaft den entschiedensten Widerspruch fand.« – »Der Stellung der Armee nach müssen die Russen Minsk besetzt haben«, erwiderte Arnheim, »ja, es kann schon seit vierzehn Tagen der Fall sein.« – »Das würde mich nicht wundern«, sprach die Gräfin, »denn die unglücklichen Nachrichten werden uns solange wie möglich verborgen gehalten. Doch was glauben Sie von den Plänen und Absichten des Kaisers? Wo wird er dem Rückzug Einhalt tun? Denkt er, in Litauen die Winterquartiere zu nehmen oder hierher zu kommen?«

»Ich vermute«, war Arnheims Antwort, »er wird Witebsk, Wilna, Minsk, wenn es nicht verloren ist oder wiedererobert wird, zu seinen Stützpunkten wählen und von dort aus den Krieg im nächsten Frühjahr mit frischen Kräften beginnen, falls er sich nicht zu erschöpft fühlt und daher dem Frieden geneigter zeigt.« – »So hätten«, bemerkte die Gräfin, »die Ergebnisse dieses Feldzuges doch nicht den Opfern entsprochen?« – »Aufrichtig gestanden, nein!« erwiderte Arnheim frei. »Wenn es dem Kaiser gelungen wäre, in Moskau Frieden zu schließen – dann allerdings. So aber wäre er wenigstens ebensoweit gelangt, wenn er nach der Einnahme von Smolensk den Feldzug beschlossen und Polen organisiert hätte.«

Die Gräfin wiegte den Kopf sinnend: »Es war wenigstens unsere Hoffnung so«, seufzte sie mehr als sie sprach. »Doch erzählen Sie uns etwas von Ihrem eigenen Ergehen, liebster Freund!« fuhr sie, das Gespräch abbrechend, fort. »Was führt Sie zu uns? Sie sind schneller zurückgekehrt, als wir glaubten.«

»Es sind Geschäfte mancher Art, und nicht die erfreulichsten«, antwortete Arnheim, »die mich nach Warschau führen, Eintreibung von Lieferungen, kleine Unterhandlungen wegen tausend verschiedener Dinge, zum Teil auch eigene Angelegenheiten.« Er warf hierbei einen Blick auf Marie hinüber, die, ein wenig verwirrt, das Auge fest auf die Arbeit richtete, mit der sie eben beschäftigt war.

»So sind Sie uns nicht ein so flüchtiger Gast wie neulich?« nahm die Gräfin zuvorkommend das Wort auf. »Ich hoffe, Sie werden dann mein Haus als die Zuflucht betrachten, wo Sie sich von Geschäften erholen können, wenn die Stille einer weiblichen Zurückgezogenheit Ihnen nicht zu unbefriedigend ist nach dem vielbewegten Treiben, das der Krieg mit sich bringt.« – »Was könnte mir Willkommeneres gestattet werden!« rief Arnheim freudig. »Der Krieg verdirbt uns nicht für das Glück vertraulicher Zurückgezogenheit, er erzieht uns vielmehr dazu, weil sich jeder

Genuß durch Entbehrung erhöht. Ich wenigstens habe mich oft aus dem Gewühl des Kriegs in die beglückende Ruhe Ihres einsamen Gartens zurückgesehnt. Jenes Spaziergangs gedenke ich noch heute mit tiefbewegter Erinnerung.«

Marie stand auf und verließ unter einem Vorwand das Zimmer. Ihre Bewegung mochte Arnheim daran erinnern, daß er sich zu lebhaft ausgedrückt habe, denn er lenkte ein und sprach im allgemeinen von dem Genuß, den er in der Schönheit der Natur finde und wie er dabei genügsam und unersättlich zugleich sei. Genügsam, weil ein Baum, ein Wiesenplan, ein Sonnenblick ihm den reichsten Genuß verschaffe, der mit der Schönheit der Landschaft wenig wachse, unersättlich, weil er in diesen einfachen Freuden an der Natur ohne Maß schwelgen könne. Doch gelang es ihm nicht, unbefangen zu bleiben, zumal als Marie, mit den deutlichsten Spuren tiefer innerer Bewegung in den stets die reinste Wahrheit ihrer Seele enthüllenden Zügen, zurückgekehrt war. Die Sorge, wie er sich dies zu deuten habe, beunruhigte ihn zu sehr, als daß er sich nicht einem so geübten Auge, wie das der Gräfin war, hätte verraten müssen. Arnheim hatte, seit er Warschau verließ, nur den Gedanken mit sich getragen, um Marie, für die er eine tiefe Neigung gefaßt hatte, zu werben. Daher war sein ganzes Bestreben seit jener Zeit darauf gerichtet gewesen, sich ein äußerliches Verhältnis zu bilden, das ihm das Glück des Ehestandes gestatten könne. Seine Stellung als Soldat war nicht von der Art, auch nicht seiner Neigung entsprechend, solange die politischen Verhältnisse alles dem Willen Frankreichs unterordneten. Der Abschied war ihm, sobald der Feldzug beendigt war, versprochen, und er wollte sich dann dem Staatsdienst als Diplomat widmen, wozu Vorkenntnisse und Gewandtheit des Benehmens ihn geeignet machten. Diese Hoffnungen waren der Erfüllung nahe, und der Hauptzweck seines Aufenthaltes in Warschau daher in der Tat kein anderer als der, um Maries Hand zu werben. Ein richtiges Gefühl sagte ihm, daß sie mehr als Wohlwollen für ihn hege, doch eine fast ebenso bestimmte Ahnung ließ ihn fürchten, daß es nur eine warme freundschaftliche Neigung, ja mehr Teilnahme für den Landsmann sei als wirkliche Liebe. Um sie daher nicht ferner zu beunruhigen, hütete er sich wohl, diese zarte Saite wieder zu berühren, und blieb bei den allgemeinsten Gesprächen. Doch brach er seinen Besuch früher ab, als er sonst wohl getan hätte.

Die Gräfin hätte sich über eine Verbindung Maries mit Arnheim mehr als gefreut. Sie glaubte, und gewiß nicht mit Unrecht, das Glück des von ihr so geliebten Mädchens werde dadurch begründet werden, denn Arnheim war eines edlen Herzens wert, und Marie bedurfte eines Halts bei ihrer einsamen Stellung. Und was überdies für einen heiteren Schmuck des Lebens gilt, versprach dieses Bündnis gleichfalls in nicht gewöhnlichem Maß. Deshalb beschloß sie, alles zu tun, wozu ihre mütterliche Stellung zu Marie sie berechtigte, um es zustande zu bringen. Unvermutet suchte sie daher noch am späten Abend Marie in ihrem Zimmer auf, als diese eben damit beschäftigt war, in ihrem Tagebuch zu schreiben. »Ich möchte wohl wissen, was meine junge Freundin heute in dieses Buch einträgt«, begann sie, jedoch weil sie Maries Weise kannte, die in ernsten Dingen niemals eine scherzende Wendung liebte, im Ton einer mütterlichen Teilnahme. – »Wenn Sie es ernstlich wünschen«, entgegnete Marie, die die Absicht des Besuchs ahnen mochte, »so will ich es Ihnen nicht verbergen.« – »Nein, Marie«, sprach die Gräfin, »es gibt Geheimnisse, die sogar die Tochter gegenüber der Mutter haben darf. Vieles in uns muß rein in uns bleiben. Mir scheint, man verkennt die innersten, selbständigen Rechte des Menschen, wenn man in Freundschaft, Liebe oder sonst irgendeinem Verhältnis das unbedingte Vertrauen fordert. Und die es fordern, gewähren es oft am wenigsten.« – »In dieser Sache darf ich es Ihnen schenken, ja ich hätte Sie vielleicht morgen selbst darum gebeten«, erwiderte Marie, »denn Ihr mütterlicher Rat wird mir jetzt unentbehrlich.« – »Und ich komme, ihn dir anzutragen«, fiel die Gräfin rasch ein, da sie eine glückliche Stimmung für ihre Absichten zu erkennen glaubte. »Nun, öffne mir dein Herz, Liebe, und glaube, du seiest meine zweite Tochter.«

Marie blickte sie mit ihren treuen blauen Augen dankbar an und sprach bewegt: »So fühlte ich mich ja von dem ersten Augenblick an, als Sie in die Leere traten, die der Tod der liebevollsten Mutter meinem Herzen ließ. Oh, ich habe es stets mit innigstem Dank gegen die Vorsehung erkannt, wie mild Sie für mich sorgten, als ich schutz- und ratlos, als ich ganz verlassen war! Ich flüchtete mich wie eine gescheuchte Taube unter Ihre schirmenden Flügel. Und wie treu wurde ich gehegt! Darum muß ich auch jetzt mein Herz öffnen, obwohl es mir einige Überwindung kostet, weil Sie mich vielleicht einer selbsttäuschenden Eitelkeit beschuldigen. Doch ich muß diesen Schein eines Unrechts ertragen, um nicht ein wirkliches zu begehen.«

Die Gräfin hörte mit gespannter Erwartung zu. Marie schwieg einige Augenblicke, dann fuhr sie unter einem lieblichen Erröten mit niedergeschlagenen Blicken fort: »Ich glaube – ich fürchte, möchte ich sagen – der Rittmeister Arnheim nährt Absichten ...« Hier brach sie in Tränen aus. Die Gräfin, ganz erschrocken, zog sie näher zu sich und versuchte sie zu beruhigen. Sie konnte dieses Weinen freilich nicht in seiner ganzen Bedeutung verstehen, weil Marie über Rasinskis Werbung um sie niemals die Lippen geöffnet hatte. Doch in dieser mußten die aufgeregten Erinnerungen Gefühle erzeugen, denen ihre weiche Seele sich wehmütig hingab.

»Du würdest seine Neigung nicht erwidern können?« fragte die Gräfin mit sanfter Stimme. – »Das ist es ja eben, was mich betrübt und was ich mir vorwerfe«, erwiderte Marie. »Er ist gut, ja, ich muß ihn edel nennen, und ich bin nicht ohne Schuld, denn ich habe ihm vielleicht zu unvorsichtig meine Gesinnung enthüllt – ach, es trat auch manches dazu, was meine Freundschaft für ihn stärker anregte –, und nun soll ich ihm sagen: Ich verschmähe dich! Das tut mir im Innersten weh und beängstigt mich. Darum bedarf ich eines mütterlichen Rats, wie ich das unvermeidliche Übel mildere.« – »Gute Marie«, antwortete sie Gräfin freundlich, »du weißt, ich gehöre nicht zu denen, die die heiligste Empfindung des Herzens, die Liebe, zu den schwärmerischen Torheiten zählen, doch glaube ich, daß Bündnisse, auf dem festen Ankergrund der Achtung und Freundschaft gebaut, meist dauernd glücklicher sind als die, die sich auf den schwankenden Wellen der Leidenschaft knüpfen. Sollten wir Frauen, denen die Freiheit der Wahl nicht zusteht, wohl das Recht haben, da zurückzuweisen, wo die schärfste Prüfung keine andere gültige Einwendung aufzufinden vermag als die, daß in uns keine unaufgeforderte Neigung erwacht war? Es ist schön, wenn sich die Herzen entgegenkommen, aber wie selten ist es! Glauben wir uns berechtigt, auch da ein Nein zu sprechen, wo wir Achtung und Freundschaft im höchsten Maß empfinden dürfen, so vernichten wir fast die Möglichkeit, unsere weibliche Bestimmung zu erfüllen. Liebe erweckt ja Liebe, wie könnten sich sonst so viele Bündnisse der Herzen gestalten! Man liebt, weil man geliebt wird ...«

»Wenn dem aber doch nicht so ist!« rief Marie, schmerzlich ausbrechend, und verhüllte das Gesicht in ihr Tuch. »Wenn nun dieses schöne Echo der Neigung nicht im Herzen widerklingt«, sprach sie nach einigen Augenblicken ruhiger, »dann ist es doch wohl nicht Pflicht, ein Band zu knüpfen, nur weil es in äußeren Beziehungen vollständig erscheint. Das Recht der Wahl ist uns versagt. Sollten wir deshalb auch das verlieren, ein Nein zu sprechen, wo unser Herz das Ja nicht über sich zu gewinnen vermag?«

Die Gräfin schwieg. Ihr Gesetz war eines des Gebrauchs, der Wirklichkeit, wie es das Leben in seiner Erscheinung erzeugt, Maries ein höheres aus dem freien Reich des Gedankens, das freilich selten in Kraft tritt, aber darum doch seine heilige Gültigkeit nicht verliert. »Und wozu bedürftest du nun meines Rates, Liebe, wenn du so entschlossen bist?« fragte die Gräfin nach einer Pause.

»Nicht Ihres Rats allein, Ihrer Tat bedarf ich«, erwiderte Marie. »Bis jetzt ist kein entschiedenes Wort gesprochen worden. Sie könnten es uns beiden ersparen, daß schroff und hart hingestellt würde, was man besser schonend umgeht.« – »Wie gern will ich das, so weh es mir tut«, antwortete die Gräfin. »Doch, Liebe, bist du ganz unwiderruflich entschlossen? Wenn nun – ich muß dich an diese bittere Möglichkeit erinnern – wenn nun Ludwig nicht heimkehrte aus diesem blutigen Kampf! ...«

»Oh, er wird, er wird!« rief Marie. »Und sollte ich meine Hand einem Mann reichen, wenn ich sie ihm nur als Flehende entgegenstrecken könnte? Das darf nicht entscheiden. Die Not soll mich nicht in seine Arme treiben, wenn es die Liebe nicht vermochte!« – »Du urteilst falsch, Marie«, erwiderte die Gräfin ruhig, aber mit überzeugendem Ton. »Es ist das höchste Glück der Liebe, Freude und Segen jeder Art ausströmen zu können. Der Edle rettet sein Glück am liebsten aus stürmenden Wellen, aus einem Schiffbruch des Lebens, ja, er möchte der Geliebten alles rauben, um sie mit allem neu auszustatten und schmücken zu können.«

»Die *Liebende*«, antwortete Marie, »darf ein solches Opfer annehmen, obwohl sie es lieber selbst brächte, doch wer nicht sein ganzes Herz zur Erwiderung geben kann, der darf es nicht – ich nicht«. Sie sprach diese Worte sehr sanft, aber mit Entschiedenheit, dann wandte sie sich wieder bittend zu der mütterlichen Freundin, damit sie gütig vermittelnd eintrete. »Sagen Sie ihm«, schloß sie, »daß ich ihm meine ganze Freundschaft weihe. Auch auf meine Dankbarkeit hat er ein Recht! Doppelt freundlich und schwesterlich will ich gegen ihn sein, weil ich ihm wehe tun muß – aber ich kann nicht anders, wahrlich, ich kann nicht!« Stumm weinend ruhte sie an dem Busen der Mutter, und diese versuchte sie durch stumme Liebkosungen zu trösten, denn beiden versagten die Worte. Endlich trennten sie sich, um dem milden Arm der Nacht und des Schlummers die Beruhigung ihrer wallenden Herzen anzuvertrauen.

Drittes Kapitel

Arnheim hatte geahnt, wie Marie fühle, deshalb kam er am nächsten Morgen zur Gräfin, um dieser Frau, deren mit Weiblichkeit gepaarte Würde jedem Vertrauen einflößte, seine Brust zu öffnen. Ernst, aber mit Fassung, vernahm er die Entscheidung. »Ich hoffe kaum anders«, sprach er, »denn ich bin nicht an Glück und Freude gewöhnt, nur die Außenseiten des Lebens zeigen sich mir lockend, im Inneren haben mich seine Stacheln schon oft im Tiefsten verwundet. Ich zürne ihr nicht, ich ehre ihren Beschluß. Doch vor ihr zu erscheinen, ist mir jetzt unmöglich. Einige Tage benötige ich, um die unruhigen Wellen meiner Brust zu besänftigen. Leben Sie wohl, Gräfin! Bevor ich ganz scheide, sehen Sie mich noch einmal.« Er ging.

Die trübe, bange Stille, die seine Erscheinung auf einige Augenblicke unterbrochen hatte, kehrte neu zurück und lastete noch mit ängstlicherem Druck als zuvor auf den Bewohnern des Hauses. Das Herz verlor die Kraft zu frohen Hoffnungen. Die unheilvolle Nähe irgendeines Schrecknisses drang ahnungsvoll in die Seele. Man bebte vor der Zukunft, von der man dennoch die Erlösung aus dieser peinigenden Spannung erwartete.

Eines Morgens, es war der 10. Dezember, stand die Gräfin in ihrem Zimmer am Fenster und blickte, in trübes Sinnen verloren, auf die Gasse hinaus. Sie bemerkte ein unruhiges Wogen und Treiben. Die Vorübergehenden eilten hastig durch die Straßen. Begegnende riefen einander zu, schienen sich eine Nachricht von Wichtigkeit mitzuteilen und setzten dann ihren zuvor entgegengesetzten Weg gemeinsam zu eben der Richtung fort, wohin man ein eiliges Bewegen der Vorübergehenden wahrnahm. Es war das erste Beginnen eines durch eine bedeutungsvolle Begebenheit veranlaßten Zusammenströmens. In den letzten Tagen waren so manche dunkle Gerüchte in Umlauf gekommen, und unheilvolle Nachrichten, wie die Wegnahme von Minsk durch die Russen, hatten sich bestätigt. Die Gräfin ahnte daher Schlimmes, auch war sie sorgenvoller geworden durch das gänzliche Ausbleiben der Briefe ihres Bruders. Vor Lodoiska suchte sie zwar ruhig zu erscheinen, weil diese sich schon in einer Spannung befand, bei der man fürchten mußte, daß sie in die tödliche Aufregung ihrer Krankheit zurückfallen werde, doch im Innersten stiegen selbst ihrer heldenmütigen Seele düstere Ahnungen auf, die sie kaum den Mut hatte, sich als Möglichkeit fest vor Augen zu stellen. Daher erfüllte dieses Treiben und Bewegen auf der Gasse sie mit unruhigen Besorgnissen, und sie wollte eben nach dem Kammerdiener schellen, um nach der Veranlassung fragen zu lassen, als dieser eintrat und Arnheim meldete. »Sehr willkommen!« sprach sie erleichtert. Arnheim trat ein.

»In Ihren Mienen lese ich's«, rief sie ihm entgegen, »daß sich etwas Besonderes ereignet hat, seinen Sie schnell damit, denn das drohende Schwert schreckt mehr als das gefallene. Was ist geschehen? Reden Sie, wir sind allein!«

»Das Ungeheuerste, was je die Weltgeschichte erlebt hat«, erwiderte Arnheim mit einem Antlitz, auf dem nur staunende Erschütterung, aber weder Freude noch Trauer zu lesen war. »Vor wenigen Minuten ist der französische Kaiser hier eingetroffen, allein, flüchtend, verhüllt! Sein Heer ist vernichtet – den Trümmern desselben ist jeder Weg der Rettung versperrt ...« – »Genug, genug!« rief die Gräfin und hielt sich wankend und erblassend an einem Sessel. Arnheim wollte ihr zu Hilfe eilen, doch sie machte eine abwehrende Bewegung mit der Hand. Noch stand sie atemlos, konnte nicht sprechen, als die Tür sich rasch öffnete. Lodoiska, bleich wie ein Marmorbild, das Entsetzen in dem erloschenen Blick, stürzte herein. Mit ausgebreiteten Armen, als fliehe sie vor einem grauenhaften Gespenst, eilte sie auf die Mutter zu, umschlang sie krampfhaft, und vor ihr in die Knie sinkend, verbarg sie das Angesicht in ihrem Schoß. Wie Niobe im Schmerz erstarrend, stand die Gräfin stumm über die Unglückselige gebeugt und legte ihr die bebenden Hände auf den Kopf.

Arnheim blickte finster zur Erde. Zwar sah er aus dieser furchtbaren Nacht schon den Stern des Heils für sein Vaterland schimmern, doch er ging zu blutig auf, um Freude in ein menschlich fühlendes Herz zu strahlen. Das Entsetzen der vernichtenden Nemesis erfüllte die Brust noch zu mächtig, um der Hoffnung Raum zu lassen, die aus dieser Saat des Todes erblühen sollte.

Jetzt trat auch Marie ein, blaß, zitternd, aber mit mehr Liebe als Schrecken in den sanften Zügen. Als sie Arnheim erblickte, überflog sie eine schnelle Röte, und ihr Fuß stockte einen Augenblick, doch sie faßte sich, ging ihm entgegen, bot ihm freundlich die Hand und sprach mit halb versagender Stimme: »Oh, helfen Sie mir diese Unglücklichen trösten!« Dann wandte sie sich zu der Gräfin und Lodoiska und löste ihre Erstarrung durch die warmen Bitten und Tränen der Liebe in einen milderen Schmerz auf.

»Es ist vorbei«, sprach endlich die Gräfin mit fester Stimme, »ich finde mich wieder. Dieses Geschick muß würdig und standhaft erduldet werden. Indem wir die Macht zum Widerstand in uns zu erringen versuchen, gewinnen wir sie wirklich. Komm, meine Lodoiska, erhebe dich, zeige, daß du die Tochter eines heldensinnigen Polen bist.« – »Das will ich«, sprach Lodoiska, in deren Augen ein neues Feuer aufloderte, »zeigen will ich es durch die Tat. Nur du, meine Mutter, versprich mir, daß du mich nicht verlassen willst!« Die edlen Züge ihres Angesichts röteten sich mit der Glut, die ein großer Entschluß über die Wangen haucht. Selbst die Gräfin wußte sich diese Erscheinung nicht zu erklären. Nur Marie ahnte die Bedeutung des Versprechens, das Lodoiska forderte, denn ihre Schwesterbrust war der liebenden Lodoiska verwandt.

»Soll ich dir erst jetzt versprechen, was ich dir durch jede Tat meines Lebens gelobt, wofür ich dir jeden Tag eine neue Bürgschaft geleistet habe?« erwiderte die Gräfin auf die Bitte Lodoiskas, und in dem Ton ihrer Rede lagen Frage und Vorwurf zugleich. – »Nein, du sollst es nicht«, sprach Lodoiska sanft, »denn ich weiß, du tust, was du mir nicht versagen kannst, ohne mein Leben zu rauben! Ich muß zu ihm – ehe der Krieg ihn hinwegrafft, mein Herz sagt mir, daß er noch lebt, daß ich ihn finden werde – wir müssen uns versöhnen, nein, nicht versöhnen, denn ich zürne nicht und zürnte nimmer, aber er muß den reinen Himmel der Liebe noch einmal wieder lächeln sehen, und wäre es in der letzten Stunde seines Lebens. Mutter, Mutter! Wenn du mir das versagst, so bricht meine Brust, und hier wie dort ist nicht mehr Ruhe für mich zu hoffen.« – »Unbegreifliches Kind«, rief die Gräfin, von Rührung und Staunen überwältigt, und drückte das liebende Wesen mit einer Zärtlichkeit an ihr Herz, welche die Gewährung der schwärmerischen Bitte stumm verhieß.

Maries Brust wurde von Wehmut und Beklemmung überdrängt. Die Erschütterung des mächtigen Ereignisses, die Rührung über Lodoiskas

Schmerz und Liebe, das schwesterliche Gefühl banger Sorge um den Bruder, und endlich in innerster Tiefe das Bild des edlen Mannes, dem sie entsagt hatte, ohne ihrer Liebe zu entsagen, über dem das Verhängnis, wenn es ihn nicht schon hinweggerafft hatte, ebenso düster schwebte, alles wogte zugleich in ihrer Seele auf und umwölkte ihr die Stirn mit verdunkelndem Schleier. Da traf ihr Auge den finster zu Boden blickenden Arnheim, und ein neuer Pfeil der Schmerzen drang ihr in die Brust. Was mußte er leiden, dem die Liebe versagt wurde, wo er sah, mit welcher Macht ihre heilige Flamme das zarteste Herz durchdrang! Von diesem Glück war er ausgeschlossen ... Ach, und Marie, mußte sie es nicht selbst aus ihrer Brust verbannen? Die Gleichheit ihres Schicksals mit dem des edlen Freundes führte ihm ihre reine Seele schwesterlich nahe. Sie trat mit heiliger Offenheit zu ihm heran und sprach sanft: »Edler Freund, vielleicht hat diese Minute mir meinen Bruder geraubt, wollen Sie seine Stelle einnehmen – er lebe oder sei er dahin, das Herz hat Raum für doppelte Schwesterliebe.« Er nahm ihr Hand und preßte sie heftig an die Lippen. »Oh, Marie! – Sei es ein Vermächtnis oder ein Geschenk – es ist das Schönste, was ich von nun an besitze.« – Doch der Schmerz überwältigte ihn, er eilte hinweg.

Als die drei Frauen allein waren und sie ihre Herzen, die schon so nahe zusammen schlugen, durch die mächtigen Bande eines gleichen Trauerschicksals noch fester vereint fühlten, sprach die Gräfin: »Dieser fürchterliche Schlag, der in Europas einer Hälfte Jammer, in der anderen Freude verbreiten wird, weckt in deinem Herzen, Marie, vielleicht eine vaterländische Hoffnung, während das unsere in düsterer Verzweiflung verblutet. Aber laß uns jetzt nicht dessen gedenken, was unsere Seelen trennen könnte, eine gemeinschaftliche Sorge, die um unsere teuersten Freunde, verschwistert uns innig, unauflöslich. Lodoiskas liebendes Herz hat das Rechte und Wahre im raschen Blitz des Augenblicks erkannt. Es treibt sie dem Geliebten entgegen, ob sie dem grausamen Schicksal noch einen lächelnden Augenblick entreißen kann. Dürfen wir sie allein ziehen lassen?« – »Nein, nein!« rief Marie zu Lodoiska gewandt. »Meine Ahnung macht mich längst zu deiner Gefährtin. Eine Schwester liebt auch!« – »Ja, eine Schwester liebt auch«, wiederholte die Gräfin, und der Glanz einer Träne füllte ihr großes Auge. »So ist es denn beschlossen, wir brechen auf! Unsere Freunde sind uns nahe, in wenigen Tagen können wir sie erreichen. Vielleicht hat das Schicksal sie aufgespart, damit wir sie noch einmal an unser Herz drücken. Vielleicht ist es uns verhängt, ihr brechendes Auge sanft zu schließen. Vielleicht kann unsere weiblich pflegende Hand sie dem Tod entreißen. Man mag uns tadeln, unser Herz spricht uns frei. Nur die unedle Menge, die nie in eigener Brust groß und tief empfunden hat, verkennt jeden freien Entschluß, der sich über Sitte, Gewohnheit und Berechnung stolz erhebt. Ich bin euere Mutter, mir ist das Heiligtum euerer jungfräulichen Sitte anvertraut. Aber ich erhebe das Auge vertrauend zu den Verklärten, deren Schoß euch gebar, denn ich weiß, sie heißen gut, was ich vollbringe.

Viertes Kapitel

Nachdem es Rasinski glücklich gelungen war, mit seinen Freunden und den wenigen Kameraden, die ihm geblieben waren, das rechte Ufer des Stromes zu gewinnen, der so viele Tausende verschlang, setzte er seinen Weg noch bis Zembin fort. Hier traf er den Marschall Ney, dem wiederum die schwerste Aufgabe, den Rückzug zu decken, zuteil geworden war. Die größten Drangsale und Beschwerden schienen jedoch nun überwunden zu sein, denn man befand sich in einem nicht so verwüsteten Land mehr, und die Einwohner hegten befreundetere Gesinnungen. Die Sehnsucht nach Erlösung sah den mindesten Hoffnungsschimmer für Erfüllung an. Doch der unerbittliche Zorn des Schicksals war noch nicht gesättigt. Er schlummerte nur, um mit neuem Heißhunger auf seine Opfer einzustürzen.

In Zembin gelang es Ludwig, einen kleinen Schlitten, der kaum für zwei Menschen Raum hatte, für Bianka zu erhalten, die bis dahin zu Fuß gegangen war. Rasinski ließ das Pferd eines Verwundeten, dem das Reiten nicht mehr möglich war, einspannen und schaffte diesen selbst dadurch fort, daß er das Geschäft des Führers übernehmen mußte. Bernhard und Ludwig drangen vergeblich in Bianka, daß sie jetzt, da es möglich sei, einen Vorsprung zu gewinnen, versuchen solle, Wilna zu erreichen, auf das alle, wie der verschlagene Schiffer auf einen Rettungshafen, hofften. Sie war unerschütterlich in ihrem Vorsatz, Bruder und Geliebten nicht einen Augenblick mehr zu verlassen. »Nennt es nicht aufopfernde Liebe, was mich euren Bitten Widerstand leisten läßt«, sprach sie, »es ist eigennützige: In eurer Nähe habe ich die furchtbarsten Gefahren, innerlich getröstet, überdauert. Fern von euch würde der Unfall mich ratlos und verzagt finden. Nein, laßt mich bei euch, was uns gemeinsam trifft, ist süßes Leid, wenn es auch das schwerste wäre. Doch nur das starre Grauen der Verzweiflung würde die Einsame umgehen.«

Es gibt Liebesopfer, die wir mit Schmerz und Bangen annehmen und sie dennoch nicht zurückweisen können. Die Grenze, wo gegenseitige Pflichten sich scheiden, ist dem schärfsten Blick nicht mehr erkennbar. Das Herz ergibt sich endlich willenlos der Zukunft und wagt keine selbständige Entscheidung mehr zu treffen. So auch hier, Bernhard und Ludwig unterwarfen sich den rührenden Bitten Biankas, denn wer hätte es auch ermessen, ob die äußeren Gefahren und Drangsale, die sie abzuwehren dachten, den inneren Qualen, die Ferne und Angst der von Freund und Bruder Getrennten auflegen mußten, das Gleichgewicht halten würden?

An eine Ordnung des Armeekorps, an eine feste Abteilung des Heeres war nicht mehr zu denken. Jeder hielt sich zu den Truppenteilen, bei denen er die meiste Sicherheit zu finden hoffte oder wohin der Zufall ihn führte. Rasinski schloß sich wieder an Ney an, teils aus Neigung für den Feldherrn, mit dem er so vieles getragen und überwunden hatte, teils weil seine kriegerische Ehrliebe ihm die Gefahren des Kampfes immer als die ruhmwürdigeren zeigte. Endlich blieb ihm auch keine andere Wahl, da die Erschöpfung seiner Leute, mit denen er bis zum letzten Augenblick zusammenzuhalten beschlossen hatte, es nicht gestattete, diejenigen Truppenteile zu erreichen, die schon einen Vorsprung gewonnen hatten. Der Feind drängte auf den nächsten Tagemärschen zwar nach, aber er verfolgte noch nicht heftig, nur einige Kosakenschwärme, die man oft mit einem einzigen Kanonenschuß auf Stunden verjagte, belästigten den Rückzug.

Da kam der Tag, für den der erbitterte Feind des Heeres, der Winter, seinen ganzen Zorn aufgespart zu haben schien. Es war in der Nacht zum 4. Dezember, als der Südwest plötzlich in einen schneidenden Nordost umsetzte und auf seinen Flügeln alle Schrecken des Eispols heranführte, um die letzten Trümmer jenes stolzen Heldenheeres zu vernichten, das sich endlich durch den Strom tausendfacher Drangsale bis zum rettenden Ufer herangekämpft zu haben glaubte. Tückisch lauernd hatte der Winter sich bisher halb verhüllt und nur die ahnenden Schrecken seiner Gegenwart in die grauende Brust gesenkt. Jetzt war er durch die finstere Nacht dicht herangeschlichen und überfiel die Wehrlosen im Schlaf. Von seiner starren Hand mit schneidendem Schmerz berührt, schlugen sie das Auge auf, und das erbarmungslose Ungeheuer stand in seiner ganzen Entsetzlichkeit vor ihnen.

Rasinski hatte mit allen den Seinigen und vielen anderen Kameraden in einer großen Scheuer gelegen, wo nur gegenseitige Nähe sie erwärmte, weil der Raum kein Feuer zuließ. Gegen Morgen erwachte er von einem stechenden Schmerz in Händen und Füßen, er wollte aufspringen, fand sich aber wie gelähmt. Mit Mühe beugte seine Willenskraft endlich die starren Sehnen, und er richtete sich empor, da sagte ihm ein Atemzug, daß jetzt der moskowitische Winter vor den Pforten gelagert sei und sein erstarrender Hauch tödlich über alles Lebende dahinwehe. »He!« rief er sogleich und rüttelte Jaromir, der ihm am nächsten lag: »He! Auf! Boleslaw, Jaromir, Bernhard!« Taumelnd fuhren diese aus den festen Banden des Schlafes empor, doch ihre Glieder waren an dem kalten Boden so erstarrt, daß sie sich nicht regen konnten. »Tut euch Gewalt an«, rief Rasinski, »sonst seid ihr verloren. Heute bricht die Morgensonne des wahren Winters an. Bisher hat er nur von fern gedroht, heute, ich fühle es, stürmt er mit seinen alles lähmenden Waffen durch unsere Reihen.«

Bei diesen Worten schüttelte und rüttelte er die Freunde und war ihnen behilflich, sich aufzurichten. Nach und nach entstand in dem ganz düsteren Raum der Scheune, in den nur der Widerschein einiger draußen angezündeten, halb verglimmenden Feuer hineinfiel, ein dumpfes Murren und Bewegen. Dazwischen ertönte ein jammerndes Wehklagen des Schmerzes, das Kranke und Leichtverwundete oder solche ausstießen, die schon den schleichenden Tod in den Gliedern fühlten, die die Kälte wie mit einem feinen, furchtbar zerstörenden Gift durchdrang. »Teufel, ist das ein Wetter!« murmelte Bernhard, indem er sich dichter in seinen Pelz einknüpfte. »Es packt an wie die Tatzen eines Eisbären! Bianka, liebstes Herz, wie ist dir?« Die Standhafte unterdrückte Schmerz und Besorgnis. »Mir ist wohl, Lieber«, erwiderte sie, »ich bin an dieses Klima gewöhnter als du. Auch sind wir ja noch so gut mit Kleidern versehen.« – »Durch deine Sorge und Güte«, fiel Ludwig ein. »Doch wehe den Unglücklichen, die keinen so dichten Schild gegen die scharfen Pfeile dieser Kälte haben!«

Das zunehmende Tönen des Jammers umher entriß diese Worte fast unwillkürlich den Lippen Ludwigs. »Haltet euch dicht beisammen, Freunde«, ermahnte Rasinski, »in diesem Gedränge verliert man einander gar zu leicht.« Diejenigen, die erwacht waren, hatten sich aufgerafft und eilten den Feuern zu, die draußen brannten, weil sie sich dort zu erwärmen hofften. Zugleich trieb sie der Hunger an, indem sie die während der Nacht von den wachenden Kameraden bereiteten Speisen zu genießen dachten. Doch bei weitem nicht alle hatten die Kräfte, dieses nahe Ziel zu erreichen. Die meisten taumelten, von Schlaf und Kälte betäubt, übereinander hin, viele blieben regungslos am Boden liegen. Müdigkeit und Frost hatte sie so gelähmt, daß sie sich nicht aufzurichten vermochten. Die Macht des Willens war auch bei den Stärksten gebrochen, und sie zogen es vor, in dumpfer Erstarrung den Tod zu erwarten, als sich zu neuen Martern aufzuraffen.

Bernhard und Ludwig nahmen Bianka, die das dicht in Pelz gehüllte Kind Alisettes trug, in ihre Mitte. Rasinski ging mit Boleslaw und Jaromir vor ihnen her, die noch übrigen Leute des Regiments folgten nahe hinter ihnen. So erreichten sie, über manchen am Boden Liegenden und schwer Aufstöhnenden dahinschreitend, das Freie. Der kreischte pfeifend unter ihren Füßen, die Luft schien mit einem eisigen Staub erfüllt, der beim Atmen fast stechend auf die Brust fiel. Augen, Lippen, Wangen fingen an zu schmerzen, sobald der Hauch des nicht heftigen, aber schneidend scharfen Windes sie traf.

Einige Trommeln erschallten mit dumpfem Klang, um zum Aufbruch zu mahnen. Doch dieses Zeichen, wobei sonst der Krieger aufmerksam wie eine Gemse den Kopf erhebt und mit den Waffen in der Hand gerüstet aufspringt, verhallte jetzt wie in einem Totengewölbe. Mit größter Mühe setzte sich endlich die Masse in Bewegung, indem sich, als ob jedes innere Band losließe, einzelne Teile von dem Ganzen lösten und so nach und nach die Straße nach Westen einschlugen.

Auf einem Hügel, der vom Dämmerschein des Schnees, der hellen Sterne und der Feuer seltsam beleuchtet wurde, stand ein großer stattlicher Mann in den Pelzmantel gehüllt und schlug mehrfach die Arme, um sich zu erwärmen. Mit lauter Stimme rief er: Hierher zu mir! Das erste Armeekorps, hierher!« Es war der Marschall Davoust. Nach und nach sammelte sich ein kleines Häuflein, der Überrest seines ganzen Heeres, um diesen ausdauernden Krieger, den kein Elend, kein Verderben die Rettung aufgeben ließ, die das Gesetz der Ordnung und des Gehorsams in sich trägt. An der Spitze der Seinigen schritt er zu Fuß, mit den Soldaten jede Beschwerde wie mit seinen nächsten Offizieren jedes Gute teilend, was sein Rang ihm selbst unter diesen alles furchtbar gleichmachenden Schicksalen ließ.

Glücklicherweise hatten die Pferde Rasinskis noch ein leidliches Obdach gefunden. Dennoch waren zwei vor Entkräftung und Kälte gefallen. Man saß auf. Bianka bestieg ihren kleinen Schlitten, Ludwig und Bernhard gingen zu Fuß so dicht wie möglich an demselben, und die beiden jetzt unberittenen Leute von Rasinskis Regiment schlossen sich ihnen an.

Der anbrechende Tag, der sonst immer die Hoffnungen wieder neu erweckte, die in der schauerlichen Nacht erstorben waren, hatte heute diese Kraft verloren, denn mit dem Licht wuchs die schneidende Schärfe der Kälte, und als das blutige Auge der Sonne über den Schnee hereinglühte, schien es nur mit Hohn auf das Elend so vieler tausend Unglückseliger herabzublicken, denn nicht die leiseste Spur der Wärme war in den Strahlen, die ihren roten Schimmer in das Antlitz der Wandernden warfen, zu spüren. Nur in das Auge, das, schon vom Schneeglanz geblendet, vom Rauch und Schein der nächtlichen Lagerfeuer entzündet war, drangen sie mit brennendem Schmerz ein und fügten eine neue Folter zu der Last von Qualen, unter denen die Unglücklichen zusammenbrachen. Als Bianka sah, wie Ludwig und Bernhard das Auge zuckend abwandten und vergeblich einen Gegenstand suchten, wohin sie den Blick ohne Schmerzen wenden könnten, fiel ihr plötzlich ein Hilfsmittel ein. »Wartet, wartet wenige Augenblicke«, rief sie und machte eine hastige Bewegung mit den Händen an der Brust, als wollte sie ein Tuch losknüpfen. Wirklich zog sie ein grünes Florgewand hervor, riß es entzwei und gab die eine Hälfte Bernhard, die andere Ludwig. »Es ist der grüne Schleier«, sprach sie zu diesem, »den ich auf dem St. Bernhard trug. Seit ich wußte, daß er das Zeichen war, woran du mich wiedererkanntest, trug ich ihn an meinem Herzen. Jetzt soll er mir das holde Licht der liebsten Augen erhalten. Verhülle dich damit, Geliebter, denn alles, was in diesem Land glänzt und schimmert, ist kalt und grausam wie dieser Schnee und diese Sonne.«

Mit Rührung erblickte Ludwig das erste Zeichen, woran er seine Liebe knüpfte. Es erquickte ihn mit neuer Hoffnung, daß es ihm gerade jetzt, in schreckensvoller Stunde, wo das Antlitz der Gnade sich ganz von der Erde wegzuwenden schien, wieder entgegenschimmerte. Eine tiefe Ahnung seiner Brust hatte es vom ersten Augenblick an als einen Talisman betrachtet, der eine zauberische Bedeutung für sein Leben habe. So galt es ihm auch jetzt. Doch indem er es aus Biankas Hand empfing, blickte er sie sorgenvoll an und fragte: »Aber du, Geliebte, wirst du geschirmt sein gegen das tödliche Gift dieses Glanzes?« – »Mich umhüllen ja noch die schwarzen Trauerschleier«, antwortete sie, »ich sollte sie wohl nicht tragen, denn aus ihrer Nacht brach ja mein schönster Lebenstag an!« Sie lächelte dabei mit holder Freundlichkeit und vergaß über ihr inneres Glück, daß der Nachen, der es trug, auf den Wogen äußerer Geschicke wie auf einem toten Meer des Grauens und Verderbens verloren schwankte.

Bernhard versuchte, als er ihre bewegte Stimmung wahrnahm, heiter zu sein. »Ich danke dir, Schwester«, sprach er, »hier wird der Scherz ernst und der Ernst Scherz. Unser ganzer Zug ist nur noch ein Maskenzug, doch tragen wir alle verwünschte Leichenlarven. Ich will denn über die meinige das grüne Netz hängen. Ein Maler muß überdies seine Augen schonen. Ich würde über das Eismeer bei Chamouny so wandern, warum nicht über dieses größere?« Dabei knüpfte er das dünne Gewebe an seine Pelzmütze und drückte sie sich tiefer ins Auge. Die scharfe Kälte erschwerte das Atmen so, daß strenges Schweigen ein Gesetz wurde, das sich jedes zuletzt auflegte. Der Zug glich einer langen Reihe weißer Gespenster. So hatten die als Reif niederfallenden Dünste ihre dichte Hülle von Eisspitzen über Pferd und Mann gewoben. Mühselig schleppte man sich fort, und in den langsam sich bewegenden Massen herrschte eine dumpfe Todesstille, Alles, selbst der Laut der Lippen, wurde durch die furchtbare Kälte in die Banden der tiefsten Erstarrung geschlagen. Sogar der Hauch des Windes war gefesselt. Vögel stürzten tot aus der Höhe herab, die letzte Spur des Lebens schien aus der Natur verschwunden.

Die Wandernden vernahmen nichts als das pfeifende Kreischen des Schnees, das dumpfe Rasseln der Geschütze und das beklommene Stöhnen derjenigen, die mit dem versteinernden Tod in den Adern zu Boden sanken, um sich nie wieder aufzurichten. Diese sah man wanken, wie betäubt einige schwankende Schritte seitwärts taumeln und dann in die Knie sinken, deren abgestorbene Sehnen sie nicht mehr zu tragen vermochten. Bei einigen erzeugte die äußerste Verzweiflung noch eine trotzige Kraft, mit der sie sich gewaltsam aufstachelten. Sie lachten wild auf bei dem Anblick des Elends und riefen den Zusammenstürzenden ein frevelhaft höhnendes Lebewohl zu. Nur die edelsten und kühnsten Naturen zugleich behielten auch hier eine männliche Ruhe und Fassung. Rasinski hatte sie sich bewahrt. Sein Pferd, das er am Zügel führte, war vor Kälte zusammengestürzt. Er nahm die Pistolen aus dem Halfter und setzte seinen Weg gleichmütig fort. Vergeblich boten Jaromir und Boleslaw, die der Kälte wegen ebenfalls zu Fuß gingen und ihre Pferde führten, ihm die ihrigen an. Er erwiderte: »Wir sind nur noch einzelne. Als Führer hätte ich ein solches Opfer nicht nur angenommen, sondern gefordert. Ein Regiment von unserer Stärke aber kann ein Rekrut so gut befehligen wie ich, es gibt keinen Rang mehr.«

Doch hatte Boleslaw den Mantelsack, den Rasinski im Stich lassen wollte, abgenommen und schnallte ihn auf den seinigen. Über das tote Tier fiel eine hungerwütige Schar her und zerriß es in tausend Stücke zur Mahlzeit für die Nacht. Rasinski ging düsteren Blickes vorwärts, um nicht zu sehen, wie schmählich das treue Tier, das ihn in so mancher Schlacht getragen hatte, endete. Es verging keine halbe Stunde, so stürzte auch Boleslaws Pferd und gleich darauf Jaromirs. Die trotz des herannahenden Mittags immer wachsende Kälte hauchte mit tödlichem Atemzug Menschen und Pferde ohne Unterschied an und warf sie um so leichter nieder, je mehr die Anstrengung sie erschöpfte. Der Weg zog sich eine kaum bemerkbare Anhöhe hoch, doch sie war spiegelglatt. Als Biankas Schlitten sich ihr näherte, vermochte das Tier nicht, ihn hinaufzuziehen, sie stieg sogleich ab, doch es nützte nichts. Zweimal setzte das Pferd an. Ludwig, Bernhard, Jaromir, Boleslaw, Rasinski selbst versuchten, Hilfe zu leisten. Doch es war vergeblich. Das Tier vermochte sich selbst nicht mehr zu tragen. Es stürzte zu Boden und erstarrte in wenigen Minuten. Ruhig sprach Bianka zu den sie umgebenden Freunden: »Ich werde nun ganz euere Mühen teilen, und es soll mir nicht schwer werden. In dieser grimmigen Kälte ist das Gehen so besser.«

Bernhard erwiderte nichts. Er nahm ihr stumm das Kind aus den Armen und trug es. Ludwig unterstützte die Geliebte. So wandelten sie düster schweigend nebeneinander hin. Sie schlugen einen neben der Straße laufenden Pfad ein, der bequemer schien und wo sie von den Massen nicht so gedrängt waren. Nur einzelne hatten ihn gewählt. Bianka ging mit Ludwig voran. Bernhard folgte in einiger Entfernung mit dem Kind, dessen ahnungslose Munterkeit, da Biankas Sorge es selbst gegen diese Kälte völlig geschützt hatte, in einem die Brust erschütternd bewegenden Gegensatz zu dem Entsetzen ringsumher stand. »Du bist ein kleiner Schmetterling, der im aufgesperrten Rachen eines Haifisches flattert«, sprach Bernhard halb für sich. »Aber ich weiß dich ebensogern hier, als ich dich einem schlafenden Tiger das bunte Fell streicheln sehe. Schelmchen, lachst du?«

In diesem Augenblick rief ihn eine brüllende Stimme von hinten her an: »Steht, Hund! Gib mir deinen Pelz oder ich schieße dich nieder!« Bernhard fuhr auf und herum. Ein Soldat, in elende Lumpen gehüllt, groß, mit verwilderten Zügen, langem, struppigem Bart, das Gesicht von Erde und Rauch geschwärzt, die blutig entzündeten Augen wild rollend, stand vor ihm und schlug mit dem Gewehr auf ihn ein. »Was willst du, Unglücklicher?« rief Bernhard von Entsetzen ergriffen und trat schaudernd einen Schritt zurück, das Kind schrie ängstlich auf, umklammerte ihn und verbarg das Köpfchen an seinem Busen. – »Deinen warmen Pelz, oder ich schieße dich nieder!« rief der Wütende. »Hier gibt's keine Kameradschaft mehr, ich habe so gut ein Recht mich zu retten wie du.«

Bernhard sah sich fast allein mit dem erbitterten Mörder, obwohl Tausende zugegen waren, so wäre der Schutz des Verzweifelnden doch allen zuvorgekommen, wenn auch ein einziger noch so viel Herz für fremde Gefahr gehabt hätte, um deshalb seinen Weg und seine Qual um einige mühselige Schritte zu verlängern. Er mußte also der Drohung Gehorsam leisten, obwohl er wußte, daß er mit der wärmenden Bekleidung sein Leben hingebe. »Du willst durch den Mord eines Kameraden dein Leben fristen?« antwortete er mit der Würde der festesten Entschlossenheit. »Wohl denn, es sei, aber du wirst dich daran nicht lange freuen. Deine Stunde wird dich doch ereilen.«

»Rasch! Denn schon packt mich der Tod«, rief der wahnsinnige Mensch, der fortwährend im Anschlag liegen blieb und die blutigen Augen wild in ihren Höhlen rollte. Bernhard bückte sich, um das Kind niederzusetzen, das ihn am Ausziehen seines Pelzes hinderte. Da hörte er einen lauten Schrei, und als er sich umwandte, sah er Bianka, die sich weinend zu den Füßen des Wütenden niederwarf. »Nimm dieses Gold, diesen Schmuck«, rief sie, »nimm diesen warmen Mantel, nur laß mir den Bruder leben!« Mit der Schnelligkeit der Todesangst hatte sie eine reiche Kette von ihrem Hals gerissen und warf ihren kostbaren Pelz ab, so daß sie mit leichtbekleideten Armen, der grimmigen Kälte preisgegeben, vor dem Mörder kniete.

Dieser blickte sie mit starren Augen an, dann ließ er die Arme mit der Waffe langsam sinken, das Gewehr fiel ihm hin, er drückte sich beide Hände vors Gesicht und brach in ein lautes Wimmern und Weinen aus. Indessen war auch Ludwig nähergetreten, und er und Bernhard hoben die noch immer kniende und die Arme mit ihren Gaben ausstreckende Bianka hoch. »Solch ein wildes Tier konnte ich werden?« rief der Fremde plötzlich aus. »Nein, diese Schmach überlebe ich nicht. Vergebt mir, ihr habt mich einst besser gekannt, die fürchterliche Qual machte mich rasend! Aber ich weiß, was ich zu tun habe!« Bianka hing mit den Blicken, in denen die zweifelnde Besorgnis mit dem Ausdruck der höchsten Freude wechselte, an dem seltsam grauenhaften Menschen, da dieser sich jetzt nach dem am Boden liegenden Gewehr bückte und es aufnahm. Bernhard hielt das Auge fest auf ihn gerichtet und versuchte in seiner Erinnerung nach den Zügen, die ihm selbst in dieser entstellenden Verwilderung bekannt schienen. »Wo habe ich Euch gekannt?« fragte er, als sich der Fremde aufgerichtet hatte. –»Ich wundere mich nicht, daß Ihr mich nicht wiedererkennt«, antwortete er düster, »ich hätte mich selbst nicht erkannt. Des Ordens hier bin ich lebend nicht mehr wert!« rief er wild und riß das Band der Ehrenlegion aus seinen Lumpen heraus und warf es in den Schnee. »So will ich's zu verdienen versuchen, daß Ihr's auf meine Leiche legt. Ich richte meine Tat selbst, wie sie es verdient.« Dann stemmte er den Kolben seines Gewehres gegen den Boden, drückte die Brust auf die Mündung und trat gewaltsam mit dem Fuß gegen den Hahn. Der Schuß krachte, der Unglückliche stürzte zusammen.

»Barmherziger Gott!« rief Bianka entsetzt und sank bewußtlos in Ludwigs Arme. Bernhard sprang auf den Gefallenen zu und richtete sein Haupt auf. Noch glimmte ein matter Lebensfunke in der Brust. »Wenn Ihr nach Frankreich kommt, grüßt mein Weib und meine Buben – Sergeant Ferrand – aus Laon.« Er war tot. In dem Augenblick, wo er das Auge schloß, erkannte ihn Bernhard. Es war derselbe Sergeant Ferrand, dessen streng dienstliches, aber menschenfreundliches Benehmen ihm und Ludwig bei ihrer Gefangenschaft in Smolensk das Leben gerettet hatte. Die Bedingung seines Daseins war die kriegerische Ehre, er glaubte sie durch die meuchelmörderische Tat, zu der ihn die Betäubung des Elends, der Schmerzen, der Verzweiflung trieb, verloren. Eine Jungfrau hatte ihn an Mut besiegt – das ertrug er nicht. Streng richtend, sprach er selbst sein Urteil und vollstreckte es mit eigener Hand. Erschüttert kniete Bernhard neben der Leiche, stumm nahm er das Band, das der Tote als sein höchstes Gut geschätzt hatte, legte es auf seine Brust und sprach: »Wer will es dir rauben? Es schmücke dich jenseits, wenn du in den Kreis der Tapferen trittst, die dir vorangingen. Leb wohl!«

Sie setzten ihren Weg fort, denn hier gab es kein Verweilen. Unerbittlich riß das Schicksal die Herzen voneinander und jagte die säumende Liebe mit grimmer Geißel vorwärts.

Fünftes Kapitel

Die kalte Scheibe der Sonne rötete sich schon wieder und senkte sich gegen das Schneemeer hinab, als die Wandernden Malodeczno in der Ferne einer Stunde vor sich sahen. Die Hoffnung, ein Obdach zu erreichen, belebte die gesunkenen Kräfte wieder. Doch als wollte das Schicksal jeden leisesten Schimmer des Glücks nur gewähren, um die Kräfte für ein neues größeres Unheil aufzuregen, so folgte auch hier der Schrecken mit furchtbarer Eile der Freude nach. Denn plötzlich bedeckten sich die Höhen mit schwarzen Massen. Der Feind, auf anderen Wegen herangedrungen, erschien, um den unglücklichen Flüchtlingen den Zufluchtsort für die Winternacht streitig zu machen. Bei dem ersten Anblick dieser dunklen Linien, die den Horizont zu säumen begannen, drängte sich die Schar der waffenlosen Flüchtigen wie eine Herde zusammen, in die ein Wolf einbricht. Der Marschall Ney rief mit lauter Stimme den Bewehrten zu, sich um ihn zu sammeln. Noch gab es einige Trümmer des kriegsgewohnten Heeres, die selbst jetzt das Gesetz der Ehre noch nicht vergessen hatten. Die Reihen ordneten sich, die wenigen Reiter schlossen sich, wenngleich aus allen Regimentern gemischt, aneinander, die Artillerie, soviel durch die noch am Leben gebliebenen Pferde hatte fortgeschafft werden können, nahm eine Stellung. »Kameraden«, rief der Marschall, »wir müssen heute um ein Obdach fechten, denn die Winternacht ist mörderischer als die Waffen des Feindes. Auch ihn treibt nur Not. Ihr vernichtet ihn, wenn ihr euch behauptet. Denkt an euer Heil, an Frankreichs Ruhm, an eueren Kaiser!«

»Es lebe der Kaiser!« tönte der Ruf der Heldenschar, die nur den ferneren Donner der Schlacht hören durfte, um inmitten der schwersten Drangsal den begeisterten Mut wiederzufinden, der sie durch alle Länder Europas geführt hatte. – »Wir haben keine Pferde«, rief Rasinski den Seinigen zu, »laßt uns das Geschütz bedienen, denn es fehlt an Mannschaft.«

Ein dumpfer Donner ertönte von den Höhen. Die ersten Kugeln wurden herabgesandt. Sie flogen, auf dem erstarrten Boden widerprallend, in weiten sausenden Bogensprüngen über die zur Schlacht geordneten Krieger hinweg. »Ihr schießt zu hoch, wir wollen besser treffen«, sprach Rasinski keck scherzend und lehnte sich auf das Geschütz, um es zu richten. »So! Jetzt Feuer!« Jaromir feuerte ab. »Seht ihr, wie die Kugel eine Lücke reißt? rief Rasinski freudig, als die schwarze Linie auf der Höhe zerriß, so daß der helle Himmel dahinter sichtbar wurde. »Ich wollte nur, sie ständen so tief wie breit, so sollte ihnen dieser Schuß dreißig Köpfe gekostet haben.«

Der Kampf war eröffnet. Die Artillerie des Feindes donnerte jetzt von drei Seiten zugleich, und die Kugeln schmetterten sowohl in die Schar der waffenlosen Flüchtlinge, die in blinder Hast auf den Flecken Malodeczno zustürzten, als in die geordneten Reihen der Tapferen, die ihr Leben für die Rettung jener wagten, verheerend hinein. »Wir müssen uns langsam zurückziehen«, befahl der Marschall, »daß sie sich nicht zwischen uns und den Flecken eindrängen, denn sonst sind wir alle eine Beute des heißhungrigen Winters.« Die Artillerie schoß noch eine Lage zur Erwiderung, dann nahm sie eine Stellung einige hundert Schritte weiter rückwärts. Die Truppen folgten geschlossen. So gewann man ohne ein sehr ernstliches Gefecht nach und nach eine Stellung dicht am Eingang Malodecznos. Aber diese kurze Bewegung hatte die Kräfte der Artilleriepferde so erschöpft, daß sie jeden Augenblick übereinander stürzten und endlich nicht mehr hochzubringen waren. Was Hände hatte, mußte daher angreifen, um die Geschütze vollends auf einen Hügel zu schaffen, von dem sie den Eingang des Fleckens verteidigen konnten. »Retten wir unsere Kanonen nicht mehr, Kameraden«, rief der Marschall, als er an den Reihen derselben hinuntersprengte, »so wollen wir sie wenigstens teuer verkaufen.«

Die Russen waren langsam feuernd nachgerückt. Jetzt schienen sie ihre Kräfte zu sammeln, um einen stürmenden Angriff zu versuchen. Doch sowie sie sich in vollen Kolonnen zeigten, gab die Artillerie der Franzosen eine furchtbare Salve, die tausendfachen Tod in ihre Reihen schleuderte. Die Erde zitterte, die Lüfte krachten, Rauch und Dämmerung webten einen dichten Schleier der Nacht über das Heer. Der Feind füllte seine Lücken und rückte entschlossen weiter vor, indem er den Angriff durch seine Artillerie unterstützte. Eine zweite Lage Brachte ihn zum zweiten Mal auseinander. Doch immer neue Scharen drangen nach. Er hatte Ersatz für seine Toten, denn er focht mit Tausenden gegen Hunderte und schien den Gewinn des Fleckens um jeden Preis erkaufen zu wollen.

Rasinski, Boleslaw, Bernhard und Ludwig bedienten ein Geschütz, denn auch diese letzteren hatten es für eine Pflicht der Ehre gehalten, tätigen Anteil am Kampf zu nehmen und ihre Freunde, obwohl sie nicht mehr die Uniform des Regiments trugen, nicht jetzt zu verlassen, wo entschlossene Männer den zehnfachen Wert hatten. Auch war der Gedanke, mit den Freunden vereinigt zu bleiben, der einzige Trost, die einzige Quelle ihrer Hoffnungen und Freuden in dieser Zeit des öden Grauens. Nur für Bianka hatten sie einen Ort des Schutzes aufgesucht, wo diese, so gesichert, wie es überhaupt möglich war, in ihrer Nähe bleiben konnte. Gegen Malodeczno hin senkte sich, dicht hinter der Stellung, welche die Artillerie einnahm, der Hügel etwa in Mannshöhe fast ganz steil abwärts und bildete so eine natürliche Brustwehr. Dort weilte Bianka mit dem Kind, während oben die Schlacht tobte. An dieser Stelle waren auch die Munitionswagen aufgefahren, aus denen die Batterien auf der Höhe mit allem Schießbedarf versehen wurden.

Obwohl Bianka für sich selbst nichts zu befürchten hatte, so schlug doch ihr Herz in krampfhafter Angst, da sie die Geliebten wenige Schritte von sich allen Schrecken des Todes preisgegeben wußte. So teuer sie es Bernhard gelobt hatte, den sicheren Zufluchtsort nicht zu verlassen, so konnte sie doch, da das Krachen der Kanonen bis zu einer betäubenden Stärke wuchs, ihre Angst nicht länger beherrschen. Sie mußte den Hügel hoch, um zu sehen, ob die Ihrigen noch verschont waren von dem Geschick, das seinen eisernen Todesstrom mit donnernden Wogen über das Gefilde wälzte. Doch vergeblich war das Spähen ihres Auges, denn der Rauch lag in dichten Wolken über den Feuerschlünden, und man sah nur schwarze Gestalten sich unbestimmt und unkenntlich darin bewegen. Da es ihr unmöglich war, sich von dem Los der Ihrigen zu überzeugen, wankte sie wieder zurück an die Stelle, wo sie zu verweilen gelobt hatte. Todesangst pochte in ihrer Brust. Jeder Donnerschlag der Geschütze traf ihr eigenes Herz. So dem äußersten Verzagen hingegeben war sie noch nie. Das Kind wurde durch das furchtbare Getöse der Schlacht geängstigt und weinte. Bianka legte dem kleinen Wesen die Hände gefaltet ineinander und sprach: »Unschuldiges Herz, flehe zu dem himmlischen Vater, deine reine Bitte wird ihn rühren. O laß diese grauenvolle Stunde an uns vorübergehen!« Das Kind gehorchte fast bewußtlos, kniete auf dem Boden und sah mit tränenden Augen bittend empor gen Himmel. Auch Bianka warf sich auf die Knie, die Worte versagten ihr, sie vermochte nur die Hände zitternd zu erheben, doch der Allmächtige vernahm ihr stummes Flehen. Wie viele tausend Gebete der Angst machtlos von dem ehernen Gewölbe des Himmels zurückschlugen, ihr war der Lenker der Dinge nicht taub, ihr neigte er sich mild entgegen. Ein tröstender Glaube senkte sich in ihre Brust und verscheuchte die düsteren Ahnungen des Grausens, die sie umwoben. Sie atmete freier. »Nein, du unendlich Gütiger«, bat sie mit innigem Vertrauen, »du hast dein Antlitz nicht ganz von der Erde gewendet. Du hörst das Flehen der Unschuld und der bebenden Liebe, du wirst mein angstzerrissenes Herz nicht zermalmen!« Sie drückte das Kind an ihre Brust, und ihre Tränen flossen in erleichternden Strömen.

Jetzt wurde der Donner der Schlacht schwächer, plötzlich schwieg er. Bianka riß sich gewaltsam empor, nun mußte sie zu den Ihrigen. Jetzt hatte sich's entschieden, ob das Verhängnis auch ihnen gefallen war. Hastig stieg sie, mit dem Kind an der Hand, den Hügel hoch. Da tönte eine Stimme aus Rauch und Dämmerung: »Schwester! Wo bist du?« Es war Bernhard. Außer sich vor Freude rief sie: »Hier, hier! Ihr lebt, beide, alle!« und eilte auf den Bruder zu, der von der Höhe herabkam. Er flog ihr entgegen, sie lag an seiner Brust, unaussprechlich war die Fülle ihrer Seligkeit. Doch er entwand sich sanft abwehrend ihrer Umarmung. »Frohlocke nicht!«, sprach er schmerzlich – »Wir mußten ein Opfer bringen! Boleslaw …« – »Gott der Gnade«, fiel Bianka erblassend ein, »er ist tot?« – »Wir fürchten es, dort tragen die Freunde ihn heran«, erwiderte der Bruder und deutete auf einige Gestalten, die sich langsam näherten. Dann lehnte er, bis zur Ermattung erschüttert, den Kopf an die Schulter der Schwester und seufzte tief auf. Seine starke Seele war bezwungen durch den Schmerz um den Freund, seine feste Kraft gebrochen. »Es muß getragen sein!« sprach er, sich aufrichtend. »Wie tief der Stachel in die Brust dringe! Laß uns ihnen entgegengehen!«

Unsicheren Schrittes ging er mit der Schwester den Kommenden entgegen, die in ihren Armen den erblaßten Jüngling trugen. Eine Kugel hatte ihm den Schenkel zerschmettert, die furchtbare Erschütterung die Lebenskeime des ganzen Körpers zerstört. »Legt mich nieder«, sprach er matt, »ich bitte euch!« – »Tut ihm seinen Willen« gebot Rasinski leise und schüttelte das Haupt, als wolle er sagen, unsere Sorge rettet ihn doch nicht mehr.

Sie ließen den Verwundeten vorsichtig auf den Boden nieder. Rasinski kniete an seinem Kopf und nahm ihn, halb aufgerichtet, sanft in seine Arme. Jaromir hatte die Rechte des Sterbenden ergriffen. Ludwig wandte sich erschüttert ab. Bianka trat ihm mitleidsvoll entgegen und hauchte leise: »Auch das noch, mein Teurer!« Er drückte sie stumm ans Herz, zu sprechen vermochte er nicht. Dies vermochte keiner. Mit dem heiligen Schweigen der tiefsten Bekümmernis wandten alle die Blicke auf den Verwundeten, der, den Kampf des Todes in den Zügen, mit geschlossenen Augen dasaß. Jetzt schlug er sie auf, sah verwundert umher und suchte sich zu besinnen. »Ihr alle seid mir nahe«, sprach er freundlich, als er die Freunde um sich her erblickte und ein sanftes Lächeln der Dankbarkeit schwebte um seine Lippen. »Ich sterbe schön«, fuhr er nach einigen Augenblicken fort und richtete sich empor, »ihr dürft nicht um mich trauern. Ich sterbe in Freundes Armen den Tod der Ehre!« Ein edler Stolz rötete des Jünglings erbleichte Wange mit leichtem Hauch. Noch einmal flammte der Mut in seinem brechenden Auge auf. »Ich sterbe gern«, setzte er wehmütiger hinzu. »Jaromir! Mein Freund, mein Bruder!« Er drückte die Hand des vor ihm Knienden mit warmer Liebe und tiefster Rührung, denn seine Gedanken wandten sich zu dem Bild der fernen Geliebten hinüber, das er stumm, aber unverbrüchlich treu in seinem Herzen getragen hatte. Seine Liebe wurde ihm jetzt ein heiliges Vermächtnis für den unglücklichen Freund.

»Oh, warum liege ich nicht an deiner Stelle!« rief dieser schmerzensvoll aus, indem er das Antlitz auf die Hand des Scheidenden drückte. »Warum hat der Tod nicht mich erlöst!« – »Nein, nein – du sollst noch glückliche Tage sehen«, antwortete Boleslaw bewegt – »glückliche Tage in ihren Armen. Bringe deiner Lodoiska den Gruß des Sterbenden. Dir gesteht es meine erblassende Lippe – ich habe sie geliebt – schweigend, aber aus tiefster Seele!« – »O Gott! O Bruder!« rief Jaromir außer sich. »Du, du – du wärest treu geblieben! Oh, ich Unglückseliger!« – »Du hast schwer gebüßt, alles ist gesühnt, mein Bruder«, sprach Boleslaw sanft. »Gehört euch – um des Schmerzes willen, den ich getragen habe – es ist meine letzte Bitte an dich, an sie – das sei mein Glück dort drüben.«

Hier sank er matt zurück. Jaromir beugte sich heftig über ihn: »Bleib noch bei uns – o Bruder, noch jetzt stirb mir nicht«, rief er, von krampfhaftem Schluchzen unterbrochen, und drückte sein Gesicht auf die erkaltende Hand des Teueren. Noch einmal erhob Boleslaw das brechende Auge – »Rasinski – ihr Freunde!« sprach er matt. Sie hielten seine Hände – sein Blick glitt liebend über alle dahin und winkte jedem einen lächelnden Abschiedsgruß zu. Auf Jaromir weilte er am längsten, dann seufzte er mit brechendem Laut: »Lodoiska!« – und müde schloß er die Augen lehnte den Kopf an Rasinskis Vaterbrust und verschied. Der Tod verklärte seine edle männliche Schönheit. Wie ein Marmorbild saß er da, die schwarzen Locken wallten ihm von der Stirn, die noch im Tod den Adel des Muts trug. Um die Lippen schwebte ein sanfter Zug des Schmerzes, aber heilige Ruhe wohnte auf den erloschenen Zügen. Heilige, sanfte Ruhe, denn sein grambeladenes Herz schlug nicht mehr. Jaromir drückte sein weinendes Gesicht gegen die Brust des Toten und umschlang ihn mit heftiger Umarmung.

»Der Herr habe seine Seele«, sprach Rasinski mit ernster Fassung und legte die Hände segnend auf das Haupt des Verschiedenen. Dann wandte er sich zu den Freunden: »Wohl uns, daß wir wenigstens diesen teuren Leichnam nicht der Wildnis lassen müssen. Die Nacht bricht herein. Wir müssen das teuer erkämpfte Obdach zu erreichen versuchen, und dort soll er bestattet werden!« Er deutete mit dem Finger auf Malodeczno, wohin die Truppen sich jetzt zurückzogen, nachdem der Feind, durch ihren ausharrenden Mut bezwungen, es endlich aufgegeben hatte, ihnen diesen Zufluchtsort zu entreißen.

Jaromir allein hörte Rasinskis Stimme nicht, der Schmerz hatte ihn zu heftig betäubt. Bewußtlos ruhte er noch immer an der Brust des Toten. »Raffe dich zusammen, Jaromir«, redete Rasinski ihn an und versuchte ihn aufzuheben, »zeige dein männliches Herz. Du verlorst deinen teuersten Gefährten, ehre sein Gedächtnis durch kräftige Erhebung über deinen großen Schmerz. Starb dir ein Bruder, so starb mir ein Sohn, ermanne dich, ersetze du mir den Verlorenen.«

Der sanfte, ernste Trost drang in das Herz des Unglücklichen ein. Er erhob sich schweigend, aber mit gewaltsamer Anstrengung, und Rasinski schloß ihn tröstend, wie ein Vater, an sein Herz. »Hilf uns unserem Gefallenen den letzten Dienst der Liebe zu erweisen«, sprach er und beugte sich zu Boleslaw herab, um sein Haupt hochzuheben. Die vier Freunde nahmen den Entseelten in ihre Arme, um ihn die kurze Strecke bis in den Ort hinabzutragen. So wanderten sie im düsteren Trauerzug dahin.

Sechstes Kapitel

Doch die ingrimmige Natur überbot mit ihren Schrecken selbst den tiefsten edlen Schmerz. Mit der gesunkenen Sonne stieg die Kälte höher und höher. Die Arme erstarrten den Tragenden fast, so kurz der Weg war. Nur die heiligste, unverbrüchlichste Freundschaft vermochte die Pflicht dieses letzten Liebesdienstes aufzuerlegen. Für jeden anderen hätte er unvollführt bleiben müssen. Doch in ihrer Liebe fanden die Getreuen die Kraft. Nach unsäglicher Anstrengung erreichten sie ein kleines Haus, das zur Seite der Hauptstraße, auf der die Massen sich in wildem Gedränge dem Eingang des Ortes zuwälzten, gelegen war. Unvermutet fanden sie hier noch ein bewohntes Obdach. Ein Greis öffnete den Kommenden die Tür und näherte sich mit bittender Gebärde. Rasinski rief ihm zu: »Ist Raum in Euerer Hütte?« – »O freilich!« erwiderte der Alte, erfreut, seine Landessprache zu hören, »ich will euch gern beherbergen. Nur flehe ich euch an, treibt mich nicht selbst hinaus in diese furchtbare Winternacht. Gönnt auch meinem alten Haupt ein Plätzchen!« – »Hältst du uns für entmenschte Barbaren?« fragte Rasinski unwillig schaudernd, »du hast nichts zu fürchten!«

»So segne euch der Herr!« rief der Greis. »Aber gestern haben sie meinen Sohn und meine kleinen Enkelinnen hinausgetrieben, und sie sind erstarrt vor meiner verschlossenen Tür! Ach ich habe ihre Leichen in meiner Hütte!« –

»Gott der Barmherzigkeit!« rief Bianka, von einem entsetzlichen Grauen ergriffen, aus, »war es möglich!«

»Auch wir bringen dir einen Toten«, sprach Rasinski, »seine heiligen Überreste sind uns so teuer wie unser Leben. Willst du bei der Mutter Maria schwören, ihn fromm, christlich zu bestatten, wenn uns die Gewalt des drängenden Kriegs hindert, so verheiße ich dir und deinem Haus Sicherheit, solange wir darin weilen.« – »Bei der gebenedeiten Mutter schwöre ich's, er soll an der Seite der eigenen Kinder ruhen«, rief der Greis und erhob die Hand zum Eid.

So traten sie in die Hütte. »Bringt den Toten hier herein, liebe Herren«, sprach der Alte und öffnete ihnen leuchtend eine Seitentür, die zu einem Kämmerchen führte. »Oh, mein Gott!« rief Bianka aus, als sie einen Blick hineinwarf. Auf einem mit weißen Linnentüchern bedeckten Strohlager lag in einem Totenhemd ein Mann, noch in frischen Jahren, doch von kränklichem Aussehen. Neben ihm zwei kleine Mädchen, höchstens sieben bis acht Jahre alt.

Ludwig und Rasinski trugen Boleslaws Leiche hinein und legten sie zur Seite der entschlummerten holden Kleinen nieder. »Seht ihr, liebe Herren, das sind sie«, sprach der Greis, und Tränen erstickten seine Stimme. »Gestern waren die Kinder noch frisch wie die Röschen – der

Vater kränkelte zwar seit dem Frühjahr – wo sein Weib – nein, laßt mich das nicht erzählen! Das nicht! – Gestern stürmten so viele Krieger in mein Haus, daß sie nicht Raum fanden – sie trieben uns hinaus – freilich waren sie elend genug, aber ein Plätzchen hätten sie uns noch gönnen sollen. Wir brachten die Nacht im Freien zu, mein Sohn, den die Krankheit zerstört hat, überstand die grimmige Kälte nicht, die Kleinen konnte ich vorm Schlaf nicht schützen – sie erstarrten in meinen Armen. Ich allein blieb übrig. Ich hätte mich gern zu den Toten auf den Schnee gelegt, doch ich habe noch eine Tochter – um ihretwillen lebe ich. Sie ist aber jetzt in Wilna.«

Während der Alte sein Herz klagend öffnete, hatten die Männer Boleslaws Kleidung und Haar geordnet und ihn mit dem weiten Mantel bedeckt, daß die Spuren der Zerschmetterung und das schon erstarrte Blut verhüllt wurden. Jetzt glich er einem Schlummernden, so ruhig, ernst und edel waren seine Züge. »Laßt ihn hier ruhen«, sprach Rasinski wehmütig. »Sein Bild steht in unseren Herzen, lebend, würdig, freundlich. So laßt es uns bewahren, es ist nicht gut, bei der erstarrten Hülle zu verweilen.« Seinem Wunsch folgend, traten alle in das Zimmer zurück, dessen wohltuende Wärme sie erquickend empfing.

Es war seit langer Zeit das erste sichere Obdach, das sie aufnahm. Ein gastliches Feuer loderte auf dem Herd und erwärmte die inneren Räume. Der Schiffer, der nach dem Sturm auf dem wüsten Meer den Hafen erreicht, wird nicht so von dem Gefühl des Heils und des Dankes gegen den allmächtigen Retter durchdrungen, als dieses Bild der Gastlichkeit und des Schutzes gegen den Ingrimm der Natur die Seele der müden, von Schmerz und Qual Gebeugten mit neuen Lebenshoffnungen durchströmte. »Ein lenkender Gott der Gnade ist mit uns«, sprach Ludwig, zu Bianka gewandt, die er wiederum als neu gewonnen aus dem Drang der Gefahren und Beschwerden ans Herz schloß. »Wie hart wir geprüft werden, der Schutz des Allmächtigen verläßt uns nicht.«

»Sein holder Engel wandelt ja mitten unter uns«, sprach Rasinski und berührte leise Biankas Locken, welche die Wange sanft gegen Ludwigs Brust geneigt hatte. »Dieses reine Haupt wendet auch von uns das Verderben ab. Sei getröstet du schöne Seele – wer an eine Vorsehung glaubt, darf in deiner Nähe nichts fürchten.« Bianka errötete und senkte in Demut das Auge. »Solche Worte spricht dein mildes Erbarmen mit der Hilflosen«, erwiderte sie, »ich aber weiß wohl, daß der Arm des Herrn hier Bessere beschützt und vernichtet als mich. Du edler Freund! Ich fühle in Unterwürfigkeit meinen niederen Wert, laß mir den Glauben, daß dein höherer unser aller Schutz ist.«

Rasinski war noch nie so weich gewesen. Der Tod des liebsten Freundes hatte seine männliche Kraft zu so sanft anklingenden Saiten herabgespannt. Schwermütig setzte er sich nieder und stützte seinen Kopf nachdenkend in die Hand. Es herrschte eine tiefe Stille ringsumher. Nur die flackernde Flamme beleuchtete das ärmliche Zimmer. Jaromir saß vor der Glut, blickte mit starren Augen hinein und schürte gedankenlos darin. Mit heimlichem Grauen bemerkte Bernhard die Stumpfheit des Schmerzes, die ihn ergriffen hatte, es erneuerten sich die alten Sorgen und Befürchtungen in ihm, die seit den letzten Tagen wieder verschwunden waren, weil sich die Zeichen von der inneren Zerrüttung des Unglücklichen, vielleicht durch die Macht der zu gewaltigen Ereignisse zurückgedrängt, verloren hatten. Doch als er ihn jetzt der Flamme gegenübersitzen und mit gleichgültigen Augen hineinstarren sah, tauchte das verscheuchte Gespenst seiner bösen Ahnungen aufs neue aus der Tiefe seiner Brust empor.

»Was ist Glück?« unterbrach Rasinski das tiefe Schweigen. »Fühlen wir uns nicht glücklich, beisammen zu sein in dieser sicheren Hütte, die uns ein Obdach gewährt? Ja, ich dürfte sagen, wir *wären* glücklich, wenn nicht der liebste Freund in unserem Kreis fehlte! Wäre er bei uns – ja, wir wären glücklich in dieser Stunde!« – »Die Wünsche wachsen mit der Erfüllung«, erwiderte Ludwig, »wem das Schicksal zeigt, was es bedrohen, was es rauben kann, der wird genügsamer und preist sich glücklich, wenn er nur den kleinsten Anteil seiner Hoffnungen aus dem unermeßlichen Reich des Verlorenen rettet. Und des Menschen Seele ist wunderbar gemischt! Sie kann den tiefsten Schmerz neben dem höchsten Glück empfinden – ja so fühlt oft eins nur durch das andere.« – Ein Blick auf Bianka, ein Druck ihrer in der seinen ruhenden Hand sagte der Geliebten, wie er diese Worte verstehe und ihre Wahrheit an sich selbst geprüft habe, denn seine Liebe drang unter den Gefahren, denen er sie entreißen, unter den Schmerzen, in denen sie ihn tröstend erheben mußte, mit immer tiefer greifenden Wurzeln in sein Herz.

»Glück gibt eine zu harte Haut«, warf Bernhard hin, »ein geknicktes Rosenblatt drückt uns wie den sybaritischen Alcibiades. Das Unglück zieht uns einen schuppigen Harnisch über die Brust, daß die schönsten Pfeile zuletzt matt und stumpf abprallten. Es schlägt dann freilich nicht mehr viel Herz hinter einem solchen Panzer, sondern die Versteinerung dringt bis mitten hinein, und die Wunden bluten nur deshalb nicht, weil sie schon verblutet sind« Er hielt während dieser Worte sein beobachtendes Auge fest auf Jaromir gespannt, der noch immer in der Glut des Ofens schürte.

»Eine schöne, helle Flamme, nicht wahr, Rasinski?« sprach er, da alle umher schwiegen, mit tonloser Stimme und sah sich mit einem seltsamen Lächeln um. – »Freilich, freilich«, erwiderte der Gefragte halb zerstreut, »der Mensch wird gedemütigt und lernt, daß er aus Erde, aus Staub, aus Asche besteht.« – »Wohl, wohl«, fiel Bernhard ein, »ich weiß, was du eigentlich sagen willst. Man kann ihm das Herz mit einem glühenden Schwert durchbohren und es zur Kohle ausbrennen. Falls der Magen unverletzt geblieben ist, wird ein tüchtiger Hunger doch nicht ausbleiben. Mich hungert, beim Himmel. Und ich wünschte«, setzte er leise hinzu, »Jaromir hätte Trank und Speise und ginge schlafen, daß seine stumpf gereizten Nerven ausruhten und wieder neues Gefühl bekämen.«

Erst jetzt warf Rasinski einen forschenden Blick auf den Unglücklichen und entfärbte sich, als er die gleichgültigen Züge desselben scharf ins Auge gefaßt hatte. »Du hast recht«, sprach er hastig leise zu Bernhard, »wir müssen Anstalten treffen.« Entschlossen, tatkräftig wie er war, riß er sich sogleich aus seiner brütenden Schwermut auf und suchte den Wirt auf, der hinausgegangen war. Er fand den Alten willig, herzugeben, was man bedurfte, zumal Rasinski ihm die Versicherung gab, daß er die letzten Feinde beherberge und vom nächsten Morgen an nur Russen nachrücken würden, die mit allem so reichlich versehen wären, daß sie die ausgesogenen, geplünderten Einwohner noch unterstützen könnten. »Freilich haben wir wenig gerettet«, begann der Alte, »doch ist noch Brot da und etwas Honig, auch ein Fäßchen Branntwein. Ich kann euch eine warme Suppe bereiten.« – »Bringt uns, was Ihr vermögt – wir wollen Euch auch zur Hand gehen.« – »Heilige Mutter Maria!« rief der Alte plötzlich erschreckt und kreuzte die Arme. »Da pocht es an die Tür. Wenn mehrere hier eindringen, sind wir verloren!« – »Laßt mich öffnen«, sprach Rasinski, »wir können, solange Raum ist, nicht so unmenschlich sein, unsere Kameraden der erstarrenden Nacht preiszugeben.« Er schritt gegen die wohlverwahrte Tür und fragte französisch: »Wer ist da draußen? Was wollt ihr?«

Da eilte Bernhard schon heraus und rief: »Es sind von unseren Leuten einige dabei, ich habe sie erkannt.« Sie öffneten schnell. Fünf halberstarrte Krieger von Rasinskis Regiment umlagerten die Tür. Sie hatten ihren geliebten Führer in der Verwirrung des Gefechts verloren und nun ein Obdach im Ort gesucht. Doch waren alle Häuser überfüllt, weil der Marschall Victor den Ort schon besetzt hatte, was freilich aus anderen Ursachen ein Glück genannt werden mußte, indem seine Truppen die von der Westseite eindringenden Russen zurückgeschlagen hatten. Von Haus zu Haus suchend, überall zurückgewiesen, gab ein Offizier den vor Frost schon fast Umkommenden endlich eine Spur von Rasinski, den er mit Jaromir und den übrigen, als sie den Leichnam Boleslaws trugen, hatte über das Feld gehen sehen. Seiner Weisung folgend, erreichten sie glücklich das kleine Haus, das, wie es so oft zu geschehen pflegt, indem alles nur dem Hauptstrom der Massen folgte, ganz unbemerkt geblieben war.

Die Freude der Rettung strahlte aus den Augen der Unglücklichen, als sie in die erwärmten Räume des Gemaches eintraten, und vollends, da sie ihren Führer, ihre geliebten Offiziere, denn auch Bernhard und Ludwig galten ihnen als solche, erblickten. Diese waren ebenso herzlich froh, einige der Verlorengeglaubten aufs neue begrüßen und von dem Verderben retten zu können. Mit stummem Schmerz überblickte Rasinski die wenigen Getreuen, die ihn umgaben. Sie waren alles, was er von seinem stattlichen Regiment heimführte! Und dennoch mußte er dem Schicksal danken, daß es ihm die teuersten Freunde erhalten hatte. Nur einer war heute als das erste Opfer gefallen! Er flehte innerlich zu dem Allmächtigen, daß es das letzte sein möge!

Siebtes Kapitel

Eine nährende Mahlzeit hatte die Ermüdeten erquickt. Jetzt überwältigte die Abspannung des Körpers selbst den tiefsten Schmerz der Seele. Alle sanken sie bald in lang entbehrten, süßen Schlaf, der sie, fast dem Tod gleich, in gänzliches Vergessen versenkte.

Der Winter ließ indessen von seinem Grimm nicht ab, sondern sandte seine Schrecken in immer wachsendem Maß auf die Felder herab. Ein Heil lag in diesem Unheil, die starren Fesseln der Kälte, die sich den Flüchtenden als Schlingen um die Füße legten, lähmten auch die Schritte der Verfolger. Die Schrecken der Natur überboten die des Kampfes so gewaltig, daß sie einen unverabredeten Waffenstillstand erzeugten.

Ein tobendes Pochen an der Tür und ein wildes Geschrei vor derselben weckte Rasinski aus dem Schlaf. Er fuhr rasch empor, und kriegerisch gewohnt, sogleich seine ganze Besonnenheit beisammenzuhaben, horchte er, bevor er auf das Anrufen und Sprechen antwortete, scharf hin, um zu prüfen, ob Freunde oder Feinde sich näherten. Bald unterschied er, daß es Russen waren, die an der Pforte pochten. Es mußte draußen noch völlig dunkel sein. Seine Gefährten ringsumher schliefen noch fest, nur der Wirt fing an zu erwachen und fragte halb im Schlaf: »Wer da?«

Rasinski sprang auf, rüttelte ihn vollends wach und raunte ihm leise zu: »Du bist verloren, wenn du uns mit einer Silbe verrätst, laß mich allein handeln.« Der erschrockene Alte deutete durch Zeichen an, daß er gehorsam sein wolle. Rasinski ging hierauf aus dem Zimmer zur Tür und fragte in russischer Sprache: »Wer ist da?« – »Wir sind Russen, Freund«, tönte die Antwort. »Die Kälte bringt uns um, wir haben einen Nachtmarsch gemacht, öffne geschwind, wir sind nur wenige!« – »Bei der heiligen Mutter Maria«, antwortete Rasinski, »so seid ihr verloren, wenn ich öffne, denn das Haus ist voll Franzosen. Reitet ja eiligst zurück.« – »Teufel!« rief es draußen. »Wie viele sind es?« – »Oh, soviel das Haus fassen kann. Über fünfzig, Herr, und viele Offiziere!«

»So schweig, bei deinem Leben. In einer halben Stunde müssen meine Leute heran sein. Ich eile ihnen entgegen. Was dieses Haus an Feinden verbirgt, muß in unsere Hände fallen. Ist der Ort auch noch besetzt?«

»Ich weiß es nicht, Herr! Vielleicht sind sie schon aufgebrochen!«

»So müssen wir eilen! In einer halben Stund sind wir wieder hier. Halte deine Gäste ja so lange auf!« Mit diesen Worten entfernten sich die Reiter. Vorsichtig horchte Rasinski, bis der Hufschlag der Pferde sich verlor, dann rüttelte er die Freunde aus dem Schlaf auf. »Was gibt's?« fuhr Bernhard empor. – »Der Feind ist uns auf der Ferse«, antwortete Rasinski. »Eilt, wir müssen augenblicklich fort und hinunter in den Ort und alles wecken, was noch nicht wach ist. In einer halben Stunde rücken die Kosaken an.«

Diese Worte brachten die Schlaftrunkenen zur vollsten Besinnung. Ehe drei Minuten vergingen, hatte sich alles aufgerafft und war zur Wanderung durch die grimmige Winternacht bereit. Der Wirt mußte herbeischaffen, was er an Lebensmitteln und Branntwein besaß, um es zu teilen und mitzunehmen. Der zitternde Greis ergriff Rasinskis Hand und sprach: »Oh, Herr, wie wird es mir ergehen! Wird man mich nicht für einen Verräter halten und Rache an mir nehmen?« – »Nein, Alter, gewiß nicht«, erwiderte Rasinski, »sprich die volle Wahrheit, sie wird dich schützen. Doch halt – ich will dich noch sicherer stellen.« Er nahm ein Blatt aus seiner Brieftasche und schrieb mit Bleistift französisch folgende Worte darauf: »Herr Kamerad! Es lag nur an uns, Sie zu unserem Gefangenen zu machen, wenn wir hinterlistig öffneten. Wir wollten aber nur unsere Rettung, denn die Opfer dieses Krieges zu mehren, erscheint nur als Grausamkeit. Werfen Sie keinen Verdacht auf den greisen Wirt dieses Hauses, denn nicht er, sondern ein Offizier, der Ihrer Sprache mächtig ist, sprach mit Ihnen, während alle übrigen im tiefsten Schlaf lagen.« Hierauf faltete er den Zettel zusammen, gab ihn dem Alten und sprach: »Dieses Blatt sichert dich vollkommen. Vergiß deinen Schwur nicht! Bestatte den Toten, den wir dir zurücklassen. Laß ihn in dem Gewölbe eurer Kirche beisetzen. Nimm diese Börse, sie wird dir die Mittel dazu und überdies einen reichlichen Lohn gewähren. Vielleicht vergönnt es mir der Friede, bald zurückzukehren. Kannst du mir den Sarg mit dem teuren Leichnam zeigen, so sollst du zehnfach soviel Gold empfangen. Jetzt leb wohl, Alter! Der Himmel segne dich, wenn du dein Versprechen redlich erfüllst.«

Alle waren bereit, man brach auf, Rasinski schritt voran. Schwarze Nacht umhüllte die Erde. Rings eine lautlose Stille. Nur das Knistern des Schnees unter den Füßen der Wanderer war zu hören. Niemand sprach, denn die schneidende Kälte machte jeden Atemzug schmerzlich. Das Antlitz so dicht wie möglich verhüllt und verbunden, schritt jeder, nur mit sich selbst beschäftigt, in stummem Grauen vor sich hin.

Als sie an die ersten Hütten des Ortes kamen, fanden sie die Türen offen, die Häuser leer. Man war schon aufgebrochen. »Es scheint, wir sind allein zurückgeblieben und haben den Feind nahe auf den Fersen«, sprach Rasinski zu Bernhard. »Wir müssen unsere Schritte beschleunigen, damit wir jenseits den Wald erreichen, dort finden wir wohl Schutz genug, selbst wenn der Tag anbricht.« Die eine ruhige Nacht hatte die Kräfte der Wandernden so gestärkt, daß sie neuen Beschwerden gewachsen waren. Nur die entsetzliche Kälte packte diejenigen, deren Kleidung nicht dicht genug war, mit zu mörderischer Gewalt, zumal als sie jenseits des Fleckens in freiem Feld eine kleine Anhöhe hinaufstiegen. Bald trafen sie die Spuren des Heeres, denn der Fuß stieß im Finsteren häufig an Leichen, die, zu Stein erstarrt, mitten im Weg lagen. Mit Grausen schritten sie daran vorüber, und niemand wagte dem Nächsten seine Empfindungen zu enthüllen. Doch trug jeder das bange Gefühle der Angst in sich, vielleicht bald selbst erschöpft auf diesen unwirtlichen Boden niederzusinken und in den eisigen Armen des Winters fürchterlich zu erstarren.

Rasinski, der diese Gegend genau kannte, bog von der großen Straße ab, um Smorgoni auf einem näheren und sichereren Weg zu erreichen. Zugleich entzog der Wald sie den Blicken des vielleicht schon verfolgenden Feindes. Die Kälte trieb zur möglichst raschen Wanderung an, so daß man, als die dunkelrote Scheibe der Sonne am Horizont aufstieg und ihre ersten Strahlen durch die düsteren Gitter der Fichten warf, schon eine bedeutende Strecke zurückgelegt hatte. Bianka trug die Beschwerden mit heldenmütiger Entschlossenheit, man hörte keinen Klagelaut, keinen Seufzer von ihr, obwohl ihr zarter Körperbau unter solchen Anstrengungen erliegen zu müssen schien. Ja selbst ihr Blick wurde nicht traurig und besorgt, und da sie das Sprechen vermeiden mußte, sah sie doch Bernhard und Ludwig oft mit freundlichen Augen an, als wollte sie sagen: »Kümmert euch nicht um mich, es geht mir wohl.«

Endlich gebot die Erschöpfung einige Augenblicke der Rast, so gefährlich diese bei der Kälte war, denn sobald der Schlaf den ermüdeten Körper übermannte, stand auch schon der Tod lauernd hinter dem sanfteren Bruder, um das Augenlid, das dieser mild herabgesenkt hatte, mit eherner Hand auf ewig zu schließen. Rasinski ließ die Freunde sich auf einen starken Baumstamm, der am Weg lag, niedersetzen. Er selbst ging auf und ab und bewachte die ihm Anvertrauten mit sorgender Treue, damit keinen der Schlummer überfalle. Diesen Dienst leisteten alle aneinander gegenseitig. So brachten sie zwei Mittagsstunden, meist sitzend und somit ruhend zu. Dann setzten sie den Weg fort und erreichten am späten Abend Smorgoni. Die Stadt war voller Truppen, doch Rasinski traf durch einen glücklichen Zufall den Marschall Ney, der ihm für sich und die Seinigen ein Obdach verschaffte und ihn dann sogleich zu sich berief.

Nach einer Stunde kam er zurück. »Um des Himmels willen, was ist dir?« fragte ihn Bernhard, der ihn noch nie so verstört gesehen hatte. – »Ihr werdet es zeitig genug erfahren«, erwiderte Rasinski, »bis jetzt ist es ein Geheimnis.« Schweigend setzte er sich nieder und stützte den Kopf in die Hand. Alle hielten sich still, niemand wagte ihn mehr zu fragen, sie ehrten seinen stummen Schmerz.

Bernhard beobachtete ihn unbemerkt. Sein dunkles Auge heftete sich an keinen bestimmten Gegenstand, er blickte starr vor sich hin und schien die Gegenstände, auf die es traf, nicht zu bemerken. Von Zeit zu Zeit erhob er den Blick gen Himmel, und eine große Träne drang daraus hervor und rann über die Wange herab. Endlich stand er auf. Er schien den Kampf mit seinem Schmerz überstanden zu haben. »Und was ist denn mehr? – Es mußte so sein! – Er hatte recht!« murmelte er vor sich hin. Dann unterbrach er sich plötzlich und sprach freundlich: »Auch ihr Lieben, hört nicht auf mich – ich bin zerstreut. Es liegt mir etwas schwer im Sinn. Der Schlaf wird alles versöhnen.«

Mit diesen Worten hüllte er sich in den Mantel und legte sich auf den Boden nieder, wo die Leute seines Regiments schon seit einer Stunde fest schliefen. Jaromir lag in einer anderen Ecke des Zimmers. Er hatte sich, ohne ein einziges Wort laut werden zu lassen, gleich bei seiner Ankunft niedergelegt. Seine Züge glichen denen eines Toten, so unbeweglich und gleichgültig erschienen sie. Ludwig, Bianka und Bernhard waren allein noch wach. Sie blickten einander wehmütig an, aber keiner wagte es, seine Besorgnisse zu gestehen. Eine öde Beklommenheit preßte ihnen die Brust zusammen, nur ihre unendliche Liebe leuchtete mit sanftem Schimmer in diese finstere Nacht hinein und tröstete das verzagende Herz.

So verstrich abermals eine Nacht, bis die Dämmerung zu neuen Gefahren und Qualen erweckte. Als sie zum Aufbruch gerüstet waren, trat Rasinski unter die Freunde und sprach: »Jetzt kann ich euch erzählen, was mich gestern fast zermalmte. *Der Kaiser hat das Heer verlassen!«* –

Alle blickten ihn fragend mit vor Schrecken erstarrten Zügen an. »Und er tat recht!« fuhr Rasinski fort. »Ich war gestern so erschüttert wie ihr jetzt, denn ich weiß, daß nur das unerschöpfliche Zutrauen zu diesem Riesengeist das Leben in den Trümmern des Heeres erhielt. Aber es mußte sein. Wir können nichts mehr retten als uns selbst. Der Kaiser hat größere Aufgaben zu lösen. Paris ist jetzt das Schlachtfeld, wo er gebieten muß. Hier ist alles verloren, er mußte eilen, dort alles zu retten. Wir bleiben uns selbst überlassen und wollen uns selbst genügen.« – So brachen sie auf.

Achtes Kapitel

Die Sonne senkte sich hinter düstere nebelgraue Wolken. Vereinzelt, langsam, ermattet wankte eine Schar bleicher Schattenbilder durch den Schnee. Es schienen Wesen aus einer anderen Welt, wohin niemals der freundliche Blick der Sonne gedrungen war. In den hohlen, blutenden Augen wohnte der Jammer. Das Gespenst des Hungers grinste aus eingesunkenen Wangen und verzerrten Lippen, heulend und klappernd schlug der Frost die Zähne gegeneinander, und auf der öden Stirn, in dem irren Blick ließ sich das Grauen des Wahnsinns spüren. So taumelten die entsetzlichen Gestalten betäubt, bewußtlos durcheinander hin, und wo noch ein fühlendes Wesen unter ihnen wandelte, das wurde übersättigt mit dem Grauen ringsumher, bis der Schauder jeden Nerv abgestumpft hatte oder das Gespenst des Wahnsinns endlich doch die Übermacht gewann und mit langsamsten Qualen den vergeblich abwehrenden Geist mit seinen schauerlichen Fesseln umgab.

Bianka hatte den Schleier über ihr Gesicht gezogen und verhüllte sich so die Gemälde des Entsetzens um sie her. Bernhard und Ludwig gingen ihr zur Seite. Sie trugen abwechselnd das Kind, in eine große Decke gehüllt, auf dem Rücken, denn die erstarrten Arme vermochten es nicht mehr zu umfassen. Das kleine Wesen allein weilte wie ein hoffnungsloser Engel unter diesen Schreckensgestalten, die Kälte ermüdete es so, daß es meist in Schlaf sank, aber ohne zu erstarren, denn Biankas Liebe hatte es in undurchdringliche Hüllen geborgen. Rasinski schritt voran mit Jaromir, der, schwach und schwankend, der Stütze bedurfte. Der edle, väterliche Freund leitete den Jüngling mit unermüdlicher Sorge. Sein Zustand flößte selbst inmitten dieses allgemeinen Jammers ein tiefes Erbarmen ein, denn der innere Gram erfüllte ihn so mit bitteren Schmerzen, daß er die äußeren Qualen fast bewußtlos ertrug. Er sprach nicht, nur ein leiser, banger Seufzer entschwebte von Zeit zu Zeit seinen Lippen .

Solange das Licht, diese Bürgschaft der ewigen Gnade, den Luftkreis erfüllte, hielten sich die Hoffnungen noch aufrecht. Aber sobald die Nacht herabsank und sich finster über die erstarrte Erde lagerte, schwand der letzte glimmende Funke des Mutes aus der Brust, und ein banges Verzagen beugte auch die Stärksten.

Nun war die Sonne verschwunden. Die Dämmerung begann. Der Weg senkte sich in die ungemessenen Tiefen eines düsteren Waldes. Keine Hoffnung mehr auf ein schirmendes Obdach. Wie finstere Riesen stiegen die mächtigen Fichten am Weg auf und streckten ihre schwarzen Arme schauerlich überallhin. Das dichte Geflecht ihrer Zweige verbarg jeden Schimmer des Himmels. Sie schienen ein ungeheueres Gruftgewölbe zu bauen, das Raum für viele Tausende bot. Vergeblich spähte der Blick, das Ende der Waldung zu ermessen, ob nicht hinter ihrem düsteren Reich eine wirtliche Hütte der Menschen sich auftue, um den Ermatteten Rast und Obdach zu bieten. An diesen langsam sterbenden Flämmchen der Hoffnung schleppten sich die mit Qual Belasteten Schritt für Schritt weiter, bis die letzten Kräfte versagten. Dann taumelten sie, der Fuß glitt aus auf dem glatten Spiegel der Eisrinde, sie stürzten zusammen oder sanken ermattet in die Knie. Vergeblich streckten sie die Arme noch einmal zu den vorüberschwankenden Unglücksgefährten aus, kein Ohr vernahm mehr die Stimme des flehenden Jammers. Der Winter umschlang seine Opfer mit kalten Armen und hauchte sie mit eisigem Todesatem an. Das Blut erstarrte in den Adern, so drang der Tod bis an das Herz. Jetzt hatte er es erreicht, es hörte auf zu schlagen, die Marter war beendet, der Kopf sank nach vorne, ein dunkler Blutstrom stürzte aus dem Mund hervor, und mit ihm war die letzte Lebensspur entflohen.

Die Hoffnung, ein Obdach zu gewinnen, wurde endlich von allen aufgegeben. Es blieb keine Wahl mehr, man mußte sich der Kälte ohne Schutz und Schirm preisgeben. Viele Scharen machten auf Befehl der Führer Halt und richteten sich zum Biwak ein. Bernhard ließ denselben Wunsch laut werden, doch Rasinski munterte ihn auf, den Weg noch eine Zeit fortzusetzen. Gewohnt, dem Führer zu vertrauen, folgten alle seinem Rat. Plötzlich stand Rasinski still. »Jetzt haltet an, meine Freunde«, sprach er, »hier wollen wir Feuer anzuzünden und sehen, ob wir diese entsetzliche Nacht überstehen.«

»Gut denn«, sprach Bernhard, so entschlossen er vermochte, um Biankas ersterbenden Mut neu zu beleben. »Wölfe flüchten ja vor den Flammen, laßt sehen, ob dieses Ungetüm, das uns schon die kalten Zähne an die Brust setzt, nicht zu verjagen ist.«

Rasinski hatte selbst in dieser verzweifelndsten Lage weder den scharfen Blick, der mitten im Drang der Gefahren alle Rettungswege erspäht, noch die entschiedene Kraft verloren, die mit fester Hand dem brausenden Gespann des Verderbens in die Zügel fällt und es auch dann noch zu lenken und zu bändigen versucht, wo es schon mit uns in den Abgrund zu stürzen droht. Darum war er bis jetzt, trotz der äußersten Erschöpfung, weitergewandert, denn er spähte nach einer Stelle, wo das Anlegen der Feuer ausführbar war. Überall traf er nur starkstammiges, hochgewachsenes oder ganz junges Holz. Wie sollte das zu fällen oder in Brand zu setzen sein? Wer besaß noch die Kräfte, eine hohe Fichte hinaufzusteigen und droben mit dem stumpfen Säbel oder Beil Zweige abzuhauen? Zudem war der Boden überall hoch mit Schnee bedeckt, so daß, wenn man die Feuer darauf anzündete, alles ringsum schmelzen und das Lagern unmöglich machen mußte. Hier aber hatte sein unablässig umherspähendes Auge zwei verdorrte Stämme entdeckt, deren einer halb eingebrochen gegen einen umgehauenen Nachbarstamm gelehnt war. Diesen konnte man fällen, diesen in Brand setzen, und dann war in den hochlodernden Flammen auch jüngeres Holz zu nutzen. Auch hatte er sein Augenmerk auf einen steilen Erdabsturz von einigen Fuß Höhe gerichtet, vor dem kein Schnee lag, weil der Wind ihn im Fallen schräg über den Absatz hingejagt hatte. War es möglich, die Nacht zu überstehen, so konnte es am sichersten hier geschehen.

Eilig ließ er daher die Leute von jener Stelle und jenen Bäumen Besitz nehmen und war der erste, der selbst Hand anlegte. Bernhard, der, seit der Sergeant Ferrand ihn angefallen hatte, wieder Waffen trug, eilte mit einem breiten Hirschfänger zum Holzfällen heran. Ludwig war beschäftigt, den Schnee noch weiter wegzuräumen, so daß man einen freien Lagerplatz gewann. Rasinski brach mit Jaromir, der ungebeten, aber stumm alles mittat, die dünnen Zweige von den Stämmen. Die vereinte Tätigkeit so vieler Wackeren erreichte in wenigen Minuten das Ziel. Eine helle Flamme loderte auf. Der Boden wurde mit frischen Fichtenzweigen zur Lagerstatt bedeckt, die man dicht unter dem Abhang anlegte, um gegen den Sturm gedeckt zu sein. Man schickte sich an, die sorgsam aufgesparten Nahrungsmittel zuzubereiten.

Die erwärmende Flamme flößte neues Leben in die erstarrten Glieder. Die erschöpft geglaubte Kraft kehrte nach dem Genuß einiger Speise wieder zurück. Fast mit Erstaunen empfanden sie alle, daß die Natur noch nicht unterliege, und ein neuer Lichtblick der Hoffnung dämmerte ihnen auf. Das lodernde Feuer hatte bald auch fremde, einzeln wandernde Krieger angezogen. Im dichten Kreis lagerten sie sich umher, so nahe wie die Glut es zuließ. Es schien, als könnten sie sich nach der langen Entbehrung nicht genug sättigen in dem Gefühl der lebenspendenden Wärme. Doch der Andrang der heranschwankenden Unglücklichen wurde immer größer. Schon mangelte es an Raum, und wollte man einen neuen Gefährten aufnehmen, so mußte ein bereits gelagerter es mit dem Opfer erkaufen, die eigene Lage zu verschlimmern. Aber es war nicht mehr die Zeit, wo einer für den anderen mit menschlicher Bereitwilligkeit einen Teil seiner Vorteile aufgab, um ihn vom Verderben zu retten. Das Bedürfnis war zu dringend geworden, die Grenze zwischen Leben und Tod zu schmal. Die kleinste Nachgiebigkeit konnte so von der Flamme entfernen, daß man hinterrücks von der Kälte gepackt wurde. Darum gab es nur für *einen* Raum. Wer ihn abtrat, mußte selbst verderben. Es war ein grausames Würfelspiel des Zufalls um Rettung oder Vernichtung. Hagere Schattenbilder schwankten aus dem Dunkel, das den Feuerkreis umgab, heran und erschienen wie gräßliche Gespenster in dem düsterroten Glanz de Flammen, vom bewußtlosen Trieb der Erhaltung gespornt, wollten sie sich in den Kreis der Gelagerten drängen, doch sie wurden grausam unerbittlich zurückgewiesen. Die Angst erzeugte eine ohnmächtige Wut, sie versuchten ihre Kameraden bei den Schulter, bei den Haaren zurückzureißen, doch diese setzten sich mit verzweifeltem Grimm zur Wehr und trieben die Elenden mit den Waffen zurück. Diese letzte Anstrengung der Todesangst hat die Kräfte der Hilflosen bald erschöpft. Jammernd werfen sie sich auf die Knie und flehen ihre Brüder um Rettung an. Vergebens! Menschen und Himmel blieben gleich taub gegen den herzzerreißenden Ruf um Erbarmen. Im verzweifelten Kampf des Todes stürzen die Unseligen zu Boden, ihr lautes Jammern verliert sich in ein leises Ächzen und Wimmern, und bald zeigt das Verstummen ihrer letzten Seufzer an, daß der starre Tod ihre Qualen beendet hat. So bildet sich ein schauderhafter Kreis von Leichen um den der Lebenden.

Biankas zu weiches Herz hätte diesen Foltern nicht widerstanden, ihre Milde hätte sich so lange selbst geopfert, bis das Verderben ihr eigenes Haupt ereilte. Doch über ihr waltete die Gnade des Erbarmers, noch ehe das Gräßliche sich an ihrer Seite begab, hatte tiefer, totenähnlicher Schlaf eine Binde um ihr Auge gelegt, daß sie das Schauspiel des Entsetzend nicht sah. Die dämmernde Hülle des Vergessens umwob ihre Seele mit tiefen Schleiern. Es war das süßeste Labsal, das die Hand der Gnade an dieser grauenvollen Stätte reichen konnte. Ludwig und Bernhard ruhten an der Seite der Schlummernden und schützten sie durch ihre Nähe. Gegen Bernhards Brust hatte sich Jaromir ängstlich schaudernd gedrückt, ein innerer Frost schien ihn fieberartig zu schütteln, denn der Gewalt des Winters hatte sein jugendlicher Körper bisher ausdauernder getrotzt als irgendeiner der Gefährten. Doch jetzt brach er sogar sein tiefes, beängstigendes Schweigen und fing, was in seiner Art nicht lag, bitterlich an zu klagen. »Mich friert, Bernhard, die Kälte umschleicht mir lauernd das Herz. Ach, laß mich an deiner Brust ruhen! – Und hier, hier glüht es wie Feuer!« Dabei streifte er sich mit der Hand schwer über die Stirn, als wolle er den brennenden Schmerz lindern.

Mit tiefstem Erbarmen blickte Bernhard ihn an, denn das Auge des Jünglings irrte unstet umher und verriet die Verwirrung seines einst so hellen Geistes. Die stumpfe Betäubung desselben, welche die Freunde bisher mit banger Sorge beobachtet hatten, ging nun in eine wilde, ängstigende Aufregung über, deren zerstörendes Gift die Keime des Lebens schnell vernichten mußte. Nur Schlummer, tiefer erquickender Schlummer konnte Rettung bringen, doch schien es, als ob sein milderndes Öl gegen die aufgetürmten Wogen der qualbeladenen Seele nichts mehr ausrichten könne, denn der Schlaf, der nach dieser ungeheuren Anstrengung jedes Haupt mit bleierner Last zu Boden drückte, sobald die Anspannung des Willens nur mit einem Augenblick nachließ, gaukelte um den Ermatteten nur wie ein gescheuchter Nachtschmetterling und senkte die sanften Schwingen nicht herab. »Komm, komm«, sprach Bernhard mit dem ganzen Ausdruck der Liebe, »laß dein heißes Haupt hier an meiner Brust ruhen, der Schlaf wird es bald kühlen. Trinke mit uns diese Flut des

Lethe, damit wir vergessen, was ringsum geschieht. Alles vergessen, ist ja das beste, was wir hier von den Göttern erbitten können! Komm, komm, schlafe, mein Bruder!« – »Ja, vergessen!« seufzte Jaromir schwer, indem er sich schauernd an den Freund drängte. Er umklammerte ihn fester mit seinen Armen und drückte den Kopf gegen seine Brust. Bernhard fühlte, wie der Unglückselige fieberhaft zitterte, und schloß ihn mit Freundesangst und Liebe an sein Herz. »Nur dieses eine Leben«, flehte er innerlich, »erhalte uns, Allmächtiger, die Wunde würde das schönste Herz zu grausam durchschneiden.« Doch die Erschöpfung ließ den Gesunden nicht lange wach, wenige Augenblicke, und er lag fest umwunden von den Armen des Schlafes und wußte nicht mehr, ob ein Freund an seiner Brust, eine Schwester ihm zur Seite ruhe.

Rachinski allein saß wachend in dem Kreis, über dem jetzt eine tiefe grauenvolle Stille hing. Regungslos, als hätte der starre Tod sie hingestreckt, waren die Gefährten umhergelagert. Der düstere Schimmer der Glut beleuchtete die von seltsam abenteuerlicher Tracht umhüllten Gestalten. Immer zuerst für andere sorgend, hatte Rasinski es auch zuerst übernommen, das Feuer zu bewachen. Er schürte die Glut, daß die Funken in langer Garbe aufsprühten, und warf frisches Holz hinein, junge Tannenzweige, von denen eine schwarze Rauchsäule düster hochwirbelte und über die Häupter der Schlummernden hinwegzog. Finster blickend, den Arm auf das gebogene Kinn, das Haupt in die Hand gestützt, saß der heldenmütige Mann, und schwere Gedanken zogen durch seine Seele. Er überblickte den Lauf seines Lebens. Was war es gewesen? Schmerz und Qual, heißes Sehnen, Streben und Drängen, Arbeit und Mühen, Wagnis und Gefahren – und nirgends Lohn als das Zeugnis der Ehre und des Rechts in der eigenen Brust. Von Jugend auf der Gram und die nagende Erbitterung um das in Schmach und Unheil gestürzte Vaterland. Seit dem Jünglingsalter in die wilden Strudel der Weltgeschicke geschleudert, fortgetrieben auf dem Strom des Lebens an den grünen Ufern vorbei, ohne Frist zum Landen und Verweilen, kaum durch den fernen Gruß einer holden, winkenden Gestalt erquickt. Jedes freundliche Bild des lächelnden Glücks rasch durch rauhe Stürme verweht – was hatte diese Brust geduldet und getragen! »Hm, hm«, murmelte er vor sich hin, »was willst du denn? Hat nicht die glänzende Sonne der Ehre deinem Leben von Jugend auf gestrahlt? – Ach, sie ist keine Sonne, nur ein Stern, der auf dunklem Nachthimmel glänzt, aber diese trauliche Wohnstätte der Erde nicht erleuchtet, nicht erwärmt! Durch! Vorwärts! Hoch die Stirn! Hast du Schicksal meine Brust mit deinem ehernen Harnisch umgeben, daß sie nie berührt werden konnte von der weichen Umarmung der Liebe und des Friedens, so sei sie wenigstens gewaffnet für den Kampf, und der scharfe Pfeil pralle ebenso machtlos zurück. Ich fordere dich heraus, häufe deine Schrecken, deine Qualen! Die Stunde wird kommen, wo du mich besiegst, aber niemals die, wo ich mein Gesicht verzagend vor deinem drohenden Arm verberge.«

Er richtete sich auf. Selbst als der Mut der Stärksten brach, erwachte in ihm das stolze Bewußtsein edler Kraft, und er zeigte dem Schicksal ein trotzendes Antlitz. Schweigend, aufmerksam, wachsam saß er vor der Flamme. Den Schlaf verscheuchte sein mächtiger Wille, denn er hütete das teure Leben der Freunde.

Neuntes Kapitel

Die Stunde war vorüber, da rüttelte er Jaromir auf. »Nun ist's an dir zu wachen, vermagst du's aber auch? Du scheinst krank, denn du lagst nur im unruhigen Halbschlaf, während die anderen regungslos von seinen bleiernen Banden gefesselt sind.« Das Gefühl für kriegerische Pflichten hatte Jaromir noch nicht verloren. Hier gehorchte er pünktlich und wußte sich aus Gewohnheit der Ehre zusammenzuraffen. Darum antwortete er schnell: »Ich bin wach, lege du dich jetzt nieder, kein Schlaf soll auf meine Augen sinken!«

Rasinski war beruhigt, als er die entschlossene Miene Jaromirs sah, auf den er sich sonst unbedingt verlassen konnte. Er wickelte sich daher fester in den Mantel ein und lehnte sich zurück, um die Ruhe zu genießen. Jaromir nahm einen langen Stab aus Fichtenholz und schürte die Flammen. Alles war totenstill umher, kein Fuß rührte sich, kein Laut wurde hörbar. »Es ist doch kalt«, sprach der Einsame vor sich hin und starrte in die Glut. Ein Schauer rüttelte ihn. Im Nacken fühlte er die eisige Hand des Winters, während ihm die Flamme das Gesicht fast versengte. Doch mehr als diese zwiefache Marter peinigten ihn die Nattern in seiner Brust. Noch war die Klarheit seines Geistes nicht entwichen, denn er empfand noch mit ahnungsvollem Grauen, wie sich düstere Wolken des Wahns im wechselnden Vorüberziehen vor die reine Sonne des Bewußtseins wälzten. »Ich weiß nicht«, dachte er, »träume ich mehr im Wachen, oder wache ich mehr im Traum. Ich fühle kaum einen Unterschied zwischen Schlafen und Wachen. Es wälzt sich wie ein langsam kreisender Nebel um mich her. Wie ruhig diese alle schlafen.« Seine Blicke weilten auf den Freunden. »Ja, sie schlafen fest, sie träumen wohl gar süß! Ach! Wer alle Qual so verträumen könnte! Wer nie, nie wiedererwachte!« Es überkam ihn wie ein übermannender Schwindel, er mußte die ganze Gewalt seines Willens, den scharfen Stachel seines Ehrgefühls zu Hilfe nehmen, um nicht betäubt zurückzusinken.

Plötzlich hörte er es ganz in der Nähe, aber aus dem unbestimmten Raum des Dunkels, laut auflachen. Als schlüge ein kalter Blitz des Entsetzens in seine Brust, so zuckte er bei diesem Ton zusammen, der in der grausamen Umgebung wie die frechste Gotteslästerung klang. »Wer da?« wollte er laut anrufen, aber die Stimme erstarb ihm auf der Lippe, und sein Auge suchte unstet starrend in der Finsternis den bösen Geist des Abgrundes, der hier lauern mußte.

Da trat aus dem Schattenkreis der Nacht eine grauenhafte Gestalt in den Glanz des Feuers. Es war ein riesengroßer Kürassier, in einen zerlumpten Mantel gehüllt, den Kopf unter dem Helm mit einem blutigen Tuch umwunden. Er trug einen jungen Fichtenbaum als langen Wanderstab in der Hand. »Guten Abend«, sprach er mit hohler Stimme herüber zu Jaromir, »guten Abend, Kamerad! Hier geht's lustig zu!« – »Was willst du?« rief Jaromir entsetzt. »Gehe hinweg, du Ungetüm!«

Der Kürassier starrte ihn aus hohlen Augen an, verzerrte den Mund zu einem fürchterlichen Grinsen und fletschte wie ein ergrimmtes Tier die Zähne. »Ha, ha, ha!« lachte er gellend auf. «Schlaft ihr so fest, ihr Faulenzer?" Dabei stampfte er mit dem Fuß auf den Leichnam eines Erstarrten, auf dem er stand. »Wacht auf! Kommt mit mir!«

Einen Augenblick stand er wie lauschend, dann taumelte er mit mühsamen Schritten näher und wankte auf das Feuer zu. »Zurück!« rief Jaromir. »Zurück, oder ich schieße dich nieder.« Er zog die Pistole, hielt sie aber in zitternder Hand und vermochte nicht, sie zu erheben. Der Wahnwitzige starrte ihn mit stumpfer Gleichgültigkeit an, bald zuckte ein wildes Lachen, bald der Ausdruck des tiefsten Elends über seine eingefallenen Züge. Jaromir – das Entsetzen lähmte ihm jede Muskel – hing sprachlos, bleich, mit unverwandten Blicken an der Gestalt. Sie stand groß aufgerichtet, streckte die hageren Arme unter dem Mantel hervor und machte seltsame Bewegungen. »Was willst du, gräßlicher Unhold?« fragte er endlich mit halb versagender Stimme, schon selbst betäubt und irr.

»Hu, mich friert!« heulte der Rasende und schüttelte sich. Dann griff er wie ein spielendes Kind nach der Flamme und wankte ihr näher und näher, bis er dicht am Kreis der Schlafenden stand, über die er beide Arme weit hinausstreckte. Erst jetzt schien er die Wärme der Glut zu empfinden. Ein leises Wimmern entstieg seiner Brust, dann rief er plötzlich, halb lachend, halb jammernd: »Zu Bett! Ins warme Bett!« Er warf seinen Fichtenstab weit weg, taumelte vorwärts über die Gelagerten und stürzte sich in rasender Verblendung mitten in die Glut.

»Hilfe! Hilfe!« schrie Jaromir, dem das Entsetzen das Haar sträubte, laut auf und packte Rasinski, mit krampfhafter Gewalt aufrüttelnd. Dieser fuhr hoch: »Was gibt's?« – »Da! da!« stammelte Jaromir mühsam und deutete auf die Flammen, in denen sich der Unglückselige, in gräßlichen Verzuckungen laut aufheulend, wälzte.

Rasinski ahnte mehr, als er begriff, was vorging. Rasch entschlossen, sprang er auf, um den Unglücklichen zu retten. Doch es war zu spät.

Schon hatte die Glut ihn erstickt. Er lag regungslos, die Flamme leckte gierig um seine Glieder, und ein dichter, verpestender Qualm dampfte in schweren Wolken empor. Schaudernd trat Rasinski zurück und wandte sein Gesicht ab, um seine Erschütterung zu verbergen, da sah er, daß rings im Kreis alles im totenähnlichen Schlaf lag. Keiner war erwacht von dem schauderhaften Ereignis, das in der Mitte so vieler Lebenden vorging.

Doch regte sich eine Gestalt, es war Bianka. Das gräßliche Geheul des Verbrennenden hatte im Schlummer ihr Ohr getroffen und ihre Seele mit einem ungewissen Grauen erfüllt. In der Ahnung, daß etwas Entsetzliches vorgehe, entrang sie sich mühsam den schweren Fesseln des Schlafs und richtete sich, angstvoll umherblickend, auf. Da fiel ihr Auge auf Jaromir, der bleich, zitternd, betäubt, noch immer in die Flamme starrte. Mitleidig wandte das schöne Herz sich zu dem Unglücklichen, denn sie ahnte nicht den Zusammenhang, sondern glaubte, der Wahn, dessen unheimliche Vorzeichen ihn seit diesen letzten Tagen schon mehrfach angefallen hatten, habe sich nun ganz seiner bemächtigt. »Lieber Jaromir!« redete sie ihn mit innigstem Ton der Liebe besänftigend an und legte die Hand auf seine Schulter.

Er sah sich befremdet um und schien wie aus einem Traum zu erwachen. »Ach!« seufzte er leise aus tiefster Brust, und ein seltsam wehmütiges Lächeln schwebte über seine Lippen . »Es ist nichts, Bianka«, sprach Rasinski rasch hinzutretend. Er wollte vermeiden, daß sie erfahre, was geschehen war. »Schlummere nur weiter, wir wachen schon für dich, Liebe!« – »Ach, Lodoiska! Hast du mir endlich vergeben ...« rief Jaromir plötzlich, und seine Stimme brach in ein lautes Weinen aus, und er drückte das Gesicht auf Biankas Hand und überströmte sie mit Tränen. »Heiliger Gott, was ist das!« rief diese bebend, wagte aber nicht, die Hand zurückzuziehen.

»Besinne dich, Jaromir!« redete Rasinski ihn ernst an und wollte ihn aufrichten. »Besinne dich, raffe deine Kraft zusammen und erkenne, wo du bist.«

»Ach, Rasinski, sie vergibt mir«, rief der Jüngling aus und sank dem väterlichen Freund an das Herz, »sie ist eine Heilige, sie zürnt nicht mehr! Um meines sterbenden Boleslaw willen hat sie mir vergeben? Nicht wahr? Oh, du nimmst es nicht zurück. Ich bin deiner nicht wert – aber ich kann es ja nicht ertragen, ohne dich zu leben. Komm nun wieder an meine Brust!« Er faltete die Hände und sah Bianka mit flehenden Blicken an, große Tränen rollten ihm die bleichen Wangen herab, aber doch überwehte ein leichter, fliegender Rosenschimmer der Freude sein Antlitz.

»Ich bin ja nicht Lodoiska«, erwiderte Bianka mit vergeblich bekämpfter Rührung und versuchte die Hände des Unglücklichen sanft zu lösen. – »Du bist es nicht?« rief er plötzlich mit verstörtem Ausdruck. »Du willst es nicht sein – du hassest mich, du verachtest mich! Ach, nun ist alles vorbei!« Verzweifelnd warf er sich wieder an Rasinskis Brust und wollte die Arme um seinen Nacken schlingen, doch die Kraft fehlte ihm, er sank bewußtlos zurück.

»Auch das will noch ertragen sein«, rief Rasinski aus und beugte sich über den bleichen Jüngling. Bianka wollte in ihrer Angst Bernhard und Ludwig wecken, doch Rasinski hinderte sie. »Was können sie uns helfen«, sprach er düster, aber fest, »warum sollen noch andere als wir diese Qual ertragen? Es ist vielleicht bald vorüber!« – »Oh, entsetzlicher Trost«, rief Bianka und rang die Hände. »Nein, nein, das verhängt der Allgütige nicht über uns. Das Maß ist überfüllt, es kann nicht sein, es kann nicht!« – »Bete du zu ihm, reines Herz«, sprach Rasinski düster, »ich kann nur handeln, und dein Flehen ist mehr als mein Tun!«

Bianka gehorchte Rasinskis Worten mit demütiger Ergebung vor dem Allmächtigen. Sie kniete nieder und flehte aus inbrünstigem Herzen um Rettung für den Unglücklichen. Doch ihre Brust wollte sich nicht erleichtern, die Angst blieb lastend auf ihrer Seele. Rasinski hatte dem Ohnmächtigen die Schläfe mit Schnee gerieben. Er schlug endlich das Auge auf, blickte aber unstet und fremd umher. »Was nehmt ihr mich aus dem Grab?« fragte er dumpf. »Es war so still und kühl da unten. Ach, ich sehe, die Sonne geht prächtig auf und funkelt in die Gruft. Sie ist schön!« Er starrte unbeweglich in die Flamme. Plötzlich riß er sich mit überwältigender Kraft aus Rasinskis Arm, sprang auf und rief: »Das ist der brennende Höllenpfuhl! Da stürzen mich die Finsteren hinein! Schnell! Schnell!« Und mit furchtbarer Miene wollte er vorwärts in die Flamme. Rasinski umschlang ihn mit der Gewalt der Angst, Bianka warf sich ihm zu Füßen und umklammerte seine Knie. »Hilfe, Hilfe, Bruder, Ludwig!« rief sie mit äußerster Anstrengung, da sie beide den Rasenden nicht mehr zu bändigen vermochten. Von dieser Stimme aus dem tiefen Schlaf geweckt, sprang Ludwig empor.

»Himmel, was geschieht?« rief er aus, als er Jaromir im Kampf mit Rasinski und Bianka sah. Zugleich erwachte Bernhard und sprang ebenfalls auf. Es war die höchste Zeit, denn Rasinski vermochte mit seiner vollen Manneskraft den Unglückseligen, der sich mit Gewalt in die Flamme stürzen wollte, nicht mehr zu halten. »Helft, Freunde!« rief er. »Helft mir ihn zu bändigen, sonst ist er verloren.« Als sie Jaromirs entstellte Züge sahen, ahnten sie freilich, was geschehen sein mochte. »Oh, ich habe es längst gefürchtet«, seufzte Bernhard aus tiefster Brust, »ihm lag zuviel auf der Seele, er konnte es nicht überstehen.«

Nach der übermäßigen Anspannung der Kräfte folgte eine ebenso rasche Erschlaffung. Die Arme sanken dem Unglücklichen matt herab, die Knie brachen unter ihm zusammen. Da schien es, als ob folternde

Schmerzen in ihm wüteten, denn er brach in ein lautes, herzzerreißendes Jammern aus. Diese Töne sowie die Unruhe des ganzen Auftritts hatten endlich alle Schläfer ringsum geweckt. Sie richteten sich auf, blickten anfangs verstört, dann unwillig über die Störung umher. Es entstand ein dumpfes Murmeln, das von Minute zu Minute wuchs. Sie fingen an, auf den Unglücklichen zu deuten, und eine dunkle Vorstellung, als bringe er ihnen Gefahr oder Verderben, bemächtigte sich ihrer Seele. »Wer ist der Rasende, was will er?« rief endlich ein bärtiger Grenadier voller Ingrimm. »Was raubt er uns die kostbaren Minuten des Schlafs! Werft ihn hinaus aus dem Kreis, er mag erfrieren, wenn er uns stört!« – »Werft ihn hinaus!« ertönte beistimmend der tobende Ruf der Erwachten, und mehrere sprangen auf, um die grausame Tat sogleich durchzuführen.

Bianka machte einen lauten Schrei des Entsetzens, Ludwig fing die Sinkende in seinem rechten Arm auf und wehrte einen wild Andringenden mit der Linken ab. Rasinski, der die Größe der Gefahr sogleich übersah, ließ Jaromir in Bernhards Armen und sprang mit funkelnden Augen mitten in den Kreis. Schnell entschlossen riß er einen halbbrennenden Ast aus dem Feuer, schwang ihn hoch über dem Kopf und rief mit seiner Löwenstimme, die selbst in den Donnern der Schlacht mächtig herrschte: »Zurück, Elende! Wer einen Schritt vorwärts wagt, dem zerschmettert dieser glühende Stamm das Haupt!«

Die Erbitterten hemmten betroffen und staunend ihre Schritte, die geistige Übermacht Rasinskis hielt sie gefesselt. Nur jener bärtige Krieger riß den Säbel heraus und schrie wütend: »Wie, ihr Memmen, fürchtete ihr euch alle vor einem einzigen? Vorwärts! Nieder mit den polnischen Hunden!« – »Raubtier, du!« donnerte Rasinski ihm entgegen und sprang wie ein gereizter Löwe auf den Wütenden zu. »Zu Boden mit dir, entmenschtes Ungeheuer!« Zugleich packte er ihn mit kräftiger Gewandtheit im Gelenk der gehobenen Faust, so daß er seine Waffe nicht zu gebrauchen vermochte, und schlug ihm mit dem brennenden Ast über den Kopf, daß er zersplitterte und Kohlen und Funken ringsumher stoben. Doch der Schlag war durch die dichte Bärenmütze entkräftet und hatte nur den Zorn des Erbitterten bis zur schäumenden Wut gesteigert. Gebaut wie ein Athlet, an Größe seinen Gegner um die Hälfte des Kopfes überragend, ließ er den Säbel fallen und warf sich ringend über Rasinski, um ihn in die Flamme zu werfen. Dieser kämpfte nur einen Augenblick mit ihm, da glitt er aus, schwankte, sank in die Knie. Er war verloren! Ein ruchloses Ungeheuer drohte das edelste Heldenleben mit roher Übermacht zu zerstören! Da sprang Ludwig mit Blitzesschnelle ihm zu Hilfe, umschlang den Wütenden von hinten her und riß ihn zurück, so daß er mit ihm zu Boden stürzte. Rasinski raffte den entfallenen Säbel auf, riß dem Niedergestürzten mit der Linken die Bärenmütze vom Haupt und führte mit der Rechten einen Hieb auf seine Stirn aus, die ihm den Schädel mitten entzwei spaltete. Wie ein König, gebietend, stolz, richtete er sich jetzt empor und trat mit Majestät unter die Staunenden und Erschreckten. »Werft den Leichnam in den Schnee« gebot er, »lagert euch wieder und schlaft. Es kümmere euch nicht mehr, als ob ich einen Wolf erschlagen hätte.«

Als brauche er sie nicht, warf er die Waffe verächtlich von sich, nur durch seine erhabene Seele die Menge beherrschend. Es wagte niemand, sich zu regen, sondern gehorsam packten zwei den blutenden Körper des Gefallenen, trugen ihn einige Schritte weit und warfen ihn auf den Boden. Rasinski ging, denn der Zorn wogte bei ihm noch wie die See nach dem Sturm, einige Augenblicke auf und nieder, ohne selbst die Freunde zu sehen. Dann wurde er plötzlich ruhig und milder, reichte dem mit Blut bespritzten Ludwig, der Bianka mit sanften Liebesarmen umfangen hielt, die Hand und sprach: »Du bist mein Retter! Siehst du, das hat der Krieg selbst in dieser grausigen Gestalt noch Schönes vor dem flachen Leben des Alltags voraus, daß er uns jede Stunde Gelegenheit zu größeren Diensten der Freundschaft und der Liebe bereitet als ein Menschenalter des schläfrigen Friedens. Du Wackerer! Aber lagert euch wieder, Freunde, es ist nichts als ein Toter mehr unter den Legionen, die um uns erstarrt sind. Ein Krämerhandel gegen den Welthandel des Geschicks!«

Sein Auge wandte sich wieder zu Jaromir, er schien in Ermattung oder Schlummer gesunken und fest mit dem blonden Lockenkopf an Bernhards Brust gelehnt. In den stillen, bleichen Zügen lag ein namenloser Schmerz, den kein Lächeln mit einem milden Schleier bedeckte. »Laß uns ihn in unsere Mitte nehmen«, sprach Rasinski. »Was ist hier zu tun, als ihn der Gnade des Himmels anheimzustellen? Vielleicht beruhigt der Schlaf sein krankes Hirn.«

Er hatte sich wieder gelagert, nahm Jaromir liebend in seine Arme und drückte ihn innig an die Brust. »Hier ruhe aus, die Schauer des Winters sollen dich nicht finden in meinen Armen. Und kannst du, so erwache zu einem milderen Tag!« Damit lehnte er sich zurück, verhüllte das Haupt und ruhte Herz an Herz mit dem kranken Jüngling. Bald, so mächtig gebot die allbezwingende Natur, sank er wieder in festen Schlaf. Die Krieger ringsum waren schon längst wieder von seinen betäubenden Banden umschlungen, so entfloh das gräßliche Ereignis schneller als ein flüchtig aufdämmerndes Traumbild.

Bernhard und Ludwig wachten gemeinsam, weil ein einzelner doch vielleicht dem Schlaf zu leicht unterlegen wäre, und teilten die Sorge für die Flamme, mit der das Leben aller zur ewigen Nacht erloschen wäre. Ein scharfer Nachtwind erhob sich, er streifte ihre Wangen mit eisiger Berührung und bewegte die Wipfel der hohen Tannen, daß der Schnee in leichten Flocken herabgeschüttelt wurde. »Wie uns der Winter im Rücken lauert«, murmelte Bernhard, »es ist mir sehr, als fühle ich die ehernen, starren Tatzen im Genick, mit denen er sein Opfer würgt. Fort, du Raubtier! Hier hat dein Reich ein Ende!« Hier brennt die Flamme des Heils, die wir heiliger bewahren wollen als die der Vesta!« – »Wie schmal«, bemerkte Ludwig, »ist der Ring des Lebens, der sich um die Sonne zieht. Wir liegen zwischen dem Flammentod und dem des Erstarrens auf der fast unteilbaren Grenzlinie.« – »Wenn der Wind uns so scharf anhaucht wie jetzt«, erwiderte Bernhard, indem er die Flamme schürte, »und das Feuer uns so glühende Pfeile ins Auge schießt, so ist es freilich fast, als fühle man beide Martern zugleich. Doch was willst du? Ist es nicht das Bild des Weltalls im kleinen? Unsere Erde, eine Spanne näher der Sonnenflamme, verglüht und zerfällt in Asche, eine Spanne ferner, und alles Leben erstarrt in dem öden, kalten, unermeßlichen Weltraum. Der Mensch ist überall so hilflos, so nichtig wie hier. Er verschließt nur sein Auge und blickt nicht hinaus über sein schmales Grenzgebiet im Leben, Wissen und Genießen!«

»Nein, Bernhard, du sprichst nicht wahr, nicht einmal wahrhaftig für dich selbst«, entgegnete Ludwig ernst. »Du denkst so klein nicht vom Leben und verkennst die Bürgschaft des Ewigen in seiner kurzen Erscheinung nicht. Wer könnte denn dieses Leben nur einen Augenblick ertragen, ohne die Ahnung des Jenseits, die ewig als das Spiegelbild des Himmels unter den bewegten Wellen des irdischen Verkehrens schimmert! Und ist das Schönste, womit sich unser Dasein schmückt, nicht auch ein Abglanz von dort – die Liebe …«

»Aber hab' ich's denn geleugnet«, unterbrach ihn Bernhard, und seine ganze weiche Seele glänzte in seinem Auge. »Sieh' nur diese dort«, er deutete auf Bianka, »sieh sie schlummern, und frage dich dann selbst! Sie macht mich sogar fromm, wie die Leute es gewöhnlich meinen. Denn wenn sie betet und kniet, ist es so schön und wahr, daß ich denke: ›Was kannst du Besseres?‹ Nur von ihr lerne ich, daß Demut stärker ist als Stolz, freilich vergesse ich's zu schnell wieder! Gestern, als das Elend uns zu zermalmen drohte, sah ich sie hinter jenem Fichtenstamm knien und beten, und ich tat es auch, aber nur für sie. Oh, Ludwig, werden wir ihr holdes Leben retten aus diesem Abgrund des Entsetzens, in den wir täglich tiefer und tiefer sinken?« – »Ich hoffe es noch«, sprach der Freund, innig bewegt. – »Oh, jetzt sehe ich's«, erwiderte Bernhard, »wie du besser bist als ich. Ich handle rascher als du, scheine ungebeugter, aber du *bist* es. Ich fühle, daß mein Hoffen, mein Vertrauen, meine Kraft ein Ende hat, und ich stehe ihr nahe. Eben zuvor wähnte ich sie erschöpft, bin ich aber erst einmal mutlos, dann werde ich es ganz sein. Du in deiner edleren Ruhe, deiner festen, unerschütterten Männertugend wirst es niemals werden. Ich eile, springe, fliege, so bin ich dir freilich eine Zeitlang voran gewesen. Du gehst selten, ruhigen Schrittes, so wirst du noch aufrecht stehen, wenn ich schon mit gebrochener Kraft am Boden liege! Dann

Ludwig – dann beglücke meine Schwester – und grüße die deine! Nein, nein, sprich nichts, ich bitte dich!« rief er heftig, als Ludwig ihm antworten wollte. Er wandte sich ab und hüllte sich dichter ein. Ludwig, der ihn kannte, schwieg, aber seine Seele war voller Liebe.

So saßen sie stumm nebeneinander. Da ließ sich ein leiser singender Ton neben ihnen hören. Es war Jaromir, der schlaflos mit offenen Augen lag und, unheimlich lächelnd, leise sang. »Er träumt von ihr«, sprach Ludwig, »das ist die Melodie des Liedes, das uns Lodoiska an jenem Abend in Warschau sang. Ich habe die Weise oft von ihm gehört. Also dort weilt seine Seele?« Bernhard betrachtete den Armen mit düsteren Blicken. »Dort weilt sie«, wiederholte er langsam, »bei seiner Liebe! Es ist verhängt über uns«, sprach er endlich mit tiefer Stimme, »wir sollen untergehen. Der Abgrund klafft zu tief. Ich kann nicht mehr hinabblicken, sonst stürze auch ich schwindelnd hinunter!« Der Wahnsinnige sang leise fort und blickte dabei mit unendlichem Schmerz zu den Freunden auf. Nach einigen Minuten erstarb der Ton auf seiner Lippe, und er fiel wieder in stumpfe Bewußtlosigkeit.

»Wäre unsere Zeit vorüber, daß ich schlafen könnte!« rief Bernhard »Schlafen! Ich bin müde. Das plumpe Tier wälzt sich schwer über meine Seele hin und erstickt ihre letzten glimmenden Funken! Es ist vorbei mit Menschlichkeit, Freundschaft, Liebe und Haß, alles stumpf und öde und tot. Denn wer könnte sonst schlafen bei solchem Elend! Was sagt die Uhr?« – »Gleich Mitternacht!« – »So sind wir bald erlöst!« Die Minuten schlichen mit schwerem schleppenden Schritt vorüber. Endlich war die Stunde abgelaufen. Sie weckten ihre Nachbarn und legten sich zum Schlaf nieder, um die Bürde aller Qualen, alles Schauders, aller Schmerzen in den öden Raum dumpfer Vergessenheit hinabzusenken.

Fünfzehntes Buch

Erstes Kapitel

Als Rasinski alles zum Aufbruch antrieb, hatten sich dichte Morgennebel herabgesenkt und hüllten den Wald in graue Schleier ein. Aber es war nicht feuchtes wogendes Gewölk, das zwischen den Gebüschen hinzog, sondern schwebender Eisstaub, der die Atmosphäre verhüllte. Er atmete sich wie ein starkes Gift ein. Die Stunde der Vernichtung alles Lebenden schien gekommen. »Auf, auf, ihr Schläfer!« rief Rasinski. »Vorwärts, heute könnt ihr das Ziel euerer Leiden erreichen!«

Aber nur die wenigsten vernahmen seinen Ruf. Einige regten sich noch dumpf aufstöhnend und taumelten dann wieder zurück, um den Überrest des Lebens auszuhauchen. Die meisten lagen schon in den starren Armen des Todes, und nur ein Kreis von Leichen umgab das verglimmende Feuer. Jaromir richtete sich empor. Er sah einer Geistergestalt ähnlich, aber noch war er am Leben. Ludwig und Bernhard fühlten, daß sie heute ihre letzten Kräfte anstrengten. Seltsamerweise schien Bianka am wenigsten erschöpft, als ob der weibliche Körper der weiblichen Seele gleiche und wie sie im Dulden stärker als der männliche sein wollte.

Mit schauderndem Gefühl mußte sie über den Kreis von Erstarrten hinwegschreiten, weithin war der Boden damit überdeckt, so daß sie es nicht vermeiden konnte, den Fuß auf menschliche Körper zu setzen. Jaromir schien nichts zu empfinden, er schritt neben Rasinski hin und folgte jedem seiner Winke mit willenlosem Gehorsam.

Es herrschte noch eine Todesstille in dem öden, dämmernden Wald, denn die, die um die verglimmenden Feuer gelagert waren, schliefen noch fest oder lagen schon in den unauflöslichen Armen des Todes. Man ging an hohen Fichtenstämmen vorüber, von denen düstere Zweige sich herabsenkten. Hier erblickte man Erstarrte in allen Stellungen, als habe der Tod sie plötzlich ergriffen und in Steinbilder verwandelt. Einige hielten noch die Axt in krampfhaft geballter Faust, mit der sie den ohnmächtigen Versuch gemacht hatten, diese Riesenfichten zu fällen. Andere hatten ebenso vergeblich Feuer um die Stämme gelegt, um sie so in Flammen zu setzen. Man sah sie kniend, das Gesicht auf die knotigen Wurzeln gebeugt, in der Hand noch den halbangeglimmten Kienspan haltend. Vom Nebel umflossen, glichen diese Gestalten riesigen Schattenbildern in unheimlich gespenstischer Todesstille und Versteinerung.

Rasinski beschleunigte seine Schritte, um dem grauenvollen Ort zu entfliehen. Aber die ganze Straße war mit Schrecken und Entsetzen umlagert, und bei jedem Schritt stieß der Fluß auf ein grausames Hindernis. Endlich, nach einer Stunde lichtete sich der Wald, und da die Nebel sanken, erblickte man in der Ferne ein Haus, das Obdach und Wärme gewähren mochte. Mit verdoppelter Eile schritten die Wanderer darauf zu. Doch als sie näher kamen und die hohlen Fenster, aus denen Scheiben und Holz herausgebrochen waren, und Feuerspuren auf dem Boden gewahrten, sahen sie wohl, daß auch diese Hoffnung täusche und hier keine Stätte lebender Menschen zu treffen sei. Doch trat Rasinski heran und öffnete das Tor des großen Gebäudes, das einer Scheuer oder einem Stall glich. Aber grausend fuhr er zurück, denn er sah nur Leichen, die in ekligem Gedränge, ja selbst übereinandergehäuft, den Boden gräßlich bedeckten und mit offenen Augen starrten. »Lebt hier noch irgendein menschliches Wesen?« fragte er voller Grauen mit lauter Stimme. Es blieb totenstill in dem ungeheuren Sarg, und die Stimme verhallte nachklingend in dem öden Raum. »Lebt hier noch jemand?« wiederholte er den Ruf stärker, denn sein Herz wehrte sich gewaltsam gegen den entsetzlichen Gedanken, daß in diesem grausamen Gedränge und Gemisch menschlicher Körper auch nicht ein Funke Leben mehr glimmen sollte. Aber es war so, denn als er seine Pistole nahm und einen Schuß hinein über die Köpfe der Gelagerten tat, regte sich dennoch niemand, sondern alles blieb still wie in der tiefsten Einsamkeit und Wüste. Unter anderen Umständen hätte er sich bei diesem Versuch nicht beruhigt, aber jetzt, wo er selbst und die teuersten Seinigen unmittelbar von den Schrecken der Vernichtung bedrängt wurden, jetzt war selbst sein edles Herz stumpfer geworden, und er wandte sich ab und sprach: »Es ist alles vergeblich! Nur weiter, weiter!« So setzten sie ihren Weg fort in so hastiger Eile, als es irgend möglich war, denn das Verderben folgte ihnen wie ein Raubtier, das nach Beute jagt und sich seines Opfers bemächtigt, sowie es, von Entkräftung übermannt, einen Augenblick Atem zu schöpfen versucht.

Die Straße bedeckte sich jetzt mehr und mehr mit Wandernden, die aus den Wäldern zur Seite oder aus nahegelegenen verlassenen Dörfern zusammenströmten. Bald befand man sich wieder im dichten Gewimmel jener gespenstischen hohläugigen Schreckensgestalten, die der Winter mit grausamem Hohn in die abenteuerlichsten Hüllen getrieben hatte, so daß das Lächerliche sich in die fürchterliche Nähe des Entsetzens gewagt zu haben schien. Jeder Hauch der Lippe erstarrte augenblicklich, daher waren die langen, verwilderten Bärte der Krieger, ja selbst Haar und Brauen mit scharfen Reifnadeln besät, die ihnen das Ansehen uralter silberhaariger Greise gaben. Doch mitten unter allen diesen Schrecken blieb die höchste Pein für die so eng verschwisterten und befreundeten Herzen der unselige Zustand Jaromirs, der, in völliger Verworrenheit des Gemüts, zwar äußerlich fast abgestumpft gegen die Qualen war, die alle duldeten, ja sogar oft in wahnsinnigen Scherz und Lachen ausbrach, aber innerlich in stets sich erneuernden Anfällen bald vom tiefsten Jammer, wobei er in lautes Weinen ausbrach, bald von ungebändigter Wut und Verzweiflung ergriffen wurde. In diesen Zuständen des Rasens, die die letzten Lebensbande plötzlich zu sprengen drohten, kannte er niemanden und stieß selbst Rasinski in blinder Wut von sich. Die Freunde mußten ihn umringen und halten, damit er nicht Hand an sich selbst legte. Sie taten es, doch reichte ihre Kraft nicht aus, und sie sahen den Augenblick kommen, wo das Schrecklichste geschehen, wo sie den Unglücklichen als ein nicht mehr zu rettendes Opfer den Furien zum Raub überlassen mußten. Zweimal war der Anfall der Wut vorübergegangen. Als es zum dritten Mal geschah, packte es ihn fürchterlicher und dauernder als zuvor. Endlich rief Rasinski: »Es ist unmöglich, wir müssen ihn aufgeben. Uns bleibt nur die Hoffnung, daß das Übermaß seiner Folter ihr Ende beschleunigen werde.«

Und schon wollten sie ihn loslassen, daß er in ungebändigter Wut fortstürzen könne, da sandte der Himmel einen Engel der Rettung. Es war Bianka! Ihr Herz vermochte es nicht zu überwinden, daß ein solcher Freund dem Verderben überlassen werden sollte, solange der heilige Funke des Lebens in seiner Brust glühte. Weinend und flehend warf sie sich zwischen die Männer und rief: »O nein, gebt ihn nicht auf, rettet ihn, oder laßt uns mit ihm verderben!« Dann wandte sie sich zu Jaromir selbst und scheute sich nicht, den Rasenden sanft anzurühren, sie flehte ihn an mit einem Ton, dessen fromme Kraft der Bitte selbst in die tiefe Nacht und Verworrenheit des Wahnsinns eindrang: »O sei ruhig! Kehre zu dir zurück, erkenne deine Freunde, und sei wieder du selbst!« Jaromir blickte sie, wie aus einem wilden Traum auffahrend, starr an und vergaß plötzlich das Toben gegen die hemmenden Arme der Freunde. Die empörten Wogen seines Wahnsinns ebneten sich, als die holde Gestalt mit mildem Sonnenblick die düster verhüllenden Wolkenschleier seiner Seele teilte. Fromm und gehorsam wie ein Kind hob er die Hände halb gefaltet zu ihr empor und sprach mit bebender Stimme: »Ich will dir ja gern folgen, nur laß mich an deiner Seite gehen, und verstoße mich nicht wieder!« Sie reichte ihm mitleidsvoll den Arm und entgegnete: »Komm, ich will dich führen.« Und willig ließ er sich von ihr leiten und brach nicht mehr in seinen Jammer, nicht mehr in seine Wut aus, sondern lächelte still wie in seligen Träumen. Mit gerührtem Erstaunen gewahrten die Männer diese Macht der reinen weiblichen Seele, und ihre Brust füllte sich mit Demut und Verehrung. Bianka aber schritt dahin wie ein Engel der Barmherzigkeit, der einen Verirrten durch die Wüste führt.

Es war die letzte Prüfung! Endlich schlug die Stunde der Erlösung. Plötzlich tönte durch die Reihen von den Vordersten her ein Ruf des Staunens und der Freude, dem die Schwingen im Augenblick mächtig und mächtiger wuchsen. Er verwandelte sich in ein anschwellendes Brausen, denn alles fragte und forschte nach der Ursache, und im beschleunigten Lauf drängte die Menge vorwärts, soviel die aufs äußerste erschöpften Kräfte es noch zulassen wollten. Endlich erreichte auch Rasinski mit den Seinigen die Biegung des Weges, woher der Freudenruf erschollen war, und Wilna, dieses langersehnte Ziel der Rettung, die erste bevölkerte, wohnliche Stadt lag vor ihren Augen. Bei diesem Anblick jauchzte die Seele auf im Dank gegen den Allbarmherzigen. Die Freunde hielten einander in den Armen, heiße Tränen des dankenden Entzückens flossen, denn das Ufer der Rettung lag endlich vor ihnen nach unnennbaren Drangsalen, Schmerzen und Opfern. Selbst die bittersten Rückerinnerungen schmolzen in dieser Minute weg vor dem Sonnenblick des Glücks. Nur der Pfeil der Gegenwart, der noch in der frischen Wunde des Herzens steckte, schmerzte brennend.

Mit Jammer betrachtete das Auge den unglückseligen Freund, den das schwerste Verhängnis getroffen hat, die Stunde der Erlösung nicht mehr empfinden zu können. Nur einen Tag früher, und auch ihm hätte die milde Sonne der Freude gelächelt! Doch mit dumpfem Donner schlug das grausame Schicksal die Pforten zu, eben da er vor den Eingang trat, und verwehrte ihm auf ewig die Rückkehr in die glückseligen Felder des Lebens. Gleichgültig sah Jaromir den weinenden Dank der Freunde. Nur einen Augenblick schien es, als dämmere ihm ein ferner Schimmer der Wahrheit auf, er atmete rascher, beklemmter, es war, als wollte der Strom der Freude gewaltsam hervorbrechen aus der Brust und die finsteren Bande des Wahnsinns sprengen. Doch sie blieben mächtiger. Seufzend senkte der Unglückliche wieder das Haupt, und das aufflammende Feuer seines Auges erlosch im matten Glanz. »Führe mich weiter, Lodoiska«, sprach er endlich bittend zu Bianka, die, von der Freude überwältigter als von Schmerz und Schrecken, in Ludwigs Armen hing, unvermögend, sich auf den wankenden Knien zu halten. Erst das Gefühl, daß ein grenzenlos Unglücklicher sie brauchte, gab ihr die Kraft wieder. Sie reichte ihm aufs neue den leitenden Arm, und sie wanderten vorwärts, von den Kräften der Hoffnung frisch belebt.

Doch das nahe Ziel war schwer zu erreichen. Denn schon sah man die Straßen breit vom schwärzlichen Gewimmel der Unglückseligen bedeckt, die der Anblick des ersehnten Ziels ihrer Leiden aus der starren Betäubung geweckt hatte, in die sie durch das Übermaß der belastenden Qualen versenkt waren. In blinder Hast – wie es denn überhaupt der Fluch war, der auf diesem ganzen Zug lastete, Heil und Verderben mit gleicher Verblendung zu verkennen – stürzten sie zur Stadt hin. Schon entstand ein treibendes, wogendes Gedränge, obwohl noch das offene Feld eine freie, zerstreute Verbreitung der Massen gestattete. Wie sollte es werden, wenn engere Eingänge das Abströmen dieser Flut hemmten? Rasinski sah es mit Besorgnis. Er fürchtete eine zweite, schreckliche Beresina, weil nicht einmal der Feind, sondern nur die rasende Verblendung der Freunde das Verderben zu beschleunigen drohte. Wie dort folgte der ganze Strom *einem* Zug, von einem tierischen Trieb bewußtlos gedrängt, ging jeder ohne Urteil und Besinnung dem nach, der vor ihm wanderte. Die Begierde, das Ziel zu erreichen, ließ nur dieses sehen, und auf dem nächsten Weg wollten es alle erreichen. Rasinski spähte umher, ob sich nicht ein Seitenweg auftue, den man unbemerkt einschlagen könne, denn er fürchtete einem zu starken Strom nachzuziehen, wenn er mit seinen Freunden plötzlich querfeldein wanderte. Jetzt erreichte man schon einige Häuser, die vereinzelt vor der Stadt lagen, und die Vorstadt war nahe. Hier ließ sich der Plan ins Werk setzen. »Haltet euch dicht an mich, Freunde«, sprach er voranschreitend, »und folgt mir sogleich, wenn ich zur Seite einbiege. Hinter jenem Zaun herum muß man ein anderes Tor der Stadt erreichen, das vielleicht nicht so belagert durch das Gedränge ist.«

Da Jaromir völlig ruhig geworden war, nahm er diesen wieder an seinen Arm und ließ Bianka zwischen Bernhard und Ludwig gehen. Schon fing der Strom an zu stauen, schon wurde man mehr vorwärts gedrängt, als man freiwillig ging. Es war daher höchste Zeit, den Plan auszuführen. »Jetzt«, rief Rasinski und brach seitwärts aus. Bernhard und Ludwig, die Schwester in der Mitte, folgten ihm. Von einer dunklen Ahnung getrieben, drängten sich ihm sogleich ganze Scharen nach, so daß sie einen Zweig des strömenden Gedränges auf diese Weise ableiteten. Die Straße ging zur Seite an einem steilen glatten Abhang. Rasinski ging ihn glücklich hinunter, doch Bianka glitt aus und fiel nieder. Zwar unterstützten Bernhard und Ludwig sie sogleich, doch waren auch sie zu geschwächt und unsicher, um sich fest auf den Füßen zu halten, zumal da Bernhard das Kind trug. So fielen sie gleichfalls. Der Strom der Menge ging sogleich von beiden Seiten neben ihnen weg. Er wälzte sich nicht über sie hin, schnitt sie aber mit seinen dichten Wellen von dem führenden Freund ab. Mühsam rafften sie sich empor. Bianka hatte sich den Fuß verletzt, so daß sie nur mit größter Mühe auftreten konnte. Bernhard spähte nach Rasinski umher. Er war verschwunden, und bereits überdeckte ein schwarzer Strom der Menge das Feld. »Vorwärts, vorwärts, um des Himmels willen, vorwärts!« rief er daher, »sonst werden wir völlig von ihm getrennt.«

Doch es war zu spät. Schon zu viele hatten sich zwischen sie und den Freund eingedrängt, und von der Seite her mehrte sich die Masse derselben, weil die Nachkommenden auf der großen Straße diese früher verließen und quer über das Feld eilten, um sich den Vorangehenden so rasch wie möglich anzuschließen, indem sie glaubten, hier sei das Ziel der Rettung schneller zu erreichen. Gegen diesen Strom zu kämpfen, war unmöglich. Ihn verdrängend rascher teilen zu wollen, schien vergeblich. Es blieb ihnen daher nichts übrig, als sich von seinen Wellen forttreiben zu lassen. Der Weg schlängelte sich um die winkeligen Zäune mehrerer einzelner Gehöfte. Plötzlich teilte er sich in verschiedene Richtungen, und alle waren sie bereits von der anströmenden Menge erfüllt. Welche hatte nun Rasinski eingeschlagen? Es war nicht zu ermitteln, und wäre dies auch möglich gewesen, es hätte nichts mehr nützen können, denn auch hier war es dem freien Willen nicht mehr überlassen, den Weg zu wählen, sondern jeder mußte dahin, wohin die zufällige Richtung der immer mächtiger drängenden Scharen ihn trug. Nach demselben Grundsatz, der ihm an dem stygischen Strom der Beresina zum Heil gedient hatte, versuchte Bernhard nur, sich aus dem Strom der Menge herauszukämpfen, um endlich wieder die Wahl des Pfades frei zu haben. Dies gelang ihm kurz vor den ersten Häusern der Vorstadt, in deren enge Gassen sich die Scharen wie eine vom Wolf gescheuchte Herde hineindrängten. Atemlos, erschöpft erreichten sie endlich freies Feld. Der Winter, der sie so lange verfolgt hatte, wurde jetzt ihr Retter, denn Gräben und Sümpfe, die es ihnen sonst unmöglich gemacht hätten, auf diesem Weg die Stadt zu erreichen, waren fest gefroren. Ihre Wanderung verlängerte sich um eine halbe Stunde, freilich für die Erschöpften eine lange Folter, doch endlich erreichten sie eine entgegengesetzte Vorstadt, ganz allein, als ob es gar kein Heer in der Gegend gebe. Doch gewährten ihnen die wenigen ärmlichen Häuser keinen Schutz, denn sie waren von ihren Bewohnern verlassen. Allein das offene Stadttor lag wenige hundert Schritte vor ihnen, und sie erblickten bereits mit unaussprechlicher Freude einige zwar dicht eingehüllte, aber doch wohlgekleidete Menschen auf der Gasse, deren Äußeres verriet, daß hier die Wüstenei des Krieges ein Ende hatte. Zitternd vor Freude traten sie in das Tor ein, denn selbst die Sorge um Rasinski kümmerte sie jetzt nicht mehr so schwer, da sie beim Anblick der bewohnten Häuser, des Verkehrs und aller jener Zeichen des Friedens und ruhigen Besitzes voraussetzen mußten, daß auch er ein sicheres Obdach erreicht habe. Nur erst einige Stunden der Erholung, der Erwärmung, dann würde ja der teuere Freund wohl aufzufinden, das Wiedersehen doppelt glücklich sein.

Das nächste Obdach war das willkommenste. Die Not erhob die Hütte zu einem Palast, daher eilten sie mit hastigen, wankenden Schritten auf ein kleines, freundliches Haus zu, aus dessen Tür sie eine junge Frau treten sahen, die wie einige Vorübergehende die Ankommenden mit erstaunten Blicken betrachtete. Bianka, des Russischen mächtig, rief der jungen Frau schon aus einiger Entfernung zu: »Könnt Ihr uns ein Obdach geben, gute junge Frau? Wir wollen es reichlich belohnen.« Da stürzte diese plötzlich mit dem Ausruf: »Um aller Heiligen willen, Gräfin Feodorowna, was führt Euch hierher?« der Kommenden entgegen, ergriff ihre Hände und bedeckte sie mit Küssen. »Was führt Euch hierher? Und in diesem Zustand! Barmherziger Gott! Erkennt Ihr mich denn nicht?« – »Axinia! Du bist es?« rief Bianka mit versagender Stimme aus, »Axinia! Du unsere Retterin?« Hier schwanden ihr Kraft und Sinne zugleich. Sie wankte, Ludwig und Bernhard fingen sie in ihren Armen auf, Axinia ergriff das Kind, und voraneilend rief sie: »Mir nach, hier herein!«

So fanden sie nach unermeßlichem Dulden endlich Rettung, Pflege und Liebe. Sie waren zurückgekehrt aus der Wildnis zu wirtlichen Wohnungen der Menschen. Ihr Leben sollte keine Folter mehr sein. Freundlich bot ihnen die Wirklichkeit die Hand – der Wechsel war zu unermeßlich. So rasch wie er eintrat, vermochten sie ihn nicht zu fassen.

Zweites Kapitel

Axinia brachte die geliebte Gebieterin, der sie einst ihre Rettung verdankte und der sie es jetzt vergelten konnte, sogleich auf ein Lager. Was das kleine Haus vermochte, schaffte sie zur Pflege herbei. Nach wenigen Minuten schon öffnete Bianka das Auge wieder und blickte, mit vollem Bewußtsein, selig umher. »O mein Bruder, o mein Geliebter!« redete sie Bernhard und Ludwig an, die an ihrem Lager saßen, und reichte ihnen die Hand dar. »Ist es denn wahr? Sind wir gerettet? Hat dieser unsägliche Jammer ein Ende erreicht?«

»Ja, es ist so! Wir zählen uns zu den wenigen von den vielen Tausenden, die dem entsetzlichen Geschick entkamen!

»Und welche Hand ist die erste, die mir Rettung schenkt! – Ach, Ludwig, ich opferte einst viel für dieses freundliche Wesen! Ich opferte ihr meine Liebe zu dir! Freilich wohnte sie damals nur als tiefstes Geheimnis, fast mir selbst unerklärt, in meiner Brust und glänzte unerreichbar fern wie ein schönes Gestirn in der Nacht meines Schicksals. Aber sie war auch der einzige Strahl der Hoffnung, der mir lächelte, sie war das einzige Glück meiner einsamen Träume! Doch wie unaussprechlich reich lohnt die gütige Hand des Allmächtigen und wie wunderbar führt sie die Pfade unseres Geschicks! Nun ist es Axinia, die uns aus dem tiefsten Verderben rettet.« Diese war indessen eingetreten und näherte sich mit dem Ausdruck des höchsten Glücks in den Zügen. Bianka fragte sie jetzt nach ihrem Schicksal, das sie in Rußland zurückgehalten habe, aus dem sie für immer entfliehen wollte. Mit einem leichten Erröten erwiderte die junge Frau, daß ein zu frühes Kindbett sie überrascht und auf ein langes Krankenlager geworfen habe. Dies zehrte die kleine Reisebarschaft fast auf, und da sich indessen die Gelegenheit für Paul bot, weil er Französisch,

Deutsch und Russisch sprach, einen vorteilhaften Dienst als Aufseher in einem Lazarett zu erhalten, nahm er diesen um so freudiger an, als bei den Kriegszeiten seine Aussichten auf Versorgung in Deutschland doch nur sehr unsicher waren und Axinia sich unterdessen völlig von ihrer Krankheit erholen konnte. Dies war nun auch jetzt noch ihr Verhältnis.

Indem die freundliche junge Frau ihre kleinen Schicksale berichtete, entstand auf der Straße ein seltsames Geräusch und Getümmel. Es versammelten sich Leute in verschiedenen Gruppen, andere liefen eiligst die Gassen aufwärts zur Mitte der Stadt, in allen Häusern öffnete man die Fenster und blickte neugierig heraus. Axinia tat dasselbe. »Heilige Mutter Gottes, was gibt es denn?« rief sie erschreckt aus. »Ach, da kommt Paul, er wird uns Nachricht bringen.« Sie eilte hinaus, ihrem Mann entgegen, der, als er durch sie Kunde von dem, was in seiner Wohnung geschehen war, erhalten hatte, voller Freude eintrat. »Gnädigste Gräfin!« rief er. »Darf ich meinen Augen trauen? Und Sie wären mit jener Schar Unglückseliger gekommen, die heulend und wild in die Gassen einbricht? Unmöglich!« – »Wir kommen mit dem Heer«, entgegnete Bianka, »es ist nur zu wahr!« – »Mit dem Heer?« fragte Paul erstaunt. »Also das ist das Heer? Niemals! Es ist unmöglich!«

Jetzt erst stellte sich's heraus, daß die Bewohner Wilnas, so geheim hatte der Kaiser sein Unglück zu halten gewußt, noch keine Ahnung von den furchtbaren Geschehnissen hatten, durch welche die Macht des Weltherrschers zertrümmert worden war. Starr vor Staunen und Schrecken hörten Axinia und ihr Gatte diese Kunde, vernahmen die Schilderung des unermeßlichen Elends, das jemals über ein Heer gekommen war. Axinia erblaßte und bebte, als sie hörte, daß ihre Gebieterin diese Drangsale und Gefahren geteilt habe. Zitternd warf sie sich vor einem kleinen Muttergottesbild auf die Knie und brachte unter strömenden Tränen der Heiligen den Dank für die Rettung Biankas dar. Nun verdoppelte sie die Sorge, Pflege und Liebe auch gegen die ihr noch fremden Begleiter ihrer Gebieterin. Ach, es tat ihrem dankbaren Herzen so wohl, daß sie wenigstens zeigen konnte, wie gern sie die heilige Schuld abtrug, zu der Biankas edle Großmut sie ewig verpflichtet hatte.

Der Lärm auf der Gasse wurde größer. Man sah einzelne jener Unglücklichen, die, Obdach und Erquickung suchend, bis in diese entfernten Gassen eilten. Die ersten wurden aufgenommen. Doch als sich mehrere, als sich ganze Trupps zeigten, sperrten die erschreckten Bewohner ihre Häuser. Die Zurückgewiesenen, die im Angesicht der Rettung verderben sollten, da ihre ausgehungerten, ermatteten Körper der furchtbaren Kälte nicht länger widerstehen konnten, erhoben ein gräßliches Geheul und Wutgebrüll. Sie rüttelten die Haustüren, sie drohten Feuer anzulegen.

Paul war unschlüssig, was er tun sollte. Sein menschliches Gefühl trieb ihn an, die Unglücklichen aufzunehmen, die Vorsicht gebot, sie zurückzuweisen. Bianka rief entschlossen: »Nehmt auf, was euer Haus vermag! Wir haben das Elend mitgetragen, wir wissen, daß das Erbarmen unerläßlich ist.« Paul wollte hinunter, um den Worten der Gräfin zu gehorchen, doch es war nicht mehr nötig. Nur ein kleiner Trupp hatte sich bis hierher verirrt und Aufnahme gefunden, die anderen waren schon auf dem Weg zurück in die Stadt, um dort ihr Heil zu versuchen. Er eilte wieder hinauf zu seinen Gästen und erstattete ihnen Bericht.

Bernhard fragte: »Aber wie ist es möglich, daß jetzt erst diese Leute in die Stadt dringen, daß niemand für sie sorgt, niemand ihre Aufnahme bereitete? Wir wären schon eine halbe Stunde früher hier gewesen, hätten wir nicht, um dem Gedränge zu entgehen, den Umweg bis an dieses Tor gemacht.« – »Das ist's ja eben, was das Unheil verursacht«, erwiderte Paul. »Die Masse hat sich in der engen Vorstadt so zusammengedrängt, daß niemand rück- noch vorwärts kann. Das Tor ist verstopft durch Wagen, Pferde und Menschen, nur einzeln ringen sie sich hinein. Aber wer hätte geglaubt, daß dies das Heer sei! Wir hielten es für eine Schar von Marodeuren, die, wie beim Rückzug immer, sich vor dem geordneten Heer hinwälzen und von diesem gedrängt werden. Daher ist auch sogleich in den Magazinen Befehl gegeben worden, ihnen nichts auszuliefern, und in keinem Lazarett dürfen wir sie aufnehmen.« – »Heiliger Gott!« rief Ludwig. »So verderben diese Unglücklichen durch die eigene rasende Fürsorge der Ihrigen! Eilt, eilt, wackerer Freund, eilt in die Stadt zurück, erzählt, daß es das ganze Heer ist, das in diesem Zustand einrückt, stellt ihnen dar, daß eine Stunde Verzug Tausenden das Leben kosten muß, und werdet so ein gesegneter Retter zahlloser Unglücklichen!« Paul eilte hinweg.

Jetzt fingen die Geretteten an, ernste Sorgen um Rasinski und Jaromir zu hegen. Bisher hatten sie geglaubt, sie hätten fast am spätesten ein Obdach gefunden, nun aber zeigte sich's, daß sie zu den Glücklichsten gehörten. Bianka sprach ihre Besorgnisse aus, doch milderte sie dieselben, denn sie fürchtete, Ludwigs und Bernhards Edelmut würde sie bewegen, trotz ihrer Erschöpfung sich den weichen Armen der rettenden Pflege zu entreißen, um den Versuch zu machen, Rasinski aufzufinden. Sie hatte sich nicht geirrt, denn wie auf Verabredung sprachen beide plötzlich: »Wir müssen ihn aufsuchen!«

Jetzt überkam Bianka die Angst um ihre Teuersten. »Ist es aber notwendig, könnt ihr ihm Hilfe oder Rettung bringen?« fragte sie. »Oft scheint uns das eine Pflicht, was am schwersten zu üben ist. Wollt ihr ihn auffinden in der unbekannten Stadt, in dem Drängen und Treiben der obdachlosen Krieger? Wißt ihr mehr von ihm als von euch? Gebt ihr euch nicht aufs neue preis, wenn ihr in das Getümmel geratet, wenn – ach, ihr überlaßt mich der furchtbarsten Folter der Angst!«

»Ich habe mir alle diese Einwürfe selbst gemacht, Geliebte«, erwiderte Ludwig mit sanftem Ernst, »aber die Stimme meiner Brust widerlegt sie alle. Vor wenigen Minuten hielt ich's für vernünftig, wenn wir uns erst kräftigten und dann gegenseitig nacheinander forschten, denn ich wähnte, diese Stadt sei für alle der Strand der Rettung. Da aber auch sie, wie alles in diesem fürchterlichen Krieg, zur Klippe des Verderbens wird, so tritt die Notwendigkeit ein, gleich zu handeln. Auch fühle ich mich durch Wärme und Speise schon wieder stärker. Wie, wenn er, wie die anderen, zurückgewiesen in den Straßen irrte und nur unser Säumen sein Verderben verschuldete? Nein, Teuerste, wir müssen hinaus, ihn zu suchen.« Bernhard hatte indessen schon seine Pelzmütze wieder aufgesetzt, Axinia versorgte beide mit Pelzstiefeln und anderen wärmenden Kleidungsstücken und gab ihnen Rum und Brot, um sich oder andere, die es brauchten, zu laben. Sie gingen und versprachen, in einer Stunde zurückzukehren.

Die Stadt bot ein schreckenvolles Schauspiel. Vor den Magazinen, vor den Krankenhäusern waren die bejammernswerten Flüchtlinge versammelt und umlagerten die Türen, die ihnen die Strenge des Befehls verschlossen hielt. Geheul, Flüche und Gebete schallten durcheinander, die Bewohner bargen sich in ihren sicheren Häusern und schlossen sich furchtsam ein. Denn freilich glichen die Ankommenden, von Rauch und Erde geschwärzt, mit dem hohlen Blick der Angst und des Hungers, einer Schar grauenvoller Dämonen, die sich mit ekliger Gier auf Speise, Trank und alles, was ein wohnlich behagliches Leben verriet, zu stürzen drohte. Wo man ihnen mitleidig eine Pforte geöffnet hatte, da mußte man es schnell bereuen, denn es gab kein Maß mehr, sie drangen ein wie durchbrechende Wasserfluten und, nur von dem Stachel der Pein getrieben, hatten auch jedes Gefühl des Dankes, der Schonung verloren. Wie der Fluch überall waltete, wohin dieses Heer seinen Fuß setzte, so auch hier. Die Rettung war da, das Ziel des Jammers erreicht, aber mit grausamem Hohn lauerte das Schicksal gerade hier am tückischsten auf. Es riß den Unglückseligen den Becher der Erquickung von den Lippen, eben da sie ihn berührten, und ließ sie in furchtbarer Folter verschmachten.

Vergeblich irrten Ludwig und Bernhard durch dieses Getümmel, wo keiner sich mehr um den anderen kümmerte, sondern jeder nur mit blinder Wut die Rettung ertrotzen wollte. Vergeblich riefen sie Rasinskis und Jaromirs Namen laut durch die Gassen – sie entdeckten keine Spur von ihnen. So sollten denn auch sie diese schneidende Verhöhnung des Geschicks erfahren, den edelsten Freund, der ihr Schutz und Retter in tausend Gefahren des stürmischen Meeres gewesen war, am sicheren Ufer verlieren, wo sie freudig dankbar in seine Arme sinken wollten! Hoffnungslos wandten sie endlich die Schritte wieder zurück zu ihrer Wohnung, denn auch die eigene Kraft verließ sie. Durch lange Gassen voll erstarrter Leichen, die an den Häusern lagen, an deren Pforten sie vergeblich geklopft hatten, mußten sie den Heimweg suchen. Noch immer wuchs der Ingrimm des Winters. Wer sich wenige Sekunden willenlos hingab, lag erwürgt von seiner versteinernden Umstrickung.

So waren die Gassen, die noch kurz zuvor von Jammer und Wutgeschrei hallten, bald zu öden Friedhöfen geworden, wo keine Spur des Lebens mehr sich regte und der Tritt schauerlich widerhallte. Mit unnennbarem Schmerz und Grauen in der Brust näherten sich die Freunde dem Haus Axinias. Keiner sprach, keiner gestand dem anderen, was er fürchtete, keiner wagte eine Frage. Schon waren sie der Schwelle ganz nahe, als sie einen mit Postpferden wohlbespannten Schlitten in das Tor fahren sahen. Voll Erstaunen über diese Erscheinung, die sie seit Monaten nicht gehabt und die ihnen vollends jetzt in dieser Stadt des Entsetzens auffiel, richteten sie ihre Blicke dahin.

Plötzlich rief Bernhard aus: »Allmächtiger Himmel! Ich werde wahnsinnig oder sehe Geister! Es ist Marie!« Er packte Ludwig mit krampfhafter Wildheit am Arm und deutete vorgebeugt, heftig zitternd hinüber zu einer weiblichen Gestalt, die mit eben zurückgeschlagenem Schleier aus dem geöffneten Schlittenfenster blickte. Kaum sah Ludwig sie, als auch er das geliebte Antlitz erkannte und mit dem Ruf: »Schwester, Schwester!« ihr mit wankenden Schritten entgegenzueilen versuchte. Doch es war unmöglich, die Kräfte verließen ihn. Auch Bernhard stand wie an den Boden gefesselt und schlang die Arme um den Freund, kaum wissend, ob er sich oder ihn aufrechterhalten wolle. »Schwester!« – »Marie!« tönte ihr Ruf noch einmal, und jetzt erst hörte sie ihn. Sie stieß einen lauten Schrei des Schreckens und der Freude aus, die Tür des Schlittens flog auf, und, noch ehe die Pferde standen, sprang sie hinab, sank in die Knie, raffte sich wieder auf und stürzte betäubt und atemlos den offenen Armen des Bruders entgegen.

Sprachlos hingen die Geschwister aneinander und konnten sich nicht fassen in ihrer Liebe, in ihrem Glück. Vor Bernhards Auge wurde es dunkel, ein trüber Tränenschleier verhüllte es. Er wandte sich ab und weinte, bezwungen von tiefster Wehmut. Heftig riß er sich endlich auf und sprach: »Ich habe ja auch eine Schwester und kann in ihren Armen glücklich sein!« Er wollte sich rasch umwenden und hineineilen. Da trat Marie vor ihn wie ein holdes Engelbild und sprach, sanft anredend, seinen Namen. Er blickte auf, in ihren Augen standen selige Tränen, ein verklärender Schmerz veredelte ihre Züge, die Lippe flüsterte nur leise, weil die Erregung der Brust ihr die Stimme raubten: »Bernhard, lieber Freund!« – Er ergriff ihre dargebotene Hand – die Minute war übermächtig, wie mit unsicherer Gewalt drängte es ihn, das süße Wesen in seine Arme zu ziehen, es zu umfassen und unauflöslich am Herzen zu halten. Doch ein Blick auf ihr jungfräuliches Antlitz, in dem heiliges Vertrauen und zarte Scheu zugleich wohnten, ließ ihn von seinem Ungestüm zurückbeben, und er bezwang sich mit männlicher Kraft. Sanft drückte er die Lippe auf ihre Hand und sprach dann: »Marie! Auch ich habe eine Schwester gefunden. Oh, ich bin jetzt ganz umgewandelt!«

Sie wollte seine Worte erwidern, als er sich selbst durch den erstaunten Ausruf: »Wie? Die Gräfin!« unterbrach und alle Schrecken und Schmerzen zugleich empfand, die ihre Erscheinung in diesem Augenblick erwecken mußte. Die Gräfin hatte bei Maries Ruf und ihrem Enteilen sogleich anhalten lassen und folgte ihr mit Lodoiska. Diese letztere war vom freudig überraschenden Schreck so ergriffen, daß sie sich nur zitternd, mühsam von ihrer mütterlichen Freundin geführt, zu nähern vermochte. »O Freunde!« sprach die Gräfin bewegt, doch mit Fassung, und reichte beiden die Hand zur Begrüßung dar. »Sagen Sie mir schnell«, fuhr sie fort, »was wissen Sie von meinem Bruder, und Jaromir ...«

»Sie wanderten mit uns hier ein«, unterbrach Bernhard die Fragende schnell, damit sie nicht auch Boleslaws Namen nennen solle, »doch im Gedränge verloren wir einander. Aber folgen Sie uns, wir haben hier ein Obdach für Sie. Die Stadt ist überfüllt mit Soldaten, Sie möchten schwerlich ein Unterkommen finden!«

Die Gräfin nahm Bernhards Anerbieten sogleich an, doch warf sie einen unruhigen Blick auf ihn und Ludwig, deren Züge keine Freude ausdrückten. Lodoiskas Auge hing angstvoll an Bernhards Lippen, während er sprach. Eine Ahnung der Wahrheit schien sie zu haben, denn sie wurde bleich wie der Schnee, auf dem sie stand, als sie den Namen des Geliebten hörte. Bernhard führte die Gräfin ins Haus, dessen Tür Axinia, die die Kommenden aus dem Fenster bemerkt hatte, bereits öffnete. Ludwig folgte, die Schwester am Arm, an deren Seite Lodoiska mit wankenden Schritten ging. Voll Erstaunen erblickte Axinia die fremden Damen und sah Bernhard fragend an, als wolle sie sagen: Woher kommen diese, und wo soll ich sie beherbergen? »Schläft die Fürstin?« fragte er. – »Sie ist so erschöpft, daß sie in tiefer Betäubung liegt«, erwiderte Axinia, »doch kann ich das nicht Schlaf nennen, denn sie fährt oft verstört empor und ruft die Namen Jaromir, Rasinski.« Bernhard erschrak, denn diese Antwort enthüllte fast alles. »Was bedeutet das?« rief die Gräfin. »Ich beschwöre Sie, verhehlen Sie mir die Wahrheit nicht über meinen Bruder und Jaromir. Auf ihren Tod ist unsere Seele längst gefaßt und wird das Unvermeidliche ertragen. Diese Spannung der Angst sprengt *meine* Brust, wie soll Lodoiska sie ertragen?«

Glücklicherweise war diese noch so weit zurückgeblieben, daß sie das Gespräch nicht vernommen hatte. Bernhard erwiderte leise: »Ich kann Ihnen die Angst nicht ersparen, doch ist meine Hoffnung größer als meine Furcht.«

Axinia führte die Ankommenden in ein anderes Zimmer als das, in dem Bianka in ihrem Halbschlummer lag. Mit welcher Mischung der Freude, des Glücks, der Angst, des Erstaunens vernahmen die Frauen dort den flüchtigen Überblick der Schicksale und Gefahren, die die Männer in diesem furchtbarsten aller Kriege überstanden hatten! Sie zauderten, von Boleslaws Tod zu sprechen, doch endlich nahm Ludwig das Wort: »Einen unserer nächsten Freunde hat das grausame Schicksal doch unseren Armen entrissen. Boleslaw fiel, er starb einen Heldentod – er starb schön!«

Marie weinte sanft in den Armen ihres Bruders und barg ihr mildes Gesicht an seiner Brust. Bernhard saß finster, das Haupt auf seine Hand gestützt, und starrte auf den Boden. Lodoiska hörte die Nachricht mit bebender Brust und bleichen Lippen, nur kalte Tränen rollten über ihre Wangen. Waren es Ahnungen, die sie erfüllten, oder war es der Schmerz um den edlen Jüngling, der sie stumm und treu geliebt und dem sie wenigstens ein befreundetes Wohlwollen gewidmet hatte – wer mag es entscheiden? Die Gräfin war aufgestanden und ging, wie sie bei großen Erschütterungen pflegte, heftig bewegt durch das Zimmer. »Oh, ihr seid glücklich«, sprach sie schaudernd, »denen die Last des Schmerzes noch in erleichternden Tränen von der Brust hinwegschmilzt. Ich kann nicht weinen, mein Herz ist erstarrt unter der ehernen Hand des Geschickes, die es zermalmend faßt. Ich weine nicht, und ich will nicht weinen. Wahrheit, Gewißheit ist die einzige Gnade, die ich noch von dem Allmächtigen zu erbitten weiß. Sagtet ihr mir alles über Rasinski und Jaromir?«

Ludwig zögerte zu antworten, denn von Jaromirs Wahnsinn hatten sie geschwiegen, doch Bernhard war entschiedener. »Alles«, sprach er schnell, »was sich in die wenigen Striche zusammendrängen ließ, mit denen wir das Bild der ungeheuersten Weltereignisse und der wunderbarsten eigenen Schicksale zu zeichnen versuchten.« Die Gräfin stand wie das Marmorbild einer Minerva, unbeweglich, groß aufgerichtet. Ihr dunkles Auge blickte in die trostlose Zukunft hinaus, edler Gram schwebte um ihre Lippe, erhabener Ernst auf ihrer Stirn, lange stand sie schweigend und erstarrt. Da hauchte endlich die Liebe ein sanftes Lächeln über das edle Gesicht gleich einem Sonnenblick, der über die öde, nebelverhüllte Herbstlandschaft streift. »Ich habe ja noch eine Tochter!« rief sie und breitete die Arme gegen die bleiche, zitternde Lodoiska aus, die sich zusammenbrechend an ihre Brust warf. Sie hielten sich stumm umschlungen, und nur die beklemmten Atemzüge ihrer angst- und schwerbelasteten Brust waren hörbar in diesen Minuten heilig düsterer Grabesstille.

Drittes Kapitel

Paul war nach Hause gekommen, seine Erzählungen von dem Zustand der Stadt, um den Bernhard ihn heimlich befragte, konnten wenig Trost erwecken. Überdies brach die Nacht an, man mußte mit der Sonne des nächsten Tages die Wiederkehr der Hoffnung erwarten.

Die Frauen befanden sich bei Bianka im Zimmer, der Ludwig sie jetzt zugeführt hatte. Welche glückselige Stunden der Liebe, der Freundschaft, des heiligsten Dankgefühls hätten sie jetzt feiern können, wenn nicht dieser jüngste Schmerz um die Vermißten alle Herzen so tief zerrissen hätte! Um den Besorgten wenigstens einigen Trost zu schaffen und damit sie die Nacht nicht in zu banger Spannung durchwachen möchten, beredete Bernhard den wohlwollenden Paul, den Zustand der Stadt günstiger zu schildern, und führte ihn deshalb hinauf in Biankas Zimmer. Dort berichtete Paul der Gräfin, daß nur die erste Verwirrung so schreckenvoll gewesen sei, daß sich jetzt schon alles zu ordnen beginne, die Leute in den Häusern der Bürger wohl aufgenommen Ruhe hatten und morgen neu gestärkt erwachen würden. Heute sei das Wiederfinden eines Verlorenen schon um dessentwillen unmöglich, weil jeder, der ein Obdach erreicht habe, sich dort der tiefsten Ruhe, die von allen Bedürfnissen das dringendste sei, überlasse. Die Gräfin hörte diese Mitteilungen schweigend an. Sie ergab sich in ihr Schicksal, doch drang kein belebender Hoffnungsstrahl in ihre Brust.

Die unabweisbaren Rechte der irdischen Natur hatten sich an den Übermüdeten geltend gemacht. Bernhard, Ludwig und Bianka lagen in festem Schlaf, doch die Gräfin und Lodoiska wachten in bangem Schmerz. Marie teilte ihre Sorgen, und nicht allein aus innigster Teilnahme der Freundschaft, sondern auch, weil ihr Herz, wie mächtig sie es bekämpft hatte, in stummer, heiliger Wehmut noch immer für Rasinski schlug. Paul und Axinia blieben teilnehmend wach, obwohl sie sich bescheiden von ihren Gästen zurückzogen. In den Straßen der Stadt war es völlig still geworden, auch nicht ein leiser Laut ließ sich vernehmen. »Horch!« sprach Paul, plötzlich auffahrend, zu Axinia. »War das nicht, als ob jemand ächze und wimmere? Wahrhaftig, schon wieder.« Er öffnete ein Fenster und lehnte sich lauschend hinaus. »Es kommt von dort drüben aus der schmalen Gasse her, wo die Juden wohnen! – Mir ist auch, als ob ich ihre murmelnden Stimmen hörte.« Beide horchten ängstlich beobachtend auf. Nach einigen Augenblicken hörte man den dumpfen Schall eines schwer fallenden Körpers und zugleich einen kreischenden Laut des Jammers, der durch die stille Nacht herüberdrang. »Was ist das?« rief Paul. »Was geht dort vor? Hörst du, wie es jammert und winselt? Sollten diese grimmigen Teufel …«

Eine männliche Stimme rief, laut wehklagend, um Hilfe. Axinia rang verängstigt die Hände. Plötzlich wurde die Tür aufgerissen, und die Gräfin trat, ein Licht in der Hand, ein. »Was bedeuten jene fürchterlichen Töne?« fragte sie ahnungsvoll grausend. »Sie dringen schauerlich durch die Nacht, es klingt wie der Jammerlaut hilflos Sterbender. O geht, Freund, seht zu, was es gibt!« Paul warf seinen Pelz über und griff nach einer Laterne. Doch Axinia hielt ihn ängstlich an und bat: »O geh nicht allein! Wer weiß, welche Greuel sich dort begeben und ob die Wütenden nicht wieder einen ums Leben bringen! Geh nicht allein.« – »Ich muß!« rief Paul, »die Menschlichkeit gebietet es.« – »So wecke ich wenigstens die Herren, daß sie dich begleiten«, entgegnete Axinia. – »O laß den Entkräfteten doch ihren Schlummer, und wir kämen vielleicht zu spät!« – »Nein, nein, sie sind ja angekleidet und liegen in ihren Pelzen«, erwiderte Axinia rasch und eilte in das Nebenzimmer, wo Bernhard und Ludwig, da es an Betten im Haus mangelte, angekleidet auf dem Strohlager fest schliefen. Die kriegerische Gewohnheit war noch so lebendig in ihnen, daß sie auf den ersten Ruf aufsprangen und sogleich ermuntert waren. »Wir begleiten euch!« rief Bernhard auf das erste Wort Pauls, und bereits hatte auch Ludwig die Pistolen ergriffen und den Hirschfänger umgeschnallt.

Paul ging mit der Laterne voran, der Gegend, aus der der Jammerruf ertönte, zu. Es war eine enge Seitengasse, die, längs der Stadtmauer hinziehend, nur von Juden bewohnt wurde. Eben wollten sie in diese einbiegen, als eine feste Männerstimme sie von hinten her anrief: »Wer da, wer seid ihr, was gibt's hier?« – »Rasinski!« rief Ludwig beim ersten Laut, und als der Laternenschein des sich rasch umwendenden Paul auf das Antlitz des Kommenden fiel, erkannte auch sein Auge den Freund. – »Rasinski! Du hier und am Leben!« rief er außer sich und lag in seiner Umarmung.

»Ich habe euch wieder, euch, die ich verloren glaubte! Und ihr lebt! Bianka lebt?« – »Wir alle, alle«, rief Bernhard und drängte sich zu der Umarmung. »Wir suchten dich auf, aber vergeblich!« – »Ich euch gleichfalls!« erwiderte Rasinski. Sie hätten sich im Drang des Herzens ihre gegenseitigen Erlebnisse erzählt, wenn nicht eben wieder der jammernde Hilferuf aus der Gasse ertönt wäre. Rasinski entwand sich dabei sogleich den Armen Bernhard. »Diese Töne«, rief er, »haben mich aus dem Schlaf aufgejagt. Laßt uns jetzt zuerst der Hilfsbedürftigen gedenken.«

Paul mit der Laterne schritt voran, die übrigen folgten. Die Gasse war eng und gekrümmt, so daß man nicht weit vorwärts blicken und daher auch nicht so bald gesehen werden konnte. Als man die erste Biegung erreichte, und der Lichtschimmer den vorgelegenen Raum erhellte, sah man deutlich einige Gestalten, die aufgeschreckt zu flüchten schienen, an die Mauer gedrückt. »Wer da?« rief Rasinski russisch. »Steht oder ich schieße!« Aber die Schatten flogen an der Mauer hin und glitten über den Schnee hinweg. Rasinski sprang hastig nach, doch er stolperte über einen im Weg liegenden Gegenstand, fiel, und im Fallen ging seine Pistole los. Ludwig und Bernhard waren ihm rasch gefolgt und wollten ihm aufhelfen, doch er rief ihnen zu: »Vorwärts, vorwärts, verfolgt nur die Flüchtenden.«

Sie eilten nach, sahen aber nur noch eine einzelne Gestalt hastig flüchten. Sie riefen ihr zu, zu stehen, doch vergeblich. Ein Schuß, den Bernhard tat, ging fehl, doch da der Fliehende sich unwillkürlich oder weil er die Kugeln pfeifen hörte, bückte, glitt er aus und fiel zu Boden. Ludwig packte ihn zuerst. »He! Wer seid Ihr?« rief er den Verdächtigen an, der eine Art von langem, schwarzem Kaftan trug. »Weshalb flüchtet Ihr?« – »Gott meiner Väter!« bat der Fremde mit kläglichem Ton. »Habt Erbarmen, gnädiger Herr! Was verfolgt Ihr einen armen Juden, da er dem Greuel entflieht?« – »Leuchtet hier, Paul«, gebot Bernhard, der jetzt ebenfalls herbeigekommen war, »wir müssen zuvor sehen, was das für ein Geschöpf ist, das hier so angstvoll um Erbarmen jammert. Er scheint nicht das beste Gewissen zu haben.«

Paul hob die Laterne empor, daß ihr heller Schein auf das Gesicht des Juden fiel. »Teufel! Diese Larve sollte ich kennen!« rief Bernhard erstaunt. »Wo habe ich denn dies vermaledeite Gesicht schon gesehen? Freilich, die litauischen Rotbärte sehen alle einander ähnlich! Aber ich glaube doch, Jude, du bist der Spion, mit dem wir noch eine Rechnung abzumachen haben, die seit fünf Monden läuft.« Rasinskis Ruf unterbrach diese Worte. »Kommt hierher, Freunde«, gebot er, »hier gilt es, noch Hilfe zu bringen.« Sie wendeten alle drei um und zogen den Juden trotz seines Sträubens und Jammerns mit sich fort.

»Seht hier das schauderhafteste Verbrechen, das die Menschheit erlebte«, sprach Rasinski bebend vor Zorn und Grausen, als sie näher traten. »Leuchtet hierher! – Seht unsere Kameraden, halb nackt herausgetrieben in diese Kälte, geplündert, erwürgt, aus den Fenstern gestürzt! – Ungeheuer«, schrie er mit furchtbarer Stimme den zitternden Juden an, »wenn du Schuld hieran trägst, so lasse ich dich lebendig von Hunden zerreißen! Seht hier – hier liegen sie. Es ist namenlos entsetzlich!«

In einem Winkel, wo ein Haus ein wenig hinter der Reihe der übrigen stand, sah man acht Leichname, halb nackt, nur mit einem Hemd und etlichen zerlumpten Kleidern bedeckt, am Boden liegen. Auf einen dieser Unglücklichen, der noch am Leben war, hatte Rasinski seinen Pelz geworfen, um ihn gegen die schneidende Kälte zu schützen.

Alle schauderten bei diesem Anblick, an dem sie zuvor in der Eile der Verfolgung vorübergestürzt waren. »Gott Abrahams, ich hebe meine Rechte zu dir auf, ich bin unschuldig an dieser Tat!« rief der Jude. »Verflucht will ich sein mit Kindern und Kindeskindern, wenn ich Anteil daran habe! Sollen mir doch die Raben lebendig die Augen aushacken, soll mein Fleisch verdorren an meiner Hand, wenn mein Eid falsch ist!« –

»Er war unter den Mördern«, stöhnte der Verwundete am Boden matt, »er wollte mir die Kehle abschneiden, da der Sturz aus dem Fenster mich nicht getötet hatte und ich um Hilfe rief. Nur eure Ankunft wurde meine Rettung!« – »Scheusal du, entmenschtes, grinsendes Scheusal! Das unnennbare, grauenvolle Elend, das einem Teufel Tränen auspressen muß, konnte dich nicht rühren?« knirschte Rasinski und erhob den Säbel über das Haupt des Juden, um ihm den Schädel zu spalten. Doch dieser warf sich in konvulsivischer Angst auf die Knie und rief händeringend: »Gott Jehova, Erbarmen, Herr Graf, Erbarmen!«

Ludwig war Rasinski in den Arm gefallen und hielt ihn zurück. »Besudle dich nicht mit diesem Elenden«, bat er dringend, »überlaß ihn dem allwaltenden Rächer!«

»Du hast recht, ich muß anders verfahren«, erwiderte er schnell gefaßt. – »Denkst du, ich erkenne dich nicht?« sprach er mit dem Ausdruck des tiefsten Abscheus zu dem Juden, der seine Füße umklammerte. »Ich erkenne dich, wie du mich erkanntest, feiler, erkaufter, elender Betrüger, der schon einmal der gerechten Rache entrann! Nichts könnte dich retten, wenn nicht selbst ein Ungeheuer wie du ein Werkzeug des Himmels werden könnte. Ich weiß, der ganze Auswurf der Deinigen brütet hier Taten der Hölle aus, zu denen die Megäre der Habgier euch stachelt. Gehe denn hin und verkündige deinen Mordgenossen, daß, wenn ich morgen hier in diesen Häusern auch nur *einen Leichnam,* nur *eine* Spur der Gewalttat entdecke, so lasse ich sie alle in Asche legen, und euere Gebeine soll die Flamme vertilgen, und ich selbst will den Säugling in die Glut schleudern! Fort, Ungeheuer! Doch zeichnen will ich dich, daß du nicht entkommst!« Bei diesen Worten trat er ihm dreimal mit dem Fuß ins Antlitz, daß der Jude brüllend wie ein Tier aufheulte und das Blut in den Schnee strömte. Dennoch raffte er sich auf und wankte mit Jammergeschrei zur nächsten Haustür, an die er voll krampfhafter Angst pochte und zu seinen Glaubensgenossen um Hilfe und Erbarmen rief.

»Helft mir diesen Mißhandelten wegtragen«, bat Rasinski und wandte sich zu dem Unglücklichen, der mit erstarrenden Gliedern noch lebend auf dem Schnee lag. Sie hoben ihn auf. Sein jammervolles Stöhnen erfüllte die Lüfte, doch noch ehe sie die große Straße erreicht hatten, verstummte es, denn seine Lebenskraft war erschöpft. »Dank euch, Kameraden, es war zu spät!« Das waren die letzten Worte, die seinen Lippen entflohen.

»Ein Grab kann ich dir nicht schaffen«, sprach Rasinski finster, während sie den Leichnam auf den Boden niederlegten, »ruhe hier aus bei den Tausenden, denen die grausame Härte dieses Bodens alles, selbst die Grabstätte verweigert. Ist es denn nicht genug, daß die Natur uns mit allen ihren Schrecken unerbittlich verfolgt? Muß auch noch der Mensch zur Hyäne werden und in das Heiligtum des wehrlosen Schlafes einbrechen?« Ludwig trat teilnehmend zu ihm. »Dir soll ein sanfter Balsam des Trostes auf diese Wunde gegeben werden«, sprach er, »wir haben dir eine frohe Kunde zu bringen!« – »Ihr? Eine *frohe Kunde?*« fragte Rasinski, fast bitter betonend. – »Deine Schwester und Lodoiska sind uns nah – sie sind *hier*, in wenigen Minuten kannst du sie umarmen.« – »Meine Schwester hier?« rief er mehr erschrocken als freudig und sah Ludwig staunend an. »Oh, Johanna, zu welchem Anblick kommst du hierher! Also kannte man in Warschau unser Schicksal! Ludwig, Ludwig, deine Nachricht ist so herb wie süß! Ich war nicht gefaßt, sie jetzt zu sehen! Und doch«, setzte er weich hinzu, »daß ich sie noch sehe, welch ein unaussprechliches Glück ist das für mich!«

Die Freunde führten ihn zu Pauls Haus. Bevor sie eintraten, stand Rasinski still. »Und Lodoiska begleitet sie? Was sollen wir der Armen sagen? Jaromir liegt in düsteren Träumen des Wahnsinns, sinnberaubt, rasend – vielleicht schon erlöst!« – »Und wäre sie nur gekommen, seinen letzten Seufzer zu vernehmen«, sprach Ludwig aus innerster Überzeugung, »dennoch würden ihr alle Schätze der Erde dieses Glück im tiefsten Schmerz nicht aufwiegen. Weiß du denn aber, ob ihr Anblick nicht eine heilende, rettende Wunderkraft auf ihn ausübt?« – »So oder so! Es muß getragen sein, laß uns ein männlich gefaßtes Antlitz zeigen.« Mit diesen Worten schritt Rasinski entschlossen die Stufen hinauf, und die hohe Kraft des Mutes und des Duldens thronte wieder auf seiner edlen Stirn. Indem er die Tür öffnen wollte, hielt er noch einmal inne und fragte Ludwig mit beklemmter Stimme, als zittere er vor dem Nein: »Ist auch deine Schwester hier?« – »Auch sie«, entgegnete dieser.

Das Dunkel verbarg den Schmerz, der über sein Angesicht zuckte, und niemand gewahrte die fliegende Röte, welche die Nähe dieses holden Wesens auf seine gramgebleichte Wange hauchte. Da er keinem der Freunde das Geheimnis seiner tiefsten Brust eröffnet hatte, ahnte auch keiner seine innerste Erschütterung. Er besiegte sie durch die mächtige Herrschaft des Willens, mit der er seinem ganzen Leben gebot. »Laß mich zuerst eintreten«, bat Bernhard, »dein Anblick könnte die Frauen zu heftig überraschen.« – »Meine Schwester nicht«, erwiderte Rasinski, »doch die jüngeren Mädchen vielleicht. Geh denn und erzähle, daß ihr mich gefunden habt.«

Bernhard trat zu der Gräfin ein. Einige Augenblicke danach öffnete er Rasinski die Tür. Lodoiska flog mit einem lauten Schrei auf ihn zu und sank, das Antlitz verbergend, an seine Brust. Er hielt sie mit der Rechten innig umfaßt. Die Schwester trat bebend zu ihm, lehnte sich, von seinem linken Arm fest umschlungen, gegen seine Schulter und ergoß Schmerz und Liebe in einen stummen, tränenlosen Kuß. Marie blieb beklommen, leise weinend, im Hintergrund stehen. »Schwester!« sprach Rasinski nach langer, tiefer Stille und löste die Umarmung. – »So müssen wir uns wiedersehen!« rief sie mit einem Ton des Schmerzes aus, der in die tiefste Seele drang. »So!« Und als sei die düstere Wolke der beklommenen Angst mit diesem Ausruf zerrissen, atmete sie jetzt freier auf, und ein Strom von Tränen kam aus ihren Augen.

»Tröste dich, du Edle, über das Grab hinaus reicht kein Schmerz«, sprach Rasinski in jener Stärke, die selbst der Hoffnung zu entsagen vermag. »So lange werden wir's zu tragen wissen. Aber du, Arme«, wandte er sich jetzt mitleidsvoll zu der bleichen, zitternden Lodoiska, die in seinen Armen hing und ohne Bernhards sanfte Unterstützung längst in die Knie gesunken wäre, »was soll ich dir für Trost bringen? Du bist noch so jung, du hast eine zu lange Bahn vor dir!« Sie hing mit forschenden Blicken voller Angst an seinen Lippen, doch gewann sie nicht die Kraft zu einer Frage nach Jaromir. »Ich verstehe dich, holdes Kind«, sprach er mit gerührtem Ton, »du fragst nach Jaromir, Lodoiska, du bist eine Tochter Polens. Festigkeit im Schmerz muß dein Erbteil sein, denn wir werden gesäugt mit Gram und genährt mit Kummer. Du sollst die Wahrheit hören. Dein Freund lebt, aber er ist krank, schwer erkrankt, düstere Fieberträume verschleiern seine Seele! Bereite dich vor, ihn zu verlieren!«

Ihre Brust bebte von heftigen Atemzügen, endlich brachte sie mühsam die Worte hervor: »Wo ist er? Laßt mich zu ihm!« – »Morgen, liebstes Herz«, beruhigte sie Rasinski, »jetzt mitten in der Nacht ist es unmöglich!« Aber als durchdränge sie ein höherer Geist mit plötzlich neubelebender Kraft, rief sie aus: »Morgen! Morgen! Und sein Leben hängt an der Minute! Vielleicht haucht er in der nächsten Stunde den letzten Atemzug aus. Und ich soll warten, diese ewige Nacht hindurch. O Mutter, Mutter, du kennst mein Herz, du weißt, ob es möglich ist, ob ich nicht erliege in Angst und unnennbaren Qualen. Mutter, hilf du mir ihn erbitten!«

Flehend hob sie die schönen Arme zu der Gräfin empor, wankte zu ihr hin und sank vor ihr nieder, mit dem Kopf in ihrem Schoß. Jetzt trat auch Marie schüchtern näher und redete Rasinski an. »Wir haben uns noch nicht begrüßt. Mein erstes Wort sei die Unterstützung *ihrer* Bitte. Sie liebt, und ein liebendes Herz muß brechen auf solcher Folter.« Die letzten Worte waren kaum vernehmbar.

»Marie!« erwiderte Rasinski mit einem unnachahmlichen Ton der Stimme, in dem seine männliche Kraft zusammenzubrechen schien. »Marie! Beim allmächtigen Gott«, rief er endlich mit jener heftigen Anstrengung, durch die er sich gewaltsam wieder hochzureißen versuchte, wenn das Gefühl die Klarheit seines Tuns zu überwältigen drohte, »beim Allmächtigen, ich vermag nichts. Jaromir liegt im Lazarett. Nachts wird keinem dort die Pforte geöffnet, sonst würde ich die Arme ja sogleich selbst zu ihm führen. Aber ich müßte den Marschall im Schlaf aufstören, müßte …«

»In welchem Lazarett liegt der Kranke, von dem Sie sprechen, Herr Graf?« fragte Paul rasch. – »Hier gleich am Tor, zur Linken in dem großen Gebäude.« – »Dazu hab' ich die Schlüssel«, fiel Paul freudig ein, »ich führe die junge Gräfin selbst dahin.«

»Dank der Mutter Maria«, rief Lodoiska aufspringend, »Dank, heißer Dank – so soll ich ihn noch einmal sehen!«

»Ich begleite dich«, sprach Rasinski fest entschlossen. – »Und ich«, fiel die Gräfin ein. »Wir alle«, sprach Marie voll schwesterlicher Teilnahme. – »Nein, Marie«, erwiderte Rasinski, mild verweisend, »der Gang ist nicht leicht und nicht erfreulich. Wir müssen ihn *allein* tun, ich *bestehe* darauf.«

Es währte nicht zwei Minuten, bis die Gräfin und Lodoiska zu dem traurigen Weg gerüstet waren. Rasinski drang auch darauf, daß Ludwig und Bernhard zurückblieben, diese dagegen forderten, daß er sich die notwendige Ruhe gönnen solle. »Handelt zum letzten Mal nach meinem Befehl«, sprach er endlich sanft, aber gebietend. »Ihr bleibt zum Schutz des Hauses, ich muß der Führer der Unglückseligen sein, da sonst niemand seine Lagerstätte auffindet.« Sie gingen in die düstere Winternacht hinaus.

Viertes Kapitel

Das kolossale, altertümliche, schwerfällige Gebäude, in dem die Kranken und Verwundeten lagen, war vormals ein Kloster gewesen. Mit seinen düsteren Umrissen auf den Nachthimmel gezeichnet, stand es schauerlich vor den Ankommenden. »Ungern öffne ich dieses Haus«, sprach Paul, »denn es sieht keiner Stätte der Pflege und des Mitleids ähnlich. An allem ist hier Mangel, oft sogar an der notwendigen Nahrung, an Stroh zum dürftigem Lager! Die Ärzte wechseln schnell, und die wenigen jungen Leute, die man uns läßt, zeigen sich kaum, weil sie sehen, daß doch alles vergeblich ist und ihre Kunst nur das Elend verlängert. Darum vermeiden sie den gräßlichen Anblick. Nicht einmal gehörig erwärmt können die alten Gewölbe werden, so daß bei dieser strengen Kälte der Brand gleich in die meisten Wunden tritt und die Unglücklichen hinwegrafft. Das Haus ist nur ein großer Sarg, in den die Lebendigen gelegt werden.«

Während dieser Worte hatte er mit seinen schweren Schlüsseln das Tor geöffnet, und mühsam, in den Angeln kreischend, wurden die Flügel aufgedreht. »Ist denn über Nacht kein einziger Wächter hier?« fragte die Gräfin schauernd. – »Keiner«, erwiderte Paul, »es ist kein Raum. Hier müssen immer die Toten den Lebenden die Stätte überlassen, ehe das Bett eines Verstorbenen noch erkaltet ist, nimmt es oft schon einen neuen

Gast auf.« Lodoiska schwieg, sie weinte auch nicht, sondern zitterte nur wie im heftigsten Fieber.

Man stieg die halbverfallenen Steintreppen hinauf und ging einen langen dunklen Kreuzgang hinunter. »Hier am Ende des Ganges in dem letzten Gewölbe rechts zur Seite, fand ich eine Lagerstatt für ihn«, sprach Rasinski, »dorthin führt uns, mein Freund!« – »*Dort* liegt er?« fragte Paul mit erschrecktem Erstaunen. – »Warum betont Ihr das so?« – »Hm! Das Gewölbe ist wüst und kalt, es liegt gerade zur Nordseite hinaus.« – »Es war kein anderer Raum mehr zu finden, und der Arzt, den ich dort traf, versprach mir pünktliche Sorge für den Kranken zu tragen.« – »Ich glaub's schon!« erwiderte Paul, aber in einem Ton, als denke er das Gegenteil.

Die Schritte der Wandernden hallten in dem öden Gang, man hörte keinen Laut, als zu beiden Seiten bisweilen ein dumpfes Wimmern und Stöhnen, das um so schauerlicher war, als es geheimnisvoll aus den Mauern selbst zu dringen schien. »Hier«, sprach Paul und öffnete eine Tür.

Selbst Rasinski schauderte, als er jetzt in diesen Aufenthalt des Grauens trat, den er am Tag wählen mußte, um nur ein Obdach für Jaromir zu finden, denn seit dieser von Bianka getrennt war, fiel er zuerst in ein heftiges Rasen und dann in eine finstere, todesmatte Abspannung, bei der er sich nicht mehr auf den Füßen zu halten vermochte. Jetzt um Mitternacht war diese grausame Höhle fast zu schauerlich, selbst für einen Bewußtlosen. Eine, einzige, trübe flackernde Lampe erhellte den Raum mit halbdunklem Schimmer. Ringsum lagen auf spärlichem Stroh kaum bedeckte Elende, teils mit entsetzlichen Wunden oder grauenvoll verstümmelt, teils von Jammer bis zur Unkenntlichkeit entstellt. Tiefschweres Atmen, dumpfes Röcheln waren die einzigen Laute, die man vernahm. Ein eisiger Hauch wehte durch das Gewölbe, denn die Fenster waren zum Teil zerbrochen, so daß Eis und Schnee wie wachsende Gletscher eingedrungen waren, die fast die Lagerstätte der Unglücklichen berührten. »Also hier!« sprach Lodoiska, indem sie eintrat, mit bebender Stimme, und das kalte Entsetzen rührte ihr an die Brust.

Paul leuchtete einigen Kranken mit der Laterne ins Gesicht. Sie starrten ihn mit gräßlich offenstehenden Augen an, ohne eine Wimper zu rühren. »Das sind Tote, Freund«, sprach Rasinski schaudernd, »sie sind vor Frost erstarrt.« Lodoiska hielt sich wankend an die Gräfin.

Man mußte zwischen den Reihen der Gelagerten, diesem grausamen Gemisch von Leichen und Sterbenden, hindurch, so daß der Fuß fast über die Hilflosen strauchelte. Bebend am Arm Rasinskis hängend, schwebte die schöne Gestalt Lodoiskas wie die eines tröstenden Engels durch diese Räume der Verdammnis. »Es war doch gut, daß wir dich begleiteten, Kind«, sprach die Gräfin, die selbst alle Kraft brauchte, um ihre Fassung zu behalten. – »Ich hätte es auch allein gewagt, vertrauend auf den Beistand meiner Heiligen«, erwiderte sie mit einem frommen Blick gen Himmel.

Paul erhob die Laterne und leuchtete zu einer dunklen Ecke hinüber, wohin noch kein Lichtstrahl gedrungen war, weil die an der Decke brennende Lampe den Schatten eines breiten Pfeilers dahin warf. »Dort liegt noch ein Kranker«, sprach er und deutete mit dem Finger dahin. – »Allbarmherzige Mutter Gottes, das ist er«, rief Lodoiska entsetzt aus, so daß der herzzerreißende Ton im Gewölbe erschallte, und sank betäubt in Rasinskis Arme zurück. Die düstere Einsamkeit des Ortes schien zu erschrecken über den Jammerlaut, der die schauerliche Stille zerriß. Rasinski umfaßte die Sinkende mit väterlichem Arm. »Ja, er ist es«, sprach er mit tiefer Stimme, »er leidet schwer!«

Lodoiskas Betäubung dauerte nur einen Augenblick, dann gab ihr die Liebe neue Kräfte. »O laß mich zu ihm, an seinem Lager knien«, bat sie mit ersterbender Stimme, »o laß mich!« Rasinski unterstützte ihre wankenden Schritte, doch mußte Paul erst einige Leichname aus dem Weg räumen, damit man bis zu Jaromirs Strohlager herankommen konnte. Er lag in seinen Mantel dicht eingehüllt. Als er das Licht erblickte, richtete er sich auf. Starr, den wilden Wahnsinn im Blick, heftete er das Auge darauf. Eine fliegende Fieberglut rötete die abgezehrte bleiche Wange, er griff mit der Hand der Flamme entgegen. Die entschlossene Gräfin trat grausend einen Schritt zurück. Ist das der Jüngling, fragte es in ihr, der vor wenigen Monaten noch frisch wie der goldene Morgen blühte? Dieses bleiche Gebilde des Grabes?

»Was wollt ihr?« sprach Jaromir langsam mit hohler Stimme. »Was kommt ihr herunter in meine Gruft? Fort mit der Fackel!« Lodoiskas Lippen verschloß der lähmende Schmerz mit unzerreißbaren Banden. Selbst die Liebe erstarrte bei dieser entsetzlichen Prüfung und vermochte die Fesseln des Grauens nicht zu sprengen. »Jaromir! Fasse dich! Sei ein Mann! Erkenne uns!« redete Rasinski den Unglücklichen an und berührte ihn mit seiner lebenswarmen Hand. Man sah, wie des Jünglings wahnsinnige Betäubung mit dem Bewußtsein, das Rasinskis Anblick in ihm erweckte, rang, es arbeitete in seinen Zügen, sich aus der grauenhaften Umstrickung loszuwinden.

Endlich hatte Lodoiska den Kampf überwunden. Sie kniete zu dem Geliebten nieder, nahm seine Hand, blickte ihm ins Auge und fragte mit brechender Stimme: »Jaromir, erkennst du mich nicht mehr? Oh, gib mir nur ein Zeichen deiner Liebe.« Er fuhr sich mit der Hand zweimal über die Stirn, als wolle er einen schweren Schmerz oder Druck entfernen, dann leuchtete plötzlich ein flüchtiger Glanz in seinem erloschenen Auge: »Lodoiska!« rief er aus und strebte die Arme zu erheben, doch vergebens, er atmete noch einmal aus tiefster Brust, dann brach der Körper zusammen, das Auge schloß sich, und er sank regungslos auf das Lager zurück. »Hilfreiche Heilige, beschirme ihn, er stirbt!« rief Lodoiska und rang die Hände.

»Nein, nur die Freude hat ihn überwältigt«, tröstete sie Rasinski. »Laßt uns seine Ohnmacht benutzen, um ihn von diesem Ort des Grauens zu entfernen. Freund, es wird eine Zeit der Vergeltung kommen«, wandte er sich zu Paul. »Aber jetzt leiht mir noch Euren Beistand, helft mir den Unglücklichen bis in Eure Wohnung bringen. Hier *muß* ihn der Tod hinwegraffen.«

Der redliche Paul war freudig bereit. »Gern, gern«, rief er, »und es wird leicht gehen. Auf dem Gang stehen Krankenbahren, und in meinem Haus ist ja wohl noch ein Plätzchen auf.« Sie legen sogleich Hand an und trugen den Ohnmächtigen hinaus. Lodoiska schwankte am Arm der Mutter nach. Rüstig griffen Paul und Rasinski selbst die Bahre an. Die Frauen trugen Sorge, den Kranken vorsichtig einzuhüllen. Lodoiska fand Kraft und Fassung in sich, als die Liebe jetzt Pflichten von ihr forderte. Sorgsam wachend, ging sie neben der Bahre und geleitete so den sterbenden Freund bis an die gastliche Stätte, wo so viele befreundete Gestalten statt jener Bilder des Entsetzens sein Lager umgaben.

Bald hatte man Pauls Wohnung erreicht. Mit stummer Trauer empfingen die treuen Gefährten den bejammernswerten Freund, und pflegend und wachend, wie Engel des Heils und Erbarmens, setzten sich Marie und Lodoiska an der Bahre nieder, um die Nacht hindurch ihn zu pflegen. Er lag in unruhigem Halbschlaf und sprach oft in seiner Fieberverwirrung. Lodoiskas und Biankas Namen nannte er am häufigsten. Einmal rief er: »Alisette, Alisette – fort, fort, du schöne Schlange!«

Mit welchem Gefühl hörte die liebende Lodoiska diesen Namen! Sie hatte ihm so rein, so völlig vergeben – sie vergab auch der Verführerin! Oh, wenn sie es vermocht hätte, ihm diesen Trost in die von glühenden Qualen gefolterte Brust zu flößen! Marie war, übermüdet, in einem Lehnsessel in Schlummer gesunken. Tiefe Nacht und Einsamkeit umgab die Liebende jetzt. Welch ein Augenblick der Seligkeit, wenn die furchtbar gähnende Kluft sie nicht von ihm getrennt hätte, die sich unüberwindlich wie das Totenreich auftut, sobald das Band des hellen Bewußtseins zerreißt. Nur im heißen Gebet fand Lodoiska Hoffnung und Trost. Sie kniete nieder und wandte Herz und Antlitz zum Himmel und flehte aus inbrünstiger Seele: »Oh, Allgütiger, nur noch einmal laß das helle Licht der Wahrheit in sein Herz fallen! Führe seine Seele noch einmal zurück auf die Erde, so schön und rein wie sie einst in ihm wohnte! Ach, der Tod trennt ihn ja nicht so schrecklich von mir wie dieses düstere Gefängnis, in dem er gebunden liegt, denn hast du ihn weggenommen, so wohnt er im ewigen Licht bei dir, und der Gedanke schwingt sich tröstend zu ihm auf. Jetzt aber haust er wie ein Verdammter in der Finsternis. Sein Geist irrt im wilden Chaos und findet nirgends eine Stätte der Ruhe, des Trostes! Oh, schließe ihn los von diesen glühenden Banden, die ihn an den starren Fels der Verdammnis ketten – o sei milde, du Allbarmherziger, und laß mich diesen namenlosen Jammer rühren!« So lag sie kniend und tat fromme Gelübde der Buße, wenn ihr Erhörung würde.

Allmählich wich die unendliche Nacht, und ein grauer Schimmer der Dämmerung fiel in das Gemach. Sie trat ans Fenster. Der Himmel war hell, das Licht erbleichender Sterne blinke noch mit letzten matten Glanz durch das tiefe Blau. Am südöstlichen Horizont glimmte ein rötlicher Schein und färbte den leichten Nebel. Lodoiska stand in tiefes Sinnen verloren, und Tränen verdunkelten ihr Auge, aber sie waren milde, sie entquollen einem heiligen Vertrauen, das ihre Brust nach den fernen Qualen mit sanfter wehmütiger Hoffnung erfüllte. Sie wandte den Kopf zu dem Lager des Freundes. Er schlief still und atmete ruhig, ja ein Lächeln schwebte über seine Lippe, und der erste dämmernde Rosenschimmer des Tages fiel auf die blassen Wangen.

Es war nicht mehr die Betäubung des Wahnsinns, die ihn fesselte, sondern ein erquickender Schlaf, der der Erschöpfung folgte. »Heilige Mutter Gottes, umschwebe du ihn mit segnender Nähe!« flehte Lodoiska und nahte sich zitternd. Eine süße Beklemmung der Freude drang in ihr Herz, die Hoffnung dämmerte ihr auf, das Auge des Erwachenden werde die Geliebte erkennen. Mit zurückgehaltenem Atem über ihn gebeugt, lauschte sie auf den Hauch seiner Lippen, auf den Schlag seines Herzens. »Oh, er genießt jetzt eine milde, erquickende Ruhe«, rief sie innerlich jauchzend und sank in heißem Dankgefühl auf die Knie vor sein Lager.

Die Morgenröte erfüllte das Gemach mit mildem Duft, sie glänzte wider von dem Angesicht des Schlummernden. Plötzlich schlug er das Auge auf und sprach matt: »Nun ist's vorüber!« Sein Blick war nicht mehr wild und verwirrt, ein sprachloses, seliges Staunen malte sich in seinen Zügen. Ein Himmel des Entzückens senkte sich in Lodoiskas Brust, doch mit heldenmütiger Stärke bezwang sie sich, weil sie bebte, durch einen plötzlichen Ausbruch der Freude das zarte, neugewobene Band des Bewußtseins wieder zu zerreißen. Zitternd blieb sie auf den Knien liegen und fragte mit lispelndem Laut der Liebe: »Ist dir besser, lieber Freund?« Er faltete die Hände über die Brust, erhob das Haupt ein wenig und sprach leise mit dem Ton schauernder Verehrung: »Oh, ich erkenne dich, du Heilige, von goldenem Himmelsglanz umflossen, du bist nun eine Selige, und auch mir öffnen sich die Pforten des Friedens. Oh, reiche mir zum Zeichen der Versöhnung deine Hand!« Er weilte noch unter seinen Traumgestalten, in denen er vor allem Lodoiska gesehen hatte, jetzt, wie sie vom Morgenrot umstrahlt, mit herabwallenden Locken vor ihm kniete, zogen die erblassenden Gebilde des Traumes, allmählich verschwimmend, in die Wirklichkeit hinüber, und er dachte, jenseits erwacht zu sein.

Sie reichte ihm die milde Hand und fragte mit dem süßen, brechenden Ton der Liebe, der in Tränen des Entzückens versiegt: »Erkennst du mich endlich wieder? Oh, du hast schwer geträumt! Ich bin es, mein Jaromir, lebend und wirklich, liebend und glückselig!«

»Heiliger Gott!« stammelte er. »Wo bin ich denn, wo war ich – nein, nein aus dem grausamen Dunkel!« Er machte eine abwehrende Bewegung mit der Hand und blickte scheu zur Seite. Lodoiska, als wolle sie ihn an ihrer Brust vor den Schrecklichen verbergen, schlang liebend und zitternd den Arm um seinen Nacken und zog ihn, sanft küssend, an sich. »Nein, nein, Lieber«, sprach sie mit schmerzendem Ton der Stimme, »fürchte nichts, du lebst und ruhst an meinem Herzen, hier soll kein furchtbarer Traum dich quälen.«

In seliger Trunkenheit drückte er das Antlitz an die Brust der Geliebten, und als seine Wange an ihrem Herzen ruhte und sein Ohr den pochenden Schlag vernahm, da erwachte er wieder ganz zur Wirklichkeit und Wahrheit, und zerrissen war der Schleier, der seine Seele finster umhüllte – zerrissen aber auch die letzten Bande des Lebens in dem zerstörten Körper! Müde hob er das Antlitz zu der Geliebten empor, trank einen sehnsüchtigen Kuß von ihren Lippen und hauchte matt: »Nun weiß ich alles! Und du vergibst mir, Lodoiska?« – »Mein Herz kann nur lieben«, rief sie, halb erstickt von dem hervorbrechenden Strom der Tränen. Noch ahnte sie nicht, daß dieser Augenblick überdrängender Seligkeit ihr auch den Becher des tiefsten unerschöpflichen Schmerzes reichen sollte. Nur die höchste Anspannung aller Kräfte seiner Seele hielt das Leben noch in Jaromirs Brust zurück. »Oh, du wurdest edler, reiner, treuer geliebt als von mir«, seufzte er schmerzlich. »Boleslaw war deiner wert! Die Lippe des Sterbenden übergab mir das heilige Vermächtnis! Nun werde ich dort frei zu ihm treten können!«

Nach diesen Worten sank er bleich zurück, und die Arme vermochten nicht mehr die Geliebte zu umfassen. »Allerbarmende Mutter des Heilands«, rief sie aus, als sie ihn erblassen sah, »er stirbt, er stirbt!«

Bei diesem angstvollen Ruf erwachte Marie. Mit einem Blick erkannte sie, was geschah, und eilte der Unglücklichen zum Trost herbei. »Er stirbt, er stirbt, Marie!« rief diese nochmals und rang verzweifelnd die Hände. Marie sah wohl, daß hier von menschlicher Hilfe nichts mehr zu erwarten sei. Sie dachte daher eines Versprechens, daß sie der Gräfin gestern in der Stille geben mußte, diese sogleich herbeizurufen, wenn sich etwas Bedenkliches ereignen sollte. »Ich werde die Mutter holen«, entgegnete sie daher der Jammernden und eilte ins Nebenzimmer.

Sie fand die Gräfin schon erwacht und angekleidet und Rasinski bei ihr, der sehr bewegt schien. Ihr blasses Antlitz voller Tränen weissagte nichts Gutes. »Was geschieht?« fragte die Gräfin. – »Ich fürchte, er stirbt«, war ihre leise, mit einem bedeutsamen Wink gegebene Antwort, damit

Lodoiska, deren Hoffnung sie aufrecht zu erhalten suchen wollte, sie nicht vernehmen solle. Eilig und bestürzt traten beide ein. Sie fanden die Unglückliche zärtlich über den Sterbenden gebeugt, seine Hände in den ihren haltend, die er im Gefühl des nahen Todes gesucht und sanft gefaßt hatte.

Noch erkannte er die Eintretenden, denn er lächelte ihnen mit den Augen zu, aber die Sprache fehlte ihm. Durch Axinia herbeigerufen, die im Vorderzimmer Lodoiskas schmerzlichen Ausruf gehört hatte, traten jetzt auch Ludwig, Bernhard und Bianka ein und näherten sich dem Lager des Sterbenden. Bianka hatte erst in der Frühe durch Bernhard erfahren, daß Rasinski wiedergefunden sei. Auf ihn ging sie daher zu, reichte ihm die Hand zur Begrüßung und lehnte sich schmerzvoll mit ihrem schönen weinenden Haupt an seine Brust. »Dich haben wir wieder«, sprach sie, »aber doch – *ein* neues Opfer wird gefordert! – Oh, Freund!« Da erstarb ihre Stimme in Tränen, und sie mußte sich das Antlitz verhüllen.

Rasinski trat, in tiefster Seele zerbrochen und erschüttert, aber doch mit heldenmütiger Zusammenraffung, an das Lager seines jungen Freundes. »Mein Sohn, erkennst du deinen Vater nicht mehr? Mein Jaromir, erkennst du deine Waffenbrüder nicht?« Das Auge des Sterbenden wandte sich der Stimme zu, und ein leises Lächeln schwebte über seine Lippe. Er bewegte die Rechte ein wenig, als wollte er sie gegen den, der ihm Vater, Bruder und Freund zugleich gewesen war, ausstrecken. Rasinski ergriff sie, und Lodoiska ließ sie ihm willig.

Ein heiliges Schweigen herrschte ringsumher, nur der Unwillkürliche Laut der Schmerzen unterbrach die tiefe Stille. Da hob sich die Brust des Sterbenden noch einmal und tat einen tiefen Atemzug. »Lebt wohl, Freunde, Geliebte«, seufzte er mühsam, dann kam der Tod, seine Lippe erbleichte, das Auge brach. In stummem Jammer warf sich Lodoiska über den Toten und hielt ihn in unauflöslicher Umarmung. Die Geschwisterpaare, die das Sterbelager umstanden, hielten sich umfaßt, es war, als sollten sie Herz an Herz die Seele ausweinen!

Fünftes Kapitel

Da tönte in die hehre Stille der dumpf krachende Donnerschlag eines Kanonenschusses, so nahe, daß die Fenster des Gemachs klirrten. »Was ist das?« rief Rasinski und fuhr schlachtgewohnt empor. Aber auch ehe er das Wort vollendet hatte, krachte die volle Lage einer Batterie, daß der Erdboden bebte. »Heiliger Gott!« rief die Gräfin. »So nahe sind wir dem Kampf?«

Marie stand erblassend, denn sie war diesen Klanges noch nicht gewohnt. »Ich muß hinaus«, sprach Rasinski entschlossen, »wir sind angegriffen.« – »Wir begleiten dich«, rief Ludwig ebenso rasch, und Bernhard sprang zu den Waffen, die auf einem Sessel lagen. – »Nein, niemals«, gebot Rasinski mit Hoheit. »Ihr habt in diesem Kampf nichts mehr zu erfechten! Bleibt hier und behütet, was mir und euch das Teuerste ist.«

»Wir lassen dich nicht allein ins Gefecht«, rief Ludwig heftig und wollte ihn aufhalten. – »Ihr sollt, ihr müßt! Mich ruft die Pflicht hinaus, euch bindet sie hier«, erwiderte Rasinski fest und wies Ludwig zurück. – »Nein, du darfst uns das Recht, dir zur Seite zu stehen, nicht nehmen«, sprach Bernhard, denn du kannst den Vorwurf nicht von unserer Seele wälzen, wenn du bleibst, wo Freundesbeistand dich gerettet hätte.«

Draußen ertönten die Trommeln mit furchtbarem Getöse in den engen Gassen. Wildes Geschrei, Kanonendonner, Trompetenschmettern hallten durcheinander, Volk und Soldaten liefen zusammen. »Wenn ihr je meinen Willen geachtet habt«, rief Rasinski und richtete sich mit der ihm angeborenen Würde empor, »so bleibt zurück. Gehorcht in dieser Minute mir zum letzten Mal als Führer. Ich gebiete euch, bleibt.«

Die Frauen waren vor Schmerz und Angst zu bewegt, um die neue Spannung, die dieser edelmütige Streit in ihnen hätte erzeugen müssen, in ihrer ganzen Kraft zu empfinden. Unbewußt war ihnen die so oft eintretende Wohltat strenger Schicksale, daß die von vielen Seiten zusammentreffenden Schläge einander selbst entkräften, weil die menschliche Brust, wie ein Gefäß, nur für ein bestimmtes Maß empfänglich ist. Mag der Strom der Verhängnisse dann noch so gewaltig darüber hinbrausen, er füllt es nicht höher an, sondern das Übermaß des Schmerzes flutet unempfunden überallhin.

Marie allein, die der Tod Jaromirs nur mit entfernterem Anteil berühren konnte, teilte die bange Sorge um die Wendung dieses Streites ganz. Indem sie sah, wie der edle Mann, der ihr einst seine Liebe bot und die ihre gewann, sich jetzt in die Gefahr des Kampfes stürzen und mutig dem Tod für Ehre und Vaterland weihen wollte, flammte die tiefverhüllte Glut wieder in ihr empor, und sie zitterte für das teure Leben. Von diesem Gefühl getrieben, trat sie zwischen die Männer. »Fordert der Kampf Sie denn auch jetzt noch?« fragte sie und blickte bittend zu Rasinski auf. »Ist es noch Pflicht, sich dem Tod zu weihen, wo aus dem gänzlichen Schiffbruch nichts mehr zu retten ist? O bleiben auch Sie, daß nicht die Stunde unseres Wiedersehens die des unaussprechlichen Schmerzes werde, wenn …«

Hier brach sie ab, sie wagte nicht auszusprechen, was sie dachte und fürchtete. »Marie!« rief Rasinski, mit einer Stimme, die sein ganzes Herz entfaltete. »Marie!« Er stand im heftigsten Kampf mit sich selbst und blickte sie schmerzvoll an. Es war ihm einen Augenblick, als sei die eherne Scheidewand, die sich zwischen ihn und sie stellte, eingestürzt durch die Riesengewalt der Verhängnisse. Mit mächtigen Banden zog es ihn hinüber zu der holden Gestalt, die der Genius seines Lebens sein sollte. Doch die Täuschung dauerte nur eine Sekunde. Die rosig goldenen Nebenschleier zerrissen, die duftigen Wolken entschwebten, und die unerbittliche Wahrheit stand wieder in ihrer rauhen Majestät vor ihm, kolossaler als jemals. Nichts war geändert, die trennende Kluft gähnte nur noch tiefer auf als je zuvor. Er erkannte es und sprach fest, aber sanft: »Nein, auch diese Bitte darf mich nicht halten! Lebt wohl! Ihr bleibt!« Rasch riß er sich los und eilte hinaus.

Marie schwankte wie betäubt zurück und sank matt in die Arme des Bruders. Bernhards scharfblickendes Auge sah ihr bis in das innerste Herz. Rasinski hatte das Geheimnis seiner Brust mit einem einzigen Wort enthüllt. Also er – und sie, dachte er, und der Schmerz preßte ihm die Brust krampfhaft zusammen. »Oh, er läßt uns die schwerer Pflicht!« rief er ausbrechend. »Wen die tiefen Strudel des Lebens wirklich gepackt haben, der weiß, daß eine Schlacht ein lustiges Schifferstechen ist, wo die Welle nur spielend gegen den Nachen schlägt!«

Ludwig verstand den Freund nur halb, nur soweit er dasselbe Gefühl teilen konnte. »Freilich kämpfen wir den schweren Kampf der Entsagung«, entgegnete er, »doch auf seinem großen Herzen lastet das als ungeheuerer Schmerz, was uns mit freiem Fittich erhebt. Darum kämpft er schwer und männlicher als wir!« – »Oh«, rief Marie aus, »o ihr Lieben, fragt nicht, wer hier den tiefsten Kelch der Schmerzen leert! Der Jammer ist ein Meer geworden, die Flut steigt über jedes Herz hinan!« – »Bergetief!« warf Bernhard rauh und düster hin, »es kommt auf etliche Turmhöhen nicht mehr an.« Es schüttelte ihn wie ein Fieberfrost. Die Entdeckung, daß Marie ihr Herz einem anderen geweiht habe, war wie ein Fels auf seine Brust gefallen und hatte sie zerschmettert. »Er ist der Edelste, der Würdigste«, dachte er und ging heftig auf und ab, »doch das kann mich nicht trösten, es vernichtet mich nur desto sicherer, denn um so ferner verdrängt er mein Bild aus ihrer Seele! Und diese Liebe war der Leitstern, dem ich folgte durch die finstere Wüste unserer Wanderung! Sein mildes Licht allein gab mir Trost – ich erreiche das Ziel, und er versinkt, und es ist finsterer als zuvor!«

In sich versunken, die starren Blicke auf den Boden geheftet, stand er betäubt und sah nicht, was um ihn her vorging. Da legte sich ein Arm sanft um seinen Nacken, und er fühlte eine Wange an der seinigen – es war Bianka. »Schwester!« rief er mit erstickter Stimme. »Schwester! Ja, du bist mir geblieben!« Marie mochte dunkel ahnen, was in seiner Seele vorging. Vielleicht regten sich auch in ihr neue verborgene Stimmen eines Gefühls, das sie an *einem* erschöpft zu haben wähnte. Sanft, ja fast demütig, als habe sie ein schweres Unrecht zu vergüten, trat sie daher zu

Bernhard und sprach als Erwiderung auf seinen schmerzlichen Ausruf: »Auch wir, so hoffe ich, bleiben innig verbunden, der Bruder wird nie ganz vergessen, daß er einen Freund und eine Freundin besitzt, die ihm mehr als ihr Leben dankt!«

Bernhard blickte sie erstaunt an. Sie hob zuerst die reine Hand gegen ihn und reichte sie ihm unbefangen dar: »Oh, ich weiß, was Ludwigs Schwester seinem Freund schuldet! Ich denke, ich habe nun zwei Brüder, und – wir sind Schwestern!« Mit diesen letzten Worten wandte sie sich zu Bianka, die ihr die liebevollen Arme öffnete. Bernhard wollte antworten, doch zum ersten Mal fehlte ihm die Sprache, so war sein Herz im Innersten erschüttert und wehmutsvoll gebrochen. Sollte diese offene, herzlich gebotene Freundschaft und Verschwisterung seine Hoffnung beginnen oder enden? Er wußte es nicht, ja, er wußte kaum, was er wünschen dürfe, denn edel wie er war, hätte ihn der Gedanke schon belastet, daß sein Glück nur aus fremdem Schmerz erblühen könne. Rasinskis hohes, trauerndes Bild stand vor ihm, und sein großmütiges Herz empfand das Schicksal des Freundes wie sein eigenes.

Die Gräfin trat aus dem Hintergrund des Zimmers, wo sie am Lager des Toten nur mit Lodoiska beschäftigt gewesen war, hervor. Ihr Gang war langsam. Man sah es, die hohe Gestalt hielt sich nur mit Mühe aufrecht. »Mein Bruder ist hinaus«, begann sie, weniger fragend als sich die Halbfrage selbst beantwortend. »Er hätte sich noch Zeit zum Abschied lassen sollen. Wer weiß, ob wir uns wiedersehen, denn zu hoffen habe ich verlernt!« Sie stand bleich, aber königlich aufgerichtet, als weigere sie sich stolz der Schmach ihren Nacken unter der Last des Geschicks zu beugen, doch perlte eine Träne in ihren Wimpern und bedeckte das große, dunkle Auge mit feuchtem Schimmer. Marie und Bianka traten teilnehmend zu ihr. Sie reichte ihnen die Hände und zog sie, mild bewegt, näher. »Oh, meine Töchter, ihr seid jung, das Leben faßte euch früh mit rauher Hand an – aber es zerschmetterte euch doch nicht so furchtbar wie diese Arme.« Hier deutete sie auf Lodoiska, die, einem Marmorbild gleich, stumm an Jaromirs Lager saß und seine kalte Hand nicht losließ. »Welch ein Schicksal! Hier ein erstarrender Schmerz, den keine Träne erweichend schmilzt, und ringsum Verwüstung, Tod, Grauen, Entsetzen! Hört ihr, wie der mordbegierige Donner rollt? Oh, er wird auch das edelste Haupt treffen, das so männlich dem Sturm getrotzt hat! Vielleicht können wir aus diesen Fenstern die schaudernden Zeugen sein, wenn ihn das zermalmende Erz niederschmettert!«

»O niemals!« unterbrach Marie sie weinend.

»Du weinst? Armes Kind! So meinst du den Grimm des Schicksals zu versöhnen? Erz wäre geschmolzen in meinen glühenden Tränen, doch die waltenden Mächte droben blieben unerweicht. Nein, nein! Meine nicht, daß der Himmel das Flehen aus zerrissener Brust vernimmt! Er ist taub, undurchdringlich seine eherne Wölbung, Flüche und Gebete verhallen gleich ungehört im öden Weltraum! Und meint ihr, wir hätten den Boden dieses Abgrundes erreicht? Oh, wir können noch unermessen tiefer stürzen. Zum Jammer wird sich die Schmach fügen. Bald wird der Feind triumphieren! Vielleicht sehe ich den Bruder verbunden, verblutend hier vorüberschleppen, vielleicht auch diese Jünglinge, uns selbst, denn ich bin eine Polin, und uns ist unauslöschlicher Haß, unvertilgbare Schmach geschworen. Doch ehe ich diese zarten Hände«, sie deutete auf Lodoiska, »in rauhe Banden geschnürt, ehe ich ihre keusche Schönheit der Tigerwut barbarischer Schergen preisgegeben sehe, eher soll meine eigene Hand sie durchbohren! Eine polnische Mutter ist nicht schwächer als ein römischer Vater – und *sie* wird vor dem Tod nicht zittern!« Bebend hatte sie vollendet, ihre überlastete Brust mußte sich Luft machen. Sie atmete tief und erleichtert auf und sank dann erschöpft auf einen Sessel.

Bianka trat zu ihr und umschlang sie mit tröstender Liebe. »Nein, du Edle«, sprach sie aus fester Überzeugung, »dahin soll es nicht kommen. Jetzt will ich es geltend machen, daß ich mich Rußlands Tochter nennen darf. Wer es auch sei, der diese Stadt feindlich im Sturm gewinne, ich will zu ihm, und er wird uns Schutz gewähren. So weit geht selbst der Grimm des Krieges nicht. Es gibt kein Herz auf dieser Erde, das kalt bei unserem Schmerz bliebe. Auch die rauhen Männer dieses Landes werden sich rühren lassen, und entwinden ihnen meine Bitten nicht das Schwert, so soll es mein Name tun. Ich habe das Recht, ihn geltend zu machen, noch nicht verloren!«

Inzwischen rückte das Getöse des Kampfes näher und näher. Paul war hinausgeeilt, um zu sehen, von welcher Seite der Angriff geschehe. Er kehrte jetzt atemlos wieder und berichtete: »Ein wilder Kampf entbrennt vor den Toren. Ich sah den Grafen mit dem Marschall Ney flüchtenden Soldaten die Gewehre entreißen und zu der Mauer eilen, um dem Feind selbst das Eindringen streitig zu machen. Auf dieses Heldenbeispiel versammelten sich die Scharen wieder und fochten, während die anderen aus allen Toren abziehen. Schon ist die Straße nach Memel mit Truppen bedeckt. Noch wenige Stunden, und der Feind muß Herr in der Stadt sein.«

Er hatte kaum vollendet, als die Tür aufgerissen wurde und Rasinksi hereinstürzte. »Allmächtiger Gott, mein Bruder!« rief die Gräfin und hing in seinen Armen. Er blutete an der Stirn, sein Gesicht war durch Pulverdampf geschwärzt, doch sein Auge flammte wie das des Löwen, der sich auf seinen Raub stürzt. »Die dringendste Gefahr ist vorüber«, rief er, »einen Augenblick gewann ich zum Abschied von euch. In wenigen Minuten erwartet mich der Marschall wieder. Bald werden die Russen die Stadt besetzen. Zur Flucht ist nicht mehr Raum. Darum haltet euch verborgen, bis der erste Sturm vorüber ist. Dann geh nach Warschau, Schwester, dort wirst du wieder von mir hören. Lebe wohl! Euch, meine Freunde«, wandte er sich zu Bernhard und Ludwig, »rate ich, nach Preußen zu gehen. Für euch ist dies der nächste, sichere Aufenthalt. Unser Weg geht nun auseinander. Wir haben treulich miteinander ausgedauert – lebt wohl.«

Sie lagen in seinen Armen, er schämte sich der Tränen nicht, die sein männliches Antlitz benetzten, doch er blieb fest, denn er wollt es bleiben. »Es muß geendet sein«, sprach er nach einer heilig stillen Minute, »ich habe nicht mehr Zeit für alle meine Lieben! Auch ihr lebt wohl, ihr schönen Gestalten! Bianka – Marie!« Bianka, die ihn wie einen Vater liebte, lehnte sich weinend an seine Brust, er küßte ihr die Stirn und legte segnend seine Hand auf ihren Kopf. »Du warst unser holder Schutzengel in namenloser Bedrängnis, deine Nähe war mein Trost. Jetzt reißen uns rauhe Stürme auseinander – magst du von nun an nur sanfte Pfade wallen!«

Marie stand in schüchterner Ferne. Rasinski trat ihr einen Schritt näher. »Marie«, redete er sie an, »wir sehen uns zum letzten Mal!« Da nahmen Liebe und Schmerz sich ihr heiliges Recht, frei nur sich selber zu gehorchen. Im siegenden Gefühl ihrer Berechtigung sank Marie hingegeben in Weh und Seligkeit an das Herz des edlen Mannes, und ihre jungfräuliche Lippe hing an den seinigen. »Mein warst du einen schönen Augenblick, Marie«, sprach er sanft und löste die Umarmung, »nun sei ganz wieder dein! Du hattest recht, edles, schönes Herz, zwischen uns braust ein Strom, über den kein Steg führt als der der Schuld. Wohl uns, wir werden ihn nicht ändern!« Er legte die in Tränen Vergehende an das Herz des Bruders. »Die Minuten sind verronnen, ich muß fort!« Entschlossen wandte er sich rasch hinweg.

Da riß sich Lodoiska aus ihrer dumpfen Erstarrung auf, angstvoll schmerzlich rief sie: »Willst du mich vergessen?« und wankte auf ihn zu. Er fing die Niedersinkende in seine Arme auf. »Nein, nein, du holde, bleiche Rose! Wie sollte ich dich vergessen!« sprach er weich und drückte sie mit väterlicher Zärtlichkeit an die Brust. »Aber Tränen habe ich nicht für deinen Jammer – Tränen sind zu arm!«

Sie hing sprachlos in unzertrennlicher Umarmung an seinem Herzen, das reiche Haar wallte ihr aufgelöst herab, fester und fester drückte sie das Gesicht an seine väterliche Brust. Doch ermattet sanken die Knie unter ihr ein, das bleiche Haupt fiel zurück, und mit geschlossenen Augen ruhte sie leblos in seinen Armen. Er ließ sie sanft auf einen Sessel gleiten, drückte noch einen Kuß auf ihre Marmorstirn und ging dann mit raschen Schritten der Tür zu. Bernhard und Ludwig wollten ihm folgen, doch er machte eine abwehrende Bewegung mit der Hand, rief überwältigt mit fast erstickter Stimme: »Es ist genug!« und eilte hinab.

Marie eilte ans Fenster, um ihm noch einen Blick der Liebe nachzusenden. Auf den Gassen stürzten Volk und Soldaten in wildem Getümmel durcheinander. Rasinski trat unter einen dichten Haufen und warf sich mit dem Übergewicht seines herrschenden Geistes sogleich zum Führer auf. Den Säbel ziehend, schritt er voran, zum Inneren der Stadt. Vergeblich wartete Marie, daß er das Gesicht noch einmal zurückwenden solle. Er tat es nicht. Die Brücke, die ihn mit den lieblicheren Ufern des Lebens verband, hatte er jetzt hinter sich abgeworfen und wandte nun auch selbst das Auge nicht mehr zurück, denn sich erweichender Sehnsucht fruchtlos hinzugeben war nicht in seiner Art. Der schwesterlichen Brust, den Armen der Freundschaft, der Liebe hatte ihn seine strenge Pflicht entrissen. Nun folgte er ihr allein und zeigte den Kriegern nur das eherne, unerschütterte Gesicht des Helden. Der brausende Strom des Kampfes führte ihn schnell weg und schlug mit kühlenden Wogen an seine Brust. Schon drang der Feind vor und griff die Stadt von allen Seiten an. Kanonendonner erschütterte die Gebäude. Trommeln hallten in allen Gassen, Angstgeschrei der Weiber, Klageruf der Verwundeten teilte die Lüfte.

Der unnennbare Schmerz, der die Brust der Frauen ganz erfüllte, ließ der schwächeren Empfindung der Angst keinen Raum. Lodoiska hörte kaum das brausende Getümmel auf den Gassen, in so starken Banden der Betäubung lag ihre Seele. Die Gräfin war auf das äußerste gefaßt, sie hoffte und fürchtete nichts mehr. Bianka und Marie schlossen sich trostsuchend an die Brüder an, die allein noch Raum zur Sorge in der Brust behielten und den Gang des Gefechtes verfolgten.

Plötzlich krachten die Flintenschüsse dicht vor dem Haus, und ein wildes Brausen von Stimmen erhob sich. Bernhard sprang ans Fenster. »Die Stadt muß umgangen sein«, rief er, »das sind Kosaken, die hier hereinsprengen.« In der Tat drang eine Abteilung Kosaken in das Tor und griff eine kleine Schar von Franzosen, die eben durch dasselbe den Ausgang aus der Stadt suchten, an. Doch diese setzten sich, obwohl auseinandergesprengt, entschlossen zur Wehr, und der Raum wurde unmittelbar vor dem Haus zum Kampfplatz zwischen einzelnen.

»Zieht euch zurück in die Zimmer zum Hof«, bat Ludwig die Frauen, »wie leicht könnten hier Kugeln hereinschlagen.« – »So darfst auch du hier nicht bleiben«, erwiderte Bianka, »wo du bleibst, bleiben wir.« – »Heiliger Gott, ich sehe Rasinski«, rief Bernhard plötzlich, und gleich darauf ertönte eine starke Musketensalve.

Alle, selbst Lodoiska, eilten auf Bernhards Ruf den Fenstern zu. »Wo?« fragte die Gräfin. »Wo ist mein Bruder?« – »Dort, wo die geschlossene Infanterie anrückt, sah ich ihn mitten im Pulverdampf zu Pferd«, erwiderte Bernhard, »aber jetzt ist er in der Wolke verschwunden!« – »Allmächtiger Gott, breite deine Schwingen über ihn«, betete Marie und warf sich auf die Knie.

»Da ist er, da ist er, jetzt sprengt er hervor«, ertönte Bernhards freudiger Ruf. – »Wie kommt er aber zu einem Pferd?« fragte Ludwig erstaunt. –

»Beute! Beute! Es ist ein Kosakenpferd!« rief Bernhard, und das Feuer der Kampfeslust rötete seine Wangen. »Hinter ihm hält der Marschall Ney. Siehst du dort? Sie wollen hier durchbrechen!«

Die Frauen zitterten. Der Kampf tobte heftig, der ergrimmte Tod hielt seine Sense über die Streiter geschwungen. Die Wetterwolke des Verderbens schwebte dicht über dem Scheitel des Teuersten. Sie wollten sich wegwenden von dem Anblick, doch sie vermochten es nicht, starr gefesselt hing das Auge an dem Geliebten, als könne es ihn schirmend bewachen.

Wie der Schlachtengott sprengte Rasinski im Pulverdampf daher, die pelzverbrämte polnische Mütze stolz auf dem Haupt, den Säbel geschwungen. »Vorwärts, Kameraden, wir müssen uns Bahn brechen«, tönte seine mächtig gebietende Stimme, und selbst den Frauen durchbebte sie mutig das Herz. Die Scharen rückten geschlossen an, Rasinski auf dem scheu sich bäumenden Pferd vor ihnen her. Die Kosaken waren besiegt und irrten verwirrt durcheinander. Sie hätten sich schleunig zur Flucht gewandt, wenn das Tor nicht durch die zu ihnen eindringenden Reiter gesperrt gewesen wäre. Der Marschall Ney blieb weiter zurück in der Straße und ordnete nachrückende Massen. Rasinski sah sich scharf aufmerkend nach ihm um. Jetzt zog der Feldherr den Hut und schwenkte ihn mit dem Federbusch hoch über dem Haupt. Dies schien das verabredete Zeichen.

Von den vordersten Reihen der Massen umgeben, ritt Rasinski vorwärts. Die Reiter rückten geschlossen an. »Feuer!« erscholl jetzt sein Ruf, und die Salve krachte. Die Fenster erbebten, die Frauen machten einen lauten Schrei, die Straße lag in Wolkennacht des Pulverdampfes dicht eingehüllt, wildes Kampfgeschrei der Krieger brauste aus der schwarzen Tiefe herauf. Ein Windstoß zerriß den Nebel. Da sprengte Rasinski durch den hellen offenen Raum. Sein kräftiger Säbelhieb stürzte einen Kosaken vom Pferd, einen zweiten streckte er mit der Pistole nieder. Über ihre Leichen hinweg setzte sein mutiges Roß mit verwegenem Sprung. »Vorwärts Kameraden«, rief er halb zurückgewandt, »die Bahn ist offen, brecht hindurch! Sie fliehen! Sieg! Sieg!«

Einen Blick warf er zu den Freunden und den bebenden Frauen am Fenster hoch und winkte grüßend mit leuchtenden Augen hinauf. Dann stürzte er in das Gedränge der fliehenden Feinde, die Seinigen folgten ihm mit Jubelgeschrei, und nach wenigen Augenblicken war er im Pulverdampf und brausenden Getümmel verschwunden.

Sechzehntes Buch

Erstes Kapitel

Zwei Monate waren verflossen. Der furchtbare Sturm, der so viele Lebensgeschicke in ihren tiefsten Tiefen erschüttert hatte, war endlich vorüber. Also auch dieses Maß des Duldens und der Drangsale konnte erschöpft werden! Die finsteren Gewölke verzogen sich, der Himmel lächelte milder, das Herz vermochte wieder an eine gnadenreiche Vorlesung zu glauben.

Ludwig und Bernhard hatten mit Bianka und Marie Königsberg erreicht und dort endlich einen sicheren Aufenthalt, den die Schrecken des Krieges nicht störten, gefunden. Diese Zeit hatte ihren erschöpften Körper gestärkt und begann auch die blutenden Wunden der Seele zu heilen.

Die Gräfin war, durch Biankas Vermittlung, unter sicheren Schutz gestellt, mit Lodoiska nach Warschau gegangen. Der Schmerz und das Geschick dieser Unglücklichen, die Sorge und Teilnahme für Rasinski, der sich unermüdlich weitertreiben ließ auf den Wellen des Krieges, waren die einzigen Schatten der Trauer, die in das stille, glückliche Leben der Geschwister fielen, die das Schicksal auf so wunderbaren Wegen geführt und behütet hatte.

Welch eine Zeit der süßesten Mitteilungen, obwohl mit den wehmütigsten Erinnerungen gemischt, erlebten Ludwig und Marie jetzt miteinander! In den ersten Stunden ihres Wiedersehens wurden sie von den Stürmen gewaltiger Ereignissen so umbraust, daß das Herz keine Muße fand, sich dem sanften Glück der Betrachtung zu weihen. Jetzt in den langen Winterabenden, wo ein trauliches Zimmer vier treue, schöne Seelen vereinte, wurden alle Sorgen und Qualen ihnen süß belohnt. Ihr Gespräch weilte gern in der Vergangenheit, denn schon warf die aufsteigende Sonne der Zukunft rosige Strahlen auf die fliehenden Tage zurück. Ja selbst bei dem Grab der Mutter weilten die Gedanken der Geschwister gern, obwohl eine heilige Wehmut sie bei der Erinnerung an dieses sanfte Herz, diese milde Hand, welche die Tage ihrer Jugend so treu geleitet hatte, durchdrang.

Mit gerührter Freude sah Ludwig die Freundschaft zwischen Bianka und Marie blühen und wachsen. Mit noch tieferem Gefühl des Dankes gewahrte er, daß Maries schwesterliche Teilnahme für Bernhard mit jedem Tag, wo sein edles großes Herz sich ihr weiter öffnete, wärmer und inniger wurde. In Bernhard war eine ernste Verwandlung vorgegangen. Es wurde allmählich ruhiger und klarer in ihm. Wie edler Wein läuterte sich die stürmische Glut der Gärung zu einem klaren, dauernden Feuer. Schon die furchtbaren Kämpfe hatten die überströmte Fülle herber Kraft gemildert und eine ernstere Ruhe der Betrachtung in sein Herz gesenkt. Doch noch tiefer drang jetzt der reine Strahl der Liebe in seine wogende, ungebändigte Brust ein, und ihre Wellen ebneten sich, als hätten sie Scheu, das heilige Bild seiner Verehrung getrübt zurückzuwerfen. Die besänftigende Macht, mit der früher schon Biankas schwesterliche Nähe auf ihn wirkte, übte Marie jetzt in höherem Maß. So tief und schmerzlich die Glut in ihm brannte, er beherrschte sie männlich, als versuche er Maries Liebe durch seine Beherrschung und Entsagung zu verdienen. Er hatte in das innerste Heiligtum ihrer Seele geblickt, und wie der Edle den Edlen leicht errät und versteht, so ahnte auch er alle die Kämpfe, die sie bestanden hat, und begriff, weshalb sie gekämpft hat. Ihre vaterländische Begeisterung, die jetzt in neuen, schönen Hoffnungen auflebte, kannte er und wußte, welche Opfer sie ihr zu bringen vermochte. Hoffnungen für seine Liebe wagte er nur entfernt zu nähren, doch er hatte die Gewißheit ihrer wärmsten Freundschaft, und darum wollte er jetzt nicht weiter in sie dringen, denn er ehrte den Schmerz der noch immer stillblutenden Wunden ihrer Seele, die, durch die heilende Kraft der Entsagung kaum geschlossen, von der Hand des Schicksals jüngst so grausam wieder aufgerissen waren. Sie dankte ihm diese großmütige Zurückhaltung mit innigster Rührung, denn ihr war nicht verborgen, mit welchem Kampf er sie errang.

Je ehrfurchtsvoller daher Bernhard zurücktrat, je näher mußte sich Marie zu ihm gezogen, je heiliger ihm verpflichtet fühlen. Vielleicht hatte sie es nicht über sich vermocht, seiner heißesten Bitte ihr Herz zu gewähren, doch da er still und streng entsagte, wandte sie es ihm selbst darbringend näher und inniger zu, und mit jedem Augenblick fühlte sie die Pflicht stärker, dessen Glück hingebend zu gründen, der es ihr so männlich edel zu opfern vermochte. Je mehr ihr die Liebe Pflicht wurde, je mehr wurde ihr die Pflicht Liebe. So entfaltete sich die reinste schönste Blüte edler Zuneigung im warmen, milden Strahl der Dankbarkeit und höchsten Achtung. Nur noch der erste, zartgewebte Schleier ihrer jungfräulichen Scheu und seiner heiligen Ehrfurcht verhüllte den liebenden Herzen das süßeste Geheimnis. Er wagte die Blüte nicht zu berühren, die sich ihm mit schüchtern gesenktem Kelch entgegenneigte. In diesem schwebenden bangen Glück weilten jetzt ihre Herzen, doch still und unbemerkt zeigt sich die köstlichste Frucht, und prangt sie in unendlicher Fülle, so fällt sie, eine reine Gabe des Himmels, beim leisesten Hauch günstiger Liebe wie von selbst in den offenen Schoß herab. Die Saaten der Weltgeschichte reiften der Sichel golden entgegen, in derselben Sonne füllte sich die Purpurrose der Liebe.

Schon regte es sich mächtig in allen deutschen Herzen, man fühlte den ehernen Druck des Joches, das so lange auf dem Nacken gelastet hatte, einen Augenblick gelüftet, und stolz und frei und hoffnungsgroß atmete die Brust auf.

Eines Abends, als die Geschwister im trauten Verein zusammensaßen, pochte es spät an die Tür. Sie öffnete sich auf Ludwigs Ruf. Arnheim trat ein. Ein Erröten und Erblassen überflog Maries Wangen, als sie ihn erblickte. In diesem Augenblick ahnte sie aus dem Unterschied ihrer Gesinnung gegen ihn und gegen Bernhard ihre Liebe zu diesem. Der Kommende ging ihr, als der einzigen, die er in diesem Kreis kannte, grüßend näher und redete sie an: »Kaum traute ich meinen Augen, als ich Sie diesen Nachmittag in der Dämmerung hier am Fenster erblickte. Ich erfuhr bald, daß ich mich nicht getäuscht hatte. Erlauben Sie, daß ich meinen kühnen Besuch durch eine freudige Nachricht entschuldige, die ich gerade Ihnen so schnell wie möglich zu verkünden mich verpflichtet fühlte.«

»Seien Sie in jedem Fall willkommen geheißen«, erwiderte Marie, »und doppelt willkommen, wenn Sie eine freudige Kunde für unser Vaterland bringen.« Hierauf machte sie ihn mit ihrem Bruder, mit Bianka und Bernhard bekannt.

»Sie erinnern sich, daß ich Ihnen schon in Warschau von einem geheimen vaterländischen Bündnis erzählte«, begann Arnheim, »jetzt ist es Zeit, freier davon zu sprechen, denn die Stunde, wo es Früchte tragen soll, ist gekommen. Deutschland wird aufstehen in seiner Kraft, das ganze Volk soll zu den Waffen gerufen werden. Preußen schreitet mächtig voran. Mein Vaterland ist noch durch andere, hinterlistig geknüpfte politische Bande gekettet, doch es ist Hoffnung da, daß auch Österreich sie gewaltsam zerreiße. Bis dahin, wo es als Freies und Ganzes auftreten will, begnügt es sich, die Gesinnung der einzelnen für die heilige Sache zu entflammen und ihre Entschlüsse zu unterstützen. So bin ich seit einigen Wochen bereits aus dem Dienst meines Kaisers in den des Königs von Preußen getreten. Die Führer unseres Bundes hatten schon seit längerer Zeit die Weisung erhalten, auf einen entscheidenden Schritt des Königs vorbereitet zu sein. Heute, vor einer Stunde ist endlich die sehnlich erwartete Nachricht eingetroffen, daß er geschehen ist. Preußens König redet mächtig zu seinem Volk, er ruft es herbei zum Kampf für das Heiligtum des Herdes, des Vaterlandes, der Freiheit. Ein heiliger Krieg entflammt, wo die Völker ihre teuersten, so lange verkannten Rechte mit ihrem Blut wieder erringen werden. Ein Krieg, der den Fallenden die Palme des Märtyrers, den Siegern die des ewigen Ruhmes reicht! So wird denn unsere Vaterland endlich erlöst werden aus den Ketten der Schmach und des Elends! Die stolze Freude hebt meine Brust und läßt mich, was ich an eigenem Schmerz zu tragen habe, über das große Glück des Ganzen vergessen.« Er warf bei diesen letzten Worten einen bedeutsamen Blick auf Marie, den diese nur zu wohl verstand. »Sie«, fuhr er zu ihr gewendet fort, »habe ich als eine solche Tochter des Vaterlandes kennengelernt, daß ich es, lächeln Sie nur, für eine heilbedeutende Fügung des Himmels hielt, Sie gerade in diesem Augenblick unvermutet wiederzufinden, wo ich Ihnen eine solche Botschaft bringen konnte.«

»Oh, nehmen Sie meinen innigsten Dank«, erwiderte Marie gerührt, und ein lichter Freudenglanz verklärte ihr Auge. »Welch eine Morgenröte lassen Ihre Worte an dem düsteren Himmel unseres Vaterlandes anbrechen!«

»Und eine herrliche Sonne wird schimmernd aufgehen«, rief Ludwig begeistert auf. »Jetzt, jetzt erst kommen die Tage, wo ich frei und glücklich atme! Selbst meine Liebe blüht erst voll und duftend in diesem neuen Licht! O Bianka, bisher warst du eine Blüte, deren Duft eine süße Frühlingsahnung in einen dunklen, beängstigenden Kerker trug. Jetzt trifft uns der zitternde Morgenstrahl! Er fällt auf mein Herz wie auf Memnons Säule, daß es von wunderbaren Himmelsklängen tönt. Frische Lüfte umspülen Brust und Scheitel – der schwere Vorhang des Nebels zerreißt, und im Morgenglanz der Freiheit liegt die reiche Frühlingsflur, strahlend in der Perlenhülle des klarsten Himmelstaues! O Bianka, welche Tage brechen für uns an!«

Bernhard hatte ernst, aber tief durchglüht und erwärmt Arnheims Botschaft vernommen. »Ich trete in die Reihen der Kämpfer«, sprach er mit unwiderruflicher Entschlossenheit und reichte Arnheim die Hand. – »Und ich fechte an deiner Seite«, rief Ludwig feurig. »Jetzt werden wir erst erfahren, mit welchem Gefühl ein Mann die Donner der Schlacht um sich rollen hört! Oh! Nun segne ich das Jahr der Duldung, das wir überstanden haben, denn es war unsere strenge, lehrreiche Schule. Doppelt kann ich jetzt das Unrecht vergüten, das ich wider Willen dem Vaterland zugefügt habe. Gehärtet in dem furchtbaren Kampf, der hinter uns liegt, wiegen wir das Dreifache für den, welchen die Zukunft uns bereitet. Nicht mehr Neulinge, erprobte Männer, gestählt in Gefahren und Drangsalen, wissen wir jetzt unser Schwert zu führen. O wahrlich, Schwester, du sprachst wahr, der Rosenglanz des Morgenrots bricht durch die tiefste Nacht!«

Bernhard ging, während Ludwig sich seiner freien Begeisterung überließ, unruhig und gedankenvoll auf und nieder. »Ich fühle, was geschehen muß«, begann er endlich, »und ein edles Gefühl hebt auch meine Brust. Aber Freude kann ich es nicht nennen. Taten wir unrecht, an dem Kampf dieses Jahres teilzunehmen, war es unsere höhere Pflicht, das Haupt auf den Bock zu legen und als wehrlose Opfer der Arglist zu fallen, so trifft uns jetzt auch die Nemesis. Und sie trifft schwer!«

Marie ahnte die Gedanken, die sich in Bernhards Brust bewegten. Ludwig aber erwiderte: »Ich verstehe dich nicht, Bernhard, welche Nemesis siehst du in den Fügungen, die ich für die gnadenreichsten des Himmels halte?«

»Auch ich halte sie dafür, doch haftet nicht für uns beide ein schweres Geschick daran? Deine schöne Begeisterung, Ludwig, hat dich in trunkene Freude hingerissen. So muß ich dir sagen, was ich sonst von *dir*, der du immer besser gewesen bist, edler empfunden als ich, gehört hätte?« – »Vollende nicht«, unterbrach ihn Ludwig schnell, »ich weiß, was du sagen willst. Gewiß, dies Opfer wird schwer, es ist der Ring des Polykrates, den wir ins Meer werfen müssen.« – »Ich verstehe euch beide«, sprach Marie mit tiefer Rührung, »aber es muß sein, es muß, so bitter es ist. Und Rasinski wird der erste sein, der euren Entschluß anerkennt. Selbst groß gesinnt, empfindet er auch jedes Große wahr und unverfälscht, aber frei, offen müßt ihr vor ihn treten. Durch niemanden anders als durch euch erfahre er, daß ein Tag kommen kann, wo ihr feindlich gerüstet einander gegenübersteht.«

»So sei es«, sprach Bernhard schnell, »wir schreiben ihm, sobald es entschieden ist, was wir tun.« – »Das kann schnell geschehen sein«, fiel Arnheim ein, »der Gang, der Sie zu Kämpfern für Deutschlands Freiheit machen soll, ist noch in dieser Stunde möglich.«

»So gehen wir, denn es ist kein Grund des Säumens mehr für uns«, erwiderte Bernhard entschlossen. Sie gingen.

Am nächsten Morgen enthielten die Zeitungen den Aufruf des Königs an sein Volk, den Aufruf vom 3. Februar des Jahres 1813. Der Sturm der Begeisterung wehte durch alle Herzen. Mit lautem Siegesruf strömten die deutschen Männer herbei zu den wehenden Bannern der auferstehenden Freiheit. Tränen der Freude glänzten in den Augen deutscher Jungfrauen, und ihre sanfte Brust hob sich stolz im vaterländischen Bewußtsein. Freudig sah die Mutter den Sohn, die Schwester den Bruder, die Braut den Geliebten dahinziehen. Jede bange Träne zerrann in dem stolzwogenden Meer erhabener Freude, dessen Wellen im rosigen Morgenschein der Hoffnung leuchteten. O schöne Zeit, o golden strahlende Aurora der Freiheit, die einen ewig heiteren Frühlingshimmel über Deutschlands Fluren zu wölben *versprach!*

Bernhard und Ludwig waren in das Heer eingetreten. Der nächste Morgen schon erblickte sie neu in Waffen. Doch herrschte eine düstere Beklemmung in ihrer Brust, denn zu schwer lastete das Verhängnis auf ihnen, das sie zwang, von nun an dem edelsten Freund, dem Retter und Beschirmer ihrer Tage als Feinde gegenüberzutreten und die Waffen gegen sein verehrtes Haupt zu führen. Nicht eher konnte diese düstere Stimmung weichen, bis es rein zwischen ihnen und Rasinski geworden war. Daher nutzten sie die erste Stunde der Muße nach ihrem Entschluß, um ihn selbst damit bekannt zu machen. Ludwig schrieb ihm:

»Treuerster Freund! An Dein edles, großfühlendes Herz richte ich diese Worte. Der Strom der Weltgeschicke, der auf wildgehobenen Wellen mich zu Dir trug und meine Tage Deinem Schutz anvertraute, hat uns jetzt weit auseinandergerissen. Doch er trennt uns nicht nur, sondern er treibt mich Dir sogar feindlich entgegen. Noch ehe ich das Wort erkläre, weiß ich, hast Du es verstanden. Die Völker treten in einen furchtbaren Kampf. Der einzelne kann sich nicht von der heiligen Sache des Vaterlandes lossagen, doch bluten darf sein Herz unter der grausamen Pflicht. Du hast den Schiffbrüchigen, der verloren auf stürmenden Wellen trieb, an Bord genommen und gerettet an den sicheren Strand der Heimat geführt. Und jetzt soll er, den stolzen Segeln der vaterländischen Flotte folgend, das Verderben dahin senden, wo er Rettung fand! Freund, der Du mich kennst, der Du meine Liebe tausendfach geprüft hast, frage Dich, ob ich undankbar sein kann. Ich weiß und vertraue mit heilig unerschütterlichem Glauben darauf, Du werdest mir vergeben, unsere Freundschaft werde selbst dieser Sturm der Schicksale nicht trennen. Gewaffnet sollen wir einander entgegentreten, aber in der ganzen Schar meiner heimatlichen Brüder wird mein Herz für kein so teueres Leben zittern, als für das, was höhere Gesetze mich feindlich zu bekämpfen zwingen. Das Gebet der Unseren sei unser Schutzengel. Bianka und Marie werden, wenn die Donner der Schlacht ertönen, ihre reine Hand flehend erheben, daß der Allgütige uns das Äußerste erspare. Durch das finstere Dunkel des dampfenden Schlachtnebels glänzt mir ein holder Stern des Friedens. Auch diese Stürme werden austoben, die die Geschicke der Menschheit in ihren tiefsten Tiefen aufwühlten. Endlich muß der donnernde Vulkan, der Europas Grundfesten in bebende Erschütterung setzt, erlöschen, und die blutigen Lavaflüsse werden stehen, die brausenden Ströme der Völker, die jetzt kämpfend gegeneinander wogen, in ihr altes, friedliches Bett zurückkehren. Dann, Rasinski, wenn die schönen Ufer der Erde sich wieder in ruhigen Fluten spiegeln, wenn der Himmel neu erheitert lacht, wenn der erschöpfte Mars in ferner Höhle den Schlaf sucht und der Themis das Schwert läßt, daß sie die Gebieter der Völker mit schlichter Hand neu abmesse und ihre Rechte mit strenger Waage prüfe, dann, Rasinski, kommt der Tag, wo auch uns der Lohn für die schwersten Opfer des Herzens zufällt! Auf der Brandstätte der Schlachtfelder werden wir uns mit aller Liebe und Treue umarmen, und die Verwüstung um uns her schreckt uns nicht mehr, denn schon sprossen die neuen Keime des Frühlings empor, der in doppelter Schönheit da erblüht, wohin der Vulkan seinen zerstörenden Aschenregen getrieben hat.

Dahin laß uns die Blicke richten auf dieses ferne, leuchtende Ziel. Fern? Was sage ich! Er, der die Sonnen aus der Nacht plötzlich schaffend hervorbrechen läßt, er, vor dem tausend Jahre ein Tag sind, er kann uns mit allmächtigem Arm im Flug des Augenblicks dahin führen. Darum laß uns ihm vertrauen, denn seine Gnade ist noch unerschöpflicher als seine Macht.

Ewig Dein Ludwig.«

Auch Bernhard hatte geschrieben:

»Rasinski! Wenn ich Dir Auge in Auge sehen, von Mund zu Mund zu Dir reden könnte, so sollten weicher Blick und Ton das scharfe Gift meiner Worte mildern. Doch trinken müssen wir es beide, wie qualvoll es die Brust zerreiße. Das Schicksal rächt sich an mir. Du weißt, Rasinski, um des Freundes willen verriet ich mein Vaterland und nahm das Schwert und verwundete die Brust, die mich genährt. Jetzt rollt die Kugel um. Die tückische Nemesis waffnet mich nun gegen den Freund, und ich verrate ihn an das Vaterland. Was wehrt sich mein törichtes Herz dagegen und will bald brechen, bald sich empören und aus der Brust hervorstürmen? Hinunter zur Ruhe! Ich hatte und habe recht. Trotzig will ich nun mit eherner Stirn ausharren und wie ein Spartaner zu der Folter lächeln, auf der mich das Schicksal zu einem falschen, feigen Geständnis zu zwingen denkt. Dir, Rasinski, tue ich das Wahre: Es ist meine heilige Pflicht, mit der Waffe in der Hand gegen Dich anzudringen und die Brust zu durchbohren, die mir so treuen Schutz gewährte, an der mein Herz in heißester Liebe geschlagen hat. *Tue Du mir auch so!* – Oh, Rasinski! Der Tag wird schön sein, wo wir uns in Donnern und Wetterwolken, wie bei Mosaisk, finden und gleich dem Brüderpaar vor Thebens Mauern mit dem Speer gegeneinander anrennen, daß wir beide durchbohrt niedersinken! Hier beteuere ich Dir, ich werde Dich nicht schonen, denn einen schwereren Verrat wüßte ich nicht zu begehen an meinem Vaterland. *Tue Du mir auch so!* Wenn wir aber nebeneinander hingesunken sind und unter den toten Brüdern liegen, dann will ich mit sterbender Stimme rufen: ›Rasinski‹, und Du rufe ›Bernhard‹. Mit unserem Herzblut ströme dann der Völkerhaß dahin, und je mehr die versiegende Kraft des Lebens unsere Brust erkalten läßt, um so heißer wird sie in heiliger Freundesliebe erglühen. Unsere wunden Herzen sollen aneinander aufhören zu schlagen! Es wird ein schöner Tod sein, und sie werden um uns weinen, Bianka – Marie. Jetzt aber vorwärts, alle Ströme, wie wild sie brausen, finden ja doch endlich das Meer, und dann ruhen sie aus, und ihre Wellen dringen nicht mehr rastlos weiter. Bis dahin lebe wohl!

Bernhard.«

Marie und Bianka wünschten, die Briefe zu sehen. »Wie ihr wollt, meine Lieben«, entgegnete Ludwig, »doch es ist besser, ihr laßt es.« – »Nein«, rief Bernhard, »es ist besser, ihr lest. Ihr wißt, *was* geschieht, warum solltet ihr nicht wissen, *wie*?«

Mit diesen Worten gab er ihnen die Blätter, und sie lasen, beide zugleich, stumm, unter hervordringenden Tränen. Bernhard ging indessen in heftiger Erregung auf und ab. Endlich blieb er vor Ludwig stehen und sprach! »Oh, es geht mir durch die Seele!« Und der Freund lag am Herzen des Freundes. Marie und Bianka schrieben jede einen innigsten Gruß der Liebe unter die Worte des Bruders. So wurden die Briefe abgesandt.

Über eine Woche verstrich, bevor Antwort eintraf. Diese Zeit war indessen eine unruhig bewegte, da sie sich mit Vorbereitungen zu dem neuen Kampf ausfüllte. Eines Abends endlich kam das Schreiben Rasinskis an. Bernhard empfing es, doch er öffnete es nicht, sondern legte es zurück, bis Ludwig nach Hause käme.

Als sie alle beisammen waren, gab er es ihm und sprach: »Lies es uns vor.« Ludwig nahm den Brief, erbrach ihn, warf einige flüchtige Blicke hinein und las dann mit schmerzlich erschütterter Stimme:

»Meine Freunde! Ich habe Euere Briefe empfangen, ich erwartete sie bereits. Ihr handelt, wie es eine unerläßliche Pflicht von Euch fordert. Könnte meine Liebe zu Euch noch wachsen, sie würde es dadurch. Der Altar des Vaterlandes ist der heiligste, auf dem ein Mann seine Opfer zu bringen hat. Mit seiner Geburt leistet er ihm den stummen, aber unverbrüchlichen Eid der Treue. Haltet ihn, auch ich werde ihn halten, denn ich schwur ihn wie Hannibal schon als Knabe, obgleich kein Hamilkar mich an den Opferherd führte. Stets verehrte ich die erhabene Tugend des Brutus, der seinen Söhnen das Todesurteil sprach, weil sie das Vaterland verrieten. Ich müßte es Euch sprechen, wenn Ihr wie Brutus' Söhne fehltet. Kein *neuer* Schmerz trifft meine Seele. Ich bin daran gewöhnt, daß der eherne Fuß der Weltgeschichte die Blüten zertrete, die ich für mein Herz zu pflanzen hoffte. Das sorglose Glück der Jugend, das schönere der Liebe habe ich dem strengen Gott geopfert. Auch das Band der Freundschaft will er jetzt zerreißen, doch das vermag er nicht. Ja, meine Freunde, ich habe den Schmerz in ernster Schule gelernt und bin gehärtet gegen seine Pfeile. Ein undurchdringlicher Stahl deckt meine Brust. Die rauhen Schläge des Schicksals zermalmen sie nicht mehr. Sie erschüttern sie nicht nur mit dumpfer Betäubung. Wir müssen uns bekämpfen, doch wir dürfen uns lieben. Das schöne Band unserer Herzen soll selbst das Schwert des Schlachtengottes nicht trennen. Ist es uns gleich nicht gestattet, wie die Homerischen Helden das heilige Gastrecht der Freundschaft auch im offenen Kampf zu ehren, so können wir, edler als sie, die Hand mit Liebe drücken, von der wir fallen. Doch dieses Äußerste wird der Gott der Milde verhüten, dem wir unsere Tage anvertrauen. Freunde, Brüder! Eine gnädige Hand legte die Binde um das Auge des Menschen, daß er die Zukunft nicht schaue. Oft ist es ihm heilsam, daß auch die Gegenwart sich verschleiere. Dieses Heil laßt uns als eine Wohltat erbitten und es nicht frevelnd von uns stoßen. Solange der Kampf dauert, der uns feindlich gegeneinander führt, wollen wir unsere Freundschaft nur in schweigender Brust tragen. Keiner wisse, keiner erfahre von dem anderen. Denn nicht zu vermessen trotze der Mensch auf seine Kraft. Wüßte ich, wo Ihr als Gegner mir gegenüberständet, das Schwert entsänke vielleicht meiner Hand, und ich vermöchte nicht, das heilige Gelübde zu lösen. Darum trenne dieser Streit der Völker, der sich ehern erhebt, jetzt alle sanften Bande der Liebe und Mitteilung, die sich sonst zwischen uns und den Unserigen geknüpft hätten. Vielleicht erscheint einst der Tag des Friedens, auf den Du hoffest, Ludwig, und dann werden wir uns wiederfinden. Fällt das Los des Schicksals anders, sei's darum. Wir werden es zeitig genug erfahren. So lebt denn wohl, Ihr Freunde! Und Ihr, holdselige Gestalten, an die meine Seele mit süßem Schmerz zurückdenkt, Bianka, Marie! – Leb wohl, Marie, sei glücklich, Du kannst es, denn die Jugend lächelt noch auf Deiner Wange, und noch blüht der Frühling, der neugestreute Saaten zu goldenen Früchten reift. Sei glücklich *und beglücke!* – Es ist genug! Wir scheiden vielleicht auf lange Zeit, vielleicht – doch meine Hand will an den Schleier rühren, der das heilige Antlitz der Zukunft verhüllt. Die Zeit allein soll ihn heben. Lebt wohl bis in den Tod.

Euer Rasinski.«

So war denn der letzte schwere Kampf der Herzen gekämpft, nur der leichtere, der des Schwertes, blieb noch übrig. Am nächsten Morgen tönten die Glocken feierlich von den Türmen. Die Scharen der Krieger sammelten sich auf dem Marktplatz, Tausende der Bürger strömten herbei, um die scheidenden Kämpfer noch einmal zu begrüßen.

Bernhard und Ludwig waren gewaffnet. Ihre Pferde stampften unruhig vor der Tür. Bianka und Marie standen, in bangen Tränen, aber heilig erhaben durch die Größe des Augenblicks, an die Brüder geschmiegt. »Leb wohl, Schwester«, brach endlich Bernhard das bange Schweigen, »leb wohl! Und du, Marie? Und du?« Sie wollte ihm die Hand reichen, er zog sie näher, sie sank, überdrängt von seiner edlen Liebe, weinend an sein Herz. Bernhard drückte einen sanften Kuß auf ihre Stirn, dann sprach er fest: »Nein, du Holde, jetzt fordere ich das entscheidende Wort nicht von dir, von dem die Blüten meines Lebensglücks sich duftend öffnen oder welkend fallen lassen. Nicht der überwältigende Sturm des Augenblicks soll es dir entreißen! Du mußt wissen, ob deine tiefe Wunde heilen konnte. Aber der Tag der Wiederkehr wird nahen. Diese leuchtende Sonne, die dort die Kuppeln beglänzt, verheißt ihn uns. Dann trete ich zu dir, Marie, und frage dich: Will das schönste Herz sich einem treuen widmen? – Doch jetzt nicht!« Mit diesen Worten riß er sich los und eilte mit Ludwig hinab. Marie sank weinend, betäubt an Biankas Brust.

Jetzt hörten sie den Hufschlag der Rosse. Die Scharen setzten sich in Bewegung. Ludwig, Bernhard und Arnheim waren unter den Vordersten. Hehrer Glockenklang, wehende Tücher, jauchzender Jubelruf geleitete die Tapferen! Brausend wogte das erhobene Meer der Freude und trug auf seinen Wellen das Herz über die tiefsten Abgründe der Angst und Gefahr stolz dahin. Denn die Zeit war erfüllt und die Saat gereift, und die Schnitter des Herrn zogen aus mit funkelnden Sicheln.

Letzte Worte

Sieg lautet die Verheißung, Sieg die Erfüllung! – Die Donner der letzten Freiheitsschlacht an Frankreichs Grenzen *waren* verhallt, zum *zweiten Mal* wehten die heiligen Fahnen auf den Türmen von Paris. In den Schneewüsten Rußlands unter dem rauhen Himmel seiner Winternächte hatte der Baum deutscher Freiheit die tiefen Wurzeln geschlagen. Im Sturm der Heldenzeit wuchs er stolz empor. Jetzt sollte die milde Sonne des Friedens seine Knospen öffnen, seine schattige Krone entfalten. Noch zitterten die Herzen bang in der Erinnerung an das dumpf nachdonnernde, fern hinabziehende Gewitter. Doch der Himmel wölbte sich klar und blau über die Erde, und jede Brust blühte auf in süßen Hoffnungen. Selbst die Trauer um die Tausende gefallener Opfer wurde ein wehmutsvolles Glück, denn es war ja nur Blut der Erlösung geflossen.

Alles, alles sollte diese Zeit versöhnen, jede Wunde heilen, jeden süßen Schmerz mit reinem Born kühlen – *wehe denen, die ihn vergifteten!*

Marie und Bianka hatten auf Ludwigs Wunsch auf dem stillen Landsitz bei Dresden, den die Schwester seiner Mutter bewohnte und wo freundliche Liebe der Jugendgenossinnen sie umgab, eine Zuflucht gesucht. Hier sahen Bernhard und Ludwig sie wieder. Hier vollendete sich ihr Glück im süßen unauflöslichen Bund. Denn auch Maries Herz war durch Bernhards edle Treue und Größe ganz sein geworden, und die Rose ihrer Liebe, in der so lange die schweren Gewittertropfen schmerzlicher Tränen gestanden hatten, glänzte jetzt von zitternden Tautropfen der Freude und entfaltete den duftenden Kelch in neu aufblühender Anmut.

Nur *eine* Wolke lag trübe auf der Stirn der Glücklichen, die hier beisammen weilten. Der Tag des Friedens war gekommen, doch von dem edlen Freund, der sich, seinem Vorsatz getreu, bis zu dieser Stunde streng von ihnen losgesagt hatte, hatten sie nichts vernommen. Ein Brief an die Gräfin, den Ludwig vor mehreren Wochen nach Warschau geschrieben hatte, blieb unbeantwortet. Sollten sie den Trefflichen betrauern? War er, wie der biedere Arnheim, wie der dichterische Jüngling Benno, unter den

Opfern, die der Krieg blutig gefordert hatte? Diese neuen Bekümmernisse erfüllten die Herzen der Glücklichen.

Eines Abends, gegen Ende August, als schon die Dämmerung ihren Schleier leise über den Glanz der gesunkenen Sonne zu ziehen begann, saßen Bernhard, Ludwig, Bianka und Marie vor dem Gartensaal beisammen. Sie erblickten von dem buschumkränzten Hügel einen Reisewagen, der die dicht am Garten vorbeiführende Landstraße daherkam. Er hielt an der Gartenpforte, sie öffnete sich, eine hohe weibliche Gestalt in Trauerkleidern trat ein und schritt auf die Erstaunten zu. »Ich sollte diese Juno kennen«, sprach Bernhard ahnungsvoll, da sie schon so nahegekommen war, daß man ihre Züge hätte erkennen können, wenn sie nicht von dem Schleier verhüllt gewesen wären. – »Es ist die Gräfin!« rief plötzlich Marie, die sie am längsten und genauesten gekannt hatte, und eilte ihr beklommen und überrascht entgegen. – »Ja, ich bin es«, sprach die Kommende stillstehend und schlug den Schleier zurück, dann öffnete sie die Arme, um Marie zu empfangen, schloß sie heftig ans Herz und drückte heiße Küsse auf ihre Lippen. Auch Ludwig, Bernhard und Bianka hatten sich genähert, sie empfingen einen stummen, schmerzvoll innigen Gruß von der hohen Frau.

Sie war bleich, der Gram hatte ihre edlen Züge tief gefurcht. Tränen vergoß sie nicht, aber der Glanz des Auges war erloschen. »Ich wollte euch noch einmal wiedersehen«, sprach sie nach langem Kampf mühsam und reichte Bernhard und Ludwig die Hand dar. Dann verstummte sie wieder. Die Frage nach Rasinski schwebte auf allen Lippen, doch wagte sie niemand zu stellen.

»Und Sie kommen allein, ganz allein?« begann endlich Bianka mit zaghafter Stimme. »O lassen Sie uns nicht länger in banger Ungewißheit um das Geschick so teuerer Wesen.«

Die Gräfin seufzte aus tiefer Brust und blickte gen Himmel. »Ich komme allein! *Ganz allein!* Das ist meine Antwort!« erwiderte sie und schauerte zusammen. – »Und Lodoiska?« fragte Marie mit bebenden Lippen. – »Meintest du, sie würde ihren Schmerz überleben? Seit einem Jahr schlummert ihr gequältes Herz in Frieden. Ihr ist wohl!« – »Und Rasinski!« rief Bernhard, der nicht mehr an sich zu halten vermochte. Ein schwerer Kampf war auf dem Gesicht der Gräfin zu lesen: »Auch ihm ist Ruhe zuteil geworden!« sprach sie endlich langsam. »Man sah ihn zuletzt in der Schlacht bei Leipzig in der Nähe des Fürsten Poniatowski – weiter weiß ich nichts von ihm .«

Längst hatte das bebende Herz es geahnt, doch die Erfüllung berührte es mit vernichtender Erschütterung. Marie sank schaudernd an Bernhards Brust. Er schloß sie fest an sich, sein Kopf neigte sich auf den ihren, und seine Tränen netzten ihre Stirn. Ludwig stand, vom tiefsten Schmerz bezwungen, und heftete den von Tränen umdunkelten Blick auf den

Boden. Bianka verhüllte sich das weinende Auge und lehnte die Wange ermattet gegen die Schulter des Freundes. »Ich weine nicht mehr um ihn«, sprach die Gräfin, doch bebte ihre Stimme wie sanft gerührt, »ich habe auch wenig geweint. Wohl ihm, daß sein Auge sich geschlossen hat, daß es diese Tage nicht sieht! Würde sein edles Herz unsere Schmach ertragen? Gewiß, ihm ist besser.«

Marie wankte zu ihr und warf sich ihr weinend ans Herz. »Oh, meine Mutter!« schluchzte sie, in Tränen erstickend.

»Tochter, meine Tochter!« rief die Gräfin, und jetzt brach ein heißer Strom von Tränen auch aus ihren Augen hervor: »Eine Tochter an meiner Brust! Oh, ich kann wieder weinen!« Auch Bianka näherte sich und legte ihren Arm weich um den Nacken der hohen Gestalt. – »Ruhe bei uns aus, du Schwergebeugte«, bat sie tröstend, »wir wollen deine Töchter sein!«

Die Gräfin sah sie einen Augenblick mit fragenden Blicken an. Ein heftiger Kampf bewegte ihre Brust. Es zog sie mit sanften Armen wieder in das Leben, in das milde Reich der Freude zurück. Doch plötzlich richtete sie sich auf, entzog sich der Umarmung der Weinenden, bewegte verneinend den Kopf und sprach: »Nein, nein, es ist unmöglich! Sollte ich ein ewiges, versteinertes Bild des Grams, mich hinsetzen in die Hallen eueres Glücks und jeden Kelch der Freude vergiften? Nein, nein, niemals!«

In Haltung und Stimme drückte sich die Unabänderlichkeit ihres Entschlusses so fest aus, daß niemand die Bitte zu wiederholen wagte. Indem hüpfte das blondlockige Töchterchen Alisettes, Nadine, zwischen den Gebüschen hervor und blieb erstaunt vor der Fremden stehen und betrachtete sie mit ihren großen unschuldigen Augen.

Eine seltsame Rührung bewegte die Brust der Gräfin beim Anblick dieses Kindes, das sie sogleich erkannte. »Kennst du mich noch, Nadine?« fragte sie mit kaum hörbarer Stimme. Statt zu antworten, sah das Kind sie noch immer an und schmiegte sich dann mit dem Lockenköpfchen vertraulich in ihren Schoß. Zu erschüttert, drängte die Gräfin es sanft hinweg und wandte sich ab, um zu gehen. »Bleibe bei uns, schöne Dame«, rief Nadine ihr freundlich nach, als sie zu der Gartenpforte ging. Rasch wandte sie sich um, hob das Kind auf, küßte es, drückte es ans Herz und fragte bewegt: »Willst du mit mir gehen? Dieses Kind wäre ein süßer Trost in meiner tiefen Einsamkeit«, wandte sie sich an Bianka und blickte sie fragend an.

»Was du forderst, nichts kann ich verweigern«, erwiderte diese, wie tief ihr auch die Wehmut einer Trennung von dem liebgewordenen Wesen ins Herz drang.

»Nein, auch das nicht«, sprach die Gräfin nach einigen Augenblicken stummen Kampfes sanft, aber fest, und ließ das Kind auf den Rasen nieder. »Soll ich den schwarzen Trauerflor über seine heitere Jugend werfen? Soll es nur unter Zypressen wandeln, wo Totenurnen trauernd stehen?

Nein, ich will die Tage, die ich noch leben muß – zum Allmächtigen hoffe ich, es werden nur wenige sein –, nicht mit diesem Vorwurf belasten. Weile unter Glücklichen, holdes Wesen!« Sie küßte das Kind und ließ es von sich. Es ging zu Bianka hin und fragte teilnehmend: »Mutter, du weinst?«

»Ich kam nur, um Abschied zu nehmen«, begann die Gräfin nach einer Minute der tiefsten Stille gesammelt, »ich zitterte vor dieser Stunde, doch es wäre ungerecht gewesen, sie zu vermeiden. Ich gehe nach Amerika! Es kann mir ein Vaterland werden, denn es ist das einzige Land der Erde, wo eine freie Seele zu atmen vermag. Meine Heimat – ein Weltmeer lieg zwischen ihr und mir! – Wir wollen uns den Abschied nicht erschweren, rasch, entschieden zerreiße ich das Band, das mich fesseln will. Lebt wohl, ihr Teuren, folgt mir nicht – erst nach meinem Tod sollt ihr wieder von mir hören.«

Sie ließ den Schleier über das Gesicht fallen und ging mit raschen, stolzen Schritten weg, noch einmal mit der Hand zurückdeutend, daß niemand ihr folgen möge. Doch das tränendunkle Auge der Bleibenden hing begleitend an der majestätischen Gestalt, bis sie sich im Dunkel der Bäume und des Abends verlor.